D1925108

HEYNE BÜCHER

Tip des Monats

In derselben Reihe
erschienen außerdem als Heyne-Taschenbücher:

Victoria Holt · Band 23/6
Marie Louise Fischer · Band 23/33
Johanna Lindsey · Band 23/34
Robert Ludlum · Band 23/41
Johanna Lindsey · Band 23/43
Marie Louise Fischer · Band 23/45
John Saul · Band 23/50
David Morell · Band 23/52
Philippa Carr · Band 23/53
Eric van Lustbader · Band 23/54
Barbara Cartland · Band 23/55
Mary Westmacott · Band 23/56
Pearl S. Buck · Band 23/58
Alistair MacLean · Band 23/59
Caroline Courtney · Band 23/61
Marie Louise Fischer · Band 23/63
Daphne Du Maurier · Band 23/64
Evelyn Sanders · Band 23/66
Philippa Carr · Band 23/67
Robert Ludlum · Band 23/68
Barbara Cartland · Band 23/69
Peter Straub · Band 23/70
Jackie Collins · Band 23/71
Marc Olden · Band 23/72
Mary Westmacott · Band 23/73
Alistair MacLean · Band 23/74
Xaviera Hollander · Band 23/75
Dean R. Koontz · Band 23/76
Gwen Bristow · Band 23/77
Johanna Lindsey · Band 23/78
Marion Zimmer-Bradley ·
Band 23/79
Paul-Loup Sulitzer · Band 23/80
James Herbert · Band Band 23/81
Jackie Collins · Band 23/82
Philippa Carr · Band 23/83
Evelyn Sanders · Band 23/84
Dean R. Koontz · Band 23/85
Jacqueline Monsigny · Band 23/86
David Morell · Band 23/87
Marie Louise Fischer · Band 23/88
Eric van Lustbader · Band 23/89
Robert Ludlum · Band 23/90
Johanna Lindsey · Band 23/97
Ellis Peters · Band 23/92
Noel Barber · Band 23/94
Karen Robards · Band 23/93
Noel Barber · Band 23/94
Utta Danella · Band 23/95
Heinz G. Konsalik · Band 23/96

Ellen Tanner Marsh

ZWEI LEIDENSCHAFTLICHE LIEBESROMANE

Der Glanz der Seide
Wogen der Zärtlichkeit

WILHELM HEYNE VERLAG
MÜNCHEN

HEYNE TIP DES MONATS
Nr. 23/97

Aus dem Amerikanischen übersetzt von Renate Zeschitz
(Der Titel erschien bereits in der Allgemeinen Reihe
mit der Band-Nr. 01/7882)

Aus dem Amerikanischen übersetzt von Christiana Haack
(Der Titel erschien bereits in der Allgemeinen Reihe
mit der Band-Nr. 01/7962)

Printed in Germany 1993
Umschlaggestaltung: Atelier Ingrid Schütz, München
Umschlagillustration: John Ennis/Agentur Schlück, Garbsen
Gesamtherstellung: Elsnerdruck, Berlin

ISBN 3-453-06977-3

DER GLANZ DER SEIDE

1

Broadhurst, Kent
Oktober 1847

Die trutzigen Mauern des stattlichen Herrenhauses schimmerten silbrig im fahlen Licht der schmalen Mondsichel, die sich immer wieder hinter rasch dahineilenden Wolkenfetzen verbarg. Ein eisiger Wind rüttelte an den Fensterläden der hohen, rechteckigen Fenster. Die alten Bäume im Park ächzten. Hinter den schweren Brokatvorhängen flackerten Kerzen und warfen ihren Schein auf das braune, brüchige Gras.

Auf der kreisförmigen Auffahrt schoben sich zentimeterweise die Kutschen der Gäste quietschend und schwankend zum Haupteingang. Lakaien in schwarzer Satinlivree geleiteten die festlich gekleideten Gäste ins Foyer. Kaum jemand hätte beim Anblick der festlichen Szene vermutet, daß der Herr des Hauses, Esmund Louis Harcomb, der achte Earl Linville, erst gestern zu Grabe getragen worden und daß die fröhliche Gesellschaft eben noch trauernd seinem Sarg gefolgt war.

In einem schwach erleuchteten Schlafzimmer im oberen Stockwerk des Westflügels preßte ein etwa siebzehnjähriges Mädchen ihr Gesicht gegen das eiskalte Fensterglas und beobachtete die Ankunft der Gäste. Das schrille Lachen einer matronenhaften Lady in grellila Brokat durchdrang die kalte Nacht. Angewidert wandte sich das Mädchen vom Fenster ab und ließ den Vorhang sinken. Unglücklich starrte sie in die gierig züngelnden Flammen des Kaminfeuers.

»Sind Sie da?« fragte eine Frau mittleren Alters, ohne von ihrer Stickarbeit aufzusehen.

»Ja«, antwortete das Mädchen leise. »Und keiner scheint auch nur im entferntesten daran zu denken, daß wir Großonkel Esmund erst gestern begraben haben. O Anna, warum gehen sie denn nicht wieder nach Hause? Sie werden doch nicht noch eine

Nacht hier tanzen und trinken wollen.« Anna Sidneys vorzeitig ergrauter Haarschopf beugte sich noch tiefer über den Stickrahmen. »Wenn ich das wüßte, Kind.«

Hilflose Wut brannte in China Warricks grünen Augen, und ihre steifen Unterröcke raschelten, als sie unruhig auf und ab ging. Sie trug Trauerkleidung und war im hinteren Teil des Raumes nicht mehr zu erkennen. Nur wenn sie vor dem Kamin stand, tanzte der Feuerschein in ihren leuchtend roten Locken.

»Wenn wir sie doch schon los hätten«, sagte sie düster. »Aber wie könnten wir das bewerkstelligen. Freddy sagt, es seien Freunde von Großonkel Esmund, die ihm ein letztes Mal ihre Aufwartung machen möchten. Ich kann mich allerdings nicht erinnern, bei Einladungen auch nur einen von ihnen gesehen zu haben, solange der Großonkel noch am Leben war. Und außerdem« – Chinas Stimme zitterte – »kann ich mir nichts Respektloseres vorstellen als am Abend des Begräbnisses Karten zu spielen und sich zu betrinken.«

»Vielleicht ist die Stimmung heute abend angemessener«, wagte Anna zu hoffen.

Chinas Augen blitzten auf. »Das glaube ich nun wiederum nicht. Sie hätten sie sehen sollen – wie sie angezogen waren und miteinander turtelten! Ich kann es einfach nicht mehr ansehen. Ich kann es nicht! Was werden sie wohl noch alles zerbrechen – oder stehlen!«

Anna schürzte die Lippen, wußte aber nichts auf Chinas Wutausbruch zu sagen. Erst heute morgen hatte man im Salon zwei Stück wertvollstes Limoges Porzellan zerschlagen in der Feuerstelle des Kamins gefunden, und einer der Lakaien hatte sich eine scheußliche Platzwunde am Kopf bei dem Versuch zugezogen, einem Besucher, der zu tief in das Glas geguckt hatte, zur Räson zu bringen. Freddy Linville, Chinas Cousin und leutseliger Gastgeber, hatte keinen Finger gerührt, den unrühmlichen Untrieben ein Ende zu setzen, so daß die Vermutung nahelag, er selbst habe aktiv daran teilgenommen.

»Vielleicht bleiben sie heute nicht so lange«, mutmaßte Anna, ohne selbst so recht daran zu glauben.

»Ist aber leider kaum anzunehmen«, entgegnete China resigniert. »Wenn sie erst einmal zu trinken anfangen, ist kein Ende abzusehen. Ich kann ja noch verstehen, daß Freddy feiern möchte, jetzt wo er endlich das Erbe antreten kann«, fügte sie langsam hinzu, »aber daß Cassie es zuläßt, daß man Großonkel Esmunds Antiquitäten mutwillig zerstört ...«

China hatte schon lange vor dem Tod ihres Großonkels gewußt, daß Freddy und Cassie Linville, ihr Cousin und ihre Cousine und die einzigen Enkel des Earl, ziemlich skrupellose Geschöpfe waren, deren einziges Interesse das Linville-Vermögen und der Titel waren, den Freddy eines Tages tragen würde. Als China vor sechs langen Jahren ihren Fuß in das stattliche Herrenhaus gesetzt hatte, war ihr vom ersten Augenblick an klar, daß die beiden neidvoll, habgierig und rücksichtslos waren.

Natürlich waren sie damals zu ihr freundlich gewesen, aber China hatte schon bald herausgefunden, daß das freundliche Lächeln und die Warmherzigkeit sofort ins Gegenteil umschlugen, wann immer der Earl außer Sichtweite war. Damals war sie noch zu klein gewesen und hatte sich zu sehr vor ihnen – besonders vor Cassie – gefürchtet, um sie zu verraten, aber vielleicht hätte sie es doch getan, wenn ihr Großonkel Esmund nicht so gebrechlich und gutherzig gewesen wäre und so felsenfest davon überzeugt, daß seine Enkelkinder genauso lammfromm waren wie sie zu sein vorgaben.

Und weil China ihn aufrichtig liebte und ihren Aufenthalt in England als lästiges, wenn auch notwendiges Übel betrachtete, hatte sie Freddy und Cassie klaglos als Gefängniswärter akzeptiert. Sie nahm ihre Grausamkeiten in der festen Überzeugung hin, etwas Schreckliches verbrochen zu haben und dafür von ihren Eltern bestraft worden zu sein. Wie sonst hätten diese es fertiggebracht, sie von Badajan, der sonnenverwöhnten, gebirgigen Insel, auf der sie geboren wurde, zu verbannen. Sie fürchtete und verachtete Freddy und Cassie und sehnte sich nach dem Tag ihrer Heimkehr.

Ihr Großonkel Esmund mit seinem kecken Backenbart und dem allgegenwärtigen Lächeln war ihr einziger Rettungsanker in diesen trübseligen Zeiten gewesen, und sie bewunderte ihn zutiefst. Als es klar geworden war, daß die tödliche Krankheit ihren Großonkel in kurzer Zeit dahinraffen würde, hatte sie sich innerlich auf das Unvermeidliche vorbereitet und versucht, sich mit den Veränderungen vertraut zu machen, die unweigerlich mit dem Machtwechsel von der wohlwollenden Hand ihres Großonkels zu dem rücksichtslosen Kommandoton des zweiundzwanzigjährigen Freddy einhergehen würden.

Aber auch in ihren schlimmsten Vorstellungen hätte sie sich diese ausgelassenen Feierlichkeiten nicht ausmalen können, die am Abend des Begräbnisses stattgefunden hatten. Trotz Freddys gegensätzlichen Beteuerungen glaubte China keineswegs, daß die Gäste Freunde ihres Großonkels waren. Viele waren erst lange nach dem Ende der Begräbnisfeierlichkeiten gekommen, und so nahm sie an, daß es sich um nicht gerade zimperliche Freunde Freddys handelte.

Entsetzt über das Benehmen der angetrunkenen Männer und schrill geschmückten Frauen, die das vornehme Haus buchstäblich überfallen hatten, hatte sich China gestern abend noch spät hinuntergewagt, um die ausgelassenen Gäste zur Räson zu bringen. Mit hochrotem Kopf hatte sie sich daraufhin von dem angetrunkenen Freddy verhöhnen lassen müssen. Schließlich hatte er sich ein Vergnügen daraus gemacht, sie vor den Augen seiner Gäste zu betatschen und sie ins Bett zurückzuschicken.

Gedemütigt war China in ihr Zimmer zurückgeschlichen, ohne Anna aufzuwecken. Obwohl sie sich fest vorgenommen hatte, am nächsten Morgen mit der älteren Vertrauten darüber zu sprechen, hatte sie es nicht getan. Cassie hatte ihr herrisch befohlen, ihre gemütlichen Räumlichkeiten den noch zu erwartenden Gästen zur Verfügung zu stellen. Auch Anna mußte ausziehen und wurde in dem zugigen, spärlich möblierten Westflügel einquartiert, eine Entscheidung, die der Frau Tränen des ungläubigen Schmerzes in die Augen trieb.

»Seine Lordschaft hätte das nie zugelassen«, sagte sie zitternd und verschränkte ihre blaugeäderten Hände vor ihrem Busen. »Was sollen wir bloß machen?«

»Machen?« hatte China resigniert wiederholt, ohne sich beim Packen unterbrechen zu lassen. »Wir werden wohl das tun müssen, was Cassie sagt.«

»Aber seine Lordschaft –«

China unterbrach sie mit einem entschlossenen Kopfschütteln. »Seine Lordschaft ist tot, Anna, und als meine ehemalige Gouvernante kommt Ihnen eben offensichtlich nicht so viel Bedeutung zu wie Cassies Gästen. Und mir auch nicht. Wenn sie unsere Zimmer requirieren möchte, dann haben wir keine andere Wahl als sie zu räumen.«

Sie hatte absichtlich nichts von ihrer Vermutung erwähnt, daß Annas Entlassung offensichtlich nur mehr eine Frage der Zeit war, denn warum sonst hätte Cassie sie in diesen entlegenen Flügel des Hauses verbannt haben sollen? Und war sie selbst nicht auch ein wenig naiv, wenn sie nach dem entwürdigenden Auftritt mit Freddy immer noch auf bessere Behandlung hoffte?

Während sie zuhörte, wie unten Türen zugeschlagen wurden und sich die Gäste auf ihre Zimmer zurückzogen, starrte sie unglücklich in die Flammen des Kaminfeuers. Ihr Mund zitterte. Eigentlich war es ganz klar, daß Freddy und Cassie niemals zur Vernunft kommen würden und sie auf Broadhurst ein höchst unwillkommener Gast sein würde.

»Einfach nicht beachten, Miß China«, riet ihr ein rundgesichtiges Dienstmädchen, unerschütterlich gut gelaunt. »Sir Heddley ist heute nicht da, und er war ja gestern einer der Schlimmsten. Und Mr. Weston hat die Schlüssel zum Weinkeller versteckt und sich geschworen, nur eine bestimmte Anzahl von Flaschen zu bringen. Ehrlich!«

»Das ist sehr freundlich von ihm«, sagte China leise. Wie beschämend war es doch, daß selbst die Dienerschaft Freddys schändliches Benehmen so sehr mißbilligte, daß sie sich verpflichtet fühlte, sich gegen ihn zu verbünden.

»Ich habe Ihnen Ihr Abendessen gebracht, Miß«, fuhr die mollige, kleine Frau mit gütigem Unterton fort. Sie stellte das Tablett in der Nähe des Kamins ab, hob die Deckel von den dampfenden Schüsseln und schnupperte anerkennend. »Es ist auch noch kaltes Roastbeef von gestern da, und etwas Huhn, das allerdings vielleicht schon ein wenig trocken ist.«

»Danke, Lyddie, aber ich bin nicht sehr hungrig.«

»Halt, halt, das hier wird alles aufgegessen«, erwiderte Lydia

Broyles in einem Ton, der jede viktorianische Schloßherrin normalerweise prompt dazu veranlaßt hätte, eine Dienerin, die sich einen derart herrischen Ton anmaßte, zu entlassen. Aber Lydia war schon zu lange auf Broadhurst in Diensten, um aus ihrem Herzen eine Mördergrube zu machen. Und sie kannte die Widerborstigkeit ihrer jungen Herrin und wußte, wie sie zu nehmen war.

»Und Sie auch, Miß Anna«, fügte sie ernsthaft hinzu. Die beiden waren für ihr Gefühl ohnehin viel zu mager. Nach einer herzhaften Mahlzeit sähe die Welt wieder ganz anders aus. Dessen war sie sich ganz sicher, auch wenn sie sehr wohl wußte, daß sie Miß Chinas Kummer damit nicht lindern konnte.

Nein, das konnte niemand, dachte sie, als sie die Hintertreppe zur Küche hinabstieg und auf das heisere Gelächter aus der Bibliothek lauschte. Lord Freddys Ausschweifungen waren empörend genug, um jeden an den Rand des Grabes zu bringen. Und dabei wollte sie noch nicht einmal daran denken, wie grausam er und Cassie Miß China behandelt hatten, kaum daß der alte Earl die Augen geschlossen hatte. Wie eine arme Verwandte, wo sie doch in den letzten sechs Jahren der Augapfel Seiner Lordschaft gewesen war!

»Ich fürchte, sie haben sich jetzt über den besten Bordeaux seiner Lordschaft hergemacht«, bemerkte John Weston besorgt, als die getreue Köchin in die Speisekammer kam, um sich ein Glas Buttermilch zu Gemüte zu führen, in das sie zuvor einen ordentlichen Schuß Brandy gekippt hatte. Er sah sehr traurig aus, als er an das Schicksal jener Flaschen dachte, die er zu Lebzeiten des Earl so sorgsam gehütet hatte. Als Lydia ihm den erwarteten Trost versagte, fügte er unglücklich hinzu: »Ich hatte so gehofft, er würde Einsicht zeigen. Wissen Sie, dieser Jahrgang ist sehr kostbar.«

Lydia hob die runden Achseln. »Was haben Sie eigentlich erwartet, Mr. Weston? Daß Lord Freddy die Flaschen wie Ausstellungsstücke behandeln würde? Natürlich würde er sie sofort trinken, wenn ihn niemand daran hindert.«

»Ich hatte gehofft«, bemerkte Weston gedankenverloren, »daß Lord Freddy sich einer gewissen Mäßigung befleißigen würde. Zumindest in diesem Bereich.«

Lydia antwortete mit einem verächtlichen Schnauben. »Das kann doch nicht Ihr Ernst sein, Mr. Weston. Die einzige Möglichkeit ist, alle in der Familiengruft einzusperren!« Der ältliche Butler blickte entsetzt auf. »Lord Freddy und seine Freunde?«

»Um Himmels willen, Mr. Weston, die Flaschen, meine ich. Obwohl das andere auch keine so schlechte Idee wäre«, fügte Lydia hinzu und steckte ihre Haare unter das Rüschenhäubchen. »Ich sage Ihnen etwas«, fuhr sie düster dräuend fort, »wenn mir nicht an Miß China gelegen wäre, würde ich sofort meine Kündigung einreichen. Lord Linville dürfte niemals wissen, wie sie behandelt wird. Und ich wette, er würde sich im Grabe umdrehen, wenn er wüßte, daß sein Haus nach seinem Tod zu einer Spelunke herabgewürdigt werden würde. Alkohol, Glücksspiel und die grell bemalten Geschöpfe, die sich Ladys schimpfen und im Haus umhertoben!« Sie schauderte und nahm einen Schluck Buttermilch. Nach einer Weile fügte sie traurig hinzu: »Was haben die beiden nur vor? So etwas gab es eben nicht, solange Seine Lordschaft lebte.«

»Vielleicht wird alles gut, wenn Mr. Biggs den Nachlaß aufteilt –« begann Weston hoffnungsfroh, aber Lydia unterbrach ihn mit einer Bewegung ihrer rauhen Hand.

»Ausgerechnet Mr. Biggs. Er wird nur Master Freddy zum neunten Earl Linville ernennen – alles muß seine Ordnung haben. Und wenn das Besitztum dann rechtmäßig in seinen Händen ist, dann helfe uns allen Gott.«

John Westons Gesicht schien noch länger zu werden als es ohnehin schon war. »Ich hatte gehofft, Seine Lordschaft würde den Besitz an Miß China geben. Als Gräfin Linville hätte sie ein solch skandalöses Benehmen niemals geduldet.«

Lydia Broyles preßte ihre vollen Lippen zusammen und schüttelte traurig ihren Kopf. »Seine Lordschaft liebte zwar Miß China über alles, aber zu seiner Erbin hätte er sie nicht machen können. Sie ist doch keine echte Linville. Ihre Großmutter, Lady Delia, war nur eine Adoptivschwester des Earl. Die alten Linvilles nahmen sie in ihre Familie auf, nachdem ihre Eltern bei einem Unfall mit der Kutsche umgekommen waren. Das war zwar vor meiner Zeit, und auch vor ihrer, Mr. Weston, aber es bedeutet eben, daß China keine echte Linville ist – so schade das auch sein mag!«

Lydia schnalzte sorgenvoll mit der Zunge und schloß dann ihre Überlegungen mit einer düsteren Aussage: »Selbst wenn sie aus der Familie wäre und Lord Linville ihr Broadhurst überschrieben hätte, hätten sich Lord Freddy und seine Schwester, diese falsche Schlange, niemals damit abgefunden.«

»Da mögen Sie wohl recht haben.« Der ältliche Butler seufzte und dachte daran, wie oft er die beiden im Geiste mit kreisenden Geiern verglichen hatte. Lyddie Broyles sagte die Wahrheit.

»Wäre wahrscheinlich alles anders, wenn Miß China ein Junge wäre«, grübelte Lydia traurig vor sich hin. Der Brandy hatte ihre Zunge gelöst. »Oder zumindest nicht das unschuldige Kind, das sie ist«, fügte sie nachdenklich hinzu. »Selbst für einen hartgesottenen Burschen wäre es schwierig, gegen die beiden anzukommen. So verderbt wie Freddy und Cassie sind. Und darauf wette ich meinen Kopf. Master Biggs wird morgen lediglich den Anspruch auf Broadhurst bekanntgeben. Warten Sie's nur ab.«

»Wenn Ihr mich fragt«, meldete sich eines der spindeldürren Küchenmädchen zu Wort, das gerade den riesigen Eichentisch schrubbte. »So wird's sein und nicht anders –«

»Aber niemand fragt dich«, fuhr sie Lydia an. »Und daß du mir nicht diese Geschichten im Dorf herumtratscht und dies und jenes über Miß China und ihre Cousins erzählst. Ich hoffe nur, Lord Freddy wird ein Einsehen haben und den armen Wurm auf seine Insel zurückschicken.«

Ungeduldig läutete die Glocke nach Weston, der die nächste Flasche Wein bringen sollte. Mit geschürzten Lippen wandte sich Lydia wieder ihrer Buttermilch zu. Weston machte sich mit unbeweglichem Gesicht daran, wieder in das unergründliche Labyrinth des Weinkellers hinabzusteigen.

Zwischenzeitlich hatte China oben in ihrem Schlafzimmer versucht, ihr Abendessen hinunterzuwürgen. Trotz der ausgezeichneten Zubereitung hatte sie kaum einen Bissen gegessen. Sie ging zum Fenster, legte ihre Stirn an das kalte Glas und blickte in den mondbeglänzten Garten hinunter. Die Kutschen waren weggefahren worden. Die Auffahrt war leer. Nur ein paar Blätter tanzten, vom Wind aufgewirbelt, im Kreis herum. Aus dem Rosarium drang einsam der Schrei eines Pfaus herüber. Er erinnerte sie an die endlosen Stunden der Krankenwache am Bett ihres Großonkels, in denen sie um seine Gesundung gebetet hatte. Die Schreie der Nachtvögel hatten oftmals seinen flachen, rasselnden Atem übertönt.

China schloß ihre Augen und seufzte. Anna, die das gehört hatte, legte ihre Stickerei zur Seite und betrachtete ihren Zögling liebevoll besorgt. Obgleich sie immer versucht hatte, es vor China zu verbergen, hatte Anna Angst, große Angst – vor der Zukunft und was sie wohl bringen würde. Trotz der jetzt vor Müdigkeit hängenden Schultern und der abgespannten Gesichtszüge war China wunderschön – viel zu schön für die rauhen Burschen und die geldgierigen, feinen Pinkel, die nun, da der alte Earl nicht mehr seine schützende Hand über das Mädchen halten konnte, ohne Scheu an die Tür klopfen würden.

Und da war dann auch noch Freddy. Nein, nicht Freddy – Lord Frederick Linville. Anna liefen kalte Schauer über den Rücken, wenn sie an die lüsternen Blicke Freddys dachte. Ihm war offensichtlich nicht entgangen, daß aus dem Mündel seines Großvaters eine Frau von atemberaubender Schönheit geworden war. Es mußten wohl die Farben sein, dachte Anna, dieses feuerrote Haar und dazu die weit auseinanderstehenden, schrägen Augen, die grüner waren als jeder Rasen in der Grafschaft Kent.

Das damalige Schönheitsideal sah ein dralles blauäugiges Mädchen mit goldenen Löckchen vor, ein Ideal, dem China nun wiederum ganz und gar nicht entsprach. Doch waren ihr Gesicht mit den vollen Lippen und ihre anmutige Gestalt so bezaubernd, daß jeder Mann bei ihr schwach werden würde.

»China«, platzte Anna plötzlich heraus, »haben Sie schon einmal daran gedacht, nach Badajan zurückzukehren, jetzt, da Seine Lordschaft das Zeitliche gesegnet hat?«

»Zurück nach Badajan?« wiederholte China nachdenklich. »Nein, eigentlich nicht.«

In Wahrheit hatte sie seit dem Tod ihres Großonkels an nichts anderes gedacht, hatte aber Angst gehabt, es zuzugeben. Sie konnte Anna doch hier nicht einfach so zurücklassen, und außerdem war da noch die unangenehme Sache, Cassie um Geld für ihre Schiffspassage bitten zu müssen. Sie sah Anna mit traurigen Augen an und dachte dabei nicht nur an den Verlust des geliebten Großonkels, sondern auch an die verzweifelten Jahre, die sie erlebt hatte, seit sie Indonesien verlassen hatte, um dem Wunsch ihrer Mutter gemäß eine ›ordentliche westliche Erziehung‹ zu bekommen.

Einen Augenblick lang hörte man nur das Zischen und Prasseln der züngelnden Flammen, dann sagte China langsam: »Selbst wenn ich das wollte, könnte ich es nicht. Ich habe einfach nicht genug Geld.« Das Geständnis fiel ihr schwer, aber sie war immer freimütig und ehrlich gewesen. Warum sollte sie auch lügen, zumal Anna eine treue Gefährtin und Vertraute gewesen war, solange sie sich zurück erinnern konnte.

»Aber natürlich haben Sie das!« rief Anna erstaunt aus. »Lord Linville hat Sie in seinem Testament ganz sicherlich bedacht. Zumindest hat er Ihnen doch wohl so viel Geld hinterlassen, daß Sie Ihre Schiffspassage davon zahlen können.«

Hoffnung flackerte in Chinas Augen auf. »Glauben Sie wirklich?«

»Glauben Sie ernsthaft, er hätte Sie vergessen?«

China lächelte über Annas Erregtheit. Natürlich hatte Anna recht. Ihr Großonkel würde sie nicht vergessen haben. Zwar hatte er immer sein Bestes versucht, sie glücklich zu machen, hatte aber auch gewußt, daß Badajan immer ihre Heimat sein würde. Und auch, daß die Jahre im Exil für sie ganz schrecklich sein mußten.

Wie langsam war die Zeit vergangen, die Wochen erschienen ihr wie Monate, und die Monate wie Jahre. Wie redlich sie sich auch bemüht hatte, ihr Zuhause aus ihren Gedanken zu verbannen, immer wieder war vor ihrem geistigen Auge ›ihre‹ Insel erstanden. Sie hatte sich die warmen weißen Strände vorgestellt und die dampfenden Tropenwälder und dabei versucht, das feuchte, naßkalte englische Klima zu ertragen.

Noch schlimmer waren die Jahre in Mrs. Crenshawes Mädchenpensionat gewesen, dessen ausgezeichneter Ruf nichts ahnen ließ von den Qualen, die die Insassen, insbesondere China Warrick, hinter den dicken, efeuberankten Wänden auszustehen hatten.

Von Anfang an war sie wegen ihrer roten Haare und ihrer ungewöhnlichen braunen Hautfarbe verfemt gewesen. Außerdem hatte man ihr übelgenommen, daß ihr Urgroßvater väterlicherseits Sir Kingston Warrick gewesen war, ein berüchtigter Geselle, der – so hieß es – aus England hatte fliehen müssen, weil er einen Mann zu Tode geprügelt hatte. Und um das Maß vollzumachen, war sie dann auch noch auf einer Insel im heidnischen Indonesien geboren, wofür sie ihre Klassenkameradinnen mit Verachtung straften.

Nicht einmal ihre natürliche Warmherzigkeit und ihre strahlende Schönheit beeindruckten die Leiterin der Schule, Olivia Crenshawe, eine Frau von strengen viktorianischen Prinzipien. Verbissen arbeitete die altjüngferliche, prüde und ausgesprochen humorlose Frau daran, diesem seltsamen, kleinen Wesen mit dem aufrührerischen Rotschopf und den fremdartig grünen Augen Manieren beizubringen. Chinas Vater hatte nichts dabei gefunden, seiner Tochter das Schwimmen und das Schießen beizubringen, sie barfuß gehen und in Griechisch und Mandarin fluchen zu lassen. Um so schwieriger war es für Olivia Crenshawe gewesen, den kleinen Wildfang zu zähmen, aber schließlich hatte sie es doch geschafft.

Während die anderen Mädchen Spaziergänge in den blühenden Fluren Kents unternehmen durften, mußte die zwölfjährige China zermürbende Stunden in einem stickigen Klassenzimmer zubringen. So sollte sie Disziplin lernen. Sie wurde darob so unglücklich, daß allein schon das genügte, um bei der Leiterin des Mädchenpensionats in Ungnade zu fallen. Die sorgsam gehüteten Erinnerungsstücke, die sie von zu Hause mitgenommen hatte – eine exotische Muschel, die sie am Morgen ihrer Abreise am Strand gefunden, und die Korallenkette, die ihr Tan Ri gegeben hatte, um die bösen Geister von ihr fernzuhalten – wurden konfisziert, bis ihr Lerneifer als ›zufriedenstellend‹ bezeichnet werden konnte. Die kühlen Seidenkleider, die sie mitgebracht hatte, galten als schockierend heidnisch und verschwanden sofort von der Bildfläche. Statt dessen mußte China brave Trägerröcke tragen und Unterwäsche, die zwickte und teuflisch kratzte.

Entsetzt von der Tatsache, daß das Mädchen nichts dabei fand, seine Schuhe auszuziehen oder seine Ärmel hochzukrempeln, wenn im Frühjahr die Temperaturen stiegen, hatte Mrs. Crenshawe Chinas Garderobe abändern lassen. Sie bekam die höchsten Stehkrägen, die nur geschlossen getragen werden konnten, und die Lederstiefel wurden aufs engste zugeschnürt und durften nie ausgezogen werden. Das üppige, rotblonde Haar, das China zu dicken Zöpfen geflochten oder offen getragen hatte, wurde mit zahllosen Haarnadeln zu einem Knoten zusammengesteckt, der viel zu schwer war für ihren schlanken Hals. Sie litt unter Kopfschmerzen, wurde teilnahmslos und blaß. Mrs. Crenshawe verbuchte es als Erfolg für sich, dieses lästige Barbarenkind zu einem Musterbeispiel an keusch-viktorianischer Bescheidenheit umerzogen zu haben.

Mit sechzehn hatte sie ihre ›Erziehung‹ in Mrs. Crenshawes Mädchenpensionat beendet, doch wurden ihre Pläne, nach Hause zurückzukehren, von einem Schlaganfall durchkreuzt, den der Earl kurz nach ihrer Rückkehr auf Broadhurst erlitten hatte. Er blieb teilweise gelähmt und wurde ein Pflegefall. China brachte es nicht übers Herz, ihn ihrem Cousin und ihrer Cousine zu überlassen. Sie hatte von Anfang an deren Falschheit durchschaut und schauderte bei dem Gedanken, wie die beiden den hilflosen alten Mann behandeln würden, wenn sie nicht mehr da wäre …

»China, haben Sie mir überhaupt zugehört?« Anna Sidneys Stimme drang wie aus weiter Ferne in Chinas Bewußtsein vor. Gott sei Dank, Olivia Crenshawes Klauen war sie entkommen, und jetzt, da ihr Großonkel tot war, war sie auch nicht mehr an Broadhurst gebunden.

»Woran haben Sie wohl gerade gedacht? Ich glaube nicht, daß Sie ein Wort von dem, was ich sagte, gehört haben. Möchten Sie denn nicht nach Hause?«

»Es tut mir leid.« Ein seltsam bitteres Lächeln umspielte Chinas Mund. »Glauben Sie denn, meine Eltern wollen überhaupt, daß ich zurückkomme?«

»Wie kommen Sie denn auf so was?« entsetzte sich Anna. »Ihre Eltern wollten doch nicht, daß Sie den Rest Ihres Lebens in England zubringen. Mein liebes Mädchen, jetzt da Ihr Großonkel tot ist, sehe ich keinen Grund mehr, warum Sie nicht zurückkehren sollten, auch wenn ich Sie schrecklich vermissen werde.«

»Ich denke, Sie haben recht«, sagte China, ohne so recht davon überzeugt zu sein.

»Natürlich habe ich recht«, bestätigte Anna entschlossen und drehte den Kopf, als sie in der Ferne ein paar deftige Flüche vernahm und dann hörte, wie eine Tür lautstark zuknallte. Ganz offensichtlich verlor Freddy wieder einmal beim Kartenspiel.

»Wenn er weiter so glücklos ist«, sagte China nachdenklich, »wird von dem Erbe bei der Testamentseröffnung schon nichts mehr da sein.«

Die vergoldete Bronzeuhr in der Galerie hatte schon lange vier Uhr geschlagen, als die letzten Gäste, die nicht über Nacht bleiben wollten, die Treppe hinuntergeschwankt und in die wartenden Kutschen gestiegen waren. China war von dem Lärm aufgewacht und hatte von oben zugesehen, wie die Kutschen nacheinander in der Dunkelheit der Nacht verschwanden. In der Annahme, daß alle Hausbewohner schon zu Bett gegangen waren, zog sie einen seidenen Morgenmantel über und verließ mit einem unguten Gefühl ihr Zimmer, um den Schaden zu begutachten. Nach dem Lärm zu urteilen, war sie sicher, daß er beträchtlich sein würde.

Kurz nach Mitternacht war sie von Pistolenschüssen im Garten aufgeschreckt und war mit klopfendem Herzen ans Fenster gelaufen. Erst allmählich hatte sie begriffen, daß Freddy und einige seiner Freunde ein Scheinduell mit Pistolen zur Belustigung der Damen inszenierten. Glücklicherweise wurde niemand verletzt, und die Gäste zogen sich nach Beendigung der Veranstaltung wieder in die Bibliothek zurück. Von dort hörte China dann wieder spitze Schreie und schrilles Gelächter, so daß sie nur sehr schwer wieder einschlafen konnte.

Das Haus war kalt und bedrohlich in der Dunkelheit. China fröstelte, als sie die geschwungene Treppe zum großen Foyer hinunterstieg. Die Kerze, die sie trug, flackerte und rußte. Ihr war, als blickten die Linville Ahnen mißbilligend von ihren Porträts an den getäfelten Wänden auf sie herunter. Aus irgendeinem Grund war ihr das heute unheimlich, und das ärgerte sie, denn schließlich war sie schon oft nachts alleine durch das große Haus gewandert und hatte nie geglaubt, sich fürchten zu müssen.

Diesmal jedoch atmete sie hörbar auf, als sie die Tür zur Bibliothek aufmachte und ein gemütliches Feuer brennen sah. China hielt ihre Hände über die sanft lodernden Flammen und blickte dabei vorsichtig um sich. Außer einem umgeworfenen Stuhl und mehreren leeren Flaschen auf dem Teppich schien wenig Schaden angerichtet worden zu sein. Sie seufzte erleichtert auf und stieß fast gleichzeitig einen Schreckensschrei aus, als sie in der Dunkelheit eine lallende Stimme vernahm: »Cousinchen, du mußt etwas ganz Schlimmes erwartet haben, als du hereinkamst. So ein Gesicht habe ich bei dir noch nie gesehen.«

China wirbelte herum. Ihr Herz schlug bis zum Hals. Freddy Linville lungerte in einem Lehnstuhl. Sein Halstuch war verrutscht und seine Weste mit Wein bekleckert. Er sah ungesund blaß aus, und seine Augen waren blutunterlaufen.

»Ich fürchtete, es wäre etwas zu Bruch gegangen«, erklärte sie.

Die ledergebundenen Bände an den holzgetäfelten Wänden waren wertvolle Erstausgaben und der hohe Glasschrank hinter dem eleganten Louis XIV. Sekretär war voll mit kostbarem Porzellan und Kristallglas, darunter auch ein Becherglas aus dem dreizehnten Jahrhundert, von denen es auf der ganzen Welt nur mehr drei gab: eines hier auf Broadhurst, eines im Dogenpalast in Venedig und das letzte im Privatbesitz von Maria Cristina de Bourbón, der Mutter von König Ferdinand IV. von Spanien. China hatte die ganze Zeit darüber nachgedacht, was wohl aus dem kostbaren Stück in den Händen von linkischen, rücksichtslosen Trunkenbolden werden würde.

»Oh, ich habe diesmal darauf geachtet, daß keiner was anstellt«, versicherte Freddy ihr, erhob sich mühsam und schwankte auf sie zu. »Schließlich können wir es uns nicht leisten, noch ein Stück Limoges zu zerdeppern, hab' ich recht? Oder gar eine von Großpapas Rubinvasen. Zerbrochenes Glas läßt sich ja wohl schlecht an den Mann bringen.«

China rang nach Luft. »Du denkst doch nicht etwa daran, etwas zu verkaufen!«

»Warum nicht! Ich habe vor, jetzt da Großpapa tot ist, Broadhurst von Grund auf zu renovieren. Es gibt hier nicht genug Komfort für meinen Geschmack. Und die Antiquitäten, mit denen er sich umgeben hat, finde ich absolut gräßlich. Die sollte man lieber zu Geld machen, meinst du nicht auch?«

»Das kann doch nicht dein Ernst sein!«

»Jetzt aber mal langsam, meine Liebe, du brauchst gar nicht so entsetzt zu sein«, wehrte Freddy mit einem schiefen Grinsen ab und wedelte mit einem Finger vor ihrem Gesicht hin und her. »Auf diese Weise werden sie eines Tages in einem Museum landen und der Öffentlichkeit zugänglich sein. Ich wage zu behaupten, daß sie dort besser aufgehoben sind als hier.« Er rülpste laut und vernehmlich und fuhr fort: »Das gleiche gilt für Großpapas Sammlung von Möbeln aus der Zeit Jakobs I. Ist mir doch völlig egal, wie lange das Zeug schon im Familienbesitz ist. Es ist geschmacklos und langweilig, und ich will es nicht in meinem Haus haben.«

China preßte die Lippen zusammen und drehte sich wortlos zum Feuer um. Sie wußte, es hatte keinen Sinn, mit ihm zu debattieren. Weder Freddy noch Cassie hatten je Sinn gezeigt für wertvolle Dinge oder für die historische Bedeutung der eindrucksvollen Sammlung holländischer und italienischer Meister, die auf Broadhurst hingen. Sie hatte immer nur interessiert, wieviel jedes Stück bei Auktionen bringen würde. Vielleicht hatte der Earl sich deshalb mehr zu seiner Großnichte hingezogen gefühlt. Sie konnte sich wie er an schöner Kunst freuen.

»Ob sich wohl der alte Mann im Grab umdrehen würde, wenn er wüßte, daß die Schätzer zum Tee kommen?« meinte Freddy geringschätzig. »Könnte interessant werden, oder was meinst du, Cousinchen?«

Er lachte und schwankte, als er sich mit der Hand über den Mund wischte. Offensichtlich war er betrunkener als er zugeben wollte und fühlte sich großmächtig in seiner Rolle als der neue Earl Linville. Neun unerträgliche Jahre lagen hinter ihm, seit seine Eltern bei einem Brand in einem Londoner Theater ums Leben gekommen waren. Und jetzt war er auf einmal der nächste in der Linville-Hierarchie.

Wie ärgerlich, daß sich sein alter Großvater hartnäckig weigerte, an den Verletzungen zu sterben, die er bei dem gleichen Brand davongetragen hatte. Die ganze Zeit über – so erschien es zumindest Freddy – hatte er eine diebische Freude daran gehabt, seine Enkel wie Marionetten zappeln zu lassen, besonders wenn es um Geld ging, wovon Freddy nie genug haben konnte. Und jedes Jahr wurde der Earl zwar älter, aber nicht unbedingt gebrechlicher. Nicht einmal der Schlaganfall letztes Jahr hatte seinem Leben ein Ende gesetzt. Erst die Lungenentzündung in Verbindung mit einem besonders kalten, feuchten Sommer hatte schließlich seinen Lebenswillen gebrochen.

Freddy und Cassiopeia waren überrascht und zutiefst erfreut gewesen, als sie erfuhren, was ihnen diese neun unerträglichen Jahre eingebracht hatten. Nach Freddys Berechnungen hatte Esmund Louis Harcomb Linville ein Vermögen von weit über zwanzigtausend Pfund angehäuft, eine Summe, bei der die Kunstgegenstände noch nicht berücksichtigt waren, und auch nicht die Anteile an der East India Company, die noch ein beträchtliches zusätzliches Einkommen brachten.

Jetzt, da Freddy Herr von Broadhurst war, fand er auch unsägliches Gefallen an der Tatsache, zumindest vorübergehend auch der ganz legale Vormund seiner lieben Cousine China zu sein.

Sie streckte die Hände in die aufsteigende Wärme des Kaminfeuers. Offensichtlich bemerkte sie gar nicht, wie intensiv sie Freddy unter schweren Augenlidern musterte. Im warmen Feuerschein bot sie einen atemberaubenden Anblick. Die züngelnden Flammen ließen goldene Strähnchen in ihrem roten Haar aufleuchten. Sie hatte dichte, nach oben geschwungene Wimpern und ihre Augen waren dunkler als Smaragde. Die vollen Lippen glänzten verführerisch.

Freddy fand sie unwiderstehlich – eine schlanke Göttin, so

zerbrechlich und bezaubernd wie eine elegante Rose. Hinzu kam, daß sie noch Jungfrau war und ihr Körper noch nicht die leidenschaftliche Umarmung eines erfahrenen Mannes kannte. Freddy befeuchtete sich die Lippen. Ihr seidener Morgenmantel ließ keinen Zweifel über die perfekte Rundung ihrer Hüften und ihrer Brüste.

Was war sie doch für ein unglückliches Kind gewesen, als sie aus dem fernen Badajan angereist war. Freddy, der sechs Jahre älter und in den Worten seines Großvaters ›unerträglich selbstgefällig‹ war, hatte ihr ungewöhnlich rotes Haar und ihre offene Art äußerst bedenklich gefunden und war sehr erleichtert gewesen, als sie in das Pensionat gesteckt worden war. Ihre Besuche auf Broadhurst in den Sommerferien und an Feiertagen waren immer recht kurz gewesen, und außerdem hatte sie die meiste Zeit in ihrem Zimmer verbracht, so daß man ihre Anwesenheit fast vergessen konnte.

Freddy hatte sich nie so richtig um seine jüngere Cousine gekümmert. Erst im Herbst 1845, als er nach zweijährigem Auslandsaufenthalt zurückgekehrt war, war ihm aufgefallen, daß sich das kleine Mündel seines Großvaters in eine unglaublich strahlende Schönheit verwandelt hatte. Ärgerlich war nur, daß die kleine Füchsin während seiner Abwesenheit sich so in das Herz des Earl geschwindelt hatte, daß Freddy sich ganz bestimmt den großväterlichen Zorn zugezogen hätte, wenn er sie, wie er es vorgehabt hatte, verführt hätte.

Jetzt aber war der alte Mann tot, und China, die nächsten Monat bei einem Debütantinnenball ihren siebzehnten Geburtstag feiern wollte, war insofern an ihren Cousin gebunden, als sie noch nicht volljährig war. Das war ein angenehmer Gedanke, und Freddy lachte glucksend. China wandte ihren Kopf und sah ihn fragend an.

Ihr seidener Morgenmantel öffnete sich dabei unversehens ein wenig und gab den Blick frei auf den Ansatz ihres Busens. Freddy, vom Alkohol entfesselt, hielt es nicht länger aus und zog sie in seine Arme.

»Ich kann nicht anders, meine Liebe«, keuchte er, als sie entsetzt aufschrie. »Du bist so wunderschön. Ich muß dich einfach haben.« Er drückte seinen nassen Mund auf ihre Lippen, und China Warrick bekam den ersten Kuß ihres Lebens.

Er war so ganz anders, als sie sich ihn immer vorgestellt hatte und ähnelte auch gar nicht den leidenschaftlichen Umarmungen, von denen die Mädchen im Pensionat, die vorgaben, solche aufregenden Dinge schon erlebt zu haben, flüsternd und mit hochrotem Kopf erzählt hatten. Sie empfand es eher als widerwärtig, denn Freddy hielt nicht besonders viel von Körperpflege, und als ihr dann auch noch der Geruch von abgestandenem Wein und Schweiß in die Nase stieg, wurde ihr fast schlecht.

»Laß mich sofort los!« rief sie und rang nach Luft. Er hörte sie nicht und hätte auch nicht von ihr lassen können, wenn er sie gehört hätte. Zitternd fingerte er an ihrem Morgenmantel herum. Er war so von dem Gedanken besessen, sie zu besitzen, daß er um sich herum alles vergaß. China wich vor ihm zurück und schrie auf, als sie hörte, wie der feine Seidenstoff unter seinen Händen zerriß. Der Morgenmantel war ein Geschenk ihrer Eltern gewesen, und deshalb war er ihr lieb und teuer, nicht etwa weil er aus kostbarer Badajan-Seide gefertigt war. China geriet in Panik.

Sie trommelte mit den Fäusten auf ihn. Schließlich gelang es ihr, sich ihm zu entwenden. Sie stolperte über einen Messingständer, der neben dem Kamin stand. Rasch griff sie sich einen schweren Schürhaken und ließ ihn auf Freddys Kopf hinuntersausen. Wortlos sank Freddy zu Boden, und China ließ den Schürhaken mit einem entsetzten Aufschrei auf den Boden fallen.

China schlug die Hände vors Gesicht. Plötzlich war es ganz still, unheimlich still. Das Prasseln des Feuers und der Wind, der an den Scheiben rüttelte, erschienen ihr auf einmal wie ein bedrohliches Geflüster. Die Minuten vergingen, und Freddy rührte sich immer noch nicht. China mußte zu dem erschreckenden Schluß kommen, daß Freddy tot war.

»Ich habe ihn umgebracht«, flüsterte sie und preßte die Hände auf die Lippen. »Um Gottes willen, ich habe ihn umgebracht!«

Sie wich zurück. Entsetzt starrte sie auf den leblosen Körper und brachte es nicht fertig, ihren Blick abzuwenden. Wenn sie sich umdrehte, würde die blutverschmierte Hand ganz bestimmt nach ihr greifen ... Ihre Kehle war wie zugeschnürt. Dann floh sie in Panik. Ihre nackten Füße flogen unhörbar über die weichen Teppiche. Eine Tür fiel ins Schloß, doch China bemerkte davon nichts. Sie dachte nur an eines, zu entkommen, ehe irgend jemand ihre Tat entdeckte.

Wenige Minuten später wachte Bayard, die alte, übelgelaunte Bulldogge auf, als die Stalltür in den rostigen Angeln quietschte. Mit gesträubten Nackenhaaren erhob sie sich aus dem Rosengebüsch und trottete steif über den von Reif überzogenen Rasen. Leise knurrend schnupperte sie mißtrauisch in die Richtung des niedrigen Stallgebäudes, aus dem warmer Pferdegeruch drang. Sie fletschte die Zähne.

China blieb stehen und streckte ihr versöhnlich die Hand entgegen. Sie klopfte ihr beruhigend auf den massigen Kopf. Wenn sie bellte, würden sofort alle Stallknechte zur Stelle sein. Erleichtert atmete sie auf, als der Hund sie erkannte und mit dem Schwanz wedelte. Dann trottete er gleichmütig zum Haus zurück. China verlor keine Zeit. Mit steifen Fingern band sie ihren Koffer an den Sattel und schwang sich dann selbst auf den Rücken des grauen Wallachs. Die Hufe hallten auf den Pflastersteinen. Geisterhafte Nebelschwaden zogen über den Hof und blieben wie Perlen in Chinas Haaren hängen. Ängstlich warf sie einen Blick auf die hoch aufragenden Mauern des Hauses. Alles war ruhig, aber sie spürte, wie sie der Mut zu verlassen drohte.

»Ich darf nicht weglaufen«, flüsterte sie. Vor sich sah sie Freddy, der auf dem Boden lag. Aus seinem Kopf sickerte langsam Blut. Sie wußte, daß es feige war, einfach wegzulaufen. Und außerdem würde sie ohnehin nicht sehr weit kommen. Aber der Gedanke, zu Freddys leblosem Körper zurückzukehren, schnürte ihr die Kehle zu. Mühsam schluckte sie und ließ den grauen Wallach antraben. Als das zinnenbewehrte Dach mit den zahllosen Schornsteinen hinter einer Ulmengruppe verschwand, zwang sie das Pferd mit der Peitsche zu einem flotten Galopp.

Der Wallach scheute und raste dann plötzlich los. Selbst wenn es sich China anders überlegt hätte, hätte sie das Pferd nicht mehr anhalten können. Der eisige Wind brannte auf ihren Wangen. Sie fröstelte, denn tief in ihrem Innern wußte sie, daß sie nicht den Mut besaß, eine Anklage wegen Mordes an Freddy durchzustehen.

Im Osten zog blaßrosa ein neuer Morgen herauf. Die Sterne funkelten nur mehr ganz schwach. Der Reif auf den Feldern schimmerte perlweiß. China bemerkte die Schönheit des nahenden Morgens nicht. Sie flog an den sanften Hügeln Kents und den adretten strohgedeckten Häuschen mit den schlafenden Gärten vorbei. Sie hatte nur das ferne London im Sinn und hoffte, sie würde an der Themse ein Schiff finden, das nach Osten in See stechen würde.

2

Ethan Bloodwell, Kapitän und Besitzer der in Portsmouth registrierten Brigg *Kowloon Star,* öffnete eines seiner blutunterlaufenen Augen und stöhnte laut auf. Ein lästiger Sonnenstrahl fiel durch das Heckfenster auf das Kissen neben seinem Kopf und blendete ihn. Er sah alles verschwommen, und als er auf die französische Reiseuhr blickte, die auf der Kommode stand, mußte er schielen, um das Zifferblatt zu erkennen. Halb neun? Was, zum Teufel –?

Mit einem Ruck setzte er sich auf, ohne auf das qualvolle Pochen in seinem Kopf zu achten, und starrte ungläubig auf die Unordnung, die in seiner Kabine herrschte. Leise vor sich hin fluchend betrachtete er den Inhalt seiner Kommode, der auf dem farbenfrohen persischen Teppich verstreut lag. Auf den Ärmel eines seiner kostbaren Hemden aus Holland war eine Weinflasche ausgekippt worden. Seine Seemannstruhe war aufgebrochen, seine Rasierutensilien waren umgestoßen und das kostbare Reispapier, das er aus Japan mitgebracht hatte, lag zerknüllt hinter seinem Schreibtisch.

Ethan Bloodwell verzog seinen sinnlichen Mund. Im Namen aller Heiligen, so betrunken konnte er doch wohl nicht gewesen sein? Eine solche Unordnung zu hinterlassen! Seine blauen Augen verengten sich, als sein Blick auf ein Kästchen aus Sandelholz fiel, das normalerweise immer ganz unten in seiner Seemannstruhe zu finden war. Es lag mit aufgebrochenem Deckel auf dem Boden, und die Goldstücke, die er darin aufbewahrt hatte, waren auf mysteriöse Weise verschwunden.

Auf mysteriöse Weise?

»Du verdammter, betrunkener Narr«, schimpfte Ethan Bloodwell mit sich selbst. Man hatte ihn wie einen Halbwüchsigen bei seinem ersten Bordellbesuch übers Ohr gehauen. Das schwarzhaarige Frauenzimmer war zwar sehr hübsch gewesen, aber er hätte doch so weit denken müssen, sie nicht in seinem Bett nächtigen zu lassen, sondern sie mit ein paar Geldstücken bezahlen und wegschicken sollen.

»Geschieht dir ganz recht«, murmelte er vor sich hin. Er stieg unbekleidet aus dem Bett und benetzte sich das Gesicht mit ein wenig Wasser aus einem Krug. Als er sich abtrocknete, machte er sich insgeheim den Vorwurf, doch wohl schon ein wenig alt zu werden. Wie hätte es ihm sonst passieren können, daß eine billige Hure ihn in seiner eigenen Unterkunft berauben konnte. Er öffnete die Klappläden des Heckfensters und blinzelte in die frühe Morgensonne.

Rajiid Ali, der Obermaat der *Kowloon Star,* hätte sicherlich keine Schwierigkeiten, dieses Weibsstück ausfindig zu machen, dachte Ethan, denn der Araber hatte sich immer als sehr kundig im Auffinden von verschwundenen Personen erwiesen. Doch was brächte es, sie hierher zurückzubringen? Wahrscheinlich würde er trotzdem keinen Penny mehr von seinem Geld sehen. Außerdem schämte Ethan sich ob seiner Verfehlung vor seiner Mannschaft. Vielleicht verdiente es die Frau, das Geld behalten zu dürfen, denn schließlich hatte sie sich als besonders erfinderisch erwiesen.

Ethan Bloodwell schloß die Klappläden wieder. Das Sonnenlicht, das durch die Spalten drang, streifte seinen muskulösen, gut gebauten Körper. Er zog seine Kniehosen an und hob dabei die Reispapierknäuel auf. Ungeduldig strich er sich dabei eine Locke seines kastanienbraunen, von der Sonne gebleichten Haares aus dem Gesicht.

Es klopfte an der Tür. Das mußte der Steward mit dem Frühstück sein. Mürrisch forderte er zum Eintreten auf.

»Was ist das denn für ein Spiel, Nappy«, rief er unwillig, als die Tür geschlossen blieb. Draußen blieb es ruhig, und Ethan, dem der Geduldsfaden riß, öffnete die Tür und schrie: »Was, zum Teufel, möchtest du?«

»K-Kapitän Bloodwell?«

Ethan blickte in ein leuchtendgrünes Augenpaar, das von einer pelzbesetzten Kapuze eines schwarzen Umhanges eingerahmt war. Die junge Frau starrte ihn erstaunt an und bemerkte dann seinen sonnengebräunten nackten Oberkörper. Abrupt drehte sie sich um und wollte davonlaufen.

»Einen Augenblick mal.«

Ethan packte sie an den Handgelenken. Sie schlug wie eine Wildkatze um sich und trat ihn mit ihren Stiefeln gegen die Schienbeine, um sich von ihm loszureißen. Die Kapuze fiel ihr vom Kopf, und Ethan bemerkte sofort den dicken roten Haarschopf. Er ließ sie los. Sie rieb ihre geschundenen Handgelenke und blickte mit trotzig aufgeworfenen Lippen zu ihm auf.

»Wer sind Sie? Was tun Sie hier?« wollte Ethan wissen.

Sie gab keine Antwort. Ohne ihn aus den Augen zu lassen, zog sie die Kapuze wieder über ihre Locken. Ihre Schönheit verschlug ihm die Sprache. Ihre Haut war so glatt wie ein Magnolienblütenblatt, und über der schmalen geraden Nase wölbten sich rotgoldene Augenbrauen. Eine Haarlocke ringelte sich um ihren Hals an der Stelle, wo man ihren angstvollen Puls schlagen sah. Plötzlich kehrte sein angestauter Ärger wieder zurück. Schließlich hatte er seine Kopfschmerzen und seine verwüstete Kabine einer Frau zu verdanken, und obwohl er wußte, daß die, die da vor ihm stand, dafür nicht verantwortlich zu machen war, hegte er Groll auf das ganze Geschlecht.

»Würden Sie mir bitte freundlicherweise erklären, was Sie auf meinem Schiff machen?« fragte er barsch.

China Warrick senkte die Augen. Sie blickte auf abgetragene Kniehosen aus Wildleder, unter denen sich muskulöse Oberschenkel abzeichneten. Weiter nach oben traute sie sich kaum zu blicken. Sein nackter Oberkörper ließ sie zum erstenmal über die körperlichen Unterschiede zwischen Mann und Frau nachdenken. Sie hatte noch nie zuvor einen nackten Mann gesehen, geschweige denn sich vorgestellt, mit einem Mann allein zu sein. Warum hatte er wohl keinerlei Anstalten gemacht, sich anzuziehen?

»Es tut mir leid«, stotterte sie leise. »Ich hätte nicht … Ich habe einen schrecklichen Fehler begangen.«

Er lächelte verbittert. »Hatten Sie gehofft, ich würde noch schlafen und Sie könnten auch etwas mitgehen lassen? Offensichtlich hat es sich schon herumgesprochen, daß der Kapitän der *Kowloon Star* eine leichte Beute ist.« Plötzlich sah sie seine klaren, blauen Augen direkt vor ihrem Gesicht. »Ich warne Sie, meine Liebe, so leicht wie Ihre Freundin werden Sie es nicht haben.«

China fühlte, wie sich ihre Kehle zusammenzog, als sie seinen heißen Atem spürte. Obwohl sie beim besten Willen nicht wußte, wovon er sprach oder warum er so zornig war, folgerte sie nach ihren Erlebnissen mit ihrem Cousin Freddy, daß der Kapitän betrunken sein mußte.

Panik ergriff sie. Sie hatte schon all ihren Mut zusammennehmen müssen, um ihr Pferd Bastian zurückzulassen und sich zu den verlassenen Docks aufzumachen. Und genauso schwer war es ihr gefallen, zu den feuchten Laderäumen der *Kowloon Star* hinunterzusteigen, um mit dem Kapitän zu sprechen. Sie, die nie ohne Begleitung über die Tore von Broadhurst hinausgekommen war!

»Vielleicht sollte ich jetzt besser gehen«, flüsterte sie atemlos und wandte sich um.

Mit festem Griff hielt Kapitän Bloodwell sie am Arm fest und sagte mit verstellt-schmeichelnder Stimme! »Das glaube ich nicht.«

Die schiere Angst in ihren weit aufgerissenen Augen irritierte ihn. Du liebe Güte, schließlich wollte er doch dieses verängstigte Geschöpf nicht auffressen! Außerdem hatte er im Moment ohnehin die Nase voll von der holden Weiblichkeit, und dieses Mädchen erschien ihm auch viel zu jung und zu zerbrechlich für seinen Geschmack.

»Sie haben immer noch nicht meine Frage beantwortet«, erinnerte er sie ungeduldig. Um seiner Forderung Nachdruck zu verleihen, packte er sie noch ein wenig fester am Arm.

China fand, sie sei nun lange genug entwürdigend von ihm behandelt worden und sagte: »Ich muß nach Singapur, Kapitän. Der Hafenmeister sagte mir, Ihr Schiff steche am Donnerstag in See.«

»Das mag schon sein«, gab Ethan bereitwillig zu, »aber die *Kowloon Star* ist kein Passagierschiff und soll auch keines werden. Ist das alles, was Sie mir sagen wollten?«

China fühlte, wie ihr Herz bis zum Hals schlug. Noch nie in ihrem behüteten Leben hatte sie jemanden wie Ethan Bloodwell kennengelernt. Seine Übellaunigkeit und sein aggressives Männlichkeitsgetue machten ihr Angst. Chinas Erfahrungen mit Männern beschränkten sich auf die geckenhafte Affektiertheit Freddys und auf die sanfte Art ihres Großonkels. Sie kannte noch nicht einmal die Macht eines verführerischen Lächelns oder eines vielversprechenden Blickes, um sich dem stählernen Griff des Kapitäns entwinden zu können.

Doch da kam China ihr Instinkt zu Hilfe, von dessen Existenz sie eigentlich nichts wußte. Plötzlich ahnte sie, wie sie ihn rumkriegen könnte. Sie atmete tief durch, sah ihm durchdringend in die Augen und sagte dann: »Ich muß sofort nach Singapur, Kapitän, und Ihr Schiff ist das einzige, das bis zum Ende des Monats dorthin segelt. Vielleicht haben Sie bisher nur deshalb keine Passagiere mitgenommen, weil es nicht lukrativ genug war. Ich bin bereit, Ihnen hundert Pfund für eine sichere Überfahrt nach Indonesien zu zahlen.«

Kapitän Bloodwell zeigte sich nach außen hin unbeeindruckt trotz der Tatsache, daß der übliche Preis sonst nur ein Fünftel der von ihr genannten Summe betrug. »In Papiergeld oder in Goldmünzen?« fragte er kühl.

China zögerte. Sie wollte nicht lügen. Eigentlich besaß sie gar kein Geld, hatte aber gehofft, sie könnte die Schiffspassage mit ihrem Morgenmantel aus Badajan-Seide bezahlen. Der Stoff, das wußte sie, war sehr kostbar, trotz der Tatsache, daß Freddy ihn zerrissen hatte.

»Meine liebe junge Lady«, begann Kapitän Bloodwell und nahm ihr Schweigen als Bestätigung, daß sie nicht imstande war, diese Summe überhaupt aufzubringen. »Ich fürchte, einhundert Pfund sind es nicht wert, eine lästige Frauensperson für so lange Zeit am Hals zu haben. Noch schlimmer allerdings ist der unerträgliche Gedanke, mir den Zorn all ihrer Verwandten zuzuziehen, wenn herauskommt, daß Sie entweder von zu Hause ausgerissen oder auf ein Abenteuer aus sind.«

Halb zornig, halb amüsiert sah er, wie ihr die Schamröte ins Gesicht stieg. »Sie müssen doch zugeben«, fügte er unwillig hinzu, »daß an Ihrer Anwesenheit hier etwas faul ist.« China fühlte, wie Tränen in ihren Augen brannten. Keinen Augenblick länger wollte sie hierbleiben, doch was sollte sie tun? Ihre einzige Chance auf Freiheit aufgeben und nach Broadhurst zurückkehren, um dort wegen Mordes angeklagt zu werden?

»Ich bin bereit, mein Angebot auf zweihundert Pfund zu erhöhen«, sagte sie zitternd.

Zu ihrem größten Erstaunen warf Ethan Bloodwell seinen Kopf in den Nacken und brach in schallendes Gelächter aus. »Sie sind ganz schön hartnäckig«, gab er fast bewundernd zu. »Sagen Sie, ist es ein Familienstreit, vor dem Sie Reißaus nehmen oder die freudlose Aussicht auf eine Ehe mit einem ältlichen, häßlichen Freier?«

Während er sprach, dachte er, daß sie eigentlich noch viel zu jung und unschuldig – und viel zu hübsch – für ein solches Schicksal war. Aber er wußte auch, daß es bei ehrgeizigen Eltern durchaus Sitte war, ihre Töchter an den reichsten Mann zu geben, den sie finden konnten. Doch was gingen ihn eigentlich die häuslichen Probleme dieses grünäugigen Mädchens an?

Er sah auf sie hinunter und bemerkte, daß sie seine Fragen mit einem hochmütigen Blick und fest zusammengepreßten Lippen quittierte. Ethan mußte lachen. China Warrick war inzwischen viel zu wütend geworden, um zu bemerken, wie entwaffnend sympathisch Kapitän Bloodwell sein konnte, wenn er lächelte. Sie fand ihn unverschämt und ganz und gar nicht liebenswert.

»Ich glaube, ich gehe jetzt lieber«, begann sie kühl, aber Kapitän Bloodwell wollte dieses wundersame, rothaarige Rätsel nicht mehr loslassen. Es machte ihm nichts aus, daß sie von zu Hause ausgerissen war. Zweihundert Pfund waren es wert, ihr Helfershelfer zu werden, und er war skrupellos – und betrunken – genug, ihr Angebot ganz ernst zu nehmen.

Er verschränkte die Arme über der Brust und musterte sie interessiert. »Wenn ich nun einverstanden wäre, Sie mitzunehmen, woher würden Sie dann die zweihundert Pfund nehmen?«

Verwirrt ob des plötzlichen Sinneswandels starrte China ihn an. »Nun, Mädchen. Wollen Sie nun mit mir mitkommen oder nicht?«

China schluckte. Die Tatsache, daß er ihr helfen wollte und sie niemanden sonst auf der Welt hatte als diesen furchterregenden Mann, war ihr ebenso schrecklich wie die Vorstellung, in die Broadhurster Bibliothek zurückkehren zu müssen, wo Freddys lebloser Körper lag.

»Wollen Sie mich wirklich mitnehmen?«

Ethan grinste. »Da brauchen Sie doch nicht so furchtsam zu schauen. Natürlich werde ich Sie mitnehmen, wenn Sie mir die zweihundert Pfund zusichern können.«

»Ich habe etwas Geld von meinem Großonkel«, gab China widerwillig zu. Ob es wohl stimmte, daß Großonkel Esmund ihr genug Geld hinterlassen hatte, um ihre Heimfahrt abzusichern? Und würde Anna ihr wohl vergeben, was sie Freddy angetan hatte und was sie jetzt tat. »Er hinterließ es mir, als er starb.«

»Ah, Sie sind also eine Erbin.«

China brachte es nicht fertig, seinem spöttischen Blick zu trotzen, und sah weg.

»Und wer war Ihr Großonkel? Vielleicht hatte ich das Vergnügen, ihn zu kennen.«

Aber China wollte nicht mit der Sprache heraus. War es nicht schon schlimm genug, daß sie Unehre über den Earl gebracht hatte, indem sie seinen Enkel und Erben umgebracht hatte? Sie konnte seinen Namen nicht einem betrunkenen Mann von zweifelhaftem Ruf bekanntgeben, der nur seinen eigenen Profit im Kopf hatte.

»Sie machen mich neugierig«, sagte Ethan Bloodwell nachdenklich. Er griff nach einer ihrer Haarsträhnen, die auf ihre Schulter fielen und bemerkte erstaunt, daß sich die Strähne sofort um seinen Finger wickelte, als hätte sie ein Eigenleben. Er zog China näher an sich heran, bis ihr Gesicht seinem ganz nahe war.

»Wovor haben Sie Angst?« wollte er wissen, als er ihre angsterfüllten Augen sah. »Vor dem unaussprechlichen Geheimnis, dem Sie zu entkommen versuchen ... oder vor mir?«

Noch nie in ihrem Leben war China einem Mann so nahe gewesen, wenn man einmal von der schrecklichen Szene mit Freddy absah. Die Falten ihres Mantels legten sich um Ethan Bloodwells Beine. Sie konnte die feinen Bartstoppeln in seinem Gesicht sehen. Sein Körper strömte einen nicht unangenehmen Geruch nach Schweiß aus. »Nun, kleiner Feuerkopf?«

China gab keine Antwort. In diesem Augenblick war sie sich ihrer selbst nicht mehr sicher. In ihrer Unwissenheit schrieb sie ihr klopfendes Herz einem Ekelgefühl zu. Mit bebenden Nasenflügeln riß sie sich los, schürzte ihre Röcke und rannte los. Fluchend versuchte Ethan sie zurückzuhalten, doch sie floh wie ein gehetztes Reh die Stufen hinauf in das grelle Tageslicht.

Während der letzten halben Stunde war Leben in die Docks gekommen. Die Kowloon Star, die an den East India Docks vertäut war, lag nun nicht mehr allein vor Anker. Rundum hatten zahlreiche Schiffe angelegt. An den von Wind und Wetter mitgenommenen Decks wimmelte es von Männern, die die Schiffsladungen löschten. Zwischen Pferden und Wagen herrschte ein unglaubliches Gedränge, jeder war jedem im Weg. Da gab es riesige Eisenerz- und Kohleladungen, französischen Alkohol und feine Brüsseler Spitze. Und über allem schwebten, laut kreischend, zahllose Möwen. China wußte einen Augenblick nicht, in welche Richtung sie gehen mußte. »Hallo, Mädchen, paß auf, daß du nicht was abkriegst«, warnte sie ein rotgesichtiger Matrose und ließ neben ihr ein Faß auf den Boden fallen. »Du solltest lieber nach Hause gehen.«

China hätte das nur allzu gerne getan, aber es war ihr unmöglich, sich einen Weg durch die schwitzenden Pferde und Menschen zu bahnen. »Zur Seite, Mädchen, zur Seite.«

China konnte sich gerade noch an eine Mauer drücken, als ein schweres Zugpferd sie beinahe niedergetreten hätte. Sein Huf verfing sich im Saum ihres Mantels und riß ihn runter. Staub wirbelte auf und China hustete und rang nach Luft.

»Miß China! Miß China, hierher!«

China erschrak. Wer hatte da ihren Namen gerufen. Ungläubig blinzelte sie gegen die Sonne, als sie Weston, den Butler von Broadhurst erblickte, der sich einen Weg durch die Menge zu ihr bahnte. Plötzlich verschwamm alles vor ihren Augen, und sie wäre gefallen, wenn Weston sich nicht mit seinem Spazierstock energisch einen Weg durch die drängelnden Werftarbeiter zu ihr gebahnt hätte.

Er nahm sie am Arm und erkundigte sich besorgt: »Ist alles in Ordnung?«

»Ja ... ja danke, Weston.«

»Ich hatte es schon beinahe aufgegeben, Sie wiederzufinden! Sie hätten hier nicht alleine herkommen dürfen, Miß!«

Es war nicht verwunderlich, daß Westons Stimme ungewöhnlich scharf klang, denn er wußte sehr wohl, daß das Mädchen London nur in Form des behüteten Stadthauses Seiner Lordschaft in Mayfair kannte und keine Ahnung von den Gefahren hatte, die auf ein junges Mädchen in der Dockgegend warteten. Er hielt sie am Arm fest. »Was, in Gottes Namen, tun Sie hier, Miß. Sie wollen doch wohl nicht von zu Hause weglaufen? Mrs. Broyles hat schon so etwas geahnt, aber ich wollte es einfach nicht glauben.«

»Ich mußte doch gehen«, erklärte China mit schmerzerfülltem Blick, »wegen Freddy.«

»Wieso wegen Freddy?« fragte Weston.

China konnte die schreckliche Wahrheit nicht in Worte fassen. Warum machte es Weston ihr so schwer? Er wußte doch sicherlich schon, was passiert war. Er mußte es wissen. Warum sonst war er hierhergekommen, um sie zurückzuholen? Sie sah ihn an. Ihr Gesicht war sehr weiß und durchsichtig im grellen Licht des Tages. Mit zitternder Stimme fragte sie: »Woher wußten Sie, wo Sie mich finden würden?«

»Chauncey sah, wie Sie mit Bastian die Tunbridge Road hinunterritten. Wir nahmen beide an, daß Sie nach London wollten.« Zwischen seinen Augenbrauen entstand eine steile Stirnfalte. »Obwohl ich mir beim besten Willen nicht erklären konnte, warum Sie so etwas taten, Miß. Ich weiß, wie schwierig es für Sie seit dem Tod Seiner Lordschaft ist«, fügte er verständnisvoll hinzu, »aber es gibt doch sicherlich einen besseren Weg, Ihre Rückkehr nach Badajan zu arrangieren! Wenn ich dran denke, was alles hätte passieren können. Was für ein Glück, daß ich Sie noch rechtzeitig gefunden habe!«

China konnte nicht glauben, daß er sich nicht vorstellen konnte, warum sie von zu Hause geflohen war. »Oh Weston, sicherlich wissen Sie doch, was ich Freddy angetan habe?«

»Lord Freddy? Was sollten Sie ihm angetan haben, Miß?« Weston sah sie erstaunt an. »Sicherlich ist er momentan nicht gerade in der besten Verfassung. Als ich heute früh herunterkomme, lag er auf dem Sofa in der Bibliothek und hatte entsetzliche Kopfschmerzen. Sagte, er sei gefallen und hätte sich den Kopf am Lesetisch gestoßen, was ganz und gar nicht verwunderlich ist, wenn man die Menge –« Trocken hustend brach er den Satz ab und sprach nach einiger Zeit weiter: »Es ist eine ganz schöne Beule, das kann ich Ihnen sagen, Miß, aber er ist ja auch selber schuld. Wußten Sie von der Sache?« fragte er neugierig.

China hatte Mühe zu atmen. »Wollen Sie damit sagen, daß mein Cousin – daß Freddy nicht tot ist?« Weston konnte nicht umhin, glucksend zu lachen. »Tot? Daß ich nicht lache! Obwohl er es sich vielleicht momentan wünscht. Eine Beule am Kopf und ein kräftiger Kater sind ja nicht gerade etwas Angenehmes.«

China fühlte plötzlich, wie der Boden unter ihren Füßen schwankte. Sie klammerte sich an Westons Arm und sah ihn verzweifelt an. Besorgt betrachtete er sie. »Bitte, Miß China, Sie sollten jetzt mit mir nach Hause kommen«, drängte er. »Ich habe Lord Freddy wieder ins Bett geschickt, und es wäre besser, wenn Sie wieder zu Hause auf Broadhurst wären, ehe er oder Lady Cassie aufwachen. Wenn sie erst einmal erfahren, daß Sie weg sind, wird es ziemlich schwierig sein, eine Erklärung dafür zu finden, wo Sie gewesen sind. Ich bin mit der Kutsche hier, also müssen Sie nicht zurückreiten. Aber wo, um Gottes willen, haben Sie den armen Bastian gelassen?«

China lehnte ihren Kopf müde gegen die Schulter des alten Butlers und schloß erschöpft die Augen. Er streichelte ihr beruhigend über den Arm. Sie war so froh, daß Freddy nicht tot war, daß niemand sie anklagen würde, ihn getötet zu haben, und sie war so froh, nach Hause zurückkehren zu können.

In ihrer Erleichterung vergaß China völlig auf den Kapitän der Kowloon Star und das verzweifelte Angebot, das sie ihm gemacht hatte. Sie wollte nur noch schlafen und sank seufzend in die Polstersitze der riesigen schwarzen Kutsche mit dem Linville-Wappen. Sofort schlief sie erschöpft ein.

Lady Cassiopeia Linville trommelte mit den Fingern auf die Stuhllehne aus geschnitztem Eichenholz und warf finstere Blicke auf den Besucher, der gerade in ihren Privatsalon hereingeführt worden war. Auf dem kleinen Tisch neben ihrem Stuhl standen Tee und verführerisch aussehendes Gebäck bereit. Doch obwohl der dünne und ungesund blasse junge Mann verstohlen und offensichtlich hungrig die Köstlichkeiten musterte, bot sie ihm nichts an. Obgleich sie sehr wohl wußte, daß der sommersprossige junge Mann schrecklich nervös war, tat sie nichts, um es ihm leichter zu machen. Mit einem knappen Kopfnicken schickte sie den Lakai hinaus und wandte sich dann ungeduldig an ihren Besucher:

»Nun, Mr. Browne? Haben Sie es gefunden?«

Arthur Browne, der neue Angestellte in der angesehenen Anwaltskanzlei Biggs and Kenilworth, trat verlegen von einem Bein auf das andere. »Ja, Madam«, murmelte er mit gesenktem Blick. Irgend etwas hatte diese Lady Cassiopeia Linville an sich, das ihn irritierte. Er konnte zwar nicht genau sagen, was es war, aber er hatte Schwierigkeiten, ihrem kalten, prüfenden Blick standzuhalten.

Eigentlich war sie eine hübsche Frau trotz des großen schwarzen Muttermals an ihrem herrischen Kinn. Sie hatte durchaus aristokratische Gesichtszüge und für ihre dreiunddreißig Jahre eine ausgezeichnete Figur. Ihre sorgfältig frisierten Haare glänzten in einem schönen Kastanienbraun. Wie alle Linvilles war sie groß und legte Wert auf gute Körperhaltung. Die langen Jahre des Wartens, bis ihr Bruder sein Erbe antreten konnte, hatten jedoch tiefe Linien in ihrem Gesicht und einen störrischen Zug um ihren Mund hinterlassen. Sie war hartherzig und unzugänglich und hatte immer Mühe gehabt, ihre Boshaftigkeit vor ihrem Großvater zu verbergen, dem Gehässigkeit jeglicher Art ein Greuel war.

Cassie Linville war als Kind verzogen und verhätschelt worden. Über Nacht hatte sich das mit der Geburt ihres Bruders Freddy geändert. Mit Mißfallen hatte sie mitansehen müssen, wie alle Aufmerksamkeit plötzlich einem rotgesichtigen, schreienden Bündel galt, und ihre Verbitterung hatte sich im Laufe der Jahre noch verstärkt, als Freddy zu einem hübschen Jungen heranwuchs, der die Herzen aller Erwachsenen im Sturm eroberte. Cassie verachtete ihren kleinen Bruder von ganzem Herzen und träumte fortan von dem Tag, an dem sie dem Haus ihres Vaters entfliehen und den lästigen Freddy zurücklassen konnte. Erst mit fünfundzwanzig Jahren, als sie in den Augen der Londoner Gesellschaft schon als alte Jungfer galt, bekam Cassie endlich das, worauf sie schon so lange gewartet hatte – einen Heiratsantrag. Doch Sir Lionel Edgewater, ihr Zukünftiger, war dreißig Jahre älter und ein stadtbekannter Lebemann. Ihre Eltern und Lord Linville verboten ihr diese Heirat. Cassie ließ jedoch nicht locker. Sie wollte um jeden Preis Lady Edgewater werden, ein eigenes Haus und sechsundzwanzig Diener haben und endlich alle die Lügen strafen, die behaupteten, Cassie Linville wäre zu hochmütig und spitzzüngig, um einen Mann abzubekommen.

Da sie alt genug war, heiratete sie ohne Zustimmung ihrer Eltern. Nach vier Monaten war sie Witwe. Sir Lionel war in seinem Club an einem Hühnerknochen erstickt. Da er gestorben war, ohne ein Testament zu hinterlassen, gingen seine Besitztümer an einen pickeligen Neffen aus Groton. Cassie mußte wutentbrannt nach Hause zurückkehren und sich mit der Tatsache abfinden, daß sie wahrscheinlich keine weiteren Angebote bekommen würde.

Vier Monate später kamen ihre Eltern und ihre Großmutter bei einem Theaterbrand ums Leben. Cassie bedauerte es unsäglich, daß nicht auch der kleine Freddy auf diese Weise aus dem Leben geschieden war. Doch schon bald änderte sie ihre Meinung. Als Erbe eines beträchtlichen Vermögens war er nun plötzlich für sie interessant geworden, und so begann sie, ihn zu umschmeicheln. Sie stieg schließlich dadurch so sehr in seiner Gunst, daß er darauf bestand, sie mitzunehmen, als der Earl Freddy einlud, auf Broadhurst zu leben.

Keiner von beiden hatte damals geahnt, daß sie fast zehn Jahre würden warten müssen, um an das Erbe heranzukommen. Cassie mochte ihren Bruder inzwischen ganz gerne und hatte gelernt, geduldig zu sein. Sie wußte, Freddy würde eine feste Hand brauchen, wenn er einmal das Erbe seines Großvaters zu verwalten hätte, und so wartete sie auf ihre Stunde ...

»Madam? Entschuldigen Sie? Haben Sie gehört, was ich gesagt habe?«

Cassie sah den jungen Mann geistesabwesend an. Einen Augenblick lang hatte sie völlig vergessen, wer er war. Allmählich kehrten ihre Gedanken wieder zur Gegenwart zurück. Dieser junge Mann, Arthur Browne, war er wirklich der Beste, den Freddy auftreiben konnte? Er hatte ihn als fähigen und vertrauenswürdigen Mann beschrieben. Und so sah er Cassie nun ganz und gar nicht aus. Sie hätte ihn eher als kriecherischen Speichellecker bezeichnet.

»Nun?« fragte sie kühl. »Haben Sie das Testament meines Großvaters gesehen? Was stand darin?«

Arthur wurde leichenblaß. »Ich habe nicht alles gelesen, Madam. Ich bin selten allein im Büro, müssen Sie wissen, und hatte schon beträchtliche Schwierigkeiten, an den Safe heranzukommen.«

Seine Hände zitterten. Cassie sah ihn mißbilligend an. »Weiter, weiter.«

»Ich hatte nur ganz kurz Zeit, hineinzusehen«, stammelte Arthur. »Es besteht aus so vielen Seiten, und ich hatte Angst, jemand könnte reinkommen und –«

»Um Himmels willen, Sie wurden doch schließlich dafür bezahlt, herauszufinden, wer den Besitz meines Großvaters erbt, und nicht dafür, jeden einzelnen Satz zu lesen!«

Arthurs Adamsapfel bewegte sich ruckartig auf und ab. Dann sagte er unglücklich: »Ja, Madam, ich weiß.«

Cassie zwang sich, ruhig zu bleiben, obwohl sie mit den Fingern die Armlehne umklammerte. »Nun, Mr. Browne? Wer erbt? Es ist mein Bruder, Lord Linville, nicht wahr?«

Arthur Browne hüstelte verlegen. Er war sicher, die Lady würde die Nachricht nicht gut aufnehmen. Sie sah wie ein übelgelaunter, rachsüchtiger Drachen aus und würde nicht begeistert sein, ihre Erwartungen enttäuscht zu sehen. Arthur bedauerte, die stattliche Bestechungssumme von Lord Freddy angenommen zu haben. Aber es hatte jetzt keinen Sinn, die Lady anlügen zu wollen, würde doch die Wahrheit ohnehin herauskommen, wenn Mr. Biggs aus East Anglia zur offiziellen Testamentseröffnung zurückkäme.

Er atmete tief durch und sagte dann: »Es ist Miß China Warrick, Madam.«

Furchtsam blickte er auf, als Lady Cassie keine Antwort gab. Fast blieb ihm das Herz stehen, als er sah, daß ihre Haut die Farbe von altem Pergament angenommen hatte und das Muttermal besonders hervortrat. Ihre langen, juwelenberingten Finger klammerten sich wie Klauen um die Armlehnen. Arthur wich unbewußt einen Schritt zurück und spürte, daß Schweißtropfen seinen Rücken hinunterliefen.

»Madam? Haben Sie mich gehört? Ich sagte –«

Sie starrte ihn mit ausdruckslosen Raubvogelaugen an. »Ich habe Sie sehr wohl gehört, Mr. Browne.«

Arthur blieb wie das Kaninchen vor der Schlange stehen. Cassie sah auf und bemerkte, wie er sie anstarrte. »Worauf warten Sie noch? Wir brauchen nichts mehr von Ihnen. Machen Sie, daß Sie fortkommen!«

Zehn Minuten später kam der eilig herbeizitierte Freddy in den elegant möblierten Salon seiner Schwester. Er hatte tiefe Ringe unter den rotgeränderten Augen, seine linke Schläfe war bläulich verfärbt und sein Morgenmantel verknittert. Er sah ganz und gar nicht so aus wie der hübsche, junge Dandy, der am

Abend zuvor versucht hatte, sich an seine Cousine heranzumachen. Und auch sein Benehmen erinnerte eher an das eines betrunkenen Marktschreiers als an das eines zivilisierten Gentleman und adeligen Erbes.

»Ich muß dir gleich sagen, daß mein Kopf scheußlich wehtut«, begann er, nachdem Cassie die Tür hinter ihm geschlossen hatte. »Ich sollte eigentlich im Bett bleiben anstatt zu unchristlicher Zeit zu dir zitiert zu werden. Es war ein verdammt ... – Was, zum Teufel, ist los mit dir?«

Cassie ging nervös auf und ab. »Was los ist mit mir?« schrie sie ihn an. Aus ihrem Blick sprach Verachtung. »Das solltest du lieber deinen Großvater – Gott hab ihn selig – fragen. Er muß total verrückt gewesen sein, als er starb.«

»Beruhige dich doch, Cass«, bat Freddy. Sein armer, gequälter Kopf konnte die schrille Stimme seiner Schwester nicht ertragen.

»Mich beruhigen? Wie könnte ich das? Weißt du, was dieser einfältige Trottel getan hat? Er hat dir einen wertlosen Titel vererbt!« Sie lachte bitter, als sie sein verwirrtes Gesicht sah. »Schau nicht so belämmert, kleiner Bruder. Eben war Mr. Arthur Browne da – übrigens ein jämmerlicher Schlappschwanz – und hat mir mitgeteilt, daß wir so arm wie Kirchenmäuse sind. China hat alles geerbt. Alles, hörst du? Es gehört alles China!«

Freddy wurde leichenblaß. »Aber das kann doch nicht sein! Ich wußte zwar, daß der alte Mann sie mochte –«

»Sie mochte?« höhnte Cassie. »Er liebte sie abgöttisch. Schließlich ließ sie keine Gelegenheit verstreichen, sich bei ihm einzuschmeicheln. Tat so, als interessiere sie sich für seine lächerlichen Steckenpferde und leistete ihm stundenlang Gesellschaft, wo er doch tödlich langweilig war! O Gott, ich könnte dieses Miststück glattweg erwürgen.«

Ihre Stimme zitterte, und sie ließ sich in den gepolsterten Lehnstuhl fallen.

Freddy fuhr sich mit zitternden Händen durch sein strubbeliges Haar. Mit düsterem Blick sagte er heiser: »Wir hätten darauf bestehen sollen, daß sie nach Beendigung der Schule sofort nach Badajan zurückgeschickt hätte werden sollen.«

»Vielleicht erinnerst du dich, daß es Großvater war, der sie nicht gehen lassen wollte, nachdem er den Schlaganfall erlitten hatte. Und China war damit einverstanden zu bleiben – scheinbar aus lauter Herzensgüte.« Cassies Augen verengten sich. »Zweifelsohne wußte oder ahnte sie schon, daß sie sein Vermögen erben würde.«

»Wir haben noch einen Joker«, sagte Freddy langsam.

Sie betrachtete ihn verächtlich. »Ach, wirklich? Und der wäre …?«

»Biggs wird erst in zwei Tagen auf Broadhurst erwartet. Großvaters Testament ist bis jetzt offiziell nur dem lieben Gott bekannt. Wir haben also reichlich Zeit zu handeln.« Cassie hob die Augenbrauen. »Zu handeln? Was meinst du? Was hast du vor?«

Freddy verzog den Mund zu einer häßlichen Fratze. »Sicherlich bist du mit mir einer Meinung, daß wir beide nicht den Rest unseres Lebens von Chinas Barmherzigkeit abhängig sein wollen. Ich gehe davon aus, daß sie mindestens ebenso knickerig sein wird wie Großpapa. Du erinnerst dich doch noch an die Szene, die sie letztes Jahr an ihrem Geburtstag gemacht hat, als ich die Badajan-Seide, die sie bekommen hatte, nahm und sie der Frau von Lord Staverton schenkte?«

»O ja«, gab Cassie zu und dachte daran, wie China sich verletzt zurückgezogen und ihr Großvater lautstark seinen Unmut geäußert hatte. Cassie und Freddy wollten einfach nicht einsehen, warum China den ganzen Ballen des kostbaren Stoffes allein für sich haben sollte. Zumindest der Großvater hätte aber doch wissen müssen, daß Lord Staverton großen Einfluß im Parlament hatte und Freddys politische Ambitionen durch ein großzügiges Geschenk sicherlich nicht Schaden gelitten hätten – obgleich der Ehrlichkeit halber zugegeben werden muß, daß er mehr an den strahlendblauen Augen von Sophie Staverton interessiert war.

Badajan-Seide, das wußten Cassie und Freddy sehr wohl, konnten sich nur die wohlhabendsten europäischen Familien leisten. Und die Tatsache, daß Chinas Vater diese Seide herstellte, hieß noch lange nicht, daß China sie so einfach für sich behalten konnte. Zumindest fanden das Cassie und Freddy, auch wenn der Großvater das anders sah.

»Erinnerst du dich noch, Freddy, wie Sophie Staverton sich weigerte, den Stoff wieder herzugeben?« fragte Cassie und lachte glucksend. »Doch Großpapa gelang es, einen Teil davon zurückzukaufen. Es war genug, um einen Morgenmantel für China daraus schneidern zu lassen, glaube ich.«

Freddy machte eine ungeduldige Handbewegung. »Ja, ja, ich erinnere mich, aber laß uns jetzt von der Gegenwart sprechen. Ich habe keine Lust, bei China um Almosen zu betteln – falls sie uns überhaupt was gibt. Wir müssen schnell etwas tun, ehe Roland Biggs hier aufkreuzt.«

Cassie sah ihren Bruder mit ängstlich aufgerissenen Augen an. »Du hast doch wohl nicht vor, sie um die Ecke zu bringen. Das kann nicht dein Ernst sein! Wenn wir auch noch so sorgfältig vorgehen, kein Mensch würde uns je glauben, daß China zufällig zwei Tage, ehe sie ein Vermögen erbte, etwas zugestoßen sein würde. Und außerdem, wie willst du vorgehen? Wir haben ja schon vieles zusammen ausgeheckt, mein lieber Bruder, aber Mord bedarf einer sehr klugen Planung.«

»Oh, gütiger Gott, Cassie!« Freddy schnaubte unwillig durch die Nase. »Für wie dumm hältst du mich eigentlich? Selbst ein alter Tattergreis wie Roland Biggs würde Lunte riechen, wenn ihr jetzt was zustoßen würde. Und ich, meine liebe Schwester, habe nicht vor, meinen edlen Kopf für den Strang herzugeben.«

»Sehr gut«, meinte Cassie spitz, »aber was dann?«

Freddy sah sie herablassend an.

»Nichts einfacher als das. Ich werde sie heiraten.«

»Was?«

»Warum nicht? Als ihr rechtmäßig angetrauter Ehemann habe ich völlige Kontrolle über den Besitz, und da wir nicht Verwandte ersten Grades, sondern zweiten Grades sind, kann auch keiner etwas gegen die Ehe haben.«

»Und was ist, wenn sie nicht will?«

Freddy betrachtete sich selbstgefällig in dem großen Spiegel. Trotz des entstellenden blauen Flecks in seinem Gesicht sah er außerordentlich gut aus. Er wußte, daß ihm keine Frau, und sicherlich auch nicht seine junge, attraktive Cousine, widerstehen konnte.

»Mach dir darüber keine Gedanken, Cass«, sagte er gähnend. »Sie wird wollen, und ganz bestimmt sehr gerne. Würdest du mich jetzt bitte entschuldigen? Ich gehe wieder zu Bett. Sei so lieb und sorge dafür, daß ich nicht noch einmal gestört werde.«

3

Broadhurst war ein Geschenk des jungen Königs Edward VI. an den ersten Lord Linville. Es war ein imposanter Besitz, der sich über viele Meilen erstreckte. Das Herrenhaus aus einheimischem Graustein hatte viele Türmchen und stand an der Stelle, an der die Rundköpfe im Jahr 1645 ein normannisches Schloß zerstört hatten. Nach der Restauration wurde es von dem fünften Earl Linville im georgianischen Stil umgebaut. Es hatte vierzig Prunkräume mit aufwendigen Friesen und glänzend polierter Vertäfelung, die von einer eindrucksvollen Sammlung flämischer Gobelins aus dem sechzehnten Jahrhundert geschmückt waren. Italienische Architekten hatten das Haus mit terrassenförmig angelegten Gärten umgeben, und der saftig grüne Rasen mündete in einen künstlich angelegten Teich, wo zahme Schwäne zwischen Seerosen anmutig ihre Kreise zogen. Hinter den weitläufigen Rosengärten waren Treibhäuser und Stallungen. Die Pferdekoppeln grenzten an Obstgärten, Darren und Hopfenfelder, die zum großen Gutsbetrieb auf Broadhurst gehörten.

Freddy Thurston Linville trat aus dem goldenen Morgensalon auf die kleine, von einer Mauer umgebene Terrasse und ließ seinen Blick mit Besitzerstolz über den gepflegten Parkbereich schweifen. Er lachte fröhlich, als er die kleine Kapelle aus Stein und Eichenholz sah, die sich beim See hinter einer Gruppe von Buchen mit weitausladenden, kupferfarbenen Kronen versteckte. Dort hatten sie vor zwei Tagen die sterblichen Überreste des alten Earl zur letzten Ruhe gebettet.

»Hast du geglaubt, du könntest mir verweigern, was mir rechtmäßig zusteht?« fragte er laut. »Du hast es mir zu Lebzeiten nicht leicht gemacht, lieber Großpapa, aber jetzt, da du tot bist, kannst du mich nicht daran hindern, das zu tun, was mir gefällt.«

Ein Glücksgefühl durchströmte ihn. Hatte sein Großvater wirklich geglaubt, er werde tatenlos zusehen, wie das Linville Vermögen in die Hände eines halben Kindes fallen würde, dessen einziger Anspruch auf den Familiennamen die Tatsache war, daß ihre Großmutter, Lady Delia Linville, eine Adoptivschwester des Earl war.

Freddy schlenderte zurück in den Morgensalon und blieb bewundernd vor dem Vandyke über dem Kaminsims aus rosa Marmor stehen. Wie hoch würden die Schätzer wohl für dieses Bild gehen? Aber das hatte noch Zeit, dachte Freddy träge. Jetzt wollte er sich mit etwas anderem befassen – mit der Verheiratung mit seiner Cousine.

Obgleich er den gestrigen Tag fast ausschließlich im Bett zugebracht hatte, war er nicht wirklich müßig gewesen. Er hatte viel über seine zukünftige Braut nachgedacht, und wie er seinen Antrag am besten formulieren sollte. Ganz sicherlich würde sie ihn nicht zurückweisen, aber er mußte bedenken, daß sie wirklich um ihren Großonkel trauerte. Und obgleich er sich nicht mit der Begründung vertrösten lassen wollte, der Earl wäre gerade erst drei Tage unter der Erde, wollte er sie doch mit seiner Ungeduld nicht vor den Kopf stoßen. Er plante, sie mit mitfühlenden Worten gefügig zu machen und ihr so ein Versprechen zu entlokken, denn es war nicht so schlimm, wenn sie bei der Testamentseröffnung noch nicht verheiratet waren. Eine offiziell angekündigte Verlobung würde völlig ausreichen.

Er hörte draußen in der Halle Krinolinenröcke rascheln und sah gerade noch, wie China versuchte zu verschwinden.

»So eilig, Cousinchen?« rief er sie zurück. Sie zögerte einen Augenblick. Freddys Anwesenheit hatte sie überrascht, denn es war normalerweise nicht seine Art, so früh aufzustehen. Und da er den ganzen gestrigen Tag im Bett verbracht hatte, hatte sie gehofft, sie würde ihm auch heute erst am Nachmittag in die Augen sehen müssen. Das Schicksal hatte es anders gewollt, und so blieb ihr nichts anderes übrig, als die Schultern zu strecken und möglichst neutral einen guten Morgen zu wünschen.

»Du scheinst sehr erpicht darauf zu sein, mir aus dem Weg zu gehen«, sagte Freddy und trat ihr gegenüber. Mit Mißfallen bemerkte er, daß sie beim Anblick seiner blau verfärbten Schläfe einen Schreckenslaut unterdrückte.

Vielleicht war es diese kleine Geste, die bewirkte, daß er von seinem sorgfältig durchdachten Plan Abstand nahm. Statt der wohlüberlegten Worte fiel er mit der Tür ins Haus. China sah hinreißend aus in ihrer Trauerkleidung, stand da und sah ihn mit leicht geöffnetem Mund an. Dann lehnte sie seinen Antrag mit einfachen Worten ab.

Freddy war sich seiner Sache nur allzu sicher gewesen, und da China in mädchenhafter Zurückhaltung, wie er glaubte, nur sehr zögernd reagiert hatte, stellte er einfach seine Frage noch einmal – und wurde ebenso prompt und diesmal um einiges bestimmter zurückgewiesen.

»Es tut mir leid, Freddy«, sagte China entschieden. Ihr Gesicht war leichenblaß. »Es ist sehr nett von dir, daß du dich um mich kümmern möchtest, aber ich habe vor, nach Badajan zurückzukehren. Warum sollte ich noch hierbleiben?«

»Warum? China, meine Liebe! Bin ich nicht Grund genug?«

Sie löste sich so unauffällig wie möglich aus seinem Griff. »Nein, Freddy«, sagte sie entschlossen, »es tut mir wirklich sehr leid. Aber das würde nicht gutgehen. Das mußt du doch einsehen!«

»Oh, zum Teufel mit allem«, platzte es aus ihm heraus. »Wenn es wegen des gestrigen Vorfalls ist, dann kann ich dir versichern, daß das nicht mehr vorkommen soll. Das war sehr grob und unverzeihlich von mir. Warum schaust du so?«

»Du wußtest?« flüsterte China entsetzt.

»Natürlich! Aber glaubst du ernsthaft, ich würde diesem unerträglich humorlosen Wesen – oder sonst jemandem – gegenüber zugeben, daß du mich niedergeschlagen hast? Oder warum es geschah?«

China sah ihn entsetzt an. Freddy lächelte sie an wie ein abgefütterter Tiger – zufrieden, aber sehr gefährlich. »Ich hätte dich wegen versuchten Totschlags festnehmen lassen können, meine Liebe, aber nach reiflicher Überlegung kam ich zu dem Schluß, daß ich dich damit nur unnötig erschrecken würde und daß man dir deine Reaktion nicht zum Vorwurf machen kann.«

»Das war sehr nett von dir, Freddy.«

»Nicht wahr? Und da wir ohnehin heiraten, sollten wir diesen unglückseligen Vorgang so schnell wie möglich vergessen.«

»Aber ich werde dich nicht heiraten«, wiederholte China beharrlich.

Er lachte unbetroffen vor sich hin. »Hast du eigentlich vergessen, daß du noch nicht volljährig bist und eine solche Entscheidung gar nicht treffen kannst?«

»Nein, das habe ich nicht«, entgegnete China und ihre Augen funkelten unheilvoll. »Aber offensichtlich hast du vergessen, daß meine Eltern noch am Leben sind, und selbst wenn ich dich doch heiraten wollte – was nicht der Fall ist –, könnte ich es nicht ohne ihre Zustimmung tun.«

»Das mag schon sein«, gab Freddy nach einer Weile zu. Das hatte er nicht bedacht. China, der dieses Gespräch nun zu dumm wurde, nickte steif und zog sich, ohne Freddy eines weiteren Blikkes zu würdigen, zurück.

Das konnte doch nicht wahr sein, dachte sie wütend. Freddy mußte den Verstand verloren haben, wenn er glaubte, daß sie ihn jemals heiraten würde. Sein Benehmen bestärkte sie in dem Glauben, daß Anna recht hatte und sie so schnell wie möglich England verlassen sollte. Und bis es so weit war, konnte sie nur hoffen, daß sie es Freddy ein für allemal klar gemacht hatte, daß er sich nicht weiter um sie bemühen sollte.

Freddy sah das anders. Er zog sich in seine Räumlichkeiten zurück, leckte seine Wunden und plante. Eine halbe Stunde später ging er nach unten und verlangte mit schroffen Worten nach einem Wagen. Er gab dem Kutscher ein paar knappe Anweisungen und ließ sich dann seufzend in den Sitz zurückfallen. Den restlichen Nachmittag verbrachte er dann in Tunbridge Wells mit einem düster aussehenden Gesellen, der Jack Weir hieß und erst kürzlich aus dem Newgate-Gefängnis entlassen worden war. Sie trafen sich in einem abgelegenen Gasthof, verhandelten miteinander und gingen nach der Übergabe eines prallvollen Beutels mit Münzen beide wieder getrennte Wege.

»Ein wenig ausreiten?« fragte Freddy interessiert, als er am späten Vormittag des folgenden Tages im Foyer an seiner Cousine vorbeiging. Er war zunächst so sehr in seine Zeitung vertieft gewesen, daß er sie gar nicht bemerkt hatte. Erst als er leises Stoffrascheln vernahm, blickte er auf. Sein Puls beschleunigte sich. Sie trug einen langen Reitrock und ein knappes, mit schwarzem Samt besetztes Jäckchen dazu. Das hatte sie nicht mehr angehabt, seit der alte Herr krank geworden war.

»Ich wollte Bastian ein wenig bewegen«, sagte sie.

»Viel Spaß«, wünschte er und wandte sich wieder seiner Zeitung zu. China fühlte sich glücklicher als in den vergangenen Tagen, hob ihre Röcke und rannte hinaus. Wenn Freddy das peinliche Gespräch vergessen wollte, dann konnte sie das auch.

»'Morgen, Miß.« Ein weißhaariger Mann mit einer abgetragenen Lederschürze stand vor der Stallung und hielt Bastian am Zügel. Mit seinen ölverschmierten Fingern fuhr er sich verlegen durch das schüttere Haupthaar und sagte grinsend: »Hat sich von dem Ritt nach London wieder prächtig erholt.«

»Danke, Chauncey«, antwortete China freundlich. Sie mochte den Stallmeister von Broadhurst sehr gerne.

Sie zog ihre Handschuhe an, schwang sich in den Sattel und ließ sich von Chauncey den Steigbügel richten. Dann berührte sie Bastians Flanke kurz mit der Reitpeitsche und ließ ihn in Richtung Park traben. Kurz darauf waren sie hinter einem Grashügel verschwunden. Bastians Hufe hinterließen im Morgentau Spuren, die in Regenbogenfarben glitzerten.

Der kühle Herbstwind streichelte ihre Wangen. In der Luft lag noch der schwere Duft der Spätsommerblumen. China hatte das Gefühl, eine schwere Last sei von ihren Schultern genommen. Zum erstenmal ließ sie die gruftige Atmosphäre des großen Hauses hinter sich. Seit dem Tag, an dem Esmund Linville auf das Krankenbett geworfen wurde, um nie wieder aufzustehen, war ihr Dasein düster und freudlos gewesen.

Die blasse Oktobersonne hatte noch erstaunliche Kraft. Die Nebelschwaden über dem See hoben sich und gaben die windgekräuselte Oberfläche des Sees frei. China lenkte Bastian den Kiesweg zum Seeufer hinunter. Sie schirmte sich die Augen mit einer Hand ab und erhob sich vom Sattel, um eine Schar Wildenten zu beobachten, die in der Mitte des Sees aufflogen. Einen Augenblick hatte sie wohl die Zügel locker gelassen, als plötzlich Bastian, vielleicht durch die Enten aufgeschreckt, scheute und sich schnaubend aufbäumte. China wollte ihm gerade beruhigend den Hals tätscheln, als er die Ohren anlegte, auf der Hinterhand kehrtmachte und in Panik losgaloppierte.

Obwohl sie Angst hatte, wußte China, daß sie nicht versuchen sollte, das Pferd zum Stehen zu bringen. Dazu hatte sie nicht die Kraft. Sie konnte nur hoffen, daß es von sich aus stehenbleiben würde, und sie wußte, daß sie sich so lange wie möglich im Sattel halten sollte. Hoffentlich würde er nicht stolpern oder – noch schlimmer – in ein Dachsloch treten.

Bastians Hufe schleuderten Erdklumpen hoch. China verlor ihren Hut und ihr Haarnetz. In Windeseile hatten sie den Park durchquert. Bastian donnerte hügelauf und hügelab, wich gerade noch den feuchten, rutschigen Stellen in den Talmulden und den tiefhängenden Eichenzweigen aus. Seine panikartige Flucht führte weiter über die abgeernteten Roggenfelder zu der alten bemoosten Mauer, die die Grenze des Besitztums markierte.

Es war eine sehr hohe Mauer aus Bruchsteinen, die das kultivierte Land des Broadhurstschen Besitzes von dem Ödland trennte. Das Terrain auf der anderen Seite war sumpfig und von Felsbrocken durchzogen. Ihre Kehle war wie ausgedörrt. Sie riß an den Zügeln – vergeblich. Bastian konnte sich nur allzu leicht auf dem unebenen Gelände ein Bein brechen und sie unter sich begraben, wenn er stürzte.

Dann entglitt ihr noch eine Seite des Zügels, als sie ihn besser fassen wollte, und China machte sich auf einen Sturz gefaßt.

Ein Pistolenschuß ganz aus der Nähe erschreckte sowohl das Pferd wie auch das Mädchen, das sich an seinen Rücken klammerte. Bastian kam mit Mühe und Not unmittelbar vor der Mauer zum Stehen. China war in Vorbereitung auf den Sprung im Steigbügel aufgestanden und wurde wie ein Geschoß über die Mauer geschleudert.

»Hallo, dort drüben! Sind Sie verletzt?« Gott sei Dank war sie das nicht, da sie in einem Laubhaufen ziemlich weich gelandet war. Ein wenig schwindlig blinzelte sie in den blaugrauen Himmel und rappelte sich dann auf. Ihre Kleider waren zerrissen und schmutzig, aber China nahm kaum Notiz davon. Ungläubig starrte sie in das wettergegerbte Gesicht von Kapitän Bloodwell.

Er saß auf der anderen Seite der Mauer auf einer Stute und sah sie ebenso ungläubig an. Einen Augenblick lang schien es beiden die Sprache verschlagen zu haben, dann warf Kapitän Bloodwell seinen Kopf in den Nacken und brach in schallendes Gelächter aus.

»Könnten Sie mir bitte erklären, was an einem Unfall mit beinahe tödlichem Ausgang so lustig ist?« wollte sie wutentbrannt wissen.

»Ich bitte um Entschuldigung, Miß Warrick«, antwortete Ethan Bloodwell und wurde wieder ernst. »Ich habe nicht damit gerechnet, sie unter – eh – diesen ungewöhnlichen Umständen wiederzusehen.«

»Woher wissen Sie meinen Namen?« erkundigte sich China. Sie erinnerte sich ganz deutlich, ihren Namen während ihrer unangenehmen Begegnung absichtlich verschwiegen zu haben. Obwohl es ihr absurd erschien, war sie auch sicher, daß er nicht so groß oder auf so arrogante Weise gutaussehend gewesen war, oder täuschte sie sich da?

Nach seinem schockierenden Aufzug und der erschreckenden Unordnung in seiner Kabine zu urteilen, hätte sie nie geglaubt, daß er auch einigermaßen respektabel aussehen konnte. Und nun stand da ein Gentleman in einem gut geschnittenen taubengrauen Jackett und passenden Reithosen aus Kalbsleder vor ihr. Der steife Kragen hob sich von seinem sonnengebräunten Gesicht ab und war makellos gebügelt. Das kastanienbraune Haar, das sie als besonders ungepflegt in Erinnerung hatte, war ordentlich gekämmt.

Trotz seines gepflegten Äußeren strahlte Kapitän Bloodwell eine Ungezähmtheit aus, die so gar nicht zu dem modischen Beiwerk passen wollte, das die Welt der Londoner Dandys dem modebewußten Gentleman vorschrieb. Mit welcher Leichtigkeit er von einer Haut in die andere schlüpfte, dachte China verwirrt.

Ein wenig mißtrauisch fragte sie: »Zu wem wollen Sie? Zu jemandem hier auf Broadhurst?«

Ethan stieg von seinem Pferd ab und kletterte über die Mauer. Mit einem Taschentuch wischte er Chinas schmutziges Gesicht ab, drehte dann ihre Hände um und betrachtete die Abschürfungen an ihren Handflächen.

»Mir fehlt wirklich nichts«, versicherte ihm China, riß sich von ihm los und wich zurück. »Wenn Sie jetzt bitte meine Frage beantworten wollen, Kapitän. Was führt Sie hier nach Broadhurst? Und woher wissen Sie meinen Namen?«

»Wie wär's, wenn Sie mir erst erzählten, wie Sie es beinahe geschafft hätten, sich den Hals zu brechen.« Bastian hatte sich inzwischen gefangen und graste friedlich in der Nähe.

»Wenn Sie es genau wissen wollen«, antwortete China unwillig, »dann hat er vor einer Entenschar gescheut.« China sah sich in der Umgebung um. Sie hatte einen Stiefel verloren. Kapitän Bloodwell beobachtete sie eine Weile, bückte sich dann und hob einen kleinen Lederstiefel hoch, der neben ihm im Gras gelegen hatte.

»Ist es das, wonach Sie suchen?« fragte er höflich.

Chinas Gesicht leuchtete auf. »Ja, danke. Ich möchte wissen, wie sich der selbständig gemacht hat.« Sie streckte ihre Hand aus, aber Kapitän Bloodwell winkte sie zu einem Baumstumpf. Zunächst wollte sie protestieren, aber als sie sein amüsiertes Lächeln sah, schwieg sie lieber und tat, wie ihr geheißen. Sie wollte ihm nicht noch einen Grund zum Lachen geben.

Sie hob ihre Röcke ein wenig und vermied es bewußt, auf ihren skandalös entblößten Unterschenkel zu blicken. Sicherlich würde Kapitän Bloodwell ebenso diskret wegsehen. Ethan kniete sich nieder zog ihr vorsichtig den Stiefel über. China betrachtete sein kastanienbraunes Haar, das sich an den Ohren jungenhaft kräuselte. Schamröte stieg ihr ins Gesicht, und sie sah rasch weg. Wie kam es, daß ihr in ihrer Situation so etwas auffiel? »Danke«, sagte sie so würdevoll wie möglich, als er ihr wieder auf die Beine half. Sie schüttelte ihren Rock aus, hob ihr Kinn und sah ihm dann geradewegs in die Augen.

»Würden Sie mir jetzt bitte meine Frage beantworten?«

»Aber sicher doch. Ihretwegen bin ich jedenfalls nicht gekommen«, sagte er offenherzig. »Ich kam, um Lord Linville zu sprechen.«

China hob die Augenbrauen. »Meinen Cousin?«

Ohne Vorwarnung hob er sie auf seine Stute und lächelte schief. »Was soll das denn wieder, Kapitän Bloodwell?« fragte China frostig.

»Ich dachte, Sie würden vielleicht lieber zurückreiten als zurückgehen«, sagte er verbindlich. Er hatte nicht erwartet, daß sie so leicht sein würde. Ihre Taille hatte er mit zwei Händen umfassen können.

»Ich komme sehr gut mit meinem eigenen Pferd zurecht«, sagte sie spitz. »Es besteht keine Veranlassung für mich, mit Ihnen das Pferd zu tauschen.«

Seine Augen blitzten unverschämt auf. »Meine liebe Miß Warrick, wer hat etwas von tauschen gesagt?«

»Sie! Sie sagten doch –«

»Ich sagte, Sie wollten vielleicht lieber zurückreiten, weil es doch ein gutes Stück Weg ist.«

China hob hochmütig den Kopf. »Und warum sollte ich zu Fuß gehen müssen?«

Er grinste sie an. »Vielleicht habe ich vergessen zu erwähnen, daß Ihr Pferd lahmt. Es hat sich offensichtlich auf dem unebenen Gelände eine Sehne gezerrt.«

Chinas Ärger verflog. Zum erstenmal fiel ihr auf, daß Bastian, der mit hängenden Zügeln in der Nähe stand, ein Hinterbein nachzog. Entsetzt wollte sie aus dem Sattel springen, doch Kapitän Bloodwell hielt sie oben zurück.

»Kein Grund zur Besorgnis, mein liebes Kind. Das kann warten, bis er im Stall ist.«

Sie sahen sich in die Augen, und China hatte das ganz bestimmte Gefühl, er werde sie auf jeden Fall daran hindern. Was versuchte er vor ihr zu verbergen? War Bastians Verletzung so gravierend?

»Ich versichere Ihnen, er wird wieder so gut wie neu, wenn Sie ihm ein paar Tage Ruhe gönnen«, versprach er. »Erlauben Sie jetzt, Miß Warrick, daß ich mit Ihnen reite, oder bestehen Sie darauf, daß ich zu Fuß gehe?«

China preßte die Lippen zusammen. Natürlich konnte sie ihm das nicht verwehren, ohne sehr unhöflich zu sein. Schließlich war es sein Pferd. Betreten sah sie auf die andere Seite.

Kapitän Bloodwell schmunzelte vor sich hin und schwang sich hinter ihr in den Sattel. China bekam rote Ohren, als sie seine Oberschenkel an ihrem Körper spürte. Dann sah sie, daß er aus der Tasche an seinen Reithosen eine langläufige Pistole zog und sie in der Satteltasche hinter sich verstaute.

»Haben Sie den Schuß abgegeben, der Bastian schließlich zum Stehen gebracht hat?«

»In der Tat, und Sie hatten Glück, daß ich das tun konnte«, erwiderte er ernst. »Nur so konnte ich verhindern, daß er über die Mauer ging.«

China sah ihn an. Zum erstenmal sah er, daß ihre nach oben gebogenen Wimpern wie mit Gold überpudert aussahen. »Dann möchte ich Ihnen dafür danken, daß Sie mich vor einer wahrscheinlich schweren Verletzung bewahrt haben.« Sie sah ihn ernst an. Er fragte sich, ob sie wohl überhaupt jemals lachte.

»Seltsam, daß ich ihn selber nicht zum Stehen bringen konnte«, fuhr sie nachdenklich fort. »Eigentlich ist er an die Wasservögel gewöhnt und macht sich nichts aus ihnen. Aber ich bin dankbar, daß Sie eingegriffen haben. Danke.«

Ethan neigte den Kopf höflich und sah in ihr stolzes Gesicht. Bei Gott, war sie jung! Eigentlich noch ein Kind, und er hätte wissen müssen, worauf er sich da einließ, als er sich auf den Weg nach Kent machte. Bedauerlicherweise war es jetzt zu spät für einen Rückzieher.

Ethan Bloodwell ließ seine Stute lostraben. Ab und an spürte sie die harten Muskeln seines Oberkörpers an ihrem Rücken. Obgleich die Luft kalt war, hatte er seine Jacke nicht zugeknöpft, und China war es entsetzlich peinlich, daß sie ihm so nahe war, um seinen Herzschlag zu hören. Unruhig versuchte sie, immer ein wenig von ihm wegzurutschen.

»Es wäre viel angenehmer für uns beide, wenn Sie sich nicht wie eine Schlange winden würden«, meinte er schließlich.

China erstarrte. Dann sah sie auf einmal in einiger Entfernung eine Reitergruppe. Eindeutig erkannte sie ihren Cousin Freddy, einige Lakaien von Broadhurst und Gilfrey, den Pferdepfleger.

»Die suchen bestimmt nach mir«, rief sie aus.

»Wie kommen Sie darauf?« fragte Ethan.

»Sonst wäre Freddy nicht dabei. Er kann Pferde nicht ausstehen. Er muß gesehen haben, wie Bastian mit mir durchging und hat sich wohl erboten zu helfen.«

»Ecce signum«, murmelte Ethan. »Das ist der Beweis.«

Sie sah ihn überrascht an. »Was meinen Sie damit?«

Er überhörte die Frage. »Ihr Cousin reitet nicht, Miß Warrick?«

»Selten. Er fährt lieber mit dem Wagen, reitet jedoch gelegentlich zur Jagd aus. Wo wollen Sie denn hin? Sollten wir ihnen nicht entgegenreiten?«

»Lieber nicht«, erwiderte Ethan knapp und lenkte die Stute auf einem schmalen Fußpfad in die entgegengesetzte Richtung. Der brave Bastian hinkte hinterdrein. Sie verschwanden hinter einer Eichengruppe. Durch eine Schneise wurde das Dach von Broadhurst mit den vielen Kaminen sichtbar. Ethan gab der Stute die Sporen und ignorierte einfach Chinas Protest, bis sie vor Wut kochte.

»Ich hoffe, Sie wissen, daß Sie sich ziemlich ungehörig benehmen«, warf sie scharf ein. »Wie kann ich meinem Cousin zur Kenntnis bringen, daß ich wohlauf bin, wenn Sie darauf bestehen ...«

Sie brach mitten im Satz ab, als sie bemerkte, daß er ihr gar nicht zuhörte, sondern angestrengt in die Richtung der Bäume rechts von dem Pfad starrte. Dann hörte sie Hufegetrappel und reckte ihren Hals. Erstaunt sah sie Eli Chauncey, den Stallmeister, auf einem der Jagdpferde des Earl durch das Dickicht brechen.

Als er sie sah, zügelte er das Pferd und sprang aus dem Sattel. Für einen Mann seines Alters und seiner Statur bewegte er sich sehr rasch. »Sind Sie verletzt, Miß?« erkundigte er sich besorgt.

»Vielleicht wäre es angebracht, wenn Sie Ihren Bluthund zurückpfiffen, ehe er näher kommt«, flüsterte ihr Ethan ins Ohr.

China erstarrte vor Schreck, als sie sah, daß Chauncey eine

Waffe trug, ein altes, aber gut gepflegtes Steinschloßgewehr, das offensichtlich aus grauer Vorzeit stammte, als Chauncey – damals noch ein junger Stallknecht – mit dem jugendlichen Esmund Linville in den ausgedehnten Wäldern um Broadhurst auf die Jagd ging.

»Es ist alles in Ordnung, Chauncey«, sagte China hastig. »Ich bin gestürzt, aber es ist nichts passiert. Was ist denn bloß los?«

»Lord Freddy war auf der Terrasse, als er Bastian mit Ihnen davongaloppieren sah, Miß.« Chauncey eilte nach Luft japsend heran und nahm ihre Zügel. »Wir haben uns alle aufgemacht, Sie zu suchen. Und John Holm meinte, er hätte einen düsteren Gesellen drüben beim West Gate gesehen. Bin gleich losgezogen, habe aber niemanden gesehen. Das waren doch wohl nicht Sie, Sir?« fügte er an Ethan gewandt hinzu und musterte ihn mißtrauisch.

»Vielleicht schon«, gab Ethan unbeeindruckt zu. »Ich bin nicht sicher, ob ich durch das West Gate gekommen bin, aber da ich die Abzweigung in Tunbridge verpaßt habe, ist es schon möglich, daß ich nicht durch den Haupteingang kam.« Seine Augen verengten sich. »Aber da meine Unterredung mit Lord Linville durchaus rechtmäßig ist, würde ich Sie bitten, nicht mehr mit Ihrer Waffe herumzufuchteln.«

»Die Leute, die eine Unterredung mit Seiner Lordschaft haben, drücken sich nicht irgendwo in den Büschen rum«, entgegnete Chauncey sauertöpfisch. Chauncey ließ sich nicht von Äußerlichkeiten von seinem anfänglichen Mißtrauen abbringen. Auch beeindruckte ihn weder die Tatsache, daß der Kapitän China auf seinem Pferd mitgenommen, noch daß sie das zugelassen hatte. »Man kommt zum Haupteingang und läßt sich von Mr. Weston melden.«

Ethan seufzte. Jetzt war ihm die Sache zu dumm. Gelangweilt sagte er: »Ich habe Ihnen doch schon gesagt, guter Mann –«

»Seien Sie doch vernünftig«, unterbrach ihn Chauncey in einem Ton, als spräche er zu einem trotzigen Kind und nicht zu einem offensichtlich welterfahrenen Mann. »Setzen Sie Miß China ab und geben Sie mir die Pistole, die Sie da in Ihrer Satteltasche haben.«

Ethan wollte gerade antworten, als er fühlte, wie Chinas schlanker Körper unkontrolliert zu zittern begann. Einen Augenblick lang war er wie erstarrt, dann beugte er sich vor und sah zu seinem Erstaunen, daß sich das kleine Frauenzimmer den Bauch hielt vor Lachen.

»Sieh mal einer an«, stammelte er. China kicherte.

»Es ist – schon gut, Chauncey«, prustete sie mühsam heraus. »Es stimmt: Bastian ist mit mir durchgegangen, aber Kapitän Bloodwell war genau im richtigen Augenblick da, um einen schlimmen Unfall zu verhindern. Er ist kein Eindringling und hat auch sonst nichts Widerrechtliches getan, aber wenn Sie meinen, ihm die Waffe abnehmen zu müssen, dann tun Sie es doch.«

Zum Teufel mit dem kleinen Biest! Das hatte er nun davon! Da hatte er sie gerettet, und nun amüsierte sie sich auf seine Kosten, und er mußte sich von einem unverschämten Kerl beleidigen lassen, dessen Gewehr besser in der Altertumsabteilung des British Museum aufgehoben wäre.

Er stieg ab und wollte China herunterhelfen. So erbost er gerade noch gewesen war, so schnell war sein Zorn wieder verflogen, als er in ihr Gesicht blickte. Was mochte wohl ihre unglaublich grünen Augen zum Strahlen und ihre blasse Magnolienhaut zum Leuchten gebracht haben? Dieses junge, fröhliche Gesicht faszinierte ihn so sehr, daß er gegen seinen Willen lächeln mußte, als er sie herunterhob.

»Hier bitte, ich übergebe sie Ihnen in friedlicher Absicht«, sagte er und verschränkte seine Arme lässig über der Brust. »Sind sie immer noch daran interessiert, mich zu bezwingen?«

»Eh ... war wohl ein bißchen voreilig«, murmelte Chauncey verlegen. Der arrogante Gentleman hätte ja eigentlich schon reichlich Gelegenheit gehabt, China etwas anzutun, wenn er gewollt hätte. »Hoffe, Sie nehmen mir's nicht übel, Sir.«

Ethan nahm die Entschuldigung an. »Schon gut.«

Ganz offensichtlich hatte der bärbeißige Stallmeister einen Narren an der jungen Lady gefressen, aber Ethan wollte auf einmal raus aus der ganzen Geschichte, wollte mit dem jungen Mädchen, das ihn so verwirrte, nichts mehr zu tun haben. Und genauso wollte er lieber verschwinden, ehe dieser furchterregende Lord Freddy Linville auf der Bildfläche erschien.

Vielleicht hätte er sich in diesem Augenblick noch schadlos aus der Affäre ziehen und China ihrem Schicksal überlassen können, wenn sich Eli Chauncey da nicht in diesem Augenblick gebückt hätte, um Bastians Beine zu untersuchen. Ethan sah, wie er prüfend die schaumbedeckten Flanken des Tieres entlangfuhr.

Wenige Menschen können von sich behaupten, sie hätten in einer bestimmten Situation gewußt, diese werde für immer den Lauf ihres Lebens verändern. Erst im nachhinein wird dies klar. Und doch wußte Ethan Bloodwell, wie er Chauncey in seiner Lederkleidung und Chinas junges, fragendes Gesicht betrachtete, daß er offenen Auges einen sehr gefährlichen, unwegsamen Pfad einschlug, einen Weg, der nur allzu wahrscheinlich der Freiheit und Gesetzlosigkeit seines Daseins ein Ende setzen konnte – allerdings nur momentan, redete er sich selbst ein.

Er stellte sich zwischen China und das lahme Pferd, das traurig den Kopf hängen ließ und sah den Stallmeister durchdringend an: »Miß Warrick glaubt, daß eine Schar Enten das Pferd aufgescheucht hat. Ganz offensichtlich waren die dummen Vögel der Grund für sein ungebührliches Verhalten.«

Chauncey kniete neben dem Pferd und streichelte über Bastians geschwollenes Bein. Er sah den Kapitän lange schweigend an, wiegte nachdenklich den Kopf hin und her. Dann wandte er sich China zu und erhob sich mühsam von den Knien.

»Hab' ich Sie nicht immer gewarnt, Miß«, schimpfte er, »mit ihm einfach loszureiten, wenn er viel zu viel Feuer in sich hat. Hätte Gilfrey ihn erst ein wenig bewegt, hätten ihn die dummen Enten kaltgelassen.«

»Wie schlimm ist er verletzt«, erkundigte sich China besorgt.

»Das wird schon wieder«, gab Chauncey knapp zur Antwort und sah dabei vielsagend den Kapitän an. »Nun – vielleicht sollte Sie der Kapitän jetzt zum Haus zurückbringen.«

Bevor China antworten konnte, teilte sich das Gebüsch hinter ihnen und ein rotgesichtiger, junger Mann in scharlachroter Jakke und Reithosen stand auf einem braunen Jagdpferd vor ihnen.

Er riß so heftig an den Zügeln, daß das Pferd unwillig den Kopf schüttelte, und sah den Stallmeister feindselig an. »Was, zum Teufel, soll das bedeuten, Chauncey? Ich habe Ihnen doch gesagt – China!«

Aus seinem Gesicht wich mit einem Schlag jede Farbe, als er die kleine, schmutzbespritzte Gestalt neben Chauncey sah. Krampfhaft umklammerte er die Zügel und zog sie an sich. Das Pferd schnaubte störrisch, als ihm das Zaumzeug in das empfindliche Maul schnitt.

Es war, als wäre ihm gerade ein Gespenst begegnet, dachte Ethan und machte so seine Beobachtungen. Aufmerksam registrierte er das blasse Gesicht des jungen Mannes, dessen Adamsapfel aufgeregt auf- und abhüpfte. Er atmete schnell und keuchend, wie jemand, der gerade einen Schock erlitten hat.

»Ich nehme an, dies ist Ihr Cousin«, vergewisserte sich Ethan freundlich bei China. Seine Stimme klang sehr laut.

In Freddys Gesicht machte sich jetzt Unmut breit. Es fiel ihm leichter, seinen Zorn an einem unverschämten Fremden auszulassen als China in die Augen zu sehen. »Sie da! Was machen Sie auf meinem Grundstück?«

Wenn Freddy gehofft hatte, seine Fassung wiederzugewinnen, indem er Kapitän Ethan Bloodwell mit Worten angriff, dann täuschte er sich gewaltig. Keiner sprach ein Wort, und das Klirren des Zaumzeugs und die nervös tänzelnden Pferdehufe nahmen sich besonders laut aus.

»Dies hier ist Kapitän Bloodwell, Freddy«, unterbrach China die peinliche Szene. Die hünenhafte Gestalt Ethan Bloodwells machte ihr angst, der feige Gesichtsausdruck Freddys machte sie verlegen.

»Ich kann mich ganz gut selber vorstellen, Miß Warrick«, bedankte sich Ethan höflich. »Sie sind also der neue Lord Linville?«

»So ist es.« Es tat Freddy gut, seinen neuen Titel zu hören. Erleichtert stellte er fest, daß er sich wieder im Griff hatte. »Darf ich Sie noch einmal fragen, was Sie hier tun, Sir?«

»Sicher. Aber ich möchte das mit Ihnen unter vier Augen besprechen«, antwortete Ethan betont höflich. Alle, die ihn näher kannten, hätten bei diesem Ton in seiner Stimme Böses geahnt. »Das kommt Ihnen doch hoffentlich nicht ungelegen?«

»Sehen Sie, guter Mann«, sagte Freddy gereizt, »ich habe keine Zeit für Spielchen. Wie Sie sehen können, hat meine Cousine einen Unfall erlitten.«

»Und genau ... deshalb bin ich hier«, fuhr Ethan fort. Die Art, wie er die Worte betonte, war unmißverständlich. Endlich wich der blasierte Ausdruck aus dem langweilig hübschen Gesicht, dachte Ethan, ein Gesicht, das jetzt schon Spuren des ausschweifenden Lebenswandels und einen Anflug von schwabbeligen Hängebacken zeigte.

»Ich fürchte, ich verstehe nicht. Was wollten Sie von meiner Cousine, Sir?«

Ethan wollte die Angelegenheit ganz sicher nicht vor Miß Warrick und einem Bediensteten aufnehmen, aber Freddys Großmäuligkeit ärgerte ihn ungeheuer. Der Kerl verdiente jeden Dämpfer, den man ihm versetzen konnte. Er sah ihm fest in die Augen und sagte dann: »Es betrifft die zweihundert Pfund, die mir Miß Warrick vor einigen Tagen geboten hat, wenn ich sie sicher nach Badajan bringe.«

4

»Ihr Glas, Sir.«

Mit unbewegtem Gesicht stellte John Weston ein Glas mit einer perlenden bernsteinfarbenen Flüssigkeit auf den kleinen, achteckigen Tisch neben Kapitän Bloodwell. Verstohlen warf er einen Blick auf das sonnengebräunte Gesicht. Kapitän Bloodwell ließ seine hellblauen Augen über die Aquarelle schweifen, die die Wände des kleinen East Wing Salons zierten. Weston konnte keine große Begeisterung aufbringen für den kühl berechnenden Blick des Besuchers. Auch mißfiel ihm die Achtlosigkeit, mit der er in dem mit Samt gepolsterten Lehnstuhl lungerte. Als Weston in die Küche zurückkam, äußerte er sich diesbezüglich zu Lydia Broyles.

»Ein unangenehmer Geselle«, stimmte die stämmige Köchin zu und wischte sich Mehl von der Wange. »Ich sah ihn mit Lord Freddy kommen, und da wußte ich gleich, daß es Ärger geben würde.«

Zweifelsohne hatte die Frau recht, überlegte Weston, denn Lord Freddy und seine Schwester hatten ihren Besucher ganz allein im Salon zurückgelassen – ein grober Verstoß gegen die Gastfreundschaft – und hatten sich in die Bibliothek zurückgezogen.

»Lord Freddy sah ziemlich aufgeregt aus«, fügte Lydia hinzu und bearbeitete einen unförmigen Teigklumpen mit geschickten Händen. »Wenn da nur nichts Schlimmes bei rauskommt.«

»Das kommt überhaupt nicht in Frage«, sagte Lord Linville im gleichen Augenblick zu seiner Schwester. »China mit einem arroganten Kapitän, von dem wir nichts wissen, einfach lossegeln zu lassen? Und ihm dafür noch zweihundert Pfund zu zahlen – da führt überhaupt kein Weg hin!«

»So sei doch mal still«, unterbrach ihn Cassie ungeduldig und ging vor den Fenstern auf und ab. »Ich muß nachdenken.«

Freddy hielt sich eine Hand vor die Augen. »Ich kann einfach nicht verstehen«, grübelte er laut weiter, als hätte er ihre Bitte nicht gehört, »wieso sie ihm eine so horrende Summe geboten hat. Das ist geradezu grotesk!«

»Und ich möchte wissen, warum dieses kleine Biest überhaupt auf die Idee gekommen ist, nach London zu reiten«, fiel ihm Cassie ins Wort.

Freddy hätte zumindest dafür eine Erklärung abgeben können. Mit hochrotem Gesicht winkte er unwillig ab. »Das ist doch egal. Sag mir lieber, wie wir den lästigen Burschen loswerden, der uns offensichtlich irgendwelcher Machenschaften beschuldigt.«

»Das auch noch«, fuhr ihn Cassie zornig an. »Wie kannst du es auch nur – wagen, etwas so hanebüchen Dummes zu planen, ohne mich vorher zu fragen. Warum hast du mir nicht erzählt, daß China sich geweigert hat, dich zu heiraten? Hätten wir die Angelegenheit miteinander besprochen, so wäre uns bestimmt etwas Besseres eingefallen, als Vorkehrungen zu treffen, daß sie sich das Genick bricht.«

»Ich wollte sie nicht umbringen«, sagte Freddy steif.

»Sondern? Wolltest du sie so schwer verletzen, daß sie ihren Widerstand dir gegenüber aufgibt?«

Freddys Gesichtsausdruck sprach Bände. Offensichtlich hatte sie den Nagel auf den Kopf getroffen. Cassie wußte, daß sie ein Wutausbruch in dieser Situation nicht weiterbringen würde. Also atmete sie tief durch und versuchte, einen klaren Kopf zu bekommen. »Ich habe keine Ahnung, wieso dieser Bloodwell zu ahnen scheint, was du vorhattest. Aber wenn du verhindern willst, daß er uns wegen versuchten Mordes anzeigt, solltest du China lieber nach Hause segeln lassen.«

»China nach Hause – Cassie, bist du verrückt?« Freddys Gesicht drückte Verständnislosigkeit aus.

Ruhig sagte Cassie: »Ganz und gar nicht. Aber da du diesen unglaublich einfältigen Plan hinter meinem Rücken ausgeheckt hast, und mir erst davon erzählt hast, als dir jemand zufällig auf die Schliche kam – ein Mann, der ebenso klug wie gefährlich zu sein scheint –, kann ich jetzt auch nur so handeln, wie ich es für angebracht halte. Und deshalb wiederhole ich meinen Vorschlag, China trotz der Tatsache, daß sie Kapitän Bloodwell zweihundert Pfund versprochen hat, reisen zu lassen.«

»Aber Cassie –«

Sie schnitt ihm das Wort mit einer Handbewegung ab. »Nein, mein lieber Bruder, du hast dich da hineingaloppiert, und die einzige Möglichkeit, wie du wieder rauskommst, ist so zu tun, als wäre nie etwas zwischen uns und unserer lieben Cousine gewesen.« Sie knabberte an ihren Fingernägeln. »Du siehst doch wohl ein, daß Kapitän Bloodwell von seinem Verdacht abrücken muß, wenn wir uns Chinas Wünschen nicht widersetzen?«

»Natürlich«, gab Freddy unwillig zu. »Zum einen hat er keine Beweise, und ich war sehr vorsichtig mit Weir. Aber du hast das Wichtigste vergessen, Cass.« Erbost schlug er mit der Faust auf den Tisch. »Verdammt noch mal, so ein Schlamassel! Hast du eigentlich vergessen, daß China Großvaters Vermögen erbt, unabhängig davon, ob sie nun in England bleibt oder nicht?« Sein Gesicht sah plötzlich abgehärmt aus. Zitternd schenkte er sich einen Brandy ein.

»Natürlich habe ich das nicht vergessen«, sagte Cassie, »aber wird sie wirklich erben? Wird sie wirklich erben, was dir rechtmäßig zusteht?« Das Lächeln auf ihren Lippen erinnerte Freddy an eine Löwin, die zufrieden ihre Beute betrachtet.

»Ich weiß nicht, was du damit sagen willst«, sagte er unsicher.

»Ist aber eigentlich ganz einfach. Badajan ist am anderen Ende der Welt. Und dort kann ihr alles mögliche zustoßen – alles mögliche.«

Freddy schnaubte verächtlich durch die Nase. »Was hast du da eben von einfältigen Plänen gesagt, meine Liebe?«

»Wir sprechen über den Fernen Osten, Freddy, genau genommen über Indonesien. Jeder Europäer, der dort lebt, muß mit einem gewissen Risiko rechnen. In einer so gesetzlosen und bettelarmen Welt könnte das Linvillesche Vermögen sicherlich einigen Einfluß erzielen – und, sagen wir mal, mehrere erfolgreiche Unfälle inszenieren.«

Plötzlich leuchteten Freddys Augen auf. »Aufruhr, Unruhen, aufgebrachte Massen von dunkelhaarigen Eingeborenen – Cassie, wie klug du bist!«

»Die arme China hat hier auf Broadhurst ein so isoliertes Leben geführt«, erläuterte Cassie zuckersüß, »daß ich ernsthafte Zweifel habe, ob ihr klar ist, in welch unzivilisierten Teil der Welt sie sich begibt.« Sie stieß einen hochdramatischen Seufzer aus. »Und als ihre liebende Familie müssen wir sie, glaube ich, ziehen lassen.«

Es hätte sie sicher erschreckt, wenn sie gewußt hätte, daß Ethan Bloodwell ein paar Türen weiter ziemlich genau ahnte, was die beiden ausbrüteten. Er hatte sich von den beiden nicht täuschen lassen. Trotz der scheinbaren Besorgnis, die Cassie an den Tag legte, als China zurückkam, hatte sie auf ihn so eiskalt berechnend gewirkt wie ein arabischer Elfenbeinhändler, der zwar liebenswürdig lächelt, aber den Dolch im Gewand stets griffbereit hat.

Ethan stand auf und streckte sich mit katzenartiger Geschmeidigkeit. Er ging über den creme- und goldfarbenen Aubusson-Teppich zum Fenster und betrachtete den Garten. Vom Westen her waren Wolken aufgezogen und hatten sich drohend vor die

Sonne geschoben. Ein frischer Wind blies durch die kahlen Äste der Ulmen und durch die gestutzte Eschenhecke.

Bis heute abend wird es regnen, dachte Ethan, und eine nordöstliche Brise wird die Segel der Kowloon Star auf ihrem Weg nach Asien blähen.

Wie er sich nach den sonnenwarmen Planken an Deck, nach der salzigen Gischt und einem lebhaften Wellengang sehnte! Er hatte sich schon immer zum Meer hingezogen gefühlt, seit er über die Mauer des Waisen- und Findlingsheims der Mutter O'Shaughnessy geklettert war und sich bei Nacht und Nebel zu den Werften von Cork davongestohlen hatte. Ihn hatten damals die halbfertigen Schiffsbäuche fasziniert, und er hatte sich die fernen Häfen ausgemalt, die diese Schiffe im fernen Afrika, in Sansibar, in Persien und im verbotenen Japan einmal anlaufen würden. Erstaunlicherweise war es ihm auch gelungen, seine Jugendträume in die Tat umzusetzen. Er hatte die von Gewürzduft geschwängerten Städte Ceylons gesehen, die farbenfrohen Basare von Aden, ja sogar die unvorstellbare Pracht in der verbotenen Stadt. Und vor einigen Jahren hatte er dann sogar das Kommando über einen Klipper gehabt, der eindrucksvoller war als alle Schonerbarken und Briggs, die er als Junge in Irland immer bewundert hatte – die unbesiegbare Lotus Star.

Dann hatte er sie verloren – durch seine eigene Dummheit, durch unglückselige Umstände und durch unvorhersehbare Niedertracht. Wenn er sie je wiederhaben wollte, dann würde er viel Geld und das Glück des Teufels brauchen. Mit zweihundert Pfund wäre er der Lotus Star ein ganzes Stück näher, und eine unbedeutende, junge Frau nach Indonesien zu bringen, war sicher einfacher und weitaus lukrativer als eine langweilige Handelsroute zwischen Malaysia und England. Seine Augen verengten sich. Zum Teufel! Er würde mindestens ein Jahr oder länger diese trübselige Arbeit verrichten müssen, um zu der gleichen Summe Geld zu kommen.

Diesen Batzen Geld wollte er sich keinesfalls entgehen lassen, und so hatte er sich nach der Identität der jungen Dame erkundigt, die ihm dieses aufregende Angebot gemacht hat. Es war eigentlich ganz einfach gewesen, denn mindestens ein Dutzend

Matrosen hatten das Wappen auf der Kutsche gesehen, mit der sie weggefahren war. Nach einem kurzen Besuch bei einer alten Freundin in Mayfair, selbst ein Mitglied der englischen Aristokratie, wußte er mehr. Der Name Linville war gefallen, und jeder, hatte Ethan zu seinem Erstaunen bemerkt, war nur allzugern bereit, über die Linvilles zu reden …

»Er war ein echter Gentleman, der alte Lord Linville, und ein gutaussehender noch dazu«, schwärmte eine Herzoginwitwe, deren jüngster Sohn, ein Jugendfreund Ethans, in Indien gedient hatte, ehe er dann 1843 in Kabul umkam. »Du hättest mal die jungen Mädchen sehen sollen, wie sie die Kalbsaugen verdrehten und schmachtvoll seufzten, wenn er den Raum betrat!«

»Sie, Madam, standen natürlich über den Dingen?« grinste Ethan. Er nippte an seinem türkischen Kaffee und ließ den Blick über einen Salon schweifen, der vollgestopft war mit Erinnerungsstücken eines langen, in vollen Zügen genossenen Lebens.

»Gott bewahre, nein! Ich hätte alles dafür gegeben, ihn zu bekommen. Aber er hat nie wieder geheiratet, nachdem er seine Frau und seine Familie bei dem Theaterbrand verloren hatte. Kannst du dich daran erinnern? Nein? Oh, es war ein schreckliches Unglück. Wir haben so viele gute Freunde verloren. Ich denke, der Earl muß in dem düsteren alten Haus ziemlich einsam gelebt haben, nachdem seine Frau, Reginald und Sarah umgekommen waren. Anders kann ich es mir nicht erklären, warum er jene verdorbenen Enkel zu sich genommen hat. Waisen sind nicht immer so bemitleidenswerte Geschöpfe, wie man sich das vorstellt.«

»Wie wahr!« gab Ethan grinsend zu.

»Zum guten Glück«, fuhr die Herzogin fort, »war da dieses Mädchen, China, die ihm in seinen letzten Lebensjahren zur Seite stand. Sie war freundlich und gütig, und ich bin sicher, er liebte sie von ganzem Herzen.«

Ethan hätte gerne noch mehr erfahren, denn er legte großen Wert auf die Meinung der Herzogin. Bedauerlicherweise kannte sie die Großnichte des Earl nur vom Hörensagen und wußte nicht viel mehr zu erzählen.

»Natürlich konnte sie zu keinen Gesellschaften und Bällen gehen, ehe sie nicht debütiert hatte«, erklärte die Herzogin weiter, »und da Seine Lordschaft nicht sehr gesellig war, kamen die beiden aus Kent kaum heraus. Man sagt, sie sei sehr schön, wenn auch etwas ungewöhnlich. Aber gerade diese Menschen bleiben einem im Gedächtnis, nicht wahr?«

Ähnlich hatte sich auch eine Freundin Ethans in Mayfair geäußert, allerdings schien sie nicht so wohlgesonnen wie die Herzoginwitwe.

»China Warrick? Puh!« sagte sie und zuckte schaudernd mit den Achseln. »Ein ganz seltsames Geschöpf! Besteht nur aus Augen und spitzem Kinn. Außerdem muß man wissen, daß ihr Urgroßvater Kingston Warrick ein sehr verwerflicher Mann war, ein Schurke, und sogar ein Mörder, wie es heißt – und du weißt ja, daß man sagt, böses Blut –«

Ethan unterbrach sie lächelnd. »Zieh deine Krallen ein, Amanda, meine Liebe. Mich interessiert nicht das Mädchen selber.«

Lady Collier betrachtete ihn mit unverhohlenem Mißtrauen. »Warum dann all diese Fragen?«

»Geld«, hatte Ethan leichthin und wahrheitsgetreu geantwortet. »Ich will an dem Kind verdienen, und dazu möchte ich erst wissen, ob sie auch bezahlen kann.«

»Oh, das kann sie sicher«, meinte Lady Collier etwas irritiert. Sie kannte Ethan und wußte, daß es keinen Sinn hatte, ihn mit Fragen zu quälen. »Ich könnte mir vorstellen, der alte Earl hat ihr einen schönen Batzen Geld hinterlassen, und dann ist da ja noch die Warrick Plantage in Badajan, die sie zweifellos einmal erben wird.«

»Plantage?« Ethan horchte auf, blieb jedoch nach außen hin kühl. Badajan war seiner Erinnerung nach eine jener zahllosen dschungelbewachsenen Inseln in Indonesien, und obwohl er diese Ecke des Globus kannte, war er an dieser Insel bisher nur in etwa 60 Meilen Entfernung vorbeigesegelt. »Womit machen die Warricks ihr Geld – mit Teakholz?«

Amanda verzog ihren vollen Mund und streichelte ihm mit einem Finger über die Wange. »Du magst zwar ein weitgereister Mann sein, Ethan Bloodwell, aber mit Kleidern hast du es nicht

– mit Seide, um es genau zu sagen. Dafür ist der Name Warrick berühmt.«

Liebevoll ließ sie ihre braunen Augen über den gutgewachsenen Körper Ethans schweifen, der entspannt in ihrem eleganten Boudoir saß. Sie verglich die braune, muskulöse Gestalt mit der blassen, untersetzten Figur ihres Mannes. Ethan Bloodwell war ihrer Meinung nach ein sehr begehrenswerter Mann, dessen Besuche in England für ihren Geschmack viel zu selten waren.

»Auf der Plantage wird Seide – wahrscheinlich die kostbarste auf der ganzen Welt – hergestellt«, fuhr sie unwillig fort, nachdem er sie mit einer ungeduldigen Handbewegung dazu veranlaßt hatte. Sie war ärgerlich, ihre gemeinsame, kostbare Zeit mit solchen Gesprächen zu vergeuden. »Sie ist sündhaft teuer, weil nur eine kleine Menge hergestellt wird und die Nachfrage sehr groß ist – besonders beim europäischen Adel. Soviel ich weiß, gibt es die Seide in einem sehr seltenen Goldton. Ich glaube, die Königin höchstpersönlich besitzt ein Tuch daraus.«

»Lebt ihre Familie noch?«

Amanda runzelte die Stirn. »Ich habe keine Ahnung. Aber ich weiß, daß das Mädchen nach England in Olivia Crenshawes Mädchenpensionat geschickt wurde. Lord Linvilles Schwester, Lady Delia, war die Großmutter mütterlicherseits. Lady Delia war jedoch ein Adoptivkind, eine Blutsverwandtschaft bestand also nicht. Es würde mich jedoch ganz und gar nicht überraschen, wenn – Wo gehst du hin?«

»Es tut mir leid, ich habe noch eine andere Verabredung am Belgrave Square. Vielen Dank, Amanda, du hast mir sehr geholfen.«

Ein amüsiertes Lächeln huschte über Ethans Gesicht. Er hatte sehr wohl das zornige Funkeln in Amandas Augen gesehen, als er sich über sie beugte, um sie zu küssen. Bedauerlicherweise konnte er sich jedoch nicht weiter Lady Colliers Liebreiz widmen. Der Herr, der ihn in seinem eleganten Haus mit den Ecktürmchen jetzt erwartete, war ungeduldig und hatte selbst für einen alten Bekannten nur wenig Zeit übrig. »Ach! Was blieb mir anderes übrig, als ehrenwert zu werden, Junge«, klagte der gichtgeplagte Mann, als Ethan grinsend die Pracht des Hauses und den beflissenen Eifer des Dieners, der ihn hereingeführt hatte, kommentierte. »Gehört einfach dazu, wenn man Stimmen braucht. Ja, Stimmen! So ist das nun mal im Parlament!« Er zwinkerte. »Ich wette, das hättest du nie von einem ausgebufften Brummbär erwartet, der ständig in der Weltgeschichte herumreiste, oder?«

»Eigentlich hatte ich auch eher erwartet, dich am Strang baumeln zu sehen«, stimmte Ethan ernsthaft zu. Doch dann lächelte er wohlwollend, als er auf den leicht angegrauten Kopf des ehemaligen Kapitäns und Besitzers der Elias Matiste herabsah, jenes großen Handelsschiffs, auf dem der sechzehnjährige Ethan als dritter Maat angeheuert hatte. »Du hast mich alles gelehrt, was ich weiß«, fügte er hinzu. Kapitän Sir Geoffrey Reade machte eine wegwerfende Handbewegung und schnaubte verächtlich durch die Nase.

»Mir ist zu Ohren gekommen, daß du ganz ohne meine Hilfe deinen Weg gemacht hast – und viele Leute waren nicht schlecht erstaunt darüber.« Er lachte glucksend und genehmigte sich eine riesige Menge Schnupftabak. »Ich muß schon sagen, das überrascht mich nicht. Du warst immer ziemlich wild. Nun aber, ich bin ein vielbeschäftigter Mann. Was kann ich für dich tun?«

Ethan brachte sein Anliegen kurz und präzise vor.

»Ein Bursche namens Roland Biggs verwaltet den Nachlaß, glaube ich«, antwortete Sir Geoffrey ohne Umschweife. »Seine Mutter starb letzte Woche, und ich glaube, das Testament des Earl ist noch nicht eröffnet. Du denkst doch nicht etwa daran, an das Vermögen heranzukommen, indem du die sauertöpfische Enkelin ehelichst? Bei allem, was mir heilig ist, ich dachte immer, du hättest einen besseren Geschmack bei Frauen, Junge.«

»Hab' ich auch«, beruhigte ihn Ethan, hatte leise pfeifend seinen Mantel und seine Handschuhe genommen und war gegangen.

Als er sich später noch einmal alles, was er in einem einzigen Nachmittag über die Linvilles erfahren hatte, durch den Kopf gehen ließ, kam er zu der Überzeugung, daß der Reichtum und die Pracht des alten Familienbesitzes wohl bei den meisten Menschen Bewunderung und Neid hervorriefen. Er jedoch war nicht so sonderlich beeindruckt, hatte er doch schon asiatische Paläste gesehen, die Broadhurst bei weitem in den Schatten stellten.

Raschelnde Reifröcke auf dem Gang draußen brachten ihn die Gegenwart zurück. Er wandte sich um und sah China Warrick an der Türschwelle stehen. Ethan blinzelte. Einen Augenblick lang war er sich nicht sicher, ob sie es tatsächlich war. Bei ihrem ersten Zusammentreffen hatte er einen schrecklichen Kater gehabt, und beim zweitenmal war sie über und über mit Schmutz beschmiert gewesen. Jetzt hatte sie die zerrissenen Kleider gegen ein Satinkleid mit rüschenbesetzten Unterkleidern eingetauscht, und obwohl das Kleid in einfachem Schwarz gehalten war, schmeichelte es Chinas schlanker Figur. Das enganliegende Oberteil war mit einer Reihe schwarzer Perlmuttknöpfe geschlossen. Die roten Locken hatte sie zu einem geflochtenen Knoten zusammengesteckt, der zwar viel zu würdig aussah, ihrem Gesicht aber eine erstaunliche Reife verlieh.

Ethan fielen all die unschönen Dinge ein, die Lady Collier über China eingefallen waren. Er verstand nur allzugut, daß sie auf China eifersüchtig sein mußte. Ihre weit auseinanderstehenden Augen und die leuchtend roten Haare, gepaart mit einer schlichten Unschuld, die so gar nicht zu ihrem ungebärdigen Blick passen wollte, fielen natürlich besonders in einem Kulturkreis auf, in dem Schönheit an farbloser, unnahbarer Jungfräulichkeit gemessen wurde. Ethan, der glutäugige, asiatische Schönheiten kennengelernt hatte, hielt inzwischen alle Engländerinnen für kalt und wenig feminin, aber hier gab es wieder mal den eindeutigen Beweis, daß jede Regel eine Ausnahme hatte.

»Wo sind mein Cousin und meine Cousine?« beendete China seine Grübeleien. So bezaubernd sie auch sein mochte, dachte er, irgend jemand wünschte ihr den Tod. Wahrscheinlich waren es ihr Cousin und ihre Cousine. Und Geld schien das Hauptmotiv zu sein, das Geld des Linville-Vermögens.

»Ihr Cousin und Ihre Cousine«, sagte Ethan knapp und dachte ärgerlich darüber nach, daß Geld auch sein Beweggrund gewesen war, aus dem er nach Broadhurst gekommen war, »sitzen in der Bibliothek zusammen und besprechen Ihre Abreise.«

China sah ihn einen Augenblick lang erstaunt an, dann sagte sie: »Ach, aber das ist doch nicht nötig. Ich habe jedenfalls beschlossen, in England zu bleiben, zumindest vorläufig.«

»Sie haben beschlossen zu bleiben?« wiederholte Ethan ungläubig.

China nickte. »Ja, warum nicht. Es war sehr dumm von mir, mich an Sie zu wenden, besonders da ich die Angelegenheit noch nicht einmal mit meiner Familie besprochen hatte. Es wäre nicht angebracht, so bald nach dem Tod meines Großonkels von hier fortzugehen, meinen Cousin und meine Cousine so unerwartet zu verlassen.«

»Meine liebe junge Dame, ich hoffe, Sie meinen das nicht ernst!«

»Wieso nicht«, fragte sie verwirrt.

Kapitän Bloodwell betrachtete sie mit einem ungeduldigen Stirnrunzeln. China fiel plötzlich auf, wie wenig er zu dem Salon mit den kostbaren Tapeten und den wunderschönen Glassachen paßte. Er wirkte viel zu ... viel zu ... Sie suchte nach dem richtigen Wort und war dann überrascht, als ihr ›wild‹ einfiel. Aber das traf den Nagel auf den Kopf. Er hatte etwas von einem wilden Tier an sich – rastlos, ungezähmt, vielleicht gefährlich. Und die Art, wie er sie ansah, zwang sie, auf der Stelle stehenzubleiben, obwohl sie gerade einige Schritte zurückweichen wollte.

»Vor zwei Tagen«, rekapitulierte er, nachdem sie eine Weile schweigend dagestanden war, »wollten Sie mir eine horrende Summe dafür zahlen, daß ich Sie von hier wegbrächte. Sie kamen ohne Begleitung zu meinem Schiff, und ganz offensichtlich auch ohne die Erlaubnis oder ohne das Wissen Ihres Cousins Lord Freddy Linville.«

Er sah, wie sich ihre Wangen röteten.

»Das mag schon sein, Kapitän, aber, wie Sie schon sagten, das war vor zwei Tagen. Und seither habe ich meine Meinung geändert. Ich will nicht mehr nach Badajan. Nicht mit – schon gut, nicht so wichtig.«

»Nicht mit mir?«

Sie sah weg, und er mußte lachen. Wie jung sie doch war, und wie durchschaubar! Aber da waren wieder die zweihundert

Pfund und noch etwas: ein lang vergessenes und übel mißbrauchtes Gewissen.

»Sie hatten Angst, als Sie zu mir kamen, Miß Warrick«, erinnerte er sie. »Und Sie ließen keinen Zweifel daran, daß Sie von zu Hause weggelaufen waren. Wollen Sie mir nicht sagen, was Sie dazu veranlaßte, alleine nach London zu reiten. Offensichtlich ist es nicht mehr relevant, aber ich muß zugeben, daß ich neugierig geworden bin.«

»Ich hatte nicht vor wegzulaufen.« Die Röte auf ihren Wangen vertiefte sich. Niemand, und schon gar nicht dieser Opportunist Ethan Bloodwell, sollte erfahren, was sie Freddy angetan hatte. Doch wie sollte sie diesen Mann loswerden, dem sie ihr Wort gegeben hatte. Natürlich wollte sie zurück nach Badajan, aber nicht mit ihm und auch nicht ohne Freddys und Cassies Zustimmung.

Ethan beobachtete sie prüfend und war ganz und gar nicht erstaunt, als sie ihr Kinn in die Höhe reckte und mit einem Anflug von Hochmut sagte: »Der Grund meines Ritts nach London ist persönlicher Natur, Kapitän, und da er nicht mehr besteht, sehe ich keine Veranlassung, mit Ihnen darüber zu sprechen. Es tut mir leid, wenn Sie sich zweihundert Pfund erhofften, aber da wir keinen offiziellen Vertrag gemacht haben, sehe ich nicht, wie –«

»Sie kleine Närrin«, platzte Ethan heraus. »Als ob es darum ginge!«

»Worum denn?« fragte sie verwirrt.

Ethan fühlte, wie ihm der Geduldsfaden riß. Wie sie ihn immer mit großen, unschuldigen Augen ansah! Wie ein Schaf, das zum Schlachter geführt wurde oder, noch schlimmer, wie ein unwissendes Kind, das von seinem Vormund auf schamlose Weise ausgebeutet wurde.

Die Situation war ihm nur allzu genau bekannt. Einen Augenblick ließ er sich gehen und platzte dann heraus: »In Gottes Namen, so geben Sie doch zu, daß Ihr Cousin und Ihre Cousine Ihnen den Tod wünschen. Deshalb sind Sie doch schließlich von hier weggelaufen, oder?«

Mit einem Schlag wich alle Farbe aus ihrem Gesicht. Ethan

Bloodwell sah sofort, daß er sich getäuscht hatte. Denn niemand konnte so einen Schock spielen.

»Ich hätte nie geglaubt, daß jemand, nicht einmal Sie, eine so infame Behauptung aufstellen könnte!« brachte China mühsam hervor. »Wenn Sie meinen, Sie könnten mir damit so große Angst einjagen, daß ich doch mit Ihnen reise, damit Sie –«

»Gütiger Gott, Mädchen!« rief Ethan verzweifelt aus. »Sie haben wohl wirklich keine Ahnung?«

Chinas Gesicht war leichenblaß und schien nur noch aus Augen zu bestehen. Sie zitterte vor Zorn. »Wie können Sie es wagen, auf einer so abscheulichen Behauptung zu beharren?«

Daraufhin erzählte Ethan ihr von seinem Verdacht. Schweigend hörte sie ihm zu. Als er fertig war, sagte sie ruhig und würdevoll: »Es tut mir leid, Kapitän, aber ich weigere mich, so eine infame Lüge zu glauben.«

Plötzlich änderte sich sein Gesichtsausdruck. Zum erstenmal hatte China wirklich Angst vor ihm. Wortlos nahm er sie am Arm und zog sie hinter sich her zu den Ställen, ohne auf ihren Protest zu hören. Dort brachte er sie bis zu Bastians Box und zeigte auf eine häßliche blutunterlaufene Strieme auf dem glänzenden grauen Fell des Pferdes. Sie konnte es immer noch nicht glauben.

»Wovon sprechen Sie überhaupt? Für mich sieht das wie ein Bienenstich aus, oder – oder –«

»Oder was?«

Der Tonfall in seiner Stimme machte sie wütend. »Das kann alles mögliche sein! Ein Kratzer von einem Dorngestrüpp oder eine Strieme von meiner Peitsche!«

»Aber Miß Warrick, das glauben Sie doch wohl selber nicht. Ein Bienenstich würde nicht so bluten, und ich bezweifle, daß Sie die körperliche Kraft und die Grausamkeit haben, Ihr Pferd so stark zu schlagen.«

»Was ist es dann?« fragte sie verwirrt mit funkelnden Augen.

»Ich vermute ein Stein aus einer Steinschleuder von jemandem, der sich im Gebüsch in der Nähe des Teiches versteckt hatte. Sie sagten, Bastian hätte vor einer Entenschar gescheut, aber warum sollte ihn etwas in Angst und Schrecken versetzen, was ihm durchaus vertraut war. Außerdem hat der Stallmeister, wie Sie wissen, kurz nachdem Bastian durchgegangen war, jemanden davonlaufen sehen. Wer, glauben Sie, war das? Ein Wilderer? Ein Dorfbewohner, der eine Abkürzung in die Stadt suchte? Kommen Sie, Miß Warrick, sehen Sie der Wahrheit ins Auge. Es war ein Mann, den Lord Linville angeheuert hatte, damit er einen Unfall inszeniert.«

»Nein! Nein! Nein!« schrie China außer sich. »Sie erfinden die tollsten Geschichten, weil Sie immer noch hinter den zweihundert Pfund her sind, die ich Ihnen angeboten habe.«

»Dies hier hat absolut nichts damit zu tun«, verteidigte sich Ethan lautstark.

»Selbst wenn diese unglaubliche Behauptung wahr wäre«, sagte China atemlos, »warum würde mein Cousin mich wohl umbringen wollen? Haben Sie auch darauf eine Antwort, Kapitän Bloodwell?«

»Gewiß doch«, sagte Ethan. »Geld. Nehmen wir doch einmal an, Ihr Cousin hat herausgefunden, daß Sie, und nicht er und seine Schwester Cassie, das Vermögen Ihres Großonkels erben. Würde er nicht alles tun, um sich Ihrer zu entledigen?«

»Jetzt ist mir klar, daß Sie verrückt sein müssen!« rief China aus. »Mein Großonkel hätte mir niemals Broadhurst vererbt! Sowohl der Besitz wie die Grafenwürde sind nur in der Familie vererbbar, und da mein Großvater väterlicherseits ein Warrick war, besteht nicht die geringste Chance, daß ich geerbt haben könnte. Und warum sollte Freddy mich umbringen wollen, wenn er mich doch erst gestern gefragt hat, ob ich ihn nicht heiraten würde?«

Ethans Augen verengten sich. »Was haben Sie geantwortet?«

»Ich habe abgelehnt«, erwiderte China kühl, »aber ich weiß nicht, was Sie das angeht.«

»Ich nehme an, er hat sich schon längere Zeit um Sie bemüht?« fragte Ethan, ohne auf ihre Einwände Rücksicht zu nehmen.

»Eigentlich nicht –« Sie brach ab und betrachtete ihn mit unverhohlenem Zorn. »Ich kann mir gut vorstellen, wie jemand mit Ihren zweifelhaften Moralvorstellungen auch darin ein abgekartetes Spiel sehen kann.«

»Ich rate Ihnen, die Angelegenheit sehr gründlich zu überdenken, Miß Warrick. Es ist sehr wahrscheinlich, daß Ihr Cousin gezwungen war, Gewalt anzuwenden, nachdem seine Chance, Ihre Hand und Ihr Vermögen zu bekommen, verloren war, als Sie ihn zurückwiesen.«

Die Handfläche, die seine Wange traf, hinterließ einen zornigen roten Flecken, aber China wartete nicht so lange, bis sie ihn sehen konnte. Sie schürzte ihre Röcke und stürmte aus dem Stall. Leise schluchzte sie vor sich hin. »Es darf nicht wahr sein. Es darf nicht wahr sein.«

5

Kapitän Ethan Bloodwell stand achtern auf seiner Brigg Kowloon Star, sah auf das Barometer und runzelte die Stirn.

»Fällt immer noch, Sir«, berichtete der Steuermann.

»Ich habe doch selber Augen im Kopf«, antwortete Ethan Bloodwell mißgelaunt und blickte in den heißen, dunstigen Himmel hinauf. Er hatte auf einen Wetterumsturz gewartet, seit die Kowloon Star in den ruhigen Gewässern südlich der Algoa Bucht in eine Flaute geraten war, aber die Aussicht auf einen Sturm war auch nicht das, was er sich erträumte. Und schon gar nicht mit einem halben Dutzend Frauen an Bord, die sich als unglaublich seeuntüchtig erwiesen hatten, und zwar schon seit sie in England in See gestochen waren.

Ethan sah zu der Hauptkabine hinüber, wo ein Zeltdach für seine Passagiere gespannt worden war. Jeden Nachmittag, wenn es unter Deck unerträglich heiß wurde, fanden sich alle dort ein und fächerten sich Kühlung vor der unbarmherzigen afrikanischen Sonne zu. Mit steigenden Temperaturen hatten sich an Bord auch die strengen Regeln der Schicklichkeit ein wenig gelokkert, und selbst die so absurd prüde Mrs. Lucinda Harrleson hatte ihren Töchtern gestattet, die schweren Stehkragenkleider und die Krinolinen gegen kühlere Baumwolle und breitrandige Strohhüte auszutauschen.

Im Augenblick waren Bella und Dottie Harrleson mit ihren Stickarbeiten beschäftigt, obgleich sie, wie Ethan bemerkte, ständig zu seinem jungen Steuermann, einem der wenigen Engländer in seiner buntgemischten Mannschaft, hinüberschielten. Die Mutter der Mädchen wäre sicherlich entsetzt gewesen, hätte sie von dem Interesse der Töchter gewußt, denn der junge Thatcher war zwar gutaussehend und sehr nett, aber ganz sicher nicht von akzeptabler gesellschaftlicher Stellung.

»Kapitän?«

Ethan drehte sich zu seinem Steuermann um und sah dann zu seinem Erstaunen, daß China Warrick die Treppen heraufgestiegen war und jetzt höflich wartete, daß er sich ihr zuwandte. Sie trug Trauerkleidung, sah aber trotz der Hitze kühl und unnahbar aus.

»Wollten Sie mich sprechen, Miß Warrick?« fragte Ethan neugierig, denn bisher war sie ihm, seit sie in London in See gestochen waren, standhaft aus dem Weg gegangen. Eigentlich hatte er dafür Verständnis, hatte er ihr doch auf ziemlich brutale Weise die Augen über ihren Cousin und ihre Cousine geöffnet. Und natürlich hätte sie nur allzu gerne bis zum Ende des Monats gewartet und jedes andere Schiff lieber genommen, wenn sie nicht an genau jenem Tag, an dem Ethan sie besucht hatte, die Nachricht vom tragischen Tod ihres Vaters bekommen hätte.

In ihrer Verzweiflung hatte China ihren Stolz hinuntergeschluckt und ihn ruhig gebeten, sie mitzunehmen. Und er hatte jenen ernsten, kummervollen Augen nichts abschlagen können. Zwar erinnerte er sich noch genau, ihr gesagt zu haben, die *Kowloon Star* sei kein Passagierschiff, aber dann hatte er sich höchstpersönlich darum bemüht, Lucinda Harrleson und ihre Töchter an Bord zu holen, damit China auch entsprechende weibliche Gesellschaft hatte.

Wenn er auf die plaudernden Damen hinuntersah, fragte sich Ethan keineswegs zum erstenmal, warum er sich wegen China wohl so viele Schwierigkeiten aufgehalst hatte. Er war eigentlich nicht der Mann, der irgend jemandem einen Gefallen tat, und schon gar nicht reizbaren kleinen Teufelchen mit traurigen grünen Augen, die genauso gut auf das nächste Passagierschiff der

P & O Linie hätten warten können. Waren es also doch vielleicht die zweihundert Pfund, die er von ihrem Bruder Damon Warrick bekommen würde?

»Was kann ich für Sie tun, Miß Warrick?« fragte er noch einmal. Sein höflicher Ton ließ den Steuermann erstaunt aufblicken.

China sah ihn vorwurfsvoll an, als sei er allein für die drükkende Hitze verantwortlich. Mit spitzem Unterton antwortete sie: »Sie haben uns gestern abend gesagt, daß heute ein Wind aufkommen würde, Kapitän. Bis jetzt ist davon aber noch nichts zu spüren.«

Ethan grinste. »Offensichtlich haben Sie nicht auf das Barometer geschaut, Miß Warrick.«

China warf ihm nur einen frostigen Blick zu und beugte sich dann darüber.

»Hier können Sie sehen, daß es fällt«, erläuterte Kapitän Bloodwell bereitwillig, »das bedeutet –«

»Ich weiß, wie ein Barometer funktioniert«, unterbrach ihn China. »Ich denke«, fuhr sie fort und schützte ihre Augen mit der Hand, als sie in den heißen, messingfarbenen Himmel hinaufblickte, »da braut sich etwas zusammen. Erwarten Sie einen Sturm, Kapitän?«

Er grinste. »Haben Sie Angst davor?«

Sie nahm den Köder nicht an, den er ihr hingeworfen hatte. Statt dessen sah sie hinunter auf das buntgestreifte Zeltdach, unter dem sich die Harrlesons eingefunden hatten. »Eigentlich mache ich mir wegen Louisa Sorgen. Sie wird so leicht seekrank.«

Kapitän Bloodwell folgte ihrem Blick zu dem Kind, das auf dem Unterdeck mit einer Puppe spielte, ohne auf die Ermahnungen seiner Mutter zu hören, doch zu den anderen in den Schatten zu kommen. Sein dunkelbraunes Haar war mit Bändern zusammengebunden und über dem volantbesetzten Kleidchen trug es eine makellos saubere Schürze. Louisa hob ihren Kopf und winkte fröhlich nach oben.

»Allerdings – Louisa wird leicht seekrank«, gab Kapitän Bloodwell zu.

»Ich möchte nicht, daß sie noch dünner wird als sie ohnehin

schon ist. Und der gute Mr. Quarles hat wirklich sein Bestes gegeben, sie mit gutem Essen zu versorgen.« China fuhr fort, Nappy Quarles, den Steward der Brigg, zu loben, der sich, zum Erstaunen des Kapitäns, besonders um das liebreizende Kind und um Miß Warrick bemühte. »Sie scheint jetzt ganz gut zu essen, aber ich mag gar nicht darüber nachdenken, wie sie einen weiteren Anfall von Seekrankheit überstehen würde.«

Kapitän Bloodwell hob die Augenbrauen. Niemals würde er dieses Mädchen verstehen, und niemals hätte er in ihr eine Frau mit Mutterinstinkt vermutet. Doch die zehnjährige kränkliche Louisa Harrleson, die offensichtlich von ihrer Mutter und ihren gleichgültigen Schwestern vernachlässigt wurde, hatte sofort die Herzen aller Menschen in ihrer Umgebung gewonnen. Sie war China von Anfang an herzlich zugetan und lauschte oft mit offenem Mund den spannenden Geschichten, die China aus ihrer Kindheit in Badajan zu erzählen wußte.

»Ich muß Sie bewundern, Miß Warrick«, gab er ein wenig unwillig zu. »Nur wenige Frauen würden es klaglos auf sich nehmen, die Spucknäpfe auszuleeren und geduldig ein Kind mit schwachem Magen zu füttern«, spöttelte er.

»Ich kann an Louisas Seekrankheit beileibe nichts Lustiges finden«, antwortete sie sehr kühl. Nur mit Mühe unterließ sie es, ihn darauf hinzuweisen, daß auch Mrs. Julia Clayton, eine freundliche junge Witwe, die ebenfalls Passagier auf dem Schiff war, einen schwachen Magen hatte, und daß Kapitän Bloodwell sich über *sie* nicht lustig machte.

»Ich bitte um Entschuldigung«, erwiderte Ethan und zog eine Augenbraue hoch. »Ich wollte mich nicht über Louisa lustig machen, sondern lediglich daran erinnern, wie gut Sie das Kind bei rauher See versorgten und wie gern Sie Louisa haben.«

»Wer würde sie nicht gernhaben?« fragte China spitz. »Sie hat niemanden auf der Welt, und ihre Mutter ist viel zu sehr mit ihren älteren, verzogenen Schwestern beschäftigt, um sich um sie zu kümmern. Außerdem war Louisa noch nie von zu Hause weg, und schon gar nicht auf einem Schiff nach Indien, aber niemand scheint auch nur im geringsten daran interessiert zu sein, an ihren Ängsten teilzuhaben. Ich weiß ganz genau, wie –« Sie brach mitten im Satz ab, biß sich auf die Lippen und sah den Kapitän mit großen, verzweifelten Augen an.

»Sie wissen ganz genau, wie ihr zumute ist?« vollendete Kapitän Bloodwell den Satz. Obwohl jetzt kein spöttischer Ton mehr in seiner Stimme lag, wollte China ihm keinen weiteren Einblick in ihr Seelenleben gönnen. Das hatte sie sich nach dem schrecklichen Auftritt im Stall fest vorgenommen.

»Ich wollte sagen, daß ich ganz genau weiß, wie man mit Menschen umgeht, die seekrank sind«, sagte sie erstaunlich lokker und dachte an die arme Anna Sidney, um die sie sich vor sechs Jahren während der stürmischen Überfahrt von Badajan gesorgt hatte.

»Ich glaube«, sagte Kapitän Bloodwell, betrachtete zuerst sie und richtete dann seinen Blick gegen den diesigen Himmel, »daß Sie diese Talente einsetzen werden können, noch ehe die Nacht hereinbricht.«

»Es wird also einen Sturm geben?«

»Meine liebe Miß Warrick, sehen Sie sich das Barometer an. Wenn Sie wirklich so viel von atmosphärischen Variablen verstehen, dann können Sie die Antwort ja hier ablesen.«

Indigniert drehte sich China auf dem Absatz um und rauschte davon.

»Was hat er gesagt, China? Wird es bald ein wenig kühler werden?«

China lächelte in Louisa Harrlesons erwartungsvolles Gesicht. »Der Kapitän hat es mir fest zugesagt. Spätestens am Abend, vielleicht auch schon früher.«

»Woher will er das denn wissen?« zweifelte das kleine Mädchen.

China verbiß sich ein Lachen. Unter all den Frauen, die Kapitän Bloodwell anhimmelten, schien Louisa die einzige zu sein, die seine Allmacht anzweifelte. »Er ließ mich auf sein Barometer schauen«, erklärte sie. »Es fiel, das heißt, das Wetter wird umschlagen.«

»Er ist so ein netter, geduldiger Mann«, warf Lucinda Harrleson ein, die zugehört hatte. »Wie schafft er es bloß, immer so höflich zu bleiben, wenn ständig einer von uns etwas möchte.«

Weil er dafür nicht schlecht bezahlt wird, dachte China nüchtern, sagte aber nichts davon zu Mrs. Harrleson, die offensichtlich einen Narren an dem Kapitän gefressen hatte. Und von wegen höflich – ausgerechnet er und höflich!

»Kapitän Bloodwell scheint ziemlich sicher zu sein, daß wir stürmisches Wetter bekommen werden«, fuhr sie fort, damit sie sich keine Illusionen machten. »Wahrscheinlich noch heute abend.«

»Sicherlich hat er sich erlaubt, dich ein wenig zu necken, China, Liebes«, sagte Mrs. Harrleson. »Sieh dir doch den Himmel an. Kein Wölkchen weit und breit!«

»Nicht einmal der Anflug einer Brise«, fügte die braunäugige Dottie hinzu und fächerte sich Luft zu. Dunkle Flecken zeichneten sich unter ihren Achseln und am Rücken ihres Kleides ab. China blickte mitfühlend in ihr rot erhitztes Gesicht und war dankbar, in Indonesien geboren zu sein. Denn trotz des dicken, schwarzen Kleides, das sie trug, schien sie die Hitze besser zu ertragen als die anderen Mitreisenden. Aber vielleicht waren die Harrlesons einfach alle zu dick, obwohl auch Mrs. Clayton sehr unter der Hitze litt und beileibe nicht übergewichtig war.

Eigentlich war sie sogar viel zu dünn, dachte China und schielte zu der Frau hinüber, die in einem Stuhl saß und las. Das glänzende schwarze Haar hatte sie mit einem breitrandigen Strohhut geschützt. China glaubte genau zu wissen, was für eine Art Frau Julia Clayton war. Vor mehreren Monaten zur Witwe geworden, war sie auf dem Weg nach Indien, um die sterblichen Überreste ihres lieben dahingeschiedenen William abzuholen, der in Ausübung seiner Pflicht für die Krone und sein Land gefallen war. Aber China hatte schon am ersten Tag bemerkt, daß Julia keinen Ehering trug, und mit der Zeit kam sie zu der Überzeugung, daß die junge ›Witwe‹ nach Kalkutta reiste, dem ersten Hafen, den die *Kowloon Star* anlief, um irgendeiner skandalösen Liaison zu entfliehen, die sie in England gehabt hatte.

Es war klar, daß auch Julia Clayton ein Auge auf Kapitän Bloodwell geworfen hatte, so wie alle anderen Damen. Und China konnte sich beim besten Willen nicht erklären, warum. Er war zwar groß, schlank, hatte blaue Augen und ein Grübchen am Kinn, aber wie stand es denn um seinen Charakter? Machte es diesen Frauen nichts aus, daß er unverfroren und arrogant war und nichts ernst nahm?

China schüttelte den Kopf, als sie sah, wie Dottie und Arabella schmachtende Blicke nach hinten warfen, wo Kapitän Bloodwell stand und seine Hände in die Hüften gestemmt hatte. Würden sie auch für ihn schwärmen, wenn sie wüßten, wie sinnlos betrunken er bei ihrem ersten Zusammentreffen gewesen war, und daß seine Kabine ausgesehen hatte, als sei ein Taifun durchgefegt? Und daß ihn seine Geldgier bis nach Broadhurst getrieben hatte?

Ganz fair war sie allerdings nicht, gestand sie sich ein. Zumindest hatte er seine Motive ihr gegenüber zugegeben, und seit sie an Bord der *Kowloon Star* war, konnte sie sich über sein Betragen nicht beklagen. Wahrscheinlich weil er wußte, daß sie Vergangenes nur allzu gern vergessen wollte, oder weil sie ihm leid tat. Dabei hatte sie Mitleid in jeglicher Form schon immer verachtet. Zumindest konnte sie sich damit trösten, ihn nach Beendigung der Reise nie wieder sehen zu müssen.

Die Sonne war noch nicht untergegangen, als die erste schwache Brise aufkam. Dann folgte ein spektakulärer Sonnenuntergang. Blutrot versank die Sonne im Meer. China war nach dem Abendessen an Deck gegangen und hatte sich dankbar die frische Brise ins Gesicht blasen lassen.

»Ist es nicht wunderbar, Mr. Quarles?« rief sie zu dem Steward hinüber, der mit einer Reihe von Werkzeugen an ihr vorbeilief.

»Wunderbar nennen Sie das? Da ist mir ja die Hitze noch lieber. Muß die Luken dichtmachen, die Bullaugen zunageln, die Kombüse aufräumen – damit wir das sicher überstehen.« Angewidert spuckte er in das Speigatt. »Und das nennen Sie wunderbar?«

China nahm Nappy die mürrischen Worte nicht übel. Sie wußte, daß er gerne viel schimpfte, es aber nicht so meinte. Sie mochte Nappy Quarles, und das war erstaunlich, da Kapitän

Bloodwells Mannschaft ansonsten nur aus Dieben und Halsabschneidern zu bestehen schien.

Nappy allerdings war eine herzensgute Seele. Kaum 1,60 m groß, war er ständig unrasiert und trug eine schwarze Augenbinde, die ihn, dachte China, wie einen Westentaschenpirat aussehen ließ. Er hatte ein Auge eingebüßt, als der holländische Frachter, auf dem er angeheuert hatte, am großen Barrierriff auflief und sank. Damals hatte ihn außerdem ein Holzklotz am Kopf getroffen, wovon ihm die seltsame Angewohnheit, jederzeit auf der Stelle einzuschlafen, geblieben war. »Kapitän Bloodwell ist ein erstklassiger Seemann«, lobte er seinen Arbeitgeber treuergeben. »Nicht jeder nimmt einen Steward, der ständig einschläft, aber Kapitän Ethan gab mir eine Chance. Ich verdanke ihm viel, jawohl, das tue ich.«

Insgeheim glaubte China nicht so recht an die wohltätige Einstellung Kapitän Bloodwells. Wahrscheinlich arbeitete Nappy für wenig Geld, und China war ohnehin zu der Überzeugung gekommen, daß Kapitän Bloodwell und seine Piratenmannschaft grundsätzlich nur von der Hand in den Mund lebten. Verständlich also, daß ihn die zweihundert Pfund so gelockt hatten.

Immerhin wurde die *Kowloon Star* in gutem Zustand gehalten, die Messingteile waren immer makellos auf Hochglanz poliert, die Taue und die oft geflickten Segel waren nie zerrissen oder ausgefranst. Die Mahlzeiten an Bord waren sehr kläglich, verglichen mit den opulenten Buffets auf dem Klipper *Honoria,* der sie vor Jahren nach England gebracht hatte. Überdies waren die Betten in den spartanisch eingerichteten Kabinen schmal und die Decken rauh und kratzig.

»Sie sollten nach unten gehen, Miß China, und zusehen, daß sie all ihre Habseligkeiten verstauen«, riet ihr Nappy mit einem besorgten Blick auf den sich verdunkelnden Himmel. »Wirklich wunderbares Wetter«, murmelte er noch einmal vor sich hin und beeilte sich, seine Arbeiten auszuführen.

Als sie die düstere Kajütstreppe hinunterstieg, bemerkte China, daß das Meer bereits unruhig war. Oben auf dem breiten Deck war ihr das gar nicht aufgefallen, hier unten war es schon schwierig, das Gleichgewicht zu halten.

»Arme Louisa«, murmelte sie, als sie in ihre Kabine kam und das kleine Mädchen mit kreidebleichem, verzerrtem Gesicht in seinem Bett liegen sah. »Ich fürchte, es wird noch schlimmer.«

»Macht nichts, China. Solange du nur da bist.«

Sie hatten sich eine Kabine geteilt, seit die *Kowloon Star* im Ärmelkanal in stürmische See geraten war und Louisas Mutter und ihre Schwestern sich außerstande gefühlt hatten, sich um das Mädchen zu kümmern. China hatte Nappy dazu überreden können, für sie eine Hängematte anzubringen. Und obwohl es ziemlich eng in der Kabine war, hatte Louisa ihre Mutter gebeten, bei China bleiben zu dürfen, auch nachdem der Sturm längst vorüber war. Louisas Mutter hatte dieser Bitte nur allzugern nachgegeben und war froh, daß sich jemand um das Kind kümmerte, bis sie die *Kowloon Star* nach Kalkutta brachte, wo Colin sie mit einem Heer Dienerschaft erwarten würde, die den Kindern jeden Wunsch von den Augen ablesen würden. Kinder konnten ja so schrecklich schwierig sein, wenn man einmal darüber nachdachte!

»Mama ist auch im Bett«, antwortete Louisa auf Chinas Frage. »Ich glaube, sie fühlt sich auch nicht wohl. Ist es sehr schlimm draußen?«

»Eigentlich war es bis vor wenigen Minuten noch sehr schön.« Ein Blick aus dem Bullauge sagte China, daß sich die Lage schon in dieser kurzen Zeitspanne beträchtlich verschlechtert hatte. Im Westen war noch ein Rest Tageslicht zu sehen, gerade genug, um die schwarzen Wolken zu erkennen, die sich jenseits den Ufern Afrikas auftürmten. Schaumgekrönte Wellen schlugen gegen den Schiffsbauch. Von Ferne dröhnte Donnergrollen.

»Erzähl mir eine Geschichte«, bettelte Louisa.

»Welche möchtest du denn hören?« fragte China und reckte sich, um die Laterne anzuzünden.

»Die von deinem Urgroßvater«, kam die prompte Antwort.

China mußte lachen. »Kennst du die nicht schon?«

Ein koboldhaftes Grinsen huschte über Louisas blasses Gesicht. »Nein.«

»Urgroßvater Kingston Warrick war ein sehr wohlhabender Adeliger«, begann China, setzte sich auf das Bett und strich sich die Röcke glatt. »Er hatte einen wunderschönen Gutsbesitz in Sussex, den er von seinem Vater geerbt hatte, und mehrere Stadthäuser in London. Er war Parlamentsabgeordneter, Mitglied im Corinthian Club und konnte einen Vierspänner besser als jeder andere Gentleman lenken.«

»Er war auch ein Bandit«, warf Louisa ein, die vor Aufregung zitterte, obwohl sie jede Einzelheit der Geschichte bereits kannte.

»Nicht direkt ein Bandit«, sagte China, »aber ein Lebemann, was wahrscheinlich auch nicht viel besser ist. Auf jeden Fall war er eine Spielernatur, und da er jung und leichtsinnig war, verplemperte er sein ganzes Vermögen und stand schließlich vor einem großen Schuldenberg.«

China hatte nie ein Hehl aus der zweifelhaften Vergangenheit ihres Urgroßvaters gemacht. Man sollte nicht versuchen, vor sich selbst davonzulaufen, dachte sie, und es war unsinnig, wenn sich die Warricks den Anschein von blütenweißer Weste geben würden, wo doch die ganze Welt die Geschichte von Kingston Warrick kannte. Diese Ansicht hatte ihre Cousine Cassiopeia immer mit Entsetzen vernommen, wurde sie doch dadurch unsanft daran erinnert, daß die Linvilles, wenn auch nur durch Heirat, mit diesem berüchtigten Renegaten verwandt war.

»Sie wollten ihn hängen, nicht wahr, China?« fragte Louisa mit großen, runden Augen. »Wegen Diebstahl oder Mord, obwohl keiner so genau wußte, was er eigentlich getan hatte.«

»Richtig. Aber anstatt ihn am Galgen sterben zu lassen, überredete der Premierminister den König, ihn zu begnadigen und ihn auf einem Sträflingsschiff zur Botany Bay bringen zu lassen.«

Diese Tatsache, die Louisas Mutter und ihren Schwestern Entsetzensschreie abgerungen hätte, fand Louisa selbst viel aufregender als alle Märchen, die ihr Bella jemals erzählt hatte. »Nur ist er nie bis zur Botany Bay gekommen, nicht wahr? Er ist in einem Sturm wie diesem hier entkommen«, fuhr sie aufgeregt fort, »und mit einem Freund in einem Boot weggerudert.«

»Also, ich glaube fast, du kannst die Geschichte viel besser erzählen als ich, Liebes.«

»Aber ich höre dir doch so gerne zu!« protestierte Louisa. »Wie ging's denn dann weiter?«

»Also gut. Die Insel, an der Sir Kingston und sein Freund Mr. Stepkyne an Land getrieben wurden, war gänzlich unbewohnt – bis auf Affen, Papageien und einigen Wildschweinen. Dann gab es noch einige erloschene Vulkane, und ansonsten nur undurchdringlichen Dschungel. Sir Kingston sah riesige Blumen, exotisch-bunte Vögel mit langen Schwänzen, und am Strand fand er Muscheln, die schöner schimmerten als ein Sonnenuntergang.«

»Es gefiel ihm so gut, daß er beschloß, dortzubleiben und sich ein Haus zu bauen«, setzte Louisa glücklich die Geschichte fort, denn jetzt kam der Teil der Geschichte, den sie am liebsten mochte. »Erzähl mir, wie er die Seidenraupen bekam, China, und wie er anfing, auf seiner Insel Seide herzustellen.«

China lächelte. Das war auch ihre Lieblingsstelle. »Nachdem Urgroßvater den Dschungel gerodet hatte und in sein Haus gezogen war, baute er sich ein Schiff und segelte nach China. Dort schloß er mit einem mächtigen Mandarin Freundschaft, der ihn nach Kanton einlud, in ein Gebiet, in das noch nie ein Europäer einen Fuß gesetzt hat. Wie mein Urgroßvater war auch der Mandarin ein leidenschaftlicher Spieler.«

Ihre Erzählung wurde unterbrochen, als die *Kowloon Star* in ein Wellental schlitterte. Die Lampe auf dem' kleinen Schreibtisch fiel um, und Louisas Gesicht schwankte zwischen Entsetzen und Verzweiflung.

»Alles in Ordnung, Liebes?« fragte China besorgt.

»Ich denke schon. Bitte ... erzähl mir die Geschichte zu Ende, China.«

Sicherlich war es keine schlechte Idee, Louisa abzulenken und so erhob sie ihre Stimme, um den heulenden Wind zu übertönen. »Niemand weiß genau, worum es bei der Wette zwischen Kingston Warrick und dem Mandarin wirklich ging. Es gibt keine Tagebuchaufzeichnungen darüber, und er erzählte nicht einmal meinem Großvater etwas davon.« (Das war eine Lüge, denn China wußte sehr wohl, daß es um die Tugend einer Palastdame ging, die beide begehrten. Das wollte sie aber Louisa nicht erzählen.)

»Dein Urgroßvater gewann«, erinnerte sich Louisa.

»Richtig, und der Mandarin mußte ihm, so war es ausgemacht, die Fracht des ersten Schiffes, das in diesem Monat in Macao an Land ging, geben – unabhängig vom Wert der Ladung. Mein Urgroßvater hätte also Silberbarren genausogut wie Tee ... oder auch Schweine bekommen können«, fuhr China fort. »Es ergab sich, daß er eine ganze Schiffsladung Seidenraupenlarven bekam, was den alten Mandarin entzückte, dachte er doch, mein Urgroßvater könnte damit überhaupt nichts anfangen.«

»Er täuschte sich, nicht wahr? Sir Kingston nahm sie mit nach Badajan, stellte Seide her und wurde unermeßlich reich.«

»Um es kurz zu machen – ja.« China lachte. »Und schon bald zählten wichtige Leute wie der Sultan von Lahore, dem der Hafen von Singapur gehörte, zu seinen Freunden. Er brachte es fertig, daß der Sultan den Hafen von Singapur an Sir Stamford Rates von der British East India Company übergab«, fuhr China fort, in der Hoffnung, ihre Stimme würde Louisa einschläfern. »Daraufhin wurde ihm die Strafe für alle seine Vergehen erlassen. Er entschloß sich, auf Badajan zu bleiben, obwohl er nach England hätte zurückkehren dürfen. Das war sehr klug von ihm, denn als die Holländer fünf Jahre später ganz Singapur an England gaben, kamen viele Einwanderer nach Malaysia. Und weil Badajan weniger als zwanzig Meilen jenseits der Straße von Singapur lag, konnte mein Urgroßvater viele Arbeiter anwerben, die ihm und seinem Freund Rudyard Stepkyne bei der Arbeit halfen. Schon bald hatte er so viel Geld, daß er nach England reisen konnte, wo er meine Urgroßmutter traf, sich in sie verliebte und sie mit nach Indonesien nahm.«

»Wie Mama und ... und Papa«, murmelte Louisa schläfrig. »Nur fährt sie nach Indien, nicht nach Badajan. Meinst du, daß wir dich irgendwann besuchen könnten, China?«

»Aber natürlich«, meinte China und strich dem Kind die Haare aus dem heißen Gesicht.

»Könnte ich bitte etwas Wasser haben?« flüsterte Louisa. Ihr Gesicht hob sich kaum mehr von dem weißen Kissen ab. China sah besorgt auf sie herunter.

»Meinst du, es bleibt unten?«

»Ich – ich hoffe es.«

Unglücklicherweise war der Wasserkrug leer. China hängte sich einen Umhang um die Schultern und trat auf den Gang. »Ich bin gleich wieder da«, versprach sie. »Bleib solange im Bett. Versuch nicht aufzustehen.«

»Nein, nein.«

China brauchte viel länger, als sie angenommen hatte, um die schmale Treppe zu erreichen, die zu den Wasserfässern führte. Der hohe Seegang warf die *Kowloon Star* wie eine Streichholzschachtel hin und her. China hatte sich, bis sie zur äußeren Tür gelangte, schon eine gehörige Anzahl blauer Flecken eingehandelt. Kaum war sie ins Freie getreten, hatte sie eine Windböe erfaßt, ihre Röcke aufgebläht und die Haarnadeln aus der Frisur gerissen. Regen schlug ihr ins Gesicht, aber das war nicht der kühle, sanfte englische Regen, sondern ein eiskalter Sturzbach, der sie in Sekunden durchweichte.

Der Wasserkrug entglitt ihr, als sie besseren Halt suchte, schlitterte über das Deck und wurde dann über Bord gespült. Ein Brecher schlug über die Reling, erfaßte China und schleuderte sie gegen ein Schott. In diesem Augenblick wußte sie, daß es heller Wahnsinn gewesen war, ihre Kabine zu verlassen.

Die nächste Welle riß ihr den Boden unter den Füßen weg. Sie schrie in panischer Angst und klammerte sich an das nasse Holz, von dem sie aber sofort wieder abrutschte. Noch einmal schrie sie aus voller Kraft und aus Angst, über Bord zu gehen.

Plötzlich griff jemand in der Dunkelheit nach ihren Armen und bekam statt dessen ihre Haare zu fassen. China stöhnte schmerzvoll auf, und es begann ein Tauziehen zwischen ihrem unbekannten Retter und der ungebändigten Wasserkraft. Hustend und halbblind von dem Salz, das in ihren Augen brannte, sah sie schließlich in das zornige Gesicht von Kapitän Bloodwell.

»Sie Närrin! Sind Sie völlig verrückt geworden? Was, zum Teufel, haben Sie an Deck zu suchen?«

Er gab ihr keine Zeit, sich zu rechtfertigen. Mühsam hielt er sich auf den Beinen und stieß sie vor sich her. Gerade als sie die Kajütentür erreicht hatte, überrollte sie die nächste Welle und warf sie mit aller Gewalt gegen die Reling. China stöhnte vor

Schmerz laut auf. Sie spürte, wie ihre Rippen gegen das Holz krachten, taumelte und sank beinahe zu Boden.

»Halten Sie sich fest!« brüllte Kapitän Bloodwell, und sie klammerte sich blind an ihn. Ihre Röcke wickelten sich um seine Beine, und sie fühlte sein Herz an ihrer Wange schlagen. Sie spürte die Wärme seines Körpers und fühlte ein Zittern in sich, das weder vom Schrecken noch von der Kälte kam.

Erstaunlicherweise wurden sie nicht über Bord gespült, und China spürte, wie ihr Körper hochgehoben wurde. Hustend und japsend versuchte sie, nicht ohnmächtig zu werden. Der Schmerz raubte ihr schier die Sinne. Offensichtlich hatte sie sich einige Rippen gebrochen, als sie gegen die hölzerne Reling geschleudert wurde.

»Wie kann man nur so dumm sein!«

Inzwischen hatten sie es geschafft, die Kajütentür hinter sich zu schließen, und China konnte wieder sehen und atmen.

»Wie, in Gottes Namen, sind Sie auf so eine blödsinnige Idee gekommen? Jedes Kind hätte mehr Verstand und würde so etwas nie machen.«

China sagte kein Wort – nicht nur, weil sie zu erschöpft war zu sprechen, sondern weil ihr auch plötzlich klar wurde, daß er mit jedem Wort nur allzu recht hatte. Sie hätte leicht über Bord gespült werden und ertrinken können. Die linke Seite ihres Brustkorbs schmerzte höllisch, und sie war zu benommen, um etwas dabei zu finden, in seinen Armen zu liegen und ihre Wange an seine klitschnasse Ölhaut zu legen, während weiter Schimpfkanonaden auf sie herunterprasselten.

»Das ist nicht meine Kabine«, protestierte sie, als er die Tür aufstieß, und sie sich in der Kabine wiederfand, die sie als die seine erkannte.

»Immer schön aufmerksam, nicht wahr, mein liebes Kind?«

»Ich bin nicht Ihr liebes Kind«, entgegnete sie und biß sich vor Schmerz auf die Lippen, als er sie auf das Bett legte.

»Ihre Kabine ist viel zu eng, und Sie können dort nicht richtig versorgt werden.« Er richtete sich auf, während er sprach, und betrachtete sie mit sichtbarem Unmut. »Ich nehme an, Sie haben sich einige Rippen gebrochen, und die müssen bandagiert werden. Das wird zwar etwas schmerzhaft sein, aber unter den gegebenen Umständen können Sie froh sein, überhaupt noch am Leben zu sein.«

»Es tut mir leid«, krächzte China und erkannte die heisere Stimme kaum als ihre eigene. »Ich sehe ein, daß es unvernünftig von mir war, nach oben zu gehen, aber ich wollte Wasser für Louisa holen und dachte nicht, daß es so gefährlich sein würde.«

Ethans Gesicht drückte jetzt entsetzte Ungläubigkeit aus, und er stieß sie nicht gerade sanft zurück, als sie versuchte aufzustehen. »Wenigstens sind Sie nicht aus reiner Abenteuerlust nach oben gegangen«, sagte er kühl. »Ich werde mich selbst um das Kind kümmern, Miß Warrick. Inzwischen bleiben Sie schön hier, bis Nappy Sie sich angesehen hat. Und in Zukunft schlage ich vor, Sie versuchen auch einmal, ein wenig Ihren gesunden Menschenverstand einzusetzen.«

Sie wollte ihm etwas entgegnen, aber jeder Atemzug schmerzte unsäglich, und die Deckenbalken begannen vor ihren Augen zu verschwimmen. Plötzlich begann sie am ganzen Körper zu zittern und hörte Kapitän Bloodwells Flüche nur mehr aus weiter Entfernung.

»Was – was machen Sie da?« hörte sie sich mit belegter Stimme fragen, als sie seine Hände an ihrem Kleid fühlte.

»Sie müssen aus diesen nassen Sachen raus, ehe Sie meine Matratze damit ruinieren, Miß Warrick. Und ich wäre Ihnen sehr dankbar, wenn Sie sich, solange Sie unter meiner Obhut stehen, nicht auch noch den Tod holten.«

»Ich kann mich selbst ausziehen!« protestierte sie, doch ihre Glieder waren schwer wie Blei.

Ethan beobachtete ihre fruchtlosen Bemühungen und lachte sein arrogantes Lachen, das sie schon so oft gehört hatte. »Wollen Sie lieber, daß es Nappy tut, oder soll ich es machen?«

»Weder Sie noch Nappy!«

»Jetzt aber genug, Miß Warrick. Unter den Umständen gibt es keinen Grund, an dummen Tugendvorstellungen festzuhalten. Ich kann Mrs. Harrleson rufen, aber ich bezweifle, daß die arme Frau in der Lage ist, ihre Kabine zu verlassen, selbst wenn es darum geht, Ihren guten Ruf zu verteidigen.« China glaubte in dem Dunst, der sie umgab, sein breit grinsendes Gesicht zu erkennen. »Und außerdem – um ein altes Sprichwort zu wiederholen: Nicht, daß ich so was noch nie gesehen hätte.«

»Sie sind ein scham … schamloser –« Hustend versuchte sie sich wieder aufzusetzen, doch mit fester Hand drückte er sie auf die Decken zurück. »Lassen Sie mich sofort gehen!«

»Meine liebe junge Dame, ich denke gar nicht daran.« Wütend hob China ihre Hand, um ihm ins Gesicht zu schlagen, doch sie war zu schwach dazu. Kapitän Bloodwell brach in schallendes Gelächter aus. Wie widersprüchlich doch diese China Warrick war! Einmal ganz scharfzüngiger Blaustrumpf, dann wieder scheu errötendes, viktorianisches Mägdelein. Und im Moment wußte er nicht einmal, welcher der beiden Seiten ihrer Persönlichkeit er den Vorzug gab.

Keiner, entschloß er sich und hatte es plötzlich eilig, auf das Achterdeck zurückzukehren. China aber war inzwischen erschöpft eingeschlafen, und so zog ihr Kapitän Bloodwell rasch die nassen Kleider vom Leib und deckte sie mit Decken zu.

Ethan Bloodwell runzelte die Stirn. Er wollte sich selbst nicht eingestehen, daß er bemerkt hatte, wie makellos feminin Chinas Körper war. Schließlich war er nur an den zweihundert Pfund interessiert – und nichts weiter.

»Wollten Sie was, Kapitän?« Nappy Quarles stand in der Tür. Ohne sich von dem tobenden Sturm sonderlich beeindrucken zu lassen, grinste er seinen Kapitän fröhlich an. Dann plötzlich fiel sein Kinnladen runter, als er die leblose Gestalt auf dem Bett liegen sah. »Tod und Teufel! Was ist mit Miß China los?«

»Sie war dumm genug, nach oben zu gehen«, erklärte Kapitän Bloodwell unfreundlich. »Ich fürchte, sie hat sich eine oder zwei Rippen gebrochen. Kannst du sie ein wenig bandagieren, Nappy?«

Der kleine Steward sah ihn verständnislos an. »Was, zum Teufel, hatte sie an Deck zu suchen?«

»Frag mich nicht«, sagte Kapitän Bloodwell knapp. »Ich habe absolut nichts damit zu tun. Diese dumme Person wollte Wasser für Louisa holen. Dabei fällt mir ein –«

»Ich habe dem armen Wurm schon was zu trinken gebracht«,

unterbrach ihn Nappy. »Und ich kümmer mich auch um Miß China. Überlassen Sie das nur mir, Kapitän.«

Ethan drehte sich um. Miß Warrick war in guten Händen. Und es geschah ihr ganz recht, wenn sie aufwachte und feststellte, daß Nappy ihre Rippen verband und sie nichts anhatte. In Zukunft würde sie dann wissen, wie dumm es war, ihre Kabine bei einem Sturm zu verlassen, auch wenn sie es in selbstloser Absicht getan hatte.

Kopfschüttelnd dachte er noch einmal über das Ereignis nach. Zuerst hatte er wirklich seinen Augen nicht getraut, als er sie an Deck gesehen hatte. Glücklicherweise hatte sie nicht versucht, ihm zu entkommen, als er sie am Haar gepackt hatte, um zu verhindern, daß sie vor seinen Augen über Bord ging. Und sie hatte sofort gehorcht, als er ihr befohlen hatte, an der Reling stillzuhalten, weil sie bei jeder falschen Bewegung den Boden unter den Füßen verlieren konnten.

Ja, sie hatte sich an ihm festgeklammert, und Ethan konnte nicht umhin, an die schlanken Arme zu denken, die sich um seinen Hals geschlungen hatten, und an den warmen Körper, der sich an ihn geschmiegt hatte. Er versuchte diesen Gedanken loszuwerden, denn er erinnerte ihn nur an die Tatsache, daß Chinas Körper alle anderen, die er gesehen hatte, vollständig in den Schatten stellte.

Ethan zog sein Ölzeug über, drückte die Kajütentüre auf und trat in den tosenden Sturm hinaus. Mit lauter Stimme brüllte er seinem ersten Maat Befehle zu und hatte dabei Mühe, sich gegen die tosenden Naturgewalten Gehör zu verschaffen.

6

Als China erwachte, ahnte sie, daß nicht alles so war, wie es sein sollte. Sie öffnete die Augen und fand ihre Vermutung bestätigt. Sie sah nicht die vertrauten Balken ihrer eigenen Kabine, sondern die vertäfelten Teakholzwände der eleganten Kapitänskabine.

»Wie konnte er es wagen!« empörte sie sich und japste nach Luft. Eilig versuchte sie, die Decke von sich zu stoßen und sich aufzurichten, fiel aber sofort wieder in die Kissen zurück, als ein höllischer Schmerz ihre Seite durchfuhr. China griff nach ihrem Rippenbogen und bemerkte, daß ihr Oberkörper mit einem breiten Tuch abgestützt war. Plötzlich stieg ihr die Schamröte ins Gesicht. Sie schien weder unter der Bandage noch am übrigen Körper etwas anzuhaben.

China Warrick lag wie erstarrt da und versuchte sich mit der Tatsache vertraut zu machen, daß sie nackt in Ethan Bloodwells breitem Bett lag. Wer ihr am Abend zuvor das völlig durchweichte Kleid und die Unterröcke ausgezogen hatte, daran wagte sie gar nicht zu denken.

Aber natürlich erinnerte sie sich dann an die Ereignisse des letzten Abends und rappelte sich auf, ohne auf den stechenden Schmerz in der Seite zu achten.

Zornig versuchte sie überall, ihre Kleider zu finden – vergebens. Schließlich zog sie mit zusammengepreßten Lippen aus der untersten Schublade einer Teakholzkommode ein Hemd heraus. Sie atmete schwer, als sie hineinschlüpfte und die Ärmel hochkrempelte.

»Sie sollten im Bett bleiben, Miß China, damit die Rippen richtig heilen können.«

China drehte sich um. In der Tür stand Quarles und balancierte ein Frühstückstablett. »Sie hatten Glück, die Rippen sind nicht gebrochen, aber tüchtig geprellt, und es wird schon ein Weilchen dauern, bis das wieder in Ordnung ist. Sie sollten erst mal schön im Bett bleiben.«

»Wo sind meine Kleider, Mr. Quarles?« fragte sie und versuchte, ganz ruhig zu bleiben.

Nappy zwinkerte, als er bemerkte, wie aufgeregt sie war. »Ich bringe sie Ihnen, sobald sie trocken sind. Vorher sollten Sie jetzt aber erst einmal etwas essen. Sie sind mir einfach ein wenig zu blaß um die Nase.«

China war ärgerlich, daß Nappy so selbstverständlich davon ausging, sie würde bleiben, wo sie war. Es war fast, als sei er daran gewöhnt, unverheirateten Frauen das Frühstück an Kapitän Bloodwells Bett zu bringen.

»Nun essen Sie schon, Miß«, bat er sie freundlich und setzte das Tablett auf den Tisch. »Der Kapitän kann wirklich nichts dafür, was da passiert ist.«

China gewann allmählich die Fassung wieder und atmete stockend durch. Momentan hatte sie keine Lust, über das zweifelhafte Benehmen des Kapitäns zu diskutieren. »Wie geht es Louisa?« erkundigte sie sich.

Nappy strahlte. »Munter wie ein Fisch im Wasser.«

»Aha. Dann ist also der Sturm vorüber?« Eigentlich erübrigte sich die Frage, wenn sie durch die Heckfenster das schaumgekrönte Kielwasser unter einem strahlendblauen Himmel betrachtete.

»Wunderschönes Wetter draußen. Jetzt essen Sie aber erst mal Ihr Frühstück«, beharrte Nappy. »Ich komme dann später vorbei und bringe Ihnen Wasser zum Waschen.«

China war zu hungrig, um sich weiter auf eine Diskussion einzulassen. Sie setzte sich an den Tisch, strich sich Marmelade auf das frisch gebackene Brötchen und stopfte es sich auf einmal in den Mund. Lautes Lachen schreckte sie auf, und als sie sich umdrehte, sah sie Kapitän Bloodwell in der Tür stehen. Sie wurde rot bis unter die Haarwurzeln.

Ethan Bloodwell stand da und grinste unverschämt. Die Sonne ließ sein kastanienbraunes Haar leuchten. China hob ihr Kinn, wild entschlossen, ihm keinen weiteren Grund zur Heiterkeit zu geben.

»Der Hunger scheint sie weichgemacht zu haben, Miß Warrick«, meinte Kapitän Bloodwell und bemühte sich, ernst zu bleiben. »Aber das kann ich Ihnen nun wirklich nicht verdenken. Schließlich ist es fast Mittag, und Sie haben seit Ihrem Abenteuer gestern abend nichts mehr gegessen.«

Chinas Lippen zitterten, aber Ethan war eigentlich nicht überrascht, als sie erstaunlich ruhig sagte: »Ich bin Ihnen dafür, was Sie für mich getan haben, dankbar, Kapitän. Ich wäre über Bord gegangen, wenn Sie nicht rechtzeitig eingegriffen hätten.«

»Nun sind Sie schon wieder gezwungen, mir zu danken, obwohl Sie mich am liebsten zur Hölle schicken würden.« Er grinste wieder und kam herein. »Gern geschehen, obwohl ich das

Gefühl habe, Sie würden sich fast lieber die Zunge abbeißen als mir für irgend etwas dankbar zu sein.«

»Ich kann Ihnen versichern, Kapitän«, begann China mit frostiger Würde, obwohl er ihre Gefühle eben sehr treffend beschrieben hatte, »daß ich –«

»Ersparen Sie mir Ihren Protest, Miß Feuerbrand. Ihr Gesicht spricht Bände.« Er blieb vor dem Tisch, an dem sie saß, stehen. Plötzlich kam China die geräumige Kabine heiß und eng vor. Sie senkte den Kopf, doch blieb ihr Blick gegen ihren Willen an seinen kräftigen, sonnengebräunten Händen hängen. Dann fiel ihr wieder ein, wie unbekümmert er sie letzte Nacht ausgezogen hatte.

Sie blickte wieder auf und sah an seinem Gesicht, daß er den gleichen Gedanken gehabt haben mußte. Sie befeuchtete ihre Lippen, um ihm zu sagen, wie ärgerlich sie über die Freiheiten war, die er sich ihr gegenüber rausgenommen hatte, auch wenn sie verletzt gewesen war. Doch die Kehle war ihr wie zugeschnürt. Auf einmal war es ganz still im Raum, und Ethan betrachtete Chinas rotgolden leuchtendes Haar mit einem Anflug des Bedauerns.

»Vielleicht könnten Sie mich jetzt allein lassen«, flüsterte China schließlich. »Mr. Quarles teilte mir mit, meine Kleider wären noch naß, und ich vergaß ihn zu bitten, mir andere zu bringen.«

»Ich sehe schon, Sie mußten sich anderweitig behelfen«, sagte Kapitän Bloodwell geradeheraus und ließ seinen Blick unbefangen über die weißen Unterschenkel wandern, die unter den weißen Hemdschößen hervorschauten. »Wie schön, daß Sie etwas Passendes gefunden haben.«

Der Hemdkragen stand offen, und obwohl China versucht hatte, ihn zuzuknöpfen, war immer noch die Mulde zwischen ihren Brüsten zu sehen.

»Kapitän Bloodwell, ich – o du meine Güte! *Miß Warrick!* Was machen Sie denn hier?«

China erstarrte beim Anblick von Julia Clayton. Es entstand eine Stille des Entsetzens. Ethans Gesicht versteinerte. Er wußte, es würde keine glaubhafte Erklärung für die Anwesenheit des Mädchens in seiner Kabine geben. Zumindest keine, die Julia

Clayton davon überzeugen würde, daß sich nichts Zweifelhaftes zwischen ihnen abgespielt hatte.

»Bitte kommen Sie herein«, forderte er sie höflich auf, aber bevor er weiterreden konnte, stand China vom Tisch auf, ohne darauf zu achten, daß ihre Kleidung der einer Dirne alle Ehre gemacht hätte.

Sie sah die vor Entsetzen erstarrte Julia keß an und sagte kühl: »Es gibt überhaupt keinen Grund, so entsetzt zu sein, Mrs. Clayton. Kapitän Bloodwell war so gütig, mir seine Kabine zur Verfügung zu stellen, nachdem ich letzte Nacht bei dem Sturm verletzt wurde. Wenn Sie mich jetzt bitte entschuldigen wollen – ich wollte gerade gehen.«

Die Schiffsbalken ächzten unnatürlich laut. China blieb vor dem Kapitän stehen und sah ihn nicht weniger würdevoll an, als wäre sie eine Herzoginwitwe in vollem Ornat auf dem Ball anläßlich des Geburtstags der Königin. Ethan dachte auf einmal, daß er sie nie wieder als kopflose Göre ohne einen Funken Verstand ansehen würde.

»Nochmals vielen Dank, Kapitän Bloodwell.«

Er verbeugte sich kurz und hatte dann die Kühnheit zu sagen: »Es war mir ein Vergnügen, Miß Warrick«, obwohl ihm im gleichen Augenblick klar war, daß Julia Clayton aus dieser Bemerkung ganz bestimmt falsche Schlüsse ziehen würde. Dazu grinste er dann auch noch vielsagend, so daß China schließlich der Mut verließ und sie ohne ein weiteres Wort davonlief.

Sie verbrachte den Rest des Vormittags in ihrer Kabine, ruhte sich aus und wusch sich das Salz aus dem Haar. Jedesmal, wenn sie die Augen schloß, hatte sie wieder die peinliche Szene in der Kabine des Kapitäns vor sich. Im Laufe des Nachmittags wurde sie allerdings schon ein wenig unruhig, und da sie keine Entschuldigung mehr hatte, unter Deck zu bleiben, entschloß sie sich, sich wieder zu zeigen. Schließlich, redete sie sich ein, gab es keinen Grund, so zu tun, als müsse sie sich schämen.

Aber kaum hatte sie sich hinausgewagt, als auch schon Lucinda Harrleson auf sie zustürzte. Ihr Doppelkinn zitterte vor Aufregung.

»Da sind Sie ja, Miß Warrick! Ich muß gestehen, daß ich nicht weiß, wie ich mich zu dieser traurigen Affäre äußern soll! Ich sagte zu Mrs. Clayton, sie habe sich ganz bestimmt getäuscht, aber sie versicherte mir – ach, ich kann es einfach nicht glauben! Wenn ich daran denke, daß Kapitän Bloodwell mich als Ihre Anstandsdame mitgenommen hat, und dabei – und dabei –« Sie schlug ihre fleischigen, kleinen Hände beschwörend über ihrem Busen zusammen. »Sagen Sie mir, daß es nicht wahr ist, Kind!«

»Ich fürchte, da muß ich Sie enttäuschen«, sagte China. Julia Clayton hatte offensichtlich nichts Besseres zu tun gehabt, als Mrs. Harrleson mitzuteilen, daß sie die Nacht in Kapitän Bloodwells Kabine zugebracht hatte. »Wenn ich vielleicht erklären darf«, fuhr sie fort. Es war ihr peinlich, aber andererseits wollte sie unbedingt die Wahrheit offenlegen. »Es war nicht so, wie Sie denken.«

»Sie müssen uns wirklich nichts erklären, Kindchen, wirklich nicht!«

»Muß ich scheinbar doch«, beharrte China. »Mrs. Clayton zieht ganz falsche Schlußfolgerungen. Es war nicht mein Entschluß, in Kapitän Bloodwells Kabine gebracht zu werden.«

»Gütiger Himmel«, rief Lucinda entsetzt aus und sah ihre schlimmsten Befürchtungen bestätigt. »Ich dachte mir schon, daß Sie nicht freiwillig zu ihm gegangen sind. Ich habe gleich vermutet, daß er Sie – o meine Liebe, wie schrecklich! Ich hoffe, Sie wissen, daß es da nur einen Ausweg gibt!«

»Und der wäre, Mrs. Harrleson?«

Die arme Frau verstummte plötzlich, als Kapitän Bloodwell auf der Bildfläche erschien, der ihre schrille Stimme vernommen hatte. Er sah sie mit seinen blauen Augen durchdringend an, doch Mrs. Harrleson hatte sich schnell wieder gefaßt und war schon wieder bereit, Dampf abzulassen.

»Mrs. Clayton hat mich umgehend von den schockierenden Umständen informiert, die sich letzte Nacht in Ihrer Kabine zugetragen haben. Als Chinas Aufsichtsperson für diese Reise werde ich alles daran setzen, daß Sie für Ihre skandalösen Handlungen zur Rechenschaft gezogen werden.«

Kapitän Bloodwell grinste. »Und von welchen skandalösen Handlungen sprechen Sie, Madam?«

Mrs. Harrlesons Augen wurden groß und rund. Ihre Wangen röteten sich. »Nun – nun – Sie wissen ganz genau, was ich meine. Ich war gerade dabei, China zu erklären, daß es keinen anderen Ausweg als den gebe, daß sie beide heiraten. Und zwar sofort!«

Ethan wollte gerade laut loslachen, aber China Warricks bleiches Gesicht veranlaßte ihn, sich ein wenig zu mäßigen. »Und wie stellen Sie sich die Hochzeitszeremonie vor, Mrs. Harrleson? Ich fürchte, wir werden erst in einigen Wochen wieder an Land gehen.«

Lucinda Harrleson ließ sich nicht beirren. Offensichtlich hatte sie schon ganz genaue Vorstellungen. »Sie sind Kapitän dieses Schiffes, Sir«, erinnerte sie ihn. Ihre runden Schultern zitterten vor Empörung. »Damit haben Sie die Berechtigung, die Zeremonie selbst zu vollziehen.«

»Schon, aber ich denke gar nicht daran«, gab er freimütig zu. »Und ich glaube auch nicht, daß Sie mich dazu zwingen können.«

Mrs. Harrleson sah ihn mit ungläubigen Augen an. Ihre Vorstellung von einem romantischen Helden war zutiefst erschüttert. Wie unangenehm er doch sein konnte! Und dabei hatte sie fast schon mit dem Gedanken gespielt, eine ihrer Töchter mit ihm zu vermählen. »Sie sind kein Gentleman, Kapitän Bloodwell!«

Er lächelte einsichtsvoll. »In dieser Richtung hatte ich eigentlich auch noch nie Ambitionen, Madam.«

Mrs. Harrleson nestelte nervös an ihren Fingern herum. Das Gespräch mit Kapitän Bloodwell nahm keinen guten Verlauf. Sie hatte erwartet, er werde sofort zustimmen, China zu heiraten. Schließlich war das die einzige tragbare Lösung. Statt dessen benahm er sich rüpelhaft und ungezogen. Darüber hinaus bemerkte sie in seinen Augen etwas ganz Unberechenbares, das Sie noch nie bemerkt hatte. Ob sie sich nicht vielleicht ganz und gar in ihm getäuscht hatte?

»Was soll dann aus China werden?« beharrte sie. Ihr junger Schützling hatte kein Wort gesprochen, seit Kapitän Bloodwell gekommen war. »Sie sehen doch sicher ein, daß ihr Ruf –«

»In keiner Weise gelitten hat«, warf China bestimmt ein und sah Mrs. Harrleson fest an. »Ich habe nicht die Absicht, Kapitän Bloodwell zu heiraten«, fuhr sie fort. Sie warf einen kurzen Blick auf Kapitän Bloodwell, der Bände sprach. »Sie müssen verstehen, daß bislang immer andere Menschen Entscheidungen für mich getroffen haben, ohne meine Gefühle in ihre Überlegungen miteinzubeziehen. Ich schätze zwar Ihre Besorgnis, Mrs. Harrleson, aber ich möchte nicht, daß Sie sich hier einmischen.« Ihr Gesicht erstarrte, als sie sah, wie Kapitän Bloodwell spöttisch mit dem Mund zuckte. »Ganz besonders nicht in dieser Angelegenheit.«

Mit raschelnden Unterröcken rauschte sie davon. Lucinda Harrleson starrte Kapitän Bloodwell mit offenem Mund an. Hatte die liebe, kleine China, die keiner Fliege etwas zu leide tun konnte, wirklich eben diese rüden Worte gesprochen? Das arme Kind mußte vor Scham halb verrückt sein!

»Da sehen Sie, was Sie angerichtet haben!« warf sie ihm vor.

»Hochverehrte Dame, würden Sie mir bitte erlauben zu erklären?« bat Kapitän Bloodwell gereizt.

»Ich fürchte, Sir«, antwortete Mrs. Harrleson gestelzt, »daß wir uns weiter nichts zu sagen haben.« Ihr Doppelkinn zitterte, als sie sich auf dem Absatz umdrehte und wegtänzelte.

»Womit habe ich das verdient?« fragte sich Ethan und hob seinen Blick zum Himmel.

»China ist ein ziemlich ungewöhnlicher Name für eine Frau, nicht wahr? Wie kam Ihre Mutter drauf, Sie so zu nennen, Miß Warrick?«

Während er diese Frage stellte, hob der wohlbeleibte Kapitän des amerikanischen Klippers *Birmingham* eine Hand mit seinem Glas, um dem Steward seinen Wunsch nach einem weiteren Glas Wein kundzutun. »Verdammt guten Wein hast du hier, Bloodwell. Hm-hm … Entschuldigen Sie, Miß Warrick, Sie sagten gerade –«

»Eigentlich hat mich mein Vater so genannt«, antwortete China langsam und betrachtete Kapitän Terence Aloysius mit sorgfältig verborgenem Widerwillen. Tranken alle Amerikaner so viel und fluchten so laut? Nicht nur, daß er miserable Tischmanieren hatte, sondern China hatte auch beobachtet, wie er Arabella Harrleson auf der Kajütstreppe in den Hintern gezwickt und sich dann königlich amüsiert hatte, als das Mädchen einen spitzen Schrei ausstieß. Obwohl Bella dann schließlich errötend kicherte, hatte China gedacht, sie hätte dem Kapitän in diesem Fall eine Ohrfeige verpaßt.

»Verdammt ungewöhnlicher Name«, murmelte Kapitän Aloysius und rülpste laut.

»Im Gegenteil, mir erscheint er sehr passend«, meinte Ethan Bloodwell, der zurückgelehnt am oberen Ende des Tisches saß und zusah, wie der amerikanische Kapitän fast zwei Liter seines besten Weines in sich hineingeschüttet hatte. »Wie sonst sollte man eine Tochter nennen, deren Augen die Farbe von Jade haben und deren Haar so rot ist wie die kaiserlichen Gewänder?«

Ein wenig erschrocken warf ihm China einen Blick zu, obwohl sie ihn in letzter Zeit absichtlich gemieden hatte. Wie konnte er das wissen? Seine Augen verrieten nicht mehr als nur höfliches Interesse, und China sah schnell wieder weg. Plötzlich fiel ihr auf, wie wenig sie eigentlich über Kapitän Ethan Bloodwell wußte.

Sie war heute abend nur wegen der Harrlesons gekommen, obwohl ihre Beziehungen seit dem unseligen Zusammentreffen an Deck vor einigen Wochen eher getrübt waren. Und China schämte sich ein wenig ob der Erleichterung, die sie empfand, als sie erfuhr, daß die Harrlesons nach dem Abschiedsessen zur Birmingham hinübergerudert werden würden und mit Kapitän Aloysius nach Kalkutta weitersegeln würden.

Nur Louisa würde ihr abgehen, aber schließlich würde das Mädchen bald ihren heißgeliebten Vater wiedersehen, und die *Kowloon Star* würde weitersegeln können und viel früher als erwartet in Singapur sein. Also hatten sie großes Glück gehabt, daß der große Klipper sie in der Bucht von Bengalen gesichtet hatte und Kapitän Aloysius sich bereiterklärt hatte, die Harrlesons an Bord zu nehmen.

»Ihr Papa war also in China, Miß Warrick?«

Der amerikanische Kapitän, der Arabellas dummes Gekicher

satt hatte und Julia Clayton aus dem Weg ging, weil er das untrügliche Gefühl hatte, sie würde jedes arglose männliche Wesen sofort in ihre Netze ziehen und nie mehr loslassen, hatte sich schließlich China zugewandt. »Mein Vater und mein Großvater reisten sehr viel in Kwangtung«, antwortete China verbindlich, »und ich glaube, mein Urgroßvater war der erste Europäer in Kanton.«

»Ihr Urgroßvater?« Kapitän Alyosius horchte auf. Er kannte sich in der Geschichte erstaunlich gut aus und stellte trotz beträchtlichen Alkoholkonsums sofort die logische Verbindung zwischen Chinas Bemerkung und ihrem bekannten Nachnamen her.

»Kingston Warrick? Ihr Urgroßvater war doch nicht etwa Kingston Warrick? Also, da brat mir doch einer einen Storch! Die Welt ist ein Dorf! Wissen Sie, ich kannte Ihren Vater sehr gut. Das Schiff, das ich vor der *Birmingham* hatte, hatte einmal Badajan-Seide geladen. Ein Prachtkerl, Ihr Vater! Ich hörte, er ertrank vergangenen Sommer.«

Er schien die Traurigkeit in Chinas Gesicht nicht zu bemerken. Sie hatte sich noch nicht von dem Schock erholt, den sie erlitten hatte, als ihre Mutter ihr im Brief den Tod ihres Vaters Race Warrick mitteilte. Es war nicht fair, dachte sie immer wieder verzweifelt. Es war einfach nicht fair, daß er jetzt so kurz vor ihrer Rückkehr nach Hause starb, nachdem sie so lange hatte warten müssen, ihn wiederzusehen!

»Er war ein guter Mann, Ihr Papa«, sagte der Kapitän und stützte sich mit dem Ellenbogen am Tisch auf. »Die meisten Kapitäne, die Waren für ihn transportierten, respektierten ihn. Und niemand sprach je böse über ihn, außer denen, die ihm sein Geld neideten.«

Er wischte sich mit der Serviette den Mund ab. »Es heißt, mit der King's Wheal Plantage steht es nicht zum besten, seit er starb. Sein Stiefsohn weiß offenbar nicht so genau, was er tut.«

»Es ist spät geworden«, unterbrach ihn Kapitän Bloodwell und schnappte laut die Taschenuhr zu, die er aus der Tasche seiner Satinweste gezogen hatte.

»Einen Moment mal bitte. Sprechen Sie von meinem Bruder

Damon?« wollte China wissen. »Gibt es Schwierigkeiten auf der Plantage?«

Aber Kapitän Terence Aloysius hatte das Warnsignal verstanden, das ihm Ethan Bloodwell gegeben hatte. »Du meine Güte, es ist tatsächlich spät«, gab er zu und horchte auf die Schiffsglocke, deren Ton nur ganz gedämpft nach unten drang.

Schwerfällig richtete er sich auf und drängte seine neuen Passagiere dazu, ihre Habseligkeiten zusammenzusuchen. »Morgen werden wir Indien Steuerbord voraus sichten«, versprach er aufgeräumt. »Und machen Sie sich keine Sorgen wegen Ihres Bruders, Miß Warrick«, fügte er reuevoll hinzu, als er ihr besorgtes Gesicht sah. »Ich hörte unmittelbar vor unserer Abreise von einem Freund in Boston, daß er Schwierigkeiten hat, in die Fußstapfen seines Vaters zu treten. Inzwischen hat er sicher alles im Griff.«

Eine steile Falte bildete sich zwischen Chinas Augenbrauen. Was steckte wirklich hinter der flapsigen Bemerkung des Kapitäns? Stimmte etwas nicht auf der King's Wheal Plantage? Mußte sie sich Sorgen machen oder hatte Kapitän Aloysius nur harmlosen Klatsch aufgeschnappt?

Glücklicherweise vergaß sie in dem Trubel, den der Auszug der Familie Harrleson mit sich brachte, die mysteriösen Andeutungen. Überrascht stellte sie fest, daß Kapitän Bloodwell das Chaos, das über sein Schiff hereinbrach, mit bewundernswertem Gleichmut ertrug. Freundlich küßte er die fleischigen Hände, die ihm zum Abschied dargeboten wurden, und half der molligen Mrs. Harrleson persönlich in das Boot. Die kleine Louisa klammerte sich um seinen Hals, und China sah mit Erstaunen, wie zärtlich er das kleine Mädchen ansah, ehe er sie in das Boot hob. Als er sich wieder aufrichtete, sah er China an und lächelte.

»Sicherlich haben Sie gerade gedacht, daß Sie von mir nicht erwartet hätten, daß ich Kinder mag?«

»Das stimmt«, gab China freimütig zu und wunderte sich wieder einmal, wieso er ihre Gedanken lesen konnte.

»Ich bin nicht so unerfahren, wie Sie das gerne glauben möchten, Miß Warrick«, sagte er und stellte sich neben sie.

»Ach nein?«

Seine sonnengebräunten Hände umklammerten die Reling. »Nein. Sie sind nun mal nicht die einzige, die versteht, wie ein verlassenes Kind leidet.«

China sah ihn erstaunt an, doch sein Gesicht zeigte im flakkernden Licht der Bordlaternen keinerlei Regung. Louisa rief sie noch einmal zum Abschied und winkte mit beiden Armen, ehe das Boot längsseits der *Birmingham* anlegte und die Passagiere an Bord gingen.

»Ich kann es nicht glauben, daß sie wirklich weg sind«, sagte sie seufzend.

»Was für ein Segen, nicht wahr?« erwiderte Kapitän Bloodwell.

»So habe ich das nicht gemeint«, protestierte China, mußte aber lachen und war verwundert, als auch er lachte. Dann schwiegen sie beide eine Weile.

Obwohl die Sonne schon vor mehreren Stunden im Meer versunken war, schimmerte noch ein orangefarbener Streifen am Horizont. Ein lavendelfarbener Himmel wölbte sich über dem Mastkorb, und die ersten Sterne funkelten herab. Die abendliche Brise war warm und angenehm. Nach dem geräuschvollen Auszug der Harrlesons genossen die junge Frau und der hochgewachsene Kapitän Seite an Seite an der Reling stehend die ruhige Schönheit des Abends. Sie waren alleine an Deck, die Matrosen hatten sich zurückgezogen, und Julia Clayton, die sich großzügigerweise bereiterklärt hatte, als Chinas ›Anstandsdame‹ bis nach Singapur mitzukommen, hatte Kopfschmerzen vorgeschützt und sich in ihre Kabine zurückgezogen.

China hatte boshafterweise vermutet, Julias Leiden käme von der Anstrengung, mit der sie den ganzen Abend Kapitän Bloodwell schöne Augen gemacht hatte. Nichtsdestotrotz war sie heilfroh, Julias Gesellschaft entkommen zu sein, denn sie war immer noch wütend, von der jungen Witwe als Pfand benutzt worden zu sein, damit diese an Bord bleiben und weiterhin ihre Netze nach Kapitän Bloodwell auswerfen konnte.

»Eine schöne Begleitung fürwahr!« schnaubte China verächtlich und bemerkte erst, daß sie laut vor sich hingesprochen hatte, als Kapitän Bloodwell sie mit erstaunt hochgezogenen Augenbrauen ansah.

»Sprechen Sie von mir, Miß Warrick, oder denken Sie nur laut vor sich hin?«

»Weder – noch«, antwortete sie mit der ihr eigenen Direktheit, die er unlogischerweise gleichzeitig lästig und erfrischend fand. »Ich dachte an Mrs. Clayton und die Gründe für ihr Verbleiben an Bord.«

»Sie wollen doch wohl nicht die ehrenhaften Beweggründe der guten Frau anzweifeln«, schalt Kapitän Bloodwell sie spöttisch. »Wie hartherzig von Ihnen.« China hatte das belustigte Augenzwinkern sehr wohl gesehen und ließ sich von seinem ernsten Tonfall nicht hinters Licht führen.

»Ganz sicher ist Ihnen, Miß Warrick, doch klar«, fuhr er belehrend fort, »daß Lucinda Harrleson nicht mit der *Birmingham* weiterreisen konnte, wenn Sie hier als einziges weibliches Wesen an Bord meines Schiffes verblieben wären. Indem Mrs. Clayton sich selbstlos bereiterklärt hat, an Bord zu bleiben, ermöglichte sie es den anderen, um so schneller zu Oberst Harrleson zu kommen.«

China entgegnete spitz: »Ich hörte Julia sagen, daß die sterblichen Überreste ihres Mannes noch nicht von Lahore abtransportiert wären und sie keine Lust hätte, in Kalkutta zu schmoren, bis sie endlich kämen.«

Kapitän Bloodwell lachte, und China hatte das Gefühl, daß auch er die Existenz des mysteriösen Major Claytons anzweifelte. »Ich fürchte, Singapur wird auch nicht gerade aufregend für sie sein.«

»Wie will sie denn nach Indien zurückkommen?« fragte China neugierig. »Und wo wird sie wohnen, während sie wartet? In Singapur gibt es meiner Erinnerung nach nur sehr wenige Privatwohnungen und ganz sicher keine Zimmer zu vermieten.«

Fast mitleidig sah Ethan Bloodwell sie an. »Mein liebes Kind, Sie müssen sehr viel Neues über die Stadt lernen, die Sie vor sechs Jahren verlassen haben. Singapur ist jetzt das Tor zum Fernosthandel. Die europäische Bevölkerung dort hat sich in den letzten fünf Jahren verdoppelt. Es gibt sogar im britischen Viertel ein neues Hotel, das es mit jedem in Mayfair durchaus aufnehmen kann.«

»Wann waren Sie zum letztenmal dort?« fragte China neugierig.

»Kurz bevor wir nach England zurückgekehrt sind.«

»Hatten Sie Güter geladen?« Ethan Bloodwell sah in Chinas Augen gar nicht wie jemand aus, der im nicht gerade aufregenden Außenhandelsgeschäft tätig ist.

»Nun denn«, sagte er grinsend. »Offensichtlich sind Sie jetzt so neugierig geworden, daß Sie sich in meine Angelegenheiten mischen.«

China preßte die Lippen zusammen. »Ich mische mich nicht ein. Und wenn Sie meine Frage ungehörig finden –«

»Nicht im geringsten«, versicherte er ihr lachend. »Wir hatten Ware aus Java für London geladen. Zugegebenermaßen kein sehr aufregendes Geschäft, aber leider aus finanziellen Gründen notwendig.«

»Ich erinnere mich, daß mir mein Vater, als ich noch sehr klein war, erzählte, Badajan-Seide sei immer auf Klippern transportiert worden, denn nur sie konnten auf Grund ihrer Ladekapazität und der Fahrtgeschwindigkeit einen Gewinn herausholen.«

Kapitän Bloodwell sah nachdenklich an den Schiffsmasten hinauf, an denen sich die Segel im auffrischenden Wind blähten. »Ihr Vater hatte recht, Miß Warrick. Die *Kowloon Star* ist nicht geeignet für den Konkurrenzkampf mit den modernen Klipperflotten im Fernen Osten. Ich war selbst einmal stolzer Besitzer eines Klippers, und er fuhr jedem anderen Schiff davon. Bedauerlicherweise verlor ich mein Schiff durch schieren jugendlichen Leichtsinn.«

»Kann ich mir gut vorstellen«, entfuhr es China impulsiv, was der Kapitän mit einem herzhaften Lachen quittierte. »Das glaube ich Ihnen.«

Danach schwiegen beide, und in diesem Augenblick stieg der Mond über dem Wasser auf, eine blutrote Kugel, die wie eine reife Frucht am nachtdunklen Himmel hing und die Schaumkrönchen des Kielwassers wie scharlachrote Edelsteine aufblitzen ließ. Der Wind, der den betörenden Duft des Orients mitbrachte, blies den Saum von Chinas Röcken hoch und ließ sie sanft über Ethans Stiefel streicheln.

Er betrachtete sie, wie sie versonnen über das sich kräuselnde Wasser blickte, und dachte, daß sie einfach wunderschön aussah und er sie am liebsten auf der Stelle geküßt hätte.

China drehte ihren Kopf. Vielleicht hatte sie seinen Blick gespürt, vielleicht war sie auch überwältigt von der Schönheit der Nacht. Im flackernden Licht der Laternen sah ihr Mund besonders weich und verführerisch aus.

Sie sah zu ihm auf. Atemlose Erwartung lag zwischen ihnen, so vielversprechend und schwül wie der warme, duftgeschwängerte Wind, der von der indischen Küste herüberwehte.

Aber Ethan küßte sie nicht. Statt dessen wandte er sich abrupt ab und sagte: »Der Wind hat aufgefrischt. Wenn Sie mich bitte entschuldigen wollen, Miß Warrick.«

China wollte mit einer schnippischen Bemerkung kontern, stellte jedoch zu ihrem eigenen Erstaunen fest, daß sie keinen Ton herausbrachte. Und so nickte sie nur, als Ethan wegging.

»Es macht mir überhaupt nichts aus, daß er mich nicht geküßt hat«, flüsterte sie ärgerlich vor sich hin und ballte ihre kleinen Hände zu Fäusten. Ihr untrüglicher Instinkt hatte ihr gesagt, daß er das vorgehabt hatte. »Ich schwöre, es ist mir völlig egal.«

7

»Haben Sie Angst, Miß?«

China stand an der Reling und drehte sich zu Nappy Quarles um. »Angst? Wovor?«

»Wie soll ich das wissen?« Der kleine Steward zuckte mit den Achseln. »Vielleicht vor zu Hause. Die Dinge haben sich geändert, seit Sie von zu Hause weggegangen sind. Beunruhigt Sie das nicht?«

China dachte einen Augenblick nach und schüttelte dann den Kopf. »Ich glaube, ich bin ein wenig nervös«, gab sie zu, »aber nicht ängstlich. Wie kommen Sie darauf?«

Nappy grinste und zwinkerte mit seinem Auge: »Beobachte

Sie schon eine ganze Weile, Miß, und Sie starren immer zur Küste hinüber. Was erwarten Sie zu sehen?«

Diesmal wußte China keine Antwort, denn sie wußte es selbst nicht so genau. Mit Sonnenuntergang des gestrigen Tages war Land in Sicht gekommen, und als sie heute morgen an Deck gekommen war, hatte sie selbst den smaragd-grünen Küstenstreifen über dem glänzenden Wasser gesehen. Die *Kowloon Star* machte bei frischer Brise schnelle Fahrt, und der arabische Maat Rajiid hatte angekündigt, man werde bei vier Glasen anlegen. Fasziniert, ein wenig unbehaglich und in der Tat auch ein wenig ängstlich sah China immer wieder nach Singapur hinüber, wo ihre Reise und ihr sechsjähriges Exil zu Ende sein würden. Badajan lag jenseits der schimmernden Meeresstraße, die Singapur von den gebirgigen Inseln Indonesiens trennte, aber die *Kowloon Star* würde im geschützten Hafen von Singapur anlegen, und China würde sich dort vom Kapitän und seiner Mannschaft verabschieden.

Singapur, das südlich von der malaiischen Halbinsel lag, besaß ausgedehnte Dockanlagen, die sich meilenweit an einer dicht mit Palmen bewachsenen Küste hinzogen. Schiffe aller Bauarten und Nationalitäten drängten sich an den Kais, alte Sampane, chinesische Dschunken, Briggs, Schoner und allenthalben die Leute von der East India Company. Kapitäne der Klipper warteten ungeduldig, daß ihre Mannschaften die Ladungen aus Tee, Rohseide und Mahagoni an Bord schafften, damit sie endlich bei günstigen Monsunwinden in See stechen konnten. An einem einzigen Tag konnte man ein Vermögen machen oder es verlieren. Keiner konnte sich auch nur eine Stunde Verspätung leisten.

Zwei Stunden später war die *Kowloon Star* an ihrem Liegeplatz. Sie sah ziemlich altmodisch aus im Vergleich zu den eleganten Klippern mit den bekannten rotblauen Wimpeln der Amerika Linie. China stand an der Reling. Ein ohrenbetäubendes Stimmengewirr schlug ihr entgegen.

Palmen, Kirchtürme und Minarette ragten gen Himmel, und von der Stadt drangen Hundegebell, Kindergeschrei und fremdartiges Sprachgewirr herüber. Es war eine Geräuschkulisse, die

China ganz vergessen hatte, und die viele westliche Menschen noch nie gehört hatten – eben die einer Stadt des Fernen Ostens.

»Sieht 'n bißchen anders aus, Miß, als Sie es in Erinnerung hatten, oder?«

»Ich erkenne gar nichts wieder, Nappy, überhaupt nichts. Man hat so viel von dem Regenwald abgerodet, und ich glaube nicht, daß auch nur ein einziges der Gebäude da war, als ich wegfuhr!«

»Wurden alle gebaut, als die zu Hause beschlossen, die Insel als Teil von Indien zu verwalten. Viele Burschen von der alten Company haben sich hier niedergelassen und ihre Familien mitgebracht. Aber immer noch eine Pionierstadt«, bemerkte Nappy und schüttelte den Kopf. »Auch viele Raufbolde und nicht einmal alle von ihnen Malaien und Chinesen.«

»Sie scheinen schon einmal in Singapur gewesen zu sein. Warum haben Sie mir nie etwas davon erzählt?«

»Sie haben nicht danach gefragt.« Nappy zog mißbilligend die Augenbrauen zusammen und sah zu Kapitän Bloodwell hinüber, der Order gab, die Anker auszuwerfen und die riesigen Segel einzuholen. »Als wir vor Jahren zwischen Hongkong und Britisch Bengalen pendelten, legten wir immer hier an, um Wasser oder was anderes zu laden. Kapitän Ethan besaß den schnellsten Klipper der Welt. Hatten's damals richtig gemütlich, bis dem Kapitän einfiel, er könnte mehr Geld gebrauchen, und so beschloß er, sich bei der John Company lizenzieren zu lassen. Wissen Sie, was das bedeutet? Bei der John Company lizenziert zu sein?«

China wußte es. John Company war ein Beiname der mächtigen British East India Company, der Firma, die das Monopol für jeglichen Handel mit Indien und Ostasien hatte. Sie gab oft Lizenzen an unabhängige Schiffsbesitzer aus, die dann unter ihrem Namen Güter transportieren durften. Das waren meistens Tee und Seide. China, die auf der Insel Badajan und nicht auf einem abgeschiedenen englischen Gutsbesitz geboren war, erinnerte sich, daß ihr Vater und sein Verwalter Darwin Stepkyne häufig über die riesigen Klipper sprachen, die in geheimer Mission von Kalkutta nach Whampoa und wieder zurück segelten.

»Kapitän Bloodwell war nicht zufällig einer jener Chinahändler?« fragte sie kühl und war sich eigentlich schon sicher, daß ihre Vermutung richtig war.

Nappy bekam ein rotes Gesicht. »Was können Sie schon darüber wissen?« fragte er unbehaglich.

China reckte ihr Kinn. »Oh, eine ganze Menge. Chinahändler waren skrupellose Männer, die aus reiner Gewinnsucht illegale Dinge taten, vor allem Opium schmuggelten, das in Britisch Bengalen angebaut und auf dem chinesischen Festland verkauft wird.«

»Das glauben Sie aber doch selbst nicht, Miß China!« Nappy war ausgesprochen entsetzt. Seiner Meinung nach durften junge Damen von solch zwielichtigen Geschäften überhaupt nichts wissen. Es traf ihn wie ein Schock, daß Miß Warrick ihm geradewegs ins Auge blickte und ihm von diesen Dingen erzählte, als spräche sie vom Wetter!

»Aber sicher glaube ich das«, versicherte ihm China mit hochgezogenen Augenbrauen. »Ich weiß auch, daß Opium nach China weder ein- noch ausgeführt werden darf und trotzdem von den chinesischen Händlern heimlich gekauft und mit riesigem Gewinn wieder verkauft wurde.« Sie betrachtete ihn kühl. »Das wissen nicht viele Engländer, aber ich habe es von meinem Vater gehört, und der denkt sich keine Geschichten aus.«

»Ach du meine Güte, Miß.«

»Mein Vater sagte, das Opium würde mit Silberbarren bezahlt«, fuhr China fort, als erteile sie einem Schuljungen eine Unterrichtsstunde, »und die Händler kauften dafür in Indien Tee und Seide, die sie dann wieder auf den westlichen Märkten verkauften. Auf diese Weise verwandelten sie ihre illegalen Gewinne in ganz legales Bargeld. Ist das nicht so, Mr. Quarles?«

»Nun, Miß China. Kapitän Bloodwell war nicht –«

»Es hat wenig Sinn, die Wahrheit vor mir verheimlichen zu wollen«, unterbrach ihn China. Sie war wütend. Immer deutlicher trat zutage, was für ein gewissenloser Schurke dieser irische Kapitän doch war. »Aus Ihren Äußerungen ging ganz eindeutig hervor, daß Kapitän Bloodwell bengalisches Opium geschmuggelt hat und wie die übrigen Händler sein Schiff verlor, als China und England sich deshalb in die Haare kriegten. Das würde die ärmliche Ausstattung der *Kowloon Star* erklären, und er verdient dafür noch ganz andere Dinge!«

»Ein ziemlich hartes Urteil aus dem Mund einer angeblich sanftmütigen Frau!« stellte Kapitän Bloodwell fest, der hinter ihnen stand.

China drehte sich blitzartig um. Ihre Wangen waren gerötet. »Sie geben es also zu?«

Er grinste. »Es hätte jetzt wenig Sinn, es abzuleugnen, nicht wahr?«

»Oh!« platzte China heraus. »Ich hätte mir ja gleich denken können, daß Sie auch noch stolz darauf sind.« Er grinste noch immer. »Nicht stolz, Miß Warrick! Damals konnte ich nur so überleben.«

»Andere Männer verdienen sich auch ihr Geld – und zwar auf ehrenwerte Weise.«

»Schon, aber ich bin eben nicht ›andere Männer‹, Miß Warrick.«

»Daran müssen Sie mich nicht erinnern!« Ihre grünen Augen funkelten. Sie sah ihn an, als wäre er ein besonders verabscheuungswürdiges Insekt.

»Chinahändler«, erklärte Kapitän Bloodwell, »machten mit einer Opiumfahrt mehr Geld als ein respektabler Londoner Bankangestellter in vierzig Jahren ergebenster Arbeit.«

»Aber dafür tat jener Bankangestellter nichts Ungesetzliches!« erwiderte China. Außer sich vor Zorn fügte sie hinzu: »Haben Sie denn Ihre Eltern nicht gelehrt, daß Gesetze dazu da sind, sie zu befolgen?«

»Ich habe keine Eltern.«

»Oh.« China war verunsichert. »Sie sind also Waise?«

»Nicht direkt, Miß Warrick. Ich wurde am Busen der lieben Mutter O'Shaughnessy genährt, die gütigste Vorsteherin, die das Waisen- und Findlingsheim in Cork je hatte. Mir gefiel es dort so gut, daß ich erst mit zwölf Jahren daran dachte, auszureißen.«

Seine stahlblauen Augen hatten einen unangenehmen Ausdruck. China wußte, sie würde nichts erreichen, wenn sie jetzt weiter in seiner Vergangenheit herumstocherte. Doch die beiläufige Erwähnung seiner Kindheit machte ihr einiges klar, was sie vorher nicht verstanden hatte. Zum einen sein gutes Verhältnis zu der kleinen Louisa Harrleson, und zum anderen die seltsame Bemerkung, über die sie so lange nachgedacht hatte, ohne sie wirklich zu verstehen – wie gut er die Einsamkeit eines verlassenen Kindes nachvollziehen könne. Ein Junge, dem die Liebe und die Geborgenheit eines Elternhauses verwehrt waren, konnte sehr schnell am Dasein eines Schmugglers Gefallen finden.

»Ersparen Sie mir Ihre ermüdenden Vorträge, Miß Warrick«, sagte Kapitän Bloodwell, als hätte sie ihre Gedanken laut ausgesprochen. »Und verschwenden Sie Ihre Zeit nicht damit, sich einzureden, daß mich Einsamkeit und fehlende Zuneigung auf die schiefe Bahn gebracht hätten. Ich bezweifle, daß mein Leben sehr viel anders verlaufen wäre, wenn ich im behüteten Heim eines Pfarrers statt im Waisenhaus aufgewachsen wäre.«

»Da muß ich Ihnen zustimmen«, sagte China so ernst, daß Kapitän Bloodwell und sein Steward in herzliches Gelächter ausbrachen. Natürlich würde sich keiner der beiden Gedanken über seine dubiose Vergangenheit machen, dachte China. Es beunruhigte sie einigermaßen, einem ehemaligen Chinahändler zweihundert Pfund versprochen zu haben. Wer weiß, zu welchen unlauteren Geschäften dieses Geld verwendet werden würde.

Kapitän Bloodwell wurde wieder ernst. Er betrachtete sie mit einer gewissen Ungeduld. »Ich kam, um Ihnen zu sagen, daß Sie an Land gehen können, sofern Sie Ihre Habseligkeiten schon gepackt haben, Miß Warrick. Ihre Koffer werden dorthin transportiert, wohin immer Sie es wünschen, und Rajiid wird sich darum kümmern, daß Ihre Ankunft in Badajan bekanntgegeben wird.«

China starrte ihn ungläubig an. »Sie wollen mich doch nicht einfach hier in Singapur lassen?«

»Meine liebe Miß Warrick«, sagte er unfreundlich, »mein Zeitplan ist ohnehin schon ruiniert, weil ich mich darauf eingelassen habe, Sie hierherzubringen anstatt Sie einfach in Djakarta an Land zu setzen. Wenn Sie sich einsam fühlen, haben Sie ja immer noch Mrs. Clayton, bis Sie jemand von King's Wheal holt!«

»Und wie ist es mit der Bezahlung für meine Schiffspassage.

Erzählen Sie mir bloß nicht, Sie hätten sich entschlossen, nichts zu verlangen.«

»Mein liebes Mädchen, für so verrückt können Sie mich doch gar nicht halten«, entgegnete Kapitän Bloodwell. »Ich habe dringende Geschäfte in Djakarta zu erledigen, aber ich kann Ihnen versichern, daß ich wiederkomme.«

»Und wenn ich nun meinem Bruder sage, er soll Sie nicht bezahlen?« drohte ihm China. Sie war verärgert, daß er sie hier einfach im Stich lassen wollte.

»Das werden Sie nicht tun«, sagte Kapitän Bloodwell und grinste unverschämt, »weil Sie mir Ihr Wort gegeben haben, und ich erinnere mich an Ihre Zusicherung, ein Warrick stehe immer zu seinem Wort.«

China stieg die Zornesröte ins Gesicht. »Was kann ein Dieb schon über Ehre wissen?«

»Es gehört zu meinen Geschäftsprinzipien, über alles Bescheid zu wissen, Miß Warrick. Nappy, würdest du jetzt bitte Miß Warricks und Miß Claytons Gepäck holen und dafür sorgen, daß Rajiid sie sicher ins Raffles Hotel bringt?« Er wandte sich wieder an China. »Es ist nicht weit zu gehen, und Sie werden sich dort wohl fühlen. Auf Wiedersehen, Miß Warrick.«

»Ich fürchte, unser Kapitän hat's nicht so recht mit großen Abschiedsszenen«, sagte Nappy entschuldigend, nachdem Kapitän Bloodwell gegangen war.

»Sein ungehobeltes Benehmen überrascht mich überhaupt nicht«, sagte China steif.

»Gehen Sie Ihre Sachen packen, Miß. Ich bringe Sie selbst zum Raffles. Hat keinen Sinn, den Gauner Rajiid damit zu belästigen.«

Als China eine halbe Stunde später zum Kai hinunterstieg, verschwendete sie keinen Gedanken mehr an den Kapitän, der oben auf dem Deck stand. In dem Augenblick, in dem sie das Schiff verlassen hatte, überkam sie ein tiefes Gefühl der Erleichterung. Endlich war sie frei, frei von der Tyrannei von Cassie und Freddy Linville, frei von der einengenden Strenge des viktorianischen Lebens, frei von Kapitän Ethan Bloodwell und dem letzten Verbindungsglied zu England, das er noch darstellte. Sie atmete tief durch, genoß den Augenblick und bemerkte kaum Nappys drängende Hand an ihrem Ellbogen.

In den Straßen wimmelte es von ausländischen Matrosen, Malaien, Indern und Chinesen. Nur wenige Europäer kauften in den winzigen Buden vor den riesigen Lagerhäusern ein. Die Luft war warm und stickig. Wenn es windstill war, stieg stechender Schwefelgeruch aus dem brackigen Wasser der Ebbe, der unerträglich war.

Trotz der Hitze brodelte die Löwenstadt vor Geschäftigkeit. Zahllose Rikschas rumpelten, von laut rufenden malaiischen Jungen gezogen, durch die tief zerfurchten Straßen und kamen so nahe an den Straßenrand, daß China vorsorglich ihre Reifröcke seitlich zusammenpreßte, aus Angst, die hohen Holzräder könnten sie erfassen. Es war Essenszeit, und die Einheimischen drängten sich um die kleinen Buden. Kleine Jungen kündeten mit klappernden Stöcken den Mee-Mann mit Nudeln und Garnelensoße an.

Ein lautstarker chinesischer Begräbniszug mit tanzenden Priestern verstopfte die Straße schließlich vollends, so daß Nappy die beiden Frauen eine dunkle, gewundene Gasse hinunterführen mußte, vorbei an buddhistischen Tempeln und Häusern, an denen an Stangen Wäsche zum Trocknen aufgehängt war. Alte Geschichtenerzähler hockten auf gewebten Matten in Toreingängen, unterhielten die Zuhörer mit ihrem melodischen Singsang und rauchten dabei genüßlich ihre Wasserpfeife.

»Hätten wir nicht lieber einen Wagen nehmen sollen?« fragte Julia Clayton und blickte nervös um sich. »Hier scheinen nicht sehr viele Frauen auf der Straße zu sein.«

Nappy schüttelte den Kopf. »Hier gibt es ohnehin nicht sehr viele, Madam. Die Stadt ist zu rauh für sie. Viele wollen nicht einmal hierher, wenn sie verheiratet sind. Und die wenigen, die hier leben, meiden die Hafengegend.«

»Ich erinnere mich nicht, daß Singapur einen so schlechten Ruf hatte«, sagte China.

»Wahrscheinlich waren Sie immer sicher hier, weil der Name Warrick so bekannt ist«, vermutete Nappy. Unwillkürlich umfaßte er das Heft des Seemannsmessers, das er mit sich trug, ein wenig fester. Julia Clayton hatte recht: Sie hätten einen Wagen nehmen sollen, auch wenn der Kapitän sicherlich über diese Maßnahme gespottet hätte. Aber offensichtlich war ihm an Miß Chinas Wohlbefinden nicht so viel gelegen.

»Ist es noch sehr weit, Mr. Quarles? Die Hitze ist unerträglich.« Julias dunkles Haar klebte unter ihrem breitrandigen Hut, und ihre Unterröcke und Röcke hingen schwer über dem Reifen. Im Gegensatz zu China, die klugerweise ein kühles Baumwollkleid angezogen hatte, trug Julia ihr schönstes Seidenkleid mit langen Rüschenärmeln und passenden Handschuhen. Julia hatte gehofft, mit ihrem Auftreten Aufsehen zu erregen und war nun sehr enttäuscht, daß lediglich ein paar Matrosen in den Hauseingängen der Bordelle und der Salons ihr entsprechende Blicke zuwarfen.

»Da sind wir«, verkündete Nappy Quarles fröhlich, als sie aus der dunklen Gasse wieder in eine von Palmen gesäumte, verlassene Straße traten. »Hier ist es schöner, nicht wahr?«

Nicht weit unter ihnen stand das Raffles Hotel, ein imposantes, weißes Gebäude mit einem schrägen, roten Ziegeldach und gepflegten Gartenanlagen, flankiert von hohen, weißen Häusern mit vielen Säulengängen und Rundbogenfenstern, die auf das Meer hinausgingen.

»Oh ist das hübsch!« rief Julia Clayton überrascht aus. »Ich hätte nicht gedacht – Mr. Quarles!« Sie schnappte entsetzt nach Luft, als der kleine Steward sie ohne Vorwarnung in den Türeingang des nächsten Hauses hineinstieß. »Was fällt Ihnen ein?« Sie schrie auf, als sie bemerkte, daß er ein Messer gezogen hatte, und sah dann, daß er in die Gasse zurückblickte, aus der sie gekommen waren. »Stecken Sie sofort diese Waffe weg!« befahl sie, da sie nur drei harmlos aussehende Jugendliche sah, die vor einem Schaufenster die Köpfe zusammensteckten. »Sie glauben doch wohl selbst nicht, daß diese Jungen uns etwas zuleide tun könnten?«

Aber China, der ebenso wie Nappy die Gesichter der drei Jungen nicht geheuer waren, legte die Hand auf Julias Arm. »Lassen Sie uns in das Hotel gehen!« schlug sie ruhig vor, obwohl ihre Kehle plötzlich ganz trocken war.

»Also wirklich, China!« protestierte Julia. »Ist das wirklich nö-
tig?«

»Tun Sie, was sie sagt, Mrs. Clayton«, riet Nappy. »Machen
Sie schnell.«

Das Hotel war nur einen Häuserblock entfernt, aber kaum
hatte China dic widerstrebende Julia am Arm genommen und
sie weggezerrt, als die drei jungen Männer heranstürmten und
sich auf sie stürzten. Nappy, der sich schon durch viele Hafen-
kneipen von London bis Macao durchgeprügelt hatte, setzte sich
tapfer zur Wehr, doch konnte er gegen drei in asiatischer
Kampfkunst versierter Männer nichts ausrichten. China hörte
hinter sich ein schmerzvolles Stöhnen und sah, wie Nappy unter
einem Fäustehagel zusammenbrach.

»Hören Sie sofort auf! Lassen Sie ihn in Ruhe!« schrie sie, oh-
ne zu bemerken, daß sie kantonesisch gesprochen hatte.

Erschreckt drehten sich die drei zu ihr um, und diesen Au-
genblick nutzte Nappy, um sich wieder aufzurappeln. »Gehen
Sie, Miß«, rief er. »Gehen Sie ins Hotel!«

Ein Absatz traf ihn voll in den Bauch, und er sank wieder zu
Boden. China lief zu ihm, um ihm zu helfen, aber sie blieb in ih-
rem Rocksaum hängen und spürte plötzlich, wie sich zwei Hän-
de mit eisernem Griff um ihren Hals legten und erbarmungslos
zudrückten.

»China!«

Der Schrei schien aus großer Entfernung zu kommen. China
sah für einen kurzen Augenblick Julias entsetztes Gesicht, wäh-
rend sie sich mit Händen und Füßen gegen ihren Angreifer
wehrte. Plötzlich spürte sie einen stechenden Schmerz zwischen
ihren Schulterblättern und etwas Warmes, Klebriges lief an ih-
rem Kleid herunter. Sie schnappte nach Luft. Dann wurde ihr
schwarz vor den Augen.

»China!«

Da war wieder Julias Stimme, und ganz verschwommen sah
China ein orientalisches Gesicht vor sich. Rajiid, dachte China
erleichtert. Plötzlich war der Würgegriff um ihren Hals ver-
schwunden, und China sank zu Boden.

»Wie schrecklich!«

»Und das am hellichten Tag! Wie soll das nur weitergehen, wenn man schon auf der Straße seines Lebens nicht mehr sicher ist?«

»Hat jemand ihre Familie verständigt?«

»Ich glaube, irgend jemand wurde mit einer Nachricht nach Badajan zu Damon Warrick geschickt. Obwohl man diesen Malaien ja nie trauen kann. Man weiß ja, wie faul sie sind.«

Das Geflüster wurde leiser und war schließlich gar nicht mehr zu hören. China schloß die Augen. Sie spürte einen brennenden, pochenden Schmerz zwischen ihren Schultern und wollte im Augenblick nichts hören und nichts sehen. Sie nahm an, man hatte sie in das Raffles Hotel gebracht und dort ihre Wunde versorgt, denn sie spürte einen dicken Verband an ihrem Rücken und roch irgend etwas Medizinisches.

»Einen Augenblick bitte. Wo wollen Sie hin? Hier können Sie nicht hinein!«

Das war wieder eine Frauenstimme. Sie klang sehr wohlerzogen englisch, aber nicht vertraut.

»Wollen Sie mir bitte erklären, warum?«

»Nun, weil es sich nicht schickt! Miß Warrick ist nicht angezogen.«

China öffnete mit einem Schlag die Augen. Diese Stimme kannte sie nur allzu gut, und sie drehte den Kopf gerade in dem Augenblick, in dem Ethan Bloodwell den hübsch möblierten Raum mit den cremefarben gestrichenen Wänden betrat und zwei entsetzt dreinblickenden Gesichtern im Gang draußen die Tür vor der Nase zumachte. Leicht besorgt runzelte er die Stirn, als er sie ansah. Einen Augenblick war es so ruhig im Zimmer, daß China den Straßenlärm durch die mit Fensterläden geschlossenen Fenster hörte.

»Ich hoffe, Sie wissen, daß Ihr dummes Heldentum Sie beinahe schon wieder das Leben gekostet hätte«, sagte Ethan schließlich.

»Wie geht es Nappy?« fragte sie und drehte sich weg. Sie war viel zu müde, um die Strafpredigt zu ertragen, die offensichtlich auf sie zukam.

»Schnitte und blaue Flecken, aber das wird wieder. Was diese beiden Amazonen draußen vor der Tür betrifft –«

»Ich habe keine Ahnung, wer sie sind«, flüsterte China.

»Mrs. Clayton sagt, sie sind Freundinnen Ihrer Mutter, die sich freiwillig bereit erklärt haben, sich um Sie zu kümmern. Eine Mrs. Charlotte Aldridge und ihre Schwester Agnes.«

»Ja«, sagte China langsam. »Ich glaube, ich kann mich an Sie erinnern.«

Ethan lehnte mit über der Brust gekreuzten Armen an der Wand und sah in ihr erschöpftes Gesicht. Sie schloß die Augen wieder, und er betrachtete ihre langen, seidigen Wimpern. Wie durchsichtig ihre Haut war!

»Wo bin ich? Ist das das Raffles Hotel?« fragte China nach einer Weile. Seltsamerweise war es ihr überhaupt nicht peinlich, mit ihm allein zu sein. Vielleicht war sie einfach zu müde, aber es kam ihr fast so vor, als tröste sie seine Gegenwart. Das war natürlich absurd.

»Ja, das ist es. Rajiid brachte sie hierher, nachdem er die Räuber vertrieben hatte. Ich darf noch dazu sagen, daß Sie wirklich großes Glück hatten, Miß Warrick.« Er klang etwas nervös. »Wenn er mit dem Gepäck nicht direkt hinter Ihnen gewesen wäre ...«

»Ich weiß«, flüsterte sie. »Ich bin ihm sehr dankbar.«

»Das Messer prallte übrigens an einer Rippe ab, so daß die Verletzung nicht zu ernsthaft wurde, aber Sie haben eine ganze Menge Blut verloren. Wollen Sie mir nicht sagen, was zum Teufel –«

»Kapitän Bloodwell, ich fürchte, Sie müssen diesen Raum sofort verlassen. Mrs. Aldridge ist mit Recht empört über Ihr Benehmen. Außerdem ist jetzt nicht die Zeit dafür, der armen China einen Vortrag zu halten, was sie tun und lassen hätte sollen!« Julia Claytons energische Stimme drang vom Gang herein, und China hörte, wie Ethan glucksend lachte, ehe er die Tür öffnete.

»Kein Grund zur Aufregung, Mrs. Clayton. Ich wollte mich nur vergewissern, daß Miß Warrick außer Lebensgefahr ist, und das habe ich getan. Man hat nach ihrem Bruder geschickt?«

»Ich glaube ja. Der Herr an der Rezeption hat eine Nachricht nach Badajan geschickt.«

»Bestens ... Offensichtlich sind Sie in guten Händen, Miß Warrick, und so kann ich gehen. Kann ich noch etwas für Sie tun? Nein? Dann wünsche ich noch einen guten Tag.«

»Oh, China!« schluchzte Julia atemlos, nachdem er gegangen war. »Können Sie mir je verzeihen, wie ungerecht ich Sie behandelt habe? Ich weiß, ich habe mich schrecklich benommen, und als Sie so tapfer waren und dieser – dieser schreckliche Mann mit dem Messer auf Sie einstach, wurde mir klar, wie schlecht ich zu Ihnen war. Ich hatte kein Recht, Sie abzulehnen, nur weil Sie alles hatten, was ich mir wünschte!«

China sah sie verständnislos an. »Aber Julia, was habe ich denn, was Sie haben möchten?«

»Ihr Vermögen, zum einen«, bekannte Julia beschämt. »Jeder weiß, wie vermögend Ihr Großonkel war. Und dann Ihr Aussehen und Ihr gewinnendes Wesen. Sie sind so unschuldig, China, und nicht so abgestumpft. Oh, ich wünschte, ich könnte noch einmal von vorne anfangen!«

Schwer seufzend stand sie auf und begann im Zimmer auf und ab zu gehen. Dabei preßte sie sich ein Taschentuch gegen die Lippen. »Ich hatte viele Männer, China«, bekannte sie unglücklich. »Um ehrlich zu sein, zu viele, um mich an alle zu erinnern. Ja, da sind Sie entsetzt, nicht wahr? Aber ich konnte nicht anders, wenn Sie verstehen, was ich meine.« Sie lachte bitter. »Nein, natürlich verstehen Sie nicht, aber das ist auch nicht wichtig. Sie müssen wissen, ich mußte England verlassen, um einem unangenehmen Auftritt mit der Ehefrau eines Mannes, mit dem ... ich etwas hatte, aus dem Weg zu gehen. Ich hatte keine andere Wahl. Deshalb entschloß ich mich, nach Indien zu gehen und noch einmal von vorne anzufangen.«

»Dann gab es also gar keinen Major Clayton?«

Julia lachte gezwungen. »Armes Unschuldslamm! Natürlich nicht! Ich war noch nie verheiratet. Wie auch immer, ich habe ein Auge auf Ethan Bloodwell geworfen und will ihn – obwohl es Sie gibt – immer noch.«

»Aber Julia«, sagte China mit großen, verständnislosen Augen, »wieso sollte ich Ihnen dabei im Weg sein?«

Verachtung und Neid schlich sich in Julias Stimme. »Aber

China, meinen Sie im Ernst, ich hätte jenen Morgen vergessen, als ich Sie beide zusammen sah. So einfältig wie Lucinda Harrleson bin ich nun wirklich nicht!«

China errötete und stützte sich mühsam auf einen Ellenbogen auf. »Aber nein, Julia, Sie irren sich! Ich habe Mrs. Harrleson die Wahrheit gesagt!«

»Wollen Sie damit andeuten, daß Ihnen nichts an ihm liegt?«

»An ihm liegt?« Chinas Gesicht wurde noch röter. »Wie absurd! Ich kann mir nicht vorstellen, daß überhaupt jemand etwas an ihm findet.«

»Wirklich nicht?«

China senkte die Augen. »Nein.«

»Dann verstehen Sie offensichtlich sehr wenig von Männern«, sagte Julia ruhig. »O Gott, Sie sehen müde aus, Liebes«, fügte sie hinzu. »Wie gedankenlos von mir, Sie nicht ausruhen zu lassen. Ich habe das Zimmer gleich neben Ihnen, wenn Sie etwas brauchen.« Sie beugte sich nieder und küßte Chinas blasse Wange. Dann ging sie rasch aus dem Zimmer.

China ließ sich in ihr Kissen zurückfallen. Obwohl sie sehr müde war, konnte sie nicht schlafen. Im Zimmer war es heiß und sehr hell, trotz der geschlossenen Fensterläden. Wie oft sie sich auch in ihrem engen Bett umdrehte, es gab keine Lage, in der die Wunde in ihrem Rücken nicht wehtat. Und so sehr sie es auch versuchte, sie konnte das Gespräch mit Julia Clayton nicht vergessen.

Nappy Quarles mußte sich über seinen Kapitän wundern. Als Ethan Bloodwell kurze Zeit darauf auf sein Schiff zurückkehrte, neigte sich der Nachmittag dem Ende zu. Von den Minaretten riefen Muezzins zum Gebet. Dunkle Gewitterwolken hatten sich über dem Festland von Malaysia zusammengeschoben, und die Hafenarbeiter beeilten sich, die Ladungen zu löschen und weiterzutransportieren, ehe es zu regnen anfangen würde.

»Nun, haben Sie sie gesehen?« fragte Nappy ungeduldig. »Wie geht es ihr?«

»Der Arzt ging gerade, als ich kam«, antwortete Ethan kurz angebunden, »und ich habe mit ihm im Foyer gesprochen. Sie scheint Schmerzen zu haben, aber ich denke, es wird wieder werden. Und wie steht's mit dir, alter Junge?« Er runzelte die Stirn und betrachtete die Prellungen in Nappys Gesicht, die in allen Regenbogenfarben schillerten.

»'s gibt Schlimmeres«, wehrte Nappy ab.

»Hast du Rajiid diese Burschen beschrieben?«

»Ja«, brummelte Nappy. »Er sucht immer noch nach ihnen. Aber jetzt zu Miß China.«

»Wirklich kein Grund zur Besorgnis, Nappy. Ihr Bruder ist bereits verständigt, und wahrscheinlich wird sie schon morgen abend auf Badajan sein.«

»Möchte doch zu gerne wissen, wer das war«, beharrte Nappy. »Sie hat doch niemandem etwas getan.«

»Sie hat versucht, dich zu verteidigen, oder?« fragte Ethan über seine Schulter.

»Ja, aber sie war doch nicht bewaffnet, und sie ist eine Frau!«

Ethan lachte rauh. »Du weißt doch ganz gut, daß diesem Gesindel ein Frauenleben wenig bedeutet. Du sagst, Rajiid sucht immer noch nach ihnen?«

Nappy nickte. »Hat sich gleich auf die Socken gemacht, nachdem er Miß China ins Hotel gebracht hatte, aber ich glaube nicht, daß er sie findet. Bei der Ehre meiner Großmutter, die sind bestimmt schon auf einem Schiff nach Hongkong. Scheißkerle! Verdammte Scheißkerle.« Verächtlich spuckte er in das Speigatt.

»Wie alle hier in dieser Stadt«, bemerkte Kapitän Bloodwell beiläufig und schickte sich zum Gehen an. »Schick Rajiid zu mir, wenn er zurück ist.«

»Einen Augenblick, Kapitän, ich habe da einen Verdacht.«

»Was für einen Verdacht?« Ethans Augen verengten sich.

»Die Schweinehunde, die uns überfallen haben«, begann Nappy. »Vielleicht bin ich ein einfältiger alter Mann, aber ich meine immer, die haben ausdrücklich auf uns gewartet.«

»Auf euch? Oder auf ein Opfer?«

»Bin nicht sicher. Ist nur so ein Gefühl. Ich weiß doch, wie die vorgehen. Und die lungern normalerweise nicht in der Nähe von Hotels rum und warten auf einen alten Mann und zwei Frauen ohne Gepäck.«

»Da magst du recht haben«, gestand ihm Kapitän Bloodwell

nachdenklich zu, »aber die *Kowloon Star* hat kaum eine Stunde vor dem Vorfall angelegt. Niemand, und schon gar nicht drei kantonesische Schurken, konnten wissen, wer wir waren. Und warum sollten sie es auf ein unschuldiges Mädchen und einen alten Mann abgesehen haben?«

»Vielleicht waren sie nicht hinter mir her«, sinnierte Nappy. »Sie haben in diesem Teil der Welt viele Feinde, und Ihr alter Kumpel Wang Toh Chen-Arn hat einen Preis auf Ihren Kopf ausgesetzt, bevor Sie die *Lotus Star* und all das Opium verloren. Vielleicht«, fuhr er zornig fort, als er Kapitän Bloodwells verschlossenes Gesicht bemerkte, »hat sich jemand, der die Fahne auf unserem Mast gesehen hat, gedacht, er könnte sich eine Belohnung verdienen.«

»Möglich«, gab Ethan nach einer Weile zu, »aber sehr unwahrscheinlich. Wang Toh hat sich in den letzten Jahren nicht blicken lassen, und warum sollte jemand, der den Preis auf meinen Kopf kassieren wollte, dich oder Miß Warrick angreifen? Ich glaube, du siehst Gespenster.«

»Sie sind wirklich zu komisch, Käpt'n!« platzte es ungnädig aus Nappy heraus. »Da überfällt man uns eine halbe Stunde, nachdem wir an Land gegangen sind, Miß China bekommt ein Messer zwischen die Rippen, und Sie tun so, als wär nur eine kleine Regenwolke am Himmel! Miß China verdient nicht –«

»Miß Warrick«, unterbrach ihn Ethan scharf, »muß lernen, ihre Impulsivität zu zügeln, jetzt, wo sie wieder hier in Asien ist. Was man in England als beherztes Benehmen bezeichnen würde, ist hierzulande einfach leichtsinnig. Sie kann froh sein, so davongekommen zu sein.«

»Ist das alles, was Sie zu sagen haben?« wollte Nappy ungnädig wissen.

Ethan preßte die Lippen zusammen. »Ja, das ist es. Und jetzt laß mich in Ruhe, Nappy. Ich habe schon genug Zeit damit verplempert, auf dein Geheiß hin im Raffles vorbeizuschauen.«

»Bastard!« quetschte Nappy zwischen den Zähnen hervor, als der Kapitän in seiner Kabine verschwunden war. »Gottverdammter Bastard! Kümmert sich einen Dreck darum, was mit ihr passiert!«

Immer noch ärgerlich vor sich hinmurmelnd nahm er seinen Wachposten ein und hielt nach Rajiid Ausschau, der hoffentlich bald auftauchte und die Schurken mitbrachte.

8

»Leider, Miß. Keine Überfahrt ohne Bezahlung.«

China Warrick schwitzte, war müde und hatte beträchtliche Schmerzen. Mühsam zwang sie sich, nicht die Geduld zu verlieren. Wenn sie sich doch nur besser an die malaiische Sprache erinnern könnte! Dann könnte sie den kleinen, drahtigen Fährmann wenigstens ordentlich beschimpfen. Es war sehr ungehörig von ihm, daß er sich weigerte, sie über die Straße von Singapur zu bringen, nur weil sie ihn erst bei der Ankunft bezahlen wollte.

»Ich habe kein Geld bei mir«, erklärte China noch einmal langsam und bemühte sich, ihren Ärger zu verbergen. Das fiel ihr zunehmend schwerer, da die Sonne immer noch unbarmherzig herunterbrannte, obwohl der Nachmittag schon seinem Ende zuging. Sie spürte die Wärme der Holzplanken durch die dünnen Schuhsohlen hindurch. Der Nachtwind hatte noch nicht zu wehen begonnen, und so war der Abfallgestank von den Kais besonders stark.

China war fast die ganze Strecke zu den Außenbezirken der Stadt zu Fuß gegangen. Hier, weit entfernt von den geschäftigen Docks und den Hauptschiffahrtsstraßen, schien das undurchdringliche Dickicht direkt mit dem Wasser zu verschmelzen. Unaufhörlich umschwirrten sie Moskitoschwärme. Es war Ebbe, und das Wasser schlug sanft gegen den Kai. Der arg mitgenommene Sampan des Fischers bewegte sich im Rhythmus der Wellen auf und ab.

»Tut mir sehr leid, Miß«, wiederholte er und verbeugte sich demütig. »Mein Boot fährt erst, wenn ich das Geld in Händen habe.«

China war ärgerlich. Warum hatte sie nicht direkt im Hafen

versucht, eine Überfahrt zu bekommen und war statt dessen weit hinaus zu den Malaien gegangen, die in Pfahlbauten in sicherer Höhe über dem höchsten Gezeitenstand außerhalb der Stadtgrenze wohnten? In ihrer Kindheit hatten diese Leute bereitwillig jeden überall hingebracht. Am Ende der Fahrt wurde dann um den Preis gefeilscht, und die Bootsbesitzer waren immer mit ein paar Münzen zufrieden gewesen. Warum, zum Teufel, wollte ihr dieser Bursche nicht helfen?

»Sie bekommen Ihr Geld, sobald wir da sind.« China versuchte es noch einmal. »Ich habe Ihnen doch schon erklärt, wer ich bin, und warum ich Sie jetzt nicht bezahlen kann. Ist Ihnen mein Wort nicht gut genug?«

Sein Gesichtsausdruck blieb unerbittlich. »Es tut mir leid, Miß China Warrick. Ganz sicher sind Sie eine ehrenwerte Lady, aber ich kenne Sie nicht.«

»Aber Sie kennen doch ganz sicher meinen Vater?« wollte China wissen.

»Früher war der Name Warrick gleichbedeutend mit Ehre«, sagte der Mann bedächtig, »und auf das Wort eines Warrick war Verlaß. Aber das hat sich geändert. Ich bin ein armer Mann, Miß, und wenn ich abends nichts im Netz habe, müssen wir hungern.«

China stutzte. Das war nicht das erste Mal, daß jemand andeutete, es stünde auf der King's Wheal Plantage nicht zum Besten. Hatte Damon sie deshalb wissen lassen, daß er sie erst übermorgen holen konnte. Irgend etwas sei in Reparatur, hatte Julia ihr mitgeteilt.

Das Mitleid in Julia Claytons Augen hatte in ihr den Entschluß reifen lassen, sich selbst um eine Überfahrt nach Badajan zu bemühen. Sie wollte nicht noch einen Tag warten, und außerdem konnte sie den Gedanken nicht ertragen, daß Julia oder irgendwer glauben konnte, sie sei zu Hause nicht willkommen.

»Wollen Sie sich's nicht noch einmal überlegen?« fragte sie ärgerlich. Die Wunde in ihrem Rücken schmerzte, es war sehr heiß, und sie hatte absolut keine Lust, den Rest des Abends mit einem einheimischen Fischer zu streiten. Die Berge von Indonesien leuchteten über dem glitzernden Wasser herüber, und Badajan war nur drei Stunden Fahrt entfernt. Wenn doch dieser sture Kerl einsehen würde, daß er sich eine erkleckliche Summe mit wenig Arbeit verdienen könnte!

»Es tut mir leid, Miß!«

Er war höflich, ließ sich aber nicht überreden. Und da keine anderen Boote in Sicht waren, gab sie schließlich auf und machte sich mit dem Gedanken vertraut, in das Hotel zurückzukehren und schließlich doch auf Damon zu warten.

»Wissen Sie eigentlich, Miß Warrick«, sagte eine ruhige Stimme plötzlich hinter ihr, »daß Sie sich schon wieder unmöglich benommen haben?«

China wirbelte atemlos herum und blickte direkt in Ethan Bloodwells kalte Augen. »Wie kommen Sie denn hierher?« flüsterte sie und trat unwillkürlich einen Schritt zurück.

»Mit Schwierigkeiten, denn schließlich haben Sie im Raffles nicht hinterlassen, wo Sie hinwollten«, bemerkte er unfreundlich. »Mrs. Clayton war außer sich und hat meinen Steward davon informiert, daß Sie verschwunden wären.« Er verzog das Gesicht, als er an die unangenehme Unterredung mit Nappy dachte, der natürlich ihn verantwortlich machte ...

»Jetzt haben Sie es wohl geschafft!« hatte der kleine Steward gebrüllt. »Hoffentlich sind Sie jetzt zufrieden, Sie verdammter, verstockter ...!«

Ethan hatte sich von seinen Karten aufgerichtet und ruhig gefragt: »Wovon sprichst du eigentlich, alter Junge?«

»Die Clayton war gerade hier. Sagt, das Mädchen packte ihre Sachen und sei aus dem Hotel verschwunden, nachdem Sie bei ihr waren. Nun, ich bin vielleicht nicht gerade der Hellste, aber ich kann immer noch zwei und zwei zusammenzählen. Sie haben sie vertrieben. Darauf können Sie sich was einbilden!«

»Was faselst du da überhaupt?« hatte Ethan ihn ungeduldig gefragt.

»Miß China! Weggelaufen, und ich wette meinen letzten Schilling, daß sie es getan hat, weil Sie so verdammt unfreundlich waren. Ich habe gehört, was Sie heute früh zu ihr im Raffles gesagt haben. Sie haben sie ordentlich ausgeschimpft.«

»Willst du damit sagen, daß Miß Warrick das Hotel alleine verlassen hat?« hatte ihn Ethan ungläubig unterbrochen.

»Spreche ich denn nicht deutlich genug?« hatte Nappy wütend zurückgebellt. »Sie haben doch wohl gehört, was ich gesagt habe. Ist weg, ohne ein Wort zu sagen!« Er fuchtelte wild mit den Armen herum. »Ich wette, sie versucht eine Überfahrt zu der verdammten Insel zu bekommen und kriegt dabei vielleicht noch einmal ein Messer in den Rücken. Eine leichte Beute, so 'ne englische Lady, für all das Gesindel, das sich hier rumtreibt. Und denken Sie an die Burschen, die uns angegriffen haben!«

In diesem Augenblick hatte Ethan Nappy beiseitegeschoben, hatte den Wachposten etwas zugerufen und sich dann auf den Weg gemacht, die verschollene Miß Warrick zu suchen. Glücklicherweise war es nicht schwer gewesen, sie zu finden, denn eine junge Dame in Trauerkleidung ohne Begleitung hatte doch einiges Aufsehen erregt. Er war nur erleichtert, daß sie nicht wirklich wieder Angreifern zum Opfer gefallen war, wie Nappy es befürchtet hatte.

»Wie haben Sie mich gefunden?« fragte China und brachte ihn wieder in die Gegenwart zurück.

»Das war ganz leicht«, antwortete er knapp. »Nur wenige Frauen besitzen die Tollkühnheit, oder besser gesagt, die Dummheit, ohne Begleitung hierherzukommen. Sie haben ziemliches Aufsehen erregt, und ich brauchte eigentlich nur die Leute auf der Straße zu fragen. Aber jetzt, Miß Warrick, darf ich vorschlagen, daß wir zu meinem Schiff zurückkehren, ehe Sie der Hitzschlag trifft.« Er betrachtete sie unzweideutig. »Sie sehen ohnehin schon ziemlich verwelkt aus.«

China hob ihr Kinn. Das wollte sie einfach überhört haben, obwohl sie wußte, daß ihr Haar schlaff herunterhing und der Saum ihres Kleides staubig war. »Es war sehr freundlich von Ihnen, Kapitän«, sagte sie mit bewundernswerter Würde, »aber ich fürchte, ich muß ablehnen. Ich möchte sofort nach Hause.«

Ethans Augen funkelten. »Mit diesem Gefährt?« Er zeigte auf den Sampan, der in der Tat so aussah, als würde er gleich auseinanderfallen. Glücklicherweise sprachen sie englisch, so daß sich der Besitzer nicht beleidigt fühlen konnte, aber Ethan ließ China keine Chance, ihren Entschluß zu verteidigen.

»Sie haben gar keine andere Wahl«, fuhr er ihr rüde über den Mund. »Es wird gleich dunkel, und Sie haben kein Geld für die Überfahrt.«

Chinas Augen blitzten auf. »Das mag wohl sein, Sir, aber ich denke auch gar nicht daran, mit Ihnen irgendwohin zu gehen. Wenn ich hier in Singapur bleibe, dann gehe ich zurück ins Hotel.«

»Das werden Sie nicht«, antwortete Ethan in einem Ton, der täuschend mild klang. »Denn mir ist eingefallen – zugegebenermaßen ziemlich spät –, daß ich Gefahr laufe, meine zweihundert Pfund zu verlieren, wenn ich nicht besser auf Sie aufpasse.«

»Haben Sie im Ernst gedacht, ich würde weglaufen und mich nicht an unser Abkommen halten?« wollte China wissen.

Ethans Lippen bildeten eine scharfe, dünne Linie. »Meine liebe junge Dame, ich sprach von der Tatsache, daß Sie hier am Hafen leicht wieder in die Hände von Räubern hätten fallen können. Und ich wage ganz ernsthaft zu bezweifeln, daß Ihr Bruder sich bereiterklären würde, für eine Leiche den vereinbarten Preis zu zahlen.«

»Oh!« japste China und sah ihn wutentbrannt an. »Ich weiß wirklich nicht, was Julia Clayton an Ihnen findet«, keifte sie. »Sie sind der flegelhafteste Mann, der mir je über den Weg gelaufen ist!«

»Ich kenne Ihre Gefühle zur Genüge, Miß Warrick. Aber könnten wir vielleicht unser Gespräch nicht gerade vor dieser Kloake führen. Ich habe das Gefühl, der Geruch des Abwassers hängt schon überall in meinen Kleidern.«

China gab keine Antwort. Niedergeschlagen senkte sie den Kopf. Ethan mußte an Nappys Vorwürfe denken, daß er so unfreundlich zu ihr gewesen war.

»Entschuldigen Sie meine barschen Worte«, sagte er plötzlich, »sowohl hier wie auch neulich im Hotel. Ich höre, Ihr Bruder hat Ihnen mitteilen lassen, er könne Sie nicht abholen. Wenn Sie mit mir zum Schiff zurückkommen, verspreche ich Ihnen, Sie morgen früh nach Badajan überzusetzen. Ist das ein faires Angebot?«

China sah zu ihm auf und blickte ihn mit ihren erstaunlich leuchtenden Augen an. Er erinnerte sich an den Augenblick, in dem er sich gefragt hatte, wie es wohl wäre, wenn er sie küßte.

»Würden Sie das wirklich tun?«

Ethan mußte lachen, als er das Mißtrauen in ihrem Gesicht sah, und plötzlich war sie wieder nichts weiter als ein lästiges Mittel, zweihundert Pfund zu bekommen. »Ich gebe Ihnen mein Wort als Gentleman.«

Nun mußte China lachen, und ihr Gesicht strahlte auf einmal wieder. Ethan stellte erstaunt fest, daß er ihr bislang noch nie Grund zum Lachen gegeben hatte.

»Ihr Wort als Gentleman? Eine so infame Lüge habe ich mein Lebtag noch nicht gehört. Allerdings, fürchte ich, habe ich gar keine andere Wahl als anzunehmen.«

»So ist es«, sagte Ethan lakonisch und bot ihr seinen Arm an.

Es war dunkel geworden, als sie wieder am Schiff waren. Die Nacht war so schnell hereingebrochen, wie es in den Tropen üblich war. Die Buden am Hafen waren geschlossen, und ihre Schritte hallten auf den verwitterten Planken. Am nachtdunklen Himmel glitzerten Sterne.

Ethan hatte seine Hand unter Chinas Ellenbogen gelegt, und obwohl sie sich nicht gerne von ihm berühren ließ, lehnte sie sich dankbar an. Nappy und Julia erwarteten sie beide, und China war so müde, daß sie die Schelte ohne Widerrede über sich ergehen ließ, sich weder über Julias Anwesenheit an Bord wunderte, noch sich dagegen wehrte, daß man sie wie ein Kind ins Bett brachte. Sie fiel sofort in einen erschöpften Schlaf, aus dem sie erst am folgenden Morgen erwachte, als ihre geliebte Insel vor dem Bug des Schiffes lag.

»Oh, Nappy«, rief sie fröhlich aus und kam an Deck gelaufen. »Sie ist noch genauso schön, wie ich sie in Erinnerung habe.«

Die *Kowloon Star* segelte durch tiefblaues Wasser. Die weißen Segel spiegelten sich in der glasklaren Oberfläche des Meeres. In schneller Fahrt bewegte sich das Schiff über Untiefen, in denen leuchtende Korallenbänke und rasch dahinflitzende Fische in Regenbogenfarben zu sehen waren. Über dem türkisfarbenen Wasser erhoben sich grün bewaldete Berge in den leuchtend blauen Himmel. China erkannte jede Bergkuppe wieder. Aufgeregt zeigte sie mit dem Finger. »Sehen Sie dort den Vulkan zwischen den Bergen? Mein Großvater war noch am Leben, als er das letzte Mal ausbrach, und er beschrieb in seinem Tagebuch, wie die Lava zur Küste hinunterfloß und – oh, sehen Sie, dort ist der Strand, an dem mein Bruder Brandon und ich immer schwimmen gegangen sind. Sehen Sie – dort, rechts von den Felsen?« Sie konnte ihren Blick nicht von dem weißen Sandstrand mit den sich neigenden Palmen reißen.

Insgeheim dachte Nappy, daß sich Badajan kaum von den anderen Inseln in diesen Gewässern unterschied, aber er konnte nicht umhin, sich mit China zu freuen.

»Wo ist das Haus?« fragte er. Es war nur undurchdringlicher Dschungel zu sehen.

»Es liegt leewärts, über dem Dock, das mein Urgroßvater bauen ließ.« Chinas Augen funkelten, als sie sich erinnerte, wie aufgeregt sie war, wenn einmal im Monat die Schoner mit der Post und den Gütern vom Festland anlegten. Es war wie ein Feiertag, und China war immer mit Brandon zu den Docks gelaufen und hatte sich die Bonbons und die Kokosnuß mit Honig geholt.

»Es scheint schön dort zu sein«, sagte Julia Clayton seufzend, die Chinas fröhliches Geschnatter an Deck gelockt hatte. Badajan erschien ihr, der Tochter von Arbeitereltern, die im rußgeschwärzten Sheffield aufgewachsen war, wie ein sonnenverwöhntes Paradies. »Da würde ich auch am liebsten gleich an Land gehen«, fuhr sie sehnsüchtig fort, fügte dann aber fröhlich hinzu: »Aber ich fürchte, das geht nicht.« Ihre Augen ruhten auf Kapitän Bloodwell, der an seinem angestammten Platz stand. »Kapitän Bloodwell hat sich einverstanden erklärt, mich mit nach Djakarta zu nehmen.«

China verstummte bei Julias beiläufiger Erwähnung, aber Julia fuhr unbeeindruckt fort: »So wie der Kapitän es mir beschrieben hat, ist Java viel zivilisierter als Singapur, und ganz gewiß weniger einsam, zumal er versprochen hat, mich einigen seiner Freunde vorzustellen. Das war sehr nett von ihm, mir das anzubieten, finden Sie nicht?«

China nickte. Schließlich hatte Julia sie ganz deutlich gewarnt, daß sie sich um den Kapitän bemühen würde. Und sie selbst war ja nicht im geringsten verliebt in ihn! Im Gegenteil, sie konnte ihn nicht ausstehen, und doch hatte Julias skandalöse Enthüllung ihre Freude gedämpft.

»Wer, zum Teufel, kann das sein?« nuschelte Nappy. China legte die Hand über die Augen und blickte zu einem schlanken weißen Schiff hinüber, das mit geblähten Segeln auf sie zusteuerte.

»Oh, das ist die *Tempus!*« rief sie aufgeregt. »Die Jacht meines Vaters.«

Sie lehnte sich über die Reling und beobachtete gespannt, wie das Schiff die Segel strich und längsseitig am vom Salz zerfressenen Bauch der *Kowloon Star* beidrehte. Ein dunkelhaariger junger Mann bekam Erlaubnis an Bord zu kommen. Er kletterte die Strickleiter hinauf und sah sich oben einem Dutzend feindselig blickender, abgerissener Matrosen gegenüber. Jetzt war ihm klar, wie die *Kowloon Star* zu dem Ruf gekommen war, den sie in diesen Gewässern hatte.

»Guten Tag«, sagte Kapitän Bloodwell und ging dem Besucher entgegen. »Ich nehme an, Sie sind gekommen, um Miß Warrick abzuholen?«

»Stimmt.« Darwin Stepkyne war um einiges jünger und beträchtlich kleiner als Ethan Bloodwell und beäugte ihn mit offensichtlichem Mißfallen. Er war diesem Mann noch nie von Angesicht zu Angesicht gegenübergestanden, hatte aber schon sehr viel – meist gerüchteweise – gehört.

»Mr. Damon Warrick hat mich beauftragt, seine Schwester sicher nach Hause zu bringen«, sagte er kühl. »Darf ich fragen, wo sie ist?« Sein Ton deutete darauf hin, daß es ihn überhaupt nicht überrascht hätte, wenn dieser skrupellose Kapitän sie in Eisen gelegt und aus dem rattenverseuchten Zwischendeck hierhergebracht hätte.

»Sicher«, entgegnete Ethan verbindlich. »Sie steht dort drüben an der Reling.«

Darwin Stepkyne drehte sich um und blickte in ein atemberaubendes Augenpaar. Noch nie hatte er so große und so grüne

Augen gesehen, die so geheimnisvoll tief waren wie die einer balinesischen Tempelkatze.

»Oh – Miß Warrick?« Er schluckte schwer.

»O Darwin, habe ich mich wirklich so verändert?« fragte China und lächelte.

Er nickte und konnte es immer noch nicht glauben, daß dies dasselbe kleine Mädchen war, das bittere Tränen an dem Morgen vergoß, an dem sie und ihr Vater nach Singapur segelten. Ihr Schürzenkleid war verknittert gewesen, und die Schleifen in ihrem Haar waren in der Hitze traurig heruntergehangen. Im Studierzimmer des Hauses hing ein Porträt von China Warrick, aber darauf sah sie aus wie ein pausbäckiges Kind. Obwohl die hohen Wangenknochen und die ausdrucksvollen Hände, die einen Krallenaffen auf ihrem Schoß streichelten, schon darauf hindeuteten, daß sich da eine Schönheit entwickelte, war kaum einem Besucher mehr als der burschikose Lockenkopf aufgefallen.

Und ganz bestimmt nicht einem Darwin Stepkyne. Als Verwalter der King's Wheal Plantage sah er kaum einmal über seine Bücher hinaus. Er erinnerte sich lediglich noch an einen frühreifen Rotschopf, der unbedingt in die Geheimnisse der Seidenherstellung eingeweiht werden wollte, um dem geliebten Vater so bald wie möglich helfen zu können.

Race Warrick hatte natürlich dem Drängen seiner Tochter nachgegeben, erst nur so zum Spaß, und später dann weil ihm klar wurde, daß sie die Leidenschaft für Seide geerbt hatte. Mit Hingabe begann er sie in die Kunst der Seidenherstellung einzuweihen. Darwin war damals gerade von der Universität gekommen und hatte das Kind eher als lästig empfunden. Schließlich hatte er sich aber so an sie gewöhnt, daß sie ihm gar nicht mehr auffiel. Doch diese erwachsene China Warrick rechtfertigte mehr als nur einen flüchtigen Blick. Und so stand Darwin wie vom Blitz getroffen da und starrte sie an. Ganz sicher konnte es keine der in Singapur lebenden europäischen Damen mit einem solchen Wesen aufnehmen.

China bemerkte gar nicht so richtig, daß er seinen Blick nicht von ihr losreißen konnte, denn sie war mit ihren eigenen Gedanken vollauf beschäftigt. Sie erinnerte sich nur noch an einen jungen belesenen, etwas unbeholfenen Mann namens Darwin, der in ständiger Angst vor ihrem Vater lebte. Natürlich war er älter geworden, aber er schien ihr immer noch auf liebenswerte Weise schwerfällig, seine dünnen Beine steckten immer noch in zu kurzen Hosen, und ein Tintenfleck auf seiner Unterlippe war ein sichtbares Zeichen dafür, daß er immer noch an seinen Federhaltern knabberte.

Kapitän Bloodwell machte dem stummen Treffen ein Ende: »Ich fürchte, Sie haben uns noch nicht einmal vorgestellt, Miß Warrick.«

China errötete, doch wurde sie dadurch in Darwins Augen nur noch unwiderstehlicher. So hörte er kaum zu, als sie die Namen nannte. »Wenn Sie sich bitte um Miß Warricks Gepäck kümmern wollen, Kapitän«, sagte er energisch und machte kein Hehl daraus, daß er mit seiner Beute so schnell wie möglich abziehen wollte.

»Hafiz, machen Sie ein Beiboot fertig und laden Sie Miß Warricks Gepäck ein«, befahl Ethan Bloodwell. Er betrachtete Darwin mit eng zusammengekniffenen Augen. »Man gab uns zu verstehen, daß Miß Warrick erst morgen abgeholt werden könne.«

»Das ist richtig«, erklärte Darwin bereitwillig, »aber die Reparaturarbeiten wurden früher abgeschlossen als erwartet.« Er räusperte sich und fügte dann mit einem unsicheren Blick in Chinas Richtung hinzu: »Seit die *Bonne Heure* letzten Sommer mit Master Warrick sank, haben wir nur dieses eine Schiff. Master Damon hat gestern mit dem Schiff eine Kette gesprengt, und der Schaden war ziemlich schwierig zu beheben.«

»Dann wurde also die *Bonne Heure* nie gehoben?« fragte China.

»Leider nein. Und auch Master Warrick wurde nicht gefunden.«

»Ach so. Das wußte ich nicht. Mutter hat so wenig geschrieben.«

»Er war auf dem Weg nach Singapur, als ein Sturm aufzog«, erzählte Darwin, nachdem er sich dazu durchgerungen hatte, ihr gleich auch die Einzelheiten der Tragödie aufzutischen. »Sie wissen doch, wie schnell das manchmal geht.«

China wußte sehr wohl, wie unberechenbar die Winde hier waren, und sie konnte sich auch gut vorstellen, daß die *Bonne Heure* an den Korallenriffen zerschellte und es nicht möglich war, den Leichnam ihres Vaters zu bergen. Und wenn er nicht mit dem Schiff untergegangen war, dann war er sicher den Haien zum Opfer gefallen.

»Ich denke, das Beiboot ist bereit, Miß Warrick«, unterbrach Ethan energisch. »Rajiid, bringen Sie Miß Warrick zum Boot«, bat er den dunkelhäutigen Araber, der in der Nähe stand.

»Aber Kapitän, es besteht keine Veranlassung –« begann Darwin hochnäsig, schwieg jedoch, als er etwas sehr Unangenehmes in den kalten, blauen Augen des Kapitäns entdeckte. Er drehte sich zu China um, um sie gebührend zu begleiten, doch diese war schon gegangen, um sich ausgiebig von der zweifelhaften Crew des Kapitäns zu verabschieden.

Schweigend wohnte er diesem unerhörten Spektakel bei, aber als China dann so weit ging, einen widerlichen kleinen Kerl mit einem zerschundenen Gesicht und einer Augenbinde zu umarmen, hatte er das Gefühl, eingreifen zu müssen. Doch er wurde mit eisernem Griff zurückgehalten und blickte in ein eiskaltes, blaues Augenpaar. Kein Wort wurde gesprochen, und nach einiger Zeit ließ Kapitän Bloodwell ihn los und fragte freundlich, ob Miß Warrick bereit sei.

China nickte und streckte ihm ihre Hand hin. Er machte jedoch keine Anstalten, sie zu nehmen. »Wir müssen uns nicht verabschieden, Miß Warrick, zumindest noch nicht«, sagte er und grinste sie unverschämt an. »Haben Sie vergessen, daß ich auf dem Rückweg von Djakarta bei Ihrem Bruder vorbeischauen werde?«

China hatte tatsächlich nicht mehr daran gedacht, und es war ihr auch unangenehm, zumal sie der Heimkehr, auf die sie sich jahrelang so gefreut hatte, ohnehin inzwischen mit gemischten Gefühlen entgegensah. Sie murmelte, daß ihr Bruder ihn bei seiner Rückfahrt sicherlich gerne willkommen heißen würde und ließ sich von Darwin ins Boot helfen.

Mit gut geölten Flaschenzügen wurde das Boot mit den beiden zu Wasser gelassen. Die Mannschaft warf einen letzten Blick auf Chinas roten Haarschopf. Dann stieg China an Bord der

Warrickschen Jacht. Sie spürte, daß alle Blicke auf ihr ruhten, drehte sich jedoch nicht um. Nur Ethan Bloodwell bemerkte, daß ihre schmalen Schultern kraftlos herunterhingen.

9

Auf der gebirgigen Insel Badajan hatte es nie einen Bedarf für Wagen oder Straßen gegeben. Die Bewohner gingen entweder auf den schmalen Dschungelpfaden zu Fuß oder sie ritten auf den fantastischen Araberpferden, die Race Warrick seit seiner Jugend gezüchtet hatte. Der Weg zum Warrickschen Haus war kaum mehr als ein schmaler Sandstreifen. Die üppige Vegetation kam auf einer Seite ganz nah an den Pfad heran, begrenzt von stattlichen Palmen, deren Wedel sich unablässig im schwülen Wind bewegten. China und Darwin stiegen die bemoosten Treppen hinauf.

China fühlte, wie ihr Kleid am Rücken klebte, und sie konnte es kaum erwarten, ihr Baumwollkleid gegen ein kühles Seidenkleid auszutauschen. Wenn doch Darwin endlich aufhörte, unablässig von Marktschwankungen und Gewinnspannen zu brabbeln. Schließlich würde es später noch reichlich Gelegenheit geben, über geschäftliche Angelegenheiten zu sprechen. Im Augenblick interessierte sie nur das stattliche weiße Haus, das über den blühenden Jasminbäumen sichtbar wurde.

Unbeeindruckt von den heftigen Winden der Monsunzeit hatte Sir Kingston Warrick sein Haus hoch auf einem ungeschützten Hügel gebaut. Von dort hatte man einen wunderbaren Blick auf die Docks und auf das glänzende Meer. Das dreistöckige, weißgetünchte Gebäude hatte viele Terrassen und hohe Rundbogenfenster. Eine weitläufige Veranda zog sich um das gesamte Hauptgebäude und auch um die stufenförmig angelegten Flügelbauten, die sich an beiden Seiten in üppigen Gärten verloren. Die imposante Eingangstür aus Glas und Messing erinnerte an Häuser am persischen Golf, während die weißen Säulen wieder weniger an östlichen Bautraditionen orientiert waren.

Insgesamt gesehen ähnelte das Haus wahrscheinlich ganz bewußt den gepflegten Landhäusern von Sussex, wo Kingston Warrick herstammte. Hinter vorgehaltener Hand wurde es auch als typisches Symbol für die Arroganz der Warrick Dynastie bezeichnet. Für China war es jedoch zunächst einmal beruhigend zu sehen, daß sich während ihrer Abwesenheit wenigstens optisch nicht viel geändert hatte. Nun ja, die Bananenstauden in dem blumenüberwucherten Garten waren vielleicht ein Stück größer geworden, und die duftenden lilafarbenen Schlingpflanzen hatten das Verandageländer erklommen und sich bis zum Dachgiebel emporgearbeitet. Abgesehen davon war alles noch so wie damals an jenem glühendheißen Morgen vor sechs Jahren, als China versuchte, mit ihrem Vater Schritt zu halten und sich dabei auf die Lippen biß, um nicht loszuheulen.

»Hat es sich sehr verändert?« fragte Darwin.

»Nein, eigentlich nicht.« Chinas Stimme zitterte. Sie mußte daran denken, daß es ohne ihren Vater nie wieder dasselbe sein würde, auch wenn äußerlich kein großer Unterschied bestand. Sein Tod war ihr in England gar nicht so recht zu Bewußtsein gekommen, und auch auf der Überfahrt hatte sie ihren Kummer einigermaßen verdrängen können. Doch nun erinnerte sie sich, wie seine Fröhlichkeit die hohen Räume erfüllt und sie gemütlich gemacht hatte. Und da konnte sie der Traurigkeit nicht mehr entrinnen.

»Ist meine Mutter zu Hause?«

»Mrs. Warrick hält sich momentan in Djakarta auf.« Darwin räusperte sich und fügte zögernd hinzu: »Wir waren sehr überrascht, als wir erfuhren, daß Sie mit der *Kowloon Star* aus England abgesegelt sind. Kapitän Bloodwell nimmt normalerweise keine Passagiere an Bord.« Er sah China neugierig an, aber sie bot ihm keine Erklärung.

Sie sagte gar nichts, denn eigentlich hatte sie gar nicht richtig zugehört. Ein dicker Kloß hatte sich plötzlich in ihrem Hals gebildet, als sie unter dem Zypressenbogen durchgingen, der von dem Fußpfad zum Haus führte. Widersprüchliche Gefühle überwältigten sie. Rosafarbene Wasserhyazinthen wucherten in dem kleinen Teich, dessen Wasser so klar war, daß China die japanischen Zierkarpfen sah. Ob Brandon sich wohl um die Fische gekümmert hatte, wie er es ihr versprochen hatte?

Ihre Röcke raschelten leise, als sie die Stufen hinaufstieg und die breite Veranda überquerte. Die Kehle war ihr wie zugeschnürt und ihre Hand zitterte, als sie nach dem Glockenzug griff.

»Psst! China!«

Sie schreckte zurück. »Was –? Brandon?« Sie sah sich um. »Wo bist du?«

»Hier drüben.«

Die Bougainvillea über dem Verandageländer bewegte sich, und plötzlich starrte sie ein rundes, koboldhaftes Gesicht mit riesigen, grünen Augen an. Auf dem ehemals weißen Hemd waren Maulbeersaftspuren zu sehen, und im roten Haar des Jungen steckten Zweige und trockene Blätter. China stockte der Atem, als sie zu ihm hinuntersah. Er war seinem Vater wie aus dem Gesicht geschnitten, und zuerst wußte sie gar nicht so recht, was sie mit diesem grinsenden Zwölfjährigen anfangen sollte, der noch so klein gewesen war, als sie von zu Hause weggegangen war.

»Brandon?« fragte sie zögernd. Würde er sich überhaupt an sie erinnern? Es krachte gehörig im Gebüsch, als er sich herauswand, und China war sehr erstaunt, plötzlich einen kräftigen Körper an ihren Röcken zu spüren, der sie stürmisch umarmte.

»O China! Ich bin so froh, daß du wieder zu Hause bist. Ich habe schon gedacht, du würdest nie wieder kommen!«

»Ich habe dir doch versprochen, daß ich wiederkomme. Erinnerst du dich nicht?«

»Doch, aber –«

»Solltest du nicht im Unterricht sein, Brandon?« unterbrach Darwin, der sich wie ein Eindringling fühlte.

»Ich wollte lieber auf China warten«, gestand Brandon freimütig. »Ich hörte, wie Damon zu Al-Haj gesagt hat, daß du sie abholen gefahren bist.«

»Wer hat denn da gelauscht?« schalt China gutmütig und hielt ihn noch immer umschlungen.

Er grinste und entblößte dabei seine weit auseinanderstehenden Vorderzähne. »Tut mir leid. Wollte ich gar nicht.« China sah ihn an. Es fiel ihr schwer, ihn zu schelten. Er war nicht besonders groß für sein Alter, – die männlichen Warricks waren nie besonders groß –, aber sehr stark und kräftig, sah gut aus, und er schien gescheit zu sein. Und er besaß offensichtlich überdies eine gute Portion des großzügigen Charmes der Warricks.

»Damon war ganz außer sich wegen deiner Überfahrt. Ich glaube, es war, weil du auf Ethan Bloodwells Schiff warst. Er sagte, der wäre ein Schurke und ein verdammter Schürzenjäger, und du hättest besser daran getan –«

»Brandon! Du sollst solche Ausdrücke nicht wiederholen!«

»Ich weiß, aber genauso hat er es gesagt. Was ist ein Schürzenjäger, China?!«

»Jemand, der rüde ist und zweifelhafte Moralbegriffe hat«, antwortete sie und schüttelte ihre verknitterten Röcke aus, ohne weiter darüber nachzudenken.

Darwin hüstelte verlegen und lief rot an, als China ihn fragend ansah. »Vielleicht sollten wir ins Haus gehen«, schlug er vor. »Master Damon wird schon warten.«

»Ich zeig dir's, China«, bot Brandon an und schob seine kleine Hand in ihre. »Er ist im Studierzimmer und schreibt Briefe. Philippa ist immer noch im Schulzimmer. Sie ist nicht recht gut im Rechnen, aber Mr. Lim läßt sie nicht gehen, ehe sie das richtige Ergebnis gefunden hat.«

»Mr. Lim?«

»Er ist unser neuer Lehrer. Mr. Tenyon ging nach Indien zurück, nachdem Papa gestorben war, also hat Damon Mr. Lim gebeten, uns zu unterrichten, weil er malaiisch, englisch und chinesisch gleich gut spricht. Ich mag ihn nicht. Bleibst du jetzt für immer zu Hause, China?«

»Ja.«

»Damon hat seit Papas Tod so viel zu tun, weißt du. Er hat kaum Zeit für uns. Wir waren schon ewig nicht mehr in Singapur, aber Mama hat versprochen, mit uns hinzufahren, wenn sie aus Java zurückkommt. Jetzt, da du da bist, kannst du doch auch mit uns mitkommen, nicht wahr, China?«

Sie mußte lächeln. »Warum nicht? Ist Philippa –«

»Da sieh mal einer an, wenn das nicht Großonkel Esmunds kleiner Kümmerling ist! Obwohl ich gestehen muß, daß das hier nicht mehr die magere Bohnenstange ist, die vor sechs Jahren von hier weggegangen ist!«

China drehte sich auf dem Absatz um. »Damon!«

»Was ist denn?« fragte er, als er sie umarmte und sie laut wimmerte. »Freust du dich nicht, mich zu sehen?«

China lachte und weinte gleichzeitig. Natürlich war sie glücklich, ihn wiederzusehen, nur hatte er sie so fest an sich gedrückt, daß ihre Wunde höllisch schmerzte. Aber sie war froh, daß er den dicken Verband nicht bemerkt hatte, der über ihre Schulter ging und unter ihrem weiten Ärmel versteckt war.

»Du bist ja eine richtige Schönheit geworden, nicht wahr, Win?« stellte Damon fest und musterte sie kritisch von oben bis unten. »Ganz Singapur wird vor Neid erblassen! Und dann diese Haare! Ich wette, in den Kampongs wird man von Hexen munkeln, wenn dich die Einheimischen erst einmal zu Gesicht bekommen haben.«

»Hexen!« wiederholte China.

Damon lachte über ihr entsetztes Gesicht. »Willkommen im Fernen Osten, meine Liebe, wo Hexerei und Aberglaube immer noch mehr gelten als die Vorstellung des weißen Mannes von Fortschritt und Aufklärung. Race hatte ja auch rotes Haar«, fügte er nachdenklich hinzu, »aber nichts gegen das, was du da am Kopf hast. Wie schade, daß er nun nicht mehr sehen kann, was für einen Feuerkopf er gezeugt hat!«

China wurde ein wenig leichter ums Herz. Das war der Damon, wie sie ihn in Erinnerung hatte: freimütig, rätselhaft, zum Verzweifeln, aber immer der liebenswerte Schelm. Er war fünfzehn Jahre alt gewesen, als sie von zu Hause wegging, ein ernsthafter Junge an der Schwelle zum Mann, der ungeheuer gut aussah. Er hatte die braunen Augen seiner Mutter geerbt und hatte stolze, dunkle Gesichtszüge. Mit ihrem Vater und jedem, der Autorität repräsentierte, lag er ständig im Clinch.

Er war jetzt einundzwanzig, ein fertiger Mann, und größer, als sie ihn sich vorgestellt hatte. Wie hübsch er war mit den lässig aufgekrempelten Hemdsärmeln, den weiten Hosen und dem sonnengebräunten Gesicht! Er grinste sie frech an. China wußte, daß mindestens ein Dutzend ihrer Schulkameradinnen aus Miß Crenshawes Seminar bei seinem Anblick schier ihn Ohnmacht gefallen wären.

»Wie wär's mit ein paar Erfrischungen«, schlug Damon vor und hakte sie unter. »Win hat dir wahrscheinlich schon erzählt, daß Mutter nicht hier ist. Ich erwarte sie morgen zurück. Komm herein, Darwin, und du, Brandon, hol deine Schwester. Wie wär's mit einem Sorbet im schattigen Innenhof?«

Brandon horchte auf. »Vielleicht auch ein paar Honigmandeln?«

»Wenn sich Al-Haj davon losreißen kann?«

»Ich freue mich schon so, Philippa kennenzulernen«, gestand China. Damon hielt ihr die Tür auf. »In den letzten zwei Jahren hat sie mir ja immer brav geschrieben, lustige Briefe, aber es ist doch anders, wenn man jemanden persönlich kennt. Es ist immer noch ein ganz komisches Gefühl, eine Schwester zu haben, die man nicht kennt!«

»Sie wurde einen Monat später geboren, nachdem du nach England gegangen bist«, sagte Damon beiläufig, als spreche er von einem Ereignis, das seiner Mutter und seinem Stiefvater eigentlich nur so aus Versehen passiert war. Und so war es auch gewesen. »Sie ist jetzt sieben, ein ruhiges, kleines Wesen, schüchtern und sehr zerbrechlich.«

Ein Krüppel, erinnerte sich China aus einem von Malvina Warricks seltenen Briefen. Das Kind war für alle eine Überraschung gewesen, und offensichtlich nicht unbedingt eine angenehme. Selbst ihr Vater, erinnerte sich China aus späteren Äußerungen, war ziemlich enttäuscht gewesen von dem kränklichen kleinen Mädchen, das seine Frau ihm geboren hatte.

China selbst hatte noch keine vorgefaßte Meinung über ihre kleine Schwester. Sie kannte sie nur aus ihren Zeichnungen als warmherziges, früh entwickeltes Persönchen. Später dann hatte sie mit erstaunlicher Regelmäßigkeit Briefe in ungelenker Kinderschrift geschrieben. Sie konnte es kaum erwarten, Philippa zu sagen, wie sehr sie sich immer über diese Briefe gefreut hatte.

»Komm, setz dich«, forderte Damon sie auf. China, die an die dunklen, vollgestopften Räume in Broadhurst gewöhnt war, hatte vergessen, wie luftig ein Haus in den Tropen sein konnte. Von außen mag King's Wheal wie ein englisches Landhaus ausgesehen haben, aber Sir Kingston hatte es auch verstanden, immer die kühle, schlichte Atmosphäre eines fernöstlichen Palastes zu schaffen. Die Räume waren groß und hoch. Die Fenster nützten einerseits die kühle Meeresbrise, waren andererseits mit Fensterläden gegen die glühende Hitze oder die heftigen Monsunregen ausgestattet.

Der korallenfarbige Empfangsraum, in den Damon sie führte, war mit goldgerahmten Spiegeln und kostbaren persischen Teppichen eingerichtet. Durch hohe, schmiedeeiserne Tore gelangte man in einen offenen Innenhof, in dem ein Brunnen sanft plätscherte. Von dem Innenhof ging es in verschiedene Wohn- und Schlafzimmer. Die hohen Glastüren waren seitlich von riesigen Pflanzentrögen mit Orchideen flankiert. Ein Kakadupärchen auf einem verschnörkelten Ständer unter einem der Bogendurchgänge putzte sich das Gefieder. Daneben stand eine Dienerin in einem goldbestickten Sarong und fütterte die Vögel mit Körnern und getrockneten Früchten.

China setzte sich auf ein Kissen und nahm dankbar lächelnd die hauchdünne Tasse entgegen, die ihr gereicht wurde. »Was für ein wunderbares Gefühl, wieder zu Hause zu sein«, sagte sie und seufzte. »Ich kann es immer noch nicht glauben, daß die langen Jahre des Wartens nun vorüber sind!«

»Es war wirklich eine lange Zeit«, stimmte Damon ihr zu und lächelte sie an.

»Ich denke, ich werde ins Dorf hinunterreiten, sobald meine Koffer ausgepackt sind und Tan Ri und Tonnas Großmutter besuchen«, meinte China. Ihre Angst und das Fremdheitsgefühl waren wie weggeblasen, und sie brannte darauf, die Freunde wiederzusehen, auf die sie sich so lange gefreut hatte.

»Ich fürchte, die meisten von der alten Garde sind nicht mehr da«, sagte Damon entschuldigend und ließ sich noch einen Brandy nachschenken. »Wir haben nur noch sehr wenig Arbeiter und noch weniger Hauspersonal.«

»Aber Tonna ist doch sicher noch da?« warf China rasch ein. Tonna war die Indonesierin, die sie von Geburt an aufgezogen hatte.

Damon schüttelte den Kopf. »Sie ging nach Macasar, kurz nachdem du weggingst. Nun schau doch nicht so verzweifelt. Sie hat eine schöne Abfindung bekommen.«

»Und Tan Ri?«

»Er ist vor ... hmm ... zwei oder drei Jahren gestorben. Du mußt bedenken, daß er damals schon sehr alt war.«

»Ja, das mag wohl sein.«

»Nun seht euch die weichherzige China an – trauert sie um die Dienerschaft«, bemerkte Damon wohlwollend. »Du hast dich offensichtlich kein bißchen verändert. Aber genau deswegen hat dich Mutter doch weggeschickt. Du verbringst deine Zeit in den Kampongs und schnappst alles mögliche über Opfergaben, Dämonen und ähnlichen Humbug auf. Ich könnte mir vorstellen, die Damen in Mrs. Crenshawes Institution hatten ganz schön zu tun, dir den Kopf wieder zurechtzurücken, oder?«

Er lachte und streckte seine langen Beine aus. »Wie auch immer, ich bin verdammt froh, daß du wieder da bist.«

»Ich bin es auch«, antwortete China lächelnd. Sie nippte an dem duftenden arabischen Kaffee und fragte vorsichtig: »War es sehr schwer für dich seit Vaters Tod?«

»Es ging«, antwortete Damon mit einem Achselzucken, »obgleich es jetzt viel leichter ist als zu Anfang. Warum erzählst du uns nicht etwas von England?«

Bevor China berichten konnte, hörte man Stöcke auf dem Steinboden klacken. China drehte sich um und sah ein kleines Mädchen von sechs oder sieben Jahren auf Krücken auf sie zukommen. Ihr Gesicht glühte vor Aufregung. Kastanienbraune Locken fielen bis auf die Schultern ihres weißen Trägerkleidchens. Um ihre kleine Stupsnase herum hatten sich ein paar Sommersprossen verirrt.

»O Brandon, ich hatte recht!« rief sie aus und sah den Jungen an, der neben ihr stand. »Sie ist wirklich so hübsch wie eine Märchenprinzessin!«

»Hallo, Philippa«, begrüßte China sie freundlich und zog sie in ihre Arme.

Philippa, die an Zuneigungsbekundungen nicht gewöhnt war, zuckte einen Augenblick zusammen, ließ sich dann aber bereitwillig umarmen. Vorsichtig schnupperte sie an Chinas Kleid, das entfernt nach Rosen roch. »Du gehst jetzt nie mehr von hier fort, nicht wahr?«

»Nein, nie mehr«, versprach China, und ihr wurde schwer ums Herz, als Philippa zufrieden aufseufzte.

»Sag doch mal«, forderte Damon sie auf und lehnte sich zurück. »War es wirklich so schlimm?«

»Nicht alles«, gab China zu und dachte an die großzügigen Rasenflächen und die hübschen Salons auf Broadhurst.

Brandon und Philippa lauschten mit großen Augen, als China von ihrem Großonkel und seinem herrschaftlichen Haus erzählte, von Lyddie Broyles, von Weston und dem freundlichen Chauncey. Freddy und Cassie wurden nur kurz erwähnt, denn China hatte beschlossen, mit Damon unter vier Augen darüber zu sprechen, warum sie aus England geflohen war, und warum sie keine andere Wahl hatte als die *Kowloon Star* zu nehmen. Dafür würde später noch Zeit sein, reichlich Zeit. Jetzt wollte sie nur ihre Heimkehr und ihre Familie genießen und ihre ränkeschmiedenden Verwandten erst einmal vergessen.

Sie alle waren überrascht, als ein Bediensteter ihre Erzählung unterbrach und verkündete, das Mittagessen sei angerichtet. Nach Warrickscher Tradition wurde täglich um die Mittagszeit ein leichtes, indisch gewürztes Gericht auf der Veranda serviert. Darwin verabschiedete sich mit der Bemerkung, er habe die Arbeiter ohnehin schon zu lange alleine gelassen.

»Wir zeigen dir morgen die Plantage – vor der großen Mittagshitze«, sagte Damon zu China und begleitete sie alle zur Veranda, wo im kühlen, blütendurchdufteten Schatten der Tisch gedeckt war.

Das Meer funkelte durch die rauschenden, grünen Blätter der Brotfruchtbäume. Eine frische Brise hatte die schweren Regenwolken im Norden verjagt. Ein Glockenspiel tönte melodisch im Wind, und China blieb einen Augenblick an der Treppe stehen, um die Schönheit des Gartens mit seinen riesigen Bäumen, den blühenden Orchideen und den sorgsam gepflegten Wegen in sich aufzusaugen.

»Möchtest du gerne nach dem Essen mit mir ins Dorf hinunterreiten?« fragte sie Philippa und vergaß dabei ganz ihre Wunde.

Philippas Gesicht wurde traurig. »Kann ich doch nicht.«

»Warum nicht? Die Stöcke hindern dich wohl doch nicht daran?«

»Sie hat kein eigenes Pony«, erklärte Brandon. »Wir haben nur noch Serab im Stall, und er ist zu groß und zu wild.«

China sah erstaunt zu ihrem Halbbruder hinüber, der am Kopf des Tisches Platz genommen hatte. »Was ist aus Vaters Pferden geworden?«

»Ich habe sie verkauft.«

»Du hast sie verkauft? Warum?«

Damon zuckte mit den Achseln. »Warum sollte ich sie behalten? Du und Race, ihr wart die einzigen, die überhaupt ritten, und dann wurde auch der Unterhalt enorm teuer.«

»Es müssen ja nicht unbedingt Vollblutpferde sein«, protestierte China. »Und wie ist das mit Philippa und Brandon? Es ist wichtig, daß sie reiten lernen. Was können denn zwei Reitpferde kosten?«

Damon runzelte die Stirn. Er sah genauso eigensinnig wie seine Mutter aus. »Zu viel, fürchte ich. Du darfst nicht vergessen, daß wir hier in Indonesien sind und nicht in England. Du kannst hier nicht einen Boten in die nächste Stadt schicken und dir die Luxusgüter besorgen lassen, die dir gerade fehlen. Die Pferde müßten aus Kalkutta herbeigeschafft werden, oder vielleicht sogar aus Oman oder Aden, und die Transportkosten sind hoch.«

Zu Lebzeiten ihres Vaters hatten finanzielle Dinge nie eine Rolle gespielt, und China fragte sich unbehaglich, ob es seit dem Tod ihres Vaters mit der Plantage finanziell bergab gegangen sei. War es das, was der amerikanische Klipperkapitän gemeint hatte, als er von Schwierigkeiten auf Badajan sprach. China nahm ein Stück Obst und aß es gedankenverloren. Was würde

Damon dann sagen, wenn sie ihm mitteilte, daß sie Kapitän Bloodwell zweihundert Pfund schuldete.

»Kein Grund, so betrübt dreinzublicken, Liebes«, munterte sie Damon auf. »Wenn dir ein Pferd wirklich so viel bedeutet, dann werde ich mit Mutter darüber sprechen.«

»Das wäre sehr nett von dir«, antwortete China artig und wußte jetzt schon, daß das Geld dazu verwendet werden würde, ihre Schulden an Ethan Bloodwell zu zahlen. Ach, es war alles so ärgerlich. Warum hatte sie diesem zweifelhaften Mann nur so viel Geld versprochen?

Als Malvina Warrick am nächsten Morgen aus Djakarta zurückkam, stellte sie zu ihrem Mißfallen fest, daß ihre älteste Tochter offensichtlich ihre alte Angewohnheit, sich exzessiv um die Dienerschaft zu kümmern, nicht abgelegt hatte. Ihre Tochter plauderte angeregt mit drei dunkelhäutigen malaiischen Mädchen, die gerade dabei waren, die warmen Winterdaunen, die China von England mitgebracht hatte, wegzupacken.

China hatte ein gutes Sprachgefühl und erinnerte sich noch an einige Ausdrücke aus ihrer Jugend. Momentan war sie gerade dabei, ihren kichernden Zuhörerinnen zu erzählen, wie man sich im Westen mühsam in enge Korsetts mit lederüberzogenen Fischbeinstäbchen zwängt. Sie lachten alle fröhlich, und China sah die Reifröcke und Unterröcke durch, die sich auf ihrem Bett türmten. Das hohe Schlafzimmer hatte eine Reihe von großen Fenstern, die auf einer Seite auf den kühlen Innenhof und auf der anderen Seite auf das gleißende Meer hinausschauten. Malvina trat durch den Bogendurchgang und blickte entsetzt auf die vier jungen Frauen, drei dunkelhäutige und eine hellhäutige, die die Köpfe zusammensteckten.

»Das hätte ich mir denken können«, fuhr sie dazwischen, und die fröhliche Runde schreckte auf. »Nur China kann hinter einem solchen Unfug stecken.«

Sie klatschte in die Hände, und die Mädchen stoben davon. Malvina betrachtete ihre Tochter teils wohlwollend, teils resignierend. Das dunkelgrüne Kleid war sehr streng geschnitten, aber es stand ihr ausgezeichnet. Sie war eine sehr hübsche Frau und hatte ihr dickes braunes Haar zu einem dicken Knoten zusammengesteckt, der ihren langen, schlanken Hals noch betonte. Malvina Warrick besaß ein herzförmiges Gesicht von außergewöhnlicher Schönheit, trotz der Faltenlinien, die sich von ihren stolz geblähten Nasenflügeln zu ihren strengen Lippen eingegraben hatten.

»Du hast dich kein bißchen verändert, Kind, nicht wahr?« stellte sie ein wenig indigniert fest. »Damon hat das schon angedeutet, aber ich hatte doch insgeheim gehofft, man hätte dir in den Jahren in England ein solch ungehöriges Benehmen abgewöhnt. Hast du bei Livvy Crenshawe denn nicht gelernt, daß es sich einfach nicht ziemt, Freundschaft mit Domestiken zu pflegen. Es schafft nur Mißgunst, obgleich ich zugeben muß, daß dein Vater schuld an deinem Verhalten war. Er hat dir die Flausen in den Kopf gesetzt, daß man sich ruhig mit den Einheimischen anfreunden dürfte. Genau wie er dir so unweibliche Dinge wie Schießen und Schwimmen beigebracht hat.«

Sie kam näher und nahm Chinas Kinn in ihre Hand. »Allerdings bist du eine richtige Schönheit geworden«, stellte sie zufrieden fest. »Die Haarfarbe geht natürlich nicht – sie ist viel zu rot, aber das wird wahrscheinlich auch deshalb sein, weil du sicher auf der Überfahrt in der tropischen Sonne keinen Hut getragen hast –«

Sie brach mitten im Satz ab und lächelte. »Ich glaube, genau dasselbe habe ich auch bei deiner Abfahrt zu dir gesagt, nicht wahr?«

»Ja, Mutter. Du sagtest, ich solle einen Hut tragen, damit meine Haare nicht so schockierend braun werden, daß mich Großonkel Esmund für eine Eingeborene halten könnte.«

Malvina lachte leise. Plötzlich sah ihr Gesicht glatt und jugendlich aus. »Das habe ich tatsächlich gesagt? Wie komisch! Es hat sich wohl nicht viel geändert. Willkommen zu Hause, Liebes.«

Ihre Umarmung war eher flüchtig, aber China war an die zurückhaltende Art ihrer Mutter gewöhnt. Auf ihre Weise war ihre Mutter ganz sicher froh, sie wieder zu Hause zu haben.

»Du solltest darauf achten, mit der Dienerschaft nicht zu vertraut zu werden«, schloß Malvina das Thema ab. Ihr Blick fiel auf die halb ausgepackten Koffer auf dem Teppich. »Du bist schließlich kein Kind mehr, und das schickt sich einfach nicht.«

»Es tut mir leid«, entschuldigte sich China. Mit Bedauern hatte sie festgestellt, daß ihre Mutter in ihrer Abwesenheit sehr gealtert war. Die Haut um die Augen, die früher so glatt gewesen war, war jetzt von Fältchen durchzogen, und die Schultern, die sie immer so stolz hochgetragen hatte, waren leicht nach vorne geneigt. Ob sich bei ihrem Vater wohl auch die Zeichen des Alters so deutlich gezeigt hatten? Es war eine schmerzliche Erfahrung zu entdecken, daß die eigenen Eltern, das Symbol für Dauerhaftigkeit im Leben eines Kindes, auf einmal so vergänglich erschienen. China empfand plötzlich Zärtlichkeit für die Frau, der sie früher oft so ablehnend gegenüber gestanden war. »Wahrscheinlich hätte ich sie nicht dazu überreden sollen, mit mir zu plaudern«, gab sie zu. »Es soll nicht wieder vorkommen.«

»Es wird zweifellos seine Zeit brauchen, dich wieder an fernöstliche Verhaltensweisen zu gewöhnen«, bemerkte Malvina, ehe sie zu einem anderen Thema überging. »Du scheinst sehr fleißig gearbeitet zu haben. Mrs. Crenshawe hat sich in ihren Briefen an mich sehr lobend über dich geäußert.«

Das war wohl eher auf Vaters großzügige Zuwendung zurückzuführen, dachte China nüchtern, denn auf ihre Leistungen. Oh, wie sie die täglichen Stunden im Nähen, Tanzen und Benimm gehaßt hatte. Als sie in das vornehme Mädchenpensionat eintrat, sprach sie fließend malaiisch, chinesisch und griechisch und kannte sich bestens im klassischen Altertum aus. Kein Wunder also, daß sie der dort gebotene Stundenplan schon lange anödete. Sie langweilte sich, war einsam und hatte so gar nichts mit den anderen Mädchen gemeinsam, die nur vom Debütantinnenball und dem Märchenprinzen träumten. So war sie eine sehr gleichgültige Schülerin geworden.

»Jetzt, da du wieder da bist, wird sich deine Erziehung als sehr nützlich erweisen«, fügte Malvina hinzu. Sie fand es angenehm, eine gesellschaftlich so geschliffene Tochter im Hause zu haben. »Du kannst gleich mal Gastgeberin spielen, wenn dein

Bruder Kunden zu Besuch hat. Zweifellos wirst du darin viel besser sein als ich.«

»Oh, vielen Dank, Mutter«, sagte China ziemlich überrascht. »Ich wußte gar nicht, daß wir unsere Käufer bewirten.«

»Damon hat damit nach Vaters Tod begonnen«, erklärte Malvina. »Und ich muß sagen, er macht seine Sache recht gut. Race hat sich nie viel um Gäste gekümmert, aber wir halten es für sehr wichtig.«

»Ich helfe sehr gerne«, sagte China. Doch sie sagte es mit dem gewissen Kinnzucken, bei dem selbst Ethan Bloodwell in der kurzen Zeit mißtrauisch geworden war. Obwohl sie nichts dagegen hatte, Damons Gästen gelegentlich Tee nachzuschenken und sich höflich mit ihnen zu unterhalten, hatte China beileibe nicht vor, ihre Tage damit zuzubringen. Sie wollte Darwin bei der Seidenherstellung helfen, wollte den schimmernden Stoff durch ihre Finger gleiten lassen und damit arbeiten, wie sie es ihr Vater gelehrt hatte.

»Ich möchte auch draußen in den Hütten arbeiten«, teilte sie ihrer Mutter mit, setzte sich auf den Diwan und sah ihrer Mutter zu, die die Kleider durchsah, die sie zum Wegräumen zusammengefaltet hatte. »Ich fürchte, dazu wird dir die Zeit fehlen«, wandte ihre Mutter ein. »Es sind ständig Gäste da. Oh, China, diese Kleider sind wunderschön! Alle werden vor Neid erblassen!«

»Ich möchte Damon draußen helfen«, beharrte China.

»Vielleicht solltest du warten und das mit Damon selbst besprechen«, schlug Malvina vor. »Obwohl ich dich vorwarnen möchte: deine Pflichten als Gastgeberin werden sehr viel Zeit in Anspruch nehmen. Oh, China, dieser Moiréstoff ist einfach zauberhaft! Und was für eine wunderschöne Stickerei. Das mußt du anziehen, wenn nächste Woche die Sandringhams kommen!« Malvina drehte sich zu ihrer Tochter um und musterte sie kritisch. »Schwarze Trauerkleidung steht dir nicht, Kind, und außerdem wird dadurch die Hitze nur noch unerträglicher. Du solltest das alles wegpacken, jetzt wo du wieder zu Hause bist.« Sie nahm ein wunderschönes Ballkleid zur Hand und hielt es hoch. »So etwas Schönes habe ich noch nie gesehen!« wiederholte sie seufzend. »Du wirst es doch tragen, wenn die Sandringhams kommen, nicht wahr?«

»Natürlich, Mutter«, sagte China mechanisch, obwohl sie die Sache, mit Damon zu arbeiten, keinesfalls auf sich beruhen lassen wollte, nur weil ihre Mutter sich von der Idee nicht begeistert zeigte.

»Aber natürlich kannst du gerne helfen«, versicherte Damon ihr, als sie sich später beim Kaffee trafen. »Ich weiß nur nicht, ob du dich noch erinnerst, wie schwierig diese Arbeit eigentlich ist.«

»Ich bin wirklich nicht so sicher, ob du draußen in den Hütten arbeiten solltest. Mir wäre es sehr viel lieber, du würdest im Haus bleiben«, sagte Malvina.

China hätte sich vielleicht den Wünschen ihrer Mutter stillschweigend gefügt, wären ihre Worte nicht genau dieselben gewesen – wenn auch damals in viel schärferem Ton geäußert –, die sie vor Jahren aus ihrem Mund gehört hatte, als China zum erstenmal Interesse an der Seidenherstellung gezeigt hatte. Und sie erinnerte sich noch, wie ihr Vater stolz gelacht und erwähnt hatte, daß seine Tochter eben eine ›echte Warrick‹ sei und sich dementsprechend nicht von Hitze, Skorpionen oder Spinnen abschrecken ließe. Chinas Entschluß stand fest. Malvina, die den Gesichtsausdruck ihrer Tochter nur allzugut kannte, kapitulierte mit erhobenen Händen.

»Schon gut, mein Kind, tu, was du willst. Ich sehe schon, du bist genau so eigensinnig wie dein Vater.«

China lächelte. »Danke, Mutter. Und ich verspreche, trotz meiner Arbeit draußen werde ich Damons Gäste nicht vernachlässigen.«

»Worum geht's?« fragte Damon. Er drehte sich mit seinem Stuhl um und sah seine Mutter neugierig an.

»China hat sich bereit erklärt, die Gastgeberpflichten mit mir zu teilen«, erklärte Malvina stolz. »Obwohl ich natürlich einige Kunden selbst unterhalten möchte. Du weißt sicher, wen ich meine.«

»Eine ausgezeichnete Idee«, gab Damon zu und betrachtete Chinas schlanke Gestalt. »Und was deine Arbeit draußen in den

Hütten angeht, China«, fuhr er fort, »so wäre es vielleicht ratsam, dort einen Besuch abzustatten, ehe du dich endgültig entscheidest. Vielleicht ist alles ganz anders, als du es in Erinnerung hast.« Er sah auf seine Taschenuhr. »Darwin wird gleich hier sein, und er wird dich sicher gerne überall herumführen. Leider kann ich dich nicht begleiten, denn ich habe die Büroarbeiten schon zu lange vernachläßigt.«

China strahlte. »Kann ich dann Serab haben?«

»Natürlich. Warte einen Augenblick, ich lasse dir deine Handschuhe bringen.« China dankte ihm mit einem warmen Lächeln und rannte hinauf, um sich umzuziehen. Als die Tür oben ganz undamenhaft ins Schloß krachte, sah Damon seine Mutter an und grinste. »Eigentlich bin ich verdammt froh, daß sie wieder da ist.«

»Ich denke, du hast recht, mein Lieber«, sagte Malvina und begann ein Lied zu summen, während sie sich Kaffee einschenkte.

10

China Warricks Augen leuchteten aufgeregt, als sie auf dem Rücken des kohlschwarzen Araberhengstes ihres Bruders aus dem dichten Dschungel unterhalb des Wohnhauses herausritt. Ihre Wunde am Rücken heilte gut. Nur daran, daß sie ein wenig steif im Sattel saß, konnte man sehen, daß sie noch Schmerzen hatte. Sie ließ Serab langsam traben, obwohl sie lieber einen scharfen Galopp geritten wäre, und ließ ihn schließlich im Schatten eines riesigen Trompetenbaums anhalten, um eine Gruppe von malaiischen Arbeitern zu beobachten, die Blätter von Maulbeerbäumen pflückten und sie in ihre Körbe warfen.

Die Arbeiter trugen Kulihüte zum Schutz vor der sengenden Hitze und grüßten freundlich zu China herüber. Sie grüßte nikkend zurück. Die Arbeiter wurden für ihre Arbeit entlohnt, denn Sklaverei war auf der Insel verboten. Außerdem hatte Sir Kingston Warrick verfügt, daß er Unterwürfigkeit nicht dulde, und wie so vieles, war sein Wort zum ungeschriebenen Gesetz geworden.

Während sie weiterritt, verglich sie im Geist die schwatzenden Arbeiter mit den schlecht bezahlten und schlecht ernährten Küchenhilfen und Schuhputzern auf Broadhurst. Ihr Großonkel Esmund hatte immer darauf geachtet, daß das Personal ordentlich behandelt wurde, doch nach seinem Schlaganfall ein Jahr vor seinem Tod war er gezwungen gewesen, diesen Bereich seiner Enkelin zu überlassen. Und so hatte es nicht lange gedauert, bis Cassies despotisches Auftreten alle Domestiken in Angst und Schrecken versetzt hatte.

Entlassungen nach den geringfügigsten ›Vergehen‹ waren an der Tagesordnung. China hatte oft gesehen, wie Cassie die armen Mädchen schlug, wenn sie nicht sofort ihren Befehlen gehorchten. Es war ihr schwer gefallen, ruhig zu bleiben, aber sie wußte, ihr Onkel war zu krank, um die Wahrheit erfahren zu dürfen. Was wohl aus den armen Geschöpfen geworden war, seit sie mit der *Kowloon Star* in See gestochen war? Hatte Lyddie Broyle endlich einmal den Mund aufgemacht, wie sie es immer angedroht hatte, und war Anna wirklich ›geflogen‹, wie es Freddy immer angekündigt hatte. Und wo war sie jetzt, wenn sie wirklich entlassen worden war. Ohne Papiere würde es für sie unmöglich sein, eine andere Arbeit zu finden.

China nahm Serab kurz am Zügel und überlegte sich, daß es wenig Sinn hatte, sich schuldig zu fühlen, weil sie sie zurücklassen mußte. Ganz besonders nicht, wenn man die Umstände ihrer eigenen Abreise in Betracht zog! Sie wollte nicht mehr über das Elend ihrer letzten Tage in England nachgrübeln. Das war Vergangenheit, und sie wollte es vergessen.

China ritt den sandigen Pfad zu dem erloschenen Vulkan hinunter, dessen schräger Fuß eine natürliche Lichtung bildete, die ein idealer Schutz vor den Monsunstürmen war, die zweimal im Jahr die Insel heimsuchten. Hier wurde in einigen eng zusammenstehenden, strohgedeckten Hütten in alter Tradition Badajan-Seide hergestellt.

Die üppige Vegetation rundum dampfte nach einem Regenguß. Jasminduft hing schwer in der feuchten Luft. Exotische Vögel schrien. China sog gierig den betörenden Duft ein. Nicht einmal die intensivsten Duftrosen eines englischen Gartens konnten da mithalten. Die Gipfel der steil aufsteigenden Berge waren in Wolken gehüllt. Zwischen den regennassen Brotfruchtbäumen blitzte ein dunkelblauer Himmel durch. Wilde Orchideen schlangen sich um die gewundenen Stämme der Lianenbäume, und Tauben suchten sich gurrend Sojabohnen, die in der fruchtbaren Vulkanerde gediehen.

China band Serab vor dem ersten der verstreuten, einstöckigen Gebäude an, hob ihre Röcke und trat in die warme, dumpfe Dunkelheit. Sie hatte nicht vergessen, daß auf peinliche Sauberkeit geachtet werden mußte, um die Seidenraupen frei von Krankheiten zu halten. Sie zog ihre Stiefel aus und schlüpfte in bereitstehende Holzpantinen. Langsam gewöhnten sich ihre Augen an das Halbdunkel, und sie ging weiter.

Eine stämmige chinesische Arbeiterin stand Wache vor den zahllosen Reihen von flachen Kästen, in denen die Raupen und ihr Vorrat an Maulbeerblättern untergebracht waren. In der Hand hielt sie eine Schwanzfeder von einem Wildpfau, wie sie hier auf der Insel vorkamen. Konzentriert beobachtete sie die Raupen, ging auf und ab und blieb gelegentlich stehen, um eine träge Raupe mit der Feder zum Fressen zu animieren. Natürlich wuchsen die Raupen schneller, wenn sie viel fraßen, und dann würden sie sich schon bald in ihren weißen Kokon aus roher Seidenfaser einspinnen.

»Wir haben viele Räucherstäbchen verbrannt nach dem Tod Ihres ehrenwerten Vaters«, sagte die Arbeiterin zu China. Eine andere Arbeiterin holte aus ihrer Schürze ein kleines Stoffleckchen heraus. »Haben Sie schon mal ein so wunderbar schimmerndes Garn gesehen?«

China ließ es durch die Finger gleiten und gab zu, daß es unvergleichlich schön war. Die beiden Frauen kicherten verlegen.

China ging in den Webraum und nickte kurz zu Darwin Stepkyne hinüber, der inmitten der laut klackenden Webstühle stand und den Stoff betrachtete, der in blaßgoldenen Bahnen in die Körbe floß. Darwins Gesicht leuchtete auf, als er sie sah. Eilfertig kam er zu ihr herüber und wischte sich den Schweiß von der Stirn. Ein wenig befangen bemerkte er, daß es gerade um diese Jahreszeit so besonders feuchtheiß sei und er hoffe, China würde nicht zu sehr darunter leiden.

»Überhaupt nicht«, versicherte ihm China. Darwin war wie verzaubert von dem Gesicht, das ihn anlächelte. China hatte ihr Haar mit cremefarbenen Schleifen zusammengebunden und trug eine elfenbeinfarbene Jacke, die an den Hüften weiter wurde. Sie sah frisch und munter aus. Ihre grünen Augen und die rosigen Wangen waren für den jungen Mann eine willkommene Abwechslung zu der gleichförmigen Dunkelhäutigkeit der einheimischen Mädchen.

»Es wurde sehr wenig geändert nach dem Tod Ihres Vaters«, erzählte Darwin. Es verletzte ihn ein wenig, daß sie mehr an den Webvorgängen als an einem Gespräch mit ihm interessiert schien. »Es wäre töricht, lange erprobte Methoden zu ändern, nicht wahr? Und die Methoden ihres Vaters waren ganz sicher die besten.«

»Die Arbeiter hier sind alle Chinesen«, bemerkte China und schaute in den nächsten Raum, wo eine Gruppe von jungen Mädchen im Alter von zehn bis dreizehn Jahren aus den Fasern eifrig Seidenfäden spannen.

»Oh, wir würden die verschiedenen Gruppen niemals miteinander einsetzen!« Darwin war allein schon von der Vorstellung entsetzt. »Dank der weisen Voraussicht Ihres Urgroßvaters hatten wir noch nie Probleme, auch wenn mir schleierhaft ist, wieso er vorausahnen konnte, daß es Reibereien zwischen den moslemischen Malaien und den buddhistischen Chinesen geben würde. Glücklicherweise scheinen die Malaien damit zufrieden zu sein, die Blätter der Maulbeerbäume zu ernten und Sojabohnen anzubauen. Die Chinesen hingegen sind sehr geschickt bei der Fütterung und Pflege der Seidenraupen. Das sind nämlich sehr sensible Geschöpfe, müssen Sie wissen.« Er grinste.

»Ja, ich weiß«, sagte China und sah sich interessiert um. In der Hütte waren etwa ein Dutzend Webstühle aufgestellt. An jedem saß eine Chinesin. Ihre Gesichter waren von bunten Kopftüchern teilweise verdeckt. Die Handweberei erforderte äußerste

Konzentration, und so hatten die Weberinnen nur kurz herübergegrüßt und sich gleich wieder ihrer Arbeit zugewandt.

»Die malaiischen Kampongs sind immer noch am anderen Ende der Insel«, fuhr Darwin fort und hoffte, China würde ihn gerade jetzt ansehen und dabei seinen bewundernden Blick bemerken. Er wußte, daß man so etwas eigentlich nicht tat, aber er konnte einfach nicht anders. Noch nie hatte er so perfekt geschwungene Augenbrauen gesehen, wie sie sich unter dem Schatten zeigten, den ihr breitkrempiger Strohhut warf. Ebenso wunderschön war ihre kleine, gerade Nase und die volle Unterlippe.

»Ich bin sicher, Sie erinnern sich noch, daß die Malaien sich eigentlich immer von den Chinesen fernhalten«, erzählte er, »obwohl die Einwanderer, die wir in letzter Zeit einstellten, schon viel toleranter sind. Offen gesagt«, flüsterte er, obwohl die Webstuhlgeräusche seine Stimme ohnehin fast unhörbar machten, »sind mir die Einheimischen lieber, Miß Warrick. Bei ihnen ist es leichter, ihre Vergangenheit zu überprüfen, während die, die einfach so kommen und nach Arbeit fragen, vielleicht in ihrem Heimatland schon einige Verbrechen begangen haben.«

China nickte ernst, obwohl sie innerlich loslachen mußte. Darwin hatte schon immer Angst vor den Einheimischen gehabt, deren dunkle Gesichter seiner Meinung nach immer alle möglichen Geheimnisse bargen. Natürlich war die Angst unbegründet, denn Kingston Warricks Toleranz und Verständnis wirkte immer noch nach. Man mußte lediglich, so hatte er es auch in seinem Tagebuch festgehalten, die unterschiedlichen Glaubensbekenntnisse getrennt voneinander beschäftigen und sie alle mit gleichem Respekt behandeln.

Ein naiver Grundsatz – möglicherweise –, aber einer der schon zu Sir Kingstons Zeiten funktioniert hatte und an dem sein Sohn und sein Enkel festgehalten hatten. Unwissenheit und Intoleranz waren nach Race Warricks Meinung größtenteils verantwortlich für die Rassenspannungen, die in Singapur, Malaysia und den anderen indonesischen Inseln an der Tagesordnung waren. Mit Eifer hatte er darüber gewacht, daß seine eigenen

Kinder so erzogen wurden, daß sie die vielfältigen Kulturen ihrer Umgebung verstanden und respektierten. So hatte China schon als Kind gelernt, die Gläubigen nie zu unterbrechen, wenn sie sich nach Osten wandten und ihre Gebete verrichteten. Und sie kannte die manchmal furchterregenden Praktiken und Zeremonien des Geisterglaubens. Sie sprach malaiisch und chinesisch, die beiden wichtigsten Sprachen auf Badajan, und die Lehren des Tao-te-king waren im Warrickschen Schulzimmer Pflichtlektüre gewesen.

»Ich bin sicher, Sie werden gerne hören, daß Ihr Bruder Damon sehr gut zurechtkommt«, sagte Darwin, als sie zu den Hütten zurückschlenderten, in denen junge Mädchen in farbenfrohen Sarongs große Seidenballen zum Versand fertigmachten. »Er scheint viel Erfolg mit Einladungen zu haben, was Ihrem Vater wiederum gar nicht lag.«

»Nein, mein Vater hatte nie Geduld für solchen Firlefanz«, gab China lächelnd zu. »Er hatte immer hier draußen viel zu viel zu tun, um sich um Käufer zu bemühen. Und da die Nachfrage stets größer war als das Angebot, bestand kein Grund, die Käufer mit Essen und Trinken anzulocken.« Schweigend zog sie ihre Handschuhe aus, sah dann zu Darwin auf und fragte ihn geradeheraus: »Hat sich seit Vaters Tod etwas geändert?«

»Es war sehr schwierig, sich an ein Arbeiten ohne ihn zu gewöhnen«, gab Darwin zu. »Sein Tod kam schließlich so plötzlich. Glücklicherweise waren die Arbeiter daran gewöhnt, auch von mir Befehle zu empfangen, denn Ihr Vater hatte mir immer ziemlich freie Hand gelassen.« Er zögerte und fügte dann hinzu: »Sicher wäre alles viel schwieriger gewesen, wenn Master Damon plötzlich beschlossen hätte, hier draußen mehr Zeit zu verbringen. Die Arbeiter sind nicht an ihn gewöhnt, und sie hätten sich seinem Kommando vielleicht nicht so gern gefügt. Glücklicherweise war er damit zufrieden, die Büroarbeiten zu erledigen und sich um die Einkäufer zu kümmern. Er kommt nur ganz selten hierher.«

»Es scheint, Mutter hat das falsche Kind nach England geschickt«, sagte China nachdenklich. Wie sehr hätte Damon im Gegensatz zu ihr das gesellschaftliche Leben der Linvilles genossen. »Ich wette, Damon hätte einen wunderbaren Londoner Dandy abgegeben.«

Innerlich war sie beruhigt. Darwin hatte offensichtlich Zutrauen zu ihrem Bruder. Die Zweifel, die Kapitän Terence Aloysius von der *Birmingham* in ihr geweckt hatte, waren zerstreut, und sie redete sich ein, er mußte wohl betrunken oder vielleicht besonders unfreundlich gewesen sein, als er andeutete, Damon hätte Schwierigkeiten mit der Plantage. Dieser Rundgang hatte sie davon überzeugt, daß immer noch nach der alten bewährten Methode Seide hergestellt wurde. Und insgeheim paßte es auch ausgezeichnet in ihre Pläne, daß Damon kein Interesse zeigte, hier in der Herstellung zu arbeiten, denn dann gäbe es für sie um so mehr zu tun.

»Haben Sie vor, aktiv ins Geschäft einzusteigen«, fragte Darwin neugierig und öffnete die Tür des Webraums für sie.

China ging an ihm vorbei und hielt ihre cremefarbenen Röcke hoch. Lachend sagte sie: »Ja, das habe ich, und wagen Sie es ja nicht, mir das auszureden zu versuchen. Ich habe nichts vergessen, was mich mein Vater gelehrt hat.«

»Oh, ich denke nicht im Traum daran, Ihnen was ausreden zu wollen, Miß China! Ihr Bruder und ich, wir würden sehr froh sein, wenn Sie sich Zeit für uns nähmen.«

»Sind Sie sicher, daß es Arbeit für mich gibt?«

»Aber sicher. Da Sie chinesisch sprechen, wäre es beispielsweise sehr hilfreich, wenn Sie mit den Webern verhandeln könnten, die, wie Sie vielleicht wissen«, fügte er wieder vertraulich flüsternd hinzu, »ständige Aufsicht brauchen. Und dann die Wickler, obwohl Sie da vielleicht nicht unbedingt mitarbeiten wollen. Es stinkt ziemlich, wenn die Kokons gewaschen und aufgewickelt werden – das ist wahrscheinlich nichts für Sie.«

Er sah sie erwartungsvoll an, aber China antwortete nicht, weil sie nicht zugehört hatte. Ihre Aufmerksamkeit war abgelenkt von einem Korb, der am Boden stand, und aus dem trotz der klappernden Webstühle seltsam gurgelnde Laute zu hören waren. »Ach, das ist ja ein Baby!« rief sie aus und lugte in den Korb. Ein winziges chinesisches Mädchen lag da. Das kleine Bündel Mensch war in Rohseide gewickelt, sah so bezaubernd wie eine Puppe aus und betrachtete sie mit neugierigen, grünen Augen.

»Miß China! Sie dürfen sie nicht berühren!«

Das Entsetzen in Darwin Stepkynes Stimme ließ sie zurückschrecken. »Warum denn nicht?«

Darwin wurde sichtlich nervös. »Sie – sie ist – o verdammt! Ich fürchte, es steht mir nicht zu, Ihnen das zu erklären.«

»Warum nicht? Ist sie krank?«

»Nein, sie ist nicht krank.«

China blickte ungeduldig in Darwins verlegenes Gesicht, aber er machte keine Anstalten, weitere Erklärungen abzugeben. Da wandte sich China an die Frau, die neben ihr am Webstuhl saß. »Ist mit Ihrer Tochter etwas nicht in Ordnung?« fragte sie auf chinesisch. Ein Kopfschütteln und ein leerer Blick waren die Antwort.

»Am besten tun wir so, als hätte ich gar nichts gesagt«, schlug Darwin befangen vor. »Mit dem Kind ist wirklich alles in Ordnung.«

Nach einer Weile sagte China: »Nun gut!« Dann ging sie um den Korb herum und hinaus in die glühende Hitze.

Darwin folgte ihr auf dem Fuße. Er wußte sehr wohl, daß jede andere Frau mit der ihr angeborenen Neugier ihm keine Ruhe gelassen und weiter nachgebohrt hätte. Nicht so Miß Warrick! Sie erwähnte das Kind mit keinem weiteren Wort und sagte nur, sie müsse jetzt zurück ins Haus, als sie die Holzschuhe aus- und ihre Stiefel anzog. Darwin bewunderte diese kühle Zurückhaltung, mit der sie sein zugegeben seltsames Verhalten quittiert hatte. Er mochte sie so, wie man einen sehr guten männlichen Freund mag. Und weil er eigentlich bisher noch nie eine Frau so gemocht hatte, verlor er jedes Maß und Ziel und verliebte sich unsterblich in sie.

Es war nicht erstaunlich, daß ihn die Liebe wie ein Blitz traf. Seine Erfahrungen mit Frauen beschränkten sich schließlich auf ein gelegentliches Abendessen im europäischen Viertel von Singapur, bei dem er viel zu schüchtern für ein kluges Gespräch und viel zu unbeholfen für einen beschwingten Tanz war. Schon als Student in Cambridge hatten ihn seine Kommilitonen zwar ganz nett, aber langweilig gefunden. Sein zurückhaltendes Wesen begünstigte soziale Kontakte nicht gerade, und obwohl seine Verbindung zu den Warricks ihm so manche Tür geöffnet hätte, hatte er dies nie in Anspruch genommen. So hatte es sich ergeben, daß er so unsicher im Umgang mit dem schönen Geschlecht geworden war und sich in Gegenwart von Frauen ganz unbeholfen benahm.

Heute jedoch war sein Selbstvertrauen mit einemmal ungeheuer gestiegen. Obgleich Chinas auffallende Schönheit ihm schier die Sprache verschlug, sprang er über seinen Schatten und plauderte fröhlich mit ihr auf dem Weg zu ihrem Pferd.

China merkte von all dem nichts, antwortete fröhlich und bedankte sich höflich für den Rundgang. Schließlich sagte sie noch, sie hoffe, sich im Familienbetrieb wirklich nützlich machen zu können. »Womöglich bin ich eher ein Bremsklotz als eine Hilfe«, vermutete sie bekümmert.

Mit schmachtendem Blick sah Darwin in ihr kleines Gesicht und versicherte ihr, jede Hilfe von ihr sei willkommen. Sein Puls beschleunigte, als sie ihm ein Lächeln schenkte. Wie verletzt wäre er gewesen, hätte er gewußt, daß sie ihn schon vergessen hatte, als sie auf ihrem Pferd unter den Bäumen davonritt.

China grübelte über das chinesische Baby nach und dachte immer noch an Darwins eigenartige Reaktion, als sie sich später mit ihrer Mutter in deren eleganten Boudoir zum Tee traf. Während sich Malvina umzog, beschrieb China ihrer Mutter das seltsame Verhalten des Plantagenverwalters.

»Ich konnte mir keinen Reim draufmachen«, beschloß sie die Schilderung und setzte ihre Teetasse auf dem kleinen Teaktischchen mit Einlegearbeit ab. »Er sagte, ich dürfte sie nicht berühren, und weigerte sich dann, mir zu sagen, warum.« Sie wurde blaß bei dem Gedanken, der ihr durch den Kopf schoß. »Es ist doch in den Kampongs nicht etwa die Cholera ausgebrochen?«

»Um Gottes willen, nein!« Malvina klippte sich Diamantohrringe an und betrachtete sich in dem von der Feuchtigkeit leicht getrübten Spiegel. »Das muß Lien Chins Tochter gewesen sein, und Darwin wollte dir nicht sagen, wer sie ist. So ein Feigling, der Junge!«

»Wer ist Lien Chin? Jemand aus dem Dorf?«

»Sie ist nicht die Mutter des Babys; ich glaube, sie starb bei der Geburt.« Malvina begann sorgfältig Rouge auf ihre Wangenknochen aufzutragen. Abends wurden Gäste erwartet, und sie wollte besonders hübsch aussehen. Einer von ihnen war ein wohlhabender chinesischer Mandarin, der eine unersättliche Leidenschaft für Seide hatte und extra aus Kanton angereist kam. Malvina wollte die Erfrischungen persönlich servieren.

»Ich fürchte, ich erinnere mich nicht so genau an den Namen des Kindes«, sagte Malvina und sah ihre Tochter im Spiegel an. »Er war irgendwie furchtbar lang und albern. Schwarze Perle des Orients? Ja, so könnte sie heißen.«

»Aber warum hat sich Darwin so komisch benommen, wenn mit ihr alles in Ordnung ist?« wollte China wissen. »So ein unschuldiges, kleines Wesen!«

»Wahrscheinlich, weil sie deine Halbschwester ist.« Malvina trug weiter Gesichtspuder auf, ohne daß ihre Finger zitterten.

»Meine *Halbschwester?* Du mußt dich täuschen, Mutter. Wie kann sie –«

»Also wirklich, Kind, sei doch nicht so begriffsstutzig«, sagte Malvina schroff. »Lien Chin war eine der Geliebten deines Vaters, und Schwarze Perle ist seine uneheliche Tochter. Sie wurde einige Monate nach seinem Tod geboren. Ich glaube, er wußte gar nichts davon.«

Sie zuckte mit den Achseln und fügte bitter hinzu: »Ein Wunder, daß er nicht mehr Kinder gezeugt hat, bei dem Verschleiß an Geliebten. Aber man weiß ja nicht so genau, wieviel rothaarige Warrick Racker auf den Inseln hier herumhüpfen.«

Die plötzliche Stille nach den bitteren Worten ihrer Mutter legte sich wie ein Bleigewicht auf Chinas Brust. Die Fensterläden im Boudoir ihrer Mutter waren offen, und es wehte ein frischer Wind vom Südwesten herein, der den feuchten Duft des Jasmins mitbrachte. China würde sich zeit ihres Lebens an diesen Geruch erinnern, an diesen Augenblick in ihrem Leben, als eine Welt in ihr zusammenbrach und ihre Unschuld zerstört wurde wie Rosenblätter nach einem heftigen Regen.

Mit steifen Gliedern erhob sie sich und stolperte zur Tür. Sie floh vor dem verbitterten, hämischen Lachen ihrer Mutter, das ihr so besonders wehtat. Lautlos rannte sie die lange Galerie, die den Innenhof umschloß, entlang und durch die Vordertür ins Freie.

Tränen strömten über ihre Wangen. Die Schluchzer blieben ihr schmerzlich im Hals stecken. Blind lief sie über die bogenförmige Brücke, die den friedlichen Teich überspannte. Sie stolperte über ihre Röcke und wäre gefallen, wäre sie nicht strauchelnd von einem Mann aufgefangen worden, der über das Gras zu ihr geeilt kam. Erschrocken sah er sie an.

»China! Was ist passiert!« Er schüttelte sie und hielt sie mit eisernem Griff fest. »Sind Sie verletzt?«

China blickte auf. Tränenverschwommen nahm sie sein Gesicht wahr, das ihrer Erinnerung nach zum erstenmal weder spöttisch noch unfreundlich war. Sie versuchte zu sprechen, brachte aber kein Wort heraus. Sie legte ihren Kopf an Ethan Bloodwells Schulter und weinte hemmungslos.

11

Chinas tränenerstickte Worte waren kaum zu verstehen, doch als sie ihm schließlich stockend ihr Elend geschildert hatte, war Ethan nahe daran zu lachen. Er sah auf ihren gesenkten Kopf hinunter. Plötzlich verging ihm das Lachen, und Zorn stieg in ihm auf.

»Gütiger Gott, Miß Warrick, ist das alles?«

China riß sich von ihm los, als hätte er sie geschlagen. Er spürte, er mußte sich für den Gegenangriff wappnen. Dabei wollte er weder Mitleid für sie zeigen, noch zugeben, wie warm ihm ums Herz wurde, als ihr schlanker Körper sich gegen seinen drückte.

»Ich kann mir gut vorstellen, daß es ein Schock für Sie war zu erfahren, was für ein Mann Ihr Vater war«, begann er nach einer Weile und verschränkte die Hände vor der Brust. »Und so etwas ohne Vorwarnung ins Gesicht gesagt zu bekommen, ist ziemlich schlimm.«

»Sie scheinen diesbezüglich Erfahrungen zu haben«, stammelte China und rieb sich wütend die Augen.

»Ich habe noch nie einen meiner Sprößlinge von Angesicht zu Angesicht gesehen«, bemerkte er amüsiert. »Und auch noch nie Wind davon bekommen, daß es überhaupt welche gibt. Aber ich kann Ihnen versichern, ich würde genauso reagieren, wenn einer plötzlich vor meiner Tür stünde.«

»Ach ja?« Sie hatte ihm den Rücken zugewandt und stand mit hängenden Schultern da.

Ethan betrachtete sie einen Augenblick schweigend. Sie stand vor einer Gruppe von Hibiskusbüschen, deren weiße Blüten ihre wilden, roten Locken einrahmten. Buntschillernde Schmetterlinge umschwirrten sie, und plötzlich fiel ihm auf, daß die Schönheit, die ihm in der gepflegten Umgebung von Broadhurst so ungewöhnlich vorgekommen war, hier in diesem üppigen tropischen Garten sogar noch exotischer wirkte. Der Gedanke irritierte ihn irgendwie. Er runzelte die Stirn und sagte knapp: »Ihr Vater, Miß Warrick, war auch nur ein Mensch, mit den gleichen Bedürfnissen, wie sie jeder Mensch hat.«

»Das gab ihm noch lange nicht das Recht, sich Chinesinnen als Geliebte zu halten«, klagte sie an.

»Ich verteidige sein Verhalten nicht«, sagte Ethan ruhig. »Ich meine nur, daß er vielleicht nicht besonders glücklich war. Badajan ist am Ende der Welt, und außer den Arbeitern gibt es hier nur Warricks. Es ist durchaus möglich, daß er ein einsamer Mann war.«

China preßte die Lippen zusammen. »Dazu bestand kein Anlaß. Er hatte ja mich, und doch hat er meiner Mutter erlaubt, mich wegzuschicken.«

Ach, das war der wunde Punkt, dachte Ethan Bloodwell. Fast schlich sich ein wenig Mitleid in sein Herz, als er in ihr tränenverschmiertes Gesicht blickte. Race Warrick hatte seine Tochter in zweifacher Hinsicht enttäuscht: Erstens, indem er sie von zu Hause weggehen ließ, und zweitens, indem er vor ihrer Rückkehr starb. Und dann hatte sie noch die Existenz seines unehelichen Kindes zu verkraften.

»Sie wissen nur allzugut«, sagte er schroff, »daß alle Engländer, die nicht zu Hause leben, ihre Töchter in das Heimatland zur Schule schicken.«

»Ich bin kein Kind, das man mit billigen Worten abspeisen kann, Kapitän«, entgegnete China spitzlippig. Sie weigerte sich einfach, die Wahrheit dieser Feststellung anzuerkennen, obwohl sie wußte, daß Bella und Dottie Harrleson aus dem gleichen Grund in England gewesen waren. Lucinda behauptete allerdings, ihre Kinder hätten Probleme mit den Krankheiten, die in Indien häufig vorkamen. Keiner, so schien es, war ehrlich genug, zuzugeben, daß der Konkurrenzkampf um geeignete Ehemänner in den Kronkolonien sehr hart war, und daß eine verfeinerte Lebensart für eine gute Partie absolut unerläßlich war.

Plötzlich fiel es China wie Schuppen von den Augen. Sie hatte doch wohl nicht die unerträglichen Jahre in Olivia Crenshawes Mädchenpensionat durchlitten, nur weil ihre Mutter hoffte, sie würde auf diese Weise eine bessere Partie machen?

»Es überrascht mich überhaupt nicht, daß Sie versuchen, meinen Vater zu verteidigen, anstatt sein ehebrecherisches Verhalten zu verurteilen«, fegte China den Kapitän an. »Männer! Einer so selbstherrlich und egoistisch wie der andere! Und was das Kind betrifft – sie – sie – oh, was werden wir eigentlich mit ihr machen?« Sie stockte und dachte angestrengt nach.

Ethan betrachtete sie arrogant und lehnte sich gegen eine niedrige Steinmauer. »Warum werfen Sie das Mädchen nicht einfach ins Meer? Die meisten Einheimischen entledigen sich so ihrer unerwünschten Kinder. Wenn sie nicht ertrinken, dann gibt es immer noch die Haie.«

China wurde blaß und trat unwillkürlich einen Schritt zurück. »Oh!« rief sie entsetzt. »Wie können Sie so etwas sagen? Wie können Sie sich nur über so etwas Schreckliches lustig machen? Wir müssen ihr helfen, sehen Sie das nicht? Sie wird von den Weberinnen aufgezogen und ist den ganzen Tag in den dumpfigen Hütten. Sie braucht Sonne und richtiges Essen.«

Ethan mußte plötzlich laut loslachen. Würde er je dieses rothaarige Rätsel verstehen? Wollte er es überhaupt verstehen?

»Was für ein seltsames Geschöpf Sie sind«, bemerkte er grinsend, ohne auf ihren ärgerlichen Gesichtsausdruck einzugehen. »Da verdammen Sie einen Mann, den Sie – glaube ich – mehr als sonst jemanden liebten, in Grund und Boden, und im nächsten Augenblick wollen Sie seinen Bastard an Ihr Herz drücken.«

»Nennen Sie das Kind gefälligst nicht so. Mutter sagte, sie heißt –« China runzelte die Stirn. »Schwarze Perle des Orients« war genauso untragbar wie der chinesische Name des Kindes. Man mußte sich etwas anderes ausdenken, wenn das Kind in einem englischen Haushalt aufwachsen sollte. »Ihr Name ist Gem«, sagte sie nachdenklich, »und ich werde zusehen, daß sie wie eine Warrick aufwächst.«

»Ach wirklich?« Ethan sah jetzt nicht mehr belustigt aus. »Haben Sie sich mal überlegt, was Ihre Mutter dazu sagen wird?«

Chinas Mund war nur mehr eine dünne, entschlossene Linie. »Ich weiß, daß mein Vater sie nicht unter Bauern aufwachsen lassen wollte. Er hätte sie nicht so vernachlässigt.«

»Sie ergreifen aber schnell Partei für einen Mann, den Sie gerade noch als brünstigen Keiler gesehen haben«, warf er unverhohlen ein. Seiner Meinung nach war es besser, sie von ihrem Vorhaben abzubringen, ehe Malvina Warrick davon Wind bekam.

China sah zu ihm auf. Mit fester Stimme sagte sie: »Es war falsch, so etwas zu sagen, besonders, weil es nicht wahr ist. Und es ist egal, was für ein Mann er war.« Ihre Augen verengten sich. Sie sah ihn feindselig an. »Warum rechtfertige ich mich vor Ihnen eigentlich? Die Sache geht Sie schließlich gar nichts an.«

»Sie haben die Angelegenheit zur Sprache gebracht«, erinnerte er sie kühl.

Vielleicht war es klug, das Thema zu wechseln, überlegte China, ehe er sie bis zur Weißglut trieb. »Was machen Sie hier auf Badajan, Kapitän?« fragte sie frostig. »Ich dachte, Sie hätten geschäftlich in Djakarta zu tun.«

»Hatte ich auch«, gab er lachend zu. »Bis sich zufällig herausstellte, daß der Mann, den ich treffen sollte, vor einigen Monaten unerwartet verstorben ist.«

»Welch ein trauriger Zufall«, bemerkte China bissig. »Sicherlich hat man ihn mit einem Messer im Rücken in der Gosse gefunden.«

»Genauso war es«, sagte Ethan. Plötzlich war etwas in seinen Augen, das sie gefangen hielt. Rasch rief sie sich ins Gedächtnis zurück, daß Ethan Bloodwells Leben so weit von ihrem entfernt war wie Badajan von den Mondgebirgen. Sie hielt sich an die Gesetze, während Kapitän Bloodwell das Gegenteil tat. Sie sehnte sich danach, ein ruhiges Leben auf ihrer Heimatinsel zu führen, während Kapitän Bloodwell über die Weltmeere segelte und sich mit diversen Geschäften sein Geld verdiente. Es war etwas Unberechenbares an diesem Ethan Bloodwell. China blickte in seine hellblauen Augen und stellte unbehaglich fest, daß sie lieber nichts damit zu tun haben wollte.

»Wenn Sie es ganz genau wissen wollen«, nahm er den Gesprächsfaden auf und sprach, als wäre sie ein quengeliges Kind, das keine Ruhe gegeben hatte. »Ich habe die letzten beiden Tage auf Barindi, einer Insel unterhalb von Sarawak, als Hausgast von Prinz Azar bin Shaweh zugebracht. Wir spielten Pachisi, das Lieblingsspiel Seiner Hoheit, aber da er ständig verlor und dann meist unleidlich wird, habe ich meinen Besuch vorzeitig abgebrochen. Sie wissen doch sicher, warum ich hergekommen bin?«

Panik ergriff China. So früh hatte sie ihn nicht zurückerwartet. Was, um Himmels willen, sollte sie Damon sagen?

»Ich gehe davon aus, daß Ihr Bruder darauf vorbereitet ist zu zahlen?«

»Aber natürlich«, antwortete China verlegen. Warum lachte er so schelmisch? »Wieso denn nicht?«

»Zweihundert Pfund sind viel Geld, Miß Warrick. Ich wollte nur sicher gehen, daß Ihr Bruder entsprechend vorgewarnt ist.«

China stieg eine verräterische Röte ins Gesicht. »Damon wird natürlich die Schuld begleichen«, versicherte sie ihm hartnäkkig.

»Gut, dann bringen Sie mich doch bitte zu ihm.«

»Natürlich, Kapitän«, sagte China tonlos. »Wenn Sie mir bitte folgen wollen!«

Zornig drehte sie sich auf dem Absatz um, daß ihre Röcke rauschten. Sie ging vor ihm über den Rasen und in das Haus, nickte dem ältlichen Al-Haj zu, der ihr die Tür öffnete. Während sie den Innenhof durchschritt, streckte sie die Schultern, um äußerlich ganz ruhig auszusehen und sich keinesfalls ihre Angst anmerken zu lassen. Verflixt! Hätte sie doch nur mit Damon gesprochen. Aber eigentlich hätte das auch keinen Unterschied gemacht. Vielleicht würde Kapitän Bloodwell sich einmal auch versöhnlich zeigen. Aber das zu erwarten, war wohl verlorene Liebesmüh.

Damon Warrick war sichtlich entsetzt, als seine Schwester in das Studierzimmer rauschte, gefolgt von dem berüchtigten Ethan Bloodwell. Doch er faßte sich schnell und begrüßte den Gast mit einem festen Händedruck. »Ich wollte Ihnen ohnehin dafür danken, daß Sie China nach Hause zurückgebracht haben. Bitte, wollen Sie nicht Platz nehmen? China, laß uns doch bitte ein paar Erfrischungen kommen!«

»Ich fürchte, ich bin nicht gekommen, um Ihnen einen Höflichkeitsbesuch abzustatten«, sagte Kapitän Bloodwell.

Damon deutete auf einen Lehnstuhl vor seinem Schreibtisch, auf dem sich die Arbeit stapelte. »Wenn es ein geschäftlicher Besuch ist, dann, nehme ich an, kommen Sie wegen der Überfahrt meiner Schwester von England?«

Ethan setzte sich. »So ist es.«

China ließ sich in einen Stuhl in der Nähe der Tür sinken und wollte zunächst einmal nichts sagen.

»Um es genau zu sagen«, fuhr Ethan umgänglich fort, »es geht mir um die Bezahlung der Passage von London nach Singapur.«

Damon zog die Augenbrauen hoch. »Hat ihr Cousin das nicht vor ihrer Abfahrt geregelt?«

Ethan schüttelte den Kopf. »Da gab es Umstände, die das verhinderten.«

»Stimmt das, China?«

»Ich fürchte ja«, sagte sie bewundernswert ruhig, wenn man die spöttischen Augen des Kapitäns, die auf ihr ruhten, in Betracht zog. Verzweifelt versuchte sie, nicht aus der Fassung zu geraten. »Ich erhielt Mutters Brief, in dem sie mir Vaters Tod mitteilte, genau an dem Tag, an dem Kapitän Bloodwell in See stechen sollte. Es war einfach keine Zeit.«

»Ich verstehe«, sagte Damon und rutschte unruhig auf seinem Stuhl hin und her. In der nächsten Stunde erwartete er eine Delegation chinesischer Händler und hatte keine Lust, bis dahin wegen ein paar lumpiger Pfund hin und her zu diskutieren.

»Nehmen Sie einen Wechsel, Kapitän Bloodwell?« fragte er und öffnete die oberste Schreibtischschublade. China fiel ein Stein vom Herzen. Sie lehnte sich erleichtert zurück. »Bargeld habe ich nämlich nicht hier. Ich brauche es nicht auf der Insel, verstehen Sie. Wieviel schulde ich Ihnen? Zehn Pfund?«

»Ich fürchte, es ist mehr«, sagte Ethan freundlich.

Damon runzelte die Stirn. »Wieviel denn? Zwanzig? Dreißig? *Vierzig?*«

»Zweihundert.«

Zornesröte stieg in Damons Gesicht bis zu den Geheimratsecken. »Sie müssen verrückt sein!«

»Das ist die Summe, die mir Miß Warrick versprochen hat.«

Damons Mund war nur mehr eine schmale Linie. Ethan dachte, er mußte wohl nach seiner Mutter sein, denn er schien ziemlich wenig Warricksches Blut in den Adern zu haben. Das kraftlose Kinn und die dünnhäutigen Hände ließen auf einen schwachen, leicht beeinflußbaren Charakter schließen. Ethan fragte sich, wieso das Feuer, das in der jungen, rastlosen Frau neben ihm brannte, bei ihrem Bruder so ganz und gar nicht auszumachen war.

»Ich fürchte, ich verstehe nicht recht«, warf Damon ein und sah fragend seine Schwester an.

Ethan lächelte verbindlich. »Erlauben Sie mir zu erklären.«

»Nein bitte«, unterbrach ihn China hastig. Ihre Unterröcke raschelten, als sie an den Schreibtisch ihres Bruders trat. »Es ist leider wahr, Damon. Ich wollte unbedingt sofort nach Hause. Mir erschien die Summe nicht zu hoch.«

»Ist das alles, was du zu sagen hast?« Damon konnte es nicht fassen. Sie verstummte, biß sich auf die Lippen und nickte dann.

»Also, sieh mal«, begann Damon, wurde aber vom Kapitän unterbrochen, der leise aufgestanden war.

»Entschuldigen Sie, Sir, aber offensichtlich haben Sie beide eine Menge zu besprechen.« Offensichtlich hatte China nichts von Freddy Linvilles Machenschaften erzählt. Und weil er es gar nicht so weit kommen lassen wollte, sich aus Mitleid vielleicht mit einer geringeren Summe zufriedenzugeben, zog er es vor, nicht bei Chinas Geständnis dabei zu sein. »Vielleicht«, schlug er vor, »sollte ich vorbeischauen, wenn es Ihnen einmal besser paßt?« Er sah China an, die den Kopf gesenkt hielt und spürte, wie sich sein Gewissen regte. »Ich finde schon alleine raus«, beeilte er sich zu sagen.

Als er gegangen war, herrschte eisiges Schweigen im Raum. Damon ging wie ein eingesperrtes Tier im Zimmer auf und ab. Schließlich blieb er hinter dem Stuhl stehen, auf dem China saß.

»Ich möchte gerne wissen, welcher Teufel dich geritten hat, als du diesem Mann zweihundert Pfund geboten hast«, begann er kühl. »Zwanzig Pfund könnte ich noch verstehen, wenn man bedenkt, daß du möglichst schnell nach Hause wolltest, aber zweihundert? Wie, um Himmels willen, hast du dir vorgestellt, daß ich eine solche Summe auftreibe?«

China blieb beinahe das Herz stehen. »Willst du damit sagen, daß du ihn nicht bezahlen wirst?«

»Natürlich nicht! Für wie blöd hältst du mich eigentlich?«

»Aber Damon, ich gab ihm mein Wort!«

»Kommt überhaupt nicht in Frage!« sagte Damon schroff. »Dieser Mann ist ein ausgekochter Opportunist. Nur ein gemeiner Schuft konnte die Tatsache, daß du offensichtlich keine Ahnung hattest, welche Summe du ihm eigentlich angeboten hast, derart ausnutzen. Zweihundert Pfund, China! Zweihundert! In London könnte ein Mann gut und gerne ein Jahr, wenn nicht sogar länger, von dieser Summe leben. Du hast doch hoffentlich nichts unterschrieben, oder?«

»Nein«, sagte China deutlich. »Das hielt ich nicht für nötig. Schließlich ist das eine Sache der Ehre.«

»Ehre?« schnaubte Damon. »Entweder bist du taub und blind oder die sechs Jahre Mädchenpensionat haben dir total jegliches

Gefühl für die Realität genommen. Hat dir nie jemand gesagt, was für ein Mann Ethan Bloodwell ist? Hast du denn an Bord nichts gehört?«

»Ich habe irgend etwas von einem Klipper gehört, dessen Besitzer er einmal war«, gab sie widerwillig zu, wohl wissend, daß Damon eine Antwort erwartete. Doch wollte sie ihm nicht sagen, daß Ethan Bloodwell auch ein Chinahändler gewesen war. Doch das half ihr auch nichts, denn Damon wußte offenbar über die Vergangenheit des Kapitäns Bescheid. Und was sie dann in den nächsten Minuten hörte, weckte in ihr den Wunsch, sich die Ohren zuzuhalten und zu fliehen. Waffenschmuggel? Mord? Initiator eines Staatsstreichs auf einer Insel vor der afrikanischen Küste gegen einen harmlosen Despoten, der mit dem Tod von Tausenden Unschuldiger endete?

Sicherlich täuschte sich Damon. Selbst ein Mann wie Ethan Bloodwell mit dubiosen Moralbegriffen konnte nicht für solch schreckliche Dinge verantwortlich sein!

»Ich fürchte doch«, versicherte ihr Damon. »Und ich bin sicher, er hat sich noch einer Reihe von anderen Vergehen schuldig gemacht, von denen wir nur noch nichts gehört haben.«

»Vielleicht hat er beschlossen, ein ehrlicher Mann zu werden, nachdem er sein Schiff verloren hatte«, meinte China hoffnungsvoll. »Bei seiner Fahrt nach England scheint er ehrliche Geschäfte gemacht zu haben.«

»Ja, vielleicht dieses eine Mal«, räumte Damon ein, »aber wie sieht's sonst aus? Ich habe gehört, er transportiert alles, wenn nur der Preis stimmt – von geschmuggelten Waffen bis zu gestohlenen Kunstwerken und Sklaven. Die Marine hat ihn schon mehrfach durchsucht, aber er ist einfach zu gerissen, um sich erwischen zu lassen. Verstehst du jetzt«, fügte er nicht unfreundlich hinzu, »warum ich es nicht glauben konnte, daß du ihm so viel Geld geboten hast?«

China nickte kleinlaut. Sie sah Damon verzweifelt an und fragte: »Was sollen wir tun? Ich fürchte, er wird darauf bestehen, voll entlohnt zu werden. Er ist nicht sehr geduldig, und aus dem, was ich von dir jetzt erfahren habe, ist es sehr gut möglich, daß er alles dran setzen wird, zu seinem Geld zu kommen.« Sie schluckte mühsam. »Und was machen wir, wenn er wirklich unangenehm wird?«

»Das wird er ganz bestimmt«, sagte Damon düster.

China biß sich auf die Lippen. »Was, meinst du, wird er tun?«

»Wahrscheinlich ein Pfandrecht gegenüber der Familie geltend machen, wenn ich mich weigere, die Schuld zu bezahlen.«

China erblaßte. »Das kann er doch nicht tun! Oder?«

»Ich könnte mir vorstellen, wir könnten damit vor Gericht ziehen und gewinnen«, sagte Damon bitter. »Aber es würde Jahre dauern und ein kleines Vermögen kosten, Recht zu bekommen. Und ich glaube kaum, daß Bloodwell so lange warten wird – der Bastard.« Nervös fuhr er sich mit den Fingern durch's Haar. »Ein schönes Schlamassel, bei Gott.«

»Vielleicht wäre es am klügsten, ihm einfach zu zahlen, was wir ihm schulden«, schlug China vorsichtig vor. »Du sagst, wir haben das Geld nicht, aber ganz sicher hat Vater doch *irgendwelche* Vorkehrungen getroffen, oder mir eine kleine Summe hinterlassen?«

»Es tut mir leid, China. Race hat überhaupt kein Testament hinterlassen. Warum sollte er auch? Schließlich wußte er nicht, daß er so plötzlich sterben würde.«

»Aber es muß doch irgendeine Art von Treuhandvermögen geben«, beharrte China.

Damon schüttelte den Kopf. »Tut mir leid, Liebes, aber dein Geld liegt in der Plantage fest, und momentan sind wir ziemlich knapp. Das war nach Races plötzlichem Tod zu erwarten. Die Gläubiger gerieten alle in Panik, als sie davon erfuhren. Jeder wollte der erste sein, der sein Geld eintreibt, und Mutter und ich hatten keine andere Wahl als zu zahlen.

Ein weiterer Beitrag zum Thema Gentlemen und deren Ehrbegriffe!« Er schüttelte den Kopf und fügte nach einer Weile hinzu: »Und was Ethan Bloodwell betrifft, er hat uns in die Enge getrieben, und das weiß er ganz genau.«

»Was wirst du also tun?« fragte China verzweifelt.

Damon blickte finster drein und massierte sich im Nacken. »Tun? Ich denke, ich muß mit ihm kämpfen, so gut ich kann. Mit legalen Mitteln, natürlich, obgleich ich bezweifle, daß er weiß, was das Wort bedeutet.«

China ballte ihre Hände zu Fäusten zusammen. »Ich kann einfach nicht glauben, daß er uns das antut.«

»Wirklich nicht?« fragte Damon unfreundlich. »Siehst du in ihm eine Art Held, China? Ein Ritter in glänzender Rüstung, der dich aus der Verbannung rettete? Ich fürchte, da ist deine Fantasie mit dir durchgegangen. Ethan Bloodwell ist ein berüchtigter Schurke, für den nur die Dinge im Leben zählen, die ein Preisschild haben.«

»Wahrscheinlich hast du recht«, gab China kleinlaut zu. Sie wußte, es würde jetzt nichts bringen, Damon zu erklären, warum sie England unbedingt so schnell wie möglich verlassen mußte. Es würde an der Situation nichts ändern, und Damon würde mit Recht feststellen, daß Ethan Bloodwell unter diesen Umständen noch skrupelloser gehandelt hatte. »Es tut mir leid«, flüsterte sie.

Damon klopfte ihr tröstend auf die Schulter. »Schon gut, du sollst dir jetzt keine Vorwürfe machen. Ich weiß aus guten Quellen, daß Ethan Bloodwell viele Leute im Laufe der Jahre übers Ohr gehauen hat, Leute, die nicht nur klüger waren als du, sondern auch bezüglich Bloodwells Charakter vorgewarnt waren. Wir finden schon einen Ausweg – das verspreche ich dir. Vielleicht läßt er doch mit sich reden und gibt sich mit einer kleineren Summe zufrieden.«

»Hoffentlich«, sagte China unglücklich, obwohl sie ihre Zweifel hatte.

Sie sah das besorgte Gesicht ihres Bruders und verlor allen Mut. Es war nicht fair, daß Damon für ihren Fehler zahlen mußte, und es war nicht richtig von ihr, daß sie die angeschlagenen Finanzen von King's Wheal noch weiter belastete. In diesem Augenblick beschloß China, selbst mit Ethan Bloodwell fertig zu werden. Sie war in die Falle getappt, und jetzt wollte sie alles dransetzen, sich selbst daraus zu befreien.

Sie hatte schon früh gelernt, für sich selbst zu sorgen, und nach einiger Überlegung beschloß sie, so schnell wie möglich mit Kapitän Bloodwell zu sprechen und zuzusehen, ob er ihr nicht ein wenig Zeit einräumen würde. Vielleicht würde sie ihn noch erreichen, ehe er Segel setzte.

»Wo, zum Teufel, willst du hin?« fragte Damon, als sie mit rauschenden Unterröcken davoneilte. Aber er hörte nur mehr ihre schnellen Schritte.

Die *Kowloon Star* war noch da, denn Ethan hatte lange auf der Terrasse gestanden und den atemberaubenden Blick auf die majestätischen Berge und die smaradgrünen Inseln rundum genossen. Durch die leise schwingenden Palmwedel sah er das türkisgrüne Wasser blitzen, das die späte Nachmittagssonne silbrig verzauberte. Die Schaumkrönchen der Wellen brachen sich am Sandstrand, und in der Ferne kündeten hoch aufgetürmte Gewitterwolken von Regen.

Ethan pfiff unhörbar vor sich hin, als er zum Rasen hinunterging und den chinesischen Gärtner freundlich grüßte, der mit einem Holzrechen den Pfad aus Muschelkies harkte. Hinter einem kleinen Teich, der von dunkelblättrigen, blühenden Schlingpflanzen umsäumt war, hörte er Laute, die ihn neugierig machten, und schlenderte in diese Richtung. Am grasbewachsenen Ufer angekommen hörte er die ärgerliche Stimme eines Kindes.

»Ich habe dir doch gleich gesagt, daß du das nicht kannst. Mädchen sind so doof!«

»Laß es mich noch einmal versuchen, Brandon, bitte!«

»Meinetwegen. Nimm den da. Der geht vielleicht besser.« Ethan mußte lachen, als er die beiden Kinder sah, die Kieselsteine über das unkrautüberwucherte Wasser tanzen ließen. Es waren ohne Zweifel Warrick-Sprößlinge, wenn auch ihr störrisches Rothaar mehr ins Kastanienbraune ging und nicht so brennend leuchtete wie Chinas Feuermähne. Beide drehten sich blitzartig um, als sie jemanden kommen hörten.

Das Mädchen, das kaum älter als sechs oder sieben Jahre alt sein konnte, sah ihn zuerst. Sie schlug sich entsetzt die Hand vor den Mund und verschwand blitzartig im Dickicht, obwohl sie durch Krücken ein wenig behindert war.

»Philippa! Wo willst du denn hin?« Die Augen des Jungen weiteten sich, als er von dem Gebüsch, in dem seine Schwester verschwunden war, zu dem großen Mann hinübersah, der auf dem Weg stand. »Was machen Sie denn da? fragte er mutig und blieb tapfer stehen, als Ethan näherkam.

»Ich war zu Besuch bei deinem Bruder«, erzählte Ethan bereitwillig und lachte ihn an. »Mein Name ist Ethan Bloodwell.«

Brandons Kinn sackte auf die Brust. »Der Kapitän der *Kowloon Star?* Der China aus England hierher gebracht hat?« Als Ethan nickte, wandelte sich Brandons Mißtrauen in offene Bewunderung. Anders als Horatio Creel, der die Warrickschen Schoner zwischen Badajan und Hongkong befehligte, paßte Kapitän Bloodwell genau in Brandons Vorstellung von einem Mann der Meere. Kapitän Creel war untersetzt und nicht mehr ganz jung, Kapitän Bloodwell war schlank und stark, und in Brandons kritischen Kinderaugen für einen Erwachsenen noch ziemlich jung. Besonders gefiel ihm das offene Hemd des Kapitäns. Ob er wohl auch wie die Piraten, von denen er gelesen hatte, in der Taille eine Pistole und im Stiefel ein Messer versteckt hatte?

»Sind Sie mit der *Kowloon Star* da? Ich fragte China, ob sie uns nach England mitnehmen, wenn Sie das nächste Mal segeln, aber sie sagte nein. Warum eigentlich nicht?«

»Ich fürchte, deine Familie wird mit deiner Wahl des Schiffs nicht einverstanden sein«, erklärte Ethan grinsend.

»Wieso? Ich würde gerne mit Ihnen mitkommen. Philippa möchte die Königin sehen und ich Broadhurst. China hat mir einiges über die unterirdischen Gewölbe erzählt. Sie sagt, dort gibt es Tunnels, die unsere Vorfahren auf der Flucht vor den Rundköpfen benützt haben. Meinen Sie, daß die immer noch dort sind?«

»Die Rundköpfe oder die Tunnels?«

Brandon ließ sich nur einen Augenblick verwirren. Dann tanzten seine Augen genauso, wie es Ethan bei seiner Schwester kannte. »Die Tunnels natürlich. Die Rundköpfe gibt's doch nicht mehr!«

»Brandon! Brandon, wo bist du?« Auf ihrem Weg zu den Docks in der Hoffnung, Ethan noch zu erwischen, war China die in Tränen aufgelöste Philippa entgegengekommen. Sie behauptete, ein Fremder habe ihr und Brandon in dem Gebüsch beim Teich nachspioniert. Fremde waren selten auf Badajan und so hatte sich China sofort auf den Weg gemacht, um nachzuschauen. Es war ihr nicht in den Sinn gekommen, daß die Kinder Ethan Bloodwell getroffen haben könnten.

»Brandon!« rief sie noch einmal.

»Hierher, China!« meldete er sich. »Ich bin unten am Teich!«

Einen Augenblick später sah sie Ethan und wurde blaß, doch wich die Angst aus ihrem Gesicht, als sie ihn erkannte.

»Schau, China!« rief Brandon, ehe sie etwas sagen konnte, und gestikulierte wild herum. »Es ist der Kapitän, der dich hierhergebracht hat.« In der Aufregung hatte er Ethans Namen vergessen, fuhr aber unverzagt fort: »Erinnerst du dich nicht? Derjenige, den du einen verdammten Schürzenjäger genannt hast!«

China wurde knallrot im Gesicht und hielt sich krampfhaft an den Falten ihrer Röcke fest. Was sollte sie dazu sagen? Jede Entschuldigung, die sie jetzt vorbringen würde, würde im besten Fall unglaubhaft wirken. Sie sah, wie Ethan amüsiert lächelte. Da stand sie nun, die roten Haare fielen über ihre Schultern, die schmale Brust hob und senkte sich rasch von der Anstrengung des Laufens, und betrachtete ihn, nach außen hin gelassen und ruhig. In diesem Augenblick wußte er plötzlich mit der Klarheit, die es in seinem rauhen, ungeordneten Leben nur sehr selten gab, daß er sie liebte.

Die Erkenntnis schockierte ihn, denn er war nicht der Mann, der sich in eine Frau verliebte, die zwölf Jahre jünger war als er. Und schon gar nicht in dieses eigensinnige, temperamentvolle und ungeheuer schwierige Geschöpf, das ihn offensichtlich am liebsten am Ende der Welt gesehen hätte. Doch es war Tatsache, und er hätte es sich schon vor einigen Tagen eingestehen sollen, als ihn eine irrationale Angst in das Raffles Hotel trieb, nachdem ihm Nappy von dem brutalen Überfall auf China erzählt hatte.

Er versuchte, an den Ärger zurückzudenken, den ihm China Warrick gemacht hatte, seit sie in sein Leben getreten war. Stattdessen fiel ihm ihr bewundernswerter Mut ein. Er dachte daran, wie sie ihm klaglos nach London gefolgt war, nachdem sie der Grausamkeit ihres Cousins und ihrer Cousine entflohen war, wie sie die erschütternde Nachricht vom Tod ihres Vaters aufgenommen hatte, wie sie einem mörderischen Sturm getrotzt hatte, um einem kranken Kind Wasser zu bringen, wie sie bereit war, sich dem Zorn ihrer Mutter zu stellen, damit ein uneheliches Kind einen Namen bekommen würde … die lachende China, die weinende China, die China, die ihn unermüdlich auf den Pfad der Tugend bringen wollte.

»Was tun Sie hier im Garten, Kapitän?« fragte China kühl und kam auf ihn zu. Sie war verärgert, daß er sich wie selbstverständlich auf ihrem Grund und Boden bewegte und dachte gerade über die Standpauke nach, die sie ihm halten wollte. Allerdings, überlegte sie sich dann, konnte sie nicht allzu unverschämt sein angesichts der Beleidigung, die Brandon gerade herausgerutscht war.

»Kapitän …« begann sie und fragte sich mißtrauisch, warum er sie so seltsam betrachtete. Welchen teuflischen Plan dachte er sich denn jetzt wieder aus?

Offenbar keinen, denn nach einer Weile grinste er sie so unverschämt an wie immer und sagte: »Kein Grund, so mißtrauisch zu sein, Miß Warrick. Ich machte nur einen Spaziergang durch den Garten, ehe ich zu meinem Schiff zurückkehre.«

»Ach so.« Sie schien noch etwas sagen zu wollen, schwieg aber dann. Seine Gegenwart verwirrte sie etwas, ohne daß sie sich den Grund dafür erklären konnte.

»Da Ihnen meine Anwesenheit hier zu mißfallen scheint«, sagte Ethan freundlich, »werde ich mich jetzt wohl besser verabschieden.«

Er verzog den Mund zu einem spöttischen Lächeln, als er die Erleichterung in ihrem Gesicht ausmachte. Schnell fügte er noch hinzu: »Ach bitte, denken Sie daran, es ist nur vorübergehend.«

»Oh? Und wann haben Sie vor, wieder zurückzukommen?«

»Meine liebe Miß Warrick, Sie überraschen mich! Ich habe immer geglaubt, über eitle Neugier seien Sie erhaben.« Seine Augen glänzten, als er die blanke Wut in ihrem Gesicht sah.

Übertrieben verbeugte er sich vor ihr: »Bis wir uns wiedersehen!«

Er drehte sich um und ging. Die Muscheln auf dem Fußweg knirschten unter seinen Füßen. Philippa war herbeigehumpelt, äugte vorsichtig hinter Chinas Röcken hervor und sagte ernst: »Ich mag ihn nicht.«

»Da sind wir immerhin schon zwei«, stellte China fest und führte die Kinder kopfschüttelnd ins Haus zurück.

Die *Kowloon Star* lag eine Viertel Meile hinter den Warrick Docks vor Anker. Die aufgerollten Segel bewegten sich leise im Wind. Ethan pfiff leise durch die Zähne, als er an Bord ging, ein Zeichen, daß er zufrieden mit sich selbst war. Sein einäugiger Steward hingegen hatte schon sehnsüchtig auf die Rückkehr des Kapitäns gewartet.

»Nun? War er da? Haben Sie ihn getroffen?« fragte Nappy, als das kleine Beiboot längsseits der *Kowloon Star* anlegte.

»Meinst du Damon Warrick?« erkundigte sich Ethan geistesabwesend und beobachtete, wie die Segel den Wind einfingen, nachdem er den Befehl gegeben hatte, die Anker zu lichten. Die Wolken hatte ein böiger Wind aufgelöst, und so würde es keinen Regen geben. Unbarmherzig brannte die Sonne auf die Planken. Pech brodelte zwischen den blasenziehenden Planken, aber Ethan nahm davon keine Notiz. In Asien mußte man an die glühende Hitze gewöhnt sein.

»Nicht ihn!« sagte Nappy. »Den barbarischen Bastard Wang Toh! Vor einer halben Stunde fuhr hier ein Schiff mit dem purpurnen Drachenwappen vorbei und legte dann in der Nähe an. Weiß nicht, ob er an Bord ist. Keine Menschenseele war zu sehen.«

Ethans Gesicht war nachdenklich geworden. »Nein, ich habe ihn nicht gesehen. Doch Warrick erwähnte, daß er Besucher erwartete. Hast du das Wappen eindeutig erkannt?«

Nappy verzog sein Gesicht zu seiner beleidigten Grimasse. »Er hat sich in den letzten fünf Jahren nicht verändert. Warum sollte ich mich also täuschen? Aber was will dieser Schweinehund von den Warricks?«

»Auch Kriegsherren sind scharf auf Badajan-Seide«, sagte

Ethan ruhig. Er blickte über die gleißende Wasseroberfläche und dachte über Nappys Beobachtung nach.

»Haben Sie bei Miß Chinas Bruder Ärger gemacht?« fragte der kleine Steward mißtrauisch.

Ethan hatte mit seinen scharfen Augen das Schiff ausgemacht, das im Osten der Insel vor Anker lag. Ruhig schwankte es auf den Wellen. Das Seidenbanner war ohne Zweifel von Nappy richtig erkannt worden.

»Nein, habe ich nicht«, sagte er nach einem Augenblick und verschränkte die Hände am Rücken. »Ich ließ ihn nur wissen, daß ich auf den zweihundert Pfund bestehe, und zwar mit allen Mitteln.«

»Sie haben ihm gedroht.«

»Im Gegenteil, ich war äußerst zuvorkommend. Er war es, der die Fassung verlor.«

»Sie hätten sich gar nicht erst auf sowas einlassen dürfen«, sagte Nappy unglücklich. »Es war nicht richtig, Miß China so was anzutun.«

»*Sie* hat das Angebot gemacht, Nappy. Ich habe es nur angenommen.«

»Hätten Sie trotzdem nicht tun sollen. War schließlich kein Problem, sie hierherzubringen.«

Ethan lachte laut heraus. »Kein Problem? Bist du jetzt ganz verrückt geworden? Wenn China Warrick und ihre Eskapaden nicht genug Ärger waren, wie stehst du dann zu Lucinda Harrlesons selbstherrlichem Getöse und ihren affektierten Töchtern? Und was Julia Clayton betrifft –«

»Sie haben ihr angeboten, sie nach Java zu bringen«, erinnerte ihn Nappy hartnäckig, obgleich er insgeheim erfreut war, als der Kapitän statt dessen nach Barindi segelte und die hübsche Witwe in Singapur gelassen hatte.

»Erinnere mich nicht«, wehrte Ethan ab und schüttelte den Kopf. »Keine zehn Pferde könnten mich dazu bringen, diese Reise noch einmal zu machen.«

»Trotzdem«, beharrte Nappy, »Sie hätten sich von ihrem Bruder ein paar Guineas geben lassen und damit zufrieden sein sollen.«

»Ich habe nicht die Absicht, mich von dieser Summe herunterhandeln zu lassen«, sagte er schließlich in einem so schroffen Ton, daß Nappy ihn überrascht ansah. »Zweihundert Pfund, mein lieber Freund, decken nicht im entferntesten das, was mich diese Reise gekostet hat.«

»Was wollen Sie also machen?« fragte Nappy. »Mit Master Damon Katz und Maus spielen? Das spielen Sie doch so gerne!«

»Ich habe mich noch nicht entschlossen!« war die knappe Antwort.

»Und der Bursche da drüben?« Nappys Kopf schwenkte in Richtung des Schiffes.

»Was Wang Toh betrifft«, sagte der Kapitän langsam, »so werde ich ein paar Bekannte in Macao ansprechen, um herauszufinden, was er in den letzten Jahren gemacht hat, und wieso sein Name plötzlich überall auftaucht.«

Ethan fluchte leise. Wie gerne hätte er Gelegenheit gehabt, Wang Toh Chen-Arn im eleganten Studierzimmer von Damon Warrick gegenüberzustehen. Es hätte ihm eine Menge Ärger erspart, mit dem Mandarin persönlich zu sprechen.

»Hat er nicht geschworen, Sie umzulegen, wenn er Sie das nächste Mal sieht?« erinnerte ihn Nappy unbehaglich.

»Das haben in den letzten zehn Jahren mindestens noch ein Dutzend andere Leute beschlossen«, sagte Ethan und zuckte mit den Achseln. »Und wie du siehst, bin ich immer noch ziemlich lebendig.«

»Man soll den Tag nicht vor dem Abend loben«, unkte Nappy. »Warum fahren wir nicht nach Singapur und vergessen, daß wir ihn gesehen haben?«

Hoffnungsvoll blickte er in Ethans unergründliches Gesicht und spuckte dann verächtlich über die Reling. »Bah! Mit Ihnen kann man nicht reden! Das war schon immer so und wird sich nicht ändern. Sie haben sich die Suppe eingebrockt, Kapitän, jetzt löffeln Sie sie auch aus.«

»Ich fürchte, mir bleibt gar nichts anderes übrig«, erwiderte Ethan, aber Nappy war schon angewidert davongestapft und hörte ihn nicht mehr.

»Hafiz«, sagte Ethan nach einer Weile zu dem Perser, der gerade vorbeiging, »mein Fernglas bitte!«

Er spürte, wie sein Herz schneller klopfte, als er das Fernglas ans Auge hielt. Wenige Minuten später wurde ein kleines Boot zu Wasser gelassen. Ethan strengte seine Augen an. Am Bug saß steif ein ausgemergeltes Individuum. Die Sonne beschien seinen geölten Zopf, und der purpurne Drachen an seinem Ärmel wies ihn als Gefolgsmann des Hauses Wang Toh aus. Er hielt eine Unterlagenmappe an seine Brust gedrückt, und Ethan vermutete, daß er einer der Buchhalter des Mandarins war.

Das Fernglas erfaßte noch drei andere unbewegliche chinesische Gesichter. Ihre aufwendig gestickten Gewänder wiesen sie als eigenständige, nicht zum Hause Wang Toh gehörige Händler aus. Ethans Spannung wich bitterer Enttäuschung.

»Der Gebieter ist nicht dabei«, sagte eine sanfte Stimme hinter ihm. Rajiid Ali sprach arabisch.

»Nein«, bestätigte Ethan. Er setzte das Fernglas ab. »Würde mich nicht wundern, wenn er zu fett geworden wäre, um Kanton zu verlassen. Der subalterne Kriecher dort drüben soll offensichtlich Seide einkaufen.«

»Der Gebieter hatte schon immer eine Schwäche für schöne Dinge.«

Ethan lachte. Er stellte sich die in Seide gehüllten Massen von Wang Toh Chen-Arn vor, dem mächtigen Mandarin, der seine öligen Finger in jedem lukrativen Geschäft hatte, das zwischen Festlandchina und dem ›barbarischen Westen‹ lief. Kein Würfel fiel, ohne daß dabei nicht ein beträchtlicher Gewinn für ihn heraussprang, kein Geheimbund, in dem seine Spione nicht tätig waren. Und obwohl ihn Chinesen und Europäer gleichermaßen verachteten, konnten sie doch nichts ohne seine Zustimmung machen. So groß waren sein Reichtum und seine Macht.

»Ich bin sicher, sie haben Ihre Flagge gesehen, genauso wie wir ihre«, sagte Rajiid und meinte die scharlachrote Lotusblume auf schwarzem Grund, die der *Kowloon Star* voranflatterte. Jeder wußte, daß Blutvergießen und Rache, wofür die beiden Farben standen, für die Männer der *Kowloon Star* keine Fremdwörter waren. »Wang Toh wird sich fragen, was Sie wohl mit der Warrickfamilie zu tun haben.«

»Vielleicht weiß er es schon«, sagte Ethan nachdenklich.

»Eigentlich glaube ich nicht, daß dieses Zusammentreffen geplant war«, gab Rajiid leise zu bedenken.

Ethan sah ihn spöttisch an. »Hast du die Lehren des Koran vergessen? Heißt es da nicht, daß Zusammentreffen dieser Art niemals zufällig sind?«

Ein leicht amüsiertes Lächeln huschte über Rajiid Alis falkenähnliches Gesicht. »Vielleicht ist das so, aber es liegt an Ihnen, sich zu entscheiden, was Sie tun werden. Die Sterne haben damit nichts zu tun.«

»Ich werde überhaupt nichts tun«, sagte Ethan fröhlich und befestigte das Fernglas an seinem Gürtel.

Der Araber war sichtlich entsetzt. »Und was wird mit Wang Toh? Er wird es nicht einmal hinnehmen, daß Sie diese Gewässer befahren. Bei Allah, er ist wie ein räudiger Hund. Er wird den Gewinn schnüffeln, den er aus der Nachricht seiner Spione schlagen kann, daß Sie mit Damon Warrick zu tun haben.«

Plötzlich zeigte Ethans Gesicht einen eindeutig unangenehmen Zug. Hinter der zivilisierten Fassade war knallharte Brutalität sichtbar. Rajiid nickte zufrieden.

»Der Gebieter sollte nicht an Wunden kratzen, die man besser heilen lassen sollte«, bemerkte er.

»Richtig«, gab Ethan zu. Er sah über das blaugrüne Wasser zum Dach des Wohnhauses hinüber, das sich unter dunklen Bäumen an einen steil aufragenden Berg schmiegte. »Das wäre sehr unklug von ihm.«

»Kapitän Bloodwell? Wir warten auf Ihre Order, Sir.«

Ethan sah seinen Bootsführer nachdenklich an. Er hatte Nappy gegenüber erwähnt, daß er vorhatte, nach Macao zu segeln, aber wollte er wirklich den Fehdehandschuh aufheben, den Wang Toh Chen-Arn ihm eventuell vor die Füße werfen würde? Wenn er von seinen Jahren als Chinahändler etwas gelernt hatte, dann war es das, daß man rücksichtslos und ohne Vorwarnung zuerst zuschlagen und sich zurückziehen mußte, ehe Blut floß. Aber er war jetzt älter und klüger, oder hatte vielleicht die Unbesonnenheit der Jugend anderen Überlegungen, besonders unvorhergesehenen Komplikationen, die Zurückhaltung verlangten, Platz gemacht?

Vielleicht hatte Nappy mit seiner Meinung recht, man sollte die Vergangenheit ruhen lassen. Und es war durchaus möglich, ja vielleicht sogar wahrscheinlich, daß Wang Toh ihn vergessen hatte und nicht das geringste Interesse hatte, eine alte Feindschaft neu aufleben zu lassen, die ihm mehr Ärger als Gewinn bringen würde.

»Kurs auf Singapur«, sagte er zu Quentin Thatcher, als er sich entschlossen hatte.

»Aye, aye, Sir!«

Während der Bootsführer an die Arbeit ging, bemerkte Ethan, daß Rajiid ihn mit dunklen, ausdruckslosen Augen ansah.

»Haben wir geschäftlich in Singapur zu tun?« fragte er höflich.

»Aber sicher«, antwortete Ethan lachend. Und plötzlich wußte er, was er tun wollte. »Prinz Azar bin Shaweh hat mich mit einem Haus in den Außenbezirken der Stadt bedacht. Vielleicht sollten wir uns das mal ansehen.«

Rajiids Gesicht blieb freundlich. »Anscheinend waren Ihre Nächte in Barindi sehr einträglich. Haben Sie ihn ordentlich ausgenommen?«

»Eigentlich nicht. Shaweh ist nur ein furchtbar schlechter Pachisispieler.«

»Und so haben Sie ein Haus gewonnen?«

Ethan lächelte verschmitzt. »Entweder das Haus oder ein halbes Dutzend Konkubinen.«

»Bei Allah, welch eine Entscheidung! Hätten Sie sie selbst auswählen dürfen?«

Ethan lachte, und plötzlich wich die Anspannung aus seinem Gesicht. »Nein. Deshalb habe ich mich für das Haus entschieden. Er ist ein gerissener Bursche, und ich hatte keine Lust, mich mit streitbaren Amazonen herumzuschlagen, die er mir ohne Zweifel untergejubelt hätte. Angeblich ist das Haus ein recht ansehnliches Gebäude, das für Diplomaten aus England reserviert war. Ich denke, wir sollten es uns ansehen.«

»Ich fürchte, Sie wollen als Hausbesitzer ein ehrenhaftes Leben beginnen«, warf Rajiid ein, und seine schwarzen Augen funkelten. »Wenn Sie dort erst mal etabliert sind, werden Sie sich nicht nur nach einer Frau sehnen, sondern auch nach Söhnen, die in Ihre Fußstapfen treten.«

Ethan lachte spöttisch. »Wenn dem so ist, mein Freund, dann hätte ich wohl doch lieber die Konkubinen nehmen sollen.«

12

Seine Hoheit, Prinz Azar bin Shaweh, stand zu seinem Wort. Die Dienerschaft des dreistöckigen, korallenfarbigen Hauses am Ende einer breiten Straße in der Nähe des Meeres wußte bereits, daß sie einen neuen Besitzer zu erwarten hatte. Ethan war einigermaßen irritiert von den ausgiebigen Verbeugungen anläßlich seiner Ankunft. Es war ein angenehmes Haus, alles tipptopp und bestens in Schuß. Das rote Ziegeldach war an zwei Seiten von achteckigen Türmen flankiert. Die oberen Stockwerke hatten umlaufende Säulengänge, so daß die kühle Brise vom Meer ungehindert durch die Schlafräume streichen konnte und man außerdem einen atemberaubenden Blick auf die wolkenumhüllten Berggipfel von Indonesien hatte. Nach fernöstlichem Standard war es sicher ein eher kleines Haus, doch erstreckte sich der Grundbesitz über mehrere Acre üppiger Gärten, die sanft zu einem einsamen Strand abfielen, wo die Wellen leise den Sand hinaufzüngelten. Von dort unten konnte man den emsigen Hafen Singapurs mit seinem Schiffsmastengewirr sehen.

»Ich wußte nicht, daß ich auch gleich das gesamte Personal geerbt habe«, sagte Ethan zu Nappy und blickte auf die Reihe von buckelnden Dienern, die auf der Veranda angetreten waren, um sie zu begrüßen.

»Keine schlechte Sache«, bemerkte Nappy mit offensichtlichem Vergnügen. »Kommt mir zupaß, meine müden Knochen zur Abwechslung mal in einem richtigen Haus zu betten. Das ist jedenfalls nicht das, was man ein Rattenloch nennt«, fügte er hinzu und sah zu der zinnenbewehrten Mauer hinüber, die sich bei den rauschenden Palmen emporreckte. »Könnte einer Maharani gehört haben. Sagen Sie dem Burschen, er soll uns im Haus herumführen.« Er zeigte auf einen strahlenden Malaien, der sich als Lal Sri, Ethans neuer Hausboy, vorgestellt hatte.

Es war nicht schwer zu erraten, warum das Haus bei britischen Diplomaten so beliebt gewesen war. Die cremefarbenen Empfangszimmer waren ansprechend möbliert. Zu den zahlreichen Sitzkissen gab es hübsche Tischchen mit Einlegearbeit. In einem Raum hingen eine Reihe von Musikinstrumenten an den Wänden, unter anderem auch ein malaiisches Gulingtangan, das aus mehreren Bronzegongs in einem handbehauenen Holzrahmen bestand. In gebrochenem Englisch gab ihnen Lal Sri zu verstehen, daß die Mädchen, die zum Haushalt gehörten, tanzen gelernt hätten, und er persönlich sie gerne auf dem Instrument begleiten würde.

»Zu Ihrem Vergnügen, bitte sehr«, sagte er strahlend.

Nappy mußte lachen. »Ganz schön eifrig, der Bursche. Wie haben Sie denn dem Prinzen dieses Juwel aus seiner Krone abgeluchst?«

Ethan zuckte mit den Lippen. »Ich glaube, es wurde etwas beschwerlich für ihn, seit so viele britische Frauen hierhergekommen sind. Die hatten wohl etwas dagegen, daß sich ihre Ehemänner hier mit den jungen Damen vergnügten.«

Nappy lachte stillvergnügt in sich hinein. »Also haben Sie ein übel beleumdetes Haus bekommen? Muß sagen, das überrascht mich kaum.«

»Offiziell wurde es nie für diesen Zweck benützt«, sagte Ethan grinsend. »Eigentlich hat es Prinz Shaweh dem Vertreter der britischen Krone als Wiedergutmachung für die Toten aus der Mannschaft der *Baldoin* gegeben.«

»Oh? Oh, Sie meinen, diese Matrosen, die vor einigen Jahren auf Barindi Kopfjägern zum Opfer fielen? Ich weiß noch, wie die Kerle im Parlament laut nach Rache schrien. War schon alles bereit, daß die königlichen Kriegsschiffe die Insel ganz von der Landkarte fegen sollten.«

»Um sie zu beruhigen, machte Prinz Shaweh der englischen Königin einige großzügige Geschenke, einschließlich dem unbegrenzten Wohnrecht für englische Diplomaten.«

»Und die benützen es nicht mehr, seit ihre Frauen Lunte gerochen haben, was hier vorgeht«, mutmaßte Nappy.

»Genau. Und um sein Angebot rückgängig zu machen, ohne das Gesicht zu verlieren, beschloß Seine Hoheit, das Haus jemandem anderen zu übereignen – günstigerweise mir. Ich glaube, er ist damit eine große Last los. Sicherlich werden die indischen Verwaltungsbehörden die Nachricht, daß das Haus für Diplomaten nicht mehr zur Verfügung steht, auch mit einem Seufzer der Erleichterung aufnehmen.«

»Und so löst sich alles in Wohlgefallen auf. Gut, gut.« Nappy steckte die Daumen in den Hosenbund. »Können wir uns jetzt ein wenig umsehen?«

In den oberen beiden Stockwerken waren über ein Dutzend Schlafzimmer. Jedes war mit einem breiten Bett ausgestattet. Die Satinbettwäsche wurde wegen des feuchten Klimas täglich gewechselt, um der Schimmelbildung vorzubeugen. Im Erdgeschoß gab es Empfangsräume, Bibliotheken und offizielle Salons, in denen sich chinesische Kunst und schwere englische Möbel aufs harmonischste ergänzten. Ethan stellte amüsiert fest, daß die Bibliothek mit klassischer Literatur vollgestopft war, obwohl die Bücher, die er zur Hand nahm, kaum gelesen aussahen.

Sie bedankten sich bei dem allgegenwärtigen Lal Sri und traten auf eine Terrasse hinaus, die sich über die Rückseite des Hauses erstreckte. Hier machte eine kühle Brise die glühende Nachmittagshitze erträglich. Ethan legte die Hand über die Augen und sah über das Wasser zu den chinesischen Leichterschiffern, die mit ihren arg mitgenommenen Tongkangs zu den Schiffen eilten, die vor Anker gegangen waren.

»Das Haus könnte einen schönen Batzen Geld einbringen«, stellte Nappy fest, nachdem er die Brunnen und Zierteiche in den Gartenanlagen besichtigt hatte.

Ethan zog die Augenbrauen in die Höhe. »Wer sagt denn, daß ich es verkaufen will?«

»Nun, warum nicht? Mit dem Geld wären Sie nicht mehr auf das angewiesen, was Ihnen Miß China schuldet.«

»Dacht' ich mir's doch!«

Nappys Gesicht verfinsterte sich. »Ist aber keine schlechte Idee! Sie hätten genug, um die *Lotus Star* von den Schweinehunden zurückzubekommen, und Miß China müßte Ihnen überhaupt nichts mehr zahlen.«

Ethans Blick sprach Bände. »Es ist trotzdem nicht richtig«, quetschte Nappy trotzig zwischen den Zähnen hervor.

»Ich möchte das Haus auf jeden Fall behalten«, teilte Ethan ihm kurz und bündig mit. »Nicht nur weil es eine bessere Aussicht über die innere Wasserstraße hat als irgendein anderes Haus am Wasser. Ein Wachposten in einem der Türme könnte die einlaufenden Schiffe genau zählen.«

»Und Sie wüßten als erster, ob eines der Schiffe unter der purpurnen Drachenflagge fährt, was?«

»So habe ich mir das gedacht«, gab Ethan zu.

»Sie wollen sich doch nicht wieder mit dem Burschen anlegen?«

Die blauen Augen blickten hart. »Und wenn es so wäre? Du hast doch meine Entscheidungen immer akzeptiert?«

»Schon, aber diesmal ist das anders«, sagte Nappy, und der ernste Tonfall ließ Ethan überrascht aufblicken.

»Warum glaubst du, daß sich etwas geändert hat?« wollte er mißtrauisch wissen.

»Zum einen weiß ich, daß Sie mit der *Kowloon Star* glücklich waren, und es ist uns in letzter Zeit gutgegangen. Es ist nicht mehr so wie in den ersten Jahren, nachdem wir die *Lotus Star* verloren hatten.«

»Allah sei Dank«, sagte Ethan trocken.

»Und jetzt wollen Sie mit einem stumpfsinnigen Racheakt alles wieder aufs Spiel setzen? Warum? Fünf Jahre sind seither vergangen, und plötzlich wollen Sie eine Abrechnung. Warum auf einmal? Es war nicht Wang Tohs Schuld, daß die verdammte königliche Flotte Ihr Schiff beschlagnahmte. Er hat genausoviel verloren wie Sie, vielleicht sogar noch mehr! Können Sie es nicht einfach auf sich beruhen lassen?«

Ethan steckte die Hände in die Taschen und ließ seinen Blick über das Wasser schweifen. Eine leichte Brise durchwehte sein Haar und bewegte die Bananenstauden. Vom Wasser drang das verhaltene Läuten einer Schiffsglocke herauf. Ein Schwall stechenden Kloakengeruchs zog vorbei. Dann drehte der Wind und die Luft roch wieder sauber und angenehm.

»Wahrscheinlich sollte ich das«, sagte er schließlich. »Nach dieser langen Zeit werden wir kaum etwas erreichen.«

»Das ist das erste vernünftige Wort aus Ihrem Mund«, sagte Nappy mit sichtlicher Erleichterung.

»Das heißt nicht, daß ich den Schwanz einziehen werde, wenn Wang Toh eine Konfrontation sucht«, stellte Ethan klar. »Und das Haus hier möchte ich auf keinen Fall verkaufen.« Er drehte sich um und betrachtete schweigend die meerwärts gerichtete Fassade. Nach einer Weile sagte er: »In letzter Zeit verspüre ich den Wunsch, seßhaft zu werden. Und da ich jetzt eine so angenehme Bleibe mein eigen nenne, könnte ich doch auch gleich versuchen, ein ehrenhafter Bürger zu werden.« Sein Grinsen und die Tatsache, daß Nappy ihn viel zu gut kannte, deuteten darauf hin, daß er es nicht so ganz ernst meinte.

»Was Sie wirklich wollen, ist, den feinen Pinkel spielen und dabei ein wachsames Auge auf den Hafen haben. Hinter wem sind Sie denn nun wirklich her? Hinter Wang Toh oder den Warricks? Ich komme da nicht mehr mit, Kapitän. Nein, wirklich nicht.«

»Schon gut, Mr. Quarles«, winkte Ethan ab. »Wenn du jetzt bitte Hafiz zum Schiff schicken könntest. Die Männer sollen sich ihr neues Quartier anschauen.«

Die Aussicht, im geräumigen Haus von Prinz Azar bin Shaweh wohnen zu dürfen, gefiel der Mannschaft. Ethan wußte, sie würden sich nach der langen Zeit auf See und der drückenden Schwüle der letzten Tage nur allzugern in den luftigen Zimmern von dunkelhäutigen Schönheiten verwöhnen lassen.

Selbst der skeptische Nappy genoß es, sich in den heißesten Stunden des Tages in die Seidenkissen sinken zu lassen, eisgekühlte Getränke zu schlürfen und gelegentlich mit Rajiid Schach zu spielen.

»Könnte man sich dran gewöhnen«, seufzte er zufrieden und mampfte gebratene Kokosnußstückchen von einem Tablett, das ein Mädchen im Sarong vor ihn hingestellt hatte.

»Die Malaien sagen, Entspannung ist lebenswichtig für die menschliche Seele«, erklärte Ethan lachend. »Besitztümer sind unwichtig, Reichtum ist unnötig, und Arbeit jeglicher Art wird als lächerlich betrachtet.«

»Und wer sagt, daß sie nicht recht haben? Warum nehmen Sie sich nicht ein Beispiel, Kapitän, und setzen sich zu mir«, lud Nappy ihn ein, aber Ethan lehnte höflich ab. Anders als seinen Männern stand ihm der Sinn nicht nach Müßiggang. Und er hatte schon bald viel zu tun, da sich die Nachricht von seiner Ankunft wie ein Lauffeuer in der Stadt verbreitete und er mit Einladungen von neugierigen Singapurer Bürgern geradezu überhäuft wurde.

»Es sieht aus, als würde ich die neueste Freizeitbeschäftigung werden«, stellte Ethan erstaunt fest und sah die Karten durch, die Lal Sri gebracht hatte. »Niemanden scheint es zu stören, daß mein Ruf nicht gerade der beste ist und ich in einem Haus mit zweideutiger Vergangenheit wohne.«

»Sind doch die besten Gründe, Sie in Singapur willkommen zu heißen«, versicherte ihm sein Tischgast. »Sie sind neu in einer Stadt, in der es keine Geheimnisse gibt. Und da Sie nicht schlecht aussehen, werden ehrgeizige Mammis sich gegenseitig auf die Füße treten, um Sie genauer in Augenschein nehmen zu können.«

»Da sei der Himmel vor!« Ethan verdrehte die Augen nach oben und lud sich noch ein Stück von der glasierten Ente auf den Teller, die sein freundlicher chinesischer Koch zubereitet hatte. »Wahrscheinlich sollte ich dankbar sein, daß ich nicht gerade der Typ bin, den sich Mütter als Schwiegersohn wünschen.«

»Oh, da muß ich widersprechen, mein Freund. Sie sind ein Mann und unverheiratet, und damit gehören Sie hier in den Tropen schon zu den Seltenheiten. Ganz zu schweigen von der Aura des Abenteuers und der Gefahr, die Sie umgeben – jedes junge Mädchen gerät da ins Träumen.«

»Und veranlaßt die Stadtväter, die Türen vor mir zu verschließen.«

Sein Tischgast lachte herzlich. »Das könnte schon mal vorkommen, aber momentan sind alle neugierig auf Sie, und man wird Sie erst ganz genau unter die Lupe nehmen, ehe man sie als gesellschaftsunfähig zu den Akten legt. Das wird so was wie eine Feuerprobe.« Er lachte und nahm einen großen Schluck Wein.

Kapitän Tyler Crewe war ein Mann von riesiger Gestalt mit muskulösen Armen und buschigen, blonden Augenbrauen, die sich hoch über klugen Augen wölbten und seinem Gesicht ständig einen überraschten Ausdruck verliehen. Doch in Wirklichkeit gab es kaum etwas, was den stämmigen Amerikaner noch überraschte.

Tyler kannte Ethan seit zwölf Jahren. Beide Männer hatten ihre Seekarriere mit dem von starker Konkurrenz geprägten Handel von Elfenbein und Perlen in den alten Häfen des persischen Golfs begonnen. Tyler Crewe war damals achtundzwanzig gewesen und Besitzer eines Schoners, der für seine Skrupellosigkeit bekannt war. Ethan und ein junger Araber namens Rajiid Ali waren ihm mit einer abgehalfterten Fregatte auf den Fersen, hatten sich mit ihm zusammengetan, wenn es vorteilhaft erschien oder hatten ihn auch mal in seinem eigenen Spiel geschlagen. Schon bald waren sie beide so gut gestellt, daß sie sich an ehrgeizigere Unternehmen ranmachen und ihre bescheidenen Schiffe gegen größere Handelsklipper, die unbestrittenen Herrscher der Meere, eintauschen konnten.

Sie waren beide in das lukrative Geschäft mit bengalischem Opium eingestiegen, und die *Lotus Star* hatte Tyler Crewe aus dem Wasser gezogen, als sein Klipper von britischen Kriegsschiffen in die Luft gejagt wurde. Schließlich hatte der Opiumkrieg auch Ethans Schicksal besiegelt, aber sie waren Freunde – wenn man es so bezeichnen konnte – geblieben. Ihr Ehrgeiz hatte ihnen beiden schon bald wieder zur Macht verholfen.

Wie Ethan hatte Tyler Crewe auch vor fünf Jahren bei Null angefangen und besaß schon wieder einen ansehnlichen Klipper, die *Orion*, auf die er ganz besonders stolz war. Er besaß außerdem ein bescheidenes Haus in Djakarta, in dem eine mandeläugige Geliebte – oder auch zwei – auf ihn warteten. Zwar war der Tuchhandel lange nicht so lukrativ wie der Handel mit Opium oder Silberbarren, aber Tyler war zufrieden.

Er war begierig zu erfahren, was Ethan Bloodwell nach Singapur geführt hatte. Denn dieses Haus konnte es nicht sein. Es war für einen Mann wie Ethan viel zu einengend. Nicht einen Augenblick glaubte Tyler daran, daß Ethan einfach beschlossen hatte, seßhaft zu werden. Nein, das konnte nicht sein, besonders nicht, da dieser gelbe Bastard Wang Toh nach fünfjähriger Pause plötzlich wieder Ärger zu machen schien.

Auch Tyler haßte Wang Toh Chen-Arn, aber nur weil er ihm seine Macht und seinen Reichtum neidete, und nicht wie Ethan wegen der Tatsache, daß er aus Geldgier darauf bestanden hatte, die Ladekapazität der *Lotus Star* voll für Opium auszunützen. Das hatte zu einer Verzögerung von drei Tagen im Hafen und schließlich für Ethan zum Verlust seines geliebten Schiffes geführt.

»Ich habe gehört, Wang Tohs Männer haben Handelsschiffe am Pearl River durchsucht«, erzählte er unbefangen. »Behauptet einfach, er habe einen Erlaß vom Vizekönig, obwohl er natürlich höllisch aufpaßt, nicht auf Engländer zu stoßen. Wonach, glauben Sie, sucht er?«

»Illegale Ladungen, denke ich, praktisch als wolle er dem Empire einen Dienst erweisen«, antwortete Ethan mit Achselzukken. »Obgleich seine Motive ganz sicher andersartig sind. Indem er illegale Waren beschlagnahmt, sichert er sich sein eigenes Monopol auf dem Markt und kann die höchsten Preise verlangen. Das ist legal, doch sollte er sich vorsehen und nicht so sehr aufplustern.«

»Besonders wenn er versehentlich auf ein Schiff trifft, das ganz friedlich für das britische Empire fährt«, fügte Tyler hinzu.

»Lal Sri, noch ein paar Garnelen«, rief Ethan, als er sah, daß Tylers Teller leer war. »Und nehmen Sie bitte diese Karten hier mit. Sagen Sie doch ab sofort jedem, daß ich momentan indisponiert bin – warten Sie mal, was ist das?«

Ein auffälliges rotes Siegel hatte sein Interesse geweckt. Er nahm es, faltete das teure chinesische Papier auf und brach in

Gelächter aus. »Nun, Tyler, es scheint, Sie sollen recht behalten. Die Einheimischen respektieren mich.«

»Wieso das jetzt?« fragte Kapitän Crewe.

»Das ist eine Einladung, bei der ich gewiß die grand monde Singapurs geschlossen zu sehen bekomme. Lal Sri, auf diese werde ich persönlich antworten. Dem Rest können Sie mit meinem Bedauern absagen.«

»Von wem ist die Einladung?« fragte Tyler nicht besonders interessiert.

»Ein Freund«, antwortete Ethan tiefsinnig lächelnd. »Nur ein Freund.«

Später zeigte Ethan Nappy Quarles die Einladung, als sie zusammen auf dem Balkon im ersten Stock saßen. Ein warmer Wind pustete die Palmwedel durch. Am dunkelvioletten Himmel glänzten blaß einige Sterne. Der Lärm der Stadt drang nur ganz gedämpft hierher. Lediglich das Gurgeln des Wassers und ein heiser bellender Köter unterbrachen die nächtliche Stille.

»Was ist das?« fragte Nappy neugierig und strengte sich an, bei der schlechten Beleuchtung die nach westlicher Manier geschriebenen Worte zu entziffern.

»Ich bin eingeladen worden«, erklärte Ethan aufgekratzt, »zu einer ganz offiziellen Gesellschaft auf der King's Wheal Plantage zu Ehren der Rückkehr von Miß China Warrick in den Schoß ihrer Familie.«

»Ah!«

Ethan verkniff sich ein Lachen. Nappy sah, wie er aufstand und zum Balkongeländer trat, wo duftende Jasminpflanzen über die Balustrade wucherten und die Steine mit einem Teppich aus weißen Blütenblättern bedeckten. »Es scheint, als wolle Malvina Warrick mich trotz meiner Differenzen mit ihrem Sohn sehen, als Anerkennung dafür, daß ich ihre Tochter nach Badajan gebracht habe.«

»Ich soll verdammt sein«, sagte Nappy nachdenklich. »Nach all dem Ärger, den Sie ihnen gemacht haben? Kaum zu glauben, daß die Warrick's Sie in ihrem Haus haben möchten.« Er verstummte und fügte nach einer langen Pause hinzu: »Sie versucht, sie zu kaufen, wetten?«

»Natürlich. Ist doch ganz klar. Aber daß sie sich da nur nicht täuscht. So leicht kriegt man mich nicht.«

»Wollen Sie Miß China immer noch Schwierigkeiten machen? Das verdient sie nicht, auch nicht von Ihnen!«

Ethan wandte sich um und betrachtete seinen Steward mit einem Blick, der so dunkel und rätselhaft wie die Nacht selbst war. »Ich werde diese zweihundert Pfund bekommen, und wenn dir das noch so sehr gegen den Strich geht, Nappy. Miß Warrick wird schon einen Weg finden, ihren Bruder zum Zahlen zu bewegen.«

»Und wenn sie die Wahrheit gesagt haben? Wenn sie also nicht genug Geld haben, Sie zu bezahlen?«

»Unsinn«, wies Ethan ihn ungeduldig zurück. »Prinz Shaweh hat mir versichert, daß die Warricks steinreich sind. Und ich lasse mich doch von einem grünen Jungen wie Damon Warrick nicht um mein gutes Recht betrügen.«

»Ein seltsamer Vogel sind Sie geworden, Kapitän Ethan.«

»Welch seltsame Töne von dir! Früher hattest du nie etwas dagegen, wenn wir jemandem die Kehle aufschlitzten, um zu unserem Recht zu kommen.«

»Früher«, brummelte Nappy, »taten wir nie jemandem etwas zuleide, der uns nicht herausforderte, und Sie haben immer darauf geachtet, daß keine Frau im Spiel war. Warum können Sie nur ausgerechnet Miß China nicht in Ruhe lassen?«

»Weil ich genau ihretwegen in diese mißliche Lage geraten bin«, bellte Ethan zurück. »Glaub mir, ich möchte sie nur allzugern loshaben, aber zuerst will ich mein Geld.«

»Sie werden also zu der Abendgesellschaft gehen?« fragte Nappy unglücklich.

Es war unmöglich, das Funkeln in den stechenden, blauen Augen zu übersehen.

»Keine zehn Pferde könnten mich davon abhalten.«

»Das habe ich befürchtet«, seufzte Nappy kleinlaut.

Da er im Besitz einer gedruckten Einladung auf die King's Wheal Plantage war, wollte Ethan die Gelegenheit nutzen, sich vor Beginn der abendlichen Festivitäten insgeheim ein wenig auf der Insel umzusehen. Besonders interessierten ihn die Produktionsstätten. Er ging davon aus, daß niemand dort sein würde, da Darwin Stepkyne sicher früher zumachen würde, um bei der Einladung dabeisein zu können. Wahrscheinlich würden auch die einheimischen Arbeiter nicht da sein, und so rechnete er sich ausgezeichnete Chancen aus, möglichst viel zu sehen. Es konnte schließlich nichts schaden, Einblick in den Warrickschen Lebensstil zu bekommen. So überraschte es ihn nicht schlecht, daß sein Steward laut protestierte, als er ihm von seinem Plan erzählte.

»Sie wollen wirklich auf der Insel herumschnüffeln, als wären Sie ein Freund Damon Warricks? Er wird Sie ins Gefängnis werfen lassen, jawohl, das wird er tun!« prophezeite Nappy düster und ließ das Rasiermesser, mit dem er seinen Kapitän gerade rasiert hatte, laut platschend in die Waschschüssel auf der Kommode fallen.

Seit dem Morgengrauen schüttete es in Strömen. Die Fenster waren versiegelt. Unaufhörlich trommelte der Regen gegen das Glas. Die beiden Männer waren an tropische Regengüsse gewöhnt, und so nahmen sie nicht einmal wahr, daß sie viel lauter sprechen mußten, um sich gegenseitig zu hören.

»Er muß mich ja erst einmal erwischen«, sagte Ethan und trocknete sich das Kinn mit einem Handtuch ab. »Gut gemacht, Nappy«, lobte er, nachdem er sich in dem großen Spiegel eingehend betrachtet hatte. Er schlüpfte in ein frisches Hemd und knüpfte die Manschettenknöpfe ein.

»Ich habe mich entschlossen, es Damon Warrick zu überlassen, Ihnen die Kehle durchzuschneiden«, knurrte Nappy.

Ethan klang amüsiert. »Mein lieber Nappy, du tust, als wäre ich ein einfältiger Schuljunge. Glaubst du wirklich, daß Damon Warrick für mich auch nur die geringste Gefahr darstellt? Ich will mich nur ein wenig auf der Insel umsehen und kann dabei weiß Gott nichts Verwerfliches sehen.«

Aber Nappy ließ sich nicht beirren. Er war der Ansicht, nur die Tatsache, daß Damon Warrick seinem Kapitän Geld schuldete, gebe ihm nicht das Recht, Miß China noch mehr Ärger zu machen. Darüber hinaus hegte er den Verdacht, Ethan hätte noch andere Gründe, sich plötzlich für das Warricksche Geschäft zu interessieren. Und da fielen ihm wieder Damons Verbindungen mit Wang Toh ein.

»Ist es wegen diesem Chinesen?« fragte er geradeheraus. »Seit Sie wissen, daß er hier ist, um Seide zu kaufen, führen Sie sich auf wie ein eingesperrter Tiger.«

»Schon die Tatsache, daß Warrick diesen Mann in sein Haus einlädt, gibt mir zu denken«, gab Ethan zu. »Es würde mich nicht überraschen, wenn Wang Toh sich für King's Wheal interessierte, jetzt wo Race Warrick tot ist.«

»Das geht Sie allerdings gar nichts an«, stellte Nappy zornig fest.

»Auch nicht, wenn es dabei um Miß Warricks Interessen geht?«

»Ich möchte nicht, daß sie sich mit diesem Schurken einläßt«, gab Nappy widerwillig zu. »Wahrscheinlich hat ihr Bruder nicht so viel Erfahrung wie sein Vater, und so wird er für Wang Toh eine leichte Beute sein.« Er sah bekümmert aus. »King's Wheal wäre ein wunderschönes Juwel in der Krone des Schurken.«

»Genau das meine ich auch«, sagte Ethan. »Und wenn Wang Toh Chen-Arn King's Wheal in den Klauen hat, dann hat er ein Monopol auf die gesamte Seidenproduktion zwischen Whampoa und Singapur. Ich für meinen Teil werde es nicht zulassen, daß er so mächtig wird. Deshalb ist es für mich wichtig, mich ein wenig auf der Insel umzusehen.«

»Gefällt mir trotzdem nicht.«

Grinsend band sich Ethan einen steifen weißen Kragen um. »Jetzt hör endlich auf, so elend dreinzuschauen. Ich will mich nur umsehen. Du tust, als wollte ich einen Aufstand anzetteln.«

»Ich kenne Sie, Kapitän Ethan«, gab Nappy zurück und konnte die Bemerkung gar nicht lustig finden. »Ich kenne Sie besser als Sie glauben, und wo immer Sie hingehen, gibt's Ärger.«

Ethan zog ein graues Jackett an, das ausgezeichnet zu dem steifen weißen Kragen paßte, und lachte spöttisch zu seinem Steward hinüber. »Du altes Weib, jetzt ist aber Schluß mit dem ewigen Gejammere. Diese Gelegenheit lasse ich mir einfach nicht entgehen, und da ich schon zu spät zu meiner Unterredung mit dem britischen Hochkommissar komme, sollten wir jetzt unsere – was gibt's, Lal Sri?«

»Entschuldigen Sie bitte, Kapitän Bloodwell.« Der kleine Mann war völlig aufgelöst und verbeugte sich ständig, um sich für die Störung zu entschuldigen.

»Was gibt's?« wiederholte Ethan.

»Draußen ist eine Frau, die Sie sprechen möchte, Kapitän Bloodwell«, stotterte Lal Sri hastig. »Ich hab' ihr schon gesagt, daß Sie gerade ausgehen, aber sie läßt sich nicht abweisen.«

»Hat sie ihren Namen gesagt?«

»Sie wollte nicht. Sie fragt nur nach Ihnen.«

Ethan seufzte. »Nun gut. Führ sie herein.«

»Ist sie schon. Als ich versuchte, die Tür zu schließen, drängte sie sich mit herein. Sie weigerte sich, ein ander Mal zu kommen. Deshalb hielt ich es für das Beste, Sie zu fragen.«

»Es scheint«, bemerkte Ethan resigniert, »als habe mich Julia Clayton jetzt doch ausgemacht.«

Nappy hob die Augenbrauen. »Ich dachte, sie hat sich in der Geylang Road eingemietet. Sie wollte dort warten, bis die *Steengraffe* in See sticht.«

»Das wird erst in einer Woche sein«, sagte Ethan mürrisch. »Und wenn offensichtlich schon ganz Singapur weiß, daß ich hier bin, dann wird es wohl auch Mrs. Clayton erfahren haben. Verdammt! Das hat mir gerade noch gefehlt. Lal Sri, sag Rajiid Ali, daß es später wird. Ich komme nach.« Es war nicht Julia Clayton, die in dem mahagonigetäfelten Salon auf Ethan wartete, sondern eine junge Frau in einem dunkelblauen Cape. Über den Kopf hatte sie eine Kapuze gezogen, von der es heruntertropfte. Ethan verschlug es die Sprache, als er die Tür öffnete.

»Ja, aber Miß Warrick«, sagte er, nachdem er sich erstaunlich schnell gefangen hatte, »bei diesem Wetter sind Sie herübergekommen?« Unter ihren Füßen bildeten sich kleine Wasserpfützen.

Statt einer Antwort von China begann ein Kind zu wimmern. Ethan traute seinen Augen nicht, als er ein Bündel sah, das sie unter ihrem Cape verborgen gehalten hatte.

»Was, zum Teufel, soll das?« fragte er barsch.

China schob die Kapuze in den Nacken. Ethan war entsetzt über ihren Gesichtsausdruck. »Was ist los?« fragte er. »Was ist passiert?«

»Es ist Gem.«

»Wer?«

»Das Baby.«

»Ach, ja. Ihres Vaters – eh – Ihre Halbschwester.«

»Ich glaube, sie ist krank«, sagte China zitternd, strich sich eine Locke aus dem Gesicht und hielt das Kind fest an sich gedrückt.

»Und so haben Sie sie zu mir gebracht?«

»Ich wußte mir keinen anderen Ausweg. Mutter weigerte sich, sie ins Haus zu nehmen, und die alte Frau, die sie versorgt, brannte lediglich Räucherstäbchen ab, um die Dämonen zu vertreiben. Dabei sieht man doch, daß sie ärztliche Hilfe braucht.«

»Das mag schon sein«, gab Ethan kurzangebunden zu, »aber ich bin kein Arzt.«

China hob ihr Kinn. »Ich weiß, aber Darwin Stepkyne sagte mir, in Singapur wäre ein Arzt, und ich dachte –«

»Nein, offensichtlich haben Sie überhaupt nicht gedacht«, unterbrach sie Ethan schroff. »Wenn Sie auch nur eine Sekunde überlegt hätten, dann wären Sie nicht am hellichten Tag mit einem Kind hierhergekommen. Was sollen die Leute bloß denken?«

Sie sah ihn verständnislos an. »Was meinen Sie?«

»Mein Ruf ist hier ohnehin nicht der beste«, erklärte Ethan brüsk. »Und dann weiß inzwischen jeder, daß Sie auf meinem Schiff hierherkamen. Was werden die Leute dann daraus schließen, daß Sie – ohne Begleitung – mit einem Kind zu mir kommen?«

China wurde bis unter die Haarwurzeln rot. »Oh!« japste sie. »Das werden sie doch wohl nicht ...«

»Liebe Miß Warrick, wie naiv sind Sie eigentlich?«

»Das tut nichts zur Sache. Schließlich ist Gems Gesundheit jetzt wichtiger als irgendwelche Klatschgeschichten. Nun, wo ist der Arzt, den Darwin erwähnte.«

»Ich weiß, wen er meint. Ein Franzose namens Piaget, der irgendwo in der Nähe der Sultansmoschee wohnt. Geben Sie das Kind her und ziehen Sie die nassen Kleider aus. Sonst werden Sie selbst noch krank.«

Ethan sah besorgt auf das wimmernde Bündel. Das Kind sah wirklich krank aus. Es atmete rasselnd und hatte rote Fieberwangen. Zumindest war es für die Überfahrt warm verpackt gewesen.

»Ich denke, Sie sollten so bald wie möglich wieder von hier weg«, fügte Ethan hinzu und runzelte die Stirn. »Sie sind doch wohl nicht alleine gekommen?«

»Nein. Lam Tan, einer unserer Diener, wartet an Bord der *Tempus* auf mich.«

»Wissen Ihre Mutter und Ihr Bruder, wo Sie sind?«

»Ich hielt es für besser, ihnen nichts davon zu sagen.«

»Nun, manchmal scheinen Sie doch tatsächlich auch zu denken«, spöttelte er.

»Ihren Spott habe ich erwartet«, erwiderte China.

»Mein liebes Mädchen, warum sind Sie dann gekommen?« fragte er und betrachtete sie ohne jegliches Mitgefühl.

»Weil ich keine Ahnung hatte, wo Doktor Piaget wohnt«, antwortete China vorwurfsvoll. »Und ich wollte nicht ohne Begleitung durch die Straßen irren. Ich hatte gehört, daß Sie hier in der Stadt ein Haus erworben haben, und so dachte ich, Sie würden vielleicht Mr. Quarles erlauben, mich zu begleiten.«

»Nappy?« Ethan war verärgert. »Warum dachten Sie nicht daran, mich zu fragen.

Es hatte keinen Sinn zu lügen, und so sagte China: »Angesichts der Dinge, die ich über Sie gehört habe, Kapitän, war ich nicht sicher, ob Sie mir helfen würden.«

»Was für Dinge?« Die blauen Augen waren ihrem Gesicht plötzlich ganz nahe. China sah weg und war erleichtert, als eine laute Stimme die peinliche Situation beendete.

»Ah, mein Freund, Sie sind also zu Hause! Die Vordertür stand offen, und ausnahmsweise war auch Ihr serviler Hausboy nicht auszumachen, also dachte ich, ich könnte – Hallo! Wer ist das?«

China drehte sich um und sah einen blonden Bären in der Tür stehen, der sie mit offensichtlichem Interesse betrachtete. Noch nie hatte sie einen so großen Menschen gesehen. Er grinste und machte eine tiefe Verbeugung.

»Kapitän Tyler Crewe zu Ihren Diensten, Madam. Darf ich hinzufügen, daß ich sehr erfreut bin?«

Also das war es, was Bloodwell bewegt hatte, seßhaft zu werden, dachte er scharfsinnig. Weib und Kind, und noch dazu ungewöhnlich hübsch.

»Sie sind ein Glückspilz«, sagte er zu Ethan. »Wo haben Sie diesen Schatz an Land gezogen?«

»Tyler, darf ich Ihnen Miß China Warrick von der King's Wheal Plantage vorstellen?« Ethan verbarg seine Belustigung hinter einem unbewegten Gesicht. »Miß Warrick sucht hier einen Arzt für ihre kleine Schwester.«

»Ihre Schwester?« Tyler lachte schnaubend. »Sie haben auch schon mal besser gelogen, Ethan. Ich glaube zwar an das Gute im Menschen, aber diese Lüge war zu offensichtlich.« Er lachte, bis ihm Tränen in die Augen stiegen.

»Es stimmt, Sir«, erklärte China kühl. »Gem ist meine Halbschwester. Sie ist krank, und Kapitän Bloodwell hat sich freundlicherweise bereiterklärt, sich für mich um sie zu kümmern.«

Tyler Crewe verstummte bei ihren Worten und sah dann von China zu dem Kind auf Ethans Arm. Als er es näher betrachtete, sah er, was ihm vorher entgangen war. Die dunkle Haar- und Hautfarbe deutete auf ein eurasisches Kind hin, wie er es auch schon viel zu oft in die Welt gesetzt hatte.

»Entschuldigen Sie bitte, Miß Warrick«, sagte er kleinlaut.

»Schon gut«, versicherte ihm China, obwohl es das natürlich nicht war. Es war höchst beleidigend, daß man von ihr annahm, sie würde einen Mann wie Ethan Bloodwell heiraten.

»Lal Sri«, sagte Ethan zu dem Hausboy, der gerade hereinkam, »schick jemand in die Kallang Road. Jacques Piaget soll herkommen, möglichst schnell bitte. Und nimm gleich Miß Warrick mit und sieh zu, daß sie sicher zum Hafen kommt.«

»Sie können mich doch nicht wegschicken«, protestierte China. »Was wird aus Gem?«

»Ich versichere Ihnen, sie ist in besten Händen. Nappy wird sich genau an Piagets Instruktionen halten, und ich werde zusehen, daß wir eine Ziege bekommen, damit wir frische Milch für sie haben.«

»Ich möchte trotzdem warten, bis der Arzt kommt.«

»Miß Warrick, Sie sollten besser mit Lal Sri gehen«, sagte Ethan in einem Ton, der keinen Widerspruch duldete.

»Schon gut«, wehrte China mürrisch ab. Schließlich konnte sie nichts anderes von ihm erwarten.

Nachdem sie sich verabschiedet hatte, ging sie rasch in Richtung Hafen, ohne den dunklen Orientalen zu bemerken, der sich hinter einem Hibiskusstrauch in einem benachbarten Garten versteckt hatte und interessiert beobachtete, wie sie das korallenfarbene Haus verließ.

13

Nappy Quarles warf angewidert seine Arme in die Höhe. Er stand auf dem Hauptdeck der *Kowloon Star* und wartete darauf, daß die Segel gerefft wurden. »Wenn Sie unbedingt fahren wollen, dann müssen Sie mich mitnehmen. Irgend jemand muß doch schließlich darauf achten, daß es Sie nicht Kopf und Kragen kostet, wenn Sie Ihre Nase in Dinge stecken, die Sie gar nichts angehen.«

Kapitän Bloodwell lehnte an der Reling und beobachtete, wie die Sonne blutrot im Meer versank. Er schmunzelte. »Du magst mir schon oft aus der Patsche geholfen haben, Nappy, aber diesmal brauchst du dir keine Gedanken zu machen. Ich will doch nur –«

»Ich weiß, was Sie wollen«, brummelte Nappy. »Es ist die reine Habgier.«

Ethan zuckte mit den Achseln und blickte über die Wasserstraße hinüber zu den Warrick Docks. Die Dunkelheit senkte sich rasch hernieder, doch Ethan konnte erkennen, daß bis jetzt noch keine Schiffe angelegt hatten. Diener in weißer Livree zündeten die bunten Laternen an, die den Kai entlang aufgehängt worden waren. Der Mond ging über dem Wasser auf und ließ die Schaumkronen der Brecher in einem fahlen Blau aufleuchten.

»Jetzt könnten wir schon losfahren. Es wird dunkel sein, wenn wir anlegen«, sagte Ethan knapp.

»Und was ist mit Ihren Kleidern?« Nappy machte einen letzten verzweifelten Versuch, den Kapitän von seinem Vorhaben abzubringen. »Sie werden sich schmutzig machen, wenn Sie dort im Dunkeln herumschnüffeln.«

»Die Warricks werden mich so empfangen müssen, wie ich nun einmal aussehe«, wehrte Ethan ab. Nappy knirschte wütend mit den Zähnen. Der Kapitän trug dasselbe graue Jackett, das er vor zwei Tagen bei seiner Unterredung mit dem britischen Hochkommissar getragen hatte. Um der besonderen Gelegenheit Rechnung zu tragen, hatte er dazu eine Weste aus burgunderroter Seide ausgesucht, die er sich bei seinem letzten Besuch in London maßschneidern hatte lassen. Sie stand ihm ausgezeichnet. Besonders gut kamen dabei seine breiten Schultern und seine schmalen Hüften zur Geltung.

Nappy, der bei sich selbst recht nachlässig in punkto Aussehen war, achtete um so genauer auf das Äußere seines Kapitäns und konnte den Gedanken nicht ertragen, daß die guten Sachen ruiniert werden könnten.

»Sie könnten Rajiid an Ihrer Stelle schicken«, begann er hoffnungsvoll, aber Ethan hatte nun genug von den ewigen Einwänden seines Stewards. »Ich gehe selbst, und damit Schluß«, sagte er brüsk. »Du kannst ja hier bleiben, wenn du Angst hast, schmutzig zu werden.« Er nickte kurz zu Hafiz, der an der Winde stand und wartete und stieg dann in das Boot. Nappy hatte keine andere Wahl, als ihm zu folgen. Ärgerlich nestelte er an seiner Augenklappe herum.

Entgegen Nappys Befürchtungen trafen sie niemanden, als sie mit ihrem Boot an einem schmalen Sandstreifen an Land gingen, der durch einen dichten Mangrovengürtel von den Docks abgetrennt und nicht einsehbar war. Nappy machte die Leinen fest und schlug nervös nach den Moskitos, die ihn laut summend überfallen hatten. Die Nacht war feucht, Baumfrösche quakten in der Dunkelheit. Das Unterholz war kaum zu durchdringen, und es roch nach verwesenden, organischen Stoffen. Obwohl sie nur etwa eine Meile zurückzulegen hatten, machte die dichte Vegetation die Fortbewegung schwierig, und Nappy schnaufte gehörig, als sie endlich auf eine monderleuchtete Lichtung am Fuß eines zerklüfteten Vulkans trafen. Er wischte sich den Schweiß mit dem Ärmel von der Stirn und sah Ethan ärgerlich an.

»Hat die arme Seele jetzt Ruh?« Er blickte über ein halbes Dutzend palmgedeckter Gebäude, die eng beieinanderstanden, und verstand überhaupt nichts mehr. Ein älterer chinesischer Wachposten ging auf und ab und warf im Mondlicht einen langen Schatten auf den Lehmboden.

»Glaube schon«, antwortete Ethan nach einem Augenblick, sehr zu Nappys Überraschung.

»Gut, dann gehen wir«, sagte er rasch. Die Aussicht, auf fremdem Eigentum wie ein Dieb ertappt zu werden, gefiel ihm gar nicht.

»Warum nimmst du nicht das Boot und fährst zum Schiff zurück?« schlug Ethan vor, als sie auf einem überwucherten Küstenstrich in der Nähe der Docks herauskamen. Die Laternen spiegelten sich im schwarzen Wasser. Am Kai hatten inzwischen die verschiedensten Schiffe und Boote angelegt. Man hörte das Gelächter der ankommenden Gäste. »Du brauchst nicht zu warten.«

»Ach, wirklich nicht?« Mißtrauisch sah er die vielen Chinesen und Asiaten inmitten der europäischen Gäste. Damals gehörte es zum guten Ton, allen Fremden mit Vorsicht zu begegnen, und Nappy war diesbezüglich ein echtes Kind seiner Zeit.

»Mach schon«, sagte Ethan lachend und begann, den Schmutz von seinen Schuhen zu entfernen und die Zweige von seinem Jackett abzuklopfen. Die Anzahl der Gäste schien auf ein größeres Ereignis zu deuten, und während Ethan über die malerische Fußgängerbrücke ging, die zu der hell erleuchteten Veranda des Hauses führte, überlegte er, was Malvina Warrick wohl im Schilde führte. Sie intrigierte gerne, hatte Prinz Shaweh behauptet, als er sich mit Ethan in seinem wunderschönen Sommerpalast unterhielt.

»Sie lauert wie eine Tigerin im Gebüsch«, hatte der leichtlebige Prinz erzählt und dann mit seinen dicken, juwelenberingten Fingern auf dem Pachisibrett weitergespielt, »aber auf Geld, nicht auf die Antilope. Einmal konnten wir uns lange Zeit nicht über den Preis einer Bestellung einigen, und als es dann schließlich so weit war und ich die Ware abholen ließ, behauptete sie, durch die lange Verzögerung sei der Preis inzwischen wieder gestiegen. Eiskalt verlangte sie weitere zwanzigtausend Rupien!«

»Die Sie auch bezahlt haben«, mutmaßte Ethan, da er bereits bemerkt hatte, daß der Prinz ein neues Gewand aus exquisiter goldfarbener Seide trug, unverwechselbar Badajan-Seide.

»Nur unter Protest! Ich würde mir wünschen«, hatte Seine Hoheit seufzend hinzugefügt, »daß ihr übel beleumdeter Sohn die Zügel in die Hand nähme, denn er ist jung und arrogant und deshalb leicht übers Ohr zu hauen. Aber er scheint damit zufrieden zu sein, den Pascha zu spielen, Gäste einzuladen und sein Geld zum Fenster rauszuwerfen.«

»So ganz anders als Eure Hoheit«, spottete Ethan. Es war wohlbekannt, daß Azar bin Shaweh einem ausgesprochen extravaganten Lebensstil frönte.

Mit schmalen Augen betrachtete er sein Gegenüber. Hatte sein Gast sich über ihn lustig gemacht? Doch Ethans Lächeln verriet nichts dergleichen. »Ach was«, sagte er schließlich, »sprechen wir nicht mehr von den Weißen. Ihre Ausbeuternaturen langweilen mich, und ich habe genug Seide, um meine Frauen und mein Gefolge tausendmal neu einzukleiden. Sie sind dran, mein Freund.«

Ethan hatte sich wieder dem Spiel zugewandt und Seine Hoheit mit allem Anstand geschlagen. Während er auf King's Wheal zuschlenderte, erinnerte er sich wieder, daß Prinz Shaweh Malvina Warrick mit einer jagenden Tigerin verglichen hatte. Er war neugierig geworden.

Die Feuchtigkeit war erträglich, und selbst die vielfältigen Geräusche des Dschungels waren verstummt. Leise erklangen Geigen aus dem Empfangsraum. Die Türen zu dem großen Innenhof waren alle weit geöffnet, und überall standen in Seide gekleidete Diener postiert. Mit Palmwedel standen sie bereit, um eventuell große Insekten zu verscheuchen, die vom Licht und vom schweren Duft des Jasmins angezogen wurden.

Ethan zog sich einen Augenblick in eine unbeleuchtete Ecke der Veranda zurück und beobachtete die ankommenden Gäste. Die meisten kannte er vom Sehen, ganz bestimmt Sir Joshua Boles, den übergewichtigen und überaus korrupten Direktor der mächtigen East India Company und Claus Van Ryde, einen wohlhabenden Plantagenbesitzer aus Djakarta, der vor allem mit Gewürzen und Teakholz handelte – aber auch heimlich mit afrikanischen Sklaven. Dann waren da noch andere Händler und Geschäftsleute – bedeutende und weniger bedeutende. Die Chinesen trugen ihre aufwendig gestickten Seidengewänder, die westlichen Gäste entsprechend europäische Mode. Die begleitenden Ehefrauen hatten meist blasse, ausdruckslose Gesichter, eine Folge, wie Ethan wußte, von dauernder Langeweile und der drückenden Hitze Asiens.

Ethan mischte sich unter die Gäste und tauschte Freundlichkeiten mit Malvina Warrick aus. Überschwenglich hatte sie ihn begrüßt, wie er es erwartet hatte. Nicht erwartet hatte er, daß sie eine ungewöhnlich hübsche Frau war. Ihr glänzendes, kastanienbraunes Haar war zu einem schweren Chignon zusammengenommen, was ihren stolzen Gesichtszügen entsprechende Würde verlieh. Sie war groß und sympathisch. Als sie Ethan ihre schlanke Hand zur Begrüßung reichte, versicherte sie ihm, seine Anwesenheit sei ihr eine Ehre.

»Mein Sohn äußerte sich sehr lobend über Sie, Kapitän Bloodwell«, sagte sie, und Ethan bewunderte sie ob einer solch verwegenen Lüge. »Sicher haben wir im Laufe des Abends noch Gelegenheit, ein wenig miteinander zu plaudern.«

Ethan sah sie freundlich an. »Es wird mir ein Vergnügen sein.«

Er bemerkte ihren berechnenden Blick und fragte sich, ob Prinz Shaweh sie nicht vielleicht überschätzt hatte. Rücksichtslos und verschlagen? Nicht für ihn. Sie schien ihm genauso leicht durchschaubar wie alle Frauen.

Damon Warrick hingegen machte kein Hehl aus seiner Feindseligkeit, als er Ethan die Hand schüttelte. »Schön, daß Sie kommen konnten, Bloodwell«, murmelte er heuchlerisch. »Ich hörte, Sie besitzen ein Haus in Singapur?« Sein Gesichtsausdruck besagte deutlich, wie unangenehm ihm diese Neuigkeit war.

»Stimmt«, sagte Ethan, »und damit wird das Leben hoffentlich viel leichter für mich.«

»Wie meinen Sie das?«

Spöttischer Schalk blitzte in Ethans Augen auf. »Nun, für den Fall, daß ich meine Abreise verschieben muß wegen Ihres – wollen wir es Widerstand nennen –, unser Geschäft zu beenden.«

»Nun, Sie –« schnaubte Damon, aber Ethan war schon weitergegangen. Plötzlich stand China in der hell erleuchteten Eingangshalle vor ihm und lächelte in Claus Van Rydes fleischiges Gesicht. Ihre roten Locken waren aus dem Gesicht genommen und mit einem Goldnetz gebändigt. Ihre jadegrünen Augen glänzten so erotisch und geheimnisvoll wie die der königlichen Katzen, die Ethan letzte Woche im Palast von Barindi beobachtet hatte.

Anstatt des Reifrocks trug sie einen indischen Sari aus dunkelgrüner Seide, der um ihre nackten Schultern gewickelt war und in losen Falten bis zu den Knöcheln reichte. Ihre Füße steckten in goldbestickten flachen Schuhen, und um den Hals trug sie eine Goldkette mit blutroten Rubinen. Sie sah zerbrechlich aus und so wunderschön wie eine seltene Orchidee. Ethan Bloodwell ärgerte sich über Malvina Warrick, die offensichtlich ihre Tochter dazu einsetzte, sich vor wollüstigen Männern wie Claus Van Ryde zu präsentieren.

China spürte Ethans Blick auf sich ruhen und errötete, als sie ihm in die Augen sah. Der Sari war ein Geschenk ihres Vaters gewesen, doch Ethans Gesichtsausdruck schien anzudeuten, daß sie etwas ganz Unanständiges trug. Wie wohl hatte es ihr getan, als der schimmernde Stoff ihren Körper sanft umspielte, doch Ethans harte, tadelnde Augen machten sie befangen, als stünde sie nackt vor ihm.

Würdevoll hob sie den Kopf und wandte sich ganz bewußt wieder Van Ryde zu. Ethan biß die Zähne aufeinander. Das jungfräuliche Schamgefühl, das sich hinter ihrer Befangenheit verbarg, war ihm nicht entgangen. In diesem Augenblick wurde ihm klar, daß er eigentlich nicht auf Malvina Warricks Intrigen böse war, sondern daß ihn ganz plötzlich ein ungezügeltes Verlangen erfaßt hatte, ihre wunderschöne Tochter zu besitzen.

Er hörte die Seide rascheln und roch ihr Parfüm, als sie am Arm von Van Ryde an ihm vorbeischwebte. Er sah ihr nach. China Warrick war kein Kind mehr, sondern eine umwerfend schöne Frau, und Ethan wäre kein Mann gewesen, wenn er sie nicht um jeden Preis begehrte.

Rasch sah er weg, aber sein Gesicht hatte ihn schon verraten. Malvina Warricks aufmerksamen Augen war nichts entgangen. Er bemerkte ein kleines triumphierendes Lächeln um ihren Mund und wußte sofort, daß er sie grob unterschätzt hatte. Ausschließlich für ihn hatte Malvina ihre Tochter so herausgeputzt, in der Hoffnung, ihre Schönheit würde ihn verzaubern und so die Familie von der Schuld loskaufen. Und er war prompt in die Falle getappt.

Ethan grinste Malvina unverschämt an und sah mit Vergnügen, wie daraufhin ein Anflug von Zweifel über ihr Gesicht huschte. Später waren seine Augen dann wieder kalt wie Eis und brachten Claus Van Ryde völlig aus der Fassung. Warum hatte dieser grimmig dreinsehende Fremde plötzlich sein vertrautes Gespräch mit der reizenden China Warrick unterbrochen? Er wußte keine Antwort und verdrückte sich klugerweise.

Einen Augenblick standen sich der Kapitän und die junge Frau in dem glänzenden Sari schweigend gegenüber und vergaßen die Welt rundum. China bemerkte, daß sie wieder bis unter die Haarwurzeln rot wurde. Verzweifelt suchte sie nach einem Gesprächsthema.

»Ich wußte nicht, daß Sie für heute abend eingeladen wurden, Kapitän«, sagte sie schließlich.

»Was, zum Teufel, haben Sie da an?« fragte Ethan, als hätte er ihre Bemerkung nicht gehört.

Sie biß sich auf die Unterlippe und sagte dann betont ruhig: »Mein Vater wollte mir den Sari anläßlich meiner Rückkehr aus England schenken, und so trage ich ihn heute ihm zu Ehren.«

Irgend etwas in ihrem trotzigen Gesicht stachelte seinen Zorn noch mehr an, und nur mit Mühe konnte er sich davon abhalten, ihr eine Standpauke zu halten, die sie sicher zum Weinen gebracht hätte. Es war ihm eigentlich ganz klar, daß sie keine Ahnung hatte, welch umwerfenden Eindruck sie erzielt hatte, indem sie ihren schlanken Körper in schimmernde Seide gehüllt hatte. Auch Race Warrick konnte man keinen Vorwurf daraus machen, daß er nicht in Betracht gezogen hatte, daß seine Tochter inzwischen zu einer atemberaubenden Schönheit herangewachsen war und in dieser Kleidung unbewußt ihr Schicksal herausforderte.

»Bemerken Sie denn nicht, wie Sie sich hier selbst zur Schau stellen?«

Er konnte sich die Frage einfach nicht verkneifen.

»Warum? Weil ich auf Unterröcke und Korsetts verzichtet habe?« Chinas Augen blitzten. »Ich brauche Sie wohl doch nicht daran zu erinnern, daß es Ihnen am allerwenigsten zusteht, jemanden zu kritisieren, der auf gängige Konventionen verzichtet. Wie sagt man so schön: ein Esel schilt den anderen Langohr!«

Erschreckt bemerkte sie, was für eine Wirkung ihre beißenden Worte auf ihn hatten. Sie sah über seine Schulter und bemerkte zu ihrer Erleichterung, daß mehrere junge Männer, unter ihnen auch ihr Bruder Damon, in der Nähe beieinanderstanden. Das gab ihr neuen Mut. Schließlich hatte Ethan Bloodwell kein Recht, sie wie ein unartiges Schulmädchen zu maßregeln. Das war ihr Zuhause und ihre Einladung, und er war nur ein notorischer Opportunist, dessen Gegenwart höchst unwillkommen war. Dann erinnerte sie sich aber plötzlich, daß es unmöglich war, ihn vor den Kopf zu stoßen: »Wie geht's Gem?« fragte sie ihn ausweichend.

»Piaget diagnostizierte eine harmlose Infektionskrankheit«, sagte Ethan verbindlich. »Er meinte, sie würde bald vorbeigehen. Er hielt es für klug, daß Sie sie aus dem Dorf herausgeholt haben. Dank Nappys aufopfernder Pflege ist sie auf dem Wege der Besserung.«

China seufzte erleichtert auf, was ihn wiederum ärgerte. »Ich brauche Sie doch wohl nicht daran zu erinnern, daß ich sie zu Ihnen zurückbringe, sobald es ihr wieder gutgeht«, fügte er kalt hinzu. »Morgen oder vielleicht übermorgen wird es so weit sein, und es wäre nicht schlecht, wenn Sie sich Gedanken machten, was aus ihr werden soll.«

China wußte, daß ihre Mutter das Kind nicht in ihrem Haus dulden würde. Aber sie wollte sie auch nicht ihren ältlichen chinesischen Tanten und Onkeln überlassen, die sich kaum um sie kümmerten. Sicherlich hätte sie sich denken können, daß Kapitän Bloodwell, der selbst als Waise aufgewachsen war, kein Verständnis für Familienbande haben würde. Und doch hätte man annehmen können, daß er durch seine eigene unglückliche Kindheit auch Mitgefühl für jedes Geschöpf in ähnlicher Lage aufbringen hätte können. Chinas Lippen wurden schmal. Ganz offensichtlich besaß dieser Mensch überhaupt kein Gewissen.

»Wenn Sie mich bitte entschuldigen wollen«, sagte sie kühl. »Ich muß mich um meine Gäste kümmern.« Ihr Ton und ihr frostiger Blick machten es offensichtlich, daß er nicht dazugehörte. Mit einem kaum wahrnehmbaren Kopfnicken ging sie weg.

Ethan beobachtete sie, wie sie anmutig durch den Innenhof schnitt. Obgleich er normalerweise keinen Champagner mochte, nahm er jetzt gleich mehrere Gläser vom Tablett eines Dieners, der gerade vorbeiging, und trank sie in großen, wütenden Schlucken leer. Das leere Geschwätz um ihn herum langweilte ihn. Er trat auf die Terrasse, wo der Wind den Meeresgeruch herübertrug. Er atmete tief durch und wartete, bis sein Zorn ein wenig verflogen war. Vielleicht hatte Nappy Quarles doch recht gehabt mit seiner Meinung, er solle auf die zweihundert Pfund verzichten, dachte er, während er sich gegen das Geländer lehnte. Sicherlich war es keine auch noch so große Geldsumme wert, China Warrick wie eine Palastkonkubine präsentiert zu bekommen.

Plötzlich raschelte es in den Orangenbäumen, die in großen Steintrögen an der Ecke der Terrasse wuchsen. Leise schlich er sich hin, um die Sache genauer zu untersuchen. »Wer ist da?« rief er, als er auf den flachen Steinstufen stand, die hinunter zum Rasen führten. Die Blätter der Miniaturbäume zitterten heftig. Ethan griff rasch nach der gebückten Gestalt, die hinter dem Baum kauerte.

»Was, zum Teufel –?« Sein düsterer Blick wandelte sich in Erstaunen, als er die Beute begutachtete, die er am Hosenboden herausgezogen hatte.

Brandon Warrick baumelte im eisernen Griff des sehr ernst dreinblickenden Kapitäns in der Luft. Er verkniff sich ein lautes Hilfegeschrei und sagte statt dessen so höflich er konnte: »Ich habe nicht spioniert, wirklich nicht. Würden Sie mich jetzt, bitte, runterlassen?«

Ethan lächelte spitzbübisch, als er den Jungen runtersetzte. Dann sah er amüsiert zu, wie Brandon sich besonders auffällig den Staub von den Hosen klopfte und ihn dann mit einem frech nach vorne geschobenen Kinn ansah, das er nur allzugut kannte.

»Was hast du denn sonst in dem Gebüsch gemacht, wenn du nicht spioniert hast?«

Brandon seufzte erleichtert auf. Offensichtlich würde ihn der Kapitän nicht verraten. »Philippa wollte runterkommen und zusehen. Mutter hat es verboten, aber China sagte, es würde sicherlich niemand bemerken, wenn wir durch die Fenster reinguckten.«

»Irgendwie überrascht mich das nicht«, bemerkte Ethan.

»Ich dachte, es wäre eine gute Idee. Zumindest bis Sie mich gehört haben. Ich konnte nicht weglaufen, wissen Sie, sonst hätte ich die Ziersträucher verletzt. Es ist eine spezielle Sorte, und Damon hat sich soviel Mühe damit gegeben.«

Er lief zum Rand der Terrasse und rief leise: »Du kannst jetzt rauskommen, Phil. Es ist nur Kapitän Bloodwell, und er wird uns nicht verraten, nicht wahr?«

»Ich denke, ich kann ein Geheimnis für mich behalten.«

»Gut! Philippa, ich sagte, du kannst jetzt rauskommen!«

»Ich kann nicht«, kam ein verzweifeltes Gewimmer aus dem Dickicht. Brandon seufzte ärgerlich auf. »Warum nicht? Sag bloß nicht, daß du Angst hast!«

Es entstand eine lange Pause, dann war etwas zu hören, das sich verdächtig nach Schluchzen anhörte.

»Ich hänge fest!«

»Mädchen!« plusterte sich Brandon mit all der Weisheit des Zwölfjährigen auf und rollte seine Augen gen Himmel.

Ethan lachte herzlich und schwang sich über die Mauer. Philippa kauerte in den Büschen. Ihr Nachthemd hatte sich in dornenbewehrten Kletterpflanzen verfangen. Er befreite das kleine Mädchen und hob es auf die Terrasse. »Jetzt aber schnell! Ihr wißt doch, daß ihr im Dunkeln nicht nach draußen gehen sollt!«

»Wir haben keine Angst«, sagte Philippa hochmütig, doch griff sie verstohlen nach Brandons Hand, ehe sie sich auf ihre Stöcke stützte.

»Wir haben uns schon rausgeschlichen, als Philippa noch ein Baby war«, fügte Brandon hinzu. »Und China nahm mich, ehe sie wegging, oft nachts zum Schwimmen mit. Manchmal war es einfach zu heiß zum Schlafen, und China hat es uns erlaubt. Nur von Mutter durften wir uns nicht erwischen lassen.«

»Aha.« Ethan verstand eigentlich nicht so recht. China Warrick war ihm nie so vorgekommen, als würde sie sich einem elterlichen Erlaß widersetzen, um beim Mondschein in gefährlichen Strömungen zu schwimmen. Sie schien ihm viel zu steif und konventionell dafür, auch wenn sie ihn gelegentlich schon mit Geistesblitzen überrascht hatte, die so gar nicht zu ihr zu passen schienen.

Zum erstenmal überlegte er, was wohl die repressive Atmosphäre des britischen Mädchenpensionats einem jungen Mädchen, das auf einer so wildberührten Insel geboren war, antun könnte. Ein Mädchenpensionat war, wenn man die imposante Fassade ein wenig abkratzte, auch nichts anderes als ein Waisenhaus. Wahrscheinlich würden dort auch ältliche Jungfern vom Schlage Maggie O'Shaughnessy ihr Unwesen treiben.

Er erinnerte sich, wie ihm sein rebellisches Wesen die Feindschaft jener großbusigen Frau mit der schrillen Stimme eingebracht hatte. Wieder war er ärgerlich auf Malvina Warrick, die ihrer Tochter ein solches Schicksal zugemutet hat. Als Waise hatte er keine andere Wahl als in Maggie O'Shaugnessys Obhut zu bleiben, bis er alt genug war, aber China, die naive China ...

Verdammt, Nappy hatte recht! Es war Zeit zu vergessen, daß es eine China Warrick gab oder daß sie ihm zweihundert Pfund schuldete, denn es schien unmöglich, sie zu bekommen, ohne in ihr Leben verwickelt zu werden. Er wußte ohnehin schon mehr als ihm lieb war über ihre unglückliche Kindheit, über ihre habgierigen Cousins und ihre ränkeschmiedende Mutter. Er mochte Verwicklungen dieser Art nicht, hatte es sich immer zum Prinzip gemacht, sich aus solchen Angelegenheiten rauszuhalten. Und hatte er sich nicht geschworen, seine Verantwortung für China Warrick wäre mit dem Ende der Überfahrt beendet?

Natürlich hatte niemand die Schwierigkeiten voraussehen können, die er seit seiner Ankunft im Hafen von Singapur haben würde. Und wer konnte ahnen, daß er so verrückt sein würde, sich auch noch in den stolzen Rotschopf zu verlieben, der von Anfang an der Grund all seiner Ärgernisse gewesen war?

Bei Gott, Indonesien war nicht nach dem Geschmack eines Ethan Bloodwell. Wo sollte denn das hinführen, wenn er schon mit einer China Warrick Mitleid hatte, die ohnehin alles hatte, was sich eine junge Frau wünschen konnte. Und wenn ihn seine Habgier nicht blind gemacht hätte, dann hätte er es kommen sehen müssen, ehe es zu spät war.

Verdammt noch mal, es war noch nicht zu spät. Es gab für die *Kowloon Star* auf den Weltmeeren noch hunderte Möglichkeiten, Geld zu machen. Mit ein wenig Glück könnten sie noch mit den Südwestmonsunwinden nach Whampo segeln und dann nach Hause nach England. Und wenn das seiner Mannschaft zu zahm war, dann könnten sie in Richtung Elfenbeinküste aufbrechen, in Abidjan Kaffee laden und es auf den Märkten von –

»Ethan!«

Er drehte sich blitzartig um und sah, wie China durch die offene Balkontür gerannt kam. Lautlos flog sie über die Terrasse.

Als sie in das Mondlicht trat, sah er Angst in ihren Augen. Sie stolperte, und er fing sie in seinen Armen auf. Plötzlich versank die Welt um sie herum. Er zog ihren warmen Körper an sich und spürte, wie sie ihre schlanken Arme um seinen Hals schlang.

Er neigte seinen Kopf und küßte sie leidenschaftlich, und hielt sie fest wie ein Ertrinkender den Rettungsring. Sie zitterte in seinen Armen, und ihre Lippen öffneten sich auf sein Drängen. Sie wußten beide nicht, wie lang der Kuß dauerte, waren gefangen in der schmerzvollen Lust der Umarmung. Schließlich entrang sich Chinas Kehle ein ersticktes Schluchzen und sie machte sich von ihm los.

Ethan ließ sie, und sie trat zurück. Entsetzt preßte sie ihre Handknöchel gegen den Mund und starrte ihn mit großen Augen an, als könne sie noch nicht glauben, was eben passiert war. Sie wollte weglaufen, doch Ethan packte sie an den Schultern und wollte wissen, was ihr Angst gemacht hatte.

Einen Augenblick überlegte sie und schnappte dann nach Luft: »Es waren die Jacken, die diese Männer trugen, als sie hereinkamen.«

»Welche Jacken? Was für Männer?«

China verschränkte die Hände, um sich zu fassen und bemühte sich, ruhig zu antworten: »Die Jacken der Leibwachen dort drinnen. Sie sind aus schwarzer Seide, und die Ärmel sind mit gelben Chrysanthemen bestickt.«

»Hat jemand seine Leibwachen mitgebracht?« fragte Ethan. Es war zwar für wohlhabende Chinesen üblich, eine Leibwache zu haben, aber es war doch verwunderlich, daß man sie zu einer privaten Abendgesellschaft mitbrachte, denn damit deutete man ja dem Gastgeber an, daß man sich in seinem Haus nicht sicher fühlte. »Wer war es, China? Wissen Sie den Namen des Mannes? Ich nehme an, er ist Chinese?«

Sie nickte. »Ich weiß nicht, wer diese Männer waren, aber ich glaube, es waren dieselben, die mich vor dem Raffles Hotel überfallen haben.«

Einen entsetzten Augenblick lang wußte er nichts zu sagen, dann platzte es aus ihm heraus: »Gütiger Gott! Sind Sie sicher?«

»Ganz sicher! Ich hatte sie schon ganz vergessen, aber ich

weiß ganz bestimmt, daß ich diese gestickten Embleme ganz deutlich gesehen habe.«

»In diesem Fall muß ich mir die Herrschaften genauer ansehen. Warten Sie hier.«

Ethan war schon gegangen, ehe China protestieren konnte. Sie hielt ihre Hände an die Brust gepreßt und sah ihm nach, wie er ins Haus ging. Sie war erleichtert. Also hatte sie doch recht gehabt, sich an ihn um Hilfe zu wenden. Im Augenblick war es ihr egal, daß er ein Dieb und ein Mörder war, und außerdem momentan dabei, ihre Familie zu erpressen. Er allein würde wissen, was zu tun war, wenn die Leibwächter, die ihre Mutter und ihr Bruder gerade hereingelassen hatte, wirklich die Männer waren, die sie so brutal überfallen hatten. China lief es kalt den Rücken hinunter. Und natürlich war es in Ordnung, daß Ethan sie geküßt hatte, denn sie hatte in diesem Augenblick einfach panische Angst. Und da sie noch nie zuvor geküßt worden war, konnte und wollte sie sich auch kein Urteil erlauben, warum sie sich so geborgen gefühlt hatte in seinen Armen.

Auf den Steinen vor ihr tauchte ein Schatten auf, und China sah, wie Ethan durch den Bogendurchgang trat. Das Herz schlug ihr bis zum Hals, als er über die Terrasse auf sie zukam. Sein Gesicht wirkte eher verwirrt als zornig. Hatte er ihr nicht geglaubt? Sie war sich ganz sicher! »Haben Sie sie gesehen?« fragte sie atemlos.

Ethan nickte wortlos. Sie wußte, daß er mit den Gedanken ganz woanders war. »Was war?« wollte sie wissen. »Haben Sie sie erkannt?«

»Nein.«

»Sie dachten, Sie würden sie kennen, oder?«

Ethan mußte lächeln. »Ich fürchte, Sie können meine Gedanken lesen.«

»Wer, glaubten Sie, ist es?« Sie war ziemlich überrascht, daß Ethan sie einer Antwort für würdig hielt.

»Ich hatte gehofft, sie wären auf King's Wheal in Begleitung eines chinesischen Gastes namens Wang Toh Chen-Arn gekommen. Er ist ein Mandarin aus Tientsin, der fast so mächtig wie die Ch'ings, aber sicherlich weitaus gerissener ist. Obgleich er zahllose Seidenfabrikationsstätten im Reich der Mitte hat, quält ihn offenbar ein unersättlicher Appetit nach Badajan-Seide. Ich glaube, er hat in letzter Zeit viel von Ihrem Bruder gekauft. Haben Sie je von ihm gehört?«

China schüttelte den Kopf.

»Um so besser«, meinte Ethan. »Und ich bin zunächst einmal erleichtert, daß diese Leibwächter nicht seine waren, denn dadurch kann man davon ausgehen, daß er den Überfall auf Sie und Nappy nicht angeordnet hat.«

»Hatten Sie das ursprünglich vermutet?«

Ethan stützte seine Hände auf die Terrassenmauer und schaute in die Dunkelheit. Die abendliche Brise brachte süßen Jasminduft mit, der sich mit Chinas Parfüm vermischte. Zahllose Sterne funkelten am nachtblauen Himmel, und über dem zerklüfteten Vulkan hing eine blasse Mondsichel. Ihr Licht überzog den Rasen mit einem Glitzern, das dem Rauhreif eines englischen Frühwinters nicht unähnlich war.

Es war eine wunderschöne Nacht. Leise drang das Rauschen der Wellen herauf. Ethan blickte in den Garten. Das war bestimmt sicherer, als China anzusehen, die ruhig und so schmerzlich begehrenswert neben ihm stand.

Er beantwortete ihre Frage nicht direkt, sagte aber nach einer Weile ruhig: »Vor Jahren verlor ich die *Lotus Star* nach einer unvorhergesehenen Verzögerung in Kowloon. Die britische Flotte hatte reichlich Zeit, den Pearl River heraufzukommen und das Schiff zu beschlagnahmen. Zugegeben, es war mein Fehler, denn ich wollte einfach nicht glauben, daß sie mir so dicht auf den Fersen waren. Ich hatte mich getäuscht. Einige chinesische Kriegsschiffe überfielen uns aus dem Hinterhalt und stellten uns schachmatt.«

Aber nicht kampflos, dachte China und wunderte sich, warum sie nicht entrüstet war, wußte sie doch, daß er das Gesetz gebrochen hatte. Sie wußte, daß er Opium geladen hatte. Darüber hinaus hatte er sich sicher der Festnahme entzogen, was nicht ohne Verluste bei den Chinesen vonstatten gegangen sein konnte. Dabei wollten diese doch nur den Schmuggel eines verbotenen Narkotikums unterbinden.

»Wang Toh Chen-Arn hatte auf die Verzögerung bestanden«, fuhr Ethan nach einer kurzen Pause fort. Er war erstaunt, daß China sich nicht zu einer bissigen Bemerkung hatte hinreißen lassen. »Auf dieser Reise war unser Laderaum für seine Waren vorgesehen, und obwohl wir fast voll waren, bestand er darauf, daß wir auf eine zusätzliche Ladung Opium aus Malwa warteten. Ich habe mich nicht gegen dieses Vorhaben gesträubt, weil wir ja beide auf diese Weise mehr Geld verdient hätten. Erst später erfuhr ich, daß Wang Toh von dem neu ernannten Vizekönig in Kanton eine riesige Bestechungssumme bekommen hatte, um mich hinzuhalten. Offensichtlich wußte der Vizekönig, daß Kriegsschiffe sich Hongkong näherten und wollte sichergehen, daß die *Lotus Star* beschlagnahmt würde.«

China zog die Augenbrauen zusammen. »Warum sollte er das gewollt haben? Mein Vater sagte, die meisten der vom Kaiser ernannten Beamten waren durch und durch korrupt. Das heißt, daß er auch von den chinesischen Händlern Bestechungsgelder bekam, wenn Opium geschmuggelt wurde. Wenn er Ihr Schiff beschlagnahmte, schnitt er sich doch ins eigene Fleisch. Warum sollte er so etwas Dummes tun?«

»Für den Normalfall mag das schon stimmen«, gab Ethan zu, »aber da er den höchstoffiziellen Auftrag hatte, den Schmuggel zu unterbinden, hätte er sein Gesicht ganz und gar verloren, ganz zu schweigen von seiner Position, wenn er nicht zumindest einen Opiumhändler anzubieten gehabt hätte.«

»Sie waren also ein Opfer«, sagte China. Als sie ihn ansah, konnte sie sehen, wieviel ihm die *Lotus Star* bedeutet hatte. Eigentlich hätte sie es mit Genugtuung hinnehmen müssen, denn der Opiumhandel war ein schreckliches Verbrechen. Bedauerlicherweise hatte der Drogenhandel durch diesen verlustreichen Krieg keineswegs aufgehört. Sie hatte selbst die furchtbaren Auswirkungen dieser Droge gesehen, rauchten doch viele Männer im chinesischen Viertel von Badajan das braune Zeug in ihrer Wasserpfeife.

»Der Vizekönig wollte sich keinesfalls den Zorn der chinesischen Händler zuziehen«, sagte Ethan, »deshalb mußten einige britische und portugiesische Händler dran glauben. Wie die meisten Chinesen hatte er ein großes Mißtrauen gegenüber Fremden und hielt seine eigenen Leute raus.«

»Die Summe, die Wang Toh von ihm nahm, muß sehr hoch gewesen sein«, bemerkte China nachdenklich. »Viel höher als das Opium, das er verlor, nehme ich an?«

Sie sah, wie Ethan die Zähne zusammenbiß. Plötzlich hatte sie Angst vor dem Zorn, der in ihm brannte. Als er weitersprach, war sein Ton jedoch mild. Seine Worte klangen, als wollte er sich für seine Bitterkeit entschuldigen.

»O ja, das war wohl eine erkleckliche Summe. Und kaum war die Ladung beschlagnahmt, beklagte Wang Toh lauthals die Tatsache, er sei von mir, einem Barbaren aus dem Westen, hereingelegt worden. Wie es in China der Brauch ist, setzte er eine fürstliche Summe auf meinen Kopf aus, aber das war natürlich nur eine Farce, denn er hatte ja bereits die Bestechungssumme vom Vizekönig bekommen.«

»Wie haben Sie herausgefunden, daß er Sie verraten hat?«

»Das«, sagte Ethan und richtete sich abrupt auf, »ist eine lange Geschichte.« Plötzlich bemerkte er, daß er ihr schon mehr erzählt hatte, als er vorgehabt hatte, mehr sogar, als er je irgend jemanden in seine Vergangenheit eingeweiht hatte. Ein wenig schroff sagte er: »Vielleicht sollten wir uns lieber mit den Burschen befassen, die Sie in Singapur überfallen haben.«

»Was haben Sie drinnen herausgefunden?«

»Die Leibwächter, die Sie wiedererkannt haben, sind in Diensten eines Händlers namens Tse-Jin Woo, der in Changi lebt.«

»Das kann doch nicht sein! Tse-Jin Woo war ein langjähriger Freund meines Vaters. Er ist seit Jahren ein Geschäftspartner unserer Familie, und ganz und gar nicht der Mensch, den irgendwelche Rachegelüste zu Schandtaten treiben könnten. Er hat so viel Geld, daß er nicht weiß, was er damit anfangen soll. Deshalb hält er sich auch Leibwächter – aus Angst, er könnte entführt werden. Warum sollte so jemand versuchen, Nappy oder mich zu überfallen?«

»Ich weiß es nicht. Ich höre hier zum erstenmal von dem Mann«, gab Ethan zu. Ihre Frage machte ihn nachdenklich. Natürlich war es möglich, daß drei von Tse-Jin Woos Leibwächtern von irgend jemandem gekauft wurden, um sich an jemandem zu rächen – aber an wem? Es war einfach nicht Wang Tohs Stil, Fremde zu bestechen, denen er nicht trauen konnte, oder einen Überfall auf Nappy Quarles und zwei hilflose Frauen zu inszenieren – ein Überfall, der ihm nichts eingebracht hätte, es sei denn, er sei als Warnung anzusehen.

Die Tatsache, daß die Angreifer leicht erkennbare Kleidung getragen hatten, bedeutete, daß sie nicht zu Tse-Jin Woos Leibwache gehörten, sondern gedungene Schurken waren, die sich nur so gekleidet hatten, um ihre Verfolger auf die falsche Fährte zu locken. Und das wiederum bedeutete, daß man sie überhaupt nicht ausmachen konnte, dachte Ethan grimmig und spürte, wie Zorn in ihm aufstieg.

»Ich denke, es ist jetzt an der Zeit, daß Sie zu den Gästen zurückkehren, Miß Warrick. Schließlich sind Sie der Ehrengast, und ich könnte mir vorstellen, daß man sich schon wundert, wo Sie bleiben.«

»Ich glaube nicht«, warf China ein, »daß Sie das Recht haben, mich wegzuschicken, ohne mir zu sagen, was Sie zu tun gedenken.«

»Oh, das habe ich schon und ich tue es hiermit«, entgegnete Ethan gelassen. »Die Identität dieser Männer in Singapur braucht Sie nicht zu beschäftigen – zumindest nicht mehr als die Frage, was Ihre Mutter wohl denken wird, wenn herauskommt, daß Sie sich mit einem Mann meines Schlags alleine auf der Terrasse herumdrücken.«

»Vielleicht sind Sie daran gewöhnt, von gedungenen Mördern verfolgt zu werden, Kapitän«, sagte China kühl, »aber ich bin es nicht. Und da ich offensichtlich Zielscheibe in einem Konflikt zwischen Ihnen und einer anderen Person geworden bin, habe ich doch wohl das Recht, um meine Person besorgt zu sein, auch wenn Sie mir das absprechen wollen. Und wenn Sie meinen, die Aussicht, mit Mördern zu tun zu haben, sei auch nicht beunruhigender als mit Ihnen hier auf der Terrasse gesehen zu werden«, sie strafte ihn mit einem vernichtenden Blick, »dann schätzen Sie die Situation vielleicht doch ein bißchen falsch ein, Sir. Gute Nacht.«

Sie drehte sich um und rauschte davon. Ethan sah ihr mit zusammengepreßten Lippen nach. Nach einer Weile ging er die

Gartenstufen hinunter ohne die beiden Kinder, auf die er ganz vergessen hatte, zu sehen, die im Schatten eines Baumes in der Nähe standen.

»O Brandon, was glaubst du, wird er tun?« flüsterte Philippa, als sie alleine waren. Obwohl sie nicht sehr viel von der Unterredung zwischen dem hochgewachsenen Kapitän und ihrer hübschen Schwester verstanden hatte, hatte ihr der Blick des Kapitäns doch Angst eingejagt.

Brandon, der genug mitbekommen hatte, um den Schluß zu ziehen, daß China in Singapur überfallen worden war wegen irgend etwas, das Ethan Bloodwell getan hatte, zwängte seine Hände in die Hosentaschen. »Ich weiß nicht«, sagte er hilflos und wünschte sich, sein Vater wäre noch am Leben. Vater hätte sofort gewußt, was zu tun ist.

»Meinst du, er wird China wehtun? Ich hörte Damon sagen, er sei ein Schurke!«

Brandon überlegte einen Augenblick und schüttelte dann den Kopf. »Glaub' ich nicht. Er kann ihr doch nicht wehtun wollen, wenn er sie geküßt hat, oder? Es muß jemand anderer sein. Ich glaube, dieser Wang Toh. Komm jetzt.«

»Wohin gehen wir?« fragte Philippa atemlos und humpelte hinter ihm auf dem Kiesweg nicht in Richtung ihrer Schlafzimmer, sondern zu Damons Studierzimmer. »Was werden wir machen?«

»Ich weiß noch nicht«, gab Brandon zur Antwort, aber sein Kinn zeigte die Entschlossenheit, die alle sofort erkannt hätten, die seinen Vater und seinen Großvater gekannt hatten. »Ich weiß noch nicht, aber ich werde mir was ausdenken!«

14

Rajiid Ali kam aus einem Bordell am Hafen heraus. Nappy hatte im Schatten eines Feigenbaumes auf ihn gewartet. Wortlos gingen die beiden Männer nebeneinander am Hafen entlang, ohne auf das geschäftige Treiben in den Straßen zu achten.

Der Morgen war klar gewesen, aber am Nachmittag waren im Westen Wolken aufgezogen. Dunkles Donnergrollen kündete von schweren Regenfällen. Blitze zuckten über den fernen malaiischen Bergen. Plötzliche beige Winde schaukelten die Schiffe, die im Hafen vor Anker lagen, rastlos hin und her. Die beiden Männer bogen in die breite, palmengesäumte Straße ein, die zu dem korallenfarbenen Haus führte.

»Ich habe nicht das geringste erfahren«, sagte Rajiid düster. »Bei Allah, die wußten rein gar nichts.«

Nappys nußbraunes Gesicht sah bekümmert aus. »Dem Kapitän wird es gar nicht gefallen, wenn wir mit leeren Händen kommen. Nicht schon wieder.«

»Ich habe viel Geld geboten. Wenn sie wirklich nichts wissen, können sie uns auch nichts erzählen – nicht mal für viel Geld.«

»Ich hatte gehofft, du würdest was herausfinden«, gestand Nappy unglücklich. »Wenigstens so viel, daß der Käpt'n den Schurken auf die Spur kommt, die Miß China überfallen haben.«

»Inshallah.« Rajiid zuckte mit den Achseln. »Allah wird entscheiden, ob sie jemals gefaßt werden.«

Nappy schnaubte. »So wie er sich benimmt, könnte man meinen, nicht Allah, sondern Kapitän Bloodwell wird entscheiden. Ein seltsamer Bursche ist er geworden«, fügte er hinzu und schlug ärgerlich nach den Mücken, die ihn umschwirrten. »Zuerst war er gar nicht so erpicht darauf, sie zu fassen.«

»Wirklich seltsam«, gab Rajiid zu, denn noch nie hatte sein Kapitän eine hoffnungslose Sache so verbissen verfolgt. Die Burschen, die Nappy Quarles und die beiden Engländerinnen überfallen hatten, waren schon längst in den quirligen Straßen Singapurs untergetaucht und würden wohl niemals gefunden werden. Und Tse-Jin Woos Leibwächter waren auch keine Hilfe, erstens weil er, Rajiid, ein Araber war und sie ihm nichts sagen würden, und zweitens, weil weder er noch der Kapitän lange genug in Singapur waren, um die Spione zu rekrutieren, die man für ein solches Vorhaben brauchte – zumindest solche, denen man trauen konnte.

Rajiid wünschte, es gäbe einen Weg, seinen Kapitän von der Aussichtslosigkeit seines Plans zu überzeugen. Aber der Kapitän war seit seiner Rückkehr von der Warrickschen Insel wie besessen und Vernunftgründen nicht zugänglich. Allah möge ihm vergeben. Er war einfach unansprechbar, und es bestand keine Aussicht, ihm sein Vorhaben auszureden.

»Ach, sieh mal an, Mr. Quarles, Rajiid, was für eine nette Überraschung!

Zuerst erkannte weder Nappy noch Rajiid die Engländerin in dem narzissengelben Straßenkleid. Ihre Gesichtszüge waren von einem aufsehenerregenden Hut mit einem breiten, wippenden Rand und einem Tuff aus künstlichen Blumen verdeckt. Erst als sie kokett ihren Kopf zur Seite legte, stöhnte Nappy entsetzt auf, verbarg jedoch seinen Unmut erfolgreich hinter einem kräftigen Hustenanfall.

»Tag, Mrs. Clayton. Ich dachte, Sie wären mit der *Steengraffe* auf dem Weg nach Indien?«

»Erst morgen abend«, entgegnete Julia fröhlich und betrachtete Nappy interessiert. »Ich hörte, Kapitän Bloodwell wohnt jetzt hier in Singapur.«

»Stimmt. Wir nennen es Korallenhaus. Er ist –«

Nappy sah, wie Rajiid den Kopf schüttelte, und brach mitten im Satz ab. Er zuckte mit den Achseln. Seiner Meinung hatte es wenig Sinn, Julia Clayton etwas zu verheimlichen, was sie ohnehin schon wußte. Außerdem konnte sie doch wohl den Kapitän nicht besuchen wollen, nachdem er ihr unmißverständlich mitgeteilt hatte, er wäre nicht an ihr interessiert.

Aber offensichtlich hatte sich Julia Clayton eben dies in den Kopf gesetzt, denn sie war eine Frau, die ein Nein als Antwort niemals gelten ließ. Sie strahlte die beiden an und verkündete, sie wolle dem Kapitän noch auf Wiedersehen sagen, ehe sie Singapur verließ, wenn ihr Nappy doch bitte den Weg zeigen könnte.

Während Rajiid einen angebrachten Fluch ausstieß, schüttelte Nappy den Kopf und nestelte nervös an seiner Augenklappe. »Das wäre nicht recht, Mrs. Clayton. Sie sollten dort nicht hingehen.«

Julia bekam ganz schmale Lippen. »Warum denn nicht?«

»Weil das Korallenhaus früher einmal für – ich meine, dort kamen niemals Frauen hin, zumindest nicht anständige, weiße Frauen, verstehen Sie?«

Julia zerstreute seine Bedenken mit schallendem Gelächter. »Oh, ich bin sicher, das ist kein Problem. Ich verlasse Singapur morgen, und außerdem kümmert es mich wenig, was die Leute von mir denken. Da ich niemals mehr hierherkommen werde – warum sollte ich mich darum kümmern?«

Nappy wußte nicht, was er ihr antworten sollte. Das Problem war ja nicht, was die Leute von Julia Clayton denken würden, sondern wie der Kapitän, der weiß Gott andere Dinge im Kopf hatte, sie empfangen würde. Angesichts der Erfahrungen der letzten Tage würde es wohl kein sehr angenehmes Zusammentreffen sein.

»Ich habe mein Mädchen bei mir«, ergänzte Julia und zeigte auf eine stämmige Malaiin, die ihr in gebührendem Abstand folgte. »Also habe ich auch eine gebührende Begleitung.«

Rajiid grunzte widerwillig und wandte sich brüsk ab. Nappy seufzte tief auf. Man konnte eine Lady nicht abweisen, besonders nicht, wenn sie ganz sicher eine unangenehme Szene machen würde, falls man ihren Wünschen nicht entspräche.

»Gut, ich führe Sie hin«, brummelte er und hoffte inständig, der Zorn seines Kapitäns würde Mrs. Clayton und nicht ihn treffen.

Julia lächelte siegessicher und gesellte sich zu ihm. Fünf Tage drückende Hitze und unerträgliche Langeweile hatten sie überzeugt, daß es ein schrecklicher Fehler gewesen war, England zu verlassen, denn nichts hatte so geklappt, wie sie es sich vorgestellt hatte. Singapur war heiß, schmutzig und langweilig, und sie ärgerte sich noch immer, daß Ethan nicht zu seinem Versprechen gestanden hatte, sie von hier wegzubringen. In einem fremden Land zu sein ohne Aussicht auf einen Mann, der ihre Lage verbessern könnte, war eine ausgesprochen mißliche Situation. Als Julia diesen Morgen aufgewacht war und wieder den Regen auf das Dach der engen Unterkunft, die sie gemietet hatte, trommeln hörte, war ihr der Kragen geplatzt.

Sie wollte keinesfalls mit der *Steengraffe* nach Indien segeln. Warum sollte sie ein feuchtheißes Land gegen ein anderes eintauschen? Noch würde sie nach England zurückkehren und dem Klatsch um ihre katastrophale Affäre mit Charles Pinkerton damit neuen Auftrieb geben. Sie hatte viele Liebhaber gehabt, war aus kleinen Verhältnissen emporgestiegen und hatte sich schließlich den Lebensstandard leisten können, den sie sich immer gewünscht hatte. Warum sollte sie ihre Fähigkeiten nicht auch hier einsetzen können, besonders bei Ethan Bloodwell, anstatt in Kalkutta wieder ganz von vorne anzufangen?

»Hier sind wir, Mrs. Clayton. Das Korallenhaus.«

Nappy öffnete das schmiedeeiserne Tor und ließ sie eintreten, während Rajiid wortlos hinter dem Haus verschwand. »Der Kapitän ist vielleicht gar nicht zu Hause«, sagte er in einem letzten Versuch, sie von ihrem Besuch abzuhalten, und hob den verwitterten Messingtürklopfer.

»Ich kann warten.«

»Das habe ich befürchtet«, murmelte Nappy vor sich hin und hoffte, Lal Sri würde eine Ausrede parat haben, um sie abzuweisen. Unglücklicherweise öffnete nicht Lal Sri die Tür, sondern Kapitän Bloodwell persönlich. Auf dem Arm hatte er die krähende Gem Warrick.

»Was gibt's noch, Piaget?« fragte er. Er glaubte, der Arzt, der vor fünf Minuten das Haus verlassen hatte, nachdem er Gem für gesund erklärt hatte, hätte etwas vergessen. Sein Gesicht verdüsterte sich, als er Julia auf den Stufen stehen sah. Nappy konnte sich das Lachen kaum verkneifen, als er sah, wie Julia entsetzt auf das Kind sah, das kräftig an Ethans Brusthaar zog.

»Hallo Ethan«, sagte sie, nachdem sie sich erstaunlich schnell gefangen hatte und ihm das Kind wegnahm. »Was für ein süßes Kind! Ist es deines?«

»Meine liebe Julia, was für ein Ansinnen!« Ethan warf Nappy einen Blick zu, der Bände sprach.

»Mrs. Clayton kommt, um sich zu verabschieden«, beeilte sich Nappy zu sagen. »Sie reist morgen ab. Wir haben sie auf der Straße getroffen, und sie bat, mitkommen zu dürfen. Übrigens, Rajiid konnte absolut nichts rausfinden.«

Julia sah Ethans ärgerliches Gesicht und fragte sich, was Rajiid wohl herausfinden hatte sollen. Sie senkte den Kopf und gurrte dem Baby etwas vor. Hoffentlich war ihre Neugier Ethans kritischen Augen entgangen.

»Und du, Nappy?«

»Auch nicht besser, Kapitän. Hier in der Stadt scheinen alle ein schlechtes Gewissen zu haben. Auch mit Geld ist nichts zu machen.«

»Na gut.«

Die beiden Worte klangen sehr entmutigt. Julia versuchte, die gespannte Atmosphäre, die sich plötzlich über die elegante Eingangshalle gelegt hatte, zu lösen.

»Wenn es nicht dein Kind ist«, sagte sie nach einer Weile, »wem gehört es dann?«

»Es kommt aus Badajan.«

Julia sah zu Ethan auf und bemerkte, daß er sie mit Schadenfreude betrachtete, als wollte er sie ärgern und dabei seinen eigenen Zorn abreagieren.

»Aus – aus Badajan? Ich fürchte, ich verstehe nicht.«

»Ihr Name ist Gem Warrick«, erklärte Nappy bereitwillig und zeigte mit seinem knochigen Finger auf das Kind.

»Warrick?« Julia bekam Augen so groß wie Wagenräder. »Wie kann sie eine Warrick sein? Sie ist Chinesin.«

»Sie ist Miß Chinas Halbschwester«, kam Nappy zu Hilfe. Von seinem Kapitän konnte man offensichtlich keine anständige Antwort erwarten. »Wir haben sie versorgt. Sie war krank und ist jetzt wieder gesund.«

»Ja, das kann ich sehen. Sie ist sehr dünn, aber was macht sie hier? Warum ist sie nicht auf King's Wheal bei ihrer Familie?«

Sie hörte Nappys Erklärungen zu und sah dann Ethan Bloodwell an. Wie hatte es China Warrick geschafft, ihn zu überreden, das Kind bei sich aufzunehmen?

»Meine liebe Julia, es gab nur zwei Möglichkeiten – entweder das Kind aufnehmen oder es auf der Straße auszusetzen.« Offensichtlich wußte Ethan genau, was ihr durch den Kopf ging und quittierte ihre Gedanken mit einem amüsierten Lächeln. »Ich mag ja ein skrupelloser Abenteurer sein, aber den Tod eines Kindes möchte ich nicht auf dem Gewissen haben. Vorausgesetzt natürlich, ich besitze überhaupt eins.«

»Was wird aus ihr, wenn Chinas Mutter sich weigert, sie auf King's Wheal aufzunehmen?« wollte Julia wissen. »Wie kann man nur einem so kleinen Wesen etwas so Schreckliches antun? Aber ich denke, es ist eine Sache des Stolzes, nicht wahr?«

»Miß China hat sich noch nicht entschieden, wie es weitergehen soll«, sagte Nappy unglücklich. »Hier kann sie nicht bleiben, und in das Dorf wird sie sie wahrscheinlich auch nicht zurückbringen.«

»Wozu sie sich auch immer entschließt, es sollte schnell vonstatten gehen«, bemerkte Ethan. »Ich habe nicht vor, aus meinem Haus ein Findelheim zu machen.«

»Warum gibst du sie nicht mir?« fragte Julia impulsiv.

Beide Männer sahen sich erstaunt an. »Nun, warum nicht?« hakte Julia nach. »Ich habe meine eigenen Räumlichkeiten in der Geyland Road. Sie kann bei mir sein, bis China etwas Passendes gefunden hat.«

»Ich dachte, du wärst auf dem Weg nach Indien«, erinnerte Ethan sie und lachte verschmitzt.

Julia schüttelte den Kopf. »Ich habe mich anders entschieden. Ich habe gehört, dort ist es auch nicht zivilisierter als in Singapur, und sogar noch heißer um diese Jahreszeit. Also, kann ich sie nun mitnehmen oder nicht?« Überrascht stellte sie fest, daß es plötzlich ungeheuer wichtig für sie geworden war, ob man ihr das Kind anvertraute oder nicht, obwohl sie nicht erklären konnte, warum. Vielleicht weil sie dann einen echten Grund hatte, in Singapur zu bleiben, doch hätte sie ihre Gefühle genauer überprüft, hätte sie überrascht festgestellt, daß es nicht nur selbstsüchtige Interessen waren, die sie veranlaßt hatten, dieses Angebot zu machen. Julia Clayton, die ehrgeizige Schöne, die sich rücksichtslos aus ihrer armseligen Herkunft in die glitzernden Salons von London emporgearbeitet hatte, war dem Charme von einem lächelnden grünen Augenpaar hoffnungslos erlegen.

»Ich glaube nicht, daß dem etwas entgegensteht«, sagte Ethan nach einer nachdenklichen Pause. »Vorausgesetzt, Miß Warrick hat keine Einwände.«

»Warum sollte sie?« Julia war sich sicher.

»Gott im Himmel, noch eine!« polterte eine Stimme hinter ihnen. »Wo, zum Teufel, treiben Sie die auf, Sie Teufelsbraten?«

Niemand hatte darauf geachtet, daß die Vordertür offen geblieben war und daß ein freundliches Gesicht mit struppigen, blonden Haaren hereingelugt und die Szene, die sich ihm darbot, interessiert verfolgt hatte.

»Ich muß unbedingt herausfinden, wieso Ihnen die Ladys so nachlaufen, Bloodwell«, erklärte Tyler Crewe und kam herein. »Wie oft habe ich diese Stadt schon durchgekämmt, aber so etwas Liebreizendes ist mir nie über den Weg gelaufen.«

»Vielleicht packen Sie die Sache falsch an, Tyler«, versuchte Ethan ihn zu trösten.

Wieso war der junge Bloodwell so gut in Form? Es konnte doch nicht die Lady sein, die ihn so sehnsuchtsvoll anhimmelte! Sie war nicht ganz so hübsch wie die erste – dieses Warrick-Mädchen, hieß sie nicht so? – aber doch offensichtlich sehr willig.

Bedauerlicherweise konnte er ihr nicht genügend Aufmerksamkeit schenken, denn Ethan Bloodwells Gesichtsausdruck ließ auf nichts Gutes schließen. Und da er diesen Blick nur allzu gut kannte, schlug er Mrs. Clayton schnell vor, sie solle doch das Haus möglichst rasch verlassen, ehe die Diener zu klatschen anfingen.

Julia war mehr als glücklich, sich mit Gem aus dem Staub machen zu können, und Nappy ergriff die günstige Gelegenheit und begleitete sie hinaus. Tyler folgte Ethan in sein Studierzimmer und erkundigte sich nach dem Grund der spannungsgeladenen Atmosphäre. Zwar konnte er sich denken, daß es weder etwas mit der hübschen Frau noch mit dem chinesischen Kind zu tun haben würde, aber er war nun ganz und gar nicht vorbereitet auf die Geschichte, die Ethan ihm da von dem Überfall auf China Warrick und seinen Steward erzählte.

»Also, Sie glauben, Tse-Jin Woo steckt hinter der Sache?« fragte er, als Ethan fertig war.

»Nein. Ich glaube eher, sein Emblem wurde von den wirklichen Tätern als Tarnung benützt.«

»Es ist durchaus möglich, daß Tse-Jin Woo den Überfall angeordnet hat«, sagte Tyler nachdenklich und stocherte mit seinem malaiischen Dolch, den er immer bei sich trug, in den Zähnen. »Vielleicht hatte er keinen konkreten Grund, Ihnen oder dem Warrick-Mädchen Schwierigkeiten zu machen, aber wer weiß schon, was in diesen gelben Teufeln vorgeht. Sie müssen diese Burschen finden – anders werden Sie es nie erfahren.«

»Ich habe meine Leute überall in der Stadt herumgeschickt – ohne Erfolg. Rajiid ging sogar in die Kampongs hinauf, weil er dachte, sie wären dorthin geflohen.«

»Und?«

Ethan rutschte rastlos hin und her. »Nichts. Sie sind wie vom Erdboden verschluckt. Verdammt! Mir sind die Hände gebunden. Es sei denn, ich käme irgendwie an Tse-Jin Woo heran.«

»Womit wir beim Thema Spione wären«, folgerte Tyler. »Ich stehe Ihnen zur Verfügung.«

Ethan betrachtete ihn einen Augenblick schweigend. »Könnten Sie das übernehmen, Tyler?«

»Schon geschehen«, grinste der große Mann. »Ich habe einen Freund in der Society of the Oxen, der mir einiges schuldig ist. Diese Gesellschaft hat in jedem Haus Augen und Ohren, und wenn Tse-Jin Woo für den Überfall verantwortlich ist, dann bekommen wir das raus. Ach, hätten Sie vielleicht einen Whisky für mich! Ich kann den Brandy nicht mehr sehen.«

Ethan stand auf und brachte das Gewünschte. »Was erwarten Sie als Gegenleistung?« fragte er, als er Tyler das Glas hinhielt. Er wußte, daß Tyler nie etwas nur als Gefälligkeit machte. »Ich muß Sie warnen«, fügte er hinzu und dachte dabei an ihre letzte gemeinsame Aktion. »Ich bin ziemlich knapp bei Kasse.«

Zu seiner Überraschung war die Forderung relativ leicht zu erfüllen.

»Ich möchte«, begann Tyler und nahm einen großen Schluck aus seinem Glas, »mit der brünetten Schönheit, die Sie so schnell hinauskomplimentiert haben, nähere Bekanntschaft machen. Oder gibt es da noch andere, die ich sehen sollte, ehe ich mich entscheide?«

»Andere?«

»Ja, andere. Zweimal kam ich in Ihr Haus und fand bei Ihnen strahlend schöne Frauen vor.«

»Ich versichere Ihnen, es gibt keine anderen.«

Tyler grinste. »Gut. Die mit den dunkelbraunen Haaren gefällt mir ohnehin sehr gut, und Sie wissen, ich mag große Frauen. Obwohl sie sehr hübsch ist, erscheint mir China Warrick doch vielleicht ein wenig zu zerbrechlich für mich. Obwohl, wenn sie nach ihrem Vater und Großvater gerät«, fügte er hinzu, »ist sie wahrscheinlich zäher als sie aussieht. Ein übelgelaunter Haufen, diese Warricks, und stolz wie Spanier. Und sie sind ehrlich, obwohl das bei dem vielen Geld, das sie haben oder besser gesagt hatten, überrascht.«

»Hatten?« fragte Ethan interessiert.

Tyler nickte. »Ich glaube, sie sind in Schwierigkeiten, seit Race Warrick letztes Jahr ertrank. Würde mich nicht überraschen, wenn man sieht, wie der Stiefsohn mit dem Geld herumschmeißt. Also, das ist wirklich gutes Zeug. Kann ich noch etwas Whisky haben? Danke. Also, wo war ich stehengeblieben?«

»Sie haben die Tugenden von Julia Clayton, der Frau, die Sie kennenlernen möchten, abgewägt«, half ihm Ethan auf die Sprünge.

Kapitän Crewe überlegte einen Augenblick und sagte dann: »Ich glaube, ich nehme sie.«

»Sie könnte gefährlich werden«, warnte Ethan.

»Um so besser.« Tyler grinste breit. »Ich mag Frauen, bei denen etwas los ist.« Er lehnte sich nach vorne und flüsterte theatralisch: »Geben Sie sie mir, alter Freund, und ich werde dafür sorgen, daß morgen abend ein Spion in Changi ist.«

Alkoholschwaden lagen in der Luft.

Kapitän Crewe stand zu seinem Wort und rekrutierte einen Spion. Die Männer von Tse-Jin Woos Leibgarde wurden peinlichst befragt, doch leider mit enttäuschendem Ergebnis. Sie verbaten sich die Unterstellung, bestechlich zu sein, und außerdem würden sie niemals zwei hilflose Frauen und einen alten, einäugigen Mann überfallen.

»Ich fürchte, Sie müssen ihnen glauben«, betonte Crewe noch

einmal, als er sich einige Tage später mit Ethan auf den Treppen des Korallenhauses traf. »Wissen Sie, das ist Ehrensache. Allein der Gedanke, Bestechungsgelder anzunehmen, widert sie an. Ich habe auch herausgefunden, daß Tse-Jin Woos Großvater Kingston Warrick Chinesisch beigebracht hat. Er war einer der ersten Europäer, die chinesisch konnten, wußten Sie das? Die Warricks haben mit Tse-Jin Woo und seiner Familie sehr enge Beziehungen. Es ist sogar so etwas wie Freundschaft, obwohl man sich das zwischen einer westlichen Familie und den verdammt mißtrauischen Chinesen kaum vorstellen kann.«

Ethan stand auf und ging grübelnd zum Ende der Terrasse. Dort blickte er eine Zeitlang schweigend in die Ferne. »Dann sieht es so aus, als würden wir nie erfahren, wer dahintersteckte. Verdammt! Da bleibt mir keine große Wahl!«

Lal Sri, der in diesem Augenblick auf die Terrasse gekommen war, um seinem Herrn mitzuteilen, daß das Abendessen auf dem Tisch stehe, bekam mit barschen Worten einige unverständliche Aufträge. Tyler war einigermaßen überrascht über Ethans Schroffheit, doch als seine wiederholte Frage, was denn dieser Unsinn bedeute, unbeantwortet blieb, platzte ihm der Kragen, und er drohte Ethan, er werde tätlich werden, wenn er nicht gleich eine Antwort bekäme.

»Das haben Sie schon mal versucht, Tyler, erinnern Sie sich nicht?« fragte Ethan freundlich.

Der bullige Kapitän verzog das Gesicht. »Ach ja, Sie haben recht. Habe mir ein paar gebrochene Rippen eingehandelt.«

»Nicht zu vergessen eine gebrochene Nase«, erinnerte ihn Ethan mitleidlos. »Auf jeden Fall hatten Sie es verdient, denn Sie waren gerade dabei, meinen Safe nach Silberbarren zu durchsuchen.«

»Sie waren betrunken«, beschwerte sich Tyler, »und schliefen fest in den Armen einer verführerischen persischen Kurtisane – Gott, wie hieß sie doch gleich? Große, schwarze Augen und Lippen wie Rubine! Hatte Sie ganz schön in der Hand! Ich hätte nie gedacht, daß Sie aufwachen, geschweige denn, sich auf einen Kampf mit mir einlassen ...«

»Und Sie tüchtig verprügeln würde«, vollendete Ethan den Satz.

»Auch das«, gab Tyler zerknirscht zu. Der Anflug eines Lächelns huschte über Ethans Gesicht, und nach einer Weile löste sich die Spannung in seinem Gesicht: »Ich fahre nach Badajan, Tyler, und schreibe vorher noch einen Brief an einen Freund in Djakarta, der mir noch einen Gefallen schuldig ist.«

»Warum zurück nach Badajan?«

»Um etwas zu erledigen, das schon längst hätte erledigt werden sollen«, sagte Ethan düster.

Tyler hob verzweifelt die Arme zum Himmel und gab einen unanständigen Ton von sich: »Jetzt sprechen Sie schon wieder in Rätseln!«

Ethans blasse Augen betrachteten ihn ruhig: »Tu ich das? Ist aber doch alles ganz einfach. Irgend jemand, und ich weiß noch nicht wer, führt Rachepläne gegen mich im Schilde. Normalerweise würde mich das nicht sonderlich stören, wenn nicht derjenige beschlossen hätte, eine unschuldige junge Frau miteinzubeziehen. Und da ich offensichtlich nicht herausfinden kann, wer dahintersteckt, bin ich zu der Überzeugung gekommen, daß ich nichts zu ihrem Schutz tun kann.«

»Ich nehme an, Sie sprechen von dem Warrick-Mädchen?«

Ethan war plötzlich mit seinen Gedanken ganz weit weg. »Ja, das Warrick-Mädchen. Sagen Sie, fahren Sie heute abend nach Hause, Tyler?«

»Ich denke schon.«

»Könnten Sie dann einen Brief für mich mitnehmen?«

Ohne auf eine Antwort zu warten, ging er ins Haus und schrieb schnell ein paar Zeilen. Tyler stand ungeduldig neben ihm. Er überreichte den Brief und bat Tyler dann, ihn jetzt zu entschuldigen, denn er hätte noch viel zu tun. Ohne ein weiteres Wort verließ er das Studierzimmer und rief laut nach Lal Sri.

»Ungeduldiger Tropf«, schimpfte Tyler in den leeren Raum und hoffte, Ethan würde nichts Unüberlegtes machen, wie beispielsweise in Changi bei Tse-Jin Woo Ärger machen.

Aber Ethan Bloodwell wollte bei Damon Warrick vorsprechen. Als er an Bord eines Sampans, den ihm Lal Sri besorgt hatte, auf Badajan angelegt hatte, ging er rasch zu dem Haus hinauf. Ein Diener öffnete ihm auf sein Klopfen und bedauerte, daß der junge Master gerade Gäste hätte und nicht gestört werden könnte.

»Kommen Sie doch morgen wieder, ja? Es ist schon spät, und das Abendessen wird eben serviert. Morgen, ja?« Der Diener versuchte die Tür zu schließen, doch Ethan legte seinen muskulösen Arm dazwischen und sah den Diener mit einem Gesichtsausdruck an, daß dieser entsetzt zurückwich.

»Bitte, sagen Sie Ihrem Herrn, daß ich ihn nicht länger als eine Viertelstunde aufhalten werde«, sagte Ethan. Der Diener eilte angsterfüllt davon. Ethan blieb auf der dunklen Veranda zurück, lauschte den herumschwirrenden Flederhunden und dem Rauschen der Bougainvilleas im Wind.

Kurz darauf erschien Damon Warrick an dem beleuchteten Portal. Feindseligkeit und Mißtrauen prägten seine Züge. »Was ist los, Bloodwell? Was wollen Sie? Ich habe eine Gruppe von Händlern aus Macao im Eßzimmer sitzen, und Sie wagen es, hier einfach aufzutauchen und meinen Diener zu erschrecken!«

»Ich bin wegen meiner zweihundert Pfund gekommen«, sagte Ethan kalt, »und ich möchte Sie gleich darauf hinweisen, daß ich diesmal so lange bleibe, bis ich mein Geld habe.«

Eine ganze Minute herrschte eisiges Schweigen.

»Ist das eine Drohung?« fragte Damon schließlich.

»Wenn Sie es so sehen wollen.«

Damon warf den Kopf zurück. »Warum, in Gottes Namen, glauben Sie, daß ich vorhabe –« Er brach abrupt ab, als hinter dem breitschultrigen Kapitän plötzlich Schatten auftauchten. Zwei, nein drei Männer, alle bewaffnet. Am furchterregendsten sah ein Araber mit langem Gewand aus, dessen Krummdolch im Licht aufblitzte.

Auch Kapitän Bloodwell hatte eine Waffe gezogen, eine Pistole mit einem Lauf aus kaltblauem Stahl. »Nun?« fragte er sanft. »Werden Sie bezahlen oder nicht?«

»Werden Sie mich erschießen, wenn ich es nicht tue?« Damon wollte heldenhaft erscheinen.

Ethan zog die Mundwinkel nach unten. »Könnte schon sein.«

Angst flammte in Damons Augen auf. Mit Mühe hielt er sich selbst davon ab, dem Kapitän die Tür vor der Nase zuzuknallen.

Der Mann bluffte doch nur – er konnte es doch nicht ernst meinen. Niemand würde es wagen, einen unbewaffneten Mann in seinem eigenen Haus niederzuschießen, nicht einmal Ethan Bloodwell oder seine Gefolgsmänner!

»Zum Teufel mit Ihnen, ich habe das Geld nicht!« fauchte Damon. Schweiß tropfte von seiner Stirn. »King's Wheal ist nahezu bankrott!«

»So was habe ich mir schon gedacht«, sagte Ethan und senkte die Pistole. »Aber anders hätten Sie das wohl nie zugegeben. Was ist mit Chinas Erbe? Haben Sie das auch schon verbraten?«

Damon sah ihn verständnislos an. »Chinas – Erbe?«

»Kommen Sie, kommen Sie«, sagte Ethan ungeduldig. »Ich bin doch nicht doof. Ihr Vater hat sicher nicht alles nur Ihnen überlassen. Er hat doch sicher Vorkehrungen für sie, Brandon und Philippa getroffen?«

Damon lief dunkelrot an. »Und wenn er das hätte? Was wollen Sie damit sagen?«

»Ich will gar nichts sagen. Aber es scheint allgemein bekannt, daß Sie King's Wheal in den Monaten seit dem Tod Ihres Stiefvaters heruntergewirtschaftet haben. Und um wieder auf gleich zu kommen, kam Ihre Mutter auf die brillante Idee, nach alter Manier große Einladungen zu geben – mit Opium, Frauen, Eunuchen – alles, was das Herz begehrt, damit die Kunden höhere Preise zahlten. Sehr klug, zugegeben, und offensichtlich hat China von all dem keine Ahnung.«

»Na und? Wollen Sie es ihr sagen?« sagte Damon trotzig.

Ethan dachte an die Verzweiflung in Chinas Gesicht, als sie von ihrem Vater und dessen außerehelichen Beziehungen erfahren hatte. »Nein.«

Damon hatte sich wieder gefangen und fragte: »Was wollen Sie also? Sie sind doch sicher nicht hierhergekommen, um meine Geschäftstüchtigkeit zu kritisieren, und auch nicht wegen der zweihundert Pfund, zumal Sie doch offensichtlich wissen, daß ich sie Ihnen nicht zahlen kann, selbst wenn Sie drohen, mich zu erschießen.«

»Glauben Sie mir, wenn ich Sie wirklich umbringen wollte, würde ich meine Zeit nicht mit Drohungen verschwenden. Ich kam hierher, um herauszufinden, ob Race Warrick seinen Kindern ein Erbteil hinterlassen hat – in Chinas Fall eine Mitgift.«

Damon schluckte. Die offenen Worte des Kapitäns hatten ihn vollends aus der Fassung gebracht. Plötzlich sah er wirklich aus wie einundzwanzig – jung, unerfahren und sehr unsicher. »Was wollen Sie? Wollen Sie mich erpressen?«

Die Tür quietschte in den Angeln, als er mit weißen Knöcheln die Türklinke umklammerte. »Was hat Chinas Erbteil damit zu tun?«

»Das ist eigentlich ganz einfach.« Ethan steckte die Pistole in seinen Gürtel zurück. Seine Begleiter standen jedoch weiterhin mit gezückten Waffen da, bereit sofort einzugreifen. Ethan sagte leichthin: »Ich bin bereit, Chinas Mitgift – oder Erbteil, wenn Sie so wollen, anstatt der zweihundert Pfund anzunehmen, vorausgesetzt, Sie haben das nicht auch schon verplempert.«

»Nein, habe ich nicht. Zumindest nicht alles. Aber ganz sicher ist Ihnen doch klar, daß Sie sie heiraten müssen, um in den Besitz ihres Geldes zu kommen!«

»Das ist mir klar«, erwiderte Ethan, und plötzlich war der Klang seiner Stimme weder freundlich noch sanft, ja eigentlich nicht einmal menschlich. »Ich habe die Angelegenheit sorgfältig durchdacht und einen Bekannten aus Djakarta, einen ehemaligen Rechtsanwalt, gebeten, die nötigen Dokumente vorzubereiten. Sobald er kommt, werden Sie für die Summe der Mitgift unterschreiben – und ich werde China zu meiner Frau machen.«

15

China Warrick lenkte ihr Pferd auf dem schmalen Dschungelpfad zu der bescheidenen Hütte hinter den Produktionsstätten, in der Darwin Stepkyne lebte. Ihr Gesicht war kalkweiß, und sie sah erschöpft aus. Ein drückender Morgen zog über der schlafenden Insel herauf. Die Berge waren noch im Dunst verborgen. Das beigefarbene Reitkleid klebte an Chinas Rücken und an ihren Schultern, und die Federn an ihrem Schleierhut hingen traurig wie verwelkte Blumen herunter. Unter ihren wunderschönen Augen lagen dunkle Ringe, und ihre Haare waren sehr hastig zusammengeflochten.

Darwin schlürfte seinen Morgenkaffee und machte Notizen in die Bücher, als er Hufe auf der festgestampften Erde hörte. Barfuß und in Hemdsärmeln kam er vor die Hütte.

»Miß Warrick, was ist? Was ist passiert? Es ist doch im Haus nichts passiert, oder?«

China wußte nicht, wie sie erklären sollte, warum sie so überstürzt hierhergeritten war. Kurz nach Mitternacht war sie durch einen Streit aufgewacht. Die Stimmen kamen aus Damons Arbeitszimmer. Sie hatte sich schnell was übergezogen und war hinuntergegangen. Die Tür zum Arbeitszimmer stand offen, und ihre Mutter und ihr Bruder hatten sich lautstark Beschuldigungen an den Kopf geworfen. Da sie nicht lauschen hatte wollen, hatte sie sich auf Zehenspitzen davongeschlichen, hatte dann aber einen Namen gehört, der sie stutzig gemacht hatte. Sie war wieder zurückgegangen und hatte Dinge gehört, die sie mit Entsetzen erfüllt hatten.

»Ich werde Ethan Bloodwell nicht heiraten«, hatte sie immer wieder vor sich hingeflüstert und war dann zurück in ihr Zimmer geflohen. Mit weit aufgerissenen Augen hatte sie in die Dunkelheit gestarrt. »Ich will nicht, ich will nicht!« Aber es war ganz offensichtlich, daß ihre Mutter sich schon dazu entschlossen hatte, und daß Damon, wenn auch widerwillig, bereit war, die Papiere zu unterschreiben.

Da war sie nun wie ein Sklave oder ein Objekt verkauft worden, verkauft für zweihundert Pfund an einen Mann, der weder achtbar noch besonders freundlich war, und der sich offensichtlich gar nichts aus ihr machte. Wie schrecklich mußte ein Leben an der Seite Ethan Bloodwells sein, wenn man das Haus mit seinen zahllosen Geliebten teilen mußte, während er um den Erdball segelte, und auf der Suche nach Abenteuern die Gesetze brach, weil es ihm eben gerade so gefiel. »Ich muß weg von hier«, entschloß sich China, doch der Gedanke erfüllte sie mit blinder Wut. Nein, das würde sie nicht tun! Niemand, auch nicht Ethan Bloodwell, würde sie je wieder von Badajan vertreiben!

Sie hoffte im stillen, daß er nur so gehandelt hatte, weil Damon sich geweigert hatte, die zweihundert Pfund zu zahlen. Rücksichtslos hatte er wohl Erkundigungen eingezogen und herausgefunden, daß ihre Mitgift mindestens in der Höhe ihrer Schulden an ihn sein mußte.

Wie klug von ihm, sich eine so lohnende Alternative auszudenken, dachte China, und zitterte vor Zorn. Wie gern wäre sie ihm jetzt gegenübergestanden und hätte ihm gründlich ihre Meinung gesagt. Aber er hätte sicher nur gelacht, so wie er es immer tat, wenn sie etwas sagte, denn am liebsten behandelte er sie wie ein verwöhntes, aufsässiges Kind. Sie war ihm immer eine lästige Last gewesen, und er hatte sie mehrfach verletzt, weil er sich einfach weigerte, sie ernst zu nehmen.

Entgegen besseren Wissens mußte China noch daran denken, wie er sie geküßt hatte, und welch lustvolle Gefühle sie nach dem ersten Schrecken durchströmt hatten, Gefühle, die sie bislang nicht gekannt hatte. Sie war danach sehr verwirrt gewesen, und später hatte sie sich selbst dabei ertappt, wie sie mit den Fingerspitzen über ihren Mund gefahren war, um noch einmal das Gefühl seines Mundes auf dem ihren zu spüren.

Es machte sie zornig, daß sie in so einem Moment an etwas so Bedeutungsloses wie einen Kuß dachte, wo sie sich doch eigentlich über Kapitän Bloodwells baldiges Dahinscheiden Gedanken machen wollte. Sie hatte die Ellenbogen auf das Fenstersims gestützt und auf den mondbeschienen Innenhof geschaut. Eine warme Brise spielte mit ihren leuchtendroten Locken. Nur der Brunnen plätscherte leise, und im Dickicht rumorte irgendein Tier auf Futtersuche – vielleicht war es Ibn Bibi, der von den Kindern heißgeliebte Mungo.

Sie würde Badajan nicht verlassen und sie würde Ethan Bloodwell nicht heiraten. Doch was würde sie tun? Wenn sie doch schon verheiratet oder wenigstens mit einem anderen Mann verlobt wäre, so daß Ethan Bloodwell keine Ansprüche auf sie stellen konnte!

Plötzlich hielt China den Atem an. Warum nicht? Warum nicht einen anderen Mann heiraten? Wenn sich Ethan Bloodwell auch seinen Geschlechtsgenossen bei weitem überlegen fühlte, war er doch nicht Gott persönlich und konnte ein heiliges Gelübde nicht so einfach übersehen. China lächelte und begann, über ihren Plan nachzudenken. »Geht es Ihnen nicht gut, Miß China?«

Darwins besorgte Worte rissen sie abrupt in die Gegenwart zurück. Sie lachte verlegen und wurde ein wenig rot. »O doch, natürlich, Darwin«, versicherte sie ihm. »Ich bin gekommen, um Sie um einen Gefallen zu bitten.«

Hätte Darwin sie ein wenig aufmerksamer betrachtet, dann hätte er bemerkt, daß sie nervös, ja sogar ein wenig hysterisch lachte, aber er sah nur ihre leuchtendgrünen Augen und spürte, wie seine Liebe zu ihr sein Herz erfüllte. Wagemutig nahm er ihre Hand.

»Einen Gefallen? Sicher, Miß Warrick! Jeden!«

»Ich möchte gerne«, sagte China klar und ohne zu zögern, »daß Sie mich heiraten.«

»Wie bitte?«

China hätte beinahe gelacht, als sie Darwins verdutztes Gesicht sah, hielt sich aber im Zaum. Sie hatte keine Zeit zu verlieren, und sie mußte Darwin von der Dringlichkeit ihres Vorhabens überzeugt haben, ehe ihr Verschwinden auf King's Wheal bemerkt wurde.

»Lassen Sie uns hineingehen.« Sie nahm seine schlaffe Hand und zog ihn in das Haus.

»Oh, das wird nie funktionieren«, sagte Darwin, nachdem sie ihm eine genaue Schilderung der Situation geliefert hatte.

»Doch, das wird es«, beharrte China. »Meine Mutter kann nichts dagegen tun. Wenn sie es erfährt, wird es zu spät sein.« China betrachtete Darwin seufzend, denn jeder Zweifel, den er äußerte, erschütterte auch ihren eigenen Glauben an das Gelingen des Plans. Doch dann dachte sie an Kapitän Bloodwell, und wie zufrieden er momenten mit sich selbst sein mußte. Sie schob trotzig ihr Kinn vor, so wie es ihr Urgroßvater auch immer getan hatte.

Darwin mußte sich einfach bereiterklären, denn er konnte ihr verzweifeltes Gesicht nicht mehr ertragen. Seine Liebe zu ihr setzte auch jeden vernünftigen Gedanken außer Kraft, und so ging es nur mehr darum, sie aus den schmutzigen Händen Ethan Bloodwells zu erretten.

»Gut, ich bin einverstanden!« sagte er und diesmal sprach er ausführlich. Sie würden, erklärte er entschlossen, sich sofort nach Singapur aufmachen und Reverend Hubert Challoner aufsuchen, der nach Darwins Meinung der einzige Pfarrer der Stadt war, der sie ohne Zustimmung von Malvina Warrick trauen konnte.

»Er lebt seit vierzig Jahren in Asien, vielleicht sogar schon länger«, erklärte er. »Obgleich das vielleicht nicht besonders nett von mir ist, muß ich sagen, daß er in die Jahre gekommen ist und manchmal ziemlich verwirrt ist. Es dürfte nicht allzu schwierig sein, sich eine Geschichte auszudenken, warum wir schnell heiraten müssen.«

»Ich denke, wir müßten ihm falsche Namen sagen«, schlug China vor. »Aber ob die Sache dann legal ist?«

»Natürlich«, beruhigte sie Darwin. »Und das mit den falschen Namen ist vielleicht gar nicht schlecht. Auf diese Weise wird es keinen Klatsch geben, denn Reverend Challoner würde sicher Ihren Namen kennen. Besser, Ihre Mutter hört es von uns und nicht von irgendwelchen Einheimischen, die die Neuigkeit herumschnattern.«

Es war alles so einfach, dachte er, zu einfach eigentlich. Als er China zu den Docks begleitete, kamen ihm neue Zweifel. Obgleich er das niemandem, und schon gar nicht China, eingestehen würde, hatte er schreckliche Angst vor Malvina Warrick. Die letzten zehn Jahre – fast sein halbes Leben – hatte er immer versucht, ihrer scharfen Zunge und ihren Launen zu entgehen. Er wußte auch, vielleicht besser als sonst jemand, daß es ihr ausschließlich um Damon, ihren erstgeborenen Sohn, ging.

Von seinem eigenen Vater hatte Darwin die Geschichte von John Gilkenny, einem Rancher aus New South Wales, gehört, der die erste und einzige Liebe der zwanzigjährigen Malvina Shepherd gewesen war. All ihr mädchenhafter Reiz schien an dem Tag gestorben zu sein, als ihr geliebter John von einem Hengst zu Tode getrampelt wurde. Kurz danach hatte sie Australien verlassen und sich geschworen, nie mehr dorthin zurückzukehren. Sie hatte nichts mitgenommen, bis auf das Leben, das in ihr wuchs, ohne daß sie etwas davon wußte. Und die Opale, die ihr Vater ihr am Tag ihrer Hochzeit gegeben hatte – seltene, grüne Opale, die er selbst vor fast vierzig Jahren gefunden und seiner geliebten Frau, Lady Delia Linville, gegeben hatte.

Schön und klug wie sie war, war Malvina Gilkenny schon bald dem jungen, draufgängerischen Enkel des legendären Kingston Warrick aufgefallen. Und als sie wußte, daß sie John Gilkennys Kind bekommen würde, hatte sie Kingston verführt und ihn so glauben gemacht, das Kind wäre seines. Sofort und gegen den Wunsch seines kränklichen Vaters hatte Race Warrick ihr angeboten, sie zu heiraten.

Diese Heirat war ein großer Fehler gewesen. Selbst Race, der in die anmutige Schönheit verliebt war, bemerkte das schon bald. Und als er das schwarzhaarige Kind sah, wußte er, daß es nicht seines war, und Malvinas Verrat zerstörte jeden Funken Liebe in ihm.

Da war nur noch das Kind, und Race würde es wie sein eigenes aufziehen, denn er war der Meinung, ein Kind sollte nicht für die Sünden seiner Eltern büßen müssen. Aber Damon war immer nur das Kind seiner Mutter und wies alle Zuneigung des Mannes, der ihn gerne als seinen Sohn aufgezogen hätte, zurück. Statt dessen klammerte er sich an die glorifizierten und maßlos übertriebenen Schilderungen von John Gilkenny, die ihm seine Mutter unaufhörlich einimpfte.

Er war ein verzogenes und faules Kind und hatte nichts von dem stolzen, rastlosen Ehrgeiz, der allen Warricks eigen war. Race bemühte sich redlich, die Kluft zwischen ihnen beiden zu überbrücken – bis China geboren wurde. Die rothaarige, grünäugige China war so fröhlich und voller Leben wie ihr charmanter, respektloser Urgroßvater und sie betete ihren Vater an, und er sie. Schon sehr früh war klar, daß sie den Eigensinn, die Ausdauer und den Ehrgeiz der Warricks geerbt hatte.

China füllte den leeren Platz in Races Herz. Sie arbeitete ernst und so fleißig, wie es nur ein Kind tun konnte, das seinen Vater anhimmelte, und sie war begierig, alles von ihrem Vater zu lernen. China wollte er später einmal King's Wheal übergeben, – bis Malvina Warrick plötzlich aufwachte und befürchtete, ihr geliebter Sohn könnte enterbt werden. Daraufhin sorgte sie dafür, daß das Kind nach England zu ihrem Onkel geschickt wurde.

All das hatte Darwin im Laufe der Jahre auf der Plantage erfahren. Er hatte sich redlich bemüht, von seinem übelgelaunten, aber schwer arbeitenden Vater die Geheimnisse der Plantagenverwaltung zu erlernen. All das hatte ihn während seiner Studienjahre in England nicht weiter berührt, auch nicht, als er zurückkam, um die Arbeit seines sterbenden Vaters zu übernehmen. Erst als China Warrick auf die Insel zurückgekehrt war, wunderschön und nichts von der Ungerechtigkeit ihrer Mutter ahnend, hatte er öfter darüber nachgedacht.

Er betrachtete sie, während sie warteten, daß die *Tempus* auslief, und fühlte, wie ihn die Liebe zu ihr überwältigte. Sie konnte nicht wissen, welcher Niedertracht ihre Mutter fähig war, und daß sie wie eine Kobra zubeißen würde, wenn die Existenz ihres geliebten Sohnes Damon auf dem Spiel stand. Und wenn sie Darwin Stepkyne heiratete, wäre diese Existenz tatsächlich bedroht, denn Ethan Bloodwell hätte sie zweifelsohne von der Insel weggebracht, während er alles dazu tun würde, daß sie bleiben konnte. Vielleicht würde er auch eines Tages den Mut aufbringen, das zu sagen, was er noch niemandem anvertraut hatte – nämlich, daß Race Warrick ihr King's Wheal vererbt hätte, wenn ihn der Tod nicht überrascht hätte, daß das Erbteil, das er für Brandon und Philippa vorgesehen hatte, bereits ausgegeben war, und daß die einst vollen Tresore bereits leer waren.

Oja, Darwin wußte genau, wie schlecht es um die Warrickschen Finanzen stand, wie Damons nicht vorhandener Geschäftssinn sie gezwungen hatte, ihren Besitz auf Sumatra und in Singapur bereits versteigern zu lassen, und daß die Teakplantage südlich von Kuala Lumpur heimlich bereits an Sir Joshua Boles verkauft war. Nichts war geblieben von dem riesigen Besitz, den Kingston Warrick aufgebaut hatte, und die schimmernde, goldfarbene Seide, die die halbe Welt begehrte, wurde von

Damon beinahe um jeden Preis verschleudert, selbst wenn der Kunde zahlungsunfähig war. China ahnte von all dem nichts, und Darwin schämte sich, daß er nicht den Mut hatte, ihr die Wahrheit zu erzählen.

Die Sonne, die hinter den Berggipfeln aufgestiegen war, hatte den morgendlichen Dunst weggebrannt und spiegelte sich nun im Wasser, das so heiß und gläsern wirkte wie flüssiges Metall. China und Darwin atmeten auf, als die *Tempus* in See stach und mit geblähten Segeln schnell an Fahrt gewann. Obgleich Darwin das Schiff selbst übernehmen hätte können, hatte er darauf bestanden, Lam Tan mitzunehmen, damit Malvina ihn nicht befragen konnte, wenn sie bemerkte, daß die *Tempus* nicht vor Anker lag.

China saß schweigend an Deck und wippte pausenlos mit dem Absatz ihres Reitstiefels. Sie wußte, sie mußte jeden Anflug von Angst vor Darwin verbergen, damit ihn der Mut nicht verließ und er womöglich darauf bestand, zurückzukehren. Sie war froh, daß er ihr helfen wollte, aber sie hatte sich noch nie in ihrem Leben so elend und alleine gefühlt.

Der Schiffsverkehr vor Singapur war schon recht lebhaft, und die *Tempus* mußte sich durch das Gewirr aus Tongkangs, Sampans und Fischerbooten mühsam hindurchmanövrieren. Schließlich vertäute Lam Tan sie und half Darwin an Land.

»Werde gut auf Missy aufpassen«, versprach er fröhlich, und Darwin verschwand mit bekümmertem Gesicht in einer der engen Gassen.

Da Darwin nicht genau wußte, wo der Geistliche wohnte, waren sie übereingekommen, daß China an Bord der *Tempus* warten würde, um nicht in den Straßen erkannt zu werden. Darwin hatte versprochen, sie zu holen, sobald er Reverend Challoner gefunden hatte, und dann würden sie gemeinsam durch weniger frequentierte Straßen zu seiner Wohnung gehen. China hielt das für eine sehr weise Vorsichtsmaßnahme.

China sah unruhig um sich und erstarrte, als plötzlich zwei Männer mit fließenden arabischen Gewändern aus einem der Häuser gegenüber dem Kai, an dem die *Tempus* angelegt hatte, herauskamen und in die Richtung der geschäftigen Lagerhallen schlenderten. China erkannte einen der Männer als Rajiid Ali, der andere hatte sein Gesicht abgewandt.

Chinas Herz begann schneller zu schlagen. Wenn Rajiid sich hier aufhielt, dann war es durchaus möglich, daß auch sein Kapitän nicht weit entfernt war.

Ängstlich beobachtete sie, wie der große Araber etwas zu seinem Begleiter sagte. Dann warfen sie beide den Kopf in den Nacken und lachten. China war entsetzt. Zwar konnte sie immer noch nicht das Gesicht des anderen sehen, aber das Lachen hatte sie unmißverständlich erkannt.

Mit lautem Klappern warf sie ihren Deckstuhl um und verschwand durch die Luke nach unten, nachdem sie dem erschrockenen Lam Tan bedeutet hatte, er solle sich ruhig verhalten. Es dauerte ewig, bis sie schließlich erleichtert aufatmen konnte, nachdem die beiden Männer weitergegangen waren, ohne sich in ihre Richtung umzudrehen.

Es war unerträglich heiß in der winzigen Kabine, aber China traute sich nicht mehr nach oben. Glücklicherweise kam Darwin früher zurück, als sie erwartet hatte, und sie eilte zu ihm. Als sie sein Gesicht sah, wußte sie jedoch sofort, daß etwas schiefgelaufen war.

»Was ist los? Konnten Sie ihn nicht finden?«

»Ich fand ihn schon«, antwortete Darwin mit düsterem Blick, »aber er ist tot.«

»Tot?!«

»Sein Hausdiener erzählte mir, er sei vor zwei Tagen gestorben, und sie hätten ihn gestern zu Grabe getragen. Können Sie sich das vorstellen? Gestern! Ist das nicht absurd? Was sollen wir denn jetzt bloß tun?«

»Ganz sicher muß es doch jemand anderen geben, der uns trauen kann!«

»Ich wüßte nicht«, seufzte Darwin. »Es ist zweifelhaft, ob sich jemand anderer ohne Zustimmung ihrer Mutter dazu bereiterklärt. Schließlich sind Sie noch nicht volljährig.«

»Aber sie müssen es tun!« China sah ihn mit großen Augen an. Ihre Verzweiflung zerbrach ihm schier das Herz. »Wenn uns niemand hilft, dann muß ich ihn heiraten und – da sterbe ich lieber!«

»Das haben Sie schön gesagt«, sagte eine ruhige Stimme. »Ich nehme an, Miß Warrick, daß Sie von mir sprechen?«

China drehte sich langsam um und erstarrte. Ihr Blick fiel auf ein weißes arabisches Gewand, und sie sah langsam nach oben in das Gesicht des Mannes, der es trug. Ihr Atem stockte, und einen langen Augenblick sprach niemand ein Wort.

Um sie herum ging das geschäftige Hafenleben weiter. Männer schrien und fluchten. Körbe, Bündel, Truhen wurden über die Planken gezogen und getragen. Vögel kreischten, Affen schnatterten – eine Stadt erwachte.

Weit entfernt rief eine Glocke zur Morgenandacht, begleitet vom Geheule einer streunenden Hundemeute. Ethan drehte sich zu Rajiid und machte eine kaum sichtbare Kopfbewegung. Der Araber sprang auf das Deck hinunter und trieb den erschrockenen Darwin und Lam Tan mit einer eindrucksvollen Drohgebärde und gezücktem Dolch in eine Ecke. Ethan stieg gelassen die Treppen hinunter und stellte sich mit besorgtem Gesicht vor China. »Wie mir scheint«, sagte er äußerst freundlich und deshalb um so zermürbender, »stecken Sie voller Überraschungen, Miß Warrick. Ich nehme an, Ihr Bruder weiß nichts von Ihren Plänen, denn er hätte sie mir gegenüber gestern abend sicher erwähnt. Wollten Sie mit Mr. Stepkyne durchbrennen?«

»Ich –« China brachte keinen Satz heraus. Sie räusperte sich und versuchte es noch einmal, aber Kapitän Bloodwell schien ohnehin nicht besonders daran interessiert zu sein, was sie zu sagen hatte.

»Wie gut, daß ich das Schiff und Ihr rotes Haar erkannt habe«, fuhr er fort, »sonst wäre ich nie auf die Idee gekommen, daß Sie hier sein könnten.« Er schüttelte den Kopf in gespielter Verzweiflung. »Ich kann Ihnen gar nicht sagen, wie enttäuscht ich bin, daß Sie die Vorstellung, mich zu heiraten, so unerträglich finden, daß Sie auf die absurde Idee kommen, sich aus dem Staub zu machen.«

»Hören Sie mal, Bloodwell –« begann Darwin zornig, aber Rajiid und ein entsprechender Blick des Kapitäns brachten ihn schnell wieder zum Verstummen.

»Es war offensichtlich ein Fehler von mir, Ihnen zu vertrauen«, fuhr Ethan fort und sah ihr in die Augen. Er sprach plötzlich in einem Ton mit ihr, den sie noch nie gehört hatte. »Sie sind ebenso falsch und verschlagen wie alle anderen Frauen, und es ist an der Zeit, daß ich aufhöre, den höflichen Gentleman zu spielen und mir einfach von Ihnen nehme, was ich will.«

»Das würden Sie nicht wagen!«

»Wirklich nicht? Offensichtlich kennen Sie mich nicht sehr gut. Wie schade für Sie, Miß Warrick, aber etwas anderes können Sie von einem üblen Gesellen wie mir nicht erwarten.«

Während er sprach, umfaßte er sie und hob sie einfach hoch. Obgleich China wie wild um sich schlug, lachte er nur und hob sie auf den Landungssteg.

»Darwin!« schrie sie, aber es half ihr nichts, denn Ethan legte ihr die Hand fest vor den Mund und zog sie weg. Rajiid hielt die beiden noch eine Weile in Schach, verbeugte sich dann vor ihnen und eilte davon. China zitterte vor Wut und Entsetzen, als Ethan sie schließlich im blütenduftenden Garten des Korallenhauses absetzte. Kaum war sie frei, als sie stürmisch auf das nächste Tor zurannte. Doch sie wurde an ihrem Rock zurückgezerrt und landete an Ethans Brust. Tränen stiegen ihr in die Augen. Da hörte sie ihn kalt sagen: »Wenn Sie das noch mal versuchen, gebe ich Ihnen einen echten Grund zu weinen. Ich habe noch nie eine Frau geschlagen, Miß Warrick, aber ich bin kurz davor, es auszuprobieren.«

China sah ihn an und wußte, daß er es ernst meinte. Ihr Herz hatte anscheinend vergessen, wie es regelmäßig schlagen sollte, es setzte aus, sprang und raste dann weiter. Ihr Puls hämmerte gegen ihre Schläfen, daß ihr schwindlig wurde. Sie hatte nicht mal die Kraft, ihn zu fragen, was er mit ihr vorhatte. Seine Drohung hatte offensichtlich eine durchschlagende Wirkung auf sie gehabt, denn plötzlich begann es ihr vor den Augen zu flimmern, und sie schwankte. »Geschieht Ihnen recht, wenn Sie diese verdammt schweren Unterröcke und Korsetts tragen«, hörte sie ihn aus weiter Entfernung mit gedämpfter Stimme sagen. Dann spürte sie, wie er sie wieder hochhob. Sie versuchte sich ohne großen Erfolg aus seinen Armen zu befreien, aber um sie herum versank alles in Dunkelheit. Und dann spürte sie nur mehr seinen kräftigen, regelmäßigen Herzschlag an ihrer Wange.

16

»Aber Darwin, was soll denn schon sein? Was kann ihr Bloodwell schon antun? Schließlich wird er sie doch heiraten.«

»Antun?« wiederholte Darwin Stepkyne ungläubig. »Er hält sie in seinem Haus gefangen, um Himmels willen, und hat mich mit einer Pistole bedroht. Tut sowas ein Mann, der vorhat, sie gut zu behandeln?«

»Darwin! Was soll das hier?« Eine schneidend kalte Stimme kam von der offenen Tür des Arbeitszimmers. »Müssen Sie so laut reden, daß das ganze Personal Sie hören kann?«

»Es tut mir leid, Mrs. Warrick«, sagte Darwin ohne die geringste Reue, »aber Ihre Tochter ist von einem Verrückten entführt worden, und Ihr Sohn findet das nicht besorgniserregend.«

»Entführt!«

»Sie wurde nicht entführt, Mutter«, warf Damon ein und warf einen geringschätzigen Blick in Darwins Richtung. »Es ist Bloodwell. Offensichtlich hat er sich entschlossen, nicht zu warten, bis die Heiratspapiere unterzeichnet sind. Er hat China in sein Haus in Singapur gebracht.«

»Was kann er mit ihr vorhaben?« fragte Malvina. »Und was hatte sie in Singapur zu tun?«

»Sie sagte, sie hätte etwas Dringendes zu erledigen und bat Darwin, sie zu begleiten.« Damon sah zu dem Plantagenverwalter hinüber und zweifelte einen Augenblick an der Wahrheit der Aussage, die Darwin stammelnd herausgebracht hatte. »Offensichtlich war Bloodwell am Landungssteg, als die *Tempus* anlegte, und nahm China einfach mit.«

»Dieser hakennasige Araber wagte es, uns mit einem Messer zu bedrohen«, warf Darwin ein. »Und als ich versuchte, in das Haus hineinzukommen, wurde auf mich geschossen.«

»Du meine Güte«, murmelte Malvina.

»Ich habe versucht, Darwin zu erklären, daß wir herzlich wenig tun können«, sagte Damon zornig. »Wenn ich mich an den Commissioner wende oder die Far East Fleet um Hilfe bitte, dann würde das nur noch mehr Aufsehen erregen.«

»Ist das alles, was Ihnen wichtig ist?« Darwin verlor zum erstenmal in seinem Leben die Geduld. »Möglichst wenig Aufsehen erregen? Sie wissen sehr wohl, daß Hurenböcke meist nichts Ehrenwertes im Schild führen! Wahrscheinlich wird er sie nach einiger Zeit mit einer höflichen Notiz zurückschicken, daß sie nicht seinen Vorstellungen von einer Ehefrau entspricht!«

»Aber so halten Sie doch Ihren Mund«, sagte Malvina schroff. »Übertreiben Sie nicht so maßlos. Kapitän Bloodwell mag ein Schurke sein, ein Narr ist er nicht. Wenn er wirklich meine Tochter entführt hat, dann hat er keine andere Wahl, als sie zu heiraten, und King's Wheal wird bei dem Geschäft nichts verloren haben.«

»Und wenn er sie nicht heiratet?« fragte Damon.

»Oh, er wird.« Malvina war zuversichtlich. Ihre Augen leuchteten und sie verschränkte die Hände vor der Brust wie jemand, dem etwas Schönes durch den Kopf geht. »Eigentlich beginne ich zu glauben, daß dies bestens geklappt hat.«

»Das kann nicht Ihr Ernst sein!«

Malvina sah erstaunt in Darwins aufgebrachtes Gesicht. Warum benahm sich der Junge nur plötzlich so komisch? Er war doch nicht etwa selbst in das Mädchen verschossen? Meine Güte, vielleicht war er es doch!

»O doch, das ist mein Ernst«, versicherte sie ihm. »Ganz sicher sogar, mein lieber Junge. Und Damon hat natürlich recht. Wir können es nicht riskieren, deswegen großes Aufsehen zu erregen. Kapitän Bloodwell hat vielleicht impulsiv gehandelt, aber ich glaube nicht, daß es so ganz unüberlegt geschah. Er ist ein Mann, der nie handelt, ohne vorher die Folgen genau durchdacht zu haben.«

Darüber hinaus war ihre Tochter nicht die Art von Frau, bei der ein Mann den Kopf verlor, dachte sie. Sie war zwar schön, aber beklagenswert steif und prüde, und ein Mann wie Ethan

Bloodwell würde wegen eines einfachen Techtelmechtels mit ihr ganz bestimmt nicht zweihundert Pfund sausen lassen.

»Da ist noch etwas, das Sie meiner Ansicht nach wissen sollten«, sagte Darwin zögernd.

»Und das wäre?«

Darwin wußte, daß Malvina wütend sein würde, wenn sie erführe, daß China und er dabei waren, nach Singapur durchzubrennen. Aber wie sonst konnte er ihr klarmachen, daß Ethan Bloodwell ihre Tochter in einem Wutanfall entführt hatte, und daß er in seinem derzeitigen Geisteszustand zu allem fähig war – buchstäblich zu allem.

»Ich fürchte, ich war nicht ganz aufrichtig, als ich Damon erzählte, daß China mich bat, sie nach Singapur zu begleiten, weil sie etwas zu erledigen hätte. Eigentlich wollten wir dort –«

»Mistreß! Mistreß!«

Ein völlig aufgelöstes Hausmädchen war hereingestürzt und fuchtelte mit einem Papier herum. Dazu stammelte sie ein völlig unverständliches Kauderwelsch aus malaiisch und englisch. Darwins Geständnis war vergessen. Mindestens eine Minute lang versuchten alle drei, aus ihren Schilderungen schlau zu werden – ohne Erfolg. Schließlich befahl ihr Malvina, ruhig zu sein und nahm ihr den Zettel aus der Hand.

»Woher hast du das?« fragte sie schroff und begann zu lesen.

Das Hausmädchen konnte vor erstickten Tränen kaum sprechen.

»Ich finde es in Master Brandons Bett. Ich mich wundern, warum sie nicht zum Unterricht kommen. Mr. Lim warten im Schulzimmer. Er sehr böse, also ich schauen. Kein Master Brandon. Keine Mißy Philippa. Betten leer. Ich Papier finden auf Kissen. Ich kommen so schnell ich können.« Sie wimmerte und rang verzweifelt die Hände.

»Sei ruhig, Jumai«, sagte Damon zornig. »Was steht denn da, Mutter?«

»Es ist von Brandon. Es scheint, als seien er und Philippa von zu Hause weggelaufen.«

»Was?«

»Wenn man dem Zettel hier glauben kann, dann haben sie sich gestern auf die *Malhão* geschmuggelt«, sagte Malvina.

»Luis Queidós' Schiff?« platzte Damon heraus. »Wozu das?«

»Aus unerklärlichen Gründen will Brandon nach Kanton. Dorthin wollte doch Kapitän Queidós die Seide liefern, die er gestern abend gekauft hat, nicht wahr?«

Damon runzelte die Stirn. »Ich glaube schon. Aber warum um Himmels willen nach Kanton? Ich kann es nicht glauben.«

»Ich fürchte, du mußt es glauben«, sagte seine Mutter knapp. »Brandon scherzt nicht in diesen Dingen.«

»Diese kleinen Dummköpfe!« Damon schlug ärgerlich mit der Faust auf den Schreibtisch. »Kanton ist über zweitausend Meilen entfernt! Was denken sich die eigentlich?«

»Keine Ahnung«, antwortete Malvina. »Brandon schreibt nur, daß China sich keine Sorgen machen soll, weil er dafür sorgen wird, daß ihr nichts geschieht.« Sie knüllte das Papier zusammen und warf es in den Papierkorb. Ratlos sah sie ihren Sohn an. »Was, um Himmels willen, meint Brandon?«

»Wenn ich das wüßte! Sie müssen den Verstand verloren haben! Brandon ist alt genug zu wissen, daß es gefährlich ist, als blinder Passagier auf einem Handelsschiff zu sein, und daß er dann auch noch Philippa mitnimmt –« Damon brach ab und zog energisch an der Glockenschnur. »Natürlich müssen wir ihnen nach, ehe die *Malhão* noch weiter weg fährt.«

»Wie soll das gehen? Mit der *Tempus?*« fragte seine Mutter verächtlich. »Wenn du Glück hast, kannst du bei scharfem Wind fünf Knoten herausholen.«

»Was ist mit der *Aurora?*« schlug Darwin vor. »Sie soll doch heute zurück sein, oder?«

»Darauf können wir uns nicht verlassen«, antwortete Damon kurz angebunden. »Selbst nur wenige Stunden Vorsprung können wir mit diesem Schiff nicht mehr aufholen.« Er begann nervös auf und abzugehen. »Ich könnte Brandon den Kragen umdrehen. Es tut mir leid, Mutter, aber ich habe nicht die leiseste Ahnung, wie wir sie zurückholen könnten.«

»Oder wie wir China retten könnten«, fügte Darwin geknickt hinzu. Damon sah ihn an. Angesichts der schockierenden Neuigkeit, die Jumai gebracht hatte, hatte er total auf China vergessen.

»Darwin«, sagte Malvina rasch, »wissen Sie, ob Kapitän Bloodwells Brigg noch im Hafen von Singapur liegt?«

»Ich denke schon«, antwortete Darwin vorsichtig, »obwohl ich sie nicht gesehen habe.«

»Du hast doch nicht vor, ihn um Hilfe zu bitten?« Damon war entsetzt.

Malvina sah ihn mit hochgezogenen Augenbrauen an. »Warum nicht? Hast du eine bessere Idee?«

»Guter Gott, Mutter, der Mann ist ein Freibeuter! Wieso, glaubst du, wird er sich für wohltätige Zwecke hergeben?«

Malvinas Lippen wurden schmal. »Wohltätig? Mein lieber Junge, bei zweihundert Pfund, die auf dem Spiel stehen, kann man wohl kaum von Wohltätigkeit sprechen. Meiner Ansicht nach hat er gar keine andere Wahl. Entweder er hilft uns, unsere Kinder zurückzuholen, oder es wird keine Heirat und keine Mitgift geben.«

Sie verließ das Arbeitszimmer und rief laut nach Al-Haj. Damon und Darwin blieben mit ihren Gedanken und Befürchtungen zurück. Darwin war ganz sicher, daß Ethan Bloodwell niemals selbstlos seine Dienste zur Verfügung stellen würde, selbst wenn es um zwei unschuldige Kinder ging. Und Damon kam zu einem ähnlichen Schluß.

»Guter Gott«, sagte er noch einmal vor sich hin, »ich hoffe, es ist nicht zu spät, weder für die Kinder noch für China.«

Darwin sah ihn über den unaufgeräumten Schreibtisch hinweg an. Dann sahen sie beide rasch weg. Keiner wollte den anderen merken lassen, wie besorgt er war, doch es war klar, daß sie sich diesbezüglich einig waren.

Als China wieder zu sich kam, lag sie auf einem orientalischen Bett in einem Zimmer mit einer hohen, gewölbten Decke und zahllosen Bogenfenstern. Die Möbel waren elegant-orientalisch mit Perlmutt-Einlegearbeit. Die Oberflächen wurden zum Schutz vor dem feuchten Klima täglich mit Duftöl poliert. Eine angenehme Brise blähte die langen Wandvorhänge und erfüllte die Luft mit süßlich schwerem Blumenduft.

Es regnet wohl schon wieder, dachte China verwirrt, als sie

Wasser plätschern hörte. Als sie dann aber den Kopf drehte, sah sie, daß das Geräusch von einem Brunnen mitten im Zimmer kam. Sie beobachtete, wie die sinkende Sonne auf dem springenden Wasserstrahl tanzte und unruhige Lichtflecken auf die gegenüberliegenden Wände warf. Allmählich wurde ihr Kopf wieder klar, und sie erinnerte sich, daß ihr jemand ihr schweres Kleid und die Unterröcke ausgezogen hatte und sie nur ein loses Seidengewand trug und mit einem Laken zugedeckt war.

Dann fielen ihr wieder die Träume ein, die sie gehabt hatte. Nein, es konnten keine Träume gewesen sein, denn wie wäre sie dann hierhergekommen? Ganz dunkel erinnerte sie sich noch, daß sie eine Treppe hinaufgetragen und zwei geschickten Frauen übergeben worden war, die sie ausgezogen und in kühlem, duftenden Wasser gebadet hatten. Ihr beruhigendes Geplauder hatte bewirkt, daß sie erschöpft eingeschlummert war.

Plötzlich war sie hellwach. Dieser Ethan Bloodwell hatte sich ja einfach unverschämt benommen. Sie schlug das Laken zurück und sprang auf. Zu schnell, wie sich herausstellte, denn ihr wurde prompt schwindlig, und sie mußte sich festhalten.

»Das war dumm von Ihnen, mein liebes Kind. Dies hier ist ein Steinboden, und wären Sie gefallen, wäre zu dem Hitzschlag noch eine hübsche Gehirnerschütterung dazugekommen.«

China blickte auf und sah Ethan, der im Licht des Sonnenuntergangs, das Wände und Möbel golden aufleuchten ließ, zwischen den Vorhängen stand, die ihr Zimmer von einem üppig bepflanzten Balkon trennten. Er trug immer noch die arabische Robe. Sein Blick war so undurchdringlich wie immer.

»Hätte es Ihnen etwas ausgemacht, wenn ich mir wegetan hätte?« fragte China. Doch es klang nicht so, wie sie es gerne sagen wollte. Sie hatte plötzlich Angst, und ihre zittrige Stimme verriet sie unmißverständlich.

»Ich hätte es nicht so gerne, wenn Sie sich verletzten, nachdem Seeti und Janri sich solche Mühe gegeben hatten, ihre Körpertemperatur runterzubringen.«

»Seeta und Janri?«

Ethan lächelte und kam herein. »Zwei der Dienerinnen, die Prinz Shaweh großzügigerweise hier ließ. Dieses Zimmer hier ist übrigens im Frauentrakt, und da Seeta und Janri hier schon seit sieben Jahren wohnten, brachte ich es nicht übers Herz, sie auf die Straße zu setzen. Und gefällige Dienerinnen sind schließlich immer gefragt.«

»Konkubinen, wollten Sie sagen!« sagte China, denn sie wußte um die frühere Verwendung dieses Hauses.

Ethan zuckte mit den Achseln. »Wenn Sie sie lieber so nennen – bitte. Aber Sie brauchen nicht zu befürchten, daß ich vorhabe, auch aus Ihnen eine zu machen.«

»Wie großzügig«, sagte China spöttisch. »Wenn Sie jetzt bitte so freundlich wären, Kapitän, mir meine Kleider zurückzugeben, dann werde ich Ihnen nicht mehr länger auf die Nerven fallen.«

»Oh, das bezweifle ich nicht, aber momentan bin ich nicht bereit, Sie gehen zu lassen.« Er grinste, als er sah, wie ihre Augen immer größer wurden. Gehetzt sah sie über seine Schulter hinweg. »Ein Fluchtversuch ist sinnlos. Der Frauentrakt befindet sich im dritten Stock des Hauses, und vom Balkon geht es ganz schön tief hinunter. Darüber hinaus sind die Fenster seit heute morgen versiegelt und die Türen verbarrikadiert, um – eh – unerwünschte Eindringlinge fernzuhalten.«

»Hat mich jemand gesucht?«

Er lachte ironisch. »Wer sollte Sie suchen? Angesichts der Tatsache, daß wir in Kürze heiraten werden, hat Ihr Bruder wohl nichts Außergewöhnliches an der Tatsache gefunden, daß Sie hierhergebracht wurden. Und der arme Darwin, der einen zugegebenermaßen heroischen Versuch gemacht hat, Sie zu retten, konnte leicht mit einer Pistole in Schach gehalten werden.«

China wurde leichenblaß. »Sie haben ihn erschossen?«

»Aber nein. Rajiid hat nur ein paarmal in die Luft geschossen, aber das hat ausgereicht, daß er getürmt ist. Wahrscheinlich ist er direkt zum britischen Hochkommissar oder sonst irgendeiner hochoffiziellen Stelle der britischen Krone gerannt, um Hilfe zu erbitten, aber da dieses Haus einem indonesischen Prinz gehört und somit diplomatische Immunität besitzt –« Aber China hörte nicht mehr zu. Sie hatte sich in dem großen Spiegel an der gegenüberliegenden Wand gesehen und mit Schrecken festgestellt, daß die Seidenrobe, die sie trug, in der Taille nur lose zusammengebunden war und nur bis zur Mitte der Oberschenkel reichte. Die Schamröte stieg ihr ins Gesicht. Ethan, der ihr entsetztes Gesicht bemerkte, sah ebenfalls in den Spiegel. Ein kleines, wissendes Lächeln umspielte seine Mundwinkel.

Ihre Blicke begegneten sich im Spiegel, und Chinas Wangen wurden noch eine Spur röter. Sie sah weg. Eine gespannte Stille legte sich über den Raum. Unbemerkt ging in diesem Moment die Sonne unter und tauchte das Meer, den Garten und das Haus in einen grandiosen Farbenrausch. Chinas Haar flammte erst rot auf, wechselte dann in Gold und leuchtete dann wieder rot. Ihre elfenbeinfarbene Haut schimmerte verführerisch. Plötzlich tanzten goldene Pünktchen in ihren dunkelgrünen Augen, die Ethan noch nie zuvor gesehen hatte. Wechselnde Schatten färbten ihre volle Unterlippe in einem warmen Rosé. Er konnte den Blick nicht von ihr wenden, und sein Gesichtsausdruck änderte sich völlig.

Vor Angst gelähmt beobachtete China ihn. Instinktiv wußte sie, daß er in diesem Zustand viel gefährlicher war als jemals zuvor. Offensichtlich hatte er etwas getrunken, nicht so viel, daß er nicht mehr Herr seiner Sinne war, aber doch so viel, daß er wieder, wie bei ihrem ersten Zusammentreffen auf der *Kowloon Star*, schwere Augenlider und einen etwas trägen Gesichtsausdruck hatte.

Er mußte wohl, dachte sie, außer sich vor Wut sein, daß sie versucht hatte, ihn um sein Geld zu betrügen und, um das zu erreichen, Darwin Stepkyne heiraten wollte. Und wenn es stimmte, daß ihr Bruder nicht gegen ihre Entführung protestiert hatte, wie er behauptete, dann mußte sie allein mit ihm fertig werden.

Ethan lächelte unheilvoll und bedrohlich. Seine Worte sprachen ihre Gedanken aus: »Glauben Sie, ich sollte Sie bestrafen für das, was Sie getan haben?«

»Ich weiß nicht«, flüsterte sie.

»Zuerst hätte ich Sie wirklich am liebsten abgemurkst«, gestand er zornig. »Sie haben doch wohl mehr Grips im Hirn, als dieses Milchbubi zu heiraten! Er ist kein Mann für Sie, mein heimtückischer Feuerkopf, aber Sie sind noch nicht Frau genug, um das zu verstehen.«

»Und ich nehme an, Sie wollen das ändern?« sagte China schnippisch. Im gleichen Augenblick wurde ihr klar, daß sie genau das Falsche gesagt hatte. Sie blickte in sein lauerndes Gesicht und wußte plötzlich, daß er genau das vorhatte. Panik erfaßte sie. »Nein!« flüsterte sie mit weit aufgerissenen, ungläubigen Augen. »O nein! Das können Sie nicht – das werden Sie nicht –«

Sie beendete den Satz nicht, schlüpfte unter seinem Arm durch und versuchte zur Tür zu laufen. Vielleicht wäre es ihr gelungen, wenn nicht eine der Dienerinnen zuvor ihr Haar gelöst und sorgfältig gebürstet hätte. Es fiel wie ein Feuerbanner über ihren Rücken und Ethan bekam es gerade noch zu fassen.

Mit einem Ruck wurde sie hart gegen seine Brust geschleudert. Sie atmete stockend, und Tränen zitterten auf ihren Wimpern. Die Schärpe ihres Seidengewands fiel zu Boden, und Ethan griff unter das Kleid und zog sie an den Hüften an sich. Er schob das Kleid ganz nach oben, so daß ihre nackten Brüste seinen Oberkörper streiften. Sie versuchte sich ihm zu entziehen, aber er hielt sie nur um so fester und drückte ihren ganzen Körper gegen den seinen. Die intime Umarmung beschämte sie zutiefst. Ihr Gesicht glühte.

»Wehr dich nicht, China«, flüsterte er, und bevor sie antworten konnte, neigte er seinen Kopf zu ihr hinunter und küßte sie.

China schnappte nach Luft. Es war nicht wie der Kuß auf der Terrasse auf King's Wheal, sondern viel drängender, fordernder, eben der Kuß eines Mannes, der zu lange auf die Erfüllung seines Wunsches hatte warten müssen. Und Ethan begehrte sie mit einer qualvollen Eindringlichkeit. Das Öl, das sie unbewußt in das Feuer gegossen hatte, indem sie mit Darwin Stepkyne durchzubrennen versucht hatte, hatte ihn fast um seine Sinne gebracht. Er mußte sie entführen und sie zu der seinen machen, koste es, was es wolle.

Nappy hatte ihn inständig angefleht, und Rajiid hatte etwas aus dem Koran über die Tugenden der Vergebung und der Zurückhaltung vorgetragen, doch das Feuer brannte so heiß in ihm, daß weder heftiger Protest noch hochprozentiger Alkohol sein Verlangen stillen konnten. Und alle guten Vorsätze, die er auf dem Weg nach oben in ihr Zimmer gehabt hatte, waren vergessen, als er sah, wie hinter ihr die Sonne unterging und ihr Haar und ihre Haut aufleuchten ließ. Da wußte er, daß sie keine Frau aus Fleisch und Blut war, sondern eine heidnische Göttin – bis er sie berührte und bemerkte, daß sie sehr wohl eine Frau war, unbeschreiblich schön und schmerzlich begehrenswert. Ethan konnte nicht mehr leugnen, daß er sie von Anfang an immer besitzen wollte.

Das scharlachrote Seidengewand raschelte leise zu Boden. Seine schlanken, dunklen Hände schmiegten ihren Körper an seinen, so daß sie durch seine Robe spürte, wie sehr er sie begehrte. China atmete schwer und zitterte, aber sie versuchte sich nicht mehr loszureißen, denn ein unendlich lustvolles Gefühl brachte ihr Blut in Wallung, als sie seinen Mund auf dem ihren spürte. Sie hatte keine Angst mehr, war hellwach und willig und begierig, in seine Geheimnisse eingeweiht zu werden.

Als sie sich seinem Kuß hingab, wußte sie, daß es zwischen ihnen so hatte kommen müssen, und vielleicht hatte auch sie der Zauber des verlockenden Sonnenuntergangs in seinen Bann gezogen, denn sie ließ sich widerstandslos hochheben und auf das Bett legen. Sein Gewand sank zu Boden, und er beugte sich über sie, schlank, braungebrannt und verwirrend männlich. Chinas Augen wanderten staunend über seine muskulöse Brust, den flachen Bauch und weiter nach unten, zum unübersehbaren Beweis, wie sehr er sie begehrte.

Ethan sah, wie sie rot wurde und verschämt die goldbestäubten Wimpern niederschlug. Er hob ihr Kinn und seufzte tief auf, als er nicht Angst und Abscheu in ihren Augen las, sondern ein erwachendes Staunen und ein scheues, erwiderndes Verlangen.

Stöhnend beugte er sich über sie und suchte ihre Lippen. Er hörte sie nach Luft ringen, als er seinen Körper über ihren legte und sie ihn zwischen ihren Schenkeln spürte. Wie gerne hätte er ihr gesagt, daß sie keine Angst zu haben brauchte, daß er ihr nicht wehtun könnte, weil er sie so liebte, doch während er sich die Worte noch überlegte, berührte sie ihn vorsichtig suchend mit ihrer kleinen Hand. Diese kleine, intime Geste raubte ihm schier den Atem, und zum erstenmal in seinem Leben empfand er eine fast schmerzliche Lust darüber, daß sie hier bei ihm war und auch ihn begehrte.

»China«, flüsterte er in ihr Ohr. Sein Atem ließ die kleinen Löckchen an ihren Schläfen leicht erzittern. »China, ich fürchte, es wird dir weh tun, aber ich kann nichts dagegen machen.«

»Das macht nichts«, flüsterte sie zurück. In ihren Augen blitzten Sterne auf. Sie schlang ihre Arme um seinen Hals, und ihre Lippen suchten sich scheu einen Weg von seiner Wange zu seinem Mund. Ethan küßte sie stürmisch und mit all dem Verlangen, das er nicht mehr verbergen konnte. Ihre Schenkel öffneten sich auf sein Drängen und er drang in sie ein. Er spürte, wie ihren Körper ein Schaudern durchfuhr, als er sie zur Frau machte. Als sie die Augen hob, sah er Schmerz in den smaragdgrünen Tiefen ihrer Augen. Doch dann blieb ihm fast das Herz stehen, als sie ihn zärtlich anlächelte und ihren Körper ohne Scham an seinen drängte.

Ethan stöhnte und stieß tiefer, drang langsam weiter ein und zog sich wieder zurück, ehe er sich dann dem leidenschaftlichen Rhythmus hingab. Sie klammerte sich an ihn, schlang ihre Arme um seinen Hals und fiel in den Rhythmus seiner Lust ein, als hätte sie nie etwas anderes gemacht. Und wer weiß, vielleicht hatten sie sich wirklich in einem früheren Leben schon einmal geliebt? Denn China wußte plötzlich, daß dies der Mann war, für den sie geboren worden war. Zärtlich wisperte sie seinen Namen, so leise, daß er es kaum gehört haben konnte, sie aber doch daraufhin noch fester an sich zog und sich mit ihr der Leidenschaft hingab, die sie beide zu nie gekannten Höhen führte.

China fühlte, wie sich die Wellen der Lust langsam in ihrem Körper ausbreiteten, sie kostete jede Sekunde aus, ließ sich davontragen, bis sie schwindelerregende Krämpfe durchzuckten. Langsam und sanft kehrte sie wieder in ihren Körper zurück, der immer noch eins war mit Ethan. Sie spürte seine warmen Lippen und ließ sich liebkosen. Dann legte sich ein wundervoller, schläfriger Frieden wie ein samtener Seufzer über sie, und sie versank in einen tiefen, traumlosen Schlaf.

17

Als China aufwachte, war sie allein. Ein Falter flog unablässig gegen den Glaszylinder einer Lampe. Von ferne war das Rauschen des Meeres zu hören. Sie schob das Moskitonetz, das ihr Bett umgab, zur Seite, stand auf und betrachtete den sternenklaren Himmel. Es war eine wunderschöne Nacht, schöner als alle, an die sie sich erinnern konnte. Der kühle Wind hatte die Wolken und die Feuchtigkeit vertrieben.

So sehr spät konnte es nicht sein, denn die Geräusche der geschäftigen Stadt drangen gedämpft zu ihr herauf und vermischten sich mit dem Rauschen der Palmen und dem Plätschern des Springbrunnens in ihrem Zimmer. China schloß die Augen und ließ den Wind mit ihren Haaren spielen, die bis auf ihre Hüften fielen.

Noch nie zuvor war ihr bewußt geworden, wie wundervoll es war, den Wind auf der nackten Haut zu spüren, und zum erstenmal fand sie Gefallen an ihrem makellosen, jungen Körper. War diese Sinnlichkeit auch schon vorher Teil ihres Wesens und vielleicht nur in Korsetts und Konventionen eingezwängt gewesen? Oder war es Ethan und die Leidenschaft, mit der er jeden Zentimeter ihres Körpers geliebt hatte, gewesen, der ihr ihren Körper erst bewußt gemacht hatte?

Wann war es passiert? Beim erstenmal? Oder als sie plötzlich aufgewacht war, weil er sie wieder und wieder … genommen hatte?

»Ich kann nicht genug von dir bekommen«, hatte er gemurmelt und sie dabei überrascht und amüsiert zugleich angesehen. Sie hatte gefröstelt, diesmal nicht aus Angst, und er hatte sie in die Arme genommen, so leidenschaftlich, daß sie nur mehr seine brennenden Lippen spürte.

Sie errötete, als sie bemerkte, daß allein die Erinnerung sie mit neuer Sehnsucht erfüllte, und wollte sich eben vom Fenster abwenden, als sie unten im Garten einen Schatten sah. Ein Mann patrouillierte auf und ab und überprüfte hier und dort die Verriegelung an den Toren.

China stand unbeweglich da und beobachtete ihn. Dann fiel

ihr ein, daß Ethan etwas von Barrikaden gegen Eindringlinge erzählt hatte. Trotz intensivem Suchen konnte sie weder ihr Reitkleid noch die dazugehörigen Unterkleider finden. In der Schubladenkommode neben dem Bett fand sie nur ein Stück duftgetränkten Musselin und einen Sarong, wie ihn die malaiischen Frauen zu tragen pflegten. China hatte keine Lust, in dem enganliegenden, knöchellangen Ding im Haus herumzulaufen, das ihre Schultern und ihren Brustansatz frei lassen würde. Aber auch ein einfaches Bettlaken schien ihr nicht dafür geeignet, sich aus dem Frauentrakt herauszuwagen. »Ach, aber das könnte ganz gut gehen«, sagte sie laut vor sich hin und holte aus einer messingbeschlagenen Truhe Blusen und seidene Hosen heraus. Sie wählte eine ziemlich einfache Goldtunika und lavendelblaue Hosen, die mit passendem Garn bestickt waren, und zog sie an. Dann betrachtete sie sich in dem großen Spiegel und brach in Gelächter aus. Trotz ihres ›unorientalischen‹ roten Haares hätte sie in diesem Aufzug gut in den Harem des Korallenhauses gepaßt, denn die Kleidung war sowohl ungewöhnlich in Schnitt wie auch in den Farben, nach Chinas Auffassung sicherlich eine notwendige Voraussetzung für Damen von zweifelhafter Moral.

Und doch – was war anders bei dem, was sie getan hatte? Ethan hatte sie genommen, bis seine Leidenschaft befriedigt war, und nicht ein einziges Mal hatte er ihr gesagt, daß er sie liebte oder ihr etwas Zärtliches ins Ohr geflüstert, damit ihr die Sache weniger schmutzig vorgekommen wäre. Und wo war er hingegangen, nachdem sie eingeschlafen war? In ein anderes dunkles, duftendes Zimmer, wo eine andere Frau auf ihn wartete?

Das farbenfrohe Kostüm, das sie noch vor wenigen Minuten zum Lachen gebracht hatte, war plötzlich nur mehr der augenfällige Beweis ihrer eigenen unerträglichen Unanständigkeit. China schämte sich ihrer selbst und dessen, was Ethan mit ihr getan hatte. Mit ersticktem Schluchzen stolperte sie zur Tür und wäre hinausgelaufen, wenn nicht plötzlich eine große dunkle Gestalt auf der Schwelle gestanden und sie in den Armen aufgefangen und gefragt hätte, was denn, um Himmels willen, los sei.

»Siehst du das nicht selber?« japste China. »Ich sehe aus wie eine Palastkonkubine und es ist allein deine Schuld!«

Ethan zog die Augenbrauen hoch. »Meine Schuld?«

China befreite sich aus seinen Armen und schaute vorwurfsvoll in seine spitzbübischen Augen. »Man hätte mir meine Kleider nicht wegnehmen dürfen. Es ist deine Schuld, daß ich – daß wir –«

»Daß ich dich geliebt habe, was die Entfernung der Kleider voraussetzte?« fragte er schonungslos.

Chinas Wangen wurden heiß. »Ja«, sagte sie heiser und war entsetzt, als er in schallendes Gelächter ausbrach.

»Und wie hätte ich es deiner Meinung nach tun sollen? In voller Montur? Zugegeben, ein pikanter Vorschlag, mein Liebes, jedoch kaum zufriedenstellend.«

China errötete bis unter die Haarwurzeln. Sie wünschte, er würde über das, was geschehen war, nicht in so schockierender Weise sprechen und dann auch noch darüber lachen! »China«, sagte er zärtlich, und als sie die Augen hob, sah sie, daß er nicht mehr lachte, sondern sie aufmerksam betrachtete. »Du darfst dich niemals dessen schämen, was zwischen uns passiert ist, hörst du? Und wenn du glaubst, wie eine Konkubine auszusehen oder dich wie eine zu fühlen, dann tust du dir selbst sehr unrecht.«

China brachte kein Wort heraus. Sie war wie gebannt von diesen eindringlichen, blauen Augen, in denen die Leidenschaft schwelte, und den starken Händen, die vertraulich ihre Hüften umfaßten. Sie sah zu ihm auf, und ihre Lippen zitterten, als sie zögernd ausatmete.

Er war ebenso fasziniert von den großen grünen Augen, die von goldbestäubten Wimpern eingerahmt waren. Ethan stöhnte auf und küßte sie leidenschaftlich. China schlang ihre Arme um seinen Hals, und als sich ihre Körper berührten, flammte die Leidenschaft erneut auf.

»Meine rothaarige Zauberin«, flüsterte er an ihrem Mund. »Mit welchem Zauberspruch hast du mich belegt, daß ich dir nicht widerstehen kann? Ein Kuß, ein Blick in deine Augen, und ich kann nur mehr daran denken, dich zu nehmen, jetzt in diesem Augenblick und immer. Komm her, kleiner Feuerbrand.«

»Kapitän Bloodwell? Master?« Lal Sris eindringliche Stimme und sein unablässiges Klopfen entlockte Ethan einen Fluch. Er ließ China los und öffnete die Tür einen Spalt, sprach ein paar Worte, hörte dann ungeduldig zu und erteilte so leise, daß China nichts verstehen konnte, ein paar Befehle. Dann schloß er die Tür, kehrte zu ihr zurück und betrachtete sie nachdenklich. China wußte sofort, daß etwas passiert war. Beschämt stellte sie fest, daß es ihr leid tat, daß die Stimmung so zerstört worden war.

»Ist etwas passiert?« fragte sie.

»Nein. Aber ich muß weg. Lal Sri weiß, daß er Janri holen muß, wenn du etwas brauchst. Du brauchst nur zu läuten.«

»Ethan, warte!« rief sie, als er zur Tür ging.

»Was ist mit mir? Wann kann ich nach Hause?«

Er betrachtete sie mit einem Blick, aus dem so etwas wie Ungeduld sprach. »Mein liebes Mädchen, du kannst jederzeit nach Hause. Du bist hier keine Gefangene.« Und da war er wieder – der haßerfüllte, spöttische Fremde.

»Ach ja.«

»Es ist noch nicht ganz Mitternacht«, fuhr Ethan fort, nachdem er auf seine Uhr geschaut hatte. »Wenn du möchtest, könnte ich Nappy oder Rajiid bitten, dich jetzt nach Hause zu begleiten. Es sei denn, du meinst, es wäre besser, wenn ich mich persönlich bei deiner Mutter und deinem Bruder entschuldige? In diesem Fall wäre es besser, bis morgen früh zu warten.«

»Ich glaube, das ist besser«, gab China zögernd zu und fragte sich, warum es sie nicht unbedingt nach Hause zog. Sie brachte es nicht fertig, ihn anzusehen, und noch viel weniger, ihn wegen ihrer Heirat zu fragen, und ob er sie immer noch wollte, nach allem was passiert war. Wahrscheinlich wollte er nur ihr Geld und nichts weiter. Sie sah ihn an und wünschte, sie brächte den Mut auf, die verhaßte Frage zu stellen, deren Antwort sie allerdings fürchtete. Einen langen Augenblick war es still in dem Raum. Nur das Plätschern des Springbrunnens war zu hören, und von Ferne das Rauschen der Brandung. Ethan verbeugte sich spöttisch vor ihr und schloß dann wortlos die Tür hinter sich.

China lauschte einen Augenblick auf seine Schritte und begann dann wie wild die Truhe zu durchwühlen. Keine Minute länger wollte sie in Ethans Haus bleiben, und sie würde sich auch nicht nach Hause bringen lassen, als wäre sie ein Gegenstand, der nur über Nacht außer Haus ausgeliehen worden war. Es würde viel erträglicher sein, ihrer Mutter und Damon alleine gegenüberzustehen, denn so könnte sie ihnen auch gleich erklären, daß sie keinesfalls vorhatte, Ethan Bloodwell jetzt oder irgendwann zu heiraten! »Ich selbst werde ihm das Geld zahlen«, schwor sie sich, »und wenn ich es stehlen, erpressen oder – jemanden dafür umbringen muß!«

Als sie einige Minuten später nach unten ging, trug sie flache goldene Schuhe und einen dichten Schleier, der ihre Gesichtszüge bestens verbarg. Obgleich es unwahrscheinlich war, daß sie jemanden treffen würde, den sie kannte, wollte sie kein Risiko eingehen, um nicht noch weiter erniedrigt zu werden. Die ausgefallene Kleidung war schon schlimm genug, und Lal Sri, den sie in der Halle traf, als sie versuchte, die Verriegelung der Tür zu öffnen, war offensichtlich der gleichen Meinung.

Als ihm klar wurde, daß sie in diesem Aufzug das Haus verlassen wollte, bat er sie, die Sache noch einmal zu überdenken.

»Ist nicht sicher für Missy draußen. Ist dunkel und die Straßen sind voll von bösen Menschen. Warten Sie, bis Kapitän Bloodwell kommt, ja?«

»Nein«, gab China entschlossen zur Antwort. Nachdem sie sich entschieden hatte, nach Hause zu gehen, würde sie niemand von ihrem Vorhaben abbringen. Doch da Lal Sri wohl recht hatte, daß ihre Kleidung die dunklen Elemente auf den Straßen anziehen würde, fragte sie, ob er wohl so gut sein könnte, ihr entsprechenden Schutz zu gewähren. Er schüttelte heftig den Kopf.

»Ich darf nicht weggehen, wenn Master Bloodwell außer Haus ist«, bedauerte er. »Ayyid Rajiid Ali ist auch nicht hier, und Mr. Nappy schläft. Nicht aufwachen! Er ist zornig, wenn Kapitän Bloodwell Missy hierherbringen. Zuviel trinken, glaube ich. Jetzt niemand ihn aufwachen!«

»Eine kluge Lösung, das Unangenehme zu umgehen«, bemerkte China spitz. »Hat Kapitän Bloodwell gesagt, wie lange er fort sein wird?«

»Er sagt, nicht sehr lange. Er geht Freundin besuchen in Geylang Road.«

»Um diese Zeit?« fragte China überrascht.

»O ja, Missy! Er gehen viel weg in der Nacht. Es ist Jule Freundin.«

China stockte der Atem. »Jule Freundin? Sie meinen doch wohl nicht Julia Clayton?«

Lal Sri strahlte. »Ja, ja, Jule Clayton. Sie schicken Nachricht, er soll kommen.«

Und Ethan war gegangen, ohne Erklärung und ohne zu zögern. China spürte einen großen Klumpen in ihrem Hals.

»Das kann er doch nicht!« flüsterte sie und wußte dabei nur allzu gut, daß er das sehr wohl konnte. Und wenn sie sich um die Wahrheit herum drückte, dann würde sie dadurch nicht erträglicher.

»Ja, er gehen«, versicherte ihr Lal Sri, eifrig bemüht, sie von der Tatsache zu überzeugen. »Er mir selbst sagen. Ist nicht zum erstenmal, Missy.«

Mit ersticktem Schluchzen riß China die Tür auf und stolperte in die Dunkelheit hinaus, ohne auf Lal Sris entsetzten Aufschrei zu achten. Der überraschte Wachposten grüßte und ließ sie anstandslos vorbei. China bemerkte nichts um sich herum. Sie rannte blind weiter, völlig aufgelöst und verwirrt.

Heiße Tränen stiegen ihr in die Augen, als sie am Kai angelangt war. Vor ihr lagen eine Vielzahl von Schiffen, die sich langsam im Rhythmus der Wellen hoben und senkten. China blickte sich um, und ihr Herz machte einen Sprung, als sie – sie konnte es kaum glauben – die *Aurora D.*, den Schoner der King's Wheal Plantage sah.

China begann zu laufen, und schon bald erschienen auf ihre Rufe hin mehrere Gesichter an Deck. Eine Stimme, die sie zu kennen glaubte, rief halb entsetzt, halb ungläubig aus: »Mein Gott, es ist China!«

Schluchzend vor Erschöpfung und Erleichterung stolperte sie das Fallreep hinauf und sank dankbar in Darwins Stepkynes Arme. Befangen hielt er sie fest, klopfte ihr auf die Schulter und murmelte tröstende Worte. Dabei erzählte er Dinge, die ihr völlig unverständlich waren: daß sie schon früher gekommen wären, aber daß ein heftiger Windstoß einen Mast der *Tempus* gebrochen hätte, daß Damons Handgelenk von einem Rundholz getroffen wurde und gebrochen war, weshalb sie nach Badajan zurückkehren mußten. Dort hätte Darwin dann ungeduldig auf die *Aurora D.* gewartet, die mit drei Stunden Verspätung in den Hafen eingelaufen war. Und daß er gerade dabei gewesen war, sie zu suchen, als sie plötzlich in der Dunkelheit aufgetaucht war. All dies und viele andere Einzelheiten schwirrten durch ihren Kopf.

Erst als Darwin heiser fragte, ob sie dieses ›schmutzige Schwein‹ verletzt hatte, schien China zu bemerken, daß sie angesprochen war.

»Es tut mir leid«, sagte sie abweisend, »was haben Sie gesagt?«

»Ich fragte, ob er Sie verletzt hat«, wiederholte Darwin drängend, obgleich er ihrem tränenverschmutzten Gesicht nicht entnehmen konnte, daß sie geschändet worden war. Ihr Aufzug allerdings war außergewöhnlich genug, um alle möglichen Vermutungen aufkommen zu lassen. Je länger er sie betrachtete, desto mehr erinnerte sie ihn an Haremsdamen und Zenanas und all die geheimnisvollen östlichen Damen, die ihr Leben mit höchst unmoralischen Dingen zubrachten.

»Was ist mit ihren Kleidern passiert?« fragte er und schob den Gedanken an das Schreckliche ganz weit weg. »Hat er – hat dieses Schwein –«

Weiter kam er nicht, denn Kapitän Horatio Creel war von einem atemlosen Maat davon in Kenntnis gesetzt worden, daß Miß China Warrick eben an Bord gekommen war, und kam herbeigeeilt. Er trug eine Uniformjacke mit Goldtressen und hatte sein strahlendstes Lächeln aufgesetzt. »Heiliger Bimbam!« bellte er, und sein Lächeln erstarb bei ihrem Anblick zu einem ungläubigen Staunen. »Mädchen, was haben Sie denn da an? Gehen Sie nach unten und ziehen Sie das aus!«

»Ich fürchte, ich habe nichts anderes zum Anziehen«, sagte China ruhig.

Kapitän Creel betrachtete sie eine Weile schweigend. Wie blaß und erschöpft sie aussah! Dann sagte er aufgeräumt: »Ach, ich denke, so schlimm ist das nicht. Lassen Sie sie ruhig an, wenn Sie wollen, Mädchen.«

»Aber Sie wollen doch nicht, daß sie –« begann Darwin.

»Später Junge, später«, unterbrach ihn der Kapitän. »Es wird Zeit. Wenn wir jetzt nicht in See stechen, erwischen wir die beiden Kleinen nie mehr. Runkle!« Er erhob die Stimme. »Mach die Vorsegel los, verdammt noch mal! Anker lichten! Wir haben schon so viel Zeit verloren!«

»Aye, aye, Sir!« kam die Antwort.

»Verdammte Fratzen«, murmelte Kapitän Creel in seinen Bart, legte seine Hand an die Mütze und sah zu China. »Wir werden sie finden. Machen Sie sich mal keine Sorgen!«

Er eilte fort und China wandte sich an Darwin: »Welche beiden Kleinen? Wen werden wir finden? Wovon spricht er?«

Darwin erzählte ihr alles. »Damon schlug vor, Kapitän Creel nichts von Ihrer Entführung zu erzählen«, beschloß er schließlich seine Schilderung. »Bei Horatios ausgeprägtem Sinn fürs Dramatische hatten wir Angst, er könnte darauf bestehen, Bloodwells Haus zu stürmen, um Sie herauszubekommen. Und Damon meinte, das würde die Situation nur noch verschlimmern.«

»Was haben Sie ihm denn gesagt?«

»Ich habe irgendeine Geschichte erfunden, warum Sie nach Singapur fahren mußten, um weitere Hilfe für die Suche nach den Kindern zu organisieren. Er hatte wohl genug damit zu tun, sich einen Plan auszudenken, wie er die *Malhão* einholen würde. Jedenfalls hat er die Geschichte geglaubt.«

»Wieso waren Sie so sicher, daß Kapitän Bloodwell mich gehen lassen würde?«

Darwin wurde rot. Befangen sagte er: »Sicher war ich nicht. Als die *Aurora D.* schließlich einlief, waren Sie bereits über acht Stunden in seinen Klauen, und natürlich dachte ich – das heißt, wir alle nahmen an –« Er hüstelte und sah weg. »Wir nahmen an, daß Bloodwell bis dahin genug Zeit gehabt hatte – das zu tun, was immer –«

Darwin brach ab. China hatte sich ihm zugewandt und sah ihn an. Irgend etwas in ihrem ruhigen, stetigen Blick ließ ihn erröten und verhinderte, daß er den verhaßten Gedanken aussprach.

Die *Aurora D.* hatte den Hafen hinter sich gelassen und begann mit voll geblähten Segeln Fahrt zu machen. Das Wasser schlug gurgelnd gegen den Schiffsbauch, und die Balken ächzten. China stand mit abwesendem Blick an der Reling. Elend und hilflos stand Darwin neben ihr. Ohnmächtige Stille machte sich zwischen ihnen breit.

Kapitän Creel gab Order, die Segel zu brassen, um möglichst viel Fahrt zu bekommen. China blickte in den Schaum des Kielwassers. Der Wind zerrte sanft an ihrem Schleier, und allmählich verschwand die schreckliche Benommenheit in ihr und machte einer aufkeimenden Hoffnung Platz. Ganz sicher würden sie die *Malhão* erreicht haben, ehe es zu spät war.

Kapitän Creel trat neben sie, betrachtete nachdenklich ihr erschöpftes Gesicht und befahl ihr mürrisch, schleunigst nach unten zu gehen. Sie war so müde und verzweifelt, daß sie ohne Widerrede gehorchte. Als sie in der winzigen, stickigen Kabine lag, die ihr der Obermaat freundlicherweise zur Verfügung gestellt hatte, versuchte sie an nichts zu denken, nicht an Brandon und Philippa, nicht an Damons gebrochenes Handgelenk und nicht an die Tatsache, daß sie, nach dem was geschehen war, Darwin keinesfalls heiraten konnte. Und sie wollte keinesfalls an Ethan Bloodwell und die Wohnung von Julia Clayton in der Geylang Road denken, in die Ethan gegangen war.

18

Luis Morales de los Queidós, Kapitän des unter portugiesischer Flagge registrierten Schoners *Malhão* stand im abendlichen Zwielicht auf dem Achterdeck und schnippte das glühende Ende eines dünn gerollten afrikanischen Stumpens über die Reling. Der Wind erfaßte es und wirbelte die Asche davon. Er sah nach oben, wo die ersten Sterne funkelten und dankte der Heiligen Jungfrau für sein Glück. In seinem Laderaum lagerten über hundert Ballen Badajan-Seide, ein Wert von fünfunddreißigtausend Sterling auf dem britischen Markt. Und das alles hatte er bekommen, ohne etwas in bar zahlen zu müssen – auf Kredit.

»Fünfunddreißigtausend Pfund Sterling«, murmelte Kapitän Queidós und genoß die Worte sichtlich. »Und ohne einen Escudo auszugeben.«

Er lachte stillvergnügt vor sich hin und begann durch die Zähne zu pfeifen. Er war mittelgroß, hatte ein narbiges Gesicht und dunkle Augen. Wie der Rest der Besatzung der *Malhão* war er halb spanischer, halb portugiesischer Herkunft, aber er fühlte sich keinem der beiden Länder zugehörig. Sein Schiff mochte in Lissabon registriert sein, und seine Flagge mochte das Grün und das Orange seiner Heimat zeigen, Luis de los Queidós arbeitete nur für sich selbst, und ganz bestimmt nicht für den fetten, übel beleumdeten Mandarin Wang Toh Chen-Am, für den die Seide bestimmt war.

»Bestimmt – ja, aber bekommen würde er sie niemals.«

Sein Mund verzog sich zu einem zufriedenen Grinsen. In weniger als drei Stunden würde sich die *Malhão* mit einem anderen Schiff treffen, einer schnellen, niedrigen Lorcha, wie sie an der chinesischen Küste zum Opiumschmuggel eingesetzt wurden. Und obgleich es die berüchtigte purpurne Drachenflagge gehißt haben würde, würde es kein Schiff aus Wang Tohs Flotte und auch nicht mit seinen Leuten bemannt sein, sondern unter dem Kommando von Kapitän Queidós' Halbbruder Pedro stehen. Wie es ausgemacht war, würde dann die Ladung der *Malhão* heimlich und verstohlen auf die Lorcha umgeladen werden, ohne daß die Männer des Schoners in ihren Betten etwas davon merkten. Sobald die Aktion abgeschlossen war, würde die Lorcha mit der Seide und dem Kapitän der *Malhão* in der Dunkelheit verschwinden.

»Wang Toh kann überall suchen, aber finden wird er mich nicht«, sagte Kapitän Queidós vor sich hin. Die Lorcha würde direkt nach Rangoon fahren, wo bereits ein Käufer auf die Seide wartete. Wenn der Handel perfekt war, würde Luis Morales de los Queidós ein reicher Mann sein und sich in Rom ein wunderschönes Haus kaufen und sich ein Dutzend wunderschöner Konkubinen halten.

Und was würde aus dem Schoner und seiner Mannschaft werden? Der Kapitän zuckte die Achseln – das kümmerte ihn wenig. Zweifellos würde Wang Toh in seiner Rachsucht das Schiff in die Luft jagen und die Mannschaft als Geiseln nehmen, aber da die *Malhão* einer privaten portugiesischen Handelsfirma und nicht Kapitän Queidós gehörte, berührte ihn das nicht im geringsten.

Ein spöttisches Grinsen umspielte seine vom Tabak verfärbten Lippen. Gerade das beklagenswerte Verfahren der mächtigen Handelsfirmen, den Männern, die Kopf und Kragen riskierten, um die Waren von einem Kontinent zum anderen zu transportieren, weniger als ein Prozent von dem erzielten Gewinn zu bezahlen, hatte ihn dazu veranlaßt, zunächst das fürstliche Bestechungsgeld von Wang Toh anzunehmen. Luis de los Queidós war kein Narr und wußte, daß ein Vasall immer ein Vasall bleiben würde – und daß es an ihm selbst und an Wang Toh lag, aus seinen bescheidenen Verhältnissen herauszukommen.

Kapitän Queidós hatte Wang Toh noch nie von Angesicht zu Angesicht gesehen. Die wenigsten Europäer hatten das. Aber Queidós wußte doch eine ganze Menge über ihn. Er hatte versucht, alles über den Mann zu erfahren, den er betrügen wollte. Als hoher Beamter war er durch den Opiumkrieg dem Kaiser viel zu reich und mächtig geworden und war nach dem Vertrag von Nanking in die Provinz Kansu hoch im Norden versetzt worden – eine Position, die einer Verbannung ins Exil gleichkam. Aber chinesische Beamte durften laut Gesetz nur drei Jahre in einer Provinz zubringen, und so schickte man ihn als nächstes nach Shansi, wo er am Ende seiner Dienstzeit genügend Stimmen gekauft, gestohlen und erschwindelt hatte, um letztes Jahr wieder nach Kwangtung zu kommen. Er haßte die Ching Dynastie aus tiefstem Herzen, obwohl er sich dem Kaiser gegenüber immer gütig und loyal gab. Nur wenige Leute wußten, daß er heimlich Pläne schmiedete, die Mandschus zu stürzen. De los Queidós glaubte, daß er sich selbst zum Kaiser machen wollte.

Wenn schon nicht Kaiser, dann zumindest der reichste Mann im Reich der Mitte, denn wie wäre sonst seine Besessenheit zu erklären, jedes Stückchen Badajan-Seide aufzukaufen? Sicher hatte er vor, die Warricks zu ruinieren, und dann würde er sich wie ein Tiger auf alles stürzen, was übrigblieb. Er selbst hatte riesige Mengen der begehrten Seide aufgekauft und als Damon Warrick sich geweigert hatte, ihm mehr zu verkaufen, hatte er andere Händler geschickt, die die Seide für ihn aufkauften – immer auf Kredit.

Offensichtlich hatten Damon oder vielleicht eher seine realistische Mutter schon finanzielle Probleme gedrückt, denn Kapitän Queidós hatte seine liebe Not gehabt, ohne Vorausbezahlung so viele Ballen – die letzten in dieser Saison – zu bekommen. Aber er hatte so lange geredet und geschmeichelt und sich schließlich – mit gespielter Abneigung – dazu überreden lassen, sogar noch zweihundert Yards extra zu kaufen, dafür aber anstandslos fünfundzwanzig Prozent Vorauszahlung geleistet, die Damon verlangt hatte, und ihm versichert, der Rest würde am Ende des Monats über das Konto abgerechnet.

Natürlich würde das nie passieren, noch würde Wang Toh, der die Vorauszahlung vorgestreckt hatte, jemals die Ballen mit der märchenhaft schimmernden Seide zu Gesicht bekommen.

»Nein, mein fetter gelber Freund«, murmelte Queidós selbstzufrieden. »Sie werden sich einen anderen für Ihre skrupellosen Geschäfte suchen müssen. Luis de los Queidós wird sich einstweilen in seinem Palast in Rom mit seinen Konkubinen amüsieren!«

Er warf den Kopf zurück und lachte. Hinter ihm auf dem Hauptdeck läutete die Messingglocke zum Wachwechsel. Kapitän Queidós spürte ein nervöses Flattern im Magen. Lange würde es nicht mehr dauern.

»Käpt'n!«

Er drehte sich um und sagte unwirsch: »Was, zum Teufel, ist, Francisco? Ich habe doch ausdrücklich gebeten, nicht gestört zu werden.«

»Ja, ich weiß, aber Sanchez hat etwas im Laderaum gefunden. Er meint, Sie sollten sich das mal ansehen.«

»So, so. Und was tut dieser Trottel entgegen meinem Befehl im Laderaum? Vielleicht Seide für sich zur Seite räumen?«

»O nein, Käpt'n! Er hörte ein Geräusch und ging hinunter, um nachzusehen.«

Kapitän Queidós bekam schmale Augen. »Ein Geräusch? Was war es?«

Francisco zögerte, da er wußte, daß sein Kapitän etwas getrunken hatte und deshalb mit Vorsicht zu genießen war. *Deos!* Das würde weitere Auspeitschungen bedeuten, und er hatte auf dieser Seereise schon genug davon gehabt. Warum war der Kapitän so entsetzt? Er war doch wohl nicht um die Sicherheit seiner Ladung besorgt?

»Nun, Francisco? Du verbirgst doch nicht absichtlich etwas vor mir?«

Der junge Mann schluckte, als er das sadistische Leuchten in den Augen des Kapitäns sah. »Sanchez behauptet, er hat zwei blinde Passagiere gefunden, die –« Er brach mitten im Satz ab und starrte ungläubig über die Reling. *»Deos!* Was ist das?« Kapitän Queidós drehte sich um und starrte in die Dunkelheit. Sein Herz schien stehenzubleiben und sein Mund wurde ganz trokken. Es war eine Lorcha, die mit unglaublicher Geschwindigkeit auf sie zukam. Die Seidensegel waren schwarz gefärbt, damit sie von den Wachposten nicht so schnell erkannt werden konnten. Am Bug waren Laternen aufgehängt, und diese waren es gewesen, die Francisco erspäht hatte. Und da konnte Kapitän Queidós auch schon die purpurne Drachenflagge erkennen, die dämonisch am Masttop flatterte. »Heilige Muttergottes!« flüsterte er. Das flackernde, gelbe Licht hatte noch etwas anderes erkennen lassen, etwas, das er nicht glauben konnte. Und doch mußte es so sein, denn Francisco hatte sie auch gesehen und wimmerte vor Angst, hatte er sich doch schon immer unsterblich vor Piraten gefürchtet. Im Bug der Lorcha knieten ein halbes Dutzend mongolischer Bogenschützen. Ihr geölter Brustharnisch leuchtete.

Luis de los Queidós' Augen traten hervor. Nicht Todesangst brachte den Schrei aus seinen Lungen, denn er konnte die tödlichen Pfeile, die sich gleich in seine Brust bohren würden, nicht sehen. Der entsetzte Schrei entrang sich seiner Kehle, als er am Bug den blutüberströmten Kopf seines Bruders Pedro wie eine Trophäe aufgespießt sah.

Der heraufdrängende Morgen, der sich durch die Schlitze der Schilfabdeckung über dem Bullauge hereinschlich, weckte China aus einem unruhigen Schlaf auf. Rasch zog sie ihr seidenes Hemd und die lavendelfarbenen Hosen an, kletterte die Leiter hinauf und eilte zum Achterdeck, wo Kapitän Creel mit dem jugendlichen Steuermann der *Aurora D.* in ein ernsthaftes Gespräch vertieft war. Beide Männer verstummten, als sie sie sahen, denn in Ermangelung einer Bürste oder eines Kammes war China gezwungen gewesen, ihre Haare zu einem Zopf zusammenzuflechten. Und nun sah sie noch exotischer aus. Auf ihre ängstliche Frage konnte ihr Kapitän Creel versichern, daß der Schoner sehr gut in der Zeit war und ein Treffen mit der *Malhão* abends bei sechs Glasen mit Sicherheit stattfinden werde.

»Segel achteraus!«

Kapitän Creel reckte den Kopf, und China klopfte das Herz einen Augenblick lang bis zum Hals. Aber natürlich konnte es nicht die *Malhão* sein, denn wieso sollte der portugiesische Schoner hinter ihnen segeln? »Es ist ein Klipper, Sir!« tönte es aus dem Krähennest. »Mit amerikanischer Flagge.«

»Müßte die *Orion* sein«, mutmaßte Kapitän Creel und nahm das Fernrohr, das ihm sein Steuermann hinhielt. »Wette, sie fährt nach Hainan.«

China war erleichtert. Offensichtlich war das nur ein amerikanischer Klipper, der eine Handelsroute über das chinesische Meer befuhr.

Ein junger Kabinensteward kam an Deck, und Kapitän Creel fragte China, ob sie gerne Frühstück haben wollte.

Sie hatte einen Bärenhunger, nahm sich einen Keks und einen Becher heißen Tee und setzte sich auf eine Bank. Seit vorletzter Nacht hatte sie nichts gegessen – seit jener Nacht, als Brandon und Philippa sich aus ihren Betten geschlichen hatten und an Bord von Luis Queidós' Schoner geklettert waren, ohne auch nur im entferntesten zu ahnen, in welche Gefahr sie sich begaben.

China lief ein Schauer über den Rücken. Sie versuchte nicht wieder in die Panik zu verfallen, die sie erfaßt hatte, als ihr Darwin erzählt hatte, daß die beiden Kinder verschwunden waren. Und sie wollte auch nicht an die schrecklichen Dinge denken, die Ethan ihr über Wang Tohs Habgier und Gerissenheit erzählt hatte. Denn sie wußte, sie mußte möglichst ruhig und diszipliniert bleiben, wenn sie den Kindern helfen wollte.

»Sie wird uns bald überholen, nicht wahr?« bemerkte sie.

»Wer?« fragte Kapitän Creel, der über seine Karten gebeugt war.

»Die *Orion*.«

»Ja, sie ist ziemlich schnell. Geben Sie ihr noch eine halbe Stunde oder so. Tyler Crewe, der Kapitän, ist ein ziemlich ungeduldiger Bursche.«

China war bei seinen Worten aufgesprungen, hatte ihren Becher runtergeworfen und sich den heißen Tee über die Hose geschüttet. Das schien sie jedoch nicht im geringsten zu beunruhigen. Entsetzt starrte sie über das Wasser zu der Orion hinüber.

»Tyler Crewe? Sie wollen doch nicht im Ernst sagen, daß er der Kapitän dieses Schiffes ist?«

»Aber sicher. Ist schon so lange wie ich im Geschäft. Ein vertrauenswürdiger Bursche, durchaus.« Kapitän Creel sah sie von der Seite an. »Kennen Sie ihn?«

»Ja, nein, ich meine – oh, ich hätte wissen müssen, daß Ethan mich nicht so leicht gehen lassen würde!« China runzelte die Stirn und schwieg. Dann sah sie zu ihm auf und fragte kaum hörbar: »Kapitän Creel, dürfen Sie an Bord Ihres Schiffes nicht eine Trauung vornehmen?« Er kratzte sich mit seinem schmutzigen Daumennagel an der Nase. »Eh … ich denke … schon.«

»Könnten Sie das jetzt tun? Ich meine jetzt sofort.«

»Nun, da müßte ich mein Buch heraussuchen –« Er betrachtete sie mit nachdenklich zusammengezogenen Brauen und fragte mißtrauisch: »Warum fragen Sie, Miß?«

»Weil«, antwortete China drängelnd, »ich Darwin Stepkyne heiraten möchte. Und zwar sofort, ehe die Orion uns einholt.«

Horatio Creel war über Chinas Wunsch so entsetzt, daß er sie eine ganze Minute lang nur mit offenstehendem Mund anstarrte und sich insgeheim fragte, ob sie vollends den Verstand verloren hatte. Sie mußte eine ganze Weile reden und dann auch noch Darwin herzitieren, ehe er sich überzeugen ließ, daß auch von seiner Seite der Wunsch da war, und daß Eile geboten war. Trotzdem vergingen kostbare Minuten, in denen er sich redlich bemühte, ihnen den törichten Plan auszureden. Erst als Darwin ihm aufgeregt mitteilte, daß sich auf der Orion höchstwahrscheinlich ein Mann befand, der vorhatte, China gegen ihren Wunsch und aus selbstsüchtigen Gründen zu heiraten, erklärte er sich bereit, die Zeremonie zu vollziehen.

»Wohl ist mir nicht dabei«, brummelte er, schüttelte den Kopf und betrachtete sorgenvoll die beiden jungen Gesichter vor sich. Warum mußte Race Warrick auch so früh sein Leben lassen! So hatte seine unschuldige Tochter nur ihren törichten Halbbruder, der auf sie aufpassen sollte. Race hätte es niemals zugelassen, daß seine geliebte Tochter einen so ungeeigneten Mann wie Darwin Stepkyne geheiratet hätte. Und dann hätte er sich für sie sicher eine andere Hochzeit gewünscht als eine, bei der die Braut in einem zerknitterten Haremskostüm und einem seltsamen Zopf antrat.

»Schiff an Steuerbord!«

»Was ist es?« rief Horatio zurück und wölbte dabei die Hände vor dem Mund.

»Sieht nach Schoner aus, Sir!«

»Das kann doch nicht die *Malhão* sein!« Steuermann Runkle konnte es nicht glauben. Sein Kapitän nahm das Fernrohr zur Hand. »Sie muß doch schon viel weiter sein.«

»Was ist es, Kapitän Creel?« fragte China atemlos. Sie konnte am Horizont mit bloßem Auge nur die Schatten der dahinjagenden Wolken und Kormorane sehen, die sich ihre Beute im Sturzflug aus dem Wasser holten.

Horatio ließ sich Zeit mit der Antwort, denn er wußte selbst noch nicht so recht, was er da durch sein Fernrohr sah. Es war tatsächlich ein Schoner, aber einer, den er nicht identifizieren konnte und der ihm eher wie ein Geisterschiff vorkam. Die Segel hingen runter, die Leinen schleiften nach, und er konnte kein Zeichen menschlichen Lebens auf den Decks entdecken.

»Das müssen wir uns genauer ansehen, Mr. Runkle«, sagte er, und sein Steuermann eilte Befehle rufend davon.

Als die *Aurora D.* näherkam, konnte man auch ohne Fernglas sehen, daß niemand Wache stand. Der Schoner trieb hilflos in der Strömung. Die Masten ragten unheilvoll in den blassen Himmel.

»Gott im Himmel, ihre Segel sind einfach weggeschnitten!« rief Arthur Runkle aus.

»Sieht aus, als ob niemand mehr an Bord ist«, fügte Darwin unbehaglich hinzu.

Während er sprach, flog eine Schar schwarzer Vögel auf und zog ihre Kreise, ehe sie sich auf der Takelage niederließ und zusah, wie sich die *Aurora D.* näherte. Am Heck war nun der Name *Malhão* deutlich zu lesen, und als der Wind sich drehte, brachte er unmißverständlich den Geruch des Todes mit.

Kapitän Creel senkte sein Fernrohr und verzog das Gesicht. »Runkle, versuchen Sie, ob sich jemand meldet.«

Aber niemand reagierte, als Runkle mit dem Sprachrohr hinüberrief. Nur die aasfressenden Vögel ließen sich nicht vertreiben. Kapitän Creel veranlaßte alles zum Entern des Schiffes und ließ sich von bewaffneten Männern seiner Mannschaft begleiten.

»Ich komme mit Ihnen«, sagte China spontan.

Horatio schüttelte den Kopf. »Da sind Tote auf dem Schiff. Und man weiß nicht, wer sie tötete.«

»Bitte vergessen Sie nicht, daß auch mein Bruder und meine Schwester an Bord sind«, behauptete sich China unerschrocken. »Nichts hält mich davon ab, mitzukommen.«

»Das werden Sie nicht tun«, schaltete sich Darwin ein. »Sie sind verrückt, China! Und wenn es Cholera war?«

»Cholera!«

Ihr entsetzter Blick bewirkte, daß er sofort seine Worte bedauerte. Doch Kapitän Creel klärte ihn auf: »Das dort drüben ist keine Krankheit, Junge. Die Cholera hätte nicht die Segel runtergerissen und die Leinen durchgeschnitten. Das waren Menschen. Menschen, die inzwischen über alle Berge sind.«

China wurde blaß. »Heißt das, sie wurden von Piraten angegriffen?«

»Das heißt noch gar nichts«, sagte Kapitän Creel rasch, aber sein Gesicht ließ genau das vermuten.

»Dann kann ich ja mit Ihnen kommen«, drängte China. Und plötzlich hörte er in ihrer Stimme so deutlich ihren Vater, daß ihm ein abergläubischer Schauer über den Rücken lief. Er schwieg einen langen Augenblick. Dann seufzte er tief auf.

»Kommen Sie, mein Kind. Aber Sie werden keinen Fuß auf das Deck setzen. Ist das klar?«

»Sie müssen verrückt sein!« Darwins Gesicht war rot vor Zorn. »China geht nicht mit Ihnen da hinüber!«

»O doch«, sagte China klar und deutlich, und obwohl Darwin bettelte und schließlich sogar in Wut geriet, ließ sie sich nicht erweichen.

»Sie müssen ja nicht mitkommen, wenn Sie nicht wollen«, erläuterte sie ihm eigensinnig. Und da in ihren Worten der Vorwurf, feige zu sein, mitschwang, gab er schließlich klein bei.

Niemand sprach ein Wort, als sie mit einem kleinen Boot zu dem dahintreibenden Schoner übersetzten. Das Klatschen der Ruder ins Wasser und das Quietschen der Ruderdollen klang unnatürlich laut. Je näher sie dem Schoner kamen, desto intensiver wurde der Todesgeruch. Die muskulösen Matrosen drehten den Kopf weg und richteten ihre Waffen her. China saß im Heck des Bootes zwischen Kapitän Creel und Darwin und sah ganz bewußt ins Leere. Ihr Gesicht war fast durchsichtig weiß, und nur ihre zitternden Hände verrieten ihre Nervosität.

Im Schatten des Schiffsbauchs war die Luft bedeutend kühler und der Todesgeruch nicht ganz so intensiv. Doch die unheimliche Stille wirkte noch bedrohlicher, und die herunterbaumelnde Strickleiter schien sie höhnisch aufzufordern, sich das entsetzliche Geschehen an Deck anzusehen.

Der kräftige Matrose Timmons McNee war als erster an Deck, und als er sich umgesehen hatte, wankte er zur Reling und übergab sich. Die Mannschaft der *Malhão* war erbarmungslos abgeschlachtet worden. Auf dem Deck lagen abgehackte Gliedmaßen, abgetrennte Köpfe, denen die Aasfresser die Augen ausgepickt hatten, und Körperteile, auf denen sich Schwärme von Schmeißfliegen niedergelassen hatten. Die Hitze hatte das

Blut, das die Planken durchtränkt hatte, getrocknet, und Matrose McNee hörte es unter seinen Sohlen knisternd krachen. »Alle tot, Kapitän.« Seine Stimme war nur ein heiseres Krächzen. Als die anderen sein Gesicht sahen, erschauerten sie, denn offensichtlich hatte dieser Mann in die Tiefen der Hölle geschaut.

»Nein!«

Chinas Schrei unterbrach die lähmende Stille, die alle erfaßt hatte. Sie versuchte auf die Strickleiter zu steigen, und Kapitän Creel hatte Mühe, sie davon abzuhalten.

»Warten Sie, Kind!« Er bekam sie am Ärmel ihrer Bluse zu fassen, aber das dünne Gewebe zerriß unter seinen Händen, und ehe sie sich versahen, war China drauf und dran, das Deck zu erklimmen.

»Brandon! Philippa!«

Ihr verzweifelter Aufschrei scheuchte die Vögel auf. Heiser krächzend kreisten sie weiter über dem Schiff. China nahm weder von ihnen noch von den schrecklichen Dingen an Deck Notiz. Ein ekelerregender Verwesungsgeruch schlug ihr entgegen.

»Brandon! Philippa! Wo seid ihr?« Sie stolperte über einen Leichnam, dessen Kehle von einem Pfeil durchbohrt war und taumelte auf die Leiter zu, die nach unten führte. Ratten huschten vorbei. Unter der Tür am Ende eines langen, stickigen Ganges schimmerte ein schwaches Licht. China öffnete die Tür und befand sich offensichtlich in der Kombüse, in deren Herd noch ein Kohlenfeuer glühte. Dicker Rauch hing in der Luft. Der Koch, dieses bedauernswerte Wesen, das da am Boden lag, hatte gerade das Abendessen zubereitet, als ihn die Mörder überrascht hatten. Er hielt immer noch die gußeiserne Pfanne in der blutüberströmten Hand. China sah, daß seine Finger halb abgehackt waren. Kakerlaken rannten auf seinem Körper hin und her. China kämpfte gegen eine stark aufkommende Übelkeit und stolperte über eine weitere Leiche hinter der Tür.

Sie schrie auf, als sie im Öl und Blut ausrutschte und floh den Gang entlang und direkt in die Arme eines Mannes, der auf ihren Schrei hin die Leiter heruntergesprungen war. Angstvoll schrie sie noch einmal auf und trommelte mit den Fäusten auf ihn ein. Er hingegen nahm sie fest in seine Arme.

»Schsch, China. Hab keine Angst«, flüsterte eine vertraute Stimme in ihr Ohr.

»Ethan!« China schluchzte erleichtert auf.

Er drückte sie fest an sich, und plötzlich wurde all das Schreckliche um sie herum erträglicher. Nach einer Weile begann sie heftig zu zittern und sah mit tränenverschmiertem Gesicht zu ihm auf.

»Brandon und Philippa –«

»Ja, ich weiß. Kapitän Creel hat es mir gesagt.«

»Ich kann sie nirgends finden«, flüsterte China angstvoll. »Alle sind tot! Oh, Ethan, hast du gesehen, was hier passiert ist?«

Ethan nickte mit düsterem Blick. Er sah, was der Schock und die schreckliche Angst der vergangenen Tage ihr angetan hatten. Er spürte ihren zitternden Körper, hob sie hoch und trug sie in die geräumige Kabine im Heck des Schiffes, die einst dem Kapitän der *Malhão* gehört hatte. Hier hatte eine frische Brise, die durch die geöffneten Luken wehte, den Verwesungsgeruch und die Hitze vertrieben.

Er setzte China in einen gepolsterten Stuhl und schenkte ihr aus einer Taschenflasche etwas ein. Brav schluckte sie das Zeug hinunter und hustete, als die feurige Flüssigkeit ihre Kehle hinunterbrannte. Nach einer Weile wurde ihr angenehm warm, sie hörte auf zu zittern und sah zu Ethan auf. Er sah entsetzlich abgehärmt aus, aber es war keine Zeit, darüber nachzudenken, warum ihr das im Herzen wehtat. Ethan hatte sich vor ihr aufgepflanzt und beugte sich dann zu ihr hinunter, so daß sein Gesicht fast ihres berührte. Mit belegter Stimme fragte er: »Was in Gottes Namen hast du dir dabei gedacht, einfach so wegzulaufen? Kam dir niemals die Idee, daß die Straßen von Singapur ein gefährliches Pflaster für eine Frau sein könnten, die so gekleidet ist wie du?«

China sah ihn nur wortlos an und ließ die Strafpredigt über sich ergehen. Je mehr sie seine heftigen Worte erschreckten und einschüchterten, um so mehr schien er in Wut zu geraten. Und es wäre wohl noch eine Weile so weiter gegangen, wenn nicht plötzlich die Kabinentür aufgestoßen worden wäre. Darwin und Horatio Creel standen mit ungläubigem Gesicht da.

»Sie haben kein Recht, so mit Miß Warrick zu sprechen!« protestierte Darwin mit sicherlich gerechtfertigter Entrüstung. »Wenn irgend jemand schuld ist an dem, was passiert ist, dann Sie, weil sie China aus selbstsüchtigen, verachtungswürdigen Gründen vom Kai in Singapur entführt haben!«

»Sei ruhig, Jungchen«, sagte Kapitän Creel kurz. Ethan richtete sich langsam auf, drehte sich um und betrachtete sie. »Sie hatten recht, Bloodwell«, fuhr Creel dann fort. »Die beiden Kleinen sind nicht an Bord.«

Ethans Augen verengten sich, und sein Gesicht schien plötzlich zu altem. China dachte unvermittelt, daß er wohl so in zwanzig Jahren aussehen würde. Sie biß sich auf die Lippen, wandte sich ab und fragte sich insgeheim, warum ihr die Vorstellung von Ethan als einem müden, alten Mann so weh tat.

»Wohin, meinen Sie, hat er sie gebracht?« fragte Kapitän Creel.

»Wen gebracht?« fragte Darwin. Es ärgerte ihn, daß der Kapitän des Schoners Ethan Bloodwell offensichtlich voll und ganz vertraute und alles mit ihm besprach. Und es ärgerte ihn außerdem, daß China seine Anwesenheit hier nicht im geringsten seltsam fand, obwohl sie weder die *Orion* kommen gesehen hatte, noch daß Kapitän Bloodwell mit seinen Leuten an Bord gekommen war.

»Wen suchen wir?« fragte er Kapitän Creel. »Wollen Sie sagen, daß jemand die Kinder mitgenommen hat? Ist es der Chinese, von dem alle sprechen?«

Horatio erklärte geduldig, daß seine Männer auf Kapitän Bloodwells Befehl alles sorgfältig durchsucht hatten, aber weder die vor zwei Tagen gekaufte Badajan-Seide noch die beiden Kinder gefunden hatten. Und anhand der Pfeile, mit denen die Mannschaft und der Kapitän der *Malhão* durchbohrt worden waren, und die Rajiid Ali als mongolischen Ursprungs bezeichnete, konnte man davon ausgehen, daß der Überfall auf Befehl des berüchtigten chinesischen Mandarins Wang Toh Chen-Arn ausgeführt worden war.

»Wieso sind Sie so sicher?« hakte Darwin nach.

Diesmal antwortete Ethan: »Weil Wang Toh meines Wissens

der einzige Chinese ist, der mongolische Bogenschützen in Diensten hat. Man sagt, der Kaiser mißtraut ihnen und hat ihnen unter Androhung der Todesstrafe verboten, nach Kanton zu kommen, obwohl sie Wang Toh natürlich überallhin mitnimmt.«

»Und sie seine schmutzigen Pirateereien ausführen läßt«, fügte Horatio angewidert hinzu. »Seit zweiundzwanzig Jahren segle ich im chinesischen Meer, aber so etwas habe ich noch nie gesehen. Die reinsten Kannibalen!«

»Kann man sicher sein, daß sie die Kinder mitgenommen haben?« fragte China und schluckte. »Woher wissen Sie, daß sie nicht auch umgebracht und über Bord geworfen wurden?«

Obwohl sie Kapitän Creel gefragt hatte, sah sie Ethan an. Ihre Verzweiflung erfüllte ihn mit Zorn. Er drehte sich wortlos um, woraufhin Horatio ihr versicherte, daß Brandon und Philippa wertvolle Geiseln waren und deshalb nicht so einfach umgebracht würden.

»Und wir holen sie ein, noch ehe sie in Hongkong einlaufen«, versprach er. »Kapitän Bloodwell segelt mit der *Orion*. Die ist viel schneller als meine *Aurora*.«

»Wo ist Kapitän Crewe?« fragte China verwirrt, denn plötzlich wunderte sie sich, wie Ethan hierhergekommen war. »Wartet er an Bord seines Schiffes auf dich?«

Ethan schüttelte den Kopf. »Ich denke, er ist immer noch in Singapur.«

»In Singapur?« Sie sah ihn mit großen, erstaunten Augen an. »Ich verstehe nicht. Wie hast du die Mannschaft der *Orion* dazu gebracht, dich hierherzubringen?«

Ethan grinste. »Mußte ich nicht. Ich habe sie mir einfach ausgeborgt.«

»Ausgeborgt?«

»Warum nicht? Die *Kowloon Star* bekommt gerade eine neue Takelage und wäre nicht vor morgen fertig gewesen. Und da die *Orion* so bequem vor Anker lag und ihr Kapitän sanft in den Armen einer höchst anschmiegsamen Dame schlummerte –«

»Einen Moment mal«, unterbrach ihn Darwin wütend. »Meinen Sie nicht, daß schon zu viel Zeit verplempert worden ist?

Sollten Sie nicht Ihre Crew zusammentrommeln und sich auf die Suche nach den Kindern begeben?«

»Aber sicher doch«, beeilte sich Ethan zu sagen. »China, kommst du?«

Ohne zu zögern reichte sie ihm ihre Hand. Darwin lief rot an.

»China! Sie wollen doch wohl nicht wirklich mit ihm gehen?«

»Warum nicht?« fragte sie.

»Sie wissen sehr wohl, was passieren wird, wenn Sie das tun.«

»Nein, weiß ich nicht«, antwortete China deutlich.

»Wenn Sie wegen Miß Warricks Tugend besorgt sind, Mr. Stepkyne«, warf Ethan lässig ein, »so können Sie zu ihrem Schutz gerne mitkommen.«

»Laßt uns gehen«, drängte Kapitän Creel in die gespannte Stille hinein, die sich über die Kabine gelegt hatte. »Ich denke an die beiden Kleinen.« Sein besorgter Blick fiel auf China. »Ich will Sie nicht davon abhalten, mitzukommen«, fügte er schweren Herzens hinzu, »obgleich es mir lieber wäre, wenn Sie hierblieben. Ich denke, Kapitän Bloodwell wird schon gut auf Sie aufpassen, und da auch Ihr Verlobter mitkommt –«

»Verlobter?« unterbrach Ethan barsch.

»Ja, der junge Darwin hier. Sie wollen heiraten. Wußten Sie das nicht?«

»Nein.« Ethans Augen verengten sich, als er in Chinas verzweifeltes Gesicht sah. »Es wird mir eine besondere Ehre sein, Sie und Ihren Verlobten an Bord der Orion begrüßen zu dürfen, Miß Warrick«, spottete er und machte eine höhnische Verbeugung in ihre Richtung. »Ich hoffe jedoch, Sie nehmen es mir nicht übel, wenn wir vom weiteren Austausch von Freundlichkeiten absehen und sofort aufbrechen.«

China biß die Zähne zusammen, hob ihr Kinn und nickte. Nichts an ihrem Gesichtsausdruck verriet, wie tief er sie mit seinem Spott verletzt hatte. »Kommen Sie, Darwin?«

»Ich denke schon«, antwortete Darwin bedrückt.

Als sie in das grelle Sonnenlicht trat, fiel ihr kaum auf, daß die Leichen inzwischen auf Kapitän Bloodwells Geheiß hin über

Bord geworfen worden waren. Die Mannschaft der *Orion* musterte sie interessiert, doch sie nickte nur steif zu Rajiid hin und setzte sich in dem Boot absichtlich mit dem Rücken zu Ethan. Sie sprach kein Wort.

19

»Ich denke, zuerst einmal solltest du diese Kleider ausziehen«, bemerkte Ethan kalt, nachdem er China unter Deck geleitet hatte und die Orion unter dem Kommando von Rajiid Ali Anker gelichtet und Kurs auf Hongkong genommen hatte. »Obwohl ich meiner Crew trauen kann, was dich betrifft, so bin ich bei Tylers Crew nicht so sicher. Ist ein düsterer Haufen und ließ sich nur mit dem Versprechen auf großzügige Entlohnung dazu überreden, mitzukommen.«

»Mir scheint, in deinem Bekanntenkreis ist Loyalität ohnehin ein Fremdwort«, bemerkte China spitz. »Ich kann es kaum glauben, daß sie ihren eigenen Kapitän aus reiner Profitgier verlassen. Wie kommt es«, fuhr sie fort, »daß sie dir so viel Vertrauen entgegenbrachten, daß sie dir erlaubten, mit ihrem Schiff durchzubrennen?«

»Sie kennen mich ziemlich gut«, antwortete Ethan kurz und ganz und gar nicht zu ihrer Zufriedenheit. Nachdenklich betrachtete er sie einen Augenblick schweigend. Wie schön und verführerisch sie aussah! Die Morgensonne entflammte goldene Strähnchen in ihrem feuerroten Haar. Sie sah so schlank und zierlich aus in den Seidenhosen, deren Weite an den Fußknöcheln mit einem Bündchen zusammengenommen war. Am liebsten hätte er ihren zerbrechlichen Körper in die Arme genommen und versucht, ihr neue Kraft zu geben.

Aber er wußte, daß er sie jetzt nicht berühren sollte. Zum einen konnte er ihr nicht mit Sicherheit versprechen, ob sie ihre Schwester und ihren Bruder unverletzt wiedersehen würde, zum anderen weil sie auch keine Anstalten gemacht hatte, die schockierende Enthüllung, daß sie und Darwin heiraten würden, zu entkräften – und das nach allem, was sie gemeinsam in dem luftigen Schlafgemach erlebt hatten.

»Du brauchst dir über mich keine Gedanken zu machen«, sagte sie steif. Auch ihr fiel es schwer, jetzt, da Ethan vor ihr stand, an etwas anderes zu denken. In seiner salzfleckigen Kleidung, dem wild zerrauften Haar und dem unrasierten Gesicht sah er einem Piraten nicht unähnlich, und doch schmerzte sie der Anblick seiner hageren Gesichtszüge auf seltsam sehnsuchtsvolle Weise. Sie konnte ihre Augen nicht losreißen von den schlanken, dunklen Händen, die ihren Körper liebkost hatten, sie an intimen Stellen berührt und damit Gefühle in ihr erweckt hatten, von denen sie nicht einmal zu träumen gewagt hatte.

»Mach dir keine Sorgen«, wiederholte sie mit mehr Feindseligkeit, als es die Situation erfordert hätte. »Ich habe nicht die Absicht, meine Kabine zu verlassen, ehe Wang Tohs Schiff in Sicht ist.«

»Mach, was du willst«, erwiderte Ethan unwirsch und drehte sich weg. Sie zuckte zusammen. Vielleicht wäre alles anders gekommen, wenn er gesehen hätte, wie weh er ihr tat. Denn wäre er ihr gleichgültig gewesen, hätte ihr auch sein Verhalten nichts ausgemacht. Und bei dem kleinsten Anzeichen von Versöhnungswillen hätte sie nur allzu schnell die Mauern der Trennung niedergerissen, die sie aufgebaut hatte. Sie hätte ihm alles vergeben – selbst seine heimliche Liaison mit Julia Clayton.

Aber weil Ethan sich abgewandt hatte und nur in blinder Wut daran dachte, daß China Darwin Stepkyne heiraten wollte, verging der Augenblick und die Gelegenheit ungenutzt. Zurück blieb eine Kluft, die nur noch unüberbrückbarer geworden war. Wortlos und mit frostiger Endgültigkeit schloß er die Kabinentür hinter sich.

Den ganzen langen nervenaufreibenden Tag blieb China unter Deck, und obgleich sie unendlich unter der Hitze und der quälenden Sorge litt, konnte sie sich nicht aufraffen, an Deck zu erscheinen. Darwin, beunruhigt durch ihre Teilnahmslosigkeit und die matte, lustlose Stimme, mit der sie seine Fragen beantwortete, wandte sich schließlich hilfesuchend an Ethan. Wenn er ihm auch nicht über den Weg traute, konnte man ihn doch vielleicht um einen Rat fragen, wie man ein furchtsames weibliches Wesen trösten könnte.

Aber Kapitän Bloodwell teilte ihm nur ungnädig mit, daß Miß Warrick Darwins zukünftige Frau sei und nicht seine, und er sich deshalb selbst überlegen müsse, wie er ihre Ängste in bezug auf ihre entführten Geschwister beschwichtigen könnte.

»Aber wenn wir sie nun nicht finden?« beharrte Darwin und sprach damit die Frage aus, die Ethans Gewissen am meisten belastete. »Was, im Himmel, soll ich dann tun?«

»Mein lieber Freund«, äußerte sich Ethan kurz angebunden, »wenn Sie vorhaben, sich eine leicht erregbare und ausgesprochen unberechenbare Frau zuzulegen, dann müssen Sie sehen, wie Sie mit ihr zurecht kommen. Ich kann Sie nur warnen. Mit einer so eigensinnigen und starrköpfigen Frau wie Miß Warrick zu leben ist ganz sicher nicht einfach.«

Darwin biß die Zähne zusammen: »Ich kann einfach nicht begreifen, wie Sie sich so ungerecht ihr gegenüber benehmen können, wo Sie doch wissen, was China seit ihrer Rückkehr aus England alles mitgemacht hat, teilweise oder sogar ganz Ihretwegen! Und das ist zufällig auch genau der Grund, warum sie mich heiraten möchte und nicht Sie!«

»Und das ist genau der Grund, warum ich sie gehen lasse«, warf Ethan mit gefährlich funkelnden Augen ein. »Und warum ich mich entschlossen habe, Ihnen nicht alle Knochen im Leib zu brechen. Wenn Sie mich jetzt bitte entschuldigen wollen! Mein Schiff wartet auf mich.«

Mit einem kurzen, beleidigendem Nicken ging er weg. Darwin öffnete den Mund und schloß ihn wieder. Langsam wich die Farbe aus seinem Gesicht. Er war nicht sicher, ob diese Worte ernst gemeint waren, aber angesichts Ethan Bloodwells unangenehmen Wesens sollte er sie wohl für bare Münze nehmen und jeden weiteren Versuch, mit ihm auf zivilisierte Weise in Verbindung zu treten, fallenlassen. China konnte sich in der Tat glücklich schätzen, einer Heirat mit ihm entgangen zu sein.

Die Dämmerung war schnell hereingebrochen nach einem Tag, der für alle sehr entmutigend gewesen war. Keines der

Crewmitglieder blieb unberührt vom stummen Leiden und dem unsäglichen Schmerz in Chinas Gesicht, die am Nachmittag kurz heraufgekommen war, nachdem im Norden Segel gesichtet worden waren. Es war jedoch nur eine britische Fregatte gewesen, die Kurs auf Singapur genommen hatte. Sobald die Identität des Schiffes einwandfrei geklärt war, war China wortlos wieder nach unten verschwunden.

Am Abend nahm China zögernd eine Einladung an, mit Ethan Bloodwell und den Offizieren der *Orion* zu Abend zu essen, nicht weil sie besonders hungrig war, sondern weil das Warten unerträglich geworden war und sie jede Art der Gesellschaft – selbst die Ethans – der Einsamkeit ihrer heißen, stickigen Kabine vorzog. Als sie Tyler Crewes Kabine betrat, bemerkte sie mit Verwunderung die farbenprächtigen persischen Wandbehänge und die vergitterten Bücherschränke, in denen erstaunlich viele wertvolle Kunstgegenstände standen. Ethan Bloodwell wollte mit seinem Gewand gar nicht so recht in die Umgebung passen. Er stand auf und begrüßte sie. Die Offiziere hingegen hatten sich alle erdenkliche Mühe gegeben, ordentlich auszusehen. Pomadegeruch lag in der Luft und vermischte sich mit dem des dampfenden Gerichts auf dem Tisch.

Darwin führte China rasch zu einem Stuhl neben seinem, und ganz bewußt weit weg von dem, den Ethan für sie zu seiner Rechten bereitgestellt hatte. Obgleich Ethan sein Vorgehen bemerkt haben mußte, ließ er sich nichts anmerken und bat den Steward, das Essen zu servieren.

»Möchten Sie Wein, Miß Warrick?« fragte der Obermaat mit seinem freundlichsten Lächeln.

»Danke«, sagte China höflich, »lieber nicht.«

»Unter den gegebenen Umständen«, schaltete sich Ethan mit leicht schleppender Stimme ein, »wäre es nicht schlecht, wenn Sie sich stärken würden, Miß Warrick. Die Nacht verspricht lang zu werden.«

»Wie lange wird es dauern, ehe wir sie finden?« fragte China angstvoll.

»Es besteht kein Grund zur Annahme, daß wir Wang Tohs Schiff vor morgen früh zu Gesicht bekommen«, entgegnete

Ethan unwirsch. »Es sei denn, es gab eine Verzögerung für ihn, aber das ist unwahrscheinlich.«

Plötzlich hörte man Füßegetrappel oben an Deck. Darwin forderte sofort eine Erklärung. »Was ist das?«

»Käpt'n Bloodwell!«

Der Ruf drang nur ganz schwach herunter, aber Ethan sprang sofort auf und schob Darwin unachtsam beiseite. Der diensthabende Obermaat der *Orion* erwartete ihn an Deck, reichte ihm ein Fernrohr und deutete wortlos nach Steuerbord. Es war schwierig, in der Dunkelheit überhaupt etwas zu erkennen, und Ethan wünschte, er hätte sein eigenes Fernglas nicht an Bord der *Kowloon Star* gelassen. »Es ist ein Klipper, nicht wahr?« fragte der Obermaat. »Das Hauptsegel ist unten, und sie liegt vor Anker, aber ich glaube nicht, daß sie auf uns wartet.« Er schreckte unwillkürlich zurück, als er den Gesichtsausdruck des Kapitäns sah. Wenn jemand so aussah, dann war er von dem Zwang besessen zu töten.

»Ruder nach Lee, Mr. Fine«, sagte Ethan barsch, »und machen Sie schnell. Sehen Sie zu, daß der Topp im Wind steht. Sie haben dreißig Sekunden, ansonsten gehen Sie über Bord, ist das klar?«

Ohne auf Antwort zu warten, ging er zum Sturmdeck und sprach einige Worte mit Rajiid, ehe er nach unten verschwand.

»Wo ist er hingegangen? Was, zum Teufel, hat er vor?« fragte Darwin, der mit China an Deck gekommen war.

»Wenn ich das wüßte«, stöhnte der Obermaat und eilte davon, um die Order des Kapitäns auszuführen.

»Warum fragen Sie nicht Rajiid?« schlug China vor.

»Was? Ich soll mit diesem mürrischen Barbaren sprechen?« entrüstete sich Darwin. »Sie müssen verrückt sein. Er wird doch nicht – Wo wollen Sie hin, China? China!«

Rajiid, der ihre Schritte gehört hatte, drehte sich um und machte eine tiefe Verbeugung. Er machte sich wenig aus Frauen, und schon gar nichts aus Engländerinnen, aber er respektierte China auf seine Weise und wußte, daß die Gefühle seines Kapitäns ihr gegenüber tiefer waren, als er es nach außen hin zugab.

»Was ist, Rajiid?« fragte China besorgt. »Ist Wang Tohs Schiff gesichtet worden?«

»Es ist das kaiserliche Schiff«, antwortete Rajiid rätselhaft, »doch es ist auch das Schiff des Kapitäns.«

China sah ihn einen Augenblick ratlos an. Das flackernde Licht der Laterne leuchtete auf ihr Gesicht. Überrascht stellte Rajiid fest, daß sie wirklich sehr schön war, auch wenn ihre Schönheit nicht von der Art war, die er verstehen oder schätzen konnte. Warum hatte er das vorher nie bemerkt?

Plötzlich verstand China und rief aus: »Oh! Meinen Sie die *Lotus Star*? Aber ich dachte – wurde sie nicht zerstört?«

»Das dachten wir. Sie wurde offensichtlich geborgen, und jetzt ist er einer der wenigen Chinesen, die so ein Schiff besitzen.«

»Was hat Kapitän Bloodwell vor?« fragte sie.

»Allah vergebe ihm. Er ist ein Narr«, antwortete Rajiid. »Es ist absolut verrückt. Er will allein und unbewaffnet bei Wang Toh vorsprechen.«

China wurde blaß. »Warum würde er das tun wollen? Ganz sicher wird Wang Toh meinen Bruder und meine Schwester nicht freigeben, nur weil Kapitän Bloodwell das verlangt!«

Rajiid schüttelte zornig den Kopf. »Er ist von Dämonen besessen, seit er sein Schiff gesehen hat. Ich fürchte, er ist weder Vernunftgründen zugänglich, noch kann er die Tatsache akzeptieren, daß er nichts tun kann.«

China schwieg einen Augenblick. Rajiid hatte recht. Dann fragte sie ihn mit belegter Stimme: »Werden sie ihn umbringen?«

Rajiid zuckte mit den Achseln und legte einen Gleichmut in seine Stimme, den er beileibe nicht fühlte. »Inshallah, das liegt in den Händen Allahs.«

»Ja, ja, ich weiß schon. Alles Vorbestimmung.« Manchmal wünschte sie sich zumindest ein wenig von jenem arabischen Glauben, damit auch sie glauben konnte, der Tod eines Menschen sei schon in seiner Geburtsstunde vorbestimmt, und da man daran nichts ändern konnte, brauchte man sich auch vor dem Tod nicht zu fürchten.

Aber sie fürchtete sich, mehr als je zuvor in ihrem Leben. Als Ethan wieder an Deck kam, war sie vor Schreck wie gelähmt.

Und sie dachte dabei weder an ihre eigene Sicherheit noch an die von Brandon und Philippa.

Ethan drehte sich um und sah, wie sie blaß und verängstigt dastand. Er runzelte die Stirn und kam zu ihr. »Ich möchte, daß du etwas für mich tust, ehe ich gehe«, sagte er, ohne eine Gefühlsregung zu zeigen.

China betrachtete ihn argwöhnisch. »Und das wäre?«

Er war kurz angebunden. »Ich möchte, daß du mit Darwin Stepkyne verheiratet bist, ehe ich gehe. Als derzeitiger Kapitän des Schiffes bin ich der einzige, der die Zeremonie ausführen darf, und ich – Was ist los? Das wolltest du doch die ganze Zeit, oder?«

»Nein – ja, ich meine, ich hätte nie –«

»Um Gottes willen, China«, unterbrach sie Ethan ungeduldig. »Ich habe keine Zeit, mit dir längere Diskussionen zu führen. Vielleicht klingt das sehr melodramatisch, aber es ist durchaus möglich, daß ich nicht zurückkehre, wenn ich erst einmal einen Fuß auf die *Lotus Star* gesetzt habe, und ich möchte sicher gehen, daß du gut versorgt bist, für den Fall, daß du ein Kind von mir bekommst.«

China errötete bis zu den Haarwurzeln. Sie konnte ihn nur verständnislos ansehen und atemlos hoffen, daß es vielleicht wahr sein könnte ...

Als Ethan ihr Gesicht sah, mußte er lachen, auch wenn es etwas bitter klang. »Die Möglichkeit hast du wohl nie in Betracht gezogen, was? Sicherlich weißt du, daß es manchmal vorkommt, wenn ein Mann und eine Frau –«

»Nicht«, bat China kaum hörbar, »bitte nicht.« Sie wartete einen Augenblick. »Möchtest du wirklich, daß ich ihn heirate?«

»Meine liebe junge Frau, du hast alle Anstrengungen unternommen, mir zu beweisen, wie schrecklich du die Vorstellung findest, einen ehemaligen Chinahändler wie mich zu heiraten. Und Darwin scheint ja nun einmal der Mann deiner Wahl zu sein.«

China atmete tief durch und beschloß dann, zum erstenmal in ihrem Leben ganz bewußt und kaltblütig zu lügen. Nicht nur, weil sie keinen anderen Weg sah, ihn von seinem Vorhaben abzubringen, sondern auch weil ihr die Vorstellung, mit Darwin verheiratet zu sein, plötzlich ganz unmöglich vorkam.

»O Ethan, Darwin und ich können gar nicht heiraten«, sagte sie schnell. »Weißt du, meine Mutter sagte mir, daß Darwin mit mir verwandt ist. Mein Vater hatte nicht nur fernöstliche Mätressen. Er –«

»Ich verstehe«, unterbrach er sie. Normalerweise hätte er diese ganz unglaubliche Geschichte sofort durchschaut. Doch jetzt war er zu sehr um sie besorgt und überlegte, ob er nicht einen tödlichen Fehler damit beging, sich seinem Erzfeind auf der *Lotus Star* zu stellen. Aber was blieb ihm anderes übrig? Er war einer der wenigen Europäer, die Wang Toh je zu Gesicht bekommen hatten, die seine verschlungene Denkweise verstanden und wußten, welche Taktik bei der Befreiung der Warrick-Kinder anzuwenden war.

»Wenn da ein Kind sein sollte, und du möchtest, daß es einen Namen hat«, sagte China langsam, »sollte es dann nicht auf jeden Fall dein Name sein? Ich meine, da du ja der Vater bist.«

Seine blauen Augen waren ihr plötzlich ganz nah. »Was willst du damit sagen, China?« In seiner Stimme war etwas Drängendes, das China noch nie zuvor gehört hatte.

Sie mußte ihm die Antwort schuldig bleiben, denn plötzlich gellte ein Warnschrei durch die Nacht. China drehte sich um und sah einen unheilvollen Schatten rasch auf sie zukommen. Es war eine Lorcha. Das auf den Bug gemalte Augenpaar starrte sie diabolisch an. Ihr stockte der Atem. »Ethan –«

Bevor sie weiterreden konnte, packte Ethan sie am Arm und zog sie hinter sich her nach unten. Er drängte sie in die Heckkabine und drückte ihr eine Pistole in die Hand. »Weißt du, wie man damit umgeht?«

Sie nickte.

»Dann schließ die Tür hinter mir ab. Schieß auf jeden, der gewaltsam versucht, hereinzukommen. Und unter keinen Umständen darfst du die Kabine verlassen, bevor ich zurückkomme. Ist das klar?«

»Was ist? Hat Wang Toh –«

Musketenfeuer übertönte ihre Worte. Schreie drangen zu ihnen herunter. Das konnte nur eines bedeuten. Die Orion war geentert worden. Ethans Herz krampfte sich zusammen, als er Chinas Angst sah, aber hier konnte er nichts für sie tun. Er stürmte hinauf und sah, daß die Mannschaft der *Orion* von einer Horde chinesischer Piraten mit Entermessern und Dolchen überfallen worden war. Ohne zu zögern schoß er einem Mann mit der Pistole in das Gesicht, der sich gerade auf ihn stürzen wollte.

Mit dem Kolben der leeren Waffe schlug er auf den Kinnladen eines anderen Mannes und hörte, wie dessen Knochen splitterten. Rasch nahm er das Entermesser des toten Mannes auf und kämpfte sich einen Weg zum Fallreep frei, vor dem er sich postierte. Der Gedanke, daß China sich dort unten mit einer Kugel verteidigen sollte, raubte ihm schier den Verstand. Er drehte sich rasch um, als er einen weiteren Angreifer bemerkte, sprang zur Seite, stürzte sich auf ihn und tötete ihn. Er würde niemanden hier zu den unteren Decks vorbeilassen.

Ein Chinese, der sich über die Kajütstreppe nach oben geschlichen hatte, sprang von oben auf ihn runter. Ethan befreite sich aus seinem Würgegriff und schleuderte ihn zu Boden, wo er regungslos liegenblieb. Männer seiner Mannschaft schwirrten über das Deck. Musketenfeuer blitzte in der Dunkelheit auf. Durch den beißenden Pulverrauch sah Ethan, wie Darwin Stepkyne zielte. Plötzlich verzog sich sein Gesicht zu einer gräßlichen Fratze. Ein Messer hatte ihn an der Seite getroffen. Ohne seinen Standort zu verlassen, zog Ethan sein Messer und schleuderte es auf den Mann, der sich gerade über Darwins regungslosen Körper beugte.

Der Chinese schnappte nach Luft und sank dann in sich zusammen. Aus der Dunkelheit sprang ein anderer auf Ethan zu, um den Mord zu rächen. Ein Entermesser streifte ihn seitlich am Kopf, aber ehe die tödliche Schneide mehr anrichten konnte als eine Schnittwunde an der Schläfe, hatte Ethan dem Angreifer das Messer aus der Hand geschlagen. Wie von Geisterhand war der Chinese dann stöhnend zu Boden gesunken. Es war Rajiid gewesen. Ruhig zog er sein Messer aus dem Rücken des Chinesen, verbeugte sich und verschwand in der Dunkelheit.

Ethan wischte sich das Blut und den Schweiß aus dem Gesicht

und bemerkte verzweifelt, daß seine Männer verloren. Zwar lagen eine große Anzahl von toten Chinesen an Deck, aber es kamen immer neue nach. Sie fielen wie die Ratten ein und griffen in Etappen an, so daß der Widerstand immer schwieriger wurde.

Ethan war unentschlossen. Sollte er sich ergeben? Sollte er aufgeben, ehe alle seine Leute umkamen? Wie konnte er China am besten schützen? Indem er bis zum bitteren Ende kämpfte oder indem er aufgab und hoffte, das Morden würde aufhören. Wäre sie dann in Sicherheit?

Er konnte die Dinge um sich herum nur mehr verschwommen wahrnehmen. Die Wunde in seinem Gesicht pochte, und er wußte, daß es ihm in diesem Zustand schwerfallen würde, eine Entscheidung zu treffen. Während er noch immer um sich schlug und Angreifer abwehrte, wurden die Kampfgeräusche um ihn herum leiser. Als er sich umsah, bemerkte er, daß die chinesischen Krieger den letzten seiner Männer entwaffneten und alle an einer Wand zusammentrieben.

Eine unheimliche Stille lag plötzlich über dem Schiff, die nur unterbrochen wurde von dem Wind, der durch die Takelage seufzte, und dem schrecklichen Stöhnen der Verletzten und Sterbenden. Ethan ließ sein Entermesser fallen und schleppte sich müde zu der Wand.

»Ich möchte mit deinem Herrn sprechen«, sagte er auf chinesisch zu einem der Krieger.

Eilfertig machte sich der Chinese auf den Weg. Ethan mußte die Augen schließen. Das Pochen in seinem Kopf machte ihn schwindlig. Im nächsten Augenblick hatte er jedoch alles vergessen: die Toten und die Sterbenden, den Schmerz an seiner Wunde, sogar die Tatsache, daß sein Schiff von den blutrünstigen Männern Wang Tohs angegriffen worden war. Er hatte bemerkt, daß sich an der Kajütstreppe etwas gerührt hatte, und als er sich umsah, blickte er ungläubig in China Warricks leichenblasses Gesicht.

China hatte in hilfloser Panik dem Kampf gelauscht, der über ihrem Kopf tobte. Die Schreie der Verwundeten und das Stöhnen der Toten hatten schrecklich in der Stille ihrer verlassenen Kabine widergehallt, und sie hätte sich am liebsten die Ohren zugehalten, um das Furchtbare nicht hören zu müssen. Obgleich sie die Tür verschlossen hatte, wie Ethan es gewollt hatte, hatte sie mehrfach mit klopfendem Herzen herausgeschaut und war zitternd auf der Schwelle stehengeblieben, unschlüssig, ob sie unten bleiben oder nach oben laufen sollte, um vielleicht helfen zu können.

Als es ruhiger geworden war, war sie sofort nach oben gelaufen. Mit der schweren Duellpistole in der Hand stand sie da und hatte Ethan sofort entdeckt. Beim Anblick seines blutüberströmten Gesichts war ihr schier das Herz stehengeblieben.

Einen Augenblick lang starrten sie sich nur an. China sah nur den Schmerz und die Erschöpfung in Ethans abgehärmtem Gesicht. Und Ethan fand sie absurderweise inmitten des Schlachtfelds einfach wunderschön. Plötzlich klärten sich seine Gedanken, und er schrie sie an:

»Geh zur Hölle! Habe ich dir nicht ausdrücklich gesagt, du sollst unten bleiben?«

China blickte in sein schmales, sonnengebräuntes Gesicht, das von Blut und den Prellungen, die allmählich anschwollen und blau wurden, schwer gezeichnet war. Ihr Herz krampfte sich zusammen, und plötzlich wußte sie, daß sie ihn liebte.

»O Ethan, dein Gesicht!« flüsterte sie. Ihre Worte klangen so entsetzt, daß er auf weitere Beschimpfungen verzichtete. »Tut es sehr weh?«

Ethan wurde von einem Vorgang an Deck der *Orion* abgelenkt. Bewacht von einem bewaffneten Chinesen hatten zwei Matrosen der *Orion* einem ausgemergelten Chinesen in gestickter Seidenrobe an Bord geholfen.

Eine der Wachen zeigte auf Ethan, und der ältliche Chinese kam auf ihn zu und verbeugte sich. Mit einer Handbewegung zeigte er auf die toten Männer. »Wang Toh hofft, das wird Lehre sein, kapiert?« sagte er in der typischen Art, wie die meisten Chinesen mit den Europäern zu reden pflegten. »Wir können viele Male viele Kämpfer schicken, macht nichts.«

»Uns viel Lehre sein«, antwortete Ethan auf ähnliche Weise. Ein Anflug von Überraschung huschte über das Gesicht, ehe er sich wieder unter Kontrolle hatte.

»Sie kommen sehen Wang Toh schnell, kapiert?«

»Kapiert«, sagte Ethan und fühlte, wie er in Wut geriet. Wang Toh hätte wirklich nicht seine Überlegenheit mit dem Angriff auf die *Orion* beweisen müssen. Schließlich hatte die *Lotus Star* sicherlich zehnmal so viele Mann Besatzung, und außerdem waren Brandon und Philippa Warrick an Bord. Sicherlich mußte Wang Toh gewußt haben, daß Ethan allen Forderungen zustimmen würde, um das Leben der Kinder nicht in Gefahr zu bringen. Der Tod der Besatzungsmitglieder der *Orion* wäre absolut vermeidbar gewesen. Der Kampf war nur inszeniert worden, um Wang Tohs Lust am Töten zu befriedigen.

»Wang Toh will andere noch«, fügte der ältliche Chinese gebieterisch hinzu.

Das hatte Ethan nicht erwartet. Kalter Schweiß stand ihm auf der Stirn. »Was für andere?«

Der alte Chinese ließ seine wässrigen Augen über die versammelte Mannschaft schweifen. Dann zeigte er plötzlich auf China, die blaß und unbeweglich neben Rajiid stand.

Ethan wußte sofort, daß der Chinese China erkannt hatte, obwohl er sich den Anschein gab, als hätte er sie zufällig ausgewählt. »Sie bleibt hier!«

Der Chinese machte eine bedauernde Handbewegung und verbeugte sich. »Ich dann gehen. Schnell, schnell. Viel schade, macht nichts.«

Ethan wußte, daß keiner von ihnen eine Chance hätte, wenn der Chinese unverrichteter Dinge zu Wang Toh zurückkehren würde. Also mußte er sehr hoch pokern, wenn er Zeit gewinnen und damit das Leben aller retten wollte. »Andere«, sagte er ruhig. »Wang Toh will andere?«

Höflich, aber unbeirrbar zeigte der Chinese wieder auf China.

Ethan schloß die Augen. Die Wunde an seiner Schläfe schmerzte pochend. Es hatte keinen Sinn. Der alte Mann hatte ganz offensichtlich einen Auftrag zu erfüllen, und China würde Wang Tohs Klauen nicht entgehen, es sei denn –

Ethan flüsterte Rajiid ein paar Worte in arabisch zu. Alle, einschließlich des skeptisch dreinblickenden Abgesandten wichen entsetzt zurück, als der Araber einen Krummdolch aus dem Gewand zog und die Schneide an Chinas Kehle hielt.

»Sie kommt nicht mit«, sagte Ethan kühl. »Freund wird sie lieber töten, kapiert? Dann wird sie Wang Toh nicht sehen!«

Es war natürlich eine Finte, aber Ethan sah mit grimmiger Freude, daß die Crew von Entsetzen wie erstarrt war. Der Chinese sah die Männer an und mußte einfach glauben, daß Ethan es ernst meinte. Es war auch sicher nicht im Sinne seines Auftraggebers, eine äußerst begehrte Geisel zu opfern.

Nachdem er die Situation mit leicht wackelndem Kopf eine Weile durchdacht hatte, sagte er kleinlaut: »Mädchen hierbleiben. Du mitkommen, kapiert?«

Ethan hatte Mühe, seine Erleichterung nicht allzu deutlich zu zeigen und sagte: »Kapiert.«

Ethan bedeutete Rajiid mit einer Kopfbewegung, China loszulassen. Die übrige Mannschaft drängelte sich um Ethan und verlangte eine Erklärung. Die chinesischen Wachen hatten Mühe, die aufgebrachten Männer in Schach zu halten. In dem allgemeinen Durcheinander gelang es Ethan, an Chinas Seite zu kommen.

»Rajiid hätte dir nicht wirklich etwas zuleide getan.«

»Ich weiß«, antwortete sie ruhig und sah die Wunde an seiner Schläfe an. »Du blutest immer noch. Der Mann dort wird doch sicher dafür sorgen, daß man dir die Wunde verbindet?«

Ethan verzog das Gesicht zu einer Grimasse. »Ich fürchte, mein Gesundheitszustand kümmert die herzlich wenig.«

»Du gehst mit ihm, nicht wahr?« fragte China wie betäubt. »Rajiid sagt, das dort drüben wäre die *Lotus Star* und sie gehört jetzt Wang Toh.«

»Nicht für immer«, antwortete Ethan leichthin. Sie wurde blaß. Ethan quittierte ihr Entsetzen mit einem kurzen Lachen: »Meine liebe, junge Frau, ich bin ganz und gar nicht so wirr im Kopf, wie du zu glauben scheinst. Ich habe nicht vor, das Leben deines Bruders und deiner Schwester aufs Spiel zu setzen, nur weil ich irgendeinen wahnwitzigen Plan habe, mein Schiff zurückzugewinnen.«

»Aber du hast doch gerade gesagt –«

»Mein Gott, China, hast du immer noch so wenig Vertrauen zu mir?« fragte er ungehalten. »Bin ich für dich immer noch nichts anderes als ein ruchloser Schurke ohne ein Herz im Leib?«

China hätte ihm gerne gesagt, wie lange es eigentlich schon her war, daß sie in dieser Weise über ihn gedacht hatte, und daß sie nicht in erster Linie Angst hatte, er könnte das Leben ihrer Geschwister aufs Spiel setzen, sondern sein eigenes zu leichtfertig einsetzen. Und daß ihr der Gedanke, ihn zu verlieren, unerträglich war. Sie wußte, Wang Toh würde nie eine Sache aufgeben, ohne eine andere dafür zu bekommen. Was wäre also, wenn Philippa und Brandon zwar frei wären, Ethan dafür aber sterben müßte?

Er sah, wie verzweifelt sie war und hielt es fälschlicherweise für einen Ausdruck ihres Schuldgefühls, weil sie tatsächlich so von ihm dachte. Mit einem verbitterten Lächeln verbeugte er sich vor ihr: »Vielen Dank für Ihre Ehrlichkeit, Miß Warrick.«

Ohne auf eine Antwort zu warten, erklärte er dem chinesischen Abgesandten, daß er bereit sei, mit ihm zu Wang Toh zu kommen, und ob es nicht besser wäre, jetzt zu gehen, ehe der große Mandarin ungeduldig würde.

Von drei bewaffneten chinesischen Wachposten flankiert schlenderte er scheinbar gelassen zum Beiboot und pfiff leise eine Melodie durch die Zähne.

20

Wang Toh Chen-Arn, kaiserlicher Mandarin von Kwangtung und stolzer Besitzer des prächtigen Klippers *Lotus Star* thronte auf einem erhöhten Podium, umgeben von weichen Seidenkissen in der großzügigen Kabine, die einmal Ethan Bloodwell gehört hatte. Eine mit furchterregenden Drachen handbemalte Teakholzwand trennte das Schlafgemach von dem Rest der prächtig ausgestatteten Kabine. In einem goldenen Käfig in der Nähe der Brokatvorhänge vor den Fenstern sang eine Nachtigall ihr einsames Lied. An beiden Seiten des Eingangs waren bewaffnete Wachen postiert, und in einem Nebenraum warteten ein halbes Dutzend Gefolgsmänner aufgeregt darauf, ihrem Herrn und Meister zu Diensten sein zu dürfen.

Wang Toh speiste vorzüglich zubereitete gebratene Garnelen von einem scharlachroten Lacktablett und war mit sich selbst äußerst zufrieden. Nicht nur, daß seine Lorcha die Seide zurückgewonnen hatte, die das portugiesische Schwein versucht hatte zu unterschlagen, sein ältester Sohn von seiner zweiten Lieblingsfrau hatte ihm auch noch einen unerwarteten, hoch geschätzten Preis zukommen lassen – den erstgeborenen Sohn und die jüngste Tochter des englischen Barbaren Race Warrick. Obgleich es zweifelhaft war, daß das verkrüppelte Mädchen von Nutzen sein konnte, hatte er davon abgesehen, es über Bord zu werfen, denn er konnte nicht sicher sein, daß es nicht doch noch einen Vorteil bringen würde. Vor vielen Jahren hatte Wang Toh einmal erfahren, daß die westlichen Barbaren in geradezu lächerlicher Weise um das Leben ihrer weiblichen Nachkommen besorgt seien, wo doch selbst der dümmste Chinese wußte, wie wertlos sie eigentlich waren.

Wang Toh legte die geschnitzten Elfenbeinstäbchen zur Seite, verschränkte seine Arme über seinem enormen Bauch und betrachtete die edelsteinbesetzten Hüllen, die seine zehn Zentimeter langen Fingernägel schützten. Es hatte ihn nicht überrascht, daß Ethan Bloodwell, der barbarische Kapitän der *Lotus Star*, gekommen war, um die Warrickkinder zu retten, hatten ihn doch seine Spione schon vor Tagen davon informiert, daß Ethan Bloodwell ein Auge auf die King's Wheal Plantage geworfen hatte und, um das zu erreichen, versuchte, die älteste Warricktochter zu seiner Frau zu machen. Aber natürlich würde es keine Hochzeit geben, ehe die Kinder nicht in Sicherheit waren.

Es war ein durchaus gutes Gefühl, sie alle unter Kontrolle zu haben, dachte Wang Toh frohgemut – den Barbaren Bloodwell, die Warrickkinder und die älteste Tochter mit dem beleidigenden Namen China. Das war der Name, den die ersten Barbaren, die den Pearl River heraufgesegelt waren, seinem geliebten Land gegeben hatten. Das Schicksal hatte es gut mit Wang Toh Chen-

Arn gemeint, sehr gut sogar. Race Warrick war gestorben, ehe er seine Angelegenheiten regeln konnte und hatte Badajan seinem schwachen, unfähigen Stiefsohn überlassen. Und das gütige Schicksal hatte viele habgierige Asiaten und Europäer nach Warricks Tod wie Heuschrecken auf der Insel einfallen lassen, die mit ihren räuberischen Plänen seine eigenen geheimen Aktivitäten wunderbar vertuscht hatten. So hatte er über Mittelsmänner den gesamten Bestand an Seide auf Kredit kaufen können und die Warricks damit dem Bankrott nur noch näher gebracht.

Er hatte vorgehabt, zum letzten Schlag auszuholen, sobald die Ladung der *Malhão* sicher an Bord der *Lotus Star* war, aber nun hatte das Schicksal andere Karten für ihn bereit, und er war entzückt, eine weitere Runde zu spielen. Entzückt!

»Was gibt's, du nichtsnutziges Stück Dreck?« fuhr er verächtlich einen unterwürfigen Diener an, der hereingekrochen war und mehrmals mit dem Kopf den Boden berührt hatte, um sich bemerkbar zu machen. Es gefiel ihm, daß seine Sklaven panische Angst vor ihm hatten, und er wußte, daß sie ihn jetzt um so mehr fürchten würden, seit er seinem ältlichen Onkel Jin Chen H'ung Daumenschrauben hatte anlegen lassen. Ja, aber der Narr hatte schließlich nichts Besseres verdient. Selbst der dümmste Bauer hätte Ethan Bloodwells Trick durchschaut und gewußt, daß er niemals China Warrick getötet hätte, nur um zu verhindern, daß sie an Bord der *Lotus Star* gebracht würde.

Wie schade, daß sein Sohn Ho Kuang Chen während des Angriffs auf die *Orion* leicht verletzt worden war und so bei der letzten Auseinandersetzung nicht mehr dabei sein konnte. Er wäre nie auf so einen Bluff hereingefallen. Doch Ho Kuangs Entscheidung, den amerikanischen Klipper anzugreifen, nachdem die Seide von der *Malhão* sicher geborgen war, hatte sich als glückhaft und äußerst einträglich herausgestellt. Denn durch die unerwartete Gefangennahme von Ethan Bloodwell hatte Wang Toh den letzten Triumph in der Hand. Ja, er war wirklich vom Schicksal verwöhnt.

»Sprich!« befahl er und blickte auf den Diener, der noch immer vor ihm auf dem Boden lag. Aus dem unterwürfigen Gesabbere konnte er gerade so viel entnehmen, daß die Wunde des

Kapitäns gereinigt und verbunden worden war und er jetzt dem mächtigen Herrn vorgeführt werden könne.

Wang Tohs Augen verengten sich in teuflischer Vorfreude. »Herein mit ihm.«

In der brütendheißen Dunkelheit versuchte Ethan, nicht die Fassung zu verlieren. Die Tatsache, daß Wang Toh ihn in der kleinsten Kabine an Bord gefangenhielt – ein kleines stickiges Kämmerchen, in dem früher die Vorräte gelagert worden waren –, war natürlich als besondere Beleidigung gedacht gewesen und wurde auch so verstanden. Und Ethans Zorn hatte sich immer mehr gesteigert, wenn er die Chinesen in den Kabinen sah, die früher seine eigene Crew beherbergt hatten. Wang Toh spielte mit ihm Katz und Maus und hatte ganz offensichtlich eine diebische Freude daran.

Eine gewisse Dankbarkeit konnte er jedoch dem fettleibigen Mandarin nicht absprechen. Die *Lotus Star* war erheblich beschädigt worden, als sie gekapert worden war, und er war wider Willen sehr beeindruckt von der Fachkenntnis, mit der sie wieder instandgesetzt worden war. Zwar konnte er im Schein der schwankenden Laterne, die von einem Balken hing, nur sehr wenig sehen, aber offensichtlich war die Kabine blitzblank gescheuert, die Spinnweben waren entfernt und die Messingteile liebevoll geölt und poliert worden. Der Arzt, der Ethans Wunde versorgt hatte, hatte sich die Hände sorgfältig in einer Schüssel mit heißem Wasser gewaschen und ihn dann mit sauberem Verbandszeug verbunden. Ethans blutige, verschmutzte Kleidung war weggebracht worden. Statt dessen hatte man ihm ein sauberes, erfrischend kühles Seidengewand gegeben.

Doch jetzt bedrückte ihn das Schicksal der Warricks und das seines Schiffes in zunehmendem Maße. Er wußte, er mußte bald handeln, noch ehe er Wang Toh vorgeführt wurde. In dem dumpfen Kämmerchen, in dem er sich befand, war früher Weizen und Mehl gelagert worden, und damit die kostbaren Vorräte nicht den gefräßigen, allgegenwärtigen Ratten anheimfielen, waren die Wände mit dünnen Blechstreifen ausgekleidet worden. Ethan hatte sich mit einem Stück Holz, das er unter dem Bett herausgebrochen hatte, daran zu schaffen gemacht und schon bald ein Stück Verkleidung entfernen können.

Er betastete die dahinterliegende Wand und entdeckte, daß ein Fenster, das früher den winzigen Vorraum von dem angrenzenden getrennt hatte, immer noch da war. Zu seiner Enttäuschung war es von der anderen Seite zugenagelt, und es half kein Drücken und Ziehen. Verzagt ließ er sich auf die Matratze fallen und nahm den Kopf in beide Hände. Selbst wenn er es aufbrechen könnte, mußte er erst die Kinder finden, ehe er fliehen konnte. Und selbst dann mußte er bedenken, daß die *Orion* in der Gewalt von Wang Tohs Männern war und Rajiid ihnen nicht helfen konnte.

Plötzlich hörte er ein leises Schaben und Kratzen, das ihm von der Hitze, die die Laterne an der Wand ausstrahlte, entgegenzukommen schien. Einen Augenblick konnte er sich keinen Reim darauf machen, dann sprang er auf und warf sich mit aller Gewalt gegen das Fenster. Es hatte ein wenig nachgegeben. Beim nächsten Versuch sprang der Verschlag krachend weg. Doch offensichtlich hatte der Wachposten draußen nichts gehört. Im Gang blieb alles ruhig. Als Ethan schließlich den Kopf drehte, sah er plötzlich mitten in das Gesicht von Brandon Warrick, der ihn von der anderen Seite des Fensters anstarrte.

»*Sie* sind es, Kapitän Bloodwell!« flüsterte der Junge. »Ich hörte jemanden gegen die Wand schlagen, und da habe ich das Fenster aufgemacht, um zu sehen, wer es ist. Was ist mit Ihrem Gesicht passiert?«

»Ein Unfall«, gab Ethan kurz zur Antwort. »Wo ist deine Schwester?«

»Sie ist gleich nebenan eingesperrt, aber ich kann mich mit ihr durch die Wand verständigen.« Brandons Gesicht leuchtete auf. »Sind Sie gekommen, um uns nach Hause zu bringen?«

Es wäre ein unverzeihlicher Ehrbruch gewesen, dem Kind falsche Hoffnungen zu machen. Diesen ernsten, grünen Augen, die ihn so vertrauensvoll ansahen, durfte man einfach nichts vorlügen. »Ich werde es versuchen«, war alles, was er sagen konnte. »Du bist nicht verletzt, oder? Und deine Schwester auch nicht?«

Brandon schüttelte den Kopf. Er senkte seine Stimme und flüsterte heiser: »Nicht uns will Wang Toh wehtun, sondern China.«

Ethan erstarrte. »Was meinst du damit?«

»Ich hörte sie miteinander sprechen. Die Wachen, die uns hierherbrachten, meine ich. Wang Toh spricht Mandarin, und ich nicht, aber die Wachen sprachen kantonesisch, und das kann ich ein bißchen. China hat mir ein wenig beigebracht, und auch mein Vater. Er sagt, es wäre wichtig für uns, weil wir so viele chinesische Kunden haben.«

»Was haben sie gesagt?« drängte Ethan, und Brandon versuchte angestrengt, sich zu erinnern.

»Ich bin nicht ganz sicher. Ich glaube, Wang Toh ließ Ihr Haus in Singapur überwachen. So hat er herausgefunden, daß Sie King's Wheal für sich haben wollten und daß Sie China zu heiraten beabsichtigen, um es zu bekommen. Philippa glaubt, Sie haben sich in sie verliebt, aber die haben gesagt, daß Vater King's Wheal an China vererbt hat und nicht an Damon. Und daß Sie King's Wheal nur bekommen können, wenn Sie sie heiraten. Warum? Und warum will er ihr wehtun?«

»Wer?« fragte Ethan. Ihm schwirrte der Kopf.

»Wang Toh. Sie sagten, Wang Toh hätte einige Männer angeheuert, die China töten hätten sollen, als sie aus England zurückkam, weil King's Wheal ihr und nicht Damon gehörte. Sie lachten darüber, und einer sagte, er hätte sie schneller und für weniger Geld umgebracht als Wang Toh diesen – diesen –«

Brandons Worte kamen auf einmal tränenerstickt heraus. »Ich weiß nicht mehr, wie er sie genannt hat.« Er griff mit der Hand durch die Öffnung und klammerte sich verzweifelt an Ethans Ärmel. »Ich wollte ihr helfen. Deshalb bin ich mit Philippa weggerannt. Wir hörten, was Sie zu ihr auf der Terrasse gesagt haben, und ich dachte – ich dachte –« Seine Lippen begannen zu zittern, und Ethan legte rasch seine Hand auf die des Kindes.

»Du hast genau das Richtige gemacht, Junge«, sagte er beruhigend.

»Wirklich?«

»Nun ja, fast. Es war nicht so gut wegzulaufen, ohne jemandem etwas davon zu sagen, aber paß mal gut auf. Ich hoffe, so können wir China helfen ...«

Der rote Krauskopf kam näher, und Ethan erklärte ihm seinen Plan so, daß selbst ein verängstigter kleiner Junge ihn verstehen konnte. Die großen, grünen Augen leuchteten auf, noch ehe Ethan mit seiner Schilderung am Ende war. Ethan gab es einen Stich im Herz. Wie oft hatte auch China in einer fast ausweglosen Situation ähnlich viel Mut gezeigt.

Doch diesmal war alles außerordentlich gefährlich. Während er den Verschlag wieder verschloß, überkamen ihn heftige Zweifel, die ihn sehr beunruhigten. So viel hing von ihm ab: Brandon und Philippa, Rajiid und die Mannschaft von Tylers *Orion.* Doch all das trat in den Hintergrund, wenn er an Chinas ängstliches, wunderschönes Gesicht dachte. Sie bedeutete ihm mehr als alles andere auf der Welt. Wie unerträglich ihm der Gedanke war, sie vielleicht nie wiederzusehen, und wie eigenartig die Vorstellung, er könnte vielleicht sterben, ohne zu wissen, ob die Leidenschaft, die sie füreinander empfunden hatten, vielleicht ein Kind hervorbringen würde. Oder ob China ihn überhaupt jemals geliebt hatte ...

Ethan sprang wütend auf. Wie verrückt war es doch, in seiner Situation an so etwas zu denken! Da drehten sich Schlüssel im Schloß. In betont lässiger Haltung setzte er sich auf das Bett und verschränkte die Hände hinter dem Kopf. Nur an seinem angespannten Körper konnte man sehen, daß die Lässigkeit gespielt war.

Mit großer Erleichterung stellte er fest, daß nur zwei bewaffnete Wachen gekommen waren, um ihn zu holen. Als er keine Anstalten machte, sich zu erheben, schubste ihn der eine ungeduldig mit dem Lauf einer uralten Donnerbüchse. Ethan nahm die Hände runter und stand langsam auf – wie eine eng gewickelte Spirale, die langsam und sorgfältig geöffnet wird. Dabei betete er, daß Brandon seinen Einsatz nicht verpassen würde.

Aber da rief der Junge schon: »Hey, ihr! Warum ihr mich nicht holen, hey?«

Der frech grinsende Wuschelkopf, der hinter ihnen den Verschlag geöffnet und gleich wieder zugeschlagen hatte, ließ die beiden Wachen erschrocken herumwirbeln. Auf diese Sekunde hatte Ethan gewartet. Es war ihm ein leichtes, das Luntenschloß zu ergreifen, es dem einen Wachposten in den Nacken zu schleudern, und es dem zweiten in den Magen zu rammen. Er sank auf die Knie, wo ihn ein zweiter Schlag außer Gefecht setzte.

Ethan stieß die schwerfällige Waffe zur Seite und klopfte fest an den Verschlag. Sofort war Brandon zur Stelle und staunte beim Anblick der regungslos daliegenden Wachen.

»Sie haben es geschafft!« sagte er bewundernd.

»Pack deine Sachen zusammen«, befahl Ethan und durchsuchte die Chinesen nach Schlüsseln. Obgleich es klüger gewesen wäre, sie zu töten, knebelte er sie rasch und band sie mit den Lederriemen, die für ihn gedacht waren, fest an die Pritsche.

Philippa, die in einer dunklen, engen Kabine untergebracht war, war unfähig zu gehen, da ihre Krücken auf der *Malhão* zurückgelassen worden waren, also mußte Ethan sie tragen. Brandon folgte dicht hinter ihnen. Seine Siebensachen hatte er in ein Seidentuch zusammengeknotet und es sich um die Taille gebunden.

Ihre Flucht ging größtenteils in stockdunkler Finsternis vor sich. Das war allerdings kein Problem, denn Ethan hatte den Plan für das Schiff gezeichnet und kannte die verschlungenen Wege und Durchgänge in den Laderäumen natürlich wie seine Westentasche. Ganz unten, unterhalb der Wasserlinie, wo nahrungssuchende Ratten scharrten und es muffig roch, setzte er Philippa ab und tastete suchend eine Planke entlang.

Ah, da war sie, offensichtlich unentdeckt von Wang Tohs fleißigen Schreinern. Der Schnappriegel sprang leicht auf, und als er die Türfüllung aufstieß, kam ihnen die kühle Nachtluft entgegen.

»Es ist eine Falltür, nicht wahr?« rief Brandon aufgeregt. »Haben Sie dort unten einen Schatz versteckt gehabt?«

Ethan grinste. »Da muß ich dich leider enttäuschen.« Natürlich konnte und sollte Brandon nicht wissen, daß er neben Opium und Silberbarren auch gelegentlich Menschen geschmuggelt hatte. Auf diese Männer, die heimlich in der Nacht an Bord gebracht wurden, war immer eine Prämie ausgesetzt gewesen. Es waren politische Aktivisten, verbannte Christen, verfolgte oder zu Unrecht verurteilte Männer. Obgleich die *Lotus Star* häufig von Flotteneinheiten angehalten und durchsucht worden war, war nie einer der Männer gefunden worden.

Ethan verbot den Kindern, eine Kerze anzuzünden, weil der Rauch gesehen werden könnte, und gab ihnen eine verstaubte Flasche Rotwein anstelle von Trinkwasser. Dann ermahnte er sie noch einmal, still zu sein, schloß die Tür und ging.

Es war höchste Zeit, denn es konnte nicht mehr lange dauern, bis die Abwesenheit der Wachen, die ihn hatten holen sollen, bemerkt werden würde. Wie gut, daß er all die kleinen Geheimnisse der *Lotus Star* so genau kannte, unter anderem auch einige ausgezeichnet getarnte Gucklöcher. Erfreut stellte er fest, daß sie noch existierten. In einer Nische, in der ihn die Wachposten nicht sehen konnten, schob er eine Planke zur Seite und warf einen Blick in die Kabine.

Von der kargen Möblierung, die ihm einige Jahre gute Dienste geleistet hatte, war nichts mehr zu sehen. Alles strotzte und prunkte! Wang Toh hatte sich mit einer unglaublichen Pracht umgeben. Der Mandarin haßte, wie Ethan wußte, Seereisen und hatte es sich wohl so gemütlich wie möglich gemacht, wenn er Kanton schon verlassen mußte. Und wäre da nicht die Seide gewesen, die er unbedingt hatte haben müssen, hätte er seinen Palast sicher nicht verlassen.

Wang Toh, älter, grauer und viel fettleibiger, als ihn Ethan in Erinnerung hatte, saß auf seinen Seidenkissen und reinigte sich seine Zähne mit einem Elfenbeinstäbchen. Sein Bart war schütter und fast weiß, und sein geölter Zopf von grauem Haar durchzogen. Die heimtückischen, bösartigen Augen waren in den Speckfalten kaum mehr zu erkennen. Ethan hatte genug gesehen. Er schloß das Guckloch und nahm das Messer, das er einem der chinesischen Wachposten weggenommen hatte, fest in die Hand.

Der Anblick von Wang Toh, der so majestätisch in der Kabine thronte, die einmal seine eigene gewesen war, hatte seinen Zorn von neuem geschürt und alle Bedenken aus dem Weg geräumt, ob er ihn töten sollte oder nicht. Bedauernswerterweise war keine Zeit, einen richtigen Angriff zu planen. Er wußte, er mußte schnell handeln.

Es war einfach, die beiden Wachen aus dem Weg zu räumen, die vor seiner Tür standen, denn der Gang war nur spärlich beleuchtet und er konnte sich bis direkt hinter den ersten schleichen, ohne gesehen zu werden. Und weil der zweite sich erst umdrehte, als er sie kämpfen hörte, bekam Ethan ihn sofort zu fassen und tötete ihn lautlos.

Ohne auf seine eigene Sicherheit zu achten, riß er die Kabinentür auf, stieß einen verängstigten Diener zur Seite und warf einen niedrigen Lacktisch um, auf dem ein hauchdünnes Teeservice gestanden hatte. Er befreite sich aus dem Würgegriff eines Wachposten in grünen Seidenhosen, der sich auf ihn gestürzt hatte, sprang auf das Podium und packte den überraschten Mandarin an der Kehle.

»Waren Sie sich Ihres Sieges so sicher, daß Sie Ihre Bogenschützen zu der Lorcha zurückschickten?« fragte er keuchend und ritzte mit der Schneide des Messers das weiche Fleisch an den speckigen Halswülsten des Mandarin. »Das war dumm von Ihnen, mein Freund.«

»Vielleicht«, antwortete der Mandarin nach einer langen Zeit. Seine chinesischen Feinde hatten Wang Toh immer verachtet, weil er die Sprache der Barbaren so gut beherrschte, aber er war immer der Ansicht gewesen, daß er die Wilden aus den westlichen Ländern viel besser bei seinen Verhandlungen manipulieren konnte, wenn er ihre Sprache sprach. Als er sich von seinem ersten Schock erholt hatte, sagte er: »Sie haben sich kaum verändert, Ethan Bloodwell.«

»Sie auch nicht«, antwortete Ethan mit zusammengebissenen Zähnen.

»Werden Sie mich jetzt töten?« fragte der Mandarin.

Ethan neigte den Kopf. »Darf ich Sie an die Fabel eines alten chinesischen Gelehrten erinnern, von der Sie einmal vor vielen Jahren gesprochen haben?«

Der Mandarin schmunzelte. »Natürlich würde ein Barbar wie Sie so etwas nicht vergessen. Es ist eine Fabel, die uns sagt: Zeige nie einem gefährlichen Tier gegenüber Barmherzigkeit.«

Ethan nickte wortlos.

»Aber vielleicht möchten Sie hören, was ich zu sagen habe?«

»Ich weiß alles, was ich wissen muß«, antwortete Ethan kurz. »Es ist egal, wie Sie herausgefunden haben, daß China Warrick King's Wheal erbt, aber die Tatsache, daß Sie versucht haben, sie zu töten, ist nicht egal – ganz und gar nicht egal.«

»Sind Sie sicher, daß Sie alles wissen, Bloodwell?« fragte Wang Toh unnatürlich sanft. Die Klinge des Messers war noch immer an derselben Stelle.

»Den Rest kann ich erraten. Jetzt, da Sie Brandon und Philippa Warrick in Ihrer Gewalt haben, werden Sie ein von China Warrick unterzeichnetes Dokument verlangen, das Ihnen uneingeschränkte Besitzrechte über die King's Wheal Plantage zugesteht. Erst dann werden Sie die Kinder freilassen. Und da Sie ohnehin fast die gesamte Seidenproduktion dieses Jahres besitzen und Damon sehr viel Geld von Gläubigern aufnehmen mußte, die von Ihnen finanziert werden, was er nicht weiß, wird es keinem verdächtig erscheinen, daß Sie der neue Besitzer sind.«

Wang Toh nickte zufrieden. »Natürlich müssen Sie China und ihre Geschwister dann später umbringen«, fuhr Ethan fort, »und vielleicht die *Orion* und ihre Mannschaft versenken, denn Sie mögen keine Komplikationen und Zeugen Ihrer Verbrechen. Wie werden Sie sich wohl bei der britischen Regierung aus der Affäre ziehen, wenn diese gegen die Ermordung dreier unschuldiger Untertanen protestiert? Oder bei den Amerikanern? Die fackeln nicht lange und nehmen es nicht so leicht hin, wenn eines ihrer Schiffe samt der Mannschaft versenkt wird.«

Wang Toh winkte mit seiner Hand ab, die mit den langen Fingernägeln dem Krallenfang eines Raubvogels nicht unähnlich sah. »Es gibt Mittel und Wege, einen Mord als Unfall zu tarnen. Selbst Sie wissen das, Ethan Bloodwell. Und wenn es Schwierigkeiten gibt, brauche ich mich nur an den britischen Gesandten zu wenden, der sich immer mal gerne bestechen läßt. Wie sonst, glauben Sie, wäre ich an die *Lotus Star* gekommen?«

Er zuckte vor Lachen und schien dabei auf das Messer vergessen zu haben, das gegen seinen fleischigen Hals gepreßt war. Mit hinterhältigem Lächeln sah er Ethan an. »Sie wissen doch nicht alles, mein Freund. Da gibt es noch mehr! Das Beste zum Schluß – ist das nicht guter Barbarenbrauch? Ich lasse einen Sklaven kommen, ja?«

Ethan umfaßte das Messer ein wenig fester. Ob er wohl eine Katastrophe heraufbeschwor? Etwas in den täuschenden Augen des Mandarin bedeutete ihm, daß dieser weder Angst noch größere Bedenken angesichts der Tatsache hatte, daß er dem Tod sehr nahe war. Vielleicht bluffte er nur, aber Ethan konnte es nicht riskieren, Wang Toh jetzt zu töten, wenn er tatsächlich etwas Wichtiges übersehen hatte.

»Rufen Sie ihn, aber keine Tricks. Ich kann Sie schneller töten, als Sie glauben.«

Wang Toh verzog den Mund. »Kein Trick, kein Schwindel.«

Der Diener, der unbeweglich auf dem Boden gekauert hatte, schlich sich auf ein Kommando seines Gebieters lautlos davon. Die beiden Männer warteten schweigend. Ethan hielt weiterhin sein Messer an die Kehle des Mandarin, wohl wissend, daß er jeden Augenblick einem Hinterhalt zum Opfer fallen könnte.

So schnell und tödlich Wang Tohs Bogenschützen auch sein mochten, er würde gerade noch so viel Zeit haben, dem Mandarin das Messer in die Kehle zu rammen, ehe er selbst sterben würde. Und er konnte nur hoffen, daß Rajiid dann die Möglichkeit haben würde, Brandon und Philippa Warrick zu retten und die *Orion* zu befreien.

Als der Diener zurückkehrte und sich vor seinem Herrn zu Boden warf, blieb Ethan schier das Herz stehen. Sein Mund wurde trocken, als er das Stück Seide erkannte, das der Diener in der Hand hielt. Es war der Schleier, mit dem China ihr Gesicht verhüllt hatte, als sie aus dem Korallenhaus geflohen war, und mit dem er sie zuletzt an Bord der Orion gesehen hatte. Da fiel es ihm wie Schuppen von den Augen: Natürlich hatte Wang Toh China sofort gefangennehmen lassen, als er von ihrer Anwesenheit auf dem Klipper gehört hatte.

Ethan hatte Mühe, seinen Zorn zu bändigen. Wie gerne hätte er Wang Toh die Kehle durchstoßen, doch jetzt war klar, daß er damit auch Chinas Leben gefährdete. Vielleicht gab es noch Hoffnung für sie, und so ließ er das Messer auf den Boden fallen.

»Sie haben eine gute Wahl getroffen, Kapitän Bloodwell«, verkündete Wang Toh zufrieden und gab seinem Diener zu verstehen, er solle die Waffe wegräumen.

Das werde ich dir heimzahlen, dachte Ethan. Dafür sollst du sterben!

Sein Gesicht verriet nichts von seinen Gedanken. Mit betont ruhiger Stimme bat er, sie sehen zu dürfen, und war recht erstaunt, als seiner Bitte Folge geleistet wurde.

Kurz darauf wurde China von zwei schwer bewaffneten mongolischen Wachen hereingeführt. Angstvoll blickte sie zu Ethan, und er sah, wie ihr Gesicht bei seinem Anblick plötzlich Erleichterung zeigte. Sie wollte auf ihn zugehen, doch eine der Wachen hielt sie zurück. Es tat ihm in der Seele weh, als er sie zusammenzucken sah, doch er zwang sich, möglichst ruhig zu bleiben und fragte nur: »Hat man dir wehgetan?«

Sie schüttelte den Kopf. »O Ethan, wo sind Brandon und Philippa? Hast du sie gesehen?«

»Mach dir ihretwegen keine Sorgen«, sagte er rasch und hoffte, sie damit zu beruhigen, ohne ihr jetzt sagen zu können, daß sie momentan in Sicherheit waren und Wang Toh einen seiner Trümpfe unwissentlich bereits aus den Händen gegeben hatte.

»Du brauchst dir auch meinetwegen keine Sorgen zu machen, Ethan«, sagte sie mit würdevoller Ruhe. »Ich habe nicht vor, ihm zu geben, was er möchte, weder King's Wheal noch Badajan, auch nicht, wenn er meine Geschwister als Geiseln hält. Er ließ seinen Onkel foltern, weil dieser es nicht geschafft hatte, mich hierherzubringen, und wenn er glaubt, das gleiche mit mir tun zu können, dann hat er sich gründlich getäuscht!«

Eine fast unmerkliche Handbewegung der edelsteinberingten Hand des Mandarin veranlaßte die Wachen, sich drohend und unmißverständlich vor ihr aufzupflanzen. China schwieg, doch sie hob triumphierend ihr Kinn und sah dem übergewichtigen Kriegsherrn verächtlich ins Gesicht.

Was immer jetzt passieren würde, sie war einfach froh, daß sich die sorgenvollen Furchen in Ethans Gesicht ein wenig geglättet hatten. Sie wußte, er würde sich jetzt nicht mehr so große Sorgen um sie machen und würde so seine ganze Kraft besser darauf verwenden können, Brandon und Philippa zu retten – und sich selbst in Sicherheit zu bringen.

Ganz bewußt übersah sie ihre Wachen und sah ihn mit ihren stolzen Augen an. »Ich mache mir nur um Brandon und Philippa Sorgen, Ethan. Es mag schon sein, daß Vater mir King's Wheal hinterlassen hat, aber ich bin ganz sicher, ich sollte den Besitz nur so lange verwalten, bis Brandon alt genug ist, das selbst zu tun. Das bedeutet, daß ich für Wang Toh im Grunde genommen völlig wertlos bin. Die männlichen Warricks haben King's Wheal immer übernommen.«

»Schon gut, China. Du brauchst das nicht weiter auszuführen. Ich verstehe dich ganz gut«, sagte Ethan.

Ganz plötzlich krampften sich Chinas Hände zusammen und verrieten die Angst, die sie immer vor ihm verbergen hatte wollen. In mühsamem Flüsterton bat sie ihn: »Du wirst ihnen doch helfen, Ethan, nicht wahr. Egal was passiert.«

Natürlich meinte sie damit, er solle nicht an sie, sondern an Brandon und Philippa denken. Hilfloser Zorn stieg in ihm auf. Verdammt noch mal! Sie wußte doch wohl ganz gut, daß er so ein Versprechen nie geben konnte, denn damit wäre ihr Schicksal besiegelt. Er schüttelte den Kopf, woraufhin sie ihn plötzlich unerträglich verzweifelt ansah.

»Bitte Ethan! Ich kann den Gedanken nicht ertragen, daß ihnen etwas zustoßen könnte.«

»In Gottes Namen, China«, sagte er. »Ich werde für sie tun, was in meinen Kräften steht. Ich schwöre es dir!«

Er sah, wie die Angst aus ihrem Gesicht wich und sie plötzlich wieder sehr jung und verletzlich wirkte. Sein Versprechen hatte ihr offensichtlich wieder Mut gegeben.

Zwischen ihnen war alles gesagt. Jeder hatte den anderen verstanden. Aber als Wang Toh den Wachen bedeutete, sie sollten sie abführen, machte sie sich mit einer schnellen Bewegung vom Griff des Wächters frei und sagte: »Ethan, beinahe hätte ich es vergessen. Rajiid bat mich, dir zu sagen, daß das Feuer, das während des Angriffs auf dem Vorderdeck ausgebrochen war, ohne größeren Schaden zu verursachen gelöscht werden konnte. Bei Morgengrauen wird die *Orion* wohl weitersegeln können.«

Ethan sah Wang Toh herausfordernd an. »Vorausgesetzt Sie lassen es zu.«

»Schon möglich«, antwortete der Mandarin großzügig, aber er war mit seinen Gedanken offensichtlich ganz woanders.

Aber wo? Ethan wurde von anderen Wachen in eine andere Zelle gebracht. Er konnte nur hoffen, daß der Mandarin Chinas Bitte, ihre Geschwister zu verschonen, Folge leisten würde. Hoffentlich, dachte er, war ihm nicht die scheinbar harmlose Nachricht verdächtig vorgekommen, die China von Rajiid Ali überbracht hatte. Denn die hatte eine weitaus größere Bedeutung, als es sich Wang Toh vorstellen konnte.

Das Feuer, von dem China sprach, sollte wohl auf ein Leuchtfeuer hindeuten, und wenn es Rajiid Ali irgendwie gelungen war, eines anzuzünden, dann hatte er sicher auch einen Plan, die *Lotus Star* bei Morgengrauen anzugreifen. Aber wie sollte er selbst aus seiner Zelle entkommen? Seine Hände waren jetzt gebunden – eine notwendige Vorsichtsmaßnahme, wie Wang Toh mit einem entschuldigenden Lächeln erklärt hatte, da er sich als vertrauensunwürdiger Verbrecher entpuppt hatte. Die Zelle, in die man ihn gebracht hatte, war ein ehemaliger Munitionsverschlag aus den Zeiten des Opiumkriegs, als das Schiff für die John Company fuhr und notwendigerweise bewaffnet war. Der Verschlag hatte kein Fenster und war zusätzlich mit dicken Holzbohlen verstärkt. Vor der Tür waren die Wachposten verdoppelt und mit zusätzlichen Waffen ausgestattet worden.

Es wäre sinnlos, gegen das mit Eisen verstärkte Holz und die verstrebten Wände anzurennen. Außerdem waren seine Hände mit Lederriemen, die tief ins Fleisch schnitten, zusammengebunden. Zum erstenmal in seinem Leben war er am Ende einer Straße angelangt, aus der es kein Zurück gab. Und diesmal hatte er teilweise durch seine eigene Selbstsüchtigkeit die Gefangennahme und womöglich den Tod von drei unschuldigen Menschen auf dem Gewissen.

Natürlich konnte man ihm die Art und Weise, wie Brandon und Philippa Warrick in die Fänge Wang Tohs geraten waren, nicht anlasten, aber schließlich waren es seine unfreundlichen Worte zu China auf der Terrasse von King's Wheal gewesen, die

die Kinder veranlaßt hatten, wegzulaufen. Und wenn er nicht so sehr mit seinen eigenen Angelegenheiten beschäftigt gewesen wäre, hätte er sofort bemerken müssen, daß Wang Toh die finanziellen Probleme der Warricks verursachte, und er hätte Abhilfe schaffen können.

Statt dessen hatte er sich ausgesprochen töricht verhalten, so als wäre er blind und im Kopf nicht ganz richtig. Und das hatte zu Fehleinschätzungen und falschen Handlungen geführt, wie sie ein Klippschüler nicht schlimmer hätte begehen können.

Nun wurde er schier verrückt bei dem Gedanken, China in den Händen Wang Tohs zu wissen. Und er konnte nichts tun als in der stickigen Finsternis auf und ab zu gehen, ohne Hoffnung, fliehen oder Rajiid ein Zeichen geben zu können. Der Gedanke war ihm unerträglich.

Plötzlich hörte er, wie der große Metallriegel zur Seite geschoben wurde. Ethan drehte sich um und schloß die Augen, die nach einer Stunde in undurchdringlicher Finsternis das Licht nicht ertragen konnten. Man zerrte ihn heraus und stellte ihn einem Chinesen mit Kettenpanzer und Lederkleidung gegenüber. Auf den Rücken hatte er einen Köcher mit Pfeilen geschnallt. Eine unschöne Narbe zog sich von seinem rechten Auge bis an den Haaransatz hinauf. Als er den wild entschlossenen Blick in den Augen des Chinesen sah, wußte Ethan, daß er sehr vorsichtig sein mußte.

Natürlich war inzwischen entdeckt worden, daß die Kinder nicht mehr da waren. Als Ethan glattweg leugnete, etwas darüber zu wissen, zog der wolfäugige Chinese in aller Seelenruhe ein Messer aus dem Gürtel und schnitt damit in die Haut zwischen Ethans Daumen und dem Zeigefinger. Die Wunde war nicht tief, aber sehr schmerzhaft, denn Ethans Hände waren noch immer am Rücken zusammengebunden.

»Mein Vater wird allmählich alt«, sagte der Bogenschütze in kehligem Kantonesisch, »und eher geneigt, bei seinen Feinden Gnade walten zu lassen. Ich bin nicht wie er.«

Ethan zog die Augenbrauen hoch. »Und wenn ich Ihnen nicht sagen kann, was Sie wissen wollen?«

Wang Tohs Sohn fletschte seine Zähne zu einem Lächeln.

Dann schnitt er mit dem Messer Ethans Handfesseln durch. »Verbindet ihn«, befahl er einer seiner Wachen. »Ich will nicht, daß er verblutet, ehe ich mit ihm fertig bin.« Er deutete auf das Blut, das aus der Wunde strömte, und sagte zu Ethan: »Ich möchte, daß Sie sich an diesen Schmerz erinnern, Kapitän. Dann können Sie sich auch besser die Schmerzen vorstellen, die diese Warrick erleiden wird, wenn ihr ein Finger nach dem anderen abgehackt wird, bis Ihr Gedächtnis wiederkehrt.«

Ethan hatte das Gefühl, aus seinen Lungen würde mit einem Schlag alle Luft herausgepreßt. Instinktiv nahm er die Hände hoch, um zu einem Schlag auszuholen, eine absolut irrsinnige Geste in dieser Situation, und doch konnte er nicht mehr klar denken. Grinsend hob Ho Kuang Chen sein Messer und wartete ab.

Es war schwierig zu sagen, wer mehr überrascht war, Ethan oder sein Peiniger, als plötzlich ein kräftiger kleiner Körper aus dem Nichts auftauchte und sich gegen Ho Kuangs Beine warf, so daß er nach vorne einknickte und auf die Knie sank. Ethan hatte die Situation als erster erfaßt, trat den Chinesen mit seinem Stiefel ins Gesicht und rollte ihn dann so, daß er einen schmerzerfüllten Schrei hörte, als er die Magazintür mit aller Kraft zuschlug. Knochen krachten. Die Finger des Chinesen waren zwischen den Türangeln eingeklemmt.

Die überraschten Wachposten kamen herbeigeeilt, um Ho Kuang zu helfen. Ethan stöhnte auf, als er den Schaft einer Waffe zwischen die Rippen gerammt bekam. Danach bekam er noch einen Schlag auf den Kopf. Die Wunde an der Schläfe platzte wieder auf. Plötzlich schienen gleich ein halbes Dutzend Angreifer um ihn herum, obwohl es in Wirklichkeit nur drei waren. Er spürte, wie er in dem Tohuwabohu aus Armen und Beinen zu Boden ging und fragte sich, warum ihn bis jetzt nicht einer von ihnen endgültig erledigt hatte. Hatten sie vielleicht den Befehl erhalten, ihn nicht zu töten?

»Kapitän Ethan! Hier!«

Er fühlte das Heft eines Dolches in seiner Hand, und obwohl es blutig war, griff er fest zu und rammte es mit aller Kraft in den Körper, der auf ihm lag. Er spürte, wie es erst durch Muskeln drang und dann schließlich auf einem Knochen steckenblieb.

Ein Schrei, dann rollte der Körper, der auf ihm lag, leblos weg. Ethan zog das Messer aus dem Körper und kämpfte wie ein vom Teufel Besessener. Dabei hatte er nur einen Gedanken: Was würden sie mit China machen, wenn er diesen Kampf verlöre?

Er stieß die Klinge des Dolchs durch die Kehle eines Chinesen, der bereits blutete. Ethan trat zurück, als dieser zu Boden sank, und wollte sich dann auf den nächsten stürzen. Er traute seinen Augen nicht, als der Gang vor ihm leer war.

Erst jetzt merkte er, wie sehr sein Kopf und seine verletzte Hand schmerzten. Es roch nach Blut und Schweiß, und er lehnte sich einen Augenblick an die Wand, keuchte und versuchte den Ekel hinunterzuschlucken.

»Kapitän Ethan? Sollten wir sie nicht verstecken, ehe jemand kommt?«

Ethan sah nach oben und sah im flackernden Licht einer Laterne Brandon Warricks Gesicht, weiß und ein bißchen grünlich um die Nase. Der Junge kauerte hinter einem Schott.

Ein müdes Lächeln ging über Ethans hageres Gesicht. »Ja, Junge, das sollten wir tun.«

Er ging rasch und ruhig vor. Ho Kuang Chen lag noch immer bewußtlos hinter der eisenverstärkten Tür. Ethan wartete, bis Brandon den Gang entlang gegangen war. Dann schlitzte er dem Chinesen die Kehle auf. Er hatte keine andere Wahl. Mit düsterem Gesicht trat er dann in den Gang und schloß die Tür vor dem grausigen Anblick. Als er in Brandons kalkweißes Gesicht sah, wurde ihm klar, daß der Junge zum erstenmal in seinem Leben ein solches Gemetzel miterlebt haben mußte.

»Es tut mir leid, Brandon, aber ich konnte dir diesen furchtbaren Anblick nicht ersparen.«

»Ja, ich weiß.«

Ethan nickte und begann den blutdurchtränkten Verband um seinen Kopf aufzuwickeln. Er schnitt ein sauberes Stück ab, um damit seine Hand zu verbinden und wickelte den Rest wieder um seinen Kopf. Der Blutverlust würde ihn schwächen, und das gerade jetzt, wo er alle seine Kraft brauchen würde.

»Ich war vierzehn und ganz neu auf einem englischen Handelsschiff. Wir kamen aus Arabien und waren auf dem Weg nach Hause, als wir vor der Küste von Algier von Piraten überfallen wurden.«

Brandon bekam große Augen. »Mußten Sie sie töten?«

Ethan nickte. »Ja, wir mußten, wenn wir nicht selber getötet werden wollten. Wir hatten Glück, sie vertreiben zu können, ohne noch mehr Männer zu verlieren..« Selbst jetzt erinnerte er sich noch ein wenig schamhaft an die Angst, die wohl eher seine Übelkeit verursachte, als der Geruch von Blut und der Anblick der Toten an Deck.

»Und das waren echte Piraten?« fragte Brandon erschauernd.

»Echte Piraten«, antwortete Ethan trocken, »aber auch nicht blutrünstiger als diese Kerle hier.« Plötzlich verdüsterte sich sein Gesicht. »Wo, zum Teufel, kommst du eigentlich her? Habe ich dir nicht gesagt, du sollst bleiben, wo du bist?«

»Ja schon, aber Philippa und ich hatten Angst, daß Sie nicht wiederkommen würden. Also habe ich beschlossen, Sie zu suchen. Ich habe überall geschaut. Zuerst wußte ich nicht, wie ich Ihnen helfen könnte, diese Männer zu überwältigen, aber dann habe ich mich erinnert, wie wir es vorher gemacht haben. Ich wollte Ihnen und China nur helfen«, bekannte Brandon zitternd.

Ethan faßte ihn fest um die Schultern. »Du hast uns wahrscheinlich das Leben gerettet, Junge. Ich hätte nicht gewußt, wie ich da rauskommen hätte sollen. Ist mit Philippa alles in Ordnung?«

»Ja. Sie hat versprochen, sich nicht zu fürchten und mir auch nicht zu folgen.«

»Hat dich irgend jemand gesehen?«

»Nein«, antwortete der Junge bestimmt. »Es war dunkel, und ich habe mich immer versteckt, wenn ich jemanden kommen hörte.«

Ethan betrachtete ihn einen Augenblick schweigend. Wie schon so oft in den vergangenen Monaten fragte sich Ethan, was für ein Mann wohl dieser Race Warrick gewesen sein mußte, der eine solch erstaunliche Nachkommenschaft gezeugt hatte.

»Komm jetzt«, sagte er mit mürrischer Zärtlichkeit, »wir könnten uns auf die Suche nach China machen.«

Auf dem Weg hob er noch schnell ein paar Pfeile und Ho Kuangs Bogen auf. Dann zog das ungleiche Paar los.

21

Letzten Endes war es Brandon, der China ausfindig machte. Er hatte der Dunkelheit und der Angst, entdeckt zu werden, getrotzt und stundenlang in den stickigen Laderäumen gesucht. Immer wieder hatte er sich gesagt, daß Kapitän Bloodwell ihm nicht böse sein werde, weil er sein Versprechen gebrochen und seine Schwester alleine in ihrem Versteck zurückgelassen hatte. Er wußte selbst nicht, warum er sich diesem Befehl widersetzt hatte, es sei denn, es war die Verzweiflung darüber gewesen, wohin sein eigener Leichtsinn sie alle gebracht hatte. Er konnte nicht mehr länger dasitzen und zusehen, wie Kapitän Bloodwell sein Leben aufs Spiel setzte, um sie zu retten.

Wie gut, daß das Kapern der *Orion* die gesamte Crew der *Lotus Star* in Anspruch genommen hatte, denn sonst hätte Brandon es nicht so leicht gehabt. Und wie gut, daß er zusammen mit malaiischen Kindern aufgewachsen war, die ihm gezeigt hatten, wie man Kokospalmen mühelos erklimmt oder die Pfähle hinaufklettert, auf denen die Hütten der Einheimischen gebaut waren, denn sonst hätte er nicht aus dem Laderaum oder schnell einen Balken hinaufklettern können, wenn jemand sich näherte.

Und wenn er nicht mit den Kindern im Dorf in ihrer Sprache gesprochen und sie mit seiner älteren Schwester und später seinem Vater nicht weiter gelernt hätte, dann hätte er nicht verstanden, was Ho Kuang Chen, der Sohn des Mandarin, gesagt hatte, als er den Munitionsverschlag öffnen ließ und nicht wußte, daß er dabei von großen, grünen Augen beobachtet wurde.

»Sie wußten, daß wir weg waren, wissen Sie«, erzählte er Ethan flüsternd, während sie den Mittelschiffgang entlangschlichen. »Wang Toh war wütend, weil China irgend etwas nicht unterschreiben wollte. Er wollte, daß sie uns sieht. Damit sie schneller unterschreibt, glaube ich. Ich wußte nicht einmal, daß China hier war. Sie wollten ihr doch nicht wirklich die Finger abhacken, oder?«

»Das hätten sie ohne Zweifel getan«, gestand Ethan, der keinen Grund sah, dem Jungen etwas vorzulügen. Und wenn sie sie nicht schnell gefunden hätten, dann konnte man davon ausgehen, daß ihr noch ein viel schlimmeres Schicksal drohte. Denn schon bald würde Wang Toh herausfinden, daß auch Ethan weg und sein ältester Sohn brutal ermordet worden war. Er verdrängte den Gedanken ganz weit weg, aber offensichtlich mußte er laut gedacht haben, denn plötzlich rief Brandon aus: »Aber ich weiß doch, wo wir sie finden.«

»Was?«

»China! Ich glaube, ich weiß, wo sie ist.«

Ethan wirbelte herum und packte ihn fest an den Schultern.

»Wo?«

»Ich bin nicht ganz sicher. Ich hörte, wie der Mann mit den Pfeilen sagte, sie wäre ... Er nannte es –« Seine Stimme erstarb, und Ethan konnte sich nur mit Mühe davon abhalten, ihn zu schütteln.

»Denk nach, Brandon. Was hat er gesagt?«

Der Junge runzelte die Stirn. Seine Augen füllten sich mit Tränen. »Es tut mir leid, Kapitän. Ich kann mich nicht erinnern. Ich dachte, ich könnte, aber mir fällt es nicht mehr ein. Er sagte etwas von *fan quai* und ich –«

»Die *fan quai?* Meinst du die chinesischen Hausgötzen?«

»Ja. Er sagte, China wäre an dem Ort untergebracht, an dem die Barbaren ihre Hausgötzen verehrten und es – Was ist? Warum lachen Sie? Meinte er eine Kirche?«

Na ja, nicht ganz, dachte Ethan ironisch, denn besonders religiös war er nie gewesen, zumindest nicht so, daß er eine Kapelle an Bord errichtet hätte. Aber wenn von barbarischen Hausgötzen gesprochen wurde, dann könnte eigentlich nur eines gemeint sein: das Buntglasfenster, das eine Darstellung der Heiligen Drei Könige zeigte, die dem Jesuskind Geschenke darbringen. Nappy hatte es nach einer durchzechten Nacht im

Spiel von einem übel beleumdeten Araber namens Scheich Abdul Al-Hassid gewonnen, der mit Antiquitäten, Edelsteinen und Drogen handelte.

Der Scheich war eigentlich mehr ein Dieb und ein Pirat und sicherlich nicht auf ehrliche Weise zu diesem Fenster gekommen, aber da es groß und lästig war und für ihn wenig Wert hatte, hatte er es dem einäugigen Steward nur allzu gerne überlassen. Nappy hatte nicht auf die Spötteleien der anderen gehört und es ehrfurchtsvoll über seinem Bett aufgehängt, wodurch seine ansonsten eher kärgliche Unterkunft enorm aufgewertet wurde.

Es war durchaus möglich, daß die chinesische Mannschaft der *Lotus Star* abergläubisch genug war zu glauben, der christliche *fan quai*, der in dem Glas wohnte, würde zürnend auf sie herniederfahren, wenn sie es entfernten. Und Nappys Kabine war oben, ziemlich nahe an Ethans gewesen. So hielt vielleicht Wang Toh China auch in seiner Nähe gefangen, bis sie sich bereit erklärte, ihm King's Wheal zu übergeben.

»Es ist immerhin eine Möglichkeit«, murmelte Ethan. Er wußte nicht, wo er sonst mit der Suche hätte beginnen sollen.

Brandon folgte ihm verständnislos blickend in die Kombüse, wo er einige Deckel von schweren Holzfässern hob, die hinter der Tür aufgestellt waren, daran roch und mit dem Finger probierte, bis er das Faß ausgemacht hatte, das er suchte.

»Sojabohnenöl«, erklärte er Brandon. »Gib mir dein Hemd. Oder noch besser, hast du vielleicht ein Taschentuch?«

Brandon hatte eins, ein wenig schmutzig zwar, aber doch brauchbar. Ethan tauchte es in die ölige Flüssigkeit, faltete es sorgfältig zusammen und wickelte es fest um die Spitze eines der Pfeile. Vorsichtshalber wiederholte er die ganze Prozedur, diesmal mit einem Stück Gazeverband von seiner Hand.

Die Idee, die er gehabt hatte, als er Kocher und Bogen bei Ho Kuang Chen gesehen hatte, kam ihm lachhaft einfach vor, und er hatte echte Zweifel, ob sie auch wirklich funktionieren würde. Aber da ihm wahrscheinlich keine bessere Lösung einfallen würde, mußte er sich mit dieser zufriedengeben und nicht immer darüber nachdenken, was alles schiefgehen könnte.

Er konnte es kaum glauben, daß immer noch kein Alarm gegeben worden war, aber wenn man ihre Abwesenheit tatsächlich noch nicht bemerkt haben sollte, dann mußte er jeden Augenblick damit rechnen. Eile war geboten!

Brandon war sichtlich müde, hielt aber tapfer aus. Er griff immer nach Ethans Hand, wenn es in der Dunkelheit plötzlich in eine ganz andere Richtung ging, oder wenn sie an halb offenstehenden Türen vorbeischleichen mußten, hinter denen die Mannschaft der *Lotus Star* schnarchte.

Ethan kam immer mehr zu der Überzeugung, daß Wang Tohs fortgeschrittenes Alter, seine Trägheit und vor allem seine selbstgefällige Überzeugung, unfehlbar zu sein, dazu geführt hatten, daß die Sicherheitsvorkehrungen – durchaus zu Ethans Gunsten – sehr lasch gehandhabt wurden. Denn wie sonst war die Unaufmerksamkeit der Wachen auf dem Schiff zu erklären? Über die andere mögliche Erklärung wollte er lieber nicht länger grübeln. Womöglich hatte Wang Toh alle seine Männer auf die *Orion* geschickt, weil dort etwas Unvorhergesehenes passiert war.

Eins nach dem anderen! Ethan versuchte einen klaren Kopf zu bekommen. Bislang war das Glück auf seiner Seite gewesen. Und so mußte es einfach noch eine Weile bleiben! Endlich war es ihnen gelungen, die Sprossenleiter zum oberen Deck hinaufzuklettern, und sie kauerten im Schatten eines Ganges, an dem Nappys Kabine lag.

Hier roch es stark nach Laternenöl und knoblauchgebratenem Fisch. Ethan nahm an, daß es sich Wang Toh gut gehen ließ. Mit grimmiger Freude stellte er fest, daß die Wachen vor der geschlossenen Tür im Stehen schliefen. Obgleich der Gang nur schwach erleuchtet und vom schmutzigen Dunst des Laternenrauchs erfüllt war, erschien es Ethan nicht einfach, ungesehen in Nappys Kabine zu gelangen. Brandon beugte sich zu ihm hin und flüsterte ihm ins Ohr: »Wie wollen Sie denn hineinkommen?«

Als hätte er es immer schon gewußt, war er selbst überrascht, als er sich sagen hörte: »Durch den Abtritt. Es führt eine kleine Tür von hinten her hinein. So wurden die Fäkalieneimer entleert, ohne daß man die Kabine betreten mußte. Ich bezweifle, daß unsere chinesischen Freunde das überhaupt wissen.«

»Die Tür muß aber sehr klein sein«, gab Brandon zu bedenken. »Soll ich nicht lieber gehen? Schließlich bin ich kleiner und ich könnte mich durchzwängen, ohne Lärm zu machen.«

Nach einiger Überlegung kam Ethan zu dem Schluß, daß dies die beste Lösung wäre, denn so könnte er die Wachen im Auge behalten und Brandon eventuell Deckung geben. »Mach schon, Junge«, drängte er, »aber sei um Gottes Willen leise.«

Er sah zu, wie sich der Junge in die schmale Öffnung hinter der Abtritttür zwängte, nahm sein Messer in die Hand und versteckte sich, so gut es ging, im Schatten eines Balkens. Endlos lange Minuten vergingen, ohne daß Brandon zurückkehrte. Die Wachposten standen noch immer regungslos vor Wang Tohs Tür.

Der kalte Schweiß trat Ethan auf die Stirn, als ihm all die Möglichkeiten durch den Kopf gingen, die eventuell eingetreten sein könnten. Vielleicht war die Abtritttür von der Kabinenseite her abgesperrt, oder vielleicht war sie schon lange vom chinesischen Kapitän der *Lotus Star* zugenagelt worden. Oder vielleicht war Brandon zwar in die Kabine gelangt, hatte aber China nicht vorgefunden, oder lag sie etwa gar verwundet oder geschlagen auf dem Bett. Womöglich hatte ihn Ho Kuang Chen gar nicht angelogen und ihre Finger waren bereits …

Ethan knirschte mit den Zähnen. Zu lange, dachte er, Brandon brauchte viel zu lange. Doch während er noch überlegte, wie es jetzt weitergehen sollte, hörte er endlich ein leises Quietschen hinter sich.

Ethan hörte jemanden flüstern, das Herz schien ihm stillzustehen. Er wußte, es war China. Er streckte die Hand aus und zog sie zu sich heran. Sie atmete schwer und ihr Gesicht war unter dem Schleier, den sie sich umgehängt hatte, sehr blaß. Aber Ethan wußte ohne zu fragen, daß sie unverletzt war. Auf einmal war ihm so leicht ums Herz, und er nahm sie fest in seine Arme. Mit einer Hand streichelte er ihr über den Nacken, und China sah ihn an und seufzte leise.

Sie sprachen beide kein Wort, und als Brandon hinter ihnen

auftauchte, ließ er sie los. »Warum hast du so lange gebraucht?« flüsterte er.

Keuchend drückte er ihm eine Flasche in die Hand. »Das habe ich in Nappys Kabine gefunden. Ich glaube, es ist Brandy. Vielleicht hilft es gegen die Schmerzen in Ihrer Hand.«

Ethan lachte und nahm die Flasche. Er half China auf und führte sie beide rasch weg.

Es passierte, als sie gerade das obere Deck erreicht hatten und in die Kühle der Nachtluft treten wollten. Und obwohl Ethan es ja schon lange erwartet hatte, traf es ihn doch wie ein Schock. Plötzlich hörte man Füßegetrappel und ein entsetztes Stimmengewirr. Von überallher kamen Chinesen gelaufen, die durcheinander schrien, daß der Sohn des Herrschers getötet worden sei und die Barbaren entkommen wären.

Es war zu spät, zurückzulaufen und ein Versteck zu suchen. Eigentlich konnte er jetzt China und Brandon nur mehr nach hinten zu der Leiter stoßen und hoffen, China hätte seine hastigen Worte verstanden und würde versuchen, im Schatten nach hinten zu kommen. Er wartete noch, um sicherzugehen, daß sie keiner entdeckt hatte, sprang dann selbst die Leiter hinauf und rannte in die entgegengesetzte Richtung, wo er sich hinter der Ladeluke versteckte.

Er handelte schnell, ohne dabei auf die Unruhe um sich herum zu achten. Endlich würde er jetzt seinen Rachegelüsten freien Lauf lassen können. Doch die Zeit lief ihm davon. Obwohl der Nachthimmel noch tiefschwarz war und man überhaupt nichts erkennen konnte, würde schon bald erbarmungslos der Morgen heraufgrauen und ihnen jede Möglichkeit zur Flucht nehmen.

Vorsichtig kroch er zurück zum Deck und hielt eine Pfeilspitze in die Flamme der Laterne, die an der Kabinenwand hing. Das ölgetränkte Tuch entzündete sich sofort. Da, ein Schrei hinter ihm. Ethan spannte mit klopfendem Herzen den Bogen und schoß.

Bogenschießen stand weder auf dem Unterrichtsplan des Waisenhauses in Cork noch hatte sich Ethan im Laufe seines abenteuerlichen Lebens darin besondere Fertigkeiten zugelegt.

Nichtsdestotrotz ging der Pfeil über die Reling und in das Wasser, wo er mit hörbarem Zischen verglühte.

Beim zweiten Pfeil spannte Ethan den Bogen so stark es seine Kräfte erlaubten. Der Pfeil ging glatt ab und zeichnete einen langen Feuerbogen in die Dunkelheit, ehe auch er ins Meer fiel. Ethan konnte nicht warten, ob der Pfeil hoch genug geflogen war, um von der Wache der *Orion* gesehen zu werden. Er konnte sich gerade noch in einen dunklen Gang retten, als ein Pfeil, diesmal von einem der chinesischen Bogenschützen abgeschossen, dicht an ihm vorbeipfiff und in der Kabinenwand steckenblieb. Nun waren sie alle hinter ihm her, und er rannte los. Er hoffte, sie ablenken zu können und es China und Brandon so zu ermöglichen, unentdeckt das Heck zu erreichen.

Natürlich konnte er nicht wissen, daß sie noch keinen Schritt weitergekommen waren, da es in ihrer Nähe von Chinesen nur so wimmelte, die alle seinen Pfeil gesehen hatten. So kauerten sie immer noch an der Kabinenwand und waren nur sehr dürftig durch eine Holzbank geschützt. Mit klopfendem Herzen lauschte China den heiseren Schreien der Chinesen. Sie zitterte und betete leise vor sich hin: »Bitte, lieber Gott, laß ihn entkommen.«

Brandon drückte sich an sie. »Hab keine Angst, China. Er kennt das Schiff wie seine Westentasche. Es wird nicht lange dauern, bis er Philippa –«

Ohne Vorwarnung hielt China ihm plötzlich den Mund zu. Direkt vor ihnen stand ein Paar Beine mit Tuchgamaschen. Die Füße steckten in Schuhen mit weichen Sohlen. In der nervenzermürbenden Stille hörte sie Brandons schnellen, ängstlichen Atem. Sie klammerte sich noch ein wenig fester an ihn und verhielt sich ganz still. Lange Minuten vergingen, ohne daß der Mann sich bewegte. China spürte, daß sich ihre Nackenhaare wie bei einem in die Ecke getriebenen Tier sträubten. Dann hielt sie die Spannung nicht mehr länger aus, drehte den Kopf und schaute direkt in die dunklen, entsetzten Augen eines Chinesen, der sich im gleichen Augenblick gebückt hatte, um hinter die Bank zu schauen.

Seine Augen waren nur wenige Zentimeter von ihren entfernt. China sah, wie ihm auf einmal etwas dämmerte. Sein

Kinnladen fiel herunter, und er holte Luft, um einen Schrei auszustoßen. Rein instinktiv wußte sie, daß dieser Schrei nicht herauskommen durfte. Sie hob die Brandyflasche, die Ethan ihr gegeben hatte und schlug ihm damit ins Gesicht.

Blutüberströmt schrie er vor Schmerz auf und wollte sie pakken. China schlug noch einmal zu. Diesmal zerbrach die Flasche und ein Glassplitter durchtrennte seine Schlagader. Als sie das warme Blut auf ihrer Haut spürte, ließ sie die Flasche fallen und zuckte zurück. Mit beiden Händen hielt sie sich – wenn auch vergeblich – die Ohren zu, um sein Stöhnen nicht mehr hören zu müssen.

»Wir müssen ihn verstecken«, sagte sie keuchend, als er endlich aufgehört hatte zu zucken. »Schnell – bevor jemand kommt!«

Sie zogen ihn unter die Bank. China zog an einem Bein, Brandon am anderen. Dann nahm sie Brandon fest am Arm und lief mit ihm zu dem vereinbarten Punkt an Deck, wo sie Ethan wieder treffen wollten. Dort versteckten sie sich hinter einigen Fässern. Sie verbarg ihren Kopf in der Armbeuge und versuchte wieder zu Atem zu kommen.

»Es wird doch nicht mehr lange dauern, oder?« fragte Brandon, und Chinas Herz krampfte sich schmerzhaft zusammen, als sie die Angst in seiner erschöpften Stimme hörte.

»Nein«, antwortete sie mit fester Stimme und betete, daß es auch tatsächlich so sein würde. »Ich habe das Gefühl, wir werden gar nicht mehr lange warten müssen.«

Schließlich dauerte es doch sehr viel länger, als sie beide erwartet hatten. China schlotterte, obgleich die Nacht sehr warm war. Sie fürchtete, Ethan könnte schon tot sein. Wenn das Liebe war – und sie wußte, daß es das war – dann hatte es ihr so unerträglichen Kummer beschert, daß sie nicht sicher war, ob sie dieses Gefühl überhaupt erleben wollte.

Eine unheimliche Stille legte sich über das Schiff, als ob alle atemlos auf den heraufgrauenden Morgen warten würden. Brandon schien etwas von der Erwartung zu spüren, die in der Luft lag. Er bewegte sich unruhig. »Glaubst du, daß sie dort draußen ist?«

China sah in die Dunkelheit, wo das Meer hinter dem Heck des Schiffes rauschte. »Wer?«

»Die *Orion*. Ich wünschte, wir könnten sie von hier aus sehen. Ethan sagt, wenn sie nicht mehr dort ist, könnten wir nie –«

»Nicht, Brandon«, bat ihn China schaudernd.

»Aber wenn wir nicht –«

»Sei still!« flüsterte China. »Da kommt jemand!«

Sie fühlte, wie sein kleiner Körper zitterte und preßte ihn an sich. Das Herz schlug ihr bis zum Hals.

»China? Brandon? Seid ihr hier?«

Chinas Herz schien zerspringen zu wollen, und einen Augenblick war sie unfähig zu atmen. Dann hörte sie, wie Brandon erleichtert aufatmete und sich aus ihrer Umklammerung befreite.

»China! Es ist Ethan!«

China stand langsam wie in Trance auf. Philippa lag selig schlafend in Ethans Armen und sie streckte wortlos die Arme aus, um ihm das Kind abzunehmen. Sie brachte keinen Ton heraus und wagte es nicht einmal, ihn anzusehen, denn sowohl ihre Stimme als auch ihr Gesichtsausdruck hätten ihre Liebe zu ihm verraten. Doch mit jeder Faser ihres Herzens dankte sie ihrem Schöpfer, daß er unverletzt zurückgekommen war.

»War es sehr schlimm?« fragte Brandon. »Mußten Sie viele Schurken umbringen?«

Als sie den Kopf hob und Ethans Gesichtsausdruck sah, war China zutiefst dankbar, daß Philippa erschöpft eingeschlafen war, denn sein Blick sagte ihr, daß ihre Schwester nicht mitansehen hatte müssen, was er nicht in Worte fassen konnte – oder wollte.

»Wir müssen zurück auf die *Orion*«, sagte er nur. »Sie suchen immer noch unten nach uns, aber ich glaube nicht, daß wir hier noch sehr viel länger sicher sind.«

»Aber wie denn?« fragte China verzagt. »Sie sehen uns doch, sobald wir eines der Boote zu Wasser lassen.«

»Wir müssen warten, bis Rajiid sich klar äußert«, sagte Ethan ungewollt barsch. Am liebsten hätte er sie jetzt in seine Arme genommen und sein Gesicht in ihrem weichen Haar verborgen.

Unwillkürlich mußte er an die zauberhaften Stunden denken, die sie in seinem Korallenhaus miteinander verbracht hatten.

Er bedauerte seine unwirsche Antwort und streckte seine Hand nach ihr aus. Aber China war zu Philippa hinübergerutscht und strich ihr über die widerspenstigen Locken. Ethan dachte, daß sie in ihrer weiten Bluse und den Hosen kaum älter als das Kind aussah. Wie gerne wollte er sie für immer beschützen! Er sah schnell weg, weil sie nicht sehen sollte, daß er sie beobachtet hatte.

Beobachtet hatte? Bei Gott, war er schon so erschöpft und vom Schmerz geschwächt, daß er nicht bemerkt hatte, daß Chinas Gesicht auf einmal ganz deutlich zu sehen war. Der Tag dämmerte ziemlich schnell gegen den schwarzen Horizont herauf. Inzwischen war ganz sicherlich auch Wang Toh davon in Kenntnis gesetzt worden, daß die Barbaren nirgendwo unter Deck zu finden waren, und er würde anordnen, oben weiterzusuchen.

Wie zur Bestätigung seiner Ängste hörte er plötzlich das Knarren eines Lukendeckels und das hohle Echo von Schritten auf feuchten Planken. Männer, viele Männer kamen.

»China«, flüsterte er in einem Ton, der keinen Widerspruch zuließ, aber sie war schon an seiner Seite und zeigte auf etwas Dunkles, das sich über das öligschwarze Wasser auf sie zubewegte.

Ethan stockte einen Augenblick der Atem, und dann hätte er am liebsten laut hinausgejubelt, als er die *Orion* erkannte. Lautlos, wie geisterhaft näherte sie sich, eingehüllt in Nebelschwaden, die sich über dem Wasser hoben.

»Sie kommen, um uns zu holen, nicht wahr?« flüsterte Brandon aufgeregt. »China, bist du nicht froh darüber?«

»Ich weiß nicht«, antwortete sie und sah Ethan ängstlich an, der auf einmal ganz still geworden war. »Was ist los, Ethan? Ist etwas nicht in Ordnung?«

»Runter!« befahl er und zog sie in ihr Versteck zurück. Plötzlich war ihm klar geworden, warum Rajiid in der verschlüsselten Nachricht, die China ihm überbracht hatte, das Vorderdeck des Schiffes erwähnt hatte. Und trotzdem wollte er seinen Augen nicht trauen, als er an Backbord der *Orion* eine Reihe von schwarzen Rechtecken sah. Kanonen ... Er wollte es immer noch nicht glauben. Tylers Schiff hatte Kanonen an Bord. So wie es aussah, mindestens ein halbes Dutzend Neunpfünder. Aber wie in Gottes Namen hatte Rajiid das rausgefunden, und wie war es ihm gelungen, die Geschützoffiziere freizubekommen?

Ohne Vorwarnung züngelte plötzlich eine gelbe Flamme aus jeder der geöffneten Luken. Danach folgte eine dumpfe Explosion. Das Deck zitterte und schwankte unter ihren Füßen, als Kanonenkugeln sich in den Rumpf der *Lotus Star* bohrten, aber das Feuer war wohl gezielt und gefährdete die vier zusammengekauerten Menschen am Heck des Schiffes nicht. Ethan wußte, daß Rajiid absichtlich gewartet hatte, bis die *Orion* vor dem Klüver der *Lotus Star* war, damit das Vorderdeck und nicht das Achterschiff getroffen werden würde.

»Gut gemacht, mein Freund«, flüsterte er. »Gut gemacht.«

Brandon stieß einen begeisterten Schrei aus, als die Kanonen ein zweites Mal feuerten.

»Nur weiter so, Rajiid!« rief auch Ethan aus. Diesmal war die Breitseite der *Lotus Star* voll getroffen, und das Schiff schwankte heftig. Es war ein Inferno! Die Deckwachen bemühten sich fieberhaft, die aufflackernden Brände zu löschen, die plötzlich ausgebrochen waren und vor allem am Bug des Schiffes wüteten. Andere schwangen sich die Webeleinen hinauf, kletterten auf die Rahen und versuchten, die Hauptsegel loszumachen, um das Schiff vielleicht noch flottzukriegen. »Sie werden das Steuerrad herumdrehen«, warnte er. Das Bugspriet schwang auf die andere Seite, und das riesige Ruder ächzte und stöhnte. Aber es war zu spät. Der Schaden war schon zu groß, und das Feuer breitete sich, angefacht durch einen stärker aufkommenden Wind, sehr rasch aus und war nicht mehr unter Kontrolle zu bringen. Dicke Rauchwolken brannten China in den Augen. Die Kinder husteten.

Die Kanonen der *Orion* feuerten ein drittes und letztes Mal. China hörte Schreie von Männern, die von den Rahen heruntergeschleudert wurden wie überreife Früchte von einem Baum. Ein unnatürlich gekrümmter Körper wurde vor ihre Füße geschleudert, und Philippa vergrub schreiend ihr Gesicht in Chinas Haaren.

»China!«

Sie fühlte einen schmerzhaft festen Griff an ihrem Arm und sah auf. Ethan stand über ihr. In seinem Gesicht spielte der Schatten der lodernden Flammen. »Unten wartet ein Boot«, sagte er nachdrücklich. »Meinst du, du schaffst es nach unten?«

Sie schnappte nach Luft. »Ein Boot? ja, natürlich! Aber wie? Man würde uns sehen, wenn wir die Netze hinunterklettern.«

Ethan hatte schon darüber nachgedacht, seit er plötzlich ein winziges Boot entdeckt hatte. Und darin das nach oben gerichtete Gesicht eines Matrosen, der nach ihnen Ausschau hielt. »Ich kann dich an einem Tau herunterlassen. Wenn wir es sorgfältig knoten, kann eigentlich nicht viel passieren. Und wenn wir hinter dem Schiffsaufbau bleiben, wird uns auch niemand sehen.«

»Zuerst die Kinder, Ethan«, bestimmte China.

»Ich bringe Philippa hinunter«, versprach er.

Es war einfacher, als sie gedacht hatten, denn das Feuer hatte inzwischen das Hauptdeck erreicht und leckte jetzt gierig an den Netzen und Masten. Verzweifelt versuchten die Männer, die nicht verwundet waren, das Feuer von den Segeln fernzuhalten. Keiner verschwendete auch nur einen Gedanken an die Gefangenen. Der Wind hatte sich gelegt und dicker Rauch hüllte das Deck ein. Obgleich er in den Lungen stach und in den Augen brannte, waren China und Ethan froh um den Sichtschutz, den er ihnen bot.

Ein Tau wurde fest um Philippas Taille befestigt. Sie klammerte sich mit aller Kraft an Ethan, als er mit ihr über die Bordkante stieg.

»Hab keine Angst«, beruhigte er sie, als er fühlte, wie sie zitterte. Weit unten gurgelte das schwarze Wasser. Das winzige Boot tanzte auf den Wellen und wurde mit einer Segelstange an Ort und Stelle gehalten.

»Ich habe keine Angst«, versicherte sie ihm mit der Ernsthaftigkeit, deren nur ein Kind fähig war. »Nicht mit Ihnen. China sagt, Sie können alles, und China lügt nicht.«

Ethan gab keine Antwort. Was sollte er dazu sagen? Und außerdem mußte er jetzt alle Kräfte zusammennehmen. Seine verletzte Hand blutete wieder, und er rutschte am Tau ab. Obgleich China nach seiner Anleitung jeweils im Abstand von vier Fuß einen Knoten in das Tau gemacht hatte, hatte er ständig das Gefühl, es würde ihm entgleiten, und der kleine Körper, der an ihm hing, schien ihn unbarmherzig nach unten zu ziehen.

Aber Ethan war auf einem Schiff großgeworden und war schon Webeleinen und Taue hinauf- und hinuntergeklettert, als Jungen seines Alters noch kurze Hosen trugen und die Schulbank drückten. Aber er hatte schon sechsunddreißig Stunden nicht mehr geschlafen und konnte seine linke Hand so gut wie nicht mehr gebrauchen.

So war es fast ein Wunder, daß er trotz der Erschöpfung den langen Abstieg schaffte. Ethan murmelte ein Gebet, als Philippa von rettenden Händen in Empfang genommen wurde. Es waren zwei Matrosen an den Rudern, die Ethan nicht kannte, aber mit dem dritten, einem dunklen Burschen mit pockennarbigem Gesicht – er hieß Franklin Cheney – hatte Ethan schon oft zu tun gehabt, und er wußte, daß man ihm trauen konnte.

Rajiid hatte mit Cheney eine gute Wahl getroffen. Das sah man, als er keine Fragen stellte, das Kind nach hinten reichte und befahl, es in eine Decke zu wickeln. »Das werden Sie brauchen, Käptn«, sagte er heiser und steckte Ethan eine geladene Pistole zu. »Wir geben Ihnen von hier aus Deckung so gut es geht.« Ethan gab noch einige kurze Instruktionen, was zu tun sei, wenn er entdeckt würde, nahm dann das Tau zwischen seine blutigen Finger und begann hinaufzuklettern. Seine Arme und seine Schultern verkrampften sich schmerzvoll, und zweimal rutschte er an dem nebelnassen Tau mit den Stiefeln ab. Er wurde an das rauhe Holz des Schiffsrumpfes geschleudert und schürfte sich das Gesicht auf.

Als endlich sein Kopf an der Reling erschien, zogen ihn China und Brandon hinüber.

»Los Junge«, rief er Brandon zu, »ich habe keine Lust, hier bei lebendigem Leib gebraten zu werden.« Er band das Sicherungstau fest. China hielt sich eine Faust vor den Mund und sah gespannt zu. Brandon winkte ihr zu, dann verschwand sein Lokkenkopf über der Reling.

»Jetzt du«, sagte Ethan, als ein Ruck am Seil signalisierte, daß der Junge sicher im Boot angekommen war. Er brauchte sie nicht daran zu erinnern, schnell zu machen, denn das Feuer griff in rasender Eile um sich und jeder Atemzug in der sengenden Hitze wurde zur Qual. Bis jetzt hatten sie ungeheures Glück gehabt, daß sie nur ein einziger Chinese gesehen hatte, und das auch nur durch Zufall, als er in der Hoffnung, dem Qualm zu entkommen, nach hinten gestolpert war. Ethan hatte ihn ohne große Gewissensbisse über Bord geworfen.

Aber es würden andere kommen, denn einige der Fässer, die hier herumstanden, enthielten Trinkwasser, das zum Löschen des Feuers gebraucht würde, sobald der andere Vorrat erschöpft war. Die Hitze wurde unerträglich und Ethans Kleider waren schweißnaß. Er hob China auf die Reling, befestigte das Sicherungstau und hielt dabei plötzlich inne.

»Es tut mir leid, China. Es hat keinen Sinn.«

Sie bekam große Augen. »Was meinst du damit?«

»Ich kann dich nicht gehen lassen, ehe du mir nicht versprochen hast, daß du diesen Stepkyne heiraten wirst.«

»Darwin?« fragte sie entsetzt.

»Verdammt noch mal, das haben wir doch schon mal besprochen«, fuhr sie Ethan ungeduldig an.

»O Ethan, ich will nicht mit dir streiten«, sagte sie kleinlaut. »Darwin ist tot.« Als sie sah, wie entsetzt er über diese Nachricht war, fügte sie hinzu: »Wir kamen nicht dazu, es dir zu sagen, ehe du weggebracht wurdest. Und später hatte ich ganz darauf vergessen, weil ich mich um die Kinder und um – um dich – sorgte.«

Ihre Stimme war nur mehr ein Flüstern, und die letzten Worte waren kaum mehr zu hören. Aber Ethan hatte sie verstanden und packte sie so fest an den Schultern, daß sie leise wimmerte.

»Du hast dich um mich gesorgt?« fragte er ungläubig.

Sie nickte, ohne ihn anzusehen.

»Würdest du mich heiraten, China?« Seine Stimme klang barsch, aber nur aus Angst, sie könnte ihn zurückweisen oder, noch schlimmer, ihm nur mit einem Blick ihrer wunderschönen Augen zu verstehen geben, daß sie ihn nicht mochte.

Aber China wandte ihre Augen nicht von ihm ab, und es war auch nicht der leiseste Anflug von Spott oder Hohn darin zu erkennen – nur etwas, das schon von Anfang an darin zu sehen war und sich jetzt in ihrer leicht zitternden Stimme verriet, als sie sanft und ohne Zögern ja sagte.

»O mein Liebes, mein Allerliebstes –« Er nahm sie in die Arme und suchte ihre Lippen. Ihr Kuß war so zärtlich liebend und so ohne Hast, als wären sie noch einmal im Korallenhaus und hätten eine wundervolle Nacht vor sich.

»Du mußt jetzt gehen«, ermahnte er sie eilig, als ihm ihre Situation plötzlich wieder bewußt wurde, und seine Stimme schwankte.

»Das klingt, als wolltest du hierbleiben«, bemerkte China entsetzt.

»So wird es sein. Ich kann hier nicht weg, ehe ich nicht sicher bin, daß Wang Toh tot ist.«

»Das ist ja lächerlich!« entrüstete sich China. Ihre Augen funkelten zornig. »Ist doch jetzt völlig egal, ob er tot ist oder nicht.«

»Ich kann nicht den Rest meines Lebens Angst haben, daß er dir etwas antun könnte«, erklärte ihr Ethan. »Er ist bösartig und heimtückisch. Und weil ich seinen Lieblingssohn getötet habe, wird er uns gnadenlos verfolgen. Ich kann meine Frau nicht ständig vor ihm verstecken oder ins Exil schicken, aus Angst, er könnte uns finden. Das verstehst du doch, China? Wünscht du dir so ein Leben für uns?«

»*Jedes* Leben mit dir ist besser als dich ganz zu verlieren! Es tut mir leid, Ethan, aber wenn du darauf bestehst zu bleiben, dann werde ich auch bleiben.«

»Um Himmels willen, China. Du bist verrückt! Du bist hier nur im Weg.«

»Wieso?« fragte sie trotzig. »Bildest du dir ein, du könntest all diese Männer alleine erledigen?« Sie zeigte auf das brennende Deck. »Außerdem erledigt sich die Sache mit Wang Toh von selbst. Komm mit, solange es noch geht, bitte!«

»Es tut mir leid, China, ich kann nicht.«

Ihre Lippen wurden schmal. »Dann kann ich auch nicht.«

»Zum Teufel mit dir«, schrie er. »Hier ist kein Platz für falsches Heldentum!«

»Falsches?« schluchzte sie mit Tränen in den Augen. »Ist es falsch von mir, daß ich dich nicht verlieren will? Ich lasse es nicht zu, daß Wang Toh dich mir wegnimmt! Nein, das lasse ich auf keinen Fall zu!«

Einen Augenblick lang sahen sie sich wie zwei erbitterte Gegner an, China voll Eigensinn, Ethan voll trotzigem Zorn. Dann hob er sie unvermittelt hoch, und noch ehe sie wußte, wie ihr geschah, war das Tau festgezurrt und sie auf dem Weg nach unten.

»Ethan! Bitte!«

»Es tut mir leid, mein Liebes«, hörte sie ihn rufen, »mein Leben –« Der Rest seiner Worte ging in einem Schrei unter. Angestrengt bemühte sie sich, durch den Qualm etwas zu sehen. Ganz kurz konnte sie noch einmal Ethans Gesicht erkennen und um ihn herum viele chinesische Köpfe, die sich wild hin und her bewegten. Dann wurde das Tau auf einmal schlaff.

Sie schrie und schlug um sich. Plötzlich schlingerte das Tau und ihr Kopf schlug auf die obere Planke des Bootes auf. Bunte Lichter explodierten vor ihren Augen, ehe alles um sie herum tiefschwarz wurde.

22

China spürte etwas Nasses und sehr Kaltes auf ihrer Stirn, das den pochenden Schmerz betäubte. Als sie ihre Augen öffnete, schwamm über ihr im flackernden Lichtkreis einer Laterne ein Gesicht, das ihr irgendwie bekannt vorkam, ein junges und sehr ängstliches Gesicht, das sich sichtbar entspannte, als sie einen schwachen Versuch unternahm, aufzustehen.

»Ach, bin ich froh, daß Sie wieder bei Bewußtsein sind, Miß Warrick! Wir hatten solche Angst, daß Sie ernsthaft verletzt sind!«

China bewegte die Lippen, ohne einen Ton herauszubringen.

Sie befeuchtete sie mit ihrer pelzigen Zunge und versuchte es noch einmal. »Bran – Brandon und Philippa? Meine Geschwister?«

»Sind beide unten beim Quartiermeister, Miß. Er hat sie zu Bett gebracht. Hat selber zu Hause sechs Kinder, der Mr. Cooper. Bei dem sind sie gut aufgehoben.«

»Sie sind – Sie sind – David –«

»David Boume, Miß. Und Sie sind wieder glücklich an Bord der *Orion*, Miß.« Er nahm die kalte Kompresse weg und tauchte sie in eine Schüssel mit kaltem Wasser. China sah, daß das Licht über seinem Kopf keine Laterne gewesen war, sondern die Sonne, die in warmen, gelben Streifen in die Kabine hereinschien.

Sie hob den Kopf, um sich umzusehen, und bedauerte sofort ihr Vorhaben, denn ein stechender Schmerz durchfuhr sie von den Schultern über den Nacken bis nach vorne zu den Schläfen. Sie stöhnte laut auf.

»O Miß, bitte bleiben Sie liegen. Sie haben eine schwere Gehirnerschütterung, und es wird nur schlimmer, wenn Sie sich bewegen!« sagte David ängstlich.

Ihr wurde übel und sie griff nach seinem Arm. »Wie lange bin ich schon hier, Mr. Bourne?«

»Etwa zwei Stunden, Miß. Mr. Cheney brachte Sie hierher, weil wir Sie in dem Zustand nicht mehr als unbedingt nötig bewegen wollten. Mr. Fine, der Obermaat, gab mir den Auftrag, mich um Sie zu kümmern.«

Er wurde rot bis zu den Haarwurzeln. Der Auftrag, ein bewußtloses weibliches Wesen alleine zu versorgen, war schon peinlich genug gewesen. Aber jetzt, da sie bei Bewußtsein war, machte ihn die körperliche Nähe, in der sie sich notgedrungen befanden, noch befangener.

Wenn Miß Warrick doch wenigstens etwas konventioneller gekleidet gewesen wäre – mit Korsett und Unterrock, zum Beispiel – einem Kleid mit langen Ärmeln und einem Kragen, der ihre weiße Haut verdeckt hätte. Zumindest war es ihm ein kleiner Trost, daß sie eigentlich gar nicht darüber beunruhigt schien, von einem Mann umsorgt zu werden und dabei nur mit ein paar Seidenfähnchen bedeckt war.

Im Grunde genommen hatte China ganz darauf vergessen, was sie trug, und selbst wenn es ihr bewußt gewesen wäre, hätte sie sich ziemlich wenig um ihre jungfräuliche Sittsamkeit gesorgt. Als David zurückkam und ihr frische kalte Kompressen brachte, fand er sie zu seinem Entsetzen auf wackligen Beinen vor sich stehen. Sie hielt sich an einem Stuhl fest. Ihr Gesicht war weiß wie die Wand.

»Miß Warrick!«

»Bitte, Mr. Bourne, würden Sie mich hinausbegleiten? Ich muß sehen, was mit der *Lotus Star* passiert ist.«

Er sah sie verständnislos an. »Die *Lotus Star?* Ich habe diesen Namen noch nie gehört, Miß.«

Natürlich, dachte China, hatte Wang Toh den Namen des Schiffes geändert, und nur Ethan, Rajiid und sie wußten Bescheid. Sie verlor keine Zeit mit langen Erklärungen, sondern ging zur Tür.

Zuerst sah sie im gleißenden Sonnenlicht die eingehüllten Bündel auf dem Deck gar nicht. Erst die murmelnde Stimme von Thomas Fine, dem Obermaat der Orion, machte sie stutzig. Er las aus einem Buch Psalme vor. Die Mannschaft des Klippers stand mit gesenkten Köpfen in einem Halbkreis um ihn herum. Natürlich mußten die Toten schnell über Bord geworfen werden, ehe die Hitze und die Schmeißfliegen kamen, und so hatten sich hier alle zu einem kurzen Gebet versammelt.

Mit zitternden Händen klammerte sich China an die Reling. Sie ertrug das helle Sonnenlicht kaum. Da stand sie nun, in ihrer zerrissenen Konkubinenkleidung. Ihre Augen wirkten riesig in dem kleinen, zarten Gesicht, und David Boume, der sich neben sie gestellt hatte, sah das Entsetzen in ihrem Blick.

»Es sind so viele«, flüsterte sie erschrocken.

»Die meisten sind Chinesen«, beeilte er sich zu sagen. »Obwohl wir auch einige Männer verloren haben. Mr. Foster, den Segelmacher, und dann den Steward des Kapitäns, und den arabischen Freund von Kapitän Bloodwell –«

»Rajiid?«

»Ja, ich glaube, so hieß er. Hat wie ein Tiger bis zum Ende gekämpft. Es war seine Idee, den chinesischen Klipper mit den Kanonen in die Luft zu jagen, und er führte den Angriff, wo er doch selbst nur einen Säbel zu seinem eigenen Schutz hatte. Ich hörte, wie die Männer sagten, so einen Mut hätten sie noch nie gesehen.«

China begann leise und kummervoll mit gebeugten Schultern zu weinen. Sie wußte, daß es der Wunsch jedes Moslem war, seinen letzten Atemzug angesichts der Kaaba ›in den Armen des Propheten und der Schutzengel‹ zu machen. Doch Rajiid hatte noch nicht einmal die Pilgerreise nach Mekka gemacht, und nun war niemand da, der seinen Körper mit Zemzem-Wasser besprengte und die Gebete sprach, die ihn auf seiner Reise begleiten sollten. Und er würde auch nicht im Land seiner Geburt begraben werden.

Schweigend sah sie zu, wie der in das Leichentuch gehüllte Körper auf die Totenbahre gelegt wurde. Die Männer hoben noch einmal die Hand zu einem letzten Groß.

»Labbaika allahumma labbaika – ich bin hier, Gott auf dein Geheiß«, flüsterte China leise. Es war das einzige moslemische Gebet, das sie kannte, aber sie war sicher, Rajiid hätte sie verstanden.

Es gab einen dumpfen Klatsch auf dem Wasser, und der Leichnam versank. China wandte sich mit tränenverschleiertem Blick ab. Nun würde auch Ethan seinen Freund nicht einmal Lebewohl sagen können – Ethan! Ihr Herz schien einen Augenblick stillzustehen.

Nur ihr benommener Kopf konnte die Ursache dafür sein, daß er ihr erst jetzt wieder einfiel. Um so schlimmer traf sie die plötzliche Erinnerung. Sie rannte zur Reling, starrte mit aufgerissenen Augen auf das Wasser und sah nichts, absolut nichts. »Mr. Bourne! Das chinesische Schiff! Wo ist es?«

»Das braucht Ihnen keine Angst mehr zu machen. Es ist versenkt!«

»Versenkt!«

»Wir haben es mit sechs neunpfündigen Kanonenkugeln durchlöchert, Miß. Und dann muß jemand das Munitionsdepot in die Luft gejagt haben, denn das Schiff ist explodiert, kurz nachdem wir Sie an Bord hatten. Zuerst dachten wir, es wäre das Deckfeuer gewesen, aber ein so großes Schiff –« Er brach ab und saugte hörbar die Atemluft ein, als er die Seelenangst in ihrem jungen Gesicht sah.

»Mr. Fine fuhr mit ein paar Mann hinüber, als das Feuer erloschen war«, fuhr er unsicher fort. »Als unsere Boote anlegten, stürzten sich die Chinesen, die noch am Leben waren, ins Wasser. Chinesen lassen sich nie freiwillig gefangennehmen.«

»Und Kapitän Bloodwell?« flüsterte China aus blutleeren Lippen. »Das Schiff sank schnell, Miß«, sagte er zögernd. »Sie haben durchsucht, was noch da war. Man hat ihn nicht gefunden. Man vermutet, er habe das Munitionsdepot in die Luft gesprengt. Aber warum sollte er gerade etwas so Selbstmörderisches tun. Das war wohl gar nicht seine Art, und sicherlich hätte es einen anderen Weg gegeben, diese Heiden zur Aufgabe zu zwingen.«

China drehte sich wortlos um und ging weg. David wollte ihr nachgehen, aber ein Ruf aus dem Mastkorb erregte seine Aufmerksamkeit. »Segel in Sicht! Schiff von Backbord! Es ist eine Brigg.«

Die feierlich versammelte Crew schreckte zusammen und wurde unruhig.

»Zeigt sie Flagge, Mr. Thatcher?« rief der Obermaat hinauf.

In der windstillen Morgenhitze waren die Worte von oben her deutlich zu verstehen. »Nein, Sir! Aber es gibt keinen Zweifel! Es muß die *Kowloon Star* sein, Ethan Bloodwells Schiff.«

»Nach Backbord lavieren, Leute!« ordnete der Obermaat sofort an. »Vorsegel hissen! Wir fahren ihr entgegen.«

Die leichte Brise brachte den großen Klipper schnell in Bewegung. Und eine knappe halbe Stunde später waren die beiden Schiffe zusammengetroffen und die *Orion* hatte ächzend beigedreht. Kurz darauf glitten die beiden Schiffe nebeneinander durch das tropischblaue Meer. Sie waren einander so nah, daß das Sprechrohr, das Thomas Fine an den Mund hielt, eigentlich überflüssig war.

»Der Teufel soll Sie holen, Fine!« bellte unüberhörbar eine Stimme von der *Kowloon Star* herüber, noch ehe der Obermaat etwas sagen konnte. Alle Augen waren auf Kapitän Tyler Crewe gerichtet, der wild gestikulierend über die Reling hing. »Sind Sie verrückt geworden oder gibt es einen Grund für diese gottverdammten Eskapaden? Und wo ist Bloodwell? Was fällt ihm überhaupt ein, mit meinem Schiff abzuhauen? Ich werde ihn an den Nasenlöchern aufhängen! Zum Teufel mit euch allen! Ich setze euch alle an Land, jeden von euch! Und jetzt bewegt eure Ärsche, ich komme an Bord.«

Wie aufgescheuchte Hühner liefen auf einmal alle durcheinander. Jeder wußte, was er zu tun hatte, und dann warteten sie nervös darauf, daß ihr eigentlicher Kapitän an Bord kam.

Tyler Crewes Zorn war überraschend schnell verraucht. Als er über das Deck schnitt, um mit dem Obermaat Thomas Fine zu sprechen, war keine Spur mehr davon zu bemerken. »Was gibt's, Tom?« fragte er fast freundlich. »Habt ihr Ärger mit den Chinesen gehabt?«

»Sie wußten davon, Kapitän?«

»Ja, zum Teufel. Wir trafen die *Aurora* auf unserem Weg von Badajan. Der Kapitän erzählte uns, was passiert war. Ich nehme an, ihr habt die beiden Kleinen gefunden. Sonst wärt ihr ja nicht zurückgekommen. Ist nicht Bloodwells Art, aufzugeben.« Er sah sich fragend um. »Wo ist dieser verdammte Hurensohn? Ich werde ihm alle Knochen im Leib einzeln brechen, weil er mein Schiff gestohlen hat, aber vorher muß ich ihm die Hand schütteln –«

Er brach ab, als er die betretenen Gesichter um sich herum sah. »Also, was ist eigentlich mit euch los, Leute?« fragte er mißtrauisch und stemmte die Hände in die Hüften. »So eine winzig kleine Lorcha kann euch doch keine größeren Probleme bereitet haben? Mr. Fine! Als ich an Bord kam, habe ich gerochen, daß die Kanonen der *Orion* abgefeuert worden sind.«

»Ja, Sir, ich fürchte, das stimmt.«

»Ich möchte wissen, wer von euch treulosen Schweinehunden Bloodwell überhaupt etwas von den Kanonen erzählt hat«, wetterte Tyler. »Das sollte doch wohl geheime Kommandosache sein, und ihr wißt verdammt gut, daß wir sie nicht haben durften.« Er hustete und spuckte in das Speigatt. »O Teufel! Ich hoffe nur, ihr habt's den Schlitzäugigen gezeigt!«

»Sir!«

»Wo ist er, hm?« Tylers bärbeißig gute Laune war so unerschütterlich, daß er noch nicht einmal die Überreste des Gemetzels bemerkt hatte. Eine ledrige braune Hand machte ihn darauf aufmerksam. »Was ist, Quarles? Haben Sie eine Ahnung, was Ihr Kapitän vorhat?«

Nappy, der nach ihm an Bord geklettert war, gab keine Antwort. Er hatte China Warrick ganz hinten an der Reling erspäht, und sie hatte sich umgedreht, als hätte sie gewußt, daß er an Bord käme. Einen kurzen, schrecklichen Augenblick hatten sich ihre Blick getroffen. Dann hatte sie den Kopf gesenkt und Nappys Gesicht schien in sich zusammenzufallen. »Also das ist es«, murmelte er. Er hatte sich an dem überraschten Kapitän vorbeigedrückt und China ein wenig unbeholfen die Hand entgegengestreckt. Dankbar war sie ihm entgegengestolpert, und Nappy hatte sie festgehalten und tröstende Worte gefunden. Und sein zerfurchtes Gesicht bekam einen richtig zärtlichen Ausdruck.

Eine Laterne schwankte an einem Balken, und China, die nach einem langen Erschöpfungsschlaf aufgewacht war, beobachtete die tanzenden Lichtfinger an den Kabinenwänden. Das Ächzen des Holzes und das sanfte Murmeln des Wassers und des Windes waren ihr vertraute Geräusche, die sie begrüßten wie das beruhigende Geplauder eines alten Freundes. Es war auch einfacher, die Augen zu schließen und so zu tun, als sei nichts gewesen, anstatt das zu sehen, was sie einfach nicht akzeptieren konnte, nicht akzeptieren *wollte.*

Die Kabinentür quietschte fast unhörbar. China drehte den Kopf und sah in das fröhliche Gesicht von Julia Clayton.

»Oh, China, bin ich froh, daß Sie endlich wach sind! Ich hatte schon Angst, Tyler hätte Ihnen zuviel Laudanum gegeben. Sie haben seit gestern früh geschlafen und jetzt ist es schon wieder Abend. Wie geht's Ihrem Kopf? Starke Schmerzen?«

»Eigentlich nicht.«

»Er muß allerdings ganz schön in Mitleidenschaft gezogen sein.« Julia kam geschäftig herein, setzte ihr Tablett ab und machte sich an der Laterne zu schaffen. China folgte ihren Bewegungen mit den Augen und bemerkte, daß Julia, die ansonsten immer sehr blaß gewesen war, ganz rosige Wangen hatte.

»Sie nannten ihn Tyler«, sagte sie. »Sprachen Sie von Kapitän Crewe?«

Julia errötete noch mehr und nestelte an den gefalteten Handtüchern herum, die sie mitgebracht hatte. »Ich glaube, er wird mich bitten, seine Frau zu werden«, sagte sie endlich so schüchtern wie ein Schulmädchen.

»Und werden Sie ja sagen?« wollte China wissen.

Julia zögerte einen Augenblick und nickte dann. »Ich weiß, es sieht seltsam aus. Wir passen eigentlich gar nicht zusammen, und Tyler ist nicht unbedingt der Mann, den ich mir so vorgestellt habe. Aber jeder von uns scheint – etwas zu haben, was beim anderen fehlt, und plötzlich kann ich mir nicht mehr vorstellen, ohne ihn glücklich zu sein. Das klingt doch wohl ziemlich dumm, oder etwa nicht?«

»Nein«, antwortete China leise.

Julia seufzte erleichtert auf. »Ich kann Ihnen nicht sagen, wie froh ich bin, daß Sie das verstehen, China. Es muß so schlimm für Sie sein, daß Sie Ihren Verlobten auf so tragische Weise verloren haben.«

»Meinen Verlobten?«

»Nun ja! Horatio Creel hat uns erzählt, daß Sie Darwin heiraten wollten. Und von Thomas Fine haben wir gehört, daß er beim Angriff auf Tylers Schiff umgekommen ist. Es tut mir so leid für Sie, China, wirklich.«

Obgleich sie wußte, daß Julia irgendeine Antwort erwartete, sah China wortlos auf die langsam hin und her schwingende Laterne. Nach einer Weile sagte Julia: »Hier, trinken Sie etwas Tee. Sie sind ganz furchtbar blaß und haben sicher seit Tagen nichts gegessen.«

»Nein danke, Julia, ich bin nicht hungrig.« China strich sich das Haar aus der Stirn. Sie sah sehr blaß und erschöpft aus. Eine befangene Stille trat zwischen den beiden Frauen ein. Nach einer Weile stand Julia mit raschelnden Unterröcken auf. »Ich komme später wieder vorbei, Liebes«, sagte sie mit erzwungener Fröhlichkeit. »Versuchen Sie sich inzwischen auszuruhen.«

China gab keine Antwort. Leise fiel die Tür ins Schloß.

»Nun, wie geht's dem Warrick-Mädchen?« fragte Tyler Crewe, als er Julia auf dem Deck traf. Er rauchte eine Zigarre und starrte mißmutig in die Takelage. Die Brise, die bei Sonnenuntergang aufgekommen war, hatte sich zu einem böigen Wind verstärkt, und die *Orion* machte mit voll geblähten Segeln gute Fahrt. Die *Kowloon Star* folgte ihr in einigem Abstand.

Julia schüttelte den Kopf und zog ihren leichten Schal enger um ihre Schultern. »Ich bin froh, daß du vorgeschlagen hast, ich solle mitkommen, Tyler. Ich glaube, sie braucht wirklich jetzt eine Frau an ihrer Seite. Ich habe sie noch nie so müde und niedergeschlagen gesehen. Ist sonst so gar nicht ihre Art.«

»Aber es ist doch ganz natürlich, daß ein Mädchen weint, wenn es seinen Liebsten verliert«, beruhigte sie Tyler. »Sie ist ein zähes, kleines Ding und wird bald darüber wegkommen. Ich muß sie aber bewundern«, fügte er nach einer Weile hinzu. »Der kleine Brandon hat mir einiges erzählt, was sie durchgemacht haben. Bloodwell sagte, sie hat Mut. Wahrscheinlich hatte er recht.« Er seufzte und schnippte den Stummel seiner Zigarre in das Wasser. Lange standen sie schweigend nebeneinander.

»Ich kann nicht glauben, daß er tot ist«, sagte Julia schließlich.

»Ich auch nicht«, kam die prompte Antwort, als hätte er ihre Gedanken ausgesprochen. »War sich doch eigentlich immer viel zu gut, um den Helden zu spielen.«

»Ich denke, China weiß, warum er das tat, was er tat«, sagte Julia, »aber ich fürchte, sie wird es nicht sagen.«

»Ich denke, das Beste, was wir jetzt für sie tun können, ist, sie nach Hause zu ihrer Mama zu bringen, meinst du nicht?« fügte Tyler hinzu.

»Wahrscheinlich schon«, erwiderte Julia zweifelnd, »aber ob es auch das ist, was China möchte?«

China selbst hatte sich noch keine Gedanken darüber gemacht, daß die Orion Kurs auf Badajan genommen hatte. Im Augenblick lag sie noch immer in der Kabine, starrte an die Decke und dachte an nichts. Wenn sie den Kopf drehte, sah sie eine Teekanne und eine Schüssel Suppe unberührt neben ihrem Bett stehen.

Obgleich sie seit mehr als vierundzwanzig Stunden nichts gegessen hatte, hatte sie keinen Appetit und wandte sich angewidert ab. Aber es war ihr gleichermaßen unerträglich, nur immer die schwankende Laterne anzusehen. Sie stand auf und blickte in das winzige Stück Glas, das als Spiegel gedacht war. Ihre Schläfe war blauschwarz verfärbt, aber auch das war ihr ziemlich gleichgültig. Eigenartigerweise erschien ihr nichts mehr wichtig. Sie fühlte sich wie ein Beobachter, als stünde sie neben sich und betrachtete das Verhalten eines sehr eigenartigen Wesens namens China Warrick.

»China? Kann ich hereinkommen?«

Sie drehte sich langsam um. Zum erstenmal bekam ihr Gesicht ein bißchen Farbe. »Ach hallo, Brandon. Natürlich, komm nur.«

Wie der Blitz war er bei ihr und kuschelte sich in ihre Arme. China fühlte eine schmerzvolle Zuneigung, aber sie wollte noch niemanden in ihr Herz lassen, nicht einmal Brandon.

Sie hielt ihn fest, und er vergrub sein kleines Gesicht an ihrem Hals und weinte. China tröstete ihn, so gut sie konnte, und schließlich ebbte der Tränenfluß ab.

»Ich sah, wie die *Lotus Star* sank, China«, gestand er stockend. Sie setzten sich beide auf das Bett. »Sie wollten nicht, daß wir zuschauten, aber nachdem uns Mr. Cooper zu Bett gebracht hatte, schlich ich mich zurück an Deck und sah zu. Mr. Fine sagte, sie wäre so schnell gesunken, weil sie innen explodierte.« Er sah sie mit seinen riesigen Augen an und fügte mit zitternder Stimme hinzu: »Wußtest du – alle sagen, daß Ethan sie in die Luft gejagt hat. Sie sagten, da mußte wohl ein Muni- Mun- ein Schießpulverraum gewesen sein, und so hätte er es gemacht.«

»Das habe ich auch gehört«, sagte China.

»Mr. Fine sagte, sie hätten versucht, ihn zu finden, aber es war zu wenig Zeit. Sie mußten von dem Schiff runter, sonst wären sie auch ertrunken.« Er runzelte die Stirn. »China! Sie sagen alle, Kapitän Ethan ist tot. Ich glaube es nicht. Er kann nicht tot sein.«

China öffnete den Mund, um etwas zu sagen. Aber sie fand keine Worte, um ihn zu trösten. Statt dessen fragte sie ruhig: »Wo ist Philippa?«

Brandon verzog mißmutig das Gesicht. Er hatte sich leicht ablenken lassen. »Spielt mit dem Kater, den Kapitän Crewe an Bord hat. Ein häßliches Vieh, China! Fett und böse, nur ein Auge und einen Schwanz, der den Namen nicht verdient. Aber Philippa findet ihn süß. Sie wollte schon den Kapitän fragen, ob sie ihn mit nach Hause nehmen darf, aber ich habe ihr gleich gesagt, daß er sich sicher nur mit Ibn Bibi bekriegen und Mamas Möbel verkratzen würde.«

»Das war sicher sehr klug«, stimmte China zu und wunderte sich insgeheim über seine Weitsicht. Sie war erleichtert, daß Philippa offensichtlich keine Alpträume hatte nach all dem Schrecklichen, das sie gesehen hatte.

»China?«

Sie strich seine störrischen Locken glatt. »Ja, Kleiner?«

»Es ist meine Schuld, daß Kapitän Ethan und Rajiid und Darwin tot sind, nicht wahr?«

Chinas streichelnde Hand sank herunter. »Natürlich nicht. Wie kommst du denn darauf?«

»Wenn ich Philippa nicht dazu überredet hätte, mit mir wegzulaufen, wäre das alles nicht passiert.«

Ohne Vorwarnung packte sie ihn an den Armen und schüttelte ihn heftig.

Erschreckt fuhr er zusammen, aber sie machte keine Anstalten, ihren unbändigen Zorn zu zügeln. »Daß du mir das ja nicht noch einmal sagst, Brandon Warrick! Ich will das nie wieder von dir hören. Ethan und Rajiid hätten Wang Toh verfolgt, ob du nun an Bord des Schiffes warst oder nicht. Sie waren seit vielen Jahren erbitterte Feinde, und Ethan wußte sehr wohl, was er mit seinem Haß und seiner Rachsucht riskierte.«

»Aber –«

»Kein aber! Wang Toh Chen-Arn ist tot, und jeder von ihnen,

sowohl Ethan wie auch Rajiid und Darwin – hätten alles getan, um dieses Ziel zu erreichen.«

Einen Augenblick überlegte Brandon schweigend, dann hob er den Kopf und sagte mit dem typischen Warrickschen Eigensinn: »Weißt du was, China. Ich glaube trotzdem nicht, daß Kapitän Ethan tot ist, auch wenn es alle sagen.«

»Sei ruhig, Brandon«, wehrte China ab, aber auch sie konnte es nicht glauben.

Und das sagte sie auch ganz klar und unmißverständlich zu Nappy Quarles, als sich die beiden am nächsten Morgen an Deck trafen. Sie verwirrte ihn zutiefst mit ihren ruhigen, bestimmten Worten. Einer von Julia Claytons Strohhüten bedeckte ihre roten Locken und wenigstens teilweise auch den riesigen Bluterguß an ihrer Schläfe. Sie trug ein elfenbeinfarbenes Musselinkleid, das mit einem dunkelgrünen Band besetzt war. Da es ebenfalls Julia gehörte und es ihr folglich viel zu groß war, hatte sie die Rocklänge hinauf- und die Ärmel zurückgenäht und sah darin so sehr wie ein kleines, blasses, vor allem schrecklich unglückliches Kind aus, daß Nappy einfach drauflosredete, um ihr irgendwie zu helfen.

»Um den brauchen Sie nicht zu trauern, Miß. Vorbei ist vorbei, sage ich immer. Glauben Sie ja nicht, er wäre ein Kind von Traurigkeit gewesen!«

Überrascht sah ihn China an. »Sprechen Sie von Darwin?«

»Ich bin doch nicht doof!« protestierte Nappy. »Diese Dummköpfe sollen doch glauben, was sie wollen – *ich* kenne Sie zu gut. Um diesen Stepkyne werden Sie trauern – also wirklich!«

Er drehte sich ärgerlich weg, weil sie ihn mit einem Blick ansah, der ihn mit Gott zürnen ließ, einem Gott, der solche Ungerechtigkeiten zuließ. Er klammerte sich mit gebeugten Schultern an die Reling und spürte, wie ihm das Alter und die Schmerzen unerträglich wurden. Die Zeit hatte Nappy Quarles eingeholt und er wußte nun, was es hieß, alt und müde zu sein.

Er hörte ein leises Stoffrascheln und sah, daß Chinas Hände die Reling so fest umklammerten, daß ihre Knöchel blutleer waren. Sie sah ihn nicht an, sondern blickte hinüber zur *Kowloon Star,* die auf Nappy Quarles' Rückkehr wartete und dann den

Hafen von Singapur anlaufen würde. »Ich weigere mich zu glauben, daß er tot ist, Nappy«, sagte sie so leise, daß er zunächst glaubte, er hätte nur den Wind und das Wasser gehört. »Ich wüßte es, wenn er tot wäre. Ich würde *es fühlen.*«

Die Furchen in Nappys wind- und wettergegerbtem Gesicht vertieften sich. Nun umklammerte auch er die Reling. »*Die Lotus Star* ist nicht mehr, mein Kind«, sagte er ohne darauf zu achten, daß er ihr wehtat. »Tom Fine sah sie sinken. Es wurden noch ein paar Leichen und Trümmer nach oben getrieben. Sie haben alle hereingeholt, um sie anzusehen. Er war nicht dabei.«

China gab keine Antwort. Nach einer Weile richtete er sich seufzend auf und bemerkte, daß die *Kowloon Star* wartete und er nur an Bord gekommen war, um Lebewohl zu sagen.

»Was werden Sie machen, jetzt wo Sie allein sind?«

Nappy zuckte mit den Achseln und zupfte nervös an seiner Augenklappe. »Weiß noch nicht. Da ist das Korallenhaus und die *Kowloon Star*. Irgend etwas muß damit geschehen. Kapitän Ethan hat seine privaten Papiere in seiner Truhe eingesperrt, aber ich bin nicht sicher, daß er da auch so etwas wie seinen letzten Willen dabei hat.« Er seufzte tief auf und fügte dann resigniert hinzu: »Ich denke, ich muß mal nachsehen. Doch wenn ich ehrlich bin, Miß, dann will ich das gar nicht.«

»Du wirst mir doch sagen, was du machen wirst, nicht wahr?«

»Ssst! Miß, glauben Sie wirklich, ich würde mich so einfach auf- und davonmachen, ohne Ihnen davon etwas zu sagen?«

Der Anflug eines Lächelns huschte über Chinas Gesicht. Wortlos schüttelte sie den Kopf. Dann fiel sie Nappy plötzlich um den Hals, und Nappy erwiderte die Umarmung warmherzig, wenn auch sichtlich befangen.

China sah dem Boot nach, das Nappy zu dem wartenden Schiff zurückbrachte. Die nassen Ruder blitzten in der Sonne auf. Sicherlich wußte Nappy, daß sie ihm nachschaute, doch er sah kein einziges Mal zurück. Sie stand immer noch an der Reling, als das Boot hochgehievt wurde und die Crew die Großsegel hißte. Nach einer Weile wendete die *Kowloon Star* anmutig, die Segel spannten sich und füllten sich mit Wind. China sah, wie die Gischt aufspritzte und sich am Bug der Brigg brach. Dann nahm sie elegant ihren neuen Kurs auf.

Kurze Zeit, nachdem die strahlend weißen Segel immer kleiner geworden und schließlich am Horizont verschwunden waren, meldete der Matrose vom Ausguck der *Orion*, daß Badajan in Sicht sei. Die Insel war inmitten der unzähligen anderen leicht durch den begrünten, höckerartigen Vulkan auszumachen. China schickte Brandon hinunter, um ihre Sachen zusammenzupacken, und schüttelte den Kopf, als sie einen riesigen orangeroten Kater sah, der seinen sonnigen Platz verließ und sich an Philippa schmiegte. Dabei schnurrte er und rieb seinen kampfgezeichneten Kopf an den Krücken, die der Zimmermann der *Orion* für Philippa gemacht hatte.

»Sieht aus, als schickten sie uns jemanden entgegen, Miß Warrick.«

China drehte sich überrascht um. Kapitän Crewe stand neben ihr. »Wirklich?«

»Da, sehen Sie selbst.«

Sie nahm sein Fernrohr und erkannte in der Ferne die Masten der *Tempus*, die sich durch die schaumgekrönten Wellen kämpfte. Sie hielt den Atem an und fragte sich zum erstenmal, was sie zu Damon sagen würde. Eigentlich wollte sie nicht über Darwins sinnlosen Tod sprechen, und doch wußte sie, daß Damon eine Erklärung verlangen würde und schließlich auch ein Recht darauf hatte.

»Wetten, daß es Ihnen gleich viel besser geht, wenn Sie erst zu Hause sind«, sagte Tyler befangen. »In solchen Zeiten tut es gut, eine Familie zu haben.«

»Ja, ich denke, das stimmt«, antwortete China. Plötzlich hatte sie sich wirklich nach Badajan und nach den Armen ihrer Mutter gesehnt.

»China? Könnte ich Sie noch kurz sprechen, bevor Sie hier entschwinden. Da gibt es noch etwas zu besprechen. Macht es Ihnen etwas aus?«

China drehte sich etwas unwillig um. Julia Clayton hatte sich zu ihnen gesellt. Nach einer Weile atmete sie tief durch und sagte argwöhnisch: »Was gibt's denn?«

Julia sah den Kapitän an. »Tyler, könntest du bitte so lieb sein …«

Offensichtlich erleichtert hob Kapitän Crewe abwehrend die Hände hoch, verbeugte sich wortlos und trollte sich. Als die beiden Frauen allein waren, begann Julia: »Es geht um Gem.«

China bekam große Augen. Alles Mögliche hatte sie von dieser unberechenbaren, närrischen Julia Clayton erwartet, nur das nicht. »Gem? Sie wollen mit mir über Gem sprechen?«

»Ja, natürlich. Schließlich habe ich mich um sie gekümmert.« Julia machte eine überraschte Kopfbewegung. »Haben Sie das nicht gewußt?«

»Vielleicht schon, vielleicht auch nicht. Was ist mit Gem?«

»Ich wollte Sie daran erinnern, daß Sie sich bald entscheiden müssen, was mit ihr geschehen soll. Ethan sagte mir, Ihre Mutter würde sie nicht auf King's Wheal haben wollen, aber jetzt kann ich sie ja auch nicht einfach in das Korallenhaus zurückbringen.«

»Machen Sie sich keine Gedanken, Julia. Mir fällt schon was ein«, erwiderte China störrisch.

»Sie kann bei mir und Tyler bleiben, bis Sie sich entschieden haben«, bot Julia an.

»Danke, Julia, aber ich glaube wirklich, ich kann mich selbst um sie kümmern.«

Chinas Kinn hatte sich fast unmerklich nach oben gereckt. Julia fragte sich ein wenig verärgert, wie wohl Ethan Bloodweil die Geduld aufgebracht hatte, mit diesem ungeheuer ärgerlichen Warrickschen Stolz fertigzuwerden.

»Wenn ich ganz ehrlich bin, China«, fuhr sie fort, »ist mir das Kind schon sehr ans Herz gewachsen. Wenn es Ihnen nichts ausmacht und Sie mir vertrauen, dann kann sie gerne bei mir bleiben, bis Sie ein wenig zur Ruhe gekommen sind. Ich habe sie übrigens bei Jules Piaget gelassen. Er ist ein so netter Mann und kommt so gut mit Kindern zurecht, obwohl er ein Junggeselle in mittleren Jahren ist. Sie können sich wirklich ganz auf mich verlassen, China, ich schwöre es. Tyler hat viel Platz, und es wird keinesfalls anstößig sein, da wir ohnehin so bald wie möglich heiraten werden.«

»O Julia, wie schön«, sagte China und meinte es auch so. Immerhin war da wenigstens eine Person in ihrer Umgebung, die glücklich war, dachte sie verbittert.

»Ich habe es Gem zu verdanken, daß Tyler und ich zusammen sind, wissen Sie«, gestand Julia verschmitzt lachend. »Sie müssen sich vorstellen, ich war gerissen genug, Ethan neulich eine Nachricht zu schicken, das Kind sei krank und er möchte bitte sofort nach ihm sehen. Es war alles Lug und Trug, natürlich, und als er kam und sah, wie Gem spielte, vergnügt war und immer gierig ihre Milch trank, war er unglaublich verärgert.«

Da China ihr stillschweigend und offensichtlich aufmerksam zuhörte, fuhr sie fort, erleichtert, eine kleine, wenn auch lästige Bürde mit jemandem teilen zu können. »Natürlich war es schändlich von mir, ihn so hinters Licht zu führen, aber ich mußte ihn einfach sehen. Sicherlich ist es ziemlich schwer für Sie zu verstehen, aber wie ich Ihnen schon mal gesagt habe, bin ich eine Frau mit gewissen Bedürfnissen, und Ethan –«

»Ich verstehe«, flüsterte China.

Julia lachte ein wenig befangen. »Er sagte übrigens kein Wort, sah mich nur so an, daß ich am liebsten im Boden versunken wäre und schlug die Tür hinter sich zu. Ich nahm an, damit war die Sache gelaufen, und das wäre sie wohl auch, wenn er nicht draußen vor einer Hafenbar Tyler getroffen hätte. Tyler hatte einen gehoben und spitzte die Ohren, als er erfuhr, daß ich allein zu Hause war. Als er an der Tür klopfte, nahm ich an, Ethan sei zurückgekommen und ließ ihn herein. Und dann passierte es, glaube ich. Daß wir uns verliebten, meine ich.«

Sie unterbrach ihre Schilderung und betrachtete China ängstlich. »Ist etwas nicht in Ordnung, meine Liebe? Haben Sie wieder Kopfschmerzen?«

»Es ist nichts, Julia«, sagte China rasch. »Und ich verspreche Ihnen, ich werde über alles nachdenken. Aber jetzt möchte ich mich bitte um meine Sachen kümmern, wenn es Ihnen nichts ausmacht. Entschuldigen Sie mich.«

Ihr Schritt war etwas unsicher, als sie das Deck überquerte. Das lag nicht an der *Orion,* die bei frischem Wind volle Fahrt machte, sondern weil China auf einmal alles vor den Augen verschwamm. Wie blind tastete sie sich vorwärts, von schweren Schuldgefühlen geplagt, weil sie Ethan so ungerechterweise verurteilt hatte.

Zehn Minuten später waren die Segel der *Orion* auf Kapitän Crewes lautstarken Befehl hin eingeholt, und die *Tempus* war dabei, längsseitig beizudrehen. Philippa, die sich über die Reling beugte, rief aufgeregt aus: »Sieh doch nur, China, da ist Damon! Und – und Mama!«

Sie winkte, schrie und war so unruhig, daß der Matrose, der sie hochhielt, Mühe hatte, ihr beizukommen.

Malvina, die die Stimme ihrer jüngsten Tochter trotz der knatternden Segel hören konnte, hob ihren Arm und winkte zurück. China war entsetzt, wie abgehärmt und blaß sie aussah. Sie schien um Jahre gealtert, und der Grund lag in ihr selbst: Malvina war plötzlich mit der schrecklichen Wahrscheinlichkeit konfrontiert, drei ihrer vier Kinder durch die blutrünstige Hand eines Verrückten zu verlieren. Und die Muttergefühle, die sie nie zu besitzen glaubte, waren für sie wie eine eiskalte Dusche.

Die qualvollen Nächte des Wartens hatten sie entsetzlich mitgenommen, und sie hatte plötzlich graue Strähnen in ihrem Haar, die China vorher nie aufgefallen waren. Als China schließlich ihrer Mutter gegenüberstand, schimmerten Tränen in den einst so kalten, haselnußbraunen Augen. Einen Augenblick lang standen die beiden nur schweigend da. Dann stieß Malvina einen kleinen Schrei aus, und sie fielen sich in die Arme. Jetzt endlich löste sich das betäubende Gefühl in Chinas Herz, und die erlösenden Tränen kamen.

23

China brauchte nur knapp eine Stunde, um Darwin Stepkynes persönliche Habseligkeiten in der Hütte zusammenzusuchen. Sie sollten an Darwins ältliche Tante in Chester geschickt werden, und obwohl die alte Dame sicherlich keinerlei Verwendung dafür hatte, fiel China nichts Besseres ein, was sie sonst damit machen könnte. Da Mrs. Pomphrey die einzige noch lebende Verwandte Darwins war, hatte sich China so entschieden.

Zusammen mit einem Hausmädchen hatte China fleißig gearbeitet, um die Hütte sauberzumachen und Darwins Sachen ordentlich bereitzulegen. Als sie fertig waren, war sie verschwitzt und sehr müde. Draußen regnete es. Es war ein warmer heftiger Monsunregen, der lautstark auf das schilfgedeckte Dach prasselte.

China blickte auf das braune Wasser, das den Fußpfad langsam in einen Schlammweg verwandelte. Sie war unsäglich müde und deprimiert. Zwar hatte sie erwartet, daß dies keine leichte Aufgabe sein würde, aber sie war doch nicht auf die vielen Erinnerungen gefaßt gewesen, die sie hier wieder überkamen. Und ihr wurde klar, wie sehr sie auch Darwin in den kommenden Jahren vermissen würde.

China stieß den Gedanken mit einem kaum merklichen Ruck des Kopfes von sich. Sie wollte nicht an die Zukunft denken, an nichts außer an die Aufgaben, die sie jetzt zu bewältigen hatte und in die sie sich mit einer Wut gestürzt hatte, die ihre Familie zutiefst erschreckt hatte.

»China, du machst dich noch ganz krank!« hatte ihre Mutter erst gestern gesagt, als China ihr Vorhaben angekündigt hatte, am Ende der Woche nach Djakarta zu segeln und mehrere von King's-Wheal-Gläubigern aufzusuchen.

»Es tut mir leid, Mutter«, hatte China ruhig aber bestimmt geantwortet. »Ich muß es tun.« Sie hatte nichts weiter gesagt, aber Malvina kannte den eigensinnigen Gesichtsausdruck nur allzugut und wußte, daß es müßig war, China etwas ausreden zu wollen. Außerdem war ihr durchaus klar, daß die Darlehen, die am Ende des Monats zur Bezahlung anstanden, nicht bezahlt werden konnten.

China hatte an Sir Joshua Boles und mehrere andere Plantagenbesitzer und Bankiers geschrieben und höflich um einen sechzigtägigen Aufschub gebeten, aber die Antworten hatten alle entmutigend ähnlich geklungen. Mit Bedauern und Entsetzen hätten sie von dem Verlust einer so großen Menge Seide und von dem viel zu frühen Tod des Verwalters von King's Wheal gehört, aber sie hofften, China würde verstehen, daß es unmöglich wäre, den Kredit noch weiter auszusetzen. Sie wollten ihr aber gleichzeitig versichern, daß sie ihr jederzeit zur Verfügung stünden, wenn sie weitere Hilfe bräuchte, und im übrigen hofften sie, daß sie und ihre Familie bei guter Gesundheit seien und so weiter und so weiter.

»Ich brauche ihr Gelabbere und ihren arroganten Rat nicht«, flüsterte China vor sich hin, holte ihre Gedanken wieder zur Gegenwart zurück und betrachtete den bleiernen Himmel, als erwarte sie von dort Hilfe. »Ich brauche Geld, sehr viel Geld, und ich brauche es jetzt.«

Ohne Geld würden die Warricks unweigerlich King's Wheal verlieren, und der Gedanke, daß Wang Toh, obwohl er tot war, sein Ziel erreichen würde, King's Wheal zu zerstören, hatte sie beflügelt, sich sofort nach ihrer Heimkehr an die Arbeit zu machen. Ethans Tod durfte nicht umsonst gewesen sein, und nachdem sie ihrer Mutter und ihrem Bruder eine gehörige Standpauke über ihre verwerflichen Geschäftspraktiken gehalten hatte, hatte sie sich selbst die ungeheure Aufgabe zugewiesen, in die Fußstapfen ihres Vaters zu treten und gleichzeitig Darwins Arbeit zu übernehmen.

Natürlich war sie damit maßlos überfordert, aber China kamen die Berge von Arbeit gerade recht, weil sie dann etwas zu tun hatte und keine Zeit, an etwas anderes zu denken. Schon bald hatte sie herausgefunden, daß man so Kummer und Sorgen am besten verdrängen konnte.

Aber die Lage war nichtsdestotrotz verzweifelt, und als sie auf Damons Araber mit Darwins Habseligkeiten zum Haus zurückritt, fragte sie sich, was wohl ihr Vater in dieser Situation gemacht hätte.

»Weitere Kredite?« fragte Damon, als sie ihm eine halbe Stunde später mit dem Hoffnungsschimmer einer neuen Idee gegenüberstand. »Ausgeschlossen! Wer würde schon in eine verlorene Sache investieren? Und neue Gläubiger würden sich auch nicht auf uns einlassen, denn unsere Probleme sind inzwischen überall bekannt. Ja, ich wette sogar, daß Badajan in ganz Südostasien das Tagesgespräch ist.« Er sah, wie sie erstarrte, und fügte hastig hinzu: »Oh, ich spreche nicht von deiner Liaison mit diesem Bloodwell, noch von der Entführung Brandons und Philippas, obgleich auch das nicht sehr hilfreich ist. Nein, Mama und ich haben jedes Vertrauen in die Familie untergraben.«

»Das weiß ich bereits«, sagte China ärgerlich, »davon haben wir schon gesprochen.« Plötzlich tat ihr Damon leid. Er sah so blaß und dünn aus, sein Handgelenk heilte schlecht und verursachte ihm beträchtliche Schmerzen.

Der drohende Bankrott und die schrecklichen Ereignisse der letzten Woche hatten auch bei Damon Wirkung gezeigt, und so war China nicht überrascht, höchstens dankbar, daß Damon und ihre Mutter zugestimmt hatten, daß sie sich der Geschäfte annahm, ohne daß sie erst auf das unterschlagene Testament hinweisen mußte.

Obgleich die Warricks nach außen hin wieder eine vereinte Familie und bereit waren, die Vergangenheit hinter sich zu lassen und sich zusammen wieder etwas aufzubauen, lauerte unter der glatten Oberfläche noch sehr viel Schmerzliches. China wußte, daß man nur an der Fassade kratzen mußte, und es würde zum Nachteil aller Schlimmes nach oben kommen. Und das gerade wollte sie nicht. Im Gegenteil, sie fürchtete sich vor der Möglichkeit, irgend etwas könnte sie auseinanderreißen in einer Zeit, in der sie mit allen Kräften miteinander arbeiten mußten. Also sagte sie ruhig und geduldig: »Ich spreche nicht von Krediten, Damon. Ich spreche von Investoren. Leute, die Geld aufbringen und an der zukünftigen Produktion beteiligt werden wollen. Wir können in knapp zwei Wochen weitermachen. Wenn alles gutgeht, können wir davon ausgehen –«

»Du meinst, die Firma der Öffentlichkeit zugänglich machen? Anderen Leuten Einblick in unsere Bücher gewähren und sie mitentscheiden lassen? Undenkbar, China! Race würde nie – selbst Kingston würde sich noch im Grab umdrehen, wenn er wüßte!«

»Ja, die Vorstellung gefällt mir auch nicht«, gab China unglücklich zu, »aber es wäre doch nur, um etwas Betriebskapital zu bekommen, damit wir die drängendsten Schulden bezahlen können. Wir können die Verträge doch nur für einen bestimmten Zeitraum oder für einen gewissen Prozentsatz der Produktion abschließen. Das bedeutet doch nicht, daß wir die Plantage ganz verlieren.«

»Wir sind in einer ganz miesen Position«, erinnerte sie Damon nüchtern. »Wir müßten unerhörte Zugeständnisse machen, um überhaupt jemanden dazu zu bringen, in ein nahezu aussichtsloses Unternehmen zu investieren.«

»Das kommt darauf an, wie klug man bei den Verhandlungen vorgeht«, sagte China ruhig.

Damon sah sie an. Irgendwie mußte er diese kleine Person bewundern, die da ihr Kinn stolz und energisch in die Luft reckte. Sie hatte ihr unbändiges Haar zu einem eleganten Chignon zusammengenommen und hatte so viel von ihrem Vater an sich, daß er einen verrückten Augenblick lang fast glauben wollte, sie könnte es schaffen. Aber dann war sie auf einmal wieder nur seine kleine Schwester China, unschuldig, unerfahren, blaß und klein.

»Es tut mir leid, China, es wird einfach nicht funktionieren. Wenn wir schlau sind, nehmen wir Boles Angebot an, verkaufen ihm alles und sehen zu, daß wir so schnell wie möglich diese dampfende, moskitoverseuchte Insel verlassen.«

»Laß es mich versuchen, Damon, bitte. Wir haben doch nichts zu verlieren.«

Er verzog den Mund zu einem höhnischen Lächeln und zuckte mit den Achseln. Plötzlich war es ihm wirklich einerlei. Er war müde, müde und niedergeschlagen und durchaus gewillt zuzugeben, daß sich seine Mutter in ihm getäuscht hatte. Getäuscht hatte in der Annahme, ihr geliebter Sohn könnte sich gegen die Gier und die Macht der Männer durchsetzen, die es auf Badajan-Seide abgesehen hatten, seit ihre blaßgoldene Schönheit der zivilisierten Welt bekannt war.

Damon war bereit zuzugeben, daß er ein fauler und insgesamt unfähiger Geschäftsmann war. Und obgleich er allen Ernstes den Beteuerungen seiner Mutter geglaubt hatte, er könne das Geschäft genausogut führen wie jeder Warrick, hatte er bitteres Lehrgeld bezahlt. Und nun war er eigentlich auch zu müde, es noch einmal mit neuem Schwung zu versuchen. Ihm war klar, daß China gegen Windmühlenflügel kämpfte, aber er brachte nicht einmal mehr die Energie auf, sie anzuschreien oder sie sonst irgendwie zur Vernunft zu bringen.

»Nun gut, warum nicht? Tu, was du gerne möchtest, aber vergiß nicht, Mama davon zu informieren.«

»Danke, Damon.«

Zum erstenmal seit ihrer Heimkehr vor einer Woche lächelte sie. Damon hatte den stillen Verdacht, sie hätte ohnehin das getan, was sie wollte, ob er nun zugestimmt hätte oder nicht. Ärgerte ihn diese Erkenntnis oder war er eher erleichtert?

»Ich denke«, sagte Malvina nachdenklich, als sie an diesem Abend nach dem Essen auf der Veranda saßen, »wir sollten eine Liste von Leuten aufstellen, die als mögliche Kapitalanleger in Frage kommen. Und wir sollten uns dabei nicht ausschließlich auf Südostasien beschränken. Race hatte viele Verbindungen nach Indien und einflußreiche Freunde in der John Company, ganz zu schweigen von Geschäftsanteilen in diversen Privatfirmen in London. Vielleicht finden sich doch Interessenten.«

Ihre beiden Erstgeborenen schwiegen. Schließlich sagte China langsam: »Heißt das, daß du mit meinem Vorschlag einverstanden bist?«

Malvina lächelte reumütig. »Nicht direkt, aber ich habe keinen besseren. Du, Damon?«

»Nein, leider nicht.«

China blickte nachdenklich in den dunklen Garten hinaus und fragte sich ernsthaft, ob sie wirklich den richtigen Kurs einschlug. Plötzlich sehnte sie sich sehr nach Ethan, wollte mit ihm ihre Zweifel teilen und seinen Rat hören. Ein dicker Kloß bildete sich in ihrem Hals, und sie konnte nur mit Mühe die Tränen zurückhalten.

Die Nachtluft war erstaunlich kühl und frisch. Der Regen hatte bei Einbruch der Dunkelheit aufgehört, und nun stieg langsam ein bleicher Mond am Firmament auf. Jenseits des dunklen Rasens schlugen die Meereswellen leise an den Strand. Palmen rauschten im Abendwind und Zikaden zirpten das Lied des Dschungels. China liebte diese Geräusche genauso wie die Berge und die verschwommenen Gesichter ihrer Mutter und ihres Bruders.

Eine Windbö raschelte durch die Schlingpflanzen, die sich die Balustrade hinaufrankten, und wehte Blütenblätter auf das Gras. Die Nacht war für China grausam romantisch. Sie spürte ihre Einsamkeit besonders schmerzlich. Sie war dankbar, als ihre Mutter den Zauber unterbrach, aufstand und ihre Röcke glättete.

»Ich sage den Kindern gute Nacht. Jumai hat sie sicher schon zu Bett gebracht. Können wir uns nicht später im Arbeitszimmer treffen und mit der Liste beginnen?«

Sie war gegangen, ohne eine Antwort abzuwarten. China trank ihr Sherryglas leer und setzte es ab. Das Geräusch brachte Damon aus seinen Träumen zurück.

»Warte noch eine Minute, bevor du gehst, China«, sagte er. »Ich möchte dir noch etwas geben. Es hat zwar keinen Wert, aber ich denke, du hast ein Recht darauf, es wenigstens gesehen zu haben. Ach, danke, Al-Haj.«

Er breitete das Dokument aus, das der Diener ihm gebracht hatte, und China nahm es nur widerwillig zögernd an. »Was ist das?«

Damon lachte ein wenig verlegen. »Ob du es glaubst oder nicht, ein Heiratsvertrag, unter Zeugen auf landesübliche Weise unterschrieben. Du wußtest wohl gar nicht, daß du seit – hmm – zwei Wochen mit Ethan Bloodwell verheiratet warst? Ein englischer Anwalt namens Fenwyck kam eigens aus Djakarta angereist und hat ihn für den zukünftigen Bräutigam vorbereitet. Wie du siehst, hat Mutter ihn unterschrieben.«

China war blaß geworden bei seinen Worten, aber da sie im Dunkeln saß, konnte er ihr Gesicht nicht sehen. Und da er auch nicht spürte, was in ihr vorging, fuhr er leutselig fort: »Angesichts der Tatsache, daß er dich sogar so etwas wie entführt hat, hätten wir Ethan Bloodwell eigentlich festnehmen lassen sollen. Aber das war, bevor er nach Badajan kam und erfuhr, daß die Kinder verschwunden waren, und er sich bereit erklärte, sie suchen zu helfen. Natürlich mußte Mutter vorher unterschreiben.«

Das Mondlicht funkelte auf dem Glas, das Damon zum Mund

führte. »Brandon erzählte mir, daß Bloodwell maßgeblich an eurer Rettung beteiligt war«, resümierte er, »und obwohl dieser Mann zweifellos viel Mut hatte, muß ich dir ganz ehrlich sagen, daß ich erleichtert bin, daß alles so gekommen ist. Allein sein Blick, als er erfuhr, daß du mit Horatio losgezogen bist, die Kinder zu retten, reichte, um mich zu überzeugen – nun, mit einem Wort, der Mann war wahrscheinlich so suspekt wie wir immer vermutet hatten. Gar nicht daran zu denken, wie er dich als seinen Besitz behandelt hätte.«

Er räusperte sich und trank noch einen Schluck Wein. »Nun denn, die Frage ist hypothetisch. Bloodwell ist tot und der Vertrag hier ist bedeutungslos geworden. Mama sagte, wir sollten ihn wegwerfen, aber ich dachte, du solltest ihn erst gesehen haben.«

Er streckte sich, gähnte offenherzig und stieß seinen Stuhl zurück. »Ich denke, Mutter wartet schon im Arbeitszimmer. Kommst du?«

»Gleich«, antwortete China leise.

Sie blieb noch eine ganze Weile, nachdem Damon gegangen war, und starrte in die Dunkelheit. Das Dokument lag unberührt in ihrem Schoß. Sie wollte weinen, aber die Tränen wollten nicht kommen. Es war ein eigenartiges Gefühl, wirklich Ethans Frau gewesen zu sein, und sie konnte nicht verstehen, warum er darauf bestanden hatte, daß sie Darwin heiratete. Warum hatte er ihr nicht einfach die Wahrheit gesagt? Hatte er ihr die Freiheit der Wahl geben wollen? Aber ganz sicher mußte er doch gewußt haben, daß sie Darwin nicht wollte!

Plötzlich senkte China den Kopf, und heiße Tränen tropften auf das Dokument in ihrem Schoß.

»Missy? Die Familie wartet im Arbeitszimmer.«

»Danke, Al-Haj.« China schluckte und rieb sich wütend die Augen. Sie steckte das Dokument sorgfältig in das Oberteil ihres Kleides, machte im Brunnen ein kleines Stück Kambrik naß, mit dem sie sich das tränenverschmierte Gesicht abwischte, strich sich ihre Röcke glatt und ging hocherhobenen Hauptes in das Arbeitszimmer, um zu fragen, wer denn nun Vorschläge für die Liste eventueller Kapitalanleger hätte.

Letzten Endes war die Liste dann unnötig geworden, denn der nächste Morgen brachte eine unerwartete und ziemlich überraschende Lösung in Form von zwei Briefen an China. Einer davon war von einem gewissen Sir Charles Wheatley-Smythe, einem älteren Bankier aus London und langjährigen Freund von Chinas Großonkel Esmund. Er war in schnörkeliger Schrift geschrieben, die an längst vergangene Zeiten erinnerte. Sir Charles gab seiner Hoffnung Ausdruck, daß China eine gute Heimreise gehabt habe. Er entschuldigte sich umständlich, daß er sie schon so bald nach ihrer Rückkehr belästige, aber die Sache könne nicht warten und so bat er um ihr Verständnis.

»Er fragt«, sagte China und überflog die Zeilen noch einmal, »ob wir so freundlich wären, uns eines gewissen Mr. Martin Forbes und seines Reisebegleiters bei ihrer Ankunft in Singapur anzunehmen. Mr. Forbes ist ein Schriftsteller, der in Indien und anderswo in Asien ausführliche Recherchen über die John Company gemacht hat und jene Finanziers, Firmen und Fabriken, die unabhängig davon arbeiten. Er möchte über die Ergebnisse seiner Nachforschungen ein Buch mit dem Titel: *Über unser Empire hinaus: eine Analyse der britischen Wirtschaft im Ausland* schreiben.«

»Gütiger Gott! Was für ein schreckliches Unterfangen!« rief Malvina aus.

»Sir Charles fragt, ob wir Mr. Forbes erlauben würden, sich mit uns zu unterhalten, und ob wir ihm vielleicht King's Wheal zeigen könnten. Er versichert mir, daß nichts ohne unsere ausdrückliche Zustimmung geschrieben wird.«

»Das ist genau das, was wir im Moment brauchen!« warf Damon mit grimmigem Humor ein. »Ein staubtrockener Schriftsteller, der seine Nase in unsere Angelegenheiten steckt. Zum Teufel, er muß nicht nach Badajan kommen, um zu erfahren, wie die Warricks dastehen. Er kann jeden Nächstbesten auf der Straße fragen – jeder Kuli weiß doch über unsere schlimme Lage Bescheid.«

»Wir müssen auch nicht an Mr. Forbes interessiert sein«, entgegnete China eine Spur zu scharf, »sondern an George Stanley, seinen Begleiter. Sir Charles erwähnt, daß Mr. Stanley eine beträchtliche Erbschaft gemacht hat und sich für überseeische Unternehmen interessiert, die noch ›ein bißchen Pioniergeist‹ erfordern.«

Der große Ledersessel hinter Race Warricks riesigem Schreibtisch knarrte laut, als Damon sich mit seinem ganzen Gewicht reinfallen ließ, und Malvina, die an ihrem Sekretär saß, drehte sich um und betrachtete ihre Tochter erstaunt.

»Das kann doch nicht dein Ernst sein, Liebes!«

Der Anflug eines Lächelns huschte über Chinas Lippen. »Ist es aber! Offensichtlich kam Sir Charles gar nicht auf die Idee, Mr. Stanley direkt mit uns in Verbindung zu bringen. Aber dazu ist er wohl zu ordentlich und schon zu alt. Eigentlich will er ja nur Mr. Forbes helfen, aber warum sollten wir diese Gelegenheit nicht beim Schopf ergreifen?«

»Was für ein unglaubliches Glück!« rief Damon aus und lachte glücklich. »Und der andere Brief? Was ist damit?«

China machte ihn auf und las ihn rasch. »Er ist von Mr. Forbes selbst. Er fragt, ob sie uns diese Woche besuchen könnten. Sie sind bis Dienstag im Raffles Hotel.«

»Dann hole ich sie doch am besten gleich ab!« rief Damon aus. Schon hatte er vergessen, daß er noch vor einer Minute den Schriftsteller und seinen Gefährten in Grund und Boden verdammt hatte.

»O Damon, ich bin mir nicht so sicher«, sagte Malvina zweifelnd.

»Keine Angst, Mama«, beruhigte sie Damon lachend. »Wir laden die beiden humorlosen Wesen zum Mittagessen ein. So kannst du sie dir erst einmal ansehen und dann selber entscheiden, was du von Mr. Stanley hältst.«

Malvinas Gesicht erhellte sich. »Ja, gut, was für eine ausgezeichnete Idee!«

Obgleich sie sich auch Hoffnungen machte, war China etwas bedrückt über die Begeisterung, mit der sich Damon und ihre Mutter darauf stürzten, Sir Charles Wheatley-Smythes Bekannte auf Badajan willkommen zu heißen. Sie hatte nicht so viel Vertrauen in die gütige Vorsehung, die ihr auf einmal eine Lösung aller Probleme vor die Tür gelegt haben sollte. Ihre Skepsis wurde noch verstärkt, als die *Tempus* am nächsten Morgen die Gäste brachte und sie George Stanley die Hand schüttelte. Er war ein aufgeblasener, junger Fatzke, der sie an die Freunde des jungen Freddy Linville erinnerte. Mr. Martin Forbes gefiel ihr schon viel besser. Er war Ende fünfzig, groß, sprach leise und war gebildet. Sie wünschte sich, er wäre der mögliche Kapitalanleger mit dem vielen Geld.

Sie führte beide Männer lange auf der Plantage herum, und es war Mr. Forbes, der viel größeres Interesse an der Seidenproduktion zeigte. Sie war schnell mit ihm warm geworden, und so waren beide schon bald in ein lebhaftes Gespräch verwickelt, während der junge Mann nur uninteressiert dabeistand.

»Seidenraupen aus Badajan«, erklärte China, während Mr. Forbes ein abgegriffenes Buch herausnahm und sich ausführliche Notizen machte, »fressen die ganzen achtundzwanzig Tage ihres Lebens. Nachdem sie sich viermal gehäutet haben, beginnen sie, sich zu verpuppen. Diejenigen, die man zur Nachzucht verwendet, schlüpfen zwei Wochen später. Die Falter paaren sich und sterben nach drei Tagen. Die Eier, die die Weibchen legen, brauchen mindestens acht bis zehn Wochen zur Entwicklung.«

Mr. Forbes hielt mit dem Schreiben inne und blinzelte nachdenklich. »Das heißt, Sie haben fast sechs Generationen im Jahr, nicht wahr? Wie interessant! Was passiert mit denen, die nicht zur Nachzucht verwendet werden?« China zeigte ihm Reihen von Körben, in denen die sonnengetrockneten Kokons aufbewahrt wurden, um Schimmel und Fäulnis zu vermeiden – ein ewiges Problem auf der feuchten Insel. Am Morgen hatte es geregnet, aber jetzt hatte eine sengende Sonne die Wolken verdrängt. Wasser tropfte von den Hüttendächern und die Berggipfel waren in Wolken verhüllt.

»Die Kokons werden gekocht, damit die Raupen abgetötet werden«, erklärte sie. »Danach müssen sie trocknen, ehe wir versuchen können, sie aufzuwickeln. Natürlich wissen Sie, daß aus dem Kokon selbst die Seidenrohfaser entsteht.« Sie zeigte auf die Körbe. »Diese werden heute nachmittag aufgewickelt.«

Mr. Forbes bläßliches Gesicht leuchtete auf. China fuhr fort:

»Sie werden in heißes Wasser gelegt, damit der Faden sich lokkert, und dann auf eine Spindel aufgewickelt. Chinesische Arbeiterinnen, meistens junge Mädchen, sind für diese Arbeit verantwortlich.«

»Und Sie verwenden keine Jacquardmaschinen?« fragte Mr. Forbes und schrieb eifrig. »Ich habe sie in Frankreich gesehen.«

China lächelte. »Nein. Badajan-Seide ist handgewebt. Das geht sehr langsam und ist mühsam. Und deshalb produzieren wir nur sehr wenig.«

Von seinen Fragen ermutigt, führte sie die einzelnen Produktionsprozesse noch weiter aus und merkte gar nicht, wie sehr sie sich in Begeisterung geredet hatte. Ihre Augen leuchteten, und plötzlich schien sich auch George Stanley für ihre Ausführungen zu interessieren.

Im allgemeinen interessierte sich George Stanley für große Frauen mit dunklen Haaren und feurigen, vielversprechenden Augen. China Warrick war ihm von Anfang an viel zu klein, zu jung und zu zerbrechlich vorgekommen. Und dann noch die unkleidsame Trauerkleidung! Doch jetzt plötzlich fragte er sich, ob er sein vorschnelles Urteil nicht noch einmal überdenken sollte.

»Kann ich Sie einen Augenblick unter vier Augen sprechen, Miß Warrick?« fragte er großspurig und nahm sie fest am Arm, als sie die Gäste gerade in die Weberhütten führen wollte.

China runzelte die Stirn, denn sie liebte es nicht besonders, von einem Fremden so vertraulich berührt zu werden, aber Mr. Forbes war schon gedankenverloren weitergewandert, ohne zu bemerken, daß sie zurückgeblieben waren. Und so neigte sie höflich den Kopf und sagte: »Sicher, Mr. Stanley, was möchten Sie mir denn gerne sagen?«

Sehr weit konnte er nicht gekommen sein, als ein erstaunlich kräftiger Schlag auf seiner Wange brannte und Mr. Forbes sich entsetzt umsah.

»Nun, was ist –«

Er trat hastig zurück, als China Warrick an ihm vorbeistürzte. Ihr Gesicht war blaß, nur hoch auf den Wangen brannten rote Flecken. Ihre Augen funkelten höchst gefährlich, und er fragte sich, was wohl dieses scheue Wesen so in Rage gebracht haben konnte.

Genau das fragte sich Malvina Warrick auch, als ihre Tochter atemlos keine zehn Minuten später in das Haus stürmte, und zwar ohne die Besucher, die sie auf der Plantage herumführen wollte. Sie mußte nicht sehr lange warten, denn China erzählte ihr ruhig und in aller Deutlichkeit, daß sie nicht mehr vorhabe, weitere Kapitalanleger für King's Wheal zu suchen.

»Ich bin ganz sicher, George Stanley ist da keine Ausnahme«, beschloß sie ihre Ausführungen, »und wenn das Aufbringen von Kapital immer Annäherungsversuche von abstoßenden Individuen mit einschließt, dann gehe ich weitaus lieber stehlen!«

Malvina betrachtete das zornige Gesicht ihrer Tochter mit beträchtlicher Sorge. China schien so unglücklich zu sein, und es war sicher nicht nur dieser verwerfliche Angriff auf ihre Tugend oder die Sorgen um King's Wheal. Aber da die beiden Frauen nie sehr engen Kontakt hatten, würde China ihr sicher auch nichts von ihrem Kummer erzählen.

»Ich fürchte, du hast recht, meine Liebe«, war alles, was sie sagen konnte. »Jetzt, da King's Wheal einen so unglücklichen Ruf hat, können wir wohl auch nicht mit ernsthaften Angeboten rechnen.«

China bemerkte, wie das Gesicht ihrer Mutter auf einmal wieder sehr abgehärmt wirkte. Spontan fiel sie ihr um den Hals. »Es macht nichts«, beruhigte sie sie rasch. »Ich laß mir was anderes einfallen – ganz bestimmt.«

»Meinst du?« fragte Malvina ohne große Hoffnung.

»Ich bin sicher«, sagte China fest. »Ich dachte daran, an ein paar Freunde von Großonkel Esmund zu schreiben und sie zu fragen, ob sie uns nicht helfen könnten. Natürlich wird das eine Weile dauern, aber Sir Joshua wird sich sicherlich gedulden, wenn er weiß, daß das Geld auf dem Weg ist.«

Malvina strahlte. »Was für eine wunderbare Idee, Kind! Meinst du, es wird klappen?«

»Vielleicht«, gestand China vorsichtig zu.

Malvina seufzte tief auf. »Ehe du aus England zurückkamst«, erzählte sie, »haben Damon und ich die Möglichkeit in Betracht gezogen, Tussahraupen in Kwangtung zu kaufen. Du weißt schon, sie produzieren viel mehr Seide als unsere und auch noch schneller. Wenn wir damit unsere Produktion nur ein wenig ankurbeln könnten, wäre vielleicht im nächsten Quartal sogar ein Gewinn drin.«

»Nein«, gab China entschieden zur Antwort. »Tussahseide ist minderwertiger als unsere, und wenn wir das hier anfangen, dann haben wir keinen Vorteil mehr gegenüber China oder Japan. Vater hätte das niemals gutgeheißen, und ich finde, wir sollten keinen Kompromiß eingehen, nur weil es uns an Kapital fehlt.«

»Und wenn es kein King's Wheal mehr gibt?«

China biß sich auf die Lippe und gab keine Antwort.

»Mach dir keine Gedanken, Liebes«, tröstete sie ihre Mutter und tätschelte ihre Hand. »Es wird alles wieder gut. Du wirst schon sehen.«

»Vielleicht hast du recht«, stimmte China hoffnungsvoll zu und zog sich in ihr Zimmer zurück, um den Besuchern nicht noch einmal begegnen zu müssen. Sie stand am Fenster, als die *Tempus* in See stach und atmete erleichtert auf, als sie im silbrigen Sonnenlicht verschwand. Sie konnte nur hoffen, daß sie den unerhörten Mr. Stanley zum ersten und zum letzten Mal gesehen hatte. Als sie sich umdrehte, fiel ihr ihr kleines, trauriges Gesicht im Spiegel auf. Wie konnte George Stanley glauben, daß sie eines jener ›losen Frauenzimmer‹ war, wie sie sie immer nannte? Konnte man ihr vielleicht ansehen, daß ihr die Leidenschaft nicht mehr fremd war und ein Mann ihren Körper liebkost und gestreichelt hatte?

China seufzte bei dem Gedanken schwer auf und drehte sich weg, aber die Erinnerung ließ sich nicht verscheuchen. Das Rascheln der Krinoline in ihrem Schlafzimmer machte die leise raschelnde Seide in einem anderen Schlafzimmer wieder vor ihren Augen lebendig. Damals hatten Ethans Hände ungeduldig die Seidenschärpe gelöst ...

»Ich halte es nicht mehr aus«, flüsterte China. »Ich halte es einfach nicht mehr aus!«

Sie öffnete die Tür und rannte den Innenhof entlang, in der Hoffnung, Lam Tan zu finden, damit er sie mit dem Boot irgendwo hinbrächte – egal wohin, nur weit weg von Badajan und den quälenden Erinnerungen.

Das herzzerreißende Schluchzen eines Kindes ließ China auf ihrer Flucht hinunter zu den Docks innehalten. Philippa saß auf den Terrassenstufen. Ihr kleiner Körper wurde von Schluchzern geschüttelt, und ihre braunen Locken hingen unordentlich herunter.

»Was ist passiert?« fragte China und zog das Kind an sich.

Brandon tauchte aus dem Gebüsch entlang der niedrigen Steinmauer auf und antwortete für seine Schwester: »Es ist Ibn Bibi, China. Er ist weggelaufen.« Er hob hilflos die Arme. »Es tut mir leid, Phil. Ich konnte ihn nirgends finden.«

»Er hat uns vergessen, China, nicht wahr?« schluchzte Philippa, »weil wir weggegangen sind. Er dachte wahrscheinlich, wir kämen nicht zurück.«

»Schon möglich«, gab China zu, obgleich sie es nicht glauben konnte, daß der zutrauliche kleine Mungo die Zuneigung der beiden Kinder vergessen haben sollte. Wahrscheinlich war er in den Dschungel zurückgekehrt oder hatte bei den anderen Mungos vom Dorf ein Weibchen gefunden.

»Könntest du nicht versuchen, ihn zu finden, China?« bettelte Philippa.

»Ich könnte im Dorf nachfragen«, sagte sie nachdenklich, »aber ihr dürft nicht vergessen, daß Ibn Bibi in freier Wildbahn geboren ist. Selbst wenn er zahm war, hat er sich vielleicht doch entschlossen, in den Dschungel zurückzukehren.«

Philippa runzelte die Stirn und schniefte unglücklich. »Heißt das, daß er vielleicht gar nicht zu uns zurückkommen möchte, selbst wenn du ihn findest?«

»Ja, das heißt es. Aber ich habe eine andere Idee«, fügte sie rasch hinzu, als sie die Tränen in den Augen des Kindes sah. »Ich werde nach Singapur fahren und dort ein anderes Tier für euch suchen. Nur für den Fall, daß Ibn Bibi nicht mehr nach Hause kommen will. Was möchtest du denn gerne?«

Philippas Gesicht leuchtete auf. Sie brauchte nicht lange nachzudenken. »Ein Kätzchen«, kam die prompte Antwort, »ein orangerotes.«

»Wie das von Kapitän Crewe?« fragte Brandon.

»Ja! Genau so eines! O China, würdest du das wirklich tun?«

»Ich werde es versuchen.«

»Oh, gut!«

Philippa fiel ihr um den Hals, und China mußte lachen. Sie erschrak über sich selbst. Sanft streichelte sie über Philippas störrische Locken und ließ ihren Blick dabei über den unendlichen Ozean schweifen. Der Schmerz ihrer Liebe zu Ethan war größer als die Weiten des Meeres – und ganz sicher größer als ihr kleines, gebrochenes Herz. Auch das grelle Sonnenlicht, der weite Himmel über Badajan und die Unendlichkeit Asiens konnten ihn nicht fassen. Und sie fragte sich, wie sie alles, wofür der Name Warrick stand, weiterführen sollte, wenn sie nicht einmal sicher war, den nächsten Tag ohne Ethan durchstehen zu können.

In derselben Nacht schreckte China aus einem Alptraum auf, und obwohl sie sich an keine konkreten Einzelheiten erinnerte, war sie schweißgebadet und konnte keinen Schlaf mehr finden. Barfuß tappte sie über den warmen Boden und schaute aus dem Fenster in die sich wiegenden Wipfel der Palmen. Warum kamen ihr der flüsternde Dschungel und die dunklen Berge auf einmal so bedrohlich vor?

Es war eine mondlose Nacht, und die Sterne funkelten von einem tiefschwarzen Firmament. China zog ihren dünnen Seidenmorgenmantel enger um ihre Schultern, aber sie klapperte unvermindert weiter mit den Zähnen. In der Ferne erklang der Ruf eines Nachtvogels, aber er blieb unbeantwortet. Der Dschungel schien zu schlafen, es herrschte eine unheimliche Stille. Dann war ganz schwach ein entferntes Donnergrollen über den Bergen von Malaysia zu hören, und China fand es seltsam, daß in einer so kühlen und wolkenlosen Nacht ein Sturm heraufziehen sollte.

Das Geräusch erinnerte sie aber auch, daß es noch andere Länder und andere Menschen auf dieser einsamen Welt gab, und daß Badajan nur eine der zahllosen Inseln im indonesischen Meer war. Und dort drüben, über der Meerenge, so nah, daß sie mit dem Fernglas ihres Bruders die Lichter der Kaianlagen sehen konnte, lag Singapur ... und Ethans Korallenhaus.

Es war nun mehr als eine Woche her, daß China sich an Bord der *Orion* von Nappy Quarles verabschiedet hatte. Plötzlich sehnte sie sich danach, ihn wiederzusehen, seine mürrische, vertraute Stimme zu hören, vielleicht weil er ihren Schmerz über Ethans Tod geteilt hatte oder weil er der einzige war, dem sie ihren unsagbaren Schmerz eingestehen konnte.

Der Gedanke, ein paar Stunden in seiner Gesellschaft zu verbringen, war so tröstlich, daß der Schrecken des Alptraumes ein wenig in den Hintergrund geriet. Sie beschloß, am nächsten Tag nach Singapur zu fahren, mußte jedoch vorsichtig sein, damit niemand etwas von ihrem unziemlichen Besuch im Korallenhaus erführe.

Es hatte sie schwer getroffen, daß die Freunde und Bekannten ihrer Mutter sich kaum mehr auf King's Wheal sehen ließen, vielleicht gerade noch ein paar unverbindliche Worte des Beileids zu Darwin Stepkynes Tod gefunden hatten. Allmählich wurde ihr klar, daß die besseren Kreise der Gesellschaft sie wegen ihrer Verbindung zu Wang Toh Chen-Arn mieden. Damon hatte ihr erzählt, daß der Tod des berüchtigten Mandarin wilde Spekulationen über die unrühmlichen Beziehungen der Warricks zu ihm hatte aufblühen lassen. China wußte, daß der Klatsch mit der Zeit wieder verstummen würde, vor allem, wenn der Name Warrick wieder etwas darstellen würde, aber sie wollte doch die Sache nicht noch verschlimmern, indem sie sich bei einem unbegleiteten Besuch in Ethans Haus erwischen ließ.

Sie plante, schon beim ersten Tageslicht aufzubrechen und die kurze Strecke von der Anlegestelle bis zum Hintereingang des Korallenhauses allein und zu Fuß zurückzulegen. Um diese Tageszeit würden noch wenige Leute unterwegs sein, und die wenigen würden chinesische Verkäufer und malaiische Hafenarbeiter sein. Die Briten würden sich erst sehr viel später auf der Straße zeigen.

Sie war zufrieden mit der Lösung, die ihr eingefallen war, dachte nicht weiter darüber nach, drehte sich auf die andere Seite und fiel sofort in einen traumlosen Schlaf.

24

In dem Augenblick, in dem man ihr Einlaß in das Korallenhaus gewährte, wußte sie, daß es ein schrecklicher Fehler gewesen war, hierherzukommen. Nicht, weil man sie auf den verlassenen, regennassen Straßen erkannt hatte, sondern weil es nicht Lal Sri war, der die Tür öffnete. Statt dessen antwortete eine schlampig gekleidete Frau in einem fleckenverschmierten Sarong, der kaum ihre Brüste verdeckte, auf Chinas höflich in malaiisch vorgetragene Bitte mit einem unwilligen Grunzen und hielt dabei die Tür mit ihrem nackten, braunen Fuß offen. Sie weigerte sich, zur Seite zu gehen, und China mußte ihren Reifrock zurückdrücken, um an ihr vorbeizukommen.

In der Eingangshalle fühlte sie sich dann noch unbehaglicher, denn die Frau machte keinerlei Anstalten, Nappy zu rufen, sondern starrte sie weiter mit unverhohlener Neugier an. Noch schlimmer waren die bitteren, zwiespältigen Erinnerungen, die China schier den Atem nehmen wollten.

Hier, an genau dieser Stelle war China gestanden und hatte Lal Sri zugehört, der nichtsahnend von Ethans vermeintlicher Untreue erzählt hatte, woraufhin sie in Panik aus dem Haus geflohen war. Und dabei hatte er nichts anderes getan, als sich um ein angeblich krankes Kind zu kümmern. Die geschwungene Treppe am Ende der Haue führte in den Frauentrakt des Hauses, wo Ethan sie in einen nach Sandelholz duftenden Raum hatte bringen lassen, nachdem ihr die sengende Hitze der asiatischen Sonne allzu sehr zugesetzt hatte. Und dann war Ethan schließlich zu ihr gekommen und …

China holte stockend Atem. Die Frau beobachtete sie immer noch. China fragte nachdrücklich, ob irgend jemand von der *Kowloon Star* zu sprechen sei. Die Frau gab ihr mit zuckenden Achseln zu verstehen, daß niemand da wäre. China überlegte sich gerade, ob sie eine Nachricht hinterlassen sollte, die sicherlich nicht weitergegeben werden würde, als eine rauhe Stimme hinter ihr sagte:

»Sie hätten nicht kommen sollen, Miß. Jetzt wird man über Sie reden.«

»Ein bißchen Klatsch mehr oder weniger macht nichts mehr aus bei mir«, sagte China kläglich.

»Vielleicht nicht für Sie, aber für mich«, brummelte Nappy und kam durch die Halle geschlurft. China wußte sehr wohl, daß er mit seiner mürrischen Art nur verbergen wollte, wie sehr er sich freute, sie zu sehen.

Als er aus dem Dunkel trat, musterte sie ihn besorgt. Wie hatte er die langsam dahinschleichende, schmerzvolle Woche überstanden? Offensichtlich hatte er schlecht, wenn überhaupt, geschlafen. Unter seinem Auge war ein dunkler Ring, und er erschien ihr viel dünner, erschreckend in sich zusammengesunken und alt.

Mürrisch schickte er die Dienerin weg, sie sollte Erfrischungen bringen. »Hier können wir reden, Miß«, lud er sie in einen Raum hinter der Treppe ein, den sie noch nie gesehen hatte.

Nach fernöstlichen Begriffen war es ein kleiner Raum, aber mehr als die Hälfte des Salons von Broadhurst hätte bequem darin Platz gehabt. Große Bogenfenster gaben den Blick frei in einen üppigen Garten und auf den träge braun dahinfließenden Singapur River. Es gab keine Stühle, sondern nur viele lose herumliegende Kissen und mehrere niedrige Mahagonitische mit Einlegearbeit, die dekorativ zu den weißen, gemauerten Wänden und dem kühlen Fliesenboden paßten.

China setzte sich, so gut es eben mit ihren weiten Röcken ging. »Sie sagten, ich hätte nicht kommen sollen«, begann sie und sah ihn fragend an. »Warum? Ist etwas passiert?«

»Nur daß ich dieses Dach über Ihrem Kopf verkauft habe«, antwortete Nappy unwillig.

»Das Korallenhaus? Sie haben es verkauft?«

»Mmh. Hat doch keinen Sinn hierzubleiben – ohne den Käptn und Rajiid. Was soll ich alleine damit? Ist doch für mich viel zu groß. Hab es an ein hohes Tier von der Flotte verkauft. Der Kerl hat so viel Geld, daß er gleich zugegriffen hat.«

»Und die *Kowloon Star?*«

Nappy sah beleidigt aus. »Von der würde ich mich doch nie trennen, Miß. Zu viele Erinnerungen und so! Ich weiß, dem Käptn wär' das mit dem Haus egal, aber mit dem Schiff ist es etwas anderes. Er hat es geliebt, und ich würde es nie an einen

Kerl verkaufen, der es vielleicht schlecht behandeln oder ein lumpiges Passagierschiff draus machen würde. Nein, dafür ist sie zu schade.«

»Ja, das stimmt. Und Sie, Nappy? Was werden Sie machen?«

»Ich gehe weg.«

»Wohin?«

»Nach Hause zurück.«

China erschrak. »Nach Hause? Meinen Sie nach England?«

»Ja. Macht keinen Spaß, hier ohne Käptn Ethan herumzukurven. Es wäre nicht das gleiche, wenn Sie mich verstehen, Miß. Es fehlt etwas, jetzt wo er tot ist. Wo soll ich sonst hin? Kann also genauso gut meine alten Tage in meiner alten Heimat verbringen.« Er nestelte an seiner Augenklappe. Offensichtlich war es ihm peinlich, so eine Enthüllung gemacht zu haben.

»Dann werde ich also ganz alleine hier sein«, sagte China leise nach einer langen Pause. Nappy war gerührt.

»Sie haben doch Ihre Familie, Miß«, erinnerte er sie rasch, »und Sie werden auch Ihre Insel nicht verlieren. Kapitän Ethan hätte das nicht zugelassen und ich auch nicht. Deshalb gebe ich Ihnen das Geld, das ich für das Korallenhaus bekommen habe.«

China hob den Kopf. Einen Augenblick sah er Hoffnung und ungläubiges Staunen in ihrem blassen Gesicht. Dann schürzte sie die Lippen und sagte eigensinnig: »Das ist sehr freundlich von Ihnen, Nappy, aber ich kann doch nicht –«

»Schscht! Sparen Sie sich Ihre schönen Worte! Ich habe Ihnen doch schon gesagt, daß Kapitän Ethan es nicht zugelassen hätte, daß Sie Ihre Insel verlieren, und warum sollte ich da anders denken? Was fange ich mit dem Geld an? Die Burschen und ich, wir sind zufrieden mit der *Kowloon Star*. Und wir müssen nicht wie heidnische Prinzen leben. Ich habe genug für uns, und der Rest soll Ihnen gehören, Miß. Nehmen Sie es!«

»O Nappy, ich kann nicht!«

»Nehmen Sie es! Oder wollen Sie, daß alles verloren ist? Ihre Insel, die Zukunft von Master Brandon und Miß Philippa, Ihr Haus, alles? Ist dafür der Käptn gestorben?«

Er sah, wie sie blaß wurde, aber er bemerkte auch, daß seine Worte ihre Wirkung getan hatten. Plötzlich kam Farbe in ihr Gesicht, und sofort war sie wieder die strahlende Schönheit, die Kapitän Ethan Bloodwells Aufmerksamkeit im fernen Kent erregt hatte. Nappy brummelte leise vor sich hin, war aber im Grunde genommen recht zufrieden mit sich.

Die dicke Malaiin kam herein und brachte ein Tablett mit Erfrischungen. Erst als sie gegangen war, wandte Nappy sich wieder seinem Gast zu. Die Morgensonne beleuchtete ihr Profil von hinten und ließ ihre wilden Locken aufflammen. Sie hatte die Hände in den Falten ihres Rocks verschränkt. Die hinderlichen, schwarzen Unterröcke blähten sich auf den Kissen um sie herum auf, so daß sie richtig verloren wirkte. Es ärgerte Nappy, daß sie so zerbrechlich aussah. Ob es vielleicht doch unklug war, sie alleine zu lassen?

Aber wie sollte er ihr noch weiter helfen? fragte er sich hilflos. Er war ein alter Mann mit schlechter Schulbildung, der keinerlei Anspruch auf China Warricks Leben stellen konnte. Und doch wurde er das bohrende Gefühl nicht los, daß er in Singapur bleiben und sich um sie kümmern sollte. Irgendwie kam es ihm sogar so vor, als stünde der Geist von Kapitän Ethan an seiner Seite und gäbe ihm den Befehl, für sie zu sorgen.

Nappy wurde das Gefühl nicht los, daß er nicht das tat, was sein Kapitän von ihm erwartete, und so verfiel er in brütendes Schweigen: Er wartete darauf, daß China die Tatsache von der Rettung King's Wheal verdaute, und hoffte, sie würde nicht allzuviel Aufhebens wegen des Geldes machen, das er ihr geben wollte. »Ich will es nicht anders«, sagte er in die Stille hinein, »und Kapitän Ethan auch nicht. Sie nehmen das Geld, Miß, und damit Schluß. Möchte nämlich nicht nach meinem Tod vom Käptn ausgescholten werden, weil ich nicht das Richtige gemacht habe. Und ich tu's bestimmt nicht, weil er und Ihr Bruder ein Papier unterschrieben haben, wonach Sie seine Frau sind. Ich hab' doch schließlich Augen im Kopf – zumindest eines – und jeder Idiot konnte sehen, daß der Käptn in Sie verliebt war!«

Erschrocken sah er, daß China weinte. »Schon gut, Miß, schon gut«, tröstete er sie befangen. »Schon gut. Ist ja nicht so schlimm.«

»Ich weiß«, flüsterte China, obwohl jeder wußte, daß der andere log.

Zuerst hatten sie Trost beieinander gesucht, jetzt wollten sie möglichst schnell voneinander Abschied nehmen. Als sie mit verschleiertem Gesicht den Weg hinuntereilte, fiel ihr plötzlich ein, daß sie Nappy vielleicht gerade zum letztenmal gesehen hatte, und sie verlangsamte ihre Schritte. Und doch war es besser so. Wenn Nappy in England war, würden ihr nur noch Erinnerungen bleiben, die allmählich verblaßten. Und der Schmerz, der sie jetzt bei jedem Atemzug durchfuhr, würde allmählich erträglich werden.

Sie biß sich auf die Lippe, denn so hatte sie es sich eigentlich nicht vorgestellt. Sie wollte nicht, daß Nappy einfach aus ihrem Leben hinaus segelte, genausowenig wie sie wollte, daß Ethan nur mehr ein undeutliches Gesicht in ihrer Erinnerung wurde. Sollte so ihre Liebe zu ihm enden?

»Ich halte es nicht aus!« flüsterte sie vor sich hin. »Ich kann es nicht!«

Und sie begann zu laufen. Wenn sie doch den Mut hätte, hier alles zurückzulassen und mit Nappy zurück nach England zu gehen. Plötzlich sah sie die üppigen Parkanlagen von Broadhurst vor sich und es war ihr, als röche sie die frische Herbstluft und hörte die schrillen Schreie der Fasane auf den abgeernteten Stoppelfeldern. Allerdings hatte sie auch nicht die Machenschaften von Freddy und Cassie vergessen, und deshalb konnte sie wohl nie zurückkehren.

»Vorsicht, Miß, passen Sie auf!« Sie spürte, wie sie jemand am Arm packte und zurückriß und dadurch verhinderte, daß sie direkt in einen Wagen hineinlief, der die mit tiefen Furchen ausgefahrene Straße entlanggerumpelt kam. Der Wagen fuhr so dicht an ihr vorbei, daß ein Rad ihren Rock streifte und die Pferde aufgeregt die Mähne schüttelten. China schnappte nach Luft und sah dann dankbar zu ihrem Retter auf.

»Oh, danke, Sir! Das wäre ja beinahe schiefgegangen!«

»Ach sieh mal an, es ist das Warrick-Mädchen!« hörte sie ihn ausrufen und ihr blieb schier das Herz stehen, als sie unter einem breitkrempigen schwarzen Hut das Gesicht von Mr. George Stanley erkannte.

Bedauerlicherweise war Chinas Schleier verrutscht, als er sie aus der Gefahrenzone riß, denn ansonsten hätte er sie wohl nicht erkannt. Und da sein Erstaunen sich sehr schnell in ein gerissenes Lächeln verwandelte, konnte sich China sehr gut vorstellen, was in seinem Kopf vorging, nachdem er sie ohne Begleitung in den Straßen von Singapur gesehen hatte.

Mr. Stanley bestätigte auch gleich ihre Vermutungen, indem er sich weigerte, sie loszulassen und sie anzüglich fragte, ob sie vielleicht ihn gesucht hätte, da sie ja wußte, daß er ein Zimmer drüben im Raffles Hotel hätte.

»Nein!« rief China entsetzt aus. Dann schwieg sie, denn alles, was sie ihm erzählen konnte, würde ihm verdächtig vorkommen. Die Geschichte von Philippas Kätzchen war zu lächerlich, und der Besuch bei Nappy würde nicht über ihre Lippen kommen.

Sie sah ihn ohne jede Freundlichkeit an und sagte dann kühl: »Würden Sie mich jetzt bitte gehen lassen, Sir?«

Aber George Stanley dachte gar nicht daran, der Bitte der Dame Folge zu leisten. Er war entschlossen, sich diesen Glücksgriff nicht entgehen zu lassen. Er hatte über diesen kleinen Feuerkopf schon die interessantesten Sachen gehört, und offensichtlich machte es ihr nichts aus, in aller Öffentlichkeit in einer kompromittierenden Situation gesehen zu werden. Und wenn seine Vermutungen nicht zutrafen, war auch nicht viel verloren. Einen Versuch war es immerhin wert, denn sie sah sehr verführerisch aus mit dem dunklen Kleid, das sich durch den Regen eng an ihren schlanken Körper schmiegte. Und dann dieser Mund! Seit gestern hatte er sie trotz der Ohrfeige, die sie ihm verpaßt hatte, nicht vergessen können.

»Meine liebe Miß Warrick«, sagte er großspurig, »mir scheint, dieses Gegeneinander nutzt keinem von uns beiden, und wir verschwenden damit nur kostbare Zeit. Zeit, die wir mit vergnüglicheren Dingen verbringen könnten. Ich sehe, wir haben uns verstanden«, fügte er hinzu, als China ungläubig nach Luft schnappte. »Ich glaube, daß Sie, meine liebe Miß Warrick –«

Er brach ab, als sich plötzlich eine Hand wie ein Schraubstock um sein Handgelenk legte. Er wirbelte ärgerlich herum und sah sich einem riesigen Mann in einem schwarzen Umhang und hohen Stiefeln gegenüber, dessen langes blondes Haar feucht am Kopf klebte.

»Wenn Sie mit Miß Warrick sprechen wollen, Sir, dann lassen Sie gefälligst die Finger von ihr, ja?«

»Kapitän Crewe!« China seufzte erleichtert auf.

Tyler verbeugte sich und begrüßte sie so selbstverständlich, als stünde er immer mannhaft zu ihrer Seite. Doch er hatte etwas so Drohendes an sich, daß George Stanley es vorzog, es bei dem Warrick-Mädchen zu einem günstigeren Zeitpunkt noch einmal zu versuchen. Hastig entschuldigte er sich, tippte sich an den Hut und verschwand im grauen Regen.

»Aufgeblasener Pfau«, schimpfte Kapitän Crewe ihm nach. »Sie hatten Glück, daß ich gerade vorbeikam, Miß Warrick. So ohne weiteres wären Sie dem wohl nicht entkommen!«

»Ich weiß«, sagte China reumütig. »Vielen Dank!«

»Aber vielleicht können Sie mir jetzt einmal sagen, was, zum Teufel, Sie hier tun?« Er hielt die Straße hinauf und hinunter nach ihrem Wagen oder wenigstens einer Dienerin Ausschau, war aber dann nicht sonderlich überrascht, keines von beiden zu sehen.

»Ich habe Nappy besucht«, gestand China. »Ich weiß, ich hätte nicht alleine kommen sollen, aber Sie wissen doch, wie da getratscht wird.«

Tyler brummte und betrachtete sie dann einen Augenblick schweigend. »Kommen Sie«, sagte er schließlich und half ihr in einen überdachten Wagen, der ein Stück weiter die Straße hinauf stand. Er nannte dem malaiischen Kutscher das Fahrtziel, ließ sich in den Sitz ihr gegenüber fallen und klopfte seinen nassen Umhang ab. »Ich hoffe, niemand sieht Sie in meiner Gesellschaft«, sagte er, »aber ich denke, das ist immer noch besser als in den Klauen dieser Pythonschlange. Wo, um Himmels willen, haben Sie den aufgegabelt?«

China erzählte es ihm, und Tyler bewunderte sie, daß sie nicht auf die Schwadroniererei hereingefallen war, wie es seiner theatralischen Julia sicher passiert wäre. Dieses zarte Persönchen war hinter der zerbrechlichen Fassade stahlhart, dachte Tyler und fragte sich, wie wohl ein unbedarfter Junge vom Schlage Darwin Stepkyne sich dieses Juwel geangelt hatte.

»Julia ist übrigens in Djakarta«, fuhr er fort. »Macht einen Mordsaufstand wegen Ihrer kleinen Schwester.« Er mußte lachen. »Wer hätte gedacht, daß ausgerechnet sie beim Anblick eines Babys schwach wird. Ah, da sind wir«, fügte er hinzu, als der Wagen mit einem Ruck anhielt.

China lugte durch das regennasse Fenster und sah, daß sie vor der imposanten weißen Fassade eines großen Hauses im Kolonialstil angehalten hatten, das am Ende eines dunkelgrünen Rasens stand. Auf der linken Seite standen ähnlich stattliche Häuser, umgeben von üppigen Blumengärten, auf der rechten Seite waren die neuen Gebäude der britischen Regierung und ein halbfertiges Hotel.

»Dies ist«, erklärte Kapitän Crewe, als China ihn fragend ansah, »das Haus von Sir Adrian Dunsmore, dem Direktor der Südostasien-Zweigstelle der London Union Bank. Kennen Sie ihn?«

China schüttelte den Kopf.

»Nun gut, dann werden Sie ihn jetzt kennenlernen. Gar kein schlechter Zeitpunkt, da die meisten Leute wegen des Regens zu Hause sind. Außerdem –« Tyler zwinkerte – »habe ich ihm von Ihnen erzählt, und er brennt darauf, Sie kennenzulernen.«

»Warum sollte er mich kennenlernen wollen?«

»Weil Quarles und ich ihn gebeten haben, Ihr Geld zu verwalten, deshalb.«

China runzelte die Stirn. »Mein Geld? Aber wir haben immer alle Geschäfte über die Charter Overseas Bank abgewickelt!«

»Ich spreche nicht von den Warrickschen Konten, wenn es überhaupt noch welche gibt«, klärte sie Tyler nicht unfreundlich auf. »Ich spreche von dem Geld, das Quarles Ihnen von dem Verkauf von Ethans Haus gibt.«

»Sie wußten davon?«

»Ich konnte gar nicht anders, nachdem Quarles das ganze Bündel vor meiner Haustür abgeladen hat«, erwiderte Tyler. »Sagte einfach, er wüßte mit soviel Bargeld nichts anzufangen, und, um ehrlich zu sein, ich auch nicht. Deswegen müssen Sie zu Dunsmore gehen. Er hält sehr viel von Ihrem Vater und hat sich bereit erklärt, Ihnen unter die Arme zu greifen, zumindest bis die Produktion wieder voll läuft.«

»Aber das kann ich doch nicht annehmen«, protestierte China.

»Hören Sie zu, Mädchen, das ist das Beste, das Quarles und ich für Sie tun können«, sagte Tyler sehr ernsthaft. »Wenn Nappy Ihnen das Geld in die Hand drücken würde, dann müßten Sie laut Gesetz jede einzelne Rupie für Ihre Schulden hernehmen. Dabei blieb nichts übrig, nicht einmal genug, um King's Wheal zu halten, bis die Produktion wieder läuft. So haben Sie zumindest die Chance zu kämpfen.«

»Aber ich kann doch in diesem Aufzug nicht bei Sir Adrian vorsprechen!« protestierte China. Ihr schwirrte der Kopf. Die London Union Bank? Sie und alle anderen Banken der Stadt hatten ihre Bitte um neue Kredite höflich, aber bestimmt abgelehnt.

»Trauerkleidung macht sich nicht schlecht, wenn man sich mit einem Bankier trifft«, versicherte ihr Tyler grinsend und meinte damit, daß dieser Hinweis auf die Katastrophen, die King's Wheal heimgesucht hatten, sicher ihre Wirkung auf Sir Adrian nicht verfehlen könnte und ihn darin bestärken würden, die Plantage vor dem Ruin zu retten.

»Ich weiß nicht, wie ich Ihnen danken soll, Kapitän.«

»Warten Sie, bis Sie Ihr Geld haben«, sagte er mürrisch. »Dann können Sie mir danken. Und Quarles auch.«

Bei Gott, sie war wirklich eine außergewöhnliche Schönheit, dachte er überrascht, als sie ihn dankbar anlächelte. Jetzt wußte er, warum bei Ethan Bloodwell der Verstand ausgesetzt hatte, wenn es um sie ging. Und er wußte auch, daß er das auch für sie getan hätte, wenn Nappy ihm nicht mit der Angelegenheit in den Ohren gelegen hätte und er es nicht seinem toten Freund schuldig zu sein glaubte.

Am gleichen Abend schlenderte China durch den duftenden Garten von King's Wheal. Ein atemberaubender Sonnenuntergang vergoldete die Wolken über den Bergen und ließ das Wasser wie goldene Seide schimmern. Zum erstenmal seit Ethans

Tod dachte China über die Zukunft nach. Sir Adrian Dunsmore hatte ihr versichert, daß King's Wheal mit etwas Glück, harter Arbeit und umsichtiger Planung sehr gut überleben könnte.

Zu ihrer Erleichterung hatte sie sich mit dem älteren Bankier von Anfang an gut verstanden. Er hatte es ihr leicht gemacht, indem er sie in aller Ausführlichkeit von ihrem Vater hatte erzählen lassen. China hatte mit ihrer eigenen Familie nie so richtig über ihren Vater sprechen können, und so blühte sie auf, als Sir Adrian sie nach ihm fragte. Mit Wohlwollen stellte er während ihrer lebhaften Schilderung fest, daß sie ganz offensichtlich den berühmten Schwung und den Charme der Warricks geerbt hatte.

Tyler Crewe, der vergessen in einer Ecke saß, aber nichtsdestotrotz aufmerksam zuhörte, war fast geneigt anzunehmen, daß er sich die falsche von Ethan Bloodwells schwungvollen Damen ausgesucht hatte, denn noch nie hatte er jemand so warmherzig sprechen hören wie die kleine Warrick von ihrem Vater. Er konnte nicht wissen, daß einfach die Erleichterung Chinas Zunge in zunehmendem Maße löste, denn eigentlich hatte sie nie richtige Trauerarbeit um Race leisten können. Und die Versuchung, alles zu vergessen und nur von der glücklichen Vergangenheit zu sprechen, war einfach zu groß.

Als schließlich Sir Adrian das Wort ergriff, erklärte er China ihre Möglichkeiten deutlich und ohne Umschweife und beantwortete ihre Fragen geduldig und gründlich. Das Vertrauen, das er in ihr aufbaute, gab ihr wieder ein Maß an Hoffnung, an das sie nie mehr geglaubt hatte. Als sie sich verabschiedete, war sie entzückt, daß er ihr auch noch ein Kätzchen aus einem Wurf in seinem Stall anbot, und obwohl kein orangefarbenes dabei war, glaubte China sicher, Philippa würde mit dem grauen, das sie ausgesucht hatte, auch zufrieden sein.

Mit dem Versprechen, ihm Einblick in die Bücher der Plantage zu geben, verabschiedete sich China und machte sich mit dem kleinen schnurrenden Wesen auf den Heimweg. Sie spazierte zwischen den wild wuchernden Bougainvilleasträuchern und sah zu, wie die Sonne hinter den Bergen verschwand. Rasch senkte sich die Dunkelheit über die Insel. Sie würde ihrer Mutter und ihrem Bruder von dem Besuch bei dem Bankier erzählen müssen, ehe sie Zugang zu den Büchern bekäme. Diese Aussicht gefiel ihr nicht besonders, denn sie würde dann auch erklären müssen, wo das Geld herkam und warum der Steward der *Kowloon Star* sie damit bedacht hatte.

Aber China wollte noch nicht über Ethan sprechen. Zumindest nicht am heutigen Abend, der sie mit seinem wunderschönen Sonnenuntergang an die ruhigen Abende an Bord der *Kowloon Star* erinnerte, als sie sich hochmütig einbildete, den Kapitän der Brigg zu verachten. In Wirklichkeit hatte er sie wohl gleichermaßen fasziniert und verwirrt. Seltsam, wie sein Verlust sie gezwungen hatte, sich selbst ganz anders zu sehen. Die letzten sechs Jahre, eigentlich ihre ganze Kindheit, hatte sie sich danach gesehnt, nach Hause zu kommen, doch jetzt war ihr klar, daß das, wonach sie sich gesehnt hatte, die Welt, die sie in ihren romantischen Kinderträumen lebendig gehalten hatte, nicht mehr existierte. Sie sah das Leben mit den Augen einer Frau, die flüchtig die Liebe kennengelernt hatte und davon so berauscht war, daß sie ohne diese Droge nicht mehr leben konnte.

Und obwohl sie sich voller Eifer darauf gestürzt hatte, die Plantage vor dem Ruin zu retten, wußte sie jetzt, daß sie es nicht für sich getan hatte, sondern für Philippa und Brandon. King's Wheal war deren Zukunft, nicht ihre! Und das hätte sie eigentlich schon längst merken müssen. Das Badajan von Chinas Kindheit gab es nicht mehr. In diese Welt gehörte sie nicht mehr und wollte sie auch nicht mehr gehören. Und die beiden Männer, die sie geliebt hatte – Ethan Bloodwell und ihr Vater – waren tot. Nichts hielt sie hier mehr.

Wenn doch alles anders gekommen wäre! Wäre doch ihr Vater nicht gestorben und hätte Wang Toh es sich nicht in den Kopf gesetzt zu zerstören, was Race zurückgelassen hatte. Und wenn Brandon und Philippa nicht mit Ho Kuangs Piratenlorcha entführt worden wären, ein schreckliches Ereignis, das ein Unglück nach dem anderen ausgelöst hatte, wäre Ethan vielleicht nie –

China erstarrte plötzlich. Ihre Hand hielt unbeweglich die wilde Orchidee, die sie gerade hatte pflücken wollen, umfaßt.

Obgleich die Nacht und der Dschungel ungewöhnlich still waren, schien es ihr, als hörte sie laute Rufe von den Bergen. Ihr Herz schien einen Augenblick zu stocken und dann wie wild loszurennen. Sie keuchte. Natürlich! Warum hatte sie nicht schon früher daran gedacht? *Die Lorcha!*

China begann zu laufen, rutschte auf dem nassen Gras aus und stolperte über ihre Röcke. Sie hob sie hoch und rannte auf das Haus zu, die Treppen hinauf, und rief nach Brandon. Eilig kam er aus seinem Zimmer, und China wartete am Treppenabsatz auf ihn. Mit zitternden Fingern packte sie ihn am Arm.

»Die Lorcha?« wiederholte er auf ihre atemlose Frage. Er runzelte die Stirn. »Natürlich erinnere ich mich. Du nicht, China? So hat uns doch Wang Tohs Sohn von der *Malhão* auf *die Lotus Star* gebracht. Nein, ich weiß nicht, was mit ihr passiert ist. Sie ist wahrscheinlich mit dem großen Schiff zusammen gesunken. Hätte nicht Kapitän Crewe etwas gesagt, wenn das nicht der Fall gewesen wäre?«

Chinas Atem stockte noch immer. War es möglich? War die Lorcha wirklich gesunken? Sicherlich hatte Brandon recht, wenn er sagte, Kapitän Crewe hätte etwas erwähnt. Es sei denn – es sei denn, sie wäre kurz vor Sonnenaufgang schon verschwunden gewesen, und er hätte gar nichts von ihrer Existenz gewußt.

China stand langsam auf, bewegte sich, als wäre sie betrunken oder leide unter einer Krankheit mit Schwindelanfällen. Sie konnte nicht aufhören zu zittern. Sollte sie es wagen zu glauben, daß Ethan an Bord der Lorcha entkommen war? Es war absurd, verrückt, absolut unwahrscheinlich, und doch – und doch …

»Was, um Himmels willen, ist los, Kind?« fragte Malvina, die ihre Tochter gehört hatte und aus dem Arbeitszimmer herauskam. Sie rang nach Atem, als China sich umdrehte, denn noch nie hatte sie diesen Blick im Gesicht ihrer Tochter gesehen. Atemlose, überglückliche Hoffnung sprach aus diesen Augen. Malvina griff instinktiv nach dem Treppengeländer.

»China, was ist? Was ist passiert?«

»Die Lorcha!« brach es aus China heraus. »So hat es Ethan geschafft! So muß es gewesen sein!« Sie küßte ihre Mutter und eilte dann an ihr vorbei. »Es tut mir leid, Mutter, ich habe jetzt keine

Zeit, es dir zu erklären. Ich muß zu Nappy und zu Tyler Crewe. Wir werden ihn suchen. Ganz bestimmt!«

Sie lachte laut, schwebte die Treppe hinunter und kurz darauf hörte Malvina, wie die Haustür ins Schloß fiel.

25

Als China zu der kleinen Hafenanlage hinunterflog, zerrissen zackige Blitze den Himmel, gefolgt von dumpfem Donnergrollen. Mißmutig sah sie über das schwarze, unruhige Wasser.

Ein starker Südwestwind trieb Sturmwolken über die Meerenge, und über den Bergen von Malaysia zuckten ständig Blitze. Wellen mit weißen Schaumkronen brachen sich an der *Tempus,* deren gerade reparierter Mast schwarz in den Himmel aufragte.

»Nicht fahren, bis Sturm vorbei«, sagte Lam Tan mit bedauerndem Kopfschütteln. »Missy versuchen morgen, ja?« Nein, wollte China herausschreien. Nein, du bringst mich jetzt hinüber, ich pfeife auf das Wetter! Aber sie wußte, daß mit den Monsunwinden und einem heftigen Gewitter nicht zu spaßen war. Ihr Vater hatte das mit der *Bonne Heure* versucht und dabei sein Leben lassen müssen. Aber es mußte doch irgendeinen Weg geben, Nappy zu verständigen.

»Lam Tan! Ich möchte übersetzen, sobald der Sturm nachläßt. Kannst du die *Tempus* fertig machen? Ich warte im Bootshaus.«

Der junge Malaie verbeugte sich mit unbewegtem Gesicht. Er war schon zu Race Warricks Lebzeiten für die Boote verantwortlich gewesen und erkannte die Ungeduld seines Dienstherrn im störrischen Verhalten seiner Tochter wieder. Er zog sein Ölzeug an und sprang in das Boot hinunter, wohl wissend, daß die stürmische Missy Warrick darauf bestehen würde, loszufahren, sobald der Wind auch nur ein bißchen nachgelassen hatte.

Der Wind heulte stetig um das Bootshaus, und als der Regen kam, goß es sofort in Strömen. Die Tropfen prasselten auf das Blechdach und übertönten fast den Donner und das Klatschen der Wellen. Blitze flammten auf und erleuchteten die stürmische See für kurze Augenblicke mit einem grellen, blauen Licht. China fühlte, wie sich ihre Nackenhaare sträubten, ging unruhig auf den Holzplanken hin und her und verfluchte das Wetter und die endlose Verzögerung.

Sie wollte sich nicht eingestehen, daß Ethan vielleicht doch nicht mit der Lorcha entkommen war. Allerdings hatte sie doch mit ihren eigenen Augen gesehen, wie er von einem halben Dutzend Chinesen von der Reling gezogen wurde. Doch sobald Zweifel aufkamen, verscheuchte sie sie mit einem energischen Kopfschütteln und ging wieder ruhelos auf und ab.

Natürlich war Ethan an Bord der Piratenlorcha von der *Lotus Star* geflohen. Anders konnte es gar nicht gewesen sein! Aus irgendeinem Grund war er gezwungen gewesen, das Munitionsdepot in die Luft zu jagen und konnte dann in der allgemeinen Verwirrung entkommen. Doch ganz tief in ihrem Innern wiederholte eine lästige Stimme immer wieder die Fragen: Warum war Ethan nicht gleich auf die *Orion* gekommen? Warum war er mit der Lorcha woandershin gefahren? Mehr als eine Woche waren vergangen, seit die *Lotus Star* zerstört worden war – sicherlich genug Zeit, um zurückzukehren?

»Nein! Nein! Nein!« flehte China und hielt sich die Ohren zu, als könnte sie damit die quälenden Gedanken aus ihrem Kopf verbannen.

Sie rannte zu dem einzigen Fenster des Bootshauses und spähte hinaus. Außer den Blitzen war nichts zu sehen. Sie wußte, daß es absoluter Wahnsinn war, jetzt eine Überfahrt zu wagen. Abgesehen davon würde der gute Lam Tan sich auch weigern, so etwas zu machen, und alleine könnte sie das Boot bei so hohem Seegang auch nicht manövrieren. Ein ohrenbetäubender Donnerschlag ließ das Bootshaus erzittern. Ein seltsames Geräusch gellte in ihren Ohren, und sie lief zur Tür. Sie wurde fast zu Boden gerissen, als die Tür im gleichen Augenblick von außen aufgerissen wurde und Lam Tan hereingestürzt kam. Der Windstoß, den er mitbrachte, raubte ihr schier den Atem.

»Missy – Missy!« rief er.

»Was ist? Lam Tan!«

Sein Gesicht hatte eine seltsame gelbe Farbe, und man konnte nur mehr das Weiße in seinen Augen sehen, als er sich gegen die Wand lehnte und zu sprechen versuchte. Sein gestammeltes Malaiisch war ihr absolut unverständlich.

»Bitte, du mußt langsam sprechen«, bat ihn China, aber ihre Worte gingen unter in einem weiteren Donnerschlag, der das Bootshaus von seinem Fundament zu heben schien. Das Blechdach ächzte und klapperte und der Regen wurde stärker. Weder der Malaie noch China konnten den Lärm mit ihrer Stimme übertönen.

Hagel? dachte China ungläubig. Sie erinnerte sich, wie es im Frühjahr und im Herbst in Kent gehagelt hatte. Ein dröhnendes Getöse war damals in allen Zimmern des großen Hauses zu hören gewesen, als die harten Eisklümpchen erbarmungslos auf Dach und Fenster heruntergeprasselt waren. Aber hier in Asien konnte es doch wohl nicht hageln!

Sie stürzte zur Tür, doch Lam Tan hielt sie mit eisernem Griff zurück. Sein entsetztes Gehabe machte sie ganz kribbelig und sie löste sich von ihm. Sobald sie die Tür aufgerissen hatte, war sie total durchnäßt – aber da war noch etwas – etwas, das sich auf ihr Kleid und auf ihre Wimpern legte und sich in ihrem Haar wie feiner Puder anfühlte. Sie hustete und schmeckte etwas Bitteres auf ihren Lippen. Das konnte nicht sein – es konnte nicht sein – *Asche!*

Ohne auf den Regen und die heißen Sand- und Steinklümpchen zu achten, die sie irrtümlicherweise für Hagel gehalten hatte, raste China den Landungssteg hinaus und drehte sich um, um zu den Bergen hinaufzusehen. In der Dunkelheit konnte sie eine große Wolke erkennen, die vom Wind nach Nordosten getrieben wurde. Aus den Tiefen von Badajans angeblich längst erloschenem Vulkan hörte sie ein bedrohliches Donnern.

Sie rutschte auf den glitschigen Planken, als sie in das Bootshaus zurückrannte.

»Lam Tan!« schrie sie. »Bring die *Tempus* zum östlichen Ende der Insel. Bleib nahe an der Küste. Verstehst du? Nahe an der Küste!«

Lam Tan nickte. Sein Gesicht war kreidebleich.

»Wenn der Vulkan ausbricht, fließt die Lava in den Westen der Insel. Hier, zum Bootshaus und zu den Docks.« China konnte das nicht in malaiisch sagen, und so hoffte sie inständig, daß Lam Tan sie verstehen würde. »So war es zu Zeiten meines Großvaters, und die Lava wird den gleichen Weg nehmen. Wir müssen weg von hier.«

»Ich warten bei den Mangroven, Missy. Sie holen Familie, ja?«

China nickte, und er versicherte ihr: »Lam Tan wird aufpassen, daß Boot nicht in Wurzeln kommt. Keine Sorge um Lam Tan.«

Sie lächelte ihn an, holte tief Luft und rannte dann in das Inferno hinaus. Wind und Regen verfingen sich in ihren Röcken, und eine Wolke sandiger Asche wirbelte in ihre Augen. China senkte den Kopf und rannte so gut es ging unter den Bäumen, die sich im Sturm bogen. Die Asche war heiß, und sie dachte immer wieder: Gott sei Dank, daß es regnet! Ohne den Regen und den feuchten Dschungel gäbe es jetzt eine Flammenhölle.

Das Haus war hell erleuchtet. China stolperte die Treppen hinauf und unter die schützende Veranda, wo sich ihre Mutter und die völlig verängstigte Dienerschaft versammelt hatte. Die weißen Klappläden waren schwarz von der Asche, und auf den Fenstern hatte sich ein schwarzer Schmutzfilm gebildet. Einen Donnerschlag beantwortete der Vulkan mit einem unheilvollen Grollen. Die Bodenbretter auf der Veranda schwankten und zitterten, was die Dienerschaft abwechselnd mit schrillem Schreien und schluchzendem Gebet quittierte.

»China! Wo warst du? Ich habe dich schon suchen lassen!«

Malvinas Gesicht war nur mehr ein kleines, blasses Oval in der blitzdurchzuckten Dunkelheit. Sie klammerte sich an ihre Tochter, und ihre Augen trafen sich einen kurzen Augenblick.

»Lam Tan bringt die *Tempus* zu den Untiefen bei den Mangrovensümpfen«, erklärte China rasch, »wir werden ihn dort treffen.«

Malvinas Hände zitterten, als sie sie an die Brust schlug. »Oh, ich weiß einfach nicht, ob das klug ist, Kind! Vielleicht sollten wir –«

Eine gewaltige Explosion verschluckte ihre furchtsamen Worte – löschte Geräusche, Licht, alle Sinneswahrnehmungen buchstäblich aus. Plötzlich löste sich aus dem Berg eine riesige Feuersäule und stieg himmelwärts, begleitet von riesigen, orangefarbenen Funken. Die Erde schien unter ihren Füßen zu beben und zu schwanken und die Diener stoben kreischend in alle Himmelsrichtungen auseinander.

China tastete sich mit geschlossenen Augen in das Haus hinein. Doch hier war es nicht viel besser. Die Fenster waren geborsten, und überall drangen heimtückische, graue Wolken herein. Teppiche, Möbel, kostbare Gläser und asiatische Kunstwerke waren bereits mit einer dicken Ascheschicht bedeckt. China riß ein Stück von ihrem Unterrock ab und band es sich fest vor Mund und Nase. Wie gelähmt sah sie um sich. Das konnte doch nicht sein, nicht hier, nicht auf King's Wheal!

»China, die Kinder!« Malvina stand hinter ihr und gestikulierte wild in Richtung Treppe. Ihre Stimme klang gedämpft, denn sie hatte sich ebenfalls ein Stück Seide um die untere Gesichtshälfte gebunden. China rannte durch die Ascheschicht zur Treppe, wo sie auf Damon und Al-Haj traf. Damon hatte die schluchzende Philippa fest in den Armen, und Brandon hielt zitternd, aber tapfer Philippas winziges, jämmerlich miauendes Kätzchen an sich gedrückt.

»Wo ist Jumai?« fragte China hustend.

»Weggerannt! Wie die anderen auch!« schrie Damon, um das Getöse zu übertönen.

»Ich bleiben und helfen, Missy«, sagte Al-Haj bestimmt. »Wir müssen beeilen, Missy. Die Hitze.«

Und mit der Hitze die Gefahr.

Obgleich die Lava, wie China es vorhergesehen hatte, begonnen hatte, sich auf der gegenüberliegenden Seite des mit Rauch eingehüllten Berges einen feurigen Weg nach unten zu suchen, fielen die Funken und die Asche auch weiter so dicht, daß sie nicht einmal den Garten sehen konnten, als sie auf die Veranda traten.

»Wir müssen uns an den Händen halten und möglichst schnell laufen«, ordnete Damon an. »Ich trage Philippa, und Al-

Haj geht zwischen der Mistreß und Missy China. Brandon, halte dich an meinem Hemd fest und laß unter keinen Umständen los. Habt ihr verstanden? Alle?«

Sie nickten. Alle hatten kreidebleiche, ängstliche Gesichter. Damon murmelte dem Kind, das sein Gesicht an seiner Schulter verbarg, ein paar beruhigende Worte zu und überquerte dann mit großen Schritten den Rasen. Nacheinander folgten die anderen und hielten sich wie besprochen am Vordermann fest. Aber schon nach wenigen Metern rutschte Damon auf der schlüpfrigen Schicht aus Asche und Regen auf der Brücke, die in den Garten führte, aus.

Er versuchte noch im Fall Philippa zu schützen und stürzte mit seinem ganzen Körpergewicht auf sein Handgelenk. Trotz des Regens und des grollenden Vulkans hörte China, wie Damons Handgelenkknochen wieder zu Bruch gingen.

»Damon!«

China löste sich aus Al-Hajs Hand und kniete neben ihrem Bruder nieder. Er hatte die Zähne fest zusammengepreßt und Schweiß rann über sein geschwärztes Gesicht. Im nächsten Augenblick kam ein neuer Aschenregen auf sie herunter, und China fühlte Malvinas Hand an ihrer Schulter.

»Gib mir Philippa. Ich trage sie. Du mußt uns den Weg zeigen.«

»Du hältst das nicht durch, es ist zu weit!« entgegnete China. »Wir können uns abwechseln, du, Al-Haj und ich.«

»Al-Haj ist zu alt. Du mußt vorneweg gehen«, sagte Malvina bestimmt. »Keine Widerrede, Kind!«

»Es gibt keinen Grund, warum wir uns vorne nicht abwechseln können«, sagte China eigensinnig, aber Malvina wollte davon nichts hören. Sie erinnerte ihre Tochter knapp, daß sie schließlich nicht die vielen Schleichwege und Abkürzungen des Fußweges von den gepflegten Gartenanlagen durch den undurchdringlichen Dschungel hinunter zum Meer kannte.

Malvina war in der flachen, graubraunen Ebene von Queensland aufgewachsen und hatte sich nie so recht an die dampfende Tropenlandschaft Asiens gewöhnen können. Nie hatte sie irgend jemandem verraten, wie sehr sie sich eigentlich davor fürchtete.

Ihren Kindern hatte sie strikt verboten, sich ohne Aufsicht auf der Insel zu bewegen, war sie doch beinahe auf hysterische Weise sicher, sie würden sonst von einer Schlange oder einem Skorpion gebissen oder von den Hauern eines Wildschweins aufgespießt.

Natürlich wußte sie, daß China und Brandon sich nicht an ihr Verbot hielten und im Dschungel wie zu Hause waren. Und sie hätte auch nie geglaubt, daß sie einmal dankbar sein würde, daß ihre Kinder die undurchdringlichen Wälder so genau kannten. Der Mangrovensumpf, wo Lam Tan sie erwartete, war über diese Wege in der halben Zeit zu erreichen. Und China, die den Mut und die Nervenkraft ihres Vaters besaß, mußte vorneweg gehen.

Der Pfad war überwuchert und in der heißen, stickigen Dunkelheit so gut wie nicht auszumachen. Ein stämmiger Einheimischer mit einer Machete hätte sich vielleicht leicht getan, aber China blieb ständig im Bambusgebüsch und in Schlingpflanzen hängen. Es war unmöglich zu sagen, ob der Vulkan aufgehört hatte, denn der ständige Stein- und Aschehagel, der durch die Blätter auf sie herabhagelte, übertönte alles.

Die Hitze brannte ihnen im Rücken. Die Tiere flohen in panischer Angst zum Meer. China dachte nicht daran, daß sie wohl recht gehabt haben mußte mit ihrer Annahme, die Lava würde im westlichen Teil der Insel niedergehen, denn immerhin nahmen die Tiere instinktiv einen ähnlichen Weg wie sie. Sie konnte an gar nichts denken, denn ihr Kopf war wie betäubt und ihre Augen brannten von der beißenden Schärfe der Asche. Und doch wagte sie nicht, sie sich zu reiben oder auch nur eine Sekunde vom Boden wegzusehen, aus Angst, sie könnte sich verirren.

Doch schon bald stieg ein schreckliches Gefühl der Beklemmung in ihr auf, denn eigentlich hätten sie schon längst am Wasser sein müssen, auch wenn sie nicht besonders schnell vorwärts gekommen waren. China hatte mehrmals stehenbleiben müssen, weil sich ihre Unterröcke in Dornen verfangen hatten, und sie hatte sich dabei die Finger blutig gerissen. Aber der Weg vom Ende des Gartens hinunter zu der schlammigen Küste, an der

Ethan Bloodwell und Nappy Quarles angelegt hatten, um die Insel zu erkunden, war nicht lang. China wollte gar nicht an die Möglichkeit denken, daß sie sich verirrt hatte.

Der abgestorbene Zweig eines Lianenbaumes krachte, vom Gewicht der Asche und des Sandes heruntergedrückt, direkt auf sie herunter, versetzte ihr einen heftigen Schlag und schürfte eine Seite ihres Gesichtes auf. Sie stolperte zurück und alle hinter ihr fielen hin. Andere Äste ächzten unheilvoll, und China fühlte, daß sich der Boden bewegte, als würde ein schreckliches Ungeheuer unter der Erde rumoren.

»China!« Brandons kleine Hand klammerte sich krampfhaft an ihren Rock. »Was ist das? Warum schaukelt der Boden?«

»Ich weiß es nicht«, sagte sie keuchend und ihre Stimme klang ganz unnatürlich.

»Ich glaube, der Vulkan ist schuld«, sagte Damon atemlos. »Ich habe gehört, daß so etwas passiert, wenn die Lava herausgeschleudert wird und ein Loch unter dem Berg entsteht. Die ganze Insel kann versinken. Wir müssen schnell machen! Los!«

China griff nach Brandons Hand. Als sie weitereilte, erhellte ein greller Blitz für einen Augenblick die Dunkelheit, gerade lang genug, daß China Wasser und die knorrigen, verschlungenen Wurzeln der Mangroven erkennen konnte.

»Damon!« rief sie über ihre Schulter zurück. »Die Küste ist direkt unter uns! Wenn wir –«

Ihre Worte gingen unter, als die Bäume um sie herum grotesk hin- und herwackelten. Im dumpfen Rollen des Donners hörte sie die Stimme ihrer Mutter: »Wir finden es, China! Denk an dich! Nimm Brandon und mach schnell! Lauf!«

Von der drängenden Stimme ihrer Mutter angespornt, hob China ihre Röcke und floh, stolperte keuchend und zog den schluchzenden Brandon hinter sich her. Zweige schlugen ihr ins Gesicht, verfingen sich in ihren Kleidern und ihren Haaren, und sie fühlte das Blut an der Stelle heruntertropfen, an der der herunterstürzende Ast sie getroffen hatte. Irgend etwas dröhnte in ihren Ohren – vielleicht war es der Wind, vielleicht ein weiterer Vulkanausbruch, vielleicht aber auch nur das pochende Blut. China hatte Angst zurückzuschauen, und so floh sie weiter, bis der Boden plötzlich unter ihr nachgab und sie und Brandon auf den nassen, nachgiebigen Sand stürzten.

China zappelte sich auf und watete auf das Wasser hinaus. Die Wellen zerrten an ihren Röcken. Sie wölbte die Hände vor dem Mund und schrie laut nach Lam Tan. Der Wind und die Wellen trugen ihre Worte weg, und sie versuchte es immer wieder, bis sie heiser war und entmutigt feststellte, daß wohl alles umsonst gewesen sein mußte.

Tränen der Verzweiflung stiegen in ihren Augen auf. Lam Tan konnte sie doch nicht zurückgelassen haben. War etwas Unvorhergesehenes passiert, daß er nicht zum vereinbarten Treffpunkt kam? Sie wollte es nicht wahrhaben, daß sie so weit gekommen waren und jetzt feststellen mußten, daß die *Tempus* nicht da war, und sie keine Möglichkeit hatten, von der Insel fortzukommen.

Der Berg spuckte noch immer pulsierend bläuliches Feuer aus. Zwar konnte sie durch die Bäume, die an der Küste standen, die Berge nicht direkt sehen, aber das Feuer leuchtete bis hinauf in die dicken schwarzen Wolken, die dräuend über der Spitze des Vulkans hingen. China suchte unter den Mangrovenwurzeln Schutz vor dem feurigen Niederschlag. Doch der Sog des Wassers zog ihr den Boden unter den Füßen weg und riß gierig an ihren Röcken. Während sie verzweifelt gegen die Wellen ankämpfte, glaubte sie Damons Stimme hinter sich zu hören.

»– Beben! Die Insel sinkt – Das Wasser, verdammt!«

China sah im Licht eines Blitzes sein Gesicht. Es war geschwärzt und unkenntlich. Das blanke Entsetzen packte sie. Sie zog Brandon hinter sich her und watete durch die Untiefen hinüber zu den Bäumen, die am weitesten von der Küste entfernt standen. Sie hoffte, sich dort in den weit verzweigten Ästen der Mangroven halten zu können, für den Fall, daß Damon recht hatte und die Insel tatsächlich versinken würde.

Eine aufgepeitschte Welle riß ihr die Füße weg und schleuderte sie gegen ein Wurzelgewirr. Das Meer schlug über ihrem Kopf zusammen und China fühlte, wie sie ihre nassen Röcke wie Blei nach unten zogen. Heftig strampelnd kämpfte sie sich wieder an die Oberfläche und preßte die Augenlider aufeinander, um das brennende Salz aus den Augen zu bekommen. Irgendwie hatte sie es auch geschafft, Brandons Kragen nicht loszulassen.

Hustend und spuckend schob sie den Jungen zu den Zweigen eines Mangrovenbaumes. Brandon gelang es auch tatsächlich, sich festzuhalten und hochzuziehen. Sie wollte sich gerade neben ihm einen Halt suchen, als sie eine neue Welle in Richtung Küste mitriß. Wie eine Puppe in den Fängen eines wildgewordenen Ungeheuers wurde sie herumgewirbelt, und gerade als sie den Atem nicht mehr länger anhalten konnte, wurde sie wie ein Korken nach oben katapultiert. Die Strömung hatte sie weit in das Meer hinausgetragen.

China versuchte so gut sie konnte, den Kopf über Wasser zu halten, obwohl ihre Kleider sie immer heftiger nach unten zogen. Die Asche und das Wasser brannten in ihren Augen, und sie hatte keine Ahnung, in welcher Richtung die Küste lag. Sie hatte jede Orientierung verloren.

Mit ihrer letzten Kraft bewegte sie sich in die Richtung, in der ein düster rotes Glühen den Himmel über ihr aufzucken ließ. Aber ihre Kräfte verließen sie rasch, und sie konnte nur mehr mühsam nach Luft schnappen, als eine Welle kam und über sie hinwegspülte. Das Wasser drang ihr in Mund und Nase und raubte ihr den letzten Rest kostbaren Atem. Die Strömung riß sie mit, und plötzlich wurde sie von etwas, das ihr fest unter die Arme griff, mit einem Ruck in die andere Richtung gerissen und an die Oberfläche gezogen, als wäre sie nur ein zappelnder Fisch.

Kurz darauf lag sie auf dem Rücken, auf einer richtig festen Unterlage, und jemand hob ihren Kopf und flößte ihr eine scharfe Flüssigkeit ein. Sie hustete und bewegte den Kopf. Jemand sprach mit eigenartig unsicherer Stimme zu ihr. China wußte, ohne die Augen zu öffnen, daß es Ethan war.

»Ich wußte«, sagte sie schwach, »daß du kommen würdest ...«

Sie seufzte und drehte ihm dankbar ihr Gesicht zu.

26

Sengend versank die Sonne über der Straße von Sunda und brachte die Fenster des dreistöckigen Hauses ebenso zum Leuchten wie den Kamm der Wellen, die träge gegen die salzzerfressenen Dockanlagen schlugen. Ein würziger Geruch von gebratenem *Bandeng* mischte sich mit dem betörenden Duft der Blumen im Garten. Unter einem breit ausladenden Brotfruchtbaum unterhielt ein verhutzelter Märchenerzähler in einem bunten Batik-Lendentuch eine Gruppe von Kindern mit Geschichten von *Kantjil*, dem schlauen kleinen Böckchen.

Seine Singsang-Stimme und das kichernde Gelächter seiner kleinen Zuhörer drang durch die Fenster, die geöffnet worden waren, um die kühle Brise in die hohen Räume zu lassen. Chinas rüschenbesetzter Rock raschelte, als sie aufstand, um in den Garten hinunterzuschauen. Ein schwaches, trauriges Lächeln umspielte ihren Mund.

Wie angenehm war es doch, sich ein wenig von der lauten Feier davonzustehlen, die im ganzen Haus stattfand, und sich hier, in dem kühlen, leeren Raum ein wenig zu erholen und dabei dem Märchenerzähler zu lauschen, der von dem kleinen schlauen Böckchen erzählte, wie es geschickt seine Feinde überlistete.

»Dann sagte Kantjil zu dem zappelnden Schakal: ›Vielleicht überlegst du es dir beim nächstenmal besser, ehe du in trübes Wasser springst.‹ Und er lachte und verschwand im Gras.«

Die Kinder applaudierten alle begeistert, und auch China klatschte. Als sie sie oben am Fenster sahen, winkten sie hinauf, und der Märchenerzähler machte eine Verbeugung.

China ging in den Gang hinaus und bat einen Diener, den alten Mann zu belohnen. Als er sich wunderte über die Anzahl der Münzen, die sie ihm gab, zuckte sie mit den Achseln und sagte: »Ist heute nicht ein Freudentag? Schließlich ist es doch der Tag deines Herrn *Shadi.*«

Sein dunkles Gesicht erhellte sich. »Natürlich, natürlich, Miß Sahib«, antwortete er fröhlich und eilte davon, um den Auftrag auszuführen.

Sie schlenderte an den Türen des Salons, in dem die Hochzeitsfeier mit klingenden Gläsern und den einschmeichelnden Klängen eines Gamelan in vollem Gang war, vorbei und ging auf die Terrasse. Die Steine fühlten sich durch die dünnen Sohlen ihrer Schuhe noch warm an. Die Sonne verschwand eben blutrot hinter den wolkenumhüllten Gipfeln der Vulkanberge, die sich an der Küste von Sumatra entlangzogen. Der Rasen unter dem Brotfruchtbaum war leer, der Märchenerzähler war gegangen, aber sie konnte noch immer das Gelächter der einheimischen Kinder unten am Strand hören. Und sie glaubte auch Brandon und Philippa herauszuhören.

China wurde ein wenig leichter ums Herz, und sie fragte sich, wieso Kinder so schnell vergessen konnten. War es wirklich erst gestern gewesen, daß sie, Brandon und Philippa erschöpft und todmüde am Tyler Crewes Tür geklopft hatten? Es schien Tage – Wochen – ja Monate her zu sein, und als sie darüber nachdachte, verstand sie, wieso ihr kleiner Bruder und ihre Schwester lachen und spielen konnten, als sei nichts gewesen.

Julia hatte die Tür geöffnet und Tyler, der Philippa trug, und China, die Brandon hinter sich herzog, hereingelassen. Julias Hochzeit war für den nächsten Tag angesetzt, und das Haus war bereits voller Gäste. Sie hatte sie alle an ihr Herz gedrückt wie eine besorgte Glucke und ihre eigenen Vorbereitungen hintangestellt, bis das erschöpfte Trio versorgt und zu Bett gebracht worden war.

Trotz der geräuschvollen Feier mit Musik, Tanz und Gelächter hatte China so tief geschlafen wie auch die Nacht zuvor an Bord der *Kowloon Star*, die sie nach Djakarta in Tyler Crewes Haus gebracht hatte.

Der tiefe, betäubende Schlaf hatte ihrem geschundenen Körper und ihrer verletzten Seele gut getan. Und doch konnte sie nicht verstehen, wie sie schlafen hatte können, wo sie doch wußte, daß Ethan nicht bei ihr war. Nicht einmal ein paar Worte hatte sie mit ihm wechseln können, denn die *Kowloon Star* hatte sofort Kurs auf Java genommen, und Ethan war mit seinem kleinen Boot nach Badajan zurückgekehrt, um nach weiteren Überlebenden zu suchen. Doch vielleicht hatte sie sich gerade deshalb den Luxus des Schlafs gegönnt, weil sie wußte, daß Ethan am Leben und unverletzt war, auch wenn er gerade nicht bei ihr sein konnte. Zum erstenmal seit langer, langer Zeit hatte sie sich sicher, geborgen und glücklich gefühlt.

»Ich sollte es nicht sein«, sagte China zu sich selbst, »es ist nicht recht, es ist nicht fair.«

»Ach, hier sind Sie, China! Nalidul sagte mir, Sie seien nach draußen gegangen. Was ist los, Liebes? Sind Sie müde? Ich hoffe, es war nicht falsch von mir, Sie zur Feier zu bitten? Tylers Freunde wollten Sie so gerne kennenlernen.«

China drehte sich um und lächelte als Antwort auf Julias besorgte Fragen. Wie strahlend, jung und fröhlich Julia heute aussah! Wie unklug von ihr, der Braut heute noch Sorgen zu bereiten!

»Ich dachte, es wäre besser, mich ein wenig zurückzuziehen«, gestand sie ehrlich. »Ich bin heute keine sehr gute Gesellschafterin und wollte nicht, daß das auffällt.«

»O meine Liebe, wie können Sie so etwas denken?« Julia war empört und entsetzt. »Dabei haben Sie doch alle gelobt, wie tapfer Sie sind angesichts der schrecklichen Ereignisse!«

»Das ist sehr nett«, sagte China und fügte nach einer Weile wahrheitsgemäß hinzu: »Irgendwie fühle ich mich doch fehl am Platz. Schauen Sie, da ist das Kleid, das Sie mir geliehen haben.« Sie sah an sich herunter. Der weite Musselinrock war üppig mit Veilchen bestickt, mit Rüschen besetzt und ließ die lavendelblauen Unterröcke hervorspitzen. »Es war sehr nett von Ihnen, mir das zu geben, aber paßt so etwas für eine Hochzeit?«

Kaum hatte sie ausgesprochen, als sie sich ansahen und fast gleichzeitig in Gelächter ausbrachen, denn immerhin sah die Trägerin mit ihren Kratzern und Wunden im Gesicht ohnehin ziemlich ungewöhnlich aus.

»O China, auf alle Fälle paßt es zu dem Veilchen an Ihrem Auge. Und offensichtlich ist es meinen Gästen ganz egal!« sagte Julia schließlich und wischte sich die Lachtränen aus dem Gesicht. »Sie wissen doch alle, daß Sie hier nur mit den Kleidern, die Sie am Leib hatten, ankamen – und ich kann Ihnen versichern, daß *die* nicht mehr zu gebrauchen sind. Nein, nein, alle haben sehr viel Verständnis«, fügte sie hinzu und plötzlich ein wenig besorgt: »Sie haben doch keine – unziemlichen Fragen gestellt?«

Julia war erleichtert, als China erheitert antwortete: »Ja, genau das habe ich gemeint!« Julias Schleppe rauschte über die Terrasse, als sie zu China kam und ihre Hände nahm: »Warum kommen Sie nicht wieder mit mir hinein? Tyler macht gerade eine Flasche Champagner auf.«

Aber China hörte nicht mehr zu. Wie gebannt starrte sie ungläubig über Julias Schulter hinweg. Julia atmete tief durch, als sie plötzlich ein strahlendes, junges Gesicht vor sich sah, und wirbelte herum: Ethan Bloodwell stand auf den Terrassenstufen über ihnen.

Mit einem erstickten Schrei löste sich China von Julia, hob die hinderlichen Rüschenröcke und rannte leichtfüßig über die Terrasse. Ethans Augen blitzten auf.

Er kam ihr auf halbem Weg entgegen, schwang sie in die Luft und wirbelte sie herum. Ohne auf die Gäste zu achten, schloß er sie in seine Arme und küßte sie. Chinas Mund war warm und weich. Er hörte sie seufzen, und ihr Körper schmiegte sich an seinen. Er umfaßte sie noch enger, preßte sie an sich und ließ seinen Mund langsam und sehnsüchtig über ihren wandern. Als er sie endlich runterließ, kam es China vor, als hätte sie keinen Boden unter den Füßen.

»Du siehst müde aus«, sagte Ethan und sah sie besorgt an. »Hast du überhaupt nicht geschlafen? Ich habe doch Nappy gesagt, er soll dir Laudanum geben.«

China war versucht zu lachen und ihm zu sagen, daß sie viel zu viel geschlafen hatte, brachte aber buchstäblich kein Wort heraus, sondern konnte nur den Kopf schütteln.

Ein verschmitztes Lächeln spielte um Ethans markanten Mund, als er sah, wie die Braut in ihrem wunderschönen, weißen Kleid ebenfalls sprachlos unten auf dem Gras stand. »Du siehst aus, als wäre ich ein Geist, Mrs. Crewe«, sagte er grinsend. »Sicher hat dir Nappy erzählt, daß ich von den Toten auferstanden bin.«

»Ja, natürlich«, stammelte Julia. »Aber ich wußte nicht, daß du und China – ich dachte nie –« Ihre Stimme erstarb, aber ihre Augen wanderten von Chinas strahlendem Gesicht zu dem Mann neben ihr und wieder zurück. Obgleich die beiden jetzt nicht direkt nebeneinander standen, erschien es Julia, als würde sie etwas nicht Greifbares so eng miteinander verbinden, als lägen sie sich immer noch in den Armen.

»Ich habe da so komische Geschichten gehört«, fügte sie ziemlich verwirrt hinzu, »aber ich habe doch nicht geahnt ...« Sie schüttelte den Kopf, schwieg und lächelte dann. »Nun, es ist ja auch nicht so wichtig. Ich bin so froh, daß du wieder da bist, Ethan, und offensichtlich unverletzt, obwohl ich sagen muß, die Wunde an deiner Stirn wird eine ganz schöne Narbe geben – natürlich eine schmissige«, fügte sie rasch hinzu, weil sie nicht unhöflich sein wollte. Ein leichter Anflug von Eifersucht befiel sie, als sie in sein Gesicht sah und bemerkte, daß er ihr nicht mehr zuhörte, ja, sie nicht einmal mehr ansah, sondern nur mehr Augen für China hatte.

Julia stockte der Atem. Noch nie hatte sie einen Mann gesehen, der so eine Frau anstarrte. Und wie sorgfältig hatte er bislang immer seine Gefühle im Zaum gehalten, wenn seine Augen auf China Warrick geruht hatten. Niemand hätte seine Gedanken erraten können.

Plötzlich schämte sich Julia ihrer Eifersucht und sehnte sich nach Tyler. Sie rückte ihren Schleier zurecht und schwebte anmutig die Treppen hinauf. »Ich bin sicher, ihr habt viel miteinander zu reden«, sagte sie strahlend. »Ich werde mich wieder um meine anderen Gäste kümmern. China, seien Sie so lieb und helfen Sie mir mit der Schleppe.«

Jetzt, da die Sonne untergegangen und die feuchte Luft erheblich kühler geworden war, hatten sich die meisten Gäste nach draußen begeben und bewunderten den schönen Rosengarten und die liebevoll gepflegten Orchideen. Ethan nahm Chinas Hand und führte sie auf einen abgelegenen Pfad, wo niemand sie sehen konnte. Er wollte sie nur ununterbrochen ansehen. Sie sah so jung und frisch aus in ihrem weißen Musselinkleid mit dem eigenartig berüschten Rock und den lavendelblauen Unterröcken. Eigentlich hatte er sie immer nur in Trauerschwarz gesehen. Sie hatte so viele Menschen verloren, die ihr nahestanden, und doch würde er ihr wieder wehtun müssen.

China blickte über die blühenden Oleanderbüsche zum Meer hinüber, das im letzten Tageslicht silbrig schimmerte. Ihr Profil setzte sich deutlich von den warmen, weichen Farben der Dämmerung ab – ihr langer schlanker Hals, die schmale, kleine Nase und die gebogenen, goldbestäubten Wimpern. Auch in ihren roten Locken und im durchsichtigen Grün ihrer Augen glitzerte Gold. Noch nie hatte er eine so schöne Frau gesehen, dachte Ethan, und der Wunsch, sie zu besitzen, war kaum zu ertragen.

Diese Nacht hätte ihre Hochzeitsnacht sein sollen, aber er mochte sie nicht drängen, solange ihre wunderschönen Augen so umschattet und traurig waren und die hohlen Wangenknochen deutlich erkennen ließen, wie sehr sie gelitten hatte und immer noch litt. Mit Mühe löste er seinen Blick von ihr und schämte sich, daß er sie so schmerzlich begehrte und dabei noch so vieles zwischen ihnen ungesagt war.

»Sie waren so nett zu mir, Julia und Tyler, beide.«

Chinas Stimme war wie das beruhigende Geplätscher eines kühlen, entfernten Wasserfalls. Ethan entspannte sich sichtlich. Die Hände, die er in seinen Jackentaschen zu Fäusten geballt hatte, entkrampften sich.

Sie erzählte ihm von ihrer Unterredung mit Sir Adrian Dunsmore und den Bemühungen, die Nappy und Tyler Crewe unternommen hatten, um King's Wheal für sie zu retten. Ethan hörte schweigend zu. Am Firmament glitzerten unzählige Sterne.

Als China fertig erzählt hatte, waren sie am Ende der Gärten angelangt. Einen Augenblick blieben sie unter den ausladenden Zweigen einer alten Eiche stehen. Der Wind hob Chinas Unterröcke und ließ sie gegen Ethans Beine streifen. Keiner wollte als erster die vertrauliche Stille brechen, denn sie wußten beide, daß der Abendfrieden gestört sein würde, wenn die ungesagten Dinge gesagt sein würden. Und so sahen sie sich nur an, schweigend und sehnsuchtsvoll, bis Ethan sich schließlich wegdrehte.

»Es tut mir leid, China«, sagte er mit rauher Stimme, »ich denke, du ahnst, daß beide tot sind.«

Er hörte, wie sie die Luft einsog, doch als sie sprach, war ihre

Stimme ruhig. »Ja, ich habe das schon befürchtet. Nappy erzählte mir, du warst zurückgefahren, um nach ihnen zu schauen. War es sehr schlimm?«

»Ich fand Damons Leiche im Schilfgras. Er war unverletzt.«

»Ach ja«, sagte China. Ihr Gesicht war weiß wie die Wand. Nach einer kleinen, schmerzlichen Pause fragte sie ruhig: »Und meine Mutter?«

Ethan zog die Augenbrauen zusammen. »Es muß ein Herzschlag gewesen sein, etwas anderes kann ich mir nicht vorstellen. Sie lag im Sand ohne das geringste Anzeichen einer äußerlichen Verletzung. Ich glaube nicht, daß sie leiden mußte.«

»Es war sicher, weil sie Philippa so weit tragen mußte«, sagte China und atmete tief durch. »Ich hätte wissen müssen, was passieren würde. Es war so ungewöhnlich still gewesen, die Nacht vorher, und ich dachte noch, wie seltsam es wäre, daß es donnerte ohne eine einzige Regenwolke am Himmel. Aber es war gar kein Donner, es muß der Vulkan kurz vor dem Ausbruch gewesen sein.« Ihre Stimme war nur mehr ein Flüstern. »Ibn Bibi hat es gewußt. Deshalb ist er weggelaufen. Warum ist mir das nicht aufgefallen, ehe es zu spät war?«

»O mein Liebes, du darfst dir keine Vorwürfe machen!« Ethan umarmte sie warm und innig. China lehnte sich dankbar an ihn. Warum fühlte sie sich nur so schrecklich leer und unfähig zu weinen? War ihr Herz schon so verletzt, daß es den neuerlichen Verlust gar nicht mehr wahrnehmen konnte? Oder hatte ihr Ethans gesunde Rückkehr die Stärke und den Lebenswillen zurückgegeben, die man ihr genommen hatte?

Ethan ging langsam mit ihr durch die duftdurchströmte Nacht zurück und erzählte ihr, was noch zu berichten war: von Lam Tan, dessen Leiche man in den zerschellten Trümmern der *Tempus* gefunden hatte, von Al-Haj, den man erschöpft, aber ansonsten unverletzt von einem Mangrovenbaum geborgen hatte, und von den Dorfbewohnern, Malaien und Chinesen, die in ihren Flachbooten die Insel verlassen konnten und so dem Schlimmsten entkommen waren.

Die Insel war nicht versunken, wie Damon befürchtet hatte, obgleich der Vulkanausbruch und die Erdverschiebungen an den Küsten der Insel und an den niedrig gelegenen Teilen des Dschungels eine heillose Verwüstung angerichtet hatten. Vom Wohnhaus war nicht sehr viel übrig geblieben. Es war unmöglich gewesen, weiter an Land zu gehen, und so hatte er nur von der Küste unten gesehen, daß ein Erdrutsch oder ein Lavaschwall das Haus mitgerissen hatte, hinunter von dem Hügel, auf dem es so viele Jahre gestanden hatte. Nur die verkrümmten Grundmauern waren noch zu sehen.

China hörte schweigend zu, ohne Fragen zu stellen. Schließlich hatte ihr Ethan alles gesagt, was es zu sagen gab. Aus dem hell erleuchteten, von Blumen umgebenen Haus drang Musik und Gelächter durch die warme Nachtluft zu ihnen. Endlich wandte er sich ihr zu.

»Dort drüben wird noch eine Weile gefeiert werden, und es wird allmählich spät. Magst du nicht mit mir auf das Schiff kommen?«

China konnte sein Gesicht nicht sehen, denn er hatte sich vom Haus abgewandt, als er sprach, und das Licht fiel auf den Rasen hinter ihm. Aber seine Stimme war rauh und die schlanken, festen Hände wirkten irgendwie unsicher. Wie gut erinnerte sie sich noch an jene andere Nacht, in der dieselben Hände ihren Körper erkundet und in ihr ein Verlangen geweckt hatten, von dessen Existenz sie niemals auch nur zu träumen gewagt hatte.

Da stand der Mann vor ihr, den sie inbrünstig liebte, den sie schon verloren geglaubt hatte. Und plötzlich hatte sie nur mehr einen Wunsch – seine Lippen auf ihren zu spüren und sich von seinen Händen verwöhnen zu lassen. Er zog sie näher an sich, sie schmiegte sich an ihn und sah ihn an. Gerade als er seine Hände um ihre Taille legte, raschelte es im Gebüsch neben ihnen:

»Ethan? Bist du hier?«

Stöhnend ließ Ethan sie los. »Was gibt's, Tyler?«

»Julia schickt mich«, sagte Tyler freundlich und kam zu ihnen. »Sie will wissen, ob du über Nacht bleibst. Dann würde sie ein Zimmer für dich herrichten lassen. Oh,« fügte er hinzu, als er China sah, »die Kleinen haben Sie gesucht, Mädchen.«

China hielt sich erschrocken die Hand vor den Mund. »O Ethan, die Kinder. Ich habe ganz auf sie vergessen!« Sie hob ihre Röcke hoch. »Ich muß ihnen schnell gute Nacht sagen.«

Ethan hielt sie zurück. »Wirst du es ihnen sagen?«

Sie schwieg einen Augenblick, dachte nach und schüttelte den Kopf. »Nicht heute abend. Das wäre nicht gut. Ich glaube, Brandon ahnt es schon, aber er hat bisher noch nichts gesagt.«

»Und Philippa?«

China überlegte: »Sie fragt immer, wann Mutter und Damon zurückkommen werden.« Ohne ihn anzusehen fügte sie leise hinzu: »Ich werde zu ihnen gehen. Gute Nacht.«

Ethan schwieg und sah ihr nach, bis sie hinter dem Haus verschwand. Tyler setzte sich mit steifen Gelenken ächzend auf die Steinmauer. »Hör auf meinen Rat und heirate das Mädchen schnell, ehe sie auf verrückte Gedanken kommt.«

Ethan zog die Mundwinkel spöttisch herab. Die Spannung in seinem Innern löste sich ein wenig. »Hast du jetzt schon einschlägige Erfahrungen, Tyler?«

»Ach, dieser ganze Hochzeitskram geht mir gründlich auf die Nerven!« klagte er. »Wenn es nach den Frauen geht, dann sollte man ihnen zur Hochzeit am liebsten auch gleich die Sterne vom Himmel holen. Sechzig Leute, Ethan! Sechzig! Weißt du, wie viele Kisten Champagner ich bis jetzt schon herangeschleppt habe?«

»Sicherlich warst du am Verbrauch auch maßgeblich beteiligt«, vermutete Ethan grinsend.

Tyler verzog das Gesicht. »Du weißt doch, daß ich das Zeug nicht einmal mag. Aber gut, daß du mich erinnerst. Ich habe dich nicht mehr mit einem Glas in der Hand gesehen, seit du aus dem Reich der Toten zurückgekehrt bist.« Seine Augen verengten sich. »Möchtest du mir nicht erzählen, wie du das geschafft hast? Ich weiß, du hast einen besonderen Schutzengel, aber diesmal hattest du wohl eher einen Bund mit dem Teufel geschlossen?«

»Vielleicht«, antwortete Ethan.

»Ich kann auch nicht glauben, daß du die *Lotus Star* in die Luft gejagt hast«, fügte Tyler nachdenklich hinzu, »selbst wenn es dir direkt an den Kragen ging. Das paßt irgendwie nicht, ein Kapitän, der sein eigenes Schiff versenkt.«

»Hab ich auch nicht«, erwiderte Ethan düster. »Wang Toh hat angeordnet, das Munitionsdepot zu sprengen, um dann auf seiner Lorcha zu entkommen.«

»Er hat die Mannschaft zurückgelassen?«

»Die Ratte verließ das sinkende Schiff«, sagte Ethan kurz. »Kein sehr schöner Anblick, Tyler, das kannst du mir glauben.«

»Und du?« fragte Tyler neugierig. »Wie bist du jetzt weggekommen?«

»So ähnlich. Deine Kanonen haben mir das Leben gerettet, Tyler. Kurz nachdem China das Schiff verlassen hatte, haben mich die Kerle gepackt, und es hätte sicher mein letztes Stündchen geschlagen, wenn nicht ein Mast umgekippt wäre und dabei die meisten über Bord gegangen sind.«

»Also hast du dich dann auf die Lorcha gerettet«, folgerte Tyler. »Und dann?«

Ethan hob die Schultern. »Da gab es genügend Plätze, wo man sich verstecken konnte. Und da Wang Toh und seine Leibwache natürlich keine Ahnung hatten, daß ich an Bord war, war es nicht allzuschwer, sie zu erledigen.«

»Und dann mußtest du die Lorcha ganz alleine zurückbringen. Jetzt verstehe ich, warum es so lange gedauert hat.«

Ethan nickte. »Natürlich habe ich sofort Kurs auf Badajan genommen, und kam gerade zur gleichen Zeit an wie die *Kowloon Star*. Da man den Vulkanausbruch bis nach Singapur gesehen hat, war Nappy herübergekommen, um zu sehen, ob er helfen könnte.«

Ethan mußte nicht näher ausführen, was er empfunden hatte, als er die Insel in Flammen sah, und Tyler Crewe verstand auch ohne weitere Worte, was die kleine Warrick ihm bedeutete.

»Und nun, mein Freund?« fragte er. »Was passiert jetzt?« Ethan stand unruhig auf. »Gott, Tyler, wenn ich das wüßte! Ich denke, ich muß die Sache mit China morgen früh besprechen. Obwohl ich nicht sehr begeistert bin, sie daran zu erinnern, daß sie Waise ist, ihr Heim verloren hat und finanziell ruiniert ist.«

»Bleibst du über Nacht hier?«

Ethan rieb sich nachdenklich das Kinn. »Ich glaube nicht. Ich gehe zum Schiff zurück, nehme ein Bad und rasiere mich. Zwar habe ich mich gewaschen, ehe ich herkam, um sie nicht zu erschrecken, aber da kann noch einiges getan werden.«

»Wer von uns beiden ist eigentlich der aufgeregte Bräutigam«, spöttelte Tyler und schmunzelte.

»Ach verdammt, Tyler«, antwortete Ethan, »du weißt ganz genau, daß ich ihr damit jetzt nicht kommen kann! Nicht nach all dem, was passiert ist!« Eine völlig unsinnige Wut packte ihn, als ihm klar wurde, daß er China heute abend besser nicht mehr sehen sollte, weil er einfach nicht sicher sein konnte, sich beherrschen zu können.

Gedankenverloren stapfte er unwillig ins Haus. Als er die Tür zur Bibliothek aufstieß, sah er China am Fenster stehen. Lange schauten sie sich nur schweigend an. Aus dem Salon drangen Gelächter und Wortfetzen unnatürlich laut herüber. China umklammerte das Buch, das sie aus dem Regal geholt hatte.

»Schlafen die Kinder?« fragte Ethan schließlich.

»Ja, Gott sei Dank«, antwortete sie. »Sie waren ziemlich erschöpft. Ich wollte auch gerade nach oben gehen. Ich konnte einfach nicht dorthin zurück.« Sie zeigte mit dem Kopf in die Richtung des Salons.

»Ich verstehe.«

China sah ihn verwundert an. Warum war er so kurz angebunden, und warum schien er ihrem Blick so bewußt auszuweichen? »Ethan«, sagte sie langsam, »ich möchte mit dir über die Kinder sprechen.«

Er sah sie scharf an. »Warum? Stimmt etwas nicht?«

Sie zuckte hilflos mit den Achseln. »Ich meine, es hat wenig Sinn, nach dem, was du mir erzählt hast, King's Wheal wieder aufbauen zu wollen. Und ich mache mir Sorgen um Brandons Zukunft.«

»Mein Gott«, antwortete Ethan ungewollt mürrisch, »zerbrich dir doch darüber jetzt nicht den Kopf. Du bist doch offensichtlich ziemlich erschöpft!«

»Aber ich habe mich schon entschlossen, was ich tun werde«, erklärte China mit fester Stimme.

Seine Augen verengten sich. »So?«

Die kleine Hand nestelte unruhig an dem Buch herum. »Ich bringe die Kinder nach England zurück.«

Ethan erstarrte. »Du machst Witze!«

China preßte die Lippen zu einem Strich zusammen. »Nein! Ich gehe nach Broadhurst zurück. Ganz sicher werden Freddy und Cassie uns nicht wegschicken – zumindest nicht die Kinder.«

Ohne Vorwarnung beugte sich Ethan über sie, nahm sie bei beiden Armen und schüttelte sie. Die Augen in seinem hageren, sonnengebräunten Gesicht funkelten zornig. »Bist du verrückt geworden, China? Hast du vergessen, daß sie versucht haben, dich umzubringen?«

»Nein, natürlich nicht, aber –«

»Aber was? Aber ich weiß nicht, wo ich sonst hin soll? Wolltest du das sagen? Bei Gott, ich hoffe nicht! Und dir ist doch hoffentlich klar, daß ich es unter keinen Umständen zulassen werde, daß Brandon und Philippa von deinen Verwandten aufgezogen werden. Wenn irgend jemand für ihr Wohlergehen verantwortlich ist, dann bin ich es doch. Schließlich werde ich ihr Schwager sein!«

Ethan schüttelte sie immer noch: »Wieso glaubst du eigentlich, daß ich dir erlaube, ohne mich nach England zu gehen, aber das ist eine Angelegenheit, die wir beide miteinander besprechen. Verstehst du mich, China?« Er runzelte die Stirn und packte sie noch fester. »Warum, zum Teufel, siehst du mich jetzt so an?«

»O Ethan! Werden wir wirklich heiraten?«

»Wieso nicht?« fragte er. »Ich weiß, deine Mutter hat dieses verdammte Dokument unterzeichnet, aber ich möchte dich in einer öffentlichen Trauung zu meiner Frau machen. Weil ich dachte, daß du das auch möchtest. Oder hat sich daran etwas geändert? Sag schon, China!«

»Die Frage gebe ich an dich zurück, Ethan Bloodwell«, sagte sie widerspenstig. »Die ganze Zeit über dachte ich, du wärst tot. Tot! Und vielleicht bist du es wirklich, denn seit du zurückgekommen bist, hast du mich nicht einmal – nur ein einziges Mal geküßt!«

Ethan ließ sie mit einem Ruck los. Sie traute ihren Augen nicht, als sie sah, daß er lachte, so wie er immer gelacht hatte, wenn sie seiner Meinung nach etwas absolut Groteskes gesagt hatte. Aber diesmal war etwas in seinem Gesicht, das ihren Atem zum Stocken brachte.

»Willst du damit sagen«, fragte er, und seine Augen bekamen einen stechenden Ausdruck, »daß ich ziemlich dämlich war, weil ich versucht habe, auf deinen Kummer Rücksicht zu nehmen?«

China sah ihn an. »Du mußt wissen, daß mir am meisten an deiner sicheren Rückkehr gelegen war«, flüsterte sie.

Ethan wußte nicht, wer von ihnen beiden sich als erster bewegte. Plötzlich lagen sie sich in den Armen, und er küßte sie stürmisch.

»Geduld, mein Schatz«, schmeichelte seine Stimme, als er sie endlich losließ und die Enttäuschung in ihren dunkelgrünen Augen sah. Er hob ihre Hand und drückte seine Lippen auf die seidenweiche Innenfläche. »Wir können uns doch nicht hier in Tylers Bibliothek lieben!«

»Fürwahr, mein Herr –« China lachte und zeigte keinerlei Bedenken. »Raum ist in der kleinsten Hütte.«

Ethan grinste überrascht und wirbelte sie in seinen Armen herum. »Meine rothaarige Hexe«, murmelte er, »kleines Feuerköpfchen ...« Er lachte wieder und riß ihr mit einem Ruck das Kleid und die umständlichen Unterröcke vom Leib. »Und du wolltest ohne mich nach England zurück?«

Er drückte sie sanft in die Sofakissen und liebkoste ihren Körper mit ungestümer Leidenschaft.

»China«, fragte er mit rauher Stimme, »hättest du mich wirklich verlassen?

»Du weißt, daß ich das nicht gekonnt hätte«, sagte sie leise und zog seinen Kopf zu sich herunter. »O Ethan, ich bin so froh, daß du wieder da bist! Ich möchte –«

»Ich weiß, was du möchtest«, unterbrach er sie vielsagend und küßte sie.

China fühlte, wie sehr er sie begehrte und erwiderte seine Leidenschaft. Sie zog ihn aus und vergaß alles andere um sich herum. Sein goldbrauner Körper schimmerte im weichen Licht der Lampen. Atemlose Erwartung ließ ihren Körper erbeben.

Ethan küßte jeden Zentimeter ihres fein geschnittenen Gesichts und drückte dann seine Lippen unendlich zärtlich auf ihre. »Liebe, liebe China«, flüsterte er. »Wenn ich daran denke, daß ich dich beinahe verloren hätte.«

Er schmiegte sich an sie und Chinas schlanke Schenkel spreizten sich. Sie schlang die Arme eng um seinen Hals und hielt den Atem an, als er in sie eindrang und Teil ihres Körpers wurde. Ihr Körper drängte sich ohne Scham an seinen. Die Welt versank um zwei Liebende.

27

Es ging bereits auf Mittag zu, als Julia, Tyler und die Hochzeitsgäste am nächsten Tag nach unten kamen. In der Mitte des Rosengartens war unter einem farbenfrohen Baldachin ein üppiges Mahl vorbereitet. Ethan und China waren schon da. China sah frisch und wunderschön aus in einem geborgten Kleid aus gelber Schantungseide, das mit grünen Bändern besetzt war.

»Oh, China, das ist einfach wunderbar«, sagte Julia seufzend. »Haben Sie das als Überraschung geplant.«

»Sozusagen«, antwortete Ethan für sie und strahlte. »Wir dachten, es würde euch bestimmt nichts ausmachen, ein bißchen Zeit für unsere Verlobung zu opfern.« Er legte seinen Arm um Chinas Taille. »Wir werden gleich nach unserer Rückkehr nach Singapur heiraten.«

»Oh, wie wunderbar!« rief Julia aus und umarmte sie beide. »Darf ich du zu dir sagen, China – ich freue mich so für dich.«

»Wir freuen uns auch.« China lachte und sah Ethan an. Sie errötete, als sie den Ausdruck in seinem Gesicht sah. Da sie wußte, daß er sie küssen wollte, hob sie ihm ihr Gesicht entgegen. Doch ehe es dazu kam, hatte Tyler sich China geschnappt und drückte ihr laut schmatzende Küsse auf die Wangen.

Dann ließ er sie los und sah Ethan an, der leicht verdutzt dastand. »Der beste Freund des Bräutigams darf die Braut doch wohl küssen, oder?«

Ethan hob die Augenbrauen.

»Hast du gedacht, jemand anderer dürfte deine Hochzeit ausrichten? Und genau aus diesem Grund wollen wir von einer Hochzeit in Singapur auch gar nichts wissen. Wir machen es gleich hier, oder an Bord deines Schiffes, wenn du willst. Der Pfarrer wohnt nicht weit von hier und hat sicher nichts dagegen, noch einmal schnell vorbeizukommen.«

»Eine wunderbare Idee«, rief Julia aufgeregt aus. »O China, was hältst du davon?«

»Klingt wunderbar«, antwortete China, »vorausgesetzt Ethan hat keine Einwände.«

»Warum sollte ich?« fragte Ethan und lachte lüstern. »Auf diese Weise rückt die Hochzeitsnacht in greifbare Nähe.«

Tyler rief die Gäste zusammen und brachte einen Trinkspruch auf das junge Paar aus. Auf Julias Geheiß erklärte sich China bereit, als Gastgeberin für das eilends anberaumte Verlobungsfrühstück zu fungieren.

Ethan zog sich widerwillig in den Schatten eines nahestehenden Baumes zurück und sah zu, wie seine Verlobte Tee eingoß und mit den Gästen plauderte. Obwohl er Tyler und Julia dankbar war, wurde Ethan im Laufe des Nachmittags schon ein wenig ärgerlich, da Tylers eher liederliche Freunde China allzu deutlich mit Komplimenten überhäuften.

Später, als er endlich glaubte, sie ein wenig für sich beanspruchen zu dürfen, mußte sie an die Kinder von Tylers Dienerschaft die traditionellen Rosetten verteilen. Danach holte sie Brandon und Philippa zu sich. Dagegen hatte Ethan natürlich nichts einzuwenden. Sein Herz zog sich zusammen, als er die drei Lokkenköpfe beobachtete. Sie hatten sich für ihre Unterredung eine weit entfernte Bank unter einer üppig wuchernden Bougainvillea ausgesucht.

Brandon nahm die Nachricht vom Tod seiner Mutter mit viel Tapferkeit auf. Philippa weinte zwar in Chinas Armen, mußte aber schon bald wieder über die Kapriolen ihres Kätzchens lächeln, das mit einem Wollknäuel spielte, das Julia in Tylers chaotischem Haus irgendwo gefunden hatte.

Um drei Uhr wurde noch einmal offiziell Tee gereicht. Abschiedsreden wurden gehalten. Der Nachmittag ging schon seinem Ende zu, als sich schließlich die letzten Gäste per Pferdewagen oder per Schiff auf den Nachhauseweg machten.

»Oh!« rief Julia aus und ließ sich erschöpft in einen Stuhl auf der Veranda sinken. »Ich dachte schon, das nimmt nie ein Ende! Brandon, sei so lieb und bitte Nalidul, er soll uns was Kühles zu trinken bringen. Und frag ihn, ob Gem immer noch schläft. Was ich mir bei dem Lärm eigentlich kaum vorstellen kann!«

»Und du, meine Liebe«, flüsterte Ethan in Chinas Ohr, »kommst mit mir in den Garten.«

Lächelnd reichte China ihm ihre Hand, drehte sich jedoch schon wieder auf den Stufen um, als Brandon atemlos gerannt kam. Er fuchtelte wild mit einem zusammengebundenen Stück Badajan-Seide herum, das er aus Gems Wiege hervorgeholt hatte.

»Darin hat er alle seine Sachen mitgeschleppt, als wir uns auf der *Malhão* versteckt hatten«, klärte Philippa, die auf Tylers Schoß saß, die Erwachsenen auf, die verdutzt schauten.

»Ach ja, ich erinnere mich jetzt«, sagte China. »Brandon, du hattest es um die Taille gebunden, nicht wahr?«

»Ich weiß nicht, wie es zu Gem gekommen ist«, sagte er und zerrte ungeduldig an den vielen Knoten, die das Tuch zusammenhielten. »Ich glaube, es war in meiner Jackentasche, und einer der Diener muß es in ihre Wiege gelegt haben. Ich hatte ganz darauf vergessen.«

Er konnte die Knoten nicht lösen, und Ethan mußte ihm helfen. Alle standen wie vom Donner gerührt da, nur Julia schnappte hörbar nach Luft, als der Inhalt herausfiel.

»Das sind ja – Mutters Opale!« flüsterte China.

»Sie sind wunderschön!« sagte Julia. Alle wußten, daß Ethan eine unermeßliche Summe in Händen hielt. Es waren mehr als ein Dutzend Opale in jeder vorstellbaren Größe und Form: dunkle, in funkelndem Blau und Grün, und milchig-weiße in Tropfenform, zu einem Weißgoldkollier gefaßt und mit zahllosen, winzigen Diamanten besetzt. Das schönste Stück war ein wunderschöner schwarzer Edelstein, der funkelte und glitzerte, als Ethan ihn hochhielt. China fand sich an die Leuchtkraft eines Schmetterlingflügels erinnert.

»Es sind Opale aus New South Wales«, sagte sie fast ehrfürchtig. »Mein Großvater hat sie vor vielen Jahren selbst geschürft. Mutter hat sie als Teil ihrer Mitgift nach Badajan gebracht. Race ließ mehrere Steine fassen, aber Mutter klagte immer, sie hätte keine Gelegenheit, sie zu tragen. Also blieb der Rest einfach lose in ihrer Schmuckschatulle.«

Stirnrunzelnd wandte sie sich an Brandon: »Wie bist du denn an die rangekommen?«

»Ich habe sie nicht gestohlen, China«, sagte der Junge rasch. »Ich habe sie geborgt.«

China hob die Augenbrauen. »Geborgt? Wozu?«

»Weil ich sie Wang Toh geben wollte. Aber nicht zum Behalten. Als Sicherheit –« Ernst sah er in Chinas verwirrtes Gesicht. »Ich hörte, wie Mutter und Damon darüber sprachen. Sie sagten, sie könnten die Schulden allmählich abzahlen, wenn sie ihm nur eine Sicherheit bieten könnten, um Zeit zu gewinnen, bis sie wieder Seide liefern könnten. Sie haben allerdings nichts über Wang Toh gesagt, und ich glaube, sie wußten nicht einmal, daß sie das Geld ihm schuldeten. *Sie* haben das gesagt, Kapitän Ethan. Erinnern Sie sich noch.« Er sah zu Ethan auf. »Damals auf der Terrasse bei der Einladung für China.«

Ethan nickte und ließ die Steine nachdenklich durch seine Finger gleiten.

»Also hast du beschlossen, die Opale selbst zu Wang Toh zu bringen? Damit wir Zeit gewinnen würden, unsere Schulden an ihn zurückzuzahlen?« fragte China.

Brandon nickte eifrig. »Mama sagte immer, daß sie sie ohnehin nicht mochte. Ich dachte, sie würde sie nicht einmal vermissen. Und Wang Toh hätte sie ja doch nur für kurze Zeit gehabt und hätte sie dann zurückgegeben, nicht wahr? Wenn das Geld zurückbezahlt gewesen wäre?«

China sah Ethan über den Kopf des Jungen hinweg hilflos an. Ethan band das Tuch zusammen und steckte es in seine Tasche.

»Ich denke, darüber sollten wir miteinander sprechen, wenn wir mehr Zeit haben, Brandon. Wenn du ein Geschäftsmann wie dein Vater werden willst, mußt du noch einiges über Darlehen, Bürgschaften und Sicherheiten lernen.«

Brandon zog enttäuscht eine Schnute. »Habe ich etwas falsch gemacht?«

»Nein«, sagte Ethan ernst. »Jedenfalls nicht absichtlich.«

»Überleg doch«, fügte China rasch hinzu, »wenn du sie nicht mitgenommen hättest, wären sie jetzt unter dem Schlamm begraben.«

Brandons Augen leuchteten auf. Er zupfte an Ethans Ärmel. »Jetzt haben wir genug Geld, um King's Wheal wieder aufzubauen, nicht wahr, Ethan?«

»Das glaube ich nicht«, antwortete Ethan wahrheitsgetreu. »Und die Steine gehören jetzt China. Du mußt sie fragen, was sie damit vorhat.«

China atmete tief durch und sagte mit leicht unsicherer Stimme: »Wie wär's, wenn wir heute abend darüber sprechen, Brandon. Und bis wir uns entschieden haben, was wir damit tun, geben wir sie Ethan in Verwahrung. Bist du damit einverstanden?«

Erleichtert nickte Brandon und fragte, ob er noch etwas von dem Teekuchen haben könnte.

»Komm, Junge«, erbot sich Tyler und erhob sich mit Philippa auf dem Arm, »wollen mal sehen, ob noch etwas da ist.«

Dabei fiel Julia ein, daß Gem bald aufwachen würde, und sie eilte hinter den anderen her. Endlich waren Ethan und China allein im kühlen Schatten der Veranda. Zunächst schwiegen sie beide, und als China aufstand, zur Brüstung ging und in die Hitze des Spätnachmittags hinausblickte, blieb Ethan stehen, lehnte sich mit den Schultern gegen die Wand und beobachtete sie.

»Er versuchte nur zu helfen«, bemerkte er schließlich und sah, wie sie die Brüstung umklammerte, »und das zu tun, was er für richtig hielt.«

»Ich weiß.«

China drehte ihren Kopf ein wenig, und er sah ihr feines Profil gegen den grünen Rasen. »Es wäre nicht richtig, ihn zu bestrafen, oder?« fragte sie. »Wahrscheinlich hätte ich in seinem Alter das gleiche gemacht.«

»Davon bin ich überzeugt«, bemerkte Ethan trocken.

»Aber siehst du denn nicht, was das bedeutet, Ethan?« fragte China und sah ihn an. »Wir können King's Wheal nicht einfach aufgeben. Es ist Brandons Erbe.«

»Das werden wir auch nicht«, versprach Ethan und kam zu ihr. »Ganz sicher werden wir die Plantage eines Tages wieder aufbauen. Aber momentan müssen wir uns um andere Dinge kümmern.«

»Was für Dinge?« China runzelte die Stirn.

Ethan spielte mit einer Locke, die sich aus ihrem Chignon gelöst hatte. »Unsere Hochzeit beispielsweise, oder hast du die vergessen?«

»Nein, habe ich nicht«, sagte sie seufzend und legte einen Arm um ihn. »Die *Kowloon Star* ist immer noch in Djakarta, nicht wahr?«

Ethans Augen blitzten auf. »Mmmh. Möchtest du etwa Tylers Vorschlag folgen und an Bord meines Schiffes getraut werden?«

China nickte und sah ihn mit vielversprechenden Augen an: »Warum sollten wir warten, bis wir wieder in Singapur sind?«

»Du bist ein ungeduldiges Geschöpf«, lachte Ethan. Sie machte eine kecke Kopfbewegung. »Was geht in deinem Kopf vor, kleines Feuerlöckchen?«

»Nun, mein Herr«, antwortete China und führte ihre Andeutungen weiter aus, »liegt das nicht auf der Hand? Es kann Stunden dauern, bis der Geistliche kommt, und das wäre doch schade um die Zeit. Vielleicht sollten wir beide uns in Djakarta darum kümmern, daß für die Zeremonie alles vorbereitet ist.« Sie sah ihn schelmisch an. »Meinst du nicht, daß das klug wäre?«

»Aber sicher doch«, gab Ethan zu. Er war entzückt über ihre Kühnheit, zog sie an sich und drückte ihr einen vielversprechenden Kuß auf die Lippen.

Mit knatternden Segeln nahm die *Kowloon Star* Kurs auf Singapur. Der Bug durchschnitt elegant das schäumende Wasser. Der Himmel über den hochaufragenden Masten schwelgte in satten

Gold- und Rotschattierungen. Ethan hatte angeordnet, die Bramsegel zu setzen und die Focksegel zu reffen. Dann hatte er das Kommando an seinen Steuermann weitergegeben, der vielsagend grinste, hatte seine Frau an der Hand genommen und sie nach unten geführt.

Nappy Quarles war schon vorher in der Kabine gewesen. Der Tisch war mit frischem Leinen gedeckt. Orchideen und süßlich duftender Jasmin brachten ein bißchen Farbe in die eher strenge Möblierung. Nappy hatte die Luken verhängt und Kerzen angezündet, eine kühle Flasche Wein und ein paar verführerisch duftende Köstlichkeiten bereitgestellt.

»Bist du hungrig?« fragte Ethan, schloß die Tür hinter sich und sah sie an. »Wie könnte ich an Essen denken, nach all dem, was wir heute gegessen haben?« antwortete China lachend mit einer Gegenfrage. Sie ließ sich in einen Stuhl fallen und zog die Schuhe aus. »Es war eine wunderschöne Feier, nicht wahr?« seufzte sie.

Brandon hatte die Ringe getragen, und Philippa einen Korb mit Blumen. Julia war Brautführerin gewesen. Nappy hatte strahlend dabeigestanden, als Ethan und China sich an Deck der *Kowloon Star,* die im Hafen von Djakarta vor Anker lag, das Jawort gaben. Jetzt waren sie auf dem Weg nach Singapur, und China fragte sich ein wenig traurig, wann sie die Crewes wohl wiedersehen würde.

»Was ist, Liebes?« fragte Ethan, als er den Schatten sah, der über ihr Gesicht fiel.

»Ob es wohl richtig war, Gem bei ihnen zu lassen«, sagte China langsam. Sie schlenderte zum Tisch und berührte die Blütenblätter einer wunderschönen rosagelben Orchidee, die über den Rand der Vase hing. »Ich muß immer wieder daran denken, daß wir sie mitnehmen hätten sollen.«

»Du denkst zu viel, Liebes«, sagte Ethan zärtlich. »Und machst dir zuviel Sorgen und bürdest dir zuviel auf. Auf Java leben zahllose Chinesen, und Tyler hat versprochen, Gem über ihre Herkunft nicht im unklaren zu lassen. Wenn sie alt genug ist, kann sie zwischen zwei Welten wählen, und niemand soll ihr dabei dreinreden.«

»Aber wir werden sie doch besuchen kommen, oder?« fragte China. »Ich möchte nicht, daß sie glaubt, wir hätten sie ganz verlassen.«

»Jetzt sprichst du aber blanken Unsinn«, sagte Ethan. »Sobald uns die englischen Winter zum Hals raushängen oder uns das Leben dort zu sehr einengt, lichten wir einfach die Anker und segeln gen Osten.«

Es klang alles leicht aus seinem Munde, obwohl es so leicht auch wieder nicht sein würde, zumindest nicht, wenn sie mit den wenigen Mitteln würden auskommen müssen, die er bieten konnte. Doch die Warrick Opale wollte er keinesfalls für Kleidung und Nahrung verwendet wissen. »Gott sorgt treulich für uns«, war einer von Rajiid Alis Lieblingssprüchen gewesen. Rajiid ... Ethan wurde warm ums Herz, als er an den Freund dachte. Er würde ihn sehr vermissen, doch als er Chinas kleines Gesicht sah, wußte er auch, daß ein neues, wunderschönes, herrliches Leben vor ihm lag.

»Bist du sicher, daß du keinen Hunger hast?« fragte er grinsend, nachdem er beobachtet hatte, wie China die Deckel von den Töpfen hob und genießerisch hineinschnüffelte. »Gut«, fuhr er fort, als sie den Kopf schüttelte, »Ich glaube nämlich nicht, daß wir viel Zeit zum Essen haben werden.«

Er kam zu ihr und schlang seine Arme fest um ihre Taille. China sah ihn willig an, und er lachte leise, als er den Kopf herunterbeugte und sie küßte.

»Wußten Sie eigentlich, Mrs. Bloodwell, daß Sie ganz und gar nichts Zurückhaltendes an sich haben?«

»Sehr wohl, Herr Kapitän«, antwortete sie und sah ihn spitzbübisch an, »möchten Sie sehen, wie hemmungslos ich sein kann?«

Sie kraulte mit ihren Fingern durch sein Haar und zog seinen Kopf zu sich herunter, bis sein Mund ihren berührte. Ihre Lippen waren süß und unbeschreiblich weich – wie Nektar für einen Mann, der sich zu lange nach ihnen verzehrt hatte.

Er faßte mit der Hand an ihren Rücken und öffnete die vielen Perlmuttknöpfchen an ihrem Kleid. Dann liebkoste er ihre Schultern und streifte ihr dabei das Kleid hinunter. Nacheinander fielen Chinas Kleidungsstücke raschelnd auf den Boden der Kabine. Auf den frischen, duftenden Bettlaken öffnete sie sich dem Mann, den sie liebte, zog seinen braungebrannten Körper mit einer ungezügelten Leidenschaft an sich, die ihn entzückte.

»Mein Liebes«, flüsterte Ethan mit heiserer Stimme, wie damals in jener Nacht an Bord des sinkenden chinesischen Schiffes, als er glaubte, sie nie wieder zu sehen. »Mein Liebes, mein Leben –«

Er ließ seine Hände über ihre Rundungen gleiten, über ihre glatte Haut, die das Kerzenlicht in der Dunkelheit golden schimmern ließ, und über ihre seidig glänzenden Locken, die das Kissen bedeckten.

China gab sich ihm erwartungsvoll und liebend hin. Ihre Augen loderten wie grünes Feuer. Dann umklammerte sie ihn mit den Beinen, um ihn tiefer in sich zu spüren, bis die gleichmäßigen, rhythmischen Bewegungen sie zu schwindelnden Höhen hinauftrugen.

Später, viel später, als die Kerzen heruntergebrannt waren und sie geliebt, geflüstert, gelacht und dann wieder geliebt hatten, öffneten sie den Wein und prosteten sich mit warmherzigen Blicken über den Rand ihrer Gläser zu. Ethan betrachtete sie und wunderte sich, daß der Hunger eines Mannes allein durch die Gegenwart einer Frau, die er liebte, gestillt werden konnte. China war bei ihm, er hörte das vertraute Ächzen der Balken und das Schlagen der Brandung an die Planken seines Schiffes – mehr brauchte er nicht, um restlos glücklich zu sein.

Er schmunzelte, als er sah, wie ihr der Kopf schwer wurde. Vorsichtig nahm er ihr das Glas aus der Hand und streifte den seidenen Umhang von ihren Schultern. Er blies die Kerzen nacheinander aus und legte China ins Bett. Der aufgehende Mond sandte ein diffuses Licht durch die verhängten Luken. Ethan strich China die dicken Locken aus der Stirn und beugte sich über sie, um sie zu küssen. Eigentlich wollte er sie nur noch einmal zärtlich liebkosen, aber die unschuldige Geste hatte genügt, um seine Leidenschaft neu zu entfachen.

»Ich kann von Ihnen einfach nicht genug kriegen, Mrs. Bloodwell«, sagte er mit rauher Stimme und ließ seinen Arm unter ihre Hüfte gleiten. Dabei drehte er sie zu sich, so daß ihre beiden Körper miteinander verschmolzen.

»Wenn ich gewußt hätte, was für einen selbstsüchtigen, gebieterischen Mann ich geheiratet habe –«

»Hättest du es dir noch einmal überlegt?« fragte Ethan und drängte seinen sinnlichen Körper an sie. »Nein, hätte ich nicht«, sagte China. »Ich hätte –« Die restlichen Worte gingen unter in seinem Kuß, der auch bei ihr die Leidenschaft von neuem aufflammen ließ.

Irgendwann viel später in dieser Nacht, in der Stunde vor der Morgendämmerung, wurde Ethan wach von einer kaum wahrnehmbaren Änderung in der Bewegung seines Schiffes. Er war sofort hellwach und wollte aufstehen. Doch zwei schlanke Arme zogen ihn in die Wärme des Bettes zurück.

»Was ist los?« fragte China schlaftrunken. »Wo gehst du hin?«

»Nach oben. Frazier hat die Segel aus irgendeinem Grund eingezogen, und ich möchte wissen warum. Es ist viel zu früh, den Lotsen an Bord zu nehmen.« Er zog seine Hose an und küßte sie, aber China hatte sich bei seinen Worten mit einem Ruck aufgesetzt. Die schrecklichen Ereignisse der jüngsten Vergangenheit waren sofort wieder da.

»Ich komme mit«, sagte sie entschlossen und schwang sich aus dem Bett.

»Wie du meinst«, antwortete Ethan. Obwohl es dunkel war, ahnte China, daß er lächelte. »Nur solltest du vielleicht etwas Geziemendes anziehen, hm? Ich möchte nämlich nicht, daß meine Frau splitterfasernackt an Deck herumspukt.«

Er wartete nicht auf sie, und es dauerte eine Weile, bis es China gelang, Licht anzuzünden und sich ihr Kleid irgendwie drüberzuziehen. Für die Krinoline war sie zu aufgeregt, und so raffte sie die Röcke nur schnell zusammen, lief den Gang hinunter und bemühte sich, möglichst leise zu sein, als sie an Brandon und Philippas Tür vorbekam.

Obgleich es an Deck angenehm kühl war, waren die Planken unter ihren bloßen Füßen noch warm. China sah zunächst einmal gar nichts, denn der Mond war schon untergegangen. Als sich ihre Augen aber dann an die Sternennacht gewöhnt hatten, erschrak sie über den Anblick eines vertrauten Schiffes, das sich auf den Wellen hob und senkte.

Die *Aurora D.* Was, um Himmels willen, machte Horatio Creel hier in diesen Gewässern? Soweit sie sich erinnerte, hatte Damon ihn nach Timor geschickt, wo er beim portugiesischen Provinzialgouverneur eine offizielle Meldung bezüglich der *Malhão* machen sollte. Natürlich war es möglich, daß Kapitän Creel von der Zerstörung Badajans in Timor gehört hatte, eilends aufgebrochen war und jetzt der langsameren Brigg den Weg abgeschnitten hatte, um Neuigkeiten zu erfahren.

China hatte mit ihrer Annahme nur teilweise recht, denn die *Aurora D.* hatte ihre Mission in Timor schon vor einigen Tagen abgeschlossen und hatte in Singapur, nicht in Timor, vom tragischen Tod von Damon und Malvina Warrick und der Zerstörung der King's Wheal Plantage erfahren. Nachdem er gehört hatte, daß die Überlebenden nach Djakarta gebracht worden waren, hatte er sich zusammen mit einem Passagier, der unbedingt mitgenommen werden wollte, auf den Weg nach Java gemacht.

Ethan hörte die leisen Fußtritte seiner Frau hinter sich und schickte den Wachoffizier weg, mit dem er sich angeregt unterhalten hatte.

»Ethan, was ist?« fragte China mit einem unguten Gefühl im Magen. »Und was macht Kapitän Creel? Fährt er wieder weg?«

Sie hatte gesehen, daß die *Aurora D.*, während sie sprach, sich an Steuerbord in die entgegengesetzte Richtung nach hinten bewegt hatte.

»Ich denke, er wird uns nur vor dem Morgen nicht mehr stören wollen.«

»Warum? Was hatte er dir zu sagen?«

»Nachdem er erfahren hatte, daß du und die Kinder an Bord seid, hat er freundlicherweise beschlossen, uns jetzt in Ruhe zu lassen. Wir können ihn morgen bei acht Glasen erwarten. Oh, und er bringt einen Besucher mit.«

»Einen Besucher? Wen? Ethan, was ist los mit dir? Also, ich muß schon sagen, du bist –«

»Der aufregendste Mann, der dir je über den Weg gelaufen ist?« In seinen Augen funkelten tausend Teufelchen, als er sie ansah.

China mußte lächeln. »Das wollte ich eigentlich nicht sagen, aber – ja, ich denke, das stimmt. Würdest du mir jetzt endlich sagen, was hier vor sich geht?«

Ethan drehte sich mit dem Rücken zur Reling und zog sie fest an sich, ohne auf den Wachposten in der Nähe Rücksicht zu nehmen. Und dann lachte er – so frei und unbeschwert, wie sie es schon sehr lange nicht mehr gehört hatte. Sie mußte einfach mitlachen.

»Es ist Roland Biggs, China«, sagte er schließlich und wurde wieder ganz ernst. »Er ist an Bord der *Aurora D.* und will mit uns sprechen.«

Einen Augenblick hatte China keine Ahnung, von wem er sprach. Dann leuchtete ihr Gesicht auf, und sie sagte ungläubig: »Roland Biggs? Der Rechtsanwalt meines Großonkels Esmund? Aber warum ist er hier? Sucht er etwa mich?«

Sie sah Ethans weiße Zähne in der Dunkelheit aufblitzen. Dann streichelte er gedankenverloren über ihre Wange. »Ja, genau das. Mir scheint, Mrs. Bloodwell, Sie sind eine reiche Erbin.«

»Eine Erbin?«

»So ist es. Horatio sagt, du hast Broadhurst und damit das gesamte Linville-Vermögen geerbt.«

»Das kann doch nicht sein!«

»Ganz im Ernst, mein Liebes«, versicherte Ethan ihr. »Offensichtlich hat Mr. Biggs dich schon seit geraumer Zeit in halb Asien gesucht.«

»Aber wieso denn? Was ist mit Freddy? Der hat sich doch bestimmt nicht plötzlich entschlossen, mir Boradhurst zu übergeben!«

»Ich fürchte, dein Cousin weilt nicht mehr unter den Lebenden, China. Horatio sagt, er hätte wohl so etwas wie einen Unfall in Battersea gehabt.«

China bekam große Augen. »In *Battersea?* Was hat Freddy denn dort gemacht? Das ist doch normalerweise nicht die Gegend, wo Freddy sich aufhält.«

»Keine Ahnung«, antwortete Ethan nicht ganz wahrheitsgetreu, obgleich er überzeugt war, daß Lord Freddy jenen gefährlichen Straßenräubern zum Opfer gefallen war, die sich dort herumtrieben und denen arrogante Edelleute immer ein Dorn im Auge waren. Und wenn er weiterdachte, dann war Freddy ganz bestimmt von sich aus dorthin gegangen, ohne zu überlegen, wie töricht das war.

In den Freudenhäusern in Battersea gab es jede Menge Matrosen, die versuchten, auf Frachtern anzuheuern, die in den Orient fuhren. Und diese Matrosen waren für einen Beutel Gold zu jeder Tat bereit. Ethan hatte nicht vergessen, daß Freddy Linville schon einmal versucht hatte, sich seiner unschuldigen, jungen Cousine zu entledigen. Warum sollte er es nicht noch einmal probiert haben?

Aber warum sollte er darüber jetzt wütend sein? Die beiden Männer, die alles zerstören wollten, was China lieb und teuer war – Wang Toh Chen-Am, der Mandarin von Kwangtung, und Lord Freddy Linville, der neunte Earl Linville – waren tot. Es blieb nur noch Cassie als letzte, die Chinas Glück, und damit sein eigenes, bedrohen konnte.

Die werde ich mir vornehmen, wenn die Zeit gekommen ist, dachte Ethan grimmig. Er konnte nicht wissen, daß Cassie Linville vor wenigen Wochen in eine geschlossene Anstalt achtzig Meilen nördlich von London eingewiesen worden war, nachdem der gewaltsame Tod ihres Bruders ihren Geist, der nie besonders gefestigt war, vollends verwirrt hatte.

Ethan verdrängte die unangenehmen Gedanken, sah seine junge Frau an und zog sie an sich. »Ich hoffe, du bereust es nicht, einen schäbigen Chinahändler geheiratet zu haben, jetzt wo du stinkreich bist, Mrs. Bloodwell«, sagte er heiser.

»Da bin ich noch gar nicht so sicher«, antwortete China mit todernstem Gesicht. »Ich werde mich in Kent einmal genauer umsehen. Vielleicht ist da unter den adeligen Herrn einer, der mir besser gefällt.«

»Schon möglich«, gab Ethan ernst zu, »aber ich fürchte, dazu wirst du keine Zeit haben.«

Langsam und unendlich zärtlich bedeckte er ihr Gesicht mit

Küssen, und China hielt ihm erwartungsvoll ihre geöffneten Lippen entgegen. Die ganze Welt schien mit Ethans leidenschaftlichem Kuß um sie herum zu versinken – der unermeßliche, dunkle Ozean, der Morgen, der auf einem verblassenden Himmel heraufdämmerte und der weite Horizont. Da war nur mehr der Mann, der sie in seinen Armen hielt, der Mann, dessen zärtlicher Kuß Liebe bedeutete – leidenschaftliche, ungestüme Liebe für die Ewigkeit.

WOGEN DER ZÄRTLICHKEIT

Für Mutti und Vati
in Liebe

Für Hilari
in Dankbarkeit

1

Das prachtvolle Herrenhaus des Landsitzes North Head war dem Meer zugewandt. Im Westen lag Land's End, das äußerste Zipfelchen Englands, dennoch beherrschte North Head mit seinen fruchtbaren Ackerböden und dem kargen Heideland die ganze Gegend, so daß man leicht annehmen konnte, jenseits seiner weitläufigen Mauern gäbe es keinerlei Zivilisation mehr.

North Head mit seinem wundervoll angelegten Park und den hohen vergitterten Fenstern, die das Sonnenlicht hereinströmen ließen, die brausenden Winterstürme jedoch abfingen, schwebte erhaben über dem Gestade, ragte massiv und unerschütterlich über dem Meer empor. Seine zwei Türme aus heimeligem, goldfarbenem Stein wirkten wie Wachposten, die den Mittelbau des Hauses und die stattlichen Seitenflügel daneben beschützten. Von den Turmspitzen aus konnte man über Land's End nach Westen blicken, zu den weißen Schaumkronen des Atlantiks, und nach Osten, zum Fischerdorf St. Ives, wo sich Cornwall mit seinen wogenden Heiden und terrassenartigen Wiesen zu einem Panorama von herber, nahezu schmerzlicher Schönheit entfaltete.

Seit mehr als zweihundert Jahren diente North Head als Sitz der Barrancourts, einer mächtigen Familie von hohem Ansehen im alten Herzogtum, so stolz, stoisch und unbeugsam wie Cornwall selbst. Weder Sturm noch Hungersnot, weder Bürgerkrieg noch Aufstand hatten ihr feuriges Temperament zu dämpfen vermocht, und im Landvolk munkelte man, jeder Barrancourt werde mit ein paar Tropfen Zauberblut geboren. Denn wie hätte North Head ohne magische Kräfte seine bewegte Vergangenheit überstehen und so gedeihen können? Lachen und Liebe, Verrat und Blutbäder – die starken, schützenden Mauern waren Zeuge aller Aspekte der menschlichen Natur geworden, die seine Bewohner mit ihrem unstillbaren, unersättlichen Lebenshunger in sich tragen.

An einem überraschend kühlen, bedeckten Junimorgen 1848, als die Türme dunstverhangen, die Ziegelmauern feucht vom Niederschlag waren, schien North Head von Ferne wie ein großer Raubvogel über den Klippen zu schweben. Weit unten am Abhang galoppierte ein Pferd einsam mit seiner Reiterin über die nasse, duftende Heide. Das Tier, ein kastanienbrauner Hengst, war schaumbedeckt, sein Atem eine Dunstwolke, die Hufeisen trommelten über den Rasen. Mit einer geringfügigen Gewichtsverlagerung lenkte es seine Reiterin von der Auffahrt weg, die durch die gepflegten Gärten zu den weißgetünchten Ställen führte.

»Du bist doch gewiß noch nicht müde, alter Junge«, wisperte ihm die schlanke junge Frau ins Ohr. »Wenn du willst, holst du den Wind ein.« Bei diesen Worten legte sie sich flach in den Sattel, und der Hengst reagierte auf ihre Bewegung und stob derart über den Rasen, daß unter seinen Hufen der Morast aufwirbelte und die Landschaft verschwommen an ihnen vorbeirauschte.

Raven Barrancourt, der das Blut in den Adern pochte, ließ Cinnabar freien Lauf. Sie hob das schmale, ebenmäßige Gesicht, so daß der kühle Sommerwind ihr die feuchte Brise gegen die Wangen fächelte. Ihre schrägstehenden Augen von erstaunlichem Goldton glänzten aufgeregt, und ihre weichen, rosigen Lippen öffneten sich, als sie, beglückt über das Gefühl der Freiheit, auflachte.

Auf einer kleinen Anhöhe zügelte sie den widerstrebenden Hengst, ließ ihn ungeduldig stampfen und schnauben, während sie sich nach North Head umwandte, das sich an die hoch aufragenden, massiven Granitfelsen schmiegte. Das herrliche Gebäude, so fest und unerschütterlich wie der Granit, die Sträucher und die in prächtiger Blüte stehenden Sommerblumen, bot ein Bild ehrfurchtgebietender Erhabenheit. Diese Aussicht auf ihr Zuhause mochte Raven am liebsten, und bei jedem Ausritt hielt sie hier an, um den erquickenden Anblick in sich aufzunehmen, ehe sie auf Land's End zusteuerte. Nach einer Weile ließ sie den erregten Cinnabar drehen und zwang ihn in einen ruhigen, kurzen Galopp. Sie hatte ihn sich von einem Fohlen herangezogen und mit Hilfe ihres Vaters abgerichtet. Lächelnd rief sie sich jetzt ins Gedächtnis zurück, wie er sie als ungebärdiges Jungtier unzählige Male abgeworfen und mit seiner Widerspenstigkeit zum Weinen gebracht hatte. Doch sie war geduldig, hartnäckig und ebenso starrköpfig wie Cinnabar geblieben und hatte ihn zu einem wirklich angenehmen Reittier dressiert, was ihr Vater so gern in seiner schlichten Art gelobt hatte. Raven wußte, daß er sehr großen Stolz auf sie empfunden und sogar davon gesprochen hatte, Cinnabar zu einer Stute zu bringen; doch hatte der frühe Tod ihres Vaters diese Pläne zunichte gemacht.

Ein plötzlicher Schmerz trat in die goldfarbenen Augen, und Raven preßte die rosigen Lippen fest zusammen. Die Freude am Ausritt war ihr mit einemmal getrübt, und nachdem sie Cinnabar zu einer der geschützten Buchten am Fuß der Klippen dirigiert hatte, damit er durch das eisige Wasser planschen konnte, ritt sie heimwärts.

Schnaubend warf Cinnabar den Kopf umher und tänzelte auf den Vorplatz, wo ein grauhaariger Pferdeknecht in Stiefeln und Lederschürze aus dem Stall auftauchte, um das Tier zu übernehmen.

»Haben Sie Cinnabar tüchtig müde geritten, Miß Raven?« fragte er mit einem breiten Grinsen.

»Ja, Sam«, erwiderte sie, ließ den gestiefelten Fuß aus dem Steigbügel gleiten und sprang behend vom Pferd. Sie war groß gewachsen, schlank und geschmeidig, ihr dunkelgrünes Samtkleid von modischem Schnitt; und das mit Goldlitze besetzte Jäckchen legte sich eng um die grazile Taille, um sich dann über die schön geschwungenen Hüften zu bauschen. Ihr glänzendes, kohlschwarzes Haar war zu einem Knoten geflochten und wurde von einem feinen Netz an den zarten, anmutigen Nacken geschmiegt.

»Er kann wie immer nicht genug kriegen« bemerkte Sam kopfschüttelnd, als der große Hengst, von seiner Last befreit, einen ausgelassenen Satz nach vorn machte. Nur durch einen festen Griff in die Zügel hinderte ihn der Pferdeknecht daran, sich loszureißen. Schnaubend verdrehte Cinnabar die Augen und scharrte mit den Füßen, so daß die Hufeisen auf dem Pflaster klirrten.

»Armer Cinnabar«, murmelte Raven und tätschelte ihm den glänzenden, muskulösen Hals. »Vielleicht reite ich ihn am Nachmittag noch einmal.«

»Dazu werden Sie wohl kaum Zeit haben, Miß Raven« wandte Sam bedauernd ein. »Während Sie weg waren, ist der Kanzleisekretär von Dr. Haggart gekommen und hat ausgerichtet, daß Haggart Sie gegen zwei besucht.«

»Warum das denn?« Nachdenklich runzelte Raven die Stirn.

»Das wollte er nicht sagen, Miß Raven.«

Sie zuckte die schmalen Schultern und lächelte Sam freundlich zu. »Nicht weiter wichtig, Sam. Sagen Sie einem der Stallburschen, daß man Cinnabar noch einmal ausreiten soll. Dann müßte er sich doch müde toben.«

Sam blies die geröteten Pausbacken auf, als er den Gurt löste und den Sattel von Cinnabars breitem Rücken hob. »Wenn Sie das nicht mal mit Ihrem wilden Galopp schaffen, Miß Raven, wird es auch nicht viel helfen, wenn ich einen der Burschen noch zu einem Ausritt überrede.«

Ein leises melodisches Lachen war Ravens Antwort. Sie wandte sich um und schritt, die Reitgerte mit dem beinernen Knauf noch in der zarten Hand, über den Hof auf das Herrenhaus zu, wobei ihr die Röcke um die Beine wogten. Geräuschlos glitt sie durch den Dienstboteneingang ins Haus und eilte die geschwungene Treppe zum Westflügel in ihr Schlafgemach hinauf, ohne dabei die strengen Gesichter ihrer Ahnen, die in der Großen Galerie auf sie herniederblickten, zu beachten. Feurig, stolz, dunkelhaarig, mit edlem, hitzigem Keltenblut in den Adern, entstammten sie alle dem Geschlecht der Barrancourts. Die meisten waren Krieger gewesen, in späteren Generationen Ritter und treue Vasallen der englischen Könige. In ihren unbeugsamen Gesichtern verkörperte sich die Geschichte Englands und das zukünftige Schicksal ihrer Nachkommen, auch das Ravens, deren dunkle, ehrfurchtgebietende Schönheit ebenso ein Teil dieses Erbes war wie ihre stolze, unnachgiebige Geisteshaltung.

Ravens Schlafgemach ging zur See hinaus, die hohen Flügelfenster offenbarten einen großartigen Blick auf das Wasser und den Himmel, obwohl heute kaum auszumachen war, wo dieses endete und jener begann, da eine dahinziehende, dunkle Dunstdecke den Horizont verfinsterte. Von der überhängenden Dachkante tropfte es, und die am Sturmhimmel ihre Kreise ziehenden Saatkrähen krächzten heiser. Diese Szenerie war Raven wohlvertraut, obschon dieselbe düstere See sich in einen funkelnden Aquamarin verwandelte, wenn die goldenen Sonnenstrahlen Brandung und Strand mit ihrem Licht erwärmten. Wie viele sonnige Tage sie wohl von diesem Fenster aus gesehen hatte, fragte sich Raven, während sie näher trat und mit zarter Hand die Damastvorhänge zur Seite raffte. Wie viele sturmdurchtoste Nächte, wie viele kalte Wintertage?

Nicht annähernd genug, dachte sie, und ein sanftes, liebevolles Lächeln huschte über ihre Lippen, als sie den Blick westwärts nach Land's End schweifen ließ. Ein ganzes Leben reichte nicht aus, ihre Sehnsucht nach der wilden Schönheit Cornwalls zu stillen. Welches Glück, könnte sie nur hier am Fenster verweilen und vor sich hin träumen ... Leise seufzte sie auf und sank ein wenig in sich zusammen. Wenn sie sich dem doch nur hingeben dürfte, aber unten warteten dringende Aufgaben, die sie nicht unbeachtet lassen durfte. Mit einem abermaligen Seufzer wandte sie sich vom Fenster ab und begann sich die Stiefel auszuziehen.

Als sie unten erschien, trug sie ein rubinrotes Samtkleid mit weitschwingendem Rock; der spitzenbesetzte, tropfenförmige Ausschnitt enthüllte ihren Schwanenhals und den vollkommenen Brustansatz. Die zerbrechliche Taille betonte ein enges Mieder, das gefällig über die sanft geschwungenen Hüften fiel. Das glänzende blauschwarze Haar hing lose herab, nur von zwei erlesenen Perlmuttkämmen aus dem Gesicht gehalten. Bei jedem Schritt wehten und wogten ihr die Locken verführerisch um die Hüften, doch Raven war sich ihrer Schönheit nicht bewußt. In Gedanken versunken, runzelte sie die Stirn. Noch vor Monatsende mußten Außenstände beglichen und bis morgen die Löhne bezahlt werden. Ob sie die Buchführung noch erledigen konnte, bevor Mr. Haggart am Nachmittag eintraf?

Die kleine Furche schwand von Ravens glatter Stirn, und ihre

Augen hellten sich auf. Konnte sie nicht Mr. Haggart bitten, ein wenig Zeit für sie zu erübrigen und ihr einige Fragen zu den Büchern zu beantworten? Wenn sie ihm die Unterlagen zeigte, konnte er ihr vielleicht erklären, warum sie jeden Monat ein bißchen ins Hintertreffen geriet, gleichgültig, wie umsichtig sie mit den Ausgaben jonglierte. Offen gestanden hatte sie sich ihres mangelnden Geschäftssinns zu sehr geschämt, ihn früher um Rat zu bitten. Doch wenn er schon einmal da war, würde er nicht zögern, ihr ein wenig zu helfen.

Von dieser Aussicht etwas aufgeheitert, machte sich Raven auf den Weg zum Arbeitszimmer. Als sie aber bemerkte, daß die Doppeltüren zur Halle offenstanden, betrat sie diese nach kurzem Zögern. Der Steinboden schimmerte in sanfter Patina, die sich in vielen Jahren bei ungezählten Jagdbällen, Hochzeitsfesten und Banketten gebildet hatte. Obwohl der imposante Saal riesengroß war und die Kassettendecke ihm Vornehmheit und Eleganz verlieh, liebte Raven immer die ungezwungene behagliche Stimmung, die sie hier umfing. Alte Waffen, zum Teil von ihren Vorfahren in Kriegen und Aufständen gebraucht, hingen an den in warmen, satten Farben tapezierten Wänden. Ein tiefer Kamin von anderthalbfacher Mannshöhe nahm die ganze Ecke unter der Spielmannsgalerie ein. Seine glatte roséfarbene Marmorfassung war vor mehr als hundert Jahren aus Italien herbeigeschafft worden.

Langsam und leichtfüßig schritt Raven durch die riesige Halle. Bei jeder Bewegung raschelte das Samtkleid, und sie dachte an all die Musik und das Lachen, die in vergangenen Zeiten hier erschallt waren. Mehr als zwei Jahrhunderte hatten die Barrancourts ihre Feste innerhalb dieser dicken Steinmauern gefeiert, und sie selbst hatte an einigen Herbstbällen und prächtigen Empfängen ihres Vaters teilgenommen. Obwohl sie erst im kommenden Winter offiziell in die Gesellschaft hätte eingeführt werden sollen, bestand er darauf, daß sie an seiner Seite als Gastgeberin auftrat, und alle Gäste waren von dem lächelnden schönen Mädchen hingerissen, das sie zusammen mit seinem Vater begrüßte und dabei so reizend knickste.

Kurz vor dem Tod des Vaters hatten sie erste Pläne für ihren

Debütball geschmiedet. Bei der Erinnerung daran trat Raven ein trauriger, wehmütiger Ausdruck in die goldbraunen Augen. Ihr Vater hatte ihr versprochen, daß es das Ereignis der Saison und ihre Robe schöner als Engelsflügel sein würde, und sogar schon damit begonnen, sie die komplizierten Schritte jenes Tanzes zu lehren, mit dem traditionsgemäß jede formelle Einladung in North Head eröffnet wurde. Dieser beschwingte Tanz ähnelte der ursprünglich provenzalischen und einst im Elisabethanischen England so beliebten Volta, doch hatte man ihn noch um die würdevollen Schritte der italienischen Pavane erweitert.

Ob sie sich wohl noch an die lebhaften, vertrackten Schritte und die schwungvolle Begleitmelodie erinnerte? Vor sich hinsummend, begann Raven mit dem Fuß auf den glatten Steinboden zu klopfen. Und als Rhythmus und Melodie allmählich in ihr Gedächtnis zurückkehrten, hob sie die üppigen Röcke, wobei sie ihre schmalen, wohlgeformten Fesseln enthüllte, und wirbelte anmutig durch den leeren Saal, als tanzte sie mit einem imaginären Partner. Zu ihrem Entzücken gelangen ihr die Schritte mühelos, und sie drehte sich mit erhobenen Armen wieder und wieder, so daß ihr rubinroter Rock wogte und das lange schwarze Haar um ihre Hüften wippte. Fast konnte sie die Stimme ihres Vaters hören, wie er sie auf einen fehlerhaft ausgestreckten Fuß hinwies oder sie für einen besonders graziösen Schritt lobte, und ein warmes Lächeln der Erinnerung trat in ihre Augen.

»Ahem!«

Bei diesem verlegenen Räuspern hielt Raven mitten im Schritt inne, und als sie den livrierten Diener in der Türöffnung stehen sah, schoß ihr tiefe Röte in die weichen Wangen. Obgleich er sich um eine gebührend ernste Miene bemühte, entdeckte sie in seinem gütigen Gesicht einen bewundernden und erfreuten Ausdruck, und sie mußte über ihr albernes Benehmen lachen.

»Entschuldigen Sie, Timms. Ich wollte ausprobieren, ob ich die Schritte noch beherrsche.«

»Ganz offensichtlich tun Sie dies noch, Miß Raven«, erwiderte der Diener und gestattete sich die Freiheit, in ihr Lachen einzustimmen. »Ganz vorzüglich sogar. Ich wollte nur die Türen schließen. Molly muß sie nach dem Saubermachen offengelassen haben.«

»Eigentlich ist es traurig«, meinte Raven nachdenklich, als sie auf den dicken Korridorteppich trat und der Diener mit Schwung die verzierten Türen schloß. »Ob wir wohl jemals wieder die Große Halle benutzen werden?

»Oh, das dürfen Sie nicht sagen, Miß Raven!« protestierte Timms, der die meiste Zeit seines Lebens auf North Head zugebracht hatte und sich gut an die äußerst beeindruckenden Bälle der Barrancourts erinnerte.

Raven zuckte die Achseln, aber auf ihrem Gesicht erschien ein Ausdruck der Niedergeschlagenheit. »Als junge unverheiratete Frau kann ich doch selbst keine Feste oder Gesellschaften geben, und ohne meinen Vater will ich es ohnehin nicht.« Sie seufzte und zeigte ein schwaches, unglückliches Lächeln. »Ich sollte jetzt wohl besser an die Arbeit gehen.«

Timms sah, wie die schlanke Gestalt allmählich den langen Korridor hinunter entschwand, und furchte die Stirn, weil er die Trauer seiner jungen Herrin über den Tod des Dienstherrn teilte. Doch Miß Raven ist außergewöhnlich schön, sagte er sich aufmunternd, und es wird nicht lange dauern, bis sie einen Gentleman findet, der ihrer wert ist. Dann wird die Große Halle wieder von Orchestermusik und dem Lachen der Gäste widerhallen.

Ravens Stimmung trübte sich noch stärker, als sie die Tür zum Arbeitszimmer öffnete und auf dem riesigen Eichenschreibtisch ihres verstorbenen Vaters eine Ansammlung von Akten und leinengebundenen Hauptbüchern sah. Manchmal fiel so überwältigend viel Arbeit an, daß sie am liebsten aufgeschrien und die ganzen Unterlagen ins Feuer geworfen hätte. Wie hätte sie, die so frei und ohne Sorgen auf der kargen Heide von North Head aufgewachsen war, auch ahnen können, daß die Verwaltung des riesigen Anwesens mit solcher Mühe verbunden war? Schließlich hatte ihr Vater sich um alles gekümmert – um die Leitung des Haushalts, das Bestellen des unzähligen Morgen umfassenden Ackerlandes, den Pachtzins, den Viehbestand, die Löhne, die Bediensteten ... Raven hatte ihn während der Anbau- und Erntezeit zwar oft auf die Felder begleitet und sogar gelernt, das Zuchtvieh sorgfältig auszuwählen, ihn aber nie gestört, wenn er im Arbeitszimmer mit seinen Büchern beschäftigt gewesen war. Ohne die leiseste Ahnung, womit sie überhaupt anfangen sollte, hatte sie diese Verpflichtungen übernehmen müssen.

Doch fielen ihr die Dinge jetzt zweifellos leichter als vor drei Monaten, als sie die Arbeitslast völlig unerfahren geerbt hatte. Obwohl die Erträge in diesem Jahr wegen des Regenwetters während der Wachstumsperiode schlecht ausfallen würden, dürfte es doch für den Lohn der Leute und die meisten Ausgaben reichen.

Wehmütig schlug Raven das Buch, das ihr am nächsten lag, auf und sah Zahlenreihen über Zahlenreihen in der klaren sauberen Schrift ihres Vaters. Sie erinnerte sich noch gut an ihre Angst und das Gefühl der Verlassenheit, als sie sich zum ersten Mal an den großen blanken Tisch gesetzt hatte, voll Schmerz über den Verlust und voll Furcht, North Head nicht erhalten zu können. Offenbar hatte ihr das auch keiner der Nachbarn zugetraut. Nach ihren Kondolenzbesuchen verließen sie alle kopfschüttelnd das Haus. Raven hörte das Geflüster, spürte die Zweifel, ob ein zierliches Mädchen von knapp achtzehn Jahren die Bürde, die ausgedehnten Besitzungen von North Head zu verwalten, auf sich nehmen könnte. Dennoch boten ihr alle freundlich Beistand an; aber Ravens Stolz verbot es ihr, diese Wohltätigkeit anzunehmen. Sie hatte beschlossen, die alleinige Verantwortung zu tragen.

»Nun, schau mal einer an, Miß Raven! Wollen Sie denn nicht einmal mehr etwas essen?«

Raven schreckte von ihrer Arbeit hoch, als sich die Tür öffnete und eine kleine, adrett gekleidete Frau eintrat, die Hände resolut auf die stattlichen Hüften gestützt. Ihr strohblondes Haar war zu einem Nackenknoten gesteckt, und ein paar nicht zu bändigende Strähnen hingen ihr in die breite Stirn. Obwohl Alters- und Sorgenfalten ihr Gesicht durchfurchten, besaß sie lebhafte Augen und einen energischen Gang. Hannah Daniels behauptete immer, daß die Erziehung eines so anstrengenden und unternehmungslustigen Kindes wie Raven sie so jung erhalten hatte.

Unwillkürlich blickte Raven zur Uhr über dem tiefen, steinernen Kamin, und ihre Augen weiteten sich, als sie sah, daß es schon halb zwei war. Als wollte auch ihr Magen auf die fortgeschrittene Stunde hinweisen, stimmte er sofort ein so undamenhaftes Knurren an, daß Raven lachen mußte. Hannah Daniels mußte lächeln, denn sie hatte Raven in den vergangen Monaten nur selten lachen hören. »Sie finden es bestimmt auch erheiternd«, fuhr sie scheinbar mißbilligend fort, »daß Mr. Haggart in einer halben Stunde hier eintrifft und Sie noch nicht einmal gefrühstückt haben?«

»Ich habe Cinnabar so früh ausgeritten«, erklärte Raven und stapelte die Akten hastig aufeinander. »Es bleibt doch noch etwas Zeit für eine schnelle Mahlzeit, oder?«

»Eine schnelle Mahlzeit!« wiederholte die einstige Gouvernante und schüttelte verächtlich den Kopf. »Davon will ich nichts hören. Ordentlich zu Mittag werden Sie essen, Miß Raven, Parris hat schon für Sie gedeckt.«

»Mach dir keine Sorgen, Danny«, beruhigte Raven sie und erhob sich aus dem wuchtigen Lederstuhl, um ihr Kleid glattzustreichen. »Ich bin ohnehin am Verhungern.«

Das Mittagessen war für sie auf dem Beistelltischchen in dem hübschen Wintergarten angerichtet, der seit je zu Ravens Lieblingsräumen zählte. Dank seiner Lage im Ostflügel von North Head und mit seinen großen Erkerfenstern, die sich nach Süden öffneten, bot er einen weiten Blick auf die wogenden Wiesen, die sich bis zur wilden kornischen Heide erstreckten.

Ein warmes Feuer prasselte im Kamin, um die für diese Jahreszeit ungewöhnliche Kälte abzuwehren, und der Duft der Fresien und Treibhaustulpen, deren Zwiebeln Raven selbst gezüchtet hatte, erfüllte die Luft. Parris hatte die Schüsseln mit köstlichen Speisen ansprechend auf dem weißen Leinentischtuch verteilt. Die Wärmeplatten dampften, und Raven schnupperte hungrig, als ihr Näschen die verlockenden Düfte wahrnahm. Während sie sich von allem eine Portion nahm, bemerkte sie, daß Danny sie verstohlen von der Fensterbank aus beobachtete.

»Was mache ich denn jetzt falsch?« fragte Raven mit großen unschuldigen Augen.

Kopfschüttelnd und mit zusammengepreßten Lippen musterte Danny den Berg auf Ravens Teller. »Wie oft habe ich ihnen schon gesagt, daß eine Dame manierlich ißt und sich nicht so viel auf einmal auf den Teller lädt?«

Auf Ravens Wangen zeigten sich Grübchen, und ihre goldbraunen Augen funkelten schelmisch. »Bei Gott, niemand kann einen mehr erbittern als du, Danny! Sonst schiltst du mich immer, weil ich nicht genug esse. Übrigens«, fügte sie ernsthaft hinzu, ehe sie sich über ein großes Stück dampfenden Roastbeefs hermachte, »ist hier niemand, der wegen der Menge, die ich vertilge, einen hypochondrischen Anfall erleiden könnte.«

»Und glücklicherweise kann hier auch niemand Ihre spitze Zunge belauschen«, entgegnete die alte Frau streng im Ton jener Vertrautheit, den nur lange Jahre der Bekanntschaft mit sich bringen. James Barrancourt selbst hatte Danny nach dem frühen Tod seiner Gemahlin nach North Head gerufen.

Kurz vor Ravens erstem Geburtstag hatte ihre Mutter einen schwächlichen Knaben zur Welt gebracht, der nicht einmal eine Stunde am Leben geblieben war. Die Anstrengung, ihn zu gebären, hatte auch sie das Leben gekostet. Obwohl Danny ihren Schützling oft maßregelte und sich als strenge Zuchtmeisterin betrachtete, war sie doch weichherzig und leicht umzustimmen, eine Tatsache, die Raven rasch erkannt und während ihrer Kindheit recht häufig ausgenutzt hatte.

»Du meine Güte«, fuhr Danny fort, ohne auf Ravens widerspenstig funkelnde Augen zu achten, »wenn ich denke, daß die Leute hier Sie für brav, sanft und schüchtern halten … Bah! Nicht zu bändigen sind Sie, ein feuriger Hitzkopf; ich frage mich, wie ich das bis jetzt ausgehalten habe, ohne mir völlig graue Haare wachsen zu lassen.«

Raven lachte; sie war an Dannys verzweifelten Tadel gewöhnt. »Nun ja, gleichgültig, was unsere Nachbarn früher von mir dachten, jetzt sind sie bestimmt überzeugt, daß ich dem Untergang geweiht bin.« Ihre Augen verhärteten sich sichtlich, und sie schob die zarte Kinnpartie energisch vor. »Aber ich gebe North Head nicht auf, Danny, ganz egal, wie sehr ich mich um seinen Erhalt bemühen muß. Vater mag dahingegangen sein, aber die Barrancourts werden Land's End niemals verlassen.«

»Nur ruhig Blut, niemand sagt, daß Sie von hier weggehen müssen« erwiderte Danny schnell, während sie aufstand und auf Raven zukam, um ihr beruhigend auf die Schulter zu klopfen. »Es läuft doch alles ordentlich, und zur Pflanzzeit im nächsten Frühjahr haben Sie die Bücher ausgeglichen.«

»Hoffentlich.« In Ravens schönem Gesicht zeigte sich ein sachlicher Ausdruck, in ihren Augen Entschlossenheit.

»Verzeihen Sie, Miß Raven.« Parris stand ganz formell in der Tür, das Kinn hoch erhoben über dem gestärkten Kragen und der tadellos gebundenen Krawatte, seine Stimme klang voll und höflich. »Mr. Haggart ist angekommen. Ich habe ihn in den Gelben Salon geführt.«

Die Einrichtung des Gelben Salons diente ganz der Bequemlichkeit des Gastes. Zahlreiche weich gepolsterte Lehnstühle und Sofas waren über den behaglichen Raum verteilt, die safrangelben Seidenvorhänge zurückgezogen, damit das Tageslicht auf die goldfarbene Tapete mit Flockmuster und die feinen Holzverzierungen fiel. Ein Aubussonteppich bedeckte das von Hand gewachste Parkett, und die Wandleuchter waren auf Hochglanz poliert. Der Salon mutete warm und anheimelnd an, die Eichen- und Mahagonimöbel dämpften die Helligkeit der gelben Seidenstoffe, und Mr. Haggart, der einen schwarzen Kammgarnanzug trug und steif in einem ausladenden Armsessel mit geschwungener Lehne saß, wirkte im Vergleich dazu äußerst düster.

Als Raven ins Zimmer trat, erweckte sie mit ihrem dunkelroten Kleid in ihm den Eindruck einer schlanken, knospenden Tulpe inmitten eines Narzissenfeldes. Er sprang auf und verbeugte sich tief. Ungewöhnlich klein von Gestalt, mußte er hochschauen, um ihr ins Gesicht zu sehen. Doch verweilte sein Blick unwillkürlich erst auf den verlockenden Rundungen ihrer Brüste und der schmalen Taille und glitt dann bewundernd zu den Perlmuttkämmen, die ihr schimmerndes schwarzes Haar zusammenhielten.

»Guten Tag, Mr. Haggart«, sagte Raven höflich.

»O ja, natürlich, guten Tag, Miß Barrancourt.« Aus Verlegenheit errötete er, und nur widerwillig riß er sich von dieser Augenweide los. »Verzeihen Sie meinen erstaunten Blick – aber ich hatte nicht erwartet, daß Sie solch ein – solch eine leuchtende Farbe tragen.« Er deutete kurz auf ihr weinfarbenes Kleid, wobei die Schamröte ihm noch stärker in die eingefallenen Wangen schoß.

»Ach – wenn Sie sich wundern, warum ich nicht mehr Schwarz trage, obwohl mein Vater erst knappe drei Monate tot ist«, erwiderte Raven ein wenig spitz und bedeutete ihm mit einer Geste, sich zu setzen. »Mein Vater hing nicht der weitverbreiteten Theorie an, daß gesellschaftliche Regeln nur deshalb befolgt werden sollten, weil man es von uns erwartet. Nach dem Tode meiner Mutter vor vielen Jahren hielt er sich nicht an das übliche Trauerjahr, und dennoch weiß ich, daß er über ihren Verlust untröstlich war bis zu jenem Tag, an dem er selbst starb. Auch ich trauere um ihn, aber hier drinnen«, fügte sie sanft hinzu und deutete auf ihr Herz, »und ich brauche meine Liebe zu ihm nicht offen zur Schau stellen, indem ich mich in Schwarz kleide.« Ein wehmütiges Lächeln umspielte ihre Lippen. »Er mochte diese Farbe nämlich nie an mir.«

»O ja, ich verstehe«, antwortete Mr. Haggart, obgleich Raven wußte, daß dem keineswegs so war. Mit einem aufgeregten Räuspern öffnete er seine Ledermappe und kramte in den zahlreichen Unterlagen darin, als er sich wieder auf dem Lehnstuhl gegenüber dem Sofa niederließ, auf das sich Raven nun etwas argwöhnisch setzte. Sie fragte sich, warum der Rechtsbeistand ihres Vaters es vorgezogen hatte, sie so unerwartet aufzusuchen. Schließlich hatte man alles, was mit dem Testament und dem Anwesen zusammenhing, am Tag nach der Beisetzung geregelt.

»Ich komme in einer rechtlichen Angelegenheit – um mit Ihnen einige Finanzfragen zu besprechen, Miß Barrancourt«, sagte Mr. Haggart, der ihre Gedanken zu lesen schien. Jetzt wanderten die kleinen engstehenden Augen von dem schönen Dekolleté zu dem ebenmäßigen Gesicht, während Raven sich zwang, die Hände im Schoß gelassen ineinandergelegt, stillzusitzen, obwohl ihr in Vorahnung einer drohenden Gefahr das Herz wie rasend schlug.

»Ich dachte, die Vermögenslage sei nach der Beerdigung geklärt worden, Sir«, sagte sie und schaute ihn offen an.

Der Anwalt nickte und räusperte sich abermals; Raven beunruhigte sich, denn offensichtlich bedrückte ihn etwas. Sie biß die kleinen weißen Zähne auf die Unterlippe und zwang sich zu äußerer Ruhe, während sie sich innerlich auf das Schlimmste vorbereitete. Worum konnte es sich nur handeln, fragte sie sich besorgt. Hatte er einige bislang unbeglichene Schulden übersehen? Hatte sie es versäumt, die Ansprüche eines Gläubigers zu befriedigen? War etwa irgendeine Rechnung überfällig? Verflixt noch mal, fluchte sie innerlich, nun rede doch.

»Miß Barrancourt, ich hätte die Angelegenheit an jenem Nachmittag ansprechen sollen, als Sie in meine Kanzlei in Truro kamen, aber in Anbetracht der Umstände ...«

»Welcher Umstände, Mr. Haggart?« fragte Raven mit schneidender Stimme, als der Anwalt verstummte und an seinem Kragen zu zerren begann, als würde ihn plötzlich etwas kratzen.

»Nun ja, Ihr Verlust, natürlich. Die Erschütterung, daß Sie Ihren Vater, Ihren letzten lebenden Verwandten, auf so gewaltsame Weise verloren haben!«

»Reitunfälle sind nichts Ungewöhnliches«, erwiderte Raven ruhig, die von Schmerz verdunkelten Katzenaugen auf ein heiteres Landschaftsgemälde hinter Mr. Haggarts schütterem Kopf gerichtet. »Mein Vater ritt immer so schnell und verwegen, daß er einen kaum zugerittenen jungen Hengst ...«

»Es tut mir leid, Miß Barrancourt, die Erinnerung an all das muß Ihnen Schmerz bereiten.«

Raven zuckte die Achseln und lächelte matt. Aber der Kummer in ihren Augen war für ihren Besucher unübersehbar, und seine Nervosität steigerte sich, weil er sich dafür haßte, daß ausgerechnet er ihr solch unheilvolle Nachrichten überbringen mußte. Obwohl er James Barranncourt viele Jahre gekannt hatte, war ihm dessen Tochter am Tag der Beerdigung zum ersten Mal begegnet. Kaum jemand in Truro oder Cornwall überhaupt hatte noch nicht von ihrem außergewöhnlichen Aussehen gehört. Dennoch war Richard Haggart bei ihrer ersten Begegnung auf dem nebelverhangenen Kirchhof davon überrascht worden. Das Leid hatte ihren unglaublichen Liebreiz noch verstärkt, mit ihren vollkommenen Gesichtszügen, ihren weichen und bezaubernd schmalen Wangen, ihrer kleinen, edel geformten Nase, dem herrlich geschwungenen Mund, der sich unter dem Schleier so zart zeigte, dem gutgeschnittenen Gesicht. Er hatte sich gefragt, wie eine derartige Schönheit in der rauhen Wirklichkeit Cornwalls gedeihen konnte.

Doch Raven verfügte über eine verborgene innere Kraft, stellte Richard Haggart jetzt fest, wo sie ihm so ruhig gegenübersaß und ihn mutig anschaute, das kleine Kinn selbstbewußt erhoben. Die zarte Mundpartie prägte ein unbeugsamer Zug, und als sich ihre Blicke kreuzten, warf sie den Kopf herum, so daß die blauschwarzen Locken vor Glanz sprühten und die Perlmuttkämme das Licht einfingen und funkelten, als hätte sie ihr Haar mit Diamanten besetzt.

»Mr. Haggart?«

Die sanfte Stimme schreckte ihn auf. »Ah?«

»Wegen dieser finanziellen Fragen …«

»O ja, ja, natürlich.« Verlegen wühlte er ein zweites Mal in dem Papierstoß; als er die Angst in ihren Augen bemerkte, beschloß er, die Karten am besten sofort auf den Tisch zu legen. »Wir hatten uns entschieden, ein paar Monate zu warten, Miß Barrancourt, damit Sie sich ein wenig von Ihrem – Ihrem traurigen Verlust erholen könnten. Ich …

»Wir?« fragte Raven angsterfüllt.

»Mein Klient und ich.«

Sie wollte fragen, um wen es sich handle. Aber in den vergangenen Monaten hatte sie sehr viel Selbstbeherrschung gelernt, und sie drängte die Frage, die ihr auf der Zunge brannte, zurück und ermahnte sich zur Geduld. Voll Sorge spürte sie, daß das, was der Anwalt ihr zu sagen hatte, in der Tat sehr ernst war und möglicherweise sogar ihr ganzes Leben beeinflussen konnte. Lieber Gott, betete sie stumm, laß nicht zu, daß mein rechtmäßiger Anspruch auf North End in Frage gestellt wird.

»Offen gestanden, Miß Barrancourt, handelt es sich um ein Darlehen, das Sie meinem Klienten schulden und …

»Oh, Gott sei Dank!« flüsterte Raven. Jetzt konnte sie nicht anders, in ihrer Erleichterung verklärte ein unglaublicher Liebreiz ihr Gesicht. Ihr Glück schien geradezu von innen heraus zu leuchten. »Ich dachte schon …«

Mr. Haggarts Stimme klang erstaunlich nüchtern, obwohl er ihrem Blick auswich. »Es handelt sich um ein Darlehen von beträchtlicher Höhe, Miß Barrancourt. Ich glaube kaum, daß Sie sich einen Begriff von der ungeheuren Summe machen.« Raven schluckte mühsam, da sein Ton sie auf einmal erschreckte. »W-wie hoch ist sie, Sir?«

»Ich kann unmöglich eine genaue Zahl nennen, Miß Barrancourt. Ihr Vater hat in den letzten paar Jahren erhebliche Kredite aufgenommen, die er in eine Reihe von Unternehmungen steckte – Experimente, bei denen er, fürchte ich, große Verluste erlitt.« Er hielt der verzweifelten Raven einen dicken Aktenstoß unter die Augen. »Hier sind die ganzen Unterlagen.«

»Ich verstehe das nicht«, flüsterte Raven, die irgendeinen schrecklichen Alptraum zu erleben glaubte. Wie groß mußte eine Summe sein, die man nicht einmal zusammenzählen konnte? Wie sollte man einen derart schwindelerregenden Betrag zurückzahlen?

»Beispielsweise …« Mr. Haggart blätterte in seinen Unterlagen und fuhr fort, während er sich eine Brille auf die Nasenspitze setzte. »Vor zwei Jahren lieh sich Ihr Vater nahezu achttausend Pfund, um sie in das neue Dampfschiff *Henry Moran* zu investieren. Sie werden sich vermutlich nicht mehr daran erinnern, daß das Schiff im darauffolgenden Winter im Kanal sank?«

Wie betäubt schüttelte Raven den Kopf.

»Ihr Vater verlor wie die anderen Geldgeber seine gesamte Kapitaleinlage. Unter normalen Umständen kein ernsthafter Verlust, aber da gab es noch ein anderes Schiff, das im Jahr darauf im Atlantik ein Leck bekam und unterging. Dazu kamen eine große Investition in eine Kupfermine, die kein Erz förderte, und Anfang dieses Jahres der Erwerb einiger dampfgetriebener Förderpumpen im Versuchsstadium, die sich leider als unbrauchbar herausstellten.«

Raven blinzelte ungläubig. »Davon wußte ich nichts«, murmelte sie matt. »Mein Vater erzählte mir nie, daß er so hoch verschuldet war.«

»Warum sollte er Sie auch beunruhigen?« meinte Mr. Haggart milde, und Raven widerte der mitleidige Ausdruck in seinen Augen an.

Für einen Augenblick saß sie ruhig da ,und starrte auf ihre Hände. Sie wunderte sich, warum sie so ruhig war, wo doch ihre ganze Welt gerade in Trümmer fiel. Soeben hatte man sie der Illusion beraubt, daß sie das Anwesen ordentlich verwaltete, daß die unausgeglichenen Bilanzen lediglich von ihrer Unerfahrenheit herrührten. Himmel, wie hatte sie nur so dumm sein können?

»Was erwartet diese Person ... Ihr Klient von mir, Mr. Haggart?« fragte sie nach einer Weile, und ihre Stimme kam ihr selbst tonlos vor.

»Er möchte Ihnen in der Tat einen besonderen Vorschlag unterbreiten, einen Vorschlag, der vermutlich Ihre Schulden auf eine Weise, die für Sie nicht besonders bedrückend wäre, begleichen würde.«

Raven hüpfte das Herz vor Freude, ihr feines Gesicht nahm einen hoffnungsvollen Ausdruck an. »Wer – wer ist es?«

Mr. Haggart lächelte ohne echte Überzeugung. »Mir steht es nicht frei, Ihnen dies zu verraten, aber er läßt Sie höflich ersuchen, ihm morgen Vormittag um zehn Uhr Gehör zu schenken – wenn Ihnen das nicht zu früh erscheint.«

Raven krauste die Stirn, da ihr diese Geheimnistuerei gar nicht behagte. Aber weil sie wußte, daß ihr kaum etwas anderes übrigblieb, hob sie das Kinn und nickte tapfer.

Mr. Haggart schien äußerst erleichtert. »Wunderbar! Ich setze ihn sofort in Kenntnis.« Beim Aufstehen lächelte er sie freundlich an. »Nur Mut, Miß Barrancourt; es ist nicht alles verloren. Sie haben keinen Grund, den Verlust Ihres Besitzes zu fürchten.«

»Kann ich diese Papiere einsehen, ehe Sie gehen?« fragte Raven.

Den Anwalt überraschte ihre Bitte, aber er reichte ihr die Unterlagen durchaus bereitwillig. »Gewiß. Wenn Sie möchten, behalten Sie sie bis morgen, und übergeben Sie sie dann Ihrem Besucher.«

Raven erhob sich und preßte die Akten an die Brust, obwohl sie sich anfühlten, als versengten sie ihre Haut. Während sie an der Klingel zog, gelang ihr ein schwaches Lächeln. »Vielen Dank für Ihren Besuch, Sir. Parris wird Sie hinausgeleiten.«

Sie wartete, bis sie allein war, ehe sie auf dem Sofa niedersank und das Gesicht in den Händen vergrub, wobei ihr die Akten unbemerkt zu Boden fielen. Was würde mit ihr geschehen, der Gnade eines Mannes ausgeliefert, von dem ihr Vater ohne ihr Wissen eine so große Geldsumme geliehen hatte, nur um alles zu verlieren? Würde all das, um dessen Erhalt sie in den vergangenen drei Monaten gekämpft hatte, ihrem Zugriff entgleiten? Mr. Haggart hatte ihr zwar versichert, daß die Schulden ohne allzu großen Verlust ihrerseits beglichen werden könnten, doch wie konnte er dessen so sicher sein?

»Miß Raven, Parris sagt mir eben, daß der Anwalt gegangen ist, und ich – meine Güte, Kind, was bedrückt Sie denn?« Danny hielt in der Tür inne, als sie merkte, daß Raven unglückselig, mit bleichem Gesicht und von Verzweiflung umwölkten Augen auf dem Sofa kauerte. »Ist etwas passiert?« fragte sie besorgt.

Raven lächelte zitternd zu ihr hoch, entschlossen, der alten Frau keinen unnötigen Kummer zu bereiten. »Nein, nein, Danny. Mr. Haggart übermittelte mir einige recht überraschende Neuigkeiten. Ich erkläre dir alles morgen, wenn mein Zehn-Uhr-Besucher gegangen ist.«

»Zehn-Uhr-Besucher? Wer denn nun? Miß Raven, Sie verhalten sich so sonderbar. Was ist denn los?«

Besänftigend schüttelte Raven den Kopf und bückte sich, um die am Boden verstreuten Akten aufzusammeln. »Ich bin im Arbeitszimmer, wenn du mich brauchst«, fügte sie hinzu und steuerte scheinbar ungezwungen auf die Tür zu, da sie Dannys beunruhigten Blick auf sich spürte. Am früheren Zufluchtsort ihres Vaters angelangt, schloß sie energisch die Tür hinter sich und sank mit starrer Miene in den großen Lederstuhl. Gott, wie ihr vor dem morgigen Tag graute! Der Nachmittag erwies sich als lange und quälend für Raven, die irgendwie das Interesse an den auf sie wartenden Aufgaben verloren hatte.

Trotz Parris' höflicher Einwände aß sie abends nur wenig und verbrachte einige Stunden damit, lustlos in einem Buch zu blättern, das sie in der vergeblichen Hoffnung, es könnte sie von ihren Sorgen ablenken, aus dem Bücherbord genommen hatte. Als die große Schrankuhr aus Kirschbaum zehn schlug, gab Raven es schließlich auf, legte das Buch beiseite und lächelte dem gähnenden Diener zu, der geduldig wartete, um die Kerzen zu löschen und die unteren Stockwerke für die Nacht zu verschließen. In ihrem Schlafgemach fand sie das Bett aufgeschlagen, und eine Laterne auf dem Intarsientisch daneben verbreitete warmes Licht. Die Damastvorhänge waren vor die bleiverglasten Flügelfenster gezogen; das anheimelnde Zimmer bot Raven eine willkommene Zuflucht vor ihren Kümmernissen. Dennoch mußte sie daran denken, was ihr der nächste Tag bringen würde. Sollte ihr alles in North Head, das ihr so teuer war, bald für immer genommen werden? Das lasse ich niemals zu, gelobte sie sich entschlossen, als sie ans Fenster trat und ruhelos in die Dunkelheit spähte.

Das gleichmäßige Brandungsrauschen drang von weit unten zu ihr, die weißen Schaumkronen waren leicht zu erkennen, wo immer die wogenden Wellen sich an den Felsen brachen. Sie öffnete weit das Fenster, damit die salzige Nachtluft hereinkam und ihr die heißen Wangen fächelte. Der intensive Duft überschwemmte ihre Sinne und erfüllte sie mit einem seltsamen Verlangen, ganz in die Nacht und die Freiheit der Dunkelheit einzutauchen. Wie zur Bekräftigung dieser Sehnsucht trug die Meeresbrise ein ungeduldiges Wiehern von den Ställen herüber, und Raven erkannte sofort Cinnabars Ruf.

Sie wandte sich vom Fenster ab und schlüpfte rasch in ihr smaragdgrünes Reitkostüm – überzeugt, ein tüchtiger harter Galopp entlang den Klippen wäre genau, was sie brauchte, um sich von der Niedergeschlagenheit zu befreien, die sie seit Mr. Haggarts Besuch quälte. Daß es auf Mitternacht zuging, machte gar nichts. Um so besser, dann war sie wenigstens von neugierigen Blicken geschützt.

Ravens Augen schimmerten voller Vorfreude, als sie die dunklen Ställe betrat. Der große Hengst hielt geduldig still, als sie ihm den schweren Sattel auf den Rücken legte, als Antwort auf ihre sanfte Stimme und die geübten Handgriffe schlug er leicht mit den Ohren. Die Hufeisen klirrten auf dem harten Steinboden, als Raven ihn hinausführte. Doch Sam, der in der Mansarde droben schlief, würde sich, sollte er zufällig aufwachen, bei dem Treiben unten bestimmt nichts denken, denn er war mittlerweile an ihre Ausritte im Mondschein gewöhnt.

Ein kühler Wind wehte, als der große Hengst über den harten Rasen preschte, der von North End zu den Klippen führte. Bei Einbruch der Nacht hatte sich die schwere Wolkendecke endlich aufgelöst, und die Sterne funkelten hell. Ein Halbmond verbreitete sein schwaches Licht über der Heide und der unruhigen See. Raven hielt Cinnabar in einem gleichmäßigen Trab, bis sie sich auf vertrautem Boden befanden, dann ließ sie ihm die Zügel schießen, ohne dabei zu fürchten, daß das mächtige Tier in der Dunkelheit stürzen könnte, denn sie kannte seinen sicheren Tritt.

Sie wußte nicht, wie lange oder wie weit sie dahinritten, der Wind brauste ihr in den Ohren, und Cinnabar galoppierte in gleichmäßigem Rhythmus. Endlich zwang sie ihn zu einer langsameren Gangart, denn er war an diesem Tag bereits einmal ausgiebig gefordert worden und bis zum Stall lag noch ein weiter Weg vor ihnen. Auf einer kleinen Anhöhe verweilte sie kurz, um die Richtung auszumachen, suchte in der Dunkelheit nach einem Orientierungszeichen und erkannte schließlich die Umrisse der Klippen unter ihr, die zerklüfteten Aushöhlungen und die Sandbuchten, die ihr so vertraut waren wie ihre Handlinien. North Head lag etwa zwei oder drei Meilen geradewegs im Osten, und wenn sie Cinnabar südlich über die Heide führte, würden sie schließlich über den schmalen Wagenpfad die Auffahrt zum Herrenhaus erreichen.

Da sie nur ungern umkehrte, saß Raven für einen Moment

still auf Cinnabars breitem Rücken und genoß die salzige Gischt auf ihrem Gesicht. Irgendwo hinten auf der Heide rief ein Nachtvogel, in einiger Entfernung bei den Fischerdörfern bellte ein Hund, und Cinnabar stellte die Ohren auf, schnaubte und scharrte mit dem Vorderhuf auf den felsigen Boden.

»Gut, wir drehen um«, sagte Raven mit einem leisen Lachen und klopfte ihm liebevoll den glänzenden Hals. Sie hob die Zügel und warf einen letzten Blick auf die schäumenden Wasser unterhalb. Doch dann hielt sie plötzlich die Luft an, denn draußen auf dem Wasser, beunruhigend nah an der Küste, blitzte kurz, aber unverkennbar ein Licht auf. Unmittelbar darauf kam die Antwort in Form eines langen, schwachen Lichtbogens, der vorn an der Klippe auftauchte, bevor er abrupt in der Dunkelheit verschwand.

Raven erkannte sofort die Bedeutung der Signale. Sie hatte ihr ganzes Leben an der kornischen Küste verbracht und sozusagen die Schmuggler- und Piratensagen mit der Muttermilch eingesogen. Doch trotz der spannenden, romantischen Geschichten über die Heldentaten ihrer Vorfahren wußte Raven sehr wohl, daß Schmuggler in Wirklichkeit brutale, widerliche Kerle waren, Verbrecher und Trunkenbolde, die vor Mord und Totschlag nicht zurückschreckten, um sich und ihre Verbrecherware zu schützen. In ihrem ersten Impuls wollte sie Cinnabar wenden und fliehen. Aber als sich das Signal wiederholte und der lange Lichtbogen noch einmal aufflammte, verhärtete sich ihre Mundpartie, und ihre Augen begannen wütend zu blitzen. Schließlich war der Boden, auf dem man die Waren auslud, das Eigentum von North Head. Das Antwortzeichen kam von einer jener Buchten, wo sie am vergangenen Morgen geritten war.

Wie konnten sie es wagen! Raven war so verärgert, daß ihre Furcht augenblicklich schwand. Es wäre sinnlos, nach St. Ives zu reiten und Hamish Kilgannen, den Steuereinnehmer, zu wecken, denn unterdessen hätten die Schmuggler längst ihre Waren entladen und wären auf und davon. Vielleicht konnte sie sich nahe genug heranschleichen und einige der Gesichter erkennen, um sie später Kilgannen zu beschreiben; das Wort einer Barrancourt zweifelte man gewiß nicht an.

Das Herz hämmerte heftig in ihrer Brust, als sie den folgsamen Hengst lautlos über den grasbewachsenen Kamm der Klippe lenkte. Jetzt war sie nahe genug herangekommen, so daß sie unten am Strand, der von einem gespenstischen Licht erhellt wurde, etwas ausmachen konnte. Mehrere Beiboote waren durch die Uferwellen gezogen worden, die Dollborde sanken unter dem Gewicht der gestapelten Fässer, und mit fest zusammengepreßten Lippen beobachtete Raven, wie schwarze Schatten durchs Wasser wateten, um die Boote zu entladen. Ganz offensichtlich bestand die Fracht aus Rum, zweifellos aus der Karibik hierhergeschafft, und erneut stieg in ihr Ärger hoch. Seit über vierzig Jahren hatte niemand mehr etwas auf den Besitz der Barrancourts geschmuggelt. Raven erinnerte sich gut daran, wie stolz ihr Vater auf die Zeit, die Mühe und das Geld gewesen war, die es ihn gekostet hatte, Cornwall von solchen unrechtmäßigen Machenschaften befreien zu helfen – unter der rückhaltlosen Mithilfe der Dorfbewohner, denen es unter der gerechten und redlichen Barrancourtschen Herrschaft gutging, obwohl ihre Väter und Großväter häufig Schmuggelware von den Schiffen mit entladen hatten.

Raven sprang vom Pferd und schlang die Zügel locker um die Sattelpausche. Cinnabar – auf dieses Zeichen dressiert, nicht zu weit umherzuschweifen – senkte den Kopf und begann zufrieden, Grashalme vom kargen Felsboden zu zupfen, während Raven vorsichtig an den Klippenrand trat, von wo sie ungehindert auf den Strand hinunterspähen konnte.

Der Mond ging eben auf, sein schwacher Schein beleuchtete die Männer, die sich stetig zwischen dem Strand und den vollbeladenen Booten hin und her bewegten. Raven zählte ein knappes Dutzend, aber sie konnte keinen identifizieren, da die bis tief in die Augen gezogenen Wollmützen ihre Gesichter unkenntlich machten. Sie schürzte ihre Röcke, folgte langsam dem Klippenrand und stieg dann zum Strand hinunter, immer darauf bedacht, sich hinter Stechginsterbüschen und Felsbrocken zu verbergen.

Schließlich hielt sie an einigen zerklüfteten Felsen, die den Sandstrand von den grasbedeckten Hängen trennten. Hier kauerte sie sich nieder; ihre Brust hob und senkte sich, als sie um Atem rang. Mit zusammengekniffenen Augen bemühte sie sich, ein vermummtes Gesicht oder eine gedämpfte Stimme zu erkennen, fest entschlossen, Hamish Kilgannen am Morgen erheblich mehr als nebulöse Anklagen und vage Vermutungen zu übermitteln.

Weil sie in ihrer Beobachtung so versunken war und ihr das Blut so laut wie die See in den Ohren dröhnte, hörte Raven die verstohlenen Schritte hinter ihr erst, als ein losgerissenes Steinchen vom Felsen neben ihr sprang. Blitzschnell drehte sie sich um. In ihrer Kehle stieg ein Schrei hoch und erstarb sofort, als sich eine große Pranke fest um ihren Mund schloß. Sekundenlang war sie starr vor Angst, unfähig, sich zu rühren, als ihr Bezwinger, ein bloßer Schemen im schwachen Mondlicht, sie hochriß; aber dann reagierte sie und schlug mit aller Kraft die kleinen weißen Zähne in die Hand auf ihren Lippen.

Ein gedämpfter Fluch und eine kurze Lockerung des Klammergriffs waren alles, was Raven zu ihrer unverzüglichen Flucht brauchte. Sie duckte sich unter dem Arm hindurch, der sie aufzuhalten versuchte, und rannte davon. Ihre Röcke jedoch behinderten sie, da sie sich in Zweigen und Ästen verfingen, und als sie stolpernd stürzte und sich dabei die Handflächen auf dem felsigen Boden aufschrammte, hörte sie ihren Verfolger dicht hinter sich. Abermals stieg ihr ein Schrei in die Kehle, doch sie unterdrückte ihn. Sie wußte, daß ihre Fluchtchancen günstiger standen, wenn sie keinerlei Aufmerksamkeit auf sich zog. Wenn sie den Klippenrand erreichen und nach Cinnabar pfeifen könnte, würde sie ihm entkommen.

Unglücklicherweise stolperte Raven dicht neben dem grasbewachsenen Abhang noch einmal, und diesmal gewann ihr Verfolger durch die kurze Verzögerung jene zusätzliche Sekunde, die er brauchte. Mit einem Satz warf er sich auf sie, und Raven spürte, wie sie hochgezogen und von zwei kräftigen Armen umschlossen wurde. Sie zappelte, um sich zu befreien, krümmte sich nach vorn und hinten und wollte nicht aufgeben, bis eine schroffe Stimme nahe an ihrem Ohr drohend hervorstieß: »Still, oder ich schlitz dir den Hals von einem Ohr zum andern auf!«

»Unterstehen Sie sich!« schrie Raven, empört über diese ordinäre Gewaltandrohung.

»Ja, so was, ein Weibsbild!« brüllte der Kerl erstaunt. »Mr. Mudge, was zum Teufel geht hier vor?«

Als Raven den Kopf drehte, machte sie einen zweiten Schatten von noch schrecklicherer Größe aus, der geschwind durch die Schwärze auf sie zukam, und sie erstarrte vor Furcht.

»Ich hab' mir einen Spion eingefangen, Capt'n«, sagte Mr. Mudge in einem merkwürdig unterwürfigen Ton, der so ganz anders klang als das wütende Knurren, mit dem er Raven nur Sekunden zuvor angefahren hatte.

»Einen Spion, Mr. Mudge?« Die tiefe Stimme klang schneidender, als der Sprecher jetzt unmittelbar vor ihnen stehenblieb. Raven neigte den Kopf ängstlich nach hinten und sah sich einem breitschultrigen Mann gegenüber; das Mondlicht beleuchtete die kantigen Konturen seines gutgeschnittenen Gesichts. Es war frisch rasiert, die Mundpartie von markanter Hagerkeit, das Kinn tief eingekerbt, und das kastanienbraune, vom Wind zerzauste Haar lockte sich ungebändigt auf der hohen Stirn. Über einer aristokratischen Hakennase funkelten Augen von im Dämmerlicht nicht zu bestimmender Farbe, und als ihre stählernen Tiefen Ravens furchtsamem Blick begegneten, durchfuhr sie ein Schrecken und ließ sie erschauern.

Dieser Mann betrachtete sie mit grausamem Spott in den Augen, und Raven ahnte flüchtig, wie sich eine unglückliche Feldmaus fühlen mochte, wenn sie sich den stählernen Klauen und kalten räuberischen Augen eines Adlers gegenübersieht.

»Ein Spion, Mr. Mudge?« wiederholte der Captain, und seine tiefe Stimme ließ Raven abermals erbeben. »Sie haben sich ein Kind eingefangen, ein hilfloses Mädchen.«

»Ich bin kein Kind!« gab Raven wütend zurück.

»Wirklich nicht, Capt'n!« verwahrte Mudge sich eilends. »Hat mich doch wie verrückt gebissen, als ich sie packte, und dann ist sie wie der Hase durchs Unterholz davongesaust.«

»Gehen Sie zurück zu den andern«, befahl der Captain kühl. »Mit der Kleinen befasse ich mich.«

»Aye, aye, Sir!« In Mr. Mudges Stimme schwang Erleichterung mit, als er Raven unverzüglich losließ und in der Finsternis verschwand.

Sowie sich der Klammergriff spürbar lockerte, versuchte Raven davonzustürzen, aber der hochgewachsene Captain sprang wie der Blitz nach vorn, packte sie brutal an den Armen und riß sie herum, so daß sie auf ihn fiel und ihr fester, von dem engen Samtmieder umhüllter Busen gegen seinen muskulösen Brustkorb gepreßt wurde.

»In der Tat, du bist also doch kein kleines Mädchen«, sagte der Captain in unverschämtem Ton.

»Lassen Sie mich auf der Stelle los, Sie – Sie Ungeheuer!« befahl Raven.

»Damit du heimrennst und das ganze Dorf aufweckst?« fragte er mit einem rauhen Lachen. »Nein, meine Hübsche, du bleibst schön da, bis wir unsere Arbeit erledigt haben.«

»Ein Verbrecher sind Sie, ein gräßlicher Rohling, und ich sehe Sie schon noch am Galgen baumeln!« schwor Raven und bemühte sich um Tapferkeit in der Stimme, obwohl sie in Wahrheit vor Furcht zitterte. Wie sie so gegen die stählerne Brust des Schmugglercaptains gepreßt wurde und er den starken Arm um sie schlang, um sie zu bändigen, spürte sie gewaltige Kraft, und all die Geschichten, die sie je über Schwerverbrecher und Mörder gehört hatte, fielen ihr mit allen abscheulichen Einzelheiten wieder ein. Zudem wurde sie mit der Hüfte gegen seinen muskulösen Schenkel gedrückt, und Raven konnte deutlich den Umriß eines Messers spüren, das er im Gürtel stecken hatte und zweifellos ohne Zögern gebrauchen würde.

»Bist ein hochmütiges kleines Ding, nicht?« fragte er belustigt.

Raven versuchte sich wegzudrehen, als er sie am Kinn packte, aber er verstärkte nur lachend seinen Griff. Dabei beugte er ihr den Kopf nach hinten, so daß das Mondlicht auf ihr Gesicht fiel. Sie hörte ihn tief einatmen.

»Viel zu anmutig für ein Dorfmädchen«, sagte er schließlich leise. »Weißt du denn nicht, wie dumm es ist, sich so spät nachts hier auf den Klippen herumzutreiben?«

Die Wut über diese Bemerkung verlieh Raven den Mut, verwegen zurückzugeben: »Das ist es wohl in der Tat, da ich auf solch Gesindel wie Sie gestoßen bin!«

Die langen Finger schlossen sich noch fester um ihr Handgelenk, so daß sie vor Schmerz aufschrie, und er klang unheilvoll, als er sich hinunterbeugte, um ihr rauh ins Ohr zu zischen: »Halt deine Zunge im Zaum, Kleine, bevor ich sie dir rausschneide und den Haien zum Fraß vorwerfe.«

»Mich k-können Sie nicht erschrecken!« hauchte Raven. »K-kann ich nicht?« spottete er und richtete die funkelnden Augen auf ihr Gesicht, und Raven, die im schwachen Licht seine kantigen Züge erblickte, entnervte weniger sein drohender, warnender Ton als seine aggressive männliche Ausstrahlung.

»N-nein.« Sie zwang sich, nicht mehr mit den Zähnen zu klappern. »Ich fürchte mich nicht vor Ihnen, und wenn ich Hamish Kilgannen von Ihnen erzähle, wird er ...«

»Kilgannen? Dieser Geck?« Sein Lachen war voll Hohn.

Raven krampfte sich das Herz zusammen. Wer war dieser Mann? Woher kannte er Hamish Kilgannen? Er stammte gewiß nicht aus Cornwall, sein Akzent klang ganz anders. Und außerdem kannte sie die meisten Kapitäne, die den Kanal und den Atlantik in dieser Gegend befuhren, und dieser große höhnische Schmuggler gehörte keinesfalls zu ihnen. Raven hatte die schrägstehenden Augen weit geöffnet, deren topasfarbene Tiefen das Mondlicht in einen schimmernden Goldton verwandelte, und der breitschultrige Mann, der sie gefangenhielt, blickte sie einen Augenblick lang schweigend an, spürte ihre festen, runden Brüste an seinem Körper und ihren Puls unter seinem Daumen wild pochen.

»Du wirst Kilgannen kein Sterbenswörtchen davon erzählen«, sagte er selbstbewußt.

»Oh, doch, das werde ich!« erklärte Raven nachdrücklich.

Der Schmugglerkapitän lächelte, und seine weißen Zähne blitzten in der Dunkelheit. »O nein, meine Kleine. Deinesgleichen kenne ich zu gut, und ich weiß, wie man mit euch umgehen muß.« Zu ihrem Entsetzen ließ er eine Hand um ihre Taille gleiten und preßte sie ihr vertraulich auf den Rücken, um sie so näher an sich zu drücken, während er mit der anderen, die noch immer ihr kleines Kinn umschloß, ihr Gesicht anhob. Sie vermochte den Kopf nicht abzuwenden, als sich sein Mund auf den ihren senkte.

Daß die Lippen eines Mannes ihren Mund berührten, hatte Raven noch nie zuvor erlebt, und sie konnte kaum glauben, wie sengend heiß sie sich anfühlten, eine Empfindung, die sie zutiefst erschreckte. Sie glaubte zu ertrinken, zu ersticken in dem Gefühlsansturm, der sie völlig überwältigte. Bestürzt drehte sie das Gesicht von seinem ab und schaute ihm wütend in die funkelnden Augen.

»Wie können Sie es wagen!« zischte sie.

»Ganz einfach«, spottete er, doch seine Stimme kam ihr merkwürdig atemlos vor. »Du hast doch bestimmt nicht erwartet, daß ich blind für deine Reize bleibe?«

Ehe Raven etwas erwidern konnte, hatte er den Kopf ein zweites Mal gesenkt, brannten seine Lippen abermals auf den ihren. Als Raven ihm vergebens die Hände gegen die Brust stieß, wurde sie sich der Muskelpakete unter ihren Fingern und der Hitze seines kraftvollen Körpers bewußt, einer Hitze, der sie völlig zu erliegen drohte.

»Nicht!« flehte sie nah an seinen Lippen, aber er beachtete sie nicht, bettete ihren Kopf in seinen muskulösen Arm und küßte sie heftiger, drängender.

»Bitte!« beschwor ihn Raven im Flüsterton, voll Furcht vor den Leidenschaften, die in diesem Mann loderten.

»Sei still«, antwortete er, seine Stimme kaum mehr als ein heiseres Ächzen, sein Atem strömte ihr heiß über die Wange. »Das sind nur leere Worte. Dein Körper sagt mir doch alles, was ich wissen möchte.«

Raven atmete schwer, als er die Hand in ihren Ausschnitt gleiten ließ, mit dem Daumen ihre nackte Brust streichelte, deren Knospe sich sofort aufrichtete.

»Siehst du? Dein Körper dürstet nach einem Mann«, meinte er, und ehe Raven dies erschreckt leugnen konnte, hatte er sie wieder an sich gezogen, und seine Lippen verschlossen ihr gewaltsam den Mund. Raven war völlig verwirrt von der spürbar in ihm aufwallenden Fleischeslust, und doch unfähig, sich zu befreien. Sie stieß ein leises, kehliges Stöhnen aus, als ihr Körper auf einen ihr unverständlichen Urtrieb reagierte und in einem Gefühl zu erbeben begann, das weitaus mächtiger als bloße Abscheu schien. Stärker noch als ihr angstvolles Herzklopfen spürte sie das Blut in ihren Adern tosen, das Pochen in ihren Schläfen, das eins zu werden schien mit seinem Herzschlag, den sie an ihrem wogenden Busen fühlte.

Während seine kundigen Hände über ihren Leib wanderten, begann Raven zu erbeben, als hätte sie sich nicht mehr in der Gewalt. Sie kämpfte dagegen an, aber diese seltsamen, nie zuvor erlebten Empfindungen brachen mit ungeheurer Kraft über sie herein und jagten einen Schauer des Verlangens durch ihren Körper.

Der Captain ahnte diese Veränderung, obwohl Raven ihm noch immer Widerstand leistete und mit beiden Fäusten auf seine Brust trommelte, während seine Lippen weiter die ihren verschlangen. Er umfaßte ihre kleinen Hinterbacken, hob sie ein wenig über dem Felsboden an, und sein Glied drängte sich kraftvoll an ihren weichen Leib. Einen Augenblick später hatte er ihr Mieder aufgeschnürt, seine warme Hand liebkoste verwegen die runde Fülle eines vollkommenen Busens, und Raven erschauderte abermals, als sich ihre Brustwarze seiner Berührung entgegenhob.

»Nicht«, hauchte sie, aber ihr atemloser Protest entbehrte jeglicher Überzeugungskraft.

Ihr Eroberer lachte über diesen zwiespältigen Befehl, seine kraftvollen Finger streichelten weiter das glatte elfenbeinfarbene Fleisch und ließen Feuerspuren darauf zurück, die jener Hitze gleichkamen, die in seinen Lenden loderte. Er neigte den Kopf und ließ die Zunge über die anschwellenden Rosenknospen kreisen. Als er spürte, wie das junge Mädchen wiederum erbebte, lachte er abermals, diesmal triumphierend, und hauchte warmen Atem auf ihre seidige Haut.

»Habe ich dir nicht gesagt, daß dein Körper nach der Berührung eines Mannes lechzt?« fragte er überheblich und richtete sich auf, um ihr tief in die weitgeöffneten Augen zu schauen. Aber er vergaß seine schmähende Frage, sowie sein Blick sich auf Ravens geöffnete Lippen richtete, die schnell und keuchend nach Luft rangen, so daß jeder Atemzug ihre üppigen runden Brüste stärker in die Wölbung seiner Hände drängte.

Mit einem heiseren Stöhnen nahm er Ravens unbiegsamen Körper in die Arme und legte sie auf das dicke Polster aus Wiesenblumen und Seegras nieder. Mit leicht zitternden Fingern streifte er ihr das aufgeschnürte Kleid von den Schultern und enthüllte die zart geschwungene Linie ihrer Halsmulde und die überschattete Vertiefung zwischen ihren Brüsten, die sich ihm in ihrer Nacktheit qualvoll aufreizend darboten. Weil sie unter dem Schutz der Dunkelheit ausgeritten war, hatte Raven sich nicht in ein beengendes Korsett zwängen wollen, und ihr weißer Leib, der in seiner vollen Reife entblößt vor ihm lag, lockte ihn unwiderstehlich.

Ruhig und selbstbewußt zog er sich das Hemd aus, schleuderte es zur Seite, und Raven hielt den Atem an, als sie das Spiel der Muskeln und Sehnen unter der sonnengebräunten Haut sah. Dann knüpfte er sich die kalbsledernen Kniehosen auf und ließ sie langsam über die schlanken Lenden hinab. Sein harter, flacher Bauch war mit einer dünnen Haarschicht bedeckt, bis hinunter zu seinem Glied, das die Vorfreude auf den Genuß dieses lieblichen Frauenkörpers aufgerichtet hatte.

Er fiel neben ihr auf die Knie und zog sie zu sich empor, umklammerte sie mit den Armen, so daß sie wie verschmolzen daknieten, ihr entblößter Busen berührte seinen harten Brustkorb, sein Penis versengte sie mit seiner betörenden Glut. Er küßte sie mit gierigen Lippen, und sein Geruch und Geschmack erfüllten ihre Sinne. Raven zitterte, doch nicht aus Furcht. Sie schlang ihm die Arme um den kräftigen Hals, ihre Finger glitten durch die windzerzausten Locken, als ihre Zunge der seinen in verwegener Antwort auf sein drängendes Begehren begegnete.

Sein Hand schmiegte sich um ihren zarten Nacken, als er sie in einer wilden heftigen Umarmung, die Raven vor Verlangen schwindeln machte, an sich drückte. Sich dessen bewußt, daß er nicht länger warten konnte und zu rasen begänne, wenn er sie nicht auf der Stelle besäße, legte er sie sanft zurück, und jede Faser in ihm lechzte nach der Vereinigung. Nie zuvor hatte er eine so zierliche, zerbrechliche und doch so lebenssprühende Frau in den Armen gehalten, deren Leib wie geschaffen für seine fordernden Hände und brennenden Lippen schien.

Als er sich über sie beugte und die Hand ausstreckte, um die hinderlichen Röcke, die sie noch immer bedeckten, abzustreifen, wimmert Raven, aber sie wußte selbst nicht, ob aus Furcht oder wachsendem Verlangen. Sie war sich selbst auf einmal völlig fremd und merkte, daß sie weder ihren Willen noch ihren Körper beherrschen konnte. Beide schienen der leidenschaftlichen Führung dieses Mannes folgen zu wollen, obwohl sie wußte, daß er ihr beizuwohnen wünschte.

Als sie sich unabsichtlich bewegte, um seine Hand abzuwehren, langte er schnell zu und packte ihr Handgelenk mit festem, aber sanftem Griff. »Nein«, flüsterte er heiser, »hab' keine Angst vor mir, Kleines. Ich schwöre, ich werde dir nicht weh tun.«

Im schwachen Sternenlicht erschienen ihm ihre goldbraunen Augen riesengroß, und die zarten Wangen färbte eine heftige, wollüstige Röte. Er zwang sich mit all seiner furchteinflößenden Kraft, sein Versprechen zu halten. Sanft schob er ihre ihm Einhalt gebietenden Hände beiseite, aber als er sie gerade ganz entkleiden wollte, erstarrte er, von einem sechsten Sinn gewarnt.

»Captain! Gezeitenwechsel!«

Der Ruf von unten drang schwach, aber unmißverständlich über das dumpfe Dröhnen der Uferwellen. Mit einem wütenden Fluch hob der große, breitschultrige Mann den Kopf, die starken Hände nur Zentimeter über Ravens bebendem, halbnacktem Körper. Raven reagierte aus einem instinktiven Gefühl heraus, das völlig dem Schrecken entsprang. Sie riß sich von ihm los und warf sich ihm dann, so ungestüm sie konnte, gegen die Brust, wobei sie ihm die Handflächen unmittelbar auf die harten festen Muskelstränge schlug. Aus dem Gleichgewicht geraten, stolperte er nach hinten, und Raven rappelte sich, den Mund entschlossen zusammengepreßt, hoch und stürzte sich ein zweites Mal auf ihn, so daß er endgültig das Gleichgewicht verlor, den steilen Abhang hinunterrutschte und unwürdig auf seiner Sitzfläche landete.

»Und Sie behaupten, Sie wüßten mit meinesgleichen umzugehen!« rief Raven mit maliziöser Verachtung hinunter. Ihre atemlose Stimme wurde durch die Nachtluft getragen, so daß die Männer am Strand die Köpfe herumrissen. Sich auf die Lippen beißend, wehrte sie sich gegen die heißen Tränen der Scham, denn sie war sich bewußt, daß in ihrem Körper trotz des hochsteigenden Ärgers noch Verlangen pochte, trotz der marternden Erkenntnis, was sie einem völlig Fremden fast gestattet hätte.

Sie zog sich das Kleid über die Schultern, schürzte die zerknitterten Röcke und jagte den Abhang hinauf. Mit keuchendem Atem kam sie oben auf den Klippen an und pfiff durchdringend nach Cinnabar, der sofort zu ihr trabte. Raven schwang sich auf seinen breiten Rücken, trat ihm wild in die Seiten, das gewaltige Tier sprang schnaubend davon und spritzte dem Captain, der unmittelbar hinter Raven den Abhang erklommen hatte, Sand ins wutverzerrte Gesicht.

Als die schützenden, vertrauten Mauern des Herrenhauses auftauchten, hatte sich Ravens rasender Puls verlangsamt, und ihr Atem ging beinahe normal, während sie den schnaufenden Cinnabar den Fahrweg zu den dunklen Stallungen hinauftrotten ließ. In ihrem Innern tobte ein Aufruhr; Schuldgefühle, Wut und hilflose Enttäuschung kämpften mit der schmachvollen Erinnerung an die beunruhigend leidenschaftlichen Küsse des Schmugglerkapitäns. Sie fühlte, daß sie sich selbst fast so sehr wie ihn haßte, sich dessen bewußt, daß ein verborgener Teil ihrer Weiblichkeit seine feurige listige Verführung genossen hatte.

Wie hatte sie ihm erlauben können, sie zu küssen, ihre Brüste zu liebkosen, sich vertraut gegen ihre Schenkel zu pressen? Wären seine Männer nicht rechtzeitig dazwischengeplatzt, hätte sie es zugelassen, daß ein widerlicher Schmuggler ihr das Kleid auszog und sie liebte. Was war nur los mit ihr? Fehlte es ihr gar an Tugend? Nein, unmöglich, sagte sich Raven stöhnend, als sie vom Pferd absaß und in der Dunkelheit der Stallungen den Sattelgurt aufschnallte. Sie war lediglich dem Werben eines erfahrenen, lüsternen Schurken erlegen, und in ihrer Unschuld konnte sie nicht dafür verantwortlich gemacht werden, daß sie seinen Liebeskünsten fast nachgegeben hätte.

»Morgen fahre ich geradewegs nach St. Ives«, gelobte sich Raven, als sie die Boxentür hinter dem Hengst verriegelte und in die Dunkelheit hinaustrat. Doch während sie sich ins stille Haus schlich und auf Zehenspitzen in ihr Schlafzimmer huschte, wankte ihr Entschluß. Nicht auszudenken, was der gewissenlose Abenteurer Hamish Kilgannen erzählen würde, wenn der ihn über ihre Begegnung ausfragte! Mr. Kilgannen aufzusuchen, wäre zwecklos, erkannte sie widerstrebend, sinnlos auch, sich wegen des Geschehens zu quälen. Am besten vergaß sie das unangenehme Zusammentreffen und schätzte sich glücklich, ohne größeren Schaden davongekommen zu sein.

Trotzdem fand es Raven schwierig, die Begebenheit aus ihren Gedanken zu verdrängen, als sie sich ins Bett legte und die weichen Decken über ihren Körper breitete. Ihre zerschundenen Lippen schmerzten bei jeder Berührung, und sie konnte nicht vergessen, wie sich die drängenden Arme um ihren Leib oder der fordernde leidenschaftliche Mund auf dem ihren angefühlt hatten. Verdammt sollst du sein, wer immer du auch bist, fluchte Raven innerlich. Eines Tages, gelobte sie, begegnen wir uns wieder, du hochmütiger Kerl, und dann, bei Gott, wirst du für diese Demütigungen büßen!

2

Am nächsten Morgen saß Raven Punkt neun Uhr dreißig hinter dem gewaltigen Schreibtisch ihres Vaters, Mr. Haggarts Unterlagen fein säuberlich vor sich ausgebreitet. Obwohl ihr vor dem bevorstehenden Gespräch graute, schweiften ihre Gedanken doch ständig zu den Ereignissen der vergangenen Nacht ab. Die Erinnerungen an ihre aufwühlende Begegnung mit dem Kapitän stiegen, weit öfter, als es ihr lieb war, in ihr hoch und wollten nicht verblassen, so sehr sie sich auch dagegen wehrte.

»Wünschen Sie Tee, wenn Ihr Besucher kommt?« fragte Danny fürsorglich und schreckte Raven auf, die sie nicht hatte kommen hören.

»Das wäre sehr nett, Danny«, erwiderte Raven mit einer Tapferkeit, die sie keineswegs empfand. Sie lehnte sich in den bequemen Stuhl zurück und schaute mit banger Miene zu der alten Frau hoch. »Was meinst du, sehe ich auch korrekt genug aus?«

Mit einem begütigenden Lächeln blickte Danny in das schöne Gesicht und auf die glänzenden schwarzen Locken, die sanft aus Ravens weicher Stirn gestrichen waren. Die bittende, kindliche Frage stand in anrührendem Gegensatz zu Ravens raffinierter Frisur und dem formellen, schlichten Kleid. »Sie entsprechen Ihrer Rolle von Miß Raven Barrancourt, der Verwalterin von North Head, perfekt«, versicherte sie ihrer jungen Herrin. »Wer auch immer Ihr Besucher ist, er dürfte beeindruckt sein.«

Auf Ravens Wangen bildeten sich unwillkürlich zarte Grübchen, in ihren Augen sprühte ein Funke ihres gewohnten Feuers. »Ach, laß doch deine aalglatten Reden, Danny!«

Die silberhaarige Gouvernante schaute bei diesen Worten erleichtert, nicht etwa beleidigt drein, doch nichtsdestotrotz drohte sie Raven mit dem Zeigefinger. »Na, werden Sie ihm gegenüber bloß nicht zu aufmüpfig, Miß Raven. Denken Sie dran, Sie müssen taktvoll sein. Ihr Vater sagte immer, man könnte mehr Fliegen mit Zucker als mit Essig anlocken.«

»Fliegen fängt man leicht«, antwortete Raven, »aber zu einem Sieg über diesen Gegner bedarf es mehr als des gezielten Schlags mit einer gefalteten Zeitung.«

»Miß Raven!« Parris tauchte hinter Danny in der Tür auf und spähte zu seiner Herrin herein, die ihr Bestes versuchte, um in dem riesigen Lederstuhl, in dem sie nahezu völlig versank, Autorität auszustrahlen.

»Was ist denn, Parris?« fragte sie besorgt. Noch nie hatte sie den korrekten alten Butler so sprechen hören.

»Eine Kutsche hält gerade in der Auffahrt, Miß Raven. Sie gehört Squire Blackburn.«

Aus Ravens weichen Wangen wich die rosige Farbe. Nervös biß sie sich auf die Unterlippe und schaute dann mit energischem Blick die beiden treuen Dienstboten an. »Danny, laß mich bitte allein, ich möchte das unter vier Augen erledigen. Parris, führen Sie ihn herein.«

Als Raven einen dreisten Schlag gegen das eisenverstrebte Portal dumpf in der Halle erschallen hörte, machte ihr Herz vor Schreck einen heftigen Satz. Die Barrancourts nicht mitgerechnet, war Squire Blackburn der reichste Landbesitzer in ganz Westcornwall, obgleich Blackburn Hall bei weitem nicht an die Größe von North Head herankam. Man sagte dem Squire eine solche Geldgier nach, daß er es lieber gänzlich in Gold und Silbermünzen aufbewahrte, als ein wenig davon für Verschönerungsarbeiten an seinem Herrenhaus auszugeben. Zweifelsohne entsprach das der Wahrheit, klagte Raven insgeheim. Wie hätte sich ihr Vater derart viel von ihm leihen können, wenn Joshua Blackburn nicht über soviel flüssiges Kapital verfügte, während das Barrantcourtsche Vermögen zum größten Teil in Land und anderen Investitionen fest angelegt war.

»Squire Blackburn wünscht Miß Raven Barrancourt zu sehen«, dröhnte Parris' Stentorstimme von der Tür her, und Raven, aus ihren Gedanken aufgeschreckt, hob schnell den Kopf, als ihr Besucher hereinschritt. Sie kannte ihn flüchtig, denn in der Vergangenheit war er mehrmals nach North Head gekommen, das letzte Mal ein oder zwei Monate vor dem fatalen Unfall ihres Vaters. Damals hatte sie ihm sogar Tee serviert; ihr Vater hatte ihr liebevoll zugelächelt, als sie ihren Gastgeberinnenpflichten anmutig und gewandt nachgekommen war. Doch sie schätzte es keineswegs, wie ihr der dicke, kleingewachsene Squire ständig auf die Brüste starrte, deren runde Fülle sich deutlich unter dem Musselinkleid mit Blumenmuster abzeichnete. Nachher entließ ihr Vater sie mit einer knappen Geste, da er mit dem Squire geschäftliche Angelegenheiten besprechen mußte. Aber mit einem herzlichen Lächeln hatte er sie für ihr Geschick gelobt.

Raven wußte nun genau, welche Art von Geschäft innerhalb der vier Wände dieses Arbeitszimmers ausgebrütet worden war; sie lächelte gezwungen und mit einem Anflug von Traurigkeit, als sie sich zur Begrüßung Squire Blackburns erhob. Er prangte in einem dunkelblauen, hochfeinen Anzug, dessen Weste sich über dem korpulenten Bauch spannte.

»Wie freundlich von Ihnen, Miß Raven, mich so früh am Morgen zu empfangen« sagte er, nahm Ravens widerstrebend dargereichte Hand und pflanzte seine feuchten Lippen darauf. Dann ließ er die Froschaugen über ihre Brüste und das cremige Stück Haut gleiten, das der Rüschenausschnitt ihres grauen Kleides freiließ. »Sie sehen gut aus, wenn man den Schlag bedenkt, der Sie ereilt hat.« Betrübt schüttelte er den Kopf. Die wenigen öligen Haarsträhnen auf seinem Schädel verströmten einen Übelkeit erregenden süßlichen Pomadegeruch. »Eine schreckliche Tragödie, der Tod Ihres Vaters.«

»Es war Gottes Wille«, erwiderte Raven steif und zog sich hinter den großen Schreibtisch zurück, wo sie sich sicherer fühlte. »Mein Vater ritt gern übernervöse, höchst ungestüme junge Hengste, und es war wohl Gottes Werk, durch das ich ihn dieses und nicht ein anderes Mal verloren habe.«

»Ihr Barrancourts wart schon immer abenteuerlustig und unbezähmbar« bemerkte Squire Blackburn und zwinkerte Raven vertraulich zu, als er sich unaufgefordert im Lehnstuhl vor dem Schreibtisch niederließ. »Das muß in eurem keltischen Blut liegen.«

Argwöhnisch nahm Raven Platz und saß ihm mit kerzengeradem Rücken gegenüber wie ein Soldat, der sich zur Schlacht gegen den Feind aufstellt. Denn in der Tat spürte sie, daß sie notfalls bis aufs Messer kämpfen würde, um North Head vor dem Zugriff des Squire zu bewahren. Sie wußte Bescheid über seinen wahren Charakter; die Dorfbewohner erzählten darüber zu viele Geschichten, als daß man sie hätte ignorieren können – wie er den Dienstboten gegenüber knauserte, wie er sie für jeden tatsächlichen oder vermeintlichen Ungehorsam schlug, wie er Wilderer auf seinem Land unverzüglich vor den Kadi brachte, selbst wenn sie den Verstoß aus Armut und Hunger begangen hatten.

Raven bemerkte, daß Squire Blackburn sie unter schweren Lidern lüstern beobachtete, wie seine Augen langsam von ihrem schwarzglänzenden Kopf über den zarten Hals bis hinunter zum Mieder wanderten, wo sich ihre vollen Brüste unter dem grauen

Stoff abzeichneten. Die Hände im Schoß geballt, mußte sie sich zwingen, sein unverschämtes Abtaxieren zu erdulden, obgleich ihr schönes Gesicht einen betörend unschuldigen Ausdruck und ihr liebliches Grübchenlächeln zeigte.

»Ich nehme an, daß Haggart gestern mit Ihnen die Unterlagen durchgeschaut hat«, begann er unvermittelt und jagte ihr einen Schreck ein, während er den dicken, stummeligen Zeigefinger auf die vor ihr liegenden Akten stieß.

»Ja«, erwiderte Raven, unliebsam überrumpelt.

Die vorquellenden Augen beobachteten sie scharf. »Dann wissen Sie also, daß mir Ihr Vater bei seinem Tod sehr viel Geld schuldete, Miß Barrancourt. Ich hätte vor der Nachlaßregelung Anspruch auf North Head erheben können, aber ...« Er breitete beschwörend die feisten Hände aus. »Ich konnte mich Ihnen gegenüber in Ihrer ersten Trauer nicht so unritterlich verhalten.«

»Wie überaus gütig von Ihnen, Squire«, murmelte Raven und schluckte schwer. »Sie sagten, Sie hätten beabsichtigt, Anspruch auf North Head zu erheben?«

»Gewiß. Es wäre eine absolut legale Maßnahme meinerseits. Sehen Sie, wenn Sie mir Ihren Grund, den Viehbestand, das Mobiliar, den Schmuck Ihrer Mutter, die paar erwähnenswerten Ölgemälde in der Galerie übergeben müßten, wären die Schulden im großen und ganzen beglichen.«

»Aber nicht North Head selbst«, sagte Raven.

Squire Blackburn schielte sie verständnislos an. »Äh?«

»Wenn ich Ihnen alles, was Sie soeben aufzählten, übertragen würde, wären die Schulden beglichen«, meinte Raven.

»Ja.«

»Und North Head, das Gebäude selbst, gehörte noch immer mir.«

»In der Tat.«

»Dann betrachten Sie es als beschlossene Sache, Sir!«

Squire Blackburn schaute sie verdutzt an. Ravens Wangen glühten, ihre Augen glänzten wie flüssiges Gold. Sie beugte sich vor, ihre Brust hob und senkte sich bei jedem hastigen Atemzug, dennoch war der Squire ausnahmsweise blind für ihre Schönheit. »Was reden Sie da, Kind?« stotterte er verwirrt. »Sie haben doch nicht vor, mir alles zu überschreiben!« Raven nickte eifrig.

»Sie müssen verrückt sein!« rief der Squire, die Wangen rot angelaufen, und schlug zur Bekräftigung mit der Faust auf den Tisch. »Ihnen bliebe doch lediglich ein leeres Haus!«

»Aber es würde immer noch mir gehören«, gab Raven mit stolz erhobenem Kinn zurück und sah ihn offen an.

»Und Sie wären bettelarm! Mein Gott, Kind, begreifen Sie denn nicht, daß Sie sich überhaupt nicht Ihren Unterhalt erwirtschaften könnten, kein Land zu bestellen hätten, keine Pächter, keine Dienstboten, die Sie davor bewahren würden, daß Ihnen das Haus über dem Kopf zusammenkracht?«

Raven erbleichte, daran hatte sie überhaupt nicht gedacht. Ihre Hochstimmung erstarb schnell. Mit gesenktem Kopf kämpfte sie gegen die Tränen an, die gleich zu fließen drohten.

»Na, na, Miß Barrancourt. Ich wollte Ihnen nicht so grob kommen«, meinte der Squire freundlich. »Sondern lediglich sichergehen und Ihnen klarmachen, daß sich Ihre Schwierigkeiten nicht ganz so leicht beheben lassen.«

Er hielt inne, und seine vorquellenden Äuglein schweiften über die schimmernde Nußbaumtäfelung, die dicken Orientteppiche auf dem glänzenden Parkett und wanderten dann zu den leinen- und ledergebundenen Büchern mit goldgeprägten Titeln, von denen viele überaus wertvolle antiquarische Ausgaben waren. »Ich kann Ihr Widerstreben, dieses Haus aufzugeben, gut verstehen. Sein Reiz hat es auch mir angetan, und ich habe es immer als einen Teil der prächtigen Meerlandschaft betrachtet. Wie sich die Fenster zum Wasser und zur Sonne öffnen, die hohen Räume, die einem beim Hereinkommen solch ein freies und leichtes Gefühl vermitteln … Wahrhaftig ein ergötzliches Heim, Miß Barrancourt, wenngleich es so bedenklich hier oben auf den Klippen thront.«

Raven musterte angespannt, mit überraschten und argwöhnischen Augen seine rosigen Züge; nie hätte sie gedacht, daß Squire Blackburn derlei an North Head wahrnehmen, geschweige denn gar schätzen könnte. Alles, was er über das Herrenhaus gesagt hatte, entsprach der Wahrheit, doch bei seinen Worten hatten seine Froschaugen eher habgierig als bewundernd geglitzert. Wie konnte sie ihm erklären, daß sie jeden Holzbalken in der Großen Halle liebte, jede der schönen handbemalten Kacheln um den großen Kamin, jeden der mächtigen Bäume, die den Rasenlichtungen und knospenden Blüten Schatten spendeten? Daß sie nichts davon aufgeben würde, selbst wenn sie sich dadurch zu einem Leben in bitterer Not verurteilte?

»Nein, Miß Barrancourt«, fuhr Squire Blackburn, der ihr Schweigen als Zustimmung deutete, fort. »North Head ist viel zu eindrucksvoll, so prächtig, als daß man nachlässig mit ihm umgehen dürfte. Ich könnte Ihnen zur Schuldentilgung Ihren Grundbesitz, Ihr Vieh, all Ihre Habseligkeiten nehmen, aber Ihre Armut und Ihr Verlust dieses herrlichen Vermögens würde mir ein Leben lang das Gewissen belasten.«

Wie seltsam, dachte Raven verbittert; man sagt, daß Sie nicht einmal ein Gewissen haben, Squire. Warum also jetzt dieses Erbarmen mit mir? Was springt für Sie dabei heraus?

»Das Angebot, das Mr. Haggart Ihnen gegenüber gestern erwähnte«, erläuterte er selbstgefällig, während er sich, die Wurstfinger auf dem dicken Wanst verschränkt, zurücklehnte, Raven aufdringlich anstrahlte und sie mit seiner Überheblichkeit ganz kribbelig machte. »Ich beabsichtige, Ihnen ein Angebot zu unterbreiten, Miß Barrancourt, das gewährleistet, daß North Head für den Rest Ihres Lebens vollständig in Ihrem Besitz verbleibt.«

Raven wurde bei dieser Aussicht ganz schwindelig, doch sie bemühte sich, ihre Freude nicht zu zeigen; sie wußte genug von Squire Blackburns wahrem Charakter, um ihm zu mißtrauen. Danny hatte nach seinem letzten Besuch verächtlich die Nase gerümpft und gemeint, in seinem verfetteten Körper fließe nicht ein mitfühlender Blutstropfen; und Dannys Menschenkenntnis durfte man nicht leichtfertig abtun.

Squire Blackburn räusperte sich und wich unvermittelt den goldbraunen Augen aus, die ihn ruhig beobachteten. Nervös trommelte er mit den Fingern auf seinen Bauch. Plötzlich richtete er sich auf und sagte dreist: »Sie würden all dies behalten, Miß Barrancourt, wenn Sie einwilligten, meine Frau zu werden.«

Raven, die alles, nur nicht das erwartet hatte, konnte ihr Entsetzen kaum verbergen. Mit offenem Mund und aufgerissenen Augen klammerte sie sich schwer atmend am Schreibtisch fest, voller Angst, sie könnte in Ohnmacht fallen. Squire Blackburn heiraten? Der Mann war fast sechzig, viel zu dick, herzlos, hatte zwei pferdegesichtige Töchter, die Cleone und Agatha oder ähnlich scheußlich hießen und fast in ihrem Alter waren! Diesen Mann heiraten? Er war wohl übergeschnappt!

»Selbstverständlich würden wir drei hier bei Ihnen leben«, fuhr Squire Blackburn gönnerhaft fort, blind für Ravens erschreckende Blässe und ihr unnatürliches Schweigen. Die Froschaugen glitzerten gierig. »Ich habe mir immer gewünscht, auf North Head zu leben, und Aggie und Cleone geraten vor Freude bestimmt aus dem Häuschen, wenn sie von ihrer neuen Mutter erfahren.«

»Und wenn ich Ihr Angebot nicht annehme?« fragte Raven kaum hörbar.

Squire Blackburn zuckte die Achseln. »Ganz einfach. North Head gehört dann mir, und Sie stehen ohne einen Pfennig da.« Er breitete beschwörend die Hände aus. »Sehen Sie es doch ein, Miß Barrancourt. Mein Antrag brächte uns beiden Vorteile. Oh, ich bin mir bewußt, Sie hegen mir gegenüber jetzt noch keine liebevollen Gefühle, wie sie Mann und Frau füreinander empfinden sollten.« Die Froschaugen hefteten sich auf ihre Brüste, und er fuhr sich mit der Zunge über die wulstigen Lippen. »Doch mit der Zeit kommt das sicherlich.«

Raven schluckte schwer, um ihren Ekel und ihrer Verzweiflung Herr zu werden. Was Squire Blackburn vorschlug, widerte sie zutiefst an. Lieber würde sie sterben als ihn heiraten, selbst wenn sie dann North Head aufgeben mußte! Tränen traten ihr in die Augen. Sie könnte auf North Head nie verzichten, niemals, was sollte sie also tun? Wie konnte sie sich Geld beschaffen, um dem Squire die Schulden zurückzuzahlen, oder auch nur ausreichend Zeit gewinnen, um nach Geldquellen zu suchen, ehe er sie zwang, ihn entweder zu heiraten oder das Haus zu verlassen? Verzweifelt wandte sie sich von ihm ab und versuchte beim Anblick der grandiosen Landschaft, die sich jenseits der bleiverglasten Fenster ihren angstvollen Augen bot, Kraft zu schöpfen und eine Antwort zu finden.

Angesichts dieser Landschaft, deren kleinste Einzelheit sie wie ihr eigenes Leben liebte, versuchte Raven, den Kloß in ihrem Hals hinunterzuschlucken. Wie konnte sie dies, ihr wahres Sein, aufgeben? Doch schlimmer noch, wie konnte sie ihr Glück opfern, indem sie der Heirat mit einem Mann zustimmte, den sie nicht liebte, sondern absolut abstoßend fand? Während sie gepeinigt über die sonnendurchflutete zerklüftete Schönheit der Gegend nachsann, schwirrte eine summende Fliege, die sich irgendwie hereingestohlen hatte, gegen die abgeteilte Scheibe und suchte vergeblich einen Ausschlupf. Plötzlich fiel Raven ein, was Danny vorher über das Anlocken von Fliegen mit Zucker gesagt hatte, und sie biß sich fest auf ihre Unterlippe, um nicht in Jubel auszubrechen, da die Lösung ihres Problems sie so sehr entzückte.

»Miß Barrancourt?« fragte der Squire ungeduldig.

Mit großen, unschuldigen Augen drehte sich Raven zu ihm. »Verzeihen Sie, daß ich Sie nicht zu beachten schien, Sir. Ich habe Ihren Antrag erwogen.«

Der Squire hatte die feuchten Lippen geöffnet, er beugte sich vor und beobachtete sie gespannt. »Ja, und?«

»Ich glaube«, erwiderte Raven, die sich jetzt erhob und anmutig um den Tisch herum auf ihn zukam, »ich kann Ihnen die Summe, die mein Vater Ihnen schuldete, nicht anders zurückzahlen.« Sie hoffte, ihre Stimme möge lieblich und arglos klingen und nichts von ihrem Abscheu offenbaren. Die Kunst der Tücke fiel ihr nicht leicht, und sie wußte nicht, ob ihr aufreizender Hüftschwung, als sie vor ihm stehenblieb, nicht als deutliche Absicht durchschaut würde. Dennoch fuhr sie unbeirrt fort, lächelte schüchtern zu ihm hinunter und sprach in angemessen sittsamem Ton. »In Anbetracht der Umstände müssen Sie aber zugeben, daß es unschicklich wäre, Ihr liebenswürdiges Angebot vor dem Ablauf des Trauerjahres anzunehmen.«

Squire Blackburn konnte sein Glück kaum glauben. »Ja, ja, gewiß.« Er erhob sich eilends und starrte begierig auf Ravens bleiches Gesicht. »Verstehe ich Sie recht, Sie wollen also meine Frau werden?«

»Wenn Sie mir auf das Darlehen ein Jahr Aufschub gewähren«, entgegnete Raven mit dem kecksten Lächeln, das sie zustande brachte, und zeigte trotz ihrer traurigen Augen schelmische Grübchen.

»Und die offizielle Verlobung«, fügte sie süß hinzu, »sollte auch bis dahin warten, nicht wahr? Es wäre Ihnen gewiß nicht recht, wenn man sagte, ich sei unter dem Einfluß der Trauer gedrängt worden, auf Ihr freundliches Angebot einzugehen?« Die sonst vorsichtige und mißtrauische Geisteshaltung des Squire hätte ihn möglicherweise an seinem Glück zweifeln und Ravens Beweggründe für eine so rasche Einwilligung wachsamer betrachten lassen. Aber in diesem Moment war er so berauscht von ihrem Anblick, so überwältigt von dem lieblichen Duft ihres Körpers und der Nähe ihrer festen, hohen Brüste. »Aber gewiß«, versicherte er ihr rasch. »Nichts soll den guten Namen meiner künftigen Gemahlin beflecken, schon gar nicht boshafter Klatsch.«

»Dann ist es also abgemacht?« fragte Raven unschuldsvoll, und das Herz schlug ihr so wild, daß ihr ganz schwindlig war. »Wenn in einem Jahr die Schulden nicht beglichen sind, werde ich Ihre Frau?«

»Das ist mein größter Wunsch, Miß Barr – Raven, Liebes«, stammelte er heiser.

Raven blieb nichts übrig, als zu lächeln, während er ihr die Hand küßte und versprach, ihr bald wieder seine Aufwartung zu machen. Als Parris auf ihr Klingeln hin erschien, lächelte sie noch immer, doch der treue alte Diener erkannte sofort, wie ungewöhnlich blaß ihre Haut war und wie matt ihre Stimme klang.

Kaum allein fiel Raven in den plüschigen Lehnstuhl, aus dem der Squire sich Minuten zuvor erhoben hatte, und machte ihrem Gefühlstumult aus Freude, Verzweiflung und Erleichterung in einem so gewaltigen Tränenstrom Luft, daß Parris und die beklommene Danny, sowie sie hereinkamen, sofort an ihre Seite stürzten, vom Niedergang North Heads überzeugt.

»Nein, nein!« beruhigte Raven die beiden und lächelte unter Tränen, während sie nach einem Taschentuch kramte. »Mir ist eine Gnadenfrist von einem Jahr eingeräumt worden!«

Parris und Danny sahen sich verdutzt an, und Raven mußte über ihre Verwirrung ein wenig lachen. »Squire Blackburn erklärt sich einverstanden, bis zum kommenden Juni keinen Anspruch auf das Geld zu erheben, das Vater ihm schuldete. Wenn ich aber bis dahin die Summe nicht aufbringe, muß ich ihn heiraten.«

Danngs Wehklagen übertönte Parris' entsetzten Ausruf, aber Raven ließ sie nicht weiter zu Wort kommen. Mit einer gebieterischen Geste forderte sie Ruhe und fuhr förmlich fort: »Das wird natürlich nie geschehen, weil ich mir die Summe viel früher zu beschaffen gedenke.«

»Wo in Gottes Namen wollen Sie einen solchen Betrag herbekommen?« fragte Danny, keineswegs beschwichtigt. Bei dem Gedanken, daß die schöne, junge Raven den widerlichen Squire heiraten sollte, kämpfte sie händeringend mit den Tränen.

Mit einer aus tiefster Erleichterung stammenden Zuversicht zuckte Raven die Achseln. »Ich weiß noch nicht. Von einer von Vaters Banken vermutlich. Gewiß gewährt man mir Kredit, wenn ich die Umstände darlege! Und wenn nicht, gibt es immer noch Großonkel Hadrian in London, der sogar reicher als Krösus sein soll!«

»Sie sind Ihrem Großonkel Hadrian noch kein einziges Mal begegnet!«, rief Danny. »Und er hat sich überhaupt nicht mit Ihrem Vater verstanden! Die beiden haben einander in den vergangenen fünfzehn Jahren kein einziges Mal geschrieben!«

»Das kümmert mich nicht«, entgegnete Raven mit einer ungestümen Kopfbewegung. »Er ist schließlich ein Barrancourt, und er kann doch nicht so unbarmherzig sein, seine eigene Verwandte abzuweisen, die seiner Hilfe so dringend bedarf!« Die Arme auf die Hüften gestemmt, erforschte sie erst das eine zweifelsvolle Gesicht, dann das andere, und Verärgerung zeigte sich auf ihren zarten Zügen. »Offen gestanden, hätte ich erwartet, daß ihr euch mit mir freut! Mir ist es gelungen, den Feind vor unseren Toren für mindestens ein Jahr zu vertreiben, und ihr beiden schaut drein, als ob ich schon morgen das Eheversprechen ablegen sollte!«

»O, Miß Raven, Sie wollen doch nicht wirklich diesen gräßlichen Menschen heiraten!« rief Danny.

»Keineswegs«, entgegnete Raven finster. »Für wie verrückt hältst du mich denn? Bis dahin habe ich das Geld zusammengebracht, das schwöre ich dir. Gleich nach dem Mittagessen will ich nach Truro fahren«, fügte Raven grübelnd hinzu und blickte zum Fenster hinaus auf den sonnenbeschienenen, ruhigen blauen Ozean.

Truro, eine blühende Stadt, lag an den Ufern des sich dahinschlängelnden gleichnamigen Flusses. Die Häuser und Läden in den belebten Straßen, durch die Raven und Danny am Nachmittag in der Kutsche fuhren, waren sauber, die abseits gelegenen Häuschen bunt gestrichen und anheimelnd. Straßenhändler boten ihre Waren feil, und auf dem lärmenden Marktplatz wurden Stierkälber und vorzügliche Milchkühe versteigert.

Raven, die früher schon ein paarmal nach Truro gekommen war, hätte sich normalerweise an dem bunten geschäftigen Treiben ergötzt, aber sie konnte den Grund ihrer Fahrt nicht vergessen, und ihre Augen glänzten fast wie im Fieber, als sie schweigsam neben Danny in der beengten Kutsche saß. »Hier sind wir, Danny« meinte sie, als sie vor einem stuckverzierten, honiggelben Ziegelgebäude hielten. Sie ließ Danny in der Kutsche warten, band sich die Haubenschleife neu und trat auf die Straße hinunter.

In der Bank war es kühl und dunkel, das schimmernde Holz und der gemusterte Fliesenboden wirkten ebenso nüchtern wie das kleinstädtische Mobiliar. Nachdem sie sich an einen livrierten Aufseher gewandt hatte, geleitete man sie freundlich zu einem Büro, das mit seinen von Büchern überbordenden Regalen und dem auf Hochglanz polierten Schreibtisch unter dem hohen Fenster in der Ecke wie das geschmackvolle Arbeitszimmer eines gebildeten Herrn aussah. Ein dunkelgekleideter Mann mit ergrauenden Koteletten erhob sich beim Anblick der schlanken jungen Frau in Trauerkleidung.

»Meine liebe Miß Barrancourt«, sagte er mit einem festen Händedruck und betrachtete sie mit freundlichen, leicht tränenden Augen, »welch eine Freude, Sie hier zu sehen. Es geht Ihnen hoffentlich gut« fuhr Mr. Metcalfe herzlich fort und rückte Raven einen Stuhl vor seinem Schreibtisch zurecht, damit sie bequem Platz nehmen konnte, bevor er sich selbst setzte. »Die vergangenen Monate waren sicher nicht leicht für Sie.«

»Ich versuche mein Bestes«, beruhigte ihn Raven mit einem schwachen Lächeln, zog die Handschuhe aus, band die Haube ab und legte beides auf den Stuhl neben sich. Während sie ihr Haar glattstrich, sah sie ihn ruhig an und überlegte, wie sie am besten anfangen sollte.

»Was für ein tragischer Unfall« sagte der ältliche Herr mit einem traurigen Kopfschütteln und schob die Unterlagen auf seinem Schreibtisch hin und her. »Vielleicht spendet Ihnen das Wissen, daß Ihr Vater nicht leiden mußte, ein wenig Trost. Doch wie kann ich Ihnen behilflich sein?«

»I-ich benötige ein Darlehen«, stammelte Raven mit verzweifeltem Gesicht, obwohl sie sich zu ruhiger und leiser Sprechweise zwang. Denn sie war überzeugt, daß es jedem Bankier ein Greuel sein mußte, einem hysterischen weiblichen Wesen, das um Geld bat, gegenüberzusitzen. Sie verkrampfte die Hände in ihrem Schoß und hielt den Atem an, während Mr. Metcalfe die Lippen schürzte und eine bestimmte Stelle der Wandtäfelung hinter ihr fixierte.

»Ich kann mir gut vorstellen, daß die Leitung des Anwesens große Probleme aufwirft, Miß Barrancourt. Tragen Sie die ganze Verantwortung allein?« Mit gütigen grauen Augen sah er sie an, und Raven spürte, wie ein Teil ihrer Angst allmählich wich.

»Nicht wirklich. Es gibt ja, John Speedwell, unser langjähriger Verwalter, ist mir seit dem Tod meines Vaters eine unschätzbare Hilfe. Er kümmert sich um die Gehöfte, das Vieh, das Land, während ich mich mehr auf die Büroarbeiten konzentriere, die Bücher, Rechnungen und dergleichen.«

»Überaus vernünftig von Ihnen, Miß Barrancourt«, sagte Henry Metcalfe anerkennend; sein Blick verweilte auf ihrem jugendlichen Gesicht und der schlanken, schwarzgekleideten Figur. Er konnte es kaum glauben, daß ein so zartes Geschöpf ein Anwesen von der Größe North Heads in Schwung halten konnte, selbst wenn es von einem Verwalter unterstützt wurde. »Nun also.« Er beugte sich auf seinem Stuhl nach vorn, wobei das Leder quietschte, und legte die Fingerspitzen aneinander. »An welche Summe denken Sie, Miß Barrancourt, und wie soll sie verwendet werden?«

Raven schluckte schwer, eine Hitzewelle überkam sie. »Ich – ich ...«

»Miß Barrancourt, fühlen Sie sich nicht wohl?« hörte ihn Raven fragen. Sie zwang sich zu einem beruhigten Lächeln und verfluchte sich für ihren plötzlichen Anfall von Feigheit. Wie konnte sie sich als tüchtig und beherrscht darstellen, wenn sie so herumstotterte?

»Doch, doch, danke«, sie lächelte schwach und räusperte sich, ehe sie wieder zum Sprechen ansetzte. Diesmal klang ihre Stimme fest. »Ich fürchte, es handelt sich um einen ziemlich hohen Betrag, Sir.«

Die Koteletten zuckten, als Mr. Metcalfe ein Lächeln unterdrückte. »Kein Darlehen, das wir gewähren, ist je unbedeutend, Miß Barrancourt! Nun denn, wieviel?«

»Ich fürchte, es ist mehr als fünfzigtausend Pfund.«

»Das ist ja absurd!« entfuhr es Henry Metcalfe.

»Wie bitte?« fragte Raven.

»Es tut mir leid, Miß Barrancourt. Das steht außer Frage. Völlig unmöglich.«

»Aber ...«

»Wie wollen Sie ein solches Darlehen zurückzahlen? Allein die Zinsen ...«

»Aber Sie verstehen nicht, Sir!« unterbrach ihn Raven. Trotz größter Anstrengung zitterte ihre Stimme. »North Head ist von der Übernahme bedroht, und ich brauche das Geld, um die Schulden meines Vaters zu begleichen.«

»Mir war bekannt, daß Ihr Vater in letzter Zeit einige ungünstige Investitionen getätigt hatte«, sagte Henry Metcalfe voll Mitgefühl. »Unsere Bank würde Ihnen sehr gern eine geringere Summe leihen, schließlich genießt der Name Barrancourt in unserem Institut einen ausgezeichneten Ruf. Sagen wir, bis zu zwanzigtausend Pfund mit Zahlungen von ...

»Das reicht nicht!« rief Raven. Um ihre aufsteigende Erregung niederzukämpfen, biß sie sich fest auf die Unterlippe, und der Schmerz brachte sie wieder zur Besinnung. »Ich benötige fast dreimal so viel« sagte sie ruhig.

Henry Metcalfe breitete beschwörend die Hände aus. »Ich bedaure sehr, Miß Barrancourt, das ist unmöglich. Unsere Gläubiger, die Aktionäre der Gesellschaft, würden nie zustimmen, insbesondere da – es tut mir leid, dies zu sagen – Ihr Alter und Ihre Unerfahrenheit eine ausschlaggebende Rolle bei der Rückzahlung des Darlehens spielen dürften.«

»Dann bekomme ich also das Geld nicht von Ihnen?« fragte Raven, obwohl sie die Antwort schon wußte.

Betrübt schüttelte er den grauen Kopf. »Ich fürchte, nein.«

Ravens Unterlippe begann zu zittern, noch einmal biß sie fest darauf und begrüßte den Schmerz, der ihre Tränen zurückhielt. O Gott, wenn sie ihm nur klarmachen könnte, in welch verzweifelter Notlage sie sich befand! Ein Bild von Squire Blackburns fleischigem, geistlosem Gesicht tauchte vor ihr auf. Und sie konnte beinahe die Gier in seinen trüben Augen erkennen, wie sie sich verlangend auf ihre Brüste hefteten, konnte fast spüren, wie er sie mit seinen fetten Händen vertraulich berührte, wie ein Mann es gewiß mußte, wenn er mit seiner Frau schlief. Himmel, nein! Die Vorstellung, mit dem schmierigen, kleinwüchsigen, feisten Kerl das Bett zu teilen, erfüllte sie mit Ekel.

In der Hoffnung, irgendein Anzeichen für einen Meinungsumschwung zu entdecken, blickte Raven zu Henry Metcalfe auf, dessen Miene aber blieb starr und unnachgiebig. Nach außen hin beherrschte Raven ihre schönen Züge, doch innerlich drängte es sie, ihn anzuschreien, ihn so lange zu schütteln, bis es ihr das Darlehen, das sie benötigte, gewährte, oder sich ihm zu Füßen zuwerfen und ihn wie eine bedauernswerte Armenhäuslerin anzubetteln. Doch das verbot sich von selbst. Die Barrancourts erniedrigten sich nicht, und selbst angesichts dieser vernichtenden Niederlage hätte ihr Vater würdevolles Verhalten von ihr erwartet. »Sie waren überaus freundlich, Sir«, sagte sie höflich, während sie sich steif erhob und ihn ruhig anzulächeln versuchte. »Vielen Dank.«

»Es tut mir leid«, entgegnete er schlicht, und es war ihr zuwider, Mitleid und Hilflosigkeit in den gütigen grauen Augen zu entdecken.

»Ich verstehe.« Ein wenig zittrig holte sie Luft. »Auf Wiedersehen, Mr. Metcalfe.«

»Miß Barrancourt?«

Raven drehte sich an der Tür um, ihre Satinröcke raschelten. »Ja?«

»Wenn ich Ihnen irgendwie helfen kann, sei es in einer persönlichen oder geschäftlichen Angelegenheit, lassen Sie es mich wissen?«

Trotz ihrer angestrengten Bemühungen traten ihr Tränen in die Augen, als sie den Kopf neigte und die kleine federngeschmückte Haube unterm Kinn zuband. »Ja, vielen Dank.« Sie drängte die Tränen zurück, als sie, ohne auf die neugierigen Blicke der anderen Kunden zu achten, durch den Hauptraum der Bank eilte und sich vom Kutscher in das wartende Gefährt helfen ließ, wo die besorgte Danny ihr auf dem Ledersitz mit der dunklen Petine Platz machte.

Armes Mädchen, dachte Danny. Sie wühlte in ihrem Pompadour nach einem Taschentuch, da sie zu ahnen glaubte, daß ihre junge Herrin jeden Moment in Tränen ausbrechen würde.

»Danny, wir müssen jetzt nach London fahren!«

Das resolute Stimmchen verdutzte die frühere Gouvernante derart, daß ihr der Beutel unbemerkt entglitt und auf den Wagenboden fiel. »Was?«

Ravens goldbraune Augen glühten, als sie den Kopf herumwarf und die erstaunte Frau anschaute. »Die Banken helfen mir nicht, also bleibt mir nichts anderes übrig, als mich an die Familie zu wenden. Großonkel Hadrian wird mir den Betrag, den ich brauche, leihen oder ...«

»Oder der Himmel stehe ihm bei!« stöhnte Danny, als sie den wild entschlossenen Ausdruck in Ravens Augen sah.

»Wenn mir der Großonkel die Hilfe verweigert« sagte Raven leise und schob das zierliche Kinn vor, »dann stehe der Himmel uns allen bei!«

3

An einer ruhigen, gewundenen Straße unweit der Kensington Road befand sich das stattliche Heim von Sir Hadrian Barrancourt, dem ehemaligen Direktor von Booth's, der riesigen Tee- und Seidenhandelsgesellschaft, die mit Unterstützung durch Privatleute und der British East India Company viele Jahre lang eine Monopolstellung auf dem Londoner Markt innegehabt hatte. Das Haus war aus erdfarbenen Ziegeln erbaut, imposante Ecktürme und wuchtige Kamine flankierten das Mansardendach.

An einem regnerischen, wolkenverhangenen Nachmittag blieb die Barrantcourtsche Kutsche rumpelnd am Randstein stehen. Edwards stieg vom Bock, um die Stufen herunterzulassen und seiner jungen Herrin fürsorglich beim Aussteigen zu helfen. Raven trat auf das Trottoir und hielt, die Röcke mit einer Hand geschürzt, einen Augenblick inne. Angesichts des eindrucksvollen Gebäudes fragte sie sich, ob ihr Großonkel wohl zu Hause sei. Sie war sowohl besorgt als auch mißgelaunt. Erschöpft von der langen, beschwerlichen Reise wünschte sie sich ein wenig Zeit für ein Bad und eine kleine Ruhepause vor dem Gespräch mit dem Großonkel, dem sie noch nie begegnet war. So viel hing von dem Eindruck ab, den sie auf ihn machen würde, daß sie vorübergehend den Mut verlor, als sie die Ungeheuerlichkeit ihrer Verantwortung erkannte.

»Miß Raven, geht es Ihnen nicht gut?« erkundigte sich Edwards, als ihm ihre bleichen Wangen und die nachdenkliche Miene auffielen.

»Doch, doch« versicherte sie ihm mit einem matten Lächeln.

»Und Sie wünschen wirklich nicht, daß Mrs. Daniels oder ich Sie hineinbegleiten?«

Raven schüttelte energisch den Kopf. »Ich möchte bei Großonkel Hadrian nicht den Anschein erwecken, als wollten wir seine Gemächer stürmen.« Auf ihren weichen Wangen erschienen zwei Grübchen, und aus ihren Augen wich die Besorgnis. »Also auf in die Höhle des Löwen«, sagte sie halb zu sich selbst. Sie straffte die Schultern, ehe sie das schmiedeeiserne Tor öffnete und hocherhobenen Hauptes den Garten betrat. Die sherryfarbenen Rüschenröcke leicht angehoben, stieg sie die breiten flachen Stufen empor und klopfte kräftig an die polierte Eichentür. Als sich diese wenige Augenblicke später öffnete und dabei in den schweren Scharnieren kreischte, blieb dem makellos gekleideten Majordomus, der auf der Schwelle erschien, nicht die Zeit, beseite zu treten, da Raven schon mit rauschenden Röcken und dem schwachen, doch betörenden Duft eines lieblichen Parfums an ihm vorbei hineinfegte.

»Ich bin Raven Barrancourt« verkündete sie mit gebieterisch hochgezogenen Brauen. »Würden Sie bitte Sir Hadrian in Kenntnis setzen, daß seine Nichte aus Cornwall gekommen ist?«

»Ich fürchte, Sir Hadrian empfängt momentan keine Besucher«, teilte ihr der livrierte Majordomus entschuldigend mit. »Er fühlt sich in letzter Zeit nicht recht wohl.«

Die goldbraunen Augen verhärteten sich. »Aber ich muß ihn unbedingt sehen, so verstehen Sie doch. Ich ...«

»Ich bedaure, Miß Barrancourt, nicht heute«, beschied sie der Bedienstete höflich, aber unnachgiebig, wobei er absichtlich ihrem flehenden Blick auswich. Denn er wußte genau, daß sein Entschluß ins Wanken geraten würde, wenn er nur kurz in ihr hübsches, ebenmäßiges Gesicht schaute, »Vielleicht morgen, falls es Sir Hadrian bessergeht.«

Ravens weiche Lippen bebten, und ihr wohlgeformtes Kinn schob sich vor. »Ich gehe nicht, bevor ich mit ihm gesprochen habe.«

»Ich fürchte ...«

»Wer zum Teufel ist denn gekommen, Jeffords?« drang eine verdrossene Stimme aus dem Inneren des imposanten Hauses.

Raven schaute sich schnell um, ihr Blick fiel auf eine angelehnte reichgeschnitzte Tür weiter unten in der Spiegelhalle. Flink schlüpfte sie an dem arglosen Diener vorbei und erreichte die Tür im selben Augenblick, wo der verblüffte Jeffords reagierte und ihr – bestrebt, sie aufzuhalten – in den Weg sprang. Mit der gleichen Zielstrebigkeit hob Raven ihre Satinröcke und rammte dem armen Mann den Absatz ihres zierlichen Reiseschuhs auf den Spann. Dem überraschten Jeffords entfuhr ein Schmerzensschrei, und obwohl Raven ihre Tat überaus leid tat, nutzte sie seine vorübergehende Ablenkung und drängte sich ins Zimmer.

Rasch warf sie die Tür hinter sich zu. Sie fand sich in einem gemütlichen Salon mit viel goldgelbem und rotem Samt, einer schweren Tapete mit prächtigen roten Cupidos und einer Goldblattleiste längs der Decke. Auf einem tiefen, bequemen Samtsofa vor dem riesigen Marmorkamin ruhte ein verhutzelter alter Mann, den schmächtigen Körper trotz des relativ warmen Sommernachmittags mit einem dicken Plaid bedeckt. Obwohl ihm das graue Haar nur mehr in ein paar spärlichen Büscheln wuchs, war sein silberner Bart sehr üppig. Die Augen über den eingefallenen, vom Alter zerfurchten Wangen schimmerten zu Ravens Erstaunen im gleichen Topaston wie die ihren und waren ebenso dicht von Wimpern umkränzt. Der alte Mann hatte sich bei ihrem furiosen Eintritt mühsam aufgesetzt, der weiße Bart fiel nun wellig über den Seidenschal auf seiner schmächtigen Brust. Sowie er Raven mit ihrem hocherhobenen Kopf und der stolzen, trotzigen und dennoch merkwürdig verlegenen Miene sah, umspielte ein wissendes Lächeln seine Lippen. Doch als er zum Sprechen ansetzte, wurde er von einem wütenden Hämmern an der Tür unterbrochen. Der Majordomus versuchte, sich Zutritt zu erzwingen, nachdem er sich von dem pochenden Schmerz im Fuß erholt hatte.

»Verschließ die Tür, Mädchen, schnell!«

Raven gehorchte ohne Zögern.

»Sir Hadrian! Sir Hadrian, ist alles in Ordnung?« ertönte draußen die wütende Frage, gefolgt von einem ergebnislosen Rütteln am Türschloß.

»Mein Majordomus ist von eher nervenschwacher Wesensart«, erläuterte Sir Hadrian und blinzelte Raven verschwörerisch zu. »Bin ganz froh, wenn ich von dem verknöcherten, betulichen Burschen ein paar Minuten in Frieden gelassen werde. Sie können gehen, Jeffords!« fügte er mit erhobener Stimme hinzu. »Jetzt darfst du die Tür wieder aufsperren, Kind. Und komm näher, damit ich dich anschauen kann.«

Raven drehte den Schlüssel herum und kam folgsam bis ans Sofa, wo sich eine überraschend kräftige Hand um ihr Handgelenk schloß und sie niederzog. »Meine Augen sind auch nicht mehr, was sie mal waren«, meinte er und betrachtete sie aufmerksam, als sie sich unter Satingeraschel setzte, »obwohl sie mir den Dienst noch nicht völlig versagen, denn beim Himmel, ich sehe, was du für eine Schönheit bist. James' Tochter, nicht wahr?«

»Ja, Sir.«

»Raven hat er dich genannt, nicht? Ich erinnere mich, daß ich damals den Namen recht seltsam fand, aber wenn ich dein rabenschwarzes Haar so anschaue, merke ich, wie gut er zu dir paßt.« Raven Barrancourt ist außergewöhnlich schön, dachte er, und er hatte in seinem Leben genug schöne Frauen gesehen, um das beurteilen zu können. Obendrein gefiel ihm das Feuer in ihren Katzenaugen, und ihr Auftreten bewies, daß sie klug war, eine Eigenschaft, die er an attraktiven Frauen schätzte. Zu dumm, daß er sich so schlecht mit seinem Neffen verstanden hatte; dieses bezaubernde Wesen würde er gern noch länger kennen.

»Nun also«, wurde Sir Hadrian auf einmal sachlich. »Dich führt doch sicher ein bestimmter Grund hierher. Dein Vater ist jetzt – wie lange – drei Monate tot, und du leitest North Head ganz allein. Großartiges Anwesen, nicht? Deiner Urgroßmutter habe ich nie verziehen, daß sie zuerst Thomas das Leben geschenkt hat. Ich hätte es gern mein eigen genannt, obwohl ich mit neunzehn fortgegangen und seither nur ein oder zwei Mal zurückgekehrt bin.«

»Vater erzählte mir, daß Sie sich mit meinem Großvater überhaupt nicht vertragen haben« sagte Raven.

Sir Hadrian zuckte die Achseln. »Ich war jung, halsstarrig und hatte zuviel von dem verfluchten Stolz der Barrancourts in mir. Weil ich North Head nicht erben konnte, ging ich eben weg. Ich schwor mir, daß ich nie wiederkommen würde. Von mir aus sollte Thomas alles behalten. So habe ich mir aus eigener Kraft ein Vermögen verdient, und wenn ich auch bald wohlhabend genug war, einen doppelt so großen Besitz zu erwerben, wußte ich, daß es nicht das gleiche war.«

»Aber warum sind Sie nicht zurückgekehrt, als Ihr Bruder starb und Vater das Erbe übernahm?« fragte Raven verwirrt.

»Sie sind auf North Head geboren und haben meines Wissens eine glückliche Kindheit dort verlebt. Wie konnten Sie nur?«

Sir Hadrian lachte glucksend und tätschelte ihr die Hand. »Ich sehe schon, das Landgut ist dir sehr ans Herz gewachsen, mein Liebes. Mir auch, aber mit deinem Vater kam ich auch nicht besser aus als mit den übrigen Barrancourts. Wir haben uns wie Kampfhähne die Köpfe eingeschlagen. Wahrscheinlich ähnelten wir einander zu sehr, und dein Vater war dickschädelig wie die restliche Familie. Ich erinnere mich, daß ich zu deiner Taufe kam. Damals war ich zum letzten Mal dort, nach dem Tod deiner armen Mutter. Ich sagte zu James, daß es wohl schwierig für ihn würde – ohne männlichen Nachfolger, der den Besitz übernehmen könnte, dein kleiner Bruder war kaum einen Monat tot. Er sah mich offen an und erwiderte, daß er keinen Sohn brauche, weil du mindestens ebenso patent seist wie der tüchtigste Hosenmatz.« Er kniff die goldfarbenen Augen zusammen und musterte Raven konzentriert. »Und nun bist du seine Erbin, Mädchen, und verwaltest eines der stattlichsten Anwesen und fruchtbarsten Güter in ganz Cornwall. Was«, fragte er übergangslos, »willst du denn von mir?«

»Geld, Großonkel Hadrian«, antwortete Raven wie aus der Pistole geschossen, da sie erkannte, daß sie ohne Umschweife mit ihm verhandeln mußte, wenngleich ihr die Stimme bei diesen Worten ein wenig zitterte.

»Aha, und wieviel?«

Ruhig und sachlich legte Raven die Situation dar, während Sir Hadrian mit aufmerksamer Miene zuhörte. Er stellte keine Fragen, nickte jedoch manchmal. Als ihr Bericht beendet war, lehnte sie sich in dem tiefen Sessel zurück, wo sie zu Beginn ihres Vortrags Platz genommen hatte, und wartete trotz ihrer scheinbaren Gelassenheit in qualvoller Ungeduld.

»Meiner Meinung ...«, begann Sir Hadrian nach langer Pause, wurde aber von Jeffords unterbrochen, der ein silbernes Teeservice und einen Korb mit verlockend duftendem ofenfrischem Gebäck und Teekuchen hereintrug.

»Schenkst du ein, mein Liebes?« Sir Hadrian hob seine Tasse. »Zum ersten Mal habe ich das Vergnügen, in meinem eigenen

Haus von einer Gastgeberin bedient zu werden. Und von einer so hübschen noch dazu. Raven, über das Finanzielle unterhalten wir uns später. Zuerst mußt du dich ausruhen, nach dem Abendessen besprechen wir dann die Angelegenheit, falls du nicht zu müde bist. Und wenn, können wir damit noch immer bis morgen früh warten.«

»Solche Umstände können wir Ihnen doch nicht machen!« widersprach Raven. »Wirklich, Großonkel, ich wollte keinesfalls ...«

Mit einer kurzen Geste brachte er sie zum Schweigen. »Das weiß ich, Mädchen, aber du gehörst zur Familie und übernachtest natürlich hier.«

»Aber Ihr Gesundheitszustand ...« Raven blickte noch immer unschlüssig.

»Sehe ich so aus, als ob ich im Sterben läge?«, fragte er mit einem geziemenden Maß an Entrüstung.

»Das kann man nun wirklich nicht behaupten, Sir. Vater meinte immer, daß das Alter den Barrancourts nichts anhaben kann.«

»Recht hatte er«, pflichtete Sir Hadrian ihr lachend bei, hocherfreut über die Aussicht, ein paar Tage die Gesellschaft dieses bezaubernden jungen Mädchens zu genießen. Wie langweilig ihm plötzlich sein zurückgezogenes Junggesellendasein erschien! »Und was dein Problem betrifft, so zerbrich dir nicht unnötig dein hübsches Köpfchen. Mir wird schon einfallen, wie ich dir helfen kann.«

»Oh, das würde mir so viel bedeuten«, hauchte Raven dankbar. Zum ersten Mal seit Richard Haggarts Besuch fühlte sie sich glücklich und voll Zuversicht, denn sie war nun überzeugt, daß sie ihr geliebtes Zuhause nicht verlieren würde.

Ausgeruht und munter beherrschte Sir Hadrian beim Abendessen mit überaus selbstbewußtem Auftreten die Tafel, ein amüsanter, glänzend gelaunter Gastgeber, der seine Besucher eifrig mit Wein versorgte, so daß der Abend durchaus fröhlich verlief. Raven dachte nicht mehr an ihre Sorgen und lachte mit funkelnden Augen über seine Scherze. Selbst Danny vergaß ihren gesellschaftlichen Rang und die ihr eigene Wortkargheit, sondern lächelte und kicherte ausgelassen über Sir Hadrians witzige Bemerkungen.

»Oh, du meine Güte, Sir, so eine Geschichte habe ich noch nie gehört!« Halberstickt lachte sie, als Sir Hadrian seine kurzweilige Erzählung von den Abenteuern eines unmoralischen Mönches mit einem leichten Mädchen schloß. »Unerhört, aber nichtsdestotrotz vergnüglich!« Sie betupfte ihre Augen mit einem Spitzentaschentuch und fügte ein wenig mißbilligend hinzu: »Aber vor Miß Raven …«

»Ach, dummes Zeug!« gab Sir Hadrian zurück und zwinkerte seiner Nichte verschwörerisch zu. »Wenn dich dein Vater so erzogen hat, wie ich vermute, dann gibt es wenig, was du nicht schon vorher gehört hättest.« Er hob den Zeigefinger. »Na, erröte doch nicht, Kleines. Das ist wie diese ständigen Ohnmachten eine gräßlich scheinheilige Ziererei der Frauen, die ich nicht ausstehen kann!«

Angesichts Ravens finsterem Blick fügte er lachend hinzu. »Aber du hast, wie ich sehe, nicht den kleinsten Dunkel in dir, also nimm mir altem Mann mein Gerede nicht übel. Ah, da bringt Jeffords den Nachtisch. Was möchtest du denn, Liebes, etwas Zitroneneis oder ein Stück Buttercremetorte?«

»Die Torte schaut lecker aus«, gestand Raven mit begehrlichem Blick auf das gehaltvolle, mit Walnüssen und Kirschen verzierte Dessert.

»Jeffords, ein Stück für meine Großnichte!« ordnete Sir Hadrian sogleich an. »Und wozu kann ich Sie verführen, Mrs. Daniels?«

»Sie sind wirklich zu liebenswürdig, Sir Hadrian, aber ich habe schon mehr als genug gegessen und bin obendrein müde. Wenn Sie mich entschuldigen würden?«

»Aber sicher! Jeffords, Betsy soll Mrs. Daniels zu ihrem Zimmer bringen.«

Sir Hadrian und seine Großnichte wünschten Danny eine gute Nacht und warteten schweigend, bis sie allein waren. Raven stocherte in ihrem Tortenstück. Die rechte Hand, in der sie die Silbergabel hielt, zitterte leicht.

»Aufgeregt, mein Kind?«

Sir Hadrians ruhige, unerwartete Frage ließ sie zusammenzucken, und sie schaute schnell zu ihm hoch. »Ich glaube, ja, Großonkel Hadrian.«

»Weswegen denn?« fragte er, obwohl er die Antwort wußte.

Ihr feines Gesicht zeigte einen eigenartig hilflosen Ausdruck. »Was Sie wohl sagen werden … Trotz Ihrer reizenden Anekdoten schien Sie irgend etwas während des Abendessens zu beschäftigen. Das hat doch sicher mit meinem Problem zu tun.«

Mit ernster Miene schlürfte Sir Hadrian etwas Wein und sah seine schöne Großnichte prüfend an. »Allerdings, nach meinem Nickerchen habe ich heute nachmittag meine Vermögenslage ein wenig studiert, um zu sehen, wie ich dir am besten helfen kann. Denn du mußt natürlich wissen, daß ich nicht fünfzigtausend Pfund im Keller liegen habe, die nur darauf warten, daß du sie brauchst.«

Raven nickte, und ihre Augen füllten sich mit einer merkwürdigen Mischung aus Furcht und Vorfreude. In demselben schmucken grauen Kleid, das sie bei dem Besuch Squire Blackburns getragen hatte und dessen winzige Perlmuttknöpfe im weichen Kerzenschein schimmerten, und mit ihrem bis auf die zartrosa Schatten auf den schmalen Wangen bleichen ebenmäßigen Gesicht schaute sie atemberaubend schön, doch hilflos und jung aus.

Sir Hadrian lehnte sich zurück und betrachtete sie aufmerksam, während er mechanisch über seinen langen silbrigen Bart strich. »Glücklicherweise kenne ich einen Herrn, der ausreichend Kapital flüssig hat, um dich mit dem Betrag, den du benötigst, und ein wenig mehr für die anfallenden Zinsen zu versehen.«

»Ich begreife nicht ganz«, sagte Raven ein wenig unsicher und vergaß die köstliche Buttercremetorte. »Meinen Sie damit, daß ich mir das Geld von einem Dritten erbitten muß?«

»Ich will dir die Lage erklären, Raven« begann ihr Großonkel. »Wie du weißt, habe ich nie geheiratet, obgleich ich gestehen muß, daß mir genügend berechnende Mütter und heiratslustige Töchter nachjagten. Man könnte Booth's als meine einzige große Liebe bezeichnen. Ich widmete mein Leben ganz dem Geschäft, und als mir die British East India Company meinen Anteil auszahlte, habe ich, zugegebenermaßen, dabei recht gut abgeschnitten.«

Raven lauschte geduldig, denn sie ahnte, daß er auf einen bestimmten Aspekt zusteuerte, ganz egal, wie weit er von ihrem Darlehen abzuschweifen schien.

»Ich sagte schon, daß ich nie geheiratet habe. Auf die Gefahr, dich zu schockieren, Kleine, erzähle ich dir, daß ich nicht eben fromm gelebt oder mich bei den Damen rar gemacht habe. Es gab da eine besonders schöne Frau ...« Er hustete und räusperte sich, plötzlich nicht imstande, Ravens ernstem Blick zu begegnen.

»Wollen Sie damit andeuten, daß Sie eine Mätresse hatten, Sir?« fragte Raven geradeheraus.

»Nun ja«, erwiderte der ältliche Gentleman leicht überrascht. Dann faßte er sich und lachte sie an, so daß sie ahnte, was für ein charmanter, gutaussehender Mann er in jungen Jahren gewesen sein mußte. »Eigentlich mehrere, aber diese war etwas Besonderes. Eine elegante Frau, schön und treu, durchaus temperamentvoll. Du erinnerst mich ein wenig an sie, obwohl ihr euch im Aussehen wie Tag und Nacht unterscheidet. Wie du war sie ein starker, entschlossener Mensch, Herrin über ihr eigenes Schicksal.« Seine Stimme erwärmte sich bei der Erinnerung.

Raven warf ermutigend ein. »Ich nehme an, Sie haben sie sehr geliebt.«

»So sehr, daß ich unserem gemeinsamen Sohn einen Namen gab«, erwiderte Sir Hadrian. »Meinen eigenen.«

Ravens geschwungene Brauen hoben sich. »Ein Barrancourt?« hauchte sie ernsthaft erschüttert.

Sir Hadrian nickte. »Verurteile mich nun nicht, Mädchen! In unserer Familiengeschichte gibt es genug Seeräuber und Schmuggler, als daß wir der rechte Umgang für Heilige wären! Unmöglich, nicht wahr, für ein altes kornisches Geschlecht, mit solchen Schurken nicht um fünf Ecken verwandt zu sein?«

»Vermutlich«, räumte Raven unschlüssig ein. Die Erwähnung von Schmugglern ließ sie zum ersten Mal seit langer Zeit an den attraktiven, gewissenlosen Captain denken, der sie an dem dunklen, windgepeitschten Strand so leidenschaftlich geküßt hatte. Grollend verdrängte sie die Erinnerung, indem sie sich streng ermahnte, daß sie nicht wieder an jene Nacht denken dürfe und auch nicht das Recht habe, ein Urteil über ihren Großonkel zu fällen. Ihre Bestürzung über die Existenz eines unehelich geborenen Barrancourt grenzte an Snobismus, ein nicht zu entschuldigender Charakterzug, der ihr an anderen immer sehr mißfiel. »Verzeihen Sie, Großonkel«, bat sie zerknirscht. »Sie müssen Ihren Sohn sehr lieben, sonst hätten Sie ihm nicht diese Ehre erwiesen.«

Sir Hadrians Augen funkelten unter den buschigen Brauen. »Ganz recht, mein Kind. Phillip wuchs zu einem großartigen jungen Mann heran, gescheit, verläßlich, von gutem Benehmen. Lediglich seine Verbitterung darüber, daß er von unserer erhabenen Haute volée nicht akzeptiert wurde, und sein Mangel an Ehrgeiz bereiteten mir Sorge. Kein Drang, sich selbst einen Namen zu machen, keine anderen Interessen als Rennpferde und Spieltische ... Ich verschaffte ihm ein Offizierspatent, aber das war nicht ganz das Richtige. Als ich bei meinem Rückzug aus dem Berufsleben über mehr als genug Geld verfügte, verhalf ich ihm denn zu einem guten Start im Geschäftsleben.«

»Phillip wird mir also das Geld geben, nicht wahr?« fragte Raven.

»Richtig, mein Kind«, pflichtete Sir Hadrian ihr mit einem verschmitzten Lachen bei. »Und es handelt sich nicht um ein Darlehen, sondern um ein Geschenk eines Barrancourt an ein Familienmitglied.«

Ravens glatte Stirn zog sich in zarte Falten. »Aber eine so hohe Summe? Er fühlt sich doch sicher nicht so stark mit North Head verbunden wie Sie?«

»Noch ist es mein Geld,« betonte Sir Hadrian. »So lange ich lebe, behalte ich die Zügel in der Hand, was Phillip betrifft. Zugegeben, durch die Verantwortung für sein Unternehmen ist er bewundernswert gereift, aber wenn es um das gesamte eigene Vermögen geht, kann man nicht vorsichtig genug sein.«

»Und er lebt hier in London?« fragte Raven, gespannt, wann sie ihn kennenlernen würde.

»Das allerdings nicht.« Sir Hadrian leerte sein Weinglas und betupfte sich mit einer Leinenserviette die Lippen. »Nach seiner Armeezeit, vor etwas mehr als fünf Jahren, schickte ich ihn nach Indien. Ich richtete ihm ein solides privates Lagerhausunternehmen ein, das die East India Company mit Indigo, Seide und Tee beliefert.«

»Aber wie verhandeln wir mit Ihrem Sohn, wenn er in Indien lebt?« wollte Raven wissen.

»Oh, wie ich das Geld herbeizuschaffen gedenke? Ich schicke ein offizielles Zahlungsersuchen …«

»Aber einen Betrag dieser Größenordnung können Sie doch nicht ohne weiteres einem Kurier anvertrauen!« wandte Raven mit wachsender Bestürzung ein, weil sich ihr Problem als sehr viel komplizierter als ursprünglich erwartet herausstellte.

Sir Hadrian sah sie verschmitzt an. »Wenn dich mein Vorschlag so beunruhigt, warum fährst du dann nicht selbst?«

Raven starrte ihn entgeistert an. »Nach Indien?«

»Na, na, schau mich nicht an, als schickte ich dich auf den Mond! Indien ist nicht der kulturlose, primitive Kontinent, den du dir wahrscheinlich vorstellst. Dort drüben leben mehr Engländer als hier.«

Ravens Augen glühten. »Unmöglich, Großonkel Hadrian! Indien ist so weit entfernt! Ich wäre doch viel zu lange fort, und North Head kann nicht …«

»Nach deiner Schilderung wird das Darlehen erst in einem Jahr fällig«, erinnerte Sir Hadrian sie scharfsinnig. »Und was North Head betrifft, könnte nicht dein Verwalter – Speedwell, nicht wahr – die Anweisungen eines bärbeißigen alten Mannes wie mir befolgen?«

Raven schaute ihn ungläubig an. »Sie würden North Head während meiner Abwesenheit leiten?« hauchte sie.

»Warum nicht?« rief Sir Hadrian forsch. »Ich bin vielleicht alt, aber geistig noch rege, und offen gestanden finde ich den Ruhestand ziemlich langweilig.« Er lachte glucksend. »Wollte außerdem schon immer mal die Verantwortung für das imposante Herrenhaus und all das Ackerland übernehmen!«

»Ich weiß nicht, was ich sagen soll«, erwiderte Raven zögernd. »Immerhin bin ich erst achtzehn, Großonkel! Glauben Sie denn tatsächlich, daß ich allein nach Indien reisen kann, um solch ein Vermögen zu beschaffen?«

Er schreckte sie mit einem heftigen Lachanfall auf, seine schmächtige Brust weitete sich. Vor Heiterkeit tränten ihm die Augen. »Du, eine hilflose Waise? Nein, mein Kind! Du hast den Mut aufgebracht, Squire Blackburn entgegenzutreten und mich, einen Unbekannten, aufzusuchen, um den Familienbesitz zu retten. Wenn du dich auch vor einer solchen Reise fürchtest, darfst du doch nicht vergessen, daß ich dich nicht ohne hinreichenden Schutz ziehen lasse. Überdies, Raven, du bist eine Barrancourt! Bestimmt schüchtert dich eine Reise nach Indien nicht so sehr ein, daß du in eine Heirat mit Squire Blackburn einwilligen und die schwer errungenen Siege und die Ehre deiner Vorfahren zunichte machen würdest.«

Raven lächelte mit strahlenden Augen. »Nun gut, ich fahre! Sagen Sie mir, was ich zu tun habe, wohin ich genau reisen muß, und ich schwöre, daß ich vor Ende des Sommers wieder hier bin!«

4

Inmitten der unzähligen Spieren, Masten und aufgerollten Segel im Londoner Hafen schaukelte die *India Cloud* von dicken Tauen festgehalten und die gewaltige Ankerkette im dunklen Themsewasser straff gespannt. Sie war ein Handelsschiff der Ostindienroute, schnittig und in vielen Jahren auf hoher See verwittert; neben den zahllosen winzigen Schaluppen und schmucken Briggs wirkte sie imposant, sogar ehrfurchtgebietend. Aus ihren Laderäumen hatte man unlängst ein Vermögen gelöscht – kostbaren Tee, Indigo, der die Uniform manch stolzer Marinesoldaten färben würde, und unzählige Ellen farbenprächtiger Seide, die bei den modisch aufgeputzten Adligen und reichen Kaufleuten, hoch im Kurs stand.

Die *India Cloud* war bereit, die Segel zu setzen und abermals die Reise in den fernen Orient anzutreten; auf dem großen Deck eilten die Matrosen durcheinander, den geknurrten Befehlen des Bootsmanns und Kapitäns gehorchend, die beide voller Ungeduld beim Gezeitenwechsel auslaufen wollten. Raven Barrancourt, deren Augen wie geschliffene Topase sprühten, stand an der Reling; trotz ihrer Bemühungen, das Haar unter der adretten rostbraunen Haube zu bändigen, peitschte ihr die heftige Brise schwarzschimmernde Strähnen in die Stirn. Die Menschen unten auf den überfüllten Kais kamen ihr winzig klein vor. Rufe, Versprechen und herzbewegendes Schluchzen drangen gedämpft hoch, als Angehörige sich voneinander trennen mußten, und wurden sogleich vom heiseren Kreischen der kreisenden Möwen und dem durchdringenden Metallknirschen erstickt, während die Matrosen den Anker einholten, sich dabei gegen die Gangspill stemmten und vergnügt ein altes Seemannslied anstimmten, das Ravens Blut in Wallung brachte.

Die Vertäuung wurde gelöst, die großen Rahen gedreht, die Segel mit einem Donnerknallen herabgelassen. Die Decks legten sich langsam zur Seite, als die *India Cloud* sich leewärts neigte, flußabwärts glitt und in Fahrt kam, sowie sie in die Strömung geriet und der Wind ihre Segel allmählich blähte. Blind für den bräunlichen Nebel über der Stadt, nahm Raven nur die schönen Umrisse der eindrucksvollen St. Paul's-Kathedrale, die unbeugsame Silhouette des Tower und der Tower Bridge wahr. In ihre anfängliche Aufregung mischte sich ein Gefühl von Schwermut – oder vielleicht ein plötzliches Heimweh.

Eigentlich gab es nichts in London, was Raven vermissen würde. Großonkel Hadrian, der sie vor mehr als zwei Wochen nach Cornwall zurückbegleitet hatte, ging es in der Abgeschiedenheit seines neuen Domizils gut; er sah kräftiger und gesunder als bei ihrer ersten Begegnung aus. Erfreut hatte sie bemerkt, wie seine gefurchten ledrigen Wangen in den wenigen Tagen vor ihrer Abreise aufblühten. Welcher Trubel diese Tage begleitet und welche Erleichterung sie verspürt hatte, als es ihr gelungen war, sich ohne eine nochmalige scheußliche Begegnung mit Squire Blackburn davonzustehlen! Raven unterdrückte ein Kichern, während sie sich das bevorstehende temperamentvolle

Aufeinandertreffen von Sir Hadrian und dem Squire ausmalte. Großonkel Hadrian hatte ihr versprochen, dem Squire nichts von ihrem Komplott gegen ihn zu verraten, sondern mit einem angemessenen Grund für ihre Abwesenheit aufzuwarten. Sie hegte den Verdacht, daß der einfallsreiche alte Mann den Squire mit ergötzlichen Entschuldigungen überraschen würde.

»Miß Barrancourt?«

Raven drehte sich um und schaute zum Maat des Bootsmannes hoch, einem stämmigen Matrosen mit sonnenverbrannter Haut und kräftigen Unterarmen. »Der Capt'n läßt fragen, ob Sie Ihre Kabine bequem finden, Miß.«

»In der Tat«, antwortete Raven, die sich der Ehre nicht bewußt war, die man ihr als Großnichte von Sir Hadrian Barrancourt erwies: Sie verfügte über eine eigene Kabine – die abgesehen von der Kapitänskajüte luxuriöseste an Bord. Captain Winters kannte Sir Hadrian seit vielen Jahren und hatte dem alten Mann versprochen, sich um Raven und ihre Reisebegleiterin, Hannah Daniels, bis zu ihrer sicheren Ankunft in Bombay, wo Phillip Barrancourt wohnte, zu kümmern. »Es ist sehr gütig von Captain Winters, bei all seiner Arbeit so auf mich zu achten«, fügte Raven mit einem freundlichen Lächeln hinzu.

Dem Maat schoß die Röte in die wettergegerbten Wangen; verlegen starrte er auf seine Füße, denn die junge Frau erschien ihm unvergleichlich schön. »Jawohl, Miß«, brummelte er befangen. »Der Capt'n sagt, wenn Sie was brauchen, sollen Sie's ihm oder Mr. Towers, dem Bootsmann, sagen.«

»Vielen Dank«, erwiderte Raven, froh über den angebotenen Beistand. Als der Maat davoneilte, drehte sie sich wieder zur Reling, wo jenseits des dunklen Themse-Wassers London allmählich hinter dem Achterschiff verschwand. Bald würden sie sich auf dem Kanal befinden, in Richtung Ozean, mit England achtern und Afrika weit in der Ferne vor dem dahingleitenden Bug. Ravens Herzschlag beschleunigte sich. Was würde sich bis zu ihrer Rückkehr aus Indien alles ereignen? Doch was auch geschah, North Head würde immer ihr gehören, und sie schöpfte großen Trost aus dem Wissen, daß während ihrer Abwesenheit ein Barrancourt dort wohnte.

Als der Hafen schließlich hinter ihnen und die windgepeitschten Wasser des Kanals vor ihnen lagen, überquerte Raven mit unsicherem Gang das Deck nach achtern zur Niedergangstreppe, da sie an das unnatürliche Schlingern noch nicht gewöhnt war. Mit insgeheimem Vergnügen stellte sie fest, daß die übrigen Passagiere sich nur unter noch größeren Schwierigkeiten vorwärts bewegen konnten, und bemühte sich um einen möglichst mitfühlenden Blick, als eine übergewichtige Matrone in einem braunroten Bombasinkleid über ein ordentlich aufgerolltes Tau stolperte und schwer auf ihren zaundürren Ehemann fiel. Raven war die Frau schon beim Anbordgehen aufgefallen – nicht allein ihr prächtiger Aufputz, der aus unzähligen Ellen Stoff zu bestehen schien, sondern auch ihre dröhnende Stimme, die man unmöglich überhören konnte, als sie ihren bedauernswerten, erschöpft aussehenden Gatten herumkommandierte.

Die *India Cloud* hatte, einschließlich Raven und Danny, nur acht Reisende an Bord genommen, denn sie war ein privater Handelssegler unter der Lizenz der British East India Company und somit kein eigentliches Passagierschiff. Deshalb gab es nur wenige Kajüten. Raven konnte nicht wissen, daß sie sich bereits den Neid und die Abneigung jener gräßlichen Matrone, Mrs. Murrow, zugezogen hatte, da sie die geräumige Kabine mit Beschlag belegte, die nach Ansicht der herrischen älteren Frau ihr selbst zustand.

Raven eilte die Niedergangstreppe hinunter und traf Danny beim Einräumen des Gepäcks an. Als sie von der schmalen Türöffnung aus beobachtete, wie die Gouvernante eine saubere Webdamastdecke über jedes ihrer Betten breitete, lächelte sie. »O Danny, es sieht jetzt fast wie zu Hause aus!«

»Wie zu Hause, Miß Raven?« lautete die ärgerliche Antwort. »Ich wage zu behaupten, daß mindestens vier von diesen stickigen Kabinen allein in unsere Speisekammer passen würden!«

Raven lachte. »Ich sehe schon, du findest unsere Jungfernfahrt genauso aufregend wie ich. Hoffentlich bessert sich deine Stimmung, sonst wird mit dir in den fünf Monaten schwer auszukommen sein.«

Danny rollte verzweifelt die Augen. »Himmel, erinnern Sie

mich bloß nicht an die lange Reisezeit, oder ich bitte Captain Winters, daß er mich im nächsten Hafen vom Schiff läßt!«

»Und wenn das im hintersten Borneo ist?« erkundigte sich Raven hinterhältig.

»Miß Raven!« erwiderte Danny scharf und stützte die Hände auf die gutgepolsterten Hüften. »Ich wäre heilfroh, wenn Sie Ihren Übermut an jemand anderem als mir auslassen würden! Ich habe einiges zu erledigen, und ...«

»Na schön« lenkte Raven ein, da sie sah, daß sie Danny nur im Weg stand. Sie kehrte aufs Deck zurück, um den strahlenden Sonnenschein zu genießen und einen letzten Blick auf England zu werfen. Der Gedanke, daß ihre Reise fast ein Jahr dauern würde, ließ sie auf einmal frösteln, und sie schickte ein Stoßgebet zum Himmel. Hoffentlich würde sie Phillip Barrancourt rasch finden und ohne Zwischenfall vor Ablauf ihrer Gnadenfrist nach Hause zurückkehren können.

Bei Einbruch der Dunkelheit befand sich die *India Cloud* schon weit draußen im Kanal, ihre Masten trugen das Gewicht der straffen, aufgeblähten Segel, die Deckbalken knarrten beim Seegang, und die Sonne versank über einer grau werdenden See. Mit dem Erschallen der Messingglocke wechselte die Wache, und auf Aufforderung des wortkargen Kabinenstewards machten sich Raven und Danny zum Hauptdeck auf. Dort war die große Kabine, die sonst die Mannschaft beherbergte, durch eine Behelfswand abgeteilt, damit den Passagieren ein Gesellschaftsraum zur Verfügung stand, ein langer, doch schmaler Raum mit niedriger Decke; Laternen baumelten von den rohen Balken, ein grob gearbeiteter Tisch aus kaum abgeschliffenem Holz und eine niedrige Bank standen am anderen Ende.

Das halbe Dutzend Mitreisender war bereits versammelt und soeben dabei, unter Mrs. Murrows lautstarker Anweisung Bekanntschaft miteinander zu schließen. Raven blieb am Rand der Gruppe stehen, weil sie Mrs. Murrow in ihrem Monolog nicht stören wollte. Aber als sich ihr Blick mit dem Mr. Murrows kreuzte, kam er eifrig, mit ausgestreckten Händen, auf sie zu.

»Ah, hier ist die letzte aus unserer kleinen Mannschaft!« Er führte Raven am Arm nach vorn und strahlte sie an, ein kleingewachsener Mann mit hellen, wäßrigen Augen und schlaffern Händedruck, obgleich seine Freude, Raven zu sehen, echt wirkte. »Sie sind gewiß Raven Barrancourt«, fuhr er fort, ohne sich darum zu kümmern, daß er die Ansprache seiner Frau unterbrach, »denn alle anderen haben sich schon vorgestellt. Ich bin Edgar Murrow aus Folkestone, und …«

»Ich heiße Sophie Murrow«, beendete seine Frau den Satz, wobei sie sich in ihrer gewaltigen Fülle durchaus erfolgreich zwischen ihren Gemahl und Raven zwängte. Verblüfft blickte ihr Raven in die tückischen Augen und fragte sich, womit sie die Feindschaft dieser unangenehmen Frau verdient habe, denn zweifelsohne wurde sie mit ungeheurem Mißfallen angestarrt …

»Sehr erfreut, Ihre Bekanntschaft zu machen, Mrs. Murrow«, sagte sie mit geziemender Höflichkeit. »Ich heiße Raven Barrancourt, und das ist meine Reisegefährtin, Hannah Daniels.« Bei diesen Worten deutete sie auf Danny und bedachte die feindselig gestimmte, korpulente Frau mit einem freundlichen Lächeln. Mrs. Murrow schien jedoch von der kleinen, kraushaarigen Danny noch weniger beeindruckt und neigte kaum merklich den pompös frisierten Kopf.

Raven, über die Abfuhr verärgert, erkannte nur zu deutlich, daß Mrs. Murrow die gute Danny als einfache Gesellschafterin und somit als absolut unter ihrer Würde betrachtete, und setzte eben zu einer spitzen Bemerkung an, als Mr. Murrow sich wieder zu Wort meldete. Für einen derart unter der Fuchtel stehenden Ehemann zeigte er bemerkenswerten Mut, indem er die Initiative ergriff. »Darf ich Sie mit den anderen bekannt machen, Miß Barrancourt?«

Ravens Lächeln war aufrichtig; sie empfand Mitleid mit dem schmächtigen, nervösen, kleinen Mann. Wie gut sie Mrs. Murrows Typ kannte – herrisch, großtuerisch, anmaßend, ein richtiger Squire Blackburn in Bombasinröcken!

»Mr. Theodore Stanridge aus Portsmouth.«

Der ältliche Herr mit den Koteletten beugte sich steif über Ravens Hand und murmelte ein paar unverständliche Begrüßungsformeln, bevor er sich in den Hintergrund zurückzog. Dort widmete er sich mit Vergnügen wieder der Lektüre eines abgegriffenen ledergebundenen Buches, das er mit sich führte – eine Gewohnheit, die ihn, wie Raven bald herausfand, während der Überfahrt nahezu völlig in Anspruch nahm. Raven schätzte ihn als geistesabwesenden, recht netten und penibel gekleideten Herrn ein, aber in den kommenden langen Wochen würde sie wohl kaum viel Zeit mit ihm verbringen. So blickte sie denn gespannt auf das junge Paar, das zögernd vortrat. Die beiden waren frisch verheiratet. Der junge Bräutigam errötete und stotterte – unfähig, Raven bei der Begrüßung in die Augen zu schauen. Seine Braut war ein furchtsames Wesen mit mausbraunem Haar und ausdruckslosen grauen Augen. Sie heiße Letitia, wisperte sie schüchtern, als sie Raven die eiskalte Hand reichte, und fügte hinzu, sie sei entzückt, jemand in ihrem Alter an Bord zu treffen. Dann verließ sie der Mut, und sie huschte hilfesuchend an die Seite ihres Gemahls zurück.

»Und ich bin Nathaniel Rogers, Miß Barrancourt«, sagte ein Mann, der aus dem Hintergrund auftauchte, wo Raven ihn nicht hatte sehen können. Er nahm ihre Hand und verbeugte sich galant. »Ich sah Sie vor einigen Stunden an Bord gehen und konnte meinem guten Stern kaum trauen.« Seine Augen verweilten auf Ravens erhobenem Gesicht; mit seinen mageren, ziemlich unschönen Zügen und dem abgeschmackten Verhalten fiel er Raven tüchtig auf die Nerven. Er war wie ein Geck gekleidet mit seinem Silberschnallenschuhen, einer Perle in der Krawatte und einem blaßblauen, über den Hüften bauschigen Jackett. In dem schmucklosen, schwach beleuchteten Gesellschaftsraum mit der rohen Holzvertäfelung, wo ihm nur Sophie Murrow an äußerer Eleganz gleichkam, wirkte er allzu aufgeputzt und fehl am Platz, und bei dem aufdringlichen Geruch der Rosenwasserpomade, die von seinem glattgekämmten Haar ausströmte, rümpfte Raven die Nase.

»Gewiß schlagen Sie mir den Wunsch nicht ab, beim Abendessen an Ihrer Seite zu sitzen?« bat er eindringlich und schielte lüstern auf ihr Dekolleté. Ohne ihre Antwort abzuwarten, führte er sie zum Tisch. Dabei drängte er sich an dem enttäuschten Edgar Murrow vorbei, den wiederum seine Frau gebieterisch zu sich heranwinkte.

»Ich fürchte, das Essen taugt nicht viel«, meinte Nathaniel Rogers, als er Raven mit viel Getue an das Ende der Bank plazierte, »und ich fürchte, es verliert im Lauf der Reise zunehmend an Qualität, wenn wir auf die letzten Reserven zurückgreifen müssen.«

»Das klingt, als wüßten Sie eine Menge über Ozeanfahrten, Mr. Rogers«, bemerkte die naive Letitia Carmichael mit großen Augen.

»Dies ist meine dritte Indienreise«, erklärte er, ohne den Stolz in seiner Stimme zu unterdrücken, und warf sich gockelhaft in die geschwellte Brust. »Kennen Sie Indien schon, Miß Barrancourt?«

»Ich habe England noch nie verlassen«, gestand Raven.

»Wie bedauerlich für Sie« gab Mrs. Murrow arrogant von sich, »doch Sie sind ja jung und haben noch viel Zeit für Reisen.«

»Wir sind auch nie von zu Hause weggekommen«, bekannte Edgar Murrow. »Mutter hat letztes Jahr ein bißchen Geld geerbt, als ihr Vater verschied, und wir ...«

»Selbstverständlich ist es uns auch davor nie schlechtgegangen«, unterbrach ihn Mrs. Murrow schneidend, »aber mein Vater verfügte in seinem Testament, daß wir uns eine Zeitlang den Rest der Welt anschauen sollten, und natürlich konnten wir ihm seinen letzten Wunsch auf dem Sterbebett nicht gut abschlagen.«

»Ihre Reise wird Sie sehr beeindrucken, das versichere ich Ihnen«, behauptete Nathaniel Rogers. »Der indische Subkontinent rühmt sich höchst verschiedenartiger Kulturen und einer abwechslungsreichen Geographie. Er ist mit nichts vergleichbar, was Sie bisher kennen, und ich erinnere mich meines ersten Besuchs, als ich ...«

Der nun folgende Bericht plätscherte endlos und recht eintönig dahin; er konzentrierte sich hauptsächlich auf Mr. Rogers' persönliche Heldentaten und hatte, wenn überhaupt, nur am Rande mit den Erzählungen über Indien, die Raven hören wollte, zu tun. Sie wollte vielerlei über den ungeheuren asiatisschen Kontinent erfahren, aber entschied sich unverzüglich, lieber unwissend zu bleiben, wenn diesbezügliche Fragen Mr. Rogers' Prahlerei nach sich zogen. Während sie die erstaunlich schmackhafte Gerstensuppe, vom wenig enthusiastischen Kabinensteward Charlie Cooper serviert, schlürfte, ließ sie ihren Blick nachdenklich von einem unbekannten Gesicht zum anderen schweifen.

Die Carmichaels, dachte sie, waren freundlich, schlicht, aufrichtig und zweifelsohne grauenhaft langweilig. Mrs. Murrow mußte man unter allen Umständen aus dem Weg gehen, und Edgar Murrow durfte, weniger Ravens wegen als vielmehr um seinetwillen, so wenig wie möglich beachtet werden, damit sich seine herrische Gattin nicht vernachlässigt fühlte. Theodore Stanridge, der während des Essens kein Wort gesagt oder auch nur das geringste Interesse an seinen Mitreisenden gezeigt hatte, schien viel zu entrückt für nette Plaudereien. Und was Nathaniel Rogers anbetraf ... Um Ravens weiche Lippen trat ein harter Ausdruck, als er sich ihr zuneigte, um ihr irgend etwas über seine erste Indienreise ins Ohr zu flüstern, dabei dem Oberschenkel viel zu vertraulich an den ihren preßte und sie dadurch zwang, noch näher an Danny heranzurücken. Was Nathaniel Rogers betraf, so wäre es am klügsten, ihm völlig aus dem Weg zu gehen.

»Himmel, was dieser junge Laffe doch pausenlos daherschwatzt!« beklagte sich Danny, als sie nach dem langweiligen Abendessen endlich mit Raven in der Kabine allein war. »Ich schwöre Ihnen, wenn er Ihnen noch einmal so zuzwinkert und Sie mit einem solchen Grinsen anstarrt, schlage ich ihm mit dem Regenschirm eins über den Kopf! Ach herrje«, fügte sie stirnrunzelnd hinzu. »Ich weiß gar nicht, ob ich ihn überhaupt mitgenommen habe.« Hastig machte sie sich auf die Suche nach dem gewünschten Gegenstand, konnte ihn aber in den zahlreichen Schubladen nicht finden.

»Vielleicht hast du ihn in London vergessen«, meinte Raven, die gerade ihr Haar löste und es in seiner schweren schwarzen Fülle um die grazile Taille fallen ließ. Obwohl sie zu aufgeregt war, um schlafen zu können, und zu gern nach oben gegangen wäre, um einen letzten Blick auf den Nachthimmel zu werfen, fürchtete sie, Mr. Rogers über den Weg zu laufen, der während des Essens sein Interesse an ihr nur allzu deutlich bekundet hatte. Wütend beschloß sie, auch ohne Dannys Schirm einen

Weg zu finden, ihm ihre mangelnde Begeisterung über seine Annäherungsversuche zu vermitteln; sie beabsichtigte schließlich nicht, sich während der ganzen Fahrt in ihrer Kabine zu verstecken!

»Eines kann ich Ihnen sagen, Miß Raven«, fügte Danny hinzu, die geschäftig die Laken ihrer Koje zurückschlug, »mir fallen genügend andere Leute ein, mit denen ich lieber fünf Monate auf so engem Raum verbrächte!«

»Mir auch!« pflichtete Raven ihr von Herzen bei. »Hoffentlich machen sie uns bis Bombay nicht ständig verrückt!«

Diesbezüglich brauchten sich weder Raven noch Danny Sorgen machen, denn die *India Cloud*, die bestens im Zeitplan blieb, kam zwei Wochen später südlich der Kanarischen Inseln in ein Unwetter. Tag für Tag ergossen sich aus dem bleigrauen Himmel wolkenbruchartige Regenfälle; der Seegang war schwer, die schaumgekrönten, bedrohlichen Wellen schlugen heftig über den Schiffsbug, nur um zischend wieder in den Speigatts zu verschwinden. Die Bullaugen wurden verschlossen und verrammelt, an Deck durfte sich auf Anweisung Captain Winters' außer den Wachhabenden niemand aufhalten, und Raven sah von ihren Mitreisenden so gut wie nichts während der langen, eintönigen Fahrt, während das Schiff sich entlang der westafrikanischen Küste gegen die Wellen vorwärtskämpfte.

Als die *India Cloud* den Indischen Ozean erreichte, brausten die Monsunstürme aus Südwesten auf das glücklose Schiff hernieder und füllten die straffen Segel zum Bersten; jeder Balken und jede Planke waren dem Angriff der Elemente ausgesetzt. Das unaufhörliche Heulen und Ächzen, das dumpfe Dröhnen des Regens auf die Decks und das knallende Krachen der Segelleinwand gönnten den Passagieren keine Ruhe, die fast alle, bedauernswerte Opfer der Seekrankheit, zur Bettruhe gezwungen waren. Von den acht Fahrtgästen der *India Cloud* blieben lediglich Raven und Edgar Murrow von dieser Plage verschont. Und während jener langen Nachmittage, wo Raven die kranke Danny für eine Weile allein lassen konnte und Mr. Murrow nicht mit seiner leidenden Frau beschäftigt war, trafen sich die beiden in dem düsteren, schlecht belüfteten Gesellschaftsraum, um sich gemeinsam die Zeit zu vertreiben.

Raven entdeckte in Mr. Murrow einen gescheiten, gebildeten Mann, der in Abwesenheit seiner schrecklichen Gemahlin munter drauflosschwatzte. Im Gegensatz zu Sophie Murrow zeigte er überhaupt keine Allüren und bemühte sich nicht, anders zu erscheinen, als er in Wirklichkeit war – ein einfacher Kaufmann aus Folkestone, niederen Standes, doch sehr sympathisch, den die Erbschaft seiner Frau mit den Mitteln für die Reise ausgestattet hatte.

Träumerisch erzählte der schüchterne Mann, wohin ihn seine Reise führen sollte. »Überall hin! Persien, Nepal, Brunei, sogar nach Hongkong. Dort soll es seit ein paar Jahren eine große britische Kolonie geben.«

»Da werden Sie sicher einiges von Asien kennenlernen« meinte Raven, insgeheim überzeugt, daß Mrs. Murrow einer solchen Expedition niemals zustimmen würde, vor allem, da sie weitere Seereisen mit sich brächte, die ihr anscheinend überhaupt nicht bekamen.

Raven schämte sich ein wenig ihrer Genugtuung angesichts der Tatsache, daß sowohl Mrs. Murrow als auch der schleimige Nathaniel Rogers wegen Seekrankheit unpäßlich waren; denn seit die beiden deshalb in ihren Kabinen bleiben mußten, genoß sie die Fahrt ganz besonders. Danny, die ihre Anfälle von Seekrankheit stoisch ertrug, wollte auch lieber in Ruhe gelassen werden, und Raven folgte widerstrebend ihren Wünschen, obwohl ihr die Blässe, die dunklen Augenringe, der starke Gewichtsverlust und die stets eisigen Hände der alten Gouvernante gar nicht gefallen wollten.

»Werden wir Sie noch sehen können, wenn wir in Bombay erst einmal an Land sind?« erkundigte sich Edgar Murrow und schreckte Raven mit seiner schüchternen Frage aus ihren Gedanken.

»Warum denn nicht, wenn Sie einige Zeit in Bombay zu bleiben gedenken? Mein Vetter lebt dort, müssen Sie wissen, und bestimmt würde er sich über Ihren Besuch freuen.«

»Das würde Mutter sicherlich große Freude bereiten«, erwiderte Mr. Murrow mit einem liebenswürdigen Lächeln. Denn wenngleich seine Frau Raven Barrancourt um ihre geräumige Kabine, schönen Kleider und atemberaubende jugendliche Schönheit beneidete, konnte sie nicht leugnen, daß der Name Barrancourt einen überaus guten Ruf genoß und ihnen ein solcher Umgang gewiß nicht schaden konnte. Er selbst dachte, je näher die Zeit des Abschiednehmens rückte, nur ungern an die Trennung von Raven, die durch ihre Herzlichkeit, ihren scharfen Verstand, ihren Stolz und vor allem durch ihre anrührende Schönheit seine uneingeschränkte Zuneigung gewonnen hatte. Oh, wie er sie verehrte und sich auf die ruhigen Stunden in dem einsamen Gesellschaftsraum freute, wo nur ein gleichgültiger Charlie Cooper hin und wieder mit ihren Mahlzeiten aus Schiffszwieback, Trockenfrüchten, kaltem Tee und hartem, krustigem Brot erschien und sofort wieder verschwand.

»Verzeihen Sie, Mr. Murrow.«

Raven blickte auf und sah Charlie Cooper in der Tür stehen. Von Kopf bis Fuß steckte er in fester Regenkleidung, und die Augen glühten in dem überschatteten Gesicht. Eine Wasserlache bildete sich um seine Stiefel, und von seinem breitkrempigen Südwester rannen stetig Regentropfen. »Mrs. Murrow verlangt nach Ihnen, Sir.«

Edgar Murrow erhob sich mit einem widerwilligen Seufzer. »Der Ärmsten ist es sicher wieder recht übel«, bemerkte er. »Wenn Sie mich entschuldigen, Miß Barrancourt?«

»Am besten komme ich gleich mit Ihnen und erkundige mich nach Dannys Befinden«, erwiderte Raven lächelnd.

»Seien Sie vorsichtig, wenn Sie über die Decks gehen, Miß Barrancourt«, warnte Charlie Cooper, als sie in den engen Korridor traten und vor der dicken Holztür, die ins Freie hinausführte, anhielten. »Die sind nämlich überflutet und ziemlich rutschig, vor allem bei diesen gefährlichen Windböen.« Raven straffte die Schultern. »Machen Sie sich um mich keine Sorgen! Ich bin ohne Schwierigkeiten hergekommen, also werde ich doch wohl auch den Rückweg unbeschadet überstehen. Übrigens« fügte sie sachlich hinzu, »ein paar Regentropfen machen mir nichts aus.«

Auf ihren leisen Spott reagierte Charlie Cooper mit einem unverständlichen Brummeln, und Raven tauschte einen belustigten Blick mit Edgar Murrow, als der Kabinensteward sich abmühte, die Außentür zu öffnen. Schon von ihrem jetzigen Platz aus spürte Raven, wie der Wind über die tropfnassen Decks peitschte und der eiskalte Regen auf ihr Kleid spritzte. Unwillkürlich wich sie einen Schritt in den engen Korridor zurück, als sie merkte, daß sich der Sturm während der letzten halben Stunde beträchtlich verstärkt hatte.

»Vielleicht sollten wir noch ein wenig warten« meinte Mr. Murrow ängstlich und schaute argwöhnisch hinaus in die Regenwand und das Windgeheul. Schwarze Wolken verdunkelten den Himmel, der nun nahezu nachtfinster war und von hellflammenden, gezuckten Blitzen beängstigend aufgerissen wurde.

»Ihre Frau braucht Sie recht dringend«, knurrte der Steward.

»Warum reichen Sie mir nicht den Arm«, schlug Raven vor, »und Mr. Cooper nimmt Sie am anderen? Auf diese Weise können wir uns gegenseitig gegen den Wind stützen.«

Das Gesicht des furchtsamen Herrn hellte sich auf. »Ein ausgezeichneter Einfall! Wenn Sie so freundlich wären, uns zu helfen, Mr. Cooper?« wandte er sich an Charlie, der recht verdrossen dreinschaute.

Mit einem zustimmenden Gemurmel trat der Kabinensteward einen Schritt hinaus auf das Deck, wandte sich um und reichte Raven den ölzeugbedeckten Arm. In genau diesem Augenblick zerriß ein gezuckter Blitz den bleiernden Himmel und blendete sie, als er das Firmament teilte und gewaltig in die Hauptmastspitze des übel zugerichteten Handelsschiffs einschlug. Beben erschütterte das Schiff bis ins Innerste und erstickte das verräterische Geräusch von zersplitterndem Holz, als der obere Teil des Mastes, niedergedrückt durch die triefende Leinwand, kippte und auf das Vorderdeck krachte.

Halbblind und mit dröhnenden Ohren hatte Raven keine Ahnung, was geschehen war. Sie wußte lediglich, daß die Planken unter ihren Füßen mit einenmal von irgendeinem ungeheuren Schlag entsetzlich vibrierten und ächzten und daß Charlie Cooper, an dessen Arm sie sich festgehalten hatte, plötzlich verschwunden war, fortgerissen durch irgendeine fürchterliche unsichtbare Gewalt.

»Allmächtiger im Himmel!« hörte sie Edgar Murrow hinter sich rufen. Als sie herumschnellte, sah sie, wie er ihr mit vor Schreck weitaufgerissenen Augen über die Schulter starrte und ein widerliches Grün seine Wangen verfärbte.

»Was ist geschehen?« rief Raven und lief, von seiner Angst angesteckt, nach vorn, um von der Niedergangstreppe aus hinauszulugen.

»Haben Sie es nicht gesehen?« Edgar Murrows Stimme zitterte. »Mein Gott, ein Blitz hat in den Mast eingeschlagen, und ein Teil davon ist abgebrochen. Ich glaube, Mr. Cooper liegt eingequetscht darunter!«

Als sie alles wieder deutlich sehen konnte, suchte Ravens Blick das Deck ab, bis sie die glitschige Regenhaut des Stewards unter einem Gewirr von Takelage und Sparren begraben sah. Stöhnend erkannte sie, daß er durch die Wucht des Schlags über das halbe Deck geschleudert worden war, wo er sich in Todesangst an ein Stück des durch den heruntergefallenen Mast beschädigten Schandeckels klammerte. »Wir müssen ihm helfen!« schrie sie Mr. Murrow zu.

Der kleine aschfahle Herr schien am Rande äußersten Entsetzens. »Der Wind fegt uns von Bord, wenn wir uns hinauswagen!«

»Aber außer uns ist niemand hier auf dieser Seite des Schiffs« protestierte Raven. »Helfen Sie mir, bitte, allein kann ich ihn bestimmt nicht von der Stelle bewegen!«

Edgar Murrow bewegte lautlos die Lippen, als er an die Korridorwand zurückwich. »Ich kann nicht, Miß Raven«, murmelte er mit matter Stimme. »Ich bin nur ein einfacher Kaufmann aus Folkestone, kein Held. Ich kann nicht!«

Raven erkannte, daß jeder Überredungsversuch zum Scheitern verurteilt wäre. Schweiß strömte ihm über die fahlen Wangen, und seine Hände zitterten wie bei einer Schüttellähmung. Im Wissen, daß keine Zeit zu verlieren war, weil Charlie Cooper jeden Moment den Halt verlieren konnte, stürzte sie nach draußen, wo ihr der Wind den Atem raubte. In weniger als einer Sekunde war sie bis auf die Haut durchnäßt, der Wind riß ihr die Haarnadeln heraus und peitschte ihr die vorher so sorgfältig frisierten Locken nach hinten; Hagelkörner stachen sie schmerzhaft in die bloßen Hände und Arme.

»Um Himmels willen, helfen Sie mir!«, Charlie Coopers Stimme wurde nahezu vom Wind fortgetragen, dennoch konnte Raven die Todesangst heraushören. »Ich kann nicht schwimmen, Miß Barrancourt! Bitte!«

»Ich komme!« rief ihm Raven durch das Sturmgetose zu, aber als sie sich durch die Trümmer auf das Deck kämpfte, schlug eine turmhohe Welle gegen das schwankende Schiff. Raven konnte Charlies qualvollen Schrei hören, als er gegen das harte Holz geschmettert wurde, aber er klammerte sich zäh fest, und sie betete, daß seine Kraft reichen möge. »Charlie, geben Sie mir die Hand!« schrie sie, als sie ihn endlich erreichte und in dem schäumenden eisigen Wasser, das in die Speigatts brauste, auf die Knie sank.

»Ich kann nicht loslassen! Ich falle sonst!« schrie Charlie zurück. Die Augen quollen ihm hervor, als er in ihr banges Gesicht sah. »Ziehen Sie mich hoch!« befahl er, und ein tiefes Keuchen bei jedem Wort zeigte seine höchste Not. »Bei Gott, Mädchen, ziehen Sie mich hoch!«

Raven beugte sich hinunter, die zertrümmerte Reling bildete eine Öffnung, die ihr einen fürchterlichen Blick auf die tobende See freigab. Eisige Wellen schlugen heftig gegen Charlies schlaffe Gestalt und leckten gierig an seinen baumelnden Beinen. Raven konnte das Zittern sehen, das seine Arme marterte, und wußte, daß ihm die Kräfte schwanden. Sie packte ihn an den Handgelenken und lehnte sich zurück, zog mit all ihrer Kraft, aber es gelang ihr kaum, ihn zu bewegen. Durch das Sturmgeheul und Regenprasseln hörte sie sein leises Angstgestöhn. Anscheinend fürchtete er, ihre Hilfe würde vergeblich sein. Sie versuchte es noch einmal, mit entschlossen zusammengebissenen Zähnen, und scheiterte abermals.

Raven umfaßte die Handgelenke des Stewards so fest, daß alles Blut aus ihren Fingern wich. Mit ihrem ganzen Gewicht stemmte sie die Beine auf die Planken und zog, die Augen geschlossen und die schönen Zähne vor Anstrengung entblößt, mit aller Kraft an seinen Armen. Einen schier endlosen Augenblick lang geschah nichts, doch dann spürte sie, wie etwas nachgab, und Charlies Körper begann sich langsam, millimeterweise auf die Öffnung in der Reling zuzubewegen.

Raven keuchte entsetzt, als sie spürte, daß sie ganz plötzlich und unerwartet an Kraft verlor. Ihre Finger ließen Charlies Handgelenke schlagartig los, und sie schlug schmerzhaft zu Boden. Doch als sie sich aufrappelte, sah sie, daß der kleingewachsene Steward dank ihrer Anstrengungen ein Stück des niedergehauenen Mastes hatte umklammern können. Indem Raven ihn unter den Achseln packte, konnte er sich nun hinaufziehen, und beide brachen völlig verausgabt an Deck zusammen.

Eine Weile blieb Raven liegen, der Regen prasselte auf ihre erschlaffte Gestalt nieder, dann hob sie den Kopf und sah Charlies bleiches Gesicht ein paar Zentimeter entfernt. »Alles in Ordnung?« fragte sie; wegen der Anstrengung klang ihre Stimme brüchig und drang kaum durch das Tosen des Windes und der Wellen.

Charlies Brust hob sich, als er nach Luft schnappte, aber es gelang ihm ein schwaches Lächeln, das erste, das sie auf seinem mürrischen, griesgrämigen Gesicht sah. »Ausnahmsweise danke ich dem Allmächtigen dafür, daß ich so klein bin, Miß! Sie haben mir das Leben gerettet!«

Raven erwiderte sein Lächeln, aber mit einem Schlag überkam sie Übelkeit, und in der sicheren Befürchtung, sich übergeben zu müssen, wandte sie sich ab. Indem sie tief Atem schöpfte, bekämpfte sie den Drang und konnte ihn sogar unterdrücken, während Charlie, dessen Schock allmählich nachließ, sie würgen hörte. Inzwischen stand sie schon auf den Beinen und schwankte zur Niedergangstreppe, wo ein sichtlich erschütterter Edgar Murrow ihr besorgt entgegenkam. »Ist er verletzt?«

»Ich glaube nicht«, antwortete Raven unsicher. Da sie taumelte, erlaubte sie dem erleichterten Kaufmann, sie mit einer Hand am Ellbogen zu stützen, und lehnte sich mit geschlossenen Augen sekundenlang an ihn. »Wir müssen ihn in sein Quartier bringen und dafür sorgen, daß er trockene Kleider und eine warme Decke bekommt.«

»Das übernehme ich, Miß Raven«, sagte Edgar Murrow mit erstaunlicher Entschlußkraft. Als sie die Augen aufschlug, bemerkte sie seinen bewundernden Blick. »Das ist das mindeste, was ich tun kann, nachdem Sie ihm das Leben gerettet haben! Ich habe alles mit angesehen«, fügte er mit wachsender Aufregung hinzu. »Man sollte Sie für Ihre Heldentat auszeichnen!«

»Nicht der Rede wert«, entgegnete Raven müde, die nur noch zu ihrer Kabine zurückkehren und schlafen gehen wollte.

»Nicht der Rede wert?« wiederholte Edgar Murrow ungläubig. »Es war großartig! Ruhen Sie sich jetzt aus, ich kümmere mich darum, daß Mr. Cooper ärztlich versorgt wird.« Sein Gesicht leuchtete. »Warten Sie nur, bis der Captain davon erfährt! Und Mutter erst! Wie sie sich freuen wird, wenn sie hört, was für eine Heldin Sie sind!«

Sie dachte, daß Sophie Murrow die Großtat nie wertschätzen würde, da ihr nun eine jüngere Frau den Platz im Rampenlicht streitig machte. Im Augenblick allerdings kümmerte es Raven überhaupt nicht, was andere von ihr halten mochten. In ihrer Erschöpfung wollte sie nur noch schlafen. Während Edgar Murrow den zwar schwachen, aber sonst unversehrten Steward in die Mannschaftsquartiere brachte, schaffte Raven auf wackligen Beinen den Weg hinunter zu ihrer Kabine, wo sie Danny in tiefem Schlaf fand. Die geringe Dosis Laudanum, die sie ihr vor Stunden gegeben hatte, wirkte noch immer.

Stöhnend fiel Raven in ihren durchweichten Röcken aufs Bett und schloß die Augen; doch der Schlaf wollte nicht kommen. Wieder und wieder spielten sich vor ihrem inneren Auge die qualvollen Minuten auf Deck ab, und jetzt, wo die Betäubung, die sie während des ganzen Zwischenfalls schützend umfangen hatte, allmählich nachließ, zitterte sie im nachhinein vor Entsetzen. Aber sie war jung und stark, ihr jugendlicher Körper unverwüstlich, und obwohl der Sturm draußen weiterwütete, wurde sie schließlich von willkommener Schläfrigkeit überwältigt.

Ein schwaches Lächeln umspielte ihre Lippen, als sie in den Schlaf hinüberglitt. Bei ihrem letzten wachen Gedanken fragte sie sich, wie stolz wohl ihr Vater heute auf sie gewesen wäre. Im Schlaf zeigte ihr schönes Gesicht heitere Gelassenheit, das Gesicht einer jungen Frau, die sich durch die Ereignisse des Tages sehr verändert hatte.

Wenn jemand, der sie gut kannte, sie jetzt hätte sehen können, wäre ihm der Unterschied in aller Deutlichkeit aufgefallen. Raven war nicht länger das einsame, verängstigte Mädchen, das still am Grab ihres Vaters geschluchzt hatte, oder die unglückliche junge Frau, über deren Hilfegesuch ein gefühlloser Bankier rücksichtslos hatte hinweggehen können. Heute war sie bis an die Grenze ihrer Leistungsfähigkeit gegangen und hatte dabei eine verborgene, bisher unbekannte Kraft in sich entdeckt. Und das starke, feurige Naturell, das Hadrian Barrancourt seiner zweifelnden Nichte gegenüber als ihr Wesensmerkmal erklärt hatte, erkannte sie jetzt endlich bewußt als ihren Charakterzug.

5

»Miß Raven! Miß Raven, wachen Sie auf!«

Raven öffnete die goldbraunen Augen und schaute Danny gähnend an, ehe sie sich umdrehte, tiefer unter die Decke kuschelte und sich dem Blick der aufgeregten Gouvernante entzog. »Laß mich, Danny, ich bin müde!«

»Nun gut, schlafen Sie weiter, wenn Sie meinen, Fräuleinchen, aber klagen Sie dann nicht, ich hätte Ihnen unsere Ankunft in Indien nicht rechtzeitig mitgeteilt!«

Anmutig sprang Raven aus dem Bett und stürzte mit wehendem Haar zum Bullauge. Indien? Sind wir schon da, Danny?«

Die ältere Frau nickte mit einem selbstzufriedenen Lächeln. »In der Tat. Der Beobachtungsposten hat Land entdeckt, als Mrs. Carmichael und ich beim Frühstück saßen.« In ihrer Stimme schwang ein wenig Hochmut mit. »Manche von uns verbringen die Zeit lieber mit nützlichen Dingen, als den ganzen Vormittag in der Kabine zu dösen.«

Mit dem Abflauen der Monsunstürme hatte sich Dannys Befinden gebessert, und sie brüstete sich mit ihrer Seetauglichkeit, seit die *India Cloud* das ruhigere Arabische Meer erreicht hatte.

»Wenn Onkel Hadrian mich fragt, wie die Reise verlaufen ist, kann ich ihm aber etwas ganz anderes erzählen«, erwiderte Raven und warf das schimmernde Haar zurück. Angestrengt wand sie sich aus dem hinderlichen Nachtgewand, damit sie möglichst rasch nach oben gehen und nachsehen konnte, ob Danny mit ihrer Behauptung recht hatte. »Hast du nicht vor unserem Aufenthalt in Port Elizabeth ständig in der Koje gelegen?«

»Reden Sie bloß nicht davon, Kind!« bat Danny und verdrehte bei der Erinnerung die Augen. »Ich überlege mir schon fast, ob ich auf die Heimfahrt nach England verzichten soll, wenn ich auf der Rückreise wieder an Bord eines dieser bockenden Maulesel muß.«

»Wie lange, glaubst du, dauert es bis zur Landung?« fragte Raven eifrig, während sie sich von Danny das Korsett schnüren ließ, dessen Spitzensaum ihren vollen, weichen Brustansatz enthüllte.

»Stunden, da bin ich mir sicher«, entgegnete Danny. »Zappeln Sie nicht so herum, Kind, sonst krieg' ich's nicht zu!« Folgsam hielt Raven still, obwohl ihr Herz wie rasend schlug. Endlich Land! Keine endlosen Tage mit brennender Sonne und deprimierendem Regen mehr, keine träg vergeudeten Abende und langweiligen Mahlzeiten mehr, bei denen sie Nathaniel Rogers zuhören mußte, der mit seinen zahlreichen Vorzügen prahlte, während Mrs. Murrow ihr Bestes tat, ihn ständig zu unterbrechen und die Aufmerksamkeit aller auf sich zu lenken.

Als Raven aufs Deck hinaustrat, wurden ihr sofort die subtilen Veränderungen ringsum bewußt. Die Matrosen, die während der Überfahrt immer den gleichen Aufgaben nachgegangen waren, bewegten sich nun mit einer ungewohnten Geschäftigkeit. Einige schmetterten bei der Arbeit lebhafte Seemannslieder, und ihre Ungeduld, an Land zu kommen, zeigte sich deutlich in ihrem Grinsen und ihren unflätigen Scherzen. Raven eilte an die Reling, die Augen angestrengt über die tänzelnden, sonnengesprenkelten Wellen auf den Horizont gerichtet, wo sie eine zarte graue Linie entdecken konnte.

Am Spätnachmittag kam Bombay in Sicht, eine große Stadt, auf einer engen Landzunge ins Meer hinausragend. Raven, die mit den übrigen Passagieren an der Reling stand, beobachtete schweigend, wie die *India Cloud* mit aufgerollten Großsegel gelassen durch das ruhige Wasser glitt, das gegen den schnittigen Rumpf plätscherte. Möwen zogen oben ihre Kreise und kamen im Sturzflug herab; eine frische, kühle Brise wehte, denn in Indien hatte der Winter vor knapp einem Monat begonnen.

Über den eng aneinandergebauten, verwinkelten Gebäuden, die das elf Meilen lange Hafengebiet von Bombay bildeten, erhoben sich die üppigen grünen Hänge des Malabar-Hügels und in der Ferne dahinter majestätische blaue Berge. Der Ostindiensegler befand sich noch in zu großer Entfernung, als daß Raven viel von der Stadt hätte erkennen können. Dennoch durchströmte sie ein Gefühl aufregender Abenteuerlust, als die exotische Aura des Fernen Ostens sie umfing. Im Hafen vor ihnen lag anscheinend eine ganze Flotte von Handelsschiffen, die meisten unter britischer Flagge; sie alle schaukelten ruhig in ihrer Vertäuung, während Fischerboote, Einbäume und andere einheimische Wasserfahrzeuge, die neben diesen Giganten des Britischen Empire zwergenhaft wirkten, hin und her flitzten.

»Sehen Sie die Insel dort drüben, Miß Barrancourt?« Raven schaute nach Norden, in die Richtung, in die Nathaniel Rogers gerade wies, und nickte, als sie einen aus dem dunklen Wasser ragenden Felsen erspähte.

»Das ist Gharapuri; diese Insel besteht fast zur Gänze aus höhlenähnlichen Tempeln, die aus dem Fels herausgehauen wurden. Ich selbst habe sie noch nie besichtigt, aber diese Arbeit der Hindu soll ein atemberaubendes Kunstwerk sein. Sie sollten darauf dringen, daß Ihr Vetter Sie dorthin führt.«

»O ja!« stimmte ihm Raven mit funkelnden Augen zu. Als sie sich wieder zur Stadt wandte, schoß ihr vor Aufregung das Blut in die Wangen; sie deutete auf den dunkelgrünen Hügel, der schon vorher ihre Aufmerksamkeit erregt hatte. »Und jener Hügel dort, Mr. Rogers?« fragte sie, ausnahmsweise froh über seine Gegenwart, »was ist das?«

»Das ist der Malabar-Hügel«, erwiderte er, »aber Sie werden ihn kaum aus der Nähe betrachten wollen.«

Ravens glatte Stirn furchte sich. »Warum sollte ich nicht?«

»Na ja, durch die Mangohaine kann man sie nicht sehen, aber hier befinden sich die Türme des Schweigens.«

»Die Türme des Schweigens?« wiederholte Raven. »Das klingt doch überaus verlockend.«

»Durchaus nicht«, versicherte ihr der sorgsam herausgeputzte Rogers. »Zu den Türmen des Schweigens bringen die Parsen, die Anhänger der Lehren des Propheten Zarathustra, ihre Toten, damit die Geier die Leichname abfressen, ehe die Gebeine in eine ausgetrocknete Quelle geworfen werden.« Als er Raven erschauern sah, lächelte er grimmig. »Nur ein Beispiel für die Unannehmlichkeiten, mit denen Indien aufwarten kann, Miß Barrancourt. Sie werden hier unglaubliche Schönheit vorfinden, aber auch Tod, Krankheit, Armut, wie Sie es sich nie vorstellen konnten ...«

Er verstummte, und bevor die ahnungslose Raven reagieren konnte, hatte er ihre Hände ergriffen, drückte sie an seine magere Brust und schaute ihr tief in die goldbraunen, vor Schreck weitaufgerissenen Augen. »Oh, meine liebe Miß Barrancourt. Ich kann den Gedanken nicht ertragen, daß Sie allein durch dieses grausame Land reisen! Wenn Sie sich nur der Gefahren bewußt wären, denen Sie sich aussetzen!«

Zweifellos würde nichts sie so belästigen wie dies, fand Raven, die völlig überrumpelt war und versuchte, sich einigermaßen höflich aus seinem amourösen Griff zu winden. »Mr. Rogers, ich würde es sehr schätzen ...«

»Raven, liebste Raven«, murmelte er wie von Sinnen und schaute in ihr liebliches Gesicht; in ihre zarten Wangen trat Röte, ihre Augen blitzten auf, und auch seine nichtssagenden Züge veränderten sich durch die Heftigkeit seiner Gefühle. »Ich kann den Gedanken nicht ertragen, von Ihnen getrennt zu sein. Ich muß mich Ihnen unbedingt offenbaren, sonst bin ich verloren. Habe ich nicht meine Empfindungen deutlich genug gezeigt?«

»Nur allzu oft«, stieß Raven mit zusammengebissenen Zähnen hervor und ging nun zur erbitterten Gegenwehr über. Sie standen im Schatten eines Schotts, wo man sie nicht so leicht bemerkte, und Raven argwöhnte, daß er sie absichtlich hierhergelockt hatte, wo keiner der anderen Passagiere oder ein vorbeikommender Matrose ihr zu Hilfe eilen konnte. »Mr. Rogers, ich bestehe darauf, daß Sie mich sofort loslassen!«

»Sie müssen doch verstehen, was ich fühle«, murmelte er und lockerte seinen Griff keineswegs. »In nur wenigen Stunden müssen wir Abschied nehmen. Ich kann es einfach nicht ertragen, daß Sie von mir gehen!« Bei diesen Worten neigte er den Kopf, und Raven zuckte jäh zurück, wodurch seine heißen, spröden Lippen nur auf ihrer Wange landeten. Unerschrocken zog er sie fester an sich, drückte ihr den Mund auf die Lippen und schlang ihr die dürren Arme um die grazile Taille.

Zum zweiten Mal in ihrem Leben wurde Raven von einem Mann geküßt, und obwohl Abscheu und Schmach sie überwältigten, mußte sie an jenen ersten Kuß des attraktiven Kapitäns denken. Er hatte Gefühle in ihr erweckt, die sich von ihren jetzigen Empfindungen gänzlich unterschieden. Zweifellos begehrte Nathaniel Rogers sie, doch Raven, die sich krampfhaft aus seinem Griff zu befreien bemühte, spürte nicht im geringsten das stürmische Verlangen oder die seltsame, aufwühlende Erregung, mit der ihr Körper auf die Leidenschaft des hochgewachsenen Schmugglerschurken am windgepeitschten Strand in Cornwall reagiert hatte.

Da sie erkannte, daß sie sich seinem Klammergriff nicht entwinden konnte, ging Raven in ihrer Not zu Fußtritten über, obwohl die Röcke sie in ihrer Bewegungsfreiheit behinderten, so daß sie ihm keinen ausreichend schmerzhaften Schlag versetzen konnte. Mr. Rogers, augenblicklich blind für ihre verzweifelten Befreiungsversuche, zog sie noch enger an sich, öffnete den Mund weiter und schob seine Zunge zwischen ihre Lippen. Raven, die sich noch selten eine günstige Gelegenheit hatte entgehen lassen, nutzte den Vorteil und biß fest zu.

Nathaniel Rogers jaulte vor Schmerz auf, schnellte von ihr weg und preßte sich die Hand auf den Mund. Während er in seiner Westentasche nach einem Tuch wühlte, starrte er sie anklagend an. »Bösartiger kleiner Drachen!« entfuhr es ihm, während er sich den Mund betupfte und mit Schaudern die hochroten Flecken auf dem weißen Seidentuch in Augenschein nahm. »O Gott, schauen Sie mich an, ich blute!«

»Es wird Ihnen viel schlimmer ergehen, wenn Sie mich noch einmal anfassen!« gab Raven zurück, die Arme in die Hüften gestemmt. »Und ich verspreche Ihnen – wenn Sie es wagen sollten, mich auch nur einmal anzusprechen, ehe wir von Bord gehen, bin ich sofort beim Captain und führe Klage gegen Sie!« Hochmütig warf sie den Kopf in den Nacken, wirbelte herum und verschwand nach unten, wo sie mit stolzem Schritt die Kabine betrat und Danny eifrig beim Packen vorfand.

Gemeiner, wollüstiger Halunke, dachte Raven. Gott sei Dank hatte er nicht den Mut aufgebracht, ihr schon früher so zuzusetzen! Nicht auszudenken, wie sie reagiert hätte ...

Diese abscheulichen Männer! Dachten sie derart gering von den Frauen, daß sie über alle, die ihnen zusagten, ohne auch nur die geringste Ermunterung herfallen konnten? Sie empfand jetzt noch größere Wut auf den gutaussehenden Schmugglerkapitän als in jener Nacht ihrer Begegnung, denn nun war sie überzeugt, daß ihn ihre heftige Reaktion auf seine Küsse überaus belustigt hatte. Zweifellos hatte er, wieder an Bord, seine Leute mit einer langen, ausführlichen Schilderung über seine fast geglückte Verführung eines einfachen Dorfmädchens ergötzt.

Bis ihre Kabine von ihrer Habe geleert war und die Schrankkoffer draußen im engen Korridor standen, hatte die *India Cloud* auf dem riesigen Anlegeplatz festgemacht. Ein Gewirr von kahlen Takelagen und Masten ragte in den wolkenlosen Himmel, und eine warme Brise, die tausend neue und exotische Gerüche mit sich trug, fächelte Raven übers Gesicht. Auf den Molen reihten sich riesige Lagerhäuser aneinander, jedes verfügbare Plankenstück wurde zur Aufbewahrung von Fässern und Packkörben genutzt, und die Menschen, die auf den Brettern hin und her eilten, mußten sich gewaltsam Platz verschaffen.

Raven sah viele Abendländer in korrekter europäischer Kleidung, Kaufleute, die gewaltige Aktenmappen voller Frachtbriefe schleppten und sich in der Hoffnung, den Zahlmeister zu treffen und ihre Lieferung einzufordern, durchdrängelten.

Modisch gekleidete Frauen mit weißen Handschuhen und rüschenbesetzten Sonnenschirmen stolzierten auf der Promenade auf und ab und begrüßten die englischen Neuankömmlinge, die aus zwei schäbigen Passagierschiffen weiter unten am Kai strömten. Zwischen ihnen bewegten sich dunkelhäutige Einheimische, die weiße Lendentücher und Turbane trugen oder die herkömmlichen langen Jacken und weitfallenden Hosen. Als Gegensatz dazu prunkten die indischen Frauen in leuchtend bunten Saris. Trotz ihrer Kopfbedeckungen konnte Raven erkennen, daß sie sich das Haar eingeölt hatten, um ihm einen schimmernden Glanz zu verleihen; Armbänder, Spangen und Ringe schmückten ihre Handgelenke und Finger. Oh, mit welcher Ungeduld sich Raven danach sehnte, an Land zu kommen und all das wundervoll Fremde genauer zu betrachten.

Endlich durften die Passagiere der *India Cloud* von Bord gehen, und Raven beobachtete zutiefst erleichtert, wie Nathaniel Rogers mit seinen Koffern und anderen Habseligkeiten auf dem hölzernen Verbindungssteg zur Straße entschwand. Captain Winters hatte sie gebeten, an Bord zu bleiben, bis man sicher wußte, ob ihr Vetter gekommen war, um sie abzuholen; und sie schritt ungeduldig von einem Ende der Reling zum anderen, die Augen voll begieriger Vorfreude auf all die verlockenden Sehenswürdigkeiten, die Bombay zu bieten hatte. Danny, die anscheinend nicht die Begeisterung ihrer jungen Herrin teilte, inspizierte in der mürrischen Überzeugung, daß etwas vergessen würde, immer wieder ihr Gepäck, als es an Deck gebracht wurde.

»Miß Barrancourt?«

Der Herr, der sie angesprochen hatte, war groß und korpulent, die blanken Jackettknöpfe hatte er nur mühevoll über der ausladenden Mitte schließen können. Im ersten Moment hielt ihn Raven schon fast für ihren Vetter, doch war dies kaum möglich, denn mit dem schneeweißen Haar, ebensolchen Koteletten und den tiefen Lachfalten um die vergnügten Augen war er wohl an die Sechzig. Nein, dachte sie sofort, in ihm fließt kein Tropfen Barrancourtsches Blut.

»Sie sind Miß Barrancourt?« fragte er höflich.

»Ja, Sir.«

»Captain Winters schickte mich hierher. Ich heiße John Trentham und bin Teilhaber von Phillip Barrancourts Unternehmen.«

Raven hielt den Atem an. Endlich gab es da eine Verbindung zu ihrem geheimnisvollen Vetter. »Wie freundlich von Ihnen, mich abzuholen, Mr. Trentham«, meinte sie aufrichtig. »Mein Vetter ist wohl verhindert.«

John Trentham lachte, daß ihm der Bauch wackelte. »So könnte man es vermutlich ausdrücken, ja. Er hält sich derzeit nicht in Bombay auf, sondern in Lahore, in seinem Sommerhaus in den Bergen.«

Ravens goldbraune Augen füllten sich mit Sorge. »Er ist gar nicht hier?« wiederholte sie matt.

Als er merkte, daß er sie erschreckt hatte, versicherte er eilig, es bestehe kein Grund zur Besorgnis. »Sonst ist er um diese Zeit des Jahres wieder da, aber er wurde für etwa einen Monat aufgehalten. Deshalb hole ich Sie heute ab. Während seiner Abwesenheit habe ich all seine Post erhalten, natürlich auch den Brief, in dem Sir Hadrian Ihr Kommen ankündigte. Ich will die nötigen Vorkehrungen treffen, damit Sie zu ihm nach Lahore reisen können, und Sie bleiben natürlich bei meiner Frau und mir, bis ich eine Überfahrt für Sie buchen kann.«

Raven wurden vor Erleichterung die Knie weich. Obwohl sie die Nachricht von Phillips Abwesenheit bitter enttäuschte, war sie John Trentham dankbar, weil er sich für sie verantwortlich fühlte. »Sie sind sehr gütig, Sir« murmelte sie, unfähig, ihren Dank angemessen in Worte zu fassen.

»Haben Sie denn irgendeine Vorstellung, weshalb Vetter Phillip noch in Lahore bleiben mußte?« fragte Raven neugierig, als sie an Land waren und Mr. Trentham ihr in die gutgefederte Kutsche half, auf deren Dach schon ihre Schrankkoffer festgeschnallt waren.

»Ich fürchte, nein«, erwiderte er und zuckte die ausladenden Schultern. »Geschäftsangelegenheiten, nehme ich an. Ihr Vetter ist voll ausgelastet mit den Warenlagern, die er da oben im Punjab leitet.«

»Und glauben Sie, daß Sie uns auf einem Schiff, das nach Norden fährt, eine Kabine besorgen können?« wollte Raven besorgt wissen und schaute auf das Durcheinander von Masten und Segeln, die sich von den an zahlreichen Docks zusammengepferchten Schiffen erhoben.

»Seien Sie versichert, daß ich eines ausfindig mache, das morgen mit dem Gezeitenwechsel ausläuft«, antwortete er ihr lächelnd. »Sowie ich Sie nach Hause gebracht habe, fahre ich gleich wieder zum Hafen, um mich zu erkundigen.«

John Trentham residierte in einem riesigen, weitläufigen Bungalow von eindrucksvollem Baustil auf einem Hügel hoch über der Inselstadt; im rückwärtigen Teil des Hauses eröffnete eine hohe Fensterfront einen herrlichen Blick auf farbenfrohe Hausdächer und Tempeltürme, federartige Palmenbüschel und auf den Hafen selbst mit dem azurblauen Meer, das sich wogend südwärts erstreckte. Raven wurde zu einem Schlafgemach mit dieser berauschenden Aussicht geführt, und sie ließ sich davon so verzaubern, daß sie von ihrer näheren Umgebung kaum Notiz nahm. Bis ihr Gepäck hereingeschafft war, hatte sie jedoch das Panorama fürs erste genug gewürdigt und wandte sich zu dem großen Raum mit seiner einfachen, aber geschmackvollen Einrichtung um.

Als Raven das angrenzende Badezimmer mit dem prächtigen Messingzuber entdeckte, wurde ihr vor Sehnsucht ganz schwach zumute. Oh, sich nur einen Augenblick in einer richtigen Sitzbadewanne aalen nach den langen Monaten, in denen sie mit einem winzigen Krug voll lauwarmem Wasser und einem groben Schwamm auskommen mußte! Wie als Antwort auf ihre geheimen Wünsche ging die Tür auf, und zwei Kulis eilten mit Kesseln voll heißem Brunnenwasser herein, daß sie zusammen mit Duftsalzen in die Wanne gossen.

Während eine Dienerin Raven nach dem Bad mit geschickten Händen das dunkle Haar erst bürstete, dann flocht und sich dabei in stockendem Englisch über seine Länge und leuchtenden Glanz erging, öffnete sich die Tür, und eine Frau in mittleren Jahren schaute freundlich herein. »Guten Tag, Sie sind bestimmt Phillips Cousine.«

Raven erhob sich, während die indische Zofe ehrerbietig ein paar Schritte beiseite wich. »Das bin ich. Mrs. Trentham?«

»Ja, meine Liebe. Es tut mir leid, daß ich Sie bei Ihrer Ankunft hier nicht empfangen konnte, aber ich war zu einem kurzen Besuch unterwegs, und John wußte die genaue Ankunftszeit der *India Cloud* nicht.« Während ihrer Worte kam Mrs. Trentham, die wie ihr Gatte mollig war, herein und ergriff zur Begrüßung Ravens Hände. Sie trug eine Robe aus prächtiger goldgesäumter Seide, und ihre Handgelenke bedeckten mit Edelsteinen verzierte Armbänder, die bei jeder Bewegung klirrten. »Meine Güte, wie wunderhübsch Sie sind!« seufzte sie und betrachtete ohne den geringsten Groll Ravens zartes ebenmäßiges Gesicht. »Ach, was würde ich nicht darum geben, wenn Thia nur halb so schön wäre wie Sie!«

»Thia?« fragte Raven höflich.

»Meine Tochter, Corinthia. Sie ist ungefähr in Ihrem Alter. Eben kleidet sie sich um. Jeden Moment wird sie sich uns zum Tee anschließen. Sind Sie soweit, mit mir hinunterzugehen?«

Raven fand Danny auf einem Sofa im Salon vor, der mit seiner verspielten Einrichtung im Queen-Anne-Stil äußerst englisch ausgestattet war. Nur eine blühende Bougainvillea, die sich das weißgetünchte Spalier vor dem Fenster hochrankte, bewies, daß sie in Indien, und nicht in irgendeiner vornehmen Villa in Mayfair beim Tee saßen.

Nun, da sie zur Abwechslung festen Boden unter den Füßen hatte, sah Danny schon viel erholter aus, die ständige Blässe während der langen stürmischen Überfahrt war nun einem rosigen Glanz von Wohlergehen auf ihren Pausbacken gewichen. Erfreut darüber, daß man sie nicht lediglich als Ravens Gesellschafterin, sondern als gleichermaßen geschätzten Gast behandelte, thronte sie stolz inmitten ihrer zart türkisblauen Röcke auf dem plüschigen Sofa.

»O Miß Raven, wie herrlich, daß wir nicht mehr auf dem Schiff sind!« meinte sie selig, als Raven den gemütlichen Salon unmittelbar hinter Mrs. Trentham betrat.

»Gewöhne dich nicht zu sehr an das Festland«, warnte Raven sie augenzwinkernd. »Möglicherweise gehen wir schon morgen wieder an Bord.«

»Keine Bange, die Fahrt in den Punjab dauert nicht lange« versicherte Mrs. Trentham fröhlich, während sie sich in einem geschwungenen Lehnstuhl niederließ und mit einer kleinen Messingglocke läutete, die genau neben ihr auf dem Tisch stand. Noch fast im selben Augenblick erschien eine junge Dienerin in einem hauchdünnen Sari auf der Türschwelle und trug silbernes Teegeschirr und eine Platte mit verschiedenen Sorten Gebäck und Zuckergußkuchen herein, ähnlich denen, die Raven zu Hause in England immer so gern gegessen hatte.

Geschickt schenkte Mrs. Trentham den Tee ein und wartete, bis die Dienerin verschwunden war, ehe sie munter fortfuhr. »In Punjab wird es Ihnen gefallen, Miß Barrancourt, obwohl es dort natürlich weniger kultiviert als in Bombay zugeht. Mehr Inder, Sie verstehen, und die können ohne Zweifel …« Sie brach ab, als sich die Salontür ein zweites Mal öffnete. »Ah, Thia, Liebling, hier bist du ja, gerade rechtzeitig zum Tee!«

Corinthia Trentham wirkte außerordentlich hausbacken mit ihrem zwar sorgfältig ondulierten, aber dünnen, glanzlosen braunen Haar; sie neigte schon jetzt zu jener Korpulenz, mit der ihre Eltern geplagt waren, obwohl sie klugerweise ein Kleid von zurückhaltendem Blauton trug, das ihre Figur etwas weniger wuchtig erscheinen ließ. Zur Begrüßung lächelte sie herzlich; und obgleich sie sich als ebenso geschwätzig wie ihre Mutter herausstellte, war sie offensichtlich doch mit lobenswerter Auffassungsgabe und sogar ein bißchen Esprit ausgestattet.

»Was für ein Jammer, daß Sie nur eine Nacht bleiben!« rief sie und lud sich mehrere Kuchenstücke mit Zitronenglasur auf ihren Teller. »In Bombay gibt es so viel zu sehen und so viele Leute, mit denen man Sie bekannt machen sollte!«

»Ich habe gehofft, daß mir heute nachmittag ein wenig Zeit für einige Sehenswürdigkeiten bleiben wird«, erklärte Raven.

»Was würden Sie sich denn gern anschauen«, erkundigte sich Corinthia.

»Oh, alles am liebsten!« rief Raven eifrig. »Die Elefantenhöhlen, die Tempel, den Malabar-Hügel … Alles, was Sie für sehenswert halten.«

Mrs. Trentham und ihre Tochter wechselten einen amüsierten

Blick, dann stellte Mrs. Trentham ihre Teetasse auf den Unterteller und schaute ihren liebreizenden jungen Gast mit einem herablassenden Kopfschütteln an. »Nein, meine liebe Miß Barrancourt, niemand, niemand von Stand unternimmt derartige Ausflüge! Nun ja, das einfache Volk kommt, um sich solche Dinge anzuglotzen. Es ist – es ist absolut unangebracht!«

Raven wollte gerade widersprechen, als ihr Danny den Ellbogen unauffällig, aber schmerzhaft in die Rippen bohrte. »Ich verstehe«, erwiderte sie und biß sich verärgert auf die Lippen – bestürzt, weil die Trenthams den Besuch von Sehenswürdigkeiten als unter ihrer Würde erachteten. »Was kann man sich dann in Bombay ansehen, das annehmbar erscheint?« fragte sie sanft.

»Wie wäre es mit dem Basar, Mama?« schlug Thia vor.

Mrs. Trentham strahlte. »Oh, wie reizend! Sie können nicht behaupten, sich in indische Kultur vertieft zu haben, solange Sie keinen Basar aufgesucht haben, Miß Barrancourt!«

Ravens Züge heiterten sich auf. »Das klingt durchaus verlockend!«

»Ich lasse die Kutsche anspannen« fügte Mrs. Trentham hinzu, da sie die Angelegenheit für beschlossen hielt, und schwang ihr Messingglöckchen.

»Würden Sie es mir übelnehmen, wenn ich statt dessen ein Mittagsschläfchen halte?« fragte Danny zögernd. »Ich mache mir nicht viel aus einem Einkaufsbummel, und ich würde zur Abwechslung zu gern wieder in einem ordentlichen Bett schlafen.«

»Das kann ich Ihnen nachfühlen«, versicherte Mrs. Trentham. »Ich persönlich kann Seereisen auch nicht ausstehen. Bestimmt fänden Sie den Basar ermüdend, Mrs. Daniels. Dort herrscht nämlich ein ziemliches Gedränge.«

Nachdem der Wagen vorgefahren war und die drei sich darin bequem niedergelassen hatten, kutschierte sie der indische Fahrer die steilen Hügel zum Arabischen Meer hinunter; die vornehmen Häuser und Bungalows entlang der biegungsreichen Straßen klebten geradezu aneinander und schienen aus den felsigen Abhängen zu wachsen.

Während der Fahrt schwatzte Mrs. Trentham unaufhörlich,

und Corinthia lauschte konzentriert, während Raven nickte und höfliche Antworten gab, obwohl sie die Zeit viel lieber für einen ausführlichen Blick auf die abwechslungsreiche Gegend genutzt hätte. In dem geräumigen Landauer mit dem zurückgeschlagenen Verdeck bot sich eine ausgezeichnete Sicht, und Raven, hinter der die Bänder ihrer weitkrempigen Haube im Fahrtwind flatterten, konnte ihre Aufregung nicht verbergen. All die vornehmen, weißgetünchten Häuser waren wie Edelsteine den Hang entlang hingetupft, mit großen, schöngepflegten Gärten und blühenden Bäumen, wie Raven sie nie zuvor gesehen hatte.

Viel zu früh hielt die Kutsche in der Nähe des Colaba-Marktes, wo ein durchdringender Fischgeruch mit der kühlen Brise zu ihnen getragen wurde. Mrs. Trentham rümpfte angeekelt die Nase. »Und Sie wollten ganz bestimmt aussteigen, Miß Barrancourt, und nicht lieber eine hübsche Spazierfahrt machen?«

Raven nickte entschieden. Diesmal ließ sie sich nicht einschüchtern. Der Anblick der heiligen Kühe, die über den Platz trotteten, die Inder mit den Turbanen, die gleichgültig einen Bogen um sie machten, während sie ihre Waren tauschten, und das Messing, die Seide, die geflochtenen Körbe, die in den Buden dargeboten wurden – all das hatte ein Gefühl der Aufregung in ihr entfacht, und sie würde sich nicht von einer genaueren Besichtigung abbringen lassen. Mrs. Trentham und Corinthia gaben ihr freundlich nach, und Corinthia zog es auf der Stelle zu einer Markise, unter der ein lächelnder dienernder Kaufmann eine verwirrende Fülle handgefärbter Baumwollstoffe ausgebreitet hatte.

»O Mama, würde der gelbe nicht ein wundervolles Nachmittagskleid für mich abgeben?« kreischte sie, als Raven und Mrs. Trentham aus der Kutsche stiegen, um sich ihr anzuschließen.

Raven zollte den beiden nur geringe Aufmerksamkeit, als sie sich interessiert umschaute. In der Nähe meckerten einige Ziegen kläglich und starrten aus glasigen Augen ihren Besitzer an, der sie, so weit es die abgenutzten Seile um ihren Hälsen erlaubten, umherführte und zur Schau stellte. Gleich daneben pries ein Kokosnußhändler in einem Singsangdialekt, den Raven nicht kannte, seine Ware an, während sich Schaulustige, Kunden und

Verkäufer in den engen Gängen zwischen den wackligen Buden anrempelten.

Die Luft schwirrte nur so vom Lärm zahlloser indischer Sprachen, vom Brüllen der Zebus, vom Geschrei der lebhaften Kinder, vom Knurren der herrenlosen Hunde, die sich über die unvermeidlichen Fleischabfälle hermachten. Zu diesem Durcheinander gesellte sich eine Unzahl von Gerüchen – nach Kokosnüssen, Mangos, der betäubende Duft von Räucherstäbchen, die in einigen Buden brannten, jener von köstlichen Currygerichten, die in großen Kohlepfannen weiter unten an der Straße zubereitet wurden, all dies mischte sich mit dem unverkennbaren Gestank der Armut, der kaum merklich mit dem Wind herüberwehte.

Raven schlenderte zu einer Bude auf der anderen Seite der ungepflasterten Gasse, wo eine verwirrende Sammlung von Silber und Lapislazulischmuck von einem lächelnden jungen Inder in sauberem Lendenschurz und Turban dargeboten wurde. Sie erwiderte sein Lächeln, konnte ihm aber nichts abkaufen, da sie kein indisches Geld bei sich trug. Ohne zu merken, daß sie sich aus dem Blickfeld ihrer Gastgeberin entfernt hatte, bummelte sie gemächlich die Gasse hinunter und ließ sich von dem Gedränge der Einheimischen mitreißen, die scheinbar ziellos durch den Basar zogen. Am anderen Ende des Platzes lichteten sich allmählich die Budenreihen, und Raven wollte eben umkehren, als eine seltsam aufgebaute Klangfolge aus einer der letzten Buden dünn an ihr Ohr drang. Von den Lauten angezogen, trat sie näher und stellte fest, daß die nasalen, in ihrer Kraft geradezu hypnotischen Töne von einem flötenähnlichen Schilfrohrinstrument stammten.

Sie blieb am Rand einer geflochtenen Binsenmatte stehen, auf der ein Musiker im Schneidersitz saß und einen Korb vor sich fixierte. Voll Neugierde trat Raven näher, um zu sehen, was die umstehenden Zuschauer so fesselte, und hielt den Atem an, als der Korbdeckel zu zittern anfing.

Ein kleiner Aufschrei entkam ihren Lippen, als ohne jede Vorwarnung eine Königskobra mit gespreizten Halswirbeln aus dem Korb stieg. Entsetzt und angewidert zuckte Raven zurück und prallte dabei unmittelbar auf einen wohlbeleibten, offensichtlich betrunkenen Matrosen, der hinter ihr durch die Gasse wankte. Ohnehin nicht eben standfest, ließ ihn der Zusammenstoß mit der zierlichen Raven rückwärts gegen einen Stand mit Landwirtschaftserzeugnissen torkeln, worauf der Matrose zu Boden ging und Raven sowie eine Fuhre beißend riechender Zwiebeln mit sich riß.

Ravens Bestürzung, mit der sie sich inmitten der behindernden elfenbeinfarbenen Stofffülle ihrer Musselinröcke auf die Füße zu kämpfen versuchte, war nichts, verglichen mit der Erregung der Schaulustigen, die sich freudig mit so vielen verstreuten Zwiebeln, wie sie nur tragen konnten, aus dem Staub machten.

Der arme Bauer, dem man vor seinen Augen die Ware stahl, vergrößerte das Wirrwarr, indem er umherrannte, beide Arme schwenkte, und in einem vergeblichen Versuch, weiteren Diebstahl zu unterbinden, in seinem Kolidialekt brüllte. Als er die Hoffnungslosigkeit der Lage erkannte, drehte er sich um und ließ seine Wut an Raven und dem dicken Matrosen aus, der sich endlich hochgerappelt hatte und mit einer Pranke von ungeheurem Ausmaß Raven am Arm packte, als wäre sie sein einziger Halt. Raven fand sich diesem bärtigen, breit grinsenden Riesenkerl ausgeliefert, dessen Atem nach Alkohol stank. Sie versuchte, seine Hand abzuschütteln, doch er verstärkte seinen Griff noch, als er allmählich gewahr wurde, welche Beute er da gemacht hatte. Ravens zarte Wangen waren gerötet, und ihre Augen funkelten wie zwei Feueropale. Sie hatte den Hut verloren, ihr schwerer Zopf war aufgegangen, so daß ihr das Haar über den schmalen Rücken bis zu den Hüften fiel. Mit geöffneten Lippen rang sie nach Atem, wobei sich ihre Brüste hoben und senkten.

»Kristos! Die Vorsehung meint es gut mit mir!« folgerte er entzückt mit starkem russischen Akzent und schüttelte Raven in seiner Begeisterung hin und her, so daß sie fürchtete, der Kopf würde ihr glatt vom Hals gerissen.

»Lassen Sie mich los, Sie Scheusal!« rief sie und versuchte erfolglos, sich loszureißen.

Nun schaute der beleibte Russe verletzt drein. »Sie machen

sich nichts aus Dimitri Sergejews Gesellschaft, meine kleine Prinzessin?« wollte er betrübt wissen.

Ravens wütende Antwort wurde durch einen Erguß höchst widerlicher Flüche des Bauern erstickt, der sich ungeachtet der Tatsache, daß er dem Russen nicht einmal bis an die Schulter reichte, seinen Weg zwischen sie gebahnt hatte. Wegen seines Geiferns und Tobens hielt Raven ihn für völlig übergeschnappt. Da sie den Zwiebeldiebstahl nicht mitbekommen hatte, konnte sie nicht ahnen, weshalb er so zürnte.

Doch sie wußte, daß sie sowohl ihm als auch dem betrunkenen Riesen entwischen mußte, von den neugierigen Zuschauern ganz abgesehen, die sich in einem Halbkreis um den zusammengekrachten Gemüsestand geschart hatten, um den Streit zu verfolgen. Keiner der Widersacher konnte einen Punkt für sich verbuchen, der ältliche Bauer unterbrach Sergejews unverständliches Urdu mit gleichermaßen unergründlichen Ausbrüchen auf Koli. In der Zwischenzeit wand sich Raven mal hierhin, dann dahin, konnte sich aber nicht befreien, und unter dem unerbittlichen Druck der starken Finger des Matrosen begann ihr Handgelenk zu schmerzen.

»Dimitri! Was, zum Teufel, geht hier vor?« Die gelassene, aber gebieterische englische Stimme brachte sowohl den Russen als auch den indischen Bauern unverzüglich zum Schweigen, und Raven drehte sich rasch zu der Person um, der es gelungen war, den hitzigen Streit mit einer schroffen Frage zu beenden.

Der Mann, der hochmütig vor ihr stand, war ebenso groß wie der betrunkene Russe, aber schlank und durchtrainiert. Unter seinem Musselinhemd traten die kräftigen Muskeln seiner breiten Schultern und starken Unterarme hervor, der offene Kragen enthüllte eine sonnengebräunte Brust, auf der sich feines goldenes Haar kräuselte. Eine abgetragene enganliegende kalbslederne Kniehose, deren untere Enden in blankgewienerten Stiefeln steckten, umgab schmale, wohlgeformte Hüften und muskulöse Beine. Das üppige kastanienbraune Haar, das von langen Jahren unter tropischer Sonne goldgesträhnt war, reichte ihm bis zum Nacken und lockte sich ungebändigt über einer hohen Stirn. Durch das wettergegerbte Gesicht zogen sich Furchen, die kühn geschwungene Nase saß über vollen, feingemeißelten Lippen und einem markanten, eingekerbten Kinn.

Raven hob den Kopf und schaute ihm unverblümt in das attraktive Gesicht, und als ihre goldbraunen Augen den seinen begegneten, bemerkte sie erstaunt, daß sie von reinem Smaragdgrün und funkelnder Tiefe waren. Ein unerklärlicher Schauer erfaßte sie, als sie seinem Blick eine ganze Weile standhielt; dann überspielte sie ihre Verwirrung, indem sie in eisigem Ton sagte: »Sir, falls dieser Unmensch zu Ihnen gehört, so haben Sie doch die Güte, ihn zu bitten, er möge mich loslassen.«

»Das hängt davon ab«, entgegnete er mit schneidender Stimme, »ob Sie an jener Untat, die hier anscheinend verübt wurde, unschuldig sind oder nicht.«

»Niemand anderer als dieser betrunkene Wilde fiel auf den Stand da und riß mich mit!« Raven warf dem Russen einen verächtlichen Blick zu, während jener dem großgewachsenen Mann, der überheblich vor ihnen stand, verlegen zublinzelte.

Der Engländer lachte mit zurückgeworfenem Kopf über ihre Worte, und die weißen Zähne leuchteten in seinem gebräunten Gesicht. In diesem Augenblick erkannte ihn Raven. Sein unverschämter Ton und der offensichtliche Spott in seinem Lachen versetzten sie Tausende von Meilen zurück an den dunklen einsamen Strand von North Head, wo der skrupellose Captain sich, wenn auch erfolglos, die Freiheit hatte nehmen wollen, sie zu verführen, während seine Mannschaft geschmuggelte Rumfässer entlud.

Röte überzog ihre Wangen, und ihre Topasaugen begannen zu blitzen. »Sie!« stieß sie hervor und entwand sich dem Griff des dicken Russen, der sie nun anstandslos freigab. Vor dem breitschultrigen Engländer blieb sie stehen und starrte ihn empört an. »Ich hätte Ihnen die Grenadiere auf den Hals hetzen sollen!«

Ganz offensichtlich ließ er sich von ihrer Drohung nicht beeindrucken. Breitbeinig, die Arme vor der Brust verschränkt, schaute er sie von oben herab an, zog spöttisch die Brauen hoch und lächelte leicht.

In ihrer Wut war sich Raven nicht bewußt, wie atemberaubend schön sie wirkte. Ihr einfach geschnittenes, nur mit einem Hauch von Spitze verziertes Musselinkleid mit den dreiviertellangen Ärmeln und dem viereckigen Ausschnitt unterstrich ihre auffallende Unschuld. Sie war barhäuptig, da sie beim Fallen die Haube verloren hatte, und ihr rabenschwarzes Haar umgab anmutig das zarte ebenmäßige Gesicht. Ihre Haut schimmerte golden und makellos, die Nase war klein und vollkommen. Doch vor allem fesselten ihre Augen, die ihren Gefühlstumult widerspiegelten, die Aufmerksamkeit ihres Bewunderers.

Als er den Blick unverschämt an ihrer Gestalt hinunterwandern ließ, hoben und senkten sich ihre vollen Brüste unter dem Musselinmieder, und ihr ganzer Körper schien mit einem beunruhigenden Zittern zu reagieren. Es war fast so, als lockte sie ihn unbewußt zu sich heran, damit er sie wie bei der ersten feurigen Begegnung umarmen, die Hände über ihre fein geschwungene zierliche Taille gleiten lassen und ihren weichen Körper erkunden würde. Aber in den goldbraunen Augen glomm diesmal nicht Leidenschaft, sondern Wut und Verachtung, und ihre Worte verwirrten ihn ebenso wie der abgrundtiefe Widerwille in ihren Augen.

»So peinlich das Verhalten meines Offiziers auch sein mag, bietet es bestimmt keinen Grund, die britische Armee zu rufen«, sagte er grinsend. »Dimitri wird für den Verlust der Zwiebeln und den Schaden aufkommen, den er möglicherweise an Ihrer Kleidung verursacht hat« fügte er hinzu, während seine meergrünen Augen unverfroren über ihre schlanke Figur schweiften. »Aber sicherlich kann Ihr verletzter Stolz durch eine aufrichtige Entschuldigung wiederhergestellt werden und bedarf nicht der Hilfe bewaffneter Wachposten.«

Als sie merkte, daß er sie nicht erkannte, preßte sie fest die Lippen zusammen, damit ihr nicht die Wahrheit herausrutschte, obwohl sie sich sehnlichst wünschte, den großgewachsenen, so von sich eingenommenen Kapitän mit dieser Mitteilung zu erschüttern. Nein, sie würde es anders angehen, indem sie nämlich seinen Namen ausfindig machte und dafür Sorge trug, daß er mitsamt seinem betrunkenen Handlanger im Kerker landete!

Da er ihr Schweigen als Einverständnis auffaßte, wandte sich der Kapitän an seinen Gefährten. »Du bittest die Dame jetzt um Verzeihung, Dimitri«, befahl er barsch, obwohl Raven ein schalkhaftes Schimmern in seinen meergrünen Augen entdeckte.

»Das ist nicht nötig«, gab Raven frostig zurück. »Ich bin keineswegs so eitel, daß ich nicht ohne großes Aufhebens eine unbedeutende Erniedrigung ertragen könnte.«

»Wie großzügig von Ihnen«, spöttelte der Kapitän, und Raven verkniff sich mühsam eine vernichtende Antwort, da er ganz offensichtlich ihren Ärger anstacheln wollte. Warte nur, dachte sie wütend und begegnete seinem Blick mit eisiger Verachtung, du baumelst früh genug am Galgen, Bürschchen. Dann werden wir sehen, ob du immer noch so dreist bist, wenn sich die Schlinge um deinen Hals zuzieht.

»Es war ein unglücklicher Zufall, kleine Prinzessin« brachte der dicke Russe unter einem Schluckauf hervor und strahlte sie mit rotunterlaufenen Augen an, ohne die Spannungen zwischen ihr und seinem Captain zu spüren. »Sind Sie sicher, daß Sie mich nicht auf mein Schiff begleiten wollen?«

»Lieber würde ich Schweine hüten« gab Raven zurück.

Sergejew stimmte ein dröhnendes Gelächter an, das seinen ungeheuren Brustkasten erheben ließ. »Ah, meine Kleine, so eine reizende Abfuhr habe ich noch nie bekommen!«

»Und mir hat man im ganzen Leben noch nie so einen schändlichen Antrag gemacht!« entgegnete Raven. »Man hatte mich ja vor dem Gesindel gewarnt, das sich in solchen Basaren herumtreibt, aber ich muß zugeben, solche Niedertracht hätte ich nicht erwartet!«

Da sie ihrer Ansicht nach dieses widerliche Paar schon viel zu lange hatte ertragen müssen, begann Raven nach ihrer Haube zu suchen. Sie fand sie am Boden vor dem Zwiebelstand, staubte sie flüchtig ab und setzte sie auf. Dann verschwand sie mit kerzengeradem Rücken und straffen Schultern in der Menge, und das letzte, was die beiden Männer von ihr zu sehen bekamen, waren die Volants ihrer wogenden Musselinröcke und die flatternden Haubenbänder.

»Ah«, seufzte Sergejew, »diese Göttin käme gerade recht.

»Du sitzt kaum zu lange auf dem Trockenen, Dimitri!« erwiderte sein Gefährte kurz und schaute der Frau mit dem glänzenden schwarzen Haar nach, während sie sich einen Weg durch das Gedränge bahnte und hinter einem riesigen Berg geflochtener Binsenkörbe verschwand. »Die ist kälter als das Polarmeer.«

Sergejew grinste und rieb sich die Pranken. »Um so besser! Ihre Vorsätze zum Schmelzen bringen, ihre heftigen Proteste in leidenschaftliches Geflüster verwandeln – das wäre doch ein herrliches Vergnügen!« Er legte den Kopf schief und schaute aus rotunterlaufenen Augen seinen gleichgültig wirkenden Gefährten an. »Hältst wohl nichts davon, eh? Sehr schlecht, mein Freund, wenn man nichts empfindet, nachdem man Aphrodite höchstpersönlich ins Antlitz sehen durfte. Ein Vorbote des Alters.«

Der Captain zuckte unbeeindruckt die Achseln. »Zugegeben, sie ist bemerkenswert schön, Dimitri, aber ich habe nicht vergessen, wie kühl und gefühllos Engländerinnen sein können. Mir liegt nichts daran, einen Panzer zu durchbrechen.«

»Ah, aber bei dieser Frau lodern darunter Feuer und Leidenschaft« versicherte ihm Dimitri und leckte sich über die Lippen. »Hast du denn die Glut in diesen riesigen Katzenaugen nicht gesehen? Ich dachte, ich sehe Funken sprühen, als sie dich das erste Mal anschaute.« Angesichts des unbeteiligten Gesichtsausdrucks seines Gefährten lachte er auf. »Ich weiß, was los ist, Towarisch! Zum ersten Mal hast du einer Frau gegenübergestanden, die sich dir nicht gleich beim ersten Blick in deine unwiderstehlichen Draufgängeraugen zu Füßen wirft.«

Geduldig wartete der Engländer den Lachanfall seines betrunkenen Kumpans ab und bemerkte dann mit einem nachsichtigen Lächeln. »Von mir aus glaub, was du willst, Dimitri, aber deine geheimnisvolle Schönheit reizt mich überhaupt nicht.« Er hielt mit nachdenklicher Miene inne. »Aber ich habe das Gefühl, daß ich ihr schon einmal begegnet bin.«

»Nur in deinen kühnsten Träumen«, meinte Sergejew lachend.

»Bezahl dem alten Mann die Zwiebeln, Dimitri, und halt den Mund«, lautete die barsche Antwort, und Sergejew, der die Warnung heraushörte, gehorchte ohne Widerrede.

Während des kurzen Fußwegs zur Kutsche und der Rückfahrt zum Bungalow der Trenthams schwieg Raven; sie hatte ihre Gastgeberin an derselben Bude, wo sie getrennte Wege gegangen waren, wiedergetroffen. Dumpf brütete sie vor sich hin, ohne Corinthias eifrigen Schilderungen, was mit dem erstandenen gelben Baumwollstoff geschehen solle, Beachtung zu schenken. Die Wut über den dicken betrunkenen Matrosen und seinen hochmütigen Kapitän erstickte sie fast. Oh, wie sie die Überheblichkeit in diesen grünen Augen haßte, die sie so unverschämt und spöttisch angefunkelt hatten! Das waren die Augen eines Mannes, der keine andere Autorität als die seine anerkannte.

Zugegeben, mit seinem fast aggressiv männlichen Aussehen übertraf er alle Männer, die sie kannte, an Attraktivität. Aber Raven weigerte sich, in Gedanken bei seiner dunklen wohlgestalteten Erscheinung zu verweilen. Es ärgerte sie, daß sie sich überhaupt daran erinnerte. Er war ein Abenteurer ohne Skrupel und Gewissen, und sie wollte dafür sorgen, daß er für seine Unredlichkeit büßen mußte.

Bei ihrer Rückkehr in den weitläufigen Bungalow mußte Raven erfahren, daß John Trentham noch am Hafen unterwegs war. Bedrückt wartete sie in ihrem Zimmer auf seine Rückkehr. Jetzt bereute sie, daß sie sich in ihrer Dummheit nicht nach dem Namen des Kapitäns erkundigt hatte, doch wie hätte sie bei all diesen Geschehnissen noch einen ruhigen Kopf bewahren sollen? Kein Problem, der Hafenmeister würde bestimmt wissen, auf welchem englischen Schiff ein ungeschlachter russischer Seemann namens Dimitri Sergejew Dienst tat.

Als Mr. Trentham heimkam, war das Abendessen schon bereitet, und Raven stellte überrascht fest, daß die große Tafel mit einer Vielzahl herkömmlicher britischer Gerichte üppig beladen war. Doch hing sie viel zu sehr ihren Gedanken an den Nachmittag im Basar nach, als daß sie das Mahl hätte genießen können.

»Mr. Trentham«, meinte sie in einer kleinen Gesprächspause und lächelte ihn mit großen, unschuldigen Augen an, »wissen Sie zufällig von einem Schiff hier im Hafen, auf dem ein gewisser Dimitri Sergejew arbeitet?«

»Hört sich russisch an« bemerkte Mr. Trentham und runzelte nachdenklich die Stirn. »Ich fürchte, ich kann den Namen nicht unterbringen. Doch wenn wir morgen wieder zum Hafen fahren, ziehe ich gern Erkundigungen ein.«

Als sie seinen fragenden Blick auf sich spürte, erkannte Raven, daß sie das Thema ohne nähere Enthüllungen nicht weiterverfolgen konnte, und zuckte die Achseln. »Ach, halb so wichtig. Ich bin ihm heute im Basar begegnet und frage mich, wie ein Russe ausgerechnet hierherkommt; ich habe vorher noch nie einen getroffen. Corinthia«, lenkte sie geschickt ab, »was wollen Sie denn nun mit dem herrlichen Stoff anfangen, den Sie auf dem Markt erstanden haben?«

Während das Gespräch auf ein anderes, gefahrloses Thema zusteuerte, lauschte Raven höflich Corinthias ausführlicher Antwort, schmiedete jedoch insgeheim Pläne. Mr. Trentham hatte ihnen vorher mitgeteilt, daß er eine Überfahrt nach Lahore an Bord des Schnellseglers *Orient Star* gebucht habe, der mit dem morgigen Gezeitenwechsel auslaufen würde. Vielleicht konnte sie ihm auf dem Weg zum Hafen offen von ihrem Verdacht gegen den kraftvollen Russen und den überheblichen Engländer erzählen, damit er eine Untersuchung einleitete; die kurze Begegnung am einsamen Strand damals in Cornwall würde sie selbstverständlich verschweigen.

»Sie müssen um sechs Uhr auf den Beinen sein, Miß Barrancourt«, riß John Trentham sie aus ihren Grübeleien.

Raven, die in North Head immer früh aufgestanden war, nickte, während Mrs. Trentham heftig den Kopf schüttelte.

»Du lieber Himmel, um sechs Uhr? Wir verabschieden uns besser jetzt, meine Liebe, weil ich zu dieser Stunde sicherlich noch schlafe!« Raven küßte brav die dargebotene geschminkte Wange, während ihr Mrs. Trentham mütterlich die Hand tätschelte. »Bestimmt sehen wir uns auf Ihrer Rückreise noch einmal. Und grüßen Sie mir bitte Ihren Vetter recht herzlich.«

Am nächsten Morgen schwebte ein leichter Dunstschleier über den Gärten, als die Kutsche der Trenthams die steilen Hügel zum Hafen hinabrollte, wo das Licht der aufgehenden Sonne auf die hohen Masten der bewegungslos ankernden Schiffe fiel. In den Straßen herrschte schon großer Trubel. Inder mit Turbanen mischten sich in den Verkehrsstrom, während Bettler an den Straßenecken schliefen oder ihre Morgentoilette verrichteten und fromme Hindus auf ihren Binsenmatten beteten. Raven nahm das Treiben ringsum gar nicht recht wahr, da sie in fieberhafter Unruhe darüber nachzudenken versuchte, wie sie auf die Schmuggler zu sprechen kommen könnte, ohne Danny zu beunruhigen.

Wie sollte sie es am besten anfangen? Kannte sie John Trentham gut genug, um ihm ohne Umschweife zu erzählen, daß ihres Wissens ein Schmugglerschiff hier in Bombay vor Anker lag? Würde er ihren Verdacht als Unsinn abtun oder ihr beipflichten, daß der Angelegenheit nachgegangen werden sollte? In wenigen Minuten würden sie sich wieder an Bord befinden, Mr. Trentham würde zur Kutsche zurückkehren – und die Gelegenheit, die Rumschmugglerbande zu fassen, war für immer vertan.

»Mr. Trentham ...«

»Ah, wir sind da, Miß Barrancourt«, unterbrach er sie leutselig, als das Gefährt anhielt und der indische Kutscher vom Bock sprang, um ihnen die Tür zu öffnen. »Mir bleibt noch ein wenig Zeit, um Sie persönlich mit dem Captain bekannt zu machen, aber dann muß ich mich verabschieden. Ich habe meine Geschäfte ohnehin zu lange vernachlässigt, fürchte ich; Sie werden mir hoffentlich verzeihen, wenn ich Sie einfach so allein lasse.« Ohne eine Antwort abzuwarten, nahm er Raven und Danny beim Ellbogen und führte beide die Gangway hinauf zum Hauptdeck. »Sie da, Kamerad«, sprach er einen vorbeieilenden Matrosen an, »wo finde ich den Captain?«

»Beim Steuer, Sir«, antwortete der Matrose, bevor er auf der Niedergangstreppe verschwand.

Während sie das breite Deck überquerten, bemerkte Raven, daß nicht so viele Besatzungsmitglieder wie auf der *India Cloud* zu sehen waren. Doch gingen hier alle wohlüberlegt ihren Aufgaben nach, ohne die Hektik, die das Ablegen des durch viele Reisen lädierten Ostindienfahrers gekennzeichnet hatte. Offensichtlich hielt man das Schiff gut in Schuß.

Schweigend ließ sich Raven von Mr. Trentham zum Achterdeck bringen, wo sie vor einigen Männern stehenblieben, die sich um das große, messingplattierte Steuerrad drängten. Als sich Mr. Trentham räusperte, drehten sich alle vier gleichzeitig um. Die drei Offiziere starrten Raven, die in ihrem pfirsichfarbenen Rüschenkleid aus Satin zauberhaft aussah, bewundernd an. Aber sie nahm gar nicht wahr, daß sie beträchtliches Aufsehen erregte. Der größte der Männer, der gleichgültig, mit lässig gekreuzten Beinen am Steuerrad lehnte, fesselte ihre Aufmerksamkeit völlig. Ihr trocknete der Mund aus, und ihr Herz begann zu jagen, denn die markanten Züge und den blitzenden Spott in den grünen Augen, die so dunkel und klar wie Turmaline waren, konnte man nicht verwechseln. Unter seinem hochmütigen belustigten Blick schoß ihr das Blut in die Wangen. In einem Tumult von Bestürzung, Zorn und Unglauben schaute sie weg.

»Captain, ich möchte Ihnen Miß Barrancourt aus Cornwall vorstellen«, sagte John Trentham freundlich, dem die knisternde Spannung zwischen den beiden entging.

Der Captain verbeugte sich zu einem absichtlich spöttischen Gruß. »Willkommen an Bord der *Orient Star*, Miß Barrancourt. Ich bin Charles St. Germain, Ihr Kapitän, und für die nächsten zwei Wochen sind Sie allein mir verantwortlich.«

Aufgebracht über seine Unverschämtheit, würgte Raven ihren Ärger hinunter, denn sie wußte, daß er vorsätzlich die für sie unerträgliche Situation ausnutzte. »Ich kann unmöglich auf diesem Schiff reisen!« erklärte sie nachdrücklich und schaute, obgleich sie zu John Trentham sprach, mit erhobenem Kinn und glühenden Augen weiterhin den amüsierten St. Germain an.

»Aber meine liebe Miß Barrancourt, weshalb denn nicht?« wollte Mr. Trentham verwirrt wissen, der nicht verstehen konnte, was das junge Mädchen plötzlich überkommen hatte, das nun geradezu haßerfüllt in Captain St. Germains kantiges Gesicht starrte. Mit ihrer kerzengeraden Haltung erinnerte sie ihn an einen General, der sich darauf vorbereitet, seine Truppen in den Kampf zu führen. »Ich versichere Ihnen, daß Captain St. Germain Sie durchaus wohlbehalten in den Punjab bringen wird und daß die *Orient Star* so seetüchtig wie nur irgend möglich ist.

Überdies«, fügte er sachlich hinzu, »fährt für mindestens zwei Monate kein anderes Schiff in diese Richtung.«

Raven offenbarte mit keiner einzigen Veränderung des Mienenspiels ihre Erschütterung über diese Nachricht. Ein zweimonatiger Aufenthalt in Bombay wäre nicht nur grauenhaft langweilig, sie konnte es sich zudem nicht leisten, so viel Zeit zu vergeuden, da sonst die Frist für das Darlehen von Squire Blackburn verstrich. Aber was soll ich tun, fragte sie sich krampfhaft. Sie konnte sich selbst oder Danny doch nicht einem skrupellosen Schmugglerkapitän ausliefern, selbst wenn John Trentham ihm Vertrauenswürdigkeit bescheinigte.

»Sie dürfen sich darauf verlassen, Miß Barrancourt, daß wir Sie und Ihre Begleiterin mit derselben Hochachtung behandeln werden, die wir jedem anderen Passagier erweisen«, fügte Captain St. Germain mit tiefer höflicher Stimme hinzu, obwohl Raven sein amüsierter Tonfall nicht entging. Dabei sah er sie herausfordernd an, und sie wußte, daß er ihre Abneigung auf ihre unerfreuliche Begegnung gestern nachmittag im Basar zurückführte.

Ihre weichen Lippen verhärteten sich. Also hielt er sie für feige, für ein hysterisches junges Ding der Haute volée, durch den Zusammenstoß mit einem betrunkenen Russen derart gekränkt, daß sie eher ihre Kojen an Bord seines Schiffes aufgab, als ihm während der Reise ins Gesicht zu sehen? Sergejew? Wo steckt der überhaupt?

»Miß Raven, was ist denn los?« erkundigte sich Danny leise, und Raven konnte aus ihrer Frage Besorgnis heraushören. Die gute, arme Danny, sie durfte nie herausfinden, daß es sich bei Charles St. Germain und seiner Mannschaft um Schmuggler handelte! Doch was war schlimmer? Raven hätte laut aufstöhnen mögen, als sie merkte, in welch ungeheuerlicher Klemme sie steckte. Sie konnte nicht zulassen, daß dieses Piratenschiff mit zwei wehrlosen Frauen wie ihr und Danny an Bord auslief, aber sie durfte auch nicht zwei Monate ihrer kostbaren Zeit aufs Spiel setzen.

»Miß Raven?« wiederholte Danny beunruhigt.

Raven erwiderte den Blick der spöttischen, herausfordernden

grünen Augen, betrachtete den so selbstbewußt in den Nacken geworfenen Lockenkopf mit den sonnengebleichten Strähnen, das leichte zynische Lächeln auf den vollen, sinnlichen Lippen, und ihr widerspenstiges Naturell loderte auf. Sollte Charles St. Germain denken, was ihm beliebte, sie würde auf diesem Schurkenschiff reisen und unwiderlegbare Beweise seiner wahren Identität finden. Und wenn sie in Lahore anlegten, wollte sie dafür sorgen, daß er als der Verbrecher, der er in Wirklichkeit war, eingekerkert und gehenkt würde. »Nein, nein, alles in Ordnung, Danny«, sagte sie und sah dem attraktiven Kapitän unerschrokken ins Gesicht. »Ich hatte nur vorübergehend Bedenken, was die Zuverlässigkeit dieses Schiffs und seines Kommandanten betrifft.«

In ihrer Kabine mittschiffs bemerkte Raven Barrancourt, wie reibungslos die *Orient Star* ihre Vertäuung geworfen hatte und aus dem Hafen hinaussegelte, aber sie war zu aufgebracht, um weiter darüber nachzudenken. Kurz vor der Abfahrt hatte sie Captain St. Germain nach unten beordert, mit der Behauptung, daß sie an Deck nur im Weg herumstünde, und sie ärgerte sich über diese barsche Verbannung. Obendrein bereute sie ihre Entscheidung, mit der *Orient Star* und seiner Schmugglerbesatzung zu reisen. Jetzt allerdings war es für einen Meinungsumschwung zu spät, wie sie mit einem schmerzlichen Lächeln erkannte. Doch kein Grund zur Aufregung, sagte sie sich. Philipp Barrancourt in Lahore zu treffen war schließlich am wichtigsten. Und was das Aufspüren der Beweismittel betraf, die sie gegen Charles St. Germain und seine Leute brauchte – nun, zweifellos würde sie dazu in den kommenden Wochen genug Gelegenheit finden.

Fest entschlossen, nicht an Deck zurückzukehren, ehe sie ihre Wut wieder unter Kontrolle hatte, ließ sich Raven ungewöhnlich viel Zeit damit, die schweren Schrankkoffer, die ein kräftiger muskelbepackter Matrose kurz vor dem Ablegen heruntergetragen hatte, auszupacken.

Man hatte ihr und Danny jeweils eine Einzelkabine zugewiesen, und Raven mußte zugeben, daß das Schiff mit seiner prächtigen Wandtäfelung, den Messingbeschlägen und den sauberen

Decken auf der geräumigen Koje die *India Cloud an* Luxus weit übertraf. Wenn man überhaupt etwas Nettes über Charles St. Germain sagen konnte, so war es die Tatsache, daß er sein Schiff bequem und ansprechend ausgestattet hatte.

Ravens goldbraune Augen verengten sich. Gewiß, die *Orient Star* war großartig eingerichtet, aber zweifellos mit unrechtmäßigen Gewinnen bezahlt. Wie viele Fässer Schmuggelrum hatten die schimmernde Zypressenholztäfelung und die intarsienverzierte Teakkommode wohl gekostet? John Trentham hatte ihr erzählt, die *Orient Star* diene normalerweise nicht als Passagierschiff und er habe St. Germain eine hohe Vergütung für den Transport englischer Waren ins Landesinnere anbieten müssen, bevor der Kapitän bereit gewesen sei, Raven und Danny an Bord zu nehmen – sozusagen als Teil der Fracht.

Als sie endlich alles ausgepackt hatte, war Ravens Ärger weitgehend verraucht. Sie überließ Danny, die sich noch immer in der Kabine gegenüber einrichtete, ihrer Aufgabe und kehrte aufs Deck zurück, begierig, den indischen Küstenstreifen vorbeiziehen zu sehen. Von einem azurblauen Himmel strömte das Sonnenlicht auf die ruhige, dunkelgrüne See, und Raven schlenderte über die Planken zur Steuerbordreling, wo die zerklüftete, dürre Bergkette der Westghats jenseits des glänzenden Wassers sichtbar wurde.

»Halten Sie sie so auf Kurs, Mr. Lytton, gleichbleibend Nordnordost.« Die Anweisung war kein lauter Befehl, nur eine ruhige Mitteilung, dennoch schwang Autorität in der tiefen Stimme mit. Raven schaute so rasch über die Schulter, daß die Hutfeder über ihre weiche Wange streifte, und entdeckte am Steuer Captain St. Germain zusammen mit einem kleinen, zäh wirkenden Mann, dessen Augen fest auf das Kompaßhaus gerichtet waren. Obschon sich die beiden Männer hoch über ihr auf dem Achterdeck befanden, trug der Wind ihre Worte zu ihr herunter, und beim Anblick von Charles St. Germain, der lässig neben Mr. Lytton stand, stieg Zorn in Raven auf.

Der schmächtige Bootsmann ließ den Kapitän größer denn je erscheinen, das dünne Batisthemd spannte sich eng über die Muskeln auf Schultern und Brust. Das helle Sonnenlicht zauberte Glanzlichter auf sein volles Haar, und sein Profil wirkte streng und unnachgiebig. Selbst von hier aus konnte sie die Farbe seiner konzentriert zusammengekniffenen Augen erkennen und warf erbost den Kopf in den Nacken, als sie an die Belustigung in deren funkelnden Tiefen gestern nachmittag im Basar dachte. Diese Erinnerung rief ihr Dimitri Sergejew ins Gedächtnis zurück, und sie fragte sich, wo er sich wohl versteckte. Nicht daß sie besonderen Wert darauf legte, den russischen Koloß zu sehen, aber er war nicht einmal während der Vorbereitungen zum Ablegen heute früh aufgetaucht. Vielleicht befand er sich nicht einmal an Bord; falls dem so war, würde es sie überaus freuen, bedeutete dies doch, daß sie es während der Reise nur mit Charles St. Germain aufnehmen müßte. Während sie zu seinem attraktiven Profil hochsah, kam sie mit finsterer Miene zu dem Schluß, daß ihr dieser eine Widersacher völlig genügte.

Ein betretenes Räuspern veranlaßte Raven, sich umzudrehen und sich von ihren gräßlichen Grübeleien loszureißen. Sie sah sich einem jungen Mann gegenüber, der sehr sympathisch wirkte und unter ihrem fragenden Blick sofort bis zu den Haarwurzeln errötete. Angesichts seiner offenkundigen Schüchternheit verbiß sich Raven ein Lächeln, weil sie nicht den Eindruck erwecken wollte, sie würde sich über ihn lustig machen, und wartete schweigend, bis er die Initiative ergriff.

»Genießen Sie die Reise bis jetzt, Miß Barrancourt?« fragte er, die sommersprossigen Wangen noch immer verfärbt, als die Stille zwischen ihnen allzu peinlich wurde.

»Offen gestanden bin ich noch nicht lange genug an Bord, um mir eine ungünstige Meinung zu bilden«, log Raven schlagfertig.

Ihre scherzhafte Antwort ermutigte ihn, und er trat ein wenig näher, wobei er achtgab, daß er nicht mit ihren weichen pfirsichfarbenen Röcken in Berührung kam, die im Fahrtwind raschelten. »Es – es freut mich sehr, das zu hören. Sie müssen wissen, wir hatten noch nie so einen – äh – so einen reizenden Passagier an Bord.« Er errötete wieder, aber als er sah, daß Raven sich durch seine Forschheit nicht gekränkt fühlte, fuhr er fort. »Ich bin Jason Quintrell, der Frachtaufseher.«

Raven hob die Brauen. »Was genau ist das denn?«

Einen Augenblick lang blinzelte er verwirrt, dann hellte sich sein Gesicht auf. »Ach, Sie meinen – ein Frachtaufseher? Nun ja, ich trage für die gesamte Ladung der *Orient Star* die Verantwortung. Ich erwerbe die Fracht, verkaufe sie und fungiere bei den Verhandlungen mit den Kaufleuten als Bevollmächtigter des Schiffes.«

Ravens goldene Augen verdüsterten sich. »Verantwortlich für die gesamte Fracht, Mr. Quintrell? Auch für die unrechtmäßig erworbene?«

Die jugendlichen Züge blieben völlig unschuldsvoll. »Ich fürchte, ich verstehe nicht, was Sie meinen, Miß Barrancourt.«

Angesichts der treuherzigen blauen Augen mußte Raven ihm einfach glauben. Dennoch wollte es ihr nicht einleuchten, wie der Frachtaufseher eines Schmugglerschiffes von der Tatsache, daß seine Lagerräume mit illegalem Gut gefüllt waren, ohne Kenntnis bleiben konnte. »Tun Sie schon länger unter Captain St. Germain Dienst?« erkundigte sie sich, das Thema wechselnd, und ließ den Blick von dem eifrigen jungen Offizier zu der hochgewachsenen Gestalt auf dem oberen Deck schweifen.

Jason Quintrell schwoll vor Stolz die Brust. »Fast ein Jahr jetzt, Miß Barrancourt, und es war ein Glücksfall, daß ich auf der *Orient Star* anheuern durfte. Captain St. Germain nimmt nur die Besten, müssen Sie wissen, und ich bin dankbar, daß er es mit mir versuchen wollte.«

Zweifellos, weil man dich so leicht hinters Licht führen kann, dachte Raven, obwohl ihr zartes Gesicht höfliche Bewunderung zeigte. Sie fand den Frachtaufseher einfach nett, denn er schien ein bescheidener wohlerzogener Kerl zu sein, und sie fragte sich abermals, ob er die Wahrheit über St. Germain tatsächlich nicht wußte oder sich nur verstellte.

»Mr. Quintrell!«

Raven bemerkte, wie der junge Mann sich bei dem barschen Ton versteifte, hob rasch den Kopf und sah Charles St. Germain mit finsterer Miene vom Achterdeck heruntersteigen.

»Sie sind im Dienst, Mr. Quintrell, und ich denke, die Rechnungsbücher werden unten benötigt.«

»Aye, aye, Captain!« antwortete Jason und knallte als Respektsbeweis flink die Hacken aneinander, ehe er, ohne Raven noch einmal anzuschauen, davoneilte.

»Miß Barrancourt!«

Die goldbraunen Augen begegneten trotzig den smaragdgrünen. »Ja, Captain?«

»Meine Männer haben Pflichten nachzugehen, deren Vernachlässigung die Sicherheit dieses Schiffes gefährden könnte. Ich erwarte, daß Sie sie während der Reise nicht daran hindern und nicht zu trauten Gesprächen von ihrem Posten weglocken.«

Raven spürte, wie ihr die Hitze in die Wangen stieg. Die Überheblichkeit in der tiefen Stimme und der Hintersinn der schroffen Worte brachten sie gefährlich nahe an den Punkt, an dem sie die Fassung verlor. Es ärgerte sie auch, daß sie den Kopf in den Nacken legen mußte, um ihm ins Gesicht zu sehen. »Glauben Sie mir, Captain«, sagte sie frostig, »ich hege keinerlei Absichten, irgendeinen Ihrer Leute zu trauten Tête-à-têtes zu verleiten.« Ihr Ton deutete an, daß sie jeden von ihnen für dergleichen als viel zu widerlich betrachtete, und sie bemerkte mit Vergnügen, wie sich die smaragdgrünen Augen verdunkelten, was sie als Zeichen der Empörung auffaßte.

Bevor sie jedoch Selbstzufriedenheit empfinden konnte, trat Captain St. Germain einen Schritt auf sie zu, und obgleich in seiner Bewegung nichts Bedrohliches lag, machten sie seine aggressive Männlichkeit und die bloße Macht, die von seinem Körper ausströmte, nervös. An seinem sonnengebräunten Hals konnte sie eine stark pochende Ader wahrnehmen, ehe sie eilends die Augen zu seinem Gesicht hob und ein gefühlloses Lächeln auf den vollen Lippen sah, als er die Angst in ihren goldenen Augen las.

»Ich sagte Ihnen bei unserer ersten Begegnung, daß Sie sich mir verantworten müssen, Miß Barrancourt, und ich habe dabei nicht irgendwelche Allüren zur Schau getragen. Unser gestriges Zusammentreffen auf dem Markt hat mir gezeigt, daß Sie verwöhnt und launenhaft sind, und ich habe nicht die Absicht, zuzusehen, wie meine Männer während der Fahrt um Sie herumscharwenzeln. Wenn Sie sich als zersetzendes Element erweisen, lasse ich Sie in Ihrer Kabine einsperren.«

»Sie unausstehlicher Lümmel, wie können Sie sich erlauben, so mit mir zu sprechen!« brauste Raven auf, ohne nachzudenken. »Niemand hat es je gewagt ...«

»Es ist mir klar, daß niemand dies je versucht hat«, unterbrach er sie, »und es wurde dafür höchste Zeit. Seien Sie gewarnt, Miß Barrancourt, ich bin kein unerfahrener junger Bauernbursche, der sich von einem gezierten Lächeln und einem aufreizenden Hüftschwung an der Nase herumführen läßt.«

Ohne ihr Zeit für eine Erwiderung zu gönnen, drehte er sich um und schlenderte ungezwungen über das Deck, um einem Mannschaftsmitglied Anweisungen zu geben. Raven blieb so wutentbrannt zurück, daß sie ihm am liebsten einen der Belegnägel, die in Reichweite auf einem Gestell entlang der Reling gestapelt waren, auf den Schädel geschlagen hätte. Himmel, warum hatte sie ihrem ersten Instinkt nicht nachgegeben und sich geweigert, an Bord der *Orient Star zu* gehen? Warum hatte sie John Trentham nicht die Wahrheit erzählt, solange noch Gelegenheit dazu gewesen war? Charles St. Germain war nicht nur ein verschlagener Seeräuber und Schmuggler, sondern auch der hochmütigste, unverschämteste, unausstehlichste und eingebildetste Mann, den sie je getroffen hatte. Warte nur, du Unhold, dachte sie und schaute auf den breitschultrigen Gegenstand ihrer Empörung. Ich sehe dich noch vor Ende der Reise am höchsten Tempelturm Indiens baumeln.

6

»Der Indus, Miß Barrancourt, hieß in der altindischen Geschichte ›Königsfluß‹. Nahezu zweitausend Meilen fließt er von seinen Quellen in Tibet jenseits des Himalayas durch den indischen Subkontinent, ehe er in das Arabische Meer mündet. Vor dem Anlegen in Kasur werden Sie ziemlich viele Schiffe sehen, denn der Indus ist eine Haupthandelsroute zwischen der Küste und dem Binnenland.«

Der Bootsmann Geoffrey Lytton, der Raven das alles erklärte, war ein von Wetter und Alter gezeichneter Waliser mit hellgrauen, geheimnisvoll verschleierten Augen, der unermeßlich viel über die Meere und die Sterne wußte. Die schlanke, schöne junge Frau im hellblauen Kleid mit dem glänzenden, im Wind flatternden Haar und der kleingewachsene Lytton mit den klugen Augen und der gebeugten Haltung gaben ein ungleiches Paar ab. Für den großen, brünetten Kapitän, der vom Deck herunterschaute, bestand eine unverkennbare Vertrautheit zwischen ihnen, als sie, in ein ernsthaftes Gespräch vertieft, nebenander an der Reling lehnten. Raven war sich des nachdenklichen Blicks, der auf ihr ruhte, durchaus bewußt. Weil Captain St. Germain ihr die Unterhaltung mit allen seinen Mannschaftsleuten untersagt hatte, suchte Raven absichtlich bei jeder sich bietenden Gelegenheit das Gespräch mit ihnen. Und zu ihrer großen Überraschung hatten sich die meisten als recht gebildet und höflich entpuppt. Bereitwillig beantworteten sie ihre zahlreichen Fragen.

Sogar Dimitri Sergejew, der am zweiten Tag auf See, einigermaßen wiederhergestellt von seinem Mordskater, erschienen war, hatte sich als sehr gesittet und hilfsbereit erwiesen. Nach anfänglichen Bekundungen, wie entzückt er sei, seine ›kleine Prinzessin‹ an Bord vorzufinden, hatte er sich zuvorkommend und ritterlich um sie bemüht. Und seine wilde Entschlossenheit, sich bei Raven in gutes Licht zu setzen, hatte es ihr äußerst schwergemacht, ihn nicht zu mögen. In Wahrheit mußte sie, wie sie bald feststellte, sich gewaltsam daran erinnern, daß es sich bei den Besatzungsmitgliedern der *Orient Star* um Schmuggler handelte, um verwegene Burschen, die um eines Vorteils wegen bereitwillig töten würden.

Nur die sardonische Grausamkeit Charles St. Germains paßte in Ravens Augen zu seinem Seeräubertum. Seit ihrer Abreise aus Bombay vor mehr als einer Woche hatte sie kein Wort mit ihm gewechselt, und jedes Mal, wenn sie sich zufällig auf dem blitzblanken Deck begegneten, pflegte sich Raven mit einer arroganten Kopfbewegung abzuwenden. Insgeheim erwartete sie den erneuten Vorwurf, sie würde seine Mannschaft von der Arbeit abhalten. Aber er hatte nichts gesagt, obwohl sie seinen nervenaufreibenden, angespannten Blick von Zeit zu Zeit auf sich ruhen fühlte. Sie war noch immer davon überzeugt, daß sie die nötigen Beweise finden würde, um ihren Verdacht gegen ihn zu belegen. Doch obgleich sie einige seiner Offiziere hoffentlich unschuldsvoll genug ausgehorcht hatte, war ihr dabei nur klargeworden, daß sie ihn ausnahmslos respektierten. Einige verehrten ihn gar. Raven, dieser endlosen Lobeshymnen schnell müde, erwähnte ihn nicht mehr und nahm sich vor, auf eigene Faust so viel wie möglich über die Fracht in den Laderäumen der *Orient Star* herauszufinden, insbesondere über die Rumfässer, die vor so vielen Monaten am Strand von North Head entladen worden waren.

»Miß Barrancourt?«

Vor Raven und Geoffrey Lytton stand Ewan Fletcher, der Kabinensteward. »Der Captain bittet Sie aufs Achterdeck, Miß Barrancourt!«

Raven sah absichtlich nicht zum oberen Deck hoch, da sie genau wußte, daß Charles St. Germain mit einem zynisch belustigten Lächeln auf sie herabschauen würde. Zweifellos wollte er sie wegen ihres Gesprächs mit dem Bootsmann zurechtweisen. »Vielen Dank, Mr. Fletcher«, erwiderte sie freundlich, ohne ihre Verärgerung zu zeigen.

Während sie auf ihn zuging, sah Charles St. Germain den entschlossenen Zug um ihren Mund. Es erheiterte ihn, daß sie wie ein Duellant Kampfstellung gegen ihn bezog, einen Gegner, den es mit allen Kräften einzuschüchtern und zu bekämpfen galt. Doch sein amüsiertes Lächeln erlosch, als er sich fragte, warum eine offensichtlich gebildete, wohlhabende junge Frau wie Raven Barrancourt sich derart vehement in einen Schlagabtausch mit einem Klipperkapitän stürzte.

Oja, sie verhielt sich in der Tat kriegerisch. Seit die *Orient Star* in Bombay Segel gesetzt hatte, war Charles mit zahlreichen eisigen Blicken bedacht worden. Hingegen behandelte sie seine Leute geradezu übertrieben liebenswürdig. Durch ihre albernen Reaktionen auf Raven Barrancourts Grübchenlächeln erstaunten und verärgerten sie Charles. Sie führten sich eher wie törichte, zum ersten Mal verliebte Schulbuben auf statt wie erfahrene Seeleute. Selbst Fletcher, sein wortkarger Steward, der gewöhnlich alle Frauen als entbehrliche Fracht zu verachten neigte, und Dimitri, der sonst hinter jedem Weiberrock lediglich mit schnellen Eroberungsgelüsten herjagte, warfen sich Raven buchstäblich zu Füßen.

Welches Durcheinander diese rätselhafte Schönheit mit dem glänzenden Haar auf meinem friedlichen Schiff angerichtet hat, dachte Charles gereizt, dem keineswegs entging, daß viele Augenpaare Ravens geschmeidiger blaugekleideter Gestalt folgten, als sie das Deck überquerte. Zum Glück würde sie in Kasur von Bord gehen. Noch ein wenig länger, und er hätte nichts als einen unnützen Haufen grinsender liebeskranker Idioten auf dem Hals. Und doch konnte man Raven Barrancourt für ihre unbewußte Anziehung auf das männliche Geschlecht nicht wirklich verantwortlich machen, denn selbst Charles mußte zugeben, daß ihre zarte Schönheit und ihre feurigen Augen einen atemberaubenden Anblick boten und daß sie ihre hinreißenden Blicke nie anmaßend einsetzte.

Oder etwa doch, fragte er sich, während sie mit hocherhobenem Kinn vor ihm stehenblieb, als wollte sie ihm absichtlich freie Sicht auf ihre schönen Züge ermöglichen. Die bemerkenswerten Augen blickten frostig, die dunklen geschwungenen Brauen zogen sich finster zusammen. Charles spürte ihre Abneigung gegen ihn deutlich und wunderte sich mit erneuter Verstimmung, wie der harmlose Zusammenstoß in Bombay ihr Grund zu solchem Groll geben konnte. Von den bewundernden Bemerkungen seiner Leute, einschließlich Sergejews, und den unbeschwerten, lebhaften Gesprächen zwischen Raven Barrancourt und seinen Offizieren beeinflußt, die er Tag für Tag auf dem Hauptdeck seines Schiffs beobachtete, hatte Charles widerwillig sein anfängliches Urteil über ihre vermeintliche Eitelkeit und Launenhaftigkeit revidiert. Aber bewies nicht ihre fortdauernde Feindseligkeit gegen ihn, daß sie nicht über dem kleinlichen Ärger stehen konnte, den er damals im Basar, als ihr bei jenem unglücklichen Zwischenfall Haube und Fassung zugleich abhanden gekommen waren, mit seinem Lachen in ihr entfacht hatte?

»Sie wollten mich sprechen, Captain?« Die sonst so süße Stimme klang eisig, was Charles beträchtlich erboste.

»Ja, Miß Barrancourt.«

»Ich bitte Sie inständig um Verzeihung, weil ich die Dienste Ihres Bootmanns für eine ganze Geographiestunde beansprucht habe.« Herausfordernd sah sie ihn an. »Da ich noch nie zuvor in Indien weilte, mögen Sie vielleicht so großzügig sein, dies eine Mal meine Neugier zu entschuldigen.« Ihr verächtlicher Ton zeigte an, daß sie ihn dessen für völlig unfähig hielt.

Captain St. Germains smaragdgrüne Augen funkelten.

»Ich interessiere mich überhaupt nicht für Ihre Unterhaltung mit Mr. Lytton, Miß Barrancourt. Statt dessen möchte ich Sie und Mrs. Daniels zum Abendessen in meine Kajüte einladen, wie es mein Brauch ist, sobald ich das Gefühl habe, daß sich meine Passagiere gut an ihre neue Umgebung gewöhnt haben.«

Raven biß sich fest auf die Unterlippe, und beim Anblick der rosigen Farbe, die sich auf ihren Wangen ausbreitete, empfand Charles einen Augenblick lang Genugtuung. »Erscheint es zu vermessen von mir, das Essen auf sieben anzuberaumen, da es nun beinahe fünf Uhr ist?«

»Selbstverständlich nicht. Sie sind zu gütig, Captain, und ich danke Ihnen auch in Mrs. Daniels' Namen«, antwortete Raven mit ruhiger Stimme. Nur die Röte auf ihrem zarten Gesicht legte Zeugnis von ihrer Verwirrung ab.

»Dann erwarte ich Sie um sieben«, erwiderte er gleichermaßen höflich, die grünen Augen voll heiterem Spott.

Raven erkannte, daß sie verabschiedet worden war, und wandte sich erleichtert ab. Unentwegt spürte sie den eindringlichen Blick dieses Teufelskerls im Rücken, als sie die Leiter hinabstieg und betont gleichgültig über das Hauptdeck schritt, ehe sie nach unten verschwand. Doch in der Abgeschlossenheit ihrer Kabine stampfte sie erst einmal verärgert mit dem zierlichen Fuß auf und schickte gehörige Verwünschungen zum Himmel.

»Oh, dieser gräßliche Mensch, er hat mich doch nur eingeladen, damit ich wegen der Unterhaltung mit Mr. Lytton eine Närrin aus mir mache! Wie es sein Brauch ist – in der Tat!«

Sie stampfte abermals auf, da sie die alberne Wirkung ihres

hochmütigen Ausbruchs erkannte. »Ich hätte ablehnen sollen«, murmelte sie verstimmt, doch im nächsten Atemzug gestand sie sich ein, daß sie sich auf das Dinner freute. Die Abende an Bord der *Orient Star* verliefen anerkanntermaßen ziemlich langweilig, und ihre Unruhe hatte in letzter Zeit zugenommen, was Raven dem abwechslungsarmen Leben voller Einschränkungen auf dem von der Außenwelt abgeschnittenen Segelschiff zuschrieb. Wie lange ist es schon her, fragte sie sich, als sie ans Bullauge trat und die zerklüftete Kette der Sulaiman-Berge langsam vorbeiziehen sah, seit ich das letzte Mal auf Cinnabar über die Heiden von Cornwall galoppiert bin?

Es wäre auch nett, dachte sie wehmütig, wenn sie einmal baden könnte, anstatt sich im Stehen mit Schwamm und grober Seife an der Porzellanschüssel auf dem Toilettentisch unter dem Bullauge zu waschen. Ihr Bad war ein Luxus, den sie arg vermißte, und ihre verzärtelte, an die vorzüglichsten von Hand fabrizierten schottischen Seifen gewöhnte Haut wurde jedes Mal gereizt, wenn sie sich zähneklappernd mit Kernseife abschrubbte. Aber Raven, der ihr ungestümes Naturell früher so viel Kummer beschert hatte, kannte seit dem Tode ihres Vaters die Sinnlosigkeit unerfüllbarer Wünsche. Und sie verdrängte gewaltsam die Vorstellung an ein dampfendes, lavendelduftendes Sitzbad, indem sie sich mit eiserner Disziplin befahl, ein geeignetes Kleid auszuwählen, ehe sie die Zeit und das Abendessen beim Kapitän völlig vergaß.

Raven hatte nie die leidenschaftlichen Küsse und Liebkosungen Charles St. Germanis in jener Nacht am dunklen Strand vergessen. Und es ärgerte sie beträchtlich, daß sie bei keiner einzigen Begegnung mit ihm diese Erinnerung aus den Gedanken verbannen konnte, daß ihr ein seltsames Prickeln durch den Leib fuhr, als ob es erst gestern nacht geschehen wäre und nicht schon vor Monaten. Warum er derartige Gefühle in ihr entfachte, wo sie ihn doch noch viel weniger ausstehen konnte als den widerlichen Nathaniel Rogers, dessen Küsse sie lediglich verärgert hatten, blieb ihr ein Rätsel, das sie allerdings nicht gern entschlüsseln wollte. Statt dessen pflegte sie eilends daran zu denken, wie er sich damals auf ihre Kosten erheitert hatte, als der betrunkene, tölpelige Sergejew sie mit sich auf die feilgebotenen Zwiebeln hinuntergerissen hatte. Jedesmal freute sie sich, wenn die Wut darüber die unerwünschten Erinnerungen fortfegte.

»Zum Teufel mit ihm«, sagte sich Raven, fest entschlossen, nicht bei einem so verhaßten Thema wie dem Kapitän der *Orient Star* zu verweilen. In einem Anfall von Ungeduld zog sie aufs Geratewohl ein Kleid heraus und hielt es prüfend an ihren Körper. Es war eine Abendrobe aus weinroter Moiréseide, die im weichen Laternenlicht geheimnisvoll schimmerte. Nach einiger Überlegung kämmte sich Raven mit geschickten Händen das Haar aus dem Gesicht, schlang es zu einem Chignon im Nacken und befestigte die schwere, schwarze Fülle mit ihren geliebten Perlmuttkämmen.

Als sie die Schiffsglocke sechsmal am oberen Deck klingeln hörte, verließ sie ihre Kabine und klopfte bei Danny an, die sich gerade geschäftig für das große Ereignis herrichtete. Danny machte ihr keine Komplimente über ihr atemberaubendes Aussehen, als sie flink die Haken und Ösen schloß, an die ihre junge Herrin selbst nicht herangekommen war. Aber Raven kannte das zufriedene Schweigen gut genug, um zu wissen, daß Danny ihre Aufmachung überaus billigte.

»O Miß Raven, ist das nicht wundervoll? Eine Abendeinladung beim Captain!«

Raven warf der Gouvernante einen wachsamen Blick zu; sie wußte, daß Danny von dem arroganten Kapitän eingenommen war – erstaunlicherweise, denn die alte Frau fiel nicht so leicht auf ein vorgetäuscht ritterliches Benehmen und ein auffallend attraktives Gesicht herein.

Wenn sie nur die Wahrheit über ihn ahnte, dachte Raven, aber sie hätte sich lieber die Zunge abgebissen, als ihren Verdacht zu erwähnen.

»Wenn du dich jetzt nicht beeilst, kommst du zu spät«, schalt sie, als Danny sich partout nicht für einen Schal entscheiden konnte.

»Gehen Sie nur voraus, Miß Raven, ich komme in einer Minute nach«, lautete die gequälte Antwort, und Raven zog sich mit einem nachsichtigen Lächeln zurück.

Captain St. Germains Kajüte lag am anderen Ende des kurzen Korridors, und Raven klopfte in der sicheren Überzeugung, als letzter Gast vor Danny einzutreffen, unerschrocken an die dicke Holztür.

»Herein!« rief die tiefe, bekannte Stimme, und Raven trat mit wogenden Seidenröcken gehorsam ein. »Ich muß sagen, ich bewundere Pünktlichkeit bei Damen, Miß Barrancourt.« Verwirrt schaute sich Raven in der geräumigen Kabine um, da sie zwar Charles St. Germain sprechen hörte, aber niemanden sah. Der Tisch unter dem Heckfenster war bereits gedeckt, und Laternen verströmten weiches Licht, aber auf den Stühlen um den Tisch saß noch niemand. Als Schritte aufklangen, drehte sie sich um und sah Captain St. Germain hinter einem in leuchtenden Farben lackierten japanischen Paravent mit glänzenden handgemalten Drachen hervortreten.

»Ich dachte eigentlich, das schöne Geschlecht käme immer mit geziemender Verspätung«, fügte er hinzu, aber Raven, die auf seinen Anblick nicht vorbereitet war, nahm seine süffisanten Worte kaum wahr. Captain St. Germain trug ein preußischblaues Jackett mit Seidenrevers, das sich über seinen schmalen Hüften bauschte und sich eng um die breiten Schultern schmiegte. Die knappen Hosen waren farblich dazu abgestimmt, und in seiner schneeweißen Halsbinde glitzerte ein Saphir. Sein brünettes, sonst verwegen vom Wind zerzaustes Haar war ordentlich gekämmt und lockte sich bis zum geschmackvollen feinen Leinenkragen. Wie er so groß neben ihr aufragte, hätte er ein Lord aus altem Adel bei einem hochoffiziellen Anlaß in London sein können; doch die kraftvolle Männlichkeit, die von ihm ausging, sein sonnengebräuntes Gesicht und das gebleichte Haar, seine starke, unerschöpfliche Energie wiesen ihn als Mann der Elemente und nicht als Produkt eines stickigen, verzärtelnden Stadtlebens aus.

Raven konnte kaum die Veränderung an ihm fassen und merkte nicht, daß er sie mit demselben stillen Unglauben betrachtete, wobei er die Augen zusammenkniff. Der geschwungene Ausschnitt ihres Seidenkleids enthüllte den weißen Ansatz ihrer vollen Brüste und die schmalen Schultern, und der modische Pariser Schnitt betonte die geschmeidigen Linien ihrer Hüften und zierlichen Taille. Wieder wurde Charles von ihrer unbewußten Sinnlichkeit gefesselt. Ihr Körper schien ihn anzulocken, zu verspotten; er drehte sich brüsk weg und wies schroff auf den leeren Tisch. »Wie Sie sehen, sind Sie der erste Gast.«

»Aber es ist bereits nach sieben«, erwiderte Raven und riß sich endlich von der eindrucksvollen Gestalt vor ihr los, wütend über ihre seltsamen Empfindungen, während er lässig seine Krawatte zurechtzupfte. Dabei betonte die üppige weiße Spitze an der Manschette die Sonnenbräune seiner Hand. Aus irgendeinem Grund mußte sie bei diesem Anblick daran denken, wie diese Hand ihre Brüste erregend berührt, wie seine kraftvollen Finger ihren nackten Leib liebkost hatten, und sie biß sich fest auf die Unterlippe.

»Gewiß haben Sie in Ihrem Leben schon genug gesellschaftlichen Ereignissen beigewohnt, um zu wissen, daß man stets zu spät erscheinen sollte«, mokierte sich Captain St. Germain.

»Keineswegs«, stieß Raven mit unerklärlicher Heftigkeit und frostigem Blick hervor. »Mein Vater pries immer die Vorzüge der Pünktlichkeit. Und da ich noch nicht offiziell in die Gesellschaft eingeführt wurde, Captain, habe ich leider die verfeinerten Gepflogenheiten, die Sie anscheinend für so wichtig halten, noch nicht erlernt.«

Charles hob in spöttischem Erstaunen die Brauen, während ihn Ravens Eingeständnis ihrer Jugend überraschte. Obwohl auf ihren zarten Zügen eine anrührende Unschuld lag, besaß sie Würde und Auftreten einer erwachsenen Frau – eine Reife, die durch die klassische Schönheit ihres ebenmäßigen Gesichts, durch das aus der glatten Stirn gestrichene glänzende Haar und ihre vollen, fraulichen Brüste, die sich unter dem schimmernden Seidenmieder abzeichneten, noch hervorgehoben wurde.

Eine Antwort auf Ravens spitze Bemerkung konnte er nicht mehr anbringen, denn in diesem Augenblick erklangen sanfte, melodiöse Töne, die den Raum mit einer so unirdischen Schönheit erfüllten, wie Raven sie noch nie wahrgenommen hatte. Zuerst dachte sie, die lieblichen Laute stammten von einem kostbaren Musikinstrument, doch dann erkannte sie, daß der Klang für menschliche Kunst viel zu rein, die Melodie viel zu zart war. Fragend blickte sie in Charles St. Germain markantes Gesicht; ihren Topasaugen, deren Tiefe vor Freude strahlten, fehlte dies eine Mal die übliche Feindseligkeit. »Was ist das?« hauchte sie.

Als Antwort trat Charles zum Fenster, zog den blanken hölzernen Rolladen hoch und enthüllte einen vergoldeten Käfig mit einem kleinen, dunkelbefiederten Vogel. Raven trat neben ihn und betrachtete mit Verwunderung das Wesen, aus dessen Kehle die schmerzlich schöne Melodie gedrungen war. Im Laternenlicht glänzte sein Gefieder ebenso dunkel wie Ravens Haar, es neigte das Köpfchen zur Seite und schaute Raven ganz unerschrocken an.

»Was ist das?« wiederholte Raven wißbegierig.

»Eine schwarze Nachtigall, und es erstaunt mich, daß sie Ihnen ein Ständchen brachte«, erklärte Captain St. Germain. »Normalerweise schüchtert sie der Klang einer unbekannten Stimme ein.«

»Ich wußte nicht, daß diese Vögel so dunkles Gefieder haben«, meinte Raven verwundert.

»Das haben sie normalerweise auch nicht. Sie ist wohl einzigartig.«

»Wie ist es Ihnen gelungen, sie zu fangen?«

»Sie hatte sich einen Flügel gebrochen und suchte letztes Jahr während eines Sturms vor der afrikanischen Küste auf meinem Schiff Zuflucht. Vermutlich befand sie sich gerade auf ihrem Flug ins Winterquartier, und der Monsun schleuderte sie in die Takelage.« Charles' Stimme klang merkwürdig rauh, denn er hatte sich herabgebeugt, um Ravens Frage besser zu verstehen, und dabei den starken, süßen Duft ihres nachtschwarzen Haars eingeatmet.

Raven, die sich mit einemmal seiner Nähe bewußt wurde, wich vor ihm zurück. »Sie sollten sie freilassen, nachdem sie jetzt gesund ist«, meinte sie vorwurfsvoll.

»Dann würde die *Orient Star* vom Unglück verfolgt«, erwiderte Charles beiläufig, ließ den Rolladen herunter und versperrte Raven so die Sicht auf den vergoldeten Käfig.

Sie warf ihm einen höhnischen Blick zu. »Ich wußte nicht, daß

Sie derart abergläubisch sind, Captain. Dies habe ich immer als Merkmal mangelnder Intelligenz betrachtet.«

Er lächelte mit gleichem Hohn zurück, doch lag in den smaragdgrünen Augen auch eine unmißverständliche Warnung. »Lassen Sie das meine Besatzung nicht hören, Miß Barrancourt. Sie mögen alle gebildet und vernunftbegabte Menschen sein, aber als Seeleute hängen sie auch am Althergebrachten. Wenn sie es vorziehen zu glauben, daß die *Orient Star* unter einem glücklichen Stern segelt, solange diese Nachtigall in meiner Kajüte singt, wie können Sie sich erdreisten, diese Überzeugung in Zweifel zu ziehen?«

Ihr blieb eine Verteidigung erspart dank des ungestümen Klopfens Dimitri Sergejews, der in gewohnt furchteinflößender Größe eintrat, diesmal aber in der gepflegten Aufmachung mit seinem Kapitän durchaus wetteiferte. Das lange Haar und den üppigen Bart hatte er sorgfältig gekämmt, auf seinem dunklen Sergeanzug prangten auffallende blanke Messingknöpfe, und er neigte sich mit unverblümter Bewunderung und dandyhafter Manier über Ravens Hand. »Kristos, kleine Prinzessin, versuchen Sie einen alten Matrosen mit Ihrer Schönheit zu blenden?« fragte er und nahm sich die Freiheit, den Blick über Ravens in Seide gehüllte Gestalt schweifen und einen Augenblick lang sehnsüchtig auf ihrer grazilen Taille und dem sanft gerundeten Busen verweilen zu lassen.

Sie schenkte ihm ihr reizendes Grübchenlächeln, das Charles, der sie aufmerksam beobachtete, ihr bisher noch nie hatte entlocken können. Seine Augen verengten sich, ein Warnsignal, das sein Erster Offizier, wie immer empfindsam für die Stimmungen seines Kapitäns, schnell bemerkte. In der Annahme, er habe möglicherweise seine Grenzen überschritten, richtete er sich eilends auf und ließ Ravens zarte Hand los. Doch konnte er nicht widerstehen und bat, sie möge sich von ihm an den Tisch geleiten lassen. Sie willigte gern ein und legte ihm die zierlichen Finger leicht auf den mächtigen Arm, als er sie die paar Schritte zum Tisch führte.

Die Ankunft von Geoffrey Lytton und Jason Quintrell, beide ebenso wie ihr Kapitän und vorgesetzter Offizier prächtig gekleidet, lockerte die Spannung, die den Raum erfüllt hatte. Raven empfand große Erleichterung, weil sie solch eine elegante Robe trug, denn die Herren hatten in bezug auf Aufmachung und Aussehen offensichtlich keine Mühen gescheut. Und als sie den Blick von einem der schmuck zurechtgemachten Offiziere zum andern wandern ließ, konnte sie kaum glauben, daß diese Männer zu allem entschlossene Schmuggler jenseits von Recht und Gesetz sein sollten. Nur Captain St. Germain konnte, wie üblich, jenen begründeten Verdacht nicht entkräften. Als er sich neben sie setzte, gemahnte er Raven mit seiner schier bedrohlichen Energie an seinen dominanten Charakterzug – daß er sich nur nach eigenem Gusto einem Gesetz beugte und Menschen, Geschehnisse und selbst das Schicksal nach seinen unredlichen Absichten formte.

Mit Dannys Erscheinen einige Minuten später war die Tafelrunde vollständig versammelt. Nachdem die Herren sich zu ihrer Begrüßung erhoben hatten, setzte sich die unter ihren Schmeicheleien errötende ältere Frau mit raschelnden Bombasinröcken nieder.

Raven war sich der Blicke, die auf ihr ruhten, nicht bewußt, doch Charles nahm sie mit zunehmendem Ärger wahr. Noch nie hatten seine Leute in seiner Gegenwart eine Frau derart angehimmelt, vor allem nicht ein so egozentrisches, scharfzüngiges Frauenzimmer wie Raven Barrancourt.

Ein gebildetes kleines Ding ... Ließen sie sich wirklich von diesen treuherzigen goldbraunen Augen und dem Grübchenlächeln hinters Licht führen, oder wollten sie absichtlich die Tatsache übersehen, daß Raven gerissen die Unschuld vom Lande spielte und ihre offensichtliche Macht über die Männer genoß?

»Miß Barrancourt, Sie haben uns übrigens noch nie erzählt, weshalb Sie so weit ins Landesinnere Indiens reisen«, bemerkte Geoffrey Lytton mit aufmerksamen Blick.

»Ich muß eine dringende Angelegenheit mit meinem Vetter in Lahore regeln«, erläuterte Raven. Eigentlich widerstrebte es ihr, Einzelheiten zu erzählen. Doch das freundliche Nachhaken sowohl des Bootsmannes als auch des bewundernden Frachtaufsehers und die offenkundige Anteilnahme der beiden erweckten ihr Vertrauen, so daß die ganze unglückselige Geschichte ohne weiteres Drängen aus ihr heraussprudelte. Sie berichtete kurz und ohne Tränen vom tragischen Tod ihres Vaters. Nur Charles bemerkte den brüchigen Ton in ihrer sanften Stimme. Die Erwähnung der gräßlichen Absichten Squire Blackburns riefen bei Geoffrey und Jason entrüstetes Gemurmel, bei Dimitri Sergejew einen empörten Aufschrei hervor.

»Ich weiß, was es heißt, die Heimat zu verlieren, kleine Prinzessin«, erklärte er ihr, die schwarzen Augen voll Wehmut. »Einst besaß ich ein ebenso großes Haus wie Ihr North Head, aber jung und hitzköpfig, wie ich war, schätzte ich eine törichte Sache höher ein als das Land meiner Vorväter.«

»Dimitri kämpfte im Dekabristenaufstand«, erläuterte Geoffrey Lytton zu Ravens Überraschung, die aus dem Geschichtsunterricht wußte, daß diese Revolte vor nahezu einem Vierteljahrhundert von unzufriedenen Adligen nach dem Tod Alexanders I. angestiftet worden war.

Sergejew, der ihren fragenden Blick bemerkte und richtig deutete, lachte, wobei sein wuchtiger Brustkorb so sehr zitterte, daß Raven schon damit rechnete, die blanken Messingknöpfe würden abspringen. »In der Tat, kleine Prinzessin, der Ihnen ergebene Dimitri war einst ein Kosakenfürst und Herr über sehr viele Hektar fruchtbaren russischen Bodens.« Raven konnte sich den feurigen Sergejew als Kosaken gut vorstellen; denn sie wußte, daß aus ebendiesem slawischen Volksstamm wilde, unerschrockene, weithin berühmte Reiter und Soldaten hervorgegangen waren, die das Haupt vor niemandem beugten. Plötzlich erschien er ihr in anderem Licht. Sie sah in ihm nicht den trinkfreudigen Schürzenjäger, als den sie ihn kennengelernt hatte, sondern einen stolzen Adligen, einen entthronten Fürsten, der alles einer Sache wegen, an die er geglaubt hatte, verloren hatte. War er deshalb auf Gedeih und Verderb mit Charles St. Germain verbunden? Wegen der unbestreitbaren Geistesverwandtschaft zwischen den beiden? Ihre goldbraunen Augen begegneten den dunklen, von buschigen Brauen überschatteten, und irgendwie schien Dimitri ihre Gedanken zu erahnen. Er nahm sein Glas und zwinkerte ihr zu. »Fürchten Sie nicht, North Head zu verlieren, kleine Prinzessin, denn wenn Sie je für seine Wiedererlangung Hilfe brauchen, erhebt Dimitri Sergejew sein Schwert für Sie.«

Die ritterlichen Worte, die sie normalerweise zum Lachen gebracht hätten, erwärmten Raven das Herz, denn sie erkannte ihre Aufrichtigkeit; und zum ersten Mal seit dem Tod ihres Vaters spürte sie, daß sie jemanden gefunden hatte, auf den sie sich verlassen konnte. Offensichtlich las man ihr einige ihrer Empfindungen vom zarten ebenmäßigen Gesicht ab, denn Charles St. Germain stellte nach einem kurzen Blick sein Glas ab und bemerkte in arrogantem, absichtlich beleidigendem Ton. »Warum küßt du der Dame nicht gleich den Rocksaum, Dimitri, um den Handel zu besiegeln, oder bittest sie um ein Strumpfband? Das könntest du dann als Wehrgehenk tragen.«

Für einen Augenblick herrschte spannungsgeladene Stille. In Sergejews Gesicht schoß die Röte, Charles Teufelsaugen glitzerten herausfordernd, während Jason Quintrell erbleichte und Danny erregt am Spitzenbesatz ihres Ärmels herumnestelte.

»Wenn Mr. Sergejew mir seinen Beistand anbietet«, brach Raven das Schweigen, »dann ist es mir eine Ehre, dies anzunehmen.«

Ihr aufrichtiges Lächeln, die Wärme in ihren Augen verbannten rasch den Ärger, der in Dimitris Herzen aufstieg und hauptsächlich von Verwirrung herrührte. Denn zum ersten Mal in seiner langen Bekanntschaft mit Charles St. Germain konnte er die Gründe für dessen barsches Verhalten nicht erkennen. Die angespannte Atmosphäre verflog. Wie ein treuergebener Bernhardiner strahlte Dimitri die schöne junge Frau an. »Sergejew gibt nie ein Versprechen, das er nicht einzuhalten gedenkt, mein Kleines, und von nun an müssen Sie mich Dimitri nennen, da ich einen Schwur auf die Verteidigung Ihrer Ehre und Ihres Lebens abgelegt habe.« Auf das bärtige Gesicht trat ein charmantes Lächeln. »Wenn Ihnen das nicht gefällt, hätte ich aber nichts dagegen, von Ihnen Liebling genannt zu werden.«

Selbst der gleichmütige Geoffrey Lytton stimmte in das Lachen ein, das die Spannung endgültig vertrieb, während Captain St. Germain gedankenversunken die Lippen zu einem sardonischen Lächeln verzog. Das Gespräch floß ungezwungen dahin, der Wein reichlich, und die Gerichte, die der ausnahmsweise heitere Ewan Fletcher auftrug, hielten den Vergleich mit jedem vornehmen Dinner in einem eleganten englischen Haus stand. Selbst Danny vergaß ihren niederen Rang und taute durch das galante Zureden Dimitri Sergejews und Geoffrey Lyttons auf, während Jason Quintrell das Herz auf der Zunge trug und die leuchtenden blauen Augen nicht von der schönen Raven wandte, die vergnügt lachte und plauderte und sich so glücklich wie schon lange nicht mehr fühlte.

»Etwas wollte ich Sie schon lange fragen, Captain«, verkündete Danny, die während des langen geselligen Abends ihre übliche Scheu abgelegt hatte, mit vom Wein geröteten Wangen.

»Es freut mich, Ihnen dienen zu können, Mrs. Daniels«, erwiderte Charles höflich.

Die braunen Augen schauten groß und unschuldig. »Ich fürchte, ich bin schrecklich neugierig, aber was ist denn der Grund für Ihre Reise in den Punjab? Doch bestimmt nicht die Fracht, die Sie auf Mr. Trenthams Bitte hin mitführen.«

Der Blickwechsel zwischen Dimitri Sergejew und Charles St. Germain entging Raven nicht, und ein Schauer furchtsamer Aufregung rann über ihren Rücken. Seltsam genug, beantwortete ausgerechnet Jason Quintrell die Frage. Entgegenkommend erklärte er, die *Orient Star*, obgleich sie keine Lizenz für den Warentransport der East India Company besitze, habe sich zu einer Sonderfahrt für dieses Unternehmen bereit erklärt, da das Handelsschiff, das planmäßig Seide, Indigo und Tee aus dem Landesinneren habe befördern sollen, in einem Unwetter vor der bengalischen Küste gestrandet und gesunken sei.

»Aber die East India Company verfügt doch sicherlich über genug Schiffe, die es ersetzen können«, meinte Raven, die zwar der Erklärung des Frachtaufsehers Glauben schenkte, sich jedoch insgeheim nach den wahren Beweggründen des Captain St. Germain fragte. Das Herz klopfte ihr bis zum Hals.

Womöglich hatte ihm die Company die Lizenz für den Opiumhandel erteilt, und er schmuggelte das verbotene Rauschmittel in den Westen und kehrte mit reinen Silberbarren als Bezahlung zurück. Großonkel Hadrian hatte ihr ausführlich über den verwerflichen Opiumhandel erzählt, an dem sich die East India Company aktiv beteiligte, und Ravens goldbraune Augen füllten sich mit neuen Ängsten, als sie einen Blick auf Captain St. Germains strenges, ausdrucksloses Profil warf. Wie er so in seinem Seidenstaat dasaß, mit teurer französischer Spitze an den Manschetten, und seine klassischen Züge trotz ihrer unerbittlichen Strenge an einen Menschen von edlem Charakter gemahnten, konnte man ihn schwerlich für einen Opiumtransporteur halten. Eigentlich kaum zu glauben, wenn sie nicht mit eigenen Augen das Entladen des Schmuggelrums mit angesehen hätte ... Unbewußt wanderte ihr Blick hinab zu der starken, sonnengebräunten Hand auf dem Leinentuch, und sie erinnerte sich des Gefühls, als er mit diesen Händen in jener Nacht in Cornwall vor vielen Monaten ihre Hüften umfangen und seinen Körper an sie gedrängt hatte – eine Erfüllung fordernd, die Raven, sich selbst plötzlich fremd, beinahe gewährt hätte.

»... bedauerlicher Mangel an Schiffen in der Gegend«, sagte Jason Quintrell gerade, und Raven konzentrierte sich krampfhaft auf seine Worte, während sie sich der wenigen Zentimeter, die sie von Charles St. Germains breitschultriger Gestalt trennten, nur allzu bewußt blieb. »Zwischen der Company und privaten Kaufleuten besteht ein so erbitterter Konkurrenzkampf, daß eine noch so geringe Verzögerung möglicherweise enorme Verluste für die Geldgeber mit sich bringt.«

»Ich verstehe« antwortete Raven, brennendes Interesse heuchelnd, während sie voll Unbehagen darüber nachgrübelte, daß sie sich unter Umständen an Bord eines Opiumschiffes befand.

Der Aufbruch der Gäste eine halbe Stunde später erleichterte sie deshalb sehr. Als sie sich unter dem Knistern ihrer weinroten Röcke erhob, schwankte sie ein wenig und bemerkte, daß die smaragdgrünen Augen aufmerksam auf ihr ruhten und die sinnlichen Lippen sich belustigt verzogen.

»Vielleicht brauchen Sie auf dem Weg zu Ihrer Kabine einen Begleiter, Miß Barrancourt?« fragte Captain St. Germain mit so leiser Stimme, daß nur Raven es vernehmen konnte.

Die Röte auf ihren zarten Wangen vertiefte sich, doch die

goldbraunen Augen blitzten voll Verachtung. »Nein, besten Dank, Captain. Sollte ich heute abend einen Helfer benötigen, suche ich ihn mir selbst aus.«

Zufrieden bemerkte sie, daß sich die vollen Lippen zu einer schmalen Linie zusammenpreßten, doch war sie zu berauscht vom Wein, als daß sie den bedrohlichen Zorn fürchtete, den ihre schlagfertige Antwort hervorgerufen hatte. Da sie Charles mit Absicht den Rücken kehrte, entging ihr der wütende Zug um seine Mundpartie. Anmutig dankte sie den strahlenden Offizieren für die amüsante Gesellschaft und verschwand mit der gähnenden Danny den dunklen, engen Korridor hinunter.

Da sie sich überhaupt nicht schläfrig fühlte, stieg Raven, nachdem sie Danny gute Nacht gewünscht hatte, die schmalen Stufen zum oberen Deck hoch. Dort fächelte ihr die kühle Nachtbrise das Gesicht, eine willkommene Abwechslung zu der warmen, schwülen Luft in Captain St. Germains Kabine. Ein Halbmond ging über den dunklen Berggipfeln auf, die sich bis zu den Indusufern erstreckten, und zauberte silbrigen Glanz auf die leichtbewegte Wasserfläche. Im Zwielicht wirkten die morastigen Untiefen mit einemmal perlgrau. Hier und da entlang des Flußufers funkelten Lichter von den nahen Dörfern her durch die Bäume, und die weißen Zwiebelkuppen vereinzelter Tempel reflektierten das Mondlicht mit gespenstischem Strahlenglanz. Hunde bellten, und im Schilf quakten die Ochsenfrösche. Diese Nachtgeräusche erschienen Raven fremd, die an das Pfeifen des Windes und das dumpfe, ferne Brandungsrauschen gewöhnt war.

Oben schlug eine Falltalje rhythmisch gegen die Rahe, und die steife Leinwand knatterte im auffrischenden Wind. Raven, die in der kühlen Nachtluft ein wenig fröstelte, ging über das verlassene Deck leewärts zur Reling.

Als sie achtern um die Hauptkabine ging, versperrte ihr eine große, aus den Schatten kommende Gestalt den Weg. Da Raven nicht mehr rechtzeitig zurücktreten konnte, prallte sie gegen Charles St. Germains harten Brustkorb. Sie wich hastig zurück, und der volantbesetzte Rocksaum, der unter die schweren Stiefel des Kapitäns geraten war, zerriß. Bestürzt schrie sie auf und starrte ihren Widersacher vorwurfsvoll an.

»Ich bitte um Verzeihung, Miß Barrancourt«, bemerkte er in seinem arroganten, höchst aufreizenden Tonfall. »Man könnte fast meinen, daß unsere zufälligen Begegnungen stets eine Beschädigung Ihrer Kleidung mit sich bringen.« In der Erkenntnis, daß er an dem Mißgeschick nicht allein schuld war, verkniff sie sich eine wütende Antwort. Durch den Wechsel von Licht und Schatten dank der an einer Kabinenwand hin und her pendelnden Laterne nahm sein attraktives, hageres Gesicht eine furchteinflößende Härte an. Seine kühne Hakennase schien nun deutlicher hervorzutreten, und die smaragdgrünen Augen glitzerten verwegen. Da er das maßgefertigte Jackett abgelegt hatte, stand er nun in Hemdsärmeln neben ihr, und der Wind zerrte an seinen brünetten Locken.

Als er ihre erboste Miene bemerkte, zuckte es um die vollen Lippen. »Nanu? Keine vernichtende Antwort?« fragte er spöttisch. »Oder wollen Sie die Rolle der vornehmen jungen Lady, in die Sie so trefflich beim Abendessen schlüpften, weiterspielen? Ah, fast hätte ich's vergessen«, fügte er schonungslos hinzu. »Ihre an mich gerichtete Abschiedsbemerkung sollte Beweis genug sein, daß prachtvolle Kleider keineswegs zwangsläufig eine Lady ausmachen.«

»Was wissen denn Sie schon über Frauen von vornehmer Herkunft?« fragte Raven spitz und wiederholte unbewußt ihre verächtlichen Worte, mit denen sie in jener windgepeitschten Nacht am Strand von North Head seine mangelnde Vertrautheit mit Damen von Stand konstatiert hatte.

Charles' zerklüftetes Gesicht erstarrte, die grünen Augen verengten sich, als er in das erhobene ebenmäßige Antlitz schaute, dessen gerötete Wangen und wilden Raubkatzenaugen von mattem Licht erhellt wurden. Der Wind spielte mit Ravens blauschwarzen Locken, die ihr sanft in die Schläfen fielen, die vollen Brüste hoben und senkten sich unter der schimmernden Moiréobe. Ein ungläubiger Aufschrei entkam ihm, eine schwer faßbare Erinnerung, die mit Raven Barrancourts seltsam vertrautem Aussehen verbunden war, regte sich in ihm und brach sich schließlich mit ungeheurer Gewalt Bahn.

Auf einmal befand er sich wieder auf dem gefährlichen felsigen Strandstück, der Atlantik dröhnte im Hintergrund, das junge Mädchen, das mit unglückselig scharfen Augen ihn und seine Leute entdeckt hatte, bebte wie ein verängstigtes Vögelchen in seinen Armen. Wie oft hatte er in den folgenden Tagen und Wochen über seine unerklärlich heftige Reaktion auf ihren atemberaubend und unirdisch nymphenhaften Körper nachgesonnen ... Sogar jetzt konnte er sich gut an ihre weichen Lippen unter den seinen erinnern, an ihre in seine Hände drängenden Brüste, an seine heißen Lenden, das pochende Blut in seinen Adern.

»Um Himmels willen, Mädchen, warum haben Sie vor der Abfahrt der *Orient Star* niemandem etwas erzählt?« fragte er schneidend.

Aus Ravens zarten Wangen wich das Blut, ihre Augen weiteten sich, und Charles konnte ihrem Gesicht klar das aufkeimende Verstehen ablesen. Aber mit bewundernswerter Leichtigkeit erholte sie sich und straffte die Schultern. »Zweifellos müssen Sie zugeben, daß ich mich damit blamiert hätte, Captain. Wer würde mir denn ohne Beweis glauben?«

»Und doch sind Sie mit uns losgesegelt – obwohl Sie über uns Bescheid wußten?« Hohn erfüllte die grünen Augen.

»Meine Aufgabe in Indien wiegt weitaus schwerer als meine moralischen Bedenken gegen Ihr Schiff und Ihre Mannschaft.«

»Aha, die Beschaffung des Geldes, um Ihr geliebtes North Head zu retten. Ich muß gestehen, das Gebäude hat mich beeindruckt. Was würden wohl Dimitri und die anderen sagen, wenn sie wüßten, daß wir uns beim Abendessen über dasselbe Anwesen unterhielten, auf dem wir eine Ladung Rum entluden?«

Anklagend stieß sie hervor: »Sie haben Rum auf meinen Besitz geschmuggelt, Captain, ein unverzeihliches Vergehen, für das Sie unbedingt bestraft werden müssen.«

Sehr zu ihrem Ärger warf Charles den Kopf in den Nacken und lachte schallend. »Also deshalb haben Sie eingewilligt, mit uns zu segeln! Wie schlau von Ihnen, den vernichtenden Beweis ausgerechnet an Bord des Verbrecherschiffes zu suchen!« Plötzlich schwand die Erheiterung aus seiner Stimme. »Die Fahrt hatte einen guten Zweck, Miß Barrancourt, die Ladung Rum ging an die Wirtshäuser der Umgebung, die von einem habgierigen Menschen, der die Monopolstellung über die Eigentümer innehat, mit unrechtmäßigen Alkoholabgaben belegt werden. Da die *Orient Star* gerade legal Rum aus der Karibik hergeschifft und achtzig Fässer übrig hatte, stimmte ich dem Vorschlag unseres Kanallotsen Herbert Mudge zu, den Überschuß in Cornwall auszuladen. Zweifellos erinnern Sie sich an den Mann.«

»Das nennen Sie einen guten Zweck?« wollte Raven wissen und konnte die Unverfrorenheit dieses Mannes kaum glauben.

»Sicherlich, wenn man bedenkt, wie sehr die Wirte verarmen, und alle müssen kleine Kinder ernähren. Es ist für Sie sicher von Belang zu erfahren«, fügte er mit einem unerbittlichen Grinsen hinzu, »daß der hartherzige Rumlieferant Joshua Blackburn heißt.«

Raven schnappte nach Luft, was ihn anscheinend befriedigte. Der Spott wich aus den grünen Augen. Charles ließ den Blick über ihren in Seide gehüllten Körper streifen und auf ihrem Dekolletés verweilen. »Das überrascht Sie, nicht wahr?« fragte er sanft. »Touché, denn ich muß gestehen, daß ich die leidenschaftliche junge Frau, die meine Küsse so bereitwillig erwiderte, niemals als die stolze reizbare Raven Barrancourt aus Cornwall erkannt hätte.«

»Ich fürchte, Sie geben sich Illusionen hin, wenn Sie annehmen, ich hätte Ihre Werbung in jener Nacht genossen.« Im gedämpften Mondlicht war das erhobene Gesicht von äußerstem Liebreiz, und Charles stöhnte heiser auf, schlang die Arme um die zierliche Taille, drückte ohne auf Widerstand zu stoßen, Raven an seine breite Brust und bedeckte ihre kleinen Hinterbakken mit den Händen, so daß die knisternden Seidenröcke gegen seine muskulösen Schenkel gedrückt wurden. Sie versuchte sich loszureißen, als seine heißen Lippen sich in einem leidenschaftlichen Kuß auf die ihren senkten, aber mit seiner innigen Umarmung vereitelte er ihre Flucht.

Charles schwelgte im berauschenden Duft ihres Haars und in ihren weichen Lippen und spürte, wie die Hitze ihm wieder in die Lenden stieg. Diese überwältigende Empfindung brachte ihn zu dem Entschluß, sein Verlangen zu stillen, eine Sehnsucht, die

Raven Barrancourt in bisher nie gekanntem Maße in ihm erweckt hatte. Während er Küsse von ihren noch passiven Lippen raubte, zog er ihren schlanken Leib noch dichter an seinen.

Mit der bloßen Gewalt seines Begehrens zwang er sie nachzugeben, und Raven, umfangen von seinem leidenschaftlichen Feuer, fühlte eine seltsame Schwäche. Das Dahinschmelzen ihrer Vorsätze ließ sie erbeben. Mit jedem verstreichenden Augenblick verlor sie an Widerstandskraft. Bei der Berührung der Hände, die so erfahren, zielstrebig und kühn über ihren Körper wanderten, verbreitete sich die Schwäche in all ihren Gliedern, bis ihre zitternden Knie sie nicht länger trugen und nur noch die muskulösen Arme allein sie hielten. Ihr Körper drängte sich seinem entgegen, und sein hartes Glied brannte am zarten Fleisch ihrer Schenkel.

»Raven«, flüsterte Charles heiser. Die laue, duftgeschwängerte Nachtluft Indiens verstärkte seine Empfindungen noch. »Ich muß dich besitzen, meine wilde, stürmische Raven.«

Er umfaßte ihr kleines Kinn, löste sich ein wenig von ihr und blickte auf ihr liebliches Gesicht, ihre Topasaugen voll erwachender Leidenschaft, ihre weichen Lippen, die in Erwartung neuer Küsse bebten. In seinen Lenden wuchs noch das Verlangen, und Ravens unmittelbare Reaktion machte ihn atemlos, denn er spürte, daß auch in ihr der unwiderstehliche Wunsch nach Vereinigung ihrer beider Körper toste. Mit gesenktem Kopf suchte er wieder von ihren süßen Lippen zu kosten, als hinter ihnen auf dem Achterdeck die Schiffsglocke aufdringlich läutete und mit acht widerhallenden Schlägen den Beginn der Mitternachtswache ankündete. Aufgeschreckt durch das Geräusch, befreite sich Raven aus Charles' Umarmung; der plötzliche Zorn in den feurigen Tiefen ihres Blicks erinnerte ihn an die schräggestellten Augen jener unberechenbar launischen, feindseligen Katzen im Großen Palast in Bangkok.

»Sie sind durchaus die vollendete Femme fatale, meine Liebe«, sagte er in seinem aufreizenden, schleppenden Tonfall, verärgert über sich selbst, weil das Feuer noch immer in ihm loderte und sie ihn tatsächlich mit dem Haß, der aus den Topasaugen sprühte, zu verwunden vermochte. »Hofften Sie, mit leidenschaftlichen Küssen die Beweise für meine Schmugglerumtriebe erbringen zu können, wo hochmütige Gleichgültigkeit fehlgeschlagen war? Ich muß zugeben, daß Ihr erster Lehrmeister in der Liebeskunst ein durchaus routinierter Bursche war, oder täusche ich mich? Gab es deren viele?«

Die unerwartete Ohrfeige knallte wie Donner in der Dunkelheit. Ravens brüchige, unter Tränen atemlos hervorgestoßenen Worte kränkten ihn zutiefst. »Fahren Sie zur Hölle, Charles St. Germain! Bei Gott, ich schwöre, daß ich nicht eher Ruhe gebe, bis ich Sie am Galgen baumeln sehe!«

Im dämmrigen Mondschein sah er sie mit kerzengeradem Rücken über das Deck fliehen, die weinroten Seidenröcke gebauscht, das glänzende Haar zerzaust von seinen Liebkosungen. Wut kochte in ihm, und er klammerte sich haltsuchend an die Reling, als er um Beherrschung rang. Unfaßbar, wie konnte er nur zulassen, daß ihm so etwas geschah – ihm, einem Mann, der von Jugend an gewöhnt war, daß ihm die Frauen auf den kleinsten Wink parierten.

So ein verfluchtes Frauenzimmer! Offensichtlich hatte sie schon die ganze Zeit den gewinnbringenden Einsatz ihres bestens geschulten Körpers geplant, indem sie ihn mit ihrer Zurückhaltung quälte, heftig mit seinen Leuten flirtete, wann immer sie ihn als Beobachter wähnte, im Bewußtsein, daß sie jederzeit die Glut, die sie in jener Nacht an dem windgepeitschten kornischen Strand in seinen Lenden entfacht hatte, wieder aufflammen lassen konnte.

Erbost fluchte er vor sich hin. Ein grausames Lächeln zuckte um die sinnlichen Lippen, und er löste den verzweifelten Griff um die Reling. Raven konnte nicht ahnen, daß sie sich einem unbezwingbaren Gegner in die Hände gespielt hatte, daß er an Bord der *Orient Star* über alles herrschte und daß sie ihn nicht daran hindern konnte, sich das zu nehmen, was sie ihm in ihrer Heimtücke als vermeintliches Angebot heuchlerisch präsentiert hatte. Noch vor Ende der Fahrt würde er sie haben und sie so gründlich nehmen, daß nach ihm kein anderer Mann jemals wieder in diesen Genuß kommen sollte.

Allein in der Kabine, entkleidete sich Raven in völliger Dunkelheit. Niemals in ihrem Leben hatte sie solchen Zorn empfunden. Sie wünschte, sie hätte eine Pistole parat gehabt, um eine Kugel mitten durch Charles St. Germains breite Brust zu jagen. Wie konnte er es wagen, sie andeutungsweise – nein, ganz unverblümt einer ausschweifenden amourösen Vergangenheit zu bezichtigen?

Zum Teufel mit seinen Augen! Ihre Lippen waren von seinen leidenschaftlichen Küssen wund, und hilflose Wut erfaßte sie. Nie hatte ein Mann solche Empfindungen in ihr geweckt, sie nie zuvor ihres Leibes so bewußtgemacht und sie durch die Heftigkeit ihrer Reaktion verängstigt. Doch im nächsten Moment hatte er sie zurückgestoßen, sie mit verächtlichen Bemerkungen gekränkt. Tränen brannten in ihren Augen, und sie drückte ihre Nase in die frischduftenden weichen Bettücher, um den herben Geruch Charles St. Germains, der ihre Sinne überfiel, zu verdrängen.

Es bestürzte sie, daß ein skrupelloser Mann sie so in Aufruhr versetzen und ihr die Kontrolle über ihren Willen nehmen konnte. Bald würde die *Orient Star* in Kasur anlegen. Raven würde mit Danny das Schiff für ihre kurze Überlandreise nach Lahore verlassen. O Gott, bitte verschone mich bis dahin, betete sie und war nicht einmal sicher, ob sie vor den unerwünschten, doch beängstigend unwiderstehlichen Werbungen Captain St. Germains Schutz erflehte oder vor den erwachenden Sehnsüchten ihres Körpers und ihres Herzens. Es kümmerte sie nicht länger, ob sie die vernichtenden Beweise, die sie für eine Anklage brauchte, nun finden würde oder nicht. Sie wäre schon glücklich, wenn sie diese Reise unversehrt beenden könnte und ihr der teuflisch attraktive Kapitän nie wieder begegnen würde.

Ewan Fletcher pfiff eine fröhliche Melodie, als er durch den schmalen Korridor unter Deck ging, der von seiner gutgeführten Kombüse zu den Offiziersquartieren führte. Die goldene Sonne stieg an einem aprikosenfarbenen Himmel empor, der leichte Westwind wehte von den Ebenen herüber und versprach einen kühlen, klaren Morgen. Auf einem Tablett trug er das Frühstück für Captain St. Germain, frischgebackenes, köstlich duftendes Weizenbrot und heißen, starken Kaffee.

»Mr. Fletcher?«

Beim Klang der sanften Stimme drehte sich Ewan schnell um. Raven schaute hinter der Kabinentür hervor. Sie wirkte müde, die sonst rosigen Wangen ohne Farbe, die Augen dunkel umschattet, doch ihr Lächeln war wie immer herzlich.

»Einen wunderschönen guten Morgen, Miß«, begrüßte der Steward sie. »Bißchen früh auf den Beinen, was?«

»Ich konnte nicht mehr schlafen«, bekannte Raven flüsternd, um Danny, die genau gegenüber schlummerte, nicht aufzuwekken. Sie warf beim Sprechen einen verlangenden Blick auf die dampfende Kaffeekanne, und Ewan, der dies bemerkte, zwinkerte ihr verschwörerisch zu.

»Ich hole Ihnen auch eine Kanne und ein paar von meinen besonders guten Keksen, sowie ich dem Captain das Frühstück gebracht und sein Badewasser erwärmt habe.«

Auf Ravens Gesicht trat ein ergreifend sehnsüchtiger Ausdruck. »Badewasser? Captain St. Germain hat eine Badewanne an Bord?« fragte sie ungläubig.

Ewan Fletcher kannte die weiblichen Herzenstiefen gut genug, um den Grund für das Verlangen in ihrer sanften Stimme zu erahnen. »Jawohl. Einen hübschen Messingzuber hinter dem Seidenparavent in seiner Kabine. Er badet recht ausgiebig.«

»Glauben Sie«, begann Raven, brach dann aber mit betrübtem Gesicht schlagartig ab, denn sie wußte, daß ihr der Kapitän der *Orient Star* nach den Vorfällen der letzten Nacht niemals die Benutzung seiner begehrten Wanne gestatten würde. Jetzt wünschte sie, wenn auch nur um eines Bades willen, sie hätte sich besser beherrscht und ihn nicht geschlagen. Aber während sie noch ihre Tat bedauerte, loderte es widerspenstig in ihrem Herzen auf. Nein, sie war froh darüber, und ihr kribbelte die Hand zu einer weiteren Ohrfeige, wenn sie an seine arroganten, aufreizenden Worte dachte.

»Na, Sie machen ja ein Gesicht wie sieben Tage Regenwetter, Miß Raven«, schalt Ewan Fletcher angesichts ihrer finsteren Miene. »Wissen Sie was«, sprach er flüsternd weiter, »weil Sie nun schon Ihr Herz an ein Bad gehängt haben und es nicht viel bringen wird, den Captain darum zu bitten, müssen wir es eben so drehen, daß er nichts davon erfährt.«

Ravens Topasaugen weiteten sich. »Glauben Sie, wir schaffen das?«

Als er die Dankbarkeit und den Hoffnungsschimmer auf ihrem anmutigen Gesicht sah, festigte sich sein Entschluß. »Was spricht denn dagegen? Der Captain übernimmt immer von zwölf bis vier die Nachmittagswache, und wenn ich Ihnen das Wasser wärme und Sie die Tür verschließen, weiß ich nicht, wie jemand etwas dagegen haben könnte.«

Raven, die den Vorschlag gründlich prüfte, kam zu der selben Überzeugung, und die Vorfreude auf ein oder zwei genußvolle Stunden im dampfenden Wasser vertrieb ihre Müdigkeit.

In den Tagen nach dem Geheimabkommen klopfte sie jeden Nachmittag pünktlich um ein Uhr an Charles' Kabine und wurde von dem wartenden Ewan Fletcher eingelassen, der für sie umsichtig Seife, Schwämme und kuschelige Handtücher bereitgelegt hatte und sie dann für eine Stunde in wonniger Ungestörtheit allein ließ.

Ihr gemeinsames Geheimnis ließ rasch eine Vertrautheit zwischen ihnen aufkeimen, und der mürrische, brummelige Ire fand seine Gefälligkeit durch die aufrichtige, arglose Freundschaft eines liebenswürdigen jungen Mädchens belohnt.

Doch blieben diese Machenschaften und das dazugehörige Geflüster auf dem blanken Deck oder im engen Korridor dem stets wachsamen Kapitän nicht lange verborgen. Ihre Wege hatten sich seit ihrer stürmischen Begegnung kein einziges Mal mehr gekreuzt. Aber Charles, der grübelnden Blickes verfolgte, wie Raven, das glänzende Haar in der beständig warmen Brise flatternd, mit seinen Leuten plauderte und lachte, wurde rasch ihrer zahlreichen Rücksprachen gewahr. Sein Verdacht verdichtete sich, denn seiner Ansicht nach setzte die schöne Miß Barrancourt ihren Liebreiz bewußt ein, um dem nichtsahnenden Ewan Fletcher jene Beweise zu entlocken, die sie gegen die Besatzung und den Kapitän der *Orient Star* für ihre Anklage wegen Schmuggels benötigte.

Tatsächlich hatte der schnittige Klipper in den zwölf Jahren unter seinem Kommando mehr legale Fracht als Schmuggelware befördert. Und Charles hatte, auch wenn Raven das niemals glauben würde, die Alkoholverteilung aus Joshua Blackburns Würgegriff befreien wollen, indem er den lokalen Markt reichlich mit Rum versorgte. Wer hätte geargwöhnt, daß sie dabei von einem stolzen, gerissenen Frauenzimmer beobachtet worden waren, das sich eben jetzt an Bord der *Orient Star* aufhielt und wegen eines Mißgeschicks, das sie in einem indischen Basar in Verlegenheit gebracht hatte, fanatisch auf Rache sann?

Charles wußte sehr wohl, wie es in den Herzen verwöhnter, schöner junger Frauen aussah. Gleichgültig, wie sich Raven gegenüber seinen Männern auch verstellte, er wußte, sie würde ihm seinen Verführungsversuch in jener Nacht am Strand nie verzeihen, ebensowenig die unabsichtlich von Sergejew und ihm selbst verschuldete Blamage im Basar von Bombay. Erlogen war natürlich auch der Unsinn, die Fahrt nach Lahore würde ihr derart viel bedeuten, daß sie allein, nur von einer alternden Gefährtin begleitet, an Bord eines – wie sie sehr wohl wußte – Schmugglerschiffes reiste.

Keine Sekunde lang glaubte er, daß Raven wirklich so stark an ihrem Zuhause hing – wie beeindruckend es auch immer sein mochte –, um zu seiner Rettung eine Reise um die halbe Erde zu wagen. Die Frauen waren doch überall auf der Welt gleich, und er hatte in seinem Leben mehr als genug kennengelernt, um zu wissen, daß sie sich fast nur für Tand und einen wohlhabenden, vorzugsweise gutaussehenden Ehemann interessierten, der ihnen nachts das Bett wärmte. Trotz ihrer außergewöhnlichen Schönheit war auch Raven ebenso oberflächlich und hinterlistig wie ihre übrigen skrupellosen Geschlechtsgenossinnen.

»Kristos, mein Freund, wenn du noch ein bißchen grimmiger dreinschaust, erschreckst du selbst den Teufel.« Charles reagierte überhaupt nicht auf Dimitri Sergejews Fausthieb, der ihn im Rücken traf und der einen kleineren Mann zu Boden gestreckt hätte. »Welche Schandtat« fuhr der Russe fort und stellte sich neben seinen Kapitän, »planst du gerade? Den Blick kenne ich schon, und er verheißt nie etwas Gutes.« Er ließ die schwarzen

Augen blitzschnell über das untere Deck streifen, wohin sich Charles' grüblerischer Blick gerichtet hatte, und sein bärtiges Gesicht verzog sich zu einem wissenden Lächeln, als er Raven in ein ernsthaftes Gespräch mit Ewan Fletcher vertieft sah. »Unsere geheimnisvolle Schöne plagt dich also, Towarisch«, bemerkte Dimitri scharfsinnig. »Du beobachtest sie nicht zum ersten Mal, und nie kann ich dann deine Gedanken erraten, was mir sonst in den langen Jahren unserer Freundschaft noch nie passiert ist. Du kannst sie wohl nicht leiden, was mich betrübt, und doch ...«

»Verschone mich damit, Dimitri«, fiel Charles ihm schroff ins Wort. »Solch tiefschürfendes Gewäsch kannte ich von dir bisher nicht, und jetzt brauchst du damit auch nicht anzufangen.«

Dimitri zuckte die wuchtigen Schultern, aber sein Tonfall war gezwungen. »Wie du wünschst ...«

Obwohl Charles der gekränkte Klang in Dimitris Stimme keineswegs entging, rief er ihn nicht zurück, als der Russe sich umdrehte und davoneilte. Sein insgeheimer Ärger verstärkte sich, denn er stritt nur selten mit Sergejew. Und Raven Barrancourt hatte ihm bereits genug Scherereien gemacht, als daß obendrein noch Zwietracht mit seinem Ersten Offizier hinzukommen mußte. Charles lächelte grimmig und belustigt zugleich, als er an seine erste Begegnung mit Dimitri Sergejew vor zwölf Jahren in einer scheußlichen Hafenspelunke in Lissabon dachte. Sowohl er als auch Dimitri hatten an einer dunkeläugigen portugiesischen Schönheit, deren Namen Charles nicht mehr wußte, Gefallen gefunden und – da keiner von beiden sie dem anderen überlassen wollte – sich schließlich in der schummrigen Kneipe geprügelt.

Dimitri, dreizehn Jahre älter und ein wahrer Bär von einem Mann, hatte auf den jungen Kapitän mit seinen furchteinflößenden Fäusten eingedroschen. Doch Charles, die Trunkenheit des Russen nutzend, kämpfte mit Geschick und katzenhafter Geschmeidigkeit, stieß bei günstiger Gelegenheit zu und duckte sich immer gerade im rechten Moment. Zum Schluß landeten sie beide draußen auf dem nassen Kopfsteinpflaster, Charles mit einem blauen Auge und rasenden Kopfschmerzen, Dimitri mit zwei lockeren Zähnen. Die sich aus jener ersten hitzigen Begegnung entwickelnde Freundschaft überdauerte sehr viele Abenteuer; bei deren Schilderungen kreischten die hübschen jungen Damen, denen Dimitri den Hof machte, jedesmal voll Bewunderung und Unglauben auf, obwohl es ihn gleichermaßen erheiterte wie auch verdroß, daß ihre sanften, flehenden Blicke weitaus häufiger Charles galten. Dieser bezwang sie alle mit seiner forschen Männlichkeit und den klassischen Gesichtszügen. Dennoch hatte Dimitri sich nie wirklich über seinen Freund und Kapitän mit der seltsamen, fast hypnotischen Anziehungskraft auf das schöne Geschlecht geärgert, obwohl es ihm bisweilen mißfiel, daß Charles, der gewiß jede in Frage kommende Dame seiner Wahl zwischen Macao und Mexiko für sich gewinnen könnte, sich zu mehr als nur flüchtigen Stelldicheins wenig geneigt zeigte.

Ein leises, helles Lachen riß Charles mit einem Schlag aus seinen Gedanken, und als er angespannt auf das untere Deck spähte, erkannte er Ravens glänzenden Schopf neben dem ergrauten des Stewards. Unbeschwert tuschelten sie miteinander. Seine Lippen preßten sich zu einem dünnen Strich zusammen. Raven, die Hand auf Ewan Fletchers Ärmel, stand auf Zehenspitzen, um ihm etwas ins Ohr zu flüstern, und verschwand dann mit wirbelnden Musselinröcken, während Charles über ihre Verschwörung nachsann.

In der Abgeschlossenheit der geräumigen Kapitänskabine sah Raven sehnsüchtig auf den herrlichen Messingzuber, der schon fast bis obenhin gefüllt war, während Ewan den letzten Eimer mit dampfendem Wasser hereinschleppte.

Zufrieden über seine Vorbereitungen für ihr Bad, blinzelte ihr der Steward zu, ehe er die Kajüte verließ. Mit einem Dankesruf schob Raven den Riegel der massiven Holztür vor. Dann seufzte sie beglückt in dem Wissen auf, daß sie, wenn es ihr behagte, länger als eine Stunde ungestört baden konnte.

Nachdem sie ihr Kleid und die zarte Unterwäsche abgelegt hatte, glitt sie ins warme plätschernde Wasser und genoß mit geschlossenen Augen diese kurze Mußestunde des Alleinseins an Bord eines Segelschiffes, dessen beengte Räumlichkeiten ihr in letzter Zeit besonders bedrückend erschienen, weil sie den eiskalten, aufmerksamen Augen Captain St. Germains nicht entfliehen konnte. Mit einem leichten Stirnrunzeln verdrängte sie sein Bild aus ihren Gedanken und begann sich mit der Duftseife den glänzenden elfenbeinfarbenen Körper einzuschäumen. Den dichten schwarzen Zopf hatte sie zu einem Knoten geschlungen, ihr Hals ragte schwanenhaft anmutig aus dem Wasser.

Raven streckte ein Bein aus dem Zuber und schrubbte es emsig, während ihr vom Schwamm Flüssigkeit durch die Finger tropfte und sie, seit vielen Tagen zum ersten Mal mit ihrem Los zufrieden, leise vor sich hinsummte. Wie viel Kummer hatte sie in der jüngsten Zeit ertragen müssen? Der innere Friede, den sie nach dem unerwarteten Tod ihres Vaters langsam wiedererlangt hatte, war durch den abscheulichen Heiratsantrag Squire Blackburns zerschmettert und in noch größerem Maß von der seltsamen, unerklärlichen Macht, die der Kapitän der *Orient Star* auf sie ausübte, zerstört worden. Wenn sie nur wieder zu Hause wäre und mit Cinnabar ungestüm die Klippen entlang galoppieren und endlich den Mann vergessen könnte, der ihr durch seine feurige Berührung einen Teil ihres Ichs zu Bewußtsein gebracht hatte, den sie nur nebelhaft verstand und über den sie nicht Herr war. Sosehr sie Charles St. Germain haßte, ein Teil von ihr verlangte nach ihm, sehnte sich nach einer Erfüllung, die – das spürte sie – nur er ihr gewähren konnte, und dieses Begehren ärgerte und ängstigte sie.

»Was, zum Teufel, treiben Sie hier?«

Ein kleiner Aufschrei kam über Ravens Lippen. Ihr blieb fast das Herz stehen, als sie herumfuhr und den Mann, der sie so qualvoll in seinen Bann zog, zwischen der prachtvollen Wandvertäfelung und dem lackierten Paravent stehen sah. Ungläubig schaute er auf die entsetzte, splitternackte junge Frau in seiner Wanne.

»Wie sind Sie hereingekommen?« hauchte Raven mit zitternder Stimme.

»Dies ist zufällig meine Kabine«, erinnerte Charles sie mit einem spöttischen Grinsen. »Und ich verfüge über einen Schlüssel.«

Raven biß sich bestürzt auf die Unterlippe, mit aufgerissenen Augen sah sie ihn an. In dem plätschernden Wasser war ihr makelloser Körper erbarmungslos seinem Blick ausgeliefert, ihre glatte Haut verfärbte sich rosa und erinnerte Charles an die Zartheit einer eben erblühten Rose.

Wassertröpfchen flossen in langsamen Rinnsalen über die verlockende Vertiefung zwischen ihren vollen Brüsten, die schöne Linie der Hüften verjüngte sich zu langen, wohlgeformten Schenkeln. Raven, der keine Veränderung des kantigen Gesichts entging, sah die klassischen, männlichen Züge von einem Ausdruck der Ungläubigkeit in etwas anderes übergehen. Die smaragdgrünen Augen verdunkelten sich.

Charles beugte sich hinab und umfaßte Ravens schmales Handgelenk, spürte den jagenden, angstvollen Puls, als er sie mühelos hochzog. Als sie dann vor ihm stand, ließ er seinen Blick gierig über ihren einzigartig vollkommenen Körper gleiten. Die Erinnerung daran hatte ihn untertags gequält und bis in den Schlaf verfolgt. Raven konnte seine Schlagader heftig pochen und seine Nasenflügel beben sehen. Die kühle Kajütenluft ließ sie erschauern, was unverzüglich ein schonungsloses Lächeln auf Charles' sinnliche Lippen treten ließ.

»Furchtsam, Raven? Wie das, wo das Liebesspiel dir doch nicht unbekannt ist?«

»Der Teufel soll Sie holen!« rief Raven und hob die Hand zum Schlag.

Charles, der ihre ungestüme Reaktion erwartet hatte, bekam ohne Anstrengung ihre ausholende Rechte mit einer Hand zu fassen und schlang ihr den anderen Arm um die Taille; seine kraftvollen Finger legten sich um ihre Hüfte, und er zog sie an sich, so daß ihr ganzer Körper an seine harte Brust und die muskulösen Schenkel gepreßt wurde. »Kein Grund, mich zu fürchten, süße, bezaubernde Raven«, flüsterte er in ihr duftendes Haar. »Ich will dir größere Erfüllung als jeder Mann vor mir schenken.« Sein attraktives Gesicht verdüsterte sich bei dem Gedanken, daß ein anderer die Schönheit ihres schlanken Leibes erblickt, ihre seidige Haut liebkost und ihre geöffneten, einladenden Lippen geküßt hatte. »Du wirst keinen anderen mehr begehren, nachdem ich dich geliebt habe, Raven«, versprach er heiser, ohne ihrem verängstigten Widerspruch Beachtung zu schenken. »Deiner Leidenschaft ist es bestimmt, von mir erweckt zu werden – gleichgültig, wie viele Liebhaber du früher schon in dein Bett genommen hast.«

»Nein«, flüsterte Raven, erschrocken über das Feuer, das in den Augen dieses Teufelskerls zu glühen begann. Sie versuchte sich wegzudrehen, aber Charles schloß sie nur um so fester in die Arme und vereitelte damit jede Flucht.

»Du hast mich in jener ersten Nacht begehrt, Raven«, erinnerte er sie mit heiserer Stimme. »Weiß Gott, du kannst jetzt nicht vorgeben, daß dir meine Küsse nichts bedeutet haben!« Ehe sie antworten konnte, hatten seine Lippen ihr schon den Mund verschlossen, und er versuchte, sie allein mit der versengenden Kraft seines Kusses zu bezwingen. Raven, der das weiche Leder seiner knappen Kniehose eng an die Schenkel gedrückt wurde, spürte, wie sich sein Glied an ihrem Leib aufrichtete. Stöhnend versuchte sie sich wegzustemmen, aber Charles packte sie am Hinterkopf, so daß sie sich nicht abwenden konnte, und küßte sie noch lodernder, bis ihr allmählich schwindelte.

»Charles, bitte nicht«, keuchte sie, aber ihr Körper verriet sie, als Charles verwegen ihre nackten Brüste liebkoste und ihr die Kraft, sich aufrecht zu halten, schwand.

Mit vor Verlangen unbewegten Zügen hob er sie auf, trug sie zu der breiten Koje und legte sie auf die weichen Laken, wo Raven zitternd und wortlos zu ihm aufblickte. Ihr dicker Zopf hatte sich in Charles' stürmischer Umarmung gelöst, umgab in einer blauschwarzen Wolke ihr Gesicht, und Charles freute sich an der unvergleichlichen Schönheit dieser jungen Frau, die allein durch ihre Unschuld die Macht besaß, sein Verlangen zu wekken.

»Du wünschst dir, von mir geliebt zu werden, Raven«, flüsterte er heiser, als er sein Musselinhemd abstreifte, und enthüllte ihren furchtsamen Augen die schwellenden Muskeln unter der sonnengebräunten Haut und die breite Brust, die feine goldene Härchen bis hinab zu seinem harten, flachen Bauch bedeckten.

»Nein, das stimmt nicht«, wisperte Raven, doch Verzweiflung überwältigte sie, als sie die Wahrheit erkannte. Geradezu hypnotisiert sah sie zu, wie Charles die ledernen Kniehosen aufknöpfte, achtlos zu Boden fallen ließ und ihr zum zweiten Mal in ihrem Leben die Pracht seines männlichen Körpers offenbarte. Trotz ihrer Furcht konnte Raven nicht anders, als seine Schönheit zu würdigen. Seine harten Muskeln unter der sonnengebräunten Haut bildeten eine auffallenden Gegensatz zu ihrer eigenen elfenbeinbleichen Zartheit. Der Beweis seines Verlangens war unübersehbar, und die Sinnlichkeit seiner funkelnden Augen betonte noch seine Leidenschaft. Mit entschlossenen, doch sanften Händen streichelte er ihren Leib, genoß diese Berührung und hatte völlig vergessen, daß er diesen Moment mit brennender Ungeduld ersehnt und eine unerbittlich brutale Verführung geplant hatte.

Nun erkannte er sich selbst als Opfer der betörenden Raubkatzenaugen, der überwältigenden Anziehungskraft einer Frau, deren Schönheit tief in ihm die Sehnsucht nach Freuden entzündete, die an Intensität alles, was er je gekannt hatte, weit übertreffen würden. Indem er ihren steifen Körper an seinen preßte, ließ er auch sie erahnen, was in der Erfüllung ihres gegenseitigen Begehrens auf sie wartete.

»Einmal hast du mir schon fast gehört«, flüsterte Charles mit vor Erregung bebender Stimme, »und dich gehen zu lassen brachte mich an den Rand des Wahnsinns. Aber heute hindert uns niemand, Raven, niemand.«

»Ich lasse nicht zu, daß Sie das tun«, widersprach Raven heiser und versuchte sich aufzubäumen und der Hitze seines machtvollen, erregten Körpers zu entziehen. Sie fühlte sich von der verführerischen Überzeugungskraft seiner Küsse berauscht, sein herber maskuliner Duft erfüllte ihre Sinne und strafte so ihre Ablehnung Lügen. Dennoch kämpfte sie noch heroisch dagegen an, denn irgendwie erkannte sie, daß sie für immer und ewig verloren sein würde, falls es Charles St. Germain gelänge, sie jetzt zu besitzen.

»Wie kannst du mir widerstehen, bezaubernde Raven?« fragte er, während er den Kopf neigte und ihre Halsbeuge mit sanften Küssen bedeckte. In diese spannungsgeladene Atmosphäre drang ein heiterer Laut, schwebte lieblich und süß hinter dem dunklen Samttuch, das den vergoldeten Käfig mit der seltenen schwarzen Nachtigall bedeckte, herüber. Sowohl Raven als auch Charles, seine Hände auf ihren Hüften, die harten Schenkel dicht an ihren zarten, hielten bei der verführerischen Schönheit dieses Gesangs inne. In den dunkelgrünen Augen, die den goldbraunen begegneten, spiegelte sich das aufrüttelnde Bewußtsein dessen, was jenseits des brennenden Verlangens unerfüllter Leidenschaft lag; die heraufdämmernde Erkenntnis, wohin sie das Schicksal führen sollte, und der Zaubergesang der Nachtigall drängten unwiderstehlich zum unausweichlichen Erwachen von Ravens Begierde.

»Raven«, flüsterte Charles eindringlich, um sofort angesichts der strahlenden Wärme in den Tiefen ihrer goldbraunen Augen zu verstummen, die ihn umfing und die Heftigkeit seines glühenden Begehrens mit einer ihm bislang unbekannten Zärtlichkeit milderte. Ohne daß ein Wort zwischen ihnen gefallen wäre, wußte Charles, daß er sie für sich gewonnen hatte, und legte sich behutsam auf sie. Diesmal erwiderte Raven seinen Kuß, drückte die Lippen begierig auf die seinen und schlang die Arme besitzergreifend um ihn.

Charles spürte, wie sich die seidigen Schenkel unter ihm teilten, die stillschweigende Einladung jagte ihm einen Schauer des Verlangens durch den Körper, und er wußte, daß er nicht länger warten konnte. Indem er die Arme um ihre Taille gleiten ließ, zog er Raven näher heran, ausgehungert nach der erfüllenden Berührung, und als sie sich ihm entgegenhob, vereinigte er sich mit ihr, drang mit brennenden Lenden tief ein in den verborgensten Teil ihres Leibes. Raven, die Sinne voller Vorfreude, war auf den rasenden Schmerz, der diesen Akt der Hingabe begleitete, nicht vorbereitet. Ein Wimmern entkam ihren wunden, doch nach weiteren Küssen dürstenden Lippen.

In der Annahme, sie habe vor Wonne aufgeschrien, reagierte Charles mit einer nie gekannten entfesselten Leidenschaft. Während er ihren schlanken Leib völlig mit dem seinen bedeckte, drang er noch tiefer in sie ein; er wollte Raven Barrancourt so innig besitzen, wie er noch nie im Leben etwas hatte besitzen wollen. Ihre plötzliche Stille kam ihm erst kurz darauf zu Bewußtsein, aber noch ehe er sein brennendes Verlangen zügeln konnte, spürte er, wie sie sich unter ihm zu regen begann, seine Bewegungen erst langsam erwiderte, dann mit einer Leidenschaft, die bald der seinen gleichkam.

Als der Schmerz gelindert war, fühlte sich Raven, von der kühnen, heftigen Berührung dieses Mannes entfesselt, höher und höher in eine Sphäre sinnlichen Bewußtseins schweben, von deren Existenz sie nie zu träumen gewagt hätte. Die drahtigen goldenen Härchen, die sich gegen ihre weichen Brüste preßten, sein straffer Bauch, die kräftigen starken Arme, die sie umschlangen, verstärkten diese Empfindungen, bis plötzlich die Welt um sie herum in Feuer aufzugehen schien. Charles umfaßte sie noch enger und preßte sie mit aller Kraft an sich, als sie sich zusammen zu ungeahnten Freuden emporschwangen, ihre Körper ineinander aufgingen und miteinander verschmolzen. Raven schrie unwillkürlich, während Charles' Lippen auf den ihren brannten. Fest umklammerte und liebkoste er sie, bis alles vorbei war.

Charles, dem der Schweiß auf der breiten sonnengebräunten Brust glitzerte, wartete, bis sich sein Herzschlag verlangsamte, ehe er in Ravens Gesicht hinabblickte und sie unter sich liegen sah, die Augen geschlossen, die Wangen rosa überhaucht, das glänzende Haar über das Kissen gebreitet. Mit dem Zeigefinger strich er von dem hübschen dunklen Brauenbogen die zierliche gerade Nase entlang, wobei er bitter lächelte, als ihm bewußt wurde, daß in der edlen Vollkommenheit das unanfechtbare Siegel von Ravens adeliger Herkunft lag, ein Merkmal, das sie, ohne es zu wissen, mit ihm teilte. Während er sie weiterhin betrachtete, fragte er sich, wie sie wohl reagierte, wenn sie erführe, daß er der frühere Comte de Monteraux war, halbfranzösisch von Geburt, ein Aristokrat, der vor Jahren auf Besitz und Titel verzichtet hatte, um dem unbezwingbaren Lockruf der See zu folgen.

Ich lasse sie wohl besser in dem Glauben, daß sie einen Dieb und Seeräuber vor sich hat, entschied Charles im Bewußtsein, wie schnell die schwelende Leidenschaft in diesen wundervollen Katzenaugen in frostige Gleichgültigkeit oder flammenden Zorn umschlagen konnte. Und es würde die Reise gewiß bereichern, wenn Raven ihn auch weiterhin mit ihrem hitzigen Temperament erheiterte und erzürnte.

Als er sich zu einem langen Kuß herabneigte, begann abermals in seinem kraftvollen Körper die Hitze aufzuwallen, so daß auch Raven es merkte; sie reagierte mit einer Kühnheit, die Charles überraschte und beglückte, und bot sich ihm mit unerschrockener Begierde an. Er umkreiste mit der Zunge ihre rosa Brustwarzen, ließ dann die Lippen die glatte Halsbeuge hinaufwandern, sog tief ihren wilden, exotischen Duft ein, und die Sinne schwanden ihm beängstigend. Ravens kleine Hände wanderten über die Muskelstränge auf seinem breiten Rücken. Er erschauerte unter der sanften, zärtlichen Berührung, und seine Lippen fanden endlich die ihren und verschlossen sie mit verzehrender Hingabe.

»Miß Raven! Miß Raven?« Ewan Fletchers unverkennbarer irischer Zungenschlag drang durch die dicke Holztür zu ihnen, und Charles hob den Kopf, als sich Ravens Körper unter dem seinen versteifte. »Miß Raven, der Captain hat das Steuer verlassen, und ich weiß nicht, wo er ist. Sie sollten sich mit dem Bad beeilen.«

»Ja!« rief Raven atemlos und unterdrückte ihr Gekicher, mit dem sie auf das Lachen in den meergrünen Augen reagierte. Charles lächelte sanft, und für einen Moment teilten sie einen verständnisinnigen Blick, bis um sie herum wieder Stille herrschte und Charles' Miene sich veränderte, der ausgehungerte Ausdruck seiner Augen von wiedererwachender Leidenschaft kündete.

»Raven«, flüsterte er und hörte sich mit sichtlicher Befriedigung ihren Namen aussprechen, aber als er sie zu berühren suchte, rückte sie von ihm ab und hob abwehrend die Hand. Daraufhin verhärtete sich Charles' Kinn, ein kalter grausamer Ausdruck trat in die Augen.

»So wild darauf, aus meinem Bett zu kommen, Raven?« fragte er, indem er die Finger wie einen Schraubstock um ihr zerbrechliches Handgelenk schloß. »Habe ich dir nicht genug Genuß verschafft?«

Raven, deren ebenmäßiges Gesicht nur wenige Zentimeter

von dem seinen entfernt war, erschien er nicht länger als der sanfte, erfahrene Liebhaber von vorhin, sondern als der frostige unbarmherzige Kapitän der *Orient Star*, ein Mann, den man nicht unterschätzen durfte, ein Feind, den man fürchten mußte. Die zärtliche Leidenschaft, die sie geteilt hatten, wich der Feindseligkeit, mit der sie einander sonst begegneten. Auflodernd blickten die goldbraunen Augen in die seinen, in denen sich sein brennender Zorn und unnachgiebiger Stolz spiegelten.

»Nein, es wäre albern, anzunehmen, du hättest unseren amourösen Zeitvertreib nicht genossen.« Charles' Worte klangen wie ein Peitschenknall und verletzten sie zutiefst.

»Hast – hast du es so verstanden?« hauchte Raven, die Augen schmerzlich verdunkelt, nachdem er ihre innige Erfüllung so herzlos abgetan hatte.

Ihr verwundeter Blick, die leicht bebenden Lippen weckten Charles' Gewissen, und er fluchte insgeheim voll Zorn über sich selbst, daß er sich von diesem hinterlistigen Frauenzimmer so anrühren ließ. Schließlich hatte sie sich ihm bereitwillig hingegeben. Und zweifelsohne war er nur einer von vielen Liebhabern, mit denen die hitzige Raven schon das Bett geteilt hatte.

»Sicher hast du es nicht als etwas Erhabeneres empfunden«, höhnte er schoff. »Eine erfahrene Frau wie du sollte wissen, daß flüchtige Stelldicheins wie diese normalerweise so bedeutungslos wie die Tierbrunst sind.«

Raven befreite sich mit einem Ruck aus seinem Griff, überraschte ihn dabei mit ihrer Kraft, und ihre Augen versengten ihn mit ihrem Haß. »Fahr zur Hölle, Charles St. Germain!« rief sie. »Alles verhöhnst du! Hast du kein Gran Erbarmen in dir? Wie kannst du nur leben, wenn alles Gute und alle Liebe in deinem Herz erstickt sind? Du dünkst dich allmächtig, der oberste Herr über dein Schicksal und alles, was dich umgibt. Aber du bist doch in einem undurchdringlichen Panzer gefangen. Was für ein Mann bist du nur, der alles Schöne an sich reißt und es mit seiner Grausamkeit zerschmettert?«

Sie sprang aus dem Bett, zog sich das Kleid über den seidigen Körper, wobei eine wohlgeformte Wade ihn aufreizte, ehe sie ihre Unterwäsche packte und zur Tür floh. Die Klinke schon in der

Hand, drehte sie sich mit totenblassem Gesicht um und flüsterte so leise, daß Charles es kaum vernahm. »Es hat niemanden außer dir gegeben, Charles, keinen einzigen.«

Die Kabinentür knallte hinter ihr ins Schloß, die Kajüte füllte sich nach ihrem heftigen Fortgang mit Kälte. Auf dem engen Korridor blieb Raven einen Moment stehen und lehnte sich mit geschlossenen Augen und tränenfeuchten Wimpern an die Wand. Charles hatte ihr nicht nur die wonnigen Geheimnisse zwischen Mann und Frau gezeigt, sondern auch ihre Sehnsucht nach Schutz, Trost und Liebe gestillt – und dies so erfüllend, daß sie davon ganz überwältigt wurde.

Ein Schluchzen brach aus ihrer Kehle, so daß sie rasch die Hand auf den Mund legte, in ihre Kajüte flüchtete und die Tür hinter sich zuschlug. Wie hatte er die wundervolle Vertrautheit, die zwischen ihnen aufgekeimt war, so herzlos zerstören und die Schönheit ihres gemeinsamen Erlebens so verunglimpfen können? Sie fühlte sich, als hätte er ihr gerade geheiltes Herz genommen und grausamer gebrochen denn je.

»Ich hasse ihn«, flüsterte sie unter einer ungehemmten Tränenflut. »Bei Gott, wie ich ihn hasse!«

7

Langsam und gemächlich, eher wie ein schwerfälliger Ostindienfahrer als ein schnittiger Klipper mit nach hinten geneigtem Mast, fuhr die *Orient Star* den seichten, an den Ufern sumpfigen Hauptkanal des Sutlejflusses hinauf. Hinter ihr lag der Indus, vor ihr Kasur und der Himalaya. Sie hatte die indischen Vorberge und die Ebenen, die sich zur glühendheißen Tharwüste abflachten, hinter sich gelassen. Das Ende der Reise, die Tausende von Kilometern entfernt in England begonnen hatte, näherte sich.

Die Entdeckung, daß sie in Charles St. Germain verliebt war, versetzte Raven in eine bittersüße Pein, eine Herzensqual, die sie nie zuvor erlebt hatte, nicht einmal in jener abgrundtiefen Verzweiflung angesichts der Gefahr, North Head, der einzige, ihr verbliebene unverbrüchliche Halt, könnte in die gierigen Hände eines ihr widerwärtigen Mannes fallen.

Seit der wundervollen Augenblicke in Charles Armen, seit sie das betörende Geheimnis zwischen Mann und Frau kannte, versuchte sie, ihren heißen Wünschen keine Beachtung zu schenken, indem sie sich sagte, daß er sie grausam benutzt und nicht dieselben Freuden wie sie erfahren hatte.

Doch sosehr sie sich auch anstrengte, konnte sie ihre innersten Gefühle ebenso wenig verleugnen wie ihr Bedürfnis zu atmen. Und als die *Orient Star* zur letzten Etappe ihrer langen Fahrt ansetzte, stellte Raven fest, daß sie von tiefsten, unbezähmbaren Gefühlen gequält wurde. Schon allein Charles' Anblick, wie er am Steuer stand – gutaussehend, stolz und bedrohlich – genügte, um ihr Verlangen zu entfachen, seine Lippen auf den ihren zu spüren und von seinen kräftigen Händen gestreichelt zu werden. Und obwohl sich Raven für jene Schwäche verabscheute, vermochte sie gegen ihre Empfindungen doch nicht anzukämpfen. Zudem fürchtete sie, Charles könnte ihre wahren Gefühle entdecken, ihre Liebe ausnützen, und sie wußte, daß sie verloren wäre, wenn er sie noch einmal nur aus Fleischeslust nähme, um wie schon einmal seine Begierden zu befriedigen.

An einem kühlen Morgen schlenderte sie verdrießlich an die Reling. Verstohlen beobachtete sie den breitschultrigen Mann auf dem oberen Deck, der, den braunhaarigen Kopf über Jason Quintrells Hauptbuch auf dem Kompaßhaus gebeugt, ihre Anwesenheit nicht beachtete. Die schlanken Arme auf den verwitterten Holzbalken gestützt, starrte sie unglücklich und voll Selbsthaß in das schlammig trübe Wasser. Mit gezwungener Leichtigkeit wollte sie sich einreden, sie sei nur ein törichtes Mädchen ohne Willenskraft, doch ihre Aufheiterungsversuche scheiterten kläglich.

»Ihnen ist das Herz schwer, kleine Prinzessin.«

Raven zuckte zusammen, nicht so sehr, weil der bullige Dimitri unerwartet neben ihr auftauchte, sondern weil er geradezu unheimlich treffsicher die Wahrheit erkannt hatte. Lächelnd drehte sie sich um, doch auf ihren Wangen erschienen keine

Grübchen, und den goldbraunen Augen fehlte der Glanz. »Ich denke gerade nach«, meinte sie ausweichend.

»Darüber, wie arg Sie Dimitri vermissen werden, wenn wir in Kasur anlegen?« fragte er sie mit einem breiten, schmeichelnden Lachen und sah voll Zufriedenheit schließlich doch die Grübchen in ihren Wangen.

»Sie werden mir schrecklich abgehen. Welches Ziel steuern Sie eigentlich nach Kasur an?« fragte sie mit banger Miene. Die Vorstellung, die *Orient Star* würde mitsamt ihrem Kapitän fernen Orten und Abenteuern entgegensegeln, die sie nicht teilen konnte, erschien ihr mit einemmal unerträglich. Himmel, wie sie sich dafür haßte, daß sie so heuchlerisch und wankelmütig geworden war und wie ein liebeskranker Tölpel in einem Shakespeare-Drama nach Charles St. Germain schmachtete ... Die Traurigkeit in ihren Augen bewegte Dimitri zu einer Enthüllung, die er ihr sonst womöglich verwehrt hätte. Er rückte noch ein wenig näher an sie heran und flüsterte verschwörerisch: »Wir reisen auch nach Lahore, der Captain und ich.«

Ravens Atem stockte. »Lahore?« wiederholte sie, um Gleichgültigkeit bemüht.

»Wir wollen ein Vermögen ergattern, das unsere kühnsten Träume übersteigt«, sagte Sergejew schlicht, als hätte er damit alles erklärt. Angesichts des verdutzten Ausdrucks auf Ravens ebenmäßigem Gesicht entblößte er lachend die strahlendweißen Zähne und hob scherzhaft drohend den Zeigefinger. »Dieses Geheimnis muß aber unter uns bleiben, also niemandem ein Sterbenswörtchen weitererzählen, ja?«

»Nein, sicher nicht«, hauchte sie.

»In London trafen wir nach unserer Fahrt in die Karibik einen Inder«, fuhr Sergejew fort, während er die schwarzen Augen über den langsam dahinströmenden Fluß schweifen ließ und die frische Brise an seinem buschigen Bart zerrte. »Er verriet uns ein Geheimnis.«

Raven zwang sich zu höchster Konzentration, denn sie vermutete, daß diese Geschichte in irgendeiner Verbindung zu Dimitris merkwürdigem Blickwechsel mit Charles während des festlichen Abendessens in der Kapitänskajüte stand.

»Ist Ihnen bekannt, daß die britische Flotte ihre Matrosen unter Gewalteinwirkung zum Dienst anwirbt?« fragte der Russe.

Raven nickte, denn sie hatte grausige Geschichten über große Trupps knüppelbewehrter Teerjacken gehört, die durch die Straßen geschickt wurden, arglose Männer besinnungslos schlugen und dann zu lebenslänglichen Qualen an Bord eines schäbigen Kriegsschiffes entführten.

»In der Nähe von Battersea«, erzählte Dimitri weiter, »stießen wir auf einen armen Inder, der gerade von einer solchen Horde verdroschen wurde, und dieses ganze Nachtgesindel, das man untertags nie zu sehen bekommt, stand untätig herum und gaffte. Der Inder war ein dürres Kerlchen, häßlich anzuschauen und dem Tode nahe, als der Captain und ich die Bande auseinandersprengten.«

Raven konnte sich gut vorstellen, wie die Schufte davongestoben sein mußten, als Dimitri mit seinem langen Haar und dem schwarzen wallenden Bart und der eindrucksvolle, kräftige Charles entschlossenen Schrittes herangekommen waren. Der Russe sah ihr Lächeln und grinste bei seinen Erinnerungen. »Ja, das war ein Anblick, kleine Prinzessin! Ich griff mir zwei am Schlafittchen und krachte ihre Köpfe zusammen, und Charles schleuderte zwei oder drei andere in den Fluß. Die übrigen nahmen die Beine in die Hand, als wäre der Teufel hinter ihnen her!«

»Und der Inder?«

»Schwer verletzt, wie gesagt, aber wir verbanden seine Wunden und trugen ihn ins nächste Wirtshaus. Der Captain zahlte ordentlich für Zimmer und Verpflegung, und wir ließen ihn dann auf seinen Wunsch allein, aber vorher lohnte er uns die Rettung seines Lebens.«

Raven schaute zum Achterdeck hoch, wo Captain St. Germain mit dem Rücken zu ihr noch immer den Inhalt des abgegriffenen Hauptbuchs mit seinem Frachtaufseher besprach. Sie spürte, wie sich ihre Kehle zusammenschnürte, und überlegte, wie sie ihn denn nur für einen herzlosen Verbrecher hatte halten können. Schließlich entsprach es der Wahrheit, wie ihr von Geoffrey Lytton versichert worden war, daß sein Kapitän den Rum aus uneigennützigen Gründen nach North Head geschafft hatte.

Seither war ihr auch zu Ohren gekommen, daß Jason Quintrell trotz seiner Jugend und Unerfahrenheit an Bord der *Orient Star* angeheuert worden war, weil Charles dem Burschen, der daheim eine sieche Schwester und eine todkranke Mutter unterstützen mußte, eine Chance geben wollte. Der skrupellose Captain St. Germain, der andere ausnutzte und eine grausame Herzlosigkeit an den Tag legen konnte, besaß einen Charakterzug, den Raven ihm nie zutrauen würde, hätte sie nicht diese Geständnisse von seinem Ersten Offizier und dem Bootsmann vernommen – von Männern, denen sie bedingungslos vertraute.

»Es gibt da einen Schatz, Kleines«, weckte Dimitri sie aus ihren Gedanken, »nach dem man seit dem Tod des Sikh-Herrschers Ranjit Singh vor neun Jahren sucht und der unermeßlichen Wert besitzt. Es ist ein Diamant, der berühmte Kohinoor des Mogulreiches. Damit werde ich wieder zum Fürsten.«

»Und warum hat Ihnen der Inder erzählt, wo man ihn finden kann?« erkundigte sich Raven erstaunt. »Wieso sucht er ihn nicht selbst?«

»Viele haben bei dem Versuch, in den Besitz des Diamanten zu gelangen oder ihn zu behalten, das Leben verloren. Man sagt, jemand weigerte sich, von dem Versteck zu erzählen, und der Sultan von Brunei ließ dem armen Kerl in seiner Wut die Augen ausstechen. Kein Wunder, daß sich so viele vor diesem Besitz fürchten, denn gehört ihnen der Diamant erst einmal, müssen sie um ihr Leben bangen und ständig auf der Hut sein.«

Raven erschauerte. »Sie sagen, er gehört jetzt jemandem, Dimitri. Wollen Sie ihn denn dem rechtmäßigen Besitzer rauben?«

»Der rechtmäßige Besitzer war Kaiser Ranjit Singh, der Herrscher über den Punjab«, erwiderte Dimitri, taub für die Mißbilligung in ihrer sanften Stimme, »und der ist seit vielen Jahren tot.«

»Ich verstehe noch immer nicht, wie Sie sich den Diamanten anzueignen gedenken. Wollen Sie ihn diesem Mann stehlen oder gar mit Hilfe körperlicher Gewalt entringen?« Aus ihren Wangen wich das Blut. »Sie wollen ihn deswegen doch nicht etwa töten?«

»Nein, nein, Kleines, wir sind doch keine Seeräuber«, versicherte er hastig, als er merkte, wie sehr er seine geliebte Prinzessin beunruhigt hatte. Obwohl er längst wußte, daß Raven ihm rein freundschaftliche Gefühle entgegenbrachte und nie mit Leidenschaft in ihren Katzenaugen zu ihm aufblicken würde, so fühlte er sich doch stets als ihr treuer Beschützer. »Jedermann ist käuflich«, ließ er sie verschlagen wissen, doch minderte dies ihre Empörung keineswegs.

Sind sie im Grunde ihres Herzens vielleicht doch Schmuggler und Piraten, fragte sie sich und warf wieder einen heimlichen Blick auf Charles St. Germains hochgewachsene Gestalt. Hatte sie durch ihre Liebe sein Verhalten in letzter Zeit allzu nachsichtig gedeutet und dabei die Wahrheit verschleiert, die ihr anfangs so klar erschienen war? Doch weshalb sollte sie jemanden dafür verdammen, daß er den Verlockungen unsäglichen Reichtums erlag? Wollte sie nicht selbst gern alles für den Lohn von fünfzigtausend Pfund opfern? Welcher Unterschied bestand da noch zu Dimitri mit seinem Traum, sein Familienerbe wiederzuerlangen?

In Charles St. Germains Fall lagen die Dinge sicher anders. Als sie seine unnachgiebig strenge Miene betrachtete, war sie überzeugt, daß er dem sagenhaften Kohinoor-Diamanten allein des persönlichen Vorteils wegen nachjagte oder sogar vielleicht nur aus Spaß an der Suche. Niemals bestimmte ein anderes Motiv als bloßer Eigennutz seine Gedanken und Handlungen. Sollte ihr das entgangen sein, nachdem er sie mit seinen erfahrenen Berührungen und unwiderstehlichen Küssen verführt hatte?

»Ärger erfüllt Ihr Herz, Kleines.« Dimitri erschreckte sie abermals mit seinem überraschenden Einfühlungsvermögen. Zeigten sich ihre Gedanken immer so deutlich an ihrem Mienenspiel, oder konnte er hellsehen? »Es ist der Captain, der Sie so bekümmert. Sie sollten nicht so große Abneigung gegen ihn hegen«, bat der Russe, der sich von ganzem Herzen wünschte, die zwei Menschen, die er am liebsten hatte, würden Freundschaft schließen.

Kurz nach Beginn der Reise war einmal Hoffnung in ihm aufgekeimt, als Raven Barrancourt sich dem Kapitän gegenüber deutlich sanfter verhalten hatte. Aber irgendwie war seither alles schiefgelaufen. Fast eine Woche schon benahm sich Charles St. Germain ihm gegenüber wie ein Fremder, war wütend gestimmt, brauste leicht auf, und Dimitri konnte ihm die Gedanken nicht mehr von den funkelnden smaragdgrünen Augen ablesen. Raven war blaß und ruhig, geradezu gespenstisch an Deck umhergestreift oder hatte sich für endlose Stunden in ihre Kajüte zurückgezogen, um das Achterdeck und Captain St. Germain wie die Pest zu meiden.

»Schließlich«, fügte Dimitri beschwichtigend hinzu, »sind wir geistesverwandt – Sie, ich und der Captain.«

»Wie das?« erkundigte sich Raven unbeeindruckt und wollte noch immer nicht den Blick zu ihm wenden.

»Nun ja, Sie kämpfen um den Erhalt von North Head, ich habe mein Kybrowo Park verloren, und der Captain ist nicht mehr Herr über Monteraux.«

Sie riß überrascht die goldbraunen Augen auf. »Was, in Gottes Namen, ist Monteraux, Dimitri? Etwa ein Adelssitz?«

»Kristos, aber ja doch!« erwiderte der Russe eifrig, fest entschlossen, seinen Vorteil auszuspielen. »Er war einst der reiche und geachtete Comte de Monteraux, und was besitzt er heute, um sein Geburtsrecht zu beweisen? Nichts!«

»Er – er ist ein Graf?« hauchte Raven verblüfft.

»Nicht mehr, seit er sein Erbe diesem weibischen Frédéric de St. Germain überließ, seinem Vetter«, erwiderte Sergejew, die tiefe Stimme voll Verachtung für den schmächtigen, käsigen jungen Mann, dem er vor Jahren einmal begegnet war.

»Er hat es weggegeben?« wiederholte Raven matt, und erst jetzt bemerkte er ihre Bestürzung.

»Seine Mutter stammte aus England«, erklärte er zuvorkommend, obwohl er wußte, daß er sich möglicherweise den Zorn des Captains zuzog, falls dieser ihn beim unerlaubten Ausplaudern seiner Vergangenheit ertappte. »Sie war die Tochter des britischen Gesandten am Hofe Ludwigs XVIII., ein zartes Wesen von angegriffener Gesundheit, und starb in jungen Jahren. Ihr letzter Wunsch war, daß ihr kleiner Sohn Charles in England aufwachsen sollte, und so wurde er zu einer Tante nach Sussex geschickt.«

»Ganz allein?«

»Charles erwähnt sie nie. Als er zu ihr kam, war sie schon ziemlich alt und unverheiratet. Nicht gerade ein warmes Nest für ein mutterloses Kerlchen, oder?«

Raven schüttelte den Kopf. Der kleine einsame Junge, der Charles St. Germain einmal gewesen sein mußte, tat ihr in der Seele leid. Wie gut verstand sie die Einsamkeit, die er bei seiner Ankunft in einem fremden Land ausgestanden haben mußte! Obwohl sie ihre Mutter kaum gekannt hatte, erinnerte sich Raven an die vielen schmerzhaften Gelegenheiten ihrer Kindheit, in denen sie sich die sanfte, liebende Gegenwart einer Frau, einer Mutter ersehnt hatte. Ja, sie konnte gut nachfühlen, was Charles empfunden haben mußte, und ihr Herz krampfte sich zusammen vor Liebe und dem überwältigenden Verlangen, ihm davon zu erzählen. »Was war mit seinem Vater?« fragte sie, eifrig bemüht, ihre stürmischen Gefühle nicht durch ihr Mienenspiel zu verraten.

»Der starb noch während Charles' Schulzeit. Und als sein Sohn alt genug war, kehrte er nach Frankreich zurück, aufs Château Monteraux. Aber das Meer rief ihn, Kleines, und er gab der Verlockung nach; so wurde der kränkliche Frédéric der neue Comte.«

»Er hat seinen angestammten Besitz verschenkt?« fragte Raven ungläubig. »Einfach so? Um – um Seemann zu werden?«

Dimitri zuckte zusammen bei ihrem verächtlichen Ton, aber er sah ein, daß seine Enthüllung sie erschüttert haben mußte. »Urteilen Sie nicht zu streng über ihn ...« begann er, aber Raven unterbrach ihn mit eisiger Stimme.

»Ich fälle gar kein Urteil über ihn, Dimitri, denn was soll man von einem Mann halten, der seine Vergangenheit, seine Zukunft, sein Geburtsrecht wegwirft, um sich auf hoher See herumzutreiben, nach Belieben seine Fleischeslust befriedigt und danach trachtet, arglosen Leuten Diamanten zu stehlen?« Ihre goldenen Augen schienen Dimitri zu durchbohren, der angesichts der feurigen Anklage in den Topastiefen verlegen von einem Fuß auf den andern trat. »Was soll man von einem solchen Mann halten, außer daß er keinen Pfifferling wert ist?« Sie drehte sich um, ließ den durch ihren Ausbruch verdutzten Russen einfach stehen und floh zur Niedergangstreppe.

Auf dem Achterdeck knallte Charles, der mit ausdruckslosem Blick das Gespräch zwischen Dimitri und Raven Barrancourt beobachtet hatte, das Hauptbuch zu und gab Jason Quintrell das Ende der Besprechung zu verstehen. Wieder allein am Steuer, schaute er unwillkürlich zum Hauptdeck, aber die schlanke Gestalt in dem volantbesetzten Samtkleid war verschwunden.

Warum, in Gottes Namen, begehrte er Raven noch immer, nachdem er sie bereits besessen hatte? Weil das Vergnügen, ihren vollkommenen Körper zu berühren und zu liebkosen, ihm lieblicher als alles erschien, was er bisher erfahren hatte?

Nein, er konnte nicht leugnen, daß es ihn wieder nach ihr verlangte, trotz ihrer Lügen und Tücke, trotz der Bluttröpfchen, die er nach ihrem stürmischen Aufbruch auf den weichen Laken gefunden hatte, ein verräterisches Zeichen, das ihn stärker aufwühlte, als er es sich eingestehen mochte. Undenkbar, daß sie noch Jungfrau gewesen war ... Er hatte schon unberührte Mädchen genommen und war ihrer wegen des schüchternen Errötens und der linkischen Unerfahrenheit schnell überdrüssig geworden. Bestimmt hatten bei Raven gerade die üblichen Beschwerden eingesetzt, und sie wollte ihm Schuldgefühle verursachen, indem sie behauptete, er sei ihr erster und einziger Liebhaber.

Verlogenes Frauenzimmer, welchen Gewinn erhoffte sie von solch einem Bekenntnis? Einen Schwur ewiger Liebe? Einen Heiratsantrag, weil er eine junge Dame von Stand kompromittiert hatte? Charles verzog die sinnlichen Lippen zu einem höhnischen Grinsen. Sicherlich hatte die hochmütige Miß Barrancourt Besseres als einen Marinekapitän im Auge, selbst wenn es sich um den rechtmäßigen Eigentümer eines prachtvollen Rittergutes in Südfrankreich handelte.

»Schieben Sie denn auch die Morgenwache, Captain?«

Charles drehte sich um und schaute grollend auf Geoffrey Lytton, den schmächtigen Waliser, der an Deck gekommen war, um das Steuer zu übernehmen.

»Nun gut, lösen Sie mich ab, Mr. Lytton«, knurrte Charles

und ging nach unten. Beim Betreten seiner Kabine verengten sich seine Augen angesichts des Messingzubers hinter dem dekorativen japanischen Paravent. Gegen seinen Willen mußte er an Ravens schönen, elfenbeinweißen Körper unter dem sich kräuselnden Wasser denken, daran, wie sie ihn ernst, mit weitgeöffneten, goldbraunen Augen angesehen hatte. Leise fluchte er, während er sich aus der Kristallkaraffe, die auf dem kleinen Schreibtisch stand, einen Cognac eingoß. Noch zwei Tage, dachte er, noch zwei Tage auf dem trägen, elenden Fluß mit seinem ungewöhnlich lauen Wind, dann wird die *Orient Star* in Kasur anlegen und Raven Barrancourt für immer aus meinem Gesichtsfeld verschwinden.

»Captain ...«

Beim Klang ihrer Stimme schnellte er herum; für eine Sekunde hatte er an Einbildung geglaubt, aber sie stand tatsächlich in der Kajütentür. Die vollen Brüste unter dem rosafarbenen, mit Satinrosetten verzierten Mieder hoben und senkten sich merklich. Er stellte den Cognacschwenker ab und trat rasch auf sie zu. »Was, zum Teufel, suchen Sie hier?« herrschte er sie an. Als er dann die Angst in ihren großen Topasaugen erkannte, milderte sich sofort sein barscher Ton, und er legte ihr die Hände auf die schmalen Schultern. »Raven, was ist denn geschehen?«

»Es handelt sich um Danny«, entgegnete sie und kämpfte gegen die Angst, die ihr die Kehle zuschnürte. »Ich glaube, sie ist krank. Ich wollte eben nach ihr sehen, weil sie sich beim Frühstück nicht wohl fühlte, und fand sie fiebernd im Bett. Sie meint zwar, es sei nichts von Belang, aber ...

Charles verstärkte den Druck auf die zarten Schultern. »Ich sehe nach ihr. Sie bleiben hier«, befahl er. »Sie wollen sich doch nicht etwa anstecken, oder?«

Raven wurden die Knie schwach, denn aus seinen Worten hallten ihre eigenen Befürchtungen wider. Von Nathaniel Rogers hatte sie die Namen der zahlreichen Seuchen erfahren, die Indien Jahr für Jahr heimsuchten, Namen, die ihr Herz mit Schrecken erfüllten – Pocken, Malaria, Cholera. Sie preßte eine Hand auf ihre Lippen und zwang sich zur Ruhe, indem sie sich sagte, ihr erster Impuls, Captain St. Germain aufzusuchen, sei richtig gewesen. In ihrer Empörung über Dimitri Sergejews Enthüllung hatte sie Dannys Gesellschaft gesucht. Denn wenngleich sie der Gouvernante keinesfalls von den quälenden Problemen erzählen konnte, so würde Danny sie mit ihrem harmlosen Geplauder und den Erinnerungen an Zuhause wie immer beschwichtigen.

Ohne Anklopfen hatte sie die Kajüte der alten Frau betreten und erwartet, Danny mit einer Handarbeit in dem wuchtigen Sessel vorzufinden, den Captain St. Germain für sie bereitgestellt hatte. Statt dessen lag Danny zitternd und bleich in ihrer Koje. »Ich fühlte mich beim Frühstück ein bißchen müde«, erwiderte sie matt auf Ravens Frage, »also wollte ich mich niederlegen, nachdem Sie fort waren. Das Fieber überkam mich wie aus heiterem Himmel!«

Ein Hustenanfall hatte sie überwältigt, und Raven war hilfesuchend zu Charles' Kabine geeilt. Dies versteht sich von selbst, verteidigte sie ihre Maßnahme, schließlich ist er der Kapitän des Schiffes. Und außerdem war er, obgleich sie sich das nicht gern eingestand, derjenige, an den man sich in einer Notlage am besten wandte.

Himmel noch mal, was braucht er denn so lange, fragte sie sich, obwohl Charles noch nicht einmal zehn Minuten weg war. Aufgebracht über sein Verbot, ihn zu begleiten – selbst wenn es nur ihrer Sicherheit diente –, rannte sie in ihren weichen Ziegenlederschuhen durchs Zimmer und wollte gerade auf die Klinke drücken, als die Tür von selbst aufging und Charles St. Germain auf der Schwelle erschien.

»Danny?« hauchte Raven bang.

»Nur ein harmloses Fieber, Raven, kein Grund zur Besorgnis.«

Der ruhige, vertrauenerweckende Tonfall vertrieb ihre Ängste, aber ihre Miene blieb beunruhigt. »Sind Sie sicher?« Auf den vollen Lippen erschien ein warmes Lächeln. »Daß die Frauen nie zufrieden sind mit dem, was man ihnen sagt! Ja, ganz sicher. Ohne Zweifel fordern der Klimawechsel und die Wochen an Bord ihren Tribut. Mrs. Daniels ist schließlich nicht mehr die Allerjüngste. Lassen Sie sie jetzt schlafen. Ich habe kurz mit ihr gesprochen, und sie meinte, sie sei müde. Also ließ ich ihr von Ewan eine Tasse Tee mit ein wenig Laudanum bringen. Ich bin überzeugt, daß das Fieber bis heute abend oder morgen früh sinkt.«

Raven hob den Kopf, um ihm in die Augen zu sehen. Plötzlich war sie sich seiner Nähe bewußt, der Druck seiner kraftvollen Finger um ihren Arm ließ sie mit einemmal erzittern. Er stand dicht bei ihr, beugte sich fast beschützend über sie, richtete den Blick auf ihre weichen, geöffneten Lippen, und sie konnte seinen warmen Atem auf ihrer Wange spüren.

»Raven«, flüsterte er und verstärkte seinen Griff; die freie Hand ließ er um ihre sanft gerundeten Hüften gleiten und zog sie näher an sich heran. »Raven ...«

Sie spürte sich in der Umarmung dahinschmelzen, die Hände an seine kräftige Brust gepreßt. Als sie beinahe unbewußt das Gesicht dem seinen entgegenhob, schloß sie die Augen in Erwartung eines Kusses, nach dem sie sich so sehr verzehrte.

»Ich bin's bloß, Capt'n! Ich dachte, ich bringe Ihnen und Miß Raven eine Kanne Tee, wo ich eben welchen für Mrs. Daniels aufgegossen habe.«

Charles und Raven rissen sich voneinander los, als die Tür aufging und Ewan Fletcher, ein Holztablett mit einem Teeservice in den Händen, grinsend auftauchte. Raven, deren zarte Wangen sich hochrot verfärbten, traute ihrer Stimme nicht genug, um das freundliche Angebot des Stewards abzulehnen, und setzte sich mit gesenktem Blick mechanisch an Charles' Schreibtisch.

»Mrs. Daniels ist bald wieder auf dem Damm«, versicherte ihr Ewans, der ihr betretenes Schweigen als Sorge mißdeutete. »Die Grippe hat sie ein bißchen erwischt, nichts Ernstes.« Er stellte ihr eine Tasse hin, schenkte duftenden, dampfenden Tee ein, füllte dann eine zweite für seinen Kapitän, der mit frostiger Miene neben der Tür verharrte. »Wollen Sie nicht auch eine Tasse, Captain?« fragte Ewan aufgeweckt, der anscheinend das spannungsgeladene Knistern nicht wahrnahm.

»Nein«, gab Charles schroff zurück; seine wütende Stimme ließ Raven zusammenfahren. »Ich werde oben gebraucht. Trinken Sie ihn selbst.«

Gemäß Captain St. Germains Vorhersage war Dannys Fieber bis Einbruch der Nacht gesunken, und als sich Raven kurz nach dem Abendessen auf Zehenspitzen in die abgedunkelte Kajüte der Patientin schlich, traf sie diese sanft schlummernd an, mit friedlich entspanntem Gesicht und kühler Stirn. Ganz schwach vor Erleichterung, ließ sich Raven auf einen Stuhl nieder und beschloß, auf Dannys Erwachen zu warten. Die Wirkung des Beruhigungsmittels würde jeden Augenblick nachlassen, und Danny war wahrscheinlich hungrig, wenn sie zu sich kam.

Während des ganzen Tages hatte Raven in regelmäßigen Abständen nach ihr gesehen, denn trotz Captain St. Germains und Ewans Versicherungen, daß Danny nur an einem harmlosen Grippeanfall leide, war sie voller Sorge.

Bei Dannys leisem Aufstöhnen richtete sich Raven in dem bequemen Stuhl auf. Im schwachen Dämmerlicht sah sie, daß Danny die Lippen zu tonlosen Worten formte und dann die trüben Augen aufschlug.

Raven erhob sich und beugte sich mit einem zärtlichen Lächeln über sie. »Geht es dir besser?«

Dannys Stimme klang matt, aber entschlossen. »Keinesfalls! Wie konnten Sie einen Mann ins Zimmer lassen, während ich im Bett lag, Miß Raven!«

»Mir blieb nichts anderes übrig«, erklärte Raven geduldig. »Erstens tut Captain St. Germain, was ihm gefällt, und ich kann ihn beim besten Willen nicht daran hindern. Zweitens kennt er sich mit Fieberkrankheiten aus und bestand darauf, erst einmal allein festzustellen, daß deine Krankheit nicht ernsthafter Natur ist.« Die Erinnerung an die Angst der vergangenen Stunden schnürte ihr die Kehle zu. Sie berührte Dannys abgearbeitete Hand und dachte, wie gern sie die alte Frau mochte und in welche Einsamkeit sie ihr Verlust gestürzt hätte. »Ach, Danny, ich habe mir ja solche Sorgen gemacht!«

Die Gouvernante lächelte sie an, und das runde, faltige Gesicht verlor allmählich seine Blässe. »Wenn Captain St. Germain gemeint hat, daß es nichts Schlimmes ist, warum haben Sie ihm dann nicht geglaubt?«

»Ich …«, begann Raven, wurde aber sofort unterbrochen.

Die knotige Hand umschloß fest die ihre. »Sie müssen ihm vertrauen, Miß Raven! Einen besseren Menschen kann man hier auf dieser Welt gar nicht finden! Ich weiß, daß Sie irgend etwas quält, seit wir an Bord gegangen sind, und daß ihr beide euch anscheinend nicht versöhnen könnt, obwohl mir das nicht einleuchten will. Aber Sie müssen erkennen, daß er nicht zu den Menschen gehört, die einen anlügen, nur um einen kurzfristig vor Unannehmlichkeiten zu bewahren.«

»Davon bin ich überzeugt«, pflichtete Raven ihr in tiefstem Groll bei. »Bist du hungrig?« fragte sie im nächsten Atemzug, da sie nur ungern die Tugenden des schurkischen Kapitäns mit Danny erörtern wollte, die ihn offensichtlich vergötterte.

Danny schüttelte den Kopf, aber ihre junge Herrin ruhte nicht eher, bis sie ihr das Versprechen, ein wenig von Ewan Fletchers stärkender Gerstensuppe zu kosten, abgerungen hatte. Als Raven mit der dampfenden Suppe wiederkam, saß Danny auf Kissen gestützt im Bett und hatte inzwischen erheblich an Farbe gewonnen.

Raven hängte die Laterne an den massiven Balken über dem Bett, reichte Danny den Teller und beobachtete besorgt, wie sie die Suppe löffelte.

Dann ließ sie die alte Frau allein, huschte auf Zehenspitzen über den Korridor zu ihrer Kajüte und verriegelte die Tür hinter sich. Leise vor sich hinsummend, löste sie ihr rabenschwarzes Haar, und als es unter ihren Fingern schwer herabsank, zauberte das Kerzenlicht funkelnde Glanzlichter darauf. Seufzend ließ sie sich inmitten ihrer weitfallenden Samtröcke auf die Koje fallen und schlug den Lyrikband auf, den ihr Ewan Fletcher am Vortag geliehen hatte.

Raven war überrascht, weil der bärbeißige alte Steward eine goldgeprägte Ausgabe früher italienischer Gedichte und Sonnette besaß, und unter ihrem fragenden Blick hatten sich seine ledrigen Wangen mit verlegener Röte überzogen. »Manchmal langweilt man sich abends ein bißchen, müssen Sie wissen«, erklärte er stockend, während er ihr das abgegriffene Buch reichte, »wenn man nach getaner Arbeit nichts mehr zu tun hat, als in der Kajüte aufs Schlafengehen zu warten. Werfen Sie mal einen Blick rein, Miß Raven? Ein paar Gedichte sind gar nicht so übel.«

Wahrhaft wunderbare Werke waren es, und Raven verschlang sie geradezu. Ab und zu schüttelte sie den Kopf, denn sie konnte nicht fassen, daß Ewan Fletcher mit seiner mürrischen, nüchternen Art ein solches Buch besaß. Gewiß unterschieden sich ein für Gedichte schwärmender Steward, ein in den Werken der Klassiker bewanderter Bootsmann und ein rechtschaffen denkender, seines Besitzes enthobener russischer Prinz wie Himmel und Erde von gemeinen Schmugglern. Einen Augenblick lang schämte sich Raven für ihre abschätzige Bemerkung an ihrem ersten Tag auf der *Orient Star,* als sie in Gegenwart der Offiziere lauthals erklärt hatte, sie halte das Schiff und seine Besatzung für überaus zweifelhaft.

Nur Charles St. Germain gelang es auch weiterhin, ihre anfänglichen Verdachtsmomente zu untermauern. Es stimmte, er war ein Schurke, ein unerträglich eingebildetes Mannsbild. Wie konnte man einen solchen Menschen lieben? Und doch liebte sie ihn, sogar jetzt, nachdem sie erfahren hatte, daß er aus freien Stücken aufgegeben hatte, was sie mit aller Macht für sich zu retten suchte, den angestammten Familienbesitz – und das Anwesen der St. Germains stand dem der Barrancourts an Pracht gewiß nicht nach.

In Gedanken versunken, überhörte Raven beinahe das Läuten der Schiffsglocke oben an Deck, als aber die Schläge in der Stille verhallten, hob sie erstaunt den Kopf. Konnte es tatsächlich schon ein Uhr sein? Wie lange hatte sie auf ihrer Koje liegend gelesen? Und wenn nun Danny nach ihr gerufen und sie bei ihrem Schmökern nichts gehört hatte?

Die Tür zu Dannys Kabine quietschte schrill, und Raven hielt vor Angst, sie könnte die alte Frau aufgeweckt haben, die Luft an. Aber im schwachen Kerzenschein erkannte sie, daß sich die Gouvernante behaglich in die dicken Wolldecken gekuschelt hatte und tief und regelmäßig atmete.

Lautlos zog sich Raven zurück und sah am Ende des Korridors unter der Tür der Kapitänskajüte ein fahles Licht schimmern. Womit er sich wohl gerade beschäftigt, fragte sie sich und spürte gegen ihren Willen eine unerklärlich schmerzende Sehnsucht. Ob er vielleicht las, oder tigerte er ruhelos auf und ab?

Mit einemmal selbst von Unruhe erfaßt, stieg sie aufs Deck und genoß die kühle Nachtluft, die vom Fluß herüberwehte und den leicht beißenden Sumpfgeruch mit sich trug. Doch so sehr sie sich auch bemühte, sie konnte nicht aufhören, über Charles St. Germain und die Ängste nachzusinnen, die Dimitri Sergejew mit seiner Geschichte von dem Diamanten und dem schon lange verstorbenen Sikh-Herrscher in ihr geweckt hatte.

Des Kohinoors wegen hatte es Charles also nach Indien verschlagen. Es sah ihm ähnlich, derart viel um des schnöden Mammons wegen aufs Spiel zu setzen. Oder trieb ihn lediglich die Lust an der Jagd, am Beutemachen hierher? Würde er kein Verlangen mehr in sich spüren, wenn er einmal den sagenhaften Diamanten in Händen hielt, wenn er den Anreiz, seine große Körperkraft und seinen scharfen Verstand gegen den derzeitigen Besitzer auszuspielen, befriedigt hatte? So war er auch ihrer überdrüssig – oder er wäre es geworden, hätte er die vor wenigen Stunden versuchte Eroberung siegreich beenden können.

Raven biß sich auf die Unterlippe, erbost über ihre verdrießlichen Gedanken. Die Erlebnisse des heutigen Tages – Dannys plötzliche Krankheit, die Entdeckung von Charles wahrer Identität, Dimitris aufrüttelnde Enthüllung über den Grund der Reise nach Punjab – hatten sie wohl so sehr verwirrt, daß sie nicht mehr klar denken konnte. Ob Charles St. Germain sie nun leid war oder nicht, spielte keine Rolle. Nie mehr würde sie ihm erlauben, sie zu berühren, und was seine Diamantsuche betraf …

Ein schwaches, kaum wahrnehmbares Geplätscher drang zu ihr, und als sich ihre Augen an die Finsternis gewöhnten, erkannte sie ein Boot aus aufgepumpten Häuten, das verstohlen am Rumpf der *Orient Star* entlangzog. In der Dunkelheit waren nur Schemen auszumachen, aber Raven zählte drei Männer groß und muskulös, der eine kniete am Bug und hielt in einer Hand einen geschwungenen Dolch, dessen juwelenbesetzter Griff im Sternenlicht unheilvoll funkelte.

Erst nach einigen Schrecksekunden begann Ravens Gehirn

wieder zu arbeiten; das Entsetzen angesichts des kleinen Bootes, das in tiefster Nacht neben dem riesigen Klipper dahinfuhr, hatte Raven vorübergehend ihrer Verstandeskräfte beraubt, doch dann öffnete sie den Mund und schrie, als sie den offensichtlichen Sachverhalt durchschaute. Die *Orient* Star wurde soeben von Flußpiraten gekapert!

Als Ravens Alarmruf über das verlassene Deck hallte, gingen die Männer im Boot zum Angriff über. Anstatt zu fliehen, wie sie es erwartet hatte, sprangen sie aus ihrer kauernden Haltung auf die Enterfallstricke und kletterten mit affenartiger Geschicklichkeit hoch, gefolgt von einem weiteren Trupp und dann einem dritten. Hinter ihr dröhnten Schritte auf dem Deck, und sie konnte hören, wie Peter Hagen den übrigen wachhabenden Matrosen Befehle erteilte, die mit ihren fragenden Ausrufen noch zur Verwirrung beitrugen.

»Mr. Hagen! Mr. Hagen, man hat das Schiff geentert!« rief sie mit angstvoller Stimme.

»Schlagt Alarm! Spencer, hol den Captain!«

»Alle Mann an Deck! Alle Mann an Deck!«

Raven konnte ein gleichmäßiges Aufklatschen nackter Füße auf Holz hinter sich hören. Sie schrie vor Furcht und Schmerz auf, als eine Hand sie an den Haaren packte und sie Boden unter den Füßen verlor. Ein zweiter Schrei stieg ihr in die Kehle, erstarb aber, denn ein nackter Arm glitt um ihre Taille, riß sie zurück, und eine große Hand verschloß ihr schmerzhaft den Mund. Die Arme wurden ihr auf den Rücken gepreßt, und sie war an der breiten, nackten Brust eines riesigen Mannes gefangen, dessen Atem an ihrem Ohr rasselte.

»Was geht hier vor, um Himmels willen? Hat da nicht eben Miß Barrancourt geschrien?«

»Verflucht, es war eine Frau, das ist klar!«

Das Geräusch eiliger Schritte kam näher, und Raven, deren Augen vor Entsetzen weit geöffnet waren, spürte einen stechenden Schmerz, als ihr eine Laterne fast ins Gesicht gestoßen wurde.

»Oh, mein Gott!« Peter Hagen und die wachhabenden Matrosen, allesamt mit den verschiedensten Waffen und Belegnägeln ausgerüstet, hielten abrupt an, als sie um die Ecke bogen und Raven im festen Griff eines dunkelhäutigen Einheimischen und mindestens ein Dutzend anderer Gestalten sahen. Diese, nur mit schmutzigen Lendentüchern bekleidet, bildeten einen Halbkreis um sie und zückten blitzende Krummsäbel. Der Anführer mit dem graumelierten Bart verstärkte seinen Griff um Ravens zerbrechliche Taille und drückte die Spitze seines juwelenbesetzten Dolches an die Vertiefung zwischen ihren Brüsten.

»Hagen! Was, zum Teufel ...«

Beim Klang von Charles St. Germains tiefer, drohender Stimme hätte Raven vor Erleichterung weinen können. Ihre Knie wurden weich, als er in ihr Blickfeld kam und die Wache wortlos einen Schritt beiseite trat, um ihn durchzulassen. Den Oberkörper entblößt, trug er nur die enganliegenden Kniehosen und Stiefel, da er nach den ersten Warnrufen, ohne sich um vollständige Bekleidung zu kümmern, sofort an Deck gestürmt war. Weil er Ravens Schrei nicht gehört hatte, war er auf ihren Anblick an Deck nicht vorbereitet – wie der bärtige Inder mit muskulösem Arm ihre Taille umklammerte, wie die funkelnde Dolchspitze genau auf ihr Herz zielte.

Charles' Gesicht erstarrte, er blieb auf der Stelle stehen, ließ die Arme herabsinken, ballte die Hände, und Raven sah trotz ihrer Furcht, wie in den smaragdgrünen Augen ein sonderbares Licht aufflackerte. Der Rädelsführer stieß einen Befehl in einem unbekannten Dialekt aus, seine schrille Stimme tat ihr in den Ohren weh, sein Bart zerkratzte ihr die weiche Wange; doch das bemerkte sie in ihrer Angst gar nicht.

»Verflucht!« flüsterte Peter Hagen in die nun folgende Stille. »Was sagt er? Das ist doch nicht Hindustani!«

»Er spricht Pushtu«, antwortete Charles mit erstickter Stimme, ohne den brennenden Blick von dem indischen Anführer und der Frau in dessen gewaltsamem Griff zu wenden. »Es sind Afridis.«

Aus dem Gemurmel, das sich nun erhob, schloß Raven, daß es sich um schlechte Nachricht handelte. Die Arme wurden ihr unbarmherzig verdreht, und sie konnte vor Entsetzen kaum noch einen klaren Gedanken fassen. Mit weit aufgerissenen Augen starrte sie den Kapitän an, als wäre er ihre letzte Rettung. »Charles ...« Sein Name entriß sich ihrer Kehle in einem atemlosen Flüstern, und sie sah ihn zusammenzucken und auf sie zugehen, aber der gutturale Befehl des Afridis-Anführers und der zitternde Dolch in der dunklen Hand hielten ihn sofort zurück.

»Ruhig Blut, Raven«, wies er sie an. »Sie sind nicht hinter dir her.« Ebenso grimmig und unerschrocken wie die Afridis sprach er auf Pushtu den bärtigen Rädelsführer an, und sie lauschte starr vor Angst einem Zwiegespräch, das sie weder verstand noch ertrug. Sie wußte nur, daß der Dolch, der über ihrer Brust schwebte, jede Sekunde in ihr Herz dringen konnte, und weiter vermochte, wagte sie nicht zu denken.

Auf Charles' breiten Schultern und muskulösem Brustkorb glänzte der Schweiß, seine Nasenflügel bebten. Als Antwort auf die barsche Frage des Afridi schüttelte er den Kopf. Der Anblick Ravens im brutalen Klammergriff, ihr vor Schreck versteinertes Gesicht raubten ihm beinahe den Verstand. Mit all seiner Willenskraft mußte er sich zwingen, sich nicht auf den Afridi zu stürzen, der sie gefangenhielt, denn wie rasch er auch zuschlagen mochte, der Dolch würde sich auf jeden Fall schneller in ihr Herz bohren. O Gott, dachte er verzweifelt, wo bleibt Dimitri? Der Drang zum erbitterten Kampf auf Leben und Tod stieg in ihm hoch und beengte seine Brust, und er wußte, daß er seine Urtriebe nicht mehr länger beherrschen konnte.

»Charles, bitte nicht.« Das fast unhörbare Flüstern war über Ravens Lippen gekommen. Flehend sah sie ihm in die Augen, und ihm zerriß es fast das Herz in dem Wissen, daß sie den Wahnsinn in seinen Augen hatte lesen können und jetzt nur um ihn fürchtete. Mit einem unmenschlichen Aufschrei stürzte er sich nach vorn, nicht länger zur Selbstbeherrschung fähig. Aber im gleichen Moment erscholl hinter der versammelten Schar von Afridi-Kämpfern ein Schlachtruf, der einem das Blut in den Adern gerinnen ließ, und Dimitri Sergejew preschte, ein Paar bedrohliche Pistolen schwingend, in den Tumult. Mit wild funkelnden Augen bahnte er sich einen Weg durch die Gruppe halbnackter Männer, sprengte sie auseinander und brüllte dabei wie ein rasender Stier. Der bärtige Anführer drehte sich überrumpelt um, und als Schüsse und eine Pulverexplosion das Deck erschütterten, spürte Raven, wie zwei starke Hände sie seinem Griff entrissen.

Sekundenlang wurde sie an eine breite Brust gedrückt, dann weggestoßen und in den Schutz eines Schotts gezwungen. Zwei weitere Schüsse zerrissen die Nachtluft, und die Schlachtgeräusche wurden noch erbitterter. Durch das Aufblitzen der tanzenden Messerschneiden und die blendenden Pulverexplosionen sah sie Charles mit krampfhaft zuckenden Rückenmuskeln im Zweikampf mit dem Afridi-Anführer. Nach Dimitris tollkühnen Angriff hatte sich die Mannschaft der *Orient Star* in die Fehde gestürzt und schwang ihre Messer und Pistolen ebenso fanatisch wie die rasenden Afridis ihre Krummsäbel; animalisches Knurren und Flüche, Schreie und Stöhnen erfüllten die Dunkelheit und mischten sich mit dem mörderischen Klirren der Messerklingen.

Dann war es plötzlich vorüber, und mit einem letzten markerschütternden Schrei stemmte Dimitri zwei seiner Gegner in die Luft und schleuderte sie über Bord. Charles beförderte den zerschundenen und blutüberströmten Rädelsführer auf ähnliche Weise vom Schiff, trat dann mit einem verzerrten Grinsen zurück und sah zu, wie der Rest der Rotte ihm ins strudelnde Wasser folgte.

Als die tödliche Wut in Charles abklang, untersuchte er die Wunden seiner Leute. Erst nachdem er seine Mannschaft versorgt hatte, wandte er sich zu Raven, obwohl ihm vor allem ihre Sicherheit am Herzen gelegen hatte.

Er fand sie, das Gesicht in den Händen vergraben, an der großen Kabinenwand hingekauert. Als er sie behutsam auf die Füße zog, klammerte sie sich zitternd an ihn, und ihr Herz pochte wild an seiner Brust. »Bist du verletzt?« fragte er heiser.

Wortlos schüttelte sie den Kopf, aber in ihren Augen konnte er noch immer das Grauen sehen. Mit festem Griff führte er sie nach unten in seine Kajüte, wo er ihr einen Cognac einschenkte. »Trink«, befahl er.

Mechanisch hob sie das Glas an die Lippen. Als ihr die Flüssigkeit in der Kehle brannte, hustete sie. Schweigend füllte er ihr Glas ein zweites Mal und sah zufrieden zu, wie sie es ohne Widerspruch leerte. Die kraftvollen Arme vor der nackten Brust verschränkt, wartete er geduldig, bis der Alkohol seine Wirkung tat. Gleich darauf holte Raven hörbar Luft und schaute zu Charles auf. »Wer waren diese Männer?« hauchte sie.

»Afridis, von den Bergen«, erwiderte er mit ungewöhnlich rauher Stimme. »Was in Gottes Namen haben Sie an Deck getrieben?«

»Ich konnte nicht schlafen«, bekannte sie und zitterte trotz der besänftigenden Wärme, die sie dank des Cognacs durchströmte. »Deshalb ging ich nach oben und erspähte zufällig das Boot. Bis ich begriff, was da geschah, waren – waren sie bereits an Bord.« Sie erschauderte, und angesichts des Schreckens in ihrem Blick preßte Charles grimmig die Lippen aufeinander. »Was wollten sie?« fragte sie benommen.

»Opium. Manche Klipper schaffen nämlich Opium im Austausch gegen Silberbarren nach China. Dieser erbärmliche Haufen von süchtigen Bergbewohnern verwechselte die *Orient Star* mit einem dieser Schiffe und beschloß, die Herrschaft darüber zu übernehmen. Sie sind unglaublich draufgängerisch, die Afridis, aber ich fürchte, nicht allzu gescheit.«

»Das klingt, als würden Sie diese Schurken bemitleiden«, meinte Raven vorwurfsvoll.

Der funkelnde Dolch über dem zartrosa Mieder erschien ungebeten vor Charles' geistigem Auge, und Raven, die seine veränderte Miene bemerkte, zuckte unwillkürlich zurück.

»Nein«, antwortete er brüsk. »Mir tut es nur leid, daß wir sie nicht allesamt getötet haben.«

»Hoffentlich hat der Aufruhr Danny keine Angst eingejagt«, fügte sie leise hinzu und schnappte beim Gedanken an die kranke Gefährtin nach Luft. »Oh, ich habe Danny völlig vergessen!«

»Bleiben Sie hier«, befahl er. »Ich schaue nach ihr.«

Kurz darauf kehrte er mit einem Lächeln zurück – nun, da die letzten Überreste der wilden Wut endgültig in ihm abgeklungen waren. »Sie schläft noch immer, kaum zu glauben. Ich bezweifle, daß sie überhaupt etwas mitbekommen hat. Das haben wir dem Laudanum zu verdanken.«

Raven seufzte erleichtert. »Ich könnte den Gedanken nicht ertragen, daß sie – ebenso große Angst empfand wie ich.« Bei der Erinnerung wich alle Farbe aus ihrem Gesicht, und Charles beugte sich eilends zu ihr, um ihr aufzuhelfen.

»Beunruhigen Sie sich nicht länger«, riet er. »Ich habe die Wachen verdoppelt, und Dimitri paßt auch noch auf. Sie brauchen also nichts mehr zu befürchten. Nach ein paar Stunden Schlaf geht es Ihnen bestimmt viel besser.«

Doch als er sie zur Tür führte, klammerte sich Raven plötzlich an ihn und schlang ihm die zarten Arme um den Hals. »Lassen Sie mich nicht allein«, flüsterte sie angstvoll. »Ich kann nicht allein sein. Bitte, Charles, ich kann nicht …«

Da sie den Kopf an seiner bloßen Brust barg, entging ihr die unendliche Zärtlichkeit auf seinem markanten Gesicht, als er sie hochhob und zur Koje trug, wo er ihr aus dem rosa Samtkleid half, so daß sie nur mit ihrem Satinkorsett und Hemd bekleidet unter den Decken lag.

Raven schmiegte sich enger an ihn. Der Trost, der von Charles' Umarmung ausging, war mit nichts, was sie seit dem Tod ihres Vaters erlebt hatte, vergleichbar. Das Entsetzen über den Überfall der Afridis verblaßte allmählich, als die wohlige Wärme des Cognacs und die Glut von Charles kräftigem Körper sie umfingen und ihre Ängste linderten.

Als sie aufseufzte, zog Charles, den ihre weichen Schläfenlocken am Kinn kitzelten, sie näher heran, und das Verlangen, das junge Mädchen in seinen Armen zu beschützen, schenkte ihm ein nie gekanntes Glücksgefühl.

Mit einem kleinen Angstschrei schreckte Raven hoch. Der Alptraum, in dessen Würgegriff sie sich befand, war so grauenhaft geworden, daß sie keuchend erwachte. Sofort spürte sie, wie zwei muskulöse, starke Arme sie tröstlich umschlossen und eine tiefe, beruhigende Stimme ihr etwas ins Ohr flüsterte. »Du hast nur geträumt, Liebes. Hat dich der Überfall gequält?« fragte Charles sanft.

Raven nickte, und beim Versuch eines tapferen Lächelns zitterte ihre Unterlippe. »Ich kann wohl den Dolchangriff eines Opiumsüchtigen nicht so leicht verkraften.«

Er lachte zärtlich. »Jede andere Frau hätte einen hysterischen Anfall bekommen oder wäre in tiefer Ohnmacht versunken.«

»Ich wollte, ich hätte das Bewußtsein verloren.« Unwillkürlich erschauerte sie.

Charles drückte sie fester an sich, und als er auf ihr ebenmäßiges Gesicht hinuntersah und das frühe Morgenlicht um ihre Züge spielte, dachte er, daß sie alle Frauen, die er je gesehen hatte, an Schönheit übertraf. Mit den Augen von der Farbe eines Sonnenuntergangs auf Tahiti, den weichen korallenrosa Lippen und dem dunklen, wie kostbare schwarze Jade glänzenden Haar erinnerte sie ihn an die zauberhafte Schönheit der Südsee. Sie lag eng an ihn gepreßt, ihre vollen Brüste unter dem Satinkorsett, in dem sie geschlafen hatte, berührten ihn aufreizend. Wo sie in den Todesqualen ihres Alptraums wild die Decken weggestrampelt hatte, konnte er einen elfenbeinweißen, glatten Schenkel sehen, und er spürte, wie ihm das Blut in die Lenden schoß.

Raven spürte seine wachsende Leidenschaft. Ruhig lag sie neben ihm und genoß sein Verlangen, bis eine kleine Flamme, entfacht durch sein offensichtliches, heftiges Begehren, in ihr aufzulodern schien. Für einige Zeit bewegten sie sich nicht, sondern kosteten die plötzlich aufkeimende Vertrautheit zwischen ihnen und die Berührung ihrer Körper aus, seines sehnigen, zähen und ihres geschmeidigen, weichen – eine Verbindung, deren Vollkommenheit nicht zu leugnen war.

Charles ließ die Hand unter Ravens Kopf gleiten, streichelte ihren zarten Nacken und drehte sie zu sich. Ein Schauer durchjagte ihn, als er den Kopf zu einem Kuß neigte und die weichen, geöffneten Lippen ihn schon erwarteten, und als sein Mund sich auf den ihren preßte, seufzte sie beglückt auf.

Obwohl ihm ihr Leib nicht mehr unbekannt war, ließ Charles nichts unerforscht, als er das lästige Korsett aufschnürte und ihr ungeduldig das störende Hemd auszog. Seine Lippen wanderten über ihre bloßen Schultern, knabberten an der weichen Wölbung ihrer Halsmulde und reisten dann weiter zu den rosigen Spitzen ihrer vollen Brüste, während sich Raven ihm entgegenbäumte und die Finger durch seine braunen Locken gleiten ließ.

Dann fanden seine Lippen wieder die ihren und verschlossen

sie mit heftiger Leidenschaft und Zärtlichkeit zugleich. Es schien, als wollte er nicht nur sein brennendes Verlangen, sondern auch seine Sehnsucht nach dieser einen Frau stillen, die ihm in einem Schreckensmoment höchster Gefahr beinahe genommen worden wäre.

Raven gehört mir, jubelte es in Charles, als er mit leidenschaftlich funkelnden Augen die Glut in ihrem Blick erkannte. Ihre Lippen öffneten sich begierig für den nächsten Kuß, ihre suchenden Hände ließen ihn vor Lust aufstöhnen, und er wußte, daß sie ihn ebenso leicht fesseln konnte wie er sie. Dieses wechselseitige Geschenk der Liebe war ihm, der sein Leben lang dem Kitzel der Eroberung nachgejagt war, neu und ließ ihn die Macht, die diese wildschöne Frau über ihn besaß, erkennen; und er freute sich daran, gab und nahm gleichermaßen, bis er nicht mehr länger warten konnte.

Raven sah Charles' leidenschaftlich gerötetes Gesicht, die Schweißtröpfchen auf seiner Oberlippe und die wie geschliffene Smaragde glänzenden Augen und wußte, daß der ersehnte Moment gekommen war. Sie drehte sich auf den Rücken und öffnete ihre schlanken Schenkel. Ihr einladender glutvoller Blick trieb ihn zum Äußersten. Mit einem leisen Stöhnen sank er auf sie, drang tief in sie ein, und Raven, die nicht wie beim ersten Mal vor Schmerz erbebte, drängte sich ihm entgegen, um ihn tief in ihrem Verborgensten zu empfangen.

Dann verschmolzen sie miteinander, Raven folgte bereitwillig dem Rhythmus seiner Bewegungen. Seine heißen Lippen verschlossen leidenschaftlich die ihren, er schlang die Arme um ihre grazile Taille, als er sie mit seiner Heftigkeit nahezu überwältigte. Fieber stieg in ihnen hoch, bis sie eins wurden. Charles war ein Teil von ihr, so daß Raven nicht mehr wußte, wo sie aufhörte und er begann, und sie klammerte sich um so stürmischer an ihn. Ihre Wonne und ihre Liebe zu ihm drohten ihr das Herz zu zersprengen, und endlich erreichten sie beide den letzten Gipfel ihrer Erfüllung und hatten teil am Erhabenen.

»Oh, Charles«, hauchte Raven, als ihr Atem wieder gleichmäßig ging, das Gesicht an seinem Hals verborgen. »Ich … Sie rang verlegen nach Luft und verstummte, die Liebeserklärung auf der Zunge, ihr Herz so übervoll, daß sie sich offenbaren wollte und es doch nicht vermochte. Selbst im Nachklang ihrer vollkommenen Vereinigung, während Charles' Herz noch an ihrem schlug, unterdrückte sie die Worte, aus Angst, einen so verwundbaren Teil ihrer selbst zu enthüllen, denn die Erinnerungen an seinen früheren Hohn erfüllten sie mit Schmerz.

Charles schaute sie fragend an, verwirrt von der zunehmenden Härte in den Topasaugen, in denen sich noch Sekunden zuvor Zärtlichkeit und Verlangen gespiegelt hatten. »Was wolltest du sagen, Liebling?« Erstaunt betrachtete er die rosa Flecken, die ihr auf die Wangen traten.

»Nichts«, murmelte sie und versuchte, sich von ihm zu lösen.

Bei dieser unbewußten Zurückweisung verdüsterte sich sein Blick. Entschlossen packte er sie bei den Schultern. »Nichts?« wiederholte er schneidend. »Warum errötest du dann so?«

Bestürzt über das abrupte Ende ihrer Vertrautheit und Charles' plötzlichen Stimmungswechsel befreite sich Raven von seinem groben Griff und setzte sich auf, wobei ihr das lange, schwarze Haar über den schmalen Rücken fiel. »Ich kümmere mich wohl besser um Danny«, sagte sie halsstarrig, und er ließ sie sofort los.

»So unstet in deiner Hingabe, Raven?« fragte er, als sie von der Koje glitt und ihre Unterwäsche überzustreifen begann, ohne zu bemerken, wie ihr weicher, nackter Körper im goldenen Dämmerschein auf ihn wirkte. »Du bist bereitwillig zu mir gekommen, als du meine Liebe gebraucht hast. Und jetzt wo du befriedigt bist, zeigst du mir die kalte Schulter.« Seine Stimme klang noch schroffer, als er zuschaute, wie sie sich mit zitternden Fingern mit ihrem Korsett abmühte. »Gefühllose, verlockende Raven!« höhnte er. »Schmeichelt es deiner Eitelkeit, deine Liebhaber so mit Füßen zu treten?«

Sie starrte ihm ins wutverzerrte Gesicht, als sie ihr zerdrücktes Samtkleid über den Hüften glattstrich. Ihre weichen, von seinen Küssen noch benetzten Lippen zitterten. »Ich habe dir schon einmal gesagt, Charles«, flüsterte sie heiser, »daß es vor dir niemanden gab. Obwohl ich mich, bei Gott, für das Geständnis verachte, schwöre ich, daß ich die Wahrheit sage.« Die weit geöffneten goldbraunen Augen verrieten ihm, daß sie ihn nicht belog. Mit einem qualvollen Aufschrei sprang er hoch, um sie in die Arme zu schließen, aber sie wandte sich um und schlüpfte aus der Tür; das gedämpfte Knirschen der Klinke bedeutete eine qualvolle Endgültigkeit.

8

Die *Orient Star* beendete nicht, wie ursprünglich geplant, ihre Reise in Kasur, weil der Herbstregen, der normalerweise den Sutlej anschwellen ließ, in diesem Jahr im Norden nicht gefallen war. Da der riesige Klipper aus diesem Grund den windstillen, wasserarmen Fluß mit seinen tückischen Treibsandinseln nicht befahren konnte, warf man ein Stück flußabwärts Anker.

Danny klagte in ihrer Erleichterung, weil sie bald wieder festen Boden unter den Boden spüren würde, nicht über die zusätzlichen Reisetage, die der Umweg nach Lahore mit sich brachte. Dimitri versicherte ihr, die Dak-Bungalows, die indischen Herbergen, in denen sie übernachten würden, stünden den englischen Landgasthöfen an Bequemlichkeit nicht nach und sie müßten unterwegs auch nicht eines angemessenen Schutzes entbehren. Auch Raven atmete bei der Nachricht auf, denn sie wollte sich je früher, desto lieber von Charles St. Germain verabschieden. Seitdem sie gestern unter Tränen aus seiner Kabine geeilt war, hatten sie kein einziges Wort mehr gewechselt, und sie hatte sich sehr bemüht, ihm aus dem Weg zu gehen.

Nachdem sie trotz ihres gegenteiligen Schwurs Charles' feuriger Berührung und leidenschaftlichen Küssen nachgegeben hatte, verbrachte Raven eine lange schlaflose Nacht, in der sie sich für ihre Dummheit heftig schalt. Sie versuchte sich einzureden, sie habe jenes letzte schmerzliche Gespräch mit Charles verdient. Zum zweitenmal hatte sie sich ihm willig hingegeben, obwohl er – wie sie längst wußte – nur niedrigste Lust für sie empfand und sie nach jeder Befriedigung mit unverhohlener Verachtung sofort von sich stoßen würde. Wie froh war sie jetzt, daß sie ihm nicht ihre Liebe gestanden hatte! Sie erschrak zutiefst bei dem Gedanken, wie grausam er sich darüber hätte lustig machen können.

Obendrein stimmte es gar nicht. Was sie fälschlich für Liebe gehalten hatte, war lediglich eine Art übertriebener Heldenverehrung, denn Charles war ihr erster Liebhaber und ihr deshalb aus unerfindlichen Gründen außergewöhnlich erschienen. Es kam nur daher, weil sie in ihrer Einsamkeit seit dem Tode ihres Vaters Zuneigung vermißte, und so war es nur verständlich, daß sie ihre Gefühle auf einen Mann übertragen hatte, der ihr für kurze Zeit zärtlich begegnet war. Liebe! Sie schürzte verächtlich die Lippen. Was wußte sie schon von derlei Dingen? Der teuflisch gutaussehende Kapitän hatte nur ihren Körper benutzt und sie, wie zahllose andere Frauen zuvor, zu unerklärlichen Höhen getrieben, und dummerweise hatte sie ihre erwachende Leidenschaft als Liebe mißverstanden.

Nun stand sie allein in ihrer Kajüte, und der Anblick des leeren Raums, in dem sich nur noch die Frisierkommode und die abgezogene Matratze befanden, stach ihr für einen Augenblick ins Herz. Denn sie erkannte jetzt, wie sehr sie die dunklen Nächte auf dem ruhigen Fluß, mit den leise knarrenden Balken, den Lebenszeichen von Ochsenfröschen und Krokodilen im Schilf, den kreischenden Pfauen und ständig klaffenden Schakalen an den Ufern schätzengelernt hatte.

Solch eine kurze Reise, verglichen mit den endlosen Wochen an Bord der *India Cloud* – und doch hatte sie ausgerechnet hier auf dem prächtigen Schnellsegler ein nicht geringes Maß an Frieden gefunden und tiefe Freundschaft geschlossen. Seufzend strich sie mit den schlanken Fingern über die herrlichen Elfenbeinintarsien auf der Kommodenplatte; sie ertrug die Vorstellung nicht, daß sie nun, zweifellos für immer, von den sympathischen Offizieren und Matrosen Abschied nehmen mußte. Doch gleich darauf erhellten sich ihre Augen bei dem Gedanken, daß sie Dimitri wiedersehen würde. Erst heute morgen hatte er erklärt, er würde wahrscheinlich vor Raven und Danny in Lahore ankommen und ungeachtet seiner Diamantensuche wohl Zeit für einen Besuch im Haus ihres Vetters finden.

Das Lächeln erstarb ihr auf den Lippen, und die goldbraunen Augen verdunkelten sich. Welchen Gefahren würden sich Charles und Dimitri bei der Jagd nach dem sagenhaften Diamanten aussetzen? Sie dachte an Dimitris Spott über ihre Befürchtungen, daß der Versuch, sich des begehrten Diamanten zu bemächtigen, in Blutvergießen enden würde. Welch großes Vertrauen er in seine und Charles' Fähigkeiten setzte ... Trotzdem war es sicher gefährlich, einen anderen seines rechtmäßigen Besitzes zu berauben, insbesondere, wenn dieser Versuch bereits zahllose Todesopfer gefordert hatte.

Entschlossen sagte sich Raven, ihre Ängste würden allein Dimitri gelten, weil sie den Gedanken nicht ertrug, daß der lustige, lebensfrohe Kosakenprinz wegen eines Edelsteins, selbst eines so legendären wie des Kohinoors, sein Leben lassen könnte. Was Charles St. Germain betraf, so war er ein Lump, der alles Wertvolle in seinem Leben achtlos weggeworfen hatte. Und wenn er sich nun dadurch zu entschädigen suchte, daß er das Gut eines anderen stahl, verdiente er, dafür gehenkt oder in Stücke zerteilt und von Elefanten zertrampelt zu werden – eine höchst angemessene Strafe, von der ihr Geoffrey Lytton erst gestern erzählt hatte.

»Miß Raven?«

Beim unerwarteten Klang von Ewan Fletchers Stimme zuckte sie zusammen, obwohl der bärbeißige Steward, der den grauhaarigen Kopf zur Tür hereinsteckte, leise gesprochen hatte. Er fand es seltsam, daß sie reglos in der leeren Kabine stand, dann sah er bestürzt die Wehmut in ihren großen Augen. Oh, das Mädchen leidet an Abschiedsschmerz, schloß er, und auch ihn überkamen traurige Gefühle. Wie sehr er ihr hübsches Gesicht vermissen würde; ihre atemberaubende Schönheit war ihm ein immer willkommener Lichtblick in seinem langweiligen Matrosenalltag gewesen.

»Ja, Mr. Fletcher?«

Ravens sanfte Stimme rüttelte ihn aus seinen Grübeleien, und er lachte sie entschuldigend an. »Der Capt'n bittet Sie zu sich in die Unterkunft.«

»Sie möchten mich sprechen, Captain?« fragte Raven knapp, als sie in die geräumige Kabine schritt, nachdem ihr Klopfen mit einer brüsken Aufforderung, hereinzukommen, beantwortet worden war. Zwar hielt sie den Kopf hoch erhoben, konnte aber die rasenden Schläge ihres Herzens nicht bezähmen, als sie Charles am Schreibtisch sitzen sah, über der breiten Schulter den vergoldeten Käfig, in dem die Nachtigall sich das Gefieder putzte und die Sonnenblumenkerne aufpickte, mit denen Dimitri sie fütterte.

Charles' Leinenhemd stand am Kragen offen, und sie konnte die goldenen Locken auf seiner sonnenverbrannten Brust sehen. Erschauernd erinnerte sie sich an das tröstliche Gefühl, das in ihr aufgestiegen war, als sie sich in jener Nacht nach dem Piratenüberfall eng an diese muskulöse Brust geschmiegt hatte.

Sowie Charles ihren wachsamen Blick bemerkte, trat ein verbissener Zug um seinen Mund. Mit angestrengter Gleichgültigkeit lehnte er sich in seinem Stuhl zurück und sagte barsch: »Nehmen Sie Platz, Miß Barrancourt. Es gibt etwas Wichtiges zu besprechen.«

Völlig verwirrt gehorchte Raven und ließ den Blick an ihm vorbei zu Dimitri wandern, obgleich der kräftige Russe sie genauso ernst wie der Kapitän anschaute.

Daraufhin sah sie wieder zu Charles, dessen Gesichtsausdruck sich beträchtlich verdüsterte, nachdem er ihren fragenden Blick zu seinem Ersten Offizier bemerkt hatte. Sie zwang sich, den spöttischen smaragdgrünen Augen standzuhalten und ärgerte sich, daß sie statt dessen auf Charles' sinnliche Lippen starrte und unwillkürlich an deren Wärme und Geschmack denken mußte. Rasch schaute sie wieder weg und bewirkte durch ihre Unruhe, daß sich seine Brauen zusammenzogen.

»Ihr Vetter erwartet Sie in Lahore?« fragte er kühl.

»Nein«, erwiderte Raven nervös. Sein Verhalten machte sie ganz kribbelig. »Ich habe Empfehlungsschreiben sowohl meines Großonkels als auch John Trenthams bei mir.« Verwundert runzelte sie die Stirn, aber sie wollte ihn keinesfalls fragen, warum dies eine Rolle spielte. Er würde sie nur wegen ihrer typisch weiblichen vorlauten Art verspotten, und sie wußte ohnehin, daß Charles St. Germain nur Erklärungen abgab, wenn es ihm beliebte.

»Dann haben Sie keine Ahnung, was für ein Mensch er ist.«

»Natürlich nicht«, entgegnete Raven spitz. Allmählich verlor sie die Geduld. »Ich weiß lediglich, daß er eine hohe Stellung bei der East India Company bekleidet und daß mein Großonkel, den ich überaus schätze, ihm gegenüber sehr innige Gefühle hegt.«

»Und dieses Khanapur-Gelände, auf dem er lebt«, warf Dimitri ein, »ist das eine offizielle britische Siedlung?«

»Wenn ich Mr. Trenthams Beschreibung richtig verstanden habe, ja.« Raven hob ihr schmales Gesicht zu ihm empor. »Weshalb messen Sie dem so große Bedeutung bei, Dimitri?«

Es war Charles, der ihre Frage schroff beantwortete. »Weil Mr. Lytton und Mr. Perry beim Landgang soeben erfuhren, daß der britische Gesandte in Multan kürzlich ermordet wurde.«

Bestürzung zeigte sich in Ravens schönem Gesicht. »Ich verstehe das alles nicht ganz.«

Charles seufzte ungeduldig. »Wissen Sie zufällig, wer die Sikhs sind, Miß Barrancourt?«

»Gewiß«, antwortete sie kühl, da ihr sein Tonfall mißfiel. »Mr. Lytton hat mir alles über sie erzählt.«

»Und was sagte er Ihnen?«

Verärgert erwiderte Raven: »Daß sie einer religiösen Bewegung anhängen, die vor mehr als dreihundert Jahren von Guru Nanak mit dem Ziel, die Hindus und Moslems unter einer Religion zu vereinen, gegründet wurde. Sikh heißt soviel wie Disziplin, und laut Mr. Lytton schneiden die männlichen Sikhs nie ihr Haar, sondern verbergen es unter einem Turban.«

Zu ihrer Überraschung neigte Charles bei ihren bissigen Worten lediglich den Kopf und sah sie aufmerksam auf. »Fahren Sie fort. Was sagte er noch?«

»Daß sie hier in Punjab unter Govind Singh, dem späteren Maharadscha Ranjit Singh, zu einem Königreich geeint wurden, aber seit dessen Tod von einem schwachen, wankelmütigen Herrscher nach dem andern regiert werden. Vor wohl vier Jahren plante Lord Ellenborough, der damalige Generalgouverneur, die Annexion des Punjab und ließ Truppen über den Sutlej bringen. Doch ehe sie in Aktion treten konnten, ließen ihn die Direktoren der East India Company nach England abberufen, da sie keinen Krieg mit den Sikhs wünschten. Als Ellenboroughs Truppen zurückbeordert wurden, reagierten die Sikhs entgegen allen Erwartungen; sie betrachteten den Rückzug als Zeichen von Feigheit auf britischer Seite und sahen den Zeitpunkt gekommen, die Briten ganz und gar aus Indien zu verjagen. Zwei Schlachten wurden geschlagen, aus denen die Briten letztendlich als Sieger hervorgingen, und so konnten sie die Macht über Lahore erlangen, wo Philipp Barrancourt derzeit lebt.« Mit frostigem Blick beendete Raven ihren Vortrag.

»Denken Sie, ein so stolzes Volk wie die Sikhs würde eine Niederlage auf die leichte Schulter nehmen, Raven? Ich glaube kaum, und vielleicht können Sie der Tatsache einige Bedeutung beimessen, daß der britische Gesandte in Multan von ihnen ermordet wurde.«

Nackte Angst packte sie, denn sie begriff sofort, was Charles damit ausdrücken wollte. Offensichtlich handelte es sich bei diesem kaltblütigen Mord um eine politische Aktion, ein Zeichen für den andauernden Haß der Sikhs auf die Briten. Aus ihren Wangen wich alle Farbe. »Kommt es wieder zu einem Krieg?«

»Man fragte sich, ob es lediglich die Tat einer Handvoll rebellischer Splittergruppen war oder Ausdruck der allgemeinen Haltung gegenüber den Briten.«

Diese unverblümte Antwort veranlaßte Dimitri, dem Ravens Sorge nicht entging, zu einer hastigen Anmerkung. »Deshalb müssen Sie sichergehen, daß Ihr Vetter ausreichend Schutz genießt und die britische Armee nicht weit von der Khanapur-Siedlung stationiert ist.«

»Aber darüber weiß ich gar nichts«, erwiderte sie hilflos. »Ich bin ihm nie begegnet und reise zum ersten Mal durch Indien. Wie sollte ich mich in diesen Dingen auskennen?« Sie ballte die kleinen Hände. »Ich kam hierher, um mir Geld zu leihen und dann so schnell wie möglich wieder heimzufahren. Dabei wollte ich allen Schwierigkeiten aus dem Weg gehen. Was soll ich denn nun tun?«

»Folgen Sie Ihren Plänen«, antwortete Charles knapp, »aber

beeilen Sie sich, ehe die Briten Vergeltungspläne schmieden. Was die Fahrt nach Lahore betrifft, so stimmen Dimitri und ich überein, daß Sie und Mrs. Daniels nicht allein reisen können. Wir haben beschlossen, Sie dorthin zu begleiten, aber danach obliegt Ihr Wohlergehen der Verantwortung Ihres Vetters.«

Raven runzelte die Stirn. »Sie kommen mit uns nach Lahore?« fragte sie matt, ohne ihr Entsetzen zu verbergen.

Charles' Miene verfinsterte sich, denn mit dieser Reaktion hatte er keineswegs gerechnet. »In der Tat. Ich kann nicht guten Gewissens zwei Engländerinnen allein, lediglich in Begleitung einheimischer Führer, durch den Punjab reisen lassen.

Ihre Augen blitzten auf. »Und so haben Sie eine gute Ausrede für Ihren Aufenthalt in Lahore während Ihrer ...« Als sie Dimitris warnenden Blick sah, verstummte sie und erhob sich. Förmlich bemerkte sie: »Nun gut, Captain, ich nehme den von Ihnen angebotenen Schutz an, aber keine Sekunde lasse ich mich dazu verleiten, Ihre Begleitung für einen Akt der Menschenfreundlichkeit zu halten. Und ich möchte eine Bedingung stellen.« Charles' kantiges Gesicht verfinsterte sich bei ihren hochmütigen Worten, aber sie fuhr ungerührt fort: »Mrs. Daniels darf nichts von den Gefahren, denen wir möglicherweise ausgesetzt sind, oder von den Drohungen der Sikhs erfahren. Ich möchte nicht, daß sie sich beunruhigt, ist das klar? Wenn Sie mich jetzt bitte entschuldigen, ich muß mich um unser Gepäck kümmern.«

In kerzengerader Haltung verließ sie die Kabine, während Dimitri leise vor sich hinpfiff und breit grinste. »Kristos, die kleine Prinzessin entpuppt sich als Löwin, wenn sie ihr Recht verteidigt! Ach, Towarisch, ich danke dir, daß du mich noch ein wenig länger ihre Gesellschaft genießen läßt.«

»Du weichherziger, sanftzüngiger Narr!« stieß Charles schroff hervor. »Diese Frau ist eine kalte, berechnende Hexe, und je eher du das erkennst, um so wohler wird mir sein.«

Während ihr Gepäck in einem der Beiboote verstaut wurde, sagte Raven der Mannschaft Lebewohl, und alle wünschten ihr eine gute Reise und einen angenehmen Aufenthalt in Lahore; jeder einzelne bedauerte, daß sie nun von Bord ging. Nicht ahnend, daß sie mit ihrem Grübchenlächeln und ihrer zarten Schönheit die Herzen der redlichen Seeleute erobert hatte, war Raven von den herzlichen Abschiedsworten gerührt und fühlte sich einen Augenblick lang elend, als ihr von einem traurigen Jason Quintrell ins Beiboot geholfen wurde.

Zufällig kreuzte sich ihr Blick mit dem Charles St. Germains, der sich, nachdem er Danny ins Boot gehoben hatte, umwandte, um ihr beizustehen – und zu erkennen, daß dies nicht nötig war. Denn Raven nahm mit bewundernswertem Geschick in dem schwankenden Beiboot Platz. Charles sah deutlich die Tränen an den dichten dunklen Wimpern glitzern, die goldbraunen Augen blanker als sonst. Die kleinen weißen Zähne gruben sich fest in die Unterlippe, damit sie nicht zitterte. Ein merkwürdiger Ausdruck trat für eine Sekunde in die smaragdgrünen Augen, dann beugte Charles sich zu ihr und fragte mit leisem Spott: »Also haben Sie doch die Männer ins Herz geschlossen, die Sie einst für Schurken und Schmuggler hielten, nicht wahr, Raven?«

»Alle bis auf einen«, entgegnete Raven gedämpft, doch ließ ihre schneidende Stimme keinen Zweifel daran, wen sie damit meinte.

Charles' Gesicht nahm einen harten Zug an, er richtete sich auf und gab in solch drohendem Tonfall Befehl zum Ablegen, daß Dimitri, der am Bug saß, sich fragend umdrehte.

An Land blickte Raven noch einmal zur *Orient Star* zurück, die mit ordentlich aufgerollten Segeln und bloßer Takelage jenseits der Strömung vertäut lag. Bei dem Gedanken an die hinter ihr liegende Fahrt und das unaufhörlich wechselnde Panorama, das sich vor ihren Augen entlang des weiten, strudelnden Indus und Sutlej entfaltet hatte, fühlte sich Raven von tiefer Traurigkeit ergriffen. Vor einem Jahr hätte sie ungläubig gelacht, wenn ihr jemand erzählt hätte, sie würde die Weiten Indiens während einer Schiffsreise liebenlernen und es genießen, mitten in der Nacht von Leopardengebrüll geweckt zu werden, die Fischer zu beobachten, wie sie mit Geschick ihre Netze ins löwengelbe Schilf warfen. Es stimmt, dachte sie. Trotz ihres unglückseligen Reisegrundes, trotz des Piratenüberfalls, trotz ihres beunruhigenden

Verhältnisses zu Captain Charles St. Germain war sie dem Zauber Indiens verfallen.

»Miß Raven, so kommen Sie doch!«

Als sie sich umwandte, stellte sie fest, daß ihr Gepäck bereits in einem klapprigen Ghari, einer indischen Mietdroschke mit abgenutzten Ledersitzen, verladen worden war, vor die man zwei müde Karrengäule gespannt hatte. Der Kutscher saß schon ungeduldig auf dem Bock, und Dimitri wartete wie ein gehorsamer Diener neben dem Wagenschlag, um den beiden Damen hineinzuhelfen.

Captain St. Germain stand etwas abseits und sprach mit der Beibootbesatzung; offensichtlich gab er Howard Perry, der während seiner Abwesenheit als Erster Offizier unter Geoffrey Lytton fungieren sollte, letzte Anweisungen. Raven fragte sich, wie viele Männer der *Orient* Star-Besatzung den wahren Grund für Charles St. Germains und Dimitri Sergejews Geleitschutz der beiden Frauen nach Lahore kannten. Wahrscheinlich nicht viele, denn heute früh hatte Jason Quintrell ihr gegenüber in aller Unschuld erwähnt, der Klipper würde hier in Hasangei seine Fracht laden, sobald diese auf dem Landweg von Kasur herbeigeschafft wäre. Der Captain und Dimitri, hatte er erklärt, trügen die Verantwortung, daß die indischen Waren aus den Lagerhäusern hergebracht würden. Und ganz offensichtlich hieß die ganze Mannschaft die Entscheidung ihres Kapitäns, Raven und Danny sicher nach Lahore zu geleiten, rückhaltlos gut. Für Raven bestand kein Zweifel, daß niemand Charles oder seinen Ersten Offizier irgendwelcher Machenschaften verdächtigte.

Während sie sich von dem vergnügten Dimitri in die Kutsche helfen ließ, ermahnte sich Raven, daß es sie überhaupt nicht interessierte, was danach mit ihm oder dem unausstehlich eingebildeten Kapitän passierte. Gott sei Dank war sie fertig mit den beiden. In wenigen Tagen würde sie sich in der Obhut ihres Vetters Phillip befinden, und das Schlimmste läge dann hinter ihr. Als sie die Falten ihrer raschelnden Satinröcke auf dem durchgesessenen Polster glattstrich, schaute sie aus dem Fenster und sah, wie sich Dimitri auf ein schmutziges, aber zäh wirkendes Lastpferd schwang und zu einem hohen Heiligen Bobaum ritt, wo

Charles St. Germain ihn auf einem hochbeinigen Braunen erwartete.

Der indische Kutscher rief den Pferden einen schneidenden Befehl zu. In überraschend flottem Trab folgten sie der staubigen Straße, und Raven erhaschte nur noch einen flüchtigen Blick auf Charles, ehe eine dichte Staubwolke unter den Wagenrädern aufwirbelte und ihr die Sicht verdunkelte.

»Großer Gott, hab Erbarmen mit uns!« flehte Danny inbrünstig, als das Gefährt durch die tiefen Wegfurchen zu holpern begann und dabei so gräßlich schaukelte und knarrte, daß man sich bei dem Getöse kaum verständigen konnte. »Geht das denn bis Lahore so weiter?«

»Vermutlich«, erwiderte Raven und wünschte sich, zusammen mit Dimitri und Charles an der frischen, kühlen Luft zu reiten. Wegen der Staubwolke hatte sie die riesige Lederplane vor das Fenster ziehen müssen, wodurch es in dem beengten Wageninneren sehr schnell stickig wurde. Sie stimmte insgeheim mit Danny überein, daß die Fahrt sich tatsächlich zu einer Tortur entwickeln könnte, wenn die Straßen nicht bald besser würden. Aber sie biß die Lippen zusammen und schwor sich, nicht zu klagen, denn gewiß würde Kapitän St. Germain dann nur über sie herziehen.

Vereinzelte Blicke durch den gelüpften Ledervorhang zeigten ihr, daß sie den Ort hinter sich gelassen hatten und durch ein langes Tal mit dunklem fruchtbarem Boden fuhren; auf den Hügeln der Umgebung grünten üppige Bäume und raunendes Elefantengras; und am Himmel kreisten Milane. Auf der Straße, die aus dem Ort herausführte, herrschte ziemlich viel Verkehr, oder zumindest erschien es Raven nach dem einsamen Leben an Bord der *Orient Star* so. Bauern, die auf die Felder gingen, auf Kamelen reitende Händler und Kaufleute auf stämmigen Pferden schlossen sich dem Gedränge farbenfroher Ochsenkarren und schwatzender Fußgänger an, die sich in stetem Strom auf Hasangei zubewegten.

Sehr wenige, wie Raven bemerkte, beachteten die schaukelnde Kutsche, in der sie saßen, aber Charles und Dimitri, die auf ihren Pferden die Einheimischen überragten, waren häufigen

Blicken und Getuschel ausgesetzt. Erleichtert stellte sie fest, daß die dunklen Augen das breitschultrige Paar keineswegs feindselig musterten, denn sie hatte sich unaufhörlich den Kopf darüber zerbrochen, wie man sie alle hier im Land der Sikhs als Feringhis – verhaßte Ausländer – empfangen würde. Vielleicht besteht gar keine so große Gefahr, wie Charles mir weismachen wollte, redete sich Raven ein, um sogleich zu bedenken, daß sowohl er selbst als auch Dimitri schwer bewaffnet waren; jeder hatte ein Paar Pistolen im Gürtel verborgen, und Dimitri trug neben dem kurzen Dolch, der immer in seinem Stiefel steckte, noch ein Messer mit langem Griff bei sich.

»Ich wünschte, der Kutscher würde etwas langsamer fahren«, jammerte Danny. Das Gerüttel hatte sich noch verschlimmert, als sie die Ortschaft und die belebten Durchgangsstraßen hinter sich gelassen hatten und die offene Landschaft vor ihnen lag.

»Je eher wir nach Khanapur kommen, um so besser«, meinte Raven und dachte an die Gefahren, die während ihrer Reise ohne ordentlichen militärischen Geleitschutz möglicherweise auf sie lauerten.

»Ich weiß, daß Sie Ihr Geld recht schnell bekommen und nach Hause zurückkehren möchten«, fügte Danny hinzu, die Ravens ungeduldige Worte mißverstand, »aber, Miß Raven, könnten wir vor der Heimreise nicht ein wenig bei Master Phillip bleiben? Wir sind schon so lang unterwegs, und ich würde mich gern ein kleines bißchen ausruhen.«

Da Danny ihr gegenüber saß, konnte Raven sie endlich mustern. Und ihr entging trotz des gedämpften Lichts nicht, daß Danny viel dünner und älter als bei Reiseantritt wirkte. Die krausen Haare unter der Haube waren jetzt viel grauer und die Falten in ihrem Gesicht tiefer. Zweifellos hat die Reise sie arg mitgenommen, erkannte Raven mit plötzlichen Schuldgefühlen, und sie fragte sich, wie sehr sie selbst sich wohl verändert hatte.

Wenngleich sie sowohl von der Seekrankheit als auch vom Fieber, das Danny so gnadenlos befallen hatte, verschont geblieben war, hatte sie doch eine Menge Aufregungen, meist emotionaler Art, erlebt. Zu allererst hatte sie unablässig die Angst geplagt, North Head zu verlieren, dann das Wissen, daß sie mit

Danny in der Gewalt einer englischen Schmugglerbande reiste, eine Furcht, die Raven standhaft allein durchgestanden hatte.

Doch nichts war so schwer zu ertragen wie die qualvolle Liebe zu Charles St. Germain, eine Liebe, die – obwohl irregeleitet – ihr dennoch die Augen öffnete und sie für immer veränderte. Er hatte sie aus ihrer kindlichen Unschuld gerissen und zur Frau gemacht, das Bewußtsein ihrer Triebe erweckt, das ihr bisher verborgen geblieben war. Die wonnigen Höhen, die sie beide während ihrer letzten leidenschaftlichen Liebesnacht erklommen hatten, verfolgten Raven noch immer, und sie konnte in ihrem Herzen nicht leugnen, daß kein anderer Mann auf Erden als der draufgängerische Charles St. Germain, der Kapitän der *Orient Star* und frühere Graf von Monteraux, sie dorthin hätte geleiten können.

»Sie werden doch nicht etwa krank, Miß Raven?« fragte Danny besorgt.

»Nein«, antwortete sie traurig und tonlos. »Ich bin nur genau wie du das Reisen leid, und ich verspreche dir, daß wir Lahore nicht verlassen werden, ehe wir uns der Heimfahrt gewachsen fühlen.«

Die Gouvernante hielt diese Aussage für höchst vernünftig. Sie hatte befürchtet, Raven würde in ihrem verzweifelten Wunsch, nach Cornwall zurückzukehren, auf der sofortigen Heimreise bestehen. Obwohl Danny die Annehmlichkeiten von zu Hause vermißte und sehnsüchtig an ihr sonniges Zimmer im Ostflügel von North Head dachte, wußte sie doch, daß Sir Hadrian den Squire in Schach halten konnte, falls sie mit ihrer Fahrt die zugestandene Jahresfrist überziehen sollten.

Als der Wagen rumpelnd anhielt, fühlte sich Raven, als hätte man sie gevierteilt. Stöhnend stand sie auf und nahm dankbar den Arm, den Dimitri ihr grinsend reichte, als er die knarrende Tür aufriß. Beim Auftreten auf den harten Boden gaben ihre Knie nach, und der Russe fing sie eilends auf, indem er ihr stützend den Arm um die grazile Taille schlang. Angesichts dieser vertrauten Berührung verfinsterten sich die Züge Charles St. Germains, der ein Stück entfernt vom Pferd gestiegen war und sie beobachtet hatte.

»O meine Kleine«, meinte Dimitri vergnügt und ließ Raven nur widerwillig los. »Ihnen sind wohl die Beine eingeschlafen.«

»Die Beine und jeder Knochen dazu«, entgegnete Raven scharf. »Wie konnten Sie uns nur in so eine Folterkammer sperren, Dimitri?«

Ihr anklagender Blick brachte ihn zum Lachen. »Das gehört zu den Dingen, die Indien so einzigartig machen, mein Engel. Aber keine Sorge. Kapitän St. Germain hat beschlossen, die Fahrt heute frühzeitig zu beenden.«

»Ich dachte, daß Mrs. Daniels vielleicht müde sei«, bekräftigte Charles, der vom anderen Ende des Dak-Bungalows herüberkam, wo er die Pferde einem ehrerbietigen Diener übergeben hatte. Seine grünen Augen ruhten kurz auf Ravens erschöpftem Gesicht, und sein frostiger Blick ließ sie wissen, daß seine Besorgnis allein Danny galt.

»Wie reizend von Ihnen!« rief die alte Frau dankbar, und Raven stellte betroffen fest, daß es Charles wieder einmal gelungen war, die Achtung ihrer Gefährtin zu gewinnen. »Stimmt es, daß wir hier übernachten, Kapitän?« fügte Danny zweifelnd hinzu und begutachtete das niedrige Gebäude aus Holz und Lehm.

»Die Unterkunft ist durchaus annehmbar« versprach Charles und wandte sich mit einem knappen Befehl in fehlerfreiem Urdu an den Diener.

Tatsächlich entpuppte sich das Zimmer, das Raven und Danny teilen sollten, als komfortabel. Sobald sie es betreten hatten, kümmerten sich auch schon mindestens ein halbes Dutzend Dienerinnen um die Damen. Sie halfen ihnen, die verstaubten Kleider abzulegen, brachten in Steingutgefäßen Waschwasser herbei, legten ihnen frische Gewänder zum Wechseln bereit und stellten ein mit Fladenbrot, honigsüßem Konfekt, Früchten und Tee reich beladenes Tablett auf das Tischchen unter dem Fenster.

»Ich bin fast am Verhungern«, stöhnte Raven, nahm sich von dem ungesäuerten Fladenbrot, dem Hauptbestandteil indischer Ernährung, und kostete den süßen Tee. »Willst du nicht auch ein wenig essen, Danny?«

»Ich bin zum Essen zu müde«, gestand die alte Frau. Sie zog sich die Schuhe aus und sank mit angewiderter Miene auf das leichte Bettgestell, dann stellte sie erstaunt fest, daß es viel bequemer als befürchtet war. »Ich denke, ich lege mich schlafen.«

»So früh?« fragte Raven überrascht, aber Danny hatte bereits die Augen geschlossen und gab ihrer jungen Herrin keine Antwort mehr.

Raven lächelte vor sich hin und beendete ihr Mahl; der tiefe, gleichmäßige Atem, der vom Bett herüberdrang, zeugte von Dannys festem Schlaf. Als sie ihren Hunger gestillt hatte, war ihre eigene Müdigkeit zum Teil vergangen, und sie betrat die lange Veranda, wo ihr preußischblaues Kleid mit der Dunkelheit der Nacht verschmolz, die in Nordindien so schnell hereinbricht.

Bis auf das entfernte Gekläff der Schakale und herrenlosen Promenadenmischungen herrschte Schweigen, und während sie sich auf die Stufen setzte, fragte sich Raven, was Dimitri und Charles, die sie seit ihrer Ankunft nicht mehr gesehen hatte, wohl trieben.

Es dauerte nicht lange, bis eine Tür knarrte. Erschrocken erkannte Raven die große Gestalt Charles St. Germains, die sich im Schatten abzeichnete. Im fahlen Licht bemerkte sie, daß er seine Nankingreithosen und ein rehbraunes Jackett mit goldfarbenem Schluppenkragen trug; sein weißes Musselinhemd hob sich deutlich in der Schwärze ab, obwohl sie auch die kontrastierende dunkle Sonnenbräune seiner Brust am offenen Halsausschnitt erkennen konnte.

Aus seinen langsamen, leisen Schritten schloß sie, daß er sich allein wähnte. Sie verhielt sich weiterhin still, als er am Geländer stehenblieb und sich mit den kräftigen Armen auf einen rohen Holzbalken stützte. Trotz seiner lässigen Haltung und obwohl sie nicht einmal sein Gesicht sah, konnte Raven die Spannung in seinem Körper spüren. Sie war jetzt froh, weil sie ihre Anwesenheit nicht verraten hatte. Denn sie fühlte instinktiv, daß er auf jemanden wartete, und ihre Neugier gewann die Oberhand.

»Towarisch?«

Ravens heftiger Herzschlag verlangsamte sich, sobald sie Dimitris Baß erkannte, und sie saß mucksmäuschenstill auf den Stufen, während Charles sich umdrehte. »Hier bin ich, Dimitri. Was hast du herausgefunden?«

Der Hüne schlich wie auf Katzenpfoten, als er sich zu Charles auf die Veranda gesellte. Wiederum wurde sich Raven der spannungsgeladenen Atmosphäre bewußt, und Dimitris verstohlenes Auftreten bekräftigte ihren Verdacht, daß das Treffen eine abgemachte Sache und nicht für neugierige Blicke bestimmt war.

Charles' unverblümte Frage konnte nur eins bedeuten – daß die beiden schon mit den Erkundigungen über den Verbleib des begehrten Kohinoors begonnen hatten, und Ravens Aufregung schwang augenblicklich in Empörung um. Keinesfalls wollte sie in den verrückten Plan verwickelt werden, und die einzige Möglichkeit, dies zu verhindern, bestand darin, sich nicht zur Mitwisserin irgendwelcher Informationen machen zu lassen.

Als sie aufsprang, versuchte sie nicht, das Rascheln der Satinröcke zu dämpfen, und empfand grimmige Befriedigung, während die zwei Männer auf der Veranda auseinanderfuhren. Habgieriges Pack, dachte sie verächtlich. Dieses Verschwörungstheater wurde allmählich wirklich lästig.

»Guten Abend, Miß Barrancourt«, sagte Charles höflich, als er auf sie zutrat, und sie mußte sich eingestehen, daß sie selbst eine andere Person niemals so schnell in der Dunkelheit hätte erkennen können.

»Guten Abend, Kapitän – Dimitri«, erwiderte sie unschuldig, stieg mit zierlichen Schritten die paar Stufen hoch und blieb vor ihnen stehen, während sie insgeheim mutmaßte, daß Charles wohl die Sehkraft einer Katze besaß.

»Haben Sie einen kleinen Abendspaziergang gemacht?« fragte er beiläufig.

»Ich wollte mir nach dieser qualvollen Fahrt ein wenig die Füße vertreten«, gab Raven schlagfertig zurück. Dann überlegte sie voll Unbehagen, warum die beiden sie so aufmerksam betrachteten. »Das ist doch nicht verboten, oder?«

Dimitri und sein Kapitän schauten einander kurz an, dann schüttelte Charles den Kopf. »Ich muß Sie allerdings warnen«, fügte er in jenem aufreizenden, arroganten Tonfall hinzu, den Raven zu verachten gelernt hatte, »daß Indien kein so sicherer, vertrauter Ort wie North Head ist, Miß Barrancourt, und daß Sie es besonders nachts vermeiden sollten, allein draußen umherzustreifen. Selbst bewaffnete Männer wurden schon von Tigern ins Unterholz geschleppt, ganz zu schweigen davon, daß es im Gras nur so von Schlangen und Skorpionen wimmelt. Und wenn die naturgegebenen Gefahren Sie noch nicht davon abhalten, bei Dunkelheit allein draußen umherzuschlendern, bringt Ihnen vielleicht ein kurzer Hinweis auf die Flußpiraten, die mein Schiff geentert haben, zu Bewußtsein, daß es in Indien mehr als genug Verbrecher gibt.«

»Sie haben mir Ihren Standpunkt eindringlich klargemacht, Kapitän«, sagte Raven kühl. Sie wollte sich nicht eingestehen, wie sehr sein Ärger und seine frostige Förmlichkeit sie verletzten. Allem Anschein nach waren sie wieder der hochmütige, gleichgültige Kapitän und die zornige junge Frau, die ihn vor so langer Zeit an Bord der *Orient Star* mit der Wahrheit konfrontiert hatte. Es schien, als hätten sie nie jene starren Masken des Stolzes gelüftet, niemals etwas anderes als Abneigung und Feindschaft empfunden. Niemand, nicht einmal Dimitri, der sie beide jetzt genau beobachtete, würde glauben, daß Charles St. Germain sie zärtlich in Armen gehalten, ihre willigen Lippen geküßt und sie so stürmisch und sanft geliebt hatte, daß sie zu den kühnsten Gipfeln der Verzückung emporgeschwebt war.

Sie konnte es selbst kaum glauben, als sie zu seinen finsteren Zügen hochschaute, die nur Ärger und Feindseligkeit zeigten. Was immer zwischen ihnen vorgefallen war – alles bloß Täuschung, von Charles geschickt eingefädelt, damit sie ihm zu Füßen fallen, ihre unsterbliche Liebe gestehen und ihre Unschuld darbringen würde wie zweifellos unzählige naive unberührte Mädchen vor ihr.

Charles hatte das zarte, ebenmäßige Gesicht in der Dunkelheit betrachtet, und wenngleich er Ravens Gefühle von ihrem Mienenspiel nicht deutlich abzulesen vermochte, so konnte er doch die Qual in ihrem Herzen erahnen. Er machte einen Schritt auf sie zu. »Raven ...«

»Ich sagte bereits, daß Sie mir Ihren Standpunkt klargemacht haben«, unterbrach sie ihn in einem Flüsterton, in dem ihre Empfindungen mitschwangen. »Warum lassen Sie mich nicht in Ruhe?«

Sie eilte an ihm vorbei über die Veranda, verschwand im Haus und warf die Tür hinter sich zu.

Eine Zeitlang herrschte draußen in der Dunkelheit Stille, bis Dimitri unbehaglich das Standbein wechselte und Charles einen fragenden Blick zuwarf. »Du solltest sie nicht so schlecht behandeln, Towarisch.«

Charles' Kinn spannte sich. »Wie könnte ich sie sonst zu Wachsamkeit veranlassen, ohne in ihr Verdacht zu erwecken? Was hast du von dem Mann aus Yorkshire erfahren?«

»Von dem? Pah!« erwiderte Dimitri temperamentvoll. »Nicht zu gebrauchen, der Kerl! Der legte die gesamte Grand-Trunk-Strecke im Geleit von mehr als zweihundert Sepoys zurück, die einem Regiment weiter südlich zugeteilt sind, und hatte noch nicht einmal von Multan erfahren! Wenn er nicht völlig taub und blind ist, verstehe ich nicht, wie er ihren Klatsch überhören konnte!«

Charles lächelte über Dimitris entrüsteten, hitzigen Tonfall. »Nicht weiter schlimm, Kamerad«, besänftigte er ihn. »Es gibt Neuigkeiten aus der Juganar-Siedlung. Der ansässige befehlshabende Offizier hat mich höchst erfreut mit den letzten Meldungen versorgt.«

»Und was hast du herausbekommen?«

»Daß die britischen Truppen vor nicht einmal einer Woche den Kampf gegen die Sikhs in Ramnuggar eröffnet haben.«

»Kristos!« Dimitris Stimme senkte sich zu einem Geflüster. »Dann herrscht also Krieg? Wer hat gewonnen?«

»Es gab keinen entscheidenden Sieg.«

»Und die Sikhs marschieren noch weiter auf?«

»Genau. Auch die Briten fahren mit der Mobilmachung fort. Meines Erachtens muß es bald zu einer zweiten Schlacht kommen.«

Einen Augenblick lang schwieg Dimitri, dann stellte er die Frage, die beide Männer bewegte; denn keiner von ihnen hatte vergessen, daß 1841, als sie zum erstenmal den indischen Subkontinent betreten hatten, britische Staatsangehörige grauenvoll niedergemetzelt worden waren. »Die Sikhs erheben sich doch nicht zur Meuterei gegen die britischen Siedlungen?«

»Nein.« Charles seufzte und massierte erschöpft seinen Nakken. »Jedenfalls jetzt noch nicht.«

»Demnach ist der Punjab für Briten noch ungefährlich«, führte Dimitri den Gedanken zu Ende, während er sich nachdenklich über den Bart strich. »Freut mich, Towarisch, doch die Lage kann sich ändern.«

Charles schwieg mit unbewegtem Gesicht, während er in die Nacht hinausstarrte und den Geräuschen der Ebenen lauschte, die so unverwechselbar zu Indien gehörten. Dem leisen Geraschel und Schleichen hörte er nur mit halbem Ohr zu, denn dank seiner überaus geschärften Sinne konnte er jedes einzelne Geräusch aus der Fülle herausfiltern, und im Augenblick stellten nur die Menschen, nicht die Nachttiere, eine Gefahr für die Gäste des Dak-Bungalows dar.

»Du hast wohl recht, Kamerad«, meinte er in einem grimmigen Ton, der sich ganz deutlich von jenem spöttischen Unterschied, mit dem er sich vorher an die erboste Raven gewandt hatte. »Aber derzeit können wir nur abwarten – und uns umhorchen.«

»Kapitän«, begann Raven, als sie sich am nächsten Morgen auf dem sonnendurchfluteten Vorplatz trafen, »ich weigere mich, in dieser ratternden Kiste weiterzureisen! Danny hat sich angeblich schon daran gewöhnt, aber ich bestehe darauf zu reiten.«

Charles gab seine ledernen Satteltaschen dem wartenden Diener und wandte sich mit hochgezogenen Brauen an Raven. »Sie bestehen darauf?« wiederholte er drohend.

Angesichts seiner unheilverkündenden Miene wich Raven einen Schritt zurück, warf aber trotzig den dunkel glänzenden Kopf in den Nacken. »So ist es. Wenn Sie stundenlang bis aufs Mark durchgeschüttelt würden, dächten Sie genauso.«

»Nun gut«, sagte er barsch, »aber ich möchte keine einzige Klage von Ihnen hören, ganz egal, wie wund Ihr kleiner Po gescheuert wird.«

Raven stutzte, dann setzte sie zu einer entrüsteten Antwort an, aber Charles hatte sich schon umgedreht, rief dem indischen Ghari-Fahrer etwas auf Urdu zu und nahm keine Notiz mehr von ihr.

»Ich fürchte, meine Kleine«, drang Dimitri Sergejews mitfühlende Stimme an ihr Ohr, »der Kapitän kann manchmal recht brüsk sein. Lassen Sie sich von ihm nicht die Laune verderben. Er ist weibliche Gesellschaft nicht gewöhnt, nur Seeleute, die lediglich auf barsche Befehle reagieren.«

»Oh, da täuschen Sie sich, Dimitri«, widersprach Raven, während sie sich ihm zuwandte, und ihre Augen funkelten wie kühle, geschliffene Topase. »Kapitän St. Germain hat mit zu vielen Frauen Umgang gepflegt, und zweifellos waren sie allesamt duckmäuserische verhätschelte Gänschen. Deshalb erstaunt es mich nicht, daß er sich als Herr und Gebieter über mein ganzes Geschlecht aufspielt.«

Kerzengerade stolzierte sie davon, und Dimitri mußte lachen, wie immer von Ravens Temperament entzückt. Doch im nächsten Moment wurde ihm schwer ums Herz, als er die schroffe Miene des Kapitäns sah, die ihm nur zu gut verriet, daß Charles jedes einzelne von Ravens Worten gehört hatte. Seufzend fragte er sich, weshalb Charles sich wohl so intensiv bemühte, Raven Barrancourt gegenüber derart gefühllos aufzutreten. Sonst behandelte er Leute, die er nicht mochte, mit eisiger Verachtung oder nahm sie erst gar nicht zur Kenntnis, aber der Russe hatte mittlerweile erkannt, daß sein Freund mit Raven ganz besonders unfreundlich umsprang. Sicher, sie forderte ihn immer wieder absichtlich heraus, wie Dimitri ehrlich zugab, aber das Aufeinanderprallen ihrer beider Willenskräfte, und die Feindseligkeit zwischen der schönen Prinzessin und dem Teufelskerl von Kapitän verwirrten ihn völlig.

Während das Ghari zum Einsteigen bereitstand und Danny es sich darin schon bequem machte, besorgte man für Raven ein geeignetes Reitpferd. Aus dem Stall des Dak-Bungalows führte der eifrig lächelnde Besitzer eine dürre Stute mit struppigem Fell, die so aussah, als würde sie nach einem halben Dutzend Meilen zusammenbrechen; doch Charles erwarb sie nach kurzer Begutachtung.

»Die kommt mir so vor, als würde sie jeden Moment zu Boden sinken«, wisperte Raven dem Russen zu, als der Kapitän und der dunkelhäutige Inder gemächlich um den Preis feilschten.

Dimitri lachte. »Mir auch, aber so schnell wird man kein kräftigeres Pferd finden.«

»Aber sie wirkt so – mickrig!« beharrte Raven, die das Pferd mit dem herrlichen Cinnabar verglich.

Dimitris blanke schwarze Augen funkelten plötzlich so kalt wie Obsidian. »Ein schönes Tier, Kleines, würde schnell einem umherstreifenden Schurken als Beute ins Auge fallen.«

Raven spürte, wie ihr Herz bei Dimitris gleichgültigem Ton schneller schlug. Zum ersten Mal fiel ihr auf, daß das Wagengespann und Charles und Dimitris Pferde zwar recht robust, aber gewiß keiner genaueren Aufmerksamkeit wert waren. Hatte man sie eben deshalb ausgewählt? Fürchtete Dimitri Diebe oder die unruhigen, feindlich gesinnten Sikhs, die möglicherweise durch die Punjabdörfer auf der Suche nach geeigneten Kriegspferden zogen? Sicher nicht, redete sich Raven nervös ein, denn wenn irgendwelche Gefahr drohte, hätte Charles doch darauf bestanden, daß sie im vergleichsweise geschützten Wagen reiste.

Als die Sonne blaßgelb am kalten klaren Himmel aufstieg, bog die kleine Karawane auf die Landstraße. Charles und Dimitri nahmen Raven in die Mitte, obwohl ihr nicht bewußt wurde, daß dies absichtlich geschah. Sie hatte ihre Ängste vergessen, sobald sie über den harten Boden trabten. Das Gefühl, nach so vielen Monaten endlich wieder im Sattel zu sitzen, ließ sie erkennen, wie sehr sie doch die Ausritte vermißt hatte.

Schweigend und in Gedanken versunken ritten die drei dahin, und selbst Dimitri zeigte sich wenig geneigt, zu plaudern oder die russischen Volkslieder zu schmettern, die er während seiner Deckwachen auf der *Orient Star* immer zum besten gegeben hatte. Raven wünschte sich bald, sie wäre bei Danny geblieben, denn die alte Frau hatte wenigstens nichts gegen einen kleinen Schwatz einzuwenden, wenn ihre junge Herrin dazu aufgelegt war. Obendrein erwies sich der harte indische Sattel als nicht annähernd so bequem wie der tadellos gearbeitete aus englischem Leder, den ihr Vater vor Jahren für sie in London erworben hatte. Aber da sie sich an Charles' süffisante Worte erinnerte, biß sie die Zähne zusammen und beklagte sich nicht.

»Wir legen hier eine Pause ein«, verkündete der Kapitän etwa drei Stunden später und deutete auf einen Hain hoher Heiliger Bobäume am Straßenrand, unter deren mächtigen Wurzelwerk eine Quelle hervorsprudelte. An Kraft gewinnend, drängte das kalte, klare Wasser in seinem elfenbeinweißen Sandbett dahin und schwoll zum Sutlej hin an, der wie ein Silberband mehrere Meilen jenseits der Ebenen im Sonnenlicht glitzerte.

Charles stieg ab und stellte sich mit ausgestreckten Armen neben die Stute, um Raven herunterzuhelfen. Nach kurzem Zögern zog sie den kleinen Stiefel aus dem Steigbügel und sprang, ohne auf seinen Beistand zu warten, vom Pferd. Zum Glück stand er da, denn kaum war sie gelandet, gaben die Knie unter ihr nach, und sie wäre gefallen, hätte er ihre Taille nicht umfaßt.

Einen Augenblick lang fand sich Raven an seine starke Brust gedrückt, ihre festen, vollen Brüste berührten ihn, die weiten Röcke drängten ihm gegen die muskulösen Schenkel. Charles' Arme schienen sich wie von selbst enger um sie zu schließen, sie noch näher zu ziehen, und sein warmer Atem strich ihr über die Stirn.

Raven hob den Kopf und bemerkte, daß die smaragdgrünen Augen auf ihr ruhten, ihre eigenen sich auf gleicher Höhe mit seinen sinnlichen Lippen befanden und daß sie unfähig war, den Blick abzuwenden. Charles, der ihr Beben und die atemlose Stille spürte, konnte kaum glauben, daß diese gewaltige Hitze sie beide durchströmte, wann immer sie einander berührten. Scheinbare Zeitlosigkeit umfing sie, während sie einander ansahen, und das brennende Verlangen in Charles' Blick wurde durch die sehnsüchtige und kaum erkannte Liebe in Ravens Augen beantwortet.

»Wo sind die Wassertaschen, Towarisch?« erscholl Dimitris Baß von der anderen Seite der Kutsche her, wo er Danny fürsorglich heraushalf.

Charles ließ Raven zärtlich los, wobei er sich vorher vergewisserte, daß ihre schmerzenden Beine sie jetzt wieder tragen konnten; dann wurde sein Blick hart und undurchdringlich, als er die Ziegenlederflaschen hervorfischte und sich umdrehte, um von der nahen Quelle Wasser zu holen.

»Wird Ihnen das Reiten nicht zu viel, Miß Raven?« erkundigte sich Danny besorgt, während sie um die Kutsche zu ihrer jungen Herrin eilte und sich die verknitterten Bombasinröcke glattstrich. »Die Straße scheint jetzt in besserem Zustand zu sein, denn die Kutsche schaukelt und rumpelt nicht so arg wie gestern.«

Noch vor weniger als einer Minute hätte Raven zugegeben, daß sie die Gelegenheit, nach der Mittagsrast im vergleichsweise bequemen Ghari weiterzufahren, sehr begrüßen würde. Doch jetzt schüttelte sie heftig den Kopf, während ihr Blick Charles St. Germains hoher Gestalt folgte, als er niederkauerte und die Wasserflaschen mit kristallklarem Wasser füllte. »O nein, Danny«, murmelte sie atemlos. »Mir geht es gut.«

Nach einem kurzen Mahl aus Fladenbrot, honigsüßen Früchten und Wasser zog der kleine Trupp weiter auf der staubigen Straße, die erbarmungslos durch die Grasebenen nach Kasur führte. Die Gegend erschien Raven in ihrer Eintönigkeit öde und von bedrückender Langeweile, die gleiche Landschaft, die ihr von der *Orient Star* aus so farbig und aufregend vorgekommen war. Hatte etwa die Angst vor einem zweiten Sikh-Krieg ihr den Blick für die Schönheit Indiens getrübt? Heftig ermahnte sich Raven, daß derlei Gedanken unsinnig seien und sie sich nicht durch Charles' unheilvolle Warnungen erschrecken lassen dürfe.

Wiederholt sah sie zu ihm hinüber, der weiterhin an ihrer Seite ritt, aber sein Pferd ein Stück rechts hinter dem ihren hielt und so ein eventuelles Gespräch verhinderte. Den Grund für seine spürbare Unruhe vermutete sie darin, daß er sich bei dieser Reise durch ein erschöpftes junges Mädchen auf einer schwachen Stute und eine ältere Frau in einem dahinrumpelnden Ghari behindert fühlte.

Auch dieser Nachmittag erwies sich als ebenso ermüdend und endlos wie der gestrige. Verschmutzt, mit einer Staubschicht auf Reisemantel und Haar, hielt Raven die Augen gesenkt und war nicht zum Plaudern aufgelegt; lediglich Dimitri brach ab und zu mit seinem lautstarken Gesang die Stille, die bleiern über den Ebenen lastete.

In der Dämmerung näherte sich die kleine Gruppe der Brükke, die über die dunklen Wasser des Sutlej führte. In der einbrechenden Dunkelheit funkelten die Lichter von Kasur unter dem blauschwarzen Himmel, und die weißen Segel unzähliger kleiner Schiffe zeichneten sich gespenstisch vor dem dunklen Wasser ab. Charles, der voranritt, hob die Hand und hielt den Trupp an, als der Brückenwärter aus seiner Hütte heraus kam.

Ravens Lider waren vor Erschöpfung schwer, und sie zollte der kurzen Unterhaltung zwischen Charles und dem hakennasigen Inder überhaupt keine Aufmerksamkeit. Ein knarrender Ochsenkarren rumpelte über die Brücke, neugierig lugten seine Insassen auf die drei Europäer hoch zu Roß und machten beim Anblick des dicken bärtigen Russen und des kräftig gebauten Kapitäns, der fast ebensogut Urdu sprach wie sie, große Augen. Dimitri, stets auf der Hut, bemerkte die Blicke und war erleichtert, als er nur eine Mischung aus Scheu und Erstaunen auf den Gesichtern wahrnahm.

Bevor Charles den Befehl, auf die Brücke zu fahren, geben konnte, stieg der Ghari-Kutscher unerwartet ab und eilte heftig gestikulierend und unter einem unaufhörlichem Wortschwall durch die Dunkelheit auf Charles zu. Dimitri lenkte sein Pferd heran, um zuzuhören, während Raven die unvorhergesehene Verzögerung nutzte, auf den Wagen zuritt und hineinspähte. »Danny?«

»Ja, Miß Raven«, drang die überraschend lebhafte Stimme heraus. »Ich habe die meiste Zeit geschlafen.«

»Du Glückliche«, bemerkte Raven reumütig.

»Warum fahren wir denn nicht weiter?« In der Finsternis erschien Dannys Gesicht wie ein verschwommener heller Fleck, als sie aus dem Wagenfenster lugte.

»Unser hochgeschätzter Kutscher«, erklärte Charles mit einem kurzen, durchdringenden Blick auf den Inder, der aufgeregt hinter dem tänzelndem Pferd des Kapitäns auftauchte, »hat entschieden, daß ihm die Fahrt über die Brücke aus religiösen Gründen verwehrt ist.«

»Das verstehe ich nicht.« Danny wandte sich verdutzt zum Kutscher.

»Es bedeutet wohl, daß wir jetzt keinen Wagen mehr haben«,

erwiderte Raven und sah Dimitri verunsichert an, »daß wir die restliche Strecke nach Kasur reiten müssen.«

»Ich fürchte, es verhält sich so, Mrs. Daniels«, bestätigte Charles.

»Ach, und was passiert mit dem Gepäck?«, jammerte Danny.

»Das werden wir auf Miß Barrancourts Stute schnallen müssen«, erklärte Charles freundlich. »Sie ist als Lasttier dressiert.«

»Aber auf welchem Pferd reite ich?« fragte Raven mit aufgerissenen Augen.

»Auf meinem, zusammen mit mir«, teilte ihr Charles in lustlosem Ton mit, der seine mangelnde Begeisterung verriet.

»Und Sie, Mrs. Daniels, kommen mit mir« polterte Dimitri in die darauffolgende Stille und fügte schelmisch hinzu. »Wenn Sie mir als Ihrem Begleiter trauen.«

Dannys herzliches Lachen lockerte die Spannung. »Ich bin entzückt, Mr. Sergejew.«

Verblüfft sah Raven zu, wie behend Danny mit zwar arg verknitterten Röcken, aber ungetrübtem Elan aus der Kutsche kletterte. Was für ein unerwarteter Rollenwechsel hatte da stattgefunden! Sonst ermüdete Danny als erste oder verlor den Antrieb, und jetzt benahm sie sich wie ein lebhaftes junges Mädchen, kokettierte sogar offen mit Dimitri, während Raven sich kaum rühren konnte.

»Was für eine seltsame Religion, dieser Hinduismus«, konstatierte Danny, während Dimitri und der dem Dienst enthobene Kutscher eilig die paar Koffer und kleineren Gepäckstücke auf den Rücken der Stute packten. »Man darf keine Kühe schlachten und nicht in Gegenwart von Angehörigen niederer Kasten essen, ja nicht einmal Brücken befahren!«

»Es ist nicht die Religion, die es ihm verbietet«, entgegnete Charles, der in der Dunkelheit hoch vor ihnen aufragte und den unermüdlichen Wallach am Zügel führte. Raven sah seine weißen Zähne in der Dunkelheit aufblitzen, als er lächelnd fortfuhr. »Sondern der Gedanke an sein Heim und das warme Bett, die am Ende der Reise auf ihn warten. Wenn er jetzt umkehrt, statt uns ganz nach Kasur zu bringen, gewinnt er mindestens einen halben Tag.«

»Aber wir haben ihn doch für den ganzen Weg in die Stadt bezahlt«, wandte Raven ein.

Charles zuckte die Achseln. »Gewiß, aber wir sind Feringhis – Ausländer – und deshalb leicht zu täuschen. Das glaubt er wenigstens.«

»Er weiß doch genau, daß Sie ebenso gut Urdu sprechen wie er«, beharrte Raven. »Warum sagen Sie ihm nicht einfach, daß Sie den Trick durchschauen?«

»Wir befinden uns hier in Indien, Raven.« Charles trat näher zu ihr und sprach sie unbewußt mit dem Vornamen an, der ihm viel leichter als das steife »Miß Barrancourt« über die Lippen kam. »Unser berechnender Kutscher denkt nicht so wie wir, und ich werde ihn nicht als Lügner bloßstellen, indem ich ihm sage, daß nichts im Weda die Überquerung dieses Flusses verbietet.«

Raven schwieg und runzelte mißbilligend die Stirn. Offensichtlich unterschied sich indisches Denken ganz erheblich vom abendländischen, und zweifellos hatte Charles St. Germain beschlossen, die Denkweise des Landes anzunehmen, in dem er sich gegenwärtig befand. Wie sonst sollte sie seine unvernünftige Entscheidung deuten, die Ehre eines Mannes über Dannys und ihr Wohlergehen zu stellen?

»Wir sind soweit, Towarisch«, klang Dimitris Baß durch das Dunkel.

»Wenn Sie also nichts dagegen haben, Mrs. Daniels?« In der Dunkelheit konnte Raven zwar Charles' Gesicht nicht sehen, doch sein schalkhafter Tonfall entging ihr nicht. Weshalb benimmt er sich Danny gegenüber so nett, grübelte sie niedergeschlagen, während er mich ständig mit gefühllosen Worten verletzt? Dachte er nicht mehr an die glutvollen Freuden, die er ihr durch seinen leidenschaftlichen Liebesunterricht geschenkt hatte? Offensichtlich nicht, denn sie erkannte jetzt in qualvoller Klarheit, daß er mit ihr nur getändelt und ihr jenes kostbare Gut der Jungfernschaft geraubt hatte, ohne nachher auch nur einen Gedanken an ihre Gefühle zu verschwenden. Hoffentlich würde sie ihn nach der Ankunft in Lahore nie wiedersehen.

»Miß Barrancourt? Sind Sie zur Weiterreise bereit?«

Sie nickte, und Charles umfaßte ihre schmale Mitte, die Finger sanft über ihre Hüften gebogen, als er sie in den Sattel hob. Ohne ihr Zeit für das Zurechtstreifen der zerknüllten Röcke zu lassen, legte er den Fuß in den Steigbügel, schwang sich hinter ihr aufs Pferd und ließ dann die Hände um sie gleiten, um die Zügel zu greifen. Raven, die seine unnachgiebige Kraft spürte, rückte absichtlich von ihm weg und wäre fast abgeworfen worden, als der kastanienbraune Wallach flott über die Brücke trabte.

»Halten Sie doch still«, wies Charles sie ärgerlich an, »sonst fallen Sie noch vom Pferd.«

Raven schenkte ihm keine Beachtung, sondern bemühte sich verbissen um einen aufrechten Sitz, um nicht gegen Charles zu prallen. Ein Lachen stieg in seiner Brust auf – sie konnte es in ihrem ganzen Körper fühlen –, aber sie preßte die Lippen zusammen und hielt das Gesicht angewandt, während sie den Hindu-Kutscher wegen seiner Faulheit und Charles St. Germain wegen seiner Nachsicht am falschen Fleck verwünschte.

Im Flackerschein der Fackeln entlang der Brücke erschien Ravens Gesicht noch schöner und weicher, da die Schatten ihrer zarten Mundpartie und der Halsmulde sinnliche Tiefe verliehen und nur die hohen Wangenknochen im kontrastierenden Licht deutlich hervortraten. Unter den Falten ihres Reisemantels konnte Charles die Umrisse ihrer festen, sanft gerundeten Brüste sehen, die sich gegen den schimmernden Kleiderstoff schmiegten, die glatte Haut darüber leuchtete rosig im Fackellicht. Ein weicher Schenkel war gegen seinen muskulösen gedrückt, ihre geschwungene Hüfte ruhte verlockend an seiner, und das Blut erhitzte sich in seinen Lenden. Der Duft ihres glänzenden Haares, ihre Nähe und Wärme erfüllten seine Sinne mit einer übermächtigen Fülle von Reizen.

In diesem Augenblick stolperte der Wallach überraschend auf den unebenen Planken, und Charles schloß unwillkürlich die Arme fester um Raven, um sie vor dem Fallen zu bewahren, und zog sie dicht an seine schützende Brust. Raven fiel der Kopf kurz gegen eine harte, aber unbestreitbar trostreiche Schulter, und für einen Moment beugte sich das attraktive Gesicht mit dem tiefgekerbten Kinn und den schmalen sonnenverbrannten Wangen über das ihre. »Ihnen ist doch nichts passiert?«

Die tiefe, rauhe Stimme und seine einschüchternde Nähe jagten Raven einen Schauder über den Rücken. In Charles' Armen konnte sie seine unbeugsame Stärke spüren. Sein Herz schlug fest und kräftig, und sie fühlte atemlos die Muskelstränge seiner an sie gepreßten Schenkel und seine nicht zu mißdeutende Männlichkeit.

»Nein, nein«, versicherte sie ihm in, wie sie hoffte, gleichmütigem Ton, doch zu ihrem Ärger schlich sich ein deutliches Zittern in ihre Worte. »Ich fürchte mich nicht davor, herunterzufallen.«

»Bestimmt nicht«, spöttelte Charles, und sie merkte, wie ein lautloses Lachen seine breite Brust erbeben ließ. Da er den Druck seiner Arme lockerte, konnte sie sich wieder aufrechtsetzen, und dankbar rückte sie von ihm ab, die Schultern mißbilligend gestrafft.

Grinsend lenkte Charles das Pferd näher zu Dimitri und lächelte zu Danny hinab, die zwergenhaft klein vor dem hünenhaften Kosaken im Sattel saß. Ihr Hut saß schief, und graue Löckchen hingen ihr wirr in das runde Gesicht, aber sie versicherte auf Charles' Anfrage überzeugend, daß es ihr gutgehe und sie mühelos die zermürbende Stunde bis zur Ankunft im Nachtquartier überstehen würde.

»Wir bleiben diese Nacht im britischen Quartier«, teilte ihr Charles mit. »Colonel Bateman, ein alter Bekannter von mir, erwartet uns.«

Mit der dahinstapfenden Stute im Schlepptau ließen die zwei schwerbeladenen Wallache die Brücke hinter sich und schwenkten nach rechts, wo die Hauptstraße am Flußufer nach Kasur führte. Raven, die hundemüde war, schenkte den Gäßchen und aneinandergepferchten Wohnhäusern, an denen sie vorbeikamen, wenig Beachtung, obwohl sie selbst bei größerer Aufmerksamkeit im Dunkel nur wenig wahrgenommen hätte. Sosehr sie sich auch bemühte, konnte sie doch die Augen nicht mehr offenhalten, und jeder holpernde Schritt des Wallachs warf sie sacht gegen Charles St. Germains breite Brust. Obwohl sie sich jedesmal versteifte und aufrichtete, überwältigte sie die Müdigkeit, und endlich schlief sie ein, die glatte Wange an sein weiches, fein duftendes Musselinhemd gelegt, im Schutz seiner starken Arme.

Mit zusammengekniffenen Augen erkundete er die Finsternis. Er führte den Wallach gleichmäßig und bemühte sich sehr, das schlafende, an ihn gekuschelte Mädchen nicht zu wecken. Hin und wieder erlaubte er sich Freiheiten, die er sich, wäre sie wach, nicht gestattet hätte. Er drückte die schmale Wange an ihre seidigen Haare und atmete dessen vertrauten Duft ein.

9

»Da gehen Sie mir nicht hinein, Miß Bettina, oder ich sag's Ihrem Vater!«

»O Jamie, nur ganz kurz!«

»Nein, diesmal bleibe ich eisern, im Ernst!«

»Jamie –!«

Durch eine beinahe undurchdringliche Mauer aus Schlaf sikkerten zwei Stimmen in Ravens Bewußtsein, doch auf den resoluten, melodischen irischen Tonfall und das wehleidige Piepsen eines jungen Mädchens konnte sie sich keinen Reim machen.

»Na schön, Jamie, reg dich nicht weiter auf! Ich komme später wieder!«

»Sehr vernünftig, Miß Bettina«, erscholl wieder der besänftigende irische Akzent, und Raven hörte, wie sich jemand schlurfend von der Tür entfernte. Gleich im nächsten Augenblick klickte der Riegel, die Tür ging knarrend auf, und das herzförmige Gesicht eines jungen Mädchens erschien.

Als sie Raven in der zerwühlten Bettwäsche sah, entfuhr ihr ein entzücktes »Oh!« Sie öffnete die Tür weiter und trat mit wirbelnden Taftröcken ein. »Sie sind ja wach!« rief sie erfreut. »Haben Sie gut geschlafen?«

»Danke, ausgezeichnet«, antwortete Raven ziemlich verwirrt. Verschwommene Erinnerungen an die Nacht zuvor kehrten zurück. Zwei starke Arme hatten sie von dem großen Wallach gehoben und den tüchtigen Händen einer gluckenhaften, gesetzten

Frau übergeben, von der sie rasch in ein Zimmer und zu Bett gebracht worden war.

Die freundliche Stimme und der üppige Busen, die ihr von der vergangenen Nacht her im Gedächtnis geblieben waren, schienen nicht zu dem schlanken jungen Mädchen zu passen, dessen vergißmeinnichtblaue Augen sie mit unverhohlener Neugierde musterten.

»Es tut mir leid«, sagte Raven nach einer Weile, als sich noch immer kein Ende der wortlosen Begutachtung abzeichnete. »Ich kann mich offenbar nicht entsinnen, ob wir uns schon begegnet sind.«

Das Mädchen, dem goldene Locken auf die weichen Schultern fielen, lachte und vollführte einen niedlichen Knicks. »Ich heiße Bettina Bateman, und Sie sind in Papas Haus in der britischen Siedlung von Kasur. Sie kamen gestern nacht sehr spät an, und Kapitän St. Germain bat Jamie, Sie ausschlafen zu lassen. Ich wollte nur schnell hereinschauen, weil es hier so gräßlich wenig Mädchen in meinem Alter gibt, aber ...« Sie zuckte die Achseln und ließ die blauen Augen blitzen. »Jamie wollte nichts davon hören. Und dabei waren Sie schon wach, so wie ich es vermutet hatte!«

Raven wollte Bettina nicht durch die Mitteilung verletzen, daß die Auseinandersetzung mit der respekteinflößenden Jamie sie aufgeweckt hatte. Mit einem Blick auf die Kirschbaumuhr neben der Tür stellte sie fest, daß es fast elf war. »Du liebe Güte! Ich glaube, ich habe noch nie im Leben so lange geschlafen!«

»Dafür kann Sie niemand tadeln«, versicherte ihr Bettina und verschwieg wohlweislich, daß sie selbst kaum früher aus den Federn kam. »Wenn Sie sich beeilen, Miß Barrancourt, kommen Sie gerade recht zum Mittagessen. Papa sagt, es wird heute Ihnen zu Ehren im Salon serviert. Darf ich Sie Raven nennen?«

Raven nickte geistesabwesend und wünschte sich, Bettina würde sie allein lassen. Offenbar meinte es das Mädchen nicht böse, aber Raven hatte genug Backfische ihres Schlags in England kennengelernt, um sich zu erinnern, daß es eines sehr geringen Anreizes bedurfte, um sie zum Reden zu bringen, aber dafür um so mehr, um sie wieder zum Schweigen zu veranlassen. In gewisser Weise glich Bettina mit ihrer üppigen goldblonden Lockenpracht, die ihr herzförmiges Gesicht und die großen blauen Augen umrahmte, einem puppenhaft schönen Rauschgoldengel.

Obwohl sie nicht viel älter als fünfzehn oder sechzehn sein konnte, war ihre Taille fest eingeschnürt, so daß das Mieder des himmelblauen Kleides ihre kleinen Brüste hob und ihnen so den Anschein weiblicher Fülle verlieh. Ihre weichen rosa Lippen waren zu einem permanenten Schmollmündchen verzogen, und Raven hegte den starken Verdacht, daß es sich dank elterlicher Nachsichtigkeit in langen Jahren gebildet hatte und später, als Bettina seine Niedlichkeit erkannt hatte, stundenlang vor dem Spiegel vervollkommnet worden war.

»Ich schicke die Diener herauf, damit man Ihnen behilflich ist«, fügte Bettina hinzu und trippelte, sehr zu Ravens Erleichterung, hinaus.

Währenddessen unterrichtete Colonel Roger Bateman in seinem Arbeitszimmer Charles St. Germain und Dimitri über die jüngsten Entwicklungen im Punjab. Der Brite hatte fast seine ganze Offizierslaufbahn in Indien verbracht und beherrschte beeindruckend gut die schwierigen Sprachen Hindustani und Punjabi. Da er die Achtung seiner indischen Fußsoldaten ebenso genoß wie die seiner britischen Kollegen, verfügte Colonel Bateman über mehr vertrauliches Wissen als andere Offiziere der lokalen Garnisonen. Hauptsächlich aus diesem Grund hatte Charles beschlossen, die Nacht in der britischen Siedlung von Kasur statt im nächsten Dak-Bungalow zu verbringen, denn gegenwärtig waren verläßliche Informationen von lebenswichtiger Bedeutung.

»Lord Gough, Oberbefehlshaber unserer Armeen, eröffnete am 22. bei Rammiggar den Kampf gegen die Sikhs«, sagte Bateman mit seiner hohen klaren Stimme, die für einen so großen und beleibten Mann wenig passend erschien. Sein Gesicht war rosig, die Bartkoteletten verbargen fleischige Wangen, aber Charles kannte ihn gut genug, um zu wissen, daß sich der Offizier mit den Fettpolstern und schlaffen Muskeln im Zweikampf wie eine Katze bewegte, daß sein Mut und seine militärische Tapferkeit so tödlich wirkten wie ein Kobraangriff.

»Sind gegenwärtig Truppen im aktiven Einsatz?« fragte Charles mit ausdrucksloser Miene, so daß Dimitri seine Gedanken nicht erahnen konnte.

»Die ganze Armee marschiert oder hält Manöver ab, aber ich kann Ihnen zum jetzigen Zeitpunkt nicht exakt sagen, wo die nächste Schlacht ausgefochten wird. Mein Zehntes und Major Andersons Siebzehntes Infanterieregiment sind zum Abmarsch nach Chillianwallah am Wochenende gerüstet.«

Eine Zeitlang herrschte in dem gemütlichen Arbeitszimmer Schweigen, während Charles über diese Worte nachdachte, und es war Dimitri, der sich vorbeugte und fragte: »Wie steht es im Punjab, Colonel? Sie wissen ebenso gut wie wir, daß er die Hochburg der Sikhs ist. Können sich Europäer in Lahore noch auf die Straße wagen?«

»Es wird immer Leute geben, die sich dabei unbehaglich fühlen«, erwiderte der dicke britische Offizier bedächtig und wunderte sich über Charles' fest zusammengepreßte Lippen. »Vor allem, da nur ein Regiment der East India Company die Autorität des Gesandten dort unterstützt. Doch die Sikhs sind ein stolzes Volk und nicht dafür bekannt, unschuldige Frauen und Kinder niederzumetzeln. Ich sehe dies als rein militärischen Feldzug.«

»Und doch sind Sie nicht völlig überzeugt«, bemerkte Charles schroff.

Colonel Bateman seufzte. »Die Armee der Sikhs wird von afghanischen Reitern unterstützt, überwiegend Afridis. Sie kennen ja deren Kampfleidenschaft, Charles.«

»Allerdings.« Die Afridis, die Raven bei jenem Überfall auf die *Orient Star* beinahe umgebracht hätten, tat er als verachtenswerte Flußpiraten ab, die durch die Opiumsucht ihren fanatischen Stolz und ihre kriegerischen Fähigkeiten, Grundeigenschaften des afridischen Charakters, verloren hatten. Nein, wäre Raven von den wahren, unberechenbaren und gefährlichen Kämpfern der Berge gefangengenommen worden, die ihre Freiheit todesmutig verteidigten, hätte sie es nicht überlebt. Dieser Gedanke verlieh Charles' Tonfall eine unvermittelte Aggressivität. »Gewiß, Colonel, ich kenne sie gut.« Sein durchdringender Blick richtete sich auf den Offizier in der schmucken Uniform. »Trotzdem würden sie ebenso wenig wie ihre Kampfgenossen durch die Straßen von Lahore ziehen, um schutzlose britische Staatsbürger aufzuspüren und zu ermorden.«

»Nein«, stimmte der Colonel zu. »Ich würde zu behaupten wagen, daß man sich in Lahore an einem sicheren Ort befindet – zumindest derzeit noch. Lediglich die Tatsache, daß es einst die Hauptstadt der Sikhs war und wir Briten es ihnen gewaltsam nahmen, läßt mich befürchten, sie könnten es uns eines Tages wieder zu entringen versuchen ...

»Ah, Penelope«, unterbrach er sich lächelnd, als er seine Frau in der Tür stehen sah. »Ist es schon Zeit zum Mittagessen? Offen gestanden freue ich mich, Miß Barrancourt kennenzulernen, nachdem Mr. Sergejew mir so viel über sie erzählt hat.«

»Sie wartet mit Bettina im Salon auf uns«, erwiderte Mrs. Bateman und ließ die langen, kajalgeschwärzten Wimpern wie ein Backfisch über die wäßrig blauen Augen flattern, als sie den in einem Ledersessel zurückgelehnten Kapitän anlächelte. Im Tageslicht wirkte er sogar noch attraktiver und gebieterischer als gestern abend bei der Begrüßung. Sicher konnte es nicht einmal Lieutenant David Tyde, den sie bereits als perfekten Gatten für Bettina auserkoren hatte, an Kraft, Aussehen oder mutmaßlichem Vermögen mit Kapitän Charles St. Germain aufnehmen. Überdies hatte ihr Roger gestern von St. Germains Grafentitel erzählt, und die Aussicht, für ihr Schätzchen Bettina ein Adelsprädikat zu ergattern, brachte eine hektische Röte auf Penelope Batemans runde Wangen.

Abgesehen von ihrem Körperumfang und allzu intensivem kosmetischen Aufwand hätte man Mrs. Bateman hübsch nennen können. Weil sie die Gemahlin eines alten Bekannten war, hielt sich Charles streng an die gesellschaftlichen Formen und bot ihr höflich den Arm, als sie das Arbeitszimmer verließen. Während sie die Fingerspitzen auf seinen muskulösen Unterarm legte und verstohlen in das kühn gemeißelte Gesicht lugte, fühlte Penelope einen Schauer durch ihren Körper rieseln. Vielleicht schüchtert er Bettina ein wenig zu sehr ein, überlegte sie mit einem besorgten Stirnrunzeln. Ein derart zartes, zierliches Wesen wie Bettina konnte ein so großer, starker Mann wie Charles St. Germain leicht, wenn auch unabsichtlich verletzen.

Ein betagter indischer Diener verbeugte sich tief, als sie im langen, mit Teppichen ausgelegten Flur an ihm vorbeigingen, öffnete dann die Doppeltüren zum Salon und murmelte einige ehrerbietige Worte der Memsahib gegenüber. Während Penelope auf der Schwelle innehielt, um ihre Tochter mit Charles bekannt zu machen, bemerkte sie, wie sich seine smaragdgrünen Augen verengten, als er an der geziert lächelnden Bettina vorbei zu Raven Barrancourt sah, die, an eine der hohen Glastüren gelehnt, in den Wintergarten schaute.

»Kapitän, darf ich Sie mit meiner Tochter bekannt machen?« fragte sie mit stolzem Lächeln, obwohl sie durchaus wußte, daß eigentlich Roger ihr einziges Kind vorstellen müßte. Das Lächeln erstarb fast angesichts des gleichgültigen Blicks, den er Bettina zuwarf, obwohl er sie mit untadeliger Höflichkeit begrüßte. Bei seiner unbefriedigenden Reaktion auf die atemberaubende Schönheit ihrer Tochter füllte sich ihr Herz mit Empörung, denn zum allerersten Mal verhielt sich ein Mann in Bettinas Anwesenheit nicht verlegen und unbeholfen.

Das ist doch wirklich zu ärgerlich, dachte Penelope. Kapitän St. Germain machte kein einziges charmantes Kompliment über Bettinas entzückendes Taftkleid, sondern drehte sich zu Raven Barrancourt um, nahm deren zarte Hand und führte sie zu dem lächelnden Roger, der für die schroffe Abfuhr seiner Tochter blind war.

Penelope hörte kaum die Begrüßungsworte; sie richtete die blassen Augen unentwegt auf den attraktiven Kapitän und die dunkelhaarige Schönheit an seiner Seite. Beide groß und eindrucksvoll, paßten sie zweifellos gut zusammen; die knisternde Kraft, die von Charles St. Germains kraftvollem Körper unaufhörlich auszugehen schien, strahlte auch im funkelnden Feuer von Ravens goldbraunen Augen. Penelope konnte die Anziehungskraft zwischen ihnen wie die spannungsgeladene Luft vor einem Sturm spüren, doch an Charles St. Germains schroffem Gesichtsausdruck und Ravens unnachgiebigem Profil erkannte sie, daß es zwischen ihnen lediglich unbeugsamen Stolz und gezwungene Förmlichkeit gab. Vielleicht bestand noch eine Chance – wenn Bettina geschickt vorging.

Sie beobachtete voller Stolz, wie das Mädchen auf ihr verstohlenes Zeichen hin ein wahrhaft männermordendes Lächeln aufsetzte. Kein Vertreter des starken Geschlechts konnte einem reizenden, niedlichen Lächeln widerstehen, dessen war sich Penelope gewiß, denn Bettina hatte es mit ihrer Unterstützung in unzähligen Stunden zur Perfektion gebracht. Natürlich paßte es, von einem Fächer halb verborgen, besser zu einem abendlichen Beisammensein. Aber laut Roger würden sie sich beim Abendessen nicht sehen, da Kapitän St. Germain und sein dicker russischer Freund – der Penelope offen gestanden ziemlich irritierte – geschäftliche Angelegenheiten in der Stadt erledigen würden.

»Kapitän, warum setzen Sie sich als Tischherr nicht an meine Seite?« lud Bettina ihn mit kokett geneigtem Kopf ein, als sie sich endlich zur geschmackvoll gedeckten Tafel begaben.

»Mr. Sergejew, Sie müssen mir unbedingt erzählen, wie Sie dazu kamen, sich mit den Briten zusammenzutun«, fügte Mrs. Bateman eilends hinzu und dirigierte den bärtigen Kosaken zu dem eigentlich Charles zugedachten Stuhl, wobei ihre ignorante Bemerkung Roger Bateman zu einem Stirnrunzeln veranlaßte. Aber glücklicherweise bemerkte Penelope es nicht, denn sie beobachtete gespannt, wie der Kapitän Bettina zum anderen Tischende führte. Oh, sie passen ausgezeichnet zusammen, frohlockte sie und bezweifelte keine Sekunde, daß der dunkelhaarige, gutaussehende Kapitän St. Germain den idealen Gegensatz zu ihrer schönen blonden Tochter bildete.

Im Bestreben, ihrem geliebten Kind zu einer glänzenden Partie zu verhelfen, kam es Penelope gar nicht in den Sinn, daß Charles sein Augenmerk möglicherweise nie auf ein Porzellanpüppchen wie Bettina richten könnte, die – von feinster Seide und Satin umhüllt – mit einem anbetungsvollen, diskret im Hintergrund bleibenden Ehemann von allen umschwärmt werden wollte. In der starken Hand, die das zarte Mädchen zum Tisch geleitete, pulste zuviel ungestüme, ungebändigte Kraft. Und Colonel Bateman, der das Paar ebenso aufmerksam wie seine atemlose Frau betrachtete, sah eben das und erriet die Wahrheit. Obwohl er seine Tochter innig liebte und sie für ein hübsches, wenngleich zugegebenermaßen hohlköpfiges kleines Ding hielt, erkannte er, daß er lieber Raven Barrancourt, die rechts neben ihm saß, den Vorzug gäbe. Sowie er sie zum erstenmal gesehen und das Feuer in ihren großen Augen, die jugendliche, anmutige Kraft ihres gertenschlanken Körpers wahrgenommen hatte, war die Hoffnung in ihm aufgestiegen, Charles wäre aus Sorge um ihre Sicherheit nach Lahore gekommen.

Für Raven verlief das Essen trotz ihres Bärenhungers wenig angenehm, denn sie konnte nicht vom Teller aufschauen, ohne Bettinas heftiges Kokettieren mit Charles mit ansehen zu müssen. Sein offensichtliches Vergnügen an diesem Flirt machte es nur noch schlimmer, und sein widerwärtiges Verhalten brachte sie in helle Wut. Noch nie hatte sie diesen rücksichtslosen Barbaren so zivilisiert erlebt wie jetzt, wo er mit unverkennbarer Aufmerksamkeit Bettinas sterbenslangweiligen Berichten über das Leben in der britischen Siedlung lauschte. Noch mehr peinigte sie das verwegene Lachen, mit dem er das zimperlich alberne Lächeln des Mädchens erwiderte. Angesichts dieser Vertraulichkeiten knirschte Raven mit den Zähnen und hätte die beiden am liebsten geohrfeigt.

Daß Mrs. Bateman die ganze Angelegenheit mit höchster Billigung verfolgte, vergrößerte Ravens Ekel. Nun gut, wenn Charles St. Germain an einer Plaudertasche wie Bettina Interesse zeigte – sie gönnte es ihnen von Herzen. Obwohl das Mahl ihr im Vergleich zu den kargen Portionen der vergangenen paar Tage üppig erschien, kostete sie kaum davon.

Sie hätte sehr gern Colonel Bateman zur gegenwärtigen politischen Entwicklung im Punjab befragt, doch unterband Bettinas Geplänkel mit Charles jeden diesbezüglichen Versuch, und so schwieg Raven mit niedergeschlagenen Augen und hielt den glänzenden dunklen Kopf gesenkt, damit niemand die Anspannung auf ihrem Gesicht bemerkte.

»Darf ich Ihnen etwas Wein nachschenken, Miß Barrancourt?« erkundigte sich Colonel Bateman, nachdem die Hauptgänge beendet waren und eine Dienerschar das Geschirr hinausgetragen hatte.

»Nein, danke«, erwiderte Raven, aus ihren Gedanken hochgeschreckt. Ihre dunkel umschatteten Augen wanderten ans andere Tischende, wo sich Bettina zu Charles beugte, um ihm, die geöffneten Lippen dicht an seiner Wange, etwas ins Ohr zu flüstern. Unvermittelt stand Raven auf. »Hielten Sie es für sehr unhöflich, wenn ich mich vor dem Nachtisch entschuldigte? Ich würde gern nach Mrs. Daniels schauen.

»Ganz und gar nicht«, versicherte ihr Penelope, obgleich sich Raven an den Colonel gewandt hatte, denn für den Geschmack der Hausherrin hatte sich Kapitän St. Germains Blick zu oft auf Ravens gesenkten Kopf verirrt.

Erleichtert verließ Raven den Speiseraum und eilte den Korridor hinunter zu Dannys Zimmer, wo die betagte Erzieherin einem ausgiebigen Mittagsschläfchen frönte. Auch Bettina atmete auf, da sie nun die einzige andere anwesende Person losgeworden war, die sie als würdige, wenngleich nicht ganz ebenbürtige Gegnerin im Kampf um Charles' Huldigung betrachtete. Sie wandte sich wieder der Unterhaltung mit dem gutaussehenden Kapitän zu, mußte aber verärgert feststellen, daß er nicht länger Interesse zu bekunden schien. Statt dessen warf er einen schnellen Blick auf die offene Tür, durch die Raven enteilt war, und knüpfte unverzüglich mit ihrem Vater ein grauenhaft langweiliges Gespräch über die Wahrscheinlichkeit eines weiteren Sikh-Krieges an.

Erfreut über Dannys gesunden Schlaf, zog sich Raven in ihr Zimmer zurück und schlenderte rastlos zu den großen Doppeltüren, die auf die Veranda führten. Bis auf die sorgfältig bepflanzten Gärten um Colonel Batemans Wohnhaus und einige Nebengebäude unter Heiligen Bobäumen konnte sie nur wenig von der Siedlung sehen. Gewiß verlief das hiesige Leben mit seinen gelegentlichen Fahrten zu den Basaren von Kasur und Besuchen streitlustiger, mittelalterlicher Offiziersgattinnen als einzigem Zeitvertreib ziemlich öde.

Bei Tisch hatte Bettina erzählt, sie verlasse mit ihrer Mutter die Militärsiedlung nur selten. Die Britinnen würden von ihren

Veranden aus bei den Hausierern und Händlern kaufen, die hin und wieder vorbeikamen.

»Raven?«

Als Bettinas Stimme durch die Schlafzimmertür drang, drehte sich Raven widerwillig um. »Ja?«

»Mama findet, wir sollten jetzt Karten spielen, da wir allein im Haus sind.« Leises Gekicher klang auf. »Papa besucht Major Pelgram, also erfährt er nichts davon. Möchten Sie vielleicht mit uns beiden spielen?«

Im Augenblick wünschte Raven nichts weniger als Karten zu spielen, vor allem, wenn ihr Gastgeber dies klar mißbilligte. Aber sie wußte, daß sie sich der Dame des Hauses gegenüber, die sie so freundlich aufgenommen hatte, nicht unhöflich zeigen konnte. »Ich komme in einer Minute«, versprach sie.

Der Nachmittag, der Raven endlos erschien, ging in einen kühlen Abend über, und die Diener zündeten in einem Zimmer nach dem anderen die Lampen an. Charles und Dimitri waren bis acht Uhr noch nicht zurückgekehrt, als die Batemans im Eßzimmer Platz nahmen, so daß Raven und Danny allein mit ihnen essen mußten. Glücklicherweise beherrschte Colonel Bateman diesmal die Unterhaltung, und seine Ausführungen über indisches Leben erwiesen sich als weitaus interessanter als Bettinas geistloser Tratsch.

Als Folge der Faulenzerei den ganzen Tag über fühlte sich Raven zu der frühen Stunde, als sich die Batemans zurückzogen, noch nicht bettreif. Sie wünschte Danny gute Nacht und blätterte in ihrem Schlafzimmer müßig ein Buch durch, das ihr Bettina geliehen hatte und vermutlich ein romantisches Mädchenherz ansprechen sollte. Schnell gelangweilt, legte Raven es beiseite und trat lautlos auf die Veranda hinaus. Die Nacht war finster, ein Halbmond und ein prächtiger Sternenhimmel erhellten den verdunkelten Bungalow und die schlafende Siedlung nur wenig.

In dem kalten Wind, der vom gewaltigen Hindukusch herwehte, zitterte Raven; dieser erste Winterhauch erinnerte sie, daß der Dezember in wenigen Tagen begann. Sie trug noch immer ihr zimtfarbenes Satinkleid, und der knisternde Stoff fühlte sich auf der Haut kühl an. Die Arme vor der Brust verschränkt, sank sie auf eine Zypressenholzschaukel und lauschte dem papierenen Geraschel der Kletterpflanzen, die an den Verandapfählen wucherten. Irgendwo in der Siedlung fing ein Hund zu bellen an, und aus der Ferne hörte Raven das gedämpfte Echo eines Signalhorns und die Stimmen der Gurkha-Posten beim Wachwechsel.

Pferdeschnauben riß sie aus ihren Gedanken, und eilends blickte sie hoch und sah zwei Männer, die Gesichter in der Dunkelheit unkenntlich, auf die Siedlungsställe zureiten. Sie entspannte sich, als sie die tiefe Stimme Dimitris erkannte, der verhalten vor sich hin sang, von einem Alkoholschluckauf unterbrochen. Die beiden Männer stiegen ab, übergaben die Pferde einem Knecht, der aus dem Stall kam, und verschwanden im Bungalow, wo Raven die Arbeitszimmertür am anderen Ende des Flurs auf- und zugehen hörte.

Da sie ihre Neugierde nicht bezähmen konnte, erhob sie sich und folgte ihnen. Vor der geschlossenen Tür hielt sie kurz inne und klopfte dann behutsam an.

»Herein!« rief Charles. Raven folgte der Aufforderung und sah, daß er, allein im Zimmer, in einem Lehnstuhl lümmelte, mit offener Krawatte, eine Flasche Cognac neben sich. Wie selbstverständlich hatte er es sich im persönlichen Bereich des Colonels bequem gemacht, dachte sie verärgert.

»Sollten junge Damen zu dieser Stunde nicht längst im Bett sein?« bemerkte Charles mit unverschämtem Blick, als sie, im zimtfarbenen Satin ein Bild vollkommener Unschuld, im warmen Flackerlicht auf der Schwelle stand.

»Wo ist Dimitri?«, erkundigte sich Raven und ignorierte sein Gerede.

»Hat sich schlafen gelegt«, erwiderte Charles zuvorkommend. »Wir brechen morgen recht früh auf, und ich fand, er sollte seinen Rausch ausschlafen.«

»Dann haben Sie also getrunken.«

»Allerdings«, gab Charles zu und neigte, den Anflug eines Lächelns auf den Lippen, den Kopf, um ihr in die Augen zu sehen. »Und welche Beschuldigungen wollen Sie nun gegen mich vorbringen, Miss Barrancourt? Wir sind erwachsene Männer und gottlob nicht mit Ihnen verheiratet, und deshalb haben Sie auch keinerlei Recht, die nörgelnde Ehefrau zu spielen.«

»In der Tat nicht!« pflichtete Raven nachdrücklich bei, und ihre Abscheu bei der Vorstellung, mit ihm vermählt zu sein, zeigte sich in ihrer Miene.

Als Reaktion darauf verfinsterte sich auch Charles' Gesicht. Er packte mit fester Hand ihren Rock und zog sie zu sich heran, bis sie neben dem Stuhl stand. Die schwerlidrigen grünen Augen wanderten von ihren runden Brüsten und dem weißen Dekolleté zu ihrem Gesicht, wo die Topasaugen empört aufblitzten.

»Lassen Sie mich los!« befahl Raven in erbostem Flüsterton, da sie befürchtete, die Batemans aufzuwecken.

Leicht und behende erhob er sich, seine Mundwinkel zuckten. »Sie sollten sich freuen, Raven, nicht mit mir verheiratet zu sein«, sagte er merkwürdig schroff und strafte so den belustigten Ausdruck in seinen Augen Lügen, kam ihrem Befehl jedoch keineswegs nach. »Ich kann Ungehorsam nicht ausstehen und müßte Ihnen wohl ständig das Hinterteil versohlen.«

»Dann haben allerdings Sie Grund zur Dankbarkeit«, gab Raven zurück, deren Brüste sich vor Aufregung hoben und senkten, weil sie Charles, der den schimmernden Satin noch immer festhielt, so dicht neben sich nicht ertrug. »Es würde mich überhaupt nicht kümmern, wie oft Sie mich verprügeln, weil ich nie, niemals nachgeben würde!«

Seine Stimme nahm einen rauhen Klang an. »Du würdest nicht nachgeben? Vielleicht gibt es andere Mittel, dir meine Überlegenheit zu beweisen, als nackte Gewalt?«

»Was wollen Sie damit sagen?« Plötzlich fühlte sie sich verunsichert.

Ihre Knie gaben nach, und ihr Mund trocknete aus.

Charles ließ den Satin los und umfaßte ihre Hüfte. Die andere Hand ließ er auf Ravens Rücken gleiten und zog sie an sich, so daß sie zwischen seinen Beinen stand und sich ihre schlanken Schenkel in voller Länge gegen die seinen drückten.

»Du weißt doch sehr wohl, was ich meine, Raven«, keuchte

er. Verführerisch drückten sich ihre Brüste durch sein dünnes Musselinhemd an ihn, ihre Wärme übertrug sich auf seinen Körper. Raven hatte die Lippen geöffnet, die goldbraunen Augen glühten mit dem inneren Feuer, das die vertraute Berührung in ihr entfacht hatte, und doch versuchte sie ihn wegzuschieben, preßte angestrengt die kleinen Hände gegen die unnachgiebigen Muskeln seiner breiten Brust, um sich zu befreien. »Charles, nicht ...«, schluchzte sie atemlos.

»Du begehrst mich, Raven, spiel mir doch nichts vor.« In der heiseren Stimme schwang weder Spott noch Triumph mit, er stellte nur die Wahrheit fest.

Raven fühlte das Verlangen in sich aufsteigen. Eine Woge brennenden Begehrens wallte in ihren Adern und entlarvte ihr Leugnen als bloßes Lippenbekenntnis. Durch die hauchfeinen Unterröcke und den Satin, der sie von Charles starkem Körper trennte, konnte sie die Hitze und Härte seines Glieds spüren, und wieder entriß sich ihrer Kehle ein Schluchzen. O ja, es stimmte – sie verzehrte sich mit jeder Faser ihres Leibes nach ihm.

»Laß mich dich lieben, Raven«, flüsterte Charles heiser. Seine Lippen ließen die zarten Schläfenlöckchen über ihrem Ohr sanft wehen und sandten ihr Schauer köstlicher Vorfreude über den Rücken.

Sie entgegnete nichts, doch waren die schlanken Arme, die sich um seinen Nacken schlangen, Antwort genug. Entzückt zog er sie an sich. Raven vergaß fast, wo sie sich befanden, erwiderte mit schamloser Hingabe Charles' Küsse, strich ihm zärtlich durch die braunen Locken, als er den Kopf neigte und die Lippen über ihr betörendes Dekolleté wandern ließ.

Dann bettete er sie sanft auf den dicken Teppich und trat zurück, die grünen Augen voll kühnem Versprechen, als ihre Blikke sich trafen. Und wie schon zuvor betrachtete ihn Raven, während er sich seiner Kleider entledigte. Der Anblick seines kraftvoll angespannten Körpers erregte sie, der Lichtschein erhellte flackernd das Spiel seiner Muskeln und tanzte über seine sonnengebräunte, golden behaarte Brust.

Mit einem unendlich zärtlichen Lächeln beugte sich Charles

zu ihr hinab und schnürte das rüschenbesetzte Mieder auf, streifte das Kleid über die Schultern und enthüllte die festen, noch in dem bestickten Korsett gefangenen Brüste. Sogleich waren auch sie befreit, und Raven erschauderte, als Charles' fordernde Hände sich um ihre runde Fülle schlossen und seine Finger ihr Feuerspuren ins Fleisch brannten.

Er neigte den Kopf, umkreiste eine rosige Brustwarze mit der Zunge, bis sie sich bei der Berührung aufrichtete, dann ließ er den Mund verlangend zu Ravens glatter Halsbeuge weiterwandern. Sie hatte den Kopf zurückgeworfen, und er barg ihren schmalen Nacken in seiner Hand, löste die Perlmuttkämme aus ihrem langen Haar, so daß es ihm auf die Hände gleitete und geheimnisvolle blauschwarze Lichter im flackernden Laternenlicht aufblitzten. Sein süßer Duft erfüllte Charles' Sinne, und er schloß Raven in die Arme, schleuderte Kleid und Unterwäsche beiseite, so daß sie nackt vor ihm auf dem Teppich lag und ihr weicher, elfenbeinweißer Leib golden schimmerte. Durch seine Willenskraft zwang er sich zur Geduld, diesen Liebeszauber wünschte er sich von ewiger Dauer. Er wollte keinesfalls einen Augenblick beenden, für den er gern sein Leben opferte, wenn er ihn nur noch einmal genießen durfte.

Raven ließ voll Wonne die Hände über die Muskeln auf Charles' breitem Rücken wandern; ihre feurige Reaktion auf seine eindringlichen Küsse trieben sie beide zu schwindelerregenden Höhen des Verlangens. Sein Glied drängte sich gegen die weichen Innenseiten ihrer Schenkel. Raven gab einer Begierde nach, die auch sie nicht besser als Charles zu beherrschen vermochte, und öffnete die Beine in wortloser Einladung. Charles beugte sich ein wenig zurück, um ihr schönes Gesicht zu betrachten. Als er die ungestüme, kaum bewußte Liebe in Ravens schönen Augen sah, fiel er stöhnend auf sie und drang tief in sie ein. Ihre Wärme und Weichheit empfingen ihn. Dann waren sie nicht länger zwei leidenschaftliche Liebende, sondern ein vereintes Wesen, und erklommen mit der Kraft ihres gegenseitigen Begehrens den Gipfel einzigartiger Ekstase. Durch die Verschmelzung ihrer Körper spürten Charles und Raven ihr Bewußtsein eins werden, als sie auf der brandenden Woge ihrer

Empfindungen schwebten, bis das Universum in blendendes Licht zu zerbersten schien.

Für einen unendlichen Augenblick göttlichen Ursprungs trieben sie auf dem Gipfel letzter Erfüllung und überschritten sogar die Wonnen ihrer letzten vollkommenen Vereinigung. Ein Aufschrei absoluten Glücks kam über Ravens Lippen, in den Charles heftig einstimmte. Ihr losgelöstes Sein erreichte in einem letzten großartigen Augenblick wieder die Ursprünge ihrer Leidenschaft, und Charles pflanzte in jenem köstlichen Augenblick, da er Raven völlig besaß, seinen Samen abermals tief in die Liebesfrucht, in der bereits Leben keimte.

Sie waren völlig ineinander aufgegangen, die Welt um sie herum hatte zu existieren aufgehört, so daß keiner von ihnen das Luftschnappen vernahm, das durch den schmalen Türspalt drang. Und sie sahen auch nicht, wie Bettina Bateman mit aufgerissenen Augen zu ihnen hereinspähte, ehe sie die Tür leise schloß und lautlos in ihr Zimmer eilte.

Vor Aufregung zitternd, stieg das junge Mädchen wieder ins Bett. Das Bild des kräftigen, sonnengebräunten Körpers, wie er Ravens weichen weißen Leib völlig bedeckte, brannte in ihrem Herzen. Obwohl Bettina als einziges Kind des überaus ehrenwerten Colonel Bateman tugendsam und behütet erzogen worden war, reichte ihr Verstand doch für die Erkenntnis, daß der gutaussehende Kapitän und die schöne dunkelhaarige Frau miteinander schliefen. Trotz ihrer Unerfahrenheit hatte sie die Leidenschaft in beider Augen flackern sehen, und da sie ahnte, daß Charles St. Germain sie nie in gleicher Weise ansehen würde, weinte sie vor sich hin.

Seit dem Mittagessen war Bettina unablässig in Erinnerungen an Charles' markant herbes Gesicht und die kraftvolle Gestalt versunken, um bei dem Gedanken, wie stark sich sein Arm unter ihren spielerisch dahingleitenden Fingerspitzen angefühlt hatte, ein köstliches und zugleich beunruhigendes Prickeln zu spüren. Nach dem Zubettgehen hatte Bettina schlaflos auf seine Rückkehr aus der Stadt gewartet und überlegt, daß sie sich den hochgewachsenen Engländer vor seiner Abreise irgendwie einfangen mußte oder vor Sehnsucht nach ihm vergehen würde.

Sie hatte sich herrliche Wunschbilder von ihrer Ehe mit Charles ausgemalt, wie sie von ihm auf Offiziersbälle, Militärparaden, Feiertagsumzüge begleitet wurde. Mit dem hochgewachsenen Gemahl an ihrer Seite, der sie liebevoll verwöhnte, würde sie von all ihren Freundinnen beneidet. Doch so töricht sie auch sein mochte, war Bettina die unterschwellige Spannung, die während des Essens zwischen Raven Barrancourt und Charles St. Germain geknistert hatte, nicht entgangen. Sein Herz zu erobern würde mehr als geziertes, schüchternes Geplauder und schelmische Blicke erfordern, hatte Bettina gefolgert, insbesondere im Wettstreit mit einer Rivalin wie Raven Barrancourt.

Obwohl Bettina nicht ganz verstand, weshalb sie sich mit ihren unwiderstehlichen Reizen auf das männliche Geschlecht Raven unterlegen fühlen sollte, wußte sie, daß Charles St. Germain morgen früh auf Nimmerwiedersehen aus ihrem Leben verschwinden würde, wenn sie nicht die Initiative ergriff.

Einen so schmerzhaften Gedanken ertrug Bettina nicht, und während sie sich rastlos auf den Satinlaken herumwarf, begann ein Plan in ihr Gestalt anzunehmen. Obwohl er ihr wegen seiner Tollkühnheit das Herz aus Furcht und Vorfreude schneller schlagen ließ, war sie fest entschlossen, ihn durchzuführen. Sie wollte warten, bis Charles sich ausgekleidet hatte und zu Bett gegangen war, und dann würde sie sich verstohlen in sein Zimmer schleichen.

Keinesfalls würde sie es zum Liebesakt kommen lassen, beschloß Bettina und erschauerte bei der Vorstellung, wie Charles wohl nackt aussah und wie es wohl wäre, mit einem Mann zu schlafen. Es mußte gräßlich sein, wenn man den Gesprächen von Mama und ihren Freundinnen, die sie belauscht hatte, auch nur zur Hälfte Glauben schenkte. Aber sie würde natürlich nicht so weit gehen, sich von Charles tatsächlich berühren zu lassen. Sie wollte nur so lange warten, bis er ihre Anwesenheit bemerkte, aus dem Bett sprang und auf sie zukam. Dann würde sie lauthals kreischen, bis Papa angerannt kam. Natürlich wäre das ganze Haus bis dahin aufgewacht, und jeder würde Zeuge der verwerflichen Tat sein.

Selbstverständlich würde Papa darauf bestehen, daß Charles

St. Germain, der die tugendsame Tochter des Hauses kompromittiert hatte, zur Ehrenrettung einer Heirat zustimmte. Da Charles ein Gentleman und obendrein Papas Freund war, bliebe ihm ohnehin nichts anderes übrig. Bettina überprüfte das Vorhaben aufs gründlichste, konnte jedoch kein verborgenes Hindernis entdecken. Abgesehen davon, daß die arme Mama sich darüber entsetzen würde – was Bettina zwar bedauerte, aber als unvermeidlich abtat –, müßte alles genau nach Plan verlaufen.

Und doch war alles schiefgegangen. Charles hatte sich entgegen allen Erwartungen nicht auf sein Zimmer begeben, sondern statt dessen ins Arbeitszimmer des Colonels, das am anderen Ende des Flurs lag, weit entfernt von Bettinas Zimmer. In qualvoller Ungeduld hatte sie darauf gewartet, daß er zu Bett ging, doch vergebens. Unter Aufbietung all ihres Mutes war sie schließlich auf den Flur geschlichen und hatte vorsichtig – in der Absicht, Charles zu überraschen – die Tür geöffnet. Doch war der Schreck ihr selbst widerfahren, und die widerliche Erinnerung wollte einfach nicht aus Bettinas Gedanken weichen. Wie er Raven umarmt und an seinen muskulösen Leib gepreßt hatte – dieses Bild ließ Bettina erbleichen, und ihre Augen blitzten in der Dunkelheit gehässig auf.

Glaubte Raven Barrancourt auch nur eine Minute lang, sie habe bessere Karten im Kampf um Charles St. Germain? Der Gedanke nagte in Bettina, und sie kam zu dem Schluß, daß sie einfach ihre Pläne ein wenig ändern und sich etwas ausdenken mußte, um die zwei Turteltauben auseinanderzubringen. Ihr Schmollmund verzog sich zu einem selbstzufriedenen Lächeln. Genau, das war es. Am kommenden Morgen würde sie die Saat des Zweifels in Raven Barrancourts Herz pflanzen und sorgfältig nähren. Wenn sie Charles St. Germain schon selbst nicht bekommen konnte, so tröstete sie sich, wollte sie doch unbedingt danach trachten, daß ihn auch Raven Barrancourt nicht kriegte.

Als Raven am nächsten Morgen die Augen aufschlug, sah sie Sonnenstrahlen durch einen Spalt zwischen den schweren Vorhängen ins Zimmer und auf die bestickte Bettdecke strömen. Sie stand auf und huschte barfuß ans Fenster. Dort zog sie den dunklen Samt beiseite und schaute in den Garten auf die reifbedeckten Grashalme, die das tanzende Sonnenlicht reflektierten. Auch die Fensterscheiben waren vereist, und Raven sah ihr Spiegelbild darin, ihre leuchtenden Augen, das schwarze Haar, das ungebändigt bis zur Taille hinabhing.

Die Nase gegen das kalte Glas gepreßt, blickte sie wieder hinaus und dachte an Charles, an die Ereignisse der vergangenen Nacht. Ihr Körper trug die Male seiner heftigen Liebkosungen, und als Raven sich wie eine zufriedene Katze vor dem Fenster dehnte und streckte, spürte sie mit Wonne ihre steifen Glieder. Nachdem das Begehren gestillt worden war, hatte Charles sie noch lange in den Armen gehalten, sie liebkost und ihr Gesicht mit federleichten Küssen bedeckt. Seine zärtlichen Neckereien hatten überraschend das Feuer zwischen ihnen neu entfacht, und er hatte sie ein zweites Mal geliebt. Bei der Erinnerung an seine behutsamen und zutiefst erfüllenden Zärtlichkeiten begann ihr Herz schneller zu pochen.

Nachher hatte sie darauf gedrungen, daß sie sich in ihre Zimmer zurückzogen, ehe jemand im Haus sie zufällig entdeckte. Charles hatte zugestimmt. Doch als sie sich aus seiner Umarmung zu befreien versuchte, ließ er sie nicht gehen. Mit beiden Händen umfing er ihr Gesicht, und seine unaufhörlichen Küsse ließen ihr fast die Sinne schwinden und nahmen ihr die Kraft, von ihm zu gehen. Erst nachdem sie von Colonel Batemans dröhnendem Schnarchen aus dem Nebenzimmer hochgeschreckt worden waren, hatten sie sich getrennt.

Als jemand an die Schlafzimmertür klopfte, zog Raven die Brauen zusammen, denn sie wollte sich durch niemanden in ihren Erinnerungen stören lassen. Doch beim Anblick der Dienerinnen, die sie am Vortag so aufmerksam betreut hatten, entspannte sie sich. Die jungen Mädchen erwiderten schüchtern ihr Lächeln, als sie den Krug mit Waschwasser und das Frühstückstablett abstellten und sich anschickten, Raven beim Ankleiden zu helfen. Beim Gedanken, Charles wiederzusehen, seufzte sie sehnsüchtig auf, und ihre Ungeduld steigerte sich noch, als sie in ihre Unterröcke schlüpfte, an ihrem Tee nippte und ein wenig von den zuckersüßen Früchten kostete.

Wie jede junge Frau, die dem Geliebten zu gefallen hofft, prüfte sie vor Verlassen des Zimmers besorgt ihr Spiegelbild. Eine Dienerin hatte ihr Haar höchst vorteilhaft zurechtgemacht, die nachtschwarzen Locken waren sanft aus dem Gesicht frisiert und im Nacken mit Ravens Lieblingskämmen zu einem Knoten geschlungen. Sie trug ein dunkelgrünes Samtkleid, von der gleichen Farbe wie Charles' Augen, dachte sie liebevoll, und war mit ihrer Wahl überaus zufrieden, denn mit seinen Dreiviertelärmeln und den zitronengelben Satinbesetz am Plisseerock sah das Gewand prächtig aus.

Als sie den aufwendig eingerichteten Salon mit Penelopes gewaltiger Nippessammlung betrat, stürmte Dimitri auf sie zu, schloß seine Pranken um ihre kleinen Hände und wirbelte sie herum, bis die schweren Röcke wogten und ihre zarten Füße in den Satinschuhen enthüllten. »Sie sehen traumhaft aus, kleine Prinzessin«, teilte er ihr mit und blinzelte durchtrieben. »Wie ein ergötzlicher, wunderschöner Traum.« Der Kosake betrachtete sie aufmerksam und traute seinen Augen kaum angesichts dieses frohgemuten zierlichen Wesens, das kaum den Boden zu berühren schien. Irgendeine Veränderung hatte sich mit seiner Freundin ereignet, doch konnte er nicht einmal annähernd den Grund dafür erraten. Dessen ungeachtet hob er in seinem Entzücken die erstaunte Raven leicht hoch und drückte sie mit seinen gewaltigen Armen so kräftig an sich, daß es ihr fast den Atem raubte. Nach dem ersten Schreck lachte sie und erwiderte ebenso enthusiastisch die Umarmung, indem sie die schlanken Arme um seinen dicken Hals warf.

»O Dimitri«, flüsterte sie ihm ins Ohr. »Ich bin ja so glücklich und muß meine Freude einfach mit jemandem teilen!«

Lachend setzte er sie ab und kostete die Nähe ihres schlanken Körpers aus, wenngleich die Umarmung lediglich einem völlig platonischen Zuneigungsbeweis entsprungen war. Als er eben zum Sprechen ansetzte, unterbrach ihn ein diskretes Hüsteln von der Tür her, und er bemerkte, daß Bettina sie mit zusammengekniffenen Augen beobachtete. Einen Moment lang sah Dimitri so etwas wie Haß über das makellose Puppengesicht gleiten, dann erstarrte die Miene zu einer lächelnden, doch keineswegs Gutes verheißenden Maske. »Ach, du meine Güte, Miß Barrancourt, Mr. Sergejew!« rief sie. »Ich hätte nie gedacht, daß da etwas in Busch liegen könnte!«

Obwohl von Natur aus freimütig, fühlte sich Raven unliebsam ertappt. Verlegen schaute sie weg, so daß ihr entging, wie Bettina, in ihrem Verdacht bestärkt, die blauen Augen aufblitzen ließ. »Es ist nicht, was Sie annehmen ...«, begann sie tonlos, aber Dimitri unterbrach sie sanft und verneigte sich galant vor Bettina.

»Ich bitte um Verzeihung, Miß Bateman. Einem alten Brauch zufolge begrüßen Russen ihre teuren Freunde bei jedem Wiedersehen mit einer Umarmung.« Ein herzliches Grinsen zog sich über das bärtige Gesicht. »Das ist viel netter, als nur guten Morgen zu wünschen, nicht wahr?«

Bettina zuckte geziert die Achseln. »Möglich, aber als junge tugendsame Frau kann ich ein solches Verhalten keineswegs billigen.« Trotz ihres gleichbleibenden Lächelns verriet ihr Tonfall deutlich, daß sie Raven dieser Kategorie durchaus nicht zuordnete.

»Aber Bettina, was um Himmels willen treibst du denn zu so früher Stunde?« Colonel Batemans erstaunte Frage beendete den unangenehmen Zwischenfall.

»Ich wollte unseren Gästen nur Lebewohl sagen, Papa«, flötete Bettina.

Ungläubig schnaubte er, obschon er sie mit vernarrter Vaterliebe ansah. »Schön von dir, mein Kind, ich muß sagen, du gibst dir mehr Mühe als deine Mutter, die«, fuhr er fort, an Raven gewandt, »Sie herzlichst grüßen läßt und Ihnen einen gefahrlosen Aufenthalt in Lahore wünscht. In Anbetracht Ihres zeitigen Aufbruchs ...« Er hob die fleischigen Hände und ließ den Satz unvollendet.

»Das kann ich gut verstehen, Colonel«, erwiderte Raven mit einem aufrichtigen Lächeln. »Ich würde auch nicht so früh aufstehen, wenn es nicht unbedingt sein müßte.«

Als ein entzückter Ausdruck das Gesicht ihres Vaters erhellte, spürte Bettina die Galle in sich hochkommen. Was für ein ausgekochtes Frauenzimmer Raven Barrancourt doch war! Nicht genug, daß sie Kapitän St. Germain umgarnt hatte, sie becircte auch noch den Russen und kokettierte aufs abscheulichste mit Papa, während Mama ein paar Türen weiter nichtsahnend schlummerte. Um Bettinas Schmollmündchen trat ein harter Zug. Na warte, Raven Barrancourt, schwor sie sich insgeheim, dir werd' ich's schon noch zeigen! In diesem Moment betrat ein schnurrbärtiger Diener den Salon und teilte dem Sahib mit, die Kutsche stehe bereit.

Draußen wartete auch schon Kapitän St. Germain. Sein hageres Gesicht zeigte den üblichen schroffen Ausdruck, aber als er Ravens Blick suchte, strahlten die smaragdgrünen Augen so lebhafte Wärme aus, daß sie ein köstlicher Schauer durchrieselte.

»Ich kann Ihnen gar nicht genug danken«, bekundete Charles höflich, als er die Stufen zur Veranda hochstieg, »daß Sie uns Ihre Kutsche leihen wollen. Sicherlich finden Miß Barrancourt und Mrs. Daniels die restliche Reise dank Ihrer Großzügigkeit viel angenehmer.« Dann drehte er sich zu Raven um. »Miß Barrancourt, sind Sie soweit?« Als er ihr die Hand reichte, umschloß er besitzergreifend ihre Finger und führte sie zur Kutsche.

Ein aufmerksamer Diener hatte Danny bereits hineingeholfen, und Charles drängte nun einfach den Mann beiseite, um Raven persönlich beizustehen. Einen Augenblick lang verharrten seine starken Hände auf ihrer samtumhüllten Taille, dann hob er sie kurzerhand in die Kutsche, wo er sie nicht sogleich losließ, sondern betrachtete, das männlich markante Gesicht sehr nahe dem ihren. Und Raven konnte den Blick nicht von seinem lächelnden, sinnlichen Mund wenden.

Endlich erwachte Charles aus seiner Erstarrung, trat zurück und deutete eine spöttische Verbeugung an, ehe er den Schlag zuwarf und sich umdrehte. Raven, die von der kurzen Berührung noch immer ein Prickeln spürte, lehnte sich voll Behagen, mit einem glücklichen Lächeln, in die Plüschpolster zurück und arrangierte ihre Samtröcke.

»Miß Barrancourt?«

In all der turbulenten Betriebsamkeit, zwischen Geschrei und ungeduldigen Befehlen, während die Knechte eifrig Charles' und Dimitris Pferde holten, hörte Raven das Flüstern Bettina Batemans nicht, die auf Zehenspitzen balancierend durch das Kutschenfenster spähte. Erst als ihr Name zischend wiederholt wurde, beugte sie sich zu dem jungen Mädchen hinunter. »Ja?«

»Ich wünsche Ihnen viel Glück in Lahore«, sagte Bettina.

»O danke, wie nett von Ihnen«, erwiderte Raven, aufrichtig gerührt von den scheinbar ehrlich gemeinten Worten. »Ich bin überzeugt, daß mein Vetter sich als ebenso großzügiger Gastgeber wie Ihr Vater erweisen wird.«

»Nein, nein, davon spreche ich nicht«, entgegnete Bettina mit einem durchtriebenen Blick, der viel zu wissend und erfahren für ein Mädchen ihres zarten Alters wirkte. »Ich dachte an Charles.«

Raven zog die Brauen zusammen. »Charles? Ich verstehe Sie nicht. Geht es um Kapitän St. Germain?«

»Natürlich«, bestätigte Bettina voll Ärger über den sanften Ton, mit dem Raven den Namen genannt hatte.

»Was ist mit ihm, Bettina?«

Das junge Mädchen rückte näher heran und wisperte geheimnisvoll: »Mir erschien es nur fair, Sie zu warnen. Es ist nicht der Mann, für den Sie ihn halten.«

»Im Ernst, Bettina«, sagte Raven ein wenig ungeduldig. »Ich weiß nicht, worauf Sie hinauswollen!«

Da sie Ravens Aufmerksamkeit schwinden fühlte, antwortete Bettina rasch: »Nun ja, ich möchte verhindern, daß Sie sich von dem Gedanken täuschen lassen, er sei Ihnen zugetan, wenn er Sie in Wahrheit nur als einen ebenso flüchtigen Zeitvertreib wie mich betrachtet.«

Raven hielt den Atem an und verriet Bettina, wie tief sie getroffen war. Vorübergehend stieg Reue in Bettina auf, denn sie fürchtete, alle Grenzen des Anstands verletzt zu haben. Doch als sie den verzweifelten Blick der jungen Frau sah, festigte sich ihr Entschluß.

Es bestand kaum ein Zweifel an Ravens Liebe zu Charles St. Germain, denn das ebenmäßige Gesicht zeigte so heftige Gefühle, daß Bettina fast weich wurde. Doch die Vorstellung, wie sich der kraftvolle, sonnengebräunte Körper an den zarten, elfenbeinweißen gedrängt hatte, nährte das Böse in ihr. »Ich wußte es ja nicht besser«, behauptete sie mit unschuldigem Blick, während sich ihre schwarze Seele an Ravens offensichtlichem Leid erfreute. »Mama hat mir nie viel darüber erzählt, was zwischen Mann und Frau geschieht, und als – als Kapitän St. Germain heute nacht an mein Zimmer klopfte, ließ ich ihn herein. Ich hätte ja nie geargwöhnt ...«

»Er kam heute nacht zu Ihnen?« fragte Raven kaum hörbar.

»Ja, sofort nachdem er mit Ihnen geschlafen hatte.« Mit geheuchelter Naivität fügte sie die Worte hinzu, die alles zerstörten, was zwischen Raven und Charles in der vergangenen Nacht existiert hatte. »Er sagte, daß er bei Ihnen nicht genug Befriedigung gefunden habe und ob ich ...«

»Bettina, geh beiseite! Die Kutsche ist startbereit!«

Unverzüglich befolgte sie den Befehl ihres Vaters, wobei sie sich absichtlich abwandte, damit Raven ihr nicht länger ins Gesicht sehen konnte. Mit einem Ruck, den man in allen Knochen spürte, setzte sich das Gefährt auf der kurvigen Siedlungsstraße in Bewegung.

Raven biß so fest in ihre Unterlippe, daß sie Blut schmeckte. Es kann nicht wahr sein, sagte sie sich gepeinigt. Bettina Bateman lügt – das hatte sich in jedem ihrer Worte und in ihrer Miene gezeigt. Charles würde sie nie aufsuchen, niemals, vor allem nicht nach den himmlischen Freuden, die er mit mir geteilt hat!

Ihr leises Stöhnen wurde vom Knarren der Kutsche und den Hufschlägen erstickt, als das Gespann hinter Charles' und Dimitris Reitpferden in gleichmäßigen Schritt fiel. Doch angenommen, es entsprach der Wahrheit? Die Pein zerriß ihr das Herz, als sie sich daran erinnerte, wie Charles gestern mittag bei Tisch auf Bettinas Geschäker reagiert hatte. Wenn Charles und Bettina tatsächlich ... Nein! Sie preßte sich die Hände an den schmerzenden Kopf, während der Wagen heftig hin und her schaukelte. O nein, es durfte nicht wahr sein! Doch wie konnte Bettina sonst wissen, daß Charles sie heute nacht geliebt hatte? Wie sonst sollte sie davon erfahren haben?

»Gott im Himmel«, flüsterte Raven, und Tränen trübten ihr den Blick.

Von den Verandastufen aus beobachtete Bettina mit einem

zufriedenen Lächeln um das Schmollmündchen, wie die Kutsche durch die Siedlungstore verschwand. Ich habe keine vorsätzliche grausame Absicht verfolgt, beruhigte sie ihr Gewissen, das sich zu ihrem Ärger regte, als sie an Ravens unglückliches Gesicht dachte. Sie hatte nur Zweifel in das Herz ihrer Rivalin säen und so einen Keil zwischen die beiden treiben wollen. Schließlich hatte sie niemandem ernstlich geschadet.

Mit einem herzhaften Gähnen zog sich Bettina auf ihr Zimmer zurück. Sie ahnte nicht, daß sie mit ihrem rachsüchtigen Versuch, jemand anderem das zu nehmen, was sie selbst nicht gewinnen konnte, die Chance der Verbindung zwischen einem Mann und einer Frau, die von Geburt an füreinander bestimmt waren, gründlich zerstört hatte.

Inmitten des fruchtbaren, aber auch felsigen Nordpunjab lag die alte Stadt Lahore, ein früheres Kronjuwel des einst blühenden Mogulreiches. Obwohl die letzten Mogulherrscher schon vor Jahrhunderten zu Grabe getragen worden waren, zeugten in der geschäftigen Stadt noch Überreste von ihrer damaligen Größe. Dreizehn riesige Tore bildeten reich verzierte, herausgemeißelte Öffnungen in der massiven Steinmauer, die den tausend Jahre alten, einst ausschließlich von den Moguln selbst bewohnten Bezirk umgab.

Statt durch eines der alten, in das Stadtgetümmel führenden Tore zu fahren, bog die von den langen Reisestunden staubige Kutsche der Batemans nach Norden. Hier hatten sich hauptsächlich Briten angesiedelt, doch eine offizielle europäische Niederlassung war in Lahore noch nicht aufgebaut worden. Auf Charles' Zeichen blieb die Kutsche vor einem Bungalow stehen, den ein gepflegter Garten umgab. Ein aufgeregt knurrender Hund mit gesträubtem Fell stürmte heran.

»Hier lebt Major Thomas Wyanotte, ein Bekannter von Colonel Bateman«, erklärte Charles, während er vom Pferd sprang und an die Kutsche trat. »Phillip Barrancourt wohnt etwas weiter nördlich, aber da ich die genaue Lage der Khanapur-Siedlung nicht kenne, schlug Colonel Bateman mir vor, hier anzuhalten und nachzufragen.«

»Wie aufmerksam von ihm«, bemerkte Danny und seufzte erleichtert.

Charles schaute in das dunkle Wageninnere. »Und wie geht es Ihnen, Miß Barrancourt?« erkundigte er sich beiläufig, obschon er sich über Raven Weigerung sorgte, während der Mittagspause, als sie ein schnelles Mahl aus dem von Penelope bereitgestellten Proviant zu sich genommen hatten, das enge Gefährt zu verlassen.

»Sie schläft jetzt, Kapitän«, erklärte Danny leise. »Hoffentlich hat sie sich nicht mit irgendeiner Krankheit angesteckt. Seit unserer Abreise aus Kasur kommt sie mir recht blaß und niedergeschlagen vor.«

Er runzelte die Stirn und öffnete den Wagenschlag, um selbst nachzusehen. Doch in diesem Moment fing der Hund noch lauter zu kläffen an. Als Charles sich umwandte, bemerkte er, daß auf Dimitris unverfrorenes Klopfen ein hagerer, grauhaariger Herr um die Fünfzig an der Tür erschienen war, den sie – der saloppen Kleidung und den Pantoffeln nach – beim Abendessen gestört haben mußten.

»Ja?«

An seiner gebieterischen Stimme erkannte man zweifelsfrei den britischen Armeeoffizier, und Charles verkniff sich ein spöttisches Grinsen, als er an die Verandastufen trat. »Major Wyandotte?«

»Allerdings.«

»Charles St. Germain, Kapitän des Klippers *Orient Star,*« stellte sich der Besucher mit einer fast beleidigend knappen Verbeugung vor. »Ich soll Sie von Roger Bateman, Colonel des Neunten Husarenregiments Ihrer Majestät, grüßen.«

»Bateman, sagen Sie?« fragte Wyandotte, schon etwas weniger mürrisch, und strich sich über den borstigen grauen Schnurrbart. »Hab' den alten Quasselkopf seit Monaten nicht gesehen. Na schön, Blödsinn, Sie hier in der Kälte rumstehen zu lassen. In der Kutsche sitzen Damen, Kapitän?«

»Ja, zwei«, antwortete Charles, und die plötzliche Sanftheit in seinem anfangs so schroffen Ton entging dem Major nicht.

»Gut, gut, herein mit ihnen.« Wyandotte wandte sich in perfektem Punjabi mit lautstarken Befehlen an ein paar Diener, die aus dem Haus eilten.

»Keine Umstände, bitte, Major!« rief Charles, während er zur Kutsche schritt und die Tür öffnete. »Einige Erfrischungen für die Damen und eine Gelegenheit, die Beine zu vertreten, mehr brauchen wir nicht. Wir sind auf der Suche nach der Khanapur-Siedlung und einem gewissen Mr. Phillip Barrancourt von der British East India Company.«

»Barrancourt?« Der Major kniff nachdenklich die Augen zusammen und betrachtete Charles mit neuer Aufmerksamkeit. »Was zum Teufel haben Sie mit ihm zu schaffen?«

»Er ist mein Vetter, Sir«, ertönte eine klare, melodiöse Stimme aus der Richtung des Wagens.

»Eh?« Major Wyandotte wandte sich um und blieb beim Anblick der traumhaften Erscheinung wie angewurzelt stehen.

»Ich bin Raven Barrancourt aus Cornwall«, verkündete die Erscheinung und reckte selbstbewußt das Kinn in die Luft, wobei die Haube ihres Reiseumhangs zurückfiel und das nachtschwarze, glänzende Haar enthüllte.

»Es ist mir eine Ehre, Ihre Bekanntschaft zu machen, Miß Barrancourt«, erwiderte Major Wyandotte im militärisch zackigem Ton und knallte die Hacken zusammen, als er sich über ihre Hand beugte und sich zu spät daran erinnerte, daß er seine Hausjacke und reichlich schäbige Pantoffeln trug. »Ihr Vetter und ich – äh – kennen uns recht gut.«

Charles bemerkte das leichte Zögern in Wyandottes Stimme nicht, denn er beobachtete Raven prüfend und grübelte über ihre Weigerung nach, sich beim Aussteigen aus der Kutsche auf seinen dargebotenen Arm zu stützen. Vielmehr war sie vor ihm zurückgeschreckt, als fühlte sie sich von seiner Berührung abgestoßen. Nachdem er Danny herausgeholfen hatte, war er einen Schritt auf Raven zugegangen – nur um ihr neuerliches Zurückweichen zu bemerken. Er preßte ärgerlich die Lippen aufeinander. Was zum Teufel war denn auf einmal mit ihr los?

Major Wyandotte wandte nur lange genug den Blick von ihr, um seinen Dienern einige Reihen von Anordnungen zu geben, und strahlte sie dann freundlich an. »Bitte, bleiben Sie doch so lange hier, bis meine Burschen Ihren Vetter verständigen«, lud er sie ein und reichte ihr den Arm.

Dankbar schenkte sie ihm ihr Grübchenlächeln, ohne sich bewußt zu sein, welche qualvolle Wirkung sein Liebreiz auf Charles ausübte. Während er sie anmutig, die treue Danny im Schlepptau, die Stufen hinaufgehen und im Haus verschwinden sah, stemmte er die Hände in die Hüften, dann schaute er Dimitri grimmig an. »Manchmal frage ich mich, ob die Frauen nur dazu erschaffen wurden, uns Männer verrückt zu machen«, bemerkte er finster.

»Der gute Major ist von unserer kleinen Prinzessin ja völlig hingerissen«, pflichtete ihm der Russe bei, der die Worte seines Kapitäns falsch deutete.

»Allerdings, und er soll sich ja nicht zuviel herausnehmen«, fügte Charles in einem Tonfall hinzu, der Dimitri in Alarmbereitschaft versetzte. Heller Zorn verzerrte das kantige Gesicht seines Freundes, und in den zusammengekniffenen Smaragdaugen nahm er ein Funkeln war, das er selten zu sehen bekam, dann aber jedesmal fürchtete. Die Erkenntnis der Wahrheit führte zu einer Salve ungläubiger Flüche.

»Kristos!« murmelte er keuchend, ohne damit Charles' Aufmerksamkeit auf sich zu lenken. Empfand sein Kapitän etwa Eifersucht auf einen anderen Mann? Wegen der Art, wie der Major Raven angeschaut hatte? Nein, nein, unmöglich, doch wie ließen sich sonst die nackte Wut und die unheilvolle Warnung in Charles' Augen erklären – wie das sanft drängende Verlangen?

»Dimitri, sorg dafür, daß man die Pferde tränkt und nach der Kutsche sieht, denn ich möchte sie morgen früh Colonel Bateman zurückschicken. Ich erweise inzwischen dem guten Major meine Aufwartung, und dann machen wir uns in Lahore auf die Suche nach einer Unterkunft. Es ist unnötig, auf Mr. Barrancourts Eintreffen zu warten. Bis dahin scheint Major Wyandotte bestens für Raven zu sorgen.«

Im Hause des Majors fand er sie auf einer Sitzbank, die Samtröcke um sich drapiert, eine Teetasse anmutig in der Hand. Bei seinem Eintritt wanderte ihr Blick zu ihm, aber statt der erwarteten Sanftheit verdüsterten sich ihre Augen merklich, ehe sie die Schultern hochzog und sich abwandte.

Welches Spielchen treibt das Mädchen jetzt, fragte er sich gereizt. Wenn sie von ihm erwartete, daß er sie wegen ihrer stürmischen Liebesnacht wie ein törichter Pantoffelheld umhätschelte ... Gegen seinen Willen entspannten sich Charles' Züge, und er vergaß seinen Zorn. Letzte Nacht, mein Gott ...

»Ach, wo steckt denn Mr. Sergejew, Kapitän?« erkundigte sich Danny neugierig. Wie sie so neben Wyandotte auf dem Sofa thronte, wirkte sie recht ausgeruht und überaus munter – nun, da sich die Reise ihrem Ende näherte.

»Der kümmert sich gerade um die Pferde, Mrs. Daniels. Wir brechen auf, sobald sie getränkt sind.«

Er fühlte, wie Raven bei seinen Worten erstarrte, und legte ihr unwillkürlich die Hand auf die Schulter, wobei er die tröstliche Wärme ihrer Haut unter seinen Fingern spürte. Spielerisch und nahezu unbewußt streichelte er die nachtschwarze Locke, die sich dem tief im Nacken geknotenen Chignon entwunden hatte. Raven rückte so heftig weg, als hätte ihr seine Berührung die Haut versengt, sprang von der Bank auf und schnellte zu ihm herum. Mit unergründlichen Augen schaute Charles auf sie hinab. Zwischen ihnen knisterte eine Spannung, die sogar Danny und der Major wahrnahmen, die eine halbe Raumlänge von ihnen entfernt saßen.

Mit bebender Brust drehte sich Raven zu ihnen und erkannte angesichts ihrer erschreckten Gesichter, wie ungestüm ihnen ihr Verhalten erscheinen mußte, zumal ihnen Charles' zärtliche, versöhnlich gemeinte Liebkosung entgangen war. Bei einem erneuten Blick in sein schroffes Gesicht erschauerte sie und stieß hervor: »Ich würde mich gern von Dimitri verabschieden, wenn Sie nichts dagegen haben.«

Obwohl sie mit dem Rücken zu ihm stand, mutmaßte der Oberst, daß sie mit ihm sprach, und wollte sie nach einem Räuspern gerade seiner Zustimmung versichern. Doch ehe er den Mund öffnen konnte, trat Charles um die Sitzbank herum und packte Raven mit unerbittlichem Griff am Handgelenk. »Bestimmt wird sich Dimitri geehrt fühlen.« Er zerrte sie buchstäblich aus dem Zimmer. Mit langen Schritten zog er sie durch den Korridor auf die Veranda, wo sie sich ihm zu entwinden suchte.

»Lassen Sie mich los, verflixt!« rief sie, und als er kalten Haß aus ihrer Stimme heraushörte, löste er unverzüglich seinen Griff.

Den Kopf in den Nacken geworfen, lehnte sich Raven gegen die Brüstung. »Wagen Sie ja nicht, mich anzufassen, Kapitän!« flüsterte sie mit rauher Stimme. »Unterstehen Sie sich, mich jemals wieder zu berühren!«

Ihr gewaltiger Zorn betäubte Charles. Doch als er Tränen in ihren schönen Augen glitzern und ihre Unterlippe heftig zittern sah, milderte sich seine schroffe Miene, und er trat auf sie zu. »Raven ...«

Sie zuckte zurück, der unverhüllte Abscheu auf ihrem Gesicht drang ihm wie ein Pfeil ins Herz. »Ich meine es ernst, Kapitän! Kommen Sie mir nie wieder zu nahe, Kapitän! Ich – ich hasse Sie!«

Charles ließ die Hände sinken, und sekundenlang empfand Raven Todesangst, als sie die unerbittlich drohende Gefahr in seinen kalten Augen erkannte, die so frostig und leblos wie das nördliche Eismeer wirkten.

»Sehr wohl, Madam. Ich werde Ihren Wunsch erfüllen, übrigens ohne jedes Bedauern. Schließlich habe ich bekommen, was ich von Ihnen wollte, und in der Zwischenzeit entdeckt, daß es die Mühe gar nicht lohnte. Vielmehr bin ich zu der Erkenntnis gelangt, Madam, daß mich Ihre Liebesdienste, offen gestanden, grauenhaft langweilen.«

Mit einem erstickten Aufseufzen zwängte sich Raven an ihm vorbei. Seine niederträchtigen Worte bestätigten alles, was Bettina ihr am Morgen mitgeteilt hatte. Charles hielt sie nicht zurück, sondern blieb reglos stehen und lauschte auf das Geräusch ihrer davoneilenden Schritte, dann drehte er sich um und ging zu Dimitri, der mit den ausgeruhten Pferden neben den Siedlungstoren wartete.

Wortlos stieg Charles auf und gab dem Wallach so erbarmungslos die Sporen, daß ihn der bärtige Russe erst nach einer längeren Strecke auf der Fahrstraße nach Lahore einholte.

»Na, Towarisch?« fragte Dimitri eifrig. »Hast du Raven von mir gegrüßt?«

Charles griff seinem Pferd so brutal in die Zügel, daß das verschreckte Tier vor Schmerz wieherte und sich aufbäumte. Brüsk stieß er die unheilvolle Warnung hervor: »Dimitri, ich schwöre bei Gott, wenn du in meiner Gegenwart noch einmal den Namen dieser Frau erwähnst, schieße ich dir eine Kugel mitten durchs Herz.«

10

Inmitten der über die Khanapur-Siedlung verstreuten verwitterten Lagerhäuser stand ein weitläufiger Bungalow mit einem im Wind knarrenden Schild an der vorderen Veranda, das ihn als Wohnsitz von Phillip Barrancourt, British East India Company, auswies. Durch den Wintereinbruch wirkte der Garten mit dem welken, von Unkraut überwucherten Gras elend vernachlässigt, und die Vorderveranda bedurfte dringend eines neuen Farbanstrichs. Der Anblick von Phillips Wohnsitz drückte Ravens Stimmung merkwürdig nieder, obwohl sie doch hier endlich ihr Reiseziel erreicht hatte.

»Es schaut nicht so aus, als ob jemand zu Hause wäre, Miß Raven«, bemerkte Danny besorgt.

»Unsinn«, entgegnete Raven hastig, um die bösen Ahnungen, die Dannys Worte unerklärlicherweise in ihr aufkeimen ließen, zu ersticken. »Wenn er nicht zu Hause wäre, hätte er doch nicht seine Kutsche zu Major Wyandotte geschickt, oder?«

Das ruckhafte Anhalten des Wagens unterband weitere Mutmaßungen, und Raven stieg rasch aus, ohne auf Hilfe zuwarten. Als die Haustür aufging, wandte sie sich gespannt um, aber es erschien lediglich ein Diener, der sie hereinwinkte – ein großer, dunkelhäutiger Mann mit stechenden schwarzen Augen und ernster Miene, die sie keineswegs willkommen hieß.

»Ist Mr. Phillip Barrancourt da?« fragte Raven, während sie würdevoll die Stufen hinaufstieg. »Ich ...«

»Der Sahib erwartet Sie drinnen«, teilte ihr der Diener in korrektem Englisch mit starkem Akzent mit. »Folgen Sie mir bitte.«

Es dämmerte bereits, und weil die Lampen noch nicht angezündet waren, erschien Raven das Haus finster und seltsam freudlos. Dieser Eindruck wurde glücklicherweise gebannt, sobald der Diener eine Tür am anderen Ende des Korridors öffnete und beiseite trat, um sie einzulassen. Das kleine Arbeitszimmer war behaglich erleuchtet, die Wände aus schimmerndem Tigerholz reflektierten das flirrende Kerzenlicht, ein hoher Aktenberg und eine gewisse Unordnung kündeten von der intensiven Nutzung und Wohnlichkeit des Raumes. Am anderen Ende stand unter dem Fenster ein zu kleiner Schreibtisch, als daß er all den auf seiner Intarsienplatte getürmten Schriftsätzen und Papieren ausreichenden Platz geboten hätte. Davor saß in einem Lederstuhl ein Mann in seidenem Hausmantel und teuren Ziegenlederpantoffeln.

Äußerlich mußte Phillip Barrancourt völlig nach seiner Mutter schlagen, denn er hatte so gar nichts von den dunklen Kelten, Ravens Vorfahren, an sich. Phillip Barrancourt war Anfang Vierzig, groß und kraftvoll, blond, mit lockigem rotblonden Bart, der seine untere Gesichtshälfte verdeckte. Ohne die geringsten Anstalten, sich zu erheben, musterte er sie aufmerksam, und Raven erwiderte seinen prüfenden Blick mit einem gleichermaßen neugierigen.

»Sie sind mein Vetter Phillip?« erkundigte sie sich.

»Ja«, bestätigte er. Endlich stand er auf und kam ihr entgegen, ohne die Augen von ihr zu wenden.

Im Stehen wirkte er sogar noch größer, ein kräftiger Mann, ebenso hochgewachsen wie Charles und genauso dick wie der bärenstarke Dimitri. Sein Aussehen erstaunte sie, denn bis auf die raubvogelhaft hageren Gesichtszüge ihres Großonkels, die sie unter dem krausen roten Bart schwach wiederzuentdecken glaubte, ähnelte er in keiner Weise dem verhutzelten Sir Hadrian. Auch zeigte seine Haut eine fast ungesunde Blässe, und Raven überlegte, ob vielleicht eine hartnäckige Krankheit seinen verlängerten Aufenthalt in Lahore verursacht hatte.

»Sie müssen mir verzeihen, daß ich Ihnen nicht entgegengefahren bin, Raven«, sagte Phillip, während er sich herabbeugte und sie auf die Wange küßte, wobei sie ein nicht unangenehmer Moschusdurft umfing. Er trat zurück und breitete die Arme aus, um die Aufmerksamkeit auf sein Gewand zu lenken, »ich hätte einige Zeit zum Anziehen gebraucht und wollte Sie nicht zu lange bei dem guten Major warten lassen.«

»Das können wir verstehen, Vetter Phillip«, begann Raven, »und ...«

»Wir?« Phillips Blick glitt an ihr vorbei zu Danny, die in der Tür stand.

»Meine Begleiterin, Hannah Daniels«, erklärte Raven.

»Erfreut, Ihre Bekanntschaft zu machen, Mrs. Daniels.« Phillip Barrancourt verneigte sich höflich. »Gewiß wollen Sie sich vor dem Abendessen frisch machen. Ahmed lädt das Gepäck ab und zeigt Ihnen die Zimmer.« Mit diesen Worten entließ er sie zweifelsohne, und bevor Raven ihm danken konnte, saß er schon wieder über seinen Papieren.

Raven fand ihr Zimmer ziemlich karg. Hier zeigte sich keine Spur der verschwenderischen Üppigkeit, die sie mittlerweile für die typische Ausstattung indischer Wohnhäuser hielt. Die kahlen Wände waren kalkweiß getüncht, was Raven seltsam bedrückend fand. Doch Vetter Phillip war schließlich Junggeselle und obendrein ein viel beschäftigter Mann, wenn man von der Unordnung in seinem Zimmer auf sein Arbeitspensum schließen konnte. Selbstverständlich durfte man nicht erwarten, daß er seinen Sommersitz mit Schnickschnack vollstopfte, auf den nur Frauen Wert legten.

»Offen gestanden hatte ich etwas mehr Komfort erwartet, Miß Raven.«

»Schaut dein Zimmer ebenso kahl aus wie meines?« fragte Raven, als Danny hereinrauschte.

»Allerdings«, bemerkte Danny mit mißbilligenden zusammengepreßten Lippen. »Allem Anschein nach ist Master Phillip auf Haushaltsführung nicht gerade erpicht. Und bis auf diesen rätselhaften Ahmed und ein verdrossenes junges Ding, das mir nachspionierte, gibt es hier wohl keine Dienstboten.«

»Das Haus kommt mir auch etwas merkwürdig vor. Aber

vergiß nicht, daß Vetter Phillip hier nur ein paar Monate im Jahr verbringt. Wahrscheinlich scheut er die Mühe, jeden Sommer seine ganze Habe von Bombay hierherzuschaffen.«

Danny schnaubte heftig. »Wenn Sie mich fragen, Miß Raven, ich bliebe lieber in Bombay, als in diese unzivilisierte Berglandschaft zu fahren! Die heißen Monate sind übrigens längst vorbei. Warum ist er denn noch nicht abgereist?«

»Vetter Phillip wird deine Fragen sicher beim Abendessen beantworten. O danke, Ahmed«, fügte Raven hinzu, als der Diener einen riesigen Tonkrug voll Wasser hereintrug. »Stellen Sie ihn bitte auf den Tisch!«

»Nun gut, ich will Sie beim Frischmachen und Umziehen nicht weiter stören, Miß Raven.« Dannys Ton zeigte an, daß dieses Thema für sie noch keineswegs abgehakt war.

Die Mahlzeiten in Phillip Barrancourts heruntergekommenem Bungalow wurden in einem überraschend gemütlichen Speisezimmer serviert. Ein langer Tisch und zerschrammte, aber weich gepolsterte Stühle standen auf einem farbenfrohen Perserteppich. Die Tafel war mit feinem englischen Porzellan gedeckt. Als sie Platz nahmen, warf Danny ihrer Herrin einen beifälligen Blick zu, erfreut, weil es in der Khanapur-Siedlung doch noch so etwas wie gepflegte Eleganz gab.

»Hoffentlich entspricht das Essen Ihrem Geschmack?«, bemerkte Phillip freundlich, als er sich zu ihnen setzte. »Obwohl ich meinem Koch Hammad die westliche Küche beizubringen versuche, bereitet er die Speisen mit öliger Büffelmilchbutter zu oder würzt wie verrückt mit Curry, so daß es einem schier die Eingeweide verbrennt.«

»Es schmeckt uns bestimmt, Vetter Phillip«, antwortete Raven rasch.

»Nennen Sie mich doch Phillip, meine Liebe.« Er beugte sich zu ihr und beobachtete sie lächelnd. »Vetter Phillip klingt so förmlich.« Die blauen Augen musterten Ravens Figur ausgiebig und unverfroren. Raven trug jetzt statt des verknitterten grünen Samtkleids ein lavendelfarbenes Gewand mit winzigem Veilchenmuster. Das dunkle Haar war aus dem bezaubernden Gesicht gekämmt und mit den schimmernden Perlmuttkämmen befestigt. Lieblich und blühend sah sie aus, von jugendlicher Unschuld. Ihr qualvoller Herzenskummer wurde von den dunklen Wimpern verborgen, die ihre schräggestellten Augen beschatteten. Phillip, der das Leid darin nicht sehen konnte, entdeckte jedoch in ihren Zügen eine Melancholie, die ihr eine Aura unterschwelliger Sinnlichkeit verlieh.

»Ich meine«, sagte er unvermittelt, »wir sollten eine Einladung geben, um Sie meinen Geschäftsfreunden in der John Company vorzustellen, Raven. Lahore ist vielleicht nicht der gesellschaftliche Mittelpunkt des indischen Subkontinents, aber es leben hier einige Leute, mit denen ich Sie gerne bekannt machen würde.«

»Oh, Sie sollten sich meinetwegen nicht bemühen!« wandte Raven ein.

»Das ist mir ein Vergnügen«, versicherte er und griff über den Tisch, um ihr die Hand zu tätscheln. »All meine Bekannten sollen wissen, wie eine echte, reinrassige Barrancourt aussieht.«

Raven spürte eine Hitzewelle in ihre Wangen steigen. Aber als sie beunruhigt zu Sir Hadrians illegitimem Sohn hinüberblickte, bemerkte sie, daß er sie ohne jede Bitterkeit anlächelte, die tiefliegenden blauen Augen voll Wärme. Irgend etwas erschien ihr jetzt an ihm verändert, obwohl sie sich nicht erklären konnte, was. Im Arbeitszimmer hatte er geistesabwesend und gehemmt gewirkt. Jetzt strahlte er verwandtschaftliche Herzlichkeit aus.

»Nächsten Donnerstag würde es mir hervorragend passen«, fügte er hinzu.

»Bleiben wir denn so lange, Miß Raven?« erkundigte sich Danny besorgt.

»Das hängt wohl davon ab, ob …«

»Wie, Sie wollen doch nicht etwa gleich abreisen?« unterbrach Phillip Barrancourt seine junge Cousine hastig. »Erzählen Sie mir nicht, Sie kommen den weiten Weg von England hierher, um mich nur flüchtig anzusehen und dann gleich wieder fortzueilen!«

»Eigentlich besuche ich Sie in einer finanziellen Angelegenheit«, begann Raven zögernd. Sie wollte nicht gerade bei Tisch, in Anwesenheit von Phillips Dienern, auf Sir Hadrians Wünsche zu sprechen kommen, sondern vielmehr unter vier Augen mit ihm reden und ihm Zeit lassen, den Brief seines Vaters gründlich zu studieren.

»Nicht jetzt, bitte.« Phillip winkte lässig ab. »Ich bespreche grundsätzlich keine geschäftlichen Dinge während der Mahlzeiten.« Er ließ die blauen Augen träge auf ihr ruhen. »Darüber unterhalten wir uns morgen, wenn Sie sich von der Reise erholt haben, Raven, oder vielleicht erst übermorgen. Wenn Sie mir nur versprechen, bis zur Einladung zu bleiben.«

Nachdem sie sich zurückgezogen hatte, graute Raven trotz ihrer Erschöpfung vor der kommenden Nacht. Sie wußte sehr wohl, daß sie sich schlaflos im Bett wälzen und die Qual ihrer letzten Begegnung mit Charles noch einmal durchleben würde. Ihre Befürchtungen wurden noch übertroffen, denn sie stellte fest, daß sie sich nach Charles sehnte, ihn zutiefst vermißte, daß ihr Körper geradezu nach der verwegenen, erregenden Berührung seiner Hände und Lippen schrie.

Mit fest zusammengekniffenen Augen versuchte sie sein Bild aus ihrer Fantasie zu vertreiben, aber die belustigten grünen Augen kehrten wieder, um sie zu verhöhnen. Und die Schwäche ihres Körpers strafte ihre mühevollen Versuche Lügen, sich einzureden, sie würde nichts mehr für ihn empfinden. Wo er sich jetzt wohl aufhielt? Würde er sie vor seiner Abreise aus Lahore besuchen, oder war seine Behauptung ernst gemeint, daß er alles, was er wollte, von ihr genommen hatte und sie ihm nichts mehr bedeutete.

Eine Träne quoll unter den geschlossenen Lidern hervor und bahnte sich ihren Weg über die Wange auf das harte Kissen. »Ach, Charles«, flüsterte Raven mit erstickter Stimme. »Warum konntest du mich nicht ein wenig lieben?«

»Dimitri, kannst du in Gottes Namen nicht endlich aufhören, fortwährend hin und her zu laufen? Du benimmst dich wie ein eingesperrter Stier!«

Dimitri verkniff sich seine wütende Antwort, da er ahnte, daß nur noch ein geringer Anlaß fehlte, um einen Wutausbruch seines Freundes zu bewirken. Statt dessen murmelte er einen derben russischen Fluch in seinen Bart und stolzierte, die kohlschwarzen Augen von Zorn erfüllt, aus dem Zimmer.

Charles beobachtete seinen Abgang und spürte, wie die Atmosphäre in dem kleinen Zimmer, sobald der Russe verschwunden war, merklich an Explosivität verloren.

Der Zauber des Kohinoors, der ihn ursprünglich nach Lahore gelockt hatte, war für Charles verblaßt, und obgleich er in den vergangenen schlaflosen Nächten viel darüber nachgegrübelt hatte, wollte ihm kein Grund dafür einfallen. Vielleicht erklärte dies auch die Spannung zwischen ihm und Dimitri, der weiterhin unbändige Begeisterung für den Erwerb des Juwels an den Tag legte, indem er häufig durch die dunklen Gassen und Basare der Innenstadt strich, um auch den allerkleinsten Klatsch zu erfahren.

Der Kapitän hingegen verbrachte die meiste Zeit auf Fort Ackbar, wo er in Gesprächen mit General Bostwicks Adjutanten die Wahrscheinlichkeit einer weiteren Konfrontation mit den Sikhs zu ermitteln suchte. Dimitri und Charles verhielten sich wenig höflich zueinander, eine beklagenswerte, für beide völlig neue Erfahrung in ihrer langjährigen Freundschaft.

Mit seiner finsteren Miene verschreckte Charles den Diener, der gerade Chotahazri hereinbrachte, ein leichtes indisches Frühstück, das Charles und Dimitri gemeinsam einzunehmen pflegten.

»Wünschen Burra-Sahib etwas anderes?« fragte der Mann verunsichert, als Charles die angebotene Schüssel mit gezuckerten Früchten und den dampfenden Tee gar nicht beachtete, und zitterte angesichts der düsteren, bedrohlichen Miene des Engländers.

»Nein, danke, Hakim«, erwiderte Charles knapp. »Wenn Sahib Sergejew zurückkommt, richte ihm aus, daß ich bei General Bostwick bin, dem Jung-i-lat-Sahib.«

Heute gab es aus Fort Ackbar keine guten Nachrichten, und Charles kehrte nach einigen Stunden äußerst beunruhigt von seinem Treffen mit dem befehlshabenden Offizier zurück. Er hatte von General Bostwick die bestürzende Neuigkeit erfahren, daß man die Truppen mobil mache und daß wohl bei Chillianwallah die nächste Schlacht stattfinden werde.

Könnte ein für die Briten günstiges Kampfergebnis die Sikhs zu einem Vergeltungsschlag anspornen und zu einem Blutvergießen in den Straßen führen? Charles wußte darauf keine Antwort, und als er die Stufen zu den Schlafzimmern hinaufstieg, schaute er sehr grimmig drein.

»Ah, Towarisch, da bist du ja endlich!« Dimitri, der die schweren Schritte im Treppenhaus gehört hatte, riß die Tür auf, umarmte ihn ungestüm und klopfte ihm derb auf den Rücken.

Ein schwaches Lächeln umspielte Charles' Lippen, als er in Dimitris strahlendes Gesicht sah. Der dichte Bart hing seinem russischen Freund arg zerzaust über die ledrigen Wangen und ließ ihn reichlich wild erscheinen. Die kohlschwarzen Augen funkelten, und die weißen Zähne blitzten bei seinem Grinsen auf.

Charles verschränkte die Arme vor der Brust und schaute ihn eine Weile schweigend an. »Ich glaube, du freust dich über etwas, Dimitri«, bemerkte er schließlich.

Der Russe lachte dröhnend. »Ob ich mich freue? Ich bin ganz aus dem Häuschen, Kamerad! Ich fühle mich wie ein einstiger Anhänger des Zölibats, der in einem Harem mit zwei Dutzend unterbeschäftigten, wunderschönen Gespielinnen bekehrt wurde. Rate mal, wo ich heute war!«

Charles sah ihn nachsichtig an und schüttelte den Kopf. »Ich habe keine Ahnung. Etwa im Harem des Palastes?«

Dimitri rieb sich die Pranken. »Zwar nicht im Harem, aber im Palast.«

Charles' Belustigung schwand. »Was hast du denn da getrieben?«

»Setz dich erst und laß mich erzählen.« Dimitri wuchtete seine Körpermassen auf die weichgepolsterte Sitzbank und wartete, bis Charles es ihm gleichtat. »Im königlichen Haushalt der Maharani gibt es einen Russen aus Kursk, der seit dem Afghanischen Krieg in Indien lebt und während der Sikh-Kriege auf Seiten Ihrer Majestät kämpfte. Als die Briten in Lahore einmarschierten und die Maharani ihrer Macht beraubten, weigerte er sich, aus ihren Diensten auszuscheiden, obwohl ihm ihre einheimischen Gefolgsleute angeblich Verachtung und Mißtrauen entgegenbringen« Er dämpfte die Stimme und zwinkerte seinem Freund verschwörerisch zu. »Die Maharani soll wundervoll aussehen, und du weißt ja, wie wir Russen die Schönheit verehren. Kein Wunder, daß er geblieben ist!«

»Also hast du dir unter dem Vorwand, die Bekanntschaft eines Landsmanns zu schließen, Zutritt zum Palast verschafft«, drängte Charles, dessen Neugierde nun geweckt war.

»Selbstverständlich«, stimmte Dimitri zu. »Georgi empfing mich überaus freundlich. Stundenlang unterhielten wir uns, wobei er seinen vorzüglichen Wodka mit mir teilte. Und danach konnte er sich in seinem Redefluß nicht mehr beherrschen.«

»Wo steckt also der Kohinoor, Dimitri? Das hat er dir doch wohl erzählt?«

»Gewiß, Kamerad, oder zumindest sagte er mir, wo man ihn finden kann. In Oudh nämlich.«

»In Oudh«, wiederholte Charles erstaunt. »Nach dem letzten Stand der Dinge befand er sich doch hier im Punjab.«

»So war es auch. Bis ihn ein kriegführender Fürst, der Nawab von Oudh, in einer gewaltsamen Auseinandersetzung mit einem Steuerpächter aus dem Punjab in die Finger bekam.«

Charles lehnte sich auf der Sitzbank zurück und streckte die langen Beine aus. »Ich nehme somit an, daß du jetzt nach Oudh reisen willst, um ihn zu suchen.«

Dimitri zuckte mit vorgespielter Gleichgültigkeit die Schultern. »Ich weiß nicht, ob die *Orient Star* ewig warten kann, während ihr Kapitän und sein Erster Offizier auf der Suche nach einem schwer zu ergatternden Diamanten quer durch ganz Indien reisen. Sicher würde ich mich gern nach Oudh aufmachen, Towarisch, aber nicht ohne dich, und ich weiß, daß du Lahore nicht eher verlassen wirst, bis unsere kleine Prinzessin unbeschadet wieder von hier aufgebrochen ist.«

Charles hielt inne, spannungsgeladen wie ein sprungbereiter Panther. »Was willst du damit sagen?« fragte er leise.

Grinsend heuchelte Dimitri völlige Gleichmütigkeit, während er sich innerlich gegen Charles' Wutausbruch wappnete. »Mir ist doch klar, daß du nur ihretwegen im Punjab bleibst, wo du doch offensichtlich jede Lust am Erwerb des Kohinoors verloren hast.«

»Absoluter Blödsinn, was du da redest, Dimitri!«

Die schwarzen Augen funkelten. »Ach nein. Warum bist du dann immer so rastlos? Warum tigerst du Nacht für Nacht wie verrückt in deinem Zimmer auf und ab, und warum spielst du dem Jung-i-lat-Sahib und seinen Offizieren den liebenswürdigen Gentleman vor, wo du doch diese Idioten von Soldaten nicht ausstehen kannst? Doch wohl nicht deshalb, weil du dich selbst vor den Sikhs fürchtest, Kamerad, du hast noch nie Furcht gekannt.« Der Russe kniff die Augen zusammen. »Bis jetzt. Hier im Punjab droht unmittelbar ein Aufstand, und ich spüre die Angst in dir, die Angst um jemanden, der dir meines Erachtens mehr bedeutet, als du es dir eingestehen willst.«

Mit einer flinken Bewegung war Charles auf den Füßen, aber Dimitri, der das erwartet hatte, kam ihm zuvor, bereit, den Schlag, der da kommen sollte, zu parieren.

Die Luft schien vor Spannung zu knistern, als die zwei Hünen gegeneinander Stellung bezogen. Charles stand, abgesehen von dem Zornbeben, das wie eine Hitzewelle von ihm ausging, reglos da. Dimitri, der sich von Georgi Nostropowitschs hochprozentigem Wodka etwas benebelt fühlte, hoffte auf einen kurzen Kampf. Obwohl eine derartige Auseinandersetzung möglicherweise das Ende ihrer Freundschaft bedeutete, freute es ihn insgeheim, daß dies wenigstens wegen der bildschönen Raven Barrancourt geschah.

»Siehst du, Kamerad«, durchbrach Dimitri heiser die bedrückende Stille, »der Kreis schließt sich. Begann unsere Freundschaft nicht mit einem Kampf um eine lächelnde portugiesische Schönheit? Und endet sie jetzt wegen deiner uneingestandenen Gefühle für unsere Göttin mit dem rabenschwarzen Haar? Nun gut, wenn du mich schon schlagen mußt, mach schnell, denn dies wird dich wohl von der Wut befreien, die dich seit dem Abschied von ihr erfüllt.« Er rülpste und fügte nachdenklich hinzu. »Und außerdem werde ich allmählich hungrig.«

Die bedrohliche Kampfeslust in den meergrünen Augen war mit einemmal verschwunden, die verdüsterten Züge entspannten sich so unerwartet, daß Dimitri verwirrt die furchtgebietenden Fäuste senkte. Mit einem breiten Grinsen schlug Charles seinem Ersten Offizier auf die Schulter. »Was bist du doch für ein närrischer betrunkener Hitzkopf, Dimitri«, bemerkte er. »Auf diese Weise verwickelst du mich in keine Rauferei, also laß es lieber bleiben. Und jetzt essen wir einen Happen. Du hast doch heute bestimmt noch keinen Bissen in den Magen bekommen, und wie üblich bist du von diesem teuflischen Schnaps besäuselt.«

»Moment mal, Towarisch!« Dimitri packte Charles beim Ärmel und sah ihn forschend an. »Willst du sie nicht besuchen? Warte, werd' nicht gleich wütend! Ich frage nur meinetwegen, denn ich versprach ihr zu kommen, und wir wissen ja nicht einmal, ob ihr Vetter sie gut behandelt.«

Charles' Kinn verhärtete sich kaum merklich. »Wahrscheinlich hast du recht, Dimitri«, sagte er spöttisch. »Da wir schon all die Mühen auf uns genommen haben, um sie hierherzubringen, können wir uns ebensogut noch überzeugen, ob sie auch ordentlich versorgt ist.«

Der Nachmittag erschien Raven endlos. In der kühlen Morgendämmerung war das Wetter schön gewesen, doch allmählich hatten sich dunkle Wolken am Himmel zusammengebraut, die ein eisiger Wind zusammen mit kalter Winterluft von den Gipfeln des Hindukusch herübertrieb.

Raven war vor dem Mittagessen ein wenig ausgeritten, aber ihr Pferd hatte nicht recht gehorchen wollen. Dieser Umstand, ebenso wie die grimmige Miene Ahmeds, der sie begleiten mußte, hatten Raven schnell wieder zur Umkehr bewogen. Eigentlich wollte sie die Hänge zwischen der Siedlung und Lahore erkunden, aber Phillip hatte ihr, angeblich ihrer Sicherheit wegen, befohlen, innerhalb der Siedlungsmauern zu bleiben. Dem mußte sie sich wohl oder übel fügen.

Nicht daß er mich mit Absicht unfreundlich behandeln würde, dachte Raven, als sie untätig in ihrem Zimmer umherging. Er hatte sich vielmehr in diesen vier Tagen sehr um ihr Wohlergehen bemüht, aber er verbrachte einen Großteil des Tages allein im Arbeitszimmer, so daß sie ihn kaum zu Gesicht bekam. Überdies wollte er sie erst bei der Einladung am Donnerstag seinen Freunden vorstellen, und so kannte Raven noch niemanden, den sie auf einem Ausritt hätte besuchen können. Sie langweilte sich, und ihr gutherziger, aber geistesabwesender älterer Vetter wußte offenbar nicht, was ein tatendurstiges junges Mädchen brauchte, um sich die Zeit zu vertreiben.

Raven schämte sich ihrer Undankbarkeit, denn Phillip zeigte sich, wann immer er nicht arbeitete, sehr aufmerksam. Dennoch fühlte sie sich rastlos und ungeduldig. Außerdem waren ihre Nerven anscheinend arg mitgenommen, und allem Anschein nach hatte sie den Hang entwickelt, die arme Danny wegen jeder Nichtigkeit anzufauchen. Sie versuchte sich einzureden, daß sie nun wirklich jeden Grund glücklich zu sein habe. Immerhin hatte Vetter Phillip ihr nach der Lektüre von Sir Hadrians Brief ohne alle Bedingungen die erforderliche Summe zugesichert und versprochen, das Geld innerhalb einer Woche zu beschaffen, wenn die nötigen Schriftstücke ordnungsgemäß von einem Angestellten der John Company, der sich um Phillips Buchhaltung kümmerte, aufgesetzt worden waren. Für ihre klägliche Stimmung bestand also gewiß kein Anlaß, und doch boten ihr die unausgefüllten Tage kaum anderes, als über Vergangenes zu brüten und von Charles zu träumen. Die Erinnerungen an seine Zärtlichkeiten verfolgten sie viel intensiver als Bettina Batemans schmerzliche Worte.

Als Raven am Nachmittag in den ungemütlichen Salon kam, sah sie ihren Vetter mit Dimitri vor der Jagdtrophäensammlung stehen; Phillip schilderte gerade mit begeisterten Gesten, wie er vor zwei Jahren den Königstiger südlich von Lucknow erlegt hatte. Danny saß stocksteif auf dem Sofa, die Stickerei wie üblich im Schoß, und heuchelte großes Interesse.

Trotz ihrer Enttäuschung, daß Charles nicht mitgekommen war, konnte Raven kaum die Freude fassen, die ihr beim vertrauten Anblick ihres Freundes das Herz erwärmte. »Ach, Dimitri, wie schön, daß Sie da sind!« rief sie.

Dimitri drehte sich um und sah sie strahlend schön in der Tür stehen. Mit ausgebreiteten Armen eilte er durch das Zimmer, und sie kam ihm auf halbem Weg entgegen und sank ihm lachend an die Brust.

»Sie sehen unverändert reizend aus, meine kleine Prinzessin«, meinte er und ließ sie mit einem ernsten Blick in ihre Augen endlich los. Sie kam ihm ein wenig schmaler vor, falls das in der kurzen Zeit ihrer Trennung möglich war, und in ihren Katzenaugen lag ein deutlicher Ausdruck nervlicher Belastung, der ihm gar nicht gefallen wollte. »Kümmert man sich auch ordentlich um Sie?« fragte er so leise, daß Phillip Barrancourt es nicht hören konnte.

»O ja«, versicherte sie und drückte ihm beide Hände. »Dimitri, wo ist ...«

»Meine liebe Raven, werfen Sie sich allen Besuchern so unbeherrscht in die Arme?«

Bei der beiläufigen Frage ihres Vetters schaute Raven schnell auf; von der ernsten Miene und den eindringlichen Augen konnte sie nicht mit absoluter Sicherheit Mißfallen ablesen. »Gewöhnlich nicht«, gab sie mit einem entschuldigenden Blick zu. »Aber Dimitri ist ein so guter Freund. Ich – ich freue mich einfach, ihn zu sehen.«

Phillips tiefblaue Augen wanderten von Dimitri zu Ravens flehender Miene, er zuckte die Achsel und lächelte nachsichtig. »Ich nehme an, Mr. Sergejew hat Sie und Mrs. Daniels nach Lahore begleitet.«

»In der Tat«, bestätigte Raven und schenkte Dimitri ihr Grübchenlächeln. Sie konnte den Blick nicht von ihm wenden, so sehr linderte seine vertraute Gegenwart ihren Schmerz.

»Lange kann ich nicht bleiben, Kleines«, meinte er, als sie ihn zum Sofa führte und sich neben ihm niederließ. »Ich wollte mich nur vergewissern, daß es Ihnen gutgeht.«

»O ja«, beruhigte sie ihn. »Müssen Sie denn gleich wieder davoneilen? Es gibt so viel, was ich Sie fragen möchte.« Ihre Topasaugen wirkten wieder umschattet. »Was haben Sie denn seit unserem Abschied erlebt?« Sie senkte den Kopf und begann mit der zarten Spitze an ihrem Handgelenk zu tändeln.

»Sie halten sich wohl noch immer mit Kapitän St. Germain in Lahore auf?«

»Ja. Der Kapitän wollte mich hierherbegleiten, wurde aber im letzten Moment zu einem Abendessen bei General Bootswick eingeladen.«

»Ah, dann haben Sie also schon unseren Kommandeur kennengelernt?« erkundigte sich Phillip im Plauderton, aber Raven achtete nicht auf die Antwort des Russen. Hatte Charles wirklich kommen wollen, oder schwindelte Dimitri ihr zuliebe? Wie kann Charles die Einladung eines Offiziers mehr als ein Wiedersehen mit mir bedeuten, fragte sie sich verzweifelt. Hatte General Bootswick etwa eine hübsche Tochter?

Sie biß sich auf die Lippen und wandte den Kopf, damit Dimitri nicht den verräterischen Tränenschimmer in ihren Augen sah. Und sie Närrin hatte gehofft, Charles würde zu ihr zurückkehren! In den langen Mußestunden seit ihrer Ankunft in der Khanapur-Siedlung hatte sie allmählich erkannt, daß sie Charles freudig alles verzeihen würde, wenn er ihr nur seine Liebe gestände. Aber bei der Trennung hatte er ihr gesagt, er habe sie als bloßen Zeitvertreib betrachtet, und Dimitris beiläufige Bemerkung bestätigte dies nur.

»Meinen Sie nicht auch, Raven?«

»Wie bitte?« Sie schreckte auf und bemerkte Phillips prüfenden Blick. »Pardon, ich habe nicht gehört, was Sie sagten.«

Er zuckte die Achseln. »Schon gut. Bei Ihrem Kapitän, Mr. Sergejew, scheint es sich um einen bemerkenswerten Mann zu handeln. Mrs. Daniels hat mir einiges von ihm erzählt. Ich habe daraus geschlossen, daß er einen Klipper besitzt.«

»Den schnellsten, den es gibt«, prahlte Dimitri.

»So, so.« Phillip zeichnete mit seinem dicken Zeigefinger das verschlungene Muster auf einem der Sofakissen nach. »Befördert er freie Handels- oder Kommissionswaren?«

In Dimitris bärtigem Gesicht blitzten die weißen Zähne auf. »Alles, Sir, solange der Preis stimmt.«

Das halte ich nicht aus, dachte Raven. Ich muß Dimitri fragen, wie es Charles geht. Doch das erwies sich als unmöglich. Das Gespräch kreiste um Geschäftliches, da ihr Vetter großes Interesse an der *Orient Star* und ihren Ladekapazitäten bekundete; und als Dimitri Anstalten zum Aufbruch machte, hatte sie ihm noch keine einzige Frage unter vier Augen stellen können.

Selbst als sie ihn zur Tür begleitete, trieb sich Ahmed lauernd in ihrer Nähe herum und hielt sie davon ab, etwas anderes als die üblichen Floskeln zu äußern. Mit besorgter Miene blieb sie stehen, während Dimitri in den Mantel schlüpfte, und obwohl er geduldig auf die Frage wartete, die sie offenbar quälte, schwieg sie.

»Ich komme bald wieder, Kleines«, versprach er bedrückt, da er ihr keinen Trost verschaffen konnte. »Ihr Vetter interessiert sich für die Tatsache, daß die *Orient Star* bei Kasur ankert, und überlegt, ob wir nicht auf der Rückreise eine Ladung für ihn nach Süden befördern sollen.«

»Mir hat er erzählt, daß zu dieser Jahreszeit seine Lagerhäuser leer stünden«, meinte Raven verdutzt.

»Aber weshalb sollte er dann noch hier sein?« entgegnete Dimitri und lächelte sie liebevoll an. »Nun, über diese geschäftliche Angelegenheit muß er mit dem Kapitän sprechen.«

Ihre Kehle schnürte sich zusammen. »Wird Charles – wird der Kapitän hierherkommen?«

Dimitri zuckte die Achseln. »Ich denke schon.« Er zog sich die Handschuhe an, dann beugte er sich herab, als wollte er sie auf die Wange küssen, drehte den Kopf aber ein wenig, so daß er ihr leise ins Ohr flüstern konnte. »Und Ihr Vetter behandelt Sie auch ganz bestimmt gut?«

Raven nickte und schaute ihn fragend an. »Gewiß. Warum sollte er nicht?«

Er hob wieder die Schultern. »Er scheint ja ganz nett zu sein.« Dann richtete er sich lächelnd auf. »Geben Sie bis zu unserer nächsten Begegnung auf sich acht, kleine Prinzessin.«

Als sie sich schließlich mit einem tiefen Seufzer umdrehte, versperrte ihr Ahmed den Weg. Der Inder betrachtete sie streng, mit undurchdringlicher Miene. »Der Sahib wünscht Sie im Arbeitszimmer zu sprechen, Missy.«

»Würden Sie ihm bitte ausrichten, daß ich mich lieber später mit ihm unterhalte?« erwiderte Raven, die jetzt allein sein wollte, höflich.

Ahmed ließ nicht locker. »Der Sahib wünscht Sie zu sehen.«

Raven seufzte. »Nun gut.«

In umgänglichem Ton antwortete Phillip auf ihr Klopfen, und als sie eintrat, saß er, die Daumen in den Westentaschen vergraben, am Schreibtisch. Amüsiert sah er sie an, als sie vor ihm stand und sich ihr Widerstreben trotz aller Bemühungen, es zu verbergen, in ihrer starren Haltung zeigte. »Wenn Sie glauben, daß ich Sie zu mir gebeten habe, um Sie ins Gebet zu nehmen, trifft Ihre Vermutung leider zu, meine Teure«, begann er, und seine Belustigung war schlagartig vergangen.

Raven runzelte die Stirn. »Was habe ich denn getan?«

Aufmerksam betrachtete er sie. »Wenn ich auch nur Ihr Vetter bin, und nicht einmal Ihr rechtmäßiger, so fühle ich mich doch während Ihres Aufenthaltes in meinem Haus für Sie verantwortlich. Und ich kann ein derartiges Verhalten bei einer jungen Frau von vornehmer Herkunft und Erziehung nicht entschuldigen.«

Seine Worte brachten sie völlig durcheinander. Abgesehen von ihrer ernsten Unterredung über ihre finanziellen Angelegenheiten sprach Phillip sie zum ersten Mal in einem anderen als seinem gewohnt trägen, gleichgültigen Tonfall an. Doch jetzt klang unterschwellig Zorn aus seinen Worten heraus, und ein Schimmer in den blauen Augen verriet große Entrüstung. Überdies war seine übliche Blässe einem fast fiebrigen Glühen gewichen, was Ravens früheren Verdacht bekräftigte, ihr Vetter erfreue sich nicht eben bester Gesundheit. Dies betrübte sie, denn trotz seiner seltsamen Marotten mochte sie ihn und wollte ihn keinesfalls verärgern.

»Es tut mir leid«, meinte sie aufrichtig. »Ich wollte Sie nicht verletzen, aber ich habe wirklich nicht die geringste Ahnung, was ich angestellt habe.«

»Tatsächlich nicht?« Phillips buschige rote Brauen hoben sich überrascht. »Dann muß in Cornwall die Erziehung zu gesitteten Umgangsformen sträflich vernachlässigt werden. In Indien, Raven, umarmt eine junge Dame nicht in aller Öffentlichkeit einen Mann, mit dem sie nicht verlobt, verheiratet oder anderweitig verwandt ist. Wie Sie wohl wissen, tragen die Frauen hierzulande immer einen Schleier. Mit Ausnahme des Gemahls oder Bruders darf niemand ihr Gesicht sehen, nie verlassen sie den Schutz des Harems, niemals ...«

»Aber ich bin keine Inderin!« widersprach Raven gekränkt.

»Das zwar nicht«, stimmte Phillip zu, »aber ich erwarte, daß Sie während Ihres Aufenthalts zumindest die abendländischen Anstandsformen wahren.«

Errötend senkte sie den Blick. »Verzeihen Sie, Phillip. Offenbar habe ich meine Grenzen überschritten, aber Dimitri ...« Sie hielt inne und rang nach Worten, um ihre Gefühle für den entrechteten Kosakenprinzen zu beschreiben.

»Sind Sie in ihn verliebt?« fragte Phillip völlig unerwartet.

Wieder strömte eine Hitzewelle durch Ravens Wangen. »Keineswegs! Welch absurder Gedanke!«

Ihre vehemente Verneinung schien ihm zu genügen. »Sehr gut. Ich würde nicht wollen, daß jemand von Ihrer Schönheit und Herkunft sich an einen gemeinen Matrosen, noch dazu einen Russen, verschwendet.«

Raven verkniff sich eine zornige Antwort, da sie weder mit Phillip streiten noch seine Gastfreundschaft mißbrauchen wollte. Er hatte ja recht, sie hätte ihre Zuneigung zu Dimitri nicht so freimütig zeigen dürfen. Aber wie konnte sie einem anderen Menschen verständlich machen, daß sie Dimitri so gern mochte, nicht allein seinetwegen, sondern auch, weil er Charles so viel bedeutete?

»Ich sehe schon, daß Sie nicht mit mir übereinstimmen«, bemerkte Phillip gedehnt, da ihm das Aufblitzen ihrer Augen und ihr mühsam beherrschter Zorn keineswegs entgingen. Er erhob sich und kam auf sie zu, für einen Mann von seiner Statur erstaunlich behende. »Es ist mir ernst damit, Raven. Sie sind viel zu schön, um sich an irgendeinen Kerl zu vergeuden.« Er ergriff eine schwarzglänzende, seidige Haarsträhne und ließ sie durch die Finger gleiten, während Raven zutiefst verlegen das Gesicht abwandte.

»Es wird nicht mehr vorkommen, das verspreche ich«, flüsterte sie und flüchtete aus dem Zimmer, während Phillip mit nachdenklicher Miene stehenblieb und auf die offene Tür schaute.

Dann setzte er sich wieder an den Schreibtisch, starrte seine Hand an und rieb die Wurstfinger aneinander, als könne er immer noch das weiche, schimmernde Haar auf seiner Haut spüren.

11

Fackeln flackerten entlang dem kurvenreichen Fahrweg, der sich von den schmiedeeisernen Toren auf das Geländer der Khanapur-Siedlung schlängelte. Schmuck uniformierte Ghurka-Wachen, von der Armee Ihrer Majestät für den Schutz der British East India Company abkommandiert, flankierten den Eingang und salutierten schneidig, als die zweirädrigen Einspänner mit den Offizieren in Galauniform und ihren herausgeputzten Gattinnen vorbeirollten. Lediglich den einzelnen Reiter, der sein Pferd aus dem Dunkel auf das Tor zulenkte, hielten sie sogleich an, um ihn zu befragen.

Er war sehr hoch gewachsen und trug ein elegantes weinrotes Brokatjackett, sein gestärkter weißer Kragen leuchtete im Finstern. Als er sich herabbeugte, überraschte er die Gurkas, indem er sich auf Nepalesisch, ihrer Muttersprache, an sie wandte. Nachdem sie sich von der Überraschung erholt hatten, wechselten sie mit respektvoller Miene einen schnellen Blick und ließen den Gentleman hoch zu Roß ungehindert passieren. Er schloß sich dem kleinen Zug schaukelnder Gigs und Kutschen an, der sich Phillip Barrancourts hell erleuchtetem Haus näherte.

Seufzend wandte sich Raven von ihrem Schlafzimmerfenster ab und ließ die Jalousien herunterfallen, damit keiner der eintreffenden Gäste sie durch die Scheibe sehen konnte. Denn sie hatte sich gerade erst in ein knappes Korsett geschnürt, das ihre weißen Brüste teilweise enthüllte. Sie warf einen verzagten Blick auf das prächtige Gewand, das Lihl, die junge mürrische Dienerin, hochhielt, um ihrer Herrin beim Hineinschlüpfen zu helfen. Phillip hatte es heute nachmittag höchstpersönlich ausgesucht, indem er die kleine Auswahl im Kleiderschrank gemustert hatte und schließlich mit einer reinweißen Seidenbrokatrobe mit weiten, bauschigen Röcken aufgetaucht war. »Bei Gott!« hatte er erfreut ausgerufen. »Den Stoff kenne ich doch!«

»Wie, bitte?« fragte Raven, die hilflos daneben stand, als er das Kleid lachend und mit leuchtenden Augen auf das Bett warf.

»Shantungseide! Vor einem Jahr schickte ich meinem Vater einen Ballen davon als Muster – wohlgemerkt, um zu erkunden, ob Booth's sie vielleicht auf dem europäischen Markt anbieten wolle. Während meines Aufenthalts in Hongkong mußte ich wie der Teufel mit den Chinesen, diesem mißtrauischen, knauserigen Pack, darum feilschen, aber ich konnte den Preis schließlich herunterhandeln.«

»Ein sehr schönes Material«, meinte Raven zögernd. Sein aufgeregter Blick und die geröteten Wangen verwirrten sie ein wenig. Sie wußte nun bereits, daß ihr ruhiger, zurückgezogen lebender Vetter zu unerwarteten Gefühlsausbrüchen fähig war, aber mit Beunruhigung stellte sie fest, daß ausgerechnet die Habgier ihn derart erhitzte. »Großonkel Hadrian schenkte mir mehrere Kleider, bevor ich nach Indien aufbrach.«

»Ja, ein wunderschönes Gewebe«, hatte Phillip ihr beigepflichtet und den weichen Stoff durch die Finger gleiten lassen. »Und keine außer Ihnen trägt heute abend eine so prächtige Robe.«

Mit Dannys und Lihls Hilfe schlüpfte Raven nun in das weich fallende Seidenkleid, das ihren schwellenden Brustansatz, die glatten Schultern und den Nacken bloß ließ.

»Raven, sind Sie bereit, unsere Gäste zu begrüßen?« Phillips Stimme drang ungeduldig durch die Tür, und sie ordnete hastig die raschelnden Röcke, ehe sie ihm die Tür öffnete. Als er sie in dem weißen Kleid, das ihr blauschwarzes Haar betonte, vor sich sah, gefror Phillips Miene. Reglos starrte er auf ihr schönes Gesicht.

»Gefällt es Ihnen nicht?« fragte sie und zog die Brauen zusammen.

Endlich kam wieder Leben in ihn, und er trat auf sie zu, um ihre schmale Hand zu nehmen. »Verzeihen Sie mir, meine Teure«, murmelte er. »Ich ahnte ja nicht, daß es Sie so trefflich kleiden würde.«

Errötend wandte sie sich ab, ohne seinen gierigen, auf ihrem Dekolleté verweilenden Blick zu bemerken. Doch Danny, die am anderen Ende des Raums stand, entging nicht das Glitzern in den blauen Augen, und in ihrem Herzen keimte Zweifel auf. Wie Raven hielt auch sie ihren Gastgeber für einen sympathischen, wenngleich ziemlich langweiligen Zeitgenossen, der kaum Interesse an seiner Umgebung bekundete, besaß jedoch genügend Menschenkenntnis, um die Wollust in Männeraugen wahrzunehmen.

Raven war auf die erheblichen Veränderungen, die man im riesigen Speisezimmer vorgenommen hatte, nicht gefaßt. Die Schiebetüren, die es vom kleineren Salon abteilten, waren entfernt worden, so daß ein großer Raum entstanden war. Von jedem verfügbaren Tisch und den eleganten Wandleuchtern funkelte Kerzenlicht und spiegelte sich im blankpolierten Dielenboden. Den Eßtisch hatte man in eine Zimmerecke gerückt und so Platz zum Tanzen geschaffen, und Raven bemerkte erstaunt, daß Musikanten sich bescheiden im Hintergrund postierten und mit ihren einheitlich schwarzen Hosen und weißen Hemden dem Fest eine besondere Note verliehen.

Auf der Schwelle hielt Phillip erwartungsvoll inne, und die auf der Tanzfläche plaudernden Gäste mit Champagnergläsern in den Händen drehten sich in der herniedersinkenden Stille zu ihm herum. »Guten Abend allerseits!« rief er so laut, daß man ihn im ganzen Raum verstand. »Darf ich Ihnen meine Cousine zweiten Grades aus Cornwall, Miß Raven Barrancourt von North Head, vorstellen!«

Bei diesen Worten zog er Raven an seine Seite. Das gespannte Schweigen wurde durch das anerkennende Raunen der Gäste gebrochen, mit dem sie, Herren wie Damen gleichermaßen, Ravens atemberaubende Schönheit zur Kenntnis nahmen.

Lächelnd neigte sie den Kopf, als Phillip sie mit überschäumender Begeisterung mitten in die Menge führte, um sie mit den Gästen bekannt zu machen.

»Nun haben Sie wohl alle kennengelernt, meine Liebe«, bemerkte er endlich, während er sie noch immer am Ellbogen hielt. »Sollen wir jetzt den Tanz eröffnen?«

»Ich frage mich, ob Miß Barrancourt wohl gütigerweise den ersten Tanz einem alten Bekannten gewähren will.« Beim Klang der vertrauten tiefen Stimme mit dem leichten Spott wandte sich Raven rasch um. Ihr Herz schlug wie rasend, als die meergrünen Augen ruhig auf sie herabblickten. Charles trug ein weinrotes, mit goldseidenen Aufschlägen versehenes Jackett von exzellenter Paßform, das die Anzüge der in Zivil erschienenen männlichen Gäste völlig in den Schatten stellte. Der enganliegende Stoff bauschte sich über den Hüften und betonte vollendet die breiten Schultern.

Charles' Kinn spannte sich an, als er den Blick über Ravens geschmeidige Gestalt gleiten ließ; doch dann spielte ein süffisantes Lächeln um die sinnlichen Lippen.

»Ich glaube nicht ...« begann Phillip, aber Charles hatte bereits den Arm ausgestreckt und Ravens Handgelenk umklammert. Noch ehe einer der verdutzten Zuschauer reagieren konnte, hatte er sie mitten auf die Tanzfläche geführt und den wartenden Musikanten das Zeichen zum Aufspielen gegeben.

»Nein, was für eine Unverfrorenheit!« erklärte eine entsetzte, insgeheim jedoch neidische Dame in mittleren Jahren, die empört den Fächer vor ihrem gepuderten Gesicht schwenkte, doch ihre nächsten Worte wurden von den ersten fröhlichen Walzerklängen übertönt.

»Hoffentlich können Sie Walzer tanzen, Kleines«, bemerkte Charles, als er Ravens Hand nahm, und gebrauchte dabei unbewußt Dimitris Kosenamen für Raven. »Da dieser Tanz ja noch nicht völlig salonfähig ist, hat man Sie vielleicht noch nicht in dieser Kunst unterrichtet.«

»Zweifellos wollen Sie das jetzt nachholen«, konterte Raven, doch ohne die übliche Ironie.

Mit einem leisen Lachen legte er ihr den Arm um die Taille und zog sie an seine Brust. Andere Paare strömten hinter ihnen auf die Tanzfläche und ließen sich vom Rhythmus der Musik bezaubern, doch Raven nahm sie kaum wahr. Charles' Nähe und sein starker Arm, der sie fest umschlang, ließen eine angenehme

Wärme durch ihren Körper dringen und vertrieben den nagenden Schmerz, der ihr seit der Abfahrt von Colonel Batemans Haus das Herz beschwerte.

Charles entpuppte sich als begnadeter Tänzer, und Raven schien in seinen Armen durch den Saal zu schweben. Sie schauten einander tief in die Augen und keiner von ihnen sprach, obwohl die Stille viel mehr als Worte auszudrücken vermochte.

Zur allgemeinen Enttäuschung der weiblichen Gäste ließ Charles sich zu keinem weiteren Tanz mehr herab. Nachdem er Raven den Armen ihres Vetters, der mit versteinerter Miene den Tanz mit ihr zu beenden verlangte, übergeben hatte, zog er sich in eine Ecke zurück. Während er an seinem Wein nippte, sah er, wie ein Herr nach dem andern ihr den Hof machte.

Als die Musikanten eine Pause einlegten, war Raven schon ganz außer Atem. Ihre Gedanken galten ausschließlich Charles, dessen breitschultrige Gestalt beständig in ihrem Blickfeld blieb. Was er wohl hier macht, fragte sie sich, und wie um alle Welt hat er eine Einladung von meinem Vetter ergattert? In der Hoffnung, von niemandem bemerkt zu werden, schlüpfte Raven durch die Flügeltüren und atmete erleichtert auf, als sie hinter ihr zufielen und sie von dem lärmenden Geschwätz und Gelächter drinnen abschirmten. An die abblätternde Balustrade gelehnt, reckte Raven das Gesicht in die Luft und genoß den Hauch von Freiheit nach dem Gedränge auf der Tanzfläche.

Eine hochgewachsene Gestalt trat hinter ihr auf die Veranda und verdunkelte vorübergehend den durch die Vorhänge dringenden Lichtschein. Ohne sich umzusehen, wußte Raven, daß es Charles war. Nur mit beträchtlicher Mühe schaffte sie es, ihre Gesichtszüge unter Kontrolle zu bekommen, ehe sie sich ihm zuwandte. Einen Moment betrachteten sie einander schweigend, und trotz aller Vertrautheit zwischen ihnen konnte sie keine Gedanken von seinem beherrschten Gesicht ablesen.

»Ich muß schon sagen, Raven, Ihnen ist heute abend eine Eroberung gelungen.«

»Was wollen Sie damit sagen?«, fragte sie, gekränkt durch seinen gleichgültigen, nüchternen Ton.

»Nun, Sie sind doch die Ballkönigin«, entgegnete er spöttisch.

»Ich freue mich festzustellen, daß sich Dimitris Befürchtungen als unbegründet erweisen.«

»Dimitri hat sich Sorgen um mich gemacht?« fragte Raven erstaunt.

Charles nickte mit unergründlichem Blick. »Er glaubt wohl, daß man sich nicht richtig um Sie kümmert und daß Ihr Vetter ein Eremitendasein führt, das einer jungen Frau mißfallen muß. Auch ich finde, daß Ihr Vetter Phillip ziemlich befremdliche Neigungen zeigt.«

»Er behandelt mich sehr gut«, antwortete sie schneidend.

Die meergrünen Augen sahen sie durchdringend an, machten ihr angst und brachten sie außer Atem. Wie hatte sie nur so schnell vergessen können, wie überwältigend Charles' Gegenwart auf sie wirkte, wie jede Faser ihres Körpers als Reaktion auf seine Nähe zu vibrieren schien? »Oh, das bestreite ich nicht«, meinte Charles ruhig. »Er hat keine Mühen gescheut, um mit Ihnen vor seinen Freunden zu protzen, die – offen gestanden – nicht eben zu den angenehmsten Leuten meines Bekanntenkreises zählen.«

»Die meisten sind britische Offiziere, und die anderen gehören der East India Company an«, teilte sie ihm bissig mit.

Charles zuckte gleichgültig die Achseln. »Mich erinnern sie an Geier. Sehen Sie denn nicht die lüsterne Gier in ihren Augen, wenn Sie Sie anglotzen, Raven? Oder die neiderfüllten Gesichter ihrer Gemahlinnen?« Sein Blick schweifte mit fast versengender Intensität über ihre nackten Schultern und den tiefen Ausschnitt.

»Das muß ich mir nicht anhören!« gab Raven steif zurück. »Es sind Phillips Freunde, und zufällig schätze ich sie! Mittlerweile bedaure ich aufrichtig, daß Dimitri eine Einladung für Sie heute abend herausschlagen konnte.«

»Ich auch.« Charles' schroffe Worte ließen sie im Gehen innehalten, denn sie hatte gerade die Veranda verlassen und ins Haus zurückkehren wollen. »Ich wollte mich persönlich von Ihrem Befinden überzeugen, und nun sehe ich mich einer Meute von Gaunern wie Sir Julian Craven gegenüber, die nur eines an mir interessiert – mein Schiff und die Lizenz, die schmutzige

Ware der East India Company nach England zu schaffen, damit sie sich alle noch mehr bereichern können.«

»Unterscheiden Sie sich denn so sehr von diesen Leuten?« fragte Raven. »Wenigstens gehen sie ihren Geschäften in aller Offenheit nach! Sie brauchen keine Diamanten zu stehlen, um ein Vermögen zu erwerben.«

Charles stieß einen heiseren Fluch aus und packte sie bei den Schultern, wobei er ihr die Finger tief ins nackte Fleisch grub. »Sie kleine Närrin!« keuchte er. »Glauben Sie tatsächlich, daß ich deshalb hierherkam?«

»Welchen anderen Grund könnte es dafür gehen?« fragte sie tonlos.

Schlagartig schwand Charles' Wut. Er lockerte den groben Griff um ihre Schultern und ließ beinahe andächtig die Hände über die seidenweiche Haut gleiten. »Kannst du dir das nicht denken, Raven?« Er schaute sie so eindringlich an wie nie zuvor. Seine Hände wanderten zu ihrer grazilen Taille hinunter und zogen ihren Körper an seinen. Sie wurde gegen seine muskulöse Brust gepreßt, und ehe sie sich losreißen konnte, hatte er ihr wohlgeformtes Kinn umfaßt und neigte sich zu ihr herab, so daß sein Mund den ihren fand. Er küßte sie erst sanft, mit der behutsamen Berührung von Liebenden, die nicht allein die Entfernung, sondern auch Streit getrennt hat, bis er spürte, wie ihre warmen Lippen nachgaben.

Mit einer fast an Verzweiflung grenzenden Leidenschaft drückte er sie an sich, verschlug ihr mit seinen fordernden Lippen den Atem und raubte ihr alle Willenskraft. Raven klammerte sich mit ungestüm jagendem Herzschlag an ihn, während das Feuer seines verzehrenden Verlangens sie beide umfing. Jetzt wollte sie sich nicht mehr befreien, und ein leises Stöhnen wachsenden Begehrens rang sich aus ihrer Kehle, als sie mit dem Rücken gegen die Verandabrüstung gedrängt wurde und sein glutvoll erregtes Glied durch ihre verknitterten Röcke spürte.

»Mein Gott, Raven«, flüsterte er rauh. »Ich muß dich haben, unbedingt. In Gottes Namen, weise mich nicht wieder ab.«

In die schönen Topasaugen trat abwehrender Schmerz. »Muß

ich denn daran erinnern, Charles, daß du dich von mir abgewandt hast?«

Verstört hob er die Brauen. »Was willst du damit sagen?« Auf einmal konnte sie ihn nicht länger anschauen. Sie löste sich aus seiner Umarmung, kehrte ihm den Rücken und biß sich unglücklich auf die Unterlippe. Als Charles zu ihr trat, sanft ihren Namen nannte und ihr behutsam die Hand auf die Schulter legte, fuhr sie herum, den Tränen nur zu nahe. »Faß mich nicht an, sonst rufe ich meinen Vetter!« drohte sie.

Charles betrachtete sie, ohne den Ärger zu zeigen, den ihre barschen Worte ihrer Überzeugung nach in ihm erregen mußten. »Was bekümmert dich, Raven?« fragte er und brachte mit seinem unerwartet sanften Ton ihren Schutzwall ins Wanken.

»Bettina Bateman hat mir erzählt, was zwischen euch vorgefallen ist«, gestand sie weinend. Ihre schönen, schmerzerfüllten Augen richteten sich auf ihn. »Wie du siehst, Charles, weiß ich wohl, daß nicht ich mich – der Abweisung schuldig gemacht habe.«

»Zum Teufel, wovon sprichst du denn?« Ihre Tränen berührten ihn weit mehr als ihre kaum hörbaren Anklagen.

»Heuchle mir doch nicht Unwissenheit vor!« entgegnete Raven mit halb erstickte Stimme. »Ich ertrage es nicht! Ich weiß sehr wohl, daß du Bettina geliebt hast, nachdem ...« Sie schluckte schwer. »Nachdem du in jener Nacht von mir gegangen bist. Sie hat es mir selbst erzählt.«

Mit gesenktem Kopf wandte sie sich wieder ab, von unterdrücktem Schluchzen bebend, während Charles sie sprachlos anstarrte. »Großer Gott«, brach es endlich aus ihm heraus, als er ihre Worte verstand. »Deshalb also – hast du mir deshalb gesagt, daß du mich haßt?« Er packte sie bei den Armen, riß sie zu sich herum, zog sie an seine Brust und zwang sie, in sein ungläubiges Gesicht aufzuschauen. »War es deshalb, Raven?«

»Was hätte ich sonst tun sollen?« stieß sie gequält hervor. »Dich beglückwünschen – für deine Ausdauer beim – Liebesakt?«

Zu ihrem Erstaunen warf Charles den Kopf in den Nacken und lachte schallend, während er die Arme fest um ihren steifen

Körper schlang und sie enger an sich drückte. »Mein armer, naiver Liebling!« sagte er stürmisch, als er wieder sprechen konnte, und schaute ihr zärtlich in die kummervollen Augen. »Glaubst du denn im Ernst, daß ich Befriedigung bei einer anderen suchte, nach dem, was wir in jener Nacht geteilt hatten?«

»Aber Bettina...«

»Bettina ist eine dumme Gans, die nur Zwietracht säen will. Ich weiß nicht, ob und wie sie das über uns herausbekommen hat, aber ich schwöre dir bei meiner Ehre, Raven, daß sie lügt.« Mit einem Finger berührte er ihr Kinn, und lächelte zärtlich. »Vielleicht zählt für dich das Ehrenwort eines gemeinen Schmugglers nicht viel. Aber selbst du mußt zugeben, daß mir, was das schwache Geschlecht betrifft, der Sinn nicht nach flachbrüstigen kleinen Mädchen mit angeborener Intriganz steht.«

»O Charles«, flüsterte Raven, und auf einmal schien es ihr, als habe es den Schmerz ihrer Trennung nie gegeben. Er umfing sie innig und hätte sie noch einmal geküßt, wenn nicht die Flügeltüren hinter ihnen unheilvoll zugeschlagen worden wären.

Raven schrie kurz auf, als sie ihren Vetter vor sich sah, dessen Augen in unterdrücktem Zorn funkelten. Charles ahnte den Wutausbruch des anderen Mannes und stellte sich schützend vor Raven. Obwohl Phillip schwerer als er selbst war und die Hände schon geballt hatte, zeigte der Kapitän keine Furcht, als er die Arme vor der Brust verschränkte und geduldig wartete, bis sein Gegner das Wort ergriff.

»Mir scheint, Sie haben meine Gastfreundschaft mißbraucht und meine Cousine kompromittiert, Kapitän«, begann Phillip endlich in schroffem Ton.

Charles neigte belustigt den Kopf, doch Raven entging nicht die Anspannung in seiner Haltung. »Möglicherweise, und ich bitte um Entschuldigung, daß ich Sie beunruhigt habe.«

»Sonst haben Sie nichts vorzubringen?« fragte Phillip mit schneidender Stimme. »Sie entschuldigen sich, mich beunruhigt zu haben? Was für eine Unverschämtheit, Kapitän, welch unverzeihliche Schmach! Ich lud Sie heute abend ein, um geschäftliche Angelegenheiten mit Ihnen zu besprechen und Ihnen dafür zu danken, daß Sie meine Cousine wohlbehütet nach Lahore gebracht hatten! Und wie danken Sie mir dies? Durch völlige Mißachtung der Sitten, indem Sie mit Raven den Tanz eröffnen, durch einen absoluten Mangel an Ehrerbietung meinen Gästen gegenüber, indem Sie sie hier herauslocken, um – um …« Sein wütendes Gestammel verstummte.

»Phillip, bitte …«, flehte Raven, aber er unterbrach sie erbost. »Gehen Sie hinein! Damit haben Sie nichts zu schaffen!«

Charles' Miene verfinsterte sich. Langsam löste er die verschränkten Arme und trat bedächtig einen Schritt näher auf den älteren Mann zu. Doch ehe er etwas sagen konnte, eilte Raven zu ihm und legte ihm die Hand auf den Arm, wo sie die durch unterdrückten Zorn verspannten stählernen Muskelstränge spürte. »Charles, bitte nicht!«

Er schaute in ihr bleiches Gesicht hinab, und seine Wut schien sich ein wenig zu verflüchtigen. Phillip, der wohl so etwas ahnte, wollte die Gelegenheit nutzen und packte Raven heftig am Handgelenk. »Kommen Sie«, befahl er barsch, »höchste Zeit, daß wir zum Abendessen hineingehen.« Ohne sie noch ein einziges Wort mit dem Kapitän wechseln zu lassen, zog er sie gewaltsam ins Haus.

Erst als die Menge schwatzender Gäste sich aufmachte, um an der kunstvoll gedeckten Tafel Platz zu nehmen, konnte sie sich nach Charles umschauen. Mit gekreuzten Beinen lehnte er lässig an der Wand in der Nähe der Flügeltüren und beobachtete die anderen mit ausdrucksloser Miene. Erst als er ihren besorgten Blick bemerkte, richtete er sich auf, trat näher und setzte sich ans andere Tischende zwischen eine gräßliche Matrone in malvenfarbigem Taft und einem errötenden Mädchen mit einer gelben Schleife im Haar. Mit erhobenem Weinglas prostete er ihr süffisant lächelnd zu. Raven, der das Blut in die Wangen schoß, senkte den Kopf, und eine köstliche Wärme prickelte in ihrem Körper, strömte ihr durchs Herz.

Sosehr sie sich auch bemühte, sie konnte die Augen nicht von seiner breitschultrigen Gestalt und braunen Locken wenden, auf die der Kerzenschein funkelnde Glanzlichter warf. Obwohl er die meiste Zeit mit dem Mädchen schäkerte, das ihn bewundernd anstarrte, empfand Raven in ihrem Glück über Bettina Batemans Entlarvung als Lügnerin keine Eifersucht. Als sie auf das Dessert warteten, ließ sie die Finger langsam und beinahe verwundert über ihre Lippen gleiten, die er vorhin so leidenschaftlich geküßt hatte. Dabei trafen sich ihre Blicke, versenkten sich ineinander, und er prostete ihr abermals zu, doch diesmal ohne jeden Spott, sondern mit einem so eindeutigen Versprechen, daß ihr das Herz schneller schlug.

»Miß Barrancourt?«

Bei der leisen Bemerkung beugte sich Raven zu Sarah Broomfield, der wenig anziehenden Frau eines Brigademajors, die sie freundlich anlächelte. »Meinen Sie nicht, die Damen sollten sich allmählich zurückziehen und die Herren bei Rum und Zigarren allein lassen?«

Raven nickte und wollte zum Zeichen, daß die Tafel aufgehoben war, aufstehen. Doch ehe sie sich bewegen konnte, hatte ihr Phillip die Hand auf den Arm gelegt und nötigte sie zu bleiben. Mit donnernder Stimme rief er aus: »Einen Augenblick, bitte, meine sehr verehrten Damen und Herren! Ich darf Ihnen noch etwas ankündigen«, erklärte er in das erwartungsvolle Schweigen hinein. »Sie alle hatten jetzt die Gelegenheit, die Bekanntschaft meiner Cousine, Miß Raven Barrancourt, zu machen.«

»Aber nicht alle hatten so viel Glück, mit ihr tanzen zu dürfen!« rief ein enttäuschter, liederlich wirkender junger Mann am anderen Ende der Tafel.

Phillip unterband mit einer Geste das Lachen, das dieser Beschwerde folgte. »Nach dem Essen spielt die Kapelle wieder auf, Trelling. Zweifellos wird Raven Ihnen gern diese Ehre weisen.« Er blickte milde auf seine Cousine, die schweigend an seiner Rechten saß und der eine leichte Röte in die schmalen Wangen stieg. »Denn wir haben nach meiner Ankündigung nur noch mehr Grund zum Feiern.«

»Sie spannen uns aber verteufelt auf die Folter, Barrancourt«, brummelte Major Wyandotte, als Phillip innehielt und sein Weinglas hob.

»Allerdings, und dies mit gutem Grund. Schließlich habe ich als eingefleischter Junggeselle nicht jeden Tag die Ehre, Ihnen meine Verlobung mit Miß Raven Barrancourt bekanntgeben zu dürfen!«

In dem nun folgenden Tumult ging Ravens erstaunter Aufschrei unter. Jeder wollte ihr anscheinend als erster Glück wünschen. Gegen ihren Widerstand wurde sie von ihrem Stuhl gezerrt, und wollüstig grinsende Männer mit weingeröteten Gesichtern rangen darum, sie zu küssen, während sich die Frauen eifrig lächelnd um sie scharten und ihre neiderfüllten Gratulationen darboten.

»Es handelt sich um ein Mißverständnis!« rief Raven und versuchte sich freizukämpfen, aber ihre Worte wurden von einem lautstarken Hochruf übertönt, für den sich Phillip mit einer tiefen, feierlichen Verbeugung bedankte.

Während sie die Hände abwehrte, die sich nach ihr ausstreckten, versuchte sie durch die wogende Menschenmenge nach Charles Ausschau zu halten. Furcht stieg in ihr auf, als sie ihn nicht entdeckte. Mit um so verbissenerer Entschlossenheit konnte sie sich endlich befreien und eilte leichenblaß, mit keuchendem Atem durch das Speisezimmer zum Portal.

Wohin war er gegangen? Sie mußte ihn finden, ihm erklären, daß sich Phillip mit dieser Eröffnung irgendeinen exzentrischen Scherz erlaubt hatte, dessen Grund sie auch später noch erfahren konnte. Zuerst mußte sie Charles aufspüren, dessen sofortiges Verschwinden nur bedeuten konnte, daß er Phillips Worte für bare Münze genommen hatte.

An der Haustür atmete sie erleichtert auf, als sie ihn jenseits des Rasens sein Pferd vom Pfosten losbinden sah. Mit geschürzten Röcken stürmte sie die Stufen hinunter, um sogleich von hinten gepackt zu werden. Bevor sie aufschreien konnte, hielt ihr eine große Hand den Mund zu, und sie wurde in den Säulengang zurückgerissen. Mit aufgerissenen Augen schaute sie in das fahle, von einem wilden Grinsen verzerrte Gesicht Phillip Barrancourts.

»Welch üblen Scherz haben Sie sich da ausgedacht?« stieß Raven hervor, als er sie ins Haus zog und mit dem Fuß die Eingangstür zuwarf.

»Das ist durchaus kein Scherz, meine Liebe. Ich habe ein wenig nachgedacht, seit du wie ein Frühlingshauch auf meiner Schwelle erschienen bist. Zuerst wußte ich nicht so recht, wie ich diese Augenweide, die mein Vater mir gütigerweise geschickt hatte, am besten nutzen könnte, aber mir kam bald ein Einfall.«

»Wovon reden Sie?« stammelte Raven bestürzt. Sie sah sich plötzlich einem Fremden gegenüber, mit wirrem, blondem Haar, flackernden Augen, gefletschtem Raubtiergebiß.

»Wir unterhalten uns später«, versprach er und drängte sie zum Speisezimmer, bei seiner stämmigen Statur ein Kinderspiel.

»Da bringen Sie mich nicht mehr hinein!« rief Raven mit schriller Stimme, die erste Betäubung des Schocks wich nun kalter Furcht. Was ging hier vor? War Phillip wahnsinnig? Angesichts seines wilden Blicks glaubte sie das beinahe. »Ich erzähle allen, daß Sie sich dieses absurde Märchen aus den Fingern gesogen haben!«

Als Phillip ihre Augen rebellisch aufleuchten und ihre Unterlippe zittern sah, was er für die Vorboten eines hysterischen Anfalls hielt, riß er sie grob in die Arme; halb trug er sie, halb zerrte er sie auf ihr Zimmer. »Du bleibst hübsch hier«, befahl er und erschreckte sie mit seiner Heftigkeit. »Ahmed bewacht die Tür, und beim geringsten Mucks ...« Bedrohlich kam er auf sie zu, so daß sie nun in der Überzeugung, er wäre tatsächlich übergeschnappt, zum Bett zurückwich. Speichel benetzte seine Mundwinkel, und seine Stimme bebte vor Zorn. »Ich werde den Gästen mitteilen, daß dir die Aufregung zuviel wurde. Und ich meine es ernst, Raven. Ich will nicht den leisesten Ton von dir hören.«

Jäh kehrte er ihr den Rücken und knallte die Tür hinter sich zu. Von außen drehte sich der Schlüssel mit einem so endgültigen und unheimlichen Knirschen im Schloß, daß Raven von Entsetzen überwältigt wurde. Inmitten ihrer wogenden Seidenröcke sank sie, die Hände auf die glühenden Wangen gepreßt, aufs Bett; ihr Herz hämmerte ungestüm in der Brust. Das alles konnte doch nicht wahr sein, versuchte sie sich völlig verstört einzureden. Phillip mußte betrunken sein, sich einen abscheulichen Scherz mit ihr erlauben! Aber warum? Warum nur? Wenn nur Charles nicht wie ein Wilder davongestürmt wäre, könnte sie ...

»Miß Raven?« Das Flüstern, das von draußen hereindrang, ließ sie aufspringen. Atemlos lauschte sie an der versperrten Tür.

»Ach, Danny!« Ihre Stimme zitterte vor Aufregung und Erleichterung zugleich.

»Master Phillip meint, Sie fühlten sich nicht wohl. Ich will nur fragen, wie es Ihnen geht.«

»Danny, sperr bitte die Tür auf«, bettelte Raven.

»Das geht nicht«, erwiderte die alte Frau höchst beunruhigt. »Er hat den Schlüssel mitgenommen. Miß Raven, was ist denn hier los?«

Ehe Raven antworten konnte, hörte sie Ahmeds barsches, unhöfliches Zischen, worauf Danny unverständlich, aber wütend konterte. Er gab eine gleichermaßen hitzige Antwort, und dann entstand draußen bleierne Stille.

»Danny?« flüsterte Raven, die Hände gegen das Holz gepreßt, aber drückendes Schweigen erfüllte den Flur. Halb krank vor Angst, wich sie von der Tür zurück und biß sich auf die Unterlippe, um den Tränenstrom zurückzuhalten.

Ihr war, als quälte sie ein grauenhafter Alptraum, doch die verriegelte Tür, Ahmed im Korridor und die wunden Stellen an ihren Handgelenken, wo Phillip sie so brutal gepackt hatte, waren furchterregende Wirklichkeit.

Nachdem Raven eine Zeitlang im Zimmer rastlos auf und ab gelaufen war, bemerkte sie, daß mittlerweile völlige Ruhe im Haus herrschte. Ein unterdrückter Angstschrei brach aus ihr heraus, als sich plötzlich ein Schlüssel drehte, die Tür weit aufschwang und Phillip Barrancourt auf der Schwelle erschien. Im fahlen Kerzenlicht wirkte er mit seinen blutunterlaufenen Augen und dem wirren blonden Haar größer und gefährlicher denn je.

»Es freut mich, daß du so klug warst, meinem Rat zu folgen«, lallte er, und sie erkannte sogleich, daß er dem Alkohol unmäßig zugesprochen hatte. »Fürchtest du dich vor mir, Raven? Wie seltsam! Meiner Meinung nach sind wir doch prächtig miteinander ausgekommen.« Sein Lächeln erlosch. »Oder warst du nur des Geldes wegen nett zu mir?«

»Bitte, sagen Sie mir doch, was Sie von mir wollen!« flehte sie kaum hörbar.

Phillip neigte zuvorkommend den Kopf. »Aber ja doch, das läßt sich leicht erklären. Ich bin so bettelarm, daß ich nicht einmal nach Bombay zurückkehren kann.«

»Aber Sir Hadrian ...«

Mit einer heftigen Gebärde schnitt er ihr das Wort ab. »Erwähne den Namen meines Vaters nie wieder, verstanden? Er allein ist schuld daran, daß ich hier vor die Hunde gehe.«

»Aber er hat Ihnen doch geholfen, einen Beruf zu ergreifen«, entgegnete Raven über diese Enthüllung so entsetzt, daß sie seiner Drohung keine Beachtung schenkte. »Er meinte, Sie kämen blendend voran.«

»Das tat ich auch«, stimmte Phillip barsch zu. »Bis ...« Er brach ab und schüttelte den Kopf. »Der Grund spielt keine Rolle. Den Ausschlag gab, daß mir die Rückkehr in die huldvolle, erhabene John Company versperrt war«, höhnte er verächtlich. »Alle weigerten sich, meinen Kredit zu stunden und mir eine zweite Chance zu geben – bis du ankamst. Raven, du bist die Lösung des Problems. Man lag dir heute abend zu Füßen, und ich zweifle keine Sekunde, daß der knausrige Sir Julian Craven vor mir kriechen wird, wenn du erst meine Frau bist. Du bist die letzte Waffe in meinem Kampf um die Macht, meine Teure, und indem ich dich einigen maßgeblichen Leuten als Bettgefährtin in Aussicht stelle, werde ich bald wieder mein einstiges Ansehen erlangen.«

»Sie müssen von Sinnen sein!« rief Raven. »Das meinen Sie doch nicht im Ernst! Sir Hadrian hält große Stücke auf Sie. Sie können mich doch nicht so grausam behandeln!«

»Vater ist ein alter Trottel«, sagte Phillip herzlos, »und du gewöhnst dich besser an den Gedanken, mich zu heiraten, sobald ich einen Priester für die Trauung aufgetrieben habe.«

»Nein!« schrie Raven. »Das wird Ihnen nicht gelingen! Kapitän St. Germain ...«

Mit zwei großen Sätzen war Phillip bei ihr, packte sie an der Kehle und schnürte ihr die Luft ab. »Dein feiner Kapitän wird gar nichts tun, um mich zurückzuhalten«, sagte er mit öliger

Stimme und grinste sie satanisch an. »Sein Gesichtsausdruck bei der Bekanntgabe unserer Verlobung heute abend hat mich völlig davon überzeugt, daß er ein für allemal mit dir fertig ist.«

Da er Raven die Luftröhre abdrückte und sie mühsam um Atem rang, konnte sie nichts erwidern. Aber der lodernde Haß und die Furcht in ihren Augen brachten ihn noch mehr in Rage. »St. Germain bedeutet dir etwas, sonst hättest du dich auf der Veranda nicht so stürmisch von ihm abküssen lassen. Du solltest dich mir gegenüber ebenso gefällig zeigen, meine verführerische Raven, schließlich werden wir keine bloße Vernunftehe führen.«

Bei seinen Worten lockerte er den Griff um ihre Kehle und riß sie abrupt an sich. Raven erfaßte panischer Schrecken, als Phillip sie küßte, ihr dabei mit dem Bart das Gesicht zerstach und seine gräßliche Alkoholfahne ihr fast die Sinne raubte. Wie eine Tigerin kämpfte sie gegen ihn an, trat und kratzte, bis er sie mit einem Schmerzensschrei losließ und sich die Wange hielt, wo Raven ihm mit den Nägeln eine tiefe Wunde gerissen hatte.

»Du verdammtes Biest!« keuchte er, riß den Batikwandbehang über dem Bett herunter und zog die Bambusstange heraus, an der die Stoffbahn befestigt gewesen war. Mit teuflischer Rachsucht näherte er sich dem niederkauernden Mädchen, schwang den Stock durch die Luft und ließ ihn schmerzhaft auf eine der zarten Schultern knallen.

Zuerst versuchte Raven zu schreien, doch schien ihn das nur noch stärker anzustacheln, also biß sie sich die Lippen blutig, um keinen Ton von sich zu geben, während Phillip noch ein halbes Dutzend Schläge auf sie niederprasseln ließ. Abrupt hörte er auf und schaute auf sie hinunter, schwer atmend von der Anstrengung. Obwohl ihr Rücken und die Schultern blutüberströmt und mit häßlichen roten Striemen bedeckt waren, hielt sie ihr Schluchzen zurück.

»Laß dir das eine Lehre sein«, warnte Phillip. »Wenn du dich noch einmal so unfolgsam benimmst, kannst du dich auf weitere Hiebe gefaßt machen.« Er ging zur Tür und fügte unheilvoll hinzu. »Und kein Wörtchen davon zu deiner Gesellschafterin! Du willst doch nicht etwa, daß ihr etwas zustößt?«

Den ganzen nächsten Tag verbrachte Raven im Bett. Der besorgten Danny täuschte sie gräßliche Kopfschmerzen vor, in der Hoffnung, durch die Bettruhe würden die schmerzhaften Striemen auf Schultern und Rücken verblassen, ehe die alte Frau sie entdeckte. In den schlaflosen Stunden der letzten Nacht war sie zu dem Schluß gekommen, daß sie auf keinen Fall Dannys Sicherheit gefährden durfte, indem sie ihrem Vetter den Gehorsam verweigerte. Überdies sollte Danny nichts von dem Grauen erfahren, das über sie gekommen war, und glücklicherweise war der Gouvernante bis jetzt noch nicht zu Ohren gekommen, daß Phillip sie heiraten und dadurch seine führende Stellung in der East India Company wiedererlangen wollte.

Trotz aller Grübeleien fiel ihr kein vernünftiger Grund für Phillips plötzliche Verarmung ein. Wie hatte er ohne Sir Hadrians Wissen sein ganzes Vermögen und sein Ansehen in der East India Company verlieren können?

Als Raven am übernächsten Morgen erwachte, stand die fahle, kalte Sonne schon hoch am Himmel. Obwohl Schultern und Rücken noch wund und steif waren, biß sie die Zähne zusammen und zog sich an, fest entschlossen, einen Fluchtweg aus ihrem Gefängnis aufzuspüren. Nun, da der betäubende Schock gewichen war, fühlte sie sich etwas wohler und schmiedete Pläne, wie sie mit Danny aus der Khanpur-Siedlung entkommen und Phillip für seine Untaten bestrafen könnte.

»Miß Raven?«

»Oh, komm bitte herein, Danny!« rief sie so heiter wie möglich.

»Geht es Ihnen heute besser?« erkundigte sich Danny hoffnungsvoll, als sie eintrat.

»Ja, danke«, versicherte ihr Raven im Brustton der Überzeugung. »Die Abendgesellschaft vorgestern hat mich wohl etwas angestrengt.«

»Kommt Missy-Sahib bitte ins Eßzimmer?«

Ravens Herz krampfte sich zusammen bei der Aufforderung des schwarzäugigen Inders, der sie durchdringend von der Tür her beobachtete. »Erwartet mich mein Vetter?« Ahmed schien sie nicht zu verstehen oder gab dies zumindest vor und wiederholte seine Aufforderung. Sie nickte gereizt und straffte die Schultern, ohne Rücksicht auf den Schmerz.

Trotz ihres forschen Auftretens wurde ihr bei dem Gedanken, ihrem Vetter unter die Augen treten zu müssen, übel vor Angst. Was er wohl jetzt von ihr wollte? Sie stockte, als sie sein tiefes Lachen aus dem Eßzimmer hörte, aber als heitere Frauenstimmen einfielen, eilte sie um so schneller in den großen Raum. Ihr Vetter, der sich mit einem rotseidenen, mit Goldquasten verzierten Jackett prächtig herausgeputzt und seinen dichten Bart sorgfältig gebürstet hatte, saß zusammen mit Lady Amelia Craven und Sarah Broomfield beim Gabelfrühstück. Raven hätte nie im Traum gedacht, daß die Anwesenheit zweier geschwätziger älterer Damen ihr solche Erleichterung verschaffen könnte, aber im Augenblick zog sie jegliche Gesellschaft dem Alleinsein mit ihrem Vetter vor.

»Wie nett, Sie wiederzusehen, Miß Barrancourt!« wurde sie von Lady Craven begrüßt, die ihre von zahlreichen Ringen geschmückte Hand herumschwenkte. »Ihr Vetter erzählte uns eben, Sie hätten gestern an Migräne gelitten.«

»Heute fühle ich mich schon viel besser«, beteuerte Raven und nahm Platz, so weit entfernt wie möglich von Phillip.

»Wunderbar!« flötete Sarah Broomfield. »Dann können Sie uns am Nachmittag ja nach Lahore begleiten!«

»Meiner Meinung nach sollte Raven noch nicht allzuviel auf den Beinen sein«, protestierte Phillip schneidend und warf seiner Cousine einen warnenden Blick zu.

»Ich würde sehr gerne mitkommen«, erwiderte Raven gelassen und schaute ihn herausfordernd an. »Ich kenne die Stadt ja noch gar nicht.«

»Wir wollten Sie zu den Basaren und der Badshahi-Moschee mitnehmen«, erläuterte Mrs. Broomfield und biß in eine Papaya. »Und Shalimar ist ja so entzückend, selbst zu dieser Jahreszeit.«

»Ich sehe keinen Grund, weshalb ich mich Ihnen nicht anschließen sollte«, beharrte Raven.

»Nun gut, warum nicht«, stimmte Phillip auf einmal zu. »Aber Mrs. Daniels sollte wohl besser hierbleiben. Lady Cravens Ekka ist ziemlich klein.«

Ihr Herz begann wie rasend zu schlagen. Damit wollte er sie warnen, sich besser keine Dummheiten zu erlauben – etwa zu fliehen oder jemanden um Hilfe zu bitten –, während Danny als Geisel auf dem Siedlungsgelände zurückbleiben mußte. Raven hatte vor Enttäuschung weinen mögen, denn sie hatte tatsächlich geplant, einen Ausweg zu suchen. Aber wie konnte sie hoffen, ihre Absicht zu verwirklichen, wenn Phillip ihr Dannys Bedrohung so unmißverständlich darlegte?

Trotz ihrer Verzweiflung fiel ihr ein Stein vom Herzen, als der indische Einspänner, in dem sie mit ihren ältlichen Begleiterinnen saß, durch die Siedlungstore zuckelte. Für einige Stunden befand sie sich in Freiheit, und niemand sollte sie davon abhalten, in Lahore Hilfe zu suchen. Mit einem Blick auf Lady Craven und Mrs. Broomfield, die angeregt miteinander plauderten, wies sie den Gedanken, die beiden um Beistand zu bitten, von sich. Wenn er auch ein armer Schlucker war, so schien Phillip Barrancourt doch recht beliebt bei seinen Freunden zu sein, und sie fürchtete, daß die zwei Damen ihr kein einziges Wort glauben würden, wenn sie ihre Notlage beschriebe. Selbst Raven konnte es ja kaum fassen, denn bei ihrer ersten Begegnung hatte sie ihren Vetter für nett und vertrauenswürdig gehalten. Doch seine Stimmungen wechselten abrupt und waren, wie sie mittlerweile nur zu gut wußte, höchst gefährlich.

Doch wie hätte sie gewappnet sein sollen, wenn anscheinend nicht einmal seine engsten Geschäftspartner etwas ahnten? Auch Sir Hadrian wußte nichts von der schrecklichen Situation, in die sein Sohn geraten war. Raven schluckte schwer. Nun hatte sich die Hoffnung auf das Geld zerschlagen, das sie zur Rettung North Heads benötigte. Dieser Gedanke schnürte ihr die Kehle zu, und Tränen füllten ihren Blick. Nur jetzt nicht daran denken, befahl sie sich. Zuallererst mußten sie aus der Khanapur-Siedlung herauskommen, ehe Phillip sie ein zweites Mal prügelte oder, schlimmer noch, mit ihr zu schlafen versuchte.

Doch sie vergaß ihre Sorgen, als die Ekka den belebten Fuhrweg verließ und in eine breite, trotz der Winterkälte üppig grüne Prachtstraße bog. Raven bemerkte, daß zwar die Einheimischen ähnlich wie die Leute in Bombay gekleidet waren, daß aber viele Frauen Hosen statt Saris trugen. Allerdings befolgten sie ausnahmslos den Schleierzwang und verhüllten das Gesicht. Einige der Passantinnen hatten sogar Bourkas an, schwere, unförmige Umhänge, die sie von Kopf bis Fuß versteckten und durch die sie nur durch einen Schlitz oder gitterartiges Gewebe vor den Augen schauen konnten.

Die meiste Beachtung schenkte Raven jedoch den Sikhs mit den wallenden Bärten und dem ungekürzten Haar, das sie unter meterlangen, zu Turbanen drapierten bunten Tüchern verbargen. Sie schauten allesamt grimmig und angriffslustig drein, und bei der Erinnerung an Charles' Warnung, sich vor ihnen in acht zu nehmen, erschauerte sie.

Charles! Sie schöpfte neue Hoffnung. Irgendwo in dieser von Menschen wimmelnden Stadt hielten sich Dimitri und Charles auf, und wenn sie die beiden finden konnte, würden sie nicht zögern, Raven und Danny zu retten, soviel stand fest.

Tatsächlich setzte sie all ihre Hoffnungen allein auf Charles, denn es war zwecklos, die britischen Offiziere von Fort Ackbar um Hilfe zu bitten. Phillip hatte einflußreiche Freunde in Militärkreisen und würde sie mühelos davon überzeugen können, daß seine Braut aufgrund der bevorstehenden Hochzeitsaufregungen an Wahnvorstellungen oder bloßer Nervenschwäche litt. Sie preßte die Lippen zusammen. O ja, er war gerissen, aber sie stürbe lieber, als ihn zu heiraten, und keinesfalls wollte sie sich kampflos ergeben.

»Miß Barrancourt, sehen Sie, die Badshahi-Moschee!« Lady Cravens Worte schreckten sie aus ihren Betrachtungen, und beim Anblick des großartigen Bauwerks aus Sandstein und Marmor vergaß sie Phillip und sogar Charles. Riesige weiße Kuppeln, von hohen Minaretten umgeben, ragten in den Himmel. Die gesamte Anlage wurde durch prächtige festungsähnliche Mauern verbunden, die sich weit erstreckten und, wie sie beim Näherkommen feststellte, einen Innenhof von ungeheuren Ausmaßen bildeten.

»Sie zählt zu den größten Moscheen der Welt«, erklärte Lady Craven. »Nur das Tadsch Mahal beeindruckt mich noch mehr. Dort befindet sich sogar ein Schrein mit Reliquien Mohammeds.«

»Können wir hineingehen?« erkundigte sich Raven eifrig.

»Schauen wir kurz in die Gärten«, schlug Mrs. Broomfield vor.

Im fahlen Dezemberlicht schlossen sie sich der Menge von Einheimischen an, die auf den gepflegten Wegen dahinzogen. Staunend schaute sich Raven um. Die meisten Moslems, die zum Beten hierhergekommen waren, schenkten ihnen keine Beachtung, und Raven konnte in den wenigen Gesichtern, die sich ihnen zuwandten, keine Feindseligkeit entdecken.

»Glauben Sie nicht, daß wir Miß Barrancourt die Shalimar-Gärten zeigen sollten, ehe es zu spät wird«, fragte Mrs. Broomfield die andere ältere Dame. Zu Raven gewandt, fuhr sie fort: »Da Sie anscheinend gern spazierengehen, gefallen sie Ihnen sicherlich. Es gibt dort Pavillons aus Marmor und Hunderte von Brunnen.«

»O wie schön!« stimmte Raven zu, die das Gefühl hatte, daß die beiden Damen sich nur mit großem Unbehagen unter die frommen Moslems im Innenhof der Moschee mischten.

Sichtlich erleichtert führte Lady Craven sie zum Eingang zurück, wo die Kutsche bereitstand, aber eine riesige Menschenansammlung vor dem zweistöckigen Torbogen versperrte ihnen den Weg. Eine einsame Gestalt in wogenden weißen Gewändern stand, die dürren Arme flehentlich gen Himmel gestreckt, auf einer Brüstung hoch über ihren Köpfen und erhob die Stimme zu lautstarken, wütenden Anschuldigungen. Raven sah, daß der Bart des Mannes leuchtend orangegelb gefärbt war und sein Mund vom Betelkauen purpurrote Flecken aufwies; trotz seines hohen Alters und seiner Gebrechlichkeit schollen seine Worte durchdringend durch die kühle Luft.

»Ach du meine Güte!« rief Lady Craven aus. »Wieder einer dieser umstürzlerischen Fakire. Wir sollten besser nicht näher herangehen.«

»Was macht er denn?« fragte Raven, deren Neugierde durch den inbrünstigen Monolog und die feurige Reaktion der Zuhörer angestachelt wurde.

»Er hetzt die Leute gegen die Briten auf«, erwiderte Lady Craven ängstlich, und Raven erkannte mit einem flüchtigen Blick, daß sie unter der Schminke bleich geworden war und die Finger krampfhaft um ihren Schal schlang.

»Das ist ein Bettelmönch«, erläuterte Mrs. Broomfield, die weit weniger als ihre Begleiterin aus der Fassung gebracht schien. »Er erzählt dem Volk, was es hören will, und dann werfen sie ihm ein paar Münzen hin.«

»Aber was verkündet er?« beharrte Raven. Die spannungsgeladene Atmosphäre ängstigte sie nicht, sondern fesselte sie vielmehr.

Mrs. Broomfield schaute unbehaglich drein. »Irgendeinen Unsinn, daß die Zeit reif sei, die britischen Eindringlinge für immer aus dem Punjab zu vertreiben. Er bedrängt die Leute, sich gegen uns zu erheben und uns zu überwältigen ...«

»Bitte, gehen wir doch«, drängte Lady Craven. »Der einheimische Pöbel läßt sich zu leicht aufwiegeln.«

Die drei wandten sich ab und mußten feststellen, daß neu hinzugekommene Zuhörer sie von hinten einschlossen und sie inmitten der Menschenmenge gefangen waren, die – auf ein Zeichen des Fakirs über ihnen – mit hochgestreckten Armen wie verrückt zu schreien begann.

Ein ohrenbetäubendes Getöse hob an, als der Fakir ein Siegesversprechen ertönen ließ und die Menge näher auf ihn zuströmte. Lady Craven schrie auf, von der Masse mit nach vorn gerissen, während sich Raven mit wild pochendem Herzen zu ihr vordrängte, um ihr beizustehen. Jemand stieg ihr auf den Rocksaum und riß ihn herunter; sie stolperte und fiel beinahe, doch ehe sie inmitten Hunderter von trampelnden Füßen zu Boden ging, wurde sie von hinten gepackt und hochgezogen. Ein muskulöser Arm schlang sich um ihre Taille und preßte sie an eine breite, schützende Brust, während Lady Craven und Mrs. Broomfield im Kielwasser ihres Retters mitgezogen wurden.

»Alles in Ordnung, Raven?«

Als sie sich aus der Menge befreit hatten, schaute Raven auf und erkannte Charles St. Germain, der ihr bleiches Gesicht unter der zerknickten Hutkrempe betrachtete. »Ich – ich glaube ja«, murmelte sie.

»Ach, Kapitän, wie kann ich Ihnen danken!« rief Lady Craven

und fächelte kräftig mit ihren Handschuhen herum. »Man hätte uns tottrampeln können!«

»Sie hatten Glück, daß ich zufällig vorbeigekommen bin.« Seine kalte Miene erstickte in Raven alle Freude, die bei seinem Anblick in ihr aufgestiegen war. »Wo sind Ihre Diener? Hätten sie Ihnen nicht Schutz gewähren sollen?«

»Wir sind ohne Dienerschaft unterwegs«, erklärte Sarah Broomfield. »Es bestand keinerlei Notwendigkeit, sie mitzunehmen.«

»Keinerlei Notwendigkeit?« wiederholte Charles grimmig. »Sind sich die Damen denn der gegenwärtigen Lage nicht im geringsten bewußt? Sie sollten überhaupt nicht in die Stadt gehen! Ich rate Ihnen, zur Kutsche zurückzukehren und sofort nach Hause zu fahren.«

»Das sollten wir tatsächlich, Sarah«, stimmte Lady Craven zu. Im Gegensatz zu Mrs. Broomfield war sie während des Massakers von Kabul in Indien gewesen und hatte nie die Gewalttaten vergessen, zu denen der aufgebrachte Pöbel fähig war. »Kommen Sie, Miß Barrancourt.«

»Sofort«, antwortete Raven, und in ihrem Bestreben, so schnell wie möglich den rettenden Wagen zu erreichen, ließ Lady Craven sie bereitwillig ohne weibliche Begleitung mit einem Mann allein, ein Verstoß gegen die guten Sitten, den sie sich sonst niemals gestattet hätte. »O Charles, zum Glück haben Sie mich gefunden!« Raven lächelte ihn mit leuchtenden Augen an.

»Ich habe keine Zeit für liebenswürdiges Geplauder, Raven«, erwiderte er schneidend. »Worüber möchten Sie mit mir sprechen?«

Sie wich einen Schritt zurück und schluckte krampfhaft. »Die Verlobung, die Phillip vorgestern abend bekanntgegeben hat ... Ich kann erklären, warum er ...«

»Glauben Sie denn, daß mich das bekümmert?« fragte Charles verächtlich. »Keineswegs. Zugegeben, es kam ziemlich überraschend, aber schließlich hätte ich ja wissen sollen, was für eine hinterlistige kleine Lügnerin Sie sind.«

Sie hatte schon früher Charles' schreckliche Wutausbrüche erlebt, und doch wühlte sie sein Verhalten heute besonders stark auf, denn es war anders, eine distanzierte, hassenswerte, ihr unverständliche Gleichgültigkeit. »Wovon sprechen Sie denn?« hauchte sie bestürzt.

Charles wandte sich ab und ließ den Blick unruhig über die sich zerstreuende Menge schwatzender Moslems schweifen, als könnte er den Anblick ihres fragenden Gesichts hinter dem zarten Hutschleier nicht länger ertragen. »Sie hätten mir von vornherein erzählen sollen, daß Sie Ihrer Vermählung wegen in den Punjab reisen, Raven«, sagte er nach einer Weile und jagte ihr mit seiner nüchternen, unbeugsamen Stimme einen Schauder über den Rücken. »Schließlich brauchen Sie sich dessen nicht zu schämen. Tausende mittelloser junger Mädchen werden jedes Jahr an wohlhabende ältere Verwandte im Ausland verkuppelt. Sie mußten nicht mein Mitgefühl oder das meiner Mannschaft durch fantastische Märchen über Ihre edle segensreiche Mission erwecken.«

»O Charles!« rief Raven verwirrt aus, die befürchtete, daß Phillip ihn mit seiner Eröffnung schwer getroffen hatte.

»Rühren Sie sich nicht vom Fleck!« befahl er, als sie die Hand nach ihm ausstreckte. Er schaute derart finster drein, daß ihr das Blut in den Adern gefror und sie sogleich die Hand sinken ließ. »Ich möchte nichts mehr mit Ihnen zu schaffen haben, Raven Barrancourt.« Ihr Name kam wie ein Fluch von seinen Lippen. »Sie haben mich verhext, meine Leute in Ihre Netze gelockt und mir mehr Leid zugefügt, als ich mir je hätte träumen lassen. Ich will nicht den Vollidioten spielen und leugnen, daß ich etwas für Sie empfand, weil das wohl der Fall gewesen sein muß.« Seine Augen, nun kälter als das Eismeer, ruhten auf ihr. »Jetzt kann ich mich jedenfalls nicht mehr daran erinnern, also ist es wohl auch nicht von Bedeutung, nicht wahr? Meine besten Glückwünsche zu Ihrer bevorstehenden Vermählung, Miß Barrancourt. Sie und Ihr habgieriger, raffsüchtiger Vetter passen ausgezeichnet zusammen.«

Ein Muskel zuckte unkontrollierbar in seinem Gesicht, dann drehte sich Charles ohne ein weiteres Wort um und schritt durch die Menge. Schlagartig erwachte Raven aus ihrer Erstarrung, schrie heiser auf und wollte ihm nachstürzen. Doch vergeblich. In ihren zerrissenen Röcken gefangen, die Sicht vom Tränenstrom getrübt, verlor sie ihn in dem riesigen Innenhof schnell aus den Augen. Als sie die Hoffnungslosigkeit ihres Unterfangens erkannte, blieb sie stehen und vergrub schluchzend ihr Gesicht in den Händen. Die Verzweiflung über seinen Verlust schmerzte sie weit mehr als das Wissen, bei der Rückkehr wieder ihrem Vetter ausgeliefert zu sein.

12

Was führe ich doch für ein herrliches Leben, dachte Dimitri Sergejew, ein erfreuliches Leben voll Tatkraft, Vergnügen und aufregender Ereignisse. Hier auf der Veranda zu sitzen, eine Flasche Rum neben sich, die Minarette und Dächer einer indischen Stadt in der Abenddämmerung vor sich, und in Oudh wartete der legendäre Kohinoor auf ihn ... Morgen früh würde er die Jagd, die in England begonnen hatte, fortsetzen, aber jetzt ließ er es sich erst einmal gefallen, in einem bequemen Sessel seinen Gedanken nachzuhängen, sich zu fragen, wie es seiner kleinen Prinzessin ergehen mochte, und sich die Fassung der Smaragde auszumalen, die er ihr schenken wollte, sobald er sein Glück gemacht hatte.

O ja, das Leben war großartig, doch wie immer fehlte darin auch der Wermutstropfen nicht. Wenn man etwas Wertvolles gewann, verlor man als Ausgleich unweigerlich etwas, und Dimitri mußte sich eingestehen, daß ihn das Ende seiner Freundschaft mit Charles St. Germain furchtbar quälte. Nicht, daß er dies freiwillig gewählt hatte, Kristos, nein! Aber wie konnte man mit jemandem befreundet bleiben, der wie vom Teufel besessen schien, bis zum Morgengrauen schlaflos in seinem Zimmer auf und ab tigerte und so unberechenbare Launen an den Tag legte, daß einem beim Zuschauen angst und bange wurde? Lag etwa in der Nachricht, daß Raven Barrancourt ihren Vetter heiraten sollte – was Dimitri nicht glauben konnte –, der Grund für das aufbrausende Verhalten des Kapitäns?

Gut möglich, doch auf Dimitris diesbezügliche Frage hatte

Charles ihm in unmißverständlichen Worten die Freundschaft aufgekündigt und seinen Ersten Offizier – seinen ehemaligen Ersten Offizier, verbesserte sich Dimitri – wissen lassen, daß man seine Dienste an Bord der *Orient Star* nicht länger benötigte und er ebensogut am nächsten Morgen nach Oudh aufbrechen könne. Weil Dimitri schließlich nicht lange zu betteln pflegte, hatte er sich mit einem knappen Nicken zurückgezogen und den schweren Schlag seiner Entlassung mit einem großzügigen Quantum Rum abgefangen.

»Sahib?«

»Was gibt es denn?« grunzte er gereizt und wälzte sich in seinem Stuhl zu Hakim herum, der sich bei Dimitris wildem Blick in den hintersten Winkel des Zimmers verzog. »Nun, schieß schon los!«

»Euer Diener entschuldigt sich für die Störung, Sahib, aber unten steht eine Angrezi-Lady, die Sie sprechen möchte.« Dimitri riß die kohlschwarzen Augen auf. »Was? Eine Dame? Führ sie herauf, Hakim! Was läßt du sie im Finstern warten?«

Flink trippelte der Diener davon, und Dimitri fluchte leise in sich hinein, während er seine verdrückte Kleidung in Ordnung brachte und sich mit beiden Fäusten die vom Alkoholgenuß blutunterlaufenen Augen rieb. Als er im Haus Stimmen vernahm, verließ er die Terrasse und fand Hannah Daniels, in einen warmen Umhang gehüllt, im Zimmer vor. Er bemerkte sofort, daß die Falten in ihrem runden Gesicht sich seit ihrer letzten Begegnung vertieft hatten, überdies schien sie abgenommen zu haben. »Welch angenehme Überraschung!« rief er herzlich aus, während er auf sie zueilte und ihr beide Hände drückte. »Wie ist es Ihnen ergangen, Mrs. Daniels? Ist unsere kleine Raven auch mitgekommen?«

»Ach, bitte, Mr. Sergejew!« platzte Danny heraus. »Ich muß sofort Kapitän St. Germain sehen! Ist er hier?«

»Ja, Danny.« Beide drehten sich um, als die Tür weit aufging und Charles mit wirren Locken und verbissener Miene eintrat. »Sie wollen mich sprechen?«

»Es handelt sich um Miß Raven ...« begann Danny, aber Charles brachte sie mit einer Handbewegung zum Schweigen.

»Ich traf sie heute nachmittag«, teilte er ihr brüsk mit, »und zweifellos hat sie Sie keineswegs von meiner deutlichen Mitteilung in Kenntnis gesetzt, daß ich mich nicht länger um ihr Wohlergehen zu kümmern gedenke. Wenn Sie nun auf ihr Geheiß hin unsere Meinungsverschiedenheiten bereinigen möchten, kann ich Ihnen versichern, daß …«

»Ich komme aus eigenem Antrieb«, unterbrach sie ihn mutiger, als sie sich eigentlich fühlte, und schaute zitternd in das bedrohliche Gesicht auf. »Denn ich konnte ihr Weinen nicht länger ertragen – und wie dieser entsetzliche Kerl sie schlug, als wollte er niemals damit aufhören!« Sie versuchte weiterzusprechen, doch ein ersticktes Schluchzen setzte ihren Worten ein Ende, und sie ließ leise, mit gesenktem Kopf, die Tränen über die welken Wangen strömten.

Schlagartig veränderte sich Charles' Gesichtsausdruck. Unter zusammengekniffenen Brauen warf er dem Russen einen eindringlichen Blick zu, ehe er Danny sanft zur nächsten Sitzbank führte. Obwohl er überaus besorgt wirkte, wie er so groß vor ihr stand, konnte Dimitri die zunehmende Anspannung seiner Mundpartie erkennen und wußte, daß Charles nur mit beträchtlicher Mühe seine Ungeduld zu zügeln vermochte.

»Weshalb hat Raven geweint, Danny?«, fragte der Kapitän. »Und wer hat sie geschlagen? Ihr Vetter etwa?«

Dannys Unterlippe bebte, aber diesmal gelang es ihr, sich zu beherrschen. »Mit einem Bambusstecken, Kapitän. Er sperrte sie in ihr Zimmer, aber ich hörte die Schläge. Sie schrie nicht, die Ärmste, aber ihr Wimmern …« Sie legte die zitternden Hände an die heißen Wangen. »Das werde ich mein Lebtag nicht vergessen.«

»Weswegen?« mischte sich Dimitri mit belegter Stimme ein. »Weswegen schlug er sie?«

Charles bestürzte die empörte Anklage in Dannys Augen. »Weil Sie Ihnen heute in der Moschee begegnet ist, Kapitän. Lady Craven berichtete, Sie hätten sie vor dem Mob gerettet. Aber Master Phillip nahm offenbar an, zwischen Ihnen und Miß Raven wäre irgend etwas anderes vorgefallen und – dafür bestrafte er sie.«

Charles schöpfte tief Atem. Mit all seiner Kraft rang er um

Selbstbeherrschung. »Warum erzählen Sie nicht von Anfang an, Danny?« bat er sie behutsam. »Warum sollte Phillip Barrancourt seine Verlobte verprügeln, weil sie mich zufällig in einer überaus gut besuchten Moschee getroffen hat?«

»Darum geht es doch, Kapitän!« rief Danny. »Sie ist doch gar nicht seine Verlobte! Zumindest hat sie nie eingewilligt, ihn zu heiraten! Er zwingt sie dazu!« Mit gesenktem Kopf zwang sie sich zu einer ruhigen Schilderung der Lage. »Bei unserer Ankunft zeigte sich Master Phillip uns beiden gegenüber sehr gütig. Ich fand ihn zwar etwas seltsam, und auch Raven, aber wirklich nicht böse.«

»Was ist Ihnen denn aufgefallen?« erkundigte sich Charles ungeduldig.

Danny zuckte die molligen Schultern. »Wie er sich die ganze Zeit in seinem unordentlichen Arbeitszimmer einsperrte, und wenn er schon einmal herauskam und sich mit uns unterhielt, hatte man immer das Gefühl, daß er einen gar nicht richtig wahrnimmt. Schwer zu beschreiben«, fügte sie hinzu und schaute Charles flehend in die Augen. »Als ob er die meiste Zeit völlig geistesabwesend wäre.«

»Ich glaube, ich weiß, was Sie meinen«, sagte Charles bedächtig. »Gab es je Anzeichen dafür, daß er in seinem Arbeitszimmer etwas verbrannte?«

»O ja, den lieben langen Tag brannte irgendein Räucherfaß. Ich konnte den Geruch nicht ausstehen, aber als sein Gast konnte ich mich schlecht beschweren.«

Charles und Dimitri wechselten einen flüchtigen Blick. Donnerwetter, dachte der Russe, dessen Rausch sich vollständig verflüchtigt hatte. Unsere kleine Prinzessin schwebt tatsächlich in großer Gefahr, wenn ihr Vetter opiumsüchtig ist.

»Erzählen Sie weiter, Danny«, drängte Charles in seinem täuschend sanften Ton.

»Ich habe es erst heute abend erfahren«, fuhr Danny fort, »aber während der Abendeinladung gab Master Phillip seine Verlobung mit Miß Raven bekannt. Unmittelbar danach schloß er sie in ihrem Zimmer ein und sagte allen, sie habe Kopfschmerzen. Ich versuchte, nach ihr zu schauen, aber man sagte mir, ich solle sie in Ruhe lassen. Ich wußte ja nicht ...« Tränen der Scham traten ihr in die Augen. »Ich ahnte nicht, daß er sie schon einmal geschlagen und ihr damit gedroht hatte, auch mir Schaden zuzufügen, wenn sie mir etwas davon erzählte. Und aus diesem Grund mußte ich in der Siedlung bleiben, als Lady Craven und Mrs. Broomfield meine Herrin heute nach Lahore mitnahmen. Er hielt mich sozusagen als Geisel fest, damit Miß Raven nicht fortzulaufen versuchte.«

»Das also wollte sie mir mitteilen«, sagte Charles mehr oder weniger zu sich selbst. Seine unverhüllte Selbstverachtung in seinen grünen Augen schnitt Dimitri tief ins Herz. »Und ich ließ sie nicht einmal zu Wort kommen. Sie schien sich so über unsere Begegnung zu freuen. Und mir fiel gar nichts auf.«

»Bei – bei ihrer Heimkehr«, sprach Danny stockend weiter, als Charles sich abwandte und bedrückt seinen Nacken knetete, »fand Master Phillip heraus, daß sie Sie gesehen hatte. Er war überzeugt, sie hätte Sie um Hilfe ersucht. Deshalb fing er an, sie zu verprügeln, und bis zum Abend konnte ich nicht mit ihr sprechen, weil die Tür verschlossen und bewacht war. Nach Einbruch der Dunkelheit schlich ich mich auf die Veranda und flüsterte durch das Fenster mit ihr. Die Ärmste weinte noch immer, und ich konnte es einfach nicht mehr aushalten. Deshalb beschloß ich, Sie zu holen.«

»Wie sind Sie denn hierhergelangt?« erkundigte sich Dimitri neugierig.

»Auf einem Pferd, das ich in der Siedlung fand«, erklärte Danny. »Ich bin zwar seit meiner Jungmädchenzeit nicht mehr geritten, aber in Anbetracht der Umstände ...«

»Sie waren sehr, sehr tapfer«, meinte Dimitri ernst, als er ihre zitternden Hände umfaßte und beruhigend drückte. »Machen Sie sich keine Sorgen. Wir befreien unsere kleine Prinzessin. Falls Sie in der Zwischenzeit Hunger bekommen, wenden Sie sich an Hakim. Er ist ein unnützer Kerl, kann aber gut Englisch.«

Raven saß im völlig finsteren Zimmer auf dem Rand ihres zerwühlten Bettes und versuchte, ihre Grübeleien über die Frage, was Danny passiert sein könnte, zu verdrängen. Obwohl Phillip die betagte Frau schlafend im Bett wähnte, wußte Raven, daß Danny vor nahezu zwei Stunden durch die Siedlungstore geritten war. Die Vorstellung, Danny könnte von umherziehenden Schurken angegriffen oder vom Pferd gefallen sein, peinigte sie, und sie wischte sich die Tränen ab und schalt sich für ihre Ängstlichkeit. Dennoch wußte sie, daß allein sie die Schuld trüge, wenn der getreuen Gefährtin etwas zustieße, und diesen Gedanken ertrug sie ebenso wenig wie die Furcht, Danny würde Charles vergeblich suchen oder ihn nicht veranlassen können, mit ihr zu kommen.

Sie stand auf und wankte ans Fenster; ihr Körper war blau geschlagen und schmerzte. Ihr war nichts anderes übriggeblieben, als Danny zu Charles reiten zu lassen, dem einzigen vertrauenswürdigen Menschen, der sie aus dieser Not befreien konnte. Phillips Raserei nach ihrer Rückkehr aus Lahore hatte Raven von seinem Wahnsinn endgültig überzeugt, und die Schläge, die er ihr vorbeugend gegen künftigen Ungehorsam verabreicht hatte, ließen sie um ihr Leben bangen. Sie erschauerte und zog mit zitterndem Fingern das Cape enger um sich.

Zum Glück hatte sich Phillip vor ein paar Stunden in sein Schlafzimmer zurückgezogen. Ihr Entschluß stand fest. Bis Mitternacht wollte sie auf Dannys Rückkehr warten und, falls sie bis dann nicht kam, auf eigene Faust einen Fluchtversuch unternehmen.

Die Angst um die Sicherheit der alten Frau bewog sie, in Aktion zu treten. Es ging jetzt auf elf zu, und Raven hielt die Sorgenlast nicht länger aus. Als der Fensterrahmen unter ihrem beharrlichen Rütteln knurrte, hielt sie den Atem an, denn Ahmed würde wahrscheinlich draußen vor der Tür aufpassen. Glücklicherweise war Phillip nicht auf die Idee gekommen, Hammad, den Koch, auf der Veranda zu postieren, sonst hätte sie kein einziges Wort mit Danny wechseln und jetzt den Fluchtversuch nicht wagen können.

Das Fenster bewegte sich überhaupt nicht. Mit zusammengebissenen Zähnen unternahm Raven einen zweiten Anlauf und stemmte sich mit aller Macht dagegen, bis ihr die Arme weh taten. Als ihr die Kräfte schwanden, drückte sie die erhitzte Wange gegen die kühle Scheibe und machte sich mit angehaltenem Atem am Riegel zu schaffen. Ihre zitternden Finger stießen auf ein grobes Holzbrett über dem Rahmen. Während ihrer Abwesenheit am Nachmittag mußte Phillip befohlen haben, das Fenster zu verrammeln.

Wie soll ich fliehen, fragte sich Raven, der Panik nahe. Selbst wenn es ihr gelang, die Scheiben zu zerschlagen, ohne Phillip aus dem Schlaf zu reißen, würde sie sich nie zwischen den engen Holzbalken hindurchzwängen können. Sie ärgerte sich über sich selbst, als ihr neue Tränen heiß über die Wangen flossen, und obwohl sie sich fest auf die Unterlippe biß, konnte sie ihr wildes Schluchzen nicht bezwingen. Ohne auf ihren schmerzenden, zerschundenen Körper zu achten, warf sie sich auf das Bett. Den Kopf in den Laken vergraben, ließ sie ihren Tränen freien Lauf und sehnte sich verzweifelt nach Charles' trostreicher Umarmung.

»Flennst du schon wieder? Ich dachte, das hätte ich dir ausgetrieben.«

Mit einem leisen Angstschrei rollte sich Raven auf dem Bett herum, als krachend die Tür aufschlug und Phillip auf der Schwelle erschien, in der einen Hand eine flackernde, fast herabgebrannte Kerze. Sie drückte sich mit weitaufgerissenen, funkelnden Augen an die Wand, während er auf ihr Bett zuging und mit verächtlichem Blick schließlich vor ihr stand.

Als er das Samtcape um ihren schlanken Körper bemerkte, verzerrte er die Lippen zu einem grausamen Grinsen. »Gewiß hast du nicht daran gedacht wegzulaufen, meine Beste?« fragte er gehässig.

»Ich habe gefroren«, wisperte Raven. Das Blut rauschte ihr dröhnend in den Ohren, da sie mit einer weiteren Tracht Prügel rechnete.

Phillip schaute auf seine weite, leichte Musselinhose, die sich im zitternden Kerzenlicht nicht eben sauber zeigte. »Eigenartig, mir ist gar nicht kalt.« Die blauen Augen bohrten sich in sie. »Warum sagst du nicht die Wahrheit, du nichtsnutziges Weibsbild? Du wolltest ausreißen, stimmt's?«

»Ja!« fauchte sie ihn an, von ihrer Furcht zur Gegenwehr animiert. »Vielleicht gelingt es mir nicht heute nacht, aber bei Gott, ich schwöre, eines Tages schaffe ich es, und dann bezahlen Sie mir für Ihre Untaten!«

»Aha, ich habe dein Feuer doch noch nicht ersticken können«, grübelte Phillip laut, ohne ihren Ausbruch zu beachten. Statt dessen wurde seine Aufmerksamkeit auf ihre wogenden Brüste unter den Samtfalten ihres Umhangs gelenkt. Ihr langes schwarzes Haar fiel ihr offen und ungebändigt auf die schmalen Schultern und den Rücken herab, ihre Augen blitzten im Flackerlicht wie die einer Tigerin im Käfig. »Vielleicht überzeugt dich eine weitere Lektion von meiner Überlegenheit«, fügte er hinzu. Als sie sich noch dichter in die Ecke kauerte, grinste er gemein. »Oh, keine Bange, meine Beste, diesmal verunziere ich deinen vollkommenen Körper nicht mit dem Bambusstecken. Nein, jetzt schwebt mir etwas ganz anderes vor.«

Raven leckte sich nervös über die Lippen. »Was meinen Sie?«

Er stellte die Kerze beiseite und bückte sich, um seine Schuhe auszuziehen. »Vermutlich werden unsere Bekannten nicht allzuviel dagegen einwenden, daß ich keine Jungfrau heirate.«

Unter wildem Schluchzen vergrub sie das Gesicht in den Händen, als Phillip sich die Hose aufknöpfte. Plötzlich erstarrte er, neigte lauschend den Kopf, und auch Raven, die nun wieder aufsah, hörte schwere Schritte die Verandastufen heraufpoltern. Ehe er reagieren konnte, hatte sie sich vom Bett hochgerappelt und lief schreiend den Flur hinunter, wobei sie fast über ihre Röcke gestolpert wäre. Das aufberstende Eingangsportal warf sie fast zu Boden, aber Raven nahm nur die vertraute Gestalt in der Tür wahr, ehe sie Charles schluchzend in die Arme sank.

»Raven, Raven«, flüsterte er mit heiserer Stimme an ihrem Haar, während sie sich an ihn schmiegte. »Hat dich dieser Dreckskerl schlimm verletzt?«

Sie hob den Kopf von seinem weichen, frisch duftenden Hemd, und Charles erkannte deutlich die dunkel unterlaufenen, entstellenden Flecken auf ihrer Wange, wo Phillips Stock ihre Schulter verfehlt hatte. Seine Lippen verhärteten sich unheilverkündend, und in seinen Augen funkelte blindwütiger Zorn. Im angrenzenden Eßzimmer gingen plötzlich die Lichter an, und

Raven sah zu ihrer Bestürzung Phillip und seine Diener drohend in der Tür stehen. Der Hausherr hielt mit beiden Händen ein mörderisches chinesisches Kampfschwert.

»Verschwinden Sie, St. Germain«, befahl er leise.

Charles befreite sich sanft aus Ravens Umklammerung und stellte sich vor sie. Dabei bedeutete er Dimitri, sie gegen einen möglichen Angriff abzuschirmen. Keinem von beiden entging, wie routiniert sich Phillip den Lederriemen des Schwerts ums Handgelenk geschlungen hatte. Hinter ihm standen Ahmed und Hammad, die knochigen Gesichtszüge angespannt, und verfolgten aufmerksam das Geschehen.

»Hinaus mit Ihnen«, forderte Phillip abermals mit eisiger Stimme.

»Ja«, erwiderte Charles nicht minder frostig, »aber erst, wenn ich Sie halbtot geprügelt habe, Sie Held, der Sie die Hand nur gegen wehrlose Frauen erheben.«

»Das büßen Sie mir mit dem Leben, St. Germain«, knurrte Phillip und umkrampfte seine Waffe.

»Ich nehme an, Sie sind viel zu feige, um diese Drohung unbewaffnet in die Tat umzusetzen«, warf Charles lässig ein und erzürnte Phillip mit seinem Mangel an Furcht.

»Ganz und gar nicht«, knirschte Phillip, »aber da ich Sie damit umzubringen gedenke«, er hielt das Schwert hoch, »warum sollte ich es erst beiseite legen? Und meine Leute werden im Handumdrehen mit Ihrem russischen Freund da fertig.«

»Tatsächlich?« fragte Charles, die Brauen hochmütig erhoben. »Vielleicht gelingt es Ihnen, mich mit dieser Waffe zu töten, Barrancourt, aber uns beide können Sie nicht besiegen. Dimitri nimmt es spielend mit einem weiteren halben Dutzend von Ihrer Sorte auf, wenn er will.«

Angesichts der Todesdrohung in Charles' Augen sahen sich Ahmed und Hammad unbehaglich an, und Phillip, der ihre Angst spürte, wandte sich zu ihnen, um sie wütend anzuschreien. Das war die ideale Gelegenheit für Charles. Blitzschnell sprang er vor und packte das Handgelenk Phillips, dem das Schwert entglitt und krachend landete es vor Dimitris Füßen. Der bückte sich flink, hob es auf und grinste breit.

»Gut gemacht, Towarisch!«

Charles beachtete ihn nicht weiter, sondern schaute Phillip mit düsterer, unheilvoller Miene an. »Ich habe Ihnen tüchtige Prügel versprochen«, stieß er wütend hervor und stellte sich breitbeinig zum Kampf auf. »Worauf warten Sie noch?«

»Glauben Sie denn, daß ich Sie mit bloßen Händen angreife?« fragte Phillip verächtlich.

»Fürchten Sie sich etwa?« schmähte Charles. »Oder sind Sie sich zu gut, um diese Rechnung wie ein rechtschaffener englischer Bauer zu begleichen?« Er hob die furchteinflößenden Fäuste. »Nämlich damit?«

»Abgemacht!« brüllte Phillip. »Beim Himmel, ich werde Ihnen mit Wonne alle Knochen zu Brei zerschlagen, St. Germain!«

Raven biß sich auf die Lippen, als Phillip so gewaltig zum ersten Schlag ausholte, daß ihm der Atem laut aus den Lungen entwich. Aber Charles verteidigte sich geschickt, indem er ihn mit einem Arm abfing und mit dem anderen angriff. Er traf seinen Gegner voll ins Gesicht und brachte ihn zum Taumeln, und als Phillip sich aufrichtete, strömte ihm das Blut aus der Nase und färbte seinen Bart zu einem noch intensiveren Rot. Indem er mit der Rechten einen Schlag vortäuschte, gelang es ihm, mit der Linken zu einem überraschenden Hieb auszuholen. Doch Charles wich behend zur Seite, so daß die Faust auf seiner Schulter landete und Phillip bei dem unerwarteten Aufprall auf dem harten Knochen vor Schmerz brüllte.

Beide Männer schienen zur gleichen Zeit zu erkennen, daß der andere nicht so mühelos wie erwartet zu besiegen war. Jetzt stärker auf der Hut, stellten sie sich wieder zum Kampf auf, spannten sich an, und jeder wartete darauf, daß der andere den ersten Satz machte. Schließlich startete Charles einen Überraschungsangriff, indem er das Bein vorschnellen ließ, um Phillips Wade hakte und ihn donnernd zu Fall brachte. Sofort stürzte er sich auf ihn, schwang die furchterregenden Fäuste und konnte etliche schnelle Haken auf dem ungeschützten Gesicht seines Widersachers landen, ehe ihn dieser abwarf.

Ein gutgezielter Schlag ließ Blut von Charles' Unterlippe tröpfeln, und Phillip grinste zufrieden. »Diesmal gehen Sie nicht als

Sieger aus der Schlacht hervor, St. Germain«, keuchte er mit einem fanatischen Glitzern in den Augen. »Raven gehört mir, verstanden? Ich hole sie schon noch in mein Bett, und wenn ich mit ihr fertig bin, gebe ich sie an jeden aus der John Company weiter, der sie haben möchte.« Diese Schmähworte stachelten Charles' Kampflust noch mehr an. Mit aller Kraft stürzte er sich auf seinen stämmigen Kontrahenten. Anscheinend spürte er die Schläge nicht, die Phillip gnadenlos auf ihn niederprasseln ließ. Keiner der beiden ging nun in Deckung, sie brachten einander Verletzungen bei, ohne auf den eigenen Schmerz zu achten; die Stille im Zimmer wurde nur durch ihr dumpfes Aufstöhnen und das gedämpfte Geräusch der Treffer gebrochen.

Am Rande des kleinen Rings, in dem die beiden Gegner auf Leben und Tod kämpften, behielt Dimitri vorsorglich die Diener im Auge und ließ warnend das Schwert umherschwingen. Obwohl er mit einem mühelosen Schlag Phillip hätte niederstrekken und ebenso schnell die Inder außer Gefecht setzen können, machte er keine Anstalten, einzugreifen. Er wußte, daß der schreckliche Zorn seines Freundes sich erst siegreich entladen mußte, ehe er wieder zu sich gelangen konnte.

Viel früher, als Dimitri erwartet hatte, war der Kampf beendet. Phillip, auf den Charles wie vom Teufel besessen eingedroschen hatte, schlug wild um sich; das Blut, das ihm aus seiner Stirnwunde in die Augen rann, nahm ihm die Sicht, so daß er sich seinem Feind ungeschützt auslieferte. Flink versetzte ihm Charles einen treffsicheren Haken ins nicht abgeschirmte Gesicht. Mit einem Hieb zerschmetterte er die blutende Nase Phillips völlig, und dieser brach unter einem animalischen Grunzen und mit hängendem Kopf zusammen.

Charles richtete sich auf und wischte sich mit dem Handrükken das Blut vom Kinn. Dann wandte er sich den Dienern zu, die ängstlich zur Tür drängten. Irgend etwas in seinen funkelnden Augen ließ ihnen das Blut in den Adern gefrieren, aber ehe er sie ansprechen konnte, zerriß die ohrenbetäubende Explosion eines Gewehrs die Luft. Er schnellte herum, um instinktiv mit seinem Körper einen Schutzwall vor Raven zu errichten, ehe er erkannte, daß der Schuß von draußen kam.

»Dimitri!« befahl er, aber der russische Hüne war bereits verschwunden. Der kalte Wind pfiff durch die Tür, die Dimitri in der Eile offengelassen hatte, Eine Sekunde später war er mit grimmigem Blick wieder zurück. »Man hat die Lagerhäuser in Brand gesteckt, Towarisch. Auf dem Gelände befindet sich mindestens ein Dutzend bewaffneter Reiter.«

»Raven, hol deine Sachen!« befahl Charles barsch, als sie zögernd und voll hilflosem Mitgefühl sein zerschundenes, blutiges Gesicht anstarrte. Sie gehorchte ohne Widerrede, schluckte schwer, um ihre Angst zu unterdrücken, und eilte mit raschelnden Röcken den Flur hinunter.

»Sikhs?« erkundigte sich Charles, sowie sie gegangen war, bei Dimitri, der sich über Phillips niedergestreckten Körper beugte und seinen Puls suchte.

»Möglich, Towarisch.« In Dimitris schwarzen Augen spiegelte sich die Bedrängnis wider. »Wir müssen schnell von hier verschwinden. Kristos, ich hätte nicht gedacht, daß es zu einem Aufstand kommen würde.«

»Verzeihung, Burra-Sahib.« Ahmed zupfte Charles ehrerbietig am blutbefleckten Ärmel. »Sie sind nur hinter ihm her.« Eine Mischung aus Mitleid und Abscheu auf den habichtsähnlichen Zügen, schaute er auf seinen hingestreckten Herrn. »Wenn Sie sich jetzt sofort aufmachen, wird man Sie nicht behelligen. Mein Herr hat ihnen Waffen für den Kampf gegen die Angrezi-Rissala versprochen. Sie haben ihr Geld verloren. Die Gewehre sind nie geliefert worden.«

»Dimitri, beschaff uns ein paar Waffen«, befahl Charles.

»Was ist denn los?« fragte Raven ängstlich, als sie zurückkam und Charles sie gleich bei der Hand nahm und zur Tür zog. »Stimmt es, daß die Sikhs sich erheben? Ich hörte Dimitri ...«

»Jetzt ist keine Zeit für lange Erklärungen.« Charles drehte sich um, als Dimitri mit einem vorsintflutlichen Vorderlader und zwei rostigen Duellpistolen auftauchte. »Ist das alles, was du gefunden hast?«

»Ja, Kamerad, aber sie sind geladen und schußbereit.« Charles nahm ihm die Pistolen ab, steckte sich eine in den Gürtel und schwang drohend die andere. »Gib mir Rückendeckung, Dimitri. Ich mache einen Schwenk und treffe dich dann hinten am Tor, verstanden?«

»Missy-Sahib, eine Sekunde!« Plötzlich versperrte Ahmed die Tür ohne Rücksicht darauf, daß Charles ihm warnend die Pistole vors Gesicht hielt. Er schlotterte vor Furcht, und auf seiner Stirn glitzerten Schweißperlen, aber er wich keinen Zentimeter, als er Raven ein kleines Bündel hinstreckte und sie drängte, es zu nehmen. »Der Sahib sagt, Sie sollen es haben«, bat er inbrünstig. »Sajid Wali Shah, der Bruder des Nawab von Oudh, gab es ihm als Lohn. Sie müssen es behalten.«

Wie in Trance ließ sich Raven das Musselinbündel in die Hand drücken und blickte langsam zu Phillip hinunter, der das Bewußtsein wiedererlangt hatte und sich mit Hammads Hilfe langsam hochrappelte. »Nimm es, Raven«, stieß er durch die aufgeplatzten, verschwollenen Lippen hervor. »Das ist alles, was ich noch habe. Und jetzt macht euch von hier fort, schnell!« Ein lauter Knall irgendwo auf dem Siedlungsgelände fachte die Bedrängnis in seiner Stimme noch mehr an. »Beeilt euch!«

»Schaffst du es?« erkundigte sich Charles mit einem zärtlichen Blick auf Raven, der sein zerschundenes, blutüberströmtes Gesicht lieber als das eigene Leben war.

Sie schluckte schwer und bemühte sich um eine tapfere Miene. »Wenn du bei mir bist.«

Trotz seiner Schmerzen mußte er lächeln. Er schlang den Arm um sie und zog sie beschützend an die Brust, als er, die Pistole in der anderen Hand, in die Dunkelheit hinaustrat. Raven schnappte nach Luft angesichts der hoch in den Nachthimmel züngelnden Flammen. Der Hauptspeicher am anderen Ende der Siedlung brannte, die umstehenden Bäume entzündeten sich durch die Hitze und sprühten Funken. Unabwendbar bewegte sich das Inferno auf sie zu. Doch nicht so sehr das Feuer oder die ohrenbetäubenden Pulverexplosionen versetzten Raven in Schrecken als vielmehr die Reiter, die Schwerter schwangen und unter Triumphgeheul durch den Tumult preschten.

Nachdem Charles den Umhang behutsam um Ravens bebenden Körper gehüllt hatte, zog er sie fest an sich, verließ mit ihr die Veranda, und sie rannten über den Rasen zur schützenden

Hecke. Die Zweige knackten laut, als er Raven hinter dem hohen Gebüsch niederzog. Aber die Reiter, die gerade um die Ecke stoben, waren so darauf versessen, in den Bungalow zu stürmen, daß sie keine Notiz von ihnen nahmen. Sie sprangen von den Pferden, stürzten durch die offene Tür, und ihr wildes Geschrei und die Gewehrsalven ließen Raven das Blut in den Adern gefrieren.

»Komm!« schrie Charles, als er sich niederbeugte und sie hochriß. Da sie sich zitternd widersetzte, packte er sie kurzerhand und trug sie ein paar Meter, ehe er sie wieder auf die Füße stellte und an seine Seite zwang.

»Haben sie – haben sie ihn getötet?«, rief sie und rang in der kalten Nachtluft nach Atem.

»Still jetzt«, befahl er.

Niemand versuchte sie aufzuhalten, als sie durch die Tore zur Straße liefen, wo die Pferde angebunden waren. Eilends löste er die Zügel, hob Raven in den Sattel und schaute sie eindringlich an. »Kannst du selbst reiten, Raven, und zwar schnell?«

Wortlos nickte sie, wand sich unter unkontrollierbarem Zittern die Lederriemen fest um die Finger. Jenseits der Siedlungsmauern hörte sie immer noch Schreie und Explosionen und sah die Flammen auflodern.

»Towarisch!« Mit zerzaustem Bart und wirren Haaren tauchte Dimitri in der Finsternis auf. »Kristos, diese verrückte Bande hätte mich um ein Haar bei lebendigem Leib geröstet!« rief er und fing die Zügel, die Charles ihm zuwarf.

»Du lieber Gott!« hauchte Raven entsetzt. »Haben sie Phillips Haus in Brand gesteckt?«

»Vorwärts, Dimitri!« befahl Charles in einem Ton, der jedes weitere Wort unterband. Er schwang sich in den Sattel, hob die Hand und ließ sie aufs Hinterteil von Ravens Pferd knallen. Sekunden später galoppierten die drei kräftigen Pferde in halsbrecherischem Tempo die dunkle, staubige Landstraße hinunter und ließen die brennenden Gebäude der Khanapur-Siedlung hinter sich.

13

Unterhalb der geschäftigen Handelsstadt Haiderabad strömte der mächtige Indus in schnellem Tempo quer über die weiten, unfruchtbaren Ebenen südwestwärts, ehe er mit seinen zahlreichen Armen ins Arabische Meer mündete. Durch seine bräunlichen Strudel glitt, von einer frischen Brise getrieben, die *Orient Star* mit gespannten Segeln und surrenden Tauen schnell dahin. Ein pulsierender Rhythmus schien das gesamte Schiff zu erfassen. Das Kielwasser gurgelte, und die altertümlichen Einmaster und einheimischen Schiffe auf der vielbefahrenen Wasserstraße machten ihr eilends den Weg frei.

Wie Raven es sich während ihrer Rückreise den Indus hinab angewöhnt hatte, kam sie, unmittelbar nachdem sie mit Danny in ihrer Kabine gefrühstückt hatte, an Deck. Auf dem Weg nach Steuerbord zur Reling schaute sie mit ausdruckslosen Augen in die Richtung des Landes, das sich flach, unveränderlich unter dem grauen Himmel erstreckte. Da fast ihre gesamte Habe ein Opfer der Flammen geworden war, trug sie das mit zitronengelben Paspeln verzierte Kleid, das sie auch bei ihrer Ankunft in Lahore angehabt hatte. Ihre geliebten Perlmuttkämme hatten das grauenhafte Inferno in der Khanapur-Siedlung überstanden, und Raven war so froh darüber, daß sie den Verlust ihrer Kleider verschmerzte.

Und überhaupt, fragte sie sich unglücklich, als sie an der Reling lehnte und der Wind ihr die weichen, schwarzen Schläfenlocken zauste, was macht es denn aus, nachdem Charles mich nicht mehr liebt? Der Gedanke stach ihr wie ein Messer ins Herz, und sie biß sich fest auf die Unterlippe, um nicht zu weinen. Das tat sie nachts schon oft genug, wenn sie schlaflos in der Kabine leise vor sich hin schluchzte. Während des qualvollen Ritts nach Lahore hinein, um Danny zu holen, und während der endlosen Stunden durch die Ebenen nach Hasangei zurück hatte der Schock über die Ereignisse Raven zu sehr betäubt, als daß sie ihrer Umgebung große Aufmerksamkeit hätte widmen können.

Erst später, als sie in die Gegenwart zurückkehrte, fand sie in Charles, dem Mann, den sie brauchte und liebte, einen Fremden, der sich ihr gegenüber völlig gefühllos verhielt. Bei ihren zufälligen Begegnungen benahm er sich wenig zuvorkommend. Er schien seine Zeit lieber allein oder mit Dimitri zu verbringen und ging ihr absichtlich aus dem Weg. Wenn sich ihre Blicke zufällig kreuzten oder er sie aus Versehen berührte, spürte sie, wie er zurückzuckte, und das verletzte sie in tiefster Seele, denn sie war überzeugt, daß sie seine Liebe zu ihr für immer zerstört hatte.

»Na, na, was soll denn das?«

Raven schreckte aus ihren Gedanken hoch und sah Dimitri neben sich an der Reling lehnen. Die Hände bequem auf das glatte Holz gestützt, musterte er sie forschend. »Sie weinen doch nicht schon wieder? Schämen Sie sich, Kleines, wo haben Sie denn Ihren Mut gelassen? Schließlich sind wir diesen Schurken entkommen. Niemandem von uns wurde auch nur ein Haar gekrümmt, und das ist ein Grund zur Freude, nicht zum Weinen, hm?«

»Bitte, Dimitri«, hauchte Raven und wich seinem Blick aus. »Ich möchte allein sein.«

Dimitri hob die Hände, als gäbe er sich geschlagen. »Diese Bitte habe ich nun so oft gehört, daß ich schier verrückt werde! Aber Sie ersuchen mich wenigstens noch höflich darum«, gab er zu, »und brüllen nicht gleich los wie dieser störrische Maulesel von Kapitän.« Er schwieg und schaute sie, den Kopf zur Seite gelegt, erwartungsvoll an.

Raven wischte nicht sehr wirkungsvoll über ihre Augen, die in Tränen schwammen. »Ach, Dimitri, was ist nur mit ihm los? Womit habe ich mir seinen Haß zugezogen?«

Auf diese Gelegenheit hatte Dimitri nur gewartet. Innerlich frohlockend, bemühte er sich um eine ernste Miene und verschränkte die Hände auf dem breiten Rücken. »Nicht doch, mein Kleines, Sie dürfen sich nicht für etwas schelten, das gar nicht vorgefallen ist. Charles verachtet doch nicht etwa Sie, er verachtet sich selbst. Versetzen Sie sich doch einmal in einen so stolzen Mann wie Charles St. Germain. Stellen Sie sich vor, wie sehr Sie sich verabscheuen würden, wenn Sie durch Ihre blinde Dummheit beinahe zugelassen hätten, daß die Frau, die Sie lieben, mit einem Unmenschen wie Phillip Barrancourt vermählt wird. Schlimmer noch, wenn sie Ihnen alles zu erklären versuchte und Sie um Hilfe bat – Sie, der Sie in Ihrem unerträglichen Hochmut nicht zuhörten. Daß sie deshalb entsetzliche Qualen erleiden mußte, grausam von ihrem Vetter geschlagen und von rachsüchtigen Sikhs beinahe umgebracht worden wäre. Mein Kleines, weil der Kapitän sich die Schuld an dem gibt, was Ihnen widerfahren ist, denkt er wohl, daß auch Sie ihn für schuldig halten. Und überhaupt ...« Dimitri zuckte die massigen Schultern. »Wie soll man eine Frau um Verzeihung bitten, die beinahe gestorben wäre, weil man sich in falschen Stolz verrannt hat?«

»Ich würde Ihnen so gern glauben, Dimitri«, antwortete Raven nach langem nachdenklichen Schweigen und warf ihm einen schmerzlichen Blick zu. »Aber wie sollte ich, wenn alles, was Sie sagen, von der Voraussetzung ausgeht, daß er mich liebt? Er hat mir nie seine Liebe erklärt, und selbst wenn, was würde das schon ändern? Bald bin ich wieder in Cornwall und mit Squire Blackburn verheiratet.« Ihre letzten Worte gingen in einem wilden Schluchzen unter, und Dimitri fluchte verzweifelt in sich hinein, als er sie mit wehenden, dunkelgrünen Röcken über das Deck fliehen und die Niedergangstreppe hinunterhuschen sah.

In der Einsamkeit ihrer Kabine weinte Raven herzzerreißend. Das durchnäßte Taschentuch an die Lippen gepreßt, versuchte sie tapfer den Tränenstrom aufzuhalten und hoffte, ihr Schluchzen würde nicht durch die dünne Holztür nach draußen dringen. Als sie über Dimitris Worte nachsann, ertappte sie sich dabei, daß sie sehnlichst wünschte, er möge recht haben. Selbst wenn sie ihm nur ein klein wenig glauben könnte, würde sie keine Sekunde lang zögern – sie ginge zu Charles und erzählte ihm von ihren Gefühlen; aber sie hatte Angst, schreckliche Angst vor einer schmählichen Zurückweisung. Vielleicht später, wenn die Schrecken der vergangenen Wochen verblaßt, wenn ihre Lebensgeister wiedererwacht und die Spuren der Mißhandlungen verheilt waren, würde sie nicht mehr diese unerträgliche Furcht vor einer Verletzung empfinden.

Doch was nützte es schon, wenn sie den Mut aufbrachte,

Charles ihr Innerstes zu offenbaren? Vielleicht hatte Dimitri sogar recht, und er empfand etwas für sie, aber was half ihr das? Gar nichts. Sobald die *Orient Star* wieder aufgerüstet war, würde sie neuen Abenteuern entgegensegeln, vielleicht auf der Suche nach dem legendären Kohinoor. Und dann würde es in Charles' rastlosem Seemannsleben kaum Platz für eine Frau geben, die nichts mehr ersehnte als die Rückkehr in ihr geliebtes North Head.

»Miß Raven?«

Sie betupfte sich nochmals rasch die Augen und räusperte sich, ehe sie die Kajütentür öffnete und Ewan Fletcher draußen stehen sah. Wenn der Steward ihre Tränen bemerkte, so zeigte er es nicht.

»Ja, bitte?« fragte Raven sanft.

»Ich wollte Sie daran erinnern, daß der Käpt'n heute seine Abendeinladung gibt«, sagte Fletcher mit breitem Grinsen. »Ich dachte, Sie haben's vielleicht vergessen.«

»Das habe ich allerdings«, gab Raven zu und verfluchte insgeheim Dimitri, auf dessen Initiative das Dinner zurückging.

»Sie können mir in der Zwischenzeit das Kleid, das Sie tragen werden, zum Bügeln geben. Es wär' mir eine Ehre.«

Ein Lächeln umspielte ihre Lippen, und die bezaubernden Grübchen erschienen auf ihren Wangen. »Das würde ich nur zu gern, Mr. Fletcher, aber was ich gerade anhabe, ist das einzige Gewand, das ich noch besitze.«

Ewan starrte Raven mit weitaufgerissenen Augen an. Das dunkelgrüne Samtkleid paßte hervorragend zu ihrem nachtschwarzen Haar und den goldfarbenen Augen, war aber seiner Ansicht nach nicht das Geeignete für das Kapitänsdinner. Schließlich hatte es Miß Raven seit ihrer Rückkehr auf das Schiff ständig getragen, und Ewans Vorstellungen zufolge sollte die heutige Abendeinladung etwas ganz Besonderes darstellen. »Vielleicht fällt uns etwas ein«, meinte er nachdenklich. »Miß Raven, gestatten Sie mir einen Blick auf Ihre noch verbliebenen Kleidungsstücke?«

»Aber sicher.« Bereitwillig ließ sie ihn eintreten.

Er öffnete die Schubladen der kleinen Kommode und suchte in

den paar Sachen, die Raven in ihrem lädierten Koffer noch hatte mitnehmen können. Da sie nicht erwartete, daß er etwas finden würde, überraschte es sie, als er sich mit einem lavendelfarbenen Kleidungsstück in den Händen umdrehte. »Was ist denn das?« erkundigte er sich neugierig. Beim Auseinanderschütteln verwandelte sich das zarte Seidenmaterial vor seinen Augen in eine weite, an den Fesseln geraffte Hose, und angesichts des Erstaunens auf seinem verwitterten Gesicht lächelte Raven.

»Das sind Salvars«, teilte sie ihm mit, lief an ihm vorbei und stöberte in der gleichen Schublade, in der Ewan die Hose entdeckt hatte. Sie zog ein farbenfrohes tailliertes Hemd heraus und hielt es ihm zur Begutachtung hin. »Man trägt sie mit einem solchen Hemd, einem Kamiz, zumindest die Frauen im Punjab. Mein Vetter schenkte mir diese Sachen, aber ehe – ehe das alles geschah. Ich sollte sie im Haus tragen, aber es widerstrebte mir, also versteckte ich sie ganz unten im Koffer. Vermutlich sind sie deshalb mit an Bord gekommen.«

Sie schickte sich an, Ewan die Hose abzunehmen, aber der Steward wehrte mit einem spitzbübischen Lächeln ab. »Warum tragen Sie sie nicht heute abend? Sie brächten damit Mutter Indien ein passendes Abschiedsgeschenk dar? Außerdem kann ein hübsches junges Mädchen doch nicht ewig im selben alten Kleid herumlaufen, oder?«

»Unmöglich«, protestierte Raven. »Ich habe keine Lust, mich derart zur Schau zu stellen.«

Ewans erwartungsvolles Gesicht zog sich in Falten. »Ja, Sie haben vermutlich recht. Außerdem bekäme der Käpt'n einen Anfall, wenn Sie in Landestracht bei ihm auftauchen würden.«

Niedergeschlagen begann er die exotischen Kleidungsstücke zusammenzulegen, doch Raven riß sie ihm sogleich aus der Hand. »Würde er das tatsächlich, Ewan?« fragte sie, und ihre Topasaugen schimmerten in Vorfreude.

»Würde er was, Miß Raven?«

»Sich ärgern, wenn ich das anziehe?« Sie hielt sich das leuchtend bunte Hemd an und vollführte eine kokette Drehung.

»Das nehme ich an«, erwiderte Ewan bewundernd. »Unser Kapitän hält nicht viel von Spaß und Scherzen.«

»Das sollte man unbedingt ändern, meinen Sie nicht auch?«

»Vielleicht«, pflichtete ihr der Steward zögernd bei. Auf einmal wollten ihm weder das Funkeln in Ravens Augen noch das Rot in ihren Wangen gefallen. Dann zuckte er die Achseln. Zum ersten Mal seit ihrer Rückkehr an Bord schaute Miß Raven heiter drein, was machte es also, wenn sie dem Kapitän einen harmlosen Streich spielte?

Raven konnte den sehr viel verzwickteren Grund, weshalb sie die traditionelle Punjabi-Tracht tragen wollte, selbst nicht verstehen. Sie wußte nur, daß sie Charles in der vertrauten Atmosphäre seiner Kajüte auf keinen Fall in demselben Kleid, das sie seit ihrer Flucht aus Lahore trug, unter die Augen treten konnte. Die von Dimitri eingefädelte Einladung würde es ihr zum erstenmal ermöglichen, Charles ausgiebig zu sehen und zu sprechen, und Raven fürchtete, diese Gelegenheit nicht richtig nützen zu können. Sie mußte Charles' Aufmerksamkeit unbedingt fesseln, den Zauber wieder anfachen, der sie einmal zu so stürmischen Höhen der Ekstase getrieben hatte, oder er wäre für immer erloschen.

Während ihres Gesprächs mit Dimitri war ihr plötzlich klar geworden, daß die *Orient Star* nicht ohne sie fortsegeln durfte. Sie würde ihren Stolz niederringen und Charles anflehen, sie nicht zu verlassen. Er müßte ihr nicht einmal seine Liebe gestehen, redete sich Raven hitzig ein, als sie sich mit fieberhafter Entschlossenheit für den Abend zurechtmachte. Sie würde ja auch zu gern nur seine Geliebte werden, wenn sie dadurch an seiner Seite bleiben könnte. Falls nötig, wollte sie Charles aus Liebe um die ganze Welt folgen, und vielleicht würde der unnahbare, kaum ansprechbare Mann sich mit der Zeit wieder in den ungemein aufregenden, zärtlichen Liebhaber von einst zurückverwandeln. Das allein würde alles aufwiegen, sagte sich Raven optimistisch; und doch konnte sie nicht verstehen, weshalb ihr beim Ankleiden die Hände zitterten und sie nur mühsam die Tränen zurückhalten konnte.

Raven war sich keineswegs sicher, daß sie für Charles' Ansprüche hübsch genug aussah; ihr Herz jagte beängstigend, als sie in ihrer Kabine die Lichter auspustete und leichtfüßig den engen Flur hinunterhuschte, um beim Kapitän anzuklopfen. Von drinnen kam keine Antwort, und sie schluckte krampfhaft, ehe sie noch einmal klopfte. Nach schier endlosem Warten drückte sie probeweise auf die Klinke und trat, da die Tür unverschlossen war, leise ein.

Obwohl die geräumige Kabine leer war, fragte sich Raven nicht, wo der Kapitän oder seine Gäste sein mochten, denn eine Woge der Erinnerung erfaßte sie – so überwältigende Erinnerungen, daß sie ihr fast den Atem raubten. Ihr war, als könnte sie Charles' übermächtige Männlichkeit mit jeder Faser ihres Seins spüren – in den achtlos auf die Koje geworfenen Kleidern, auf der er sie das erste Mal so ungestüm geliebt hatte in den massiven, dunkel schimmernden Möbeln – in seinem vertrauten, geliebten Duft, der peinigend auf ihre Sinne einstürmte. Sie versuchte vergeblich, diese Gedanken zu verdrängen. Das lockerfallende Seidengewand liebkoste ihren Körper und ließ sie an die innige Berührung eines Liebhabers denken, an Charles.

»Großer Gott!«

Bei dem heiseren Ruf schnellte Raven herum, so daß ihr langer schwarzer Zopf durch die Luft flog. Charles' Anblick, wie er mit ungläubigen Augen in der Tür stand, machte sie sprachlos. Er war von Kopf bis Fuß in Taubengrau gekleidet, seine weichen, engen Kniehosen schmiegten sich um die muskulösen Schenkel, der Hauch von Spitzenverzierung am Hals und den sonnengebräunten, sehnigen Handgelenken milderten die Strenge seines formellen Anzugs. Er kam gerade vom Achterdeck, die windzerzausten braunen Locken fielen ihm verwegen in die hohe Stirn, seine Krawatte war leicht verknittert.

Auf einer schmalen gebräunten Wange begann ein Muskel zu zucken, und Raven, die dies als Zeichen seines Ringens um Selbstbeherrschung erkannte, übermannte die schmerzhafte Erkenntnis ihres Fehlschlags. Sie konnte nicht wissen, daß Charles sie im ersten Moment fälschlicherweise für eine Hindu-Schönheit gehalten hatte, die seine Offiziere aus Jux als sein Abendvergnügen herbeigeschafft hatten. Wie er sie so sah, das schwarze glänzende Haar aus dem anmutigen Gesicht mit den hohen Wangenknochen zurückgekämmt, in einem purpurnen, karmesinroten und grünen Kamiz, hatte er als unmittelbare Reaktion auf ihre verwirrende Schönheit einen vertrauten Blutandrang in den Lenden gespürt. Dann hatte sie sich, die durchscheinende Seide eng an die ranke Gestalt geschmiegt, umgewandt, und erst da hatte er sie erkannt.

Charles erschien sie äußerst verführerisch, von ungezähmter Schönheit. Die Geheimnisse des Orients gingen eine betörende Verbindung mit dem anziehenden Körper der Engländerin ein, den er so gut wie seinen eigenen kannte. Ihre großen Katzenaugen reflektierten das goldene Lampenlicht, der dunkle Wimpernkranz verlieh ihr ein leidenschaftliches Aussehen. Und doch brachten ausgerechnet die Tränen, die er in den Topastiefen glitzern sah, und das unverhüllte Beben ihres Mundes Charles wieder zu Sinnen.

»Raven, Sie weinen doch nicht etwa?« fragte er ungläubig.

Ungestüm schüttelte sie den Kopf und wünschte sich, sie hätte diesen übermütigen Plan nie ausgeheckt, denn sie mußte betrübt feststellen, daß sein Erfolg ihre kühnsten Erwartungen überstieg. Charles fixierte mit nahezu hungrigem Blick ihren in Seide gehüllten Körper, und in seinen grünen Augen funkelte unübersehbares Verlangen. Er begehrte sie zweifellos, aber bei dieser Erkenntnis empfand Raven nur die Schalheit der Niederlage. Daß er sie so ansah, als begehre er nur die körperliche Vereinigung mit ihr, hatte sie nicht beabsichtigt. Vielmehr hätte er sie zärtlich in Armen halten, ihr seine Liebe erklären, ihr sagen sollen, daß sie ihm mehr bedeutete als nur eine Gelegenheit, seine geschlechtlichen Gelüste zu stillen.

Doch hatte sich Raven nicht erst vor wenigen Minuten geschworen, sie spiele nur zu gern die Rolle von Charles St. Germains Geliebter? Hatte sie sich nicht eingeredet, sie würde selbst dann gern an seiner Seite bleiben, wenn er sie nur zur Befriedigung seines Triebes bei sich dulden wollte?

Nichts als Lug und Trug, erkannte sie jetzt. Sie hatte sich selbst hinters Licht geführt, während sie tief in ihrem Herzen ihr schmerzhaftes Verlangen nach so viel mehr als Charles' bloß körperlicher Liebe vergraben hatte.

»Raven, was ist denn?« fragte er, als sie ihm mit gesenktem

Kopf den Rücken kehrte. Bei der unterschwelligen Zärtlichkeit in seiner Stimme und seiner starken Hand auf ihrem Arm verriet sie sich. Der Schauer, der bei dieser Berührung ihren Körper erfaßte, entzündete eine Flamme, die fühlbar zwischen ihnen aufloderte. Sanft drehte Charles sie zu sich herum. Die goldbraunen Augen waren noch von Tränen benetzt, erstrahlten aber jetzt völlig in unleugbarer Liebe und Leidenschaft. Wie er so auf sie niederblickte, spürte er das Verlangen in seinen Lenden, und als er die Intensität seiner Gefühle für sie erkannte, wandte er sich innerlich fluchend ab. Er konnte jetzt nicht mit ihr schlafen, denn seine wachsende Lust war zu stark, zu roh angesichts der Erinnerung, daß er sie beinahe verloren hätte. Sie wirkte so zerbrechlich, so ätherisch unter dem sie eng umspielenden Seidengewand, und Charles war zum ersten Mal in seinem Leben von der animalischen Gewalt seiner Begierde erschüttert.

Da er ihr den Rücken zudrehte, konnte er den Schmerz in Ravens Augen nicht aufsteigen sehen, die Erkenntnis der Niederlage auf ihren zarten Zügen. Als sie einander angeschaut hatten, war sie sich absolut sicher gewesen, daß Charles sie in die Arme nehmen und küssen und endlich die tiefe Kluft überwinden würde, die sie seit ihrer Rückkehr von Lahore trennte. Sie spürte wieder heiße Tränen in sich aufsteigen, mit würgender Kehle versuchte sie ihr Schluchzen zu ersticken.

»Na, Towarisch, hast du das Dinner schon ohne uns eröffnet?« Die Kabinentür wurde aufgerissen, und Dimitri polterte herein. Sein erwartungsvolles Grinsen, als er Raven in der dünnen Hose und dem die Figur nachzeichnenden Hemd vor sich sah, den tiefschwarzen Zopf bis über die Hüfte baumelnd, erlosch.

»Maria Mutter Gottes!« platzte er heraus, als er abrupt stehenblieb, weshalb Geoffrey Lytton und Jason Quintrell, die ihm auf den Fersen folgten, gegen ihn prallten.

»Dimitri!« murrte Lytton. »Was zum Teufel machst du da? Merkst du denn nicht – Himmel, das darf doch nicht wahr sein!« flüsterte er, als er sah, weshalb der Erste Offizier wie angewurzelt verharrte. »Miß Barrancourt, täusche ich mich, oder sind Sie das wirklich?«

Raven holte tief und ein wenig mühsam Atem, dann lächelte

sie die drei Männer mit kokett geneigtem Kopf an. »Ich bin's. Finde ich denn nicht Ihren Beifall, meine Herren?«

Die gestammelten Beteuerungen, daß sie ihnen sehr wohl gefalle, und die linkische Art, in der sie zur Tür hereindrängten, stärkten Ravens Selbstbewußtsein außerordentlich, das Charles wenige Sekunden vorher so gründlich, wenn auch unabsichtlich zerschmettert hatte.

»Unglaublich, Kapitän«, bemerkte Geoffrey Lytton leise, als er zusah, wie Dimitri die junge Frau zu ihrem Platz geleitete und ein diensteifrig um sie herumscharwenzelnder Jason Quintrell ihr ein Glas Wein anbot. »Ich ahnte nicht, daß die indische Tracht Miß Raven so – äh – so gut stehen würde. Sind Sie auf diese Idee gekommen?«

»Nein!« knurrte Charles, und mit einem schnellen Blick erkannte der Bootsmann, daß der Kapitän mit gefährlich schmalen Augen zusah, wie Raven ausgelassen mit den Offizieren schäkerte. »Das war allein ihr Einfall, und allmählich argwöhne ich, daß er nur dazu dienen soll, mich zu verärgern.«

Dank seiner in vielen Jahren erworbenen Beobachtungsgabe entging Geoffrey Lytton der sehnsüchtige, schmerzvolle Blick nicht, mit dem Raven zu Charles hinübersah. Es wurde ihm rasch klar, daß sie sich auf Charles' Kosten hervorragend zu amüsieren gedachte. Je finsterer er dreinschaute, um so weniger Beachtung schenkte sie ihm, um so fröhlicher und ausgiebiger lächelte sie ihre anderen Tischpartner an.

Die Atmosphäre lud sich zusehends auf. Ohne Unterlaß lachte und schwatzte Raven mit leuchtenden Topasaugen und hitzig erröteten Wangen, während Dimitri und der anbetungsvolle Frachtaufseher mit einstimmten und im Laufe des Abends, als die leeren Weinflaschen sich auf dem Kabinenboden ansammelten, immer übermütiger wurden.

Je überschwenglicher sich die Offiziere gebärdeten, desto reservierter und verbissener wurde ihr Kapitän, der während der ersten Gänge überhaupt nichts sagte, nur schweigend das Weinglas zwischen den schlanken Fingern hin und her drehte und den schweren Blick nachdenklich auf Ravens lebhaften Zügen verweilen ließ.

»Wissen Sie, Miß Barrancourt«, bemerkte Geoffrey während einer Gesprächspause, der es für höchste Zeit hielt, die Stimmung ein wenig zu dämpfen, ehe Charles seiner fürchterlichen Gereiztheit Luft machen würde, »man hat mir nie genau geschildert, was Ihnen in Lahore zugestoßen ist. Dimitri erwähnte, Ihr Cousin sei getötet worden. Ich muß gestehen, daß mich seither die Angelegenheit sehr beschäftigt. Offenbar wurde weder Ihnen noch Mrs. Daniels ernsthaft Schaden zugefügt, obwohl deren Abwesenheit heute abend meines Erachtens auf ihre noch immer andauernde Erschöpfung hindeutet.«

Die Worte des Bootsmannes ernüchterten Raven schlagartig, und ein Schatten huschte über ihr Gesicht. Doch fühlte sie sich auch erleichtert, daß die Unterhaltung nun in ein ernsteres Fahrwasser steuerte, denn die Anstrengungen, ihre erzwungene Heiterkeit weiterzuspielen, ermüdeten sie. Seit ihr klargeworden war, daß Charles ihrem Flirt mit Dimitri und Jason gegenüber gleichgültig blieb, hatte ihre fieberhafte Besorgnis einen Höhepunkt erreicht.

»Meiner Meinung nach sollten wir dieses Thema nicht anschneiden«, warf Charles warnend ein und richtete sich kerzengerade auf.

»Ach, bitte«, flehte Raven, »können wir nicht jetzt darüber sprechen? Es gibt so viel, was ich Sie fragen wollte, aber es ergaben sich so wenig Gelegenheiten seit – seit unserer Rückkehr aufs Schiff.«

Charles konnte ihr diesen Wunsch nicht abschlagen. Seit ihrer Flucht hatte er in der Überzeugung, Raven würde sich schneller von ihrem Schock erholen, wenn niemand über die schlimmen Ereignisse sprach, das Thema ihr gegenüber mit Bedacht vermieden und auch Dimitri dahingehend instruiert. Doch jetzt erschien sie ihm stark genug für das, was er ihr zu sagen hatte, und zum Teufel, ihm war alles lieb, wenn er nur nicht mehr zusehen mußte, wie Dimitri und der junge Quintrell die schöne in Seide gehüllte Frauengestalt mit den Augen verschlangen.

Daß sie ihn absichtlich herauszufordern suchte, hatte er sogleich erkannt, doch ihre Gründe dafür blieben ihm während des ganzen Abends ein Rätsel. Etwa als Strafe dafür, daß er sie so grausam ihrem halbwahnsinnigen Vetter ausgeliefert hatte? Charles war überzeugt, daß Raven nicht auf Rache sann. Und doch waren ihre Bemühungen, wenn auch hier nicht erkennbar, von Erfolg gekrönt, denn er konnte nur mühsam ruhig sitzenbleiben, während sie mit rotem Schmollmund und Raubkatzenaugen seine Offiziere becircte. Noch weniger ertrug er seine eigene Reaktion auf Ravens Sinnlichkeit, war sie nun willentlich zur Schau gestellt oder nicht; er empfand die Sehnsucht, diese weichen, geöffneten Lippen zu küssen, noch viel überwältigender als das Verlangen, Raven übers Knie zu legen und ihr den niedlichen Hintern zu versohlen.

»Was möchten Sie denn wissen?« wandte er sich gleichgültig an seinen Bootsmann, obwohl er wußte, wie sehr es Raven drängte, ihm selbst Fragen zu stellen.

»Wir hörten als letzte Informationen, daß Miß Barrancourt mit Mrs. Daniels wegen eines Darlehens zu ihrem Vetter in den Punjab aufgebrochen war«, begann Geoffrey leichthin. »Kaum vierzehn Tage später kehren Sie alle wieder zum Schiff zurück, Dimitri ergeht sich in Geschichten von Mord und Aufstand, und Sie lassen die *Orient Star* so schnell dahinsegeln, als wäre der Teufel hinter ihr her. Ich bitte um Verzeihung«, fügte er höflich hinzu, »die Mannschaft wundert sich ein wenig, was wohl geschehen ist. Wir wußten, daß sich da eine militärische Auseinandersetzung mit den Sikhs zusammenbraute, aber bei meinem Landgang wegen einiger Frachtangelegenheiten hielt ich Augen und Ohren offen, konnte jedoch nicht viel darüber erfahren.«

»Weil sich die Sikhs wahrscheinlich nicht vor Ende Dezember neu formieren, vielleicht sogar noch später«, entgegnete Charles. »Als wir Lahore verließen, wurden gerade Truppen mobil gemacht, und es sah so aus, als würde Chillianwallah höchstwahrscheinlich der nächste Schlachtplatz.«

»Aber Kapitän, in welchem Zusammenhang steht das zu dem, was Miß Barrancourt bei ihrem Vetter zugestoßen ist?« erkundigte sich Jason Quintrell neugierig.

»Wenn Sie sich daran erinnern wollen, Mr. Quintrell«, bemerkte Charles langsam und beugte sich vor, um sich Wein nachzuschenken, »der britische Gesandte in Multan wurde vergangenen Monat ermordet, was die Konfrontation zwischen der britischen Armee und den aufständischen Sikhs beschleunigte. Bedenken Sie bitte wieder, daß die Sikh-Armee trotz ihrer bewundernswerten Kampfbereitschaft ein unausgebildeter und vor allem schlecht bewaffneter wilder Haufen ist. Bestimmt würden gewisse britische Individuen ohne jede Rücksicht, ob der Punjab annektiert wird oder nicht, schnell durch Waffenlieferungen an die Rebellen Kapital schlagen wollen.«

»Völlig absurd!« rief Jason Quintrell. »Welcher Brite würde einen derartigen Verrat in Erwägung ziehen?«

Charles zuckte die Schultern. »Wie sich herausstellte, ein Mensch, der in tiefe Armut und Verzweiflung gesunken war, dem die Opiumsucht jeden Rest von Selbstachtung geraubt hatte und der die Gelegenheit, zu Geld zu kommen, weitaus wichtiger fand als die Belange der John Company und selbst Großbritanniens.«

»Mein Gott – Phillip!« hauchte Raven so leise, daß nur Charles es hörte. »Also davon sprach Ahmed in jener Nacht«, fuhr sie ungläubig fort. »Damals ergab das Ganze für mich keinen Sinn, erst jetzt. Phillip hat sich für Gewehre bezahlen lassen, die er nie zu liefern gedachte, und das Geld für weitere Opiumkäufe verwendet, nicht wahr?«

Charles nickte. »Allerdings beabsichtigte Phillip, die Waffen tatsächlich herbeizuschaffen. Er ahnte ja nicht, daß Major Wyandotte, sein Lieferant, ihn hinterging. Wyandotte benutzte ihn als Faustpfand in seinem Plan, die Sikhs in der Übergabenacht aus dem Hinterhalt anzugreifen und sich so eine ordentliche Belohnung zu erwirken.«

»Was folgendes bedeutet, mein Kleines«, fügte Dimitri hinzu, »nachdem die Sikhs den Betrug erkannt hatten, war es nur natürlich, daß sie in die Khanapur-Siedlung eindrangen, um sie zu plündern und Ihren Vetter umzubringen. Wir schwebten in jener Nacht niemals in wirklicher Gefahr, weil sie hinter Phillip, nicht hinter uns her waren.«

»Aber in dem Chaos hätten sie auch uns töten können.« Raven erschauerte.

Mit gespielter Gleichgültigkeit zuckte Charles wieder die

Schultern, obwohl ihre Blässe ihn beunruhigte. »Das lag durchaus im Bereich des Möglichen, deshalb flüchteten wir auch so überstürzt. Ich war mir nicht sicher über die weiteren Auswirkungen, aber die ganze verfluchte Angelegenheit dürfte die nächste militärische Konfrontation kräftig beschleunigen.«

Raven wandte das Gesicht ab. Charles wußte, daß sie jetzt an die Prügel dachte, die Phillip ihr verabreicht, und das grausame Schicksal, das er ihr als seiner Ehefrau zugedacht hatte. Die kantige Kinnpartie bedrohlich angespannt, rang er mit dem überwältigenden Verlangen, sie tröstend in die Arme zu nehmen. Da er Geoffrey Lyttons graue Augen nachdenklich auf sich ruhen fühlte, stand er jäh auf, schnitt durch die Kabine und bückte sich, um den Deckel der Seemannstruhe zu öffnen. Mit einem unförmigen Gegenstand kehrte er, die Augen aller Gäste mit einer Ausnahme auf sich ziehend, an den Tisch zurück. »Erinnern Sie sich daran, Raven?«

Beim Klang seiner tiefen Stimme blickte sie auf und sah ihn vor sich stehen, ein in safranfarbenen Musselin gewickeltes Bündel in den Händen. »Ich habe es für Sie aufbewahrt«, sagte er so zärtlich, als wäre er mit ihr allein.

Während er Raven den sonderbaren Gegenstand überreichte, streiften sich zufällig ihre Finger, und sie zuckte zurück, bestürzt über das Beben, das ihren Körper erfaßte. Sie versuchte, ihre Nervosität zu verbergen, als sie das Bündel vor sich auf den Tisch legte, aber ihre Finger zitterten. Ungeschickt nestelte sie an der Juteschnur herum.

»Lassen Sie mich helfen«, bot Charles an. Über ihre Schulter gebeugt, die schmale Wange nahe der ihren, löste er die Knoten und zog die Verpackung beiseite, um ein chinesisches Ingwergefäß aus hauchdünnem Porzellan mit handgemalten Figuren und kompliziertem Muster aus gebranntem Siena, Smaragdgrün und Indigoblau zu enthüllen.

»Darf ich einen Blick darauf werfen?« bat Geoffrey höflich.

Raven nickte und beobachtete den Bootsmann gespannt, als er das Gefäß hochhob und sorgsam die Unterseite prüfte. Er nahm den Deckel ab, spähte hinein und stellte es dann behutsam wieder auf den Tisch. »Es ist alt und nach meiner Ansicht recht kostbar. Sie müssen es von einem Fachmann schätzen lassen, um seinen wahren Wert zu erfahren«, fügte der Seemann mit Oxford-Ausbildung hinzu. »Meines Erachtens wird es kein Vermögen wert sein, aber Sie wären unklug, wenn Sie es nicht an einem sicheren Ort verwahrten.«

»Dann ist es einerlei«, meinte Raven matt, die hinter den Augen einen zunehmenden Druck, den Vorboten schlimmer Kopfschmerzen, spürte. »Wenn es nicht fünfzigtausend Pfund einbringt, nützt es mir wenig.«

»Vermutlich dürften Sie dafür erheblich weniger erhalten«, teilte ihr Geoffrey bedauernd mit. »Es tut mir leid.« Sie schenkte ihm ein trauriges Lächeln. »Trotzdem vielen Dank.«

»Raven, Sie wirken erschöpft.« Charles schaute sie besorgt an. »Sollte ich Sie nicht besser zu Ihrer Kajüte bringen?« Alle erhoben sich ritterlich mit ihr, äußerten ihr Bedauern und wünschten eine gute Nacht. Als sie schwankte, hielt Charles, der neben ihr stand, sie am Ellbogen fest. »Raven, fühlen Sie sich wohl?«

Sie schüttelte seine Hand ab und sah ihn trotzig an. »Selbstverständlich. Das kommt nur vom Wein. Ich habe wohl etwas zuviel getrunken.« Sie wandte sich vom Tisch ab, aber ein neuerlicher Schwindelanfall überwältigte sie, und diesmal mußte Charles schnell zupacken, damit sie nicht stürzte. Behutsam hob er Ravens schlaffe Gestalt hoch und bettete sie auf die Koje.

»Ist sie verletzt?« fragte Dimitri und drängte sich heran. »Was ist mit unserer Kleinen geschehen?«

»Geh einen Schritt zurück, sie bekommt sonst ja gar keine Luft!« fuhr Charles seinen Ersten Offizier heftig an.

»Ich hole Mrs. Daniels«, erbot sich Jason in der Überzeugung, daß einer bewußtlosen Dame die Dienste einer anderen Frau am hilfreichsten wären.

»Komm, Dimitri, wir gehen besser an Deck«, drängte Geoffrey, der aufmerksam verfolgte, wie Charles sich beunruhigt über Ravens hingestreckte Gestalt beugte. »Sie erweisen ihr den größten Gefallen, wenn Sie sie jetzt allein lassen.« Der Russe warf Charles einen schnellen, um Bekräftigung heischenden Blick zu, der aber schien ihn gar nicht wahrzunehmen. Widerwillig ließ sich Dimitri vom Bootsmann aus der Kajüte führen, während Charles mit unendlicher Zärtlichkeit die glänzenden Schläfenlocken aus Ravens Stirn strich.

»Wie ist das passiert, Kapitän?« Dannys Stimme klang forsch und gebieterisch, als sie hereinrauschte, sich die Ärmel aufkrempelte und dem besorgten Jason Quintrell die Tür vor der Nase zuschlug.

»Sie ist einfach ohnmächtig geworden«, erwiderte Charles, der sich jetzt aufrichtete und ihr seinen Platz neben der Koje überließ.

Danny legte die Hand auf Ravens heiße Stirn. »Hat sie über Bauchschmerzen geklagt? Über Kopfweh? Übelkeit?«

»Nein.«

»Hm, hat sie dann vielleicht zuviel getrunken?« bohrte Danny weiter, der die Batterie von leeren Weinflaschen auf dem Tisch und dem Plankenboden nicht entgangen war.

»Nicht soviel, als daß sie gleich in Ohnmacht fallen müßte«, knurrte Charles. »Sie erschien mir heute abend blaß und unruhig, aber Raven ist nicht vom nervösen Schlag.«

»Mit Sicherheit nicht«, pflichtete Danny ihm bei. »O Gott!« rief sie aus, als sie der reglosen Raven die Decken fortzog. »Was um Himmels willen hat sie denn an?«

»Sie sah wunderschön darin aus«, sagte Charles liebevoll.

Die Gouvernante warf ihm einen scharfen Blick zu. »Raven schaut immer wunderschön aus, ganz egal, was sie gerade trägt, und sie braucht ganz sicher keine unschickliche, halbdurchsichtige Hose, um Sie, Kapitän, zu bezaubern!«

»Hat sie die deshalb angezogen?« fragte Charles bestürzt.

»Das sollten Sie doch wohl am besten wissen, Kapitän!« erwiderte Danny verächtlich. »Na, na, jetzt hören Sie auf, so um sie herumzutanzen, sie stirbt schon nicht!« Sie stand auf und schlug viel energischer vor, als Charles ihr das zugetraut hätte: »Warum warten Sie nicht lieber draußen?«

Danny atmete auf, als sich leise die Tür hinter dem breitschultrigen Kapitän schloß. Zweifellos würde er voll Ungeduld im Korridor stehenbleiben, bis sie ihn hereinholte. Es sah Charles St. Germain gar nicht ähnlich, einer solchen Aufforderung bereitwillig Folge zu leisten, selbst wenn eine nette alte

Frau sie freundlich geäußert hatte. Aber vielleicht hatte er ein wenig von ihrer inneren Not gespürt.

Besorgt setzte sich Danny neben ihre junge Herrin und hoffte, diese würde bald wieder zu sich kommen.

Die Wartezeit erschien ihr endlos, bis Raven sich schließlich rührte und lautlos die weichen Lippen bewegte. Sie schlug die goldbraunen Augen auf und erkannte verschwommen ein vertrautes Gesicht, das sich über sie neigte. »Charles?« hauchte sie unsicher.

»Ganz ruhig, Liebes, ich bin's – Danny.« Die runden Finger schlossen sich beruhigend um Ravens Hand.

Raven blinzelte, bis das faltige Gesicht vor ihren Augen an Schärfe gewann. »Ach, Danny, du«, seufzte sie. »Was ist geschehen?«

»Sie sind in Ohnmacht gefallen, meine Liebe, nichts weiter«, flötete Danny besänftigend. »Jetzt bleiben Sie ein wenig liegen und kommen wieder zu Kräften, dann hole ich Kapitän St. Germain, damit er Sie in Ihre Kajüte trägt.«

»Charles?« wiederholte Raven und schaute sich suchend in der dunklen Kabine um. »Wo ist er?«

»An Deck gegangen. Er erklärte mir, Sie seien einfach umgekippt.«

Raven nickte schwach. »Ja, das ist wohl passiert. Ich weiß noch, daß ich mich mit Dimitri und Mr. Lytton unterhielt, und dann wurde mir plötzlich schwarz vor Augen.«

Danny strich zärtlich über den glänzenden Zopf auf Ravens Schulter. »Vorher war Ihnen noch nie übel gewesen, Liebes?«

»Nein, höchstens ein wenig«, antwortete Raven und runzelte die Stirn, als sie sich zu erinnern suchte.

»Und Sie sind bis jetzt auch nie in Ohnmacht gefallen?«

Diese Fragen verblüfften Raven. »Du kennst mich doch gut genug, Danny. Ich bin nie im Leben ohnmächtig geworden! Es kommt vom Wein oder von der Einladung überhaupt.« Sie starrte auf die schmalen Hände, mit denen sie fast krampfhaft die Decke umklammerte. »Ich wollte so sehr … Charles und ich …« Sie verstummte und biß sich auf die Lippen. »Vielleicht habe ich mich zu sehr bemüht.«

»Denken Sie nicht daran«, bat Danny sanft und tätschelte ihr die kalte Hand. »Sie sollten jetzt über etwas anderes nachdenken.« Die braunen Augen schauten plötzlich sehr ernst. »Miß Raven, erinnern Sie sich, wann Sie das letzte Mal Ihre Monatsbeschwerden hatten?«

»Das weiß ich ganz genau – drei Tage, ehe wir in Bombay anlegten. Ich fühlte mich sehr schlecht, als wir an Land gingen.«

Danny fiel der Unterkiefer herunter. »Und seither, Miß Raven? Seitdem hatten Sie sie nicht mehr?«

»Nein«, erwiderte Raven schnell und hielt dann inne. »Das heißt, ich glaube nicht ... Nun, bei all den Aufregungen muß ich es einfach vergessen haben.« Sie schaute in das vertraute Gesicht der alten Frau, und die Wahrheit, die sie in den müden Augen las, versetzte sie in Schrecken. »Ganz bestimmt hatte ich meine Tage!« Doch so sehr sie ihr Gedächtnis auch bemühte – ihre Monatsbeschwerden hatten sie zuletzt an Bord der *India Cloud* geplagt, ehe sie mit Danny auf der *Orient Star* den Indus hinabgefahren und ehe sie Charles St. Germain geliebt hatte. »Gott im Himmel!« flüsterte sie. Alle Farbe wich aus ihren Wangen, und sie wirkten noch fahler als zuvor.

»Sie tragen sein Kind unter dem Herzen, Miß Raven. Davon bin ich überzeugt.«

Raven schloß die Augen, hinter ihren Lidern brannten Tränen. Was sollte sie jetzt tun? Wenn Charles das herausfand, würde er auf einer Heirat bestehen, denn er war bestimmt viel zu stolz, um sich der Verantwortung zu entziehen. Das konnte sie nicht zulassen, lieber würde sie sterben als sein Mitleid, seinen Namen annehmen, nur um das Kind, das sie erwartete, zu legitimieren.

»Weinen Sie nicht, mein Schatz«, murmelte Danny angesichts der Tränen, die Raven lautlos vergoß. »Das ist doch ein wahrer Segen! Ich weiß, wie sehr er sie liebt, und wenn er entdeckt, daß Sie ...«

»Das wird er nie erfahren!« rief Raven. Fiebrig leuchteten die Augen in ihrem blassen Gesicht auf. »Du darfst ihm nichts davon erzählen, Danny, niemals!«

»Aber Miß Raven, warum nicht?« wollte Danny bestürzt wissen.

»Ich heirate ihn nicht, nur um ihm die Kränkung zu ersparen, einen Bastard gezeugt zu haben! Und wieso bist du dir so sicher, daß er mich zur Frau nehmen würde? Du weißt doch, wie gefühllos er sein kann! Stell dir vor, er sorgt dafür, daß ich das Baby verliere? Das wäre doch die einfachste Lösung für ihn, oder?«

»Reden Sie nicht so, Miß Raven«, flehte Danny. »Ich sehe schon, wie sehr Sie das nach all Ihren schrecklichen Erlebnissen durcheinanderbringt, aber Kapitän St. Germain ist ein guter Mensch und wird zu Ihnen halten. Er wird alles tun, damit Ihnen und dem Kleinen nichts abgeht.«

»Das ist es ja gerade«, sagte Raven verzagt. Bitterkeit und Verzweiflung stiegen ihr wie Galle in die Kehle. »Seine Barmherzigkeit, sein Mitleid, sein Name können mir gestohlen bleiben. Du sagst, er liebt mich, aber woher willst du das so genau wissen? Er hat mir seine Liebe nie gestanden, und selbst wenn er es jetzt täte, dann nur, weil ich sein Kind unter meinem Herzen trage!«

Sie drehte das Gesicht zur Wand und weinte leise, während Danny im Bewußtsein, daß sie ihre junge Herrin mit keinem Wort trösten konnte, die Hände ineinanderschlang. In ihrem allzu großen Stolz wollte Raven den Antrag ausschlagen, den Charles St. Germain ihr nach Dannys Überzeugung mit reinem und aufrichtigem Gewissen machen würde.

»Miß Raven, bitte«, flehte sie, als das Schluchzen nicht enden wollte, »Kapitän St. Germain kommt in wenigen Sekunden zurück, wenn Sie ihm die Wahrheit sagen, wird er bestimmt ...«

»Nein!« stöhnte Raven und wandte sich mit rotgeweinten Augen zu ihr. »Ich will ihn nicht sehen! Nie wieder!« Sie sprang von der Koje, flüchtete aus der Kajüte und knallte die Tür hinter sich zu.

Als Charles nicht einmal zehn Minuten später voll Ungeduld zurückkehrte, sah er mit Bestürzung Danny hilflos vor der leeren Koje sitzen. »Wo zum Teufel steckt Raven?« fragte er.

»Sie ist in ihre Kabine gegangen.«

»Fühlt sie sich besser?« erkundigte sich Charles und beobachtete die alte Frau scharf. Als er das nervöse Zittern ihrer Unterlippe bemerkte, unterdrückte er einen Fluch und schritt zur Tür.

»Kapitän, warten Sie.«

Seufzend drehte sich Charles um, während Danny zu ihm eilte und eindringlich in sein Gesicht schaute. »Bitte, lassen Sie Miß Raven allein, Kapitän, das dürfte im Moment das Beste für sie sein.«

»Warum?« fragte Charles skeptisch. »Ist sie krank?«

»Ein bißchen überanstrengt«, erklärte Danny mit einem beschwichtigenden Lächeln. »Junge Frauen können bisweilen so übernervös sein, wenn Sie verstehen, was ich meine.«

»Ich verstehe genau, was Sie sagen wollen« entgegnete Charles knapp, »und ich glaube Ihnen kein Wort, zumindest nicht, was Raven betrifft. Ich schaue selbst nach ihr.«

Nicht Ärger veranlaßte Charles zu seinem ernsten Gespräch mit Raven, sondern die Sorge, die in ihm nagte, seit ihn Danny aus seiner Kabine gewiesen hatte. Da er Ravens körperliche Konstitution und Veranlagung kannte, war er sicher, daß ihr eine ernsthafte Krankheit die Besinnung geraubt hatte. Wenn nun ihre gegenwärtige Verfassung einen Arztbesuch erforderte? Beunruhigt schluckte er. Karachi war ein einfacher Fischerhafen, hier gab es keinerlei neuzeitliche Einrichtungen, geschweige denn jemanden mit fundierten medizinischen Kenntnissen.

Die Not beschleunigte seine Schritte, energisch schlug er mit der Faust an Ravens Kajütentür. »Raven?«, rief er. »Ich bin's – Charles. Darf ich hereinkommen?«

Er bekam keine Antwort und klopfte wieder, diesmal noch nachdrücklicher. Nun verlor er endgültig die Geduld, riß die Tür auf und erwartete, daß Raven ihm mit blitzenden Raubkatzenaugen und wütendem Protest auf der Schwelle entgegentrat. Zu seiner Überraschung fand er die Kabine leer vor.

»Danny!« brüllte er zur Tür hinaus, worauf die alte Frau mit angstbleichem Gesicht herbeieilte. »Sagten Sie nicht, Raven hätte sich in ihre Kabine zurückgezogen?« knirschte er und zeigte mit einer ungestümen Geste in den dunklen Raum. »Wo zum Teufel ist sie denn?«

»Keine Ahnung, Kapitän«, stammelte Danny.

Seine Lippen preßten sich zu einem Strich zusammen, und er stürmte an der zitternden Danny vorbei, riß die Tür zu ihrer Kajüte auf und warf einen kurzen prüfenden Blick hinein. »Verflixt, was ist mit ihr passiert?« stieß er leise hervor.

»Towarisch, worüber regst du dich so auf?« wollte Dimitri wissen, der mit einer Laterne in der Hand den Flur herunterlief. »Kristos! Geht es Raven noch immer nicht besser?«

»Anscheinend schon«, schnauzte Charles ihn an, »sonst würde sie nicht auf Deck herumspazieren.«

»Auf Deck«, wiederholte Dimitri verdutzt.

»Ja, hier unten ist sie nicht«, gab Charles finster zurück.

»Dann schaust du besser noch mal nach«, sagte Dimitri sachlich, »weil Hagen und ich soeben vom Rundgang kommen und die Kleine oben nicht gesehen haben.«

Charles' aristokratische Züge erstarrten. »Bei Gott, *du* siehst besser noch mal nach, Sergejew, denn wenn du sie nicht findest, kriegst du mitsamt der restlichen Wache einen gewaltigen Anpfiff von mir, verstanden?«

Die Suche war kaum länger als eine Viertelstunde im Gange, als ein aufgeregter junger Matrose zum Kapitän beordert und grob bedrängt wurde, bis er zugab, vor weniger als einer Stunde eine junge Frau in Punjabi-Tracht beim Verlassen des Schiffes beobachtet zu haben. Auf weiteres unsanftes Nachfragen fügte er unverzüglich hinzu, sie sei über den Kai in Richtung Stadt gerannt. Und er stammelte furchtsam, er habe sie für eine Einheimische gehalten, von einem der Männer an Bord geschmuggelt, und deshalb nicht daran gedacht, Alarm zu schlagen. Angstschlotternd und schweißgebadet konnte der junge Kerl dem Kapitän, dessen markante Züge eine fast dämonische Unbarmherzigkeit annahmen, kaum offen ins Gesicht sehen. In der Erwartung, man würde ihm auf der Stelle kündigen, konnte er nur mit offenem Mund vor sich hin starren, als der Kapitän sich ohne weiteres Wort auf dem Absatz umdrehte und, den verbissen schweigenden Dimitri Sergejew im Schlepptau, auf die Gangway zusteuerte.

Erst im fahlen Morgengrauen kehrte der Suchtrupp erschöpft auf das Schiff zurück. Charles, der die ganze Nacht in der schlafenden Stadt mit fieberhafter Suche verbracht hatte, hörte sich an, was ihm seine bekümmerte Mannschaft über ihre Fehlschläge berichtete. Die abschließenden Worte des entmutigten Geoffrey Lytton hallten dunkel in seinem Herzen nach. »Ich kann mir nicht vorstellen, wohin Miß Raven gelaufen sein könnte«, teilte ihm der erschöpfte Waliser mit, als sie einander auf dem Hauptdeck trafen, während der kalte Winterhimmel über ihnen sich erst kupfern, dann golden färbte. »Sie ist wie vom Erdboden verschluckt.«

Raven erwachte in völliger Dunkelheit. In ihren Ohren rauschte es, helle Blitze leuchteten vor ihren Augen auf, und vornübergebeugt hielt sie sich den Bauch, bis die Woge schwindelerregender Übelkeit abgeebbt war. Dann legte sie sich keuchend zurück, die glatte Stirn mit Schweißperlen bedeckt. Ihr Kopf schmerzte abscheulich, und ihre Zunge fühlte sich ausgedörrt und geschwollen an. Als sich ihr jagender Puls verlangsamte, wich der Schwindel, und sie konnte sich aufsetzen. Sie strengte die Augen an, um im Dunkel etwas zu erkennen.

Was war geschehen, seit sie heute nacht die *Orient Star* verlassen hatte? Hatte sich das überhaupt in dieser Nacht ereignet? Wie sollte sie das wissen in dieser schauderhaften Schwärze, die noch finsterer als jene in Cornwall war, wenn sich das Dunkel über die See senkte und weder Mond noch Sterne am Himmel standen?

Mühsam, mit schmerzendem Kopf, zwang sie sich, an die letzten Geschehnisse zu denken, die sie noch deutlich vor Augen hatte. Sie rief sich die Abendeinladung in Charles' Kajüte ins Gedächtnis zurück, das im Kerzenschein funkelnde Silber und Kristall.

Wie gut hatte Charles in seinem taubengrauen Jackett und den gleichfarbigen Kniehosen ausgesehen, wie kampflustig war er ihrem herausfordernden Blick begegnet ... Sie hatte mit Dimitri und Jason geschäkert, in der verzweifelten Hoffnung, dem Kapitän irgendeine Reaktion zu entlocken, und dann war sie ohnmächtig geworden, einfach bewußtlos zu Boden gesunken, weil – weil sie Charles St. Germains Kind unter dem Herzen trug.

Ein leises Stöhnen entrang sich ihren fest zusammengepreßten Lippen. Diese Entdeckung hatte sie völlig aus der Fassung gebracht. Überzeugt, Charles würde sie zur Ehe zwingen, nur um dem Kind seinen Namen zu geben, hatte sie sich eingeredet, lieber sterben als einen Mann heiraten zu wollen, den sie zwar über alles liebte, der sich aber nichts aus ihr machte. Hatte ihr seine Gleichgültigkeit gestern abend nicht ein für allemal bewiesen, daß sie ihm nichts bedeutete?

Als ihr heiße Tränen über ihre Wangen strömten, zwang sich Raven, nicht mehr an Charles zu denken, sondern sich auf die Vorfälle nach der Einladung zu konzentrieren. Sie erinnerte sich, daß sie Danny angeschrien hatte, sie werde Charles' Mitleid nie annehmen, daß sie aus seiner Kajüte geflüchtet war. Blindlings rannte sie in die Nacht hinaus, weil ihr die vertrauten Räumlichkeiten der *Orient Star* plötzlich unerträglich erschienen. Wie ein Gespenst wanderte sie durch die dunklen, verwinkelten Straßen von Karachi, machte einen Bogen um klaffende Köter und auf Türschwellen schlafende Bettler, bis sie sich der Gefahr, in die sie sich so leichtsinnig begeben hatte, bewußt wurde.

Bei dem Versuch, zum Schiff zurückzukehren, verirrte sie sich hoffnungslos, über den Dächern konnte sie die Masten der wenigen vor Anker liegenden Schiffe hoch aufragen sehen, aber das Labyrinth verwinkelter Gassen öffnete sich nicht zum Wasser hin, gleichgültig, wie nahe sie auch herankam. Müde und verängstigt hatte sie sich auf einem Marktplatz zum Verschnaufen neben einen Brunnen gesetzt, der Stille der Nacht und dem Rauschen des Windes in den knorrigen Bäumen gelauscht.

Das Geräusch eines Steinchens, der aus der Wand hinter ihr bröckelte, hatte sie herumschnellen lassen, aber da war nichts gewesen. Nein, stellte Raven fest, das stimmte nicht. Sie hatte etwas gesehen, aber was? Eine Hand, dämmerte es ihr verschwommen, eine Hand, die körperlos aus der Finsternis hervorzuschießen schien, sich auf ihren Mund preßte, ihr einen dunklen Sack so fest über das Gesicht zog, daß sie fast erstickte, als sie zu schreien versuchte und die unsichtbaren Finger, die sie hielten, zerkratzte … Immer schwächer war sie geworden, bis samtene Schwärze sie endlich umfangen hatte …

Erschauernd rutschte Raven aus der staubigen Ecke, in der sie sich zusammengekauert hatte. Sie konnte sich zwar erinnern, was ihr zugestoßen war, aber wie erklärte dies ihren derzeitigen Aufenthaltsort? Und wer hatte sie entführt? Sie nahm allen Mut zusammen und begann eine systematische Durchsuchung des dunklen Verlieses, tastete den schmutzigen Lehmboden ab, bis sie erkannte, daß der Raum sehr klein war und keine irgendwie gearteten Öffnungen erwies.

Von gräßlichem Entsetzen gepackt, glaubte sie in einer Gruft gefangen zu sein, und erschrak dann abermals heftig, als sie von draußen ein Geräusch vernahm. Dicht an die Wand gepreßt, hielt sie den Atem an und lauschte, duckte sich, als es am anderen Ende des pechschwarzen Raums dumpf polterte. Sie brauchte eine Sekunde, um festzustellen, daß Stein auf Stein fiel. Plötzlich zerteilte ein Lichtstrahl das Dunkel und enthüllte, daß eine schwere, nach oben spitz zulaufende Tür mühsam aufgestemmt worden war.

Eine mißtönende tiefe Stimme äußerte etwas in einer Sprache, die Raven nicht verstand, und sie wagte nicht zu atmen, als das flackernde Laternenlicht den Schemen eines riesigen Mannes offenbarte, der eine Kapuze und ein weißes, wallendes Gewand trug.

Schwarze stechende Augen fixierten sie feindselig, während die von einer klauenartigen Hand hochgehobene Laterne sie beleuchtete. Die schnarrende Stimme wiederholte die unverständlichen Worte, und diesmal hörte Raven einen herrischen Befehl heraus. Sie stand auf, trat zögernd vor, und der sie überragende, weißgekleidete Mann packte sie am Arm und schleifte sie nach draußen.

Dort erwartete sie ein zweiter Mann, der Raven sogleich eine dichte Bourka über den Kopf warf, durch deren schmale Augenschlitze sie fast nichts sehen konnte. Dennoch gelang es ihr, einen flüchtigen Blick auf ihr Gefängnis zu erhaschen, bevor sie einen dunklen Flur hinuntergetrieben wurde. Ihre Furcht, in einer Gruft eingeschlossen zu sein, war nicht ganz unbegründet. Flache Steinstufen führten zu einem kleinen Gebetsraum aus altersschwachem, bröckeligem Sandstein, dem unterirdischen, fensterlosen Verlies mit dicken, undurchdringlichen Wänden, wo man sie gefangengehalten hatte. Während sie dahineilte, stolperte Raven über den Saum ihrer langen Bourka, worauf der hakennasige Mann in weißem Gewand sie hochriß und grob anfuhr, dann zerrte er sie noch schneller hinter sich her.

So unvermittelt, daß es ihr den Atem verschlug, traten sie ins Freie, am tiefindigoblauen Himmel über ihnen funkelten unzählige Sterne. Raven, die ein wenig durcheinander war, zögerte erst, aber ihr Entführer war sofort zur Stelle und stieß sie rücksichtslos vorwärts. Trotz aller Bemühungen konnte sie durch die Augenschlitze der leichentuchähnlichen Bourka nichts außer den vagen Umrissen alter, halbverfallener Gebäude erkennen. Unter ihren leichtbesohlten Schuhen fühlte sich die Straße hart und steinig an, aber nach wenigen Minuten vernahm Raven das dumpfe Echo von Holz unter den Füßen. Ihr Herz klopfte schneller. Befanden sie sich etwa auf den Kais? Als sie um sich herum leises Plätschern hörte, spürte sie Hoffnung in sich aufsteigen. Vielleicht lag die *Orient Star* oder ein anderes englisches Schiff in der Nähe vor Anker. Wenn sie laut genug schrie, müßte sie doch jemand hören.

Als Raven gerade tief Luft holte, um sie in einem schrillen Hilferuf wieder anzustoßen, stach ihr etwas Hartes, Spitzes schmerzvoll zwischen die Rippen. Sie wußte, auch ohne hinzuschauen, daß der große, schwarzäugige Mann eine Messerspitze zwischen die Bourkafalten gestoßen hatte, und der Atem wich in einem resignierten Aufschluchzen aus ihren Lungen. Sekunden später spürte sie unebene Planken unter den Füßen und wußte, daß man sie eine Gangway hinaufführte. Großer Gott, wohin schaffte man sie?

Stimmen drangen in der stillen Nachtluft herüber, aber die Worte waren Raven nicht vertraut. Durch die Augenschlitze sah sie ein paar Männer neben dem Ruderhaus des kleinen Beiboots herumlaufen, auf das man sie gebracht hatte, alle in ähnlich wallende Gewänder wie ihr Entführer gekleidet. In den vergangenen Wochen hatte sie soviel Urdu und Punjabi gehört, um diese Sprachen zu erkennen, aber der Dialekt, in dem diese Männer sich unterhielten, war ihr absolut fremd. Niemand beachtete sie, als sie kurzerhand eine Falltür hinuntergestoßen, der Deckel über ihr zugeknallt und versperrt wurde. Als sie auf ihren Knien landete, verwickelte sich die Bourka, so daß der grobe Stoff ihr das Gesicht zerkratzte.

Raven lag in einem zusammengedrückten, übel stinkenden Heuhaufen, und Tränen des Schmerzes und der Angst stiegen ihr in die Augen. Über ihr, an Deck, kam geschäftiges Treiben auf – polternde Schritte, unverständliche Schreie, das Losmachen der Segel. Einige Augenblicke später spürte sie, wie sich das Deck nach Steuerbord legte, und das vertraute Knarren des Spantenwerks verriet ihr, daß man die Vertäuungen gelöst hatte und in See stach. Lieber Gott, dachte sie stöhnend, wohin fahren wir, und wer hat mich hierherverfrachtet?

Nie im Leben hatte sie sich mehr gefürchtet, sich einsamer gefühlt; die Tränen strömten schneller, als sie sich wünschte, von Charles' schützenden starken Armen umschlossen zu werden. Ob er sich wohl Sorgen um sie machte? Angenommen, er hatte einen Suchtrupp nach ihr ausgeschickt? Ein lautes, beinahe hysterisches Lachen brach aus ihr hervor. Selbst wenn sich Charles auf die Suche nach ihr begeben hatte, würde ihm das nichts nützen, da man sie wie Frachtgut im pechschwarzen Laderaum irgendeines fremden Schiffes verstaut hatte und ihre Entführer, ihr Aufenthaltsort, ihr Ziel völlig unbekannt waren.

Ein lauter, durch die dicken Planken über ihrem Kopf etwas gedämpfter Schrei ließ Ravens Tränenstrom schlagartig versiegen. Das nasse Gesicht ins Dunkel gereckt, lauschte sie und konnte einen Antwortruf aus größerer Entfernung vernehmen. Man hatte wohl die Segel gerafft, denn sie spürte deutlich das Schaukeln des dahintreibenden Bootes und den Sog der Wellen unter sich. Wasser schlug gegen den Rumpf, Fußstapfen waren an Deck zu hören, begleitet von unverständlichen Schreien.

Plötzlich wurde die Falltür aufgestoßen, und Raven rappelte sich hoch, als dieselbe mißtönende Stimme, die sie schon im Gebetsturm gehört hatte, ihr schneidend etwas zurief. Widerstrebend näherte sie sich der Luke und spähte in das dunkle, unfreundliche Gesicht. Ihr Entführer beugte sich nieder, streckte die Hände nach ihr aus und knurrte einen barschen Befehl. Als

Raven zögerte, wiederholte er ihn, in noch bedrohlicherem Ton, und ergeben hob sie die Arme, damit er sie mühelos aufs Deck ziehen konnte.

Während sie sich die Handgelenke rieb, schaute sie rasch umher, froh, daß sie die beengende Bourka unten gelassen hatte. Der Morgen dämmerte, im Osten färbte sich der Horizont silbern hinter dem samtblauen Nachthintergrund, und im schwachen Licht sah sie, daß sie sich auf See befanden, das Festland nur mehr als dunkler Streifen hinter dem Heck des Beiboots auszumachen war. Dann starrte sie erschrocken auf den riesigen Rumpf eines Segelschiffs, das vor ihr im Dunkeln aufragte.

Am Bug des Beiboots flammte ein Lichtsignal auf, und Enterhaken wurden angelegt, so daß der winzige Kahn neben dem gewaltigen Frachtschiff auf und ab tanzte. Dann ließ man Enterleinen herunter, und Raven schrie auf, als der Mann im weißen Kaftan sie grinsend mit dem Messer vorwärtszwang.

Er bedeutete ihr, eine Strickleiter hinaufzusteigen, aber Raven sträubte sich aus Furcht vor der Höhe und den offenbar wenig hilfreichen Haltegriffen. Ihr Entführer gestikulierte abermals, ungeduldiger diesmal, aber sie schüttelte benommen den Kopf, die goldbraunen Augen weit aufgerissen, das schmutzige Gesicht ganz bleich. Fluchend packte der Riese sie um die Taille, hob sie hoch und klemmte sie sich ohne weiteres unter den Arm. Mit affenartiger Behendigkeit erklomm er das Fallreep, bis er Raven, der das Herz bis zum Hals schlug, einer grinsenden Besatzung übergab, die seinen Aufstieg über die Schandeckel verfolgt hatte.

Jemand packte sie an den Haaren, während sie verwirrt an der Reling stand, schleifte sie brutal über das arg verwitterte Deck und stieß sie grob eine Falltür hinunter in einen ebenso dunklen und widerlich stinkenden Laderaum wie zuletzt. Mühsam richtete sie sich auf und ahnte instinktiv, daß sie nicht allein war. In der Finsternis, die sie umgab, hörte sie leises, rauhes Stöhnen und fühlte zahllose Augenpaare, als wäre der Frachtraum voller unsichtbarer Gefangener. Auch roch sie den scharfen Gestank von Schweiß und Angst, und sie drängte die aufsteigenden Tränen zurück aus Furcht, durch ihr Weinen auf sich aufmerksam zu machen.

Sie kauerte sich in der Dunkelheit nieder, zu ängstlich, um einen bequemeren Platz zu suchen, lauschte auf die Geräusche menschlichen Leids ringsum und fragte sich, wie viele andere bedauernswerte, elende Geschöpfe dies Gefängnis mit ihr teilen mochten.

14

Zwei Nächte und einen Tag lang hatten Charles und seine Leute verzweifelt Raven Barrancourt gesucht, die sich in der Dunkelheit der Nacht davongeschlichen hatte, um nicht mehr wiederzukehren.

Zunächst raste Charles vor Wut, als er von Ravens Verschwinden erfuhr, und sein Zorn versetzte seine treue Mannschaft in Schrecken. Dann bekam er es mit der Angst zu tun, und als die Zeit unbarmherzig verstrich und Raven noch immer vermißt wurde, wuchs in seinem Herzen die betäubende Gewißheit, daß man sie nicht mehr lebend aufspüren würde. Während seine Leute die Straßen und Gassen durchstöberten, die Einwohner befragten und auch in der ländlichen Umgebung suchten, zog sich Charles zum Nachdenken in seine Kajüte zurück. Allmählich wurde ihm klar, daß Raven sich längst wieder an Bord eingefunden hätte, wäre sie nicht einem Verbrechen zum Opfer gefallen, und diese Erkenntnis trieb ihm den kalten Schweiß aus allen Poren.

»Kapitän?«

Charles sah die aufgeregte Danny in der Tür stehen. Der Anblick ihres unglücklichen Gesichts betrübte ihn, und er führte sie rasch zu einem Stuhl, ehe die schlotternden Knie unter ihr nachgaben. Seit Ravens Verschwinden war sie ungeheuer gealtert, die einst so fröhlichen braunen Augen waren nun leblos und vom ständigen Weinen gerötet. Charles schenkte ihr einen Cognac ein und bestand darauf, daß sie ihn trank.

»Ich wollte Sie nicht belästigen« beteuerte sie, nachdem sich ihr Hustenanfall gelegt und die hochprozentige Flüssigkeit einen Hauch von Farbe auf ihre bleichen Wangen gezaubert hatte, »aber ich bin gerade erwacht. Sie ist noch immer nicht aufgetaucht, oder?«

»Dimitri hat sich zu Nachforschungen in den Straßenbasar aufgemacht. Raven kann doch nicht spurlos verschwunden sein. Irgend jemand muß sie gesehen haben. Und wir finden denjenigen, Danny, ganz bestimmt.«

Die alte Frau erschauerte bei der verschleierten Drohung hinter den sanften Worten. Von Anfang an war ihr Kapitän St. Germain äußerst sympathisch gewesen, und bis zu diesem Moment hatte sie auch keinen Grund gesehen, ihn zu fürchten. Doch seit Ravens Verschwinden hatte er sich sichtlich verändert, war unerreichbar, gefährlich geworden mit seinen heftigen Gefühlen, die wie Lava vor dem Vulkanausbruch in ihm brodelten.

»Eins verstehe ich noch immer nicht«, fügte Charles so leise hinzu, daß Danny ihn kaum hörte. »Warum ist sie in jener Nacht von Bord gegangen? Habe ich sie durch irgend etwas vertrieben? Sie müssen darüber doch Bescheid wissen, Danny.«

»Nein, wirklich nicht, Kapitän«, entgegnete sie nervös und fuhr sich mit zitternden Fingern durch die widerspenstigen grauen Locken.

»Verdammt, Sie lügen!« knirschte Charles und stürzte auf sie zu.

Danny zuckte zusammen, als sich seine Hände wie Schraubstöcke um die ihren legten. Da ließ er sie sofort los und bekam seinen Ärger, dem er eben freien Lauf gelassen hatte, wieder unter Kontrolle. »Verzeihen Sie bitte«, sagte er heiser und schaute sie aufmerksam an. »Ich wollte Ihnen nicht weh tun, Danny, aber Sie müssen mir alles erzählen. Sie wissen doch etwas, nicht wahr? In Gottes Namen, wollen Sie es mir nicht sagen? Vielleicht hilft es uns, sie zu finden.«

»Miß Raven hat es mir verboten.«

»Raven ist jetzt nicht hier«, erinnerte er sie brutal. Danny zögerte und Charles unterdrückte seinen Drang, sie an den Schultern zu packen und zu schütteln. Schließlich verlor er die Geduld und brüllte: »Nun reden Sie endlich!«

»Es ist wegen – wegen des Kindchens, Sir«, wimmerte Danny unter Tränen.

Seine Augen verengten sich. »Was für ein Kind?«

»Miß Raven erwartet ein Baby«, wisperte sie. »Deswegen ist sie an jenem Abend in Ohnmacht gefallen. Die Ärmste war ganz durcheinander, als ich es ihr sagte. Und darum ist sie bestimmt auch fortgelaufen.«

Den Kopf in den Händen vergraben, sank Charles auf den nächstbesten Stuhl. »Um Himmels willen, warum hat sie mir nichts davon erzählt?«

»Sie sollten es nicht erfahren«, erläuterte Danny, die der demütige Ausdruck in seinen sonst so hochmütigen Zügen aus der Fassung brachte. »Sie dachte, Sie würden darauf bestehen, sie zu heiraten, um dem Kind einen Namen zu geben, und sie wollte Ihre Barmherzigkeit nicht annehmen.«

Charles' leises, bitteres Auflachen bestürzte sie. »Ja, ich kann mir gut vorstellen, wie sehr sie den Gedanken verabscheute, mein Mitleid zu erregen. Aber sie hat sich getäuscht, Danny, schwer getäuscht in ihrer Annahme, daß ich sie nur deshalb heiraten würde. Selbst wenn sie kein Kind erwarten würde – glaubte sie denn im Ernst, ich würde sie nach Cornwall zurückkehren und ihr Heiratsversprechen gegenüber diesem gemeinen Dreckskerl einlösen lassen?«

»Was hätte sie denn sonst denken sollen?« brauste Danny auf. »Seit unserer Rückkehr aus Lahore hatten Sie nicht ein gutes Wort für sie übrig!«

Charles senkte den Blick, als er sich die Wahrheit Dannys leidenschaftlicher Worte eingestand. »Raven hat mir einmal vorgeworfen, ich hätte kein Herz«, sagte er mit leiser, vor Selbstverachtung verzerrter Stimme. »Sie hatte recht, Danny. Ich habe so lange ohne Liebe auskommen müssen, daß es mir einfacher schien, komplizierte Gefühle zu verdrängen, als mich ehrlich mit ihnen auseinanderzusetzen. Es fiel mir leichter, unfreundlich zu Raven zu sein oder sie gar nicht zu beachten, als meine tiefen Empfindungen für sie zuzugeben. Als sie wegen meines Stolzes beinahe das Leben durch die Hand ihres wahnsinnigen Vetters verloren hätte, wollte ich ihr sagen, wie aufrichtig ich das alles bedauerte.« Seine Stimme gewann noch an Bitterkeit. »Aber es war einfacher, in Schweigen zu verfallen und mir einzureden, sie gebe mir die Schuld an dem Vorgefallenen und ich sei ihr zu nichts verpflichtet.«

Ein zärtlicher Ausdruck trat in die smaragdgrünen Augen. »Tief in meinem Innersten wußte ich, daß Raven mich nie dafür verantwortlich machen würde. Das liegt nicht in ihrer Art. Und doch wollte ich es glauben, denn das war bequemer als das Eingeständnis, daß allein mein Hochmut uns so weit auseinandergetrieben hatte.«

»Towarisch, schau!«

Charles und Danny schauten schnell auf, als Dimitri hereinplatzte. Die Erschöpfung, die ihn in den vergangenen zwei Tagen unerbittlich geplagt hatte, war nun einer gehobenen Stimmung gewichen.

»Die habe ich im Basar einem Händler abgekauft«, berichtete er und legte ein kleines Päckchen vor seinen Kapitän. »Er wartet draußen. Behandle ihn freundlich, Kamerad. Er wirkt sehr nervös, aber ich glaube, er kann uns einiges erzählen.« Ungeduldig packte Charles die Gegenstände, die ihm Dimitri gegeben hatte, aus, aber seine finstere Miene wich einer ungläubigen Erstarrung, als er sie mit plötzlich zitternden Fingern hochhielt. Danny faßte sich keuchend an die Brust, sobald sie die wunderschön gearbeiteten Perlmuttkämme erkannte, die Raven am Abend ihrer Flucht von der *Orient Star* im Haar getragen hatte.

»Wo, sagtest du, hast du sie bekommen, Dimitri?« fragte Charles tonlos.

»Im Basar. Sprich mit Hajid Imam, der weiß mehr als ich.« Sehr zu Dannys Erstaunen, die das Gespräch mit anhörte, ging Charles sehr behutsam mit dem furchtsamen alten Mann um und bezähmte seine Ungeduld. Allmählich antwortete der Händler lebhafter auf die sanft vorgetragenen Fragen des Kapitäns, mit heftigen Gesten und rollenden pechschwarzen Augen sprudelte er schließlich seine Informationen nur so heraus.

Endlich verstummte er, und Danny, die seiner Sprache nicht mächtig war, erkannte, daß Charles die Befragung abschloß, indem er eine Münze in die ausgestreckte, hennabeschmierte Hand drückte.

»Dimitri, schick die Suchtrupps wieder aus«, befahl Charles. »Ich will diesen Kerl, diesen Kamal, zur Strecke bringen.« Auf einmal wirkte er so erbarmungslos wie ein um seine Beute kreisender Habicht. »Ich möchte nicht, daß ihm ein Haar gekrümmt wird, verstanden? Überlaßt ihn mir.«

»O Kapitän, konnten Sie Raven ausfindig machen?« rief Danny, sobald Dimitri das Zimmer verlassen hatte.

»Das nicht, aber wahrscheinlich kennen wir jetzt ihren Entführer. Hajid Imam erwarb Ravens Kämme von einem Türken namens Kamal, der diesen Küstenstreifen ein paar Mal im Jahr heimsuchen soll. Der Händler weiß nicht, woher der Mann kommt, nur daß er sehr oft für einige Tage hier auftaucht und dann wieder verschwindet. Ganz Karachi scheint ihn zu fürchten. Eins habe ich Mr. Imam versichert – wenn dieser Kamal tatsächlich die Schuld an Ravens Verschwinden trägt, will ich dafür sorgen, daß er für immer erledigt wird.«

In einem überwiegend von kleingewachsenen, dunkelhäutigen Fischern bewohnten indischen Hafenstädtchen war ein großer Türke in wallenden Gewändern nicht schwer zu finden. Kamal ging seinem Gewerbe ganz offen nach, streifte unerschrocken inmitten der feilschenden Männer und Frauen im Basar umher und rümpfte beim Geruch der verdorbenen Fische aus einem nahen Verkaufsstand die lange Hakennase.

Unten am Marktplatz bog er in eine enge Gasse und zog den Kopf zwischen die dünnen Schultern, um sich vor den Staubwirbeln zu schützen, die durch die schmale Häuserreihe fegten.

Am anderen Ende der verwinkelten Gasse blieb er plötzlich stehen, da ein halbes Dutzend keulenbewehrter Matrosen geräuschlos und behend aus einem Torweg auftauchte und ihm den Weg versperrte. Er ließ die schwarzen Wieselaugen verächtlich über sie huschen. Sein Instinkt warnte ihn vor den Männern, da es sich, wie Kamal schnell erkannte, um Engländer handelte. Er trieb mit Briten nur selten Geschäfte, denn er hielt sie für ein desorganisiertes, aufgeblasenes Pack, dem man noch weniger als den abgerissensten Kameldieben trauen konnte und dessen Hauptsorge darin bestand, sich die Taschen mit Gold vollzustopfen und im Namen der Angrezi-Rani Victoria die britische Expansionspolitik zu fördern.

Begriffsstutzig, ehrlos und verweichlicht, verhielten sich die Briten nichtsdestotrotz unberechenbar, und Kamal sah die feindselige Gruppe argwöhnisch, doch noch unerschrocken an. Nur einer bereitete ihm ein wenig Sorge – der große Bärtige mit den finsteren slawischen Zügen – schon die Art, wie er die Keule umklammerte, verriet dem aufmerksamen Türken den erfahrenen Zweikämpfer.

Der Basarlärm drang gedämpft in die staubige Gasse, und die Schatten des frühen Morgens verweilten noch auf dem mit Abfall übersäten Pflaster. Eine Brise blähte sanft die dicken Gewänder des Türken, aber er bewegte sich nicht, hielt die langen, dürren Arme gesenkt, während die Besatzungsmitglieder der *Orient Star* ihn achtsam umzingelten, als trieben sie einen Tiger in die Enge. Als sich der Kreis enger um ihn schloß und die bedrohliche Absicht der Seeleute offenbar wurde, reagierte Kamal instinktiv. Er warf sich gegen die Hauswand und zog aus den Kaftanfalten einen bedrohlichen Krummsäbel. Mit einem bösartigen Grinsen schwang er ihn durch die Luft, wobei die lädierten Pferdezähne in seinem dunklen Gesicht aufblitzten, als er einen Ausdruck des Unbehagens in die Augen der jüngeren Matrosen treten sah.

»Du hast ihn also aufgespürt, Dimitri.«

Die Männer öffneten respektvoll ihren Kreis, als Charles in ihre Mitte trat. Die Erleichterung auf den Gesichtern der weniger Kampferprobten entging Kamal keineswegs.

»Ja, Towarisch, und er ist ganz schön angriffslustig«, erklärte Dimitri in tiefem, feindseligem Baß.

Langsam wandte Charles den Kopf und musterte den Mann, der ihm Raven geraubt hatte. Kamal taxierte ihn ebenso bedächtig, aber nun zeigte sich in der Haltung seines hageren Körpers eine gewisse Vorsicht. Ja, dachte er, der Grünäugige ist ein starker Gegner. Den würde er im Notfall umbringen müssen, um diesen Engländern zu entkommen, deren Absichten er bis jetzt nicht durchschaute. Schon in früher Jugend hatte er schnell und gnadenlos zu töten gelernt, aber bis jetzt bestand noch kein Bedarf für diese Fertigkeit. Er wollte sich gedulden.

Charles kam auf ihn zu, blieb außerhalb der Reichweite des Säbels stehen und betrachtete den umzingelten Türken konzentriert. In barschem Ton probierte er verschiedene Sprachen aus, ohne Erfolg, bis er schließlich auf Arabisch verfiel, das der Türke verstand.

Diese Sprache beherrschte Charles nur leidlich, doch gut genug, um Kamal klarzumachen, was er wissen wollte. Die aufmerksamen schwarzen Augen wichen nicht von Charles' Gesicht. Der grimmige Engländer suchte eine junge Frau, die wie er aus Großbritannien stammte und vor zwei Nächten von seinem Schiff verschwunden war.

Verärgert schüttelte Kamal den Kopf, denn er war viel zu klug, um sich mit den Frauen der Briten Scherereien aufzuhalsen. Überzeugt, daß sich der grünäugige Engländer mit seiner verneinenden Antwort zufriedengeben würde, steuerte er auf die Öffnung im Kreis zu, erstarrte jedoch, als die Miene seines Kontrahenten von Grimm in Zorn umschwang. Kamal spannte sich an, als er ihn in die Hosentasche greifen sah, und beim Anblick der Perlmuttkämme, die Charles ihm unter die Nase hielt, riß er die stechenden schwarzen Augen weit auf.

»Mein Lebtag habe ich die nicht gesehen«, sagte er auf arabisch, aber die flatternden Lider hatten ihn schon verraten.

»Lügner!« schrie der Kapitän auf englisch und sprang so schnell vor, daß er den Türken überraschte. Der Säbel flog diesem aus der Hand und fiel klappernd auf die Steine, als Charles sich nach vorn warf und den Gegner mit seinem ganzen Gewicht gegen die Hauswand schmetterte. Dann lag Kamal auf dem Bauch, der Straßenstaub füllte ihm Mund und Nase, ein Arm wurde ihm so schmerzhaft auf den Rücken gedreht, daß ihm der Schweiß auf die Stirn trat.

»Sie trug Punjabi-Tracht«, knirschte Charles, und die arabischen Worte drängten mit jedem keuchenden Atemzug aus seinen Lungen, als er sich rittlings auf den niedergestreckten Türken setzte und ihn mit seinen muskulösen Beinen an den Boden nagelte. »Sie haben die Kämme an einen Basarhändler verscherbelt. Sagen Sie mir, was Sie mit ihr angestellt haben, oder ich schneide Ihnen das Herz aus dem Leib!«

»Ich weiß nicht, wovon Sie ...«, begann Kamal, dann stöhnte er gepeinigt, als ihm der Arm noch mehr verrenkt wurde und ihn ein Schmerz wie von einer Stichwunde durchschoß, heftig und wild.

»Ich sagte doch schon ...«, japste Kamal, aber er kam nicht weiter. Charles bohrte ihm das Knie in den Rücken und riß brutal an dem verdrehten Arm. Gellend schrie der Türke auf, als er die Knochen splittern spürte und weißglühender Schmerz ihn durchpeitschte. »Das Beiboot *Noria*«, ächzte er, während ihm Tränen über das schmutzige Gesicht rannen. »Dorthin brachte ich sie, nachdem ich sie die ganze Nacht in den Katakomben von Siva versteckt hatte.«

»Wo befindet sich das Schiff?« stieß Charles hervor, als Kamal halb wahnsinnig vor Qual zusammenbrach.

»Am anderen Ende des Ortes.«

Charles ließ ihn los und stand auf. »Dimitri, feßle ihm die Hände und bring ihn ...

Sowie Kamal spürte, daß der Engländer sich von seinem Rücken erhob, rollte er sich herum, ohne den Schmerz zu beachten, als er auf dem gebrochenen Arm aufkam, und hieb geschickt mit der heilen Hand den Säbel auf Charles' ungeschützte Kehle. In der nächsten Sekunde hallte ein ohrenbetäubender Knall in der Gasse wider, weißglühende Schießpulverflammen jagten beißenden Qualm in die Luft. Der Türke sackte zusammen, rührte sich nicht mehr, sein Kaftan färbte sich hochrot. Eine tödliche Bleikugel hatte sein Brustbein völlig zertrümmert.

Dimitri, die noch rauchende Pistole in der Hand, schaute rasch zu Charles und verzog den Mund erleichtert zu einem schwachen Lächeln, als er bemerkte, daß das Messer die Wange seines Kapitäns nur geschrammt hatte. »Du bist unverletzt, Towarisch?«

Charles nickte knapp und drückte das Taschentuch, das Jason Quintrell mit zittrigen Fingern hervorgezogen hatte, auf die eine Gesichtshälfte, um die Blutung zum Stillstand zu bringen. »Dank deiner Hilfe, ja.« Mit ausdruckslosen Augen starrte er auf den toten Türken. »Mr. Lytton, veranlassen Sie, daß sich Ihre Leute um ihn kümmern.«

Erst am Spätnachmittag kehrten Kapitän und Besatzung zur *Orient Star* zurück. Eine erschöpfte, von Tränen gezeichnete Danny erwartete sie an Deck, als sie schweigend an Bord gingen.

Angesichts der Wunde auf Charles' Wange erbleichte sie. Doch er eilte an ihr vorbei, als hörte er ihre verwirrten Fragen gar nicht. Danny, die ihm mit angstvollen Augen nachstarrte, hielt Dimitri am Ärmel fest und hinderte ihn daran, seinem Freund zu folgen. »Ach, Mr. Sergejew, was ist passiert? Wo ist Miß Raven? Wurde der Kapitän schwer verwundet?«

»Jetzt ist keine Zeit für lange Erklärungen«, gab Dimitri schroff zur Antwort, ließ sich aber erweichen, als er ihr aschfahles Gesicht sah. Kurz schilderte er das blutige Zusammentreffen mit dem türkischen Sklavenhändler Kamal und berichtete, wie dieser sie auf das Beiboot *Noria* verwiesen hatte, auf dem er mit seiner schurkischen Mannschaft entlang der asiatischen und afrikanischen Küstenlinien gesegelt war, um Sklaven zu fangen. »Nicht die gewöhnlichen afrikanischen Feldarbeiter, die zu Tausenden nach Amerika und auf die karibischen Inseln zur Arbeit und in den Tod geschickt werden«, fügte Dimitri mit rauher Stimme hinzu, »sondern indische und nubische Schönheiten, junge Frauen, für die man auf dem Markt einen hohen Preis erzielt. Kamal kaufte die meisten selbst, erwarb Töchter aus indischen Familien, weil man hier in Indien Mädchen als minderwertig erachtet. Einige hat er entführt, und ich fürchte, genau das geschah, als er Raven nachts durch Karachi streifen sah und Kleidung und Aussehen sie als bezaubernde Hindu-Schönheit erscheinen ließen.«

Aus Dannys Lippen wich alles Blut, und Dimitri fragte sich, ob es nicht gütiger gewesen wäre, der alten Frau die Wahrheit zu ersparen.

»Und wo ist sie jetzt?« fragte Danny und packte ihn mit eisigen Fingern am Hemd.

Dimitri seufzte tief. »Fort, Danny.«

»Wo? Wo?« schrie sie außer sich.

»Vor zwei Nächten traf das Beiboot *Noria* wie verabredet auf ein Sklavenhändlerschiff namens *Kormoran*«, erklärte Dimitri bedrückt. »Die Besatzung erzählte uns alles überaus bereitwillig, als wir ihren toten Kapitän an Bord trugen.«

»Und Miß Raven befindet sich nun auf diesem Sklavenhändlerschiff?« keuchte Danny.

»Ja, sie ist auf dem Weg nach New Orleans, wo sie als Freudenmädchen versteigert werden soll, aber beunruhigen Sie sich nicht!« bat Dimitri und packte die alte Frau an beiden Armen, als sie schwankte. »Die *Orient Star* ist schneller, und wir werden demselben Kurs folgen und die *Kormoran* einholen, ehe sie ihr Ziel erreicht, das verspreche ich Ihnen.«

Noch in derselben Stunde stach die *Orient Star* mit vollen Segeln in die klaren, azurblauen Wasser des Arabischen Meeres, und statt der schrecklichen Besorgnis trat eine Spur von Zuversicht auf die Gesichter der Besatzungsmitglieder. Obwohl ihnen die *Kormoran* zwei Tage voraus war, konnte sie aufgrund ihrer Bauweise nicht wie ein Klipper vor dem Wind dahinfliegen, und jeder Mann an Bord schwor sich nicht eher zu rasten, als bis sie das behäbige Sklavenschiff sichteten.

Erst spät in der Nacht, als der Mond schon einen großen Bogen über den dunklen Himmel gezogen hatte, verließ Charles seinen Posten. Nur Dimitri, der selbst schlaflos auf dem unteren Deck auf und ab ging, sah ihn nach kurzer Zeit zurückkehren. Ein sechster Sinn warnte ihn, daß der Kapitän allein sein wollte, und so verriet er durch keinen Zuruf seine Anwesenheit, sondern stand reglos hinter dem Hauptmast und beobachtete, wie der Freund die Leiter hinaufstieg und zu seinem gewohnten Platz an der Heckreling ging.

Der Russe erkannte im schwachen Mondlicht, daß Charles hemdsärmelig und sein Haar vom Wind zerzaust war, und riß neugierig die Augen auf, als er den vergoldeten Käfig mit der Nachtigall in den Händen des Kapitäns entdeckte.

Charles stellte ihn erst auf den Planken ab, griff dann hinein, richtete sich auf und verharrte reglos neben der Reling. Vor Dimitris Augen hob er den Arm hoch und öffnete die Faust. Zahm saß die Nachtigall auf der Handfläche. Einen Augenblick verweilte sie, dann – als ob sie erst jetzt ihre Freiheit ahnte, breitete sie die glänzenden schwarzen Flügel aus und schwang sich in die Lüfte.

Den Kopf in den Nacken gelegt, beobachtete Charles, wie sie unstete Kreise zog, ehe sie sich mit dem unheimlichen Orientierungsvermögen ihrer Artgenossen nach Westen aufmachte, wo das indische Festland hinter dem Heck noch sichtbar war. Nach einer Weile bückte sich Charles, nahm den Käfig und schleuderte ihn weit hinaus in die Nacht. Mit starrer Miene verließ er das Deck und würdigte selbst den wachhabenden Offizier keines Blickes, der – verwirrt durch die unerwartete Anwesenheit seines Kapitäns – sofort zackig salutierte.

Unten in seiner Kajüte schenkte sich Charles einen Cognac ein. Er ignorierte den pochenden Schmerz in seiner Wange, leerte das Glas und füllte es noch einmal. Mit zusammengekniffenen Augen ließ er den Blick über das prächtige Mobiliar wandern, und sein Atem stockte, als er den Messingzuber sah, denn seine Fantasie gaukelte ihm vor, Raven würde sich wie damals darin rekeln und ihn mit den großen erstaunten Augen eines scheuen, ungezähmten Rehs anschauen. Welch atemberaubende Vollkommenheit ihm ihr elfenbeinweißer, schlanker Körper im warmen, leicht wogenden Wasser offenbart hatte! Und wie sehr hatte es ihn danach verlangt, diese Herrlichkeit zu besitzen!

Wut und Verzweiflung erfüllten sein Herz, mit einem wüsten Fluch drehte er sich um. Dabei fiel sein Blick unerwartet auf das Ingwergefäß, das Phillip Barrancourt ihr in jener schicksalsschweren Nacht gegeben hatte. Es stand noch auf dem Tisch, wo Raven es nach ihrem Ohnmachtsanfall gelassen hatte, ein Umstand, den die Tatsache heraufbeschworen hatte, daß sie sein Kind unter dem Herzen trug. Mit einer wilden, unbeherrschten Gebärde fegte Charles das schöne Gefäß vom Tisch und schleuderte es mit voller Wucht an die Kajütenwand. Das Geräusch, mit dem es in tausend Splitter zerbarst, brachte ihn wieder zur Besinnung, und bei dem Gedanken, daß er die letzten sechsunddreißig Stunden kein Auge zugetan hatte, massierte er sich erschöpft den Nacken. Lustlos schickte er sich an, die Lampe neben den Bullaugen zu löschen, hielt aber inne, als ein glitzerndes Etwas vor ihm auf dem Fußboden seine Aufmerksamkeit erregte. Nach vorn gebeugt, scharrte er mit der Stiefelspitze in den zerbrochenen Überresten des Ingwergefäßes. Dann bückte er sich, um eine gründlichere Untersuchung vorzunehmen, da sich das Laternenlicht weiterhin in einem funkelnden Prisma unter den bunten Scherben widerspiegelte. Er hob dieses Etwas hoch, richtete sich auf und betrachtete es genauer, davon überzeugt, daß der merkwürdige, unförmige Klumpen nur ein Stück Glas sein konnte. Dann begann es um seine Lippen zu zucken, und schließlich warf er laut lachend den Kopf zurück.

»Bist du jetzt völlig übergeschnappt, Towarisch?«

»Manchmal glaube ich das selbst«, antwortete Charles, als Dimitri hereinkam. »Wie würdest du auf die Mitteilung reagieren, Kamerad, daß ich soeben im doppelten Boden dieses Ingwergefäßes den Kohinoor-Diamanten gefunden habe? Schau dir das an.«

Behutsam nahm sein Freund das unscheinbare Stück Glas in die Hand und trat zur genaueren Begutachtung näher ans Licht. Die Hände auf die schmalen Hüften gestützt, beobachtete ihn Charles, bis der Russe ungläubig aufblickte. »Sajid Wali Shah, der Bruder des Nawab von Oudh, war für seinen Opiumkonsum berüchtigt«, bemerkte Dimitri nachdenklich. »Möglich, daß der Diamant Phillip Barrancourt als Bezahlung für die Droge angeboten wurde. Normalerweise bezahlt man dafür wohl mit Silberbarren, doch könnte ich mir vorstellen, daß Edelsteine ebenso willkommen sind.«

»Da Phillip bettelarm war, würde es mich nicht überraschen, wenn er gar nichts von dem Diamanten gewußt hätte«, bemerkte Charles.

»Könnte durchaus sein«, pflichtete Dimitri ihm bei, »doch wie kam der Diamant dann in das Ingwergefäß, und warum sollte Sajid Wall Shah ihn Phillip geben?«

Charles zuckte die Achseln. »Dieses Rätsel wird wohl nie gelöst werden, fürchte ich.« Plötzlich lächelte er, in seinen Augen leuchtete es triumphierend auf. »Mein Gott, welche Ironie des Schicksals! Phillip Barrancourt wurde an den Rand des Bankrotts getrieben, litt schreckliche Armut, während ein königlicher Schatz unentdeckt im Boden seines Ingwergefäßes steckte!«

Mittlerweile hatte sich Dimitri von seinem Schreck etwas erholt. Er hob den Stein ans Licht, und seine Augen begannen zu strahlen. »Kolossal, nicht wahr, Towarisch? Oh, was könnten wir damit nicht alles erwerben, Kamerad!«

»Wenn der Punjab annektiert wird, gehört dieser Diamant der Königin«, erinnerte Charles seinen Ersten Offizier gelassen.

»Und du willst ihn ihr überbringen?« platzte Dimitri ungläubig heraus. »Nach allem, was du erlebt hast, was Phillip Barrancourt verbrochen hat?« Aufgeregt schwenkte er den Stein durch die Luft. »Damit könntest du Rache üben!«

»Das strebe ich nicht an, Dimitri«, erwiderte Charles leise.

Augenblicklich ernüchtert, legte der Russe seinem Kapitän die Hand auf die Schulter und sagte verständnisvoll. »Es geht manchmal ungerecht auf der Welt zu, Charles. Während du den einen Schatz gewinnst, hast du den anderen verloren, der dir wohl viel mehr bedeutet.«

Charles holte tief Atem. »Bei meinem Leben, ich werde sie finden.«

»Und ich werde dir helfen.«

Die beiden Männer sahen einander an und schworen sich in Gedanken, wiederzugewinnen, was ihnen geraubt worden war. Schließlich brach Dimitri mit einem Grinsen den Bann. »Na schön, du nichtsnutziger, alter Seebär«, knurrte er, »bleiben wir auf dem Pfad der Tugend, und bringen wir Queen Vickie ihren kostbaren Diamanten – falls der Punjab überhaupt annektiert wird.«

»Deine Großzügigkeit verblüfft mich«, gab Charles trocken zurück.

»Allerdings. Vickie sollte entzückt sein und«, fügte Dimitri mit einem schelmischen Zwinkern hinzu, »wir brauchen ihr ja nicht erzählen, daß der Kohinoor, den wir ihr überreichen, ein gutes Stück kleiner ist als ursprünglich.«

15

Die langen Wintermonate nach der Abfahrt des holländischen Sklavenschiffes *Kormoran* von Indien erwiesen sich als die schrecklichsten in Raven Barrancourts jungem Leben. Das behäbige Schiff segelte nach seiner Durchquerung des Arabischen Meeres die Küste von Guinea entlang und drehte kurz nach Fida bei, um noch mehr Afrikaner in seine ächzenden Hauptladeräume zu zwängen. Im Januar schlug es dann den Kurs über den Wendekreis des Krebses ein, wo die vom Norden herabbrausenden Winterstürme es bald unbarmherzig herumstießen. Zahlreiche Sklaven starben bei dem schweren Seegang, aber Captain Niels Van der Horst hatte Todesfälle einkalkuliert, und während windstiller Tage wurden die Leichen über Bord geworfen, um die Last der *Kormoran* zu erleichtern.

Was die Sklaven in den Hauptladeräumen und die verängstigte junge Frau betraf, die zusammen mit ihren unsichtbaren Mitgefangenen im vorderen Lagerraum eingesperrt war, so litten sie während der Orkane und stürmischen See Höllenqualen. Tag für Tag wurden die unglücklichen Gefangenen gegen die Schotten geschmettert, wenn die *Kormoran* unter dem Angriff der turmhohen Brecher heftig schaukelte. Seekrankheit, Angst, Rippenprellungen und Kopfschmerzen verfolgten Raven unaufhörlich. Obendrein schwanden ihre Kräfte, da nur hin und wieder karge Rationen durch die Luke geworfen wurden. Aber der heftige Schmerz, wenn sie wieder gegen einen Pfosten geschleudert wurde, bedeutete nichts im Vergleich zu der quälenden Furcht, ihr Baby könnte Schaden erleiden.

Allein die Sorge um ihr ungeborenes Kind hielt Raven während der langen Wochen am Leben, obwohl die naßkalte Luft ihr durch die Kleider bis auf die Haut drang, so daß sie bald mit den Zähnen klapperte und ihre Lungen von Hustenanfällen arg mitgenommen wurden. Da die Luke absolut dicht verschlossen war, lebte sie mit ihren Leidensgefährtinnen in völliger Dunkelheit, wußte nie, wann der Tag in die Nacht überging oder der Morgen über einer unruhigen, stürmischen See graute.

Schon vor Wochen muß Weihnachten gewesen sein, dachte

sie und glitt hinüber in einen Nebel des Dunkels und des Schmerzes. Erinnerungen an ein anderes Leben, an die glücklichen Zeiten, als sie die Festtage mit ihrem Vater auf North Head verbracht hatte, suchten sie ständig heim und brachten sie zum Weinen. Sehnsucht nach ihrer Heimat und James Barrancourts liebevoller Gegenwart überwältigten sie. Und wenn sie nicht an Cornwall und ihren Vater dachte, dann an Charles, dessen Gesicht ihr im Fieber immer wieder erschien. Sie verzehrte sich nach ihm und verlor sich in Träumen, wie ihr Leben an seiner Seite wohl verlaufen wäre, das gemeinsame Kind – die Frucht ihrer innigen Liebe – glücklich und umsorgt in ihrer Obhut.

Raven wußte, daß es ihr das Dahinvegetieren erleichtern würde, wenn sie ihre dummen Zukunftsträume mitsamt ihrem Kampf gegen die Situation aufgäbe und in seligem Vergessen versänke, wo die Pein sie nicht länger erreichen konnte. Doch sie wehrte sich weiterhin verbissen gegen die Erstarrung, die ihr drohte, als die Tage sich in einem gnadenlosen Alptraum der Finsternis dahinschleppten.

»Ich schwöre dir, Charles«, flüsterte sie, wann immer die Verzweiflung sie übermannen wollte. »Ich lasse nicht zu, daß unserem Sohn oder unserer Tochter ein Leid geschieht!«

Der Gedanke an Charles verlieh ihr jedesmal neuen Mut. Oft konnte sie sich deutlich den ungebändigten Lebenshunger in seinen meergrünen Augen vorstellen. Und an dieses Bild klammerte sie sich mit aller Kraft, die ihr noch geblieben war. »Ich werde überleben, Charles«, versprach sie hartnäckig in all den unzähligen Tagen, Wochen und Monaten, die folgten.

Oft verloren die Worte ihre Bedeutung und hallten ihr sinnlos durch den Kopf, und manchmal war es Raven einerlei, ob sie überhaupt noch lebte. Doch das kostbare Geschenk von Charles' Liebe, das in ihr heranwuchs und dem die Möglichkeit zu gedeihen nicht geraubt werden durfte, blieb ihr immerfort wichtig. Allein um des Kindes willen kämpfte sie weiter.

Die paar vertrockneten Kekse und angeschimmelten Fladenbrote ihrer Ration hortete und verzehrte sie so bedachtsam, daß sie den Hungertod abwehren konnte. Anders als die übrigen gesichtslosen Gefangenen, die in der undurchdringlichen Finsternis weinten und stöhnten, verbot sich Raven die Tränen in dem Bewußtsein, daß es ihren Lebenswillen vergiften würde, wenn sie sich hoffnungsloser Verzweiflung hingäbe. Bei leichterem Seegang bewegte sie sich möglichst viel und bewahrte so ihre schmerzenden Glieder vor der Versteifung. Dazu zwang sie sich trotz des wachsenden Verlangens, in Lethargie zu versinken.

Am schwersten ertrug sie die Ungewißheit. Sie kannte weder den Bestimmungsort des Schiffs, noch wußte sie, was ihre Entführer, einmal am Zielhafen angelangt, mit ihr zu tun beabsichtigten. Während der elenden, einsamen Stunden in ihrem stinkenden Verlies hatte sie entdeckt, daß nur Frauen um sie herum waren – wenngleich sie unmöglich deren Zahl schätzen konnte. Dieser offensichtliche Mangel an Männern führte Raven zu der Frage, was ihre Entführer mit ihnen planen mochten. Schließlich dämmerte es ihr schmerzlich, daß man sie eben ihres Geschlechts wegen gefangengenommen hatte.

Doch noch immer weigerte sich Raven unerbittlich zu glauben, der Grund für ihre Entführung läge in der Sklaverei. Niemand, redete sie sich unaufhörlich ein, wann immer Entsetzen ihre Seele ergriff, würde es wagen, eine Engländerin aus einem verschlafenen indischen Fischerhafen zu entführen und in die Knechtschaft zu verkaufen. Und selbst wenn dies der Fall wäre, würde sie gewiß sofort befreit, wenn sie erst die Obrigkeit am Bestimmungsort über ihre wahre Identität aufklärte. Aber trotz ihrer entschlossenen, leidenschaftlichen Fluchtabsichten schwand Ravens Hoffnung im Laufe der zermürbenden, qualvollen Tage. Sie konnte in dem dunklen, stinkenden Frachtraum unmöglich schätzen, wie viele Tage, Wochen oder gar Monate verstrichen.

Schon längst hatte sie jedes Zeitgefühl verloren, als sie eines Tages halb betäubt und völlig konfus durch den Knall erwachte, mit dem jemand den Lukendeckel beiseite schleuderte. »Marsch, marsch, heraus mit euch!«

Die barsche Männerstimme, die erste, die Raven seit langem vernahm, verwirrte sie derart, daß sie die englischen Worte gar nicht als solche erkannte. Erst während sie ungeduldig wiederholt wurden, verstand sie, daß ihnen allen das Verlassen ihres finsteren Gefängnisses befohlen wurde.

Der Anblick, der sich ihr auf dem Vorderdeck bot, entsetzte sie zutiefst, denn bis zu diesem Moment hatte sie sich das Aussehen ihrer Mitgefangenen nicht wirklich vorstellen können. Als sie nun beobachtete, wie die entmutigte, offensichtlich verstörte Gruppe von zwei Handlangern in grobwollenen Seemannsklamotten aus dem Laderaum getrieben wurde, stockte ihr vor Bestürzung der Atem. Wie sie bereits vermutet hatte, handelte es sich ausschließlich um Frauen, aber ihre Nationalitäten blieben ihr ein Rätsel. Alle, ob nun von nachtschwarzer Haut wie einige oder mit riesigen, dunklen Augen und zarten, wohlgeformten Zügen wie andere, trugen zerrissene schmutzige Kleider, mittlerweile kaum mehr als bloße Fetzen. Sie hätten Maurinnen, Araberinnen, Ägypterinnen sein können – ihre Herkunft berührte Raven weniger als vielmehr die ungesunde Blässe ihrer eingefallenen Wangen, die gebeugte Haltung, der abgestumpfte, leblose Ausdruck ihrer Augen.

Sehe ich etwa genauso aus? fragte sich Raven entsetzt und angeekelt. Als sie zum ersten Mal seit Monaten an sich herunterblickte, bemerkte sie, daß ihre abgemagerten Hände leicht zitterten und ihr fleckiges, zerknittertes Hemd weiter denn je schien. Und doch vergaß sie all das und die anderen Leute hinter ihr auf Deck, als sie erstmals die deutliche Rundung ihres Bauches unter dem lockersitzenden Kamiz entdeckte.

Eine Sekunde lang raubte ihr die Freude fast den Atem, ihre fiebrigen Augen strahlten vor Glück, und eine einsame Träne netzte die dunklen Wimpern. Das Kind lebte, es wuchs in ihrem Leibe heran! Behutsam, fast ehrfürchtig legte sie die bebenden Hände auf die leichte Wölbung. Gott sei Dank, sie hatte Charles wenigstens hierin nicht im Stich gelassen.

Hinter ihr begannen die Matrosen gereizt zu fluchen, als sie die verängstigten Frauen unter dem klobigen Fockmast zusammentrieben, und Raven zupfte verstohlen die Kamizfalten über ihrem Bauch zurecht, ehe sie sich ihnen anschloß. Zum ersten Mal seit Wochen war sie bei klarem Verstand, und daß die

Mannschaft Englisch sprach, nährte ihre Hoffnung, sie würde sich irgendwie aus diesem gräßlichen Alptraum befreien können.

Und doch ermahnte sie ein übermächtiger sechster Sinn zu schweigen, mit keinem Wimpernschlag zu verraten, daß sie die Worte der Matrosen verstand. Sie mußte abwarten und zuhören, und was sie erfuhr, bestmöglich nutzen.

»Nun, hast du sie zur Besichtigung aufgestellt, Rollo? Ah, prächtig, prächtig!« Ein dicker Mann in mittleren Jahren mit blonden Locken um das fleischige Gesicht stieg schnaufend aufs Vorderdeck. Seine Schweinsäuglein musterten mit fast grausamer Gier die in Reih und Glied aufgestellten verschreckten Frauen, während er ohne Unterlaß die feuchten Lippen schmatzend einsog und wieder herausschnalzte. Wenn er als Kapitän das Schiff befehligt, erkannte Raven mit sinkendem Mut, würde sie ihn schwerlich von ihrer Identität überzeugen und Erbarmen von ihm erwarten können. Seine Züge zeigten nur Habsucht und deutlichen Genuß daran, daß das unterdrückte Weinen der Frauen bei seinem Erscheinen hysterisch anschwollen.

»Wo sind die Weiber, die mir Kamal beschafft hat, Rollo?« fragte er.

»Die da«, erwiderte ein verlotterter Matrose und deutete mit einem Belegnagel schwungvoll auf eine kleine Gruppe, in der sich auch Raven befand.

»Schauen wir sie uns einmal an«, schlug der Kapitän vor. Er strich sich über das fette Kinn und näherte sich einem jungen Mädchen in der Mitte der Reihe, die das bleiche, verstörte Gesicht abgewandt hielt. Sie brach in lautloses Schluchzen aus, als der Kapitän ihr grob den Kopf herumriß, ihr lange in die entsetzten Augen starrte und dabei nachdenklich die Lippen schürzte. Raven unterdrückte ein empörtes Keuchen, als die fleischige Hand zu den kleinen Brüsten hinunterwanderte und sie fachmännisch drückte, während das Mädchen leise vor sich hin wimmerte.

»Noch ziemlich unterentwickelt«, bemerkte der Kapitän gereizt zu Rollo, der diensteifrig hinter ihm stand. »Ich hätte sie nicht von vornherein annehmen sollen.«

Sowie er die Brüste losließ, stürmte das Mädchen mit einem

lauten, gellenden Wehklagen an ihm vorbei. Und bevor sie jemand aufhalten konnte, hatte sie sich über die Reling gestürzt und verschwand lautlos in der trägen grauen See. Raven, der das Herz in der Brust wie rasend hämmerte und der sich der Magen umzudrehen drohte, verschloß die Augen vor diesem Greuel, dessen Zeuge sie geworden war, und zwang sich, nicht in Ohnmacht zu sinken.

»Rollo, du verdammter Narr, du sollst auf sie aufpassen!« schrie der Kapitän, aber in Ravens Ohren klang seine Stimme eher erleichtert als verärgert.

»Nicht meine Schuld, Käpt'n!« winselte Rollo, während die anderen Matrosen hinter ihm unbehaglich von einem Fuß auf den andern traten. »Sie ist gesprungen, bevor ich sie aufhalten konnte.«

»Hör mit deiner erbärmlichen Schleimerei auf«, erwiderte der Kapitän seufzend und fuhr unbekümmert mit der Besichtigung seines Eigentums fort. »Die dürfte ein hübsches Sümmchen bringen«, kommentierte er und kniff voller Begeisterung einem schlanken, dunkelhäutigen Mädchen mit riesigen braunen Augen in die Brustwarzen.

»O ja, Käpt'n«, stimmte Rollo eifrig zu.

»Und die hier ist auch recht apart«, fügte Van der Horst hinzu, als er vor Raven anhielt. »Recht hellhäutig für ein Hindu-Mädchen, aber manchen gefällt das. Ungewöhnliche Augenfarbe, nicht wahr? Sieh nur, wie haßerfüllt sie mich anblitzt, Rollo! Ausgesprochen amüsant! Ich fürchte, ihre Eltern haben sie reichlich nachgiebig erzogen, aber eine feste Hand kann da manchmal Wunder wirken. Zu schade, daß ich für weibliche Reize nicht empfänglich bin, Rollo, die würde ich mir sonst selber gern mit ins Bett nehmen. Doch sie starren allesamt vor Dreck«, fuhr er fort, während er seiner Westentasche ein parfümiertes Tuch entnahm und es sich geziert an die Nase hielt. »Ich wünsche, daß sie vor unserer Landkennung baden und anständige Kleidung bekommen, Rollo, kapiert?«

»Aye, aye, Käpt'n!«

»Und gib ihnen etwas mehr zu essen. Sie sollten doch während der Fahrt im Fleisch bleiben.«

»Aber Sie haben doch gesagt –«

»Was ich gesagt habe, spielt keine Rolle!« donnerte Van der Horst derart ungeduldig, daß Rollo sich duckte. »Es ist ein Unterschied, werter Herr, ob man das Essen klug rationiert oder die Weiber völlig verhungern läßt!«

Gereizt schickte sich Rollo an, die verängstigten, verstörten Frauen in die Finsternis des vorderen Frachtraums zurückzutreiben, unter rücksichtslosem Einsatz des Belegnagels. Dabei gelang es ihm, der vor Entsetzen wie betäubten Raven damit heftig eins über die Schulter zu ziehen. Der Schlag ließ sie fast von der Leiter fallen, und sie kämpfte gegen die aufsteigenden Tränen, während sie in ihre abgelegene Ecke kroch.

Zum Glück hatte sie ihren Instinkten vertraut und ihnen nicht offenbart, daß sie Engländerin war. Ein unbezwingbares Zittern erfaßte sie, und sie biß sich auf die Lippen, als heiße Tränen über ihre hohlen Wangen rollten. Wenn nun der Kapitän ihren Zustand bemerkt hatte? Trüge sie nicht das locker fallende Hemd, wäre dies leicht möglich gewesen. Und auf einmal gelangte sie zu der Überzeugung, daß er sie bei dieser Entdeckung unverzüglich über Bord hätte werfen lassen. Dann wäre es ihr ähnlich ergangen wie dem jungen Mädchen, dessen Selbstmord er mit seiner Grausamkeit verschuldet hatte.

Seine Bemerkungen dem englischen Matrosen Rollo gegenüber bestätigten Ravens Verdacht, daß sie auf einem Sklavenschiff gefangengehalten wurde und daß sie alle letztendlich auf einer Auktion versteigert werden sollten. Wieder erschauerte sie, denn sie wußte sehr genau, daß sie, sollte ihr Zustand offenbar werden, in den Augen des Kapitäns jeden Nutzen verlor. Standhaft wischte sie sich die Tränen aus den Augen und reckte entschlossen das Kinn hoch. Sie würde der Auktion entgehen, weil sie beim Anlegen des Schiffes zu fliehen gedachte.

Auf Kapitän Van der Horsts Befehl hin besserten sich die Rationen schnell. Von jenem Tag an ergänzten Schiffszwieback, Trockenfrüchte und gelegentlich Pökelfleisch die Kekse, die während der bisherigen Überfahrt fast das ausschließliche Nahrungsmittel gebildet hatten. Raven hamsterte habgierig ihren Anteil, aß gerade genug, um den ärgsten Hunger zu vertreiben, und versteckte den Rest für den möglichen Fall, daß Rollo seine plötzliche Großzügigkeit mit einemmal aufgab.

Der Badetag, den Van der Horst erwähnt hatte, ließ ebenfalls nicht lange auf sich warten und erfüllte Raven mit Spannung. Im Gegensatz zu ihren Mitgefangenen wußte sie, daß der Kapitän Rollo angewiesen hatte, sie kurz vor Fahrtende mit Waschwasser und sauberer Kleidung zu versorgen. Ihre Erregung wich kalter, zermürbender Angst, als Rollo mit einer Laterne in der Hand in den dunklen Laderaum herunterstieg und seinem Gefährten zurief, es sei vielleicht gescheiter, wenn die Waschzuber auf statt unter Deck aufgestellt würden.

»Dann können wir ihnen wenigstens beim Baden zuschaun!« gackerte er, und Raven zuckte vor dem ungeschlachten Kerl zurück und drängte sich, wie die anderen jungen Frauen schon beim Öffnen der Luke, in eine der dunklen, schützenden Ecken. Himmel, wenn sie sich auf Deck in vollem Tageslicht nackt ausziehen mußten, würde sie ihren Zustand auf keinen Fall verbergen können! Was soll ich jetzt tun, überlegte sie in panischem Schrecken.

»Wohl übergeschnappt, was?« rief der andere Matrose angewidert hinunter. »Sind doch keine nackten Weiber, nur Haut und Knochen und bei Gott keine Augenweide! Der Käpt'n würde auch stinksauer, wenn sich wieder ein paar ins Wasser schmeißen wie die eine neulich.«

Rollo knurrte widerwillig, um seine Zustimmung zu bekunden, und hängte die Laterne an einen Balken, so daß sie einen kleinen Lichtkreis auf das modrige Stroh darunter warf. Von Raven und den anderen aus ihren Verstecken hinter Balken und Schotten beobachtet, trugen die beiden Männer einige große Zuber und Schöpfkellen herunter und stellten sie unter der schwankenden Lampe auf.

Als sie die Wannen mit Wasser gefüllt hatten, griff Rollo plötzlich hinter sich, packte die erstbeste Frau am Arm und zerrte sie ohne Rücksicht auf ihre Angstschreie nach vorn. Ohne viel Aufhebens rissen ihr die zwei Männer die Kleider vom Leib, hoben sie hoch, obwohl sie sich verzweifelt wehrte, und stießen sie unsanft in den Zuber, wo Rollo sie kräftig mit einem groben Lumpen abzuschrubben begann.

Raven empfand tiefes Mitleid mit der so unbarmherzig gedemütigten Frau. Der Anblick der Salzfässer und knochig vorstehenden Rippen ließ deutlich erkennen, wie stark sie abgemagert war. Als die Frau sauber war, hatte ihr klägliches Weinen aufgehört, und sie ließ sich zitternd und benommen aus dem Zuber heben und wieder auf den Boden stellen.

Der zweite Matrose durchwühlte inzwischen den Inhalt einer großen Holztruhe, die sie ebenfalls heruntergetragen hatten. Aufmerksam beobachtete Raven, wie er ein abgetragenes, zerknittertes, aber sauberes Baumwollkleid herausnahm. Er drückte es der schweigenden Frau in die Hand. Mürrisch gab er ihr zu verstehen, daß sie es anziehen sollte, und sie stolperte ins Dunkel, um hineinzuschlüpfen. Mit gereizten Flüchen und heftigen Gesten bedeutete Rollo den anderen Mädchen, sie müßten sich wie ihre Mitgefangene baden und anziehen.

Raven wartete ab, bis das widerliche Gespann sich aufs Deck verzogen hatte. Dann ging sie mutig nach vorn, weil sie an die Reihe kommen wollte, solange das Waschwasser noch verhältnismäßig sauber war. Ohne sich darum zu kümmern, daß die anderen ihren Zustand bemerken könnten, streifte sie im trüben Licht die schmutzige Punjabi-Tracht ab, die sie so lange getragen hatte. Die Luft im Laderaum war heiß und stickig, und doch zitterte sie, als sie sich in einem der Zinnzuber ins eiskalte Meerwasser kauerte. Mit zusammengebissenen Zähnen fing sie an, sich mit dem rauhen Fetzen und der scharfen Kernseife zu waschen, obwohl ihr bewußt war, daß viele Augenpaare sie aus den dunklen Schlupfwinkeln des Laderaums beobachteten. Als sie fertig war, stieg sie aus der Wanne und griff nach einem der Kleider in der großen Holztruhe. Sie faltete es auseinander, zog es über den Kopf und ihren noch nassen, aber herrlich sauberen Körper.

Als sie im Stroh saß, strich sie die Baumwollröcke über ihren Hüften glatt und stellte hocherfreut fest, daß sie weit genug waren, um alle Anzeichen ihrer Schwangerschaft zu verbergen. Dann fuhr sie sich mit den Fingern durch das wirre Haar. Als es getrocknet war und ihr in weichen Locken auf den Rücken fiel, fühlte sie sich wesentlich wohler. Sie war nun sauber und nicht mehr halbverhungert, und wenn man den Worten des Kapitäns trauen durfte, müßten sie im Laufe der Woche landen. Ebenso entzückte sie die Tatsache, daß sie nun alle mit frischen Kleidern ausgestattet waren, denn sie hatte ihre Hoffnung, in der schmutzigen Punjabi-Tracht durch eine fremde Stadt fliehen zu können, schon fast begraben. Doch in ihrem neuen Aufzug würde sie sich bestimmt unauffällig unter die einheimische Bevölkerung mischen können, ohne irgendeinen Verdacht auf sich zu lenken.

Später kehrten Rollo und sein Handlanger zurück, um die benutzten Zinnzuber und Kübel wieder an Deck zu tragen. Die Laterne in der einen Hand, den Belegnagel in der anderen, durchschritt Rollo den gesamten Laderaum, um sicherzugehen, daß alle Frauen seine Anweisungen befolgt hatten. Er verzog verächtlich die Wulstlippen. Was, in Teufels Namen, hatte er als Matrose auf einem stinkenden Sklavenschiff mit einem Kapitän verloren, der nicht mal ein richtiger Mann war? Er verdiente etwas Besseres, ohne Zweifel, und eines Tages, bei Gott, würde er es schon allen zeigen, daß Rollo Walsham nicht der Taugenichts war, für den man ihn hielt. Hätte er sich nicht vor fünf Jahren mit dem wachhabenden Offizier an Bord der *Persuasion* im Suff herumgeprügelt, hätte er niemals fliehen und auf dem einzigen Schiff, wo man ihn noch haben wollte, dem verhaßten Sklavenschiff *Kormoran* unter Kapitän Niels Van der Horst, anheuern müssen.

Fast am Ende seines Rundgangs schwang er ziellos die Laterne über einer jungen Frau, die zusammengekauert in der Ecke gegenüber der Laderaumleiter saß; abrupt hielt er inne und ging dann zu ihr hin. Im Unterschied zu den anderen sah sie ihn trotzig an, ihre bemerkenswert schönen goldbraunen Augen begegneten kühn den seinen. Fasziniert blieb er stehen und inspizierte sorgfältig die mageren Wangen und edel geformten Züge. Das lange tiefschwarze Haar fiel ihr offen bis auf die Hüften, und das Laternenlicht fing seine Glanzlichter ein und verlieh ihm den weichen Schimmer einer kostbaren schwarzen Perle. Rollo hielt den Atem an. Nie hätte er eine so bezaubernde Schönheit unter den jungen Frauen vermutet, die Van der Horst als Freudenmädchen erwarb.

Die eindrucksvollen Augen hielten Rollo Walshams Blick eine nicht unbeträchtliche Weile stand. Er suchte sich nach ihrem Herkunftsland zu erinnern. Ach ja, nun fiel es ihm endlich ein – das Hindu-Mädchen, das ihnen der stinkige Türke Kamal verkauft hatte. Und doch könnte Rollo schwören, daß diese junge Frau, nunmehr ohne Punjabi-Tracht, sondern in einem gemusterten Baumwollkleid, nicht aus Indien stammte. Ihr Aussehen erinnerte ihn eher an eine Europäerin, und der Trotz in ihren Katzenaugen und ihrem angespannten Körper entsprach nicht einer nach strengsten Verhaltensregeln erzogenen Frau, der man von klein auf furchtsame Ehrerbietung gegenüber Männern eingebleut hatte.

Rollos Blick wanderte zu den vollen Brüsten, die sich unter dem engen Mieder abzeichneten, und er hielt den Atem an, als seine Augen noch tiefer, zu den in Falten gelegten Röcken schweiften. Im Gegensatz zum Kapitän der *Kormoran* verfügte Rollo über eine scharfe Beobachtungsgabe, und in seiner langen Laufbahn als Matrose auf einem Sklavenschiff war er genügend Frauen begegnet, um zu erkennen, daß diese schwanger war. Bedächtig kratzte er sich am ungewaschenen Kopf.

Ja, sie war schwanger, was ihm bewies, daß sie kein Hindu-Mädchen sein konnte. Keine unverheiratete Inderin würde es je wagen …

»Rollo, mach schon! Ich hab' das Warten satt!«

Seufzend wandte sich Rollo ab und folgte John Sampson die Leiter hinauf. Er fragte sich, was er mit seiner Entdeckung anfangen sollte. Wenn der Kapitän erfuhr, daß sie ein Kind bekam, würde er sie auf jeden Fall loswerden wollen. Doch Rollo mußte unbedingt herausfinden, ob sie wirklich eine Abendländerin war, wie er vermutete. Ein selbstgefälliges Lächeln verzog seine Wulstlippen. Wenn sich seine Vermutung bestätigte, würde er dieses Geheimnis für sich behalten, denn er kannte genug Leute in New Orleans, die nur zu gern eine hohe Summe für ein erstklassiges Exemplar der weißen Rasse zahlten.

Als sie den Lukendeckel über sich zuknallen hörte, atmete Raven erleichtert auf. Es hatte ihr gar nicht gefallen, von Rollo angegafft zu werden, als würde er ihre intimsten Geheimnisse kennen. Und die Anstrengung, seinem Blick unerschrocken standzuhalten, hatte sie ziemlich erschöpft. Trotz der angereicherten Rationen, trotz der Tatsache, daß sie endlich sauber war, mußte sich Raven widerwillig eingestehen, daß sie sich noch überaus schwach fühlte. Wie sollte sie in einer solchen Verfassung überleben, selbst wenn ihr die Flucht aus dem dunklen Laderaum des Schiffes gelänge? Sie biß auf ihre Unterlippe und zwang sich, die Hoffnung nicht sinken zu lassen. Nein, sie durfte nicht aufgeben. Sie mußte an das Baby, an Charles, an ihre Liebe zu ihm denken, die sie während der bitteren Monate ihrer Gefangenschaft am Leben erhalten hatte.

Ravens Augen füllten sich mit Tränen. Es war so schrecklich viel Zeit verstrichen, seit sie ihn das letzte Mal gesehen hatte, und sie stellte fest, daß die Erinnerung an sein attraktives, lachendes Gesicht nicht mehr so schnell wie früher in ihr aufstieg. Wird er mich nach allem, was ich erlebt habe, noch immer begehren, fragte sie sich unglücklich. Hatte er sich überhaupt je nach ihr gesehnt?

»Schluß damit!« flüsterte sie wütend, und der Klang ihrer Stimme brachte sie wieder zur Besinnung. Wenn sie an ihrer Liebe zu Charles oder an seinen Gefühlen für sie zu zweifeln begänne, wäre sie verloren. Es machte ihr nichts aus, daß er ihr seine Liebe nie gestanden, daß er sie in jener letzten Nacht in seiner Kajüte auf der *Orient Star* nur mit zunehmendem Zorn angeschaut hatte. In ihrem tiefsten Innersten wußte sie, daß er sie liebte – er muß mich lieben, redete sie sich hartnäckig ein, während sie mit den Tränen rang, sonst wäre mein Überlebenskampf sinnlos.

Als sie wenig später aus einem unruhigen Schlaf erwachte, hörte sie das mittlerweile vertraute Scharren, mit dem der Lukendeckel aufgerissen wurde, und helles Sonnenlicht strömte auf das modrige Stroh.

»Heraus mit euch!« befahl John Sampson und bedeutete den Gefangenen an Deck zu kommen.

Auf dem Vorderdeck angelegt, hielt Raven wie die anderen den Atem an; ihr Blick wurde beinahe hypnotisch zum Schiffsbug gezogen, wo ein dunkler Landstreifen zwischen dem azurblauen Meer und dem schäumenden grünen Wasser zu sehen war. Einigermaßen gehorsam reihte sie sich ein, als sie unter John Sampsons Kommando Aufstellung nehmen mußten, und wurde sich der neugierigen Blicke der Matrosen in der Takelage bewußt. Sicher bieten wir einen seltsamen Anblick, dachte sie finster, ein Dutzend dünner, schwarzhaariger junger Frauen von verschiedener Hautfarbe stand brav still, während ihre gleichartigen Baumwollröcke sich im Fahrtwind bauschten. Sie vergaß ihre Gedanken, als sie sich umschaute, da sie Blicke auf sich spürte, und schweren Herzens bemerkte sie, daß Rollo Walsham sie prüfend musterte. Durch die Wachsamkeit seines Blicks aufgerüttelt, erschauerte sie und spähte verstohlen zu ihrer Taille hinab. Könnte er etwas entdeckt haben?

Zu ihrer Erleichterung stellte sie fest, daß die bunten Musselinröcke die verräterische Wölbung verbargen, und sie redete sich ein, die Männer würden normalerweise sehr wenig über die weiblichen Geheimnisse wissen. Überdies waren einige der anderen Frauen um sie herum trotz der kürzlich angereicherten Rationen so bedauernswert abgemagert, daß auch ihre Bäuche leicht vorstanden.

»Aufgepaßt, Rollo, da kommt der Käpt'n!«

Bei diesen Worten richtete sich Raven auf und sah den mürrischen Matrosen schnell von der Reling wegspringen, als der gekkenhaft aufgeputzte Kapitän Van der Horst auf dem Vorderdeck erschien. Sie rührte sich nicht, während er die Frauen kurz inspizierte und seine feuchten Lippen dabei zu einem immer breiter werdenden Grinsen verzog.

»Ich muß zugeben, ihre Verfassung hat sich erheblich verbessert, Rollo«, stellte er fest, als er sich zu seinem erwartungsvollen Handlanger umdrehte. »Ein paar hoffnungslose Fälle sind zwar darunter, fürchte ich, aber warten wir ab, was wir für sie herausschlagen können. Die meisten haben sich ja ganz hübsch gemausert. Bis morgen abend sollten wir den Hauptladeraum gelöscht haben«, fuhr der Kapitän nachdenklich fort. »Mr. Rawls wird ihren Transport in die Verschläge überwachen. Danach will ich, daß dieser Haufen in meine Privatpferche geschafft wird. Du weißt doch, welche ich meine?«

»Ja, Käpt'n, zum St. Charles Hotel.«

Van der Horst nickte. »Mr. Gibson, von Bolton, Dickins und Co. schaut sie sich übermorgen in der Früh an. Ich erwarte, daß alles glatt über die Bühne geht, Rollo.«

Selbst Raven hörte die verschleierte Drohung aus den harmlos klingenden Worten heraus und fragte sich schaudernd, was in aller Welt die erwähnten Verschläge und Pferche sein mochten. Hielt man dort die Sklaven bis zum Verkauf fest? Bei dem Gedanken, daß man sie in diesem Fall kaum besser als Vieh behandeln würde, durchlief sie abermals ein Zittern. Ihre Lippen verhärteten sich grimmig. Egal, beim Entladen ihres Frachtraums würde sie ohnehin nicht mehr an Bord sein.

Wieder zurück in der völligen Finsternis ihres Verlieses zitterte Raven vor Unruhe. Wenn bis morgen abend laut Anweisung des Kapitäns die Hauptfrachträume geleert werden sollten, würde das Schiff schon bald anlegen. Bis dahin mußte sie einen geeigneten Fluchtplan aushecken, und sie zerbrach sich in langen schlaflosen Stunden den Kopf darüber. Das Hauptproblem bestand nicht darin, aus dem Frachtraum zu entwischen, da er nun nach dem Abebben der Winterstürme selten verschlossen war, sondern darin, von Bord zu kommen.

Raven erkannte, daß Gewaltanwendung nicht in Frage kam, da sie unbewaffnet war. Auch konnte sie sich nicht ungesehen davonstehlen, denn die Gangway wurde sicherlich gut bewacht. Natürlich war sie zu schwach für einen Kampf, aber es sollte ihr keine Schwierigkeiten bereiten, die Wächter zu überlisten. Warum sollte sie ihnen nicht vortäuschen, daß sie nicht zu den unglücklichen, im Laderaum gefangenen Sklavinnen gehörte?

Irgendwann während der Dämmerstunden des folgenden Tages glitt die *Kormoran* nach viermonatiger Fahrt ruhig zu ihrem Liegeplatz an den Docks entlang des Mississippi. Obwohl die Mannschaft begeistert dem Landurlaub entgegenfieberte, sehnte niemand diese Stunde mit größerer Unruhe herbei als Raven, die erwartungsvoll im Dunkeln neben der Lukenleiter saß und angestrengt auf die Vorgänge an Deck lauschte. Das geringfügige Schaukeln des Schiffes und das Knarren der Taue veranlaßte Raven zu der Vermutung, daß das behäbige Schiff endlich festgemacht worden war. Von oben vernahm sie Schritte und gelegentlich gedämpfte Stimmen, ein zu auffälliges Treiben, als daß es mit etwas anderem als der Landung in Verbindung stehen könnte.

Raven hatte keine Ahnung, wie lange sie neben der Leiter kauerte und wartete, bis sich Stille über das Schiff senkte. Sie hatte jegliches Zeitgefühl verloren, und lange, bevor das geschäftige Lärmen aufhörte, plagten sie Muskelkrämpfe und Erschöpfung.

Vielleicht war sie sogar kurz eingenickt, aber plötzlich schreckte sie hoch und neigte lauschend den Kopf. In der Dunkelheit ringsum hörte sie die anderen tief und gleichmäßig atmen, und ab und zu schrie jemand in einem Alptraum auf. Ansonsten herrschte Stille, mit Ausnahme der gegen den Rumpf schlagenden Wellen und dem Rascheln der Ratten irgendwo im Stroh.

Mit schmerzenden Gliedern und ausgedörrtem Mund begann Raven die Leiter hochzusteigen, deren oberes Ende sie in der Finsternis nicht erkennen konnte, bis ihr Kopf schmerzhaft gegen den Lukendeckel stieß. Sie unterdrückte ein Stöhnen, nahm zögernd eine weitere Sprosse, betastete mit zitternden Fingern den Lukenrand und stemmte sich mit aller Kraft dagegen, bis der Deckel allmählich nachgab. Noch eine Sprosse, dann spähte Raven durch die schmale Spalte. Mit einem Seufzer der Erleichterung sah sie, daß es draußen dunkel war und die Decks nur vom Sternenhimmel und ein paar Laternen beleuchtet wurden.

Mit angehaltenem Atem schob sie den Deckel zurück und wartete ein wenig, ehe sie hinauskletterte. Als sie sich ziemlich sicher war, daß niemand auf dem Vorderdeck stand, kroch sie nach draußen, drehte sich langsam auf allen vieren um und ließ den Lukendeckel wieder an seinen Platz sinken. Einen Moment lang hockte sie daneben, holte tief Luft und versuchte, ihr schreckliches Herzjagen unter Kontrolle zu bekommen.

Als sie sich erhob, blieb sie erst eine Weile im schützenden Schatten des klobigen Fockmasts stehen und schaute durch die Dunkelheit nach achtern. Alles war ruhig, und sie schlich sich langsam in Richtung Gangway. Wie befürchtet, schob dort ein ungeschlachter Matrose Wache, der äußerst gelangweilt an der

Reling lehnte und zum Zeitvertreib seinen Namen in das weiche Holz schnitzte. Raven trat zurück in den Schatten und beobachtete ihn mit angehaltenem Atem. Wie lange muß ich warten, bis er weggeht, fragte sie sich in wachsendem Entsetzen. Und wenn man sie vorher entdeckte?

Nach einer Weile polterte er davon, blieb ein paar Meter entfernt mit dem Rücken zu ihr stehen und fingerte an seinen Kniehosen herum. Ein Lied vor sich hinbrummelnd, fing er an, Wasser in die Speigatts zu lassen, und Raven schluckte krampfhaft bei der Erkenntnis, daß dies möglicherweise ihre einzige Chance war. Auf leisen Sohlen eilte sie über die glatten Planken und schaffte es eben bis zur Gangway, als der Matrose sich umdrehte und sie entdeckte.

»He, was soll das!« fragte er ungläubig, aber Raven ließ ihn nicht weiter zu Wort kommen.

»Sie da!« sagte sie hochmütig und trat aufs Deck zurück, als sei sie gerade erst an Bord gekommen und seiner ansichtig geworden. Mit gerafften Röcken marschierte sie bis auf einen halben Meter Abstand auf ihn zu und blieb dann mit keck erhobenem Kinn stehen, während er sie höchst verdutzt anstarrte. »Was für ein Schiff ist das?« erkundigte sie sich herrisch.

»Die *Kormoran,* Miß«, entgegnete er, von ihrem Ton überrascht.

»Aha.« Raven nickte und musterte ihn dreist in der Hoffnung, einschüchternd zu wirken, während sie innerlich vor Furcht bebte. »Befindet sich ein Matrose namens John Sampson an Bord?« fragte sie mit schneidender Stimme.

Dem Matrosen fiel der Unterkiefer herunter. »Ja, Miß.«

»Gut. Ich würde ihn gern sprechen.«

»Der – der ist wohl gerade nicht da, Miß.« Angesichts dieser jungen unvergleichbar schönen Engländerin konnte der ratlose Matrose nur noch stammeln. Obwohl ihre Kleidung, soweit er es in der Dunkelheit erkennen konnte, recht fadenscheinig wirkte, faszinierten ihn das nachtschwarze Haar, das ihr offen bis zur Taille fiel, und die großen Katzenaugen, die so dunkel und geheimnisvoll in dem schmalen ebenmäßigen Gesicht leuchteten. Ihrer Sprechweise und Haltung nach erschien sie ihm als Dame von Stand, und ihre unerwartete Gegenwart trübte ihm derart die Sinne, daß er sich nicht einmal fragte, was sie allein so spät in der Nacht auf den Docks zu schaffen hatte. »Sampson hat nicht Dienst«, meinte er hilflos.

»So … Und wie heißen Sie, Sir?« wollte Raven wissen.

Er schaute noch dümmer drein. »Ich – na, Barlow, Miß.«

»Mr. Barlow, können Sie John Sampson bei seiner Rückkehr ausrichten, daß ich seit Wochen auf die Ankunft der *Kormoran* warte? Sagen Sie ihm, ich muß ihm etwas geben, das er letztes Mal hier vergessen hat! Und jetzt entschuldigen Sie mich bitte, mein Diener wartet unten.«

Kaum spürte sie die rauhen Holzplanken des Kais unter den Füßen, schwankte sie und stürzte fast, aber sie zwang sich weiterzugehen, da sie sich von dem Matrosen auf Deck beobachtet fühlte. Als das Dunkel sie seinem Blick entzog, atmete sie tief ein und rannte wild und ziellos weiter. Das Blut rauschte ihr in den Ohren, ein unebenes Brett brachte sie fast zu Fall, und sie schrie auf, als sie inmitten der aufgestapelten Fässer um ein Haar über einen Kater auf Rattenjagd gestolpert wäre. Böse fauchend flitzte das Tier an ihr vorbei, und sie sank mit Seitenstechen hinter einen Holzverschlag und wußte, daß sie nicht mehr weiterlaufen konnte.

Gedämpft drangen aus einer nahe gelegenen Taverne Stimmen und Lachen herüber, und Raven kam der Gedanke, daß einige Besatzungsmitglieder der *Kormoran* sich möglicherweise hier betranken. In plötzlicher Furcht vor einer Begegnung mit jemandem, der sie leichter als der Dummkopf Barlow an der verräterischen Kleidung erkennen könnte, stand sie auf und eilte entlang des Kais zur Straße. Dort bemerkte sie recht bald, daß sie sich in einem widerlichen Stadtviertel befand, denn die Gebäude in der engen Gasse beherbergten samt und sonders nur Tanzlokale und billige Spelunken, von blecherner Musik und trunkenem Gelächter erfüllt.

Mit geschürzten Röcken rannte sie die Straße hinauf, um ein besseres Viertel zu erreichen, ehe sie die Kraft verließ. Die Pflastersteine fühlten sich unter ihren leichten Schuhen naß an, und trotz der feuchtwarmen Luft schauerte sie. Die kühlende Brise vom Hafen drang wegen der hohen Gebäude ringsum nicht zu ihr durch, und bald schon keuchte Raven vor Anstrengung. Mit einem erleichterten Seufzer stellte sie fest, daß die enge Straße sich zu einer breiten Allee, flankiert von schönen weißen Häusern mit kunstvollen Schmiedeeisentoren, öffnete. Bestimmt konnte sie hier jemanden um Hilfe bitten, ohne abgewiesen zu werden.

Fast alle vornehmen Villen lagen im Dunkel, doch Raven entdeckte weiter unten auf der Allee bald ein erleuchtetes Giebelfenster und lief ohne Rücksicht auf ihr schreckliches Herzrasen darauf zu. Ihr Mund war wie ausgetrocknet, feuchtkalter Schweiß bedeckte ihre Handflächen, aber sie wollte sich ihre Furcht nicht eingestehen.

Unsicher hielt sie vor dem Haus an und schaute durch breitblätterige Magnolien zu dem erleuchteten Fenster hoch. Was sollte sie demjenigen, der die Tür öffnete, erzählen? Daß Sklavenhändler sie vor Monaten in Indien entführt hatten und daß sie nicht wußte, welcher Tag heute war oder in welchem Land sie sich befand?

»Nicht so hastig, Schätzchen!«

Raven stieß einen schrillen Angstschrei aus, als ihre schmale Hand auf der Messingklinke von einer behaarten Pranke gepackt wurde. Sie schnellte herum und sah sich der grinsenden Fratze von Rollo Walsham gegenüber.

»Wie, bitte?« brachte sie hervor und gewann bewundernswert schnell ihre Fassung wieder.

»Wohin willst du denn?« fragte er fast im Plauderton, ohne sie freizugeben.

»Zufällig wohne ich hier«, ließ ihn Raven spitz wissen, die goldbraunen Augen voller Wut. »Lassen Sie mich los, sonst rufe ich meinen Vater!«

Rollo Walsham warf einen belustigten Blick auf das dunkle Haus. »Hier leben keine Verwandten von dir, Schätzchen, aber deine Tour gefällt mir. Den Trottel von Barlow konntest du zum Narren halten, aber nicht Rollo Walsham.«

»Sie sind mir gefolgt?« Verzweifelt schaute sie zu ihm auf.

»Sie haben gesehen, wie ich von Bord gegangen bin, nicht wahr?«

Rollo nickte, erfreut über ihre treffende Beurteilung der Situation. »Ich hab' die Luke nicht verriegelt, weil ich mir dachte, daß du abhauen würdest.« Sein Blick wanderte anerkennend über ihre schlanke Figur. »Daß du keine Hindu bist, habe ich gleich gemerkt.« Grinsend bleckte er die Pferdezähne. »Und auch vornehm. Nicht gerade das, was der Kapitän sich als Freudenmädchen vorstellt, aber Rollo weiß schon, wo er dich verkaufen kann.«

»Sie sind ja wahnsinnig!« fauchte sie ihn an. »Ich bin Engländerin, und Sie haben kein Recht, mich gefangenzuhalten. Ich bin keine Leibeigene und ganz bestimmt keine Sklavin! Lassen Sie mich auf der Stelle los!«

Rollo lachte selbstzufrieden. »Du wirst mir ein hübsches Sümmchen einbringen.«

Aus Ravens zartem Gesicht wich alle Farbe. Oh, warum war sie nach ihrer geglückten Flucht von diesem lüstern grinsenden Verrückten wieder eingefangen worden, der nicht erkennen wollte, daß sie britische Staatsbürgerin und ein freier Mensch war? »Lassen Sie mich los!« befahl sie wütend und wand sich nach allen Seiten, als sie ihre Hand seinem derben Griff zu entziehen suchte.

Rollo schüttelte den Kopf, und Raven öffnete den Mund zum Schrei, aber ehe ihr ein Laut entkommen konnte, drückte er ihr Gesicht so eng an seine kratzige, modrig riechende Jacke, daß sie kaum Luft bekam. Er trug sie davon, als wäre sie federleicht, und begann die dunkle, verlassene Straße hinunterzulaufen, im Bewußtsein, daß ihn weit und breit keine Menschenseele aufhalten würde.

16

Lange bevor die heiße Maisonne sich in den diesigen Himmel erhob, herrschte auf den Kais von New Orleans schon ein lebhafter Trubel. Angetäut zwischen einer stumpfbugigen Brigg und einem alten Handelsschiff, das silbrige verwitterte Molassefässer entlud, schaukelte der Klipper *Orient Star* ruhig mit nackter Takelage und verlassenen Decks an seinem Anlegeplatz.

Charles hatte in der Nacht wenig geschlafen und war lange vor Tagesanbruch aufgestanden, um grübelnd auf die dunkle Silhouette der schlafenden Stadt zu schauen. Seit die *Orient Star* vor einer Woche im Hafen von New Orleans geankert und ihr Kapitän erfahren hatte, daß die *Kormoran* noch nicht eingetroffen war, lehnte er jeden Morgen an der Reling.

»Kapitän!«

Charles blickte zur Seite und sah Geoffrey Lytton im goldenen Morgenlicht neben sich stehen.

»Sie ist angekommen, Kapitän, die *Kormoran*. Sie soll irgendwann im Lauf der Nacht angelegt haben.«

»Wo?« fragte Charles knapp und ließ den Blick über die dichtbelegten Docks streifen.

Geoffrey deutete nach Backbord, auf den gewundenen schlammigbraunen Fluß. »Hinter der Biegung dort oben. Quintrell hat sie ausgekundschaftet.«

Ohne ein Wort eilte Charles über das blitzblanke Deck, aber ehe er die Gangway erreichte, hatte sich ihm ein halbes Dutzend Männer, einschließlich Geoffrey Lytton, mit grimmigem Gesichtsausdruck angeschlossen. Langsam drehte sich der Kapitän um und betrachtete einen nach dem andern. »Ich dachte, ich hätte Sie allesamt auf Landurlaub entlassen«, sagte er unwirsch. »Und mir war auch nicht bewußt, daß ich eine ganze Entermannschaft als Eskorte zusammengetrommelt hätte.«

»Entschuldigen Sie bitte, Sir.« Ein junger Matrose, der bei Kamals Verhör vor Monaten zugegen gewesen war, trat vor und hielt dem düsteren Blick seines Kapitäns stand, ohne mit der Wimper zu zucken. »Wir würden gern mitkommen und uns vergewissern, daß es Miß Raven gutgeht.«

Charles schaute sie alle prüfend an und gab zu guter Letzt nach. Wortlos drehte er sich um und stürmte, seine getreuen Leute im Schlepptau, die Gangway hinunter.

Die *Kormoran* ankerte etwa eine Meile entfernt wuchtig, sturmverwittert und unheilvoll ruhig. Obwohl die Sklaven aus dem Hauptfrachtraum schon vor Stunden entladen worden waren, hing noch immer ein starker, ekelerregender Gestank von Krankheit und Tod in der Luft, der sie ebenso eindeutig als Sklavenschiff auswies wie die Flagge der Dutch West India Company, die einsam am Heck wehte. Auf dem Kai unterhalb der Gangway hielt Charles inne und musterte mit zurückgeworfenem Kopf und zusammengekniffenen Augen das Schiff.

»Gott, wie gräßlich!« murmelte jemand. Und es war Geoffrey Lytton klar, daß sich alle wie er fragten, ob Raven Barrancourt die Überfahrt auf einem solchen Schiff habe überleben können. Alle mit Ausnahme des Kapitäns, dachte Geoffrey. Kein einziges Mal während der langen Wintermonate hatte sich Charles zu bezweifeln erlaubt, daß sie die *Kormoran* in New Orleans antreffen und Raven unversehrt an Bord finden würden. Sein zwanghaftes Beharren hatte seinen Tribut in den hageren, fast schon ausgemergelten Zügen und den fiebrig glänzenden grünen Augen gefordert.

Kapitän Charles St. Germain hatte sich völlig verändert, und Geoffrey beobachtete sorgenvoll, wie dieses Beharren ihn voranpeitschte, unbarmherzig peinigte, so daß er bisweilen jede Ähnlichkeit mit dem Mann verlor, der er einst gewesen war. Mit der Narbe, die seine Wange wie ein Brandmal zeichnete, der Rastlosigkeit seines kraftvollen Körpers, seinem grüblerisch verbissenen Gesichtsausdruck erschien Charles seiner Mannschaft fast dämonisch. Hin und her gerissen zwischen Wutanfällen und langen, zermürbenden Schweigephasen, kannte er keinen inneren Frieden.

Nun ist es fast vorbei, dachte Geoffrey, dem Himmel sei Dank. Niemand dürfte so sehr leiden wie der Kapitän, ohne am Ende verdientermaßen das ersehnte Ziel zu erreichen.

Als hätte er die Anwesenheit seiner Leute völlig vergessen, ging Charles schweigend an Bord des verlassenen Sklavenschiffe. Die schweren Stiefel hallten auf den groben, schmutzigen Planken des Hauptdecks. Mit zunehmendem Unglauben betrachtete er die armselig zusammengeflickten Segel und die ausgefransten Taue der Takelage, das tief eingekerbte und zerfressene Balkenwerk, die glanzlosen Messingvorrichtungen. Nachlässigkeit, schlechte Handwerksarbeit und völlige Gleichgültigkeit gegenüber der zur Instandhaltung eines seetüchtigen Schiffs nötigen Arbeit zeigten sich überall, wo er nur hinschaute. Und er fragte sich mit einem wachsenden Angstgefühl in der Magengrube, ob sich diese Haltung auch in Ravens Behandlung widergespiegelt habe, während sie die Fahrt über in einem stickigen Frachtraum eingesperrt gewesen war.

»Was wollen Sie hier, Mann?«

Dem schmutzigen Matrosen, den Charles' vernehmliche Schritte von der Niedergangstreppe an Deck gelockt hatten, erstarben die feindseligen Worte rasch auf den Lippen. Als er in das sonnengebräunte Gesicht mit der dünnen blassen Narbe über der hageren Wange sah, blieb er abrupt stehen und mußte unter dem vernichtendem, durchdringendem Blick des Besuchers nervös die Augen abwenden. Und angesichts der Männer hinter diesem sehnig gestählten Hünen wich er einen Schritt zurück und räusperte sich laut. »Wünschen der Herr was?«

Bei dem plötzlich ehrerbietigen, zitternden Ton lächelte Charles grimmig. »Den Kapitän«, sagte er kurz angebunden. »Befindet er sich an Bord?«

»Nein, Sir, er ist geschäftlich unterwegs.«

»Sind die Sklaven, die ihr gestern nacht hergebracht habt, schon entladen?«

Der Matrose entspannte sich sichtlich. Offenbar wollte der furchteinflößende Herr sich nur ein paar vorzügliche Arbeitskräfte erwerben. »Letzte Nacht, Sir. Kapitän Van der Horst kümmert sich gerade um den Verkauf.«

»Und wo genau hält sich Kapitän Van der Horst auf?« erkundigte sich Charles, dessen Ungeduld plötzlich wie Feuer in seinen Augen flackerte. Als der Matrose zögerte, packte er ihn am schmutzigen Kragen und beutelte ihn wie einen nassen Lumpen. »Antworten Sie mir, verdammt noch mal!«

»Fleur Rouge, er ist im Fleur Rouge«, krächzte der Handlanger mit vorquellenden Augen.

Zehn Minuten später entstiegen im Vieux Carré, dem ältesten Stadtviertel von New Orleans, Charles und drei seiner Offiziere einer Mietdroschke vor einem vornehmen Gebäude, dessen geschmackvolle messingbeschlagene Türen sich auf die enge, mit

Kopfsteinen gepflasterte Straße hin öffneten. Eine große, auffallende Frau im schwarzem Taft mit einer blutroten Rose an der Brust trat ihnen an der Tür entgegen, ihr mißbilligender Blick angesichts ihrer Seemannskleidung wich rasch ruhiger Aufmerksamkeit, als sie Charles' Miene sah. »Ich bin Madame Dussoit. Wünscht Monsieur ...«

»Ich suche einen Kapitän Van der Horst«, unterbrach er sie schroff. »Man sagte mir, daß er sich hier aufhält.«

»Warten Sie einen Moment, Monsieur, ich sehe nach.«

Bevor sich Madame Dussoit umdrehen konnte, hatte Charles ihr Handgelenk mit so festem Griff umklammert, daß sie zusammenzuckte. »Wenn es Ihnen nichts ausmacht, Madame«, sagte er mit einem warnenden Lächeln, »begleite ich Sie.«

Sie richtete sich auf und hielt seinem einschüchternden Blick stand. »Ich führe ein angesehenes Haus, Monsieur, und wünsche keinen Ärger.«

Zu einem anderen Zeitpunkt hätte Charles ihren Mut bewundert, aber sein unbedingtes Verlangen, Van der Horst zu begegnen, verzehrte ihn, und so blieb er unbarmherzig. »Wenn Sie mich nicht zu ihm führen, Madame«, flüsterte er wutentbrannt, »suche ich ihn selbst, und ich verspreche Ihnen, dann wird es großen Ärger geben.«

Madame Dussoit erblaßte. »Nun gut, Monsieur, aber Ihre Leute müssen draußen bleiben.«

»Das werden sie«, erwiderte er und warf Geoffrey Lytton einen schnellen Blick zu. Hinter Madame Dussoit durchquerte Charles das Etablissement, ohne auf die elegant gekleideten Besucher zu achten, die in den Nischen wohl schon die ganze Nacht vor ihrem Drink saßen. Mehrere junge Mädchen in offenherzigen Satinfähnchen rekelten sich auf Sesseln oder lehnten anmutig am Geländer der geschwungenen Treppe, die in den ersten Stock führte, und taxierten Charles unverhohlen.

Madame Dussoit führte ihn zu einer Nische im rückwärtigen Teil des großen Raums, in der hinter einer riesigen Orangenpflanze zwei Männer saßen. Charles trat vor Madame Dussoit, blieb dann, die Hände auf die schmalen Hüften gestützt, stehen und schaute die beiden an, die sich erstaunt zu ihm umdrehten.

Einer von ihnen war klein und schwarzhaarig, ein bleistiftdünner Schnurrbart kräuselte sich über schmalen, blutleeren Lippen. Mit seinem dunklen Anzug aus feinem Wollstoff und der schwarzen Krawatte erinnerte er Charles bis auf die protzigen Diamanten an seinem Halstuch und den langen Spinnenfingern an einen Leichenbestatter.

Der andere, klein und dick, schwitzte übermäßig, die blonden Locken rankten sich feucht um das fleischige Gesicht. Mit vor Entrüstung zitternden Wangen schaute er erst auf Charles' hochaufragende Gestalt, dann auf Madame Dussoit, die beunruhigt hinter ihm stand. »Was soll das bedeuten?« näselte er gereizt, mit starkem holländischen Akzent. »Ich bat ausdrücklich darum, nicht gestört zu werden!«

»Sie müssen Madame entschuldigen«, entgegnete Charles mit einem unverschämten Lächeln, das dem andern die Röte in die Pausbacken trieb. »Ich bestand darauf, Sie zu sehen, Kapitän Van der Horst?«

»Das bin ich, ja, und Sie …«

Weiter kam der feiste Kapitän nicht. Mit einer Geschwindigkeit, angesichts derer alle den Mund aufrissen, ballte Charles die Hand und schlug sie mitten in das fette, verlebte Gesicht. Obwohl er dem Kerl am liebsten die Nase zertrümmert hätte, beherrschte er seine gewaltige Kraft und versetzte ihm nur einen leichten Stoß, der Van der Horst dennoch mit dem Kopf gegen die geschnitzte Holzbank krachen ließ. Madame Dussoit hielt sich die Hand vor den Mund, um ihren bestürzten Schrei zu unterdrücken, während der vermeintliche Leichenbestatter mit entsetzt hervorquellenden Augen aufsprang.

»Was bedeutet das?« piepste er, als Van der Horst mit einem benommenen Stöhnen und blutender Nase zusammenbrach. »Madame, Sie müssen Hilfe holen, schnell!«

»Sie bleiben, wo Sie sind!« Obwohl Charles so leise sprach, daß ihn die anderen Gäste nicht hören konnten, schwang unverkennbare Autorität in seiner Stimme mit, und die große, elegante Frau erstarrte sofort, ohne die kajalumrandeten Augen von seinem frostigen, markanten Gesicht zu wenden. »Ich versprach Ihnen, es werde keinen Ärger geben« fuhr er fort, »und das wird es auch nicht. Ich beglich dem guten Kapitän nur eine Schuld, die seit einiger Zeit offenstand.« Die Narbe auf seiner Wange hob sich weiß von der bronzenen Haut ab. »Dies und noch viel mehr.« Diese letzten Worte richtete er mehr oder weniger an sich selbst.

»Was wollen Sie von mir?« winselte Kapitän Van der Horst, während er sich mit einer weißen Leinenserviette das Gesicht betupfte und gegen die Übelkeit ankämpfte, als er die leuchtendroten Flecke darauf anstarrte. »Ich kenne Sie nicht einmal!«

»Das stimmt«, pflichtete Charles ihm bei, die Hände noch immer bedrohlich geballt.

»Aber Sie haben mir etwas entwendet, Kapitän, und ich bin den ganzen Weg von Indien hierhergekommen, um es zurückzufordern.«

»Ich weiß nicht, wovon Sie reden«, quengelte Van der Horst. »O Daniel, schauen Sie doch! Ich blute ja noch immer!«

Daniel warf seinem Begleiter einen verächtlichen Blick zu und schaute dann in Charles' mitleidlose Züge. »Ich bin Daniel Gibson von Bolton, Dickins und Co., Zweigstelle New Orleans, Sir, und ich möchte nicht in die Angelegenheit verwickelt werden, die Sie anscheinend mit Kapitän Van der Horst zu bereinigen haben. Wenn Sie mich bitte entschuldigen.«

Charles preßte die Lippen zusammen. »Gehe ich recht in der Annahme, daß Bolton, Dickins und Co. eine Sklavenhandelsgesellschaft ist?«

Daniel Gibson nickte nervös. Er wünschte auf keinen Fall, in einen Tumult bei Madame Dussoit hineingezogen zu werden, insbesondere nicht in Zusammenhang mit einem derart verachtenswerten Individuum wie Niels Van der Horst und diesem impulsiven, gefährlich wirkenden Engländer, dem man in seinem gegenwärtigen Zorn alles zutrauen mußte.

»In diesem Fall« fuhr Charles St. Germain ruhig fort, »schließt der Grund meiner Anwesenheit auch Sie mit ein, Mr. Gibson. Kapitän Van der Horst hat mir nämlich eine junge Engländerin geraubt, die hier in New Orleans als Freudenmädchen verkauft werden soll.«

Sowohl Daniel Gibson als auch Madame Dussoit schnappten

nach Luft, und der weibische Kapitän riß erstaunt den Mund auf, während er sinnlos an dem Blutrinnsal herumwischte, der die makellos weiße Hemdbrust verunstaltete. »Unmöglich, Sir!« verwahrte er sich entrüstet, während er sich allmählich von dem Schreck erholte. »Ich handle nicht mit Abendländerinnen!«

»Diese junge Frau wurde von einem türkischen Sklavenhändler namens Kamal entführt«, erklärte Charles mit rauher Stimme und spürte, wie die Narbe auf seiner Wange pochte. Er beugte sich vor, legte die Hände auf den Tisch und starrte dem Holländer finster ins schweißüberströmte Gesicht. »Sie trug Punjabi-Tracht – durchaus denkbar, daß man sie deshalb fälschlicherweise für eine Inderin hielt.« Erbost packte er Kapitän Van der Horst an der Krawatte und zog ihn hoch, so daß dessen klatschnasses Gesicht und die vorquellenden Augen nur Zentimeter von ihm entfernt waren. »Kamal hat mir selbst gestanden, daß er sie auf Ihr Schiff brachte. Er starb bei dem Verhör, und ich schwöre, ich werde nicht zögern, auch Sie zu töten, wenn Sie mir nicht ihren Aufenthaltsort verraten. Diese junge Frau ist meine Verlobte, und sie erwartet mein Kind. Bei Gott, wenn ihr ...«

Irgendein archaischer Überlebenstrieb verlieh dem schlotternden Holländer den Mut, die unheilvolle Drohung zu unterbrechen. »Bei allem, was mir heilig ist, ich hatte keine Engländerin an Bord!« quäkte er. Der Blutgeschmack auf seiner Zunge ließ seinen Magen rebellieren. »Und ganz bestimmt keine schwangere! Ich habe sie allesamt persönlich unter die Lupe genommen! Das schwöre ich Ihnen!« Nach Luft ringend brach er ab, da sich Charles' kraftvolle Hände so eng um seinen fetten Hals schlossen, daß er größte Atemnot bekam.

Trotz des blindwütigen Zorns, der ihn verzehrte, erkannte Charles mit einem Blick in die vor Angst glasigen Augen, daß der Mann die Wahrheit sprach. Kalte Furcht verdrängte seine Wut. Wo steckte Raven nur? Wo, in Gottes Namen, wo? Charles riß den verschreckten Kapitän näher zu sich heran und schüttelte ihn gnadenlos. »Wenn Sie nichts von ihr wissen, dann hat garantiert einer Ihrer verdammten Matrosen Sie hintergangen. Ich werde jeden einzelnen von ihnen befragen, und gnade Ihnen Gott, wenn ich sie nicht finde!«

Die heiße Morgensonne hatte Hannah Daniels an Bord der *Orient Star* in den angenehmen Schatten des Sonnensegels getrieben, das der junge Jason Quintrell nach dem Nachlassen der Winterstürme zu Frühjahrsanfang für sie aufgestellt hatte. Auf der verwitterten Holzbank sitzend, beschäftigte sich Danny mit ihrer Stickerei, merkte aber, daß ihre Finger zu sehr zitterten und sie deshalb keine geraden Stiche zuwege brachte.

Sie alle hatten durch Ravens Verschwinden schweres Leid erlebt, gestand sich Danny ein, besonders der Kapitän, der seither für jeden sichtbar gealtert war. Das markante stolze Gesicht von Erschöpfung gezeichnet, hatte er während der langen Überfahrt nur selten das Achterdeck verlassen, auf Schlaf und Nahrung weitgehend verzichtet, das Steuer in den heftigsten, heulenden Orkanen selbst übernommen, als könnte er die *Orient Star* durch seine bloße, übermächtige Willenskraft auf Kurs halten. Niemand wagte es, seinen schrecklichen Zorn zu reizen, der hinter der furchteinflößend starren Maske brodelte. Selbst Dimitri war einer Auseinandersetzung aus dem Weg gegangen, als der Kapitän ihn an Bord des Klippers *Bridget Bailey* befohlen hatte, dem sie vor einigen Wochen südlich der Kapverdischen Inseln begegnet waren. Auf seiner Route östlich von Tobago hatte das Schiff die Flagge gestrichen und sie gegrüßt, Kapitän St. Germain hatte den Kommandanten auf die *Orient Star* eingeladen.

Als Charles erfuhr, daß der Klipper über Rabat und Brest nach London unterwegs war, fragte er den Kapitän, ob sein Erster Offizier möglicherweise als Passagier auf der *Bridget Bailey* nach England reisen könne. Eigentlich befahl er Dimitri nicht mitzufahren, sondern bat ihn vielmehr darum, in jenem ruhigen, kühlen Ton, mit dem er sich in diesen Tagen an jeden wandte. Und Dimitri willigte ein, sehr zu Dannys Überraschung. Als sie ihr Erstaunen darüber äußerte, antwortete er ernst, dies geschehe Raven zuliebe, aber auf ihr weiteres Drängen setzte er nur eine mysteriöse Miene auf und verweigerte jede weitere Erklärung.

»Außerdem kann ich für unsere kleine Prinzessin nichts tun, was nicht auch in der Macht des Kapitäns stünde«, fügte er mit einem Blick auf die schweigende Gestalt an der Heckreling hinzu. »Er wird sie finden, Mrs. Daniels, bei meinem Leben.«

Dimitris Bereitschaft, das Schiff vor Ravens Rettung zu verlassen, hatte Danny eine Zeitlang verwirrt, und kein einziges Mannschaftsmitglied konnte die Gründe dafür erhellen. Es sah dem bulligen Russen, der Dannys junge Herrin geradezu vergötterte, so gar nicht ähnlich, sich einfach auf Kapitän St. Germains Aufforderung hin nicht mehr an der Suche zu beteiligen, aber allmählich vermutete Danny, daß Dimitri für seine bereitwillige Zustimmung einen triftigen Grund gehabt haben mußte.

An jenem schwülen Maitag, während sie unter dem Sonnensegel ruhte, waren Dannys Gedanken weit entfernt von der *Bridget Bailey* und ihrem russischen Passagier. Als sie nach einer unruhigen Nacht, während der sie sich auf ihrer Koje schlaflos herumgewälzt hatte, an Deck gekommen war, hatte Danny von einem der Matrosen erfahren, die *Kormoran* sei endlich in New Orleans angekommen und der Kapitän habe sich auf die Suche nach Raven gemacht. Nun, da nach vier langen Monaten das qualvolle Warten und die peinigende Angst bald ein Ende finden sollten, fühlte sich Danny derart beklommen, daß sie kaum stillsitzen konnte.

Die grelle Sonne stand hoch am Himmel, als Geoffrey Lytton und seine Leute endlich mit grimmigen Mienen zum Schiff zurückkehrten. Bleich und aufgeregt eilte Danny ihnen entgegen, und angesichts der aufwallenden Hoffnung in ihren welken braunen Augen wandte Geoffrey den Blick ab.

»Sie haben sie also nicht gefunden, Mr. Lytton?« fragte sie mit unnatürlich hoher Stimme.

Er wischte sich mit dem Ärmel den Schweiß von der Stirn. »Nein, Mrs. Daniels, leider nicht.«

»Aber Sie waren doch an Bord der *Kormoran*, oder etwa nicht? Und wo steckt Kapitän St. Germain?«

»Wir haben Miß Barrancourt nicht mehr auf dem Schiff angetroffen.«

»Nicht auf dem Schiff«, wiederholte Danny, und Tränen der Verzweiflung stiegen ihr in die Augen. »Ich verstehe das nicht, Mr. Lytton!«

Geoffrey rieb sich erschöpft den Nacken. »Wir auch nicht, Mrs. Daniels. Der Kapitän der *Kormoran* behauptet, keine Engländerin hierhergeschafft zu haben, und – gnade Gott diesem weinerlichen Dreckskerl – ich glaube ihm.«

»Aber wo ist Miß Raven denn dann?« rief Danny völlig durcheinander.

»Ich wünsche, ich wüßte es«, entgegnete Geoffrey grimmig. »Der Kapitän hat jeden einzelnen Matrosen befragt, und alle schwören hoch und heilig, keine Engländerin, auf die Miß Barrancourts Beschreibung paßt, sei an Bord gewesen.«

»Und Kapitän St. Germain ist auf der *Kormoran* geblieben?« fragte Danny händeringend.

Geoffrey schüttelte den Kopf. »Ich konnte ihn überzeugen, daß das keinen Sinn hat. Er wollte noch den Hafenmeister aufsuchen und die Behörden in New Orleans verständigen. Wenn man Flugblätter und dergleichen verteilt, besteht vielleicht eine Chance, Miß Barrancourt zu finden.«

»Dann hält sie sich Ihrer Meinung nach hier in der Stadt auf?«

»Etwas anderes kann ich mir nicht vorstellen«, antwortete Geoffrey bestimmt. »Kamal, dieser Verbrecher, schwor unmittelbar vor seinem Tod, er habe sie persönlich an Bord gebracht. Und bis auf einen kurzen Aufenthalt in Guinea ist die *Kormoran* geradewegs nach New Orleans gesegelt.«

Todtraurig hob Danny das tränenüberströmte Gesicht. »Mir ist das alles unerklärlich, Mr. Lytton! Wir hätten sie um ein Haar doch schon aufgespürt. Um Gottes willen, wo ist sie denn bloß?«

17

Die von imposanten knorrigen Baumriesen gesäumte Auffahrt, die sich mitten durch die Plantage wand, bot einen eindrucksvollen Blick auf die Vorderansicht des Herrenhauses. Inmitten des üppigen Sommergrüns zierten hohe weiße Säulen drei Geschosse des großen weitläufigen Gebäudes, duftende Kletterpflanzen in voller Blüte rankten sich um die schmiedeeisernen Geländer der Dachterrasse.

Trotz seines trügerisch vornehmen und reizvollen Aussehens

handelte es sich bei Bellevue um eine im Betrieb befindliche Plantage. Das kleine Sklavenheer, das sich auf den Zuckerrohrfeldern abmühte, kannte keinen Müßiggang, und dank seiner großen Anzahl von Haussklaven wies die Villa selbst keinerlei Verfallspuren auf. Seit achtzehn Monaten oblag einem gewissen Tyler Jacobs die Aufsicht über die Arbeitskräfte. Klein von Statur, mit dunklem Teint und oft unmenschlich grausam, war Jacobs mit seiner geflochtenen Peitsche schnell bei der Hand, mittels derer er mit einem einzigen gezielten Schlag seinem Opfer die Rückenmuskeln zerfetzen konnte.

In den Tagen seit ihrer Ankunft auf Bellevue hatte Raven ihn ebenso heftig wie die Neger fürchten und verabscheuen gelernt. Nicht einem einzigen Sklaven, hatte er ihr erklärt, als Rollo Walsham sie zu seiner Kate am anderen Ende der Plantage verfrachtet hatte, war je die Flucht von Bellevue geglückt. Die von Patrouillen ständig bewachte Plantage umgab auf zwei Seiten der kurvenreiche, reißende Fluß, und in den tückischen Sümpfen auf den anderen Seiten wimmelte es nur so von Schlangen.

»Ein Fluchtversuch wäre eine große Dummheit«, hatte der Aufseher die zitternde Raven aufgeklärt und dabei die kleinen Augen über ihren nur in ein dünnes Fähnchen gehüllten Körper wandern lassen. »Ich möchte nicht deine fahle, aufgetriebene Leiche aus dem Sumpf fischen müssen, wenn wir dich finden. Wäre ein Jammer, nicht wahr, Rollo?«

»Sie können mich nicht gegen meinen Willen hier festhalten!« entgegnete Raven widerspenstig, ließ die Topasaugen blitzen und reckte herrisch das wohlgeformte Kinn in die Luft. »Sie haben keine Sklavin vor sich! Ich bin britische Staatsangehörige, und mir steht es frei, nach eigenem Belieben zu handeln!«

Tyler Jacobs warf Rollo einen reumütigen Blick zu. »Fünfzehnhundert ist schon recht gepfeffert für so ein großmäuliges Weibsstück wie die da, Kamerad. Ich schlage vor, du gehst mit dem Preis auf glatte tausend runter.«

»In ganz Louisiana findest du kein hübscheres Frauenzimmer«, wehrte Rollo ab und schob mißmutig die wulstige Unterlippe vor.

Tyler Jacobs nickte zustimmend. »Schon möglich, aber ihr

Aussehen wird ein bißchen leiden, wenn ich ihr die Aufsässigkeit aus dem Leib peitschen muß.«

»Unterstehen Sie sich!« rief Raven, der die Farbe aus den zarten Wangen wich.

Der Aufseher verzog die Lippen zu einem brutalen Grinsen. »Und ob ich das tu'! Ich muß dir doch vor Mr. Sprights Rückkehr die rebellischen Gedanken restlos aus dem hübschen Kopf prügeln. Der hat aufmüpfige Sklaven nämlich gar nicht gern.« Er trat einen Schritt auf sie zu, so daß sein übelriechender Atem ihr heiß über die Wange strich, und schielte sie lüstern an. »Und du willst doch garantiert nicht riskieren, daß deinem vaterlosen Balg, mit dem du trächtig bist, was passiert, nicht? Einmal ordentlich ausgepeitscht, und ...«

Bevor er sich auch nur im geringsten gegen sie abschirmen konnte, hatte sich Raven auf ihn gestürzt und ihm mit den Fingernägeln eine Furche längs über die bartstoppelige Backe gerissen. Mit einem Schmerzgeheul schlug Jacobs zu, und durch die Wucht seines Hiebes drehte sich Raven um sich selbst, so daß sie über einen Stuhl stolperte und stürzte. Obwohl sich alles in ihrem Kopf drehte, unterdrückte sie die Tränen und starrte Tyler Jacobs provozierend an. »Mein Kind ist kein vaterloses Balg!«

»Was, du dreckige Hure ...« Tyler packte sie am Arm und zerrte sie hoch. Als er erneut zum Schlag ausholte, fiel ihm Rollo Walsham in den Arm, der eine Wertminderung fürchtete, wenn Joshua Spright sie voller Blutergüsse sah. Nach Geschäftsabschluß konnten sie nach Belieben mit ihr verfahren, aber solange sie noch Rollo Walsham gehörte, durfte niemand sie verletzen.

»Laß das sein, Tyler!« protestierte er. »Du solltest die Puppe, auf die Mr. Spright vielleicht scharf ist, nicht verletzen.«

»Na schön«, stimmte der Aufseher zu, noch immer keuchend. »Ich warte, bis Mr. Spright sagt, daß die kleine Hure bleibt, und dann, meine Hübsche, sorg' ich dafür, daß du den Tag verfluchst, an dem du geboren bist!«

»Vielleicht will mich Ihr Mr. Spright gar nicht«, forderte ihn Raven heraus, obwohl ihre Stimme merklich zitterte. »Vielleicht hält er es auch für Wahnsinn, eine Engländerin zu kaufen, die verschleppt wurde!«

Tyler Jacobs musterte Raven so kalt und rachgierig, daß sie sich unwillkürlich duckte, und schüttelte langsam den Kopf. »Fang bloß nicht an, dir auszumalen, daß ein gütiger Joshua Spright dich laufen läßt. Sobald er dich gesehen hat, wird er wie ein Hund geifern, um dich ins Bett zu kriegen.« Unerwartet streckte er die Hand nach ihr aus, und Raven schrie aus Angst vor weiteren Schlägen auf. Statt dessen faßte er ihr mit seinen Wurstfingern in den Ausschnitt und zog das Kattunmieder herunter, so daß ihre vollen Brüste der schwülen Nachtluft ausgesetzt wurden. »Da brenne ich höchstpersönlich das Zeichen von Bellevue drauf«, teilte ihr Tyler mit und berührte satanisch grinsend das zarte, weiße Fleisch, als er Tränen der Demütigung in Ravens Augen sah. »Ich frage mich, ob du dann immer noch so hitzköpfig bist, mit dem Brandmal von deinem Besitzer auf dem Busen.«

»Na, na, Tyler«, mischte sich Rollo nervös ein zweites Mal ein. »Ich muß jetzt aufs Schiff zurück. Heb dir das auf, bis Mr. Spright zurückkommt.«

»Na ja, bis dahin kann ich mich wohl noch beherrschen«, stimmte der Aufseher zu. Mit unverhohlener Gier starrte er auf Ravens nackte Brüste und leckte sich über die Lippen. Sie kehrte ihm den Rücken und bedeckte heftig zitternd ihre Blöße. Zorn und Haß in seinen farblosen Augen waren einer unmißverständlichen Wollust gewichen. O Gott, wie sollte sie diesem Wahnsinnigen entkommen, ehe er sie zu vergewaltigen versuchte?

Obwohl sich Tyler Jacobs in den folgenden zwei Tagen an sein Wort hielt, ließ er sich nicht daran hindern, Raven unbarmherzig zu peinigen. Während sie mit den Haussklaven das Silber putzte oder Berge von Weißzeug wusch, mußte sie sich unentwegt anhören, was er ihr nach der Rückkehr des Masters alles antun wolle. Seine derbe Sprache und der offensichtliche Genuß, mit dem er ihr nicht das kleinste Detail der bevorstehenden körperlichen Züchtigungen ersparte, drehten ihr fast den Magen um.

Sie fürchtete vor allem um das Leben ihres Kindes, das sie an diesem Morgen durch seine munteren Tritte aufgeweckt hatte, ein eindeutiges Lebenszeichen, das Raven mit inniger Liebe erfüllte und das sie gleichzeitig in tiefe Verzweiflung stürzte. Alles, was Tyler Jacobs ihr androhte, würde dem Baby schaden, und nachdem Raven seine Bewegungen in ihrem Leib gespürt hatte, wußte sie, daß sie dies nie zulassen konnte. Ich werde fliehen, redete sie sich gut zu, als sie verbissen neben den wortkargen Negerinnen schuftete. Nicht einmal die ungeahnten Gefahren der Sümpfe konnten so scheußlich sein wie die Erniedrigungen, die sie durch Tyler Jacobs erleiden würde.

Eingesperrt in die heiße, stickige Wäschekammer, wo sie auf dem harten, bloßen Steinfußboden schlafen mußte, brachte Raven in jener Nacht Stunden damit zu, unter Verzweiflungstränen ihr Schicksal zu beklagen, ehe sie in einen unruhigen Schlummer hinüberglitt. Beim Aufwachen fiel ihr erster Blick auf Tyler Jacobs, der sie durch die offene Kammertür lüstern anglotzte und mit seinen scharfen Befehlen Raven dazu brachte, aufzuspringen und ihn herausfordernd anzustarren.

»Kein Grund, mich derart anzuschauen, hochmütige Schönheit!« schimpfte er verächtlich. »Mr. Spright soll heute abend aus New Orleans zurückkommen, und er duldet so eine Respektlosigkeit ebensowenig wie ich.«

Trotz Tyler Jacobs' unheilvoller Prophezeiung stieg Hoffnung in Raven auf, als sie von Joshua Sprights baldiger Rückkehr erfuhr. Er konnte sich gewiß nicht so grausam und hassenswert wie sein Aufseher verhalten! Als wohlhabender Landeigentümer und Mann von Rang würde er niemals eine junge Engländerin als Sklavin halten wollen. Sie bezweifelte nicht, daß er vernünftig mit sich reden ließ. Dann würde Tyler Jacobs für die unzähligen Kränkungen büßen müssen, die er ihr seit ihrer Verschleppung nach Bellevue zugefügt hatte.

Etwas leichteren Herzens folgte Raven dem höhnischen Aufseher in den riesigen Salon, wo zwei junge Negerinnen in bedruckten Kattunröcken und bunten Turbanen die Möbel mit Bienenwachs polierten.

Den restlichen Vormittag ging Raven mit der älteren, Hetta, von Zimmer zu Zimmer, putzte und polierte, bis ihr allmählich Beine und Arme weh taten. Mittags fühlte sie sich völlig erschöpft. Sie trug schwer an dem Kind, jeder Muskel schmerzte von der übermäßigen Arbeit, und sie sehnte sich nach einer kurzen Ruhepause. Aber Hetta, von rücksichtsloser Überheblichkeit in ihrer Rolle als Wirtschafterin, zeigte ihr gegenüber ebensowenig Erbarmen wie den Haussklaven, die unter ihrer Aufsicht standen. Nach dem Saubermachen beorderte sie Raven in die Küche, damit sie der Köchin das frischgeschlachtete Geflügel, das es zum Abendessen geben sollte, rupfen half.

Bei dem schwachen Blutgeruch, der dem Fleisch noch immer anhaftete, rebellierte Ravens Magen, und sie sprang jäh vom Tisch auf und stolperte hinaus in den Kräutergarten, wo sie sich dankbar die Lungen mit frischer Luft vollpumpte. Als sie wieder aufschaute und durch die dichten Oleanderbüsche spähte, die den Garten umgaben, setzte für eine Sekunde ihr Herzschlag aus – eine Kutsche rollte leicht schaukelnd die Auffahrt zum Haus herauf. Sofort rannte sie in die Küche zurück und schrubbte sich, ohne auf die überraschten Ausrufe der Köchin zu achten, Hände und Gesicht kräftig ab. Bei ihrem Gespräch mit Joshua Spright wollte sie so würdevoll wie möglich aussehen und ihm auf keinen Fall mit Hühnerblut und Federn an den klebrigen Händen unter die Augen treten. Sie trocknete sich mit ihrer Schürze das Gesicht, strich das zerzauste Haar zurück und wollte aus der Küche eilen, doch Evangeline, die dicke Köchin, versperrte ihr mit ihrer Leibesfülle die Tür.

»Lassen Sie mich durch!« befahl Raven und blickte, das Kinn tapfer erhoben, in die dunklen Augen. »Ich muß auf der Stelle mit Mr. Spright sprechen.«

»Warten Sie ein bißchen«, riet ihr die Köchin in sanftem, mitfühlendem Ton, als sie in Ravens bleiches, entschlossenes Gesicht sah. »Erst rauchen und trinken, dann er hat bessere Laune.«

»Meinen Sie?« fragte Raven unsicher, der die Güte in dem runden Gesicht nicht entging.

»Neunundzwanzig Jahre ich bin bei Master« erwiderte Evangeline feierlich. »Ich ihm geholfen bei Missy Sarahs Tod, wenn sie geboren kranken Babysohn. Gesehen, wie Freudentränen kommen und gehen in Haus.« Sie gluckste und entblößte eine Zahnlücke in dem kräftigen weißen Gebiß. »Ich ihn kennen,

Missy, wie ich erkennen feine Leute, wenn ich sehen sie. Sie kein Freudenmädchen, genausowenig wie ich! Egal, warum Satansbrut Tyler Jacobs Sie hierhergebracht, Sie kein Freudenmädchen für weißen Mann!« Mit ihren dunklen Augen musterten sie Ravens gewölbten Bauch. »Sie große Liebe von vornehmen Mann, ja, ja.«

Verlegen, weil ihr plötzlich Tränen in den Augen brannten, wandte sich Raven ab und spürte sogleich die breite Hand der Köchin auf der Schulter. »Erst trinken und rauchen, Missy, und dann Sie mit ihm reden.«

In seinem abgedunkelten Arbeitszimmer öffnete Joshua Spright die Vitrine und nahm eine Flasche Bourbon heraus. Mit heftig bebenden Fingern goß er sich großzügig das Glas voll und kippte es in einem Zug hinunter. Als das Zittern nicht nachließ, schenkte er sich leise fluchend noch einmal ein.

»Verdammt«, murmelte er vor sich hin und zerrte gereizt an seinem hohen Kragen. Warum hatte er nur so lange in New Orleans bleiben müssen? Warum war er ein solcher Schafskopf gewesen und hatte sich zu einer weiteren Nacht bei Nicholas Guildford überreden lassen? Nur um mitanzusehen, wie sich Nick und seine Frau nicht entblödeten, ihm ihre pferdegesichtige übriggebliebene Tochter vorzuführen, in der Hoffnung, er würde an ihr Gefallen finden. Großer Gott, die Tochter schleppte mindestens vierzig Pfund Übergewicht mit sich herum, und er könnte leicht ihr Vater sein! »Mr. Spright, willkommen zu Hause!«

Joshua bemühte sich um eine gelassene Miene, doch an der Verkrampfung seines fliehenden Kinns zeigte sich sein schlecht verhohlener Widerwille, als Tyler Jacobs, sein übereifriger Aufseher, ungebeten ins Arbeitszimmer kam. »Ich habe Sie nicht rufen lassen, Jacobs. Vielmehr sagte ich Williams, daß ich keinerlei Störungen wünsche. Ich bin überaus beschäftigt, Jacobs« beschied er ihn schroff und knallte das leere Glas auf den Tisch, so daß winzige Bourbontröpfchen über den frischen Tintenlöscher auf seinem Schreibtisch sprühten. »Beschäftigt und müde. Das Flußboot war zu langsam, also habe ich mir Guildfords Kutsche geliehen. Ich wollte ...«

»Ja, Sir«, unterbrach ihn der Aufseher selbstsicher. »Es tut mir leid, daß Sie niemand am Tor empfangen hat, aber wir haben Sie erst heute abend erwartet.«

»Ich wollte schon vor zwei Tagen hier sein«, stieß Joshua hervor, »aber Nicholas Guildford …« Er brach ab und fuhr sich mit der zittrigen Hand über die Augen. »Gehen Sie, Tyler, ich möchte allein sein.«

Der Aufseher bemühte sich um einen angemessen respektvollen Gesichtsausdruck. »Gewiß, Sir, aber erst sollten Sie sich noch schnell das Freudenmädchen anschauen, das Rollo Walsham Ihnen herbeigeschafft hat. Sie erinnern sich doch an ihn, oder?«

»Ich interessiere mich im Augenblick nicht für Freudenmädchen, Jacobs!« schrie sein Arbeitgeber, und die ungewohnte Heftigkeit brachte den verblüfften Tyler zum Schweigen. »Mir gehen zur Zeit andere Dinge im Kopf herum und …«

Ein leises, aber festes Klopfen an der Zypressenholztür unterbrach ihn, und Joshua sowie Tyler Jacobs drehten sich um. »Herein!« knurrte der Hausherr gereizt.

Die Tür öffnete sich, und Joshua Spright riß beim Anblick der jungen Frau auf der Schwelle die Augen auf.

Erst hatte Raven gemäß Evangelines freundlichem Rat aufgeregt in der riesigen Küche gewartet, aber ihre Ungeduld nicht länger zügeln können, als Tyler Jacobs zum Haus geritten und im Arbeitszimmer verschwunden war. Nicht auszudenken, welche Lügen der gemeine Aufseher Mr. Spright über sie auftischen würde!

Sie hatte sich Joshua Spright ganz anders vorgestellt. In seinem von der Reise schmutzigen, schweißnassen Anzug aus feinem Wollstoff wirkte er nicht größer als Hannah Daniels, allerdings erheblich schmächtiger. Unter dem linken Auge zuckte es nervös, und er konnte die dürren Hände nicht ruhig halten. Ungesunde Blässe und eingefallene Wangen zeugten von einem Leben ohne ausreichende körperliche Betätigung, und Raven vermutete, daß er in seiner Jugend arg gekränkelt hatte. »Verzeihen Sie«, begann sie, ohne Tyler Jacobs Beachtung zu schenken, »sind Sie Mr. Spright?«

Joshua blinzelte ungläubig. Eine Kreolin, dachte er, eine Kreolin mit der Aussprache einer gebildeten Engländerin? Ausgeschlossen! Keine Kreolin würde sich im Kattunkleid einer Sklavin blicken lassen oder wie diese Frau ihre tiefschwarzen Locken offen bis über die Schultern tragen. Verdammt, fluchte er innerlich, als er sie noch einmal anschaute und erst jetzt den gewölbten Bauch unter der gestärkten weißen Schürze entdeckte. Das goldäugige Frauenzimmer war schwanger!

Trotzdem riß er vor Staunen über ihre Schönheit den Mund auf. Das einfache, fadenscheinige Gewand betonte in gewisser Weise noch die außergewöhnliche Zartheit ihrer unverkennbar aristokratischen Züge. Doch ihre Wangen waren eingefallen, in den wundervollen Augen lag etwas Gehetztes, das ihrer Aura von behüteter Herkunft widersprach.

»Mr. Spright!« Tyler Jacobs' eifrige Worte rissen ihn aus seinen Gedanken. »Das ist die Kleine, von der ich Ihnen erzählt habe. Wie gefällt sie Ihnen?« Er packte Raven am Arm und versuchte sie zum Schreibtisch zu schleifen, damit Mr. Spright sie begutachten konnte.

»Rühren Sie mich nicht an!« rief Raven, entwand sich ihm und starrte ihn voller Haß an. Die unbewußte Würde in dem stolzen Zug um das wohlgeformte Kinn und in ihrer Stimme ließen sich nicht leugnen, als sie einen Mann anredete, den sie offensichtlich als weit unter ihrem Stand betrachtete. »Mr. Spright«, fuhr sie fort, indem sie allen Mut zusammennahm und sich an den erstaunten Mann hinter dem Schreibtisch wandte, »Ihr Aufseher hält mich hier gegen meinen Willen fest. Ich bin keine Sklavin, die man nach Belieben kaufen und verkaufen kann, sondern britische Staatsangehörige, und ich ...«

»Ach, du großer Gott!« Joshua Sprights bestürzter Ausruf unterbrach Ravens zornigen Wortschwall, und sie beobachtete mit weitgeöffneten Augen, wie er auf seinem großen Lederstuhl zusammensackte. »Sie heißen«, fragte er langsam und starrte ihr mit wäßrigen Augen ins verdutzte Gesicht, »nicht zufällig Raven Barrancourt?«

»Doch, ja, gewiß!« antwortete sie verwundert. »Woher wissen Sie ...«

»Tyler! Woher haben Sie diese – diese junge Dame bekommen?« Joshua deutete matt auf Raven.

»Rollo Walsham hat sie von New Orleans heruntergebracht«, erklärte Tyler ein wenig verunsichert. »Er behauptet, sie sei aus Indien!«

»Wo man mich gewaltsam entführt hat!« rief Raven und warf dem Aufseher einen erbitterten Blick zu. »Sir, ich habe zu erklären versucht, wie ...«

»Ich verstehe, Miß Barrancourt.« Joshua Spright erhob sich und starrte Tyler Jacobs frostig an. »Sie Narr!« fauchte er mit plötzlicher Aggressivität. »Sie blöder, habgieriger Narr! Wissen Sie eigentlich, was Sie da angestellt haben? New Orleans wird mit Flugblättern über die Entführung und das spurlose Verschwinden einer gewissen Raven Barrancourt vom Handelssegler *Kormoran* vor drei Tagen überschwemmt. Guildfords Gattin hat während meines Besuchs fast von nichts anderem gesprochen. Sieht so aus, als würde die ganze Stadt von einem fanatischen Verrückten geradezu belagert.«

»Charles!« hauchte Raven, und ihr Atem stockte. Konnte es wahr sein, daß er sich in New Oreans aufhielt?

»Das ist ja lächerlich!« schnaubte Tyler Jacobs, aber das Unbehagen in seiner Stimme war nicht zu überhören.

»Tatsächlich?« Joshua beugte sich zu dem schweißüberströmten Tyler vor. »Ich habe ihn selbst gesehen, Jacobs. Er ist doppelt so groß und kräftig wie Sie und schaut aus, als könne er Ihnen alle Glieder einzeln vom Leib reißen. Wäre ihm wohl auch zuzutrauen, wenn er glaubt, daß Sie Miß Barrancourt mißhandelt haben.« Sein Abscheu gegen den Aufseher zeigte sich unverhohlen in seinem verächtlichen Ton. »Das mindeste, was er gegen Sie unternähme, wäre wohl eine Anklage wegen Entführung.«

»Der Kerl kann mir gar nichts anhaben!« widersprach Tyler und leckte sich in wachsender Furcht nervös die Lippen.

»Nein? Bei diesem Kerl handelt es sich zufällig sowohl um einen Grafen als auch um den angesehenen Kapitän und Besitzer eines Klippers. Den Flugblättern zufolge beabsichtigt er, Miß Barancourt zu ehelichen. Hinaus mit Ihnen, Jacobs!« stieß Spright wütend hervor. »Verschwinden Sie von meinem Besitz, und lassen Sie sich hier nicht mehr blicken! Ich suche schon lange genug nach einer Gelegenheit, Sie loszuwerden, und jetzt ist sie da! Mir tut es nur leid, daß ich Sie überhaupt eingestellt habe.«

An Jacobs' Schläfe begann eine Ader zu pochen. »Du feiger Dreckskerl!«

Raven schrie bestürzt auf, als sich der Aufseher über den Tisch warf, Joshua Spright erst an der Weste packte und ihm dann an die Gurgel ging. Einige Sekunden lang stand sie wie versteinert da, als die beiden Männer unerbittlich miteinander rangen, ehe sie zu Boden stürzten. Dann rannte sie zur Tür, riß sie auf und schrie um Hilfe. Niemand erschien auf ihren entsetzten Ruf hin, und sie erkannte blitzschnell, daß sich die erschreckten Sklaven versteckt haben mußten, um nicht in den Kampf verwickelt zu werden.

Ohne nachzudenken, stieß sie die schwere Haustür auf und floh den Weg hinunter zu den Nebengebäuden. Im kühlen, dunklen Stall traf sie auf einen alten Neger, der die Pferde, mit denen Joshua Spright gekommen war, gerade trockenrieb.

»Ich muß nach New Orleans«, erklärte ihm Raven außer Atem. »Bitte satteln Sie mir ein Pferd.«

»Das darf ich nur auf Anweisung von Mr. Spright«, erwiderte er sachlich.

Ängstlich schaute sich Raven um, da sie halb mit der Verfolgung durch Tyler Jacobs rechnete. Sie bezweifelte nicht, daß Joshua Spright sie gern persönlich nach New Orleans gebracht hätte, aber sie fürchtete den Ausgang ihres Kampfes, fürchtete den teuflichen Rachedurst, den sie in Jacobs' farblosen Augen gesehen hatte, bevor er über seinen Arbeitgeber hergefallen war. Bei dem Gedanken an seine unmenschlichen Drohungen erschauerte sie; ... die Erinnerung an seine Pranke auf ihrer Brust und an seine Ankündigung, ihr das Mal eigenhändig in die Haut zu brennen, ließ sie verzweifeln. Doch als sie sich in ihrer Erregung umschaute, stach ihr plötzlich die Kutsche vor der Stalltür ins Auge. Mit gerafften Röcken lief sie darauf zu, öffnete den Schlag und zog sich unter beträchtlichen Mühen hinein.

Ein englischer Gentleman, so wußte Raven, pflegte bei allen Fahrten mit der Kutsche grundsätzlich Pistolen mit sich zu führen, und sie schickte ein Stoßgebet zum Himmel in der Hoffnung, daß dieser Brauch auch in Amerika galt. Erleichtert atmete sie auf, als sie eine lederne Pistolenhalfter neben dem Fenster entdeckte, und mit zittrigen Fingern zog sie die Waffe heraus. Dann marschierte sie in den Stall zurück, wo der Neger sich noch immer um das erschöpfte Wagengespann kümmerte, als sei nichts geschehen.

Ihr Vater hatte sie das Schießen gelehrt, und Raven hielt die Waffe mit beiden Händen vor dem Leib, den Lauf auf die schmächtige Brust des fassungslosen Pferdeknechts gerichtet. »Sie satteln mir Mr. Sprights schnellstes Pferd, verstanden?«

Der Neger schluckte schwer. »Ja, Missy.«

Mit heftigem Herzklopfen wartete sie, während er mit Sattel und Zaumzeug herumhantierte, wobei seine von Arthritis verkrüppelten Finger durch die Tatsache, daß die Pistole geradewegs auf sein Herz zielte, noch ungeschickter wurden. In ihrer Verzweiflung über diese unbeabsichtigte Trödelei hätte Raven aufschreien mögen, und sie blickte mehrmals über ihre Schulter und fragte sich beunruhigt, warum es im Herrenhaus so still blieb.

»Fertig, Missy.«

Endlich konnte sie sich in den Sattel schwingen.

»Miß Barrancourt, warten Sie!«

Beim Klang ihres Namens erstarrte Raven und sah, wie Joshua Spright, dem das Sonnenlicht auf die Halbglatze schien, mit krummem Rücken über den Rasen auf sie zueilte. Jackett und Hemd waren arg verknittert, aber ansonsten wirkte er unverletzt, und der Grund für seinen Sieg über den robusteren Aufseher wurde rasch durch zwei muskelbepackte Haussklaven erklärt, die – den reglosen Mann zwischen sich – hinter ihrem Herrn auftauchten.

»Bleiben Sie, wo Sie sind!« befahl Raven, deren Stimme nun fast ebenso stark wie die Pistole in ihrer Hand zitterte.

Gehorsam blieben die starken Neger unverzüglich stehen, während Joshua Spright ein wenig näher trat und Raven aufmerksam anschaute.

»Ist er tot?« fragte sie und starrte entsetzt auf Tylers leblosen Körper.

»Bewußtlos. William versteht sich überaus gut aufs Ringen«, teilte ihr der zerzauste Joshua Spright mit und wies mit einer Kopfbewegung auf den größeren der beiden Haussklaven. Dabei huschte ein seltsamer Ausdruck über sein Gesicht, den Raven nicht ergründen konnte, der sie aber trotzdem erschreckte.

»Was ist los?« fragte sie angstvoll und umklammerte die Pistole noch fester.

Als er den leicht hysterischen Unterton in ihrer Stimme hörte, sagte Joshua Spright widerwillig: »Bronze-John, Miß Barrancourt. Nur ein Narr würde jetzt nach New Orleans reiten. Ich kehrte heim, sowie ich davon Wind bekam, aber man weiß nie, wie oder wo sich die Seuche ausbreitet.«

»Bronze-John?« wiederholte Raven schrill. Die unbehaglichen Blicke der beiden Schwarzen jagten ihr kalte Angst ein.

»In England nennt man es wohl Gelbfieber«, erklärte Joshua Spright. »Den Gerüchten zufolge hat ein kleines, soeben von den Westindies eingelaufenes Schiff die Seuche mitgebracht – oder einer der Klipper aus Rio, die letzte Woche hier ankamen. An Bord beider Schiffe sollen mehrere Mann an einem Fieber gestorben sein. Man weiß einfach nicht, wo …«

»Gelbfieber?« wiederholte Raven. Vor ihren Augen tauchten die überfüllten Kais entlang des Mississippi auf, an denen sich Einheimische aller Schattierungen und ausländische Seeleute mischten. Ohne Zweifel könnte das Fieber von einem der Schiffe eingeschleppt werden und sich dann durch die Schankstuben und Gasthäuser im Hafen bis in die Stadt und auf andere Schiffe ausbreiten – sogar auf die *Orient Star*, die irgendwo entlang des Flusses vor Anker liegen mußte. Und was war mit Charles, der laut Joshua Spright die ganze Stadt nach ihr absuchte? Bestand für ihn nicht die größte Ansteckungsgefahr?

»Wie komme ich nach New Orleans?« erkundigte sich Raven ungeduldig.

»Was?« fragte Joshua, verblüfft über die schnelle Wandlung der jungen Frau, die bis jetzt blaß und angstschlotternd auf dem Pferd gesessen hatte.

»Ich habe nach dem Weg in die Stadt gefragt.« Ravens Stimme klang unerbittlich, auf die Pistole zielte nun direkt auf Joshua Sprights Herz.

»Die Plantagenstraße zum Fluß hinunter«, erklärte er widerstrebend. »Von da an folgen Sie dem Ufer nach Süden in die Stadt. Aber Sie können unmöglich den ganzen Weg alleine reiten, vor allem nicht in Ihrem Zustand! Und was ist mit … he!« schrie er hinter ihr her, aber Raven hatte dem Pferd die Absätze in die Flanken gedrückt und verschwand. Eine Staubwolke und die Hufschläge auf dem harten Boden waren das letzte, was Joshua Spright von ihr wahrnahm.

Für Raven erwies sich der Nachmittag als nervtötende Zerreißprobe. Im Laufe des Tages gleißte die Maisonne immer heißer, brannte ihr gnadenlos auf Kopf und Schultern. Als sie die ungerodeten Waldgebiete erreichte, durch die der Weg nach Süden führte, fühlte sie sich elend, und das große Jagdpferd war an Flanken und Hals schaumbedeckt. Trotz des angenehmen Schattens der moosüberzogenen Eichen boten die Wälder keine Erleichterung, denn es wimmelte von Bremsen und Moskitos, die wild zustachen und das nervöse Tier bis zur Tollheit trieben.

In ihrer Furcht, daß ein stürmischer harter Galopp ihrem Kind schaden könnte, hatte Raven das Pferd anfangs in leichtem Trab gehalten. Aber jetzt spornte sie es wieder an, da sie die quälenden, summenden Insektenwolken nicht länger ertragen konnte. Tief über den Sattel gebeugt, schlang sie die Finger in seine lange Mähne, um nicht herunterzufallen, da sie sehr wohl wußte, daß ein Sturz das Baby zweifellos in Mitleidenschaft ziehen würde.

Doch im Moment kreisten Ravens Gedanken nur um Charles. Gelbfieber – das Wort hallte dumpf in ihrem Kopf wider, und sie versuchte ihre panische Angst zu verdrängen, da Joshua Spright das Ausmaß der Seuche zweifellos übertrieben geschildert hatte. Dennoch bestand Gefahr, daß nicht nur Charles, sondern jeder an Bord der *Orient Star* sich anstecken könnte – Dimitri, Danny, Geoffrey Lytton, Ewan – all die Menschen, die ihr am meisten am Herzen lagen, und sie allein trüge die Schuld, wenn ihnen etwas zustieße, weil sie nur ihretwegen nach New Orleans gekommen waren.

»O Charles«, flüsterte sie, und Tränen rollten ihr über die schmutzigen Wangen. »Wie um alles in der Welt kann ich dich finden, ehe es zu spät ist?«

Sie biß sich auf die Lippen und feuerte das Tier noch heftiger an, ohne sich länger darum zu scheren, wie verwegen sie dahinstob. Wenig später stolperte das Pferd, wobei es sie fast abwarf, und blieb nach ein paar Hinkeschritten mit hängendem Kopf und einem erhobenen Fuß stehen. Eilends sprang Raven ab und untersuchte seinen Huf; mit einem verzweifelten Aufstöhnen bemerkte sie, daß es ein Hufeisen verloren hatte und die empfindliche Gabel von einem kaputten Nagel zerschnitten war. Sekundenlang schloß sie die Augen und griff haltsuchend nach dem Steigbügel, da ihr schwindelte. Ihr Mund war wie ausgedörrt, und ihre Kehle schmerzte, weil sie die Tränen so angestrengt unterdrückte. Wie sollte sie weiterkommen, wo sie sich so völlig verausgabt hatte und das Kind schwer und unbequem in ihr lag?

Raven wischte sich den Staub aus ihren Augen und schaute sich um. Jenseits der Flußbiegung konnte sie keinen Anlegeplatz einer Plantage entdecken, keine Rodung, kein wie auch immer geartetes Zeichen von Zivilisation. Es war, als hätte alles bis auf sie, das lahme Pferd und die paar armen Kleinbauern, an denen sie vor einiger Zeit vorübergekommen war, zu existieren aufgehört. Trotzdem muß ich weiter, redete sich Raven hartnäckig zu. Je länger Charles auf der Suche nach ihr in New Orleans blieb, um so größer die Wahrscheinlichkeit, daß er sich mit Gelbfieber infizierte! Der Gedanke versetzte sie in Schrecken und trieb sie zum Handeln an. Sie steckte sich die Pistole in die Schürze, zog dem Pferd die Zügel über den Kopf und klopfte ihm bedauernd den Hals.

»Ab jetzt müssen wir gehen«, sagte sie, und mit hocherhobenem Kinn zog sie auf der staubigen Straße los, während das Tier mühsam hinter ihr herhinkte.

18

Obwohl viele Leute nicht glauben wollten, daß Bronze-John den Tod der bedauernswerten Fieberkranken verschuldet hatte, riskierte Charles St. Germain, der den hitzigen Kontroversen darüber lauschte, nichts. Seinem Befehl zufolge mußte die *Orient Star* ihren Anlegeplatz verlassen und ein Stück stromaufwärts festmachen, wo sie nur mittels eines einzigen Beiboots erreichbar war, und dies auch nur für Charles, der alle anderen aufs Schiff verbannt hatte.

Wäre Raven tatsächlich die Flucht gelungen, hätte sie mittlerweile jemanden um Hilfe gebeten, eine Person, die sie dank der Beschreibungen auf den sorgfältig verteilten Flugblättern erkennen mußte. Deshalb, folgerte Charles, muß bei ihrem Verschwinden ein Besatzungsmitglied der *Kormoran* die Hand im Spiel gehabt haben. Irgend jemand hatte ihn belogen, gestand sich Charles schließlich ein, jemand, der so verschlagen oder verzweifelt genug war, um sich durch ein überaus gründliches Verhör zu mogeln.

Drei Tage nach seiner Ankunft in New Orleans suchte er den großen holländischen Handelssegler, der auf sein Geheiß vom Hafenmeister an der Weiterfahrt gehindert wurde, abermals auf. In Begleitung von Geoffrey Lytton und Jason Quintrell ging Charles an Bord, wo ihn ein puterroter Kapitän Van der Horst verärgert empfing, denn seiner Meinung nach hatte ihm dieser unverschämte Engländer schon genug Scherereien verursacht.

Als er am Vortag an Land gegangen war, um gegen Charles St. Germain wegen seiner überaus groben Behandlung im Fleur Rouge Klage zu erheben, hatten die Behörden von New Orelans empörenderweise keinerlei Bereitschaft zur Zusammenarbeit gezeigt. Vielmehr hatte er sich skandalöserweise seinerseits einer Verhaftung ausgesetzt gesehen, falls er tatsächlich die vermißte Engländerin, Raven Barrancourt, entführt und versucht haben sollte, sie in die Sklaverei zu verkaufen. Obendrein mußte er noch den Verlust seiner Lizenz befürchten, da nun ein Beamter im Auftrag der Handelsgesellschaft seine heimlichen Geschäfte mit Daniel Gibson untersuchte, der von Bolton, Dickins und Co. bereits entlassen worden war.

»Wirklich, Kapitän«, begann er wehleidig, sowie Charles das Achterdeck betrat, »ich verlange eine Erklärung für ...« Als er in das markante, unbeugsame Gesicht schaute, erstarben ihm die Worte auf den Lippen, denn nie zuvor in seinem Leben hatte er einen derart schrecklichen, grausamen Ausdruck in den Augen eines Mannes gesehen.

»Ich möchte Ihre Leute noch einmal befragen, Van der Horst«, sagte Charles frostig. Wie bei jeder Begegnung mit dem weibischen Sklavenhändler wünschte er auch diesmal, er hätte ihm den verfetteten Hals gleich bei der ersten Auseinandersetzung umgedreht. »Ich bin überzeugt, einer von ihnen weiß etwas, das er mir beim ersten Mal nicht erzählt hat.« Er preßte die Lippen unheilvoll zusammen. »Bei Gott, diesmal steht er mir Rede und Antwort!«

»Ich wüßte nicht, was das nutzen soll«, jammerte der Holländer verbittert, aber ein weiterer mörderischer Blick von Charles ließ ihn verstummen.

Weil Charles über eine hervorragende Menschenkenntnis und gute Einfühlungsgabe verfügte, die in langen Jahren der Vertiefung in die Gedankenwelt seiner Mitmenschen gereift waren, konnte er die meisten der Leute sofort entlassen – Männer, die beteuerten, sie hätten keine Engländerin an Bord bemerkt, und damit, wie er instinktiv erfaßte, die Wahrheit sagten. Anders als beim letzten Mal wußte er jetzt, daß ihn einer absichtlich belogen hatte, und nach einer halben Stunde konnte er, auf diese Gewißheit gestützt, die Auswahl auf eine Handvoll einengen. Den mürrischen, vor sich hinschimpfenden Van der Horst im Schlepptau, zog sich Charles zur Reling zurück, begleitet von seinen Offizieren.

»Man soll sie mir einzeln vorführen«, teilte Charles dem schwitzenden holländischen Kapitän in einem Ton mit, der keine Widerrede duldete.

Während des Verhörs der *Kormoran*-Besatzung hatte sich die Morgensonne hoch in den diesigen Himmel erhoben und brannte nun mit einer unglaublichen Intensität auf das Deck herunter.

Selbst die Kais und die ganze Stadt schienen in Lethargie zu versinken, da die Hitze das übliche geschäftige Treiben fast zum Stillstand brachte. Charles in seinen ledernen Kniehosen und einem dünnen, am Hals offenstehenden Leinenhemd konnte die drückend schwüle Hitze anscheinend nichts anhaben, und der völlig ermattete Holländer haßte ihn wegen seiner Gefaßtheit und beneidete ihn zugleich darum.

Er bemerkte nicht, daß der Engländer nur unter Einsatz all seiner Willenskraft nach außen ruhig und unbeeindruckt blieb, während er innerlich mit wachsender Panik rang. In solch feuchter Hitze, das war ihm klar, verbreitete sich das Fieber besonders leicht, und je länger Raven in New Orleans blieb, desto größer war die Gefahr, daß sie damit in Berührung kam. Verdammt, er mußte sie finden und von hier fortbringen!

»Ich fange mit dem Mann da hinten an.« In Charles' tiefer Stimme schwang tödliche Bedrohung mit, als er Niels Van der Horst voll Verachtung ins schweißüberströmte Gesicht sah. »Sie können ihm und den anderen sagen, daß sie lieber gründlich darüber nachdenken sollen, was sie mir bei der letzten Befragung verschwiegen haben. Denn ich werde nicht zögern, jedem einzelnen, falls nötig, eine Kugel zu verpassen, um seinem Gedächtnis auf die Sprünge zu helfen.« Wie er mittlerweile wußte, gehörte John Sampson zu jenen Männern, die sich um die jungen Afrikanerinnen an Bord der *Kormoran* hatten kümmern müssen. Der unbedarfte Matrose war bereits verhört worden und hatte geschworen, man habe im vorderen Frachtraum nur Nubierinnen und ein oder zwei Inderinnen eingepfercht. Nein, hatte er Charles damals versichert, ausgeschlossen, daß sich eine Engländerin an Bord befunden habe. Die hätte sich doch bestimmt zu erkennen gegeben, als sie entdeckte, daß man auf dem Schiff Englisch sprach. Auch war keine der jungen Frauen in anderen Umständen gewesen, hatte er überzeugt hinzugefügt, denn obwohl er sie sich nicht eben genau angeschaut habe, hätte man dies nach einer viermonatigen Reise unweigerlich merken müssen.

Zudem hatte John Sampson den Selbstmord eines der Mädchen erwähnt und damit neue Furcht in Charles' Herzen geweckt, aber eine kurze Beschreibung von ihr hatte ihn überzeugt, daß es sich nicht um Raven gehandelt haben konnte. Trotzdem hatten die Neuigkeiten damals seine Verzweiflung noch genährt. Und als er in jener Nacht schlaflos auf den Decks der *Orient Star* auf und ab wanderte, fragte er sich, ob sie in einem unbeachteten Augenblick nicht vielleicht ebenfalls Selbstmord begangen hatte. Dann beruhigte er sich damit, daß sich Raven niemals das Leben nehmen würde, insbesondere nicht mit seinem Kind unter dem Herzen. Ihre Charakterstärke und ihren Mut hat sie nicht verloren, sagte er sich, und doch verfolgte ihn die Angst und nagte an ihm, bis er darüber den Verstand zu verlieren fürchtete.

Als er John Sampsons fahles Gesicht ansah, spürte er, daß sein Geduldsfaden zum Zerreißen gespannt war. Einer dieser Männer hatte ihn beim ersten Mal belogen, und einer von ihnen, daran zweifelte er nicht, könnte ihn zu Raven führen, wenn er ihn nur dazu brächte, die Wahrheit zuzugeben. Zähneknirschend kämpfte er gegen seinen Drang an, dem Mann den Hals umzudrehen.

»Kapitän?«

»Eh?« Als sich ihm eine Hand auf die Schulter legte, schnellte Charles herum und schaute in das vertraute Gesicht seines Bootsmanns. Geoffrey Lytton ließ die klugen grauen Augen fest auf ihm ruhen und verhalf ihm mit seiner Unerschütterlichkeit wieder zur Ruhe.

»Sollten wir dies nicht besonnen angehen, Sir, und Mr. Sampson in Ruhe nachdenken lassen?«

Charles' Zorn schwand völlig dahin und ein schmerzliches Lächeln umspielte seine Lippen. »Sie haben wohl recht, Mr. Lytton.« Er war jetzt froh, daß sein Bootsmann und Frachtaufseher ihn partout hatten begleiten wollen, wenn auch nur aus dem Grund, daß Geoffreys ausgleichende Art einen besänftigenden Einfluß auf sein eigenes Temperament ausübte. Zum ersten Mal seit Wochen empfand er es als vorteilhaft, daß er Dimitri nach England geschickt hatte, in der Erkenntnis, daß dessen aufbrausendes Gemüt dem seinen jetzt völlig entspräche und sein Gefühlsorkan kaum unter Kontrolle zu halten wäre.

»Entschuldigen Sie, Sir«, sagte John Sampson unvermittelt, und beide Männer wandten sich ihm zu, als hätten sie ihn völlig vergessen. »Ich denke schon die ganze Zeit nach ...« Er zögerte, aber als er in Charles die Ungeduld wieder heftig aufsteigen spürte, hob er die Hände und fügte schnell hinzu: »Nicht wegen dem Mädchen, Käpt'n, wegen was anderem.«

»Ja, was nun?« fragte Charles ein wenig gereizt, wurde aber ein wenig milder, als er Sampsons ängstlichen Blick sah. »Fahren Sie fort, Mr. Sampson« drängte er. »Es ist vielleicht von Bedeutung.«

John Sampson zuckte die Achseln. »Hab' viel drüber nachgedacht, Sir, aber vielleicht ist es ganz unwichtig. Damals in der Nacht, als wir in New Orleans angelegt haben ... Jim Barlow hat Wache geschoben. Als ich am Morgen aufs Schiff zurückkomme, sagt Jim, eine Dame hat nach mir gefragt. Sagt, sie wäre an Bord gekommen und hätte meinen Namen genannt. Angeblich hat sie darauf gewartet, daß die *Kormoran* wieder nach New Orleans kommt und daß ich drüber Bescheid weiß ...« Er verstummte abrupt und sah Charles an. »Ist das alles, Mr. Sampson?« fragte Charles gereizt.

Der Matrose blinzelte überrascht. »Ja, Käpt'n, aber Sie verstehen mich nicht so recht. Ist das erste Mal, wo ich mit der *Kormoran* unterwegs bin. Vorher war ich noch nie in New Orleans, und ich kenne hier auch keine Weiber.«

Charles und Geoffrey wechselten einen erstaunten Blick. Wenngleich keiner von ihnen eine Vorstellung hegte, wie man dieses merkwürdige Erlebnis mit Ravens Aufenthaltsort in Verbindung bringen könnte, so wollten sie doch nicht ohne gründliche Erwägung darüber hinweggehen. »Mr. Quintrell«, sagte Charles leise.

Sofort stand der junge Offizier an seiner Seite. »Aye, aye, Kapitän?«

»Richten Sie Captain Van der Horst aus, ich möchte auf der Stelle einen Matrosen namens Jim Barlow sprechen.« Die smaragdgrünen Augen erwiderten John Sampsons fragenden Blick nachdenklich. »Ich weiß nicht, wie uns das helfen kann, Mr. Sampson. Vielleicht gar nicht, aber ich danke Ihnen für diese Mitteilung.«

Als bulliges Mannsbild mit zupackenden, behaarten Armen und einem Schnurrbart im ausdruckslosen Gesicht verkörperte Jim Barlow genau die Art von Matrose, die für die Arbeit auf einem grauenhaft stinkenden Sklavenschiff geschaffen ist. Mit beispielloser Kraft, hündischer Treue und der Intelligenz eines Dreijährigen war ein solcher Bursche durchaus zufrieden, wenn er Befehle blind befolgte und genug verdiente, um sich beim Landgang mit Grog und billigen Huren zu versorgen.

Charles erinnerte sich daran, den Mann schon einmal, wenn auch nur kurz befragt zu haben. Denn er hatte damals deutlich erkannt, daß Jim Barlow kaum seinen eigenen Namen wußte, geschweige denn sich erinnerte, ob eine Engländerin an Bord der *Kormoran* gewesen war. Nun betrachtete er, die Arme über der breiten Brust verschränkt, den massigen Matrosen mit neuerwachtem Interesse und erwiderte seinen knappen Gruß mit einem Nicken.

»John Sampson zufolge hat sich in der Nacht, als die *Kormoran* anlegte, eine junge Engländerin nach ihm erkundigt. Und zwar sprach sie mit Ihnen, als Sie Wache schoben.«

»Aye, Sir.«

»Wissen Sie noch, wie sie ausgesehen hat?«

Jim Barlows Miene verlor seine Starre, und die fleischigen Backen zitterten bei seinem arglosen, einfältigen Lächeln. »Ein richtiger Engel war die, Sir, das weiß ich noch! Marschiert doch glatt mitten in der Nacht an Bord und fragt, ob John da ist.«

»Was hatte sie denn an?« erkundigte sich Charles.

Jim Barlow kratzte sich am Kopf und überlegte angestrengt. Nach einer Weile erhellte sich seine Miene. »Oh, es war ja dunkel. Ich konnte nicht richtig sehen, aber ihre Kleider waren nicht grade vom Feinsten, wenn Sie verstehen, was ich meine, Sir.«

»Erinnern Sie sich zufällig noch an ihre Haarfarbe oder an ihre Augen?« Charles fragte sich, ob er nicht doch seine Zeit sinnlos vergeudete.

Der ungeschlachte Matrose grinste. »Aye! Schwarz wie die Nacht war ihr Haar, und ich weiß noch, daß ich dachte, ich hätt' noch nie was Hübscheres gesehen. Und die Augen, die waren so schräg wie bei einer Katze, wenn Sie verstehen, was ich meine, Sir?«

»Barlow, haben Sie die Dame eigentlich an Bord gehen sehen?« fragte Charles. »Aus welcher Richtung kam sie denn?«

Der muskelbepackte Matrose kratzte sich wieder am Kopf und blinzelte verdutzt. Er schwieg eine Weile, dann antwortete er widerwillig. »Ich weiß nicht, Sir. Ich dreh' mich um, und da steht sie oben bei der Gangway rum. Sagt, daß sie John Sampson sucht, daß er ihr das letzte Mal was dagelassen hat und daß sie es ihm wiedergeben will.«

Charles schwieg eine Weile, dann senkte er die tiefe Stimme und fragte gespannt: »Hat irgend jemand das Schiff verlassen, nachdem sie wieder gegangen ist? Ist ihr einer Ihrer Kameraden gefolgt?«

Jim Barlow schaute in das markante Gesicht, in die eindringlichen grünen Augen, und versuchte verbissen, sich zu erinnern. Drei Tage erschienen ihm wie eine Ewigkeit, unmöglich konnte er sich da aller Einzelheiten entsinnen.

Geoffrey Lytton und Jason Quintrell waren näher herangetreten. Trotz ihrer Überzeugung, ihr Kapitän hege falsche Hoffnungen, war ihr Interesse erwacht. Ihre bohrenden Blicke brachten Jim Barlow derart aus der Fassung, daß ihm der Schweiß ausbrach. Er kam sich wie ein Angeklagter vor und fürchtete, sich ihre Mißbilligung einzuhandeln, wenn er nicht mit einer Antwort herausrückte.

Doch plötzlich fügten sich die Stücke kristallklar zu einem Ganzen, und er konnte die schönen, kummervollen Augen fast wieder vor sich sehen, die süße Stimme hören und die Ehrfurcht, die er bei ihrem Anblick empfunden hatte, noch einmal erleben. »Rollo Walsham«, sagte er endlich, nahezu unbewußt, und sah vor seinem inneren Auge den dunkel gekleideten Matrosen im Kielwasser der jungen Frau die Gangway hinunterschlüpfen. »Rollo Walsham ist ihr nachgegangen.«

»Ich wünsche Rollo Walsham zu sprechen«, stieß Charles mit einer Stimme hervor, die wie ein Peitschenknall die Luft zerriß, und Van der Horst zuckte erschrocken zusammen.

Sofort brach unter den wartenden Männern Unruhe aus, und

Charles machte einen Satz nach vorn, als ein schmuddeliger Matrose in grobem Wollstoff sich an seinen Kameraden vorbeidrängte und zur Gangway spurtete.

Mit zwei Riesenschritten hatte Charles ihn erreicht, schloß die Hand wie einen Schraubstock um die Kehle des Mannes, und Rollo Walsham spürte, wie sich ihm das Herz im Leib umdrehte, als er in die mörderisch aufblitzenden Augen sah.

»Wo ist sie, Walsham?« fragte Charles mit so leiser, seidenweicher Stimme, daß Rollo Walsham der Gestank der eigenen Todesangst in die Nase stieg.

Als sich der Druck um seine Luftröhre ein wenig lockerte, hustete Rollo und räusperte sich, und mit bebender Stimme kam er dem mitleidlosen Befehl nach.

Am Spätnachmittag ließen Charles und Geoffrey Lytton die Stadt hinter sich und hetzten ihre Pferde im Galopp über die holprige Straße, die entlang des Mississippi nach Norden führte. Im Laufe des Tages waren vom Flußdelta dunkle Wolken herangezogen und verstärkten die drückende Hitze, bis man kaum mehr Luft bekam. Kein Windhauch bewegte die Blätter der knorrigen, bemoosten Eichen, während die zwei Pferde den Damm entlangstampften. Das Wasser floß langsam dahin, eine träge graue Masse unter dem bedeckten Himmel.

»Gleich wird es regnen«, bemerkte Geoffrey mit einem kundigen Blick zu den Wolken. Als er sich Charles zuwandte, sah er, daß dessen kühnes Profil verbissen wirkte und die kleine Narbe auf der unrasierten, sonnenverbrannten Wange pochte. »Wir finden sie. Jetzt wissen wir wenigstens, daß Miß Barrancourt vor der drohenden Fieberepidemie geschützt ist« fügte er hinzu. »Bellevue scheint weit genug nördlich der Stadt zu liegen, außerhalb der unmittelbaren Gefahr«.

»Sie trägt mein Kind unter dem Herzen«, sagte Charles frei heraus, »und ich fürchte, das könnte sie anfälliger machen.« Zum ersten Mal erwähnte er einem seiner Offiziere gegenüber Ravens Zustand. Während der langen Fahrt von Indien hierher hatte sich Charles immer stärker abgekapselt, war zu einem furchtbar gequälten Mann geworden, den Geoffrey trotz aller

Menschenkenntnis nicht zu erreichen wußte. Als er New Orleans durchkämmte, unzählige Leute befragte und Tausende von Flugblättern verteilt, gab Charles das Kind nie als das seine zu erkennen – als hätte er nicht gewagt, sein Recht darauf zu erheben, ehe Raven sich wieder in seinem Schutz befand.

Nun konnte man das stürmische Verlangen in seiner rauhen Stimme nicht mißverstehen, keine Sekunde in Frage stellen, daß nur seine Liebe zu Raven Barrancourt und dem Lebewesen in ihrem Leib ihn in diesen langen, leidvollen Monaten so unbarmherzig angetrieben hatte.

»Weshalb haben Sie nie von Ihrer Liebe zu ihr erzählt?« fragte Geoffrey unerwartet, als sie ihre schäumenden Pferde zu einem langsameren Trab zügelten.

Charles preßte die Lippen zusammen und rang sekundenlang mit sich, als hätte er sich dieselbe Frage in der Vergangenheit unzählige Male gestellt und nie den Mut aufgebracht, sich die Antwort einzugestehen. »Ich hatte Angst«, sagte er endlich. Bei einem schnellen Blick auf Geoffrey, um dessen Reaktion auf das Geständnis seiner Feigheit zu sehen, bemerkte er, daß die klugen, grauen Augen unverändert auf ihm ruhten. Und ein Lachen voller Selbstverachtung brach aus ihm hervor. »Wenn Sie Ihr ganzes Leben lang eine Mauer um sich herum bauen, Geoffrey, und es einem unschuldigen jungen Mädchen irgendwie gelingt, diese Mauer vollständig zu unterhöhlen, dann ist es verdammt schwierig, sie wieder zusammenzuflicken.« Abermals lachte Charles höhnisch. »Klingt verrückt, wenn ich das so sage, nicht wahr?«

»Sie haben uns alle zweifellos mit Ihrem verdrossenen Gebaren getäuscht«, bemerkte Geoffrey, »oft sogar Dimitri. Der Ärmste konnte gar nicht begreifen, warum Sie eine so starke Abneigung gegen seine verehrte kleine Prinzessin hegten.«

»Beinahe hatte ich mir schon eingeredet, daß ich nichts für sie empfand« stimmte ihm Charles zu. – Seine Augen leuchteten auf bei der Erinnerung an die unzähligen Auseinandersetzungen mit Raven, die ihn so verärgert und gleichzeitig so entzückt hatten. »Nur Danny hat mit ihrem Scharfsinn meine Schauspielerei durchschaut. Deshalb war sie wohl auch nicht im mindesten überrascht, als sie erfuhr, daß Raven ein Kind von mir erwartet.« Seine tiefe Stimme klang plötzlich heiser. »Ich schwöre bei Gott, wenn sie Schaden nimmt …«

»Dieser Walsham hat uns versichert, daß er sie gesund nach Bellevue brachte« erwiderte Geoffrey hastig und verdrängte das gräßliche Bild des angsterfüllten, geifernden Matrosen, der bei diesem Geständnis beinahe das Leben durch die Hand Charles St. Germains verloren hätte. Der junge Quintrell, er selbst, der stämmige Matrose Barlow und noch ein oder zwei Mannschaftsleute der *Kormoran* hatten all ihre Kräfte aufbieten müssen, um den heulenden, zu Tode erschrockenen Rollo Walsham aus Kapitän St. Germains mörderischem Griff zu befreien. Wären sie nicht rechtzeitig eingeschritten, hätte Charles ihn sicher mit bloßen Händen erwürgt.

Ein Donnergrollen ließ ihn zum Himmel aufschauen und seine düsteren Erinnerungen vergessen. Schwere Gewitterwolken zogen von Westen herüber, riesig, grau und violett, rücksichtslos vom Wind gepeitscht. Auf dem Fluß kräuselten sich winzige Wellen, das Wasser schlug mit zunehmender Kraft gegen den Damm. Staub erhob sich zu kleinen Wirbelwinden, verstopfte den Pferden die Nüstern und brannte den beiden Männern in den Augen.

»Wir sollten uns beeilen«, bemerkte Charles, als er mit zurückgeneigtem Kopf den aufgewühlten Himmel betrachtete. Die elektrisch geladene Atmosphäre verstärkte seine innere Unruhe – die tiefe Überzeugung in ihm wuchs, daß Raven dringend seiner Hilfe bedurfte.

Endlich setzte stürmisch der Regen ein, mit riesigen Tropfen, die durch die Bäume tosten, das Wasser im Fluß aufrührten und die staubige Landstraße in Morast verwandelten. Weiter oben auf der Straße, zwölf Meilen unterhalb von Bellevue, zog Raven die zarten Schultern hoch, als der Wolkenbruch vom Himmel niederstürzte, das Wasser ihr über das Gesicht strömte und Schmutzrinnen auf ihren eingefallenen, staubbedeckten Wangen hinterließ. Nach ein paar stockenden Schritten blieb das lahmende Pferd stehen und ließ den Kopf jämmerlich hängen.

»Weiter!« drängte Raven und zerrte mit aller Kraft an den Zügeln.

Das große Tier wollte sich partout nicht mehr bewegen, und Raven, die selbst zu erschöpft war, um dagegen anzukämpfen, ließ die Arme sinken. Wie weit, fragte sie sich niedergeschlagen, ist es noch bis zum Stadtrand von New Orleans? Ihr leichtes Schuhwerk war durchtränkt, das Kleid klatschnaß, und sie konnte sich vor Müdigkeit kaum noch auf den Beinen halten. Es wäre am einfachsten, wenn sie irgendwo Unterschlupf vor dem Regen fände, um den Sturm abzuwarten und sich dabei ein wenig auszuruhen. Aber der Gedanke, daß Charles in der vom Fieber heimgesuchten Stadt nach ihr fahndete, trieb sie voran.

Mit gefühllosen Fingern schnallte Raven den Gurt auf und ließ den Sattel vom Rücken des lahmen Jagdpferds gleiten. Dann zog sie ihm das Zaumzeug über den Kopf, gab dem Tier mit den losen Lederzügeln einen leichten Klaps auf die Hinterhand und befahl ihm, umzukehren. Zuerst wollte es sich nicht von der Stelle bewegen, aber nachdem ihm Raven einen zweiten, schmerzhafteren Schlag versetzt hatte, trottete es linkisch in die Richtung, aus der es gekommen war.

Raven befand sich meilenweit von ihrem Zielort, das dünne Musselinkleid klebte ihr auf der nassen Haut, die schmerzenden Füße steckten in abgetragenen, völlig vom Morast verkrusteten leichten Schuhen. Erschöpft und hungrig, war sie keineswegs überzeugt, daß ihre Kraft noch viel weiter reichte. »Natürlich kannst du noch weitergehen«, redete sie sich unnachgiebig ein. Hatte sie nicht die qualvolle Überfahrt von Indien nach Amerika überlebt? Weshalb sollte ihr dann ein kleiner Spaziergang von ein paar Meilen im strömenden Regen auf einmal so bedrohlich erscheinen? Die monatelange Gefangenschaft und die fortgeschrittene Schwangerschaft forderten natürlich ihren Tribut, aber sie weigerte sich hartnäckig, sich diese Tatsache einzugestehen. Resolut hob sie das Kinn und machte sich auf den Weg, während ihr der Morast in kleinen Rinnsalen über die Schuhe sickerte und den durchtränkten Kleidersaum schwer zu Boden zog.

Eine zweite unheilvoll schwarze Wolkenwand, die durch den aufkommenden Wind vom Golf hereingetrieben wurde, ergoß sich so plötzlich, daß sie Raven unvorbereitet traf. Was vorher wie ein Wolkenbruch erschienen war, wuchs sich nun zu einer unglaublichen Sintflut aus, als sich der Himmel öffnete und die aufgeweichte Erde völlig durchtränkte.

Über Raven grollte ohrenbetäubender Donner, und ein Blitz zerriß den Himmel und schlug in die Krone einer mächtigen Eiche in unmittelbarer Nähe ein, so daß Raven durch die Erschütterung die Haare zu Berge standen.

Mit rasendem Herzen senkte sie den Kopf, um sich vor dem alles verhüllenden Regen zu schützen, der ihr schmerzhaft ins Gesicht prasselte. Sie rannte die schlammige Straße hinunter, die vom angeschwollenen Fluß weg in die Tiefen undurchdringlichen Buschwerks und Dickichts führte. Hier toste der Regen durch die Bäume, Blitze schlugen rings um sie ein, der Wind peitschte Ravens Röcke, so daß sie sich kaum noch bewegen konnte. Herabstürzenden Zweigen ausweichend, lief sie blindlings auf der Suche nach Unterschlupf weiter und schrie bei jedem versengenden Blitz auf, der in der Nähe einschlug.

Es wäre Wahnsinn, sich unter einer der riesigen Eichen unterzustellen, aber wohin konnte sie sich vor der peitschenden Wucht des Regens flüchten? An einer Straßenbiegung, an der ein paar Zwergpalmen die Sturmgewalt minderten, hielt sie einen Augenblick inne. Um Luft ringend, versuchte sie durch die stürmischen Fluten zu spähen, aber ein Blitz blendete sie, und das begleitende Donnergrollen dröhnte ihr in den Ohren.

Als das Getöse verklungen und die leuchtenden Blitze vor ihren Augen verschwunden waren, schaute Raven auf und hielt den Atem an. Durch die herabströmende Regenwand zeichneten sich vor ihr zwei Pferde ab, deren Reiter mit aller Kraft die verängstigten Tiere am Ausbrechen hinderten. Große, nasse Schmutzklumpen hingen an ihren Hufen und hatten ihr Fell besprenkelt, ihre Ledergeschirre waren völlig durchweicht.

Raven erstarrte. Ihr war klar, daß man sie noch nicht entdeckt hatte. Seit ihrer Entführung aus Karachi hatte sie Mißtrauen gegenüber allen Fremden gelernt, und jetzt spürte sie ein Schluchzen in ihrer Kehle aufsteigen, denn sie war überzeugt, daß diese beiden Männer sie an ihrem schmutzigen Kattunrock als entlaufene Sklavin identifizieren würden. Sie drehte sich um und versuchte die schützenden Bäume zu erreichen, glitt im Schlamm aber aus, stürzte beinahe und verrenkte sich dabei schmerzhaft den Knöchel.

Ein qualvoller Schrei drang über ihre Lippen. Sie preßte die Hand auf den Mund und schaute über die Schulter, um festzustellen, ob man sie bemerkt hatte. Durch das Sturmgeheul hörte sie einen der Reiter seinem Begleiter etwas zurufen, und dann preschten die Pferde in rasendem Galopp auf sie zu. Tränen der Verzweiflung traten ihr in die Augen, als sie erkannte, daß es, selbst wenn ihr schmerzhaft pochender Knöchel ihr Gewicht hätte tragen können, für eine Flucht zu spät war.

Zitternd griff sie in die Schürze und zog die Pistole heraus, obwohl sie sich keineswegs sicher war, daß die Waffe noch funktionierte. Mit beiden Händen umklammerte sie den Elfenbeingriff, hielt das Schießeisen auf Armlänge von sich gestreckt und richtete den Lauf auf den größeren der beiden Männer, der auch voranritt. Entschlossen entblößte sie die zusammengebissenen Zähne. Sie ahnte nicht, daß sie nicht annähernd so einschüchternd wie beabsichtigt wirkte; das lehmverkrustete Kleid klebte ihr naß am Leib und zeigte die unmißverständliche Wölbung. Das nachtschwarze Haar hing ihr in triefenden Strähnen auf dem Rücken, Kratzer und Moskitostiche bedeckten die schmutzigen Wangen. Nur ihre Augen waren unverändert, ein unbändiger Überlebenswille leuchtete aus den goldbraunen Tiefen, von langen, feuchten Wimpern umrahmt.

Das Leitpferd kam näher, aber Raven wich nicht zurück, und als es sein Reiter hart zügelte, stolperte es und stürzte beinahe in die Morastbrühe, dann riß es sich hoch und blieb stehen.

»Dem Himmel sei Dank! Raven!«

Beim Klang ihres Namens riß sie den Kopf hoch, und durch den strömenden Regen blickte sie in Charles St. Germains gepeinigtes Gesicht. Der Ausdruck darin machte sie für alles blind, nur nicht für die alles besiegende Liebe zu ihr, die sich auf dem Grund seiner Seele offenbarte. Sie bewegte lautlos die Lippen, regte sich aber nicht. Die Pistole in ihren zarten Händen zielte noch immer auf seine breite Brust, und der Regen peitschte weiter auf sie herab.

»Raven! Mein Gott, Raven!«

Sie sah nicht einmal, wie er vom Pferd sprang und die Arme nach ihr ausstreckte, nahm auch nicht Geoffrey Lyttons strahlendes Gesicht hinter Charles' starker Schulter wahr. Sie wußte nur, daß sie in seinen Armen lag, an seinen wärmenden Körper gedrückt, und daß er ihr mit vor Rührung brüchiger Stimme leise Worte ins klatschnasse Haar flüsterte.

»Bist du es wirklich, Charles?« hauchte sie und wagte kaum, es zu hoffen.

»Ja, Liebes«, versicherte er heiser. »Endlich habe ich dich gefunden, meine einzige wahre Liebe.« Er umfing ihren zitternden Körper noch fester und schirmte sie gegen den erbarmungslos anstürmenden Regen ab. Als sie zu sprechen versuchte, brachte er sie ungestüm zum Schweigen, indem er sie so nah an sich zog, daß sie seinen Puls wild pochen spürte. »Still, Liebste, sag jetzt nichts. Sobald der Regen nachläßt, bringe ich dich aufs Schiff zurück.«

Trotz ihrer Erschöpfung ruhte Raven nicht eher, bis sie sich von seiner Gesundheit überzeugt hatte, bis es zweifelsfrei feststand, daß auch tatsächlich Charles sie in Armen hielt und kein Traumgespinst aus den Tiefen ihrer Fieberfantasien. Besorgt erkannte sie die auffallende Hagerkeit seines schmerzgezeichneten Gesichts. Zitternd streckte sie die Finger aus und berührte behutsam die kleine Narbe auf seiner schmalen Wange, aber die Frage erstarb ihr auf den Lippen, als sie ihm in die zärtlichen Augen sah.

»Raven, ich liebe dich«, flüsterte er, während er in ihrem eingefallenen Gesicht die köstliche Vollendung seltenster weiblicher Schönheit erkannte, die Schönheit jener Frau, die er für immer verloren geglaubt hatte. Als er ihren bebenden Körper an sich preßte, spürte er, wie sehr sie abgemagert war, aber ihre gewölbte Leibesmitte fühlte sich fest und voll an. Stöhnend zog er sie noch enger an sich, mit begehrenden Lippen küßte er sie und hielt sie mit wilder Sehnsucht umfangen. Für Raven schwanden die Schrecken der Vergangenheit, und nichts mehr außer Charles zählte, der sie mit seiner Umarmung wissen ließ, daß sie sich nie wieder zu fürchten brauchte.

19

An einem warmen, sonnendurchfluteten Morgen Ende Juli segelte die *Orient Star* am Mont St. Michel mit seinem eindrucksvollen Kloster- und Festungsbau vorbei, während die hereinkommende Flut sie schnell durch die Bucht in den geschützten Hafen von Penzance trieb. Beim Reffen der Segel und Festmachen der Vertäuungen arbeitete die Mannschaft mit gesteigerter Konzentration und Geschwindigkeit.

Kapitän St. Germain wandte sich in seiner Kajüte rastlos vom Fenster ab. Mit einer Mischung aus Sorge und unendlicher Zärtlichkeit sah er seine erschöpfte junge Frau an. »Kann ich dir deinen Entschluß wirklich nicht ausreden, Raven?« fragte er in einem Ton, der weder schroff noch gebieterisch klang, obwohl er innerlich gegen seinen fast übermächtigen Drang kämpfte, sie anzuschreien, damit sie seinen einleuchtenden Argumenten endlich Gehör schenkte.

Trotz Ravens Blässe und der Tatsache, daß ihr das nachtschwarze Haar feucht an der Stirn klebte, umspielte ein sanftes, liebevolles Lächeln ihre Lippen. »Bestimmt nicht.« Etwas in seinen Augen ließ sie die Hand nach der seinen ausstrecken, ihr kräftiger Händedruck überraschte und erfreute ihn. »Bitte, Charles, sei mir nicht böse.«

Wenn Raven so aussah, konnte man ihr unmöglich widerstehen, und aus Charles' Miene wich die Anspannung. »Wie könnte ich das?« fragte er leichthin. »Wenn du unser Kind auf North Head zur Welt bringen möchtest, dann soll es so geschehen«, meinte er mit belegter Stimme, und das Herz krampfte sich ihm zusammen, als sie sich plötzlich wegdrehte und ein Schmerzanfall ihre zarten Züge zeichnete.

Seit dem Morgengrauen lag sie in den Wehen, und Charles hatte beim Aufwachen bemerkt, daß sie in seinen Armen zusammengezuckt und ihr Nachthemd schweißnaß gewesen war. Fest biß sie die Zähne aufeinander, damit ihr nicht einmal das geringste Wimmern entkam und ihm ihre Qualen verriet. Er war anfangs etwas verstimmt, weil sie ihn nicht früher geweckt hatte, aber als er ihr in ein frisches Nachthemd half und sie wieder zur Koje trug, verwandelte sich sein Unmut in Angst, Raven könnte nicht stark genug für die Geburt seines Kindes sein. Eine lange, gemächliche Rekonvaleszenz in New Orleans hätte ihr sicher gutgetan, aber wegen der Gelbfiebergefahr hatte Charles die *Orient Star* auf See beordert. Und Raven hatte ihm in ihrer unnachahmlichen Art das Versprechen abgeschmeichelt, sie nach England zu bringen, damit das Baby auf North Head zur Welt käme.

»Raven? Die Kutsche ist vorgefahren, und ich habe nach Dr. Tremyn schicken lassen. Er wird uns bei unserer Ankunft zu Hause erwarten.«

Ihr wurde warm ums Herz. Wie selbstverständlich ihr Gemahl North Head als sein Zuhause bezeichnete ... Während der ganzen Überfahrt hatte sie sich insgeheim gesorgt, daß Charles sich nie völlig dem Ruf des Meeres verschließen würde und ihre Liebe möglicherweise nicht stark genug wäre, um ihn zu halten. Jetzt las sie in seinen smaragdgrünen Augen nur tiefe Liebe zu ihr, und vertrauensvoll legte sie ihm die Arme um den Hals. »Keine Bange«, beruhigte sie ihn, als er sie an seine breite Brust hob. »Wir Barrancourts sind von Natur aus zäh.«

»Allerdings«, pflichtete er ihr mit einem abgrundtiefen Seufzer bei, und seine Stimme kam ihr rauh vor. »Aber jetzt bist du eine St. Germain, meine Liebe. Vergiß das nicht.«

»Ich bezweifle, daß du mir je erlauben wirst, dies zu vergessen«, neckte sie ihn, aber ihre Worte gingen in heftiges Keuchen über, und die Tränen kamen ihr, als eine Schmerzwelle sie erfaßte. Charles trug sie mit starrer Miene eilends zum Hauptdeck hoch, wo Danny schon ungeduldig darauf wartete, sie an Land zu begleiten.

»Da sind Sie ja endlich!« empfing sie ihn streng, als er mit seiner Frau auf den Armen ins Sonnenlicht hinaustrat. »Wir dürfen keine Zeit verlieren, Sir! Das Kindchen wartet Ihnen zuliebe nicht ewig!«

Charles mußte lachen, als er Dannys verdrossenes pausbäckiges Gesicht sah. Mit ihrer resoluten fachkundigen Art zerstreute sie seine unausgesprochene Angst ein wenig. Auf der Promenade stand schon eine Droschke für sie bereit, und der Fahrer, der

Raven offensichtlich erkannte, nahm den Hut ab und lächelte sie herzlich an, als der Kapitän sie hineinhob.

Mit Charles' Hilfe stützte sich Raven auf den Ellbogen, und durch das Kutschenfenster sah sie die Mannschaft der *Orient Star* in Reih und Glied an der Reling stehen, alle winkten und riefen ihr aufmunternde Worte zu. Gerührt winkte sie zurück, bis Charles hinter ihr die Kutsche bestieg und sie liebevoll in die Arme nahm.

Als der Wagen auf North Head vor den breiten Steinstufen des Hauptflügels zum Stehen kam, war Raven, für einen Augenblick schmerzfrei, überrascht, die Dienerschaft zu ihrem Empfang draußen Spalier stehen zu sehen. Sir Hadrian, der in einer mit Goldborten besetzten Weste prächtig aussah, und sein betulicher Butler Jeffords hatten sich ganz vorn eingereiht.

Mit ihrem typischen Streben nach Unabhängigkeit, das den besorgten Charles verdroß, bestand Raven darauf, nicht ins Haus getragen zu werden, sondern aus eigener Kraft die Schwelle zu überschreiten. Mit großem Widerstreben gab er nach – hob sie sanft aus der Kutsche auf den Steinboden, drückte sie für eine Sekunde an sich und küßte sie auf die Stirn. Den Arm um sie gelegt, half er ihr über die Stufen und bemerkte dabei die liebevollen Mienen der versammelten Gefolgsleute beim Anblick ihrer Herrin. Einige wischten sich mit feuchten Taschentüchern über die Augen. Zu Charles' Erstaunen wurde auch ihm ein herzlicher Empfang bereitet, und die an ihn gerichteten Begrüßungsworte bewegten ihn zutiefst.

Raven hielt gerade lange genug inne, um ihren Onkel zu begrüßen, und als sie den glänzenden schwarzen Kopf über den löwenmähnigen beugte, sah Charles, wie dem alten Mann Freudentränen in die Augen stiegen.

Im riesigen Schlafgemach im Ostflügel des Herrenhauses hatte man die schweren Vorhänge geschlossen und das große Himmelbett frisch bezogen. Während Danny sich im Hintergrund zu schaffen machte, bettete Charles seine Frau sanft auf die weichen Laken.

»Kapitän St. Germain?«

Beim Klang seines Namens wandte er sich um. »Ja?«

»Ich bin Dr. Tremyn. Ihre Gemahlin hat um meine Anwesenheit bei der Entbindung gebeten.«

Charles musterte den kleingewachsenen Arzt mit dem Bakkenbart und den schmalen, feinknockigen Händen. Ihm gefielen der feste, prüfende Blick, mit dem Dr. Tremyn dem seinen begegnete und die ruhige Entschlossenheit in den freimütigen Augen.

»Ich kenne Miß Raven seit ihrer frühen Kindheit«, fügte der Arzt hinzu, in der Hoffnung, auch den allerletzten Zweifel, der noch immer in der Miene des breitschultrigen Kapitäns zu lesen war, restlos zu zerstreuen. »Im Alter von fünf Jahren mußte sie zum ersten Mal behandelt werden, als sie von ihrem neuen Pony gefallen war.« Dr. Tremyn lächelte sanft – »Und ich kann mich unmöglich erinnern, wie viele Stürze, Hautabschürfungen, Schnitte und blaue Flecke dem noch gefolgt sind.«

»Das kann ich mir vorstellen« meinte Charles und entspannte sich. Doch gleich darauf runzelte er wieder beunruhigt die Stirn, als er zum Bett hinübersah, wo Danny und ein rothaariges Dienstmädchen Raven gerade das Kleid abstreiften. »Meine Frau ist gesundheitlich angegriffen«, sagte er mit rauher Stimme, »und derzeit nicht so robust wie eigentlich wünschenswert.«

»Machen Sie sich keine Sorgen«, erwiderte Dr. Tremyn zuversichtlich. »Sie dürfen schließlich die Barrancourtsche Unverwüstlichkeit nicht außer acht lassen, Kapitän.«

»Sollte ich dies je tun«, bemerkte Charles leicht gequält, »wird man mich gewiß sofort daran erinnern.«

Dr. Tremyn grinste. »Wenn Sie uns jetzt bitte entschuldigen, Kapitän, ich möchte Ihre Gemahlin untersuchen, um zu sehen, wie weit die Geburt schon fortgeschritten ist.«

Charles' Miene verfinsterte sich. »Ich denke nicht daran, meine Frau allein zu lassen.«

»Aber ja doch« mischte sich Danny heiter ein, nahm ihn beim Ellbogen und versuchte ihn, wenngleich mit nur geringem Erfolg, zur Tür zu führen. »Werdende Väter haben bei der Geburt wirklich nichts verloren.«

Er fühlte sich so hilflos wie nie zuvor in seinem Leben. Unentschlossen schaute er zum Bett hinüber. Als fühlte sie seinen besorgten Blick, schlug Raven die Augen auf, und er sah darin die brennende Liebe zu ihm. Ein sanftes Lächeln trat auf die weichen Lippen, und Charles, nunmehr beruhigt, gestattete Danny, die Schlafzimmertür hinter ihm zu schließen.

»Na, na, mein Junge, Sie müssen sich jetzt ein wenig entspannen! Wenn Sie erst einmal in meinem Alter sind, werden Sie feststellen, daß man wegen so etwas nicht die Fassung verlieren muß.«

Überrascht drehte sich Charles um und bemerkte Sir Hadrian, der ihn vom anderen Ende des sonnigen Korridors aus beobachtete.

Obwohl der gebrechliche Herr sich schwer auf seinen Stock stützte und die Adern auf seinen Händen deutlich hervortraten, funkelten die bernsteinfarbenen Augen jugendlich, und die stolze Kopfhaltung erinnerte Charles nur allzu deutlich an Sir Hadrians impulsive, leicht aufbrausende Großnichte. »Hoffentlich erlebe ich nie den Tag, an dem mich die Geburt eines Sohnes oder einer Tochter nicht mehr berührt, Sir« erwiderte er schneidend.

Sir Hadrian lachte gackernd und strich sich über den silbernen Bart, der ihm über die seidene Hemdbrust wallte. »Ganz schön bärbeißig, nicht wahr? Doch einerlei! Diesmal sei's ihnen verziehen, weil dieses ganze Kinderkriegen einen werdenden Vater ziemlich mitnehmen kann. Doch folgen Sie mir. Es ist sinnlos, so vor der Tür herumzuschleichen. Dabei hören Sie nur Dinge, die einem besser nicht zu Ohren kommen. Begleiten Sie mich lieber ins Arbeitszimmer.«

Um Charles' volle Lippen zuckte es. Auf unerklärliche Weise fühlte er sich zu dem verhutzelten Greis hingezogen. Sir Hadrian, dem dies nicht entging, gluckste wieder und führte ihn die geschwungene Treppe zum Mittelflügel hinunter, wo ein Bediensteter eilends die geschnitzte Eichentür zu James Barrancourts Arbeitszimmer aufriß. Charles gefiel die warme, einladende Atmosphäre des Raumes auf der Stelle, die sorgsam polierte Nußbaumtäfelung, die Orientteppiche, die – wie er mit Kennerblick erkannte – kostbar und überaus erlesen waren. Der von Maskulinität geprägte Raum bot eine angenehme Rückzugsmöglichkeit vor den Pflichten der Welt. Hinter dem wuchtigen Schreibtisch eröffneten die Flügelfenster ein atemberaubendes Seepanorama, wo die kahlen Klippen jäh zu dem felsigen Strand und den schaumgekrönten Uferwellen abfielen.

Ja, dachte Charles, hier werde ich mit Wonne arbeiten.

Mit einem zufriedenen Lächeln hinkte Sir Hadrian zur Vitrine, holte zwei Cognacschwenker heraus und schenkte je einen großzügigen Schuß herrlich duftenden Weinbrands ein. Sein Lächeln vertiefte sich, als er sah, wie Charles sich bequem, die langen Beine locker gekreuzt, auf einem der großen Lehnstühle niederließ und mit seiner Lederweste und der lässig gebundenen Krawatte das Idealbild des Landedelmanns perfekt verkörperte.

Hunderte von Fragen lagen dem alten Mann auf der Zunge, aber trotz seiner Ungeduld wollte er sie jetzt noch nicht stellen. Später war noch genug Zeit, um von Ravens Gemahl die Ereignisse während der einjährigen Reise seiner Großnichte zu erfahren. Zuerst einmal mußten sie die Geburt des Kindes abwarten, und Sir Hadrian stellte fest, daß er ständig vor Augen hatte, wie Raven – zerbrechlicher, in gewisser Weise reifer, aber wunderschön – sich auf ihren großen gutaussehenden Gatten stützte, als er ihr über die Schwelle half und dabei seine Ängste hinter einem Ausdruck wahrer, fürsorglicher Liebe zu verbergen suchte.

Raven hatte großartig ausgesehen, die blasse Haut hatte sich in den langen Stunden unter der Sommersonne golden getönt, die Schwangerschaft betonte noch die anmutige Zerbrechlichkeit ihrer schlanken Gestalt. Und doch hatte sie mager und erschöpft gewirkt, die allzu ausgeprägte Anspannung in ihren Augen konnte nicht allein von den Wehen herrühren. St. Germain war ihr mit geradezu grimmiger Fürsorglichkeit nicht von der Seite gewichen, und Sir Hadrian hegte den starken Verdacht, die festen Bande zwischen den beiden wären durch tiefes Leid und bittere Drangsal geschmiedet worden. Dies beunruhigte ihn eigentlich nicht übermäßig, denn ihm schien, daß eine aus Schmerz entstandene Liebe kräftiger erblühen müßte und von längerer Dauer sein würde als jede andere.

Sir Hadrian nippte noch einmal an seinem Cognac, leckte sich genießerisch über die Lippen und begann ohne Umschweife. »Ja, mein Junge, all dies gehört nun Ihnen. Viele Barrancourts sind durch die Hand intriganter Blutsverwandter gestorben, die selbst Anspruch auf den Besitz erheben wollten.« Sein liebevoller Blick schweifte über das kostbar eingerichtete Arbeitszimmer. »Von Pracht und Schönheit einmal abgesehen, ist North Head ein bewirtschaftetes Anwesen mit Ackerland und Pächtern, das verwaltet werden muß. Schon etwas anderes, als ein Freibeuterschiff auf den Weltmeeren herumzuordern, könnte ich mir vorstellen.«

»Vermutlich«, stimmte Charles zu, der erkannte, daß ihn der gewitzte alte Mann auf die Probe stellte. »Doch kann ich Ihnen versichern, daß Raven einer Vermählung mit mir nicht zugestimmt hätte, hielte sie mich nicht für fähig, die Rolle eines Gutsherrn zu übernehmen.«

»Also wollen Sie sich hier niederlassen?« fragte Sir Hadrian und musterte Charles' schmales, sonnenverbrantes Gesicht. »Und was geschieht mit Ihrem Schiff? Ich möchte nicht, daß meine Großnichte mit einem Haufen kleiner Kinder sich selbst überlassen bleibt, wenn Ihnen das Seemannsblut wieder in den Adern zu kribbeln anfängt.«

Obwohl Charles eine solch unverschämte Bemerkung jedem anderen verübelt hätte, wußte er, daß es Sir Hadrian allein auf Ravens Wohlergehen ankam, und diese liebende Fürsorge konnte er nur allzugut nachempfinden. Unmerklich wurden seine schroffen Züge weicher, und in seiner Stimme schwang nicht die gewohnte Grobheit mit. »Ich habe meine frühen Mannesjahre auf See verbracht, Sir, auf der Suche nach etwas, das ich weder benennen noch beschreiben konnte. In Wahrheit war ich mir nicht einmal des Ausmaßes meiner tiefsten Sehnsüchte bewußt, bis ich Raven begegnete und mein Verlangen plötzlich auf eine Weise gestillt fand, die ich nie für möglich gehalten hätte. Dank dieses Heilmittels entdeckte ich die Ursache meines früheren Getriebenseins, und nun verfolgen mich keine Gespenster mehr.«

In seiner tiefen Rührung über das aufrichtige Geständnis gab

Sir Hadrian vor, auf einmal ungeheuer mit dem Inhalt seines Cognacschwenkers beschäftigt zu sein, denn er erkannte, daß diese Offenbarung Charles nicht leichtgefallen war. Nach einer Weile zuckte er die Achseln und betrachtete ihn zufrieden grinsend. »Auf Ihr Wohl, mein Junge! Ich bezweifle nicht, daß James' Anwesen bei Ihnen in guten Händen ist.«

Charles leerte sein Glas, lehnte sich in dem bequemen Lederstuhl zurück und überflog die Stapel von Hauptbüchern auf dem Schreibtisch. Die Aufgabe, North Head wirtschaftlich wieder auf Vordermann zu bringen, schüchterte ihn nicht ein, und im Augenblick sorgte er sich weit mehr um Raven. Wie blaß und müde war sie doch gewesen, als sie ihm so tapfer vom Himmelbett aus zugelächelt hatte ...

»Ach, Kapitän, Sir!« Ein junges Dienstmädchen mit geröteten Wangen platzte ganz aufgelöst zur Tür herein. »Dr. Tremyn sagt, Sie sollen raufkommen! Das Kindchen ist da, Sir!«

Auf Ravens kaum hörbare Bitte hin hatte man die schweren Vorhänge aufgezogen, so daß der Nachmittagssonnenschein ungehindert hereinströmte. Auf zahlreiche Kissen gebetet, konnte sie auf die schimmernde See hinausschauen, während sie mit großer Ungeduld den Augenblick erwartete, da Dr. Tremyn ihr ihr Erstgeborenes in den Arm legen würde.

Sarah und Nan packten unter frohem Geflüster in einer Ecke die blutigen Laken zusammen, während Danny ihrer Herrin den Spitzenkragen ihres frischen Nachthemdes zurechtzupfte und ihr das feuchte Haar aus der Stirn strich. »Nun, mein Liebes«, flötete sie, die lustigen braunen Augen von Freudentränen benetzt. »Wieder hübsch und munter wie das blühende Leben.«

Hinter ihr flog die Schlafzimmertür auf. Alle drehten sich erschrocken um und sahen Charles atemlos auf der Schwelle stehen. In den smaragdgrünen Augen glühten wilde, ungebändigte Gefühle. Nur Raven überraschte sein Auftritt nicht, lächelnd winkte sie ihn heran, und diese Geste zauberte tiefe Erleichterung auf sein kantiges Gesicht. Er setzte sich zu ihr aufs Bett und strich ihr mit linkischen Fingern über die blasse Wange. Doch als er zu sprechen versuchte, versagte ihm die Stimme.

»Schau, Charles«, flüsterte Raven, als Dr. Tremyn mit einem quäkenden Bündel im Arm hinter ihrem Gatten auftauchte. »Wir haben eine Tochter.«

»Und eine gesunde obendrein«, fügte der Arzt hinzu und legte das eingemummte Baby in Ravens ausgestreckte Arme. »Die Entbindung ist völlig problemlos verlaufen, und unsere junge Dame hat unversehrt das Licht der Welt erblickt.«

Als er das kleine rote Gesicht seiner Tochter betrachtete, wurde Charles merkwürdig eng in der Brust. Ihr Köpfchen war mit zartem Haar bedeckt, ebenso dunkel und glänzend wie Ravens, und als sie die Augen aufschlug und ihn ansah, erkannte er, daß sie blau waren, obwohl die türkisfarbenen Tiefen davon kündeten, daß sie eines Tages dasselbe Grün wie die seinen annehmen würden. Ein Lächeln innigsten Glücks umspielte seine Lippen, aber zu seinem Erstaunen öffnete das Kind als Antwort auf die väterliche Freude das Mündchen und stieß einen kräftigen Schrei aus.

Raven lachte über Charles' verdutzte Miene. Aber während sich ihre Blicke kreuzten, erstarb ihr das Lachen auf den Lippen, und sie errötete tief, als sie die übermächtige Liebe zu ihr in seinen Augen las.

»Ich liebe dich, Raven«, flüsterte er heiser. »Wenn du nur ahnen könntest, wie sehr ich dich liebe!«

»Ich kann es versuchen«, antwortete sie leise und hob ihm das Gesicht entgegen. Verlangend senkten sich seine Lippen auf die ihren.

Nachdem Raven eingeschlummert war und das Baby satt und zufrieden in der behaglichen Korbwiege neben dem Bett seiner Mutter lag, schlüpfte Charles lautlos aus dem Zimmer. Da er den Drang nach ein wenig Bewegung verspürte, ließ er ein Pferd satteln. Dann ging er ins Speisezimmer und blieb dort gerade lange genug, um mit dem überglücklichen Sir Hadrian auf die Gesundheit des Babys anzustoßen.

»Und wie soll die Kleine heißen?« fragte der stolze, frischgebackene Urgroßonkel, als er das leere Glas abstellte.

Charles fuhr sich durch die ungebändigten braunen Locken. »Hm, ich weiß noch nicht. Das überlasse ich wohl Raven.«

»Und wie ist das Befinden meiner lieben Großnichte?« erkundigte sich Sir Hadrian mit einem milden Lächeln.

Charles' Miene wurde sanfter, wie immer, wenn man von Raven sprach, und Sir Hadrian bemerkte die Veränderung mit Wohlwollen. »Ausgezeichnet. Dr. Tremyn fürchtet keinerlei Komplikationen.«

»Warum auch?« schnaubte Sir Hadrian. »Sie ist schließlich eine St. Germain. Soviel ich weiß, ist das ein zäher Schlag.«

Immer noch lächelnd überquerte Charles den gepflasterten Hof und sah zwei jungen Burschen zu, die einen ungebändigen kastanienbraunen Hengst aus dem Stall zu führen versuchten. Die Ohren eng an den edlen Kopf gelegt, tänzelte das Tier zur Seite, drehte sich im Kreis und suchte sich loszureißen, während die jungen Pferdeknechte fluchend ihr Bestes gaben, um ihn im Zaum zu halten.

»Das ist doch bestimmt Cinnabar«, bemerkte Charles zu dem grauhaarigen Mann, der aus dem Stall kam, um das Spektaktel zu verfolgen.

»Ja, ganz recht, Sir. Möchten der Herr ihn reiten?« fragte Sam. »Ich habe ihn für Sie satteln lassen, weil er seit Miß Ravens Abreise nicht mehr richtig geritten worden ist, aber es steht auch schon ein Wallach parat, wenn Cinnabar dem Herrn zu ungestüm erscheint.«

Charles hob die Brauen und musterte den Stallaufseher prüfend. In Sams Blick, der dem seinen fest begegnete, sah er keine Herausforderung, nur eine höfliche Frage. »Ich reite ihn gern«, erwiderte er leichthin. »Er dürfte kaum schwerer als seine Herrin zu zähmen sein.« Er grinste den verdutzten Sam breit an, nahm den Stallburschen die Zügel aus der Hand und schwang sich elegant in den Sattel.

Dann galoppierten Pferd und Reiter über das windgepeitschte Grasland, und Cinnabar reagierte folgsam auf die Befehle, da Charles mit einwandfreier Haltung im Sattel saß. Sam verschränkte die kräftigen Arme über der Brust und schürzte die Lippen. Nach einer Weile trat Bewunderung in seine Miene. Nicht viele Männer ritten derart meisterlich, das sah er mit Kennerblick, auf einem so temperamentvollen Tier wie Cinnabar. Ja, stellte er fest, Miß Raven hat einen ihr ebenbürtigen Mann geheiratet.

Den salzigen Seegeruch in der Nase, lenkte Charles den muskulösen Hengst vom Haus weg und trieb ihn zu schnellerem Tempo an, so daß sie bald nur so dahinstoben. Das weite, karge Heideland, das sich von North Head zum Meer erstreckte, eröffnete ihnen grenzenlosen offenen Raum, und Charles ließ dem Tier freien Lauf, so daß beide ihre überschäumenden Energien in einem ungestümen Galopp austoben konnten.

Wo die Klippen ins Meer abfielen, zog Charles schließlich die Zügel an und ließ Cinnabar ein wenig verschnaufen, während er den Blick über die unglaublich schöne Felsküste schweifen ließ, die gänzlich zu Barrancourtschen Anwesen, nunmehr Ravens und seinem Besitz, gehörte. Aber jetzt ist es das Land der St. Germain, drängte es Charles hinauszuschreien, und die Tatsache, daß er nun ein Zuhause und eine Familie sein eigen nennen durfte, erfüllte ihn mit höchster Freude. Vor Jahren hatte er ebendies aufgegeben – in seinem rastlosen Hunger nach etwas, das er auf dem weiten offenen Meer zu finden dachte. Was hatte ihm der Gedanke an eine Familie damals bedeutet, einem jungen Mann ohne Eltern und Geschwister, die jene nagende Leere in seinem Innern hätten füllen können? Ravens tiefe Liebe zu North Head, zur Dauerhaftigkeit der Heimat und den innig bewahrten Erinnerungen an Mutter und Vater hatte in Charles das heiße Verlangen nach Zugehörigkeit – so viele Jahre absichtlich unterdrückt – wieder angefacht.

Und Raven hatte, weiß Gott, jenen Schmerz gestillt, sobald dieser wieder qualvoll spürbar geworden war. Durch ihre große Liebe zu ihm füllte sie nicht nur jene schmerzliche Leere, sondern sie hatte ihm auch ein bezauberndes Töchterchen und ein Heim von intensiverer Schönheit als das fade Château Monteraux mit seiner manierierten Vollkommenheit geschenkt.

Mit strahlenden Augen sah er zur versteckten Bucht hinunter, wo er mit seinen Leuten vor Monaten geschmuggelten Rum entladen und zum ersten Mal die Leidenschaften einer hitzköpfigen, stolzen jungen Schönheit namens Raven Barrancourt erlebt hatte. Auf einmal überkam ihn Sehnsucht nach ihr, und der

Wunsch, in ihr Gesicht zu schauen, ihre weichen Lippen zu küssen, die Liebe, die sie für ihn empfand, in ihren wunderschönen Augen zu lesen, veranlaßte Charles, Cinnabar zum Haus zurückzuhetzen.

Die Spätnachmittagssonne tauchte die rosafarbenen Wände in leuchtendes Gold, und ein Lichtstrahl fiel auf die Kissen, wo Raven das glänzende schwarze Haar über die Schulter fiel. Im Schlaf war die Erschöpfung, die sich ihr ins Gesicht gegraben hatte, verschwunden, und der zarte Schmelz völliger Wiedergenesung tönte ihre hohen Wangenknochen. Schweigend betrachtete Charles sie einige Minuten, ehe sie sich regte und die Augen öffnete, deren Topastiefen aufleuchteten, als sie sein Gesicht über dem ihren erblickte. Ehe sie sprechen konnte, begann das Kind in der Wiege zu wimmern, und sie verfolgte höchst aufmerksam, wie er sich hinabbeugte, um sein neugeborenes Töchterchen in den Arm zu nehmen. In der Erwartung, er könnte sich unbeholfen oder gar furchtsam anstellen, beobachtete Raven erstaunt, daß er das Baby ohne Zögern hin und her wiegte, daß es sofort zufrieden wieder einschlummerte.

Nach nicht einmal zehn Minuten wurde ihre innige Vertrautheit auf einmal durch einen Tumult auf der Treppe unterbrochen. Charles legte seine schlafende Tochter rasch Raven in die Arme, ehe er zur Tür schritt, wo wütende Stimmen und polternde Fußstapfen von der vermeintlichen Ankunft einer ganzen Armee kündeten.

»Kapitän St. Germain, kommen Sie schnell!« Der sonst so gelassene Diener Parris klopfte eindringlich an die Tür. »Timms lädt unten die Pistolen des Masters! Ich habe versucht, den Kerl abzuwimmeln, aber er hat mich einfach beiseite gedrängt und ...«

»Wer erdreistet sich, mir den Zutritt zum Haus meines besten Freundes zu verwehren?« dröhnte eine tiefe, empörte Stimme vom Füße der Treppe herauf.

»Dimitri!« riefen Charles und Raven einstimmig.

»Ja, ich bin's, Dimitri!« schallte es zurück. »Wer sonst? Was soll das heißen, Towarisch? Mich nicht in dein Haus zu lassen!

Ganz Cornwall spricht von deinem hübschen Töchterchen, und ich soll sie mir nicht einmal anschauen dürfen?«

Auf der Schwelle zum Gelben Salon hielt Charles bei Dimitris Anblick, der drinnen unruhig auf dem Parkett auf und ab tigerte, abrupt inne. Verschwunden waren die ungebärdigen Locken und der lang wallende Bart, die seinem russischen Freund das einstige wilde Aussehen verliehen hatten. Dimitri Sergejew war sorgfältig herausgeputzt, sein Backenbart auf ordentliche Länge zurechtgestutzt, seine Kleidung tadellos – angefangen vom hohen, gestärkten weißen Kragen bis zu den blitzblank gewienerten Schnallenschuhen. Auf seiner Seidenkrawatte funkelte ein Diamant, und als er mit einem breiten Grinsen den Kopf zurückwarf, sah Charles einen zweiten an seinem Ohr sprühen und brach daraufhin in schallendes Gelächter aus, weil der Russe so offensichtlich trotz seiner geckenhaften Aufmachung im Herzen noch immer der verwegene Pirat geblieben war.

»Towarisch, da bin ich wieder!« verkündete er, und die beiden hochgewachsenen Männer umarmten einander. Dimitri hieb Charles auf den Rücken und drückte ihn so stürmisch an sich, daß einem schmächtigeren Mann ein paar Rippen gebrochen wären. »Wie geht es meiner kleinen Prinzessin? Hoffentlich gut?«

Charles nickte. »Das Kind ist vor ein paar Stunden zur Welt gekommen, aber das weißt du wohl schon.«

»Im Hafen von Penzance bin ich auf die *Orient Star* gestoßen«, erläuterte Dimitri, »und habe mir von Geoffrey rasch alle Neuigkeiten berichten lassen. So hast du sie endlich geheiratet, alter Gauner?«

Charles' kantige Züge wurden sanfter. »In Charleston, wo wir wegen neuer Vorräte anlegten. Ich wollte Raven überreden, bis zur Geburt des Kindes dort zu bleiben, aber davon wollte sie nichts hören.«

»Ich danke dem Herrgott, daß ihr zwei unversehrt wieder hier in England angekommen seid.«

Die Erinnerungen an die qualvollen Monate nach Ravens Entführung überschatteten Charles' Gesicht. Dimitri bemerkte das sofort und rieb sich, von dem ernsten Thema ablenkend, mit einem herzlichen Lächeln die Pranken. »Nun, komm, an diesem Glückstag wollen wir nicht mehr davon reden, ja? Du hast ein Töchterchen, mein Freund. Ich wünsche dir alles Gute. Hat sie denn die Schönheit ihrer Mutter geerbt?«

»Ja, in der Tat«, bestätigte Charles voller Stolz. »Komm mit und sieh selbst.«

»Warte noch eine Minute, Towarisch«, bat Dimitri und hielt ihn am Arm zurück. »Wir müssen noch eine Kleinigkeit besprechen.« Er senkte die Stimme zu einem verschwörerischen Flüstern. »Es betrifft den Diamanten.«

»Kein Wort darüber in Ravens Gegenwart!« ermahnte ihn Charles. »Ich habe ihr bis jetzt noch gar nichts darüber erzählt. Überhaupt haben wir nur sehr wenig über Indien oder irgend etwas gesprochen, das mit ihrer Überfahrt nach New Orleans zusammenhängt.« Seine Stimme wurde rauh. »Sie soll sich erst völlig erholen, ehe wir die Vergangenheit wiederaufleben lassen.«

Dimitri räusperte sich. »Das kann ich gut verstehen.«

»Deiner Kleidung nach zu urteilen, hast du es offensichtlich verstanden, dir einen netten Anteil aus dem Erlös des Diamanten unter den Nagel zu reißen«, bemerkte Charles leichthin.

»Einen netten Anteil?« Dimitri gluckste. »Towarisch, der Edelstein war unbezahlbar! Ich habe ihn in Paris von einem Experten schleifen lassen, der ...«

»Dimitri«, warnte Charles, »ich habe dieses Juwel deinem Schutz anvertraut. Sicher hast du schon von der Annexion des Punjab gehört. Der Gouverneur und seine Adjutanten dürften recht bald entdecken, daß der Kohinoor von einem Verwandten des Nawab von Oudh in den Punjab gesandt wurde. Dies weist ihn eindeutig als Besitz Queen Victorias aus, und ich möchte nicht, daß Ihre Armee nach Cornwall kommt und ihn zurückfordert, wenn man ihn erst aufgespürt hat.«

»Das wird nie geschehen«, entgegnete Dimitri zuversichtlich, »weil Vickie ihn bereits in Händen hält.«

Charles schaute völlig verdutzt drein.

»Ja, es stimmt«, versicherte der Russe, der sich köstlich amüsierte. »Wenn du deine gräßliche Laune ein wenig zügelst, erzähle ich dir meine Geschichte. Kristos, die Vaterschaft hat dich ja überhaupt nicht verändert!« Als er Charles' Stirnrunzeln bemerkte, hob er begütigend die Hände und sagte schnell. »Nun gut, folgendes ist passiert: Bis zur Landung der *Bridget Bailey* in Brest war mir eingefallen, daß es einem schäbigen, staatenlosen Seemann nie gelingen würde, bei Ihrer Majestät, Queen Victoria von Großbritannien, eine Audienz zu erlangen, um ihr den berühmten Kohinoor-Diamanten zu überreichen. Es wäre nur allzu verständlich, wenn man mich des Diebstahls verdächtigte und dafür in den Tower sperrte. Also beschloß ich, die Hilfe eines Mannes anzunehmen, der – nun ja, größere Glaubwürdigkeit als ich genießen würde.«

»Wir hatten doch ausgemacht ...«

»Die Hilfe eines Mannes von Stand, einer hochgeachteten Persönlichkeit, eines Menschen«, sprach Dimitri ungerührt weiter, »der nicht zögern würde, eine von Charles St. Germain verfochtene Sache, dem er Beträchtliches verdankte, zu unterstützen.«

»Und das war?« erkundigte sich Charles schicksalsergeben.

»Dein Vetter Frédéric St. Germain, Graf von Monteraux. Er zeigte sich überaus bemüht, sein Möglichstes für dich zu tun«, fuhr Dimitri vergnügt fort. »Offensichtlich hat ihm die Großzügigkeit, mit der du dem damaligen Milchbübchen Monteraux übertragen hast, eine neue Lebensperspektive verliehen. Frédéric und ich ließen den Stein von einem Pariser Fachmann, der dem Königshaus Orleans als Hofdiamantenschleifer diente, bearbeiten. Es war einzigartig, Charles, wenn ich mir diese Bemerkung erlauben darf! Der Diamant wurde um ein Drittel verkleinert, aber die Reinheit, das Feuer jenes Drittels, ach!« Er schnalzte begeistert und grinste seinen Kapitän durchtrieben an. »Frédéric und ich wurden ohne weiteres zur Audienz bei Ihrer Majestät vorgelassen. Ich wage zu behaupten, daß dein Vetter über beachtlich viel von jenem berühmten Charme der St. Germains verfügt, denn er bezauberte die gute Vickie ganz enorm. Natürlich wollte sie wissen, wie der Kohinoor in unseren Besitz gelangt war, und ich habe ihr eine wahrhaft dramatische Geschichte erzählt.«

»O nein«, ächzte Charles.

»Aber ja doch!« rief Dimitri strahlend. »Zu Tränen gerührt hätte dich meine Schilderung deiner Tapferkeit, mein Freund! Selbst mir trat das Wasser in die Augen bei meiner Erzählung, wie du unbewaffnet, mit bloßen Händen den begehrten Stein einem halben Dutzend aufständigen Sikhs in Namen Ihrer Majestät entrungen hast.«

Mit einem lauten Stöhnen drehte sich Charles zum Fenster und rieb sich erschöpft die Schläfen.

Hinter ihm lachte Dimitri schallend. »Deine Ruhmestaten haben sie derart hingerissen, daß sie dich zur Audienz nach Windsor bittet. Die offizielle Ladung müßte jetzt jeden Tag hier eintreffen. Wie schade – die Königin und ganz Großbritannien werden nie erfahren, daß der wunderschöne Stein, den du für sie erbeutet hast, nur zwei Drittel der ursprünglichen Größe beträgt.«

»Und das andere Drittel?« fuhr ihn Charles ungläubig an.

Dimitri zeigte auf seine Krawattennadel und den Diamantohrring. »Ein Teil davon befindet sich hier, wie du unschwer sehen kannst, doch das meiste liegt in Wertpapieren bei einem Londoner Bankier verwahrt, der nur darauf wartet, die nötigen Schriftstücke aufzusetzen, damit James Barrancourts Schulden bei einem gewissen Squire Blackburn beglichen werden.«

»Und der Rest?« fragte Charles, der sich keinesfalls von Dimitris gewinnendem Lächeln erweichen lassen wollte.

»Ein wenig habe ich für mich zur Seite gebracht«, gestand Dimitri. »Schließlich habe ich bei diesem Abenteuer genug mitmachen müssen, und es wäre ungerecht, wenn nur dir allein ein solcher Schatz wie unsere kleine Prinzessin zufiele. Ach je – die letzten Restchen des Diamanten trage ich bei mir.« Er fingerte in seiner Westentasche herum, zog ein Cloisonnédöschen heraus, und offenbarte die herrlichen Perlmuttkämme, die Raven so geliebt hatte.

»Hast du sie etwa mitgenommen, als du von Bord gingst?« fragte Charles schneidend. »Raven fürchtete, sie nach ihrer Entführung verloren zu haben, und da weder Danny noch ich sie nach unserer Abfahrt aus New Orleans finden konnten, ließ ich sie besser in diesem Glauben.« Er schaute Dimitri vorwurfsvoll an. »Ich dachte, ich hätte sie irgendwo verlegt und mich ohrfeigen mögen.«

»Ja, ich habe sie mitgenommen«, gab Dimitri zu, von Charles' Wut keineswegs aus der Fassung gebracht. »Ich wollte unserer Kleinen beim Wiedersehen ein Geschenk überreichen. Da, schau dir an, womit ich den Diamantenschleifer beauftragt habe.«

Als er sie aus der satingefütterten Dose nahm, bemerkte Charles, daß die Kämme mit einer Reihe prächtigster kleiner Diamanten besetzt waren, das Strahlen ihrer perfekt geschliffenen Facetten ließ sie wie Feuer sprühen. Ein Meisterwerk der Juwelierskunst, und selbst Charles mußte zugeben, daß das Ergebnis ihm den Atem raubte. Er legte die Kämme wieder in die Dose und reichte sie Dimitri. »Raven wird sicher gerührt sein«, sagte er rauh und sah Dimitri in die Augen. »Ich danke dir.«

Dimitri zuckte gleichgültig die Achseln, obschon er sehr zufrieden wirkte. »Nicht der Rede wert, mein Freund. Herrje, das hätte ich um ein Haar vergessen«, fügte er hinzu und wühlte hastig in den übergroßen Jackettaschen. Er zog einen länglichen, hölzernen Intarsienbehälter heraus und überreichte ihn Charles mit einem breiten Grinsen.

Charles öffnete den zierlichen Messingverschluß, lüftete den Deckel und enthüllte eine dicke dunkelblaue Samteinlage, auf der ein herrliches Diamanthalsband lag. Nicht weniger als ein Dutzend funkelnder Steine waren exakt auf einer zarten dünnen Kette aus reinem Weißgold aufgereiht. In der Mitte lag ein tränenförmiger, größerer Diamant, der mit seinem eisblauen Feuer das Tageslicht einfing und dessen unzählige Facetten sich durch höchste Vollkommenheit auszeichneten.

»Ist die Kette nicht schön?« erkundigte sich Dimitri, als Charles schwieg. »Hättest du dir je träumen lassen, daß dieser unscheinbare Glasklumpen etwas so Prachtvolles ergeben würde?«

»Nein«, pflichtete ihm Charles bei und fügt sanft hinzu: »Und doch wäre etwas Geringeres ihrer nicht würdig.« Einen Augenblick herrschte Stille in dem eleganten Salon, dann schlug Charles seinem Ersten Offizier kräftig auf die Schulter. »Nun komm, du Halunke, ich möchte dir meine Tochter vorstellen.«

»Und wie nennt ihr sie?« fragte Dimitri neugierig, als er Charles ins oberste Stockwerk folgte.

»Das wissen wir noch nicht«, gestand Charles. »Raven behauptet, ihr falle kein hinreichend außergewöhnlicher Name ein. Ihre Mutter hieß Gwendolyn, und obwohl ich diesen Namen überaus schätze, stimmen Raven und ich überein, daß er nicht so recht zu einem Kind paßt, das unter so dramatischen Umständen das Licht der Welt erblickte. Da fällt mir ein, alter Kamerad, ich habe einen einwandfreien Klipper im Hafen von Penzance vor Anker liegen, der dringend einen Kapitän braucht. Sieht so aus, als wollte sein Besitzer zusammen mit seinem werten Schwiegergroßonkel ein bescheidenes Handelsunternehmen zwischen den Westindies und Cornwall aufziehen. Vielleicht kennst du jemanden, der daran interessiert ist?«

Dimitri schürzte die Lippen und bemühte sich um eine gleichmütige Miene, aber als Charles sich auf der Treppe umdrehte, sah er ungeheure Erregung in den schwarzen Augen leuchten. »Möglicherweise«, tat Dimitri gönnerhaft.

Raven hatte die vertrauten Stimmen im Korridor vernommen. Mit einem erwartungsvollen Lächeln schaute sie auf. Sie trug einen hellblauen Satinumhang, gegen den sich ihr nachtschwarzes Haar schimmernd abhob, und ihre goldfarbenen Augen leuchteten herzlich.

Für eine Sekunde vergaß Charles sogar sein neugeborenes, an die Mutterbrust gekuscheltes Töchterchen, so sehr fesselte ihn Ravens Schönheit, die ihm so blühend und verführerisch wie an jenem Tag inmitten des Marktgewimmels in Bombay erschien.

Erst Dimitri erinnerte ihn an das Kindchen, als er sich hinabbeugte, um Raven liebevoll und lautstark die Wange zu küssen und sich dann mit einem verblüffend väterlichen Gurren dem winzigen, verschrumpelten Gesichtchen zuzuwenden, das aus dem Deckenbündel in Ravens Arm hervorlugte. »Wunderhübsch«, murmelte er. »Wissen Sie, mein Kleines, ihr Haar hat die Farbe unermeßlich wertvollen russischen Zobels.« Ehrfürchtig berührte er den fedrigen Flaum auf dem Köpfchen des Neugeborenen. »Schwarz wie die Nacht, aber wenn die Sonne darauf scheint, kann man die goldenen Funken darin sehen.« Er strahlte, und Ravens Lippen umspielte jenes besondere Lächeln, das sie sich speziell für Dimitri vorbehielt.

»Ich freue mich so über Ihren Besuch, Dimitri«, sagte sie zärtlich und ließ die kleine Hand in die seine gleiten. »Sie bleiben doch ein wenig, nicht wahr?«

Dimitri tat beleidigt. »Glauben Sie denn, ich würde mich gleich wieder davonmachen und Sie so schnell verlassen? Nein, mein kostbarer Engel, ich bleibe hier, bis die müden Schatten unter ihren Augen verschwunden sind. Und Ihr Gatte und ich müssen uns noch über Geschäftliches unterhalten, nicht?« fügte er hinzu und grinste seinen Freund an. Doch als er merkte, mit welchem Gesichtsausdruck Charles die junge Mutter und das quäkende Neugeborene an ihrer Brust ansah, trat ein wissender Ausdruck in seine Augen. »Ich mache es mir erst einmal unten gemütlich«, erklärte er vielsagend. »Vielleicht sehe ich Sie heute abend noch einmal?«

Raven lächelte liebenswürdig. »O ja, gern, Dimitri. Wir müssen uns ja über so vieles unterhalten.« Lässig schlenderte er hinaus, und sie dachte, daß sie trotz seiner geckenhaften Aufmachung in ihm immer den unwiderstehlichen Draufgänger lieben würde. »Er hätte noch ein wenig bleiben sollen«, bemerkte sie wehmütig, als Charles sich zu ihr aufs Bett setzte.

»Für längere Besuche bist du noch zu erschöpft« meinte er sanft. »Überdies muß Dimitri mit seinen Geschichten warten, bis du wieder bei Kräften bist. Aber morgen unterhalten wir drei uns. Es ist wohl an der Zeit, dir alles zu erzählen, was ich während deiner Rekonvaleszenz auf der *Orient Star* nicht mit dir besprechen wollte.« Er nahm ihre Hand in die seine. »Bis dahin, Raven, sollst du dich ausruhen und wissen, daß dein habsüchtiger Nachbar keine Ansprüche mehr auf North Head erheben kann und du dich über Geldangelegenheiten nicht mehr zu sorgen brauchst.«

Raven strahlte ihn liebevoll an. »Ich habe niemals bezweifelt, daß du einen Weg finden würdest, um mir zu helfen.«

Angesichts des rückhaltlosen Vertrauens, das ihr schönes, ebenmäßiges Gesicht erhellte, wurde ihm warm ums Herz. »Raven«, sagte er heiser und beugte sich zu einem Kuß hinab.

»Charles, warte« widersprach sie, und mit einem fragenden Blick hielt er inne.

»Meiner Zärtlichkeiten schon überdrüssig, meine unstete, wankelmütige Raven?« neckte er.

Ihre Wangen überzogen sich rosig, als sie in sein lächelndes Gesicht schaute. »Natürlich nicht«, meinte sie zögernd, »aber mir fiel eben ein, was Dimitri über unsere Tochter gesagt hat.«

Beide sahen in das Gesichtchen, das still an Ravens Brust lag, auf die kleine Faust, die eine Strähne des tiefschwarzen Haars umklammerte, das über Ravens schmale Schultern floß.

»Dimitri meinte«, fuhr Raven gedämpft fort, und in ihrer Stimme schwang ein wunderbares Erstaunen mit, als sie auf ihr schlafendes Töchterchen blickte, »daß sie ihn an unermeßlich wertvollen russischen Zobel erinnere. Ach, Charles«, fuhr sie atemlos fort, »wäre nicht Zobelia der ideale Name für unsere Erstgeborene?«

»Zobelia St. Germain« murmelte Charles leise und genoß den Klang dieser Worte.

»Was hältst du davon?« fragte Raven erwartungsvoll und wandte ihm das Gesicht zu, so daß ihre weichen, geöffneten Lippen fast die seinen berührten.

»Ich finde«, erwiderte er mit belegter Stimme, »diesen Namen ungewöhnlich genug für ein Kind, das einer solchen Liebe wie der unseren entsprungen ist.« Er zog Raven näher an sich, kostete es aus, ihren warmen, schmiegsamen Körper an dem seinen zu spüren und neigte den Kopf, bis sich ihre Lippen zu einem langen innigen Kuß fanden.

Ellen Tanner Marsh
Geschichte und Romantik

Ellen Tanner Marsh wurde kurz nach dem Zweiten Weltkrieg in Leverkusen geboren. Als sie vier Jahre alt war, wanderten ihre Eltern von Deutschland in die USA, nach New Jersey, aus. Dort verbrachte sie ihre Kindheit und ihre frühen Teenie-Jahre. Mit sechzehn verschlug es sie dann nach South Carolina, wo sie heute noch lebt.

Nach der Schule wollte sie sich ihren Traum erfüllen und Tierärztin werden. Sie begann das Studium, stellte jedoch bald fest, daß eine Frau in diesem Beruf keine besonders guten Chancen hat, vor allem in einem Staat mit wenig Landwirtschaft wie South Carolina.

Bereits in ihrer Schulzeit hatte Ellen Tanner Marsh geschrieben, doch noch ohne den Ehrgeiz, das Geschriebene auch zu veröffentlichen. Jetzt begann sie historische Romane zu verfassen und diese auch Verlagen zu unterbreiten. Und sie hatte das Glück der Tüchtigen. Schon bald wurde ihr erster Roman angenommen – und seitdem hat der Erfolg sie nicht mehr verlassen.

Ellen Tanner Marsh lebt mit ihrem Mann, den sie während des Studiums kennenlernte, und ihren zwei Söhnen in South Carolina. In ihrer knappen Freizeit lernt sie Geigespielen und singt in einer örtlichen Rock 'n Roll Band.

Verzeichnis lieferbarer Titel

(Stand Dezember 1993)

Gezähmtes wildes Herz (01/7796)
Der Glanz der Seide (01/7782)
Held meines Herzens (01/8384)
Im Bann der Liebe (018304)
Stürme der Leidenschaft (01/8219)
Wogen der Zärtlichkeit (01/7962)
Zauber des Verlangens (01/8174)

Die Bandnummern der Heyne-Taschenbücher sind jeweils in Klammern angegeben.

HEYNE BÜCHER

Johanna Lindsey

Fesselnde Liebesromane voller Abenteuer und Zärtlichkeit

»Sie kennt die geheimsten Träume der Frauen . . .«

ROMANTIC TIMES

Zorn und Zärtlichkeit
01/6641

Wild wie der Wind
01/6750

Die gefangene Braut
01/6831

Zärtlicher Sturm
01/6883

Das Geheimnis ihrer Liebe
01/6976

Wenn die Liebe erwacht
01/7672

Herzen in Flammen
01/7746

Stürmisches Herz
01/7843

Geheime Leidenschaft
01/7928

Lodernde Leidenschaft
01/8081

Wildes Herz
01/8165

Sklavin des Herzens
01/8289

Fesseln der Leidenschaft
01/8347

Sturmwind der Zärtlichkeit
01/8465

Geheimnis des Verlangens
01/8660

Gefangene der Leidenschaft
01/8851

Wilhelm Heyne Verlag
München